AUSWAHLBÜCHER

Die Kurzfassungen in diesem Buch erscheinen
mit Genehmigung der Autoren und Verleger

041422 (313)
Printed in Germany
ISBN: 978-3-95619-012-4

READER'S DIGEST

Auswahlbücher

Reader's Digest

DEUTSCHLAND · SCHWEIZ · ÖSTERREICH

Jeffery Deaver

SEITE 6

Die Angebetete

Für die erfolgreiche Sängerin Kayleigh Towne ist „Your Shadow" nur ihr neuester Hit. Ein fanatischer Fan jedoch glaubt, in dem Song eine geheime Botschaft entdeckt zu haben, die sich nur an ihn richtet: Um seiner Angebeteten nahe zu sein, muss er sich den Weg zu ihrem Herzen erkämpfen und zerstören, was zwischen ihnen steht. Ein nervenzerreißendes Katz-und-Maus-Spiel beginnt – und dann geschieht ein Mord. Die psychologische Ermittlerin Kathryn Dance ahnt, dass die Zeit drängt: Wenn sie den Täter nicht stellt, wird es weitere Tote geben.

Dora Heldt

SEITE 182

Herzlichen Glückwunsch, Sie haben gewonnen!

Eine „exklusive Busreise" an die Schlei – einen solchen Gewinn können der 69-jährige Walter und sein Schwager Heinz einfach nicht ausschlagen! Aber welche Enttäuschung: Sekt aus Plastikgläsern, Würstchen vom Pappteller – und Mitreisende, die weit weniger vornehm sind als erwartet. Seniorin Finchen, begleitet von ihrer Nichte Johanna, ist da eine angenehme Ausnahme. Johanna allerdings unternimmt heimlich Recherchen, um herauszufinden, worum es bei der Reise wirklich geht. Und bald kommt es zu turbulenten Entwicklungen …

Sybil Volks Seite 306

Torstraße 1

Berlin, 1929. In der Torstraße 1 wird das Kaufhaus Jonass glanzvoll eröffnet. Während in den festlich dekorierten Verkaufsräumen gefeiert wird, kommt auf dem Packtisch der Poststelle Elsa zur Welt, die Tochter der Kaufhausangestellten Vicky. Zur selben Stunde wird Bernhard geboren, dessen Vater als Zimmermann das Haus mit erbaute. Zwischen Elsas und Bernhards Familien entsteht ein schicksalhaftes Band, das über Generationen und die Wirren der deutschen Geschichte hinweg hält – und die Torstraße 1 spielt dabei eine bedeutende Rolle.

Jessica Kremser Seite 484

Frau Maier fischt im Trüben

Frau Maier führt gemeinsam mit ihrer Katze ein beschauliches Leben in einem kleinen Haus am Chiemsee. Als sie eines Tages im See eine Frauenleiche findet, ist es mit der Ruhe jedoch vorbei. Denn als die Polizei auftaucht, ist die Tote verschwunden und Frau Maiers Aussage wird in Zweifel gezogen. Aber Frau Maier weiß, was sie gesehen hat, und so beginnt sie, auf eigene Faust zu ermitteln. Dabei lässt sie sich auch von mysteriösen Vorfällen nicht abschrecken – die, wie sie bald erkennen muss, sie selbst in höchste Gefahr bringen.

Die Angebetete

Jeffery Deaver

Wenn ein Verehrer seine
Angebetete nur für sich will …
Wenn er jedes ihrer Geheimnisse
mühelos in Erfahrung bringt …
Wenn er bereit ist, alles zu tun,
um sie vor der Welt zu beschützen …

… dann ist es höchste Zeit,
dass sie vor ihm beschützt wird.
Denn Liebe, die zur Besessenheit wird,
kann tödlich enden.

Von: noreply@kayleightownemusic.com
An: EdwinSharp26535@anon.com
Betreff: AW: Du bist die Beste!!!
2. Januar, 10.32 Uhr

Hallo Edwin!
Danke für Deine E-Mail! Ich freue mich sehr, dass Dir mein neues Album gefällt! Deine Unterstützung bedeutet mir alles. Besuche auf jeden Fall mal meine Website und trage Dich für meinen Newsletter ein, dann bleibst Du über alle neuen Veröffentlichungen und Konzerttermine auf dem Laufenden. Und schau regelmäßig in Deinen Briefkasten. Ich habe Dir das Autogrammfoto geschickt, um das Du gebeten hast.
XO, Kayleigh

Von: EdwinSharp26535@anon.com
An: ktowne7788@compserve.com
Betreff: Unglaublich!!!!!
3. September, 05.10 Uhr

Hallo Kayleigh!
Ich bin total hin und weg. Ich habe gestern Abend Dein neues Album heruntergeladen und mir „Your Shadow" reingezogen. Whoahhh! Das ist zweifellos der beste Song, den ich je gehört habe. Ich habe Dir ja schon erzählt, dass niemand außer Dir so gut zum Ausdruck bringt, was ich über Einsamkeit, das Leben und einfach alles empfinde. Und dieser Song macht das total. Und was noch wichtiger ist, ich verstehe, was Du sagst, wie Du um Hilfe bittest. Es ist nun alles klar. Keine Sorge. Du bist nicht allein, Kayleigh!

Ich werde *Dein Schatten* sein. Für immer.

XO, Edwin

Von: Samuel.King@CrowellSmithWendall.com
An: EdwinSharp26535@anon.com
Betreff: WG: Unglaublich!!!!!
3. September, 10.34 Uhr

Sehr geehrter Mr Sharp,
Alicia Sessions, die persönliche Assistentin unserer Mandantin Kayleigh Towne und ihres Vaters Bishop Towne, hat Ihre E-Mail vom heutigen Morgen an uns weitergeleitet. Sie haben mehr als 50 E-Mails und Briefe geschickt, seit wir uns vor zwei Monaten mit Ihnen in Verbindung gesetzt und Sie dringend gebeten haben, jegliche Kontaktaufnahme mit Ms Towne zu unterlassen. Es erfüllt uns mit großer Sorge, dass Sie Ms Townes private E-Mail-Adresse in Erfahrung gebracht haben (wenngleich diese unterdessen geändert wurde), und wir prüfen derzeit, gegen welche Gesetze Sie dadurch verstoßen haben könnten.

Sowohl Ms Townes Sicherheitspersonal als auch die örtlichen Strafverfolgungsbehörden wurden über Ihre wiederholten zudringlichen Kontaktversuche unterrichtet. Wir sind inzwischen bereit, alle notwendigen Maßnahmen zu ergreifen, um diesem beunruhigenden Verhalten ein Ende zu setzen.

Samuel King, Esq.
Crowell, Smith & Wendall, Rechtsanwälte

Von: EdwinSharp26535@anon.com
An: KST33486@westerninternet.com
Betreff: Bis bald!!!
5. September, 23.43 Uhr

Hallo Kayleigh!
Ich habe Deine neue E-Mail-Adresse. Ich weiß, was die vorhaben, aber keine Sorge, es wird alles gut. Im Moment liege ich im Bett und höre Dir zu. Ich fühle mich im wahrsten Sinne des Wortes wie *Dein Schatten* … Und Du bist meiner. Du bist so wunderbar!

Ich weiß nicht, ob Du schon Gelegenheit hattest, darüber nachzudenken – Du bist sooooo beschäftigt, ich weiß! –, aber ich frage einfach noch mal: Es wäre echt cool, wenn Du mir eine Strähne von Deinem Haar schicken könntest. Ich weiß, dass Du es seit zehn Jahren und vier Monaten nicht mehr abgeschnitten hast, aber vielleicht finden sich ja ein paar Haare in Deiner Bürste. Oder noch besser, auf Deinem Kissen. Ich werde sie für alle Zeit aufbewahren wie einen Schatz. Das Konzert am nächsten Freitag kann ich kaum noch erwarten. Bis bald.

Auf ewig Dein,
XO, Edwin

I

SONNTAG

Das Herz eines Konzertsaals sind die Menschen.

Und wenn die riesige Halle – so wie hier gerade – dunkel und leer ist, verströmt sie eine Art Gleichgültigkeit. Wenn nicht gar Feindseligkeit.

Okay, zügle deine Fantasie, ermahnte Kayleigh Towne sich. Sie stand auf der Bühne der Haupthalle des Fresno Conference Center, ließ den Blick durch den Raum schweifen und machte sich an die Vorbereitung des für Freitag angesetzten Konzerts. Sie überdachte, wo die Bandmitglieder stehen und sitzen sollten.

Es gab noch hundert andere Einzelheiten zu berücksichtigen. Sie war der Ansicht, dass jeder Auftritt perfekt sein sollte und jedes Publikum das Beste verdiente. Immerhin war sie in Bishop Townes Schatten aufgewachsen.

Eine unpassende Wortwahl, merkte Kayleigh. *Ich werde „Dein Schatten' sein. Für immer …*

Zurück zu der Planung. Diese Show musste sich von der letzten hier – vor etwa acht Monaten – unterscheiden. Viele ihrer Fans besuchten jedes der Konzerte in Kayleighs Heimatstadt, und sie wollte die Leute unbedingt überraschen. Sie hatte ein treues Publikum. Die Fans kannten die Liedtexte auswendig, kannten Kayleighs Gitarrenlicks, kannten ihre Bewegungen auf der Bühne. Die Leute lebten und atmeten für ihre Auftritte, kannten Kayleighs Lebenslauf, ihre Vorlieben und Abneigungen. Und einige wollten noch viel mehr wissen …

Bei diesem Gedanken zogen sich ihr Herz und ihr Magen zusammen. Bei dem Gedanken an *ihn* natürlich. Dann erstarrte sie. Da stand doch jemand am anderen Ende der Halle und beobachtete sie! Aus der Crew hatte niemand dort hinten zu tun. Oder bildete sie sich das alles nur ein? Spielten ihre Augen ihr vielleicht einen Streich? Der liebe Gott hatte Kayleigh eine engelsgleiche Stimme geschenkt, aber bei ihrem Sehvermögen geknausert. Sie rückte die Brille zurecht. Sie meinte zu sehen, wie sich jemand hinten im Durchgang zum Lagerraum der Snackbar bewegte.

Dann hörte die Bewegung plötzlich auf.

Kayleigh kam zu dem Schluss, dass es wohl doch nichts gewesen war. Bloß ein Lichtreflex, ein Schattenspiel.

Andererseits hörte sie weiterhin ein beunruhigendes Klicken, Knacken und Knarren – von woher auch immer – und erschauderte in einem Anflug von Panik.

Er …

Der Mann, der ihr Hunderte von E-Mails und Briefen geschrieben hatte – in vertrautem Tonfall, völlig verblendet – über das Leben, das sie gemeinsam führen könnten. Der Mann, dem es bei einem Dutzend Shows irgendwie gelungen war, Nahaufnahmen von Kayleigh zu machen, ohne dass er dabei jemals jemandem aufgefallen wäre. Der Mann, der ihr Dutzende Fotos von sich selbst geschickt hatte: struppiges Haar, fett, in Kleidung, die ungewaschen aussah.

Ihr Vater hatte vor Kurzem einen Leibwächter für sie engagiert, einen mächtigen Kerl mit rundem Kahlkopf. Doch im Augenblick drehte Darthur Morgan draußen seine Runde und überprüfte die geparkten Fahrzeuge.

Kayleigh ließ ihren Blick abermals durch die Halle schweifen. Dann biss sie die Zähne zusammen. Sie ärgerte sich über ihre Angst. Wovor fürchtest du dich überhaupt? Du bist nicht allein. Die Band war zwar noch nicht in der Stadt – sie schloss gerade ein paar Studioaufnahmen in Nashville ab –, aber Bobby stand an dem riesigen Mischpult auf der Kontrollplattform im hinteren Teil der Halle, etwa sechzig Meter entfernt. Alicia bereitete die Probenräume vor. Zwei der bulligen Roadies aus Bobbys Truppe entluden derweil den Laster, um all die Requisiten, Verstärker, Instrumente und Computer aufzubauen, die Kayleighs Band benötigte. Sie nahm an, dass einer der Jungs ihr zu Hilfe eilen würde, falls der Schatten dort tatsächlich *er* wäre.

Verdammt, hör endlich auf, mehr aus ihm zu machen, als er ist! Sie hatte schon andere besessene Fans gehabt – welche gut aussehende Sängerin zog nicht auch ein paar aufdringliche Bewunderer an? Sie hatte zwölf Heiratsanträge von Männern erhalten, die ihr noch nie begegnet waren. Ein Dutzend Paare wollten sie adoptieren, ungefähr dreißig halbwüchsige Mädchen wollten ihre beste Freundin sein, tausend Männer wollten sie zu einem Drink oder Abendessen einladen …

Für gewöhnlich fand sie es amüsant, so viel Aufmerksamkeit zu erregen. Aber nicht in diesem Moment. Kayleigh schnappte sich ihre Jeansjacke von einem nahen Stuhl und zog sie über ihr T-Shirt – als weitere Barriere gegen unangenehme Blicke. Und das, obwohl Fresnos charakteristische Septemberhitze die dunkle Halle in einen großen Schmortopf verwandelt hatte.

Wieder dieses Klicken und Knacken aus dem Nichts.

„Kayleigh?“

Sie fuhr erschrocken herum, obwohl sie die Stimme bereits erkannt hatte.

Eine kräftige Frau von etwa dreißig Jahren blieb mitten auf der Bühne stehen. Sie hatte kurzes rotes Haar und diverse Tätowierungen auf Armen, Schultern und Rücken, die durch das enge Tanktop nur teilweise verdeckt wurden. Die ebenfalls enge schwarze Jeans steckte in modischen Cowboystiefeln. „Ich wollte dich nicht erschrecken."

„Hast du nicht. Was gibt's?", fragte Kayleigh.

Alicia Sessions zeigte auf den iPad in ihrer Hand. „Die Probeabzüge der neuen Poster sind gerade reingekommen. Wenn wir sie noch heute in die Druckerei geben, sind sie bis zur Show auf jeden Fall fertig. Gefallen sie dir?"

Kayleigh nahm die Poster in Augenschein. Sie interessierte sich nicht besonders für den geschäftlichen Teil ihrer Karriere und musste sich meistens auch nicht damit auseinandersetzen. Ihr Vater fungierte als ihr Manager, Alicia kümmerte sich um den täglichen Papierkram, die Anwälte prüften die Verträge, und die Plattenfirma regelte die Details mit den Tonstudios, den CD-Presswerken, dem Einzelhandel und den Download-Portalen. Kayleighs langjähriger Produzent bei BHRC Records, Barry Zeigler, überwachte die technische Seite der Arrangements und Produktionen, und Bobby und die Crew übernahmen den Aufbau der Shows. Das alles geschah, damit Kayleigh Towne tun konnte, was sie am besten beherrschte: Lieder schreiben und sie singen.

Einer der geschäftlichen Aspekte, der ihr trotzdem wichtig war, betraf ihre Fans. Viele von ihnen waren jung oder besaßen nicht viel Geld, und damit sie den Abend des Konzerts in ganz besonderer Erinnerung behalten konnten, sollten sie dort preiswerte Andenken von angemessener Qualität erwerben können, zum Beispiel Poster, T-Shirts, Schlüsselanhänger, Arm- oder Stirnbänder, Rucksäcke – und Kaffeebecher für all die Mütter und Väter, die ihre Kinder zu den Konzerten und wieder nach Hause fuhren.

Kayleigh musterte die Probeabzüge. Das Motiv war sie selbst mit ihrer liebsten Martin-Gitarre. Das Foto war zugleich das Innenbild ihres neuesten Albums „Your Shadow" – Dein Schatten.

Er …

Nein, hör auf. Ihr Blick schweifte ein weiteres Mal zu den Eingängen.

„Bist du sicher, dass alles in Ordnung ist?", fragte Alicia, in deren Stimme ein schwacher texanischer Akzent mitschwang.

„Ja." Kayleigh widmete sich wieder den Postern, die alle das gleiche Foto mit unterschiedlicher Beschriftung und verschiedenen Hintergründen zeigten. Es war eine Aufnahme, die weitgehend dem Bild entsprach, das Kayleigh von sich selbst hatte: mit einem Meter achtundfünfzig kleiner, als es ihr lieb war, das Gesicht ein wenig lang, aber mit phänomenalen blauen Augen und vollen Wimpern. Ihr Markenzeichen, das goldblonde, ein Meter zwanzig lange Haar, wallte in der künstlichen sanften Brise des Ventilators im Fotostudio. Dazu Designerjeans und eine dunkelrote Bluse mit Stehkragen. Ein diamantbesetztes kleines Kruzifix.

„Du musst den Fans das volle Programm liefern", pflegte Bishop Towne zu sagen. „Und damit meine ich auch die Optik. Für Männer gelten dabei andere Maßstäbe als für Frauen." Er wollte damit sagen, dass ein Mann sich in der Welt der Countrymusic einen Look erlauben konnte, wie er für Bishop selbst kennzeichnend war: dicker Bauch, Zigarette, ein faltiges, knorriges Gesicht, ein zerknittertes Hemd, verschrammte Stiefel und eine verwaschene Jeans. Eine Sängerin hingegen müsse sich wie für eine Abendverabredung zurechtmachen. Was in Kayleighs Fall natürlich den entsprechenden Look für den Besuch eines kirchlichen Tanztees bedeutete: Sie hatte ihre Karriere auf dem Image des netten Mädchens von nebenan aufgebaut. Sicher, die Jeans durften ein wenig enger sein, und die Blusen und Pullover durften ihre weiblichen Rundungen betonen, aber sie blieben immer hochgeschlossen. Das Make-up war dezent und vorwiegend in Rosatönen gehalten.

„Gib die Poster frei."

„Mach ich." Alicia schaltete das iPad aus und hielt kurz inne. „Ich habe aber noch nicht das Einverständnis deines Vaters eingeholt."

„Die sind prima", versicherte Kayleigh.

„Ja. Ich lege sie ihm nur schnell vor. Du weißt schon."

Nun hielt Kayleigh kurz inne. „Okay", sagte sie dann.

„Ist die Akustik hier eigentlich gut?", fragte Alicia, die früher selbst als Künstlerin aufgetreten war. Sie hatte eine ziemlich gute Stimme und liebte Musik. Da sie ihre Stelle erst im letzten Frühling angetreten hatte, hatte sie die Band hier noch nie live erlebt.

„Oh, der Sound ist erstklassig", antwortete Kayleigh mit Blick auf die hässlichen Betonwände. „Würde man gar nicht vermuten."

Es gab viele Konzertsäle, deren Erbauer nicht daran geglaubt hatten, ein Musikinstrument oder eine Stimme könne ohne bauliche Unterstützung von der Bühne aus auch noch den hintersten Sitzplatz erreichen. Also hatten die Architekten winkelförmige Oberflächen und frei stehende Elemente hinzugefügt, um die Lautstärke der Musik zu erhöhen, was zwar in der Regel gelang, aber die Schallwellen wurden gleichzeitig in alle möglichen Richtungen abgelenkt. Das Resultat war ein breiiger Klang. Hier, in Fresno, hatten die Konstrukteure hingegen auf die Kraft und Reinheit der Stimme und der Instrumente vertraut. Dies erklärte Kayleigh gerade ihrer Assistentin, als ihr auf einmal auffiel, dass diese stirnrunzelnd zum hinteren Teil der Halle schaute.

„Was ist denn?“, fragte Kayleigh.

„Ist außer uns beiden und Bobby noch jemand hier?“

„Wie meinst du das?“

„Ich dachte, ich hätte gerade jemanden gesehen.“ Sie zeigte mit dem Zeigefinger zum Ende der Halle. „Dort. Im Durchgang.“

Sie blickte genau zu der Stelle, an der auch Kayleigh vor wenigen Minuten einen Schatten entdeckt zu haben glaubte. Mit feuchten Händen starrte sie auf die sich kontinuierlich verändernden Schemen im hinteren Teil der Halle. Ja … nein. Sie konnte es einfach nicht sagen.

Dann zuckte Alicia mit den Schultern und sagte: „Hm. Wohl doch nicht. Was auch immer das war, es ist jetzt jedenfalls weg … Okay, dann bis später. Um eins im Restaurant?“

„Ja, klar.“

Kayleigh hörte, wie die Stiefelschritte sich entfernten, wandte den Blick aber nicht von dem Durchgang ab. Wütend flüsterte sie: „Edwin Sharp.“ Da ich habe *deinen* Namen gesagt. Und jetzt, da ich dich heraufbeschworen habe, hör gut zu: Verschwinde gefälligst aus meinem Konzertsaal! Ich habe zu tun.

Dann wandte sie sich von dem finster gähnenden Durchgang ab. Sie ging in die Mitte der Bühne und begutachtete die Klebebandkreuze auf dem verstaubten Holzboden. Damit waren die Stellen markiert, an denen Kayleigh an verschiedenen Punkten des Konzerts stehen würde.

In diesem Moment rief jemand aus der Halle ihren Namen. „Kayleigh!“

Es war Bobby, der nun hinter dem Mischpult zum Vorschein kam und sich gleichzeitig den Kopfhörer herunterriss. Er deutete auf einen Punkt über ihrem Kopf. „Vorsicht …! Nein, Kayleigh!“

Sie schaute nach oben und sah einen der Scheinwerferriegel – eine mehr als zwei Meter lange Colortran-Batterie – aus der Aufhängung fallen und an einem dicken Stromkabel in Richtung Bühne schwingen.

Kayleigh wich instinktiv zurück und stolperte dabei über einen Gitarrenständer. Mit rudernden Armen kämpfte sie keuchend um ihr Gleichgewicht … und fiel hin. Sie landete hart auf ihrem Steißbein. Der schwere Scheinwerfer stürzte genau auf sie zu. Panisch versuchte Kayleigh, sich aufzurappeln, schaffte es aber nicht. Geblendet von den gleißenden Strahlen der 1000-Watt-Birnen wandte sie ihr Gesicht ab. Dann wurde alles schwarz.

2

Kathryn Dance hatte mehrere Leben.

Verwitwete Mutter zweier Kinder, beide kurz vor dem Teenageralter.

Agentin beim California Bureau of Investigation, spezialisiert auf Verhöre und Kinesik – die Analyse der Körpersprache.

Gehorsame Tochter, deren Eltern ganz in der Nähe wohnten.

Und dann gab es noch Punkt Nummer vier, der für ihr seelisches Wohlbefinden beinahe genauso unentbehrlich war wie die ersten drei: Musik. Kathryn Dance war eine Folkloristin, eine Liedersammlerin. Hin und wieder nahm sie sich frei, stieg in ihren Geländewagen – manchmal mit Kindern und Hunden, manchmal, wie jetzt, ganz allein – und machte sich auf die Pirsch nach Musik – so wie ein Jäger sich ins Unterholz schlagen würde, um ein Reh oder einen Truthahn zu erlegen.

Im Augenblick steuerte sie ihren Nissan den Highway 152 entlang, der von der Monterey-Halbinsel durch einen weitgehend kargen Landstrich Kaliforniens bis ins drei Stunden entfernte Fresno im San Joaquin Valley führte. Dies war das landwirtschaftliche Herz der Region, und eine endlose Kette von Zugmaschinen mit offenen Anhängern voller Knoblauch, Tomaten und anderer Obst- und Gemüsesorten rollte auf die gewaltigen Lebensmittelfabriken am diesigen Horizont zu. Die Anbauflächen waren grün, alles andere hingegen war so trocken und braun wie verbrannter Toast.

Für die nächsten Tage hatte Kathryn sich vorgenommen, die hausgemachte Musik einer ortsansässigen Gruppe mexikanischer Künstler aufzuzeichnen, die alle in oder bei Fresno wohnten. Da die meisten von ihnen ihr Geld als Pflücker auf den Feldern verdienten, nannten sie sich *Los Trabajadores*, die Arbeiter. Kathryn wollte die Lieder mit ihrem Digitalrekorder aufnehmen und nach entsprechender Bearbeitung auf ihrer Internetseite namens *American Tunes* veröffentlichen. Dort konnten die Leute sie gegen eine geringe Gebühr herunterladen. Der größte Teil der Einnahmen floss an die Musiker; Kathryn behielt lediglich so viel zurück, dass die Betriebskosten der Homepage gedeckt wurden und sie mit den Kindern gelegentlich essen gehen konnte. Durch diese Downloads wurde niemand reich, aber manche der Gruppen, die Kathryn entdeckt hatte, waren zu regionaler oder gar landesweiter Bekanntheit gelangt.

Kathryn Dance hatte gerade einen schwierigen Fall abgeschlossen und sich danach zu einer kurzen Auszeit entschieden. Die Kinder waren tagsüber in ihren Sommerlagern für Musik und Sport und übernachteten, ebenso wie ihre Hunde, bei den Großeltern. Sie hatte daher Gelegenheit, *Los Trabajadores* aufzunehmen und sich in dieser musikalisch üppigen Region nach weiteren Talenten umzusehen.

Kathryn hatte in Erwägung gezogen, aus dieser Reise einen romantischen Kurzurlaub mit Jon Boling zu machen. Doch er hatte zugesagt, ein Start-up-Unternehmen der Computerbranche zu beraten, und würde für einige Tage unabkömmlich sein.

Sie drehte die Klimaanlage höher. Auf der Monterey-Halbinsel war es zu dieser Jahreszeit normalerweise angenehm kühl und Kathryn war entsprechend gekleidet. Nun war es ihr in ihrer langärmligen grauen Baumwollbluse und der Bluejeans viel zu warm. Das digitale Thermometer im Auto zeigte 36 Grad Außentemperatur an. September. Von wegen.

Kathryn freute sich noch aus einem anderen Grund auf die Reise – sie würde die einzige Berühmtheit unter ihren Freunden treffen: Kayleigh Towne, die inzwischen allseits bekannte Sängerin und Songwriterin. Kayleigh unterstützte schon seit Jahren Kathryns Internetseite. Sie hatte Kathryn Dance zu ihrem großen Konzert am Freitagabend in Fresno eingeladen. Kayleigh war zwar ein Dutzend Jahre jünger als Kathryn, stand aber schon auf der Bühne, seit sie neun oder zehn war, und war bereits als Teenager ins Profilager gewechselt. Sie war witzig, klug und eine hervorragende Texterin und Unterhaltungskünstlerin, dabei aber uneitel und deutlich reifer, als ihr Alter vermuten ließ. Kathryn war sehr gern mit ihr zusammen.

Außerdem war sie die Tochter der Countrymusic-Legende Bishop Towne. Kathryn hatte bisher zwei oder drei von Kayleighs Auftritten in Fresno erlebt und sie zu Hause besucht. Dabei hatte sie auch die Bekanntschaft von Bishop gemacht, der mit seiner bärenhaften Statur und gewaltigem Ego ins Zimmer getrampelt war. Er war laut, ungehobelt und betont theatralisch aufgetreten. Inzwischen lebte er so leidenschaftlich abstinent, wie er früher kokain- und alkoholsüchtig gewesen war. Mit seinem letzten Album hatte er keinen Erfolg mehr gehabt, doch Kayleighs Karriere behielt er fest im Griff.

Kathryn erreichte nun die Stadtgrenze von Fresno. Es handelte sich um eine schmucklose Arbeiterstadt, etwa eine halbe Million Einwohner groß. Dank des Navigationsgeräts fand sie mühelos zum „Mountain View Motel" am Highway 41.

Ihr Zimmer war noch nicht fertig, aber das spielte keine Rolle, denn sie war in einer halben Stunde – um dreizehn Uhr – mit Kayleigh und einigen Freunden verabredet. Sie deponierte ihr Gepäck an der Rezeption, stieg wieder in ihr Auto und gab eine andere Adresse in das Navi ein. An einer roten Ampel nahm sie ihr Telefon und überprüfte die Liste der eingegangenen Anrufe und Textnachrichten. Leer.

Seltsam, dass nichts von Kayleigh dabei war, die eigentlich im Lauf des Vormittags hatte anrufen wollen, um das Treffen zu bestätigen. Das war nämlich einer der Punkte, die Kathryn an der Künstlerin stets beeindruckt hatte: Ungeachtet ihrer Berühmtheit vernachlässigte sie nie die Kleinigkeiten. Sowohl im „normalen" Leben als auch auf der Bühne wirkte sie immer verantwortungsbewusst.

Kathryn wählte Kayleighs Nummer. Und landete direkt bei der Mailbox.

Kathryn Dance musste lachen. Die Eigentümer des „Cowboy Saloon" besaßen Humor. Der dunkle, in Holz gehaltene und erfreulich gut klimatisierte Laden hatte kein einziges Cowboy-Utensil vorzuweisen. Das Leben im Sattel wurde dennoch ausgiebig repräsentiert – durch die Poster von Frauen, die auf ihren Pferden saßen, mit Lasso und Brandeisen umzugehen wussten und das Vieh trieben.

Kathryn ging zum Tresen und bestellte ein Glas Eistee. Dann setzte sie sich an einen der runden, zerkratzten Tische und musterte die Kundschaft. Drei Arbeiter in Overalls der Stadtwerke, ein junger Mann in Jeans und Karohemd, der die altmodische Jukebox betrachtete, und einige Geschäftsleute mit weißen Hemden und dunklen Krawatten.

Kathryn freute sich darauf, Kayleigh zu sehen, aber allmählich machte sie sich Sorgen. Es war jetzt zwanzig nach eins. Wo blieb ihre Freundin?

Aus der Jukebox ertönte ein Lied. Kathryn schmunzelte. Es war ein Song von Kayleigh Towne – und angesichts dieses Ortes auch noch ein besonders gut gewählter: „Me, I'm Not a Cowgirl". In dem Lied ging es um eine gewöhnliche Hausfrau und Mutter, deren Leben nichts mit dem Dasein eines Cowgirls zu tun zu haben scheint, bis ihr am Ende klar wird, dass womöglich doch eine Geistesverwandtschaft besteht.

In diesem Moment öffnete sich die Vordertür, und ein gleißender Sonnenstrahl fiel auf den Boden, über den die Schatten der Eintretenden tanzten.

Kathryn stand auf. „Kayleigh!"

Umgeben von vier weiteren Leuten betrat die junge Sängerin das Restaurant, zwar lächelnd, aber mit einem hastigen Blick in die Runde. Sie wirkte besorgt. Nein, mehr als das: Kayleigh Towne hatte Angst. Doch was auch immer sie hier vorzufinden befürchtet hatte, war nicht da, und ihre Anspannung ließ merklich nach. Sie trat vor und schloss Kathryn fest in die Arme. „Kathryn, hallo! Das ist so großartig!"

„Ich konnte es kaum erwarten herzukommen.“

Die Sängerin trug Jeans und seltsamerweise eine dicke Denim-Jacke, trotz der Hitze. Ihr herrliches Haar fiel offen herab; es war fast so lang, wie sie groß war.

„Ich hab zweimal versucht, dich zu erreichen“, fügte Kathryn hinzu.

„Es gab … ein kleines Problem im Konzertsaal. Nichts Wichtiges. He, Leute, das ist meine Freundin Kathryn Dance!“

Kathryn begrüßte Bobby Prescott, den sie seit einigen Jahren kannte. Mitte dreißig, gut aussehend wie ein Schauspieler, mit zurückhaltendem Lächeln und braunem Lockenschopf. Ebenfalls dabei war der dickliche und überaus schüchterne Tye Slocum mit seiner langen roten Mähne. Er war für die Instandhaltung und Reparatur der Gitarren der Band zuständig. Die ernste, muskulöse Alicia Sessions, die für Kathryn so aussah, als gehöre sie in einen Punkrock-Klub in Manhattan, war Kayleighs persönliche Assistentin.

Und dann war da noch jemand. Ein Afroamerikaner, etwa ein Meter neunzig groß und um die 115 Kilo schwer. Ein Aufpasser. Die Tatsache, dass Kayleigh einen Leibwächter hatte, war keine Überraschung, wenngleich Kathryn besorgt registrierte, dass der Mann sogar hier drinnen aufmerksam Ausschau nach potenziellen Gefahren hielt. Er nahm jeden der Anwesenden genau in Augenschein, bevor er seine Aufmerksamkeit wieder auf Kayleigh richtete und sagte: „Sieht okay für mich aus.“

Sein Name war Darthur Morgan. Als er Kathryn Dance die Hand gab, sah er sie durchdringend an, und in seinem Blick flackerte Erkennen auf. Als Kinesik-Expertin wusste Kathryn, dass ihre Körpersprache verriet, dass sie ein Cop war, auch wenn sie das gar nicht beabsichtigte.

„Essen Sie doch mit uns“, forderte Kayleigh den großen Mann auf.

„Nein, vielen Dank, Ma'am. Ich warte draußen.“

Er ging langsam durch das Restaurant zur Tür und nach draußen.

Kayleigh blickte verstohlen zur Jukebox. Es war ihr sichtlich peinlich, dass ihre eigene Stimme ihnen ein Ständchen sang.

„Also, was ist passiert?“, fragte Kathryn.

„Okay, ich werd's dir verraten.“ Kayleigh erklärte, dass sich während der Vorbereitungen für das bevorstehende Konzert eine lange Scheinwerferbatterie über der Bühne gelöst hatte und heruntergefallen war.

„Mein Gott! Bist du okay?“

„Ja, sicher. Abgesehen von einem blauen Fleck am Hintern.“

Bobby, der neben Kayleigh saß, legte ihr eine Hand auf den Arm und sah sie besorgt an. „Ich weiß nicht, wie das geschehen konnte“, sagte er leise.

„Es war ein fest installierter Scheinwerferriegel. Die werden nicht ständig an- und abmontiert, sondern hängen immer da."

„Und außerdem hast du sie doch überprüft, Bobby", fügte der große Tye Slocum mit scheuem Blick hinzu. „Zweimal. Sämtliche Scheinwerfer. Ich hab dich gesehen."

„Wenn das Ding sie getroffen hätte", sagte Alicia wütend, „hätte sie tot sein können."

„Wenn die Birnen zerbrochen wären, hätte zudem ein Feuer ausbrechen können", ergänzte Bobby. „Heute Abend sehe ich mir das genauer an. Aber vorher muss ich noch nach Bakersfield und eine neue Verstärker- und Lautsprecherbank abholen."

Dabei beließen sie es und bestellten ihr Mittagessen. Das Gespräch drehte sich nun um Kathryns Internetseite, und sie erzählte ein wenig von ihren eigenen gescheiterten Versuchen, als Sängerin in San Francisco Fuß zu fassen.

„Kathryn hat eine tolle Stimme", sagte Kayleigh und ließ dabei fünf oder sechs kinesische Reaktionen erkennen, die verrieten, dass das Gesagte nicht wirklich ehrlich gemeint war. Kathryn lächelte.

„Verzeihung", ertönte die Stimme eines Mannes. „Hallo Kayleigh."

Es war der junge Mann, der an der Jukebox stand.

„Hallo." Die Sängerin klang freundlich, aber zurückhaltend.

„Ich wollte nicht lauschen, aber ich habe mitbekommen, dass es irgendein Problem gegeben hat. Bist du in Ordnung?"

„Aber ja, danke."

Es herrschte kurz Stille.

„Bist du ein Fan?", fragte Kayleigh.

„Na klar."

„Nun, dann danke für deine Unterstützung. Kommst du am Freitag zum Konzert?"

„Oh, aber sicher. Ich werde da sein. Geht es dir wirklich gut?"

Wieder eine Pause, fast schon peinlich.

„Ja, ganz bestimmt."

„Okay, Kumpel", sagte Bobby. „Wir würden jetzt gern zu Mittag essen."

Der Mann lachte leise auf. „Du erkennst mich nicht, oder?", fragte er, als wäre der Roadie gar nicht anwesend.

„Nein, tut mir leid", erwiderte die Sängerin.

„Gönnen Sie Ms Towne doch bitte etwas Privatsphäre", mischte sich Alicia ein.

„Hallo Alicia", sagte der junge Mann zu ihr.

Die persönliche Assistentin war sichtlich verblüfft. Sie kannte den Mann nicht und fragte sich, woher er ihren Namen wusste.

Der Mann lachte erneut, diesmal mit hoher, unheimlicher Stimme. „Ich bin's, Kayleigh! Edwin Sharp. *Dein Schatten*."

Ein lauter Knall hallte durch das Restaurant, als Kayleighs Eistee ihr aus den Fingern glitt und am Boden zerschellte.

Das Geräusch klang wie ein Schuss. Kathryn ertappte sich dabei, dass sie unwillkürlich nach der Glock griff – aber die Pistole lag gegenwärtig bei ihr zu Hause, eingeschlossen in der Metallkassette neben dem Bett.

„Du ... du bist ... Edwin?", stammelte Kayleigh keuchend und mit großen Augen.

Ihre Reaktion war fast schon panisch, doch er sagte mitfühlend: „He, Kayleigh, alles in Ordnung. Kein Problem."

„Aber ..." Ihr Blick huschte zur Tür, hinter der sich Darthur Morgan befand – mitsamt seiner Waffe, wie Kathryn annahm.

Kathryn versuchte sich einen Reim auf die Situation zu machen. Der Kerl konnte kein Exfreund von Kayleigh sein, sonst hätte sie ihn längst erkannt. Also wohl ein aufdringlicher Fan.

„Ich kann verstehen, dass du mich nicht gleich erkannt hast", sagte Edwin Sharp. „Seit ich dir das letzte Mal ein Foto von mir geschickt habe, bin ich etwas dünner geworden. Ich hab ganze dreiunddreißig Kilo abgenommen. Ich weiß, dass du schlanke Männer bevorzugst. Und ich hab mir einen 25-Dollar-Haarschnitt verpassen lassen! Du weißt ja, dass viele Männer ständig davon reden, sie würden sich ändern, ohne dass je etwas daraus wird. Wie in deinem Song."

Kayleigh bekam kein Wort heraus. Sie hyperventilierte beinahe.

Eigentlich sah Edwin gar nicht so schlecht aus – dichtes Haar, konservativ frisiert, dunkelbraune Augen, schöne Haut. Nur sein Gesicht war etwas zu lang und kantig geraten. Er war in guter Form, aber massig, bestimmt eins fünfundachtzig oder mehr, und trotz des Gewichtsverlustes musste er wohl etwa neunzig Kilo wiegen. Seine Arme waren lang, die Hände auffallend groß und seltsam rosa.

Bobby Prescott sprang auf und stellte sich dem Mann in den Weg. Auch er hatte eine massige Statur, war aber eher breit als hoch, sodass Edwin ihn überragte.

„Hallo", sagte Edwin fröhlich. „Du musst Bobby, der Roadie, sein. Verzeihung – Chef der Roadcrew." Und dann richtete sein Blick sich wieder schmachtend auf Kayleigh. „Es wäre mir eine Ehre, wenn wir ein Glas Eistee zusammen trinken könnten. Gleich da drüben in der Ecke."

„Woher hast du …?“

„Gewusst, dass du hier sein würdest? Mensch, jeder weiß doch, dass dies dein Lieblingsladen ist. Steht doch in allen Blogs. Hier hast du ‚Me, I'm Not a Cowgirl‘ geschrieben.“ Er nickte in Richtung der Jukebox, aus der gerade genau jenes Lied erklang – inzwischen zum zweiten Mal, registrierte Kathryn.

„Ich … ich …“ Kayleigh wusste nicht, was sie sagen sollte.

Bobby legte Edwin eine Hand auf die Schulter. Edwin wich ein Stück zurück und kümmerte sich nicht weiter um Bobby. „Na los, lass uns Eistee bestellen. Du bist eingeladen. Hey, dein Haar ist wirklich wunderschön. Zehn Jahre, vier Monate.“

Kathryn hatte keine Ahnung, was er meinte, aber er setzte Kayleigh damit eindeutig noch mehr zu. Ihr Unterkiefer bebte.

„Kayleigh möchte ihre Ruhe haben“, sagte Alicia streng.

„Gefällt es Ihnen, für die Band zu arbeiten, Alicia?“, fragte er. „Sie sind jetzt fünf, sechs Monate dabei, richtig? Sie haben ebenfalls Talent. Ich hab Sie auf YouTube gesehen. Sie können richtig gut singen. Wow!“

Alicia beugte sich bedrohlich vor. „Woher kennen Sie mich?“

„Hören Sie, Kumpel“, murmelte Bobby. „Sie sollten jetzt gehen.“

Dann schob Tye Slocum langsam seinen Stuhl zurück und ging mit großen Schritten zur Tür. Edwins Blick folgte ihm, und auf seinem Gesicht lag immer noch dasselbe unerschütterliche Lächeln, das er vom ersten Moment an zur Schau gestellt hatte; aber etwas hatte sich geändert. Es war, als hätte er tatsächlich erwartet, dass Kayleigh sich zu ihm gesellen würde, und wäre nun verblüfft, dass sie es nicht tat. Ferner schien es ihn zu ärgern, dass Tye den Leibwächter holte. „Kayleigh, bitte. Ich wollte dich hier nicht stören, aber du hast ja nie auf meine E-Mails geantwortet. Es gibt so viel, worüber wir miteinander reden sollten.“

„Ich kann wirklich nicht.“

Licht blitzte auf, als die Tür sich öffnete. Darthur Morgan eilte herbei. Er blickte Edwin ins Gesicht, und Kathryn sah, wie sich die Muskeln um seinen Mund anspannten. „Sie sind Edwin Sharp?“

„Ganz recht, Mr Morgan.“

Es war heutzutage nicht schwierig, Informationen über andere Leute zu sammeln. Aber den Namen ihres Leibwächters in Erfahrung zu bringen?

„Ich muss Sie bitten, Ms Towne in Ruhe zu lassen. Sie möchte, dass Sie gehen. Sie sind ein Sicherheitsrisiko.“

„Nun, gemäß Giles gegen Lohan bin ich das keineswegs, Mr Morgan. Von mir geht nicht mal eine indirekte Bedrohung aus. Ich bin nur hier, um einer

Freundin von mir mein Mitgefühl zum Ausdruck zu bringen, weil ihr etwas Traumatisches zugestoßen ist. Und um ihr einen Eistee zu spendieren. Ihnen auch, falls Sie möchten."

„Ich denke, das reicht jetzt", sagte Morgan unbeeindruckt.

„Sie sind lediglich eine Privatperson", stellte Edwin ruhig fest. „Sie könnten mich nur festnehmen, falls Sie mich bei der Begehung einer Straftat erwischen. Und ich habe nichts Illegales getan. Wären Sie ein Polizeibeamter, sähe das anders aus, aber da Sie ..."

Tja, das musste wohl so kommen, dachte Kathryn Dance, stand auf und zeigte ihren CBI-Dienstausweis vor.

„Ah." Edwin nahm das Dokument eingehend in Augenschein. „Mir war doch so, als hätten Sie was Offizielles an sich."

„Können Sie sich irgendwie ausweisen?"

„Natürlich." Er gab ihr seinen Führerschein, ausgestellt im Staat Washington. Edwin Stanton Sharp. Mit einer Adresse in Seattle. Das Foto zeigte in der Tat einen wesentlich schwereren Mann mit strähnigen langen Haaren.

„Wo wohnen Sie hier in Fresno?", fragte Kathryn.

„In einem Haus am Woodward Park. In einem dieser Neubauten."

„Sie sind hergezogen?", flüsterte Alicia ungläubig.

„Nein, ich habe es bloß vorübergehend gemietet. Ich bin wegen des Konzerts in der Stadt."

„Nein, Sie wollten Kayleigh nachstellen", platzte es aus Bobby heraus. „Die Anwälte haben Sie doch ausdrücklich deswegen verwarnt."

Anwälte?, wunderte Kathryn sich.

Edwin ließ den Blick langsam über die Anwesenden schweifen. „Ich glaube, so wie Sie alle sich hier aufführen, bringt das Kayleigh aus der Fassung." Er wandte sich an sie. „Es tut mir leid. Ich weiß, womit du dich herumplagen musst. Aber keine Sorge, es wird alles gut." Er ging zur Tür, hielt inne und drehte sich noch einmal um. „Auch Ihnen noch einen schönen Tag, Agent Dance. Gott segne Sie für all die Opfer, die Sie für die Bürger dieses Staates bringen."

ALS KATHRYN SAGTE: „Und jetzt mal raus mit der Sprache!", legten sie los. Alle auf einmal.

Erst nachdem sie den Schwall an Informationen etwas geordnet hatte, gewann sie allmählich einen Überblick. Letzten Winter war ein Fan zu der Überzeugung gelangt, Kayleighs automatisch versandte Formbriefe und E-Mails, die stets mit einem „XO, Kayleigh" endeten – also dem Buchstabenpiktogramm für einen Kussmund und eine Umarmung –, seien wörtlich aufzufassen. Da die Songs ihm aus dem Herzen sprachen, war er zu dem Schluss gelangt, er und Kayleigh seien Seelenverwandte. Von da an hatte er sie mit Nachrichten bombardiert und ihr Geschenke geschickt.

Kayleigh und ihre Mitarbeiter folgten dem Rat, den Mann zu ignorieren, und reagierten nicht mehr auf ihn; nur die Geschenke schickten sie zurück. Edwin Sharp ließ sich davon jedoch nicht beirren.

Er wurde verwarnt, Dutzende Male. Die Anwälte Kayleighs und ihres Vaters drohten ihm mit rechtlichen Schritten sowie einer Anzeige für den Fall, dass er seine Nachstellungen nicht unterließ.

Er unterließ sie nicht.

„Das war so gruselig“, sagte Kayleigh nun mit zitternder Stimme. „Er wollte eine Haarsträhne oder den Abdruck meiner Lippen auf einem Stück Papier. Er hatte Fotos von mir an Orten gemacht, an denen ich niemanden sonst bemerkt hatte. Backstage oder auf Parkplätzen.“

„Das ist ja das wirklich Schlimme bei einer solchen Straftat“, erklärte Kathryn. „Man weiß nie so genau, wo der Stalker sich aufhält. Vielleicht meilenweit weg, vielleicht draußen vor deinem Fenster.“

„Und dann seine Nachrichten!“, fuhr Kayleigh fort. „Hunderte von Briefen und E-Mails. Wenn ich meine E-Mail-Adresse gewechselt habe, dauerte es nur wenige Stunden, und er kannte die neue.“

„Glaubst du, er könnte etwas mit dem Scheinwerfer zu tun gehabt haben, der heute heruntergefallen ist?“, fragte Kathryn.

Kayleigh sagte, sie habe im Kongresszentrum mehrmals den Eindruck gehabt, einen Schatten gesehen zu haben, aber womöglich war da auch gar nichts gewesen.

Alicia Sessions war sich da sicherer. „Ich hab was gesehen, hundertprozentig. Leider nichts Konkretes. Kein Gesicht, keine Gestalt.“

„Wissen die Behörden über Sharp Bescheid?“, fragte Kathryn.

„O ja, allerdings“, antwortete die Sängerin. „Die wussten, dass er vorhatte, das Konzert am Freitag zu besuchen, obwohl die Anwälte ihm eine Unterlassungsverfügung angedroht hatten. Der Sheriff wollte ihn im Auge behalten, falls er tatsächlich auftauchen würde.“

„Ich rufe beim Sheriff an und teile ihm mit, dass er bereits hier ist“, entschied Alicia. „Und wo er wohnt. Er hat ja nun wirklich kein Geheimnis daraus gemacht.“

Kayleigh schaute sich bekümmert um. „Das hier war immer mein Lieblingsrestaurant in Fresno. Nun hat er es mir gründlich verdorben. Ich habe keinen Hunger mehr. Und ich möchte gehen. Tut mir leid.“ Sie winkte nach der Rechnung und zahlte.

„Warte noch kurz.“ Bobby ging zur Eingangstür, öffnete sie einen Spalt, sprach mit Morgan und kehrte zum Tisch zurück. „Er ist nicht mehr da. Darthur hat gesehen, wie er in sein Auto gestiegen und weggefahren ist.“

„Lasst uns trotzdem den Hinterausgang nehmen“, schlug Alicia vor.

Tye bat Morgan, mit dem Wagen nach hinten auf den Parkplatz zu kommen. Kathryn begleitete die kleine Gruppe durch einen Lagerraum und vorbei an einer dreckigen Toilette. Dann waren sie draußen. Kathryn bemerkte, dass Kayleigh nach rechts blickte und ihr der Atem stockte. In sechs Meter Entfernung parkte ein riesiger, alter, leuchtend roter Straßenkreuzer. Hinter dem Steuer saß Edwin Sharp. „He, Kayleigh!“, rief er durch das offene Fenster. „Sieh dir meinen Schlitten an! Es ist zwar kein Cadillac, sondern nur ein Buick, aber gefällt er dir?“ Er fügte hinzu: „Keine Angst, mein Auto wird mir nie wichtiger sein als du!“

„My Red Cadillac“ hieß einer von Kayleighs größten Hits. Es ging darin um ein Mädchen, dem sein alter Wagen viel bedeutet … und das jeden Mann in die Wüste schickt, der dem großen verbeulten Vehikel nichts abgewinnen kann.

Bobby stürmte vor. „Verpiss dich, du Arschloch!“, brüllte er. „Und wage ja nicht, uns zu verfolgen, um herauszufinden, wo Kayleigh wohnt!“

Edwin nickte lächelnd und fuhr weg.

Kathryn war sich nicht sicher, aber sie hatte den Eindruck, dass das Gesicht des Stalkers bei Bobbys Worten leicht verwirrt gewirkt hatte – als wüsste er selbstverständlich, wo Kayleigh wohnte. Wieso auch nicht?

KALIFORNIEN hat seit jeher Latino-Musik hervorgebracht. Der größte Teil davon zählt zur mexikanischen Musik: traditionelle Mariachi-, Banda-, Ranchera-Musik und sogar mexikanische Spielarten von Ska und Hip-Hop.

Es war nun kurz vor 21 Uhr, und Kathryn Dance erhielt in José Villalobos’ drückend heißer Garage am Rande von Fresno eine unmittelbare Kostprobe dieser musikalischen Tradition. *Los Trabajadores* beendeten gerade die letzte Nummer für Kathryns digitalen Rekorder.

Die Session war gut verlaufen, wenngleich die Männer anfangs etwas unkonzentriert gewesen waren – hauptsächlich wegen Kathryns Begleitung: Kayleigh Towne, mit verwaschener Jeans, T-Shirt und Denim-Weste.

Die Musiker waren beeindruckt gewesen, und zwei von ihnen waren ins Haus gelaufen, um ihre Frauen und Kinder zu holen und sich dann Autogramme geben zu lassen. Eine der Frauen hatte unter Tränen gesagt: „Wissen Sie, Ihr Song ‚Leaving Home‘ bedeutet uns allen sehr viel. Gott segne Sie dafür, dass Sie dieses Lied geschrieben haben.“

Es handelte sich dabei um die Ballade über eine ältere Frau, die ihre Habseligkeiten zusammenpackt und das Haus verlässt, in dem sie und ihr Mann ihre Kinder großgezogen haben. Der Zuhörer fragt sich, ob sie wohl gerade zur Witwe geworden ist oder ob die Bank das Haus zwangsversteigern lässt. Erst am Ende wird klar, dass sie illegal im Land war und nun abgeschoben wird, obwohl sie ihr ganzes Leben in den Vereinigten Staaten verbracht hat.

Es war Kayleighs umstrittenster Song und hatte ihr den Zorn all jener eingehandelt, die für härtere Einwanderungsbestimmungen plädierten. Doch er war auch zu einer Hymne der arbeitenden Latino-Bevölkerung und all jener geworden, die für eine weichere Linie eintraten.

Während sie nun ihre Sachen zusammenpackten, erläuterte Kathryn, dass die Titel bald auf ihrer Internetseite zur Verfügung stehen würden. Sie sagte auch, die Band sei sehr gut und würde vermutlich eine ansehnliche Download-Quote erzielen. Es sei durchaus möglich, dass auch irgendein Produzent oder Agent auf sie aufmerksam werden würde.

Merkwürdigerweise waren die Männer nicht im Mindesten daran interessiert, erfolgreich zu werden. Oh, sie hätten nichts dagegen, mit ihrer Musik etwas Geld zu verdienen, aber nur über die Downloads, erklärten sie. „Dieses Leben auf Tour wäre einfach nichts für uns", meinte Villalobos. „Wir reisen nicht. Wir haben Jobs, Familien, *bebés*."

Sie verabschiedeten sich, und Kathryn und Kayleigh stiegen in den Wagen. Kathryn hatte ihr Auto am Mountain View stehen lassen und war mit Kayleigh in deren dunkelgrünem SUV hergekommen. Darthur Morgan nickte ihnen wortlos zu und fuhr sie dann zurück zu Kathryns Motel. Er hatte draußen im Wagen gewartet, um die Straße im Auge zu behalten.

Kayleigh sah zum Fenster hinaus. „Ich beneide diese Leute", gab sie zu. „Sie spielen abends oder an den Wochenenden für ihre Freunde und Angehörigen. Manchmal wünschte ich, ich wäre nicht so groß rausgekommen. Ich wollte nie wirklich ein Star sein. Ich wollte einen Ehemann und Kinder haben und ihnen und unseren Freunden etwas vorsingen."

Kathryn konnte im Fenster Kayleighs Spiegelbild erkennen. Ihr fiel auf, dass sie Tränen in den Augen hatte. Dann wandte Kayleigh sich wieder zu ihr um, schob offenbar die finsteren Gedanken beiseite und lächelte schelmisch. „Also", sagte sie. „Jetzt erzähl mal. Was machen die Kerle? Hast du nicht einen gewissen Jon erwähnt?"

„Der großartigste Mann auf der Welt", schwärmte Kathryn. „Er hat früher im Silicon Valley gearbeitet, aber inzwischen ist er Dozent und übernimmt Beratungsaufträge. Am wichtigsten ist, dass Wes und Maggie ihn mögen.

Und es läuft gut. Aber ich bin erst seit ein paar Jahren verwitwet. Ich hab's nicht eilig."

„Sicher", meinte Kayleigh nur, denn sie nahm ihr die lahme Ausrede nicht so ganz ab.

Zehn Minuten später hielt Darthur Morgan vor dem Mountain View Motel. Kathryn wünschte Kayleigh und ihrem Leibwächter eine gute Nacht.

In diesem Moment summte Kayleighs Telefon. Sie schaute auf das Display und runzelte die Stirn. Dann hob sie ab. „Hallo? … Hallo?" Sie lauschte kurz und fragte dann verärgert: „Wer ist denn da?"

Kathryn hatte die Hand schon am Türgriff. Sie hielt inne und wandte sich zu der Sängerin um.

Kayleigh trennte die Verbindung und musterte erneut das Display. „Komisch. Jemand hat mir gerade eine Strophe aus ‚Your Shadow' vorgespielt."

Das war der Titelsong ihres neuesten Albums und bereits ein riesiger Hit.

„Wer auch immer das war, er hat kein Wort gesagt. Er hat nur die erste Strophe gespielt."

Kathryn hatte sich das Lied heruntergeladen und kannte den Text:

You walk out onstage and sing folks your songs.
You make them all smile. What could go wrong?
But soon you discover the job takes its toll,
And everyone's wanting a piece of your soul.

(Du gehst auf die Bühne und singst den Leuten deine Lieder vor.
Du bringst sie alle zum Lächeln. Was soll da groß schiefgehen?
Doch schon bald stellst du fest, dass dieser Job seinen Tribut fordert
Und jeder ein Stück von deiner Seele will.)

„Die Sache ist nur die: Die Aufnahme war von einem Konzert."

„Aber es gibt doch von dir gar kein Livealbum", sagte Kathryn.

Kayleigh starrte immer noch das Display an. „Stimmt. Das muss ein Bootleg gewesen sein. Aber die Aufnahme war von wirklich guter Qualität. Wer hat das eben abgespielt? Und warum?"

„Sagt dir die Nummer des Anrufers denn nichts?"

„Nein. Die Vorwahl stammt nicht hier aus der Gegend. Glaubst du, das war Edwin?", fragte sie mit angespannter Stimme. „Aber, Moment mal, nur meine Freunde und Angehörigen kennen diese Nummer. Wie könnte er denn an sie rankommen?"

„Gib mir die Nummer", sagte Kathryn. „Ich mache ein paar Anrufe. Und ich überprüfe Edwin. Wie war doch gleich sein Nachname?"

„Sharp. Ohne e am Ende. Danke, Kathryn."

„Na klar, gern." Kathryn notierte sich die Nummer des Anrufers und stieg aus dem Wagen.

Während der Wagen anfuhr, ging Kathryn hinein.

Sie duschte, zog einen Bademantel an und setzte sich aufs Bett. Dann drückte sie eine Kurzwahltaste an ihrem Telefon.

„Hallo Boss", begrüßte sie TJ Scanlon fröhlich.

TJ war der alternativste aller Agenten der CBI-Dienststelle von Monterey, in der es im Allgemeinen eher konservativ zuging. Er war die erste Wahl für alle anspruchsvollen Aufträge, für verdeckte Ermittlungen und für alle denkbaren Fragen zu den Themen Sechzigerjahre, Bob Dylan, Batikhemden und Lavalampen.

„Du musst etwas für mich überprüfen, TJ."

Sie gab ihm durch, was sie über Edwin Sharp wusste. Dann nannte sie ihm die Nummer des Anrufers, der Kayleigh vorhin ihr eigenes Lied vorgespielt hatte.

„Brauchst du was Bestimmtes zu Sharp?", fragte TJ.

„Das Übliche. Aber auch Zivilrechtliches. Stalking, Gerichtsverfahren, Unterlassungsverfügungen. Hier und im Staat Washington. Nimm außerdem noch Oregon dazu."

„Mach ich. Bis bald, Boss."

Kathryn trennte die Verbindung. Es war Bettzeit. Sie putzte sich die Zähne, streifte den Bademantel ab und zog Boxershorts sowie ein T-Shirt an. Sie schaltete das Licht aus, dann ging sie zum Fenster, um die Vorhänge zuzuziehen.

Und erstarrte.

Das Fenster.

Bevor sie an jenem Nachmittag das Zimmer verlassen hatte, hatte Kathryn sowohl die Gardine als auch die schweren Vorhänge zugezogen.

Dieselben Vorhänge, die sie gerade erneut zugezogen hatte.

Nur dass sie sie zuvor nicht wieder geöffnet hatte. Jemand anders war hier im Zimmer gewesen und hatte das getan. Aber wer?

Kathryn ging zum Fenster und spähte hinaus. Es war 23.30 Uhr, und der Park auf der anderen Seite des Highways war menschenleer … Nein, doch nicht. Da war jemand im Schatten. Sie konnte zwar keine konkrete Person erkennen, aber sie sah den winzigen orangefarbenen Glutpunkt einer Zigarette.

Ihr fiel ein, wie Edwin Sharp mittags im Restaurant bedächtig und eindringlich ihr Gesicht und ihren Körper gemustert hatte. Und wie er sorgfältig alle Informationen auf ihrem Dienstausweis gelesen hatte. Sie wusste, dass Stalker wahre Meister darin waren, sich Informationen über andere Leute zu beschaffen – sowohl über ihre Zielpersonen als auch über jeden, der sich dabei als Hindernis erweisen konnte.

Kathryn vergewisserte sich, dass alle Fenster geschlossen waren und sie die Türkette eingehängt hatte. Dann nahm sie durch einen Spalt zwischen den Vorhängen ein weiteres Mal den Park in Augenschein. Es war zu dunkel und diesig, um viel erkennen zu können. Der orangefarbene Punkt flammte auf, als der Raucher tief inhalierte. Dann fiel die Kippe zu Boden und verschwand unter einem Schuh oder Stiefel. Darüber hinaus sah Kathryn keine weitere Bewegung. War der Beobachter nun weg?

Sie wartete noch einen Moment ab, legte sich dann ins Bett und schloss die Augen. Aber sie wusste, dass der Schlaf noch lange auf sich warten lassen würde.

KURZ VOR MITTERNACHT parkte Bobby Prescott beim Kongresszentrum, stieg aus dem Minivan der Band und streckte sich. Hinter ihm lag eine lange Fahrt nach und von Bakersfield, wo er die eigens angefertigte Verstärkerbank abgeholt hatte.

Er schloss die Tür zur Bühne auf und rollte den schweren Verstärker hinein. Zudem hatte er eine Schachtel Halterungen und Sicherheitskabel mitgebracht. Wegen des Scheinwerferriegels, der am Vormittag heruntergefallen war.

Das Leben als Rockstar konnte gefährlich werden. Bobbys Vater hatte in den Sechzigern und Siebzigern als Toningenieur in London gearbeitet. Es gab damals zwar eine Reihe ernsthafter Profis – die Beatles und die Stones zum Beispiel –, aber ihnen stand eine Vielzahl verrückter, selbstzerstörerischer Musiker gegenüber, die es schafften, sich mit Drogen, Alkohol, Autos und schlechtem Urteilsvermögen selbst umzubringen. Doch auch wenn man das leichtsinnige Verhalten außer Acht ließ, blieben Auftritte nicht ohne Risiken. Das größte davon war die Elektrizität – er hatte von drei Künstlern gehört, die auf der Bühne durch Stromschläge getötet worden waren. Aber ein Scheinwerfer, der sich aus der Aufhängung löste? Das war seltsam und ihm während seiner Jahre als Roadie noch nie untergekommen.

War Kayleigh in Gefahr? Bobby erschauderte schon bei dem bloßen Gedanken.

Heute Abend war die riesige Halle nur vom Licht der Notbeleuchtung erhellt. Doch im Gegensatz zu Kayleigh, die von einer unbestimmten Beklemmung gesprochen hatte, fühlte Bobby sich hier total wohl. Er und

Kayleigh lagen praktisch immer auf derselben Wellenlänge, nur in einem Punkt nicht: Für sie war die Musik ein Geschäft, ein Beruf. Und in Konzerthallen ging es ihr nur um die Akustik. Für Bobby, den Romantiker, waren dies ganz besondere, beinahe andächtige Orte. Er glaubte, dass die Klänge aller Künstler, die je in einem solchen Saal aufgetreten waren, für immer dort weiterhallten.

Als er sich nun der heruntergefallenen Scheinwerferbatterie näherte, fiel ihm auf, dass sie bewegt worden war. Bobby hatte den schweren schwarzen Beleuchtungskörper auf die Bühne abgelassen und verfügt, dass niemand ihn anrühren solle. Inzwischen lag das Ding aber vorn an der Kante, oberhalb des Orchestergrabens, und somit gute viereinhalb Meter von der ursprünglichen Stelle entfernt.

Dafür würde jemand Ärger bekommen. Bobby hockte sich hin und nahm den Scheinwerferriegel in Augenschein. Wie zum Teufel hatte so etwas passieren können?

Bobby Prescott hörte die Schritte hinter sich nicht. Er spürte nur die beiden Hände, die ihn nach vorn stießen. Er stürzte sechs Meter tief in den Orchestergraben und schlug auf dem Betonboden auf. Sein Unterkiefer und der Arm brachen, aber lediglich ein kurzer Schrei drang über seine Lippen.

Er lag stöhnend auf dem Bauch und starrte den weißen, blutbespritzten Knochen an, der aus seinem Unterarm ragte.

Wer hatte das getan? Edwin?

„Hilfe!“

Er hörte ein leises Geräusch von oben, ein Scharren. Er drehte den Kopf und sah hoch. Entsetzt verfolgte er, wie der Scheinwerferriegel sich direkt über ihm immer weiter über die Bühnenkante schob.

„Nein! Wer ist da? Nein!“

Bobby wollte verzweifelt außer Reichweite kriechen, aber seine Beine gehorchten ihm nicht. Also versuchte er, sich mit dem unverletzten Arm über den Betonboden zu ziehen. Zwei Zentimeter, fünf … Beweg dich, roll dich zur Seite!

Doch zu spät. Die Scheinwerferbatterie traf mit 160 Kilometern pro Stunde auf seinen Rücken. Er fühlte in seinem Körper abermals etwas brechen, und alle Schmerzen waren plötzlich weg.

Ihm wurde schwarz vor Augen.

Irgendwann später kam Bobby wieder zu sich. Der Raum war in erstaunliche Helligkeit getaucht. Die Scheinwerfer auf seinem Rücken waren eingeschaltet worden. Und jede der großen Birnen brannte mit der Kraft von eintausend Watt.

Dann sah er auf der Wand Schatten von Flammen flackern. Im ersten Moment war ihm nicht klar, was da brannte – er spürte jedenfalls keinerlei Hitze. Doch dann stieg ihm der eklige Gestank von verkohltem Haar und Fleisch in die Nase.

Da wusste er es.

3

MONTAG

Das Klingeln ihres Mobiltelefons riss Kathryn Dance aus dem Schlaf. Ohne Brille konnte sie die Nummer des Anrufers nicht entziffern. Sie drückte die grüne Taste. „Ja?"

„Ich hab dich wohl geweckt, Boss. Tut mir leid."

„Was heißt das: tut dir leid? Ist bei euch was passiert?" Kathryn musste, wie so oft, an den Anruf eines Polizeibeamten denken – ein kurzes, freundliches, aber emotionsloses Gespräch, in dem ihr mitgeteilt worden war, dass das Leben, das sie mit ihrem Mann Bill geplant hatte, nicht stattfinden würde.

„Nicht bei uns, bei euch", sagte TJ Scanlon.

Sie kniff die Augen zusammen. Wie spät war es überhaupt? Fünf Uhr morgens? Vier? Sie setzte sich mit einiger Mühe auf. „Fang von vorn an."

„Ach, du weißt es noch gar nicht?"

„Nein, ich weiß es noch gar nicht."

„Okay. Hier bei uns im System wird ein Mord in Fresno gemeldet. Tatzeit gestern am späten Abend oder heute am frühen Morgen. Das Opfer ist jemand aus dem Umfeld von Kayleigh Towne."

„Wer?" Sie strich sich das dunkelblonde Haar aus dem Gesicht. Je schlimmer die Neuigkeiten, desto ruhiger wurde Kathryn.

„Ein gewisser Robert Prescott."

Bobby?, grübelte sie. Ja, das war sein Nachname: Prescott. Oh, verdammt … Aus der gestrigen Interaktion zwischen ihm und Kayleigh hatte sie deutlich erkennen können, dass die beiden nicht nur Arbeitskollegen, sondern enge Freunde waren. „Gibt es schon nähere Einzelheiten?"

„Noch nicht."

Kathryn dachte auch an Edwins unnatürliches Lächeln zurück, an seine anzüglichen Blicke und sein unterkühltes Auftreten, hinter dem sich ihrer Ansicht nach geballter Zorn verbarg.

„Es war bloß eine kurze Nachricht", erklärte TJ. „Das Opfer ist im

Kongresszentrum ums Leben gekommen. Zuständig für den Fall ist das Fresno Madera Consolidated Sheriff's Office. Der Sheriff heißt Anita Gonzalez, der leitende Detective P. K. Madigan. Er gehört schon ewig zur Truppe."

„Ich mache mich gleich auf den Weg zum Tatort. Hast du schon was über den Stalker?"

„Es gibt weder Haftbefehle noch Gerichtsbeschlüsse in Kalifornien. Auf die Antworten aus Washington und Oregon warte ich noch. Was die Telefonnummer anbelangt, die du mir gegeben hast … von der Person, die Kayleigh angerufen hat … Das war ein bar bezahltes Prepaid-Telefon, gekauft vor drei Tagen in einem Drugstore in Burlingame, südlich von San Francisco, in der Nähe des Flughafens. Von der Transaktion existiert weder eine Videoaufzeichnung noch sonst irgendein Nachweis. Die Angestellten können sich nicht daran erinnern. Mehr weiß ich bislang nicht."

„Bleib dran. Schick mir Sharps vollständige Biografie. Alles, was du kriegen kannst."

„Dein Wunsch ist mir Befehl, Boss."

Sie beendeten das Gespräch.

Wie spät war es denn nun? Im Zimmer war es noch immer dunkel, aber durch die Vorhänge schimmerte Tageslicht.

Brille auf. Oh, halb neun. Früher Vormittag.

Sie ging ins Badezimmer, um schnell zu duschen. Zwanzig Minuten später trug sie eine schwarze Jeans, ein schwarzes T-Shirt und ein marineblaues Seidenjackett. Die Hitze konnte bei dieser Kleidung ein Problem werden, aber Kathryn Dance würde heute vielleicht noch dienstlich unterwegs sein.

HATTE ES wirklich nur ein einziges Opfer gegeben?

Als Kathryn Dance auf den Parkplatz des Kongresszentrums fuhr, hielten sich dort weitaus mehr Feuerwehrleute, Rettungssanitäter und Polizisten auf, als sie erwartet hatte. Kathryn parkte neben einem Dodge und stieg aus.

Eine Frau in der Uniform eines Deputys sah in ihre Richtung. Auf dem kleinen metallenen Namensschild über der Brust stand C. STANNING. „Kann ich Ihnen helfen?"

Kathryn Dance zeigte ihren CBI-Dienstausweis vor. Die Frau schien nicht zu wissen, was sie davon halten sollte. „Sie … Hat Sacramento sich eingeschaltet?"

„Noch nicht. Ich war zufällig in der Nähe."

Stanning dachte darüber nach – und vermutlich auch an die Anweisungen ihrer Vorgesetzten. „Okay", sagte sie dann.

Kathryn ging weiter auf das Kongresszentrum zu. Die Luft zwischen den beiden hohen Mauern, die zum Eingang führten, war aufgrund der völligen Windstille furchtbar stickig. Sie trat ein. Die Erleichterung über die Klimaanlage hielt ungefähr eine halbe Sekunde an, dann machte der Gestank sie gründlich zunichte.

Kathryn Dance arbeitete nun schon einige Jahre als Polizistin und hatte Hunderte von Tatorten aufgesucht. Als CBI-Agentin war sie jedoch nur selten als Erste vor Ort und hatte auch nichts mit der Spurensicherung zu tun. Wenn sie kam, war der größte Teil des Grauens längst beseitigt. Der Geruch von verbranntem Fleisch und Haar traf sie daher vollkommen unerwartet. Sie kämpfte energisch gegen die Übelkeit an. Dann betrat sie die große Halle. Auf der Bühne und im Zuschauerraum hielt sich ein Dutzend Leute von der Polizei, Feuerwehr und dem Rettungsdienst auf.

Kathryn stieg die Stufen zur Bühne empor und steuerte eine Gruppe am Rand des Orchestergrabens an. Von dort unten stiegen immer noch ein paar Rauchfetzen auf. Was ist hier bloß geschehen?, fragte sie sich. Ihr fiel der herabgestürzte Scheinwerfer vom Vortag wieder ein.

Alle Polizisten hier trugen gelbbraune Uniformen. Bei zweien von ihnen erkannte Kathryn am Auftreten und an den Blicken sofort, dass sie den anderen übergeordnet waren. Die eine Polizeibeamtin war eine stämmige Latina Mitte fünfzig, mit langem Haar und pockennarbigem Gesicht. Der Mann, mit dem sie sprach, war ein Weißer. Das große runde Gesicht war mit zahllosen Fältchen übersät. Seine Haltung – vorgebeugt, die Schultern hochgezogen – und die argwöhnisch blickenden grauen Augen ließen auf einen arroganten und schwierigen Mann schließen. Sein Haar war schwarz und dicht. Er trug einen Revolver, einen Colt. Sie vermutete, dass dieser Mann P. K. Madigan, der leitende Detective, war.

Das Gespräch verstummte, und alle drehten sich zu der schlanken Frau um, die mit Jeans und Sportsakko auf sie zukam.

„Und Sie sind …?“, fragte Madigan schroff.

Kathryn sah am Namensschild, dass die Frau Gonzalez hieß und somit der Sheriff war. Daher wandte sie sich an sie und zeigte ihren Dienstausweis vor. Beide leitenden Uniformierten nahmen das Dokument genau in Augenschein.

„Ich bin Sheriff Gonzalez. Das ist Chief Detective Madigan.“

Wenn jemand sich ohne Vornamen vorstellt, will er dadurch meistens seinen Führungsanspruch geltend machen. Kathryn nahm das vorläufig nur zur Kenntnis. Sie war nicht zu einem Kräftemessen hier.

„Meine Dienststelle hat mich über einen Mordfall in Kenntnis gesetzt.

Ich war zufällig wegen einer anderen Angelegenheit in der Gegend." Das konnte eine offizielle Angelegenheit gewesen sein oder auch nicht. Sollten der Sheriff und der Chief Detective ruhig raten. „Ich bin außerdem mit Kayleigh Towne befreundet. Als ich hörte, dass das Opfer zu ihrem Team gehört, bin ich gleich hergekommen."

„Nun, vielen Dank, Kathryn", sagte Madigan.

Und wenn jemand einen anderen mit dessen Vornamen anspricht, will er ihm dadurch meistens dessen untergeordnete Stellung verdeutlichen.

„Aber wir benötigen derzeit keine CBI-Unterstützung", fuhr der Detective fort. „Meinen Sie nicht auch, Sheriff?"

„Ja, das sehe ich auch so", pflichtete Gonzalez ihm bei.

„Sie sagten, Sie seien in einer anderen Angelegenheit hier?", fragte Madigan. „Ich verschaffe mir jeden Morgen einen Überblick über die Bureauübergreifenden Meldungen. Nachrichten über neue Ermittlungen für unsere Gegend waren aber nicht dabei. Andererseits geben die – Sie – uns natürlich auch nicht immer Bescheid." Er zwang sie, Farbe zu bekennen.

„Eine Privatsache", antwortete Kathryn und sprach sofort weiter: „Das Opfer war Bobby Prescott, der Chef der Roadcrew?"

„Ganz recht."

„Ist sonst noch jemand zu Schaden gekommen?"

„Nein, nur Bobby", erwiderte Sheriff Gonzalez.

„Und was ist passiert?"

„Er hat letzte Nacht offenbar auf der Bühne gearbeitet", erklärte Gonzalez. „Wie es aussieht, ist er ausgerutscht und gestürzt, und ein Scheinwerfer ist auf ihm gelandet. Das Ding war eingeschaltet und hat ihn in Brand gesetzt. Gestorben ist er dann am Blutverlust und an den Verbrennungen."

„Es muss eine ganze Weile gebrannt haben. Wurde denn kein Feueralarm ausgelöst?"

„Die Rauchmelder im Orchestergraben haben nicht funktioniert. Den Grund dafür kennen wir nicht."

Kathryn sah sofort Edwin Sharp vor sich, wie er Bobby Prescott angesehen hatte, mit diesem falschen Lächeln und einem Blick, der auch bedeutet haben könnte, den Roadie in ein Häuflein Asche zu verwandeln.

„Sie sollten wissen, dass …"

„… es einen Stalker namens Sharp gibt?", fiel Madigan ihr ins Wort.

„Ja, genau."

„Einer aus dem Team, Tye Slocum, hat mir berichtet, es sei gestern im Cowboy Saloon zu einem Zwischenfall gekommen."

„Bobby hat sich ihm zweimal in den Weg gestellt", berichtete Kathryn.

„Und Edwin hat vermutlich gehört, dass Bobby sagte, er würde am Abend noch einmal herkommen und einen technischen Defekt überprüfen."

„Wir haben Edwin auf dem Schirm", erklärte Madigan. „Wir wissen, dass er für einen Monat ein Haus am Woodwark Park gemietet hat, im Nordteil der Stadt. Danke für Ihren Besuch. Wir geben dem CBI Bescheid, falls wir irgendwas benötigen sollten."

Kathryn musterte die Bühne und den Dunst über dem Orchestergraben.

„Machen Sie's gut", sagte Gonzalez.

Doch trotz des doppelten Rauswurfs hatte Kathryn Dance noch nicht vor, sich zu verabschieden. „Wie konnte der Scheinwerfer denn auf ihn fallen?"

„Vielleicht hat er ihn am Kabel hinter sich hergezogen", mutmaßte der Sheriff.

„War es ein Scheinwerferriegel, also eine ganze Batterie?", fragte Kathryn.

„Keine Ahnung, wie man die nennt", brummte Madigan. „Sehen Sie selbst nach."

Kathryn tat es. Es war ein Riegel mit vier Scheinwerfern. „Das könnte dieselbe Batterie sein, die gestern heruntergefallen ist. Wie konnte das Ding denn aus der Halterung fallen?"

„Vielleicht, weil sich die Flügelmuttern gelöst haben?" Madigan blickte hinauf zu dem Gestänge.

„Ich frage mich, wie Bobby hier abstürzen konnte. Die Warnung ist doch nicht zu übersehen." Ein breites gelbes Klebeband markierte die Kante der Bühne.

Da ertönte aus dem Hintergrund der Halle die laute, entsetzte Stimme einer Frau: „Nein … nein, *nein*!" Das letzte Wort war ein Aufschrei.

Kayleigh Towne rannte den Mittelgang entlang auf den Orchestergraben zu, in dem ihr Freund auf so grausame Weise gestorben war.

Kathryn Dance hatte die junge Sängerin ein halbes Dutzend Mal getroffen. Kayleigh war stets perfekt zurechtgemacht gewesen. Heute hingegen sah sie völlig aufgelöst aus. Kein Make-up, das lange Haar zerzaust, die Augen vom Weinen angeschwollen.

Detective P. K. Madigans Miene verwandelte sich bei Kayleighs Anblick in aufrichtiges Mitgefühl. Er fing die Sängerin im Zuschauerraum ab, bevor sie die Bühne erreichen konnte. „Kayleigh, Sie sollten nicht hier sein."

„Ist Bobby …?"

„Leider, ja."

„Man hat es mir gesagt … aber ich habe so sehr gehofft, es würde sich als Irrtum herausstellen."

Dann gesellte Sheriff Gonzalez sich zu den beiden und legte dem Mädchen einen Arm um die Schultern. „Es tut mir leid, Kayleigh“, sagte Gonzalez. „Es tut mir so leid.“

„*Er* war's! Edwin. Ich weiß es! Gehen Sie und verhaften Sie ihn! Er parkt vor meinem Haus, in diesem Moment!“

„Er macht *was*?“, fragte Madigan.

„Er ist auf dem Parkplatz des Naturerholungsgebietes, gleich auf der anderen Straßenseite. Er sitzt einfach da in seinem verfluchten roten Wagen.“

Madigan runzelte die Stirn und schickte per Funk einen Polizisten dorthin, um die Lage zu überprüfen.

Kathryn kehrte zum Rand der Bühne zurück und sah hinunter. Der Scheinwerferriegel, etwa zwei Meter lang, lag auf den verbrannten Überresten von Bobby Prescott. Sie betrachtete die gebrochenen Knochen und die Klauenform der Hände – teilweise wegen der für ein Brandopfer typischen Kontraktionen, aber auch weil er bestimmt versucht hatte, seinen zerschmetterten Leib aus dem Bereich unterhalb der Bühnenkante zu ziehen. Er wollte weg von den Stufen – was unlogisch gewesen wäre, hätte er einfach nur Hilfe gesucht.

„Zunächst ist er selbst gestürzt, die Lampe erst etwas später“, sagte Kathryn zu dem Polizisten neben ihr, ganz leise, damit Kayleigh es nicht hörte.

„Wie war das?“ Der Mittdreißiger mit dem dunklen Teint, der rechteckigen Statur und dem üppigen schwarzen Schnurrbart trat näher. Auf seinem Namensschild stand DET. D. HARUTYUN.

Sie wies nach unten. „Achten Sie mal auf den Winkel seiner Beine. Und sehen Sie sich seine Hände an. Erst ist er gestürzt. Dann ist die Lampe auf ihm gelandet.“

Der Polizist musterte alles schweigend. Dann sagte er: „Der Scheinwerfer ist gekippt und umgefallen. Der Mann wusste, dass er auf ihn fallen würde, weil er an dem Kabel gezogen hatte.“

Doch das Kabel war an eine Steckdose auf der Bühne angeschlossen, nicht im Orchestergraben. Kathryn Dance und der Detective realisierten das im selben Moment. Bobby konnte den Scheinwerfer nicht auf sich herabgezogen haben.

„Und warum ist das Kabel dort in der Wand eingestöpselt?“, fragte sie. „Ein solcher Scheinwerfer hängt doch eigentlich hoch über der Bühne. Da oben bekommt er auch Strom. Wieso wurde er überhaupt angeschlossen? Das sollte auch unbedingt geklärt werden.“

„Ich kümmere mich darum.“

Was er sogleich tat. Er ging die Stufen hinunter, nahm Madigan zur Seite und flüsterte ihm etwas zu.

Der Chief Detective nickte. „Okay!“, rief er. „Die gesamte Bühne gilt ab sofort als Tatort! Außerdem das Gestänge, von dem sich gestern der Scheinwerfer gelöst hat! Räumt den Bereich und schickt Charlies Leute dort auf die Suche!“

Kathryn gesellte sich zu Kayleigh, die dastand, sich hektisch umschaute und anfing, wirres Zeug zu reden. Sie nahm sie fest in die Arme und fragte sie, wie sie ihr helfen könne. Kayleigh bedankte sich und begann zu schluchzen. „Oh, Kathryn, ist das zu fassen? Ich … ich kann's gar nicht glauben. Bobby!“ Dann fiel ihr Blick auf den Orchestergraben und sie erinnerte sich an etwas. Sie wandte sich an Madigan und Gonzalez und sagte, sie habe sich hier gestern beobachtet gefühlt.

„Von wo aus?“

Sie zeigte darauf. „Aus dem Durchgang dahinten. Alicia – meine Assistentin – hat auch was gesehen. Aber wir konnten niemanden deutlich erkennen.“

„Erzähl ihnen von dem Anruf gestern Abend“, forderte Kathryn sie auf.

Kayleigh berichtete von dem Anruf, bei dem ihr jemand eine Strophe ihres neuen Songs „Your Shadow“ vorgespielt hatte. „Und übrigens, die Aufnahme war sehr hochwertig. Mit geschlossenen Augen hätte man nicht unterscheiden können, ob da jemand singt oder ob eine digitale Aufzeichnung abgespielt wird. Nur Profis besitzen Rekorder dieser Güteklasse.“

„Oder ein fanatischer Fan“, gab Kathryn zu bedenken. Dann erzählte sie, was sie von TJ über das Mobiltelefon erfahren hatte. Madigan schien wenig begeistert zu sein, dass jemand aus einem anderen Zuständigkeitsbereich bereits begonnen hatte, in seinem Fall zu ermitteln. Dennoch notierte er sich die Einzelheiten.

In diesem Moment kam Deputy Stanning von draußen herein.

„Crystal, was gibt's?“, fragte Madigan kühl.

„Chief, es finden sich immer mehr Reporter ein“, erklärte sie. „Die werden eine Pressekonf…“

„Sind Sie nicht dafür zuständig, die Leute vom Tatort fernzuhalten, Deputy?“

„Das hier ist ein ziemlich großes Gelände“, versuchte Stanning sich zu rechtfertigen. „Es gibt jede Menge Gaffer. Ich halte sie so gut wie möglich zurück.“

„Das will ich auch hoffen.“

Sheriff Gonzalez erhielt einen Anruf und führte ein kurzes Gespräch.

„Ich muss jetzt weg", erklärte sie dann. „Ihr Verlust tut mir leid, Kayleigh." Das war aufrichtig gemeint. „Was auch immer ich für Sie tun kann, lassen Sie es mich wissen." Dann verabschiedete sie sich von Kathryn Dance und ging.

„Ich bin auf Verhöre und Befragungen spezialisiert, Detective", sagte Kathryn zu Madigan. „Falls ich mit einem Ihrer Verdächtigen oder Zeugen reden soll, geben Sie mir einfach Bescheid." Sie reichte ihm ihre Visitenkarte.

„Ich bin auf dem Gebiet auch nicht ganz unbewandert", erwiderte Madigan. Er steckte die Karte ein wie ein benutztes Papiertaschentuch.

„Moment mal, waren Sie das mit dem Seminar in Salinas?", fragte Harutyun. „Es ging um Körpersprache. Kinetik, richtig?"

„Kinesik, ja."

Er wandte sich an Madigan. „Alberto und ich haben letztes Jahr daran teilgenommen. Es war sehr hilfreich." Zu Kathryn gewandt, fügte er hinzu: „Und Sie waren außerdem witzig."

„Ein Seminar. Witzig", wiederholte Madigan. „Tja, gut zu wissen. Aber da kommt mir gerade ein Gedanke. Kayleigh, Sie haben doch hier gestern jemanden gesehen?"

„Bloß einen Schatten", erwiderte die Sängerin.

Er lächelte. „Es muss allerdings immer etwas da sein, das einen Schatten wirft. Oder jemand. Warum sprechen Sie nicht mal mit allen Angehörigen der Crew, die gestern hier waren, Kathryn? Und auch mit allen Angestellten des Kongresszentrums. Vielleicht hat ja irgendjemand irgendwas bemerkt."

„Das könnte ich tun, Detective. Aber das ginge eher in Richtung Klinkenputzen. Normalerweise werde ich hinzugezogen, wenn Grund zu der Annahme besteht, dass ein Zeuge oder Verdächtiger lügt oder sich nicht mehr an relevante Fakten erinnern kann."

„Ich hoffe wirklich, dass wir jemanden auftreiben können, an dem Sie dann Ihre Seminarkünste erproben dürfen, Kathryn. Doch bis dahin wäre es eine große Hilfe, wenn Sie herausfinden könnten, was die anderen zu sagen haben. Sie brauchen sich natürlich nicht dazu verpflichtet zu fühlen."

Sie war ausmanövriert worden. Der Hund hatte beim Picknick nach leckeren Bissen geschnüffelt und stattdessen einen trockenen Knochen hingeworfen bekommen.

„Freut mich, wenn ich helfen kann", antwortete Kathryn. Sie ließ sich von Kayleigh die Namen der Crewmitglieder und Mitarbeiter des Kongresszentrums nennen, die am Vortag zugegen gewesen waren, und gab sie einen nach dem anderen in ihr iPhone ein.

„Wir sehen uns dann später", sagte Kathryn zu Kayleigh und wandte sich zum Gehen, als ihr schlagartig etwas klar wurde. Sie drehte sich wieder um. „Kayleigh, noch mal wegen gestern Abend … Der Anrufer hat dir nur *eine* Strophe vorgespielt, richtig?"

„Ja, die erste. Und den Refrain."

„Und im Text geht es doch um einen Konzertsaal, oder?"

„Nun ja, es dreht sich eher darum, wie es ist, eine öffentliche Person zu sein. Aber es wird eine Bühne erwähnt."

„Ich weiß nicht, wer hinter der Sache steckt", meinte Kathryn. „Aber falls es ein Stalker wie Edwin ist, wird er meiner Ansicht nach weitere Morde begehen."

„Noch mehr?", flüsterte Kayleigh.

Stalker wurden nur selten zu Mördern, aber Kathryn hatte gelernt, dass es in dieser Hinsicht keine Gewissheiten gab. Ein Ersttäter war ebenso ein Mörder wie ein Gewohnheitsverbrecher.

„Stalking basiert auf der steten Wiederholung eines obsessiven Verhaltens. Ich glaube, wir sollten davon ausgehen, dass er weitere Anrufe tätigen wird und dass sich auch weitere Leute in Gefahr befinden. Ich würde Kayleighs Telefon überwachen lassen. Und lassen Sie uns die anderen Strophen des Songs unter die Lupe nehmen und herausfinden, wo oder gegen wen er das nächste Mal zuschlagen könnte."

„Aber was hätte der Täter davon?", fragte Madigan.

„Das weiß ich nicht", erwiderte Kathryn. „Manche Stalker sind einfach Psychotiker."

„Klingt ziemlich weit hergeholt", sagte Madigan. Er schien in erster Linie verärgert zu sein, dass Kayleigh dank Kathryn Dance noch weiter aus der Fassung gebracht worden war.

„Ich halte es für wichtig."

„Offenbar tun Sie das." Der Chief Detective erhielt einen Anruf, hörte kurz zu und sagte dann zu Kayleigh: „Das war eine der Streifen. Die Kollegen sind an Ihrem Haus vorbeigefahren, haben aber weder ihn noch seinen Wagen gesehen."

„Wo ist er hin?" Kayleigh klang panisch.

„Das wissen wir nicht." Madigan sah auf die Uhr. Er wies Harutyun an, nach draußen zu gehen und für die Reporter eine kurze Verlautbarung abzugeben. „Nennen Sie keine Einzelheiten, nur Bobbys Namen. Die Ermittlungen laufen. Sieht vorläufig nach Unfall aus. Sie wissen schon, das Übliche." Dann fertigte er auch Kathryn ab. „Wenn Sie sich nun bitte an die Vernehmungen machen würden … Ich wüsste das wirklich zu schätzen, Kathryn."

Kathryn umarmte Kayleigh ein weiteres Mal. Dann begleitete sie Harutyun zum Ausgang.

„Danke, dass Sie ihn wegen des Scheinwerfers angesprochen haben, Detective Harutyun."

„Das erschien nur sinnvoll. Nennen Sie mich Dennis."

„Kathryn."

Als sie durch den Vordereingang ins Freie traten, ließ Harutyuns Gesicht Anspannung erkennen. Er sah zu der Ansammlung von Reportern. Kathryn begriff, dass er lieber einen Täter in eine dunkle Gasse verfolgt hätte, als diesen Auftrag zu erledigen.

Kathryn wurde langsamer, tippte eine E-Mail in ihr Telefon und schickte sie ab. „Detective?"

Der Mann mit der breiten Statur blieb stehen, argwöhnisch, aber anscheinend dankbar für jede Verzögerung auf seinem Weg zu den Medienvertretern.

„Ich habe gerade den Text von Kayleighs Lied heruntergeladen, das ihr gestern Abend am Telefon vorgespielt wurde", erklärte sie. „Und ich habe eine Kopie an Ihre Abteilung geschickt. Zu Ihren Händen."

„Zu meinen?"

„Ich wäre Ihnen wirklich dankbar, wenn Sie sich die zweite Strophe vornehmen würden und mich dann wissen ließen, ob der Text Sie an irgendwelche Orte erinnert, an denen der Täter den nächsten Mord begehen könnte. Wie der Konzertsaal in der ersten Strophe. Einen konkreten Schauplatz abzuleiten, dürfte praktisch unmöglich sein, aber eventuell können wir die Auswahl ein wenig eingrenzen, damit wir einen kleinen Vorsprung haben, wenn er ein weiteres Mal anruft."

Ein Zögern. „Eigentlich müsste ich das mit Chief Madigan besprechen."

„Das können Sie natürlich tun", sagte sie betont lässig.

Harutyuns Blick schweifte über die Reporter. „Der Chief hat die beste Spurensicherung im ganzen Valley, besser als die aus Bakersfield. Und seine Verhaftungs- und Verurteilungsquote zählt zu den obersten zehn Prozent im Staat."

„Ich glaube gern, dass er gut ist", erwiderte sie.

Harutyuns Augen blieben auf die Journalisten gerichtet. „Ich weiß, ihm wäre es sehr lieb, wenn Sie sich um die Zeugenaussagen kümmern würden."

„Sehen Sie sich den Text an. Bitte", bat Kathryn ihn.

Der große Detective schluckte wortlos und ging mit widerwilligen Schritten auf das Rudel hungriger Wölfe zu.

Bobby Prescotts Wohnwagen war ein beeindruckendes Modell, etwa fünfzehn mal siebeneinhalb Meter breit, schätzte Kathryn. Gelbbraun mit weißen Zierleisten.

Es war nicht viel los hier. Außer der Polizei waren nur ein paar neugierige Kinder sowie einige ältere Schaulustige zugegen. In dem Trailer wohnte sonst niemand; TJ hatte berichtet, Bobby sei ledig gewesen und habe hier allein gelebt.

Es war 13 Uhr und die Luft so heiß wie im Hochsommer, obwohl es bereits September war. Am Straßenrand standen zwei Streifenwagen. Kathryn rollte vorsichtig an ihnen vorbei zum Carport und stieg aus dem Auto. Chief Detective Madigan und Dennis Harutyun sprachen beide mit den Kindern. Der schnauzbärtige Detective nickte ihr unverbindlich zu.

Madigan begrüßte sie mit einem kurzen: „Ah, Kathryn." Er rang sich nicht mal ein falsches Lächeln ab. Er war wütend, das sah man ihm an – auf sie und vermutlich auf sich selbst, weil er die politischen Spielregeln einhalten musste, statt die CBI-Agentin einfach hochkant rauszuwerfen.

Dennis Harutyun musterte sie ernst, und sie fragte sich, ob er sich überhaupt die Mühe gemacht hatte, den Text von „Your Shadow" zu überprüfen Wahrscheinlich nicht. Er setzte die Befragung der Anwohner fort.

„Also", sagte P. K. Madigan. „Haben Sie mit den besagten Zeugen gesprochen?"

„Ja, das habe ich. Aber ich fürchte, ohne allzu ergiebiges Resultat. Ich habe mit Alicia gesprochen, Kayleighs persönlicher Assistentin, und dann mit Tye Slocum, dem Rest der Crew und Darthur Morgan, Kayleighs Leibwächter. Darüber hinaus waren drei Angestellte des Kongresszentrums der Band während den Vorbereitungen behilflich. Ein Wachmann, ein Elektriker und ein Zimmermann. Ich habe auch sie befragt. Der Wachmann hat gesagt, drei der Türen seien nicht verschlossen gewesen. Doch laut seiner Aussage war das nichts Ungewöhnliches. Tagsüber, wenn gerade keine Veranstaltung stattfindet, ist es sehr mühsam, ihn erst jedes Mal zu holen, damit er die Vorder-, Seiten- und Hintertür aufschließt, also bleiben sie meistens einfach offen. Keiner der drei hat irgendeine unbekannte Person bemerkt."

„Und das alles haben Sie in drei Stunden geschafft?"

Genau genommen in achtzig Minuten. Den Rest der Zeit hatte sie darauf verwandt, die Orte in Erfahrung zu bringen, an denen Bobby sich am liebsten aufgehalten hatte – er war gern in einem nahen Naturschutzgebiet wandern gegangen (dort hatte sie aber keine weiteren Anhaltspunkte gefunden) und hatte öfter in einem Gitarrenladen herumgehangen (ebenfalls keinerlei

Anhaltspunkte). Und natürlich in seinem Zuhause. Deshalb war sie jetzt hier.

„Wie weit ist Ihre Spurensicherung im Kongresszentrum gekommen?", fragte sie.

Eine Pause. „Hat jede Menge Material gesammelt. Die Ergebnisse kennen wir noch nicht."

Ein weiterer Streifenwagen traf ein – mit Crystal Stanning am Steuer. Sie parkte hinter Kathryns Nissan, stieg aus und gesellte sich zu den anderen. Stanning schien ihrem Chef über irgendetwas Bericht erstatten zu wollen, würde jedoch, solange Kathryn Dance dabei stand, ohne explizite Aufforderung nichts sagen.

„Und, was ist mit dem Telefon?", herrschte Madigan sie ungeduldig an.

„Service Plus Drugs in Burlingame. Bar bezahlt. Es gibt dort keine Überwachungskameras. Womöglich hat er sich deswegen genau diesen Laden ausgesucht."

Kathryn hatte ihnen all diese Informationen bereits gegeben.

Doch dann fuhr Stanning fort: „Und Sie hatten recht, Chief, er hat zum selben Zeitpunkt noch drei weitere Telefone gekauft."

Eine Frage, auf die Kathryn nicht gekommen war und die sie demzufolge TJ Scanlon auch nicht gestellt hatte.

Madigan seufzte. „Also könnte dieser Kerl tatsächlich noch was vorhaben."

„Ich habe die Nummern und ESNs", sagte Crystal. Um ein Mobiltelefon aufspüren zu können, benötigte man sowohl die Rufnummer als auch die ESN – die elektronische Seriennummer des Geräts.

„Wir sollten sie abschalten lassen", meinte Madigan. „Damit Edwin gezwungen ist, sich hier ein neues zu kaufen. Das ließe sich leichter überwachen."

Wir wissen nicht, ob Edwin der Täter ist, dachte Kathryn, sagte aber stattdessen: „Ich würde sie nicht abschalten. Er soll glauben, wir wüssten nicht, was er vorhat. Stattdessen sollten wir die drei Nummern zur automatischen Lokalisierung markieren lassen. Falls der Täter erneut anruft, können wir eine Dreieckspeilung vornehmen."

Madigan überlegte und sah dann Crystal Stanning an. „Sorgen Sie dafür."

Gegenüber rührte sich etwas. Dort stand ein etwas bescheidenerer Wohnwagen. Eine dicke Frau war hinaus auf die kleine Betonveranda getreten und rauchte eine Zigarette. Sonnenverbrannte Schultern, Sommersprossen. Sie trug ein enges, weißes, trägerloses Sommerkleid mit violetten und roten Flecken auf Kleinkindhöhe.

Madigan wies Stanning an, gemeinsam mit Harutyun weiter die Nachbarn zu befragen, und überquerte die Straße, um zu der dicken Frau zu gehen. Kathryn folgte ihm. Der Detective warf ihr einen gereizten Blick über die Schulter zu, aber sie ließ sich nicht beirren.

Die Nachbarin kam ihnen verunsichert ein Stück entgegen. „Ich hab das mit Bobby gehört. Ich kann's gar nicht glauben", sagte sie. Dann fügte sie hastig hinzu: „Es kam in den Nachrichten. Daher weiß ich davon."

„Ich bin Deputy Madigan, das ist Officer Dance. Und Ihr Name?"

„Tabby Nysmith. Tabatha. Bobby hat nie irgendwelchen Ärger gemacht. Ich kann gar nicht glauben, dass er tot ist. Was ist denn passiert? In den Nachrichten wurde nichts Genaues erwähnt."

„Wir sind uns nicht sicher, was passiert ist. Noch nicht."

„Ein so netter Kerl, wirklich. Er hat Tony, meinem Ältesten, all seine tollen Gitarren gezeigt. Auf einer davon hat vor Jahren mal Mick Jagger gespielt. Schon Bobbys Vater hatte mit den Stones und den Beatles gearbeitet. Jedenfalls hat Bobby das so erzählt."

„Haben Sie hier in letzter Zeit jemanden gesehen, den sie zuvor noch nie gesehen haben?"

„Nein, Sir."

„Hat sich Bobby mit jemandem gestritten? Sind Ihnen laute Stimmen aufgefallen, oder deutete irgendwas auf Drogen hin?"

„Nein. Hier war niemand, weder gestern Abend noch heute Vormittag."

„Sind Sie sicher?"

„Jawohl, Sir." Sie drückte ihre Zigarette aus und zündete sich sofort eine neue an. „Ich kann von seinem Grundstück ja auch kaum was erkennen" fuhr Tabatha fort und deutete auf die vorderen Fenster ihres Wohnwagens, vor denen Sträucher wuchsen. „Mein Mann hätte die schon längst mal beschneiden sollen, aber er kommt irgendwie nie dazu."

„Könnte vielleicht Ihr Ehemann etwas bemerkt haben?"

„Der ist unterwegs. Fernfahrer. Schon seit drei Tagen. Nein, vier."

„Also gut, Ma'am. Danke, dass Sie sich die Zeit genommen haben."

Madigan machte sich auf den Rückweg, aber Kathryn folgte der Frau zu ihrem Wohnwagen.

„Verzeihung. Dürfte ich Ihnen noch ein paar weitere Fragen stellen?"

„Tut mir leid. Ich muss mich wirklich wieder um die Kinder kümmern. Ich weiß nur das, was ich dem Mann erzählt habe." Die Frau ging weiter.

„Nur ein oder zwei Fragen."

Dann erreichten sie die Fliegengittertür des Wohnwagens. Tabatha spähte durch das staubige verrostete Drahtgeflecht. Der Fernseher lief.

Kathryn Dance setzte das Gespräch mit Tabatha fort, weil ihr eine wichtige Regel der kinesischen Analyse vertraut war: das Freiwilligenprinzip. Wenn jemand eine Antwort gibt und dann auch noch von selbst die mutmaßlich nächste Frage beantwortet, versucht derjenige dadurch oftmals, die Richtung des Gesprächs zu beeinflussen oder etwas zu verschleiern. Ihr war aufgefallen, dass Tabatha behauptet hatte, sie habe niemanden gesehen, weder gestern Abend noch heute Vormittag. Wieso hatte sie das ausdrücklich erwähnt?

Kathryn nahm ihre Sonnenbrille ab. „Tabatha, was haben Sie heute Vormittag bei Bobbys Wohnwagen gesehen?"

„Nichts", erwiderte sie schnell.

Die effektive kinesische Analyse eines Zeugen oder Verdächtigen beinhaltet langwierige Gespräche mit der jeweiligen Person – über einen Zeitraum von mehreren Tagen oder idealerweise Wochen. Dabei wird das Verbrechen zunächst gar nicht erwähnt; der Fragende erkundigt sich vielmehr nach Einzelheiten aus dem Leben des Betreffenden und gibt dazu Kommentare ab. Er wählt nur Themen, bei denen er vorher weiß, wie die Wahrheit lautet. Auf diese Weise erfährt der Befrager, wie die Person redet und sich verhält, wenn sie aufrichtig antwortet. Erst dann kommt der Fragende auf das Verbrechen zu sprechen und beobachtet, wie der Befragte jetzt im Vergleich zu vorher reagiert. Jede Abweichung deutet auf Stress und somit auf einen möglichen Täuschungsversuch hin.

Kathryn erkannte die Anzeichen sofort, die auf eine Lüge hindeuteten. Tabathas Stimme klang etwas schriller als zuvor – was ein Zeichen für Stress war.

Sie warf einen kurzen Blick auf Bobbys Wohnwagen, vor dem Madigan und seine Deputys standen, und sagte ruhig: „Es wäre für alle am besten, wenn Sie uns ein wenig mehr erzählen könnten."

Tabatha runzelte nachdenklich die Stirn, wahrscheinlich weil sie das Risiko für ihre Kinder abwog.

„Wir werden dafür sorgen, dass Ihnen nichts passiert", versicherte Kathryn.

Mit leiser Stimme kam die Antwort: „Das sagt sich so leicht."

„Ich gebe Ihnen mein Wort."

Zehn lange Sekunden verstrichen. „Da war *doch* jemand im Wohnwagen heute Vormittag. Sein Gesicht konnte ich nicht sehen. Bloß den Oberkörper, Brust und Schultern, durch das Fenster. Wie eine – wie sagt man? – Silhouette. Nicht mal die Kleidung. Das war alles, was ich sehen konnte. Ich schwöre."

„Durch welches der Fenster?"

„Das da drüben, auf der Vorderseite.“ Sie zeigte darauf. Es war etwa sechzig Zentimeter hoch und neunzig breit.

„Sie waren draußen eine rauchen und haben diese Person gesehen? Um wie viel Uhr war das?“

„Um elf, halb zwölf.“

„Haben Sie ein Auto gesehen? Oder wann die Person gegangen ist?“

„Nein.“

Dann bemerkte sie erschrocken, dass Madigan auf die Vordertür von Bobbys Wohnwagen zuging.

„Danke, Tabatha. Gehen Sie jetzt zu Ihren Kindern.“

„Muss ich vor Gericht aussagen?“

Kathryn lief los und rief ihr über die Schulter zu: „Wir passen auf Sie auf, versprochen!“ Dann brüllte sie: „Chief Detective Madigan! Stopp!“

P. K. Madigan hatte die Hand schon nach dem Türknauf ausgestreckt. Sein Blick richtete sich auf Kathryn, und sie sah, wie sein Gesicht sich missmutig verzog. Doch er schien auch sofort zu begreifen, dass sie einen Grund dafür hatte, ihn am Eintreten zu hindern. Er wich zurück. Dennis Harutyun tat es ihm gleich.

Kathryn Dance kam über die Straße zu ihnen gerannt.

„Ist jemand da drinnen?“, fragte der Chief Detective mit schneidender Stimme.

Kathryn rang nach Luft. „Vermutlich nicht, aber ich weiß es nicht mit Sicherheit. Folgendes: Der Täter – oder sonst jemand – war heute Vormittag hier. Um elf, halb zwölf. Bestimmt wollen Sie den Schauplatz nicht verunreinigen.“

„Hier, im Wohnwagen?“

„Ich glaube, wir sollten davon ausgehen, dass es der Killer war.“

„Ist sie sich sicher, was den Zeitpunkt angeht?“ Er nickte in Richtung von Tabathas Wohnwagen.

„Wohl ja. Der Fernseher ist an und dürfte schon den ganzen Tag gelaufen sein. Ich schätze, dass sie anhand der Sendung, die jeweils läuft, ziemlich genau die Zeit abschätzen kann.“

„Wen hat sie gesehen? Kann sie die Person beschreiben?“

„Nein. Und ich glaube ihr. Sie hat weder ein Gesicht gesehen noch ein Fahrzeug.“

Ein tiefes Seufzen. „Verständigen Sie die Spurensicherung“, wies er Harutyun an.

Harutyan tätigte einen Anruf. Madigan und Kathryn entfernten sich von der Tür und blieben auf dem Gehweg stehen.

„Was hat Edwin oder wer auch immer hier gewollt? Hinterher."

„Ich weiß es nicht. Übrigens: Ich habe Tabatha versprochen, dass wir auf sie aufpassen werden."

„Können wir machen."

„Es ist wichtig."

„Können wir machen", wiederholte er leicht gereizt. „Beordern Sie einen Streifenwagen her", befahl er Harutyun. „Er soll das Grundstück hier im Auge behalten. Den Wohnwagen auf der anderen Straßenseite ebenfalls."

Wortlos warteten sie auf die Ankunft der Spurensicherung. Als es so weit war, war Kathryn ziemlich beeindruckt davon, wie effizient die Fachleute vorgingen. Das Team legte zügig Overalls, Masken und Füßlinge an. Dann überprüften zunächst zwei von ihnen mit gezogenen Waffen das Innere des Wohnwagens auf etwaige Gefahren. Danach machte die Spurensicherung sich an die Arbeit, stäubte die Oberflächen ein und suchte mit UV-Licht nach Fingerabdrücken, nahm Partikelproben, sicherte sowohl drinnen als auch draußen auf der Veranda elektrostatische Fußabdrücke und hielt nach Reifenspuren Ausschau sowie nach allem, was der Täter weggeworfen oder verloren haben könnte. Eine Stunde später waren sie fertig und trugen mehrere Kisten und Tüten hinaus. Dann gaben sie den Tatort frei.

Kathryn eilte zum Wohnwagen – und erstarrte. Das Innere des Trailers sah aus wie ein Museum für Countrymusic, angefangen von den Fünfzigerjahren bis heute. Poster, Schallplattenhüllen, Gitarren, Musikerstatuetten, Hunderte von Vinylschallplatten. Sie fand Konzertsouvenirs und Fotos, hauptsächlich aus den Sechziger- bis Achtzigerjahren, von Waylon Jennings, Hank Williams Jr., Dolly Parton, Randy Travis, Shania Twain und natürlich Kayleigh Towne.

Sie riss sich von Bobbys Sammlung los und schritt aufmerksam den gesamten Wohnwagen ab. Sie wusste nicht genau, wonach sie suchte.

Dann fiel ihr etwas Ungewöhnliches auf.

Sie ging zu einem Bücherregal, in dem mehrere Aktenordner und Schnellhefter mit wichtigen Unterlagen wie Verträgen und Steuerbescheiden standen, dazu Schachteln mit Kassetten und Tonbändern, einige beschriftet als MASTERTAPES.

Während Kathryn diesen Bereich des Wohnwagens besonders gründlich in Augenschein nahm, kam sie zufällig an dem Fenster vorbei, hinter dem Tabatha heute Vormittag den Eindringling gesehen hatte. Erschrocken zuckte sie zusammen, denn draußen vor der Scheibe stand ein überaus verdrießlicher P. K. Madigan und starrte ihr direkt ins Gesicht.

Schnell rief sie: „Ich hab was gefunden!"

Er verzog das Gesicht noch mehr und zögerte, bevor er sich schließlich widerwillig zu ihr gesellte.

„Genau genommen habe ich festgestellt, dass etwas fehlt."

Er sah sich um. „Hat etwa die Körpersprache des Wohnwagens Ihnen das verraten?", fragte er spöttisch.

„So könnte man es ausdrücken", entgegnete Kathryn ungerührt. „Ein Mensch folgt bei seinen Gesten, seiner Sprache und seiner Mimik gewissen individuellen Mustern. Das gilt auch für die Gestaltung seiner Wohnung. Bobby ist eine äußerst gut organisierte Person. Leute mit dieser Eigenschaft sind das nicht zufällig; der Antrieb ist in ihrer Psyche verankert. Und nun sehen Sie sich diese Regalfächer an." Sie zeigte darauf.

„Die sind unordentlich, na und? Ich habe einen halbwüchsigen Sohn."

„Aber alle anderen Regalfächer sind es nicht. Und Ihre Spurensicherung hat die Stellen markiert, an denen sie etwas weggenommen hat. Irgendjemand hat zuvor diese Schachteln durchsucht. Das Regal steht neben dem Fenster, durch das Tabatha jemanden gesehen hat."

„Und wie kommen Sie darauf, dass etwas fehlt?"

„Ich kann es nicht mit Sicherheit sagen. Ich ziehe lediglich eine Schlussfolgerung aus der Tatsache, dass nur diese Regalfächer in Unordnung geraten sind: Der Eindringling hat etwas Bestimmtes gesucht und auch gefunden, also hat er mit dem Durchwühlen aufgehört."

Madigan ging zu dem Regal, streifte Latexhandschuhe über und stöberte dann zwischen den Bändern, Papieren und Fotos herum. „Manche dieser Schnappschüsse von Kayleigh sind keine offiziellen Souvenirs, sondern privater Natur. Genau die Art von Andenken, auf die ein Stalker scharf wäre."

„Ja, das könnte die Erklärung sein."

Madigan strich mit dem Finger über einen der Fachböden. Die Staubschicht war dick. Bobby mochte organisiert sein, aber mit dem Putzen hatte er es nicht so gehabt. „Gleich hier in der Nähe gibt es eine Zementfabrik. Das sieht mir wie Staub von dort aus. Das könnte hilfreich sein." Ein kühler Blick in ihre Richtung. „Haben Sie sonst noch was gefunden?"

„Nein."

Er ging wortlos hinaus, gefolgt von Kathryn. „Hatten Sie Erfolg?", rief er Harutyun zu. „Gibt es irgendwelche Zeugen?"

„Nein, nichts."

Madigan nahm ein Telefon und wählte eine Nummer. Er trat ein Stück beiseite und führte ein kurzes Gespräch. Dann sagte er zu Harutyun: „Spüren

Sie diesen Edwin Sharp auf. Schaffen Sie ihn mir herbei. Ich muss mit ihm reden. Sofort."

„Soll ich ihn festnehmen?"

„Nein. Machen Sie ihm klar, dass es das Beste für ihn wäre, Sie zu begleiten. In seinem eigenen Interesse, Sie wissen schon."

Madigan atmete hörbar aus, als er sah, wie Kathryn ihr Gesicht verzog. „Was ist? Halten Sie das etwa nicht für sinnvoll?"

„Nein", erwiderte sie. „Ich wäre dafür, ihn zu überwachen."

Madigans verkniffener Blick richtete sich auf Harutyun. „Na los, worauf warten Sie noch?"

„Jawohl, Chief." Harutyun stieg in seinen Streifenwagen und fuhr los.

Madigan ging zurück zu seinem Wagen. „Crystal", knurrte er. „Sie fahren bei mir mit. Ihren Streifenwagen holen wir später ab."

Die Polizistin setzte sich gehorsam auf den Beifahrersitz von Madigans Wagen. Gleich darauf fuhren sie in Richtung Highway davon, ohne sich von Kathryn Dance zu verabschieden.

Sie nahm ihren Schlüssel und drehte sich zu ihrem Auto um. Dann hielt sie inne, schloss kurz die Augen und lachte verbittert auf. Crystal Stannings Streifenwagen parkte unmittelbar an der hinteren Stoßstange von Kathryns Nissan. Und vorn befand sich ein Carport voller Gerümpel, darunter ein V8-Motorblock, ungefähr eine halbe Tonne schwer und etwa fünfzehn Zentimeter vor ihrem Wagen.

Sie würde nirgendwohin fahren.

4

Detective P. K. Madigan kehrte zum Fresno Madera Consolidated Sheriff's Office zurück und machte einen Abstecher bei der Spurensicherung. Er wollte, dass die Leute dort diesen Fall vorrangig behandelten, was sie natürlich tun würden. Immerhin ging es um Kayleigh Towne, die geholfen hatte, Fresno weithin bekannt zu machen.

In Gedanken war er noch bei Kathryn Dance und ihrem zugeparkten Wagen. Manche Leute benötigten eben einen sehr deutlichen Hinweis, bis sie die Botschaft begriffen. Er würde Crystal in ein oder zwei Stunden wieder hinschicken, damit sie die Kleine aus ihrem Autogefängnis befreite. Oh, das tut mir aber leid, Kathryn; ich hatte wirklich keine Ahnung, dass Sie buchstäblich in der Klemme steckten – ha!

Doch er hatte die Nase voll von Leuten wie Dance, die Kayleigh einfach nur ausnutzten. Wäre Kayleigh nicht gewesen, hätte jemand wie Kathryn Dance nie im Leben den Weg nach Fresno gefunden. Vom CBI hätte er eigentlich mehr erwartet und geglaubt, dass sie nicht nur auf Publicity aus wären. Zufällig in der Gegend und eine Freundin von Kayleigh? Dass ich nicht lache! Sie haben doch nichts dagegen, dass ich Ihre Ermittlungen übernehme, oder, P. K.?

Ja, sie hatte ein paar hilfreiche Kleinigkeiten beigesteuert. Aber er hielt nichts von diesem Kinesik-Hokuspokus, den sie veranstaltete. Fälle basierten auf der Auswertung von Spuren, nicht auf Voodoo. Sie verfügten über Material aus dem Kongresszentrum, und sie hatten Bobbys Trailer untersucht – dieser Zementstaub war unverwechselbar und somit ein echter Glücksfall. Mit diesen Erkenntnissen in der Hinterhand würde Madigan den Drecksack in die Mangel nehmen und binnen ein oder zwei Stunden ein Geständnis erwirken.

Er und Crystal betraten das Labor der Spurensicherung. „Charlie!", rief er.

Charlie Shean, der dickliche Leiter der Spurensicherung, blickte von einem Computer in seinem Büro auf – dem einzigen separaten Raum. Der Rest der großen Halle war nur durch halbhohe Trennwände unterteilt und beherbergte diverse Arbeitsplätze mit hochmodernen forensischen technischen Geräten, deren Anschaffung im Wesentlichen Madigans energischem Einsatz zu verdanken war.

„Hallo Chief."

Shean war der beste forensische Fachmann, den das Budget hergab, und zählte zu den wenigen Angestellten der Behörde, denen Madigan Respekt entgegenbrachte, wenngleich der Detective es sich natürlich nicht verkneifen konnte, den einen oder anderen Scherz auf seine Kosten zu machen.

„Ich möchte, dass Sie diesem Towne-Fall oberste Priorität einräumen", sagte Madigan. „Was haben wir?"

Shean wies auf mehrere Techniker mit Schutzbrillen, Handschuhen und weißen Jacken, die leise und konzentriert bei der Arbeit waren.

„Drei Schauplätze: Kongresszentrum, Bobbys Wohnwagen und Sharps gemietetes Haus. Wir überprüfen etwa zweihundert unbekannte Fingerabdrücke. Die von Sharp glauben wir aus seinem Haus zu kennen, doch bei IAFIS findet sich kein Eintrag dazu."

Das Integrierte-Automatische-Fingerabdruck-Identifizierungs-System des FBI war nach Madigans Ansicht eine der wenigen positiven Errungenschaften der Bundesregierung.

„Und wir sind uns nicht sicher, ob es überhaupt seine sind."

„Ich werde mit Sharp reden. Ich besorge uns seine Abdrücke mit dem Wasserflaschentrick.“

Shean fuhr fort: „Sie hatten recht, das war Zementstaub in Bobbys Wohnwagen. Kommt nur in der Gegend da vor.“

„Gibt es eine Übereinstimmung mit den Spuren aus Edwins Haus? Lopez hat gesagt, die Kayleigh-Fotos und Andenken dort seien ziemlich verstaubt gewesen.“

„Wir haben eine Menge Spuren gesichert, aber die Ergebnisse liegen noch nicht vor. Kann nicht mehr lange dauern. Und noch was. Das Team hat etwas in dem Orchestergraben entdeckt. Einige Kartons waren weggeräumt worden – der Geschäftsführer hat gesagt, die seien normalerweise dort aufgestapelt, um bei einem Unfall den Sturz der Person zu bremsen. Wer auch immer sie weggeräumt hat, hat dabei offenbar Latexhandschuhe getragen. Die gleichen Spuren finden sich auf den Rauchmeldern; aus denen wurden die Batterien entfernt.“

Bingo! Miguel Lopez hatte bei der Durchsuchung von Edwins gemietetem Haus eine Schachtel Latexhandschuhe gefunden. „Passen die Spuren zu den Handschuhen, die wir bei Edwin sichergestellt haben?“

„Auch das wissen wir noch nicht. Die Faltenmuster und die Besonderheiten dieses speziellen Fabrikats werden es uns aber verraten.“

„Gut, Charlie. Geben Sie mir sofort Bescheid, falls Sie einen Durchbruch erzielen.“

Madigan und Stanning verließen das Labor und gingen zum Hauptgebäude des Sheriff's Office. Madigan stieß eine Schwingtür auf, auf der in verblassten Buchstaben DETECTIVE DIVISION geschrieben stand. Am Empfangsschalter stand Detective Gabriel Fuentes, eine Bulldogge von einem Kerl.

Auch Edwin Sharp war hier. Madigan erkannte ihn aufgrund der Fotos, die Kayleighs Anwälte ihnen geschickt hatten, wenngleich der Mann inzwischen deutlich weniger Gewicht auf die Waage brachte. Er überragte den ein Meter zweiundsiebzig großen Fuentes um ungefähr fünfzehn Zentimeter. Sein Blick war sonderbar, fand Madigan. Er wirkte nicht im Mindesten beunruhigt. Sein Lächeln war das seltsamste, das Madigan je gesehen hatte, eine leichte Aufwärtskrümmung der schmalen Lippen, aber hauptsächlich ganz an den Enden.

Die tief liegenden Augen richteten sich nun auf ihn. „Detective Madigan, hallo! Wie geht es Ihnen? Ich bin Edwin Sharp.“

„Danke, dass Sie gekommen sind. Einen Moment noch, mein Junge, bin gleich wieder da.“

„Nur fürs Protokoll: Ich wurde nicht verhaftet. Sie haben um mein Erscheinen gebeten, und ich bin freiwillig hergekommen. Ich kann jederzeit wieder gehen. Ist das korrekt?“

„Ganz recht. Möchten Sie ein Eis?“

„Ob ich … was?“

„Ein Eis möchten.“

„Nein danke. Ich verzichte. Was soll das alles?“

„Nennt man Sie Ed, Eddie?“

Das Lächeln. Es war wirklich verflucht unheimlich. „Nein. Ich bevorzuge Edwin, Pike.“

Madigan hielt inne. Wieso spricht der mich mit meinem Vornamen an? Und woher kennt er ihn überhaupt? Die meisten Deputys hier kennen ihn noch nicht einmal.

„Gut, dann bleiben wir bei Edwin. Bin gleich wieder da.“

Er ging in den Pausenraum, öffnete den Kühlschrank und löffelte sich etwas Eis in einen Pappbecher. Er liebte Eiscreme. Heute gönnte er sich Pfefferminz mit Schokostückchen.

Er kehrte in die Detective Division zurück. „Okay, Edwin. Ich würde mich einfach gern mal mit Ihnen unterhalten.“

Sie waren auf dem Weg zum Verhörzimmer erst wenige Schritte weit gekommen, als jemand durch die Schwingtür in den Eingangsbereich der Abteilung trat: Kathryn Dance.

Sie hatte ein Taxi genommen.

Zehn Minuten nachdem der Chief Detective und Crystal Stanning von Bobbys Wohnwagen aufgebrochen waren, hatte Kathryn den Versuch aufgegeben, den breiten Nissan unter ständigem Vor- und Zurückfahren Zentimeter um Zentimeter aus der Lücke zu bugsieren.

Stattdessen hatte sie ihr Mobiltelefon gezückt, sich mittels einer App die nächstbeste Taxizentrale anzeigen lassen und einen Wagen gerufen, der sie geradewegs zum Sheriff's Office gebracht hatte.

Der Stalker wirkte deutlich amüsierter als der andere der beiden Männer, zu denen sie sich nun gesellte.

„Agent Dance, ich hoffe, es geht Ihnen gut“, sagte Edwin mit sowohl der korrekten Anrede als auch dem richtigen Namen.

Madigans Miene besagte: So viel zum Thema provisorisches Gefängnis beim Wohnwagen.

„Ich würde gern mit Ihnen sprechen, Deputy“, sagte Kathryn in scharfem Tonfall, wobei sie ihn auf den weniger beeindruckenden seiner beiden Dienstränge ansprach, weil sie wirklich stinksauer war.

„Ich habe gerade ziemlich viel zu tun, Kathryn", erwiderte Madigan. „Kommen Sie, Edwin." Und an einen Kollegen gewandt: „Wir sind in Nummer drei." Damit gingen sie den Flur hinunter.

Nach frustrierenden fünf Minuten sah Kathryn Detective Dennis Harutyun auf dem Korridor in ihre Richtung kommen. Er hatte sich noch vor Madigans kleinem Autotrick auf den Weg gemacht und wusste womöglich nicht, dass sie eine *Persona non grata* war. Sie traf eine Entscheidung, holte ihren Dienstausweis aus der Handtasche und klemmte ihn sich mit der Marke nach vorn an den Gürtel, was sie sonst nie machte, auch nicht im Dienst.

Dann ging sie auf Harutyun zu.

„Dennis."

„Hallo Kathryn."

Sie erinnerte sich, wie Madigan von seinen direkten Untergebenen meistens genannt wurde. „Der Chief befragt gerade Edwin. Wo ist das Beobachtungszimmer für Verhörraum drei? Ich hab mich wohl verlaufen."

Der Bluff funktionierte. Harutyun nahm an, sie sei befugt, sich dort aufzuhalten. Er führte sie den Gang entlang und hielt ihr sogar höflich die Tür auf. Dann schaltete er in dem kleinen, engen Raum das Licht an und nahm neben ihr vor dem Einwegspiegel Platz.

Sie hatte ein mieses Gefühl, Harutyun auf diese Weise zu benutzen. Doch sie war entschlossen, für Kayleigh Townes Sicherheit zu sorgen, und sie zweifelte daran, dass Madigan kompetent genug war, um mit einem Verdächtigen wie Edwin umgehen zu können. Außerdem war sie noch immer stinksauer.

Sie musterte den Verhörraum. Er war karg eingerichtet. In der Mitte gab es einen großen Tisch mit Holzfaserplatte, dazu ein halbes Dutzend Stühle sowie einen kleineren Beistelltisch mit einigen Flaschen Wasser und Notizpapier.

Madigan ging das Verhör professionell, wenngleich ein bisschen einfallslos an, stellte Kathryn fest. Er saß vorgebeugt da, konzentriert. Er war selbstsicher, gab sich aber nicht so herrisch wie sonst. Er ging respektvoll mit Edwin um, erkundigte sich, ob ihm zu warm oder zu kalt sei.

Kathryn Dance ging davon aus, dass die Eiscreme als eine Art Requisit fungieren sollte. Jedes einzelne Wort und jede Geste eines Vernehmungsbeamten verrät dem Verdächtigen ein Stückchen mehr über sein Gegenüber. Man sollte niemals etwas sagen oder tun, das nicht dem Verhör diente. Doch offenbar gehörte das Eis doch nicht zum Plan des Detective. Er verspeiste es mit sichtlichem Genuss und warf den Becher weg.

Madigan beging mehrere Fehler. Einer war, dass Edwin auf der anderen Seite des Tisches saß. Es wäre besser gewesen, ihm ohne weiteres Mobiliar gegenüberzusitzen. Tische, andere Stühle, alle Arten von Gegenständen verliehen dem Verdächtigen ein Gefühl der Sicherheit.

Dann bot er Edwin auf plumpe Weise Wasser an, indem er einfach auf die Flaschen zeigte, anstatt ihm eine zu holen. Es war vermutlich ein Versuch, an Edwins Fingerabdrücke zu gelangen, und auch Edwin schien das zu begreifen, denn er lehnte ab.

Doch der nach Kathryns Ansicht größte Fehler kam als Nächstes.

„Darf ich fragen, worum es hier überhaupt geht, Pike?"

„Robert Prescott."

Das hätte ich nicht gemacht, dachte sie.

„Ach, Kayleighs Roadmanager", sagte Edwin nickend.

„Wo waren Sie gestern Abend, als er gestorben ist?"

O nein!

Kathryn erkannte, dass sie es laut ausgesprochen haben musste, denn Harutyun neigte seinen Kopf in ihre Richtung.

„Was? Nein, er ist tot?" Edwin wirkte erschrocken. „Wie schrecklich! Er und Kayleigh haben sich sehr nahegestanden. Was ist passiert?"

„Er ist verbrannt. Sie wollen also behaupten, dass Sie gestern Abend nicht im Kongresszentrum gewesen sind?" Er beugte sich nun bedrohlich vor.

Kathryn kannte Madigans Ansatz. Er wurde als Blunt-Force-Angriff bezeichnet. Bei dieser Verhörtechnik überschwemmte man den Verdächtigen mit Informationen über ihn und den Fall und täuschte auf diese Weise ein Wissen vor, das man gar nicht besaß, und das Vorhandensein von Verbindungen, für die es bestenfalls dürftige Belege gab. Wenn man dabei selbstsicher auftrat, was Madigan eindeutig tat, konnte man Verdächtige bisweilen zu einem schnellen Geständnis bewegen.

Aber wenn es nicht sofort funktionierte, endete es mit einem Verdächtigen, der mauerte, und jede Aussicht auf hilfreiche Erkenntnisse war zunichtegemacht. Daher wandte Kathryn diese Methode niemals an. Nach ihrer Überzeugung waren Informationen die wertvollsten Waffen im Arsenal eines Vernehmungsbeamten. Um die größtmögliche Wirkung zu erzielen, mussten Informationen langsam und häppchenweise herausgegeben werden. Auf diese Weise verleitete man den Verdächtigen dazu, Einzelheiten preiszugeben, mit deren Hilfe man ihn später zu Fall bringen konnte. Madigan hatte soeben die wichtigsten Eckpunkte verraten – nämlich dass Bobby tot war, wo das Verbrechen stattgefunden hatte und wie es verübt worden war.

Edwin sah Madigan bekümmert an. „Tja, es tut mir sehr leid, das zu hören. Wie traurig für Kayleigh."

Madigan ging nicht darauf ein, sondern fragte schnell: „Können Sie mir sagen, wo Sie sich zum Zeitpunkt von Prescotts Tod aufgehalten haben? Gestern um Mitternacht."

„Nun, Sie wissen doch sicherlich, dass ich Ihnen überhaupt nichts sagen muss. Also wirklich, Detective. Sie glauben offenbar, ich hätte Bobby etwas angetan. Warum um alles in der Welt sollte ich so etwas tun? Ich würde niemandem je ein Leid zufügen, der Kayleigh nahesteht. Aber um Ihre Frage zu beantworten: Ich war zu Hause."

„Kann das jemand bezeugen?"

„Vielleicht hat mich jemand im Vorbeifahren gesehen. Ich war im Wohnzimmer und habe den größten Teil des Abends Musik gehört. Und ich habe noch keine Vorhänge angebracht."

„Ich verstehe." Dann ließ er die Falle zuschnappen. „Aber was sagen Sie dazu, dass zwei Zeugen Sie zum einen gestern Abend zur ungefähren Tatzeit im Kongresszentrum und zum anderen heute Vormittag bei Bobbys Wohnwagen gesehen haben?"

Edwin Sharps Erwiderung war womöglich nicht das, was Madigan erwartet hatte. Stirnrunzelnd fragte er: „Hatten sie denn ein klares Blickfeld?"

Nicht beantworten, dachte Kathryn inständig.

„Aber ja. Aus dem Haus, das gegenüber dem Bühneneingang des Kongresszentrums liegt. Und genau gegenüber von Bobbys Wohnwagen."

Mist, dachte Kathryn. Jetzt konnte Edwin sich mühelos ausrechnen, wer die Zeugen waren.

Er zuckte die Achseln. „Nun, die Leute irren sich. Ich war zu Hause."

„Tabatha konnte niemanden identifizieren", sagte Kathryn zu Harutyun. „War denn sonst noch jemand da?"

Eine Pause. „Nicht dass ich wüsste."

„Und gibt es wirklich einen Zeugen beim Kongresszentrum?"

Harutyun zögerte. Dann sagte er: „Eine Frau, die jenseits des Parkplatzes wohnt, hat gegen Mitternacht jemanden gesehen."

„Sie hat Edwin eindeutig identifiziert?"

„Ich … ich glaube nicht."

„Nun, Madigan hat einem etwaigen Mordverdächtigen soeben von zwei Zeugen erzählt, deren Identität sich relativ einfach ermitteln lässt. Die Leute müssen beschützt werden."

„Okay."

Und im Verhörzimmer ging das Duell weiter. Madigan sagte: „Außerdem haben wir soeben Ihr Haus durchsucht, Edwin. Dabei sind wir auf Latexhandschuhe gestoßen, dieselbe Sorte, die bei dem Mord benutzt wurde. Und Partikelspuren."

„Ich verstehe", sagte Edwin ruhig. „Mein Haus, hm? Haben Sie sich vorher einen Durchsuchungsbeschluss besorgt?"

„Den brauchten wir nicht. Mein Deputy hat einige offen sichtbare Dinge bemerkt."

„Sogar vom Gehweg aus?", fragte Edwin. „Es dürfte schwierig sein, etwas im Innern des Hauses zu erkennen, solange man nicht das Grundstück betritt. Deshalb glaube ich, dass diese Durchsuchung widerrechtlich erfolgt ist, und verlange die Rückgabe meines Eigentums."

„Hatte er einen Durchsuchungsbeschluss?", wandte Kathryn sich an Harutyun.

„Nein, nachdem wir festgestellt hatten, dass Sachen aus Bobbys Besitz fehlen, hat der Chief einen Deputy hingeschickt – Miguel Lopez. Er konnte Gegenstände durch Edwins Fenster erkennen, offen sichtbar … Was ist denn?"

Kathryn erwiderte nichts.

Im Verhörzimmer sagte Edwin gerade: „Tja, ich bin aber nicht in Bobbys Wohnwagen gewesen, also …"

„Gestehen Sie endlich, Edwin."

Doch Edwin fragte einfach: „Kann ich jetzt bitte meine Sachen mitnehmen?"

Der Detective entgegnete: „Ich rede mit dem Staatsanwalt. Er ist bestimmt mit einer Absprache einverstanden. Vielleicht gab es ja einen Streit zwischen Ihnen und Bobby. Die Sache hat doch schon am Mittag im Cowboy Saloon angefangen. Und abends ist sie eskaliert. So was kommt vor. Womöglich können wir uns auf eine Strafminderung einigen. Oder er lässt die Anklage wegen Stalking vielleicht sogar ganz fallen."

„Stalking?" Edwin wirkte verblüfft. „Ich bin kein Stalker. Kayleigh ist eine Freundin von mir. Ich weiß das und sie auch."

„Eine Freundin? Ihre Anwälte sehen das aber nicht so."

„Oh, vor denen hat sie Angst. Sie haben ihr Lügen über mich erzählt."

„Sie sind in der Stadt, um ihr nachzuspionieren. Und Sie haben ihren Freund ermordet, weil er Sie gestern aus dem Cowboy Saloon geworfen hat."

Edwin blieb absolut gelassen. „Nein, Detective. Ich bin nach Fresno gekommen, um ein öffentliches Konzert zu besuchen und um einer Künstlerin Respekt zu erweisen, die ich mag, einer Frau, die aufrichtiges Interesse an mir gezeigt hat. Sie werfen mir Stalking vor, dabei bin *ich* hier das Opfer. Sie haben nichts wegen meines Anrufs unternommen."

Madigans Gesicht ließ Verwirrung erkennen. „Was meinen Sie damit?"

„Ich dachte, deswegen wurde ich hierhergebeten, wegen meiner Beschwerde. Ich habe am Samstagabend den Notruf gewählt und einen Spanner hinter meinem Haus gemeldet. Aber niemand hat was unternommen. Sie haben hier – wie viele? – tausend oder zwölfhundert Deputys. Ich hätte nur einen davon gebraucht, der vorbeikommt, sich anschaut, wo dieser Kerl gestanden hat, und mit den Nachbarn redet. Aber haben Sie was getan? Nein. Nicht für einen Auswärtigen."

Madigan lachte verärgert auf. „Wir haben vierhundert Deputys in Fresno und sechzig in Madera. Die sind für ein Gebiet von mehr als fünfzehntausend Quadratkilometern zuständig. Ich fürchte, ein Spanner, sofern es denn tatsächlich einen gegeben hat, löst nicht unbedingt eine Großfahndung aus."

Edwin erhielt seine Offensive mühelos aufrecht. „Ihre örtliche Berühmtheit wird angeblich gestalkt, und Sie setzen Himmel und Hölle in Bewegung. Ich bin ein Fremder, und niemanden interessiert es, dass jemand mein Haus ausspioniert. Falls Bobby Prescott ermordet wurde und irgendwelche Zeugen behaupten, sie hätten mich bei seinem Wohnwagen gesehen, dann, weil man mir was anhängen will. Jemand anders hat ihn getötet, und derjenige will mich nun zum Sündenbock machen. Detective, Sie müssen wirklich begreifen, dass ich Kayleigh liebe. Ich würde niemals jemandem schaden, der ihr nahesteht."

„Sie lieben sie nicht, Edwin. Sie sind von einer Prominenten besessen, die Sie überhaupt nicht kennt."

Edwin zuckte die Achseln. „Das behaupten Sie, aber Sie wissen, dass sie mir E-Mails und Briefe geschickt hat. Sie hat mir zu verstehen gegeben, dass sie mich liebt."

Madigan erklärte: „Junge, Sie hat Ihnen die gleichen E-Mails geschickt wie hunderttausend anderen Fans. Kayleighs Anwälte haben uns den Sachverhalt geschildert. Es wurden Ihnen ein halbes Dutzend automatisch generierte E-Mails und einige Formbriefe zugesandt."

„Das wollen die Ihnen weismachen. Das heißt aber nicht, dass es stimmt."

Madigan zögerte kurz. „Wir können Sie festnageln. Gestehen Sie, dass Sie Robert Prescott getötet haben, und wir finden eine Lösung."

„Ich möchte gar nichts mehr sagen", entgegnete Edwin. „Ich möchte jetzt gehen. Sie kennen doch den Beschluss von *Das Volk gegen Williams*. Sie müssen mich entweder festnehmen oder gehen lassen."

„Was ist mit den Spuren?“, wollte Kathryn von Harutyun im Beobachtungszimmer wissen. „Können wir Edwin mit dem Tatort in Verbindung bringen?“

Sie wartete gar nicht erst auf eine Antwort. Harutyuns ausweichender Blick war Bestätigung genug. „Madigan hat nichts in der Hand, oder?“

„Wir glauben, dass es wahrscheinlich eine Übereinstimmung geben wird. Aber derzeit liegen uns noch keine Ergebnisse vor.“

„Dennis, bitten Sie den Chief, hierherzukommen.“

„Was?“

„Ich muss mit ihm sprechen. Es ist sehr wichtig.“

Harutyun musterte sie und die Dienstmarke an ihrem Gürtel. Sein Mund unter dem Schnurrbart wurde schmallippig. Er begriff, dass Kathryn sich hier hereingeschummelt hatte.

„Tut mir leid“, sagte sie. „Es musste sein.“

Er verzog das Gesicht und seufzte. Dann nahm er den Telefonhörer ab und wählte eine Nummer. Sie konnten es nebenan summen hören. Madigan blickte überrascht und verärgert auf. Edwin wandte sich um und blickte in den Spiegel. Da er nicht in das Beobachtungszimmer hineinschauen konnte, sah er nicht direkt Kathryn an, aber schon der Blick in ihre ungefähre Richtung war beunruhigend.

„Ja?“, sagte Madigan beiläufig in den Hörer.

„Detective? Ich bin hier mit Agent Dance. Sie … würde gern kurz mit Ihnen sprechen. Falls möglich.“

Madigans ungläubiger Blick wanderte nun ebenfalls in Richtung des Spiegels. „Ich frage mich, wie sie dahin gekommen ist. Ich habe zu tun.“

Kathryn Dance schnappte sich den Hörer. „Detective, nehmen Sie ihn nicht fest. Lassen Sie ihn gehen.“

Madigan ließ den Hörer auf die Gabel fallen. „Edwin, trinken Sie doch einen Schluck.“

„Ich möchte jetzt gehen“, wiederholte er, ganz die Ruhe selbst.

Madigan ignorierte ihn und ging hinaus. Es schien nur Sekunden zu dauern, bis die Tür des Beobachtungszimmers aufflog und er auf Kathryn zustürmte.

„Was zum Teufel bilden Sie sich ein?“

„Sie müssen ihn gehen lassen, sofern es keinen hinreichenden Tatverdacht gibt.“

„Das hier ist mein Fall, nicht Ihrer! Nur weil Sie entdeckt haben, dass jemand diesen Scheinwerfer auf Bobby Prescott geworfen hat, heißt das nicht, dass ich weitere Ihrer Ansichten benötige.“

„Er muss auf freien Fuß gesetzt werden. Edwin mag durchaus derjenige sein, der Bobby getötet hat. Aber falls er vor Gericht aus Mangel an Beweisen freigesprochen wird, kann er für diese Tat kein zweites Mal angeklagt werden und ist dann mit einem Mord davongekommen. Lassen Sie ihn gehen, und überwachen Sie ihn. Nur so können Sie einen Fall gegen ihn aufbauen."

„Und was ist, wenn er dem Deputy entwischt und beschließt, es sei an der Zeit, nun Kayleigh zu töten? Sie haben ja gerade seine – wie nennen Sie das? – Kinesik gesehen. Hat er gelogen, als er sagte, man wolle ihm was anhängen?"

„Unter den gegebenen Umständen konnte ich das nicht erkennen. Ich hatte keine Zeit. Aber er wollte gehen, und Sie haben ihn nicht gelassen. Das ist ein Problem."

Madigan blickte zu Edwin im Nebenraum. Der junge Mann hatte einen Stift und einen Notizblock gezückt und schrieb sich etwas auf.

„Festnehmen", wies Madigan nun Harutyun an. „Legen Sie ihm Handschellen an und schaffen Sie ihn ins Gefängnis. Vorläufig nur wegen des Einbruchs in Bobbys Wohnwagen. Ich weiß, dass die Beweise dafür reichen werden." Er wandte sich an Kathryn Dance. „Crystal wird Sie zu Ihrem Wagen fahren. Sie sollten jetzt lieber gehen. Sie haben diesen Raum widerrechtlich betreten, und wie Sie gesehen haben, bin ich im Augenblick genau in der richtigen Stimmung, um Leute in den Knast zu stecken."

Kayleigh Townes Haus im viktorianischen Stil stand nördlich von Fresno auf einer mehrere Hektar großen Parzelle. Das Haus war nicht groß, aber bequem und behaglich. Kayleigh war eine Nestbauerin – was schwierig ist, wenn man sich jedes Jahr sieben Monate auf Reisen befindet –, und sie liebte ein gemütliches und familientaugliches Zuhause.

Als sie zwölf Jahre alt gewesen war, hatte Bishop Towne das Haus verkauft, in dem sie und ihre Schwester aufgewachsen waren, einen baufälligen alten Kasten in den Bergen nördlich von Fresno. Er hatte damals gesagt, man sei dort im Winter viel zu schwer zu erreichen, aber in Wahrheit hatte er andere Gründe gehabt. Erstens: Sein Vater hatte es gebaut, und Bishop tat alles, um sich von seinem Alten zu distanzieren. Und zweitens: Die schlichte Behausung passte nicht mehr zu seinem Image und dem Leben, das er fortan führen wollte: das eines dynamischen Country-Superstars. Also hatte er im Valley zwanzig Hektar Land gekauft, darauf eine 10-Millionen-Dollar-Ranch gebaut und sie mit Rindern und Schafen bevölkert, über deren Aufzucht er nichts wusste und die ihn auch kein Stück interessierte.

Der Umzug war schon traumatisch genug für Kayleigh gewesen, doch noch viel schlimmer war, dass Bishop den geliebten alten Familiensitz samt Grundstück an eine benachbarte Minengesellschaft verkauft hatte. Die wollte expandieren, machte das alte Haus dem Erdboden gleich und ging dann bankrott. Der Abriss wäre also gar nicht nötig gewesen. Das Mädchen war am Boden zerstört. Sie schrieb einen Song über ihr altes Zuhause, der später ein riesiger Hit wurde.

Der Mann, der einst für diese Umsiedlung verantwortlich gewesen war, betrat nun Kayleighs Wohnzimmer und bückte sich ungelenk, um sie zu umarmen.

Bishop befand sich in Begleitung seiner vierten Frau, Sheri. Sie drückte Kayleigh ebenfalls kurz an sich. Das aschblonde Haar der zierlichen, aber vollbusigen Frau war fest mit Spray fixiert. Sie war nur ein Dutzend Jahre älter als Kayleigh, ganz im Gegensatz zu Ehefrau Nummer drei, die auf dieselbe Highschool wie Bishops Tochter hätte gehen können. An Ehefrau Nummer zwei konnte Kayleigh sich kaum noch erinnern.

Bishop Towne ließ seinen massigen Leib nun ganz langsam auf eine Couch sinken. Er trug eine Jeans und das übliche schwarze Hemd.

„War er immer noch da, auf der anderen Straßenseite?", fragte Kayleigh und sah aus dem Fenster. Darthur Morgan saß wachsam am Steuer des SUV.

„Wer?", knurrte Bishop.

„Edwin." Wer denn sonst?

„Mir ist niemand aufgefallen", antwortete er.

Edwin war das Erste gewesen, was Kayleigh heute Morgen beim Blick aus ihrem Schlafzimmer im Obergeschoss gesehen hatte. Nun ja, genau genommen seinen Wagen, diesen großen roten Wagen.

Ihr Grundstück lag an der Strecke zum Yosemite-Nationalpark. Jenseits der zweispurigen Straße gab es ein öffentliches Erholungsgebiet mit Sträuchern, Hügeln, Laufwegen, Hainen und Gärten. Der Parkplatz war rund um die Uhr geöffnet und wie geschaffen für einen Stalker.

„Vorhin war er noch da", meinte sie schaudernd.

„Tja, jetzt ist niemand mehr da", betonte Bishop und musterte den Stapel Papiertaschentücher auf dem Couchtisch, daneben das Mobiltelefon, mit dem Kayleigh Freunde und Angehörige über Bobbys Tod in Kenntnis gesetzt hatte. „Tut mir leid wegen Bobby, KT. Ich weiß, du … es tut mir sehr leid für dich."

„Wie schrecklich das ist, Liebes", sagte Sheri. „Ich fühle mit dir."

„Daddy, ich ..." Kayleigh wich dem Blick ihres Vaters aus. „Ich überlege, ob ich absagen soll." Es fiel ihr leichter, in die Richtung der Stelle zu starren, von der aus ein mörderischer Stalker sie ausspioniert hatte, als Bishop Towne in die Augen zu sehen.

„Das Konzert?", grunzte der massige Mann.

„Ich bin am Überlegen."

Sheri versuchte, die unangenehme Stille, die sich ausbreitete, zu überbrücken. „Falls ich irgendwas für dich tun kann …"

„Dann lass ich es dich wissen", erwiderte Kayleigh. „Danke, Sheri."

„Weiß Barry Bescheid?", fragte Bishop.

„Er war der Erste, den ich angerufen habe. Er ist bei Neil in Carmel."

Der hochgewachsene Barry Zeigler, ihr Produzent, war ein einziges nervöses Energiebündel. Im Studio jedoch war er genial. Falls jemand den Sound von Kayleigh Towne maßgeblich geprägt hatte, dann Barry Zeigler.

„Da ist bloß noch eine Sache", warf Sheri ein. „Ich meine …" Ein Blick zu Bishop, bevor sie fortfuhr: „Das Mittagessen morgen, für den Fan des Monats. Glaubst du, es kann stattfinden?"

Alicia Sessions hatte bei Facebook und auf Kayleighs Internetseite eine entsprechende Werbeaktion gestartet. Sheri war von Bishop mehr oder weniger zwangsverpflichtet worden, sich für die Marke Kayleigh Towne diverse Projekte zur Absatzförderung auszudenken. Sheri hatte früher im Einzelhandel gearbeitet und einige gute Ideen beisteuern können.

„Das ist alles schon vorbereitet, richtig?", fragte Bishop.

„Wir haben den Raum im ‚Country Club' angemietet. Es würde dem Jungen so viel bedeuten. Er ist ein großer Fan."

Bestimmt nicht so groß wie jemand anders, den ich kenne, dachte Kayleigh.

„Und es ist eine gute Publicity."

„Keine Reporter!", verlangte Kayleigh. „Ich möchte nicht über Bobby sprechen."

„Wir werden vorher feste Regeln erlassen", bestimmte Bishop. „Niemand darf dir Fragen über die Vorfälle im Kongresszentrum stellen."

„Ich kümmere mich darum", bot Sheri an. „Ich spreche es mit Alicia ab."

„Also gut, meinetwegen", stimmte Kayleigh schließlich zu. Sie musste an das letzte Mal denken, als sie allein mit Bobby zu Mittag gegessen hatte. Es lag erst eine Woche zurück. Ihr kamen schon wieder die Tränen.

„Okay", meinte Bishop. „Aber sagt diesem Fan, dass Kayleigh leider nur wenig Zeit hat."

Da sie in einem Punkt nachgegeben hatte, wagte Kayleigh einen weiteren Vorstoß: „Aber wegen des Konzerts bin ich mir wirklich noch nicht sicher, Daddy."

„Hey, KT, wir werden tun, was sich für dich richtig anfühlt. Mal sehen, wie es dir in ein oder zwei Tagen geht." Er wandte sich an Sheri. „Wir müssen noch zu dieser Besprechung."

Kayleigh begleitete die beiden zur Tür. Das Paar stieg in einen verstaubten SUV und fuhr los. Am Steuer des riesigen Gefährts saß die zierliche Sheri. Bishop hatte das Autofahren schon vor acht Jahren aufgegeben.

5

Kathryn Dance saß in ihrem Auto und hielt nach einem Restaurant Ausschau, das Crystal Stanning ihr empfohlen hatte, als ihr Telefon summte. Die Nummer auf dem Display war eine aus dieser Gegend. „Hallo?"

„Kathryn? Pike Madigan."

Sie sagte nichts.

„Was haben Sie vor?"

„Hähnchen bei ‚Julio's' zu essen", antwortete sie.

„Gute Wahl." Nun war er es, der kurz innehielt. „Der Leiter unserer Spurensicherung hat mich angerufen. Charlie Shean. Geschrieben S-H-E-A-N. Nicht wie der Schauspieler. Er muss deswegen so manchen Scherz auf seine Kosten ertragen. Jedenfalls – keine der Spuren hat was ergeben. Weder der Staub noch sonst welche Partikel von den Fotos und Andenken in Edwins Haus haben zu den Proben aus Bobbys Wohnwagen gepasst. Und die Überprüfung von Edwins Kreditkartentransaktionen hat ergeben, dass er alles, was in seinem Haus gefunden wurde, bei eBay gekauft hat. Als wir ihn verhaftet haben, wurden seine Fingerabdrücke genommen. Sie passen weder zu denen im Wohnwagen noch zu denen im Kongresszentrum. Auch die gesicherten Fußspuren lassen sich ihm nicht zuordnen. Das war ein totaler Reinfall."

„Sie mussten ihn gehen lassen."

„Ja, vor einer Stunde. Und er hat alles mitgenommen, was wir beschlagnahmt hatten."

Für jemanden wie Madigan dürfte dies so ziemlich das Höchstmaß an Eingeständnis eines eigenen Fehlers sein, dachte Kathryn. Doch da lag sie falsch.

„Ich möchte mich bei Ihnen entschuldigen. Sie hatten recht, ich lag falsch. Ich habe mich von diesem Kerl vorführen lassen. Es war, als sei er nur gekommen, um etwas über die Ermittlungen herauszufinden."

„Falls er der Täter ist, dann könnte das zutreffen."

„Dieser Typ unterscheidet sich sehr von meinen üblichen Verdächtigen.

Sie finden offenbar einen besseren Zugang zu ihm als ich. Falls Sie noch wollen, wären Sie dann wohl bereit, uns zur Hand zu gehen? Wir könnten Ihre Unterstützung wirklich gut gebrauchen."

„Ich helfe gern", sagte sie, ohne zu zögern.

„Haben Sie vielen Dank."

„Eines noch, Detective. Das hier ist Ihr Fall. Ich werde lediglich in beratender Funktion für Sie tätig sein." Mit anderen Worten, der Ruhm und die Pressekonferenzen sind ganz die Ihren.

„Danke für die Klarstellung. Und jetzt kommen Sie bitte so schnell wie möglich wieder her. Ach, und willkommen beim FMCSO, Deputy Dance."

KATHRYN DANCE stand im Besprechungsraum des Fresno Madera Consolidated Sheriff's Office, neben ihr P. K. Madigan und Dennis Harutyun. Die Detectives Crystal Stanning und Miguel Lopez waren ebenfalls anwesend. Gemeinsam mit Detective Gabriel Fuentes, der derzeit noch dienstlich unterwegs war, würden sie die Einsatzgruppe zum Mordfall Bobby Prescott beziehungsweise Stalking-Fall Kayleigh Towne bilden, verstärkt durch TJ Scanlon in Monterey.

Darüber hinaus hielten sich zwei Zivilisten im Raum auf. Kathryn hatte Kayleigh angerufen und sie hergebeten. Die junge Sängerin hatte widerstrebend eingewilligt und Alicia Sessions zur moralischen Unterstützung mitgebracht. Kayleigh trug eine weite Jeans, dazu ein langärmliges dickes Strickhemd, als wolle sie sich am liebsten darunter verstecken.

Kayleigh berichtete, dass Edwin ihr schon wieder nachspioniert habe, vor knapp einer Dreiviertelstunde von dem Parkplatz des Erholungsgebietes aus, das genau gegenüber von ihrem Grundstück lag. Demnach hatte er sich gleich nach seiner Entlassung aus der Untersuchungshaft auf den Weg zu Kayleigh gemacht.

Alicia Sessions' Aufmachung war das genaue Gegenteil des Erscheinungsbildes ihrer Chefin, fast schon aggressiv herausfordernd. Enge Jeans, hellblaue Cowboystiefel und ein grünes Tanktop. Alicias Miene war grimmig, und ein Teil dieses Zorns schien den Deputys zu gelten, als würden sie nicht genug tun, um ihre Chefin zu beschützen.

„Chief Madigan war so freundlich, das CBI im Mordfall Prescott zur Beratung hinzuzuziehen", erklärte Kathryn Dance. „Wir gehen vorläufig davon aus, dass die Tat mit dem Stalker zusammenhängt, der Kayleigh seit einer Weile belästigt. Ich bin nicht hier, um jemandem auf die Zehen zu treten. Meine Mitarbeit kann vielleicht von Nutzen sein, weil ich bereits einige Erfahrungen mit Stalkern gesammelt habe."

„Persönlich?“, fragte Lopez.

Alle lachten.

„Zunächst mal – mein Kollege in Monterey hat herausgefunden, dass keine Haftbefehle oder Gerichtsbeschlüsse gegen Edwin vorliegen – weder auf Bundesebene noch in Kalifornien, Washington oder Oregon. Für einen Stalker ist das eher ungewöhnlich, denn meistens gibt es eine Vorgeschichte mit entsprechenden Strafanzeigen. Andererseits könnte er einfach nur sehr vorsichtig sein. Und wir wissen, dass er intelligent ist.

Ich werde Ihnen nun ein wenig über Stalking erzählen und darüber, wie Edwin meines Erachtens einzuordnen ist. Der erste Typ von Stalkern wird als ‚schlicht-obsessiv‘ bezeichnet. Zwischen dem Stalker und seinem Objekt hat es früher mal einen Kontakt gegeben, gemeinhin romantischer oder sexueller Natur. Denken Sie an Beziehungen, Ehen oder auch nur One-Night-Stands, die kein gutes Ende nahmen.

Dann gibt es die erotomanischen Stalker. Die herkömmlichen erotomanischen Stalker waren Frauen, die sich in einflussreiche Männer aus höheren Einkommens- oder Gesellschaftsschichten verliebt haben. Zum Beispiel Sekretärinnen, die ihre Vorgesetzten anhimmelten. Mittlerweile trifft man in dieser Kategorie ebenso viele Männer wie Frauen an. Zum Profil gehört, dass es einen unbedeutenden, völlig harmlosen Kontakt gab, der vom Stalker falsch gedeutet wird. In der Folge redet er sich ein, die andere Person sei in ihn verliebt, aber zu schüchtern oder zurückhaltend, um die Gefühle offen zu zeigen.

Der dritte Typ ist der liebesobsessive Stalker. Das sind diejenigen, die es auf Prominente abgesehen haben, auf Leute, denen sie von fern Bewunderung entgegenbringen und zu der Überzeugung gelangen, es handle sich um ihre Seelenverwandten. Ich halte Edwin für eine Mischung aus erotomanischem und liebesobsessivem Stalker. Er glaubt wirklich, dass du die Frau seines Lebens bist, Kayleigh. Er möchte mit dir eine Beziehung eingehen und denkt, dass du das Gleiche für ihn empfindest.“

„Dieses dämliche ‚XO‘“, murmelte Kayleigh. „Es war bloß ein Formbrief.“

„Die verschicken wir jede Woche tausendfach“, fügte Alicia hinzu.

„Nun, alle Stalker leiden mehr oder weniger an Wahnvorstellungen. Die Bandbreite reicht von Menschen mit gravierenden Neurosen über Borderline-Persönlichkeiten bis hin zu echten Psychotikern.“

„Aber was war sein Motiv für den Mord an Bobby Prescott?“, fragte Crystal Stanning. „Vorausgesetzt, er ist wirklich der Täter.“

„Gute Frage, Detective“, entgegnete Kathryn. „Es passt nämlich nicht ganz ins Bild. Erotomanische und liebesobsessive Stalker sind die ungefährlichsten ihrer Art."

„Es könnte auch einfach sein, dass Bobby zur falschen Zeit am falschen Ort gewesen ist", gab Madigan zu bedenken. „Vielleicht hatte es gar nichts mit Bobby zu tun. Der Täter könnte die erstbeste Person abgepasst haben."

„Guter Punkt", meinte Kathryn. „Aber wir sollten uns dennoch ein wenig intensiver mit Bobbys Leben beschäftigen und herausfinden, was er so gemacht hat. Und ob zum Beispiel etwas Illegales dabei war."

„Bestimmt nicht", versicherte Kayleigh. „Er hatte früher mal ein Problem mit Drogen und Alkohol, aber die letzten Jahre war er clean."

„Trotzdem könnte jemand seinen Tod gewollt haben", widersprach Kathryn. „Und wir dürfen nicht vergessen, dass ein Eindringling – wahrscheinlich der Mörder – am Morgen nach der Tat etwas aus Bobbys Wohnwagen entwendet hat."

„Ich könnte mir sein Privatleben und seine Vorgeschichte vornehmen", bot Harutyun an. Sein Schnurrbart bewegte sich beim Sprechen auf und ab.

Madigan nickte zustimmend. „Dennis ist unser ‚Bibliothekar'. Das meine ich positiv. Er recherchiert. Er wusste schon, was Google war, als ich noch dachte, das wäre der Name einer Zeichentrickfigur aus dem Vormittagsprogramm."

„Gut."

„Können Sie Edwin denn nicht verhören?", fragte Alicia.

„Eventuell. Aber ich bin mir nicht sicher, ob uns das viel bringen würde", antwortete Kathryn.

Wie in ihren Vorträgen kam sie auch jetzt darauf zu sprechen, wie schwierig es war, Verdächtige wie Edwin kinesisch zu analysieren. „Leute am Rand der Psychose, beispielsweise Stalker, können Ihnen durchaus Fakten verraten, die zur Aufdeckung ihrer eigenen Täuschungsversuche führen. Aber eine kinesische Einschätzung solcher Leute ist oft ein Ding der Unmöglichkeit. Sie stehen nämlich nicht unter Stress, wenn sie lügen – weil ihr Wunsch, sich dem Objekt ihrer Besessenheit zu nähern, alles andere bei Weitem dominiert." Sie fügte hinzu, dass ihnen zudem eine aktuelle Handhabe für eine Festnahme fehle.

Alicia verzog frustriert das Gesicht. „Gibt es denn hier in Kalifornien kein Gesetz gegen Stalking?", fragte sie.

„Doch, ja." Kathryn fasste die Voraussetzungen zusammen. „Man macht sich des Stalkings schuldig, wenn man das Opfer vorsätzlich, arglistig und wiederholt verfolgt oder schikaniert und auf glaubhafte Weise bedroht, sodass die Person berechtigte Angst um ihre Sicherheit oder die Unversehrtheit ihrer nächsten Angehörigen haben muss." Sie zuckte die Achseln. „Leider hält die abschreckende Wirkung sich in Grenzen. Es droht nur eine kurze Haft oder eine Geldstrafe."

„Nun, das ist doch wenigstens etwas. Verhaftet ihn doch erst mal", sagte Kayleigh.

„Das könnte schwieriger sein als gedacht. Schildere mir mal, wie sein Stalking aussieht."

„Er hat mir ungefähr hundertfünfzig E-Mails und etwa dreißig Briefe geschrieben. Darin hat er mich um eine Verabredung gebeten und Andeutungen über eine gemeinsame Zukunft gemacht. Und er hat mir ein paar Geschenke geschickt. Wir haben alles zurückgehen lassen."

„Wir haben ihm Unterlassungsverfügungen und alles Mögliche angedroht", erzählte Alicia. „Das hat er einfach ignoriert, aber die Anwälte sagten, er habe die Grenze zur Illegalität nie ganz überschritten."

Dann stellte Madigan die Schlüsselfrage: „Hat er in all seinen Briefen jemals eine Drohung ausgesprochen? Eine Verhaftung setzt voraus, dass eine glaubhafte Bedrohung vorgelegen hat."

„Nein, es gab keine Drohungen", räumte Kayleigh widerstrebend ein „Eher das genaue Gegenteil. Er hat immer wieder betont, dass er mich beschützen will. Und dass er für mich da sein würde – genau wie in dem Song ‚Your Shadow'."

In diesem Moment verkündete Kathryns Telefon den Eingang einer Nachricht. Sie kam von TJ Scanlon. Sie las den Begleittext und blickte auf. „Na, wer hat Interesse am Lebenslauf unseres Stalkers?" Doch eine Antwort auf diese Frage war natürlich überflüssig.

Dennis Harutyun half Kathryn dabei, von einem Computer im Besprechungsraum aus auf ihr E-Mail-Postfach zuzugreifen und TJs Dokument auszudrucken.

Sie las allen den Text laut vor und erläuterte einzelne Stellen. „Edwin Stanton Sharp wurde in Yakima, einer Stadt im Osten des Staates Washington, geboren. Sein Vater war Handlungsreisender, seine Mutter Verkäuferin im Einzelhandel. Ihrem Einkommen nach zu urteilen, muss sie mehrere Jobs gehabt haben. Das könnte bedeuten, dass der Junge viel Zeit allein verbracht hat. Psychologen glauben, dass Stalking aus einer Bindungsstörung heraus entsteht. Er sehnte sich nach seinen Eltern, vor allem nach der Mutter, aber sie war nicht abkömmlich.

Seine Schulnoten waren sehr gut. Doch die siebte Klasse musste er wiederholen, was auf emotionale Probleme in der Schule hindeutet. Als er sechzehn war, haben seine Eltern sich getrennt, und er zog mit seiner Mutter an den Rand von Seattle. Er ist zwei Jahre auf die University of Washington gegangen. Auch dort hat er zunächst gute Resultate erzielt. Dann hat er das Studium kurz nach Beginn seines dritten Jahres abgebrochen. Nähere Angaben fehlen. Er suchte sich Jobs, zu denen Stalker bisweilen tendieren: Wachmann, Teilzeitverkäufer, Handelsvertreter. Diese Tätigkeiten sind wie geschaffen für Leute mit voyeuristischen oder Stalking-Neigungen, denn man bekommt viele Menschen zu sehen und wird zumeist nicht beaufsichtigt. Und man selbst ist unsichtbar.

Seine Mutter ist im Juli letzten Jahres an Krebs gestorben. Sein Vater hat seit sechs Jahren keine Steuererklärung mehr eingereicht, und das Finanzamt kann ihn nicht finden.

TJ, mein Kollege in Monterey, hat Edwins Onlineaktivitäten überprüft. Er beteiligt sich an zahlreichen Musik-Blogs, doch ein Stalker ist normalerweise wesentlich stärker in Onlineaktivitäten verstrickt, als Edwin es ist." Sie las weiter. „Ah, wie es scheint, hat er letztes Jahr eine Trennung durchgemacht. TJ ist in einem von Edwins Blog-Beiträgen auf eine Person namens Sally gestoßen, die Edwin im Zusammenhang mit einem Lied von dir erwähnte: ‚You and me'."

„Stimmt, in dem Song geht es um eine Trennung", bestätigte Kayleigh.

„Dieses Posting war im Dezember." Kathryn sah Kayleigh an. „Wenig später ging das Stalking los, nicht wahr?"

„Ja. Im Januar."

„Eine traumatische Erfahrung trägt oft maßgeblich zum Beginn einer Stalking-Phase bei." Kathryn wies auf TJs E-Mail. „Edwin hat geschrieben, das Lied bedeute ihm wirklich viel. Er mache gerade eine schwere Zeit durch, hauptsächlich wegen des Kummers mit Sally. Es komme ihm so vor, als wüsstest du genau, was in ihm vorgeht. Ein paar Tage später hat er dann etwas zu deiner gerade veröffentlichten neuen Single ‚Near the Silver Mine' geschrieben. Er behauptet, auch er sei traurig gewesen, weil er ungefähr im gleichen Alter sein Zuhause verloren habe."

Kayleighs Lippen wurden schmal. „Er wusste von unserem Haus?" Sie schilderte, wie sehr sie das alte Haus, in dem sie aufgewachsen sei, gemocht habe, aber dann habe ihr Vater das Grundstück nördlich von Fresno an eine Minengesellschaft verkauft. „Wahrscheinlich habe ich mal in einem Interview erwähnt, dass ich wünschte, er hätte es nicht getan."

Kathryn las weiter. „Edwins Rechtschreibung und Grammatik sind tadellos. Was mir verrät, dass er kontrolliert handelt. Das bedeutet, dass er, sofern er Bobbys Mörder ist, seine Spuren verwischt und das Stalking sehr sorgfältig plant."

Madigan fragte: „Was sollten Ihrer Ansicht nach unsere nächsten Schritte sein?"

„Zunächst mal müssen wir Edwin rund um die Uhr beschatten."

„Deputy Fuentes ist schon dabei. Edwin schaut sich gerade einen Film an. Im ‚Rialto' ", berichtete Madigan.

Harutyun erklärte, es handle sich um ein altes Kino in Fresnos Tower District, einem bunt gemischten Viertel voller Galerien, Restaurants, Tätowierstudios und Läden.

„Und wir müssen diese Exfreundin finden. Sally", sagte Kathryn.

„Lopez, das übernehmen Sie. Machen Sie sie ausfindig. Sie soll Agent Dance anrufen."

„Geht klar, Chief."

„Wir sollten uns Gedanken darüber machen, wer noch als Opfer infrage kommt", fügte der leitende Detective hinzu. „Damit wir die Leute beschützen können. Wer wäre denn besonders gefährdet?"

„An erster Stelle dürften all jene stehen, die er als Rivalen betrachtet." Sie sah Kayleigh an. „Wart du und Bobby mal ein Paar?"

Kayleigh wurde rot. „Äh, ja, vor einer Weile. Ganz zwanglos. Die Medien haben nichts davon mitbekommen. Woher hast du das gewusst?"

Weil ich euch beide gestern zusammen erlebt habe, dachte Kathryn. Die Art, wie er die Augen nicht von deinem Gesicht lassen konnte, was überdeutlich machte, dass die Sache für ihn noch längst nicht vorbei war. Doch was sie zu Kayleigh sagte, war: „Nur so eine Ahnung."

„Es befinden sich also alle Männer in Gefahr, mit denen Kayleigh je ausgegangen ist oder befreundet war?", fragte Crystal Stanning.

„Ja, wahrscheinlich. Frauen allerdings auch. Stalker sind extrem eifersüchtig. Jeder ist gefährdet, der sich seiner Ansicht nach zwischen euch beide stellt. Wie zum Beispiel Darthur Morgan oder auch einer deiner Anwälte." Sie schaute zu Alicia. „Oder Sie. Sie scheinen sehr um ihren Schutz bemüht zu sein."

Die breitschultrige Frau zuckte die Achseln. „Irgendjemand muss sich ja darum kümmern."

„Was ist mit meiner Familie? Und der Crew?", fragte Kayleigh.

„Angehörige und Bekannte sind zumeist nur dann gefährdet, wenn sie versuchen, das Objekt vor dem Stalker zu beschützen. Ich habe die Mitglieder der Crew schon befragt, ob ihnen gestern etwas aufgefallen ist, aber ich denke, ich sollte noch mal mit allen reden, um einschätzen zu können, ob sie sich in Gefahr befinden."

„Die Crew ist im Augenblick im Kongresszentrum", erklärte Kayleigh.

„Aber die Band ist immer noch in Nashville. Sie wird erst am Donnerstag oder Freitag hier eintreffen."

„Ich habe die Überwachung von Kayleighs Telefon veranlasst, und die Sicherheitsleute des Anbieters stehen Gewehr bei Fuß", verkündete Madigan. „Außerdem behalten wir weiterhin die Nummern der anderen Mobiltelefone im Blick, die er in Burlingame gekauft hat. Wenn er sie wieder einschaltet, können wir sofort einen Wagen losschicken."

„Gut."

„Kathryn hat mich gebeten, einen Blick auf die Strophen des Songs zu werfen, den man Ihnen gestern Abend vorgespielt hat", sagte Harutyun zu Kayleigh und verteilte Kopien des Textes an alle Anwesenden. „Ich habe mir den Kopf darüber zerbrochen, wo ein weiterer Anschlag geplant sein könnte. Leider ist mir dazu nicht viel eingefallen."

You sit by the river, wondering what you got wrong,
How many chances you've missed all along.
Like your troubles had somehow turned you to stone,
And the water was whispering, Why don't you come home?

(Du sitzt am Fluss und fragst dich, was dir entgangen ist,
Wie viele Gelegenheiten du wohl schon verpasst hast.
Als hätte dein Kummer dich irgendwie versteinern lassen,
Und das Wasser flüsterte: Wieso kommst du nicht heim?)

Kathryn konzentrierte sich auf die Ortsangabe im Text: „Am Fluss."

Madigan lachte auf. „Davon gibt es hier in der Gegend jede Menge."

„Das könnte überall sein", bestätigte Harutyun.

Madigan musterte den Liedtext erneut. „Ich werde unsere Streifen anweisen, auf alle Flussufer zu achten, vor allem auf die, die nicht von einer Straße aus eingesehen werden können."

Alicia lächelte. „Ich schätze, die wirklich gute Nachricht ist, dass Kayleigh sich nicht in Gefahr befindet, da er sie doch so sehr liebt."

„Stimmt. Aber nur vorläufig. Denken Sie an seinen verdrehten Realitätssinn. Er wirbt nun schon seit einer ganzen Weile um sie." Sie wandte sich an Kayleigh. „Im Augenblick bildet er sich noch ein, dass dir etwas an ihm liegt. Irgendwann aber wird er dein Verhalten so deuten, als würdest du mit ihm Schluss machen. Und wenn das geschieht, wird er gefährlich. Er wird Rache wollen. Oder er wird dich einfach nur töten wollen, damit kein anderer dich haben kann."

DAS KONGRESSZENTRUM war gründlich gereinigt worden.

Musik auf Kayleigh Townes Niveau war ein ziemlich großes Geschäft. Daher überraschte es Kathryn nicht, dass der Tatort so schnell wie möglich gesäubert worden war und inzwischen nichts mehr auf den Todesfall hinwies. Das Konzert sollte wie geplant stattfinden.

Kathryn hatte sich gegen den Geruch gewappnet; kaum etwas ist so hartnäckig wie der Gestank von verbranntem Haar und Fleisch. Doch welche Reinigungsfirma man auch beauftragt haben mochte, die Leute hatten erstklassige Arbeit getan.

Kayleigh war auch da und arbeitete am Ablauf der Bühnenshow. Tye Slocum, der Gitarrentechniker, fungierte vorübergehend als Chefroadie, bis Alicia dafür einen Profi würde anheuern können; sie brauchten jemanden, der sich nicht nur um den Auf- und Abbau kümmerte, sondern außerdem das Mischpult beherrschte. Tye war nervös und nicht allzu selbstsicher, versuchte aber, sich der Lage gewachsen zu zeigen. Kayleigh lächelte ihm aufmunternd zu, obwohl es ihr sichtlich zusetzte, in der Nähe der Stelle zu stehen, an der Bobby gestorben war.

Kathryn rief Tye mit Kayleighs Einverständnis zu sich und erklärte ihm, dass sie mit der gesamten Crew sprechen musste. Er trommelte die Mannschaft zusammen. Sie sprach mit ihnen an der verschrammten, schwarz gestrichenen Seitenkulisse der Bühne.

Ihr fiel auf, dass die Leute und Kayleigh sehr herzlich miteinander umgingen. Allerdings schien niemand ihr so nahezustehen, wie Bobby es getan hatte, und daher würde Edwin auch keinen von ihnen als offensichtlichen Rivalen empfinden. Sie gewann auch nicht den Eindruck, jemand hier hätte ein Motiv für den Mord an Bobby Prescott gehabt. Diese Möglichkeit zu überprüfen war ja ein weiterer Grund für diese Befragung.

Die einzige Person, mit der Dance nicht sprechen konnte, war Alicia. Sie hatte bei Kathryns Ankunft draußen vor dem Kongresszentrum gestanden, gleich neben einem Ford Pick-up mit Anhängerkupplung und Stoßstangenaufkleber: *I ♥ My Quarter Horse.* In ihrem Mundwinkel hatte eine Zigarette gesteckt, und sie hatte eher wie eine Fernfahrerin als wie eine persönliche Assistentin ausgesehen.

Alicia war vermutlich am stärksten gefährdet; sie hatte Edwin im Cowboy Saloon am aggressivsten die Stirn geboten. Kathryn konnte sie jedoch nicht persönlich warnen, sondern nur per Nachricht auf ihrer Mailbox. Die Assistentin hatte das Kongresszentrum bereits verlassen, als Kathryn nach ihr suchen ließ.

Während Kathryn ihre Notizen durchging, registrierte sie, dass Kayleigh ihr klingelndes Mobiltelefon aus der Tasche zog. Der Gesichtsausdruck der jungen Frau ließ wenig Raum für Zweifel: Die Nummer des Anrufers sagte ihr nichts. Sie starrte einen Moment lang auf das Display und hob das Telefon dann ans Ohr.

Und keuchte erschrocken auf. Ihr Kopf ruckte zu Kathryn herum. „Das ist ein weiterer Anruf, Kathryn“, sagte sie. „Die zweite Strophe!“

Eine Viertelstunde später traf Kathryn Dance beim Sheriff's Office ein. Harutyun wartete am Eingang auf sie.

„Hat die Dreieckspeilung geklappt?“, fragte sie.

„Das war kein Mobiltelefon“, antwortete Harutyun. „Der Anruf kam von einem Münzfernsprecher auf dem Campus des Fresno College. Zurzeit sind noch Semesterferien, und dort ist kaum was los. Niemand hat den Anrufer gesehen.“

„Und wo steckt Edwin?“

„Er sitzt immer noch im Rialto – dem Kino. Es muss also jemand anders sein.“

Sie betraten Madigans Büro, wo sowohl der Chief Detective als auch Stanning gerade telefonierten.

Madigan hob den Kopf. Er beendete das Gespräch.

„Wo ist Kayleigh?“, fragte Harutyun.

„Sie und die Crew sind im Kongresszentrum“, sagte Kathryn. „Darthur Morgan ist bei ihr. Alicia ist die Einzige, von der ich nicht weiß, wo sie sich gerade aufhält. Ich habe sie auf dem Weg hierher angerufen und eine Nachricht hinterlassen.“

Madigan zeigte auf sein Mobiltelefon. „Das war Fuentes. Edwin schaut sich immer noch den Film an.“

Kathryn fragte: „Und er hat sich auf keinen Fall aus dem Kino schleichen können?“

„Nein. Fuentes sitzt in einem Restaurant an der Olive Avenue und hat den Haupteingang im Blick. Die Hintertüren sind alle alarmgesichert. Er hat sich vergewissert.“

Kathryn musste akzeptieren, dass Edwin einfach war, was er zu sein schien: ein armseliger Trauerkloß ohne eigenes Leben, der sich zu einer Frau aus einem völlig anderen Universum hingezogen fühlte. Doch dann musste sie an sein eiskaltes Benehmen denken, seine absolute Ruhe, seine unerschütterliche Fixierung auf Kayleigh, sein aufgesetztes Lächeln. Und an seine Intelligenz. Was sie veranlasste zu fragen: „Gibt es dort Keller?“

„Wie bitte?“, fragte Madigan.

„Gibt es in dem Häuserblock womöglich miteinander verbundene Keller?“

„Keine Ahnung“, gab Madigan zu und drückte eine Taste auf seinem Festnetztelefon.

„Fuentes.“

„Wir glauben, er könnte sich durch den Keller weggeschlichen haben. Was ist mit der Eisenwarenhandlung nebenan? Sind die Keller miteinander verbunden?“

Eine Pause. „Ich überprüfe das und melde mich gleich wieder.“

Drei Minuten später erhielten sie die Nachricht, die Kathryn erwartet hatte. „Ja, Chief. Ich war gerade unten. Es gibt eine Tür, und sie ist nicht verschlossen.“

„Räumen Sie das Kino“, befahl Kathryn. „Wir müssen ganz sicher sein.“

„Ich soll das Kino räumen?“

„Sie haben Agent Dance gehört“, sagte Madigan entschlossen. „Lassen Sie das Licht einschalten, und räumen Sie den Saal.“

„Wird gemacht.“

Zehn Minuten darauf rief Fuentes erneut an. Schon als er „Chief“ sagte, wusste Kathryn, was folgen würde.

Madigan seufzte. „Und er ist ganz bestimmt nicht mehr da?“

„Es war eine frühe Vorstellung mit nur wenigen Besuchern. Ja, ich bin mir sicher.“ Doch Fuentes war noch aus einem weiteren Grund ziemlich kleinlaut. „Ich muss Ihnen noch was sagen … Während ich das Kino im Blick behalten habe, hat jemand meinen Wagen aufgebrochen. Ich hatte eine Glock auf dem Rücksitz, in einem Kasten unter meiner Jacke. Jetzt ist sie weg.“

„Verdammt!“, rief Madigan.

„Es tut mir leid. Ich hätte sie in den Kofferraum legen sollen.“

„Sie hätte bei Ihnen zu Hause bleiben müssen! Es ist Ihre Privatwaffe!“

„Ich wollte heute Abend auf den Schießstand“, erwiderte der Deputy zerknirscht.

„Sie wissen, was ich nun tun muss. Es bleibt mir gar keine andere Wahl.“

„Ich weiß. Sie wollen meine Dienstwaffe und die Marke?“

„Ja, leider. Wir werden zusehen, dass die Anhörung so schnell wie möglich stattfindet, aber drei oder vier Tage dürfte es mindestens dauern. Bis dahin sind Sie vom Dienst suspendiert.“ Er drückte die Taste des Lautsprechers und beendete damit das Gespräch.

„Es könnte auch eine der Gangs gewesen sein“, sagte Harutyun in seiner ruhigen Art.

„Das war keine Gang“, fuhr Madigan ihn an. „Das war unser Stalker. Der ist ein überaus gerissener Schweinehund.“

Kathryn Dance musterte das Blatt mit dem Liedtext, das an einer schiefen Pinnwand hing. „Wo wird er zuschlagen? An einem Fluss?“

„Und was noch wichtiger ist: Wer wird sein nächstes Opfer sein?“, fügte Crystal Stanning hinzu.

„MARY-GORDON, bleib da weg! Hast du das Schild denn nicht gesehen?“

„Es bewegt sich doch gar nicht, Mommy“, wandte die Sechsjährige ein. Suellyn Sanchez dachte bei sich, wie überaus logisch das doch war. Das Warnschild am Gepäckband besagte: VORSICHT BEI LAUFENDEM BAND!

„Es könnte aber jede Sekunde anfangen.“

„Wenn das Licht angeht, kann ich doch herunterspringen.“

Mutter und Tochter befanden sich im Ankunftsbereich des Flughafens Fresno-Yosemite. Ihre Maschine aus Portland war zwanzig Minuten vor der angekündigten Zeit gelandet. Suellyn hielt nach einem Chauffeur Ausschau, der sie abholen sollte, konnte aber noch niemanden entdecken und drehte sich wieder zu dem Mädchen um. „Und es ist verdreckt. Du wirst dir dein Kleid schmutzig machen.“

Auch dieses Risiko schien sie nicht sonderlich abzuschrecken. Doch es genügte ein einziges „Mary-Gordon …!“ in einem bestimmten Tonfall, und die niedliche Blondine gehorchte sofort.

Suellyn ermahnte sich zu mehr Gelassenheit. Bobby Prescotts Tod hatte über alles einen Dämpfer gelegt. Wie Kayleigh sich wohl fühlte? Sie und Bobby hatten sich sehr nahegestanden, und Suellyn wusste, dass ihre kleine Schwester von dem Verlust schwer getroffen sein würde.

Sie dachte an Bishops Anruf vom Vormittag zurück, nachdem ihre Schwester ihr die traurige Nachricht bereits überbracht hatte. Das Gespräch mit ihrem Vater war so unbeholfen abgelaufen wie fast immer, wenn es bei ihm um etwas Persönliches ging. Suellyn war überrascht gewesen von seiner Bitte, nach Fresno zu kommen und ihrer Schwester in dieser schweren Zeit beizustehen … bis ihr klar geworden war: Bishop wollte die Verpflichtung zum Beistand mit jemandem teilen. Oder besser noch, er wollte sie vollständig auf jemand anders abwälzen.

Suellyn sah ihrer Schwester nur entfernt ähnlich. Zwischen ihnen beiden lagen acht Jahre, und Suellyn war größer, von breiterer Statur und mit vollerem Gesicht, wenngleich ihr hellbraunes Haar ebenso seidig und glatt über ihre Schultern fiel wie Kayleighs. Fresnos heißer Spätsommer traf sie heute nicht unvorbereitet; sie trug ein weinrotes Sommerkleid, doch sogar in dieser luftigen Bekleidung war ihr viel zu warm.

„Wo ist Tante Kayleigh?“

„Sie bereitet sich darauf vor, ein Konzert zu geben. Wir werden am Freitag hingehen.“

„O ja! Ich mag es, wenn sie singt.“

Es ertönte ein lautes Signal, ein orangefarbenes Licht blinkte auf, und das Gepäckband lief an.

Mary-Gordon erspähte den ersten Koffer und lief fröhlich darauf zu, ihr rosafarbenes Kleidchen flatterte ihr um die Beine.

Das Gepäck traf vollständig ein. Sie ließen das Band und die Menschenmenge hinter sich und blieben vor einer der Türen stehen.

Suellyns Mobiltelefon klingelte. Sie warf einen Blick darauf. „Hallo Daddy.“

„Ihr seid da“, knurrte der Mann.

Dir ebenfalls einen guten Tag, dachte Suellyn.

„Richie ist unterwegs, um euch einzusammeln.“

Oder du hättest persönlich herkommen können, um deine Tochter und deine Enkelin abzuholen. Bishop Towne fuhr zwar nicht selbst, aber er hatte Leute genug um sich, die den Chauffeur spielen konnten – falls er gewollt hätte. „Ich kann ein Taxi nehmen.“

„Nein, lass das. Richie wird gleich da sein.“ Und mit diesen Worten legte er auf.

Ich nehme trotzdem ein Taxi, dachte sie. Ich werde hier doch nicht herumsitzen. „Musst du auf die Toilette?“, fragte sie Mary-Gordon.

„Nein.“

„Verzeihung, sind Sie Suellyn?“

Sie drehte sich zu Bishops Schützling Richie um, einem jungen Mann, der exakt so aussah, wie man sich das Gefolge eines Country-Musikers vorstellte. „Ich bin Ihr Fahrer. Freut mich, Sie kennenzulernen.“ Er gab ihr die Hand und lächelte Mary-Gordon zu. „Hallo.“

„Hallo“, sagte sie.

„Willkommen in Fresno. Du bist Mary-Gordon, möchte ich wetten.“

„Er hat meinen Namen richtig gesagt.“ Sie strahlte.

Sie hieß nicht etwa Mary mit Gordon als zweitem Vornamen, sondern hatte einen schönen, altmodischen Südstaatendoppelnamen. Und sie hatte keine Scheu, jeden zu korrigieren, der den Namen falsch aussprach.

„Lassen Sie mich das Gepäck nehmen“, sagte er und schnappte sich die Koffer und Suellyns Computertasche. „Möchten Sie zu Ihrem Vater oder zu Kayleigh?“

„Zu Kayleigh. Wir wollen sie überraschen."

„Sie wird sich sehr freuen."

Suellyn hoffte es. Bishop hatte darauf bestanden, dass sie Kayleigh auf keinen Fall vorher benachrichtigen solle, weil die jüngere Schwester wahrscheinlich versucht hätte, ihr den Besuch auszureden. Sie wolle keine Beileidsbekundungen wegen Bobbys Tod, erklärte Bishop. Aber die Familie müsse zusammenhalten.

Sie traten ins Freie.

„Gut, dass Sie hier sind", flüsterte Richie Suellyn zu. „Kayleigh ist wegen Bobby ziemlich mitgenommen."

„Das kann ich mir vorstellen. Weiß man schon, was passiert ist?"

„Nein, noch nicht." Er wandte sich in normaler Lautstärke an Mary-Gordon: „Hey, soll ich dir was Tolles zeigen, bevor wir zu deiner Tante fahren?"

„Ja!"

„Es ist wirklich hübsch und wird dir gefallen." Er sah Suellyn an. „Ein kleiner Abstecher? Dieser Park liegt praktisch auf dem Weg."

„Bitte, Mommy!"

„Na gut. Aber es darf nicht zu spät werden, Richie."

Er hielt kurz inne. „Oh, ich bin nicht Richie. Ich bin an seiner Stelle gekommen."

Sie erreichten seinen Wagen. Er verstaute die Koffer und die Computertasche im Kofferraum des großen alten Buick. Der Wagen war leuchtend rot – eine Farbe, die man heutzutage kaum noch zu sehen bekam.

6

Kathryn Dance war im Wohnzimmer von Kayleighs Haus. Sie musterte die zahlreichen Urkunden sowie die Gold- und Platinschallplatten, die an den Wänden hingen. Kayleigh war oben und zog sich um. Darthur Morgan saß auf einem Stuhl bei der Vordertür.

Kurz darauf gesellte sich Kayleigh zu ihnen. Sie trug eine blaue Jeans und eine dunkelgraue Bluse. Die Sängerin setzte sich auf eine gepolsterte Couch mit Blumenmuster.

„Ich habe gerade mit dem Deputy beim Kongresszentrum gesprochen", berichtete Kathryn. „Alle aus der Crew sind da, außer Alicia."

„Oh, sie hat mich vor zehn Minuten angerufen. Ich habe ihr von der zweiten Strophe erzählt und sie gebeten, auf sich aufzupassen." Kayleigh lächelte.

„Sie klang beinahe, als würde sie hoffen, dass Edwin was bei ihr versucht. Sie ist ein harter Brocken. Und aufbrausend."

Darthur Morgan erhob sich auf einmal und warf einen Blick aus dem vorderen Fenster. „Besuch. Hm. Ein ganzer Hofstaat. Sieht offiziell aus."

„Hofstaat" traf es ziemlich gut, fand Kayleigh.

Zwei SUVs – Bishops weißer Lexus und ein großer schwarzer Lincoln Navigator. Bishop und Sheri stiegen aus und wandten sich dem anderen Fahrzeug zu.

Offenbar vier Insassen. Der Erste war ein Leibwächter, ein kräftiger Kerl mit Sonnenbrille, eins neunzig groß. Er warf einen prüfenden Blick in die Runde und flüsterte dann etwas ins Innere des Wagens. Der Nächste, der ausstieg, war ein schlanker, nachdenklich wirkender Mann mit schütterem Haar. Der Dritte trug einen dunklen Anzug, war deutlich größer und hatte eine Frisur wie ein Politiker. Was einen Sinn ergab, denn genau das war er auch, erkannte Kayleigh: einer von Kaliforniens bekanntesten Kongressabgeordneten, William Davis, Demokrat, derzeit in seiner zweiten Amtsperiode. Als letzte Person stieg eine Frau aus. Sie trug einen brünetten Pagenschnitt und ein konservatives marineblaues Kostüm.

Was zum Teufel hatten all diese Leute hier verloren?

Der Sicherheitsmann blieb beim Wagen, und die anderen folgten Bishop und seiner Frau ins Haus.

Drinnen umarmte Bishop seine Tochter. „Das hier ist der Kongressabgeordnete Davis", stellte er seinen Begleiter vor. „Außerdem seine Berater Peter Simesky und …"

„Myra Babbage." Die schmale Frau mit der ernsten Miene nickte formell.

„Ms Towne, es ist mir eine Ehre", sagte der Abgeordnete.

„Nennen Sie mich ruhig Kayleigh. Sie machen mich älter, als ich sein möchte."

Davis lachte. „Und ich bin Bill."

Kayleigh lächelte und stellte ihm Kathryn Dance und Darthur Morgan vor.

„Wir sind vor ein paar Tagen nach San Francisco geflogen und arbeiten uns nun langsam nach Süden vor. Ich hatte mich mit Ihrem Vater in Verbindung gesetzt, weil ich Ihr Konzert besuchen wollte. Oh, ich zahle für die Tickets, keine Angst. Ich fürchte nur, wir werden zusätzliche Sicherheitsvorkehrungen benötigen."

„Wir kümmern uns bereits darum", erklärte Bishop.

„Ich hatte gehofft, Sie persönlich treffen und Hallo sagen zu können. Ihr Vater hat vorgeschlagen, mich heute einfach mal mitzunehmen."

Kayleigh kapierte. Ihr Vater hatte ihr versprochen, er würde in Erwägung ziehen, das Konzert abzusagen, doch gleichzeitig tat er alles, um dafür zu sorgen, dass es stattfand. Indem er Kayleigh wissen ließ, dass der Kongressabgeordnete im Publikum sein würde, wollte er sie zwingen, das Konzert nicht zu canceln.

Kayleigh kochte vor Wut, lächelte jedoch freundlich weiter, während Davis von den Liedern aus ihrem Repertoire schwärmte, die ihm am besten gefielen. Er war tatsächlich ein begeisterter Fan.

„Wir können Ihnen gar nicht genug dafür danken, dass wir ‚Leaving Home' auf unserer Website benutzen dürfen", fügte Myra Babbage hinzu. „Es ist zu einer Art Hymne für Bills Kampagne geworden."

„Ich habe Sie im Autoradio gehört", sagte Kathryn. „Auf der Fahrt hierher lief eine Aufzeichnung der Debatte über Einwanderungsfragen. Da ging es ganz schön zur Sache. Ich finde, dass Sie gewonnen haben."

„Danke. Es hat viel Spaß gemacht", antwortete Davis. „Ich liebe Debatten."

Der Kongressabgeordnete Bill Davis vertrat ein vielseitiges Themenspektrum; seine kontroverseste Position beinhaltete die Lockerung der Grenzkontrollen, um mehr Zuwanderer ins Land zu lassen – vorausgesetzt, sie waren nicht vorbestraft, bestanden einen englischen Sprachtest und eigneten sich für den amerikanischen Arbeitsmarkt. Deshalb hatte er auch um die Erlaubnis gebeten, „Leaving Home" benutzen zu dürfen. Er war einer der heißesten Anwärter auf die nächste Präsidentschaftskandidatur.

„Ich kann bestätigen, dass er ein großer Fan von Ihnen ist", sagte Peter Simesky. „Während der Busfahrten von einem Wahlkampftermin zum nächsten besteht unser Musikprogramm überwiegend aus Ihnen, Taylor Swift und den Stones. Ich hoffe, Sie sind mit dieser Gesellschaft einverstanden."

„Klar doch, und wie!"

Dann wurde der Abgeordnete ernst. „Ihr Vater hat gesagt, Sie hätten zurzeit ein paar Probleme mit einem Stalker?" Das war zur Hälfte auch an Kathryn Dance gerichtet. Kayleighs Vater musste ihre berufliche Position erwähnt haben.

„Das stimmt leider", erwiderte Kathryn.

„Sind Sie bei den Behörden hier in Fresno?", fragte Myra Babbage.

„Nein, ich bin vom CBI." Unter normalen Umständen hätte ihre Anwesenheit bedeutet, dass es sich um einen großen Fall handelte. Daher erklärte sie: „Meine Dienststelle ist die in Monterey. Ich war inoffiziell hier, habe von den Vorfällen erfahren und dann meine Hilfe angeboten."

„Wir kommen gerade aus Monterey“, sagte Davis. „Ich bin sicher, das CBI und die örtlichen Behörden tun, was in ihren Kräften steht, aber falls ich Ihnen irgendwie behilflich sein kann, lassen Sie es mich bitte wissen. Stalking kann auch ein Bundesvergehen sein.“

Kayleigh bedankte sich, Kathryn ebenfalls, und Simesky gab ihr seine Visitenkarte. „Im Ernst, falls Sie Hilfe brauchen, rufen Sie mich an“, betonte Simesky.

„Das werde ich“, erwiderte Kathryn, als plötzlich ihr Telefon summte. „Eine SMS von Detective Harutyun“, verkündete sie, las dann die Nachricht und seufzte. „Der nächste Tatort wurde gefunden. Wieder ein Mord, wieder ein Feuer. Er schreibt, es habe diesmal womöglich mehr als ein Opfer gegeben. Sie wissen es noch nicht genau.“ Nachdem sie die SMS zu Ende gelesen hatte, rief sie Harutyun an.

„Das Feuer brennt noch“, teilte er ihr mit. „Es ist ein Schuppen am San Joaquin River.“

„Gibt es Zeugen?“, fragte sie.

„Nein.“

„Woher wissen Sie, dass es mit dem Stalking-Fall zu tun hat?“

„Nun ja, wir haben draußen vor dem Schuppen einen kleinen Kayleigh-Schrein gefunden. Ein kleiner Steinhügel und daneben zwei ihrer CDs. Und wissen Sie, was seltsam war? Ein Zwanzigdollarschein unter einem der Steine.“

„Und es gibt keinen Hinweis auf den Toten?“

„Oder *die* Toten“, erinnerte er sie. „Das Team hat einen Blick ins Innere des Schuppens werfen können und zwei Beine gesehen, dann ist das Dach eingestürzt. Das Gebäude gehörte früher mal zu einer Tankstelle, und keiner weiß, ob es hier nicht noch irgendwo einen großen Vorratstank im Boden gibt. Also sind alle besonders vorsichtig. Charlie Shean lässt seine Leute draußen die Spuren sichern. Es gibt weder Reifen- noch Fußspuren. Aber wir haben zwei Patronenhülsen gefunden, neun Millimeter. Das gleiche Kaliber wie bei der Waffe, die Fuentes gestohlen wurde. Aber das könnte auch Zufall sein. Charlies Leute haben sich auch die Telefonzelle vorgenommen, von der aus Kayleigh angerufen wurde. Sie haben ein paar Partikel gefunden, aber die verschiedenen Fingerabdrücke lassen sich nicht dem zuordnen, was wir bereits haben, und sind auch nicht bei IAFIS verzeichnet. Ich muss jetzt los. Ich melde mich, sobald ich mehr weiß, Kathryn.“

„Danke.“ Sie drehte sich zu den anderen um und fasste den Stand der Dinge für sie zusammen.

Bishop schloss die Augen und murmelte etwas, was vielleicht ein Gebet war.

„Wer ist das Opfer?“, fragte Kayleigh entsetzt.

„Das wissen wir noch nicht. Es könnte mehr als eine Person sein. Aber wegen des Feuers konnte man bislang kaum etwas erkennen.“

Der Kongressabgeordnete und seine Begleiter wirkten verunsichert, und Davis schien allmählich zu glauben, dass ein Besuch zu diesem Zeitpunkt vielleicht doch keine so gute Idee gewesen war. „Wir haben noch einige Termine“, sagte er schließlich. „Es tut uns leid, Sie belästigt zu haben.“

„Nein, nein, es war uns ein Vergnügen“, versicherte Bishop.

Davis bekräftigte erneut sein Hilfsangebot und verabschiedete sich von Kayleigh bis zu dem Konzert.

„Das ist noch nicht …“ Sie verstummte und sah ihren Vater an, der sich nichts anmerken ließ. „Vielen Dank für Ihre Unterstützung.“

Peter Simesky schüttelte Kathryn die Hand. „Sie haben meine Karte. Falls Sie irgendetwas benötigen, geben Sie mir bitte einfach Bescheid.“

Wer sich mit Kinesik auskennt, kann diese Fähigkeit bei Dienstschluss nicht einfach abschalten. Von dem Moment an, an dem Simesky vorhin Augenkontakt mit ihr aufgenommen hatte, war ihr klar gewesen, dass er sie besser kennenlernen wollte, sofern die Umstände es gestatteten. Doch Kathryns Privatleben war schon kompliziert genug, und sie war nicht geneigt, eine weitere Verwicklung hinzuzufügen. Sie achtete darauf, dass ihr Händedruck kurz und professionell ausfiel. Ob er die Botschaft verstand, vermochte sie nicht zu sagen.

Dann verließen Davis und seine beiden Begleiter das Haus. Gleich darauf fuhren sie auf dem unbefestigten Schotterweg davon.

Kayleigh fing an zu weinen. „Sie sind verbrannt?“, flüsterte sie.

„Ja.“

„Nein, nein! Auch das ist meine Schuld!“

„Hey, KT, du darfst dir keine Vorwürfe machen“, sagte Bishop zu seiner Tochter. „Du kannst doch nichts dafür, was in den Köpfen all der Verrückten da draußen vorgeht.“

„Wer auch immer da drin war – er hat diese Leute verbrannt, Daddy!“

Bishop wusste nichts zu erwidern. Er sah auf die Uhr an seinem breiten Handgelenk. „Hey, hast du schon was von deiner Schwester gehört?“

„Ich hab heute früh mit ihr telefoniert und ihr von Bobby erzählt. Warum?“

„Sie müssten inzwischen hier sein. Oder vielleicht …“

„Wovon redest du, Daddy?“

Bishop blickte zu Boden. „Ich dachte, es wäre gut, wenn sie herkäme. Zur moralischen Unterstützung wegen Bobby. Ich hab sie heute Vormittag angerufen. Suellyn und Mary-Gordon haben den nächsten Flug genommen und sind vor einer Stunde gelandet."

„Warum hast du mir nichts gesagt?" Kayleigh tobte. „Was fällt dir bloß ein? Mit diesem Verrückten auf freiem Fuß!"

„Zur moralischen Unterstützung", knurrte er nervös. „Wie schon gesagt."

„O Gott!" Kayleigh setzte sich. Ihre Stimme wurde auf einmal schrill. „Das Feuer! Sind das etwa sie? Oh, bitte nicht …!" Sie schnappte sich ihr Telefon, wählte eine Nummer und trennte die Verbindung nach wenigen Sekunden. „Die Mailbox. Wer sollte sie abholen?"

„Ich habe Richie geschickt. Ich rufe ihn mal an." Bishop drückte eine Kurzwahltaste auf seinem Telefon. „Hallo. Ich bin's. Wo steckt ihr? … Was glaubst du wohl, wen ich meine? Suellyn und ihre Tochter natürlich … *Was?* Wann? …" Er unterbrach die Verbindung. Ein Blick zu seiner Tochter. „Also, ein Freund von dir hat ihn angerufen und gesagt, dass *er* die beiden abholen und herbringen würde."

„Wer?", schrie Kayleigh. „Wer hat ihn angerufen?"

„Richie kann sich nicht an den Namen erinnern. Aber der Betreffende kannte die Flugnummer und ihre Namen. Er hat behauptet, es wäre dir lieber, dass *er* sie abholt."

„Wenn das wirklich Edwin war, wie konnte er dann wissen, dass du Richie schicken wolltest?", fragte Kayleigh mit schriller Stimme.

Bishops Blick bohrte sich in den Boden. „Hm … Sheri und ich haben heute im ‚Herndon Café' gefrühstückt. Wir hatten den Laden fast für uns allein. Nur am Nachbartisch hat jemand gesessen, mit dem Rücken zu uns. Er könnte mit angehört haben, wie ich erst mit Suellyn und dann mit Richie telefoniert habe. Ich bezweifle es zwar, aber so könnte es gewesen sein."

„Aber woher hätte er Richies Telefonnummer wissen können?", fragte Kayleigh weiter.

„Wurde Richie mal irgendwo auf deiner Internetseite erwähnt?", fragte Kathryn dazwischen.

„Er wird in den Danksagungen meines letzten Albums aufgeführt. Er war einer meiner Fahrer." Kayleigh fing wieder an zu weinen. „Was machen wir denn jetzt?"

Kathryn rief Harutyun an und teilte ihm ihre Befürchtung mit. Er sagte, er wolle etwas überprüfen.

Nach endlosen fünf Minuten meldete Harutyun sich zurück. „Es gibt ein Video vom Flughafen. Eine Frau Mitte dreißig und ein kleines Mädchen sind – etwa eine halbe Stunde nachdem die Maschine aus Portland gelandet war – in Edwins Buick gestiegen."

Kathryn sah die erwartungsvollen Blicke. Sie erzählte den anderen, was Harutyun ihr mitgeteilt hatte.

„Nein!", schrie Kayleigh. „Nein!"

„Und … Agent Dance … Kathryn", fuhr Harutyun fort. „Die Feuerwehr hat sich gerade gemeldet. In dem Schuppen liegt nur *eine* Leiche." Er zögerte. „Nicht besonders groß. Könnte ein Teenager oder eine Frau sein. Falls es sich um die Schwester handelt, ist das kleine Mädchen wenigstens noch am Leben. Aber das heißt auch, dass sie sich in seiner Gewalt befindet. Und was das bedeuten könnte, darüber möchte ich lieber nicht nachdenken."

Kathryn hatte gerade aufgelegt, als Darthur Morgan vom Hauseingang rief: „Da kommt wieder ein Auto!"

Kurz darauf hörte man Autotüren ins Schloss fallen und gleich anschließend die Geräusche eines Wagens, der auf dem Schotterweg beschleunigte.

Dann ging die Haustür auf, und eine Frau Mitte dreißig trat ein, begleitet von einem entzückenden, etwa sechsjährigen Mädchen in einem rosafarbenen Kleid. Die Kleine hielt ein Stoffspielzeug umklammert und ignorierte alle Anwesenden außer der Sängerin, zu der sie sofort hinrannte, um sie fest an sich zu drücken. „Tante Kayleigh, schau mal! Wir waren in diesem tollen Museum und haben dir diesen Minimammutbaum mitgebracht!"

KATHRYN begrüßte lächelnd die Frau, der sie soeben vorgestellt worden war – Suellyn Sanchez, Kayleighs Schwester –, und ging zur Vordertür. Der große rote Buick geriet gerade außer Sicht.

„Das war er", flüsterte Kayleigh, die aus dem Fenster sah und sich bemühte, nach außen hin ruhig zu wirken, um das kleine Mädchen nicht zu beunruhigen.

Suellyn umarmte ihren Vater zur Begrüßung. „Wieso ist die Polizei hier? Geht es um Bobby?"

Kayleigh warf jedoch ihrem Vater einen warnenden Blick zu und richtete ihre Aufmerksamkeit auf Mary-Gordon. „Schatz, ich möchte dir ein paar neue Spielzeuge zeigen, die ich für deinen Besuch besorgt habe."

„Jaa! … Wo ist Freddie?"

„In dem Stall bei Grandpas Haus. Du und deine Mommy, ihr werdet dort im Haus wohnen. Komm mit." Kayleigh führte das Mädchen zu dem Leibwächter. „Und das ist Mr Morgan. Er ist ein Freund von mir und leistet uns oft Gesellschaft."

Morgan schüttelte feinfühlig die Hand des Kindes. Dann verschwanden Kayleigh und das Mädchen nebenan.

Kathryn rief Harutyun an und teilte ihm mit, dass die Schwester und die Nichte wohlbehalten eingetroffen waren. Er berichtete, man habe das Opfer noch nicht identifizieren können. Das Feuer sei aber mittlerweile gelöscht worden, sodass die Spurensicherung und die Gerichtsmedizin nun den Tatort betreten und ihre Arbeit aufnehmen könnten.

Kurz darauf kehrte die Sängerin zurück und stürmte sofort auf ihre Schwester zu. „Was hast du dir bloß dabei gedacht? Ist dir denn klar, wer euch hierhergefahren hat?"

„Ein Freund von dir. Er hat gesagt, sein Name sei Stan."

„Stanton", erklärte Kathryn. „Sein zweiter Vorname."

Kayleigh senkte ihre Stimme. „Das ist mein Stalker."

„Was? Aber du hast doch gesagt, er sei fett und abstoßend."

„Nun, offenbar hat er an sich gearbeitet." Kayleigh sah ihrer Schwester wütend in die Augen. Dann schüttelte sie den Kopf und seufzte. „Verzeih Es ist nicht deine Schuld. Du solltest … du solltest eben einfach nicht hier sein. Wo wart ihr denn so lange?"

„Er hat uns gefragt, ob wir uns etwas anschauen wollten, das Mary-Gordon gefallen würde. Er sagte, es liege auf dem Weg. Wir sind zu dem Baummuseum in der Nähe der Bluffs gefahren. Er sagte, dass er weiß, wie gern du im Wald wandern gehst."

Kayleigh schloss die Augen. „Das weiß er auch?" Ihre Hände zitterten. „Ich hatte solche Angst um euch. Warum bist du nicht ans Telefon gegangen?"

„Das Telefon war in meiner Computertasche, und die hatte er in den Kofferraum gelegt. Tut mir leid, Kayleigh, aber er wusste alles über dich. Er kannte alle in der Band. Ich dachte wirklich, er wäre ein guter Freund von dir."

Morgan fragte: „Demnach kann der andere Mord am Fluss nichts mit ihm zu tun haben, oder?"

Kathryn dachte über das Timing nach und kam zu dem Schluss, dass Edwin durchaus die Zeit gehabt hätte, das andere Opfer zu entführen, zu erschießen und anzuzünden und trotzdem noch rechtzeitig am Flughafen zu sein, um Suellyn und ihre Tochter abzuholen.

„O Gott! Wir haben mit jemandem im Auto gesessen, der gerade erst einen Mord verübt hat?", flüsterte Suellyn.

„Aber jetzt seid ihr in Sicherheit", beruhigte sie Bishop. „Das ist alles, was zählt."

Kayleigh sagte, sie wolle nicht, dass Mary-Gordon sich noch länger hier aufhalte. Sie befürchtete, Edwin würde zurückkehren, um sich womöglich dem Mädchen anzunähern. Sie sollten mit Bishop und Sheri zu deren Haus außerhalb der Stadt fahren. Und zwar jetzt gleich.

Suellyn ging nach nebenan, um ihre Tochter zu holen.

Da klingelte Kathryns Telefon; Dennis Harutyun rief an.

„Sie haben das Opfer identifiziert?“, fragte sie ihn.

„Ja.“

„Gibt es eine Verbindung zu Kayleigh?“

„Ja und nein. Sie sollten lieber herkommen und sich das selbst ansehen.“

DER GESTANK war schlimm, aber es war so viel Plastik und Öl verbrannt, dass zumindest der Geruch von menschlichem Fleisch und Haar weitgehend überdeckt wurde. Der Schauplatz bestand aus einem Feld, einem Parkplatz mit bröckelndem Asphalt, einer seit Langem geschlossenen, in sich zusammengestürzten Tankstelle und dem niedergebrannten Schuppen, von dem nicht viel übrig geblieben war. Ganz in der Nähe schlängelte sich der Fluss durch die Landschaft, der für die Auswahl des Tatorts bestimmend gewesen sein dürfte.

Das Team der Spurensicherung befand sich immer noch bei der Arbeit. Harutyun schilderte Kathryn, was sie gefunden hatten: die Patronenhülsen, die CDs, das Geld und den Altar für Kayleigh. Allerdings schien sogar der Zwanzigdollarschein gesäubert worden zu sein – im wahrsten Sinne des Wortes gewaschen. Das Feuer hatte dermaßen heftig getobt, dass die Feuerwehr massiv mit Schläuchen und Löschgerät hatte vorgehen müssen, und deshalb war der Tatort stark durch fremde Spuren verunreinigt.

Harutyun führte nun genauer aus, was er am Telefon angedeutet hatte. Das Opfer hatte Kayleigh in der Tat gekannt – und noch ungefähr tausend andere Künstler. Sein Name war Frederick Blanton. „Er ist ein Gauner“, fasste Harutyun zusammen. „*War* ein Gauner.“

Kathryn dachte an die CDs, den Altar … und daran, was sie über die Musikbranche wusste. „Hatte er mit illegalem Filesharing zu tun?“

„Gut kombiniert, Kathryn. Ja, das Netzwerk hat aus annähernd zehntausend Computern bestanden. Die Leute konnten dort Songs und Musikvideos herunterladen. Die von Kayleigh haben zu den beliebtesten gezählt.“

„Und wie konnten Sie ihn identifizieren?“

„Wir haben in einem Teil des Schuppens, der nicht ganz so verwüstet wurde, seine Brieftasche gefunden. Dann haben wir die Adresse überprüft – er hat im Tower District gewohnt, etwa zehn, zwölf Kilometer von hier. Ein Team durchsucht gerade sein Haus. Die Tür war aufgebrochen, und alles war durchwühlt, die Computer zertrümmert. Wir haben uns zusammengereimt, dass der Täter ihn vermutlich gezwungen hat, die Filesharing-Server zu zerstören, und dann musste er sich in den Kofferraum des Wagens legen. Der Täter hat ihn hergebracht und erschossen und dann das Feuer gelegt."

„Wie schwierig mag es wohl gewesen sein, diesen Kerl aufzuspüren?", grübelte Kathryn.

„Man googelt ‚Kayleigh Towne' und ‚Download', und seine Seite ist unter den ersten zehn Treffern. Ich nehme an, mit ein paar einfachen Nachforschungen lässt sich dann schnell die Adresse herausfinden."

„Gibt es in seinem Haus irgendwelche Spuren des Täters?"

„Nein. Weder Fuß- noch Fingerabdrücke. Die Kollegen konnten immerhin feststellen, dass Blanton einen Partner hatte. Er lebt allerdings nicht hier in der Gegend."

„Wo steckt er?"

„In Salinas, im County Monterey."

„Kennen Sie seinen Namen – und entweder seine Anschrift oder IP-Adresse?"

„Die Spurensicherung müsste uns da weiterhelfen können." Der Detective rief jemanden an und bat darum, die Informationen an Kathryns Telefon zu senden. Kurz darauf meldete ihr Gerät den Eingang einer SMS.

„Ich leite das an einige meiner Kollegen vor Ort weiter. Die werden sich um ihn kümmern." Sie verfasste eine E-Mail und schickte sie ab.

Die Sonne stand schon tief am Himmel, und Kathryn konnte spüren, wie die Hitze Stück für Stück nachließ. Sie verließ den Tatort und fuhr zurück zum Mountain View Motel. Die Schlösser an ihren Koffern waren intakt, und nichts schien in Unordnung gebracht worden zu sein. Sie sah aus dem Fenster zum Park, konnte keinen Beobachter entdecken und zog die Vorhänge zu.

Gleich darauf klingelte das Telefon.

„Agent Dance?" Eine angenehme Männerstimme.

„Ja."

„Hier ist Peter Simesky. Der Mitarbeiter des Abgeordneten Davis. Ich bin im Moment in der Lobby Ihres Motels. Davis hat auf einer Farm in der Nähe eine Rede gehalten. Könnte ich mit Ihnen sprechen? Oder störe ich Sie bei irgendwas?"

Sie sagte, sie würde gleich zu ihm kommen.

Als sie die Lobby betrat, telefonierte er gerade, beendete aber höflich das Gespräch, sobald er sie erblickte. Sie gaben sich die Hand. Simesky lächelte, legte aber gleich darauf die Stirn in Falten.

„Wie ich gehört habe, wurde der zweite Anschlag bestätigt. Wieder jemand aus Kayleighs Umfeld?“

„Nicht direkt.“

„Können wir etwas für Sie tun?“

„Bis jetzt nicht. Aber ich weiß das Angebot zu schätzen.“

„War das dieser Stalker?“

„Es deutet manches darauf hin, doch wir wissen es nicht mit Sicherheit.“

Simesky neigte auf eine ganz bestimmte Weise den Kopf, und Kathryn wusste, dass nun eine artverwandte Geschichte folgen würde. „Der Abgeordnete hatte auch schon Probleme dieser Art. Mit Mitarbeitern der Kampagne und Praktikanten. Zwei Frauen und ein schwuler Mann. Die hatten sich in ihn verguckt, könnte man wohl sagen.“

Kathryn erzählte vom Typ des erotomanischen Stalkers. „Das passt genau ins klassische Profil. Ein mächtiger Mann und jemand in einer untergeordneten beruflichen Stellung. Gab es auch Drohungen?“

„Nein, nein, es wurde bloß unangenehm.“ Simesky schaute zur Bar des Motels. „Wie wäre es mit einem Glas Wein?“

Kathryn zögerte. Sie musste daran denken, wie er sie in Kayleighs Haus angesehen und ihre Hand soeben ein wenig zu lange gedrückt hatte. „Nur um eins klarzustellen: Ich bin in festen Händen“, sagte sie.

Er lächelte wehmütig und ein wenig verlegen. „Das ist Ihnen nicht entgangen, hm?“

„Ich mache so etwas beruflich.“

„Ich sollte wohl lieber auf meine Körpersprache aufpassen … Ich bin etwas enttäuscht, dass Sie einen festen Partner haben. Aber man kann ja mal fragen.“ Er gab ihr die Hand. „Sagen Sie ihm, er ist ein Glückspilz.“ Ein engelsgleiches Lächeln, und dann war er verschwunden.

Kathryn Dance kehrte in ihr Zimmer zurück. Es war jetzt 21.30 Uhr, also eigentlich noch recht früh, aber sie war erschöpft. Nur noch einmal kurz unter die Dusche und dann ins Bett.

Ihr Telefon klingelte mal wieder, und die Nummer auf dem Display sagte ihr nichts. Wegdrücken? Aber die Ermittlerin in ihr entschied, das Gespräch anzunehmen. Zum Glück. Wie sich herausstellte, kam der Anruf von Edwin Sharps Exfreundin.

SIE HIESS Sally Docking. Deputy Miguel Lopez hatte sie in Seattle ausfindig gemacht und ihr die Nachricht hinterlassen, sie möge Agent Dance anrufen.

Kathryn dankte ihr nun dafür, dass sie sich gemeldet hatte. „Ich möchte gern mit Ihnen über Edwin Sharp sprechen."

„Oh, Edwin? Geht es ihm gut?" Eine zögernde, aber wohlklingende Stimme.

Seltsame Frage. „Ja, soweit ich weiß. Würden Sie mir vielleicht ein paar Fragen beantworten? Sie und er waren mal ein Paar, korrekt?"

„Ja, eine Weile. Wir kennen uns seit Februar des letzten Jahres. Wir haben nämlich im selben Einkaufszentrum gearbeitet. Nachdem die Sache mit uns angefangen hatte, haben wir für einige Monate zusammengewohnt. Aber es hat nicht funktioniert. So etwa um Weihnachten haben wir uns getrennt. Was ist denn los …? Ich meine, ich bin neugierig, warum Sie das fragen."

Kathryn wusste, dass das Gegenüber manchmal dichtmachte, wenn man zu sehr auswich, darum sagte sie: „Er zeigt an jemandem hier in Kalifornien ein unangemessenes Interesse. Wir überprüfen derzeit, ob er sich des Stalkings schuldig gemacht hat."

„Edwin?" Sie klang aufrichtig überrascht.

„Haben Sie in letzter Zeit von ihm gehört?"

„Nein, das ist schon Monate her."

„Sally, seien Sie bitte ehrlich: Hat er Sie je bedroht?"

„Bedroht? Nein, niemals."

„Wissen Sie von anderen Frauen, für die er sich übermäßig interessiert oder die er bedroht hat?"

„Nein. Ich kann mir das nicht mal vorstellen."

„Haben Sie an ihm jemals obsessives Verhalten beobachtet?"

„Nun, ich weiß nicht so genau, was Sie damit meinen. Er ist in vielen Dingen sehr leidenschaftlich. Er konnte sich zum Beispiel total in ein Wii-Spiel vertiefen."

„Was ist mit Menschen, Stars, Musikern?"

„Er hat sich gern Filme angeschaut. Doch am meisten hat er sich für Musik begeistert. Er stand total auf Cassie McGuire und Kayleigh Towne und Charlie Holmes."

„Nachdem Sie ihn verlassen hatten, hat er Sie da ständig angerufen oder verfolgt? Gab es Belästigungen?"

„Nein. Er hat noch ein paarmal angerufen wegen irgendwelcher Sachen, die er noch in meiner Wohnung hatte. Aber Stalking, nein, da ist nichts dergleichen gewesen. Nur eines noch … Sie haben gerade eben behauptet, *ich* hätte ihn verlassen. So war es aber nicht. *Er* hat mich verlassen."

Kathryn hätte sich ohrfeigen können. Noch vor wenigen Stunden hatte sie P. K. Madigan in Gedanken dafür kritisiert, dass er Edwin während des Verhörs anleitete, und nun machte sie hier genau das Gleiche. „Erzählen Sie mir, was passiert ist."

„Er hat nur gesagt, unsere Beziehung würde nicht funktionieren. Ich war wie vor den Kopf gestoßen. Edwin war romantisch, und er war zuverlässig. Er hat nicht getrunken, und das Rauchen hat er während unserer gemeinsamen Zeit auch fast ganz aufgegeben."

„Demnach hat er früher geraucht", folgerte Kathryn und musste an den Beobachter vor ihrem Motel denken.

„Ja, aber nur, wenn er unter Stress stand."

„Hat er danach jemand Neues gefunden?"

„Nicht wirklich. Er hatte wohl ein paar Verabredungen, aber ich weiß nicht, mit wem."

„Eine letzte Frage. Haben Sie jemals erlebt, dass er gewalttätig wurde?"

Eine Pause. „Ja, habe ich. Einmal waren Edwin und ich und eine Freundin von mir unterwegs, und da ist uns ein Betrunkener begegnet. Der war wirklich total besoffen. Und er hat uns Schlampen genannt. Da ist Edwin zu ihm hingegangen und hat ihn angebrüllt: ‚Entschuldige dich gefälligst, und zwar sofort!' Und das hat der Kerl dann auch gemacht."

Kathryn wartete. „Das war alles? Er hat den Mann nicht verprügelt?"

„O nein, so etwas würde Edwin niemals tun. Er würde niemandem je ein Haar krümmen."

Kathryn Dance dankte der jungen Frau und beendete das Gespräch. Dann notierte sie sich eine Zusammenfassung der Unterredung. Also, was sagt uns das? Eine relativ normale Beziehung mit einer Frau bedeutete nicht, dass er bei einer anderen nicht zum Stalker werden könnte. Aber Stalker sind Gewohnheitstäter. Dass Sally, die fast ein Jahr mit ihm zusammen gewesen war, teils sogar unter einem Dach, keinerlei Warnzeichen wahrgenommen hatte, war von Bedeutung.

Kathryn machte es sich in dem breiten Bett gemütlich. Sie wünschte sich Jon Boling herbei. Sie fand es seltsam, dass sie seit zwei Tagen nicht miteinander gesprochen hatten. Sie hatten sich gegenseitig Nachrichten hinterlassen, aber keiner hatte den anderen direkt erreicht, immer nur die Mailbox. Sie nahm an einer Mordermittlung teil, hatte also eine Ausrede, dachte sie nun. Aber Boling beriet ein Computerunternehmen. Sie war sich nicht sicher, weshalb ihn das so unerreichbar machte.

Kathryn rief ihre Eltern an, plauderte einige Minuten mit ihrem Vater und bat ihn dann, mit den Kindern sprechen zu dürfen.

Es war die reine Freude, ihre Stimmen zu hören, während die beiden begeistert von ihren Tagen in den Sommerlagern erzählten. Und sie lachte, als die Kinder sich mit einem jähen „HabdichliebMom“ (Maggie) und „Mussjetztlosbisbald“ (Wes) verabschiedeten.

Dann kam ihre eigene Mutter an den Apparat. Sie berichtete, dass Kathryns Vater in ihrem Haus in Pacific Grove einige Vorbereitungen für die Party traf, die Kathryn am nächsten Wochenende veranstalten wollte: Manche der Gäste würden am Samstag per Auto aus San José anreisen und dann mehrere Tage bleiben.

Danach folgte eine Pause.

Kathryn spürte, dass irgendwas in der Luft lag. Komm zur Sache, dachte sie.

„Ich habe etwas herausgefunden. Ich war mir nicht sicher, was ich machen soll. Wenn die Kinder nicht wären …“

Kathryn hielt sich nicht länger zurück. „Was? Raus damit.“

„Jon hat für die Kinder ein paar Computerspiele vorbeigebracht. Und als er hier war, bekam er einen Anruf … Schatz, er hat mit einem Immobilienmakler gesprochen. Ich habe ihn sagen gehört, er habe einen neuen Job und wolle ein Haus besichtigen.“

Das war interessant. „Und?“

„Es ist in San Diego. Er will in zwei Wochen umziehen.“

Nun begriff Kathryn, was ihre Mutter hinsichtlich der Kinder meinte. Die beiden hatten den Tod ihres Vaters immer noch nicht ganz überwunden. Nun auch den neuen Mann in ihrem Leben zu verlieren, würde sehr schmerzlich, wenn nicht sogar verheerend sein.

Doch die erste Regel der Strafverfolgung lautete, keine voreiligen Schlüsse zu ziehen. „Bist du sicher? Könntest du das nicht irgendwie falsch verstanden haben?“

„Nein, nein. Er war allein, hinten beim Pool. Er hat gedacht, ich könnte ihn nicht hören.“

Kathryn war einen Moment lang sprachlos.

„Es tut mir so leid, Schatz.“

„Ja. Danke, Mom. Ich muss erst mal ein wenig darüber nachdenken.“

Sie wünschten sich eine gute Nacht, und Kathryn ließ das Telefon sinken. Danach lag sie im Dunkeln im Bett und starrte an die Decke, bis sie einschlief.

7

DIENSTAG

Kathryn Dance war bei P. K. Madigan und Dennis Harutyun im Sheriff's Office. Und noch eine weitere Strafverfolgungsbehörde war vertreten: Monterey County.

Michael O'Neils ruhige Augen blickten ihnen via Skype aus 240 Kilometern entgegen. O'Neil war Chief Deputy beim Monterey County Sheriff's Office. Er und Kathryn arbeiteten schon seit Jahren zusammen und waren gute Freunde. Er war derjenige, den sie gebeten hatte, Erkundigungen über den in Salinas ansässigen Partner von Frederick Blanton, dem ermordeten Filesharer, einzuziehen.

Madigan brachte den Deputy aus Monterey soeben auf den neuesten Stand. „Edwin ist letzte Nacht gar nicht erst nach Hause zurückgekehrt. Kayleigh hat gesagt, gegen 22.30 Uhr habe sie gehört, dass irgendwo auf dem Gelände vor ihrem Haus ein Wagen angelassen wurde. Kathryn und ich möchten ihn gern befragen, aber wir wissen nicht, wo er steckt. Heute Morgen hat einer unserer Deputys seinen Wagen auf dem Highway 41 gesehen, einer der größten Durchfahrtsstraßen hier. Er hat versucht, die Verfolgung aufzunehmen, aber Edwin muss ihn bemerkt haben und hat sich im Verkehr absetzen können."

O'Neil sagte: „Kathryn hat mir erzählt, er habe Kayleighs Schwester und Nichte vom Flughafen abgeholt. Kann man ihn deswegen irgendwie belangen?"

„Es sieht nicht danach aus", erwiderte Madigan. „Er hat sich wie ein Gentleman benommen. Das kleine Mädchen war ganz begeistert von ihm, und die Schwester hat ihn – Achtung! – für den nettesten Freund gehalten, den Kayleigh in den letzten Jahren gehabt hat."

Kathryn berichtete von dem Gespräch mit Sally Docking, der Exfreundin. „Ich muss leider sagen, dass sein Verhalten im Umgang mit ihr nicht zu dem Profil eines Stalkers passt." Sie erklärte, dass Edwin es sogar gewesen war, der die Beziehung beendet hatte.

„Ich traue ihm trotzdem nicht über den Weg", meinte Madigan.

„Natürlich nicht. Es ist bloß merkwürdig."

„Ich habe übrigens Josh Eberhardt einen Besuch abgestattet", fuhr O'Neil fort. Das war der Filesharing-Partner in Salinas.

„Wie höflich war er denn, der Besuch?", fragte Kathryn.

„Ich konnte Amy überreden, mich zu begleiten." Amy Grabe, die Leiterin der FBI-Dienststelle in San Francisco.

„Das FBI hat befunden, es lägen genügend bundesrechtlich relevante Copyright-Verstöße vor, um eine Razzia im Rahmen einer gemeinsamen Einsatzgruppe zu rechtfertigen."

Was bedeutete, dass der Besuch nicht allzu höflich ausgefallen sein dürfte. „Beine auseinander, Hände an die Wand!", war vermutlich die Grußformel gewesen.

„Auch von Eberhardts Haus aus wurde Filesharing betrieben, aber er schien eher für die Nachforschungen zuständig zu sein", erläuterte der Detective aus Monterey. „Er behielt Hunderte von Musiker-Fanseiten im Blick und hat sie offenbar nach potenziellen Kunden für illegale Downloads durchforstet. Wer die Songs haben wollte, musste eine Gebühr bezahlen. Die beiden hatten die Alben von ungefähr tausend Künstlern im Angebot. Es gibt da draußen einen regelrechten Untergrund an Websites, die mit Büchern, Filmen, Fernsehserien und Musik zu tun haben. Viele von ihnen berauben die Künstler und bereichern sich an ihrer Arbeit – etwa durch Bootlegs. Doch die meisten beschäftigen sich mit den Künstlern selbst. Stephen King, Lindsay Lohan, George Clooney, Justin Bieber … und Kayleigh Towne. Und das alles findet im Verborgenen statt. Wer dort postet, benutzt Portale und anonyme Accounts. Nichts davon taucht bei Google auf."

O'Neil nannte ihnen mehrere Internetseiten, deren Namen aus wirren Ziffern- und Buchstabenkombinationen bestanden. Sobald man sich auf so einer Seite befand, stieß man auf Links, die scheinbar keinen Sinn ergaben. Doch wenn man weiterklickte, erklärte er, stieß man zum wahren Kern dieser Seiten vor: der Welt der Berühmtheiten. „Wie es aussieht, bezieht Edwin viele seiner Informationen von hier", erklärte O'Neil. „Er hat sogar eine Menge über diesen Filesharer gepostet, der ermordet wurde – euer Opfer in Fresno."

„Deutet irgendetwas darauf hin, dass Edwin an dem Mord beteiligt war?", fragte Madigan.

„Nein, er hat die Leute lediglich gedrängt, solcherlei Angebote nicht zu nutzen. Das sei Kayleigh gegenüber – Zitat – ‚respektlos'. An Blanton direkt hat er sich nie gewandt."

O'Neil wandte sich kurz ab und tippte etwas ein. Kathryn erhielt eine E-Mail mit mehreren URLs.

„Werden all ihre Anrufe überwacht?", fragte O'Neil.

„Ja, aber wir versuchen, es ihm zu erschweren, ihr die nächste Strophe am Telefon vorzuspielen", antwortete Harutyun. „Wir haben ihr und ihren Angehörigen neue Geräte gegeben, deren Nummern nirgendwo verzeichnet sind."

„Ich an Ihrer Stelle würde mir mal gründlich diese Websites vornehmen“, riet O’Neil. „Die dürften so einiges über ihn verraten. Anscheinend ist er ziemlich oft online. Falls ich noch irgendwie behilflich sein kann, lassen Sie es mich einfach wissen.“

Madigan bedankte sich, und der Monitor wurde dunkel.

Sie wandten sich einem zweiten Bildschirm zu, auf dem Miguel Lopez unterdessen eine der Untergrundseiten von O’Neils Liste aufgerufen hatte.

Die Website war ein wahres Paradies für Stalker. Es gab dort Einträge zu mehreren Hundert Personen aus allen Bereichen der Unterhaltung und Politik. Die Kayleigh gewidmeten Seiten schienen zu den beliebtesten zu gehören. Eine der Überschriften lautete „Kayleigh gesichtet!“ und war ein Forum, in dem Kayleighs jeweiliger Aufenthaltsort gepostet werden konnte. Es gab zudem einen Feed von ihrer offiziellen Seite mit aktuellen Neuigkeiten – zum Beispiel über bevorstehende Ereignisse wie das Konzert am Freitag und das heutige Mittagessen in einem hiesigen Country Club für jemanden, den man zum „Fan des Monats“ gekürt hatte. Kathryn las die Pressemitteilung und stellte zu ihrer Erleichterung fest, dass nicht etwa Edwin gewonnen hatte.

Weitere Links führten zu noch beunruhigenderen Seiten, auf denen verschiedene Filesharing-Dienste sowie Bootleg-Alben angeboten wurden, die auf illegalen Konzertmitschnitten beruhten. Eine Seite beschäftigte sich mit Klatsch und Tratsch über familiäre Streitigkeiten bekannter Personen, darunter auch Kayleigh, doch abgesehen von ein paar öffentlichen Wortwechseln mit Bishop und Sheri stand hier nicht viel verzeichnet.

Dies erklärte Edwins moderate Onlineaktivitäten, die TJ Scanlon zuvor herausgefunden hatte. Sie konnten es zwar nicht mit Sicherheit sagen, aber einige der Postings mit den Initialen ES oder ESS im Benutzernamen waren vermutlich seine. Doch genau wie auf den öffentlichen Internetseiten waren die mutmaßlichen Äußerungen von Edwin Sharp nicht im Mindesten bedrohlich. Ganz im Gegenteil, er verteidigte Kayleigh standhaft.

Crystal Stanning erhielt einen Anruf. Kathryn achtete zunächst nicht auf sie, bis ihr auffiel, dass sie die Stirn in Falten legte. „Bist du sicher?“, fragte Stanning. Sie trennte die Verbindung. „Das war mein Mann. Er hat unseren Sohn Taylor zum Footballtraining gefahren. Und dann ist etwas Seltsames passiert. Ich hatte ihm davon erzählt, dass der Täter Strophen aus Kayleighs Song abspielt. Und er sagt, jemand habe sich in die Lautsprecheranlage am Sportplatz der Highschool eingeklinkt und das Kassettengerät so manipuliert, dass die dritte Strophe in einer Endlosschleife abgespielt wurde.“

„Oh, verflucht!“, murmelte Madigan. „Er benutzt diesmal kein Telefon.“

Welche Anhaltspunkte ergaben sich aus dem Text? Kathryn zog das Blatt zurate, das Harutyun ausgedruckt hatte.

One night there's a call, and at first you don't know
What the troopers are saying from the side of the road.
Then you see in an instant that your whole life has changed.
Everything gone, all the plans rearranged.

(Eines Nachts kommt ein Anruf, und im ersten Moment begreifst du nicht,
Was die Polizei dir vom Straßenrand aus mitteilt.
Dann wird dir urplötzlich klar, dass dein ganzes Leben sich soeben verändert hat.
Alles ist dahin, alle Pläne sind auf den Kopf gestellt.)

Wen wollte der Täter als Nächsten angreifen? Und sollte es irgendwo am Straßenrand geschehen?

Ein Blick auf die Karte der Region Madera-Fresno ergab geschätzte anderthalbtausend Kilometer Straßenverlauf. Kathryn kam ein weiterer Gedanke: Die Überfälle auf Bobby Prescott und den Filesharer waren jeweils kurz nach den Anrufen erfolgt; es blieb ihnen allenfalls eine Stunde, um herauszufinden, wer das nächste Opfer sein würde, und es zu retten.

„Mit *Road* muss nicht buchstäblich eine Straße gemeint sein", meinte Madigan.

Kathryn nickte. „Roadcrew. Wie bei Bobby. Lassen Sie uns dort anrufen. Sie sollten erfahren, dass er wieder ein Lied gespielt hat."

Kathryn, Harutyun und Stanning benachrichtigten jeden Einzelnen. Die Hälfte der Leute war im Kongresszentrum, die andere Hälfte in dem Country Club, in dem das Mittagessen stattfinden sollte. Kayleigh würde ein paar Lieder spielen, daher hatte man einen Bankettsaal gemietet.

Kathryn rief Kayleigh, die soeben im Country Club eingetroffen war, auf ihrem neuen Mobiltelefon an und warnte sie vor der möglichen Bedrohung.

„Nein! Schon wieder? Seid ihr sicher?"

„Ich fürchte, ja. Wo sind deine Schwester und deine Nichte?"

„Zu Hause bei Daddy und Sheri."

„Ist Darthur bei dir?"

„Ja. Wir rechnen mit etwa hundert Leuten. Es gibt strenge Sicherheitsvorkehrungen. Ohne Ticket kommt niemand herein."

„Kayleigh, dieser Fan des Monats, wer ist das?"

„Er heißt Sam Gerber. Glaubst du, dass er in Gefahr ist?"

„Er ist also noch nicht da?"

„Nein, wir fangen erst in einer Dreiviertelstunde an."

„Hast du denn seine Nummer?"

„Die finde ich heraus."

Während Kathryn wartete, fiel ihr Blick auf mehrere Postings der Fanseite. Sie stammten vom selben Morgen.

> Wer ist dieser Gerber? Ist er unsere wunderbare Kayleigh überhaupt wert? Er hat nicht viel über sie gepostet, eigentlich kaum etwas. Irgendwie ist es nicht fair, dass ausgerechnet er so viel Glück hatte.
> –ESKayleighfan

> komm schon, er hat einen wettbewerb gewonnen, was ist schon dabei? ich freu mich für ihn. er kriegt ein MITTAGESSEN mit Kayleigh !!!!!
> –Suzi09091

> Er hat es nicht verdient. Andere Leute schon. Das ist meine Meinung.
> –ESKayleighfan

Kayleigh meldete sich mit Sam Gerbers Nummer zurück. Kathryn notierte sie sich. „Danke. Wir tun alles, was in unserer Macht steht."

Sie versuchte, Sam Gerber zu erreichen, und landete bei der Mailbox. Sie hinterließ eine dringende Nachricht.

„Er wohnt in Madera", stellte Madigan fest. „Ich schicke einen Wagen zu seiner Adresse. Mit etwas Glück ist er noch dort."

„Die Straße", grübelte Kathryn. „Mal angenommen, Edwin will etwas auf dem Weg von Madera hierher anstellen."

Ihr wurde klar, dass sie trotz Sally Dockings Aussage davon ausging, dass Edwin der Mörder war. Sie scrollte weiter durch die Fanseite und versuchte, sich in die verquere Gedankenwelt des jungen Mannes zu versetzen.

WAS SIE SICH am meisten wünschte, war, dass Kayleigh sie mochte.

Sheri Towne wusste natürlich, dass sie von Anfang an keine guten Karten gehabt hatte. Nein, sie war weder wie Ehefrau Nummer drei – *das Kind*, wie Sheri sie in Gedanken gehässig nannte – noch wie Nummer zwei, die Tarotkartenleserin. Dennoch war Sheri sehr viel jünger als Bishop und hatte nach eigener Ansicht nicht viel vorzuweisen. Sie war unsicher und wusste, dass Welten sie von Margaret trennten, der starken Frau, die Kayleighs und Suellyns Mutter gewesen war.

Ungeachtet des gespannten Verhältnisses hielt Sheri sehr viel von Kayleigh, und sie mochte auch Suellyn, deren Mann Roberto und Mary-Gordon. Sheri wollte so gern dazugehören. Sie liebte Bishop, liebte seine seltsame Mischung aus Stärke und Bedürftigkeit und sein Talent – das einst brillant gewesen war und ab und zu auch wieder aufblitzte. Doch die Verbindung zwischen ihr und ihrem Mann würde erst vollständig sein, wenn es ihr gelang, eine echte Beziehung zu Kayleigh aufzubauen.

Sie bog nun von der langen Auffahrt ihres Hauses auf die Straße ein, die zum Highway führte. Die Strecke war zwar gepflastert, aber trotzdem holprig. Der Wagen wurde durchgeschüttelt.

Aber vielleicht, vielleicht würden die Dinge sich ändern. Es hatte immer wieder Grund zur Hoffnung gegeben. Kayleighs gelegentliche Grußkarten an Sheri zum Beispiel. Ein Geschenk zum Geburtstag. Und dann vor einer halben Stunde eine E-Mail ihrer Stieftochter mit der Bitte, aus Bishops Haus zwei Dutzend ihrer CDs zu dem Mittagessen mitzubringen als Geschenke für die Fans. Kayleigh hatte vergessen, sie einzupacken. „Danke, Sheri. Du bist ein Schatz!“, hatte sie noch dazugeschrieben.

Sie war verletzt gewesen, dass Kayleigh es nicht für nötig befunden hatte, sie zu der Veranstaltung einzuladen, obwohl Sheri bei der Organisation geholfen hatte. Doch dann war ihr in der E-Mail das Wort „mitbringen“ aufgefallen. Demnach hatte das Mädchen sie gar nicht brüskiert. Vielleicht war Kayleigh einfach davon ausgegangen, dass Sheris Teilnahme selbstverständlich war.

Der Zustand der Straße besserte sich, und Sheri beschleunigte den Mercedes. Mit hohem Tempo sauste sie den verlassenen Highway entlang.

Der Reifen platzte so schnell, dass der Wagen bereits über den Seitenstreifen rutschte, bevor Sheri auch nur reagieren konnte. Sie schrie auf und bemühte sich, die schwere Karosse unter Kontrolle zu bekommen. Dabei kam sie den Bäumen gefährlich nahe – mit immer noch mehr als 110 Kilometern pro Stunde. Sie ging vom Gas und fing an gegenzulenken.

Der Wagen schlingerte, ließ Schotter und Kiesel aufwirbeln. Doch es gelang ihr, weder über die neun Meter hohe Klippe rechts von ihr hinauszuschießen noch in die Kiefernreihe gegenüber zu donnern. Letztendlich jedoch konnte sie nicht verhindern, dass der große Mercedes auf die Bäume zurutschte, sich in einem Graben verkeilte und mit einem Ruck zum Stehen kam. Mit schweißnassen Händen und klopfendem Herzen legte Sheri die Stirn auf das Lenkrad.

„O Gott, o Gott, o Gott!“, flüsterte sie, als ein lautes Knacken ertönte und die Windschutzscheibe plötzlich von einem Netz aus Rissen durchzogen war; Glaspartikel trafen Sheri.

Sie blickte verblüfft auf, eher erschrocken als beunruhigt. Wie konnte ein Stein …?

Dann erneut ein Knacken und fliegendes Glas – und diesmal hörte sie draußen einen lauten Knall.

O mein Gott, nein! Jemand schoss auf sie!

Im Schatten zwischen einigen hohen Bäumen bewegte sich etwas. Ein weiteres Aufblitzen. Und im Wagen hallte ein dumpfer Schlag wider. Diesmal hatte er die Windschutzscheibe verfehlt.

Ein Jäger? Oder war es gar dieser Verrückte, der von Kayleigh besessen war?

Sheri öffnete das Gurtschloss und rutschte so weit wie möglich auf den Boden.

Wieder ein Schuss. Auch dieser war nicht auf die Scheiben gezielt, sondern auf den hinteren Teil des Wagens, genau wie der vorherige. Der hallende Einschlag bestätigte den Treffer.

Was soll das?, dachte Sheri wie betäubt.

Und dann begriff sie es: Er zielte auf den Tank!

Sie versuchte, das Beifahrerfenster herunterzulassen, aber die Stromzufuhr war unterbrochen. Und die Türen wurden durch die Seitenwände des Grabens festgeklemmt.

Dann roch es immer durchdringender nach Benzin. Während sie schluchzend und vergeblich gegen die Windschutzscheibe trat, kam ihr noch ein anderer Gedanke: Die E-Mail wegen des Mittagessens war gar nicht von Kayleigh gewesen, sondern von Edwin Sharp, der sich wohl eine extra E-Mail-Adresse mit Kayleighs Namen zugelegt hatte. Dann hatte er damit eine Nachricht an Sheris Kontaktadresse auf der Internetseite des Mädchens geschickt, um sie hierherzulocken.

Kayleigh hatte sie also doch nicht bei dem Mittagessen dabeihaben wollen.

KATHRYN DANCE hatte das Sheriff's Office vor fünfzehn Minuten verlassen. Nachdem sie erfahren hatten, dass „Your Shadow“ während des Trainings am Footballfeld gespielt worden war, hatte die Einsatzgruppe sich in drei Teams aufgespalten. Eines versuchte, Sam Gerber abzufangen. Das zweite fuhr zu dem Country Club im Norden von Fresno. Und das dritte Team begab sich auf die Suche nach Edwin und seinem Wagen.

Auch Kathryn war auf dem Weg zu dem Mittagessen. Sie hielt es für das Beste, als Koordinatorin im Country Club zu fungieren und Kayleigh durch ihre Anwesenheit zu beruhigen.

Doch während sie den SUV flink durch den Verkehr steuerte, kam ihr eine Eingebung. Edwin wusste sicherlich, wie schwierig es wäre, einen Anschlag während dieses Mittagessens zu verüben. Die Veranstaltung stellte jedoch eine gute Ablenkung dar und band viele Polizeikräfte. War Sam Gerber denn wirklich ein potenzielles Opfer? Nein. Edwin würde sich niemanden vornehmen, über den er sich in einem Posting negativ geäußert hatte. Das wäre zu offensichtlich.

Die Crew war in Sicherheit. Wer also könnte das Opfer sein? Falls Edwin, der Stalker, auch der Mörder war, was wollte er bezwecken? Jemanden töten, der sich zwischen ihn und Kayleigh stellen konnte, oder jemanden, auf den er eifersüchtig war, oder jemanden, der als ein Feind Kayleighs wahrgenommen werden konnte oder sie gekränkt hatte, oder jemanden, dessen Tod sie beide für immer aneinanderfesseln würde?

Kathryn erinnerte sich an den Klatsch und Tratsch auf den Untergrundseiten, an die Berichte der sensationslüsternen Fans. Ein heißes Thema war das gespannte Verhältnis zwischen Kayleigh und ihrer Stiefmutter. Es existierte sogar ein peinliches Video von einem Streit in Bakersfield, den jemand mit seinem Mobiltelefon aufgezeichnet hatte.

Es handelte sich nicht um eine ausgewachsene Fehde; Kayleigh schien nicht über die dafür notwendige Böswilligkeit zu verfügen. Und Sheri Towne kam Kathryn wie eine achtbare Frau vor, die verlässlich und loyal zu ihrem Mann hielt und sogar aktiv an Kayleighs Karriere mitwirkte. Doch Sheri war die neueste in einer langen Reihe von Stiefmüttern, und sie und Kayleigh schienen nicht miteinander auszukommen. Sheri war nicht einmal zu dem Mittagessen eingeladen worden, das sie selbst mit organisiert hatte.

Kathryn rief Bishop Towne an. „Hallo, hier ist Agent Dance. Eine Frage: Wo befindet sich gerade Ihre Frau?“

„Sie ist zu diesem Mittagessen gefahren. Kayleigh hat sie doch noch eingeladen“, antwortete Bishop.

Bei Kathryn klingelte eine Alarmglocke. „Wann ist sie losgefahren?“

„Vor etwa zwanzig Minuten.“

„Hat Kayleigh sie angerufen?“

„Nein, sie hat eine E-Mail geschickt.“

„Bishop, ich glaube, Sheri befindet sich womöglich in Gefahr. Diese E-Mail könnte von Edwin stammen.“

„Nein!“

„Es wäre möglich. Welche Strecke würde sie nehmen?“

„Vom Haus aus bleibt nur die Los Banos Road zum Highway 41. Sie müssen etwas unternehmen! Bitte! Ihr darf nichts zustoßen!“

„Geben Sie mir ihre Nummer.“

Kathryn prägte sie sich ein. „Ich melde mich, sobald ich etwas weiß“, sagte sie dann. „Was für einen Wagen fährt sie?“

„Ich glaube, sie hat den … ja, sie hat den Mercedes genommen. Er ist silbern.“

Kathryn versuchte Sheri zu erreichen, aber diese ging nicht ans Telefon. Dann rief sie Kayleigh an und erfuhr nach einer kurzen, verlegenen Pause, dass, Kayleigh keinen Wert auf Sheris Anwesenheit gelegt und ihr demzufolge auch keine E-Mail geschickt hatte. Kathryn trennte die Verbindung und brachte den Wagen mit einer Vollbremsung zum Stehen. Dann gab sie die Los Banos Road in ihr Navigationsgerät ein und raste zurück auf den Highway.

Die fragliche Straße war ein schmaler Asphaltstreifen, der sich durch die Hügel in Richtung Yosemite schlängelte. Nur dort konnte Edwin einen Anschlag auf Sheri inszenieren. Falls sie bereits den breiten, mehrspurigen Highway 41 erreicht hatte, befand sie sich vermutlich in Sicherheit.

Zwei Minuten später war Kathryn auf der Los Banos Road mitten im Wald angelangt. Da sah sie ungefähr einen Kilometer entfernt Rauch aufsteigen.

Sie trat das Gaspedal noch weiter durch und fuhr in eine Kurve. Sie fing den Wagen ab und verlangsamte das Tempo ein wenig. Dann rief sie Madigan an und hinterließ auf seiner Mailbox, wo sie war und dass er sofort Verstärkung sowie die Feuerwehr schicken solle.

Kathryn schlitterte um eine letzte Kurve und sah die schreckliche Szene vor sich – der silberne Mercedes war von der Straße abgekommen und steckte in einem Graben. Der hintere Teil des Wagens brannte, der vordere noch nicht.

Im Wagen schien sich etwas zu bewegen. Kathryn konnte es nicht genau erkennen, aber sie wusste, es musste Sheri sein, die verzweifelt gegen die Windschutzscheibe trat.

Nein! Das schaffst du nie! Schlag die Seitenfenster ein!

Kathryn brachte ihr Auto am Straßenrand zum Stehen, sprang hinaus, öffnete die Heckklappe und griff hinter die Sitzbank, um sich den kleinen Feuerlöscher zu schnappen. Sie lief damit los, ließ den schweren Behälter jedoch fallen. Sie bückte sich, um ihn aufzuheben.

Wodurch sie einer Kugel entging.

Das Projektil schlug geräuschvoll in das Stahlblech ihres Nissans ein, nur etwa dreißig Zentimeter von ihr entfernt.

Wo steckte der Schütze? Er musste irgendwo im Kiefernwald sein. Natürlich im Schatten.

Sie wollte ihr Telefon vom Beifahrersitz holen, um den Notruf zu wählen, doch als sie sich wieder aufrichtete, feuerte der Schütze erneut, und erst eine, dann noch eine Kugel zischte dicht über ihren Kopf hinweg. Kathryn presste sich flach auf den Boden.

Aus dem Mercedes ertönte ein flehentlicher Schrei.

Mit dem Feuerlöscher im Arm robbte Kathryn zu einem umgestürzten Baum ungefähr zwölf Meter von dem Mercedes entfernt. Sie riskierte einen Blick. Die Flammen loderten nun heftiger und immer weiter zum Vorderteil des Autos. In einer Lücke im dichten Kiefernwald sah sie Mündungsfeuer aufblitzen. Noch bevor sie irgendwie reagieren konnte, sauste die Kugel über ihren Kopf hinweg.

Da hörte Kathryn einen weiteren Schrei aus dem Mercedes.

„Ich muss doch Kontakt mit meinen Leuten halten", sagte P. K. Madigan verärgert und wies auf sein Büro. „Es droht ein weiterer Mord. Das kann nicht warten." Der bestürzte Chief verspürte einen Anflug von Panik.

Vor ihm im Eingangsbereich der Detective Division standen zwei Beamte des kalifornischen Justizministeriums. Einer hatte rote Haare, der andere schwarze. Madigan war so entgeistert, dass er ihre Namen vergessen hatte „Nun, Sir, ich fürchte, die Anrufe werden warten müssen", erklärte der Rothaarige.

FMCSO-Sheriff Anita Gonzalez stand daneben und sah ebenfalls bestürzt aus. „Das ist Unsinn, Gentlemen. Kompletter Unsinn. Ich habe mich bereits mit Ihrer Dienststelle in Sacramento in Verbindung gesetzt."

Die allerdings nicht zurückgerufen hat, dachte Madigan.

Die beiden Beamten hielten ihren gegenwärtigen Auftrag jedoch keineswegs für unsinnig. Sie nahmen die Detectives Madigan und Lopez wegen Einbruch, Freiheitsberaubung, Amtsmissbrauch und Hausfriedensbruch fest.

„Hören Sie, das alles gehört zum Plan des Täters, gegen den wir ermitteln", sagte Madigan. „Er versucht, uns auf diese Weise kaltzustellen." Er legte ihnen dar, was Kathryn Dance über Stalker gesagt hatte: dass sie nämlich genau gegen die Leute vorgingen, die das Objekt ihrer Besessenheit beschützen wollten.

Die Justizbeamten waren nicht sonderlich beeindruckt.

Der Anlass für die Festnahme war – das war Madigan bereits klar gewesen, bevor sie überhaupt auf die einzelnen Punkte zu sprechen kamen – seine Entscheidung gewesen, Edwin Sharp länger in dem Verhörraum festzuhalten, als es angebracht gewesen wäre. Und Miguel Lopez zu Edwins Haus zu schicken, um Beweise zu sichern.

„Es läuft folgendermaßen, Detective", entgegnete der dunkelhaarige Agent. „Wir nehmen Sie mit und führen Sie dem Haftrichter vor, der bestimmt eine beschleunigte Anklagevernehmung durchführen wird. Vermutlich wird ihm ein schriftliches Schuldeingeständnis von Ihnen reichen. Ich kann mir nicht vorstellen, dass er eine Kaution verhängt. In ein paar Stunden sind Sie wieder draußen."

„Es geht mir nicht darum, wann ich wieder draußen bin. Das Problem ist, dass ich bis dahin suspendiert bleibe. So lautet die Vorschrift."

„Wir können den Chief jetzt unmöglich entbehren", erklärte Gonzalez. „Nicht solange dieser Täter auf freiem Fuß ist."

„Wir wissen, wie wichtig Ihnen Ihre Sängerin ist", erwiderte der Rothaarige. „Aber …" Er fügte nicht hinzu, dass dies dennoch kein Anlass für eine Rechtsbeugung war.

Madigan hätte ihm am liebsten einen Kinnhaken verpasst. Dies konnte das Ende seiner Laufbahn bedeuten. Dieser gottverdammte Edwin Sharp! „Oh, bitte!", sagte Madigan. „Sie können doch nicht …"

„Hören Sie, Gentlemen", nahm Sheriff Gonzalez wieder das Wort an sich. „Der Fall befindet sich in einem kritischen Stadium. Es könnte jeden Moment zu einem weiteren Mord kommen."

„Ist Ihnen klar, dass Haftbefehl gegen ihn erlassen wurde?", wandte der Rothaarige sich an Gonzalez. „Es tut mir leid. Wir haben keine andere Wahl."

Sie nahmen Madigan den Colt, den Dienstausweis und die Marke ab.

„In einer Stunde sind Sie wieder draußen. Allerhöchstens in zwei."

KATHRYN kauerte hinter dem umgestürzten Kiefernstamm. Es hatte keine weiteren Schüsse mehr gegeben. War der Angreifer noch da? Er musste davon ausgehen, dass Kathryn Verstärkung gerufen hatte. Also war er bestimmt geflohen, weil es zu riskant wäre, noch länger hierzubleiben.

Oder doch nicht?

Sie überlegte hin und her, den Feuerlöscher fest umklammert. Wenn ich nicht gleich etwas unternehme, hat Sheri keine Überlebenschance. Sie wird verbrennen. Kathryn hob vorsichtig den Kopf und duckte sich sofort wieder. Keine Schüsse.

Wieder ein Schrei aus dem Wagen, aber gedämpft.

Jetzt. Ich muss jetzt handeln.

Kathryn sprang auf und rannte zu dem Mercedes. Die ersten Flammen züngelten bereits in den Innenraum. Kathryn tauchte in den Graben ab, um aus der Schusslinie zu kommen. Dann kroch sie hastig zum Wagen.

Drinnen hämmerte Sheri mit blutigen Händen gegen die Windschutzscheibe. Sie würgte und hustete im dichten Rauch. Die Hitze reizte Kathryns Haut.

Die Frau im Innern sah verzweifelt in ihre Richtung.

Kathryn bedeutete ihr, sie solle ein Stück zurückweichen, und schlug mit dem Feuerlöscher das Fenster auf der Beifahrerseite ein. Es zerbrach. Kathryn warf den Feuerlöscher beiseite – er hätte bei einem solchen Brand ohnehin nichts ausrichten können – und streckte den Arm aus, um die Frau hinauszuziehen.

Kathryn zerrte sie zehn Meter weit weg und hielt sich die ganze Zeit geduckt, nur für den Fall, dass der Angreifer doch noch in der Nähe war. Dann lagen sie beide flach in einer Senke am Straßenrand.

Sheri drehte sich auf die Seite und wollte aufstehen.

„Nein, unten bleiben!“, befahl Kathryn und wollte zu ihrem SUV laufen, um herauszufinden, ob Madigan ihre Nachricht erhalten hatte, und andernfalls den Notruf zu wählen.

In dem Moment ertönte hinter ihr ein lauter Knall, und ein Schlag traf ihren Rücken. Sie kippte nach vorn auf den von der Sonne ausgedörrten Boden.

DENNIS HARUTYUN stand neben der Trage, auf der bäuchlings Kathryn Dance lag. Auf der anderen Seite stand ein Rettungssanitäter und behandelte ihren Rücken.

„Wir wissen noch nichts Genaues“, sagte der Detective zu ihr.

Kathryn konnte aus der Waagrechten sehen, wie das Team der Spurensicherung das Gelände durchkämmte, von wo aus der Angreifer beinahe Sheri Towne ermordet hätte … und auch sie selbst.

Endlich war der Sanitäter mit ihr fertig. „Ich denke, das dürfte reichen. Bloß ein Kratzer. Nicht besonders tief.“

Kathryn war sicher gewesen, einen Schuss in den Rücken abbekommen zu haben – und ihr erster Gedanke hatte einem Freund gegolten, dem forensischen Experten Lincoln Rhyme, der ein Tetraplegiker war, also vom Hals abwärts gelähmt. Wie soll ich eine gute Mutter sein, wenn ich nicht mehr laufen kann?, hatte sie gedacht, als die Wucht des Treffers sie neben Sheri Towne zusammenbrechen ließ.

In Wahrheit war der Feuerlöscher, den sie zuvor beiseitegeworfen hatte, im brennenden Gras gelandet und letztlich explodiert. Ein dadurch weggeschleuderter Stein hatte sie am Rücken getroffen. Sie war einen Moment lang benommen liegen geblieben, hatte sich dann umgewandt und auf dem

Boden einen großen Kreis aus weißem Schaum oder Pulver aus dem detonierten Feuerlöscher gesehen. Da hatte sie die Zusammenhänge begriffen, war zum SUV gekrochen, hatte ihr Telefon genommen und den Notruf gewählt. Eine Viertelstunde später waren Polizei, Feuerwehr und Krankenwagen eingetroffen.

Der Sanitäter begab sich zu Sheri Towne, die neben ihrem Mann saß. Sie atmete Sauerstoff ein und starrte ihre verbundene Hand an.

„Wir stecken ganz schön in der Klemme“, sagte Harutyun und erklärte, dass Edwin sich beim Justizministerium über seine Festnahme und die illegale Durchsuchung beschwert hatte. P. K. Madigan und Miguel Lopez waren vor Kurzem verhaftet worden. Zwar hatte man sie gleich wieder ohne Kaution auf freien Fuß gesetzt, aber sie blieben vom Dienst suspendiert.

„O nein!“, flüsterte Kathryn bestürzt. „Madigan wurde kaltgestellt?“

„Allerdings“, bestätigte Harutyun verbittert. „Erst klaut der Täter die Waffe von Gabriel Fuentes und zieht ihn dadurch aus dem Verkehr. Nun hat es den Chief und Miguel erwischt. Das Team besteht nur noch aus Crystal und mir und Ihnen.“

„Wurde Edwin irgendwo gesichtet?“, fragte Kathryn.

„Nein. Die Veranstaltung im Country Club ist wie geplant verlaufen. Kayleigh hat jedoch nicht allzu gut ausgesehen. Sie hat ein paar Lieder gesungen, mit dem Fan zu Mittag gegessen und ist dann gleich gegangen.“

Kathryn wies auf das qualmende Mercedes-Wrack. „Es ist ziemlich gefährlich, sich bei Kayleigh unbeliebt zu machen.“

Harutyun schaute zu Sheri hinüber. „Sie ist beinahe verbrannt, aber am meisten setzt ihr zu, dass Kayleigh sie doch nicht zu dem Mittagessen eingeladen hatte.“

Eine Weile herrschte Schweigen.

„He, Charlie.“ Harutyun nickte einem rundlichen Mann mit rosigem Gesicht zu, der auf ihn zukam. Er trug einen Overall. „Kennen Sie schon Kathryn Dance vom CBI? Das ist Charlie Shean, der Leiter unserer Spurensicherung.“

Er nickte ihr zu und fragte dann: „Stimmt das, was ich über P. K. gehört habe? Er wurde suspendiert? Und Miguel auch?“

„Ja, leider.“

„Und dieser Stalker hat das irgendwie gedeichselt?“

„Das wissen wir nicht mit Sicherheit. Was habt ihr gefunden, Charlie? Visitenkarten? Telefonrechnungen mit Edwins Namen darauf?“, fragte er im Scherz.

„Er ist gut, wer auch immer er – oder sie – sein mag. Keine Fußabdrücke, Reifenspuren oder Partikel. Allerdings sind wir unmittelbar außerhalb der verbrannten Fläche auf frische Zigarettenasche gestoßen. Die Analyse wird etwas dauern."

Kathryn berichtete von dem Raucher, den sie vom Motelzimmer aus auf der anderen Straßenseite gesehen hatte. „Ich konnte jedoch nichts Genaues erkennen", sagte sie. „Edwin hat übrigens auch mal geraucht. Vielleicht tut er's immer noch."

„Die Waffe war eine Neunmillimeter wie Gabes Glock", berichtete Shean. „Aber wir haben von ihr weder Hülsen noch Projektile zum Vergleich, also können wir nicht feststellen, ob sie übereinstimmen. Auf den Hülsen von hier gibt es jedenfalls keine unmittelbaren Fingerabdrücke."

Da näherte sich plötzlich mit hoher Geschwindigkeit ein Fahrzeug. Es war Kayleighs dunkelgrüner SUV, gesteuert von Darthur Morgan. Der Wagen war noch nicht ganz zum Stillstand gekommen, als Kayleigh bereits heraussprang und zu Bishop und Sheri rannte. Dabei ignorierte sie zunächst ihren Vater und schlang beide Arme um ihre Stiefmutter.

Kathryn befand sich zu weit entfernt, um hören zu können, was gesagt wurde, aber die Körpersprache war eindeutig: Abbitte, Reue und Erleichterung. Eine aufrichtige Versöhnung bahnte sich an.

8

Kayleigh packte mehrere Koffer und schleppte sie nach unten in ihr Wohnzimmer, wo Darthur Morgan sie ihr abnahm und in dem SUV verstaute.

Alicia Sessions war mit ihrem Ford Pick-up ebenfalls hier und half bei dem einstweiligen Umzug. Kayleigh hatte sie nicht bemühen wollen, doch Alicia bestand darauf, Gitarren, Verstärker und Umzugskartons auf die Ladefläche zu wuchten.

So tüchtig sie auch war – Alicia blieb für Kayleigh weitgehend ein Rätsel. Sie war eine Einzelgängerin, die sich jahrelang im Umfeld der professionellen Musikszene herumgetrieben hatte und mit Alternative Rock und Post-Punk in New York und San Francisco aufgetreten war, allerdings ohne viel Erfolg. Sie erledigte ihre Arbeit für Kayleigh, und dann verschwand sie abends und an den Wochenenden, um Ausritte zu unternehmen oder Musik zu hören.

Nachdem der SUV und Alicias Pick-up beladen waren, nahm Kayleigh am Steuer des SUV Platz und Morgan zur Abwechslung mal auf dem Beifahrersitz. Sie fuhr die lange Auffahrt hinunter. Alicias Wagen folgte ihnen. Kayleigh schaute in den Rückspiegel, aber sie sah keine roten Autos.

Als sie bei Bishop Townes Haus ankamen, half Morgan Alicia, die Kartons und Koffer auf die Veranda zu tragen. Dann verschwand er, um das Gelände zu überprüfen. Die beiden Frauen gingen hinein.

Mary-Gordon kam angelaufen und flog Kayleigh in die Arme. „Tante Kayleigh! Juchhu! Komm, das musst du dir ansehen. Wir machen gerade ein Puzzle! Ich bin heute auf Freddie geritten. Und ich habe dabei meinen Helm getragen, wie du mir immer sagst."

Kayleigh kniete sich hin, um sie fest an sich zu drücken, stand dann auf und umarmte ihre Schwester.

„Wie geht es dir, Kayleigh?", fragte Suellyn.

„Ich schlage mich so durch."

Kayleigh machte sie und Mary-Gordon mit Alicia bekannt.

„Wow", flüsterte das Mädchen mit einem Blick auf Alicias Tätowierungen. „Die sind aber toll!"

„Oh, oh!", sagte Suellyn. „Komm bloß nicht auf dumme Gedanken."

Die Frauen lachten.

Kayleigh begrüßte ihren Vater und Sheri, deren Stimme noch immer durch den vielen Rauch, den sie bei dem Brand eingeatmet hatte, beeinträchtigt war. Ihre Haut wirkte blass, aber das konnte auch daran liegen, dass sie nicht geschminkt war, was sonst gar nicht ihrer Gewohnheit entsprach.

Kayleighs Einstellung ihrer Stiefmutter gegenüber hatte sich durch den Anschlag um 180 Grad gedreht, und sie bedauerte nun, dass sie sich zuvor dermaßen kindisch verhalten hatte. Als sie Sheri umarmte, stiegen der Frau bei dieser Geste der Zuneigung Tränen in die Augen.

Als Alicia sich verabschieden wollte, lud Kayleigh sie ein, noch zum Abendessen zu bleiben, doch Alicia winkte ab. „Ich treffe mich mit ein paar Freunden in der Stadt", erklärte sie.

Nachdem sie gegangen war, sagte Bishop: „Es ist besser, dass du hier bist. Sheri hat schon ein Zimmer für dich vorbereitet. Und eins für diesen Wachmann."

„Ich habe ein Bild für dein Zimmer gemalt, Tante Kayleigh. Ich zeig es dir." Mary-Gordon packte den Griff von Kayleighs Rollkoffer und lief damit den Flur entlang zu einem der Gästezimmer. „Hier drinnen ist es, Tante Kayleigh!"

Kayleigh hatte dieses Gästezimmer zuvor schon mal gesehen, aber da hatte es zweckmäßig und karg gewirkt. Nun jedoch gab es hier frische blaue

Baumwollbettwäsche mit Rüschen an den Kissenbezügen, und an der Wand hingen gerahmte Fotos der kleinen Kayleigh und ihrer Familie. Es war nun wirklich ein überaus behaglicher Raum. Sie durfte nicht vergessen, ihrer Stiefmutter zu danken.

Kayleigh bewunderte das Bild, das Mary-Gordon von dem Pony gemalt hatte, und legte es auf den Nachttisch.

„Können wir morgen reiten gehen?"

„Das müssen wir noch abwarten, Mary-Gordon. Es gibt viel zu tun. Aber wir werden auf jeden Fall zusammen frühstücken."

„Grandma Sheri und Mommy haben heute Pfannkuchen gemacht. Die waren ziemlich gut. Nicht die besten, aber ziemlich gut."

Kayleigh lachte und schaute dabei zu, wie das Mädchen ihr beim Auspacken des Koffers half. Mary-Gordon schien gewaltiges Vergnügen an dieser simplen Aufgabe zu haben.

Kayleigh packte weiter aus und hielt vorübergehend inne, um ein etwa fünfzehn Jahre altes Familienfoto zu betrachten: Bishop, Margaret, Suellyn und sie selbst auf der Veranda des alten Zuhauses in den Hügeln eine Stunde nördlich von hier.

Mary-Gordon richtete ihre strahlend blauen Augen auf sie. „Weinst du etwa, Tante Kayleigh?"

Die Sängerin blinzelte. „Nun ja, ein wenig, Mary-Gordon, aber weißt du, manchmal weint man, weil man glücklich ist."

„Das wusste ich nicht. Ich glaube, ich tue so etwas nicht."

„Es trifft nicht für alle Leute zu."

„Wohin soll die hier?", fragte die Kleine und nahm eine Jeans. Dann legte sie sie in die Schublade, auf die Kayleigh zeigte.

ALS KATHRYN bei Bishop Townes Haus eintraf, war es ungefähr 20.30 Uhr. Sie begrüßte Kayleigh und die Familie, die sich sofort um sie scharte, um ihr dafür zu danken, dass sie Sheris Leben gerettet hatte. Mit feuchten Augen drückte die Stiefmutter sie ein weiteres Mal fest an sich und bedankte sich überschwänglich.

Kathryn brachte alle auf den neuesten Stand. Sie berichtete, dass Madigan und noch zwei andere Deputys suspendiert worden waren. Sie führte auch eingehendere Einzelgespräche mit Sheri und Suellyn, in der Hoffnung, etwas in Erfahrung zu bringen, aus dem sich eine Bedrohung durch Edwin ableiten ließ, was wiederum eine Verhaftung wegen Stalkings rechtfertigen würde. Damit könnte sie ihn dann – sofern sein Anwalt einwilligte – einer umfassenden kinesischen Analyse unterziehen.

Doch Sheri konnte mit keinen weiteren Informationen über den Angreifer aufwarten. Sie hatte Mündungsfeuer aufblitzen sehen, und das war alles.

Suellyn bemühte sich wirklich, etwas Hilfreiches beizusteuern. Doch sie räumte ein, dass es ihr immer noch schwerfiel, Edwin als Verdächtigen zu betrachten. „Er war einfach so nett und umgänglich. Und er schien Kayleigh dermaßen gut zu kennen, dass ich dachte, die beiden wären eng befreundet."

Als Kathryn die Einzelgespräche beendet hatte, trat Darthur Morgan durch die Vordertür, in einer Hand seine Reisetasche. Suellyn und Mary-Gordon zeigten ihm sein Zimmer, während Kathryn sich von Bishop und Sheri verabschiedete und ihnen eine gute Nacht wünschte.

Sie trat nach draußen auf die vordere Veranda, wo Kayleigh auf einer Hollywoodschaukel saß. Kathryn nahm auf einem Rattansessel Platz.

Die Sängerin wies mit ausholender Geste um sich. „Sieh dir an, was passiert ist", sagte sie angespannt. „Menschen sind tot, Leben wurden ruiniert. Ich verstecke mich bei meinem Vater. Mein Leben ist eine Katastrophe. Und wir wissen nicht mal mit Sicherheit, ob Edwin dahintersteckt. Aber er ist es, glaubst du nicht?"

„Ehrlich, ich weiß es nicht. Wir bauen Fälle zwar immer langsam auf, aber für gewöhnlich gibt es ein paar eindeutige Beweise, die uns zumindest verraten, dass wir auf dem richtigen Weg sind. Bei Edwin jedoch ist alles unklar."

Kayleigh senkte ihre Stimme. „Kathryn, ich denke ernsthaft darüber nach, das Konzert am Freitag abzusagen. Mein Herz ist überhaupt nicht bei der Sache."

„Und dein Vater ist damit einverstanden?", fragte Kathryn.

„Er tut jedenfalls so, aber dann verhält er sich, als hätte ich nichts dergleichen erwähnt", antwortete Kayleigh. „Weißt du noch, was ich auf der Rückfahrt von der Familie Villalobos zu dir gesagt habe? Mehr Bühne als das hier – meine Veranda – will ich gar nicht. Nur für die Kinder und die Familie spielen und eine ganze Schar Mary-Gordons bekommen."

„Du könntest eine Familie haben und trotzdem Profi bleiben."

„Ich wüsste nicht, wie. Dieses Leben fordert seinen Tribut." Plötzlich griff Kayleigh, trotz ihrer Klagen eben, in die Tasche, holte einen Stift und einen kleinen linierten Schreibblock heraus und notierte sich Worte und Noten.

„Ein Song?"

„‚Just can't stop'."

„Du kannst nicht aufhören, Lieder zu schreiben, meinst du?"

Kayleigh lachte. „Ja, stimmt, aber gemeint habe ich ‚Just can't stop …

spending hours … with you' – ‚Ich kann einfach nicht aufhören, meine Stunden mit dir zu verbringen'. Ich schreibe es nachher noch fertig."

„Den ganzen Song?"

„Hank Williams hat gesagt, ein Lied, das nicht in zwanzig Minuten geschrieben ist, taugt nichts." Sie summte ein paar sehr eingängige Takte.

„Nimm es auf, ich kaufe es", sagte Kathryn. „Du …" Ihre Stimme erstarb, denn zwischen den Bäumen wurden Scheinwerfer sichtbar. Ein Wagen näherte sich langsam.

Kayleigh erstarrte. „Das kann doch nicht *er* sein", flüsterte sie. „Uns ist niemand gefolgt. Er weiß ja nicht mal, dass ich nicht mehr bei mir zu Hause bin."

Die Lichter blieben stehen und bewegten sich dann weiter, als kenne der Fahrer den Weg nicht so genau. Oder als wolle er nicht gesehen werden.

Kathryn kniff die Augen zusammen, konnte aber nichts Genaues erkennen.

Was machte der Fahrer da? War das Edwin?

Kathryn stand auf und zog Kayleigh auf die Beine.

DOCH DAS FAHRZEUG stellte sich als ein einfacher, äußerst langsam fahrender, taubenblauer Ford Taurus heraus.

Und man brauchte keine Kinesikexpertin zu sein, um die deutliche Veränderung in Kayleighs Körpersprache zu erkennen, als sie den Fahrer sah.

„Ach, das ist Barry!", rief sie und lächelte.

Ein sehr großer Mann, schlaksig und gut aussehend, stieg aus. Kayleigh lief die Stufen hinunter und drückte ihn an sich.

„Ich habe erst in zwei Tagen mit dir gerechnet", sagte sie.

Nach einem kurzen Seitenblick auf Kathryn erklärte er: „Ich war in Carmel und habe Neil besucht. Dann habe ich deine Nachricht über Bobby erhalten. Wie schrecklich! Es tut mir so leid."

„Es ist furchtbar, Barry." Kayleigh stellte Kathryn Dance und Barry Zeigler einander vor. Der Produzent ihres Plattenlabels wohnte in Los Angeles. Mit seiner Jeans, dem weißen T-Shirt und dem dunklen Jackett erinnerte er Kathryn irgendwie an die Neunzigerjahre, aber als Plattenproduzent hätte er damit wohl in jedes Jahrzehnt gepasst.

„Und es gab auch einen Anschlag auf Sheri?"

„Sie wurde verletzt, aber sie wird wieder gesund."

„Haben Sie schon irgendwelche Beweise?", fragte er Kathryn. „War das dieser Sharp?"

Kayleigh erklärte: „Barry weiß über unseren Freund Bescheid. Edwin hat auch jede Menge Briefe an die Plattenfirma geschickt und die Produktionsstandards, die Instrumentierung und die technische Qualität bemängelt."

„Wir ermitteln derzeit noch in alle Richtungen", antwortete Kathryn. „Aber sagen Sie, hat er Sie jemals bedroht?"

Zeigler schüttelte den Kopf. „Er ist eher beleidigend. Schauen Sie, wir produzieren Kayleigh schon seit sechs Jahren. Sie hat acht goldene Scheiben und vier Platinplatten geholt. Also müssen wir wohl irgendwas richtig machen. Aber erst letzte Woche hat Sharp uns eine zweiseitige E-Mail über die akustische Dynamik der Download-Version von ‚Your Shadow' geschickt und behauptet, die Höhen seien übersteuert. Er hat geschrieben: ‚Kayleigh hat Besseres verdient.' "

Kathryn glaubte nicht, dass Anmerkungen über die akustische Qualität, mochten sie auch noch so kritisch sein, nach dem kalifornischen Strafgesetzbuch als Drohung ausgelegt werden könnten.

„Bobby war der großartigste Kerl der Welt", sagte Zeigler zu Kayleigh. „Ich kann nicht glauben, dass ihm jemand etwas so Grauenhaftes angetan hat. Du musst dich …" Er verstummte und wandte sich an Kathryn. „Können Sie ihn denn nicht festnehmen?"

Sie zögerte, aber Kayleigh sagte: „Er ist zu schlau. Man hat ihm bisher nichts nachweisen können, das eindeutig illegal gewesen wäre." Ihr stiegen Tränen in die Augen.

Zeigler senkte seine Stimme. „Ich werde mal schnell Bishop und Sheri Hallo sagen. Kann ich dich vorher bitte kurz sprechen? Allein?"

„Na klar", antwortete Kayleigh. Und zu Kathryn: „Bin gleich wieder da."

Der Produzent und die Sängerin gingen ins Wohnzimmer. Zeigler zog an der Tür unwillkürlich den Kopf ein. Kathryn schätzte ihn auf etwa zwei Meter. Sie erhob sich und ging zu der Hollywoodschaukel, auf der soeben noch Kayleigh gesessen hatte. Das Fenster dahinter stand halb offen, und Kathryn konnte von hier aus eventuell die Unterredung belauschen. Was auch immer Zeigler mit Kayleigh besprechen wollte, hatte womöglich mit dem Fall zu tun, ohne dass es den beiden bewusst gewesen wäre.

„Sieh mal, ich weiß, dass es ein bescheuerter Zeitpunkt ist, aber … aber ich muss dich das einfach fragen: Verhandelst du mit JBT Global?"

„Was?"

„JBT Global Entertainment."

„Ich weiß, wer die sind. Und, nein, ich verhandele nicht mit denen. Wie kommst du darauf?"

Zeigler erläuterte, der Freund eines Freundes eines Freundes in der Unterhaltungsbranche habe ihm erzählt, Global wolle sie unter Vertrag nehmen. „Es soll Gespräche gegeben haben."

„Barry, wir bekommen ständig Anfragen. Ich kümmere mich nicht darum. Du weißt, ich würde nie von euch weggehen. Ihr seid diejenigen, denen ich meinen Erfolg verdanke. Hey, was ist denn los?"

„Ich sagte doch, ich war in Carmel."

„Um Neil zu besuchen." Neil Watson, seit zwanzig Jahren einer der Superstars der Popmusik.

„Ja. Und von ihm gefeuert zu werden."

„Nein!"

„Er geht zu … halt dich fest, SAV-More. Ja, die große Discounterkette. Die werden ihn ab jetzt produzieren und seine Tourneen sponsern."

„Tja, das tut mir leid. Aber es hat von mir keinerlei Verhandlungen mit Global gegeben. Ehrlich."

Kathryns Internetseite war für die großen Akteure der Musikindustrie nicht interessant genug, aber sie wusste, wovon Barry Zeigler da redete – von einem grundlegenden Wechsel in der Distribution der stärksten aller Drogen: Musik.

In den 1920er-Jahren spielten die Leute Musik von Grammofonen ab. Ende der 1930er-Jahre wurde Vinyl zum Standardmaterial der Schallplatten Ein paar Jahrzehnte später wurden Kassetten populär, gefolgt von Compact Discs. Und obwohl die Medien sich im Lauf der Zeit änderten, konnte man sich darauf verlassen, dass die Leute Millionen und Abermillionen von Dollar ausgeben würden, um in ihren Häusern und Autos Musik hören zu können. Es gab natürlich auch viele Liveauftritte, aber die Konzerte stellten hauptsächlich Werbeveranstaltungen für den Verkauf der Alben dar.

Doch dann geschah etwas. Es gab plötzlich Computer, auf die man jedes jemals aufgezeichnete Musikstück herunterladen konnte, um es dann beliebig oft abzuspielen. Man musste nicht länger ein komplettes Album erwerben; falls man nur zwei oder drei Songs davon mochte, konnte man sich auf diese beschränken. Dank spottbilliger Download- und Streaming-Anbieter wie „Napster" und anderen standen dem Hörer für nur wenige Dollar pro Monat Millionen von Titeln zur Verfügung. Einen Großteil dessen, was das Herz begehrte, konnte man sich sogar umsonst besorgen. Dutzende illegale Filesharing-Netzwerke machten so gut wie jeden Song verfügbar, gratis und frei Haus.

Anfangs wurden die Filesharer noch von den Plattenfirmen verklagt – was dazu führte, dass man mittellose Studenten und Hausfrauen zu Strafen in Höhe von Hunderttausenden von Dollar verurteilte. Dem öffentlichen

Ansehen der Firmen war das jedoch ziemlich abträglich, und mittlerweile wurden die Verstöße kaum noch verfolgt.

Auch viele Künstler betrachteten es als einen Vorteil, wenn sie manche Inhalte kostenfrei unter die Leute brachten. Die Theorie war, dass Gratis-Downloads neue Fans generieren könnten, die dann zukünftige Alben kaufen und Konzerte besuchen würden – womit in der heutigen Zeit das wirklich große Geld verdient wurde.

Und bei all dem wurden althergebrachte Plattenläden und -label zu Relikten der Vergangenheit. Produzenten wie Barry Zeigler wurden zwar weiterhin benötigt, aber oftmals nur noch als Dienstleister auf Honorarbasis.

Kathryn hatte von JBT Global Entertainment gehört. Das Unternehmen stand hinter „Ticketmaster“, besaß Veranstaltungsarenen und Konzerthallen und hatte zudem zahlreiche Rock-, Pop- und Country-Superstars unter Vertrag. Global regelte alle beruflichen Belange eines Musikers – sie produzierten die Alben, pressten die wenigen CDs, die sich noch verkaufen ließen, schlossen Vereinbarungen mit den Download-Anbietern und verschafften den Musikern Liveauftritte.

Barry Zeigler kam zusehends seine bisherige Welt abhanden, und Kathryn verstand seine Sorge, Kayleigh könne ihn verlassen. Doch da die private Unterredung nichts mit dem Fall Edwin Sharp zu tun hatte, hörte Kathryn auf zu lauschen und beschloss, zum Motel zurückzufahren.

EINE STUNDE SPÄTER wurde Kathryn Dance selbst zur Stalkerin. Sie war zum Mountain View Motel zurückgekehrt und überlegte, Boling anzurufen, entschied sich dann aber dagegen. Zum Teil aus Feigheit, tadelte sie sich. Aber auch, weil sie noch etwas vorhatte. Stalking …

Sie schaltete den Fernseher ein, damit das ständig wechselnde Flackern von draußen den Eindruck erwecken würde, es halte sich jemand im Zimmer auf. Dann zog sie die einzige Tarnausrüstung an, die ihr zur Verfügung stand: ein marineblaues Sportsakko, schwarze Jeans und ein burgunderfarbenes T-Shirt. Als sie fertig war, schlich sie sich aus dem Zimmer und hinaus auf den Parkplatz.

Sie wollte herausfinden, wer die Person mit den beiden schlechten Angewohnheiten – Nikotin und Spionage – war. Ihr war nämlich vorhin wieder das Aufglühen einer Zigarette aufgefallen, in dem Park auf der anderen Straßenseite.

Sie spähte hinter einem Caravan voller Utensilien für eine Hundeshow hervor und konzentrierte sich auf den winzigen orangefarbenen Fleck zwischen zwei dichten Baumgruppen.

Ein Wagen bog auf den Motelparkplatz ein, fuhr an ihr vorbei und hielt am Eingang. Kathryn trat aus dem Schatten, huschte zum Straßenrand und überquerte eilig die vierspurige Fahrbahn.

Die leere Stelle an ihrem Gürtel, an der normalerweise ihre Pistole hing, war ihr schmerzlich bewusst. Sie beschrieb einen weiten Bogen und betrat den Park durch eine Lücke in dem verrosteten Maschendrahtzaun, der das trapezförmige, etwa vier Hektar große Gelände umgab.

Sie hielt sich dicht bei den Bäumen und bewegte sich in gleichmäßigem Tempo voran. Nach sechs Metern roch sie Zigarettenrauch. Sie verlangsamte ihren Schritt, ging in die Hocke. Sie konnte ihn noch nicht sehen, aber die Stelle, an der er saß, schien ein Picknickbereich zu sein; es gab hier mehrere Tische.

Kathryn schlich weiter, einen behutsamen Schritt nach dem anderen.

Das orangefarbene Glühen war eindeutig, aber dicke Kiefernäste versperrten ihr die Sicht auf den Raucher, obwohl es nur noch sechs Meter waren.

Sie streckte die Hand aus und bog einen Ast zur Seite.

O nein! Kathryn keuchte auf.

Die brennende Zigarette steckte in der Astgabel eines Schösslings.

Das konnte nur eines bedeuten: Edwin oder wer auch immer hatte sie das Motel verlassen sehen und sie in eine Falle gelockt.

Sie wirbelte herum, konnte niemanden entdecken, kniete sich jedoch sofort hin, weil sie wusste, dass er bevorzugt eine Pistole benutzte, wahrscheinlich Gabe Fuentes' gestohlene Glock. Mit einer solchen Waffe konnte man problemlos zehn oder zwölf schnelle Schüsse kurz hintereinander abfeuern; man brauchte die Pistole bloß in die ungefähre Richtung des Opfers zu halten.

Immer noch keine Spur von ihm. Wo steckte er bloß? War er hinter ihr her?

Wie zur Bestätigung knackte irgendwo in der Nähe ein Zweig.

Kathryn sprang auf, aber anstatt denselben Weg zu nehmen, auf dem sie hergekommen war, entschied sie sich dafür, in gerader Linie das Motel anzusteuern. Diese Strecke war kürzer, auch wenn das bedeutete, dass Kathryn den einen Meter achtzig hohen Zaun überklettern musste. Sie lief geduckt in Richtung Straße los.

In dem Moment ließ er die Falle zuschnappen.

Genau genommen ging sie ihm selbst in die Falle, denn sie stolperte über die Angelschnur – oder vielleicht auch Gitarrensaite –, die er quer über den von ihm vorausgesehenen Rückweg gespannt hatte. Sie stürzte hart auf den festen Erdboden. Keuchend lag sie da und rang nach Atem.

Sie hörte schnelle Schritte, die immer näher kamen.

Sie wollte aufstehen, schaffte es aber nicht; sie bekam kaum Luft.

Dann hörte sie ein unverwechselbares Geräusch: Jemand lud eine Automatikpistole durch und beförderte eine Patrone in die Kammer.

Kathryn versuchte erneut in Deckung zu gehen. Da ertönte nicht weit entfernt eine Männerstimme. „Kathryn?"

Sie sah sich um, konnte aber niemanden entdecken.

Dann rief der Sprecher: „Sie da bei dem Spielgerüst! Ich bin County Deputy! Ich habe eine Waffe! Keine Bewegung!"

Kathryn hielt nach dieser zweiten Person Ausschau, konnte aber auch ihren Angreifer nicht entdecken.

Es folgte eine endlose Pause, und dann hörte sie hinter sich jemanden weglaufen. Ihr Retter rannte sofort hinterher.

Kathryn rappelte sich auf und versuchte zu atmen. Wer war das? Harutyun?

Sie rechnete damit, Schüsse zu hören, aber es gab keine, nur das Geräusch zurückkehrender Schritte.

„Kathryn, wo bist du?", flüsterte ihr Retter. Die Stimme klang vertraut.

„Hier."

Er kam näher, und sie blinzelte überrascht. Der Mann, der durch den Wald auf sie zukam, war Michael O'Neil.

SIE SASSEN in der Bar und tranken einen Sonoma Cabernet.

„Das war dein Wagen, der hier vor einer Viertelstunde auf den Parkplatz eingebogen ist?", fragte Kathryn.

„Ja. Ich habe gesehen, wie du die Straße überquert hast. So, als sollte dich niemand bemerken. Also bin ich dir gefolgt."

„Oh, Michael, ich hätte nie gedacht, dass es eine Falle war. Was hast du gesehen?"

„Nichts. Einen Schatten."

Sie trank einen Schluck. „Das ist das Motto dieses Falls: Schatten."

„Benutzt er immer noch dieses Lied, von dem du mir erzählt hast?"

„Ja." Sie fasste für ihn die Entwicklungen dieses Tages zusammen. Dazu zählte auch, dass die Informationen auf einer der Internetseiten, auf die O'Neil bei dem Partner des Filesharers in Salinas gestoßen war, dazu beigetragen hatten, das Leben von Kayleighs Stiefmutter zu retten.

„Er nimmt sich also nahe Angehörige vor?" O'Neil war ein ziemlich erfahrener Polizeibeamter und hatte auch schon mit Stalking-Fällen zu tun gehabt. „Das ist selten."

„Ja, ist es“, sagte Kathryn und musterte ihn von oben bis unten. „Du bist nach dem Abendessen einfach ins Auto gehüpft und dreieinhalb Stunden hergefahren, ja?“

O’Neil sah anderen Leuten nur selten in die Augen, und so betrachtete er auch diesmal nur sein Weinglas. „Durch diesen Kerl in Salinas besteht eine Verbindung nach Monterey. Es erschien mir sinnvoll, mal hier vorbeizuschauen. Und ich dachte mir, ich bringe dir ein Geschenk mit – die Art von Geschenk, die ich nicht mit FedEx schicken konnte“, fuhr der Detective fort. „TJ hat gesagt, du bist unbewaffnet hier. Ich habe beim CBI eine Glock für dich geholt.“ Er griff in seine Computertasche und händigte ihr einen schwarzen Pistolenkoffer aus.

Sie lächelte, drückte seinen Arm. „Das hier hat als Urlaubsreise angefangen.“

In diesem Moment betrat Dennis Harutyun die Bar, und Kathryn stellte die beiden einander vor, wenngleich der hiesige Deputy sich noch an das Skype-Telefonat mit O’Neil erinnerte. Er sagte: „Charlies Leute haben den Park durchkämmt. Außer der Zigarette und der Angelschnur, die er als Stolperdraht benutzt hat, wurde nichts gefunden. Wir lassen die Zigarette auf DNA untersuchen, aber es wird wohl keine geben. Wenn er schlau war – und das scheint er ja zu sein –, hat er Handschuhe getragen und den Filter nie mit dem Mund berührt. Die Angelschnur ist eine aus Nylon, wie man sie in jedem beliebigen Sportfachgeschäft oder Einkaufszentrum bekommt.“

Kathryn sah aus dem Fenster und bemerkte, dass manche der Fahrzeuge ihr Tempo verringerten, denn der Park war nun hell erleuchtet. Überall liefen Beamte der Spurensicherung und uniformierte Deputys umher, und die Signalleuchten der Streifenwagen blinkten.

„Ich glaube, ich gehe jetzt schlafen.“ Ein Blick auf O’Neil. „Du dürftest auch müde sein.“

„Ich habe noch gar kein Zimmer gebucht.“

Als Kathryn die Drinks auf ihre Zimmernummer anschreiben ließ und den Beleg unterzeichnete, meldete ihr Mobiltelefon den Eingang einer SMS.

„Was gibt’s?“, fragte O’Neil, dem auffiel, dass sie wie betäubt auf das Display starrte.

„Eine Nachricht. Von Edwin Sharp.“ Sie lachte ungläubig auf. „Er würde sich gern mit mir treffen. Um zu reden, schreibt er.“

Sie schrieb zurück, sie würde sich mit ihm um neun Uhr früh im Sheriff’s Office treffen.

9

MITTWOCH

Um Punkt neun Uhr traf Kathryn Dance sich mit Edwin Sharp in einem unbenutzten Büro des FMCSO, nicht etwa in einem Verhörraum. Die Ausstattung des Zimmers war nicht einschüchternd, und es gab hier auch keine Spiegel. Der Ort war Kathryns Idee gewesen, um Edwin nicht unter Druck zu setzen.

Er trat vor Kathryn ein, ließ sich auf den Stuhl fallen und blickte ihr neugierig entgegen. Er trug ein kariertes Hemd und enge Jeans. Seine Stiefel mit Metallkappen auf den Spitzen waren abgenutzt, sahen aber teuer aus.

„Stört es Sie, wenn ich mir Notizen mache?“, fragte sie.

„Überhaupt nicht. Meinetwegen können Sie unser Gespräch sogar aufzeichnen.“ Er sah sich im Zimmer um, als wüsste er, dass jemand genau das tat. Kathryn war nicht verpflichtet, es ihm mitzuteilen, denn sie hatten sich einen entsprechenden Gerichtsbeschluss besorgt; der Mann war immerhin ein Mordverdächtiger.

Seine Auffassungsgabe beunruhigte sie, sowie sein völlig ruhiges Verhalten. Und dieser Anflug eines falschen Lächelns verstärkte den unheimlichen Eindruck nur noch.

„Falls Sie eine Kaffee- oder Zigarettenpause einlegen möchten, brauchen Sie es nur zu sagen.“

„Ich halte mich von Kaffee fern“, sagte er, ohne auf das zweite Angebot einzugehen. Kathryn hatte herausfinden wollen, ob er immer noch Raucher war. Doch ob er sie nun ausmanövriert hatte oder nicht, sie konnte das Thema kein zweites Mal zur Sprache bringen, ohne Verdacht zu erregen.

Dann überraschte Edwin sie noch mehr, denn er fragte beiläufig: „Wie lange arbeiten Sie schon im Polizeidienst, Agent Dance?“

Das war genau die Art von Frage, die sie selbst in der Anfangsphase eines Verhörs stellen würde, um eine Verhaltensnorm für die kinesische Analyse zu etablieren.

„Schon seit einer ganzen Weile. Aber bitte nennen Sie mich Kathryn. Also, was kann ich für Sie tun?“

Er lächelte. „Sie können mich Edwin nennen. Gefällt es Ihnen in Fresno? Es ist ein wenig anders als Monterey, nicht wahr?“

Es überraschte Kathryn nicht, dass Edwin Nachforschungen über sie angestellt hatte. „Was kann ich also für Sie tun, Edwin?“

„Ich wollte mit jemandem sprechen, der mit dieser Situation zu tun hat und klug ist. Die Beamten hier hören mir einfach nicht zu."

„Nun, ich höre mir gern an, was Sie zu sagen haben."

„Danke, Kathryn. Es ist im Grunde wirklich simpel. Ich habe Bobby Prescott nicht umgebracht. Ich halte zwar nichts von Filesharing, aber ich würde deswegen niemanden töten. Und ich habe keinen Anschlag auf Sheri Towne verübt."

Auch über Opfer Nummer zwei und drei war in den Medien berichtet worden, daher konnte er durchaus von ihnen wissen.

„Das sagen Sie so, Edwin. Aber jeder, den ich verhöre, bestreitet seine Schuld. Ich kenne Sie bei Weitem nicht gut genug, um einschätzen zu können, ob Sie fähig oder geneigt sind, jemandem Schaden zuzufügen oder nicht. Erzählen Sie mir doch ein wenig über sich."

Er spielte mit. Und breitete Fakten vor ihr aus, die sie bereits kannte: seine Familiengeschichte. Seine Jobs in Seattle. Seine Abneigung gegenüber schulischer Ausbildung. Er sagte, ihm sei an Schule und Uni oft langweilig gewesen – was eine Erklärung für seine wechselvolle Laufbahn gewesen wäre. Seine Computerfähigkeiten leugnete er nicht. Über sein Liebesleben schwieg er.

„Haben Sie eine Freundin?"

Das schien ihn zu überraschen. „Letztes Jahr war ich mit jemandem in Seattle zusammen. Sally war in Ordnung, aber wir hatten kaum gemeinsame Interessen. Ich konnte sie nicht dazu bewegen, mit mir zu Konzerten zu gehen oder so. Am Ende musste ich mich von ihr trennen. Leichtgefallen ist es mir nicht, aber … es hätte nicht funktioniert."

„Wann haben Sie sich getrennt?", fragte Kathryn.

„Um Weihnachten herum."

„Das tut mir leid. Es muss hart gewesen sein."

„Das war es. Ich hasse es, Menschen wehzutun. Und Sally war wirklich nett. Nur … wissen Sie, mit manchen Leuten ist man einfach auf derselben Wellenlänge, mit anderen nicht."

Sie hatte nun genügend Informationen gesammelt und beschloss, mit der kinesischen Analyse zu beginnen. Sie fragte ihn erneut, was genau sie für ihn tun könne, und behielt sein Verhalten aufmerksam im Auge.

„Okay, ich bin vielleicht nicht das hellste Licht am Baum, aber ich bin schlau genug, um zu erkennen, dass ich hier das Opfer bin. Jemand hängt mir was an – vermutlich dieselbe Person, die mich letztes Wochenende ausspioniert hat. Die war hinter dem Haus und hat mich, meinen Wagen und sogar den Abfall überprüft."

„Ich verstehe."

„Hören Sie, ich bin nicht das Scheusal, als das ich hier von allen dargestellt werde. Und was die Deputys Madigan und Lopez betrifft: Es tut mir leid, dass ich ihre Suspendierung veranlassen musste, aber durch meine Festnahme und die Durchsuchung meines Hauses haben die beiden gegen den vierten und vierzehnten Zusatzartikel verstoßen."

„Haben Sie erkennen können, wer Sie da beobachtet hat?"

„Nein. Die Person hat sich im Schatten gehalten." Wurde sein Lächeln bei dem Wort „Schatten" etwas breiter? Gab es da eine schwache Reaktion? Sie vermochte es nicht zu sagen.

„Warum haben Sie nicht die Polizei gerufen?"

„Wieso gehen Sie davon aus, dass ich es nicht getan habe?"

Sie wusste von dem Anruf. Sharp hatte Madigan im Verhörraum davon erzählt, während sie im Beobachtungszimmer gesessen hatte. Die Frage diente zur Überprüfung der Übereinstimmung seiner Aussagen. „Haben Sie?"

Seine Augen verengten sich. „Ich habe den Notruf gewählt. Und die haben mich gefragt, ob der Mann unbefugt mein Grundstück betreten hätte, und ich schätze, genau genommen hatte er das nicht."

„Sind Sie sicher, dass es ein Mann war?"

Edwin zögerte einen Moment. „Äh, nein. Ich habe das einfach angenommen." Sein seltsames Lächeln.

„Weshalb sollte jemand Sie zum Sündenbock machen?"

„Ich weiß es nicht. Ich weiß nur, ich habe niemandem etwas getan, während jemand anders sich nach Kräften bemüht, es so aussehen zu lassen." Seine Augen musterten durchdringend ihr Gesicht. „Ich war allein, als Bobby getötet wurde, und für den Mord an dem Filesharer gilt das Gleiche. Aber für den Anschlag auf Sheri Towne habe ich ein Alibi. Ich wollte zu diesem Mittagessen für den Fan. Ich habe zwar nicht damit gerechnet, reingelassen zu werden, aber ich dachte, ich könnte womöglich aus einiger Entfernung zuschauen. Wie dem auch sei, ich habe mich verfahren. In der Nähe des Universitätsgeländes habe ich angehalten und nach dem Weg gefragt. Da war es zwölf Uhr dreißig."

Ja, das war ziemlich genau der Zeitpunkt des Anschlags. „Mit wem haben Sie gesprochen?"

„Mit einer Frau, die in ihrem Garten gearbeitet hat. Sie hat aus dem Haus eine Straßenkarte geholt, und ich habe an der Tür gewartet. Der Fernseher lief, und die Mittagsnachrichten sind gerade zu Ende gegangen."

„Wie hieß die Straße?"

„Keine Ahnung. Aber ich kann das Haus beschreiben. Da hingen haufenweise Körbe mit Pflanzen darin. Diese leuchtend roten kleinen Blumen. Das Haus war dunkelgrün. Ein Eckhaus. Oh, und es hatte einen Carport. Die Frau war Mitte siebzig."

„Okay, Edwin. Wir werden das überprüfen." Kathryn notierte sich die Einzelheiten. „Dürfen wir den Bereich hinter Ihrem Haus untersuchen, wo Sie den Eindringling bemerkt haben?"

„Sicher, na klar."

Sie blickte nicht auf, fragte aber sogleich: „Und dürfen wir uns auch in Ihrem Haus umsehen?"

„Ja." Hatte er da für den Bruchteil einer Sekunde gezögert?

Kathryn stellte sich selbst die große Frage: Was ergab die Kinesik? Sagte Edwin Sharp die Wahrheit?

Sie war sich wirklich nicht sicher. Ein Stalker war für gewöhnlich ein Psychotiker, mit entsprechenden Auswirkungen auf seine Wahrnehmung der Realität. Das hieß, er beschrieb womöglich etwas, was er für die Wahrheit hielt, obwohl nichts davon tatsächlich zutraf. Als Folge würden seine kinesischen Reaktionen bei Unwahrheiten die gleichen sein wie bei objektiv wahren Aussagen.

Weiter erschwert wurde die Analyse durch Edwins verminderten Affekt – die Fähigkeit, Emotionen zu empfinden und zu zeigen, beispielsweise Stress. Man kann die Körpersprache nur dann verlässlich beurteilen, wenn der Stress einer Lüge das Verhalten des Befragten ändert.

Fest steht: Verhöre und Befragungen sind eine komplexe Kunst. Bei den meisten Zeugen und Verdächtigen empfiehlt es sich, auf die Körpersprache sowie auf die verbale Qualität zu achten – zum Beispiel die Tonlage einer Stimme und die Sprechgeschwindigkeit. Auch der verbale Inhalt – was gesagt wird – kann bisweilen hilfreich sein.

Aber was hatte Edwin Hilfreiches von sich gegeben?

Sein Lächeln wurde breiter. Sie wünschte, er würde dieses Grinsen sein lassen. Es war für sie zermürbender als der schlimmste blutrünstige Blick eines Massenmörders.

„Wissen Sie, nach allem, was geschehen ist, halten Sie es da nicht für sinnvoll, nach Seattle zurückzukehren und auf das Konzert zu verzichten? Sie könnten ja auch zu einem späteren Zeitpunkt einen von Kayleighs Auftritten besuchen."

Sie sagte das, um eine Reaktion zu provozieren und ihn zu Äußerungen über sein Leben und seine Pläne zu verleiten – Angaben, die sie bei der inhaltsbasierten Analyse nutzen konnte.

Sie hatte allerdings nicht damit gerechnet, dass er ungläubig auflachen und sie fragen würde: „Das können Sie doch nicht ernsthaft von mir erwarten, oder? Kennen Sie Kayleighs Lied ‚Your Shadow‘?“

Absolut nichts in seinem Gesicht wies darauf hin, dass dieser Song gewissermaßen als Visitenkarte für Morde genutzt wurde.

„Klar“, sagte Kathryn beiläufig. „Ihr großer Hit.“

„Nun, wissen Sie, es geht in dem Lied um sie selbst. Es gibt darin eine Strophe über den Autounfall, bei dem ihre Mutter gestorben ist. Da war Kayleigh fünfzehn. Wissen Sie, dass Bishop am Steuer gesessen hat und betrunken war?“

Nein, das hatte Kathryn nicht gewusst.

„Er hat dafür acht Monate lang im Gefängnis gesessen. Und er ist seitdem nie wieder Auto gefahren. Und diese andere Strophe über den Fluss? Ich glaube, dass ihr im Alter von sechzehn Jahren etwas ziemlich Schlimmes zugestoßen ist. Sie ist damals für eine Weile von der Bildfläche verschwunden. Ich glaube, sie hat versucht, sich das Leben zu nehmen, wollte sich ertränken. Darum geht es in der zweiten Strophe des Liedes.“

Stimmte das? Auch hiervon hatte Kathryn noch nie gehört.

Nun endlich verblasste das Lächeln. „Wie traurig das ist! Einen Song als Trost für sich selbst zu schreiben, weil ansonsten niemand für einen da ist. Furchtbar … Kayleigh hat mir ein Dutzend E-Mails und einige echte Briefe geschickt, und wissen Sie, was für mich in jedem einzelnen zwischen den Zeilen steht? Sie braucht mich, Agent Dance. Falls ich sie jetzt im Stich ließe – wer sonst würde auf sie aufpassen?“

DEPUTY CRYSTAL STANNING, Michael O’Neil und Kathryn Dance waren im Besprechungsraum des FMCSO. Der amtierende Chief Detective Dennis Harutyun ebenfalls. Kathryn hatte den anderen von der Unterredung mit Edwin berichtet.

Eine Nachfrage bei der Notrufzentrale erbrachte die Bestätigung, dass Edwin dort tatsächlich einen Spanner gemeldet hatte. Sein Anruf war um 19 Uhr am Samstagabend eingegangen. Er hatte angegeben, jemand würde sich hinter dem Haus herumtreiben und ihn beobachten. Keine weiteren Einzelheiten. Der Deputy hatte ihn angewiesen, erneut anzurufen, falls der Verdächtige tatsächlich unbefugt das Grundstück betreten oder ihn bedrohen würde.

Charlie Sheans Leute von der Spurensicherung waren schon dabei, den fraglichen Bereich zu untersuchen. Er würde sich bald mit den vorläufigen Ergebnissen melden.

„Samstag – das war der Tag vor Bobbys Ermordung“, sagte O’Neil. „Wer könnte Edwin beobachtet haben? Wer wusste, dass er in der Stadt war?“

„Jeder könnte herausgefunden haben, wo Edwin war“, gab Kathryn zu bedenken. Sie erklärte, Sharp habe auf den Fanseiten im Internet gepostet, er werde „eine Weile“ in Fresno sein.

Harutyun erhielt einen Anruf und sprach einige Minuten. „Die Streifen suchen die Gegend rund um das Universitätsgelände ab“, berichtete er dann. „Es sind dort viele Leute unterwegs. Deswegen geht es nur schleppend voran.“

Sie suchten nach der alten Dame, die Edwin zum Zeitpunkt des Anschlags auf Sheri nach dem Weg gefragt haben wollte. Kathryn nannte sie „die Alibifrau“.

Kurz darauf traf Charlie Shean ein. Er begrüßte alle Anwesenden und informierte sie über die jüngste Tatortuntersuchung. „Wir haben uns sein Haus vorgenommen und einige Partikelspuren eingesammelt, aber alles war sauber. Ich frage mich, ob er, nachdem er Ihnen die Erlaubnis zur Durchsuchung erteilt hatte, gründlich geputzt hat.“ Ein Blick zu Kathryn.

Sie musste an Edwins minimales Zögern vor dem Einverständnis denken.

„Gab es dort Zigaretten?“ Kathryn hatte sie gebeten, darauf zu achten.

„Nein. Auch keine Feuerzeuge, Streichhölzer oder Aschenbecher. Und nach Zigaretten gerochen hat es ebenfalls nicht … Übrigens sind die Latexhandschuhe in Edwins Küche vermutlich nicht die gleichen wie die beim Mord an Bobby Prescott. Die Faltenmuster stimmen nicht überein … Kommen wir nun zu der Stelle hinter dem Haus, von der aus er angeblich beobachtet wurde. Nun, wir haben dort im Staub Schuhabdrücke gefunden – von Cowboystiefeln, wie es aussieht. In diesem Zustand verraten die Spuren uns aber leider weder die Größe der Stiefel noch das Geschlecht der Person. Und wir haben ungefähr dreißig Partikelproben genommen, aber die vorläufige Untersuchung hat nichts erbracht. Tut mir leid. Wir haben mittlerweile bestätigt, dass die Zigarette von gestern Abend bei Ihrem Motel eine Marlboro ist. Wir verfügen zudem über Zigarettenasche vom Schauplatz des Anschlags auf Sheri Towne, aber wir können mit unserer technischen Ausstattung nicht verlässlich ermitteln, von welcher Marke sie stammt oder wie lange sie schon dort gelegen hat.“

Eine Sekretärin kam zur Tür herein und überreichte Dennis Harutyun einen Stapel Papier. „Das sind die E-Mails, auf die Sie gewartet haben, wegen Bobby Prescott. Sie sind endlich eingetroffen.“

Der Deputy überflog sie und lachte. Er blickte auf. „Wie Sie wissen, bin ich der Frage nachgegangen, ob es noch andere Motive für den Mord an Bobby Prescott geben könnte", sagte er.

„Und?", fragte Kathryn.

„Nun, ich habe da vielleicht eines gefunden. Haben Sie schon mal von vier Typen namens John, Paul, George und Ringo gehört?"

KATHRYN DANCE und Michael O'Neil nahmen die Durchsuchung eigenhändig vor. Der Schauplatz war Bobby Prescotts Wohnwagen, und ausschlaggebend für die Suche war Harutyuns Enthüllung über die *Fab Four* gewesen.

Kathryn glaubte inzwischen zu wissen, was hier am Vormittag nach dem Mord gestohlen worden war – von der Person, die Tabatha Nysmith in Bobbys Wohnwagen gesehen hatte. Und der entwendete Gegenstand war kein Andenken an Kayleigh Towne. Er hatte nicht das Geringste mit der Sängerin oder dem Stalker zu tun – abgesehen von dem Umstand, dass, nun ja, Edwin Sharp anscheinend tatsächlich als Sündenbock herhalten sollte, genau wie er die ganze Zeit behauptete.

„Aha", sagte sie ein wenig atemlos. Sie hielt einen Ordner in der Hand – und zwar aus dem Regal, aus dem etwas zu fehlen schien, wie sie bereits zwei Tage zuvor festgestellt hatte.

O'Neil und sie blätterten den Ringordner durch, in dem Bobby Prescotts Vater Einzelheiten über seine Arbeit als Toningenieur notiert hatte – in den Londoner Abbey Road Studios während der Sechziger- und Siebzigerjahre. Kathryn erinnerte sich, dass Tabatha die illustre Karriere von Bobbys Vater erwähnt hatte.

Es war eine atemberaubende Liste der Talente jener Ära: Cliff Richard, Pink Floyd und natürlich die Beatles. In vielen der Notizen ging es um Synthesizer, die Dynamik von Verstärkern, Akustikprobleme und dergleichen. Doch dann fanden sie die Kopie eines handschriftlichen Briefes an Bobbys Vater:

> *13. Juni 1969*
> *An Bob Prescott:*
> *Hi, Kumpel, danke für den GROSSARTIGEN Job, Du bist wirklich der beste aller Toningenieure. Es war toll, mit Dir zu arbeiten. Zum Dank für all die schlaflosen Nächte überlassen wir Dir die Bänder mit den Songs, an denen wir nach den Aufnahmen zu „Abbey Road" herumgespielt haben, und zwar inklusive aller Rechte. Die Liste steht unten. Bis bald!*

„Moment mal", sagte O'Neil. „Sind das …?"

„Ich glaube, sie sind es", flüsterte Kathryn.

Am unteren Rand der Seite standen die Titel von vier Songs. Keiner davon zählte zu dem bekannten Repertoire der Beatles.

Kathryn erklärte, die Arbeit am Album „Abbey Road" habe im Frühjahr 1969 begonnen. Es war das letzte Studioalbum der Band.

Dennis Harutyun – der „Bibliothekar" des FMCSO, wie Madigan ihn nannte – hatte bei seiner Suche nach einem möglichen Mordmotiv einige erstaunliche Erkenntnisse aus dem Leben von Bobby Prescott und seiner Familie zutage gefördert. Der Deputy war irgendwo tief im Internet auf Gerüchte gestoßen, laut denen Bobbys Vater aus seiner Zeit als Toningenieur in London einige Rohfassungen von Beatles-Songs besessen haben könnte.

Doch dies waren offenbar keine Rohfassungen, sondern vollständig produzierte Songs, original und unveröffentlicht, die niemand sonst je zu hören bekommen hatte.

„Und die Beatles haben sie einfach so verschenkt?", fragte O'Neil.

„Die Band war damals schon in Auflösung begriffen. Sie waren reich. Vielleicht lag ihnen nicht viel an diesen Songs."

„Der Brief trägt keine Unterschrift."

Kathryn zuckte die Achseln. „Es steht hier ‚nach den Aufnahmen zu ‚Abbey Road' '. Wer sonst sollte es sein? Sie müssen danach noch einige Tage im Studio geblieben sein und Songideen gesammelt haben."

„Und Bobby hat die Bänder von seinem Vater bekommen."

„Richtig", bestätigte Kathryn und deutete auf die Regale. „Der Täter hat es herausgefunden und auf eine günstige Gelegenheit gewartet, um ihn zu töten und sie zu stehlen."

„Und die günstige Gelegenheit war jemand wie Edwin, der irgendwann aufgetaucht ist und einen guten Sündenbock abgegeben hat."

„Genau."

„Der Täter muss demnach Bobby und seine Archive gekannt und von den Gerüchten über die Beatles-Songs gewusst haben", überlegte O'Neil. „Okay, wir kennen nun das Motiv. Die zweite Frage lautet: Wer ist der Täter?"

Kathryn ließ den Blick durch den Wohnwagen schweifen. „Du musst etwas für mich tun." Sie fasste ihn bei den Schultern und schob ihn anderthalb Meter nach hinten. Dann wich sie zurück und musterte ihn genau. „Bleib einfach da stehen, und rühr dich nicht."

Während sie zur Tür hinausging, sagte O'Neil: „Das bekomme ich hin "

Eine halbe Stunde später rasten Kathryn und O'Neil zusammen mit mehreren FMCSO-Deputys zu einem Motel am Highway 41. Die vier Fahrzeuge näherten sich auf den letzten Metern leise.

Die drei Streifenwagen – und Kathryns Nissan – bogen auf das Motelgelände ein und parkten. Kathryn und O'Neil waren nicht hier, um Lorbeeren zu ernten, sondern um Amtshilfe zu leisten. Die eigentliche Festnahme würde Sache der hiesigen Beamten sein. Also warteten Kathryn und O'Neil, während Harutyun, Stanning und vier weitere Deputys durch die Gänge zum Zimmer des Verdächtigen liefen.

Der nervöse Täter hatte bereits mit dem Besuch gerechnet. Er hatte die Fahrzeuge bemerkt und sprang nun im wahrsten Sinne des Wortes aus dem Fenster seines Zimmers auf einen Flecken Gras. Der Mann rappelte sich sofort auf, hängte sich den Riemen seiner Computertasche um und wollte wegrennen. Doch er entschied sich wohlweislich dagegen, denn er sah sich plötzlich Kathryn und O'Neil gegenüber, die mit ihren Waffen beide auf seinen Kopf zielten.

Zwei Deputys kamen hinzu und legten Barry Zeigler Handschellen an. Kathryn nahm die Computertasche an sich, in der die unbezahlbaren Songs verstaut sein mussten, die Zeigler aus Bobby Prescotts Wohnwagen gestohlen hatte, nachdem er den Roadie ermordet hatte.

„Ihre Körpergrösse", erklärte Kathryn.

Zeigler hockte wie ein Häuflein Elend auf der Rückbank eines Streifenwagens, die Hände auf dem Rücken gefesselt.

Kathryn antwortete nun etwas ausführlicher auf seine Frage, wie sie ihm auf die Spur gekommen sei. „Der Täter musste Bobby ziemlich gut kennen und hatte sich wahrscheinlich schon früher in dem Wohnwagen aufgehalten. Außerdem war er groß."

Sie erzählte von dem Gespräch, das sie zwei Tage zuvor mit Tabatha von der anderen Straßenseite geführt hatte. „Sie hat gesagt, sie habe an jenem Vormittag jemanden im Wohnwagen gesehen. Allerdings habe sie seinen Kopf nicht gesehen, nur seine Brust."

Kathryn war eingefallen, wie P. K. Madigan ihr bei der ursprünglichen Durchsuchung unvermittelt von draußen ins Gesicht gestarrt hatte. Deshalb hatte sie O'Neil eine halbe Stunde zuvor an das Fenster des Wohnwagens gestellt, ungefähr dorthin, wo Tabatha den Eindringling bemerkt hatte. Dann war sie auf die andere Straßenseite gegangen. Von dort aus hatte sie deutlich O'Neils Gesicht erkennen können. Was bedeutete, dass der Unbekannte vom Montagvormittag ein ganzes Stück größer gewesen sein musste als O'Neils ein Meter dreiundachtzig. Kathryn hatte in den letzten Tagen nur eine Person kennengelernt, die mit Kayleigh Towne zu tun hatte, Bobby kannte und von der Statur her passte: Barry Zeigler.

„Es tut mir leid“, murmelte der Mann völlig niedergeschmettert.

„Als wir uns bei Kayleigh gesehen haben, sagten Sie, Sie seien gerade erst aus Carmel eingetroffen. Aber als wir uns erkundigten, hat der Portier hier bestätigt, dass Sie bereits am Morgen nach Bobbys Ermordung eingecheckt haben.“

„Ich weiß, ich weiß. Ich habe gelogen. Es tut mir leid.“

„Und dann war da noch die Aufnahme von Kayleigh, wie sie ‚Your Shadow‘ singt“, fuhr Kathryn fort. „Sie wurde mit einem hochwertigen digitalen Rekorder aufgezeichnet, von der Art, wie Profis sie benutzen – Profis wie Sie, Produzenten und Toningenieure.“

„Welche Aufnahme?“, fragte er stirnrunzelnd.

Sie blickte zu Dennis Harutyun, der dem Verdächtigen soeben die Rechte verlesen hatte und nun hinzufügte: „Sie werden verhaftet wegen Mordes …“

„Wegen Mordes? Was soll das denn heißen?“

Kathryn und Harutyun sahen sich an.

„Sie werden verhaftet wegen der Ermordung von Bobby Prescott, Sir“ erklärte der Detective. „Und wegen der Ermordung von Frederick Blanton. Zudem wegen versuchten Mordes an Sheri Towne und Agent Dance. Möchten Sie sich …?“

„Nein, nein, ich habe niemanden umgebracht!“ Der Produzent schien völlig schockiert zu sein. „So etwas würde ich niemals tun!“

„Sie werden vor Gericht Ihre Chance erhalten. Haben Sie Ihre Rechte verstanden?“

„Sie glauben, ich hätte Bobby ermordet? Nein! Und ich könnte Sheri kein Haar krümmen!“

„Verzichten Sie auf Ihr Recht zu schweigen?“

„Ja, sicher. Das hier ist absurd. Es handelt sich um ein gewaltiges Missverständnis.“

„Sind Sie am Sonntag hergekommen und haben Bobby Prescott in der Nacht von Sonntag auf Montag getötet?“, fragte Harutyun.

„Nein, nein! Ich bin am Montagvormittag hier eingetroffen, gegen elf Uhr. Nachdem Kayleigh mir mitgeteilt hatte, dass Bobby nicht mehr lebt. Ja, ich bin in Bobbys Wohnwagen eingebrochen, aber nur, um ein paar persönliche Dinge zu holen.“

„Die Beatles-Songs“, sagte Harutyun. „Wir wissen darüber Bescheid.“

„Wovon reden Sie da?“

Seine Verwirrung wirkte dermaßen echt, dass Kathryn hinzufügte: „Bobbys Vater hat in den Sechzigern und Siebzigern als Tontechniker in den Abbey Road Studios gearbeitet.“

„Stimmt. Aber was hat das mit uns hier zu tun?"

„Die Beatles haben Bobbys Vater nach den Aufnahmen zu ‚Abbey Road' vier ihrer Songs geschenkt. Und Sie haben Bobby ermordet und die Songs gestohlen."

„Das ist eine Großstadtlegende", behauptete der Produzent. „An all den Gerüchten über Rohfassungen und geheimen Aufnahmen ist in Wirklichkeit überhaupt nichts dran."

„Und was ist dann damit?", fragte Kathryn und zeigte ihm einen Klarsichtumschlag, in dem der Brief an Bobbys Vater steckte.

Zeigler warf einen Blick darauf. „Da geht es nicht um Songs der Beatles, sondern um irgendeine kleine Band aus der Umgebung von Abbey Road. Sie haben das Studio im Anschluss an die Beatles und deren Aufnahmen zu ‚Abbey Road' gebucht. Sie haben fünfzehn oder sechzehn Titel eingespielt und davon zwölf für ihr Album benutzt. Ich schätze, sie mochten Bobbys Vater so gern, dass sie ihm die nicht verwendeten Titel überlassen haben. Aus der Gruppe ist nie was geworden."

Kathryn sah sich den Wortlaut des Schreibens erneut an. Ja, das konnte sich tatsächlich auf Studioaufnahmen im Anschluss an die Beatles und deren Album beziehen.

„Aber Sie haben uns soeben gestanden, dass Sie am Montagvormittag etwas aus Bobbys Wohnwagen mitgenommen haben."

Zeigler überlegte. Er sah O'Neil und die anderen Deputys an. „Bitte lassen Sie Agent Dance und mich allein. Ich möchte mit ihr unter vier Augen sprechen."

„In Ordnung", stimmte sie nach kurzem Zögern zu.

Die anderen entfernten sich ein Stück von dem Streifenwagen. Kathryn verschränkte die Arme vor der Brust. „Okay, reden Sie."

„Sie dürfen es keiner Menschenseele verraten."

„Sie wissen, dass ich Ihnen so etwas nicht versprechen kann."

„Na gut. Aber werfen Sie erst einen Blick darauf und entscheiden dann. In meiner Computertasche gibt es ein Reißverschlussfach mit einigen Unterlagen. *Die* habe ich von Bobby mitgenommen."

Kathryn öffnete die Tasche und dann das besagte Fach, entnahm ihm ein Dokument und überflog es. „O mein Gott!", flüsterte sie.

Was Zeigler gestohlen hatte, war ein Brief, in dem Bobby Prescott für den Fall seines Todes verfügte, wie sein Eigentum aufzuteilen sei. Das meiste sollte eine einzige Person erhalten: Mary-Gordon, die gemeinsame Tochter von ihm und Kayleigh Towne.

Offenbar hatte Kayleigh das Kind im Alter von sechzehn Jahren bekommen. Suellyn und ihr Mann hatten das kleine Mädchen wenige Wochen nach der Geburt adoptiert.

Der Umschlag enthielt eine Kopie der Adoptionspapiere sowie persönliche Nachrichten an die Tochter, die diese lesen sollte, wenn sie älter war.

„Er hat mir vor ein paar Jahren von diesem Umschlag erzählt", erzählte Zeigler. „Ich konnte nicht zulassen, dass das an die Öffentlichkeit gelangt."

Kathryn musste an die enge Beziehung denken, die sie zwischen Bobby und Kayleigh im Restaurant gespürt hatte. Und noch andere Dinge waren ihr aufgefallen: Mary-Gordons goldblonde Haare und ihre leuchtend blauen Augen – genau wie die von Kayleigh. Suellyns Augen hingegen – und vermutlich auch die ihres Latino-Ehemanns – waren braun.

„Aber wie kommt es, dass ihre Schwangerschaft niemandem aufgefallen ist?", fragte Kathryn.

„Oh, Kayleigh hat erst mit siebzehn ihre ersten professionellen Auftritte absolviert. Aber Bishop hatte schon damals viel mit ihr vor. Am Ende des zweiten Schwangerschaftsmonats hat er sie von der Schule genommen und einen Privatlehrer engagiert. Nach außen musste alles geheim bleiben, und sogar Freunden hat er eine glaubwürdige Geschichte aufgetischt. Bishop ließ durchblicken, sie hätte den Tod ihrer Mutter nicht verkraftet und hätte einen Nervenzusammenbruch erlitten. Daher erschien es verständlich, dass sie für acht oder neun Monate von der Bildfläche verschwand."

Kathryn war entsetzt. „Und er hat sie gezwungen, das Baby abzugeben?"

Zeigler nickte. „Kayleigh war sechs Jahre jünger als Bobby. Okay, das ist nicht gut, keine Frage. Andererseits war er ein wirklich netter Kerl, und wenn jemand anlehnungsbedürftig war, dann Kayleigh. Sie hatte kurz zuvor ihre Mutter verloren, und ihr Vater war fast ständig auf Tour. Und es war nicht bloß eine Schwärmerei. Die beiden wollten heiraten. Doch als Bishop davon erfuhr, ist er unmittelbar nach einem Konzert nach Hause geflogen und hat ihnen massiv gedroht: Falls die beiden nicht in eine Adoption einwilligen würden, würde er Bobby wegen Unzucht mit Minderjährigen verhaften lassen."

„Das hat er getan?"

„Ja, das hat er. Kayleigh hat sich gefügt – aber nur unter der Voraussetzung, dass das Kind bei ihrer Schwester aufwachsen würde und sie es weiterhin sehen könnte. Und sie hat darauf bestanden, dass Bobby bei der Band blieb."

„Aber warum konnte sie das Baby denn nicht behalten?", fragte Kathryn. „Ich weiß, wie sehr sie sich Kinder wünscht."

„Oh, das wäre nicht gegangen", sagte Zeigler verbittert. „Bishops eigene

Karriere war zu dem Zeitpunkt längst im Niedergang begriffen. Alles, was ihm blieb, war Kayleigh.“

„Und er war überzeugt, dass sie ihren Erfolg nur auf dem Image des braven Mädchens aufbauen konnte.“

„Genau. Eltern – also diejenigen mit den Kreditkarten – lieben dieses Image. Falls bekannt geworden wäre, dass Kayleigh bereits mit sechzehn schwanger gewesen ist, hätte dies das Ende ihrer Karriere bedeuten können.“

Kathryn musterte den Brief. „Und Mary-Gordon weiß nichts davon?“

„Nein. Bishop hat Suellyn und ihren Mann gezwungen, eine Vertraulichkeitsvereinbarung zu unterzeichnen. Falls sie auch nur ein Wort sagen würden, könnten sie das Sorgerecht verlieren.“

Kathryn war zwar betroffen, so etwas über Bishop Towne zu erfahren, aber nicht überrascht. Sie schob die Dokumente zurück in den Umschlag und verstaute ihn in ihrer Handtasche. „Ich muss darüber nachdenken. Vorläufig gilt, dass Sie bei Bobby nach persönlichen Unterlagen gesucht haben. Was Sie gefunden und mitgenommen haben, ist ohne materiellen Wert und ohne Belang für den Fall.“ Sie betrachtete ihn reserviert. „Aber Sie sind immer noch ein Mordverdächtiger.“

„Als Bobby ermordet wurde, war ich in einem Hotel in Carmel.“

„Kann jemand das bestätigen?“

„Ich war allein. Ich war ziemlich aus der Fassung – mein anderer wichtiger Künstler hatte mich soeben gefeuert. Der einzige Kontakt, den ich hatte, war zu der Mailbox meiner Frau.“ Er hob mit jämmerlicher Miene den Kopf. „Nützt Ihnen das was – eine Nachricht, bei der ich wie ein Zehnjähriger heule und darüber jammere, dass meine Karriere vermutlich vorbei ist?“

„Kann sein“, sagte Kathryn.

„Nicht die Beatles?“, fragte Dennis Harutyun sichtlich enttäuscht.

„Sieht so aus.“

Kathryn, Harutyun und Stanning standen zusammen auf dem Parkplatz des „Red Roof Inn“. O’Neil telefonierte. Schließlich beendete er das Gespräch und blickte auf. „Sein Alibi stimmt.“

Die Verbindungsdaten und die Stimmanalyse des „heulenden Zehnjährigen“ bestätigten, dass Barry Zeigler sich zum Zeitpunkt von Bobby Prescotts Ermordung im Kongresszentrum mehr als zwei Fahrtstunden entfernt aufgehalten hatte.

„Wieso ist er in Bobbys Wohnwagen eingebrochen?“, fragte Harutyun.

ein begehrter Berater in forensischen Belangen, und so hatte er sich zu der Vortragsreihe in San José bereit erklärt.

Die Besuchsvorbereitungen, die Kathryns Vater in ihrem Haus getroffen hatte, umfassten eine Rollstuhlrampe zur Vordertür und einige Änderungen im Badezimmer. Rhyme hatte gesagt, sie sollten sich nicht bemühen, er würde in einem Motel unterkommen. Doch der pensionierte Stuart Dance freute sich über jede Gelegenheit, seine zahlreichen Werkzeuge einsetzen zu können.

„Nun, es ist uns ein großes Vergnügen, Sie kennenzulernen, Detective Rhyme“, sagte Harutyun.

„‚Lincoln‘ reicht völlig. Ich bin nicht mehr im Dienst.“ Er schaute sich in der Lieferzone um und verzog das Gesicht, als erwarte er nicht viel vom hiesigen Kriminallabor. „Also, ich soll mir hier ein paar Dinge ansehen?“

„Wir haben ein ziemlich gutes Labor“, sagte Harutyun.

„Ach ja?“ In seiner Stimme schwang Zynismus mit. Kathryn kannte Rhymes Stadthaus am Central Park West in Manhattan; er hatte dort den ehemaligen Salon in ein gut ausgestattetes forensisches Labor verwandelt, in dem er als Berater gemeinsam mit Sachs und anderen Beamten die Spuren von Kapitalverbrechen aus dem Großraum New York untersuchte.

Stanning entging der zynische Tonfall. „Ja, Sir“, erwiderte sie stolz. „Chief Madigan hat sich sehr dafür eingesetzt, unsere Spurensicherungsabteilung auszubauen.“

„Nun, dann machen wir uns mal an die Arbeit.“

Sie gingen und rollten durch das Gebäude und verließen es durch eine Seitentür. Kathryn fasste für die Neuankömmlinge unterdessen den Fall zusammen und erklärte, ihr Hauptverdächtiger habe sich als äußerst schwer zu fassen erwiesen. „Er heißt Edwin Sharp. Vielleicht ist er der Killer, vielleicht auch nur ein Sündenbock und völlig unschuldig.“

„Zur Ankündigung der Morde spielt der Täter eine Strophe aus einem von Kayleighs Songs“, berichtete Harutyun.

Das erweckte eindeutig Rhymes Interesse. „Außergewöhnlich. Gut. Und er ist gerissen, richtig? Er hat mit Telefonen angefangen und ist dann auf andere Arten umgestiegen, das Lied zu spielen. Eine Wunschsendung im Radio womöglich?“

„Ihre Kombinationsgabe ist beeindruckend, Sir“, sagte Stanning. „Zwar keine Wunschsendung, aber das letzte Mal hat er den Song über die Lautsprecheranlage eines Highschool-Sportplatzes abgespielt.“

Kathryn fügte hinzu: „Und er behauptet, jemand habe ihn beobachtet, um ihm die Verbrechen unterzuschieben. Einige der Spuren, um deren Einschäzung wir Sie bitten, haben damit zu tun. Er gab uns die Erlaubnis, sein Haus zu durchsuchen, allerdings könnte er es vorher gründlich geputzt haben."

Harutyun ergänzte, eine frühere Durchsuchung ohne entsprechenden Beschluss habe dazu geführt, dass der Chief Detective und ein Deputy suspendiert worden seien. Der Täter habe zudem die Waffe eines dritten Detective entwendet, was ebenfalls zu einer vorläufigen Suspendierung geführt habe.

„Ein verrückter Hund", merkte Rhyme an und klang dabei seltsam zufrieden – vielleicht weil er Gegner mochte, die besonders schlau und herausfordernd waren. Sein größter Feind hieß Langeweile.

Gleich darauf erreichten sie das Labor, wo Charlie Shean sie bereits erwartete. Schon Harutyun war von Rhymes Anwesenheit beeindruckt gewesen; Shean aber war außer sich vor Ehrfurcht, einen so legendären Kollegen in seiner „bescheidenen Hütte" begrüßen zu dürfen.

Ungeachtet seiner anfänglichen Befürchtungen war Rhyme von der technischen Ausstattung des Labors sichtlich angetan.

Charlie Shean erläuterte: „Wir haben die Spuren gesichert und analysiert, aber die meisten Resultate sind bloß Rohdaten. Wir wissen nicht, was davon zu halten ist. Falls Ihnen etwas dazu einfällt, wären wir für Ihre Hilfe sehr dankbar."

Rhyme sagte: „Legen wir los. Wie viele Ein- und Ausgänge hat das Kongresszentrum?"

„Insgesamt neunundzwanzig, einschließlich der Fenster, Wartungszugänge und Laderampen", erklärte Shean. „Es gab Tausende von Fingerabdrücken und Partikelspuren."

„Ja, ja, manchmal sind nicht zu wenige Spuren das Problem, sondern zu viele", erwiderte Lincoln Rhyme. „Ich bin froh, dass Sie die Zahl der Ausgänge kennen, Charlie. Gute Arbeit."

„Danke, Sir."

Als Rhyme erfuhr, dass es hinter Edwins Haus zwei Stellen gab, an denen ein Beobachter gestanden haben könnte, erkundigte er sich, welche Spuren von welcher Stelle stammten. Die Etiketten der vielen Beweismitteltüten besagten lediglich: PARTIKELSPUREN, GESAMMELT HINTER E. SHARPS HAUS.

„Tja, wir haben da keinen großen Unterschied gemacht."

„Oh", sagte Rhyme. Das entsprach in etwa einer lauten Zurechtweisung. „Zukünftig sollten Sie das vielleicht berücksichtigen."

Rhyme hatte mal zu Kathryn gesagt: „*Wo* man eine Spur findet, ist von entscheidender Bedeutung. Bei einem Tatort ist es wie mit einer Immobilie: Es kommt sehr auf die Lage an."

Andererseits hatte Shean jedoch die wichtigste Anforderung Rhymes erfüllt: Er hatte an den Tatorten die „ungewöhnlichen" Partikelspuren isoliert – die, die auf den ersten Blick nicht ins Bild passten und daher vom Täter stammen könnten. Zu diesem Zweck nahm man im Umfeld der Fundstelle eine Reihe von Kontrollproben und glich sie mit der verdächtigen Probe ab. Sheans Mitarbeiter hatten von den diversen Schauplätzen Hunderte von Kontrollproben gesammelt.

„Das war kompetent", machte Rhyme ein für seine Verhältnisse großes Kompliment. „Kommen wir zu der Zigarettenasche."

„Wir würden gern wissen, ob die Ascheproben übereinstimmen", bat Stanning.

„Tja, nun, übereinstimmen werden sie wohl kaum. Das würde nämlich bedeuten, dass sie identisch sind, und so etwas kommt nur sehr selten vor. Finger- und Fußsohlenabdrücke sowie DNA können übereinstimmen. In seltenen Fällen auch Werkzeugspuren. Aber Partikel? Man könnte argumentieren, dass manche Substanzen im Hinblick auf ihre Halbwertszeit übereinstimmen, aber das wäre auf atomarer Ebene."

„Sie haben mit Ihren Aussagen vor Gericht gewiss schon viele Verurteilungen erreicht", merkte Shean an.

„Nahezu einhundert Prozent", bestätigte Rhyme. „So, nun möchte ich einen induktiv gekoppelten Plasmatest durchführen."

„Eine Massenspektrometrie. Das können wir machen", sagte Shean. „Aber zu welchem Zweck? Sie analysieren doch Asche?"

„Wegen der Metallpartikel in der Zigarettenasche", antwortete Amelia Sachs.

„Es ist die präziseste Methode, um Marke und Herkunft von Zigaretten zu bestimmen, wenn man nur über deren Asche verfügt", dozierte Rhyme beiläufig.

Shean bereitete die Probe vor und führte den Test durch. Kurz darauf lag das Ergebnis vor.

Rhyme las es vom Computermonitor ab: „Zink 351,18, Eisen 2758,74 und Chrom 5,59. Ja, das ist Marlboro. Ich würde sagen, es hat sich vermutlich ein und dieselbe Person an beiden Tatorten aufgehalten", verkündete er. „Aber bedenken Sie: Person A könnte den Anschlag auf Sheri Towne verübt und eine Marlboro geraucht haben. Person B könnte von ihm absichtlich eine Zigarette geschnorrt haben und hinter der Falle am Mountain View Motel stecken. Das ist zwar nicht wahrscheinlich, aber möglich. Wie lange dauert es noch, bis die DNA-Ergebnisse vorliegen?"

„Einige Tage."

Er verzog das Gesicht. „In New York geht das leider auch nicht schneller. Ich vermute übrigens, dass Sie gar keine DNA finden werden. Ihr Täter ist schlau. Er brauchte die Zigarette nicht in den Mund zu stecken, sondern lediglich auf die Spitze zu pusten, um den Tabak in Brand zu setzen. Ist dieser Sharp Raucher?"

„Er war es zumindest", sagte Kathryn. „Vielleicht raucht er immer noch gelegentlich, aber das wissen wir nicht genau."

Aus dem Abdruck des Stiefels – eigentlich nur der Abdruck der Spitze – vermochte Rhyme keine Schlussfolgerungen zu ziehen.

Sachs musterte das elektrostatische Abbild. „Wahrscheinlich ein Cowboystiefel."

„Sehen wir uns die Patronenhülsen an", verlangte Rhyme.

Shean wiederholte, er glaube, die Waffe beim Mord an Blanton und beim Anschlag auf Sheri Towne sei vermutlich dieselbe gewesen.

„Und sie wurde einem Ihrer Beamten gestohlen?"

„Wahrscheinlich Gabriel Fuentes. Sharp war in der Nähe von Gabes Wagen, als dessen Waffe gestohlen wurde. Aber wir wissen es nicht mit Sicherheit."

„Lassen Sie mich mal die Vergrößerungen der Auswerferspuren und Kratzer sehen", bat Rhyme. „Und die der Felder und Züge auf den Projektilen."

Shean legte sie vor Rhyme auf einen Tisch. „Aber wir verfügen über keine Vergleichsproben von Gabes Glock. Ich habe ihn gefragt, und …"

„Ich weiß, dass Sie keine haben."

„Oh, richtig, andernfalls hätten wir die Waffe identifiziert."

„Genau." Rhyme nahm sich die Bilder stirnrunzelnd vor. „Sachs?"

Auch Sachs nahm die Fotos in Augenschein. Offenbar wusste sie genau, worauf er aus war. „Ich würde sagen, viertausend."

„Gut", verkündete Rhyme. Dann: „Ich benötige die Seriennummer von Fuentes' Waffe." Eine Computerabfrage lieferte das gewünschte Resultat. „Okay, die Pistole wurde vor vier Jahren von unseren begabten Freunden in Österreich hergestellt. Rufen Sie Fuentes an und fragen Sie ihn, wann er die Waffe gekauft und wie oft er damit geschossen hat."

Harutyun erledigte das. Die Antwort lautete, dass er die Waffe vor drei Jahren neu im Laden erworben hatte und ungefähr zweimal im Monat damit auf dem Schießstand gewesen war. Normalerweise verfeuerte er jeweils fünfzig Schuss.

„Fünfzig Schuss, alle zwei Wochen, drei Jahre lang. Das ergibt etwa dreitausendneunhundert Schuss. Sachs hat anhand der Bilder der Hülsen und

Projektile geschätzt, dass die zugehörige Pistole circa viertausend Mal abgefeuert wurde. Gutes Auge." Er warf ihr einen Blick zu.

Shean nickte. „Demnach handelt es sich tatsächlich um Gabes Pistole."

„Höchstwahrscheinlich", sagte Sachs.

„Mikroskop! Charlie, ich brauche ein Mikroskop!", rief Rhyme.

„Klar doch." Der Leiter der Spurensicherung ließ einen Techniker zwei schwere Stereomikroskope herüberrollen – eines ein Durchlichtmodell mit von unten beleuchtetem Objekttisch für biologische Untersuchungen, das andere ein Auflichtmodell mit Beleuchtung von oben für metallurgische Untersuchungen. Shean machte sich an den Geräten zu schaffen, aber Rhyme scheuchte ihn weg. Dann platzierte der Kriminalist mit seiner rechten Hand mehrere der Proben auf Objektträgern und untersuchte sie eine nach der anderen mit beiden Mikroskopen.

Rhyme legte mehrere Objektträger beiseite und zeigte darauf. „Einen Abgleich mit der Pilzdatenbank bei dem hier und einen schnellen Reagenztest bei den anderen."

Ein Techniker nahm die Tests in Angriff.

„Eine Pilzdatenbank haben wir leider nicht", bedauerte Charlie Shean.

„Wirklich nicht?", fragte Rhyme. Er nannte ihm eine Internetseite, einen Benutzernamen und ein Passwort. Fünf Minuten später scrollte Shean durch Rhymes persönliche Schimmel- und Pilzdatenbank und machte sich Notizen.

Dann lagen die Ergebnisse der neuen Tests vor, und Rhyme verglich sie mit den Resultaten der früheren Analysen durch Sheans Mitarbeiter. „Also, dies betrifft den Bereich hinter Edwins Haus. Das Mineralöl wird oft anstelle herkömmlichen Kunstdüngers verwendet, und der Pilz findet sich in alternativen Pestiziden. Dann die Triglyceride bei seinem Haus und im Kongresszentrum … In Anbetracht von Farbtemperatur und Schmelzpunkt würde ich auf Klauenöl tippen. Das ist ein Lederpflegemittel, zum Beispiel für Baseballhandschuhe, Sattel- und Zaumzeug oder Gewehrriemen. Es wird häufig von Scharfschützen benutzt. So weit also dazu. Das Limonit, Goethit und Kalzit, das ist taubes Gestein."

„Und was versteht man darunter?", fragte O'Neil.

„Ein Abfallprodukt, das hauptsächlich bei der Erzgewinnung und -verarbeitung anfällt. Es fanden sich auch Spuren davon an dem öffentlichen Fernsprecher im Fresno College, von dem aus er Kayleigh angerufen hat, um einen seiner Anschläge anzukündigen." Rhyme fuhr zurück zu den Mikroskopen. „Hm, ich will mir noch ein paar Dinge ansehen. Ammoniumoxalat …"

In diesem Moment summte Kathryns Mobiltelefon. Stirnrunzelnd las sie die SMS. „Ich bin gleich wieder da“, sagte sie zu den anderen.

Sie ging nach draußen auf den Parkplatz des Sheriff's Office. Als sie P. K. Madigan sah, hätte sie beinahe laut losgelacht – er trug für seine verdeckten Ermittlungen eine kakifarbene Hose, ein kariertes Hemd und eine gelbbraune Weste, dazu seine Anglermütze und eine verspiegelte Pilotenbrille.

Kathryn lächelte. „Hallo, ich …“

Doch Madigan fiel ihr ins Wort. „Wir haben ein Problem. Ich habe die letzten sechzehn Stunden oder so online verbracht und mir alles angesehen, was ich über Edwin, Kayleigh, die Fans finden konnte … alles.“

Das war die Aufgabe, die Kathryn dem Chief Detective übertragen hatte, als er sie gefragt hatte, ob er während seiner Suspendierung inoffiziell irgendetwas tun könnte, um die Ermittlungen voranzubringen. Kathryn war überzeugt, dass Edwins Onlineaktivitäten auch weiterhin überwacht werden mussten, und da ihnen kaum Leute zur Verfügung standen, hatte sie Madigan darauf angesetzt.

„Wo ist Edwin jetzt? Wird er beschattet?“, fragte Madigan.

„Ja. Ich frage mal nach.“ Kathryn rief Dennis Harutyun an, der sich über ihr plötzliches Verschwinden vermutlich ein wenig wunderte. Doch er ging gar nicht weiter darauf ein, sondern sagte nur: „Warten Sie kurz.“ Wenig später meldete er sich zurück. „Das ist merkwürdig. Edwin ist zum ‚Fashion-Fair-Einkaufszentrum‘ an der Shaw Avenue gegangen. Er hat seinen Buick auf dem Parkplatz in der Nähe der East Santa Ana Avenue abgestellt. Der Deputy hat befürchtet, Edwin im Gedränge zu verlieren, also ist er bei dem Wagen geblieben. Das war vor zwei Stunden. Bislang ist er nicht zurückgekehrt.“

„Er wusste, dass er beschattet wurde, und ist abgehauen. Okay. Ich bin in ein paar Minuten wieder bei Ihnen.“ Sie trennte die Verbindung und gab die Information an Madigan weiter.

Er verzog das Gesicht. „Verdammt! Vor einer halben Stunde sind auf einigen von Kayleighs Fanseiten, auf denen Edwin sich zuvor schon öfter zu Wort gemeldet hat, mehrere anonyme Postings aufgetaucht. Die Postings lauteten alle ungefähr so: ‚Schau dir die Nachrichten an, Kayleigh. Vielleicht wirst du nun endlich begreifen, wie sehr ich dich liebe.‘ “

„Wie John Hinckley.“

„Genau. Hier sind die URLs der besagten Seiten.“ Madigan reichte ihr ein liniertes gelbes Blatt. „Die Abteilung für Computerkriminalität soll die Postings zu ihrem Ursprung zurückverfolgen.“

„Danke, Chief.“

„Nein“, sagte er und lächelte matt. „Ich danke *Ihnen*.“

Kathryn kehrte in das Labor zurück und reichte das Blatt Papier an Harutyun weiter. Sie berichtete von den bedrohlichen Postings, ohne Madigan zu erwähnen. „Wir müssen sie zurückverfolgen.“

Harutyun rief die Abteilung für Computerkriminalität an und beauftragte sie mit der Rückverfolgung der verdächtigen Einträge.

Nicht lange danach summte sein Telefon. Er nahm das Gespräch an und hörte eine Weile zu. „Okay. Danke.“ Er trennte die Verbindung und steckte das Telefon wieder ein. „Das Posting wurde in der ‚Java Hut‘ aufgegeben. Der Laden befindet sich im Fashion-Fair-Einkaufszentrum. Genau dort hält Edwin sich gegenwärtig auf.“

Harutyun beauftragte die Funkzentrale, Deputys in das Einkaufszentrum zu beordern und nach Edwin suchen zu lassen. Er erinnerte daran, dass der Verdächtige vermutlich bewaffnet war.

„Will er etwa in dem Einkaufszentrum um sich schießen?“, fragte Stanning.

„Das könnte sein“, sagte Sachs. „Aber wenn ein Stalker zum Killer wird, dann meistens, um ein Attentat auf eine bestimmte Person zu verüben.“

„Stimmt“, bestätigte Kathryn. „Und für gewöhnlich ist es jemand Berühmtes, damit der Täter auch garantiert die Aufmerksamkeit seines Objekts erregt.“

„Aber auf wen hat er es abgesehen?“, grübelte Harutyun laut.

O’Neil war online gegangen, um die Postings zu lesen. „Hier wird niemand Bestimmtes genannt.“

Kathryn gesellte sich zu ihm, und Seite an Seite lasen sie beide.

„Da, das da“, murmelte Kathryn und zeigte darauf. Dann las sie es laut vor:

> „Ich hab all deine Postings über Kayleigh gesehen. Du behauptest, du magst sie, du behauptest, du liebst ihre Musik. Aber auch du benutzt sie genau wie alle anderen. Du hast ‚Leaving Home‘ gestohlen, um dich bei den Latinos einzuschleimen. Du bist ein dreckiger Heuchler …“

„Hat irgendjemand eine Ahnung, wer damit gemeint sein könnte?“, fragte Lincoln Rhyme.

„Ich weiß ganz genau, wen er damit meint“, erwiderte Kathryn.

„MACHEN SIE sich keine Sorgen, Sir“, versuchte Peter Simesky ihn zu beruhigen.

Aber Davis wollte nicht beruhigt werden. Er wollte, dass man sich um seine Familie kümmerte. Er rief ein weiteres Mal Suze an und hinterließ ihr noch mal die Nachricht, sie möge mit den Kindern zu Hause bleiben. Es gebe eventuell ein kleines Sicherheitsproblem.

„Peter, veranlassen Sie, dass Jessie meine Frau sucht", sagte er zu seinem Berater.

„Mache ich, Sir. Aber es deutet nichts darauf hin, dass dieser Sharp auch Ihrer Familie etwas antun will. Außerdem kann ich mir nicht vorstellen, wie er so schnell nach L. A. gelangen sollte. Die Polizei sagt, er sei vor Kurzem noch in einem Einkaufszentrum in Fresno gewesen. Und alle suchen nach ihm."

„Er glaubt allen Ernstes, ich würde Kayleigh ausnutzen?"

„Ja, sie und ihr Lied ‚Leaving Home' – um mehr Latino-Wähler zu gewinnen. Bill, er ist ein Psycho."

„Mein Gott, die müssen ihn finden! Falls er mich nicht erwischen kann, startet er vielleicht einen Amoklauf."

Die Männer befanden sich im „Coronado", einem der besseren Hotels von Fresno, und Davis fand es hier eigentlich recht sicher. Doch sowohl seine Berater als auch die Polizei wollten, dass er sich an einen noch besser geschützten Ort begab.

Es klopfte an der Tür. Der Berater rief: „Ja?"

„Kathryn Dance und Deputy Harutyun sind hier", rief von draußen der Sicherheitsmann der Wahlkampagne, der mit ihnen reiste, ein massiger Kerl namens Tim Raymond.

Simesky öffnete die Tür und ließ die beiden herein. Er lächelte Kathryn Dance zu.

Bei dem Besuch in Kayleigh Townes Haus hatte Davis amüsiert bemerkt, wie Simesky mit Kathryn Dance zu flirten versuchte. Es sprach ja auch nichts dagegen, dass ein charmanter alleinstehender Mann sich für eine attraktive alleinstehende Frau interessieren sollte. Heute jedoch waren beide rein geschäftlich bei der Sache.

Kathryn Dance grüßte knapp, aber freundlich; dann verschaffte sie sich mit ihren grünen Augen schnell, aber ruhig einen Überblick über die Räumlichkeiten. Wahrscheinlich hielt sie nach Sicherheitslücken Ausschau.

„Wie ist der Stand der Dinge?", fragte Simesky. „Was wissen wir?"

„Wir versuchen immer noch, Edwin zu finden", antwortete Kathryn. „Solange wir nicht wissen, wo er steckt, möchten wir Sie so bald wie möglich an einem sicheren Ort unterbringen. Können wir gleich aufbrechen?"

„Natürlich. Wohin fahren wir?"

„Das Haus, das wir zu diesem Zweck benutzen, befindet sich etwa eine halbe Stunde nördlich von hier im Wald", erwiderte Harutyun.

„Na gut.“ Davis fiel etwas ein. Kathryn Dance gehörte zu einer im ganzen Bundesstaat vertretenen Behörde. „Könnten Sie veranlassen, dass die Polizei mein Haus in L. A. bewacht?“, bat er. „Ich mache mir Sorgen um meine Familie.“

„Aber natürlich. Ich verständige unsere Dienststelle und schicke ein CBI-Team hin.“

„Vielen Dank“, sagte er. Er nannte ihr die Adresse und Susans Telefonnummer. Dance veranlasste telefonisch alles Nötige. Dann teilte sie dem Kongressabgeordneten mit, die Beamten seien unterwegs.

Kurz darauf rief endlich seine Frau zurück. Sie sagte, Beamte vom California Bureau of Investigation seien bei ihr eingetroffen und sie wäre in Sicherheit.

Simesky rief Myra Babbage an, die sich in der hiesigen Wahlkampfzentrale aufhielt, und bat sie, sich mit ihnen in dem sicheren Haus zu treffen.

Dann brachen sie auf. Eilig durchquerten sie den Hotelkorridor und fuhren hinunter in die Parkgarage, wo sie in einen Geländewagen des Sheriff's Office stiegen.

„Ich würde vorschlagen, wir schalten auf den ersten vier oder fünf Kilometern nur die Signalleuchte und nicht die Sirene ein“, sagte Dance zu Harutyun, der am Steuer saß. Wählen Sie möglichst Nebenstraßen. Dann schalten wir die Leuchte aus und fahren im normalen Verkehrsstrom bis ans Ziel.“

„Einverstanden.“

„Glauben Sie, er ist in der Nähe?“, fragte Simesky und schaute beunruhigt aus dem Fenster.

„Er ist unsichtbar“, lautete Kathryn Dance’ rätselhafte Antwort. „Wir wissen es einfach nicht.“

Der große Wagen fuhr zügig los. Zehn Minuten später, als sicher zu sein schien, dass Edwin ihnen nicht folgte, verlangsamten sie das Tempo und fuhren auf einen anderen Highway. Nach einer weiteren halben Stunde bog der Deputy auf einen verlassenen Waldweg ab. Dann kam ein stattliches Blockhaus in Sicht.

Kathryn stieg aus dem SUV und verfolgte, wie Harutyun zum Haus ging und eine Nummer in ein Tastenfeld eingab, woraufhin ein grünes Lämpchen aufleuchtete. Er trat ein. Kathryn tauschte mit Tim Raymond, dem Leibwächter, die Telefonnummern aus. Er würde draußen bleiben. Dann gesellte sie sich zu den anderen im Haus. Die Einrichtung war altmodisch, aber zweckmäßig: ein brauner Zottelteppich, Lampen im mediterranen Stil und verschnörkelte Möbel.

Harutyun schloss die Tür und verriegelte sie. Dann drehte er eine Runde durch das Haus und vergewisserte sich, dass alles in Ordnung war. Simesky begleitete ihn. Einige Minuten später rief Raymond bei Kathryn an und meldete, ihm sei in der Umgebung nichts Verdächtiges aufgefallen.

Simesky und Harutyun kehrten von ihrem Rundgang zurück. „Alles klar, die Fenster und Türen sind verschlossen und gesichert", verkündete der Deputy.

Kathryns Telefon summte und meldete den Eingang einer E-Mail. Anstatt den Text auf dem kleinen Display zu lesen, klappte sie lieber den Computer auf und ging online. Der Betreff ließ sie lächeln: VOGELKACKE.

Die Nachricht stammte von Lincoln Rhyme und bezog sich auf einige zusätzliche Analysen der Proben, die man hinter Edwins Haus genommen hatte.

> Es ist uns endlich gelungen, die anderen Partikel in dem Ammoniumoxalat zu isolieren. Es waren Phosphate und Rückstände tierischer Substanzen. Das ist Vogelkacke. Von welcher Vogelart genau, weiß ich nicht. Aber ich kann sagen, dass die defäkierenden Vögel höchstwahrscheinlich in einer Küstenregion beheimatet sind. Sie haben sich nämlich überwiegend von Fisch ernährt.

Kathryn schloss die Augen und ließ ihrer Intuition freien Lauf. Dann rief sie noch einmal die Internetseite mit der Drohung an Davis auf. Sie scrollte durch die Postings.

„Hat sich was Neues zu Edwins möglichem Aufenthaltsort ergeben?", fragte Harutyun.

„Kann sein", antwortete sie geistesabwesend. Sie war völlig in Gedanken versunken.

II

Plane deine Handlungen, und handle nach deinem Plan.

Peter Simeskys analytischer Verstand verglich beständig die tatsächlich erreichten Fortschritte mit den zuvor geplanten Etappenzielen und fand, sie kamen gut voran. Die Ereignisse verliefen im Großen und Ganzen so, wie er und Myra Babbage dies seit nunmehr zehn Monaten geplant hatten.

Er stand in einem Nebenzimmer, das durch einen offenen Durchgang mit dem Wohnzimmer verbunden war, und überprüfte die Textnachrichten in einem seiner vielen anonymen und nicht zurückverfolgbaren Accounts.

Zwischendurch spähte er immer wieder ins Wohnzimmer hinüber. Kathryn Dance, der Kongressabgeordnete Davis und Deputy Dennis Harutyun saßen vor dem alten Fernsehgerät.

Das Ziel von Simeskys Plan war recht simpel: den Verräter William Garrett Davis zu eliminieren, einen Politiker, der Amerika an Leute verschachern wollte, die nicht hierhergehörten, die diese glorreiche Nation und ihre Kultur verachteten, sie aber bereitwillig bis auf den letzten Cent ausraubten. Es war Simesky unendlich schwergefallen, Bewunderung und grenzenlose Ergebenheit vorzutäuschen, um eine Stelle in Davis' Team zu erhalten. Er hatte diese Prüfung jedoch gut bewältigt. Er hatte alles getan, um Davis' Vertrauen zu gewinnen und so viele Informationen wie möglich zu sammeln. Nun konnten sie diesen Verräter aufhalten, der – falls man ihn zum Präsidenten wählte – ihr großartiges Land ruinieren würde.

Vor etwas mehr als einem Jahr, als Davis plötzlich immer populärer wurde war Simesky noch für eine in Texas beheimatete Denkfabrik tätig gewesen. Sie gehörte zu einer inoffiziellen Vereinigung wohlhabender weißer Geschäftsleute im Mittelwesten und Süden. Diese Gruppe besaß keinen formellen Namen, aber sie hatte sich mit einer gehörigen Portion Sarkasmus eine Bezeichnung zu eigen gemacht, die ihnen ursprünglich von irgendeinem liberalen Medienblogger verpasst worden war. Der Journalist hatte die Gruppe verächtlich als die „Schlüsselfiguren“ bezeichnet, denn, so schrieb er, die obersten Führer glaubten den Schlüssel zur Heilung aller Leiden der Nation zu besitzen. Die so Geschmähten waren begeistert.

Die Schlüsselfiguren unterstützten mit gewaltigen Summen jene Kandidaten, von denen sie annahmen, dass sie am ehesten geeignet wären, die wahren Werte Amerikas zu verteidigen: möglichst wenig Einmischung der Regierung, möglichst niedrige Steuern – und die Beseitigung von praktisch jeder Möglichkeit zur Einwanderung. Der Aktionsradius der Schlüsselfiguren beschränkte sich dabei für gewöhnlich auf die finanzielle Unterstützung von Kandidaten sowie auf Verleumdungskampagnen gegen verräterische Politiker oder Reporter.

Doch manchmal reichte das nicht aus.

Und in solchen Fällen erhielt Peter Simeskys obskure Denkfabrik einen Anruf mit der Bitte, er möge eine besonders kritische Angelegenheit regeln.

Die Schlüsselfiguren wussten, dass Simesky einen effizienten Plan entwickeln würde, wie auch immer der Auftrag lauten mochte. Daher war der Tod dieses liberalen Enthüllungsjournalisten eindeutig ein Unfall gewesen, und jener Umweltaktivist hatte zweifellos Selbstmord begangen. Und der Kongressabgeordnete mit all seinen Reformideen würde dem Anschlag eines

Stalkers zum Opfer fallen, der dadurch seine Liebe zu einer berühmten Sängerin bekräftigen wollte.

All die schlauen Pläne erforderten häufig einen Sündenbock.

Hallo Edwin.

Die Idee, den Stalker zu benutzen, war ihm letzten Winter gekommen, nachdem er und Myra Babbage – seine Geschäftspartnerin und Gelegenheitsgeliebte – sich in Davis' Team eingeschlichen hatten. Peter Simesky hatte erfahren, dass Davis ein großer Fan von Kayleigh Towne war. Der Abgeordnete hatte „Leaving Home" als Pro-Einwanderungssong bei Veranstaltungen und in Wahlwerbespots genutzt. Simesky nahm sich Kayleighs Internetseiten vor und stieß auf einen fanatischen Anhänger namens Edwin Sharp, der Hunderte von Kommentaren über die Sängerin gepostet hatte.

Die Schlüsselfiguren benötigten nur einen Tag, um Simesky Zugriff auf die Daten der Internetanbieter zu verschaffen, die Kayleigh Townes und Edwins E-Mail-Accounts verwalteten. Leider wirkten Edwins Briefe und Postings alles andere als bedrohlich. Doch er war eindeutig gestört und unangenehm hartnäckig.

Simesky und Myra schickten Edwin E-Mails und Briefe, in denen sie sich als Kayleigh ausgaben. Sie schrieben, sie fühle sich durch seine Aufmerksamkeit geschmeichelt, und ließen sogar durchblicken, sie würde ihn gern besser kennenlernen. Aber sie müsse sich nach außen hin abweisend geben, oder ihr Vater würde schrecklichen Ärger machen. Ihre Nachrichten gaben zu verstehen, dass sie sich sehr freuen würde, ihn am Freitag bei dem Konzert zu sehen. Falls möglich, wollte sie sich im Anschluss mit ihm treffen. Ganz allein.

Und Edwin hatte genau das getan, was sie gewollt hatten: Er hatte sich in Fresno eingemietet und sich als weitaus größerer Spinner erwiesen als erhofft.

Peter Simesky und Myra Babbage hatten Edwin in seinem Haus beobachtet, um seine Gewohnheiten zu erforschen und Spurenmaterial zu stehlen, das man am Schauplatz von Davis' Ermordung deponieren konnte, um den Stalker zu belasten. Heute würde es endlich so weit sein. Myra hatte Edwin angerufen und sich als Mitarbeiterin von Kayleigh ausgegeben. Sie sagte, die Sängerin wolle sich mit ihm treffen, müsse aber vorsichtig sein. Er solle zum Fashion-Fair-Einkaufszentrum fahren, dort die Polizei abhängen und dann an der Laderampe von „Macy's" warten, bis eine von Kayleighs Freundinnen ihn abholte.

Myra war hingefahren und hatte ihn zu sich gewinkt. Der arme Narr war grinsend vor lauter Vorfreude in den SUV gehüpft. Als er sich abwandte, um den Sicherheitsgurt anzulegen, hatte Myra ihn mit einem Elektroschocker außer Gefecht gesetzt, ihm ein Beruhigungsmittel injiziert und ihm mit Klebeband die Hände und Füße gefesselt. Dann war sie in das Einkaufszentrum gegangen und hatte in der Java Hut die Ankündigung hochgeladen, dass jemand etwas tun würde, um Kayleigh ewig im Gedächtnis zu bleiben. Aus dem Kontext ging klar hervor, dass Bill Davis das Opfer sein sollte. Und nun befanden Myra und ein benommener Edwin Sharp sich auf dem Weg zu dem Versteck.

In wenigen Minuten würde Folgendes passieren: Myra würde eintreffen, dem Sicherheitsmann Tim Raymond zulächeln und ihn mit ihrer Pistole erschießen. Im selben Moment würde Simesky den Wohnbereich betreten und den Kongressabgeordneten sowie die anderen umlegen. Dann würden er und Myra den Stalker ins Haus zerren, ihm mit Harutyuns Waffe in den Kopf schießen und Edwins Hand mit Schmauchspuren versehen. Simesky würde den Notruf wählen und panisch Hilfe anfordern. Er würde behaupten, er hätte dem Stalker die Waffe entrissen und den Verrückten damit erschossen.

Plane deine Handlungen, und handle nach deinem Plan.

Simesky sah auf seine Rolex. Noch drei Minuten.

Myra Babbage musste sich bereits auf der Zufahrtsstraße zum Blockhaus befinden. Durch die dicken Wände konnte er von draußen keine Reifengeräusche hören, zumal der Fernseher immer noch lief, aber Kathryn Dance sagte gerade: „Was ist das denn? Haben Sie das auch gehört? Ist das ein Wagen?“

„Offenbar schon. Oder doch nicht? Ich bin mir nicht sicher.“ Das war Davis’ Stimme.

Im Wohnzimmer klingelte Davis’ Telefon. „Hallo … Ja, wir sind drinnen.“ Dann zu den anderen: „Das ist Myra Babbage. Sie ist gerade hier eingetroffen.“

Noch eine Minute, laut Simeskys Rolex.

Simesky blieb außer Sicht im Nebenzimmer und streifte Latexhandschuhe über. Dann öffnete er seine Computertasche und nahm eine Pistole heraus – eine gestohlene kalte Waffe. Er wusste, dass sie geladen war, und er wusste genau, wie sie funktionierte. Er hatte sie bereits ein Dutzend Mal abgefeuert, um Pulverreste zu erhalten und in einer kleinen Plastiktüte zu sammeln; er würde sie später auf Edwins Hände übertragen. Nun überprüfte er die Pistole ein weiteres Mal.

„Peter?“, rief der Abgeordnete aus dem Wohnbereich.

„Bin gleich da“, antwortete Simesky. Er schob sich näher an den Durchgang zum Wohnbereich und presste sich dabei fest an die Wand, um außer

Sicht zu bleiben. Ein Blick auf die Rolex. Myra würde jetzt jede Sekunde losschießen.

Doch es ertönten keine Schüsse.

Eine weitere Minute verstrich. Man hörte nur noch den Fernsehapparat.

Was war denn los? Simesky hatte Schweißperlen auf der Stirn.

Und dann endlich: Schüsse von draußen. Ein halbes Dutzend.

Scheiße, dachte Simesky. Hatte irgendein Streifenpolizist im Vorbeifahren zufällig eine bewaffnete Frau oder den gefesselten Edwin Sharp bemerkt?

Jetzt herrschte Stille.

Handle nach deinem Plan …

Aber manchmal geht das einfach nicht, dachte Simesky. Manchmal muss man improvisieren. Doch dazu benötigt man Fakten. Nur dass es hier keine Fakten gab.

Er beschloss, dennoch zu handeln. Simesky packte die Waffe mit festem Griff, trat entschlossen durch den gewölbten Durchgang in den Wohnbereich und visierte die Stelle an, an der Harutyun und Dance gesessen hatten – die beiden Risikofaktoren. Er verstärkte den Druck auf den Abzug und erstarrte.

Der Raum war leer.

Aber er hatte die Tür gar nicht gehört. Was zum Teufel hatte das alles zu bedeuten? Dann sah er, dass das Seitenfenster offen stand. So waren sie also entkommen.

Er sah außerdem einen großen gelben Notizblock auf dem Boden liegen. Darauf stand eine hastig hingekritzelte Nachricht: *Anschlag auf Ihr Leben, Simesky beteiligt, Myra auch, wir fliehen JETZT SOFORT durch das Seitenfenster!*

O nein … Wer?, dachte er. Doch dann wurde ihm klar: Was soll die Frage? Natürlich Kathryn Dance. Eine liberale Hausfrau und Mutter aus einer Kleinstadt hatte ihn und die Schlüsselfiguren überlistet. Wahrscheinlich hatte sie per SMS Verstärkung angefordert und Raymond gewarnt, der sofort auf Myra geschossen hatte, als sie mit einer Waffe aus dem Wagen gestiegen war …

Da ertönte hinter ihm Dennis Harutyuns Stimme: „Simesky, lassen Sie die Waffe fallen und heben Sie die Hände über den Kopf!"

Simesky schätzte die Situation ein. Harutyun war ein echtes Landei und hatte seine Waffe wahrscheinlich noch nie in einer echten Gefahrensituation abgefeuert. Simesky hingegen hatte bereits acht Menschen eigenhändig getötet.

Er warf einen Blick über die Schulter. „Was reden Sie da? Ich möchte lediglich den Abgeordneten beschützen. Ich habe Schüsse gehört. Ich hab nichts getan!“

„Ich sag’s nicht noch mal. Waffe fallen lassen!“

Simesky dachte: Ich habe mein Konto auf den Cayman Islands. Ich kann jederzeit einen der Privatjets der Schlüsselfiguren nutzen. Kämpf dir einfach den Weg frei, dreh dich um und schieß. Er wird total überrascht sein und in Panik geraten, der dämliche Kleinstadtbulle.

Simesky fing an, sich umzudrehen, hielt die Waffe gesenkt, nicht bedrohlich. „Ich wollte nur …“

Er hörte einen ohrenbetäubenden Knall und verspürte ein Brennen in der Brust.

„Es sind beide tot?“

„Ganz recht“, teilte Harutyun Sheriff Anita Gonzalez mit.

In ihrem Büro beim FMCSO hielten sich derzeit zehn Personen auf, wodurch es ziemlich eng wurde.

P. K. Madigan war zurück – wenngleich inoffiziell –, denn seine Nachforschungen hatten zur Aufdeckung des Komplotts beigetragen.

Lincoln Rhyme, Thom Reston und Amelia Sachs waren auch hier, außerdem Michael O’Neil und Tim Raymond, der Leibwächter des Kongressabgeordneten. Der Abgeordnete Davis saß im Interesse der Sicherheit an Bord seines Privatjets und flog zurück nach Los Angeles.

„Hatten Simesky und Babbage Komplizen?“, fragte Anita Gonzalez.

„Davon bin ich überzeugt“, erwiderte Kathryn. „Aber die beiden waren die einzigen aktiven Beteiligten vor Ort. Unsere Behörde und die Leiterin der FBI-Dienststelle in San Francisco fahnden bereits nach weiteren Kontakten und Verbindungen.“

„Hat einer der beiden noch irgendwas gesagt?“, fragte Gonzalez.

„Nein“, antwortete Raymond. „Myra kam bereits auf mich zu, als Agent Dance mir per SMS die Warnung geschickt hat, sie habe feindliche Absichten. Als sie noch ungefähr zehn Meter weg war, habe ich meine Waffe gehoben. Sie hielt unter ihrer Jacke eine Fünfundvierziger versteckt und wollte das Feuer eröffnen. Ich konnte kein Risiko eingehen.“

„Und Simesky schien nicht zu glauben, dass mein ‚Ich sag’s nicht noch mal‘ ernst gemeint war“, berichtete Harutyun.

„Und Edwin?“, fragte der Sheriff.

„Wir haben ihn hinten in dem SUV gefunden. Myra hatte Edwin mit einem ziemlich leistungsstarken Elektroschocker ausgeschaltet und ihn zudem unter Medikamente gesetzt. Aber die Sanitäter sagen, er wird sich erholen."

„Wie haben Sie den Plan durchschaut, Kathryn?", wollte Madigan wissen.

„Das war nicht nur ich allein." Sie zeigte auf Lincoln Rhyme und Amelia Sachs.

„Es kam mehreres zusammen", sagte der Kriminalist lakonisch. „Ihr Charlie ist übrigens recht fähig. Lassen Sie ihn nicht zu Besuch nach New York kommen. Ich nehme ihn Ihnen sonst weg."

Da Rhyme seinen Beitrag nicht näher erläuterte, ergriff Kathryn das Wort. „Es ergaben sich einige Fragen im Hinblick auf die Spuren, die im Kongresszentrum und hinter Edwins Haus gesichert worden waren, wo jemand ihn angeblich beobachtet hatte. Eine der Spuren erwies sich als Seemöwenkot."

„Wörtlich hieß es ‚Vogelkacke', von Vögeln, die – Zitat –‚höchstwahrscheinlich in einer Küstenregion beheimatet sind' ", korrigierte Rhyme. „Die fraglichen Vögel hatten sich vermutlich vor Kurzem noch an der Küste aufgehalten und Seefisch gefressen. Außerdem konnten wir einen Pilz identifizieren, wie er im biologischen Landbau verwendet wird."

„Mir fiel ein, dass der Abgeordnete Davis, Simesky und Babbage kürzlich auf einer Wahlveranstaltung in Monterey gewesen waren", führte Kathryn aus. „Das liegt an der Küste, und sie könnten dort die Vogelkotpartikel aufgenommen haben. Und danach sind sie hierhergereist und haben unterwegs Reden auf Ökofarmen gehalten."

„Aber wodurch sind Sie derart misstrauisch geworden, dass Sie in Erwägung gezogen haben, Edwin könnte vielleicht doch nicht unser Täter sein?", fragte Madigan.

Kathryn antwortete: „Als ich noch einmal das Posting auf der Internetseite las mit der Drohung gegen den Kongressabgeordneten, wurde mir plötzlich klar, dass das einfach nicht wie Edwin klang."

Sie zeigte ihnen den Text, der alle so beunruhigt hatte.

> Ich hab all deine Postings über Kayleigh gesehen. Du behauptest, du magst sie, du behauptest, du liebst ihre Musik. Aber auch du benutzt sie genau wie alle anderen. Du hast ‚Leaving Home' gestohlen, um dich bei den Latinos einzuschleimen. Du bist ein dreckiger Heuchler …

„Das ist nicht Edwins Tonfall. Ich habe von ihm noch kein einziges Schimpfwort gelesen oder gehört. Und dann die falsche Schreibweise von ‚Heuchler'. Seine E-Mails an Kayleigh waren orthografisch immer einwandfrei. Mir kam in den Sinn, dass dieser Text von jemandem verfasst worden sein könnte, der dachte, so müsse das Posting eines verrückten Stalkers aussehen.

Darüber hinaus hatten sich während meines Gesprächs mit Edwin einige Fragen ergeben. Zum Beispiel in Bezug auf die Briefe und E-Mails, die Edwin von Kayleigh erhalten haben will. Sie und ihre Anwälte sagten, man hätte Edwin ein halbes Dutzend Antworten geschickt – allesamt automatisch generierte E-Mails oder Formbriefe, doch Edwin hat behauptet, er habe ein ganzes Dutzend E-Mails und außerdem echte Briefe von ihr bekommen … und er hatte Madigan gegenüber schon behauptet, sie hätte ihm zu verstehen gegeben, dass sie ihn liebt. Anfangs habe ich das für ein Produkt seiner Fantasie gehalten, doch dann begriff ich den Unterschied. Sehen Sie, ein Stalker mag die Bedeutung einer Tatsache fehlinterpretieren, aber die Tatsache an sich ist ihm bewusst. Was für eine Aussage auch immer Edwin in Kayleighs Briefe hineinlesen mochte, er würde ganz genau wissen, wie viele Briefe er erhalten hatte. Hieß das etwa, jemand anders hatte sich als Kayleigh ausgegeben und ihm E-Mails und Briefe geschickt?

Und dann kam mir komisch vor, dass Peter Simesky ein solches Interesse an mir gezeigt hat. Ich glaube, er wollte sich bei mir unauffällig nach dem Stand der Ermittlungen erkundigen. Und bei dem Zusammentreffen in Kayleighs Haus hat sich Myra Babbage dafür interessiert, für wen ich arbeite. Im Nachhinein betrachtet war das eine seltsame Frage, irgendwie fehl am Platz. Zudem waren die beiden und Davis ein paar Tage zuvor nach San Francisco geflogen; bei dieser Gelegenheit hätten sie die Prepaid-Telefone in Burlingame kaufen können. Das liegt ganz in der Nähe des Flughafens.“

„Demnach haben die beiden Bobby und den Filesharer nur umgebracht, um für Edwin ein angebliches Tatmuster zu konstruieren“, murmelte Madigan.

„Ja, das dürfte tatsächlich der einzige Grund für die Morde gewesen sein“, bestätigte Kathryn. Sie sah Rhyme an. „Nachdem ich Ihre Nachricht über den Vogelkot erhalten hatte, wurde ich misstrauisch, was das Umfeld des Kongressabgeordneten betraf. Ich habe daraufhin meinen Kollegen TJ Scanlon per E-Mail gebeten, alle Mitglieder von Davis’ Stab gründlich zu durchleuchten. Keiner von denen hatte Dreck am Stecken – aber Simesky und Myra hatten sich der Kampagne beide am selben Tag angeschlossen, und es war unmöglich, etwas über sie vor diesem Datum herauszufinden. TJ grub weiter, bis er auf eine Verbindung zu den sogenannten Schlüsselfiguren stieß – von denen bekannt war, dass sie Davis’ Befürwortung von lockereren Einwanderungsbestimmungen verurteilten. Ich beschloss, auf Nummer sicher zu gehen, und wir sind durch das Seitenfenster des Blockhauses geflohen, gerade als Myra vor Ort eintraf und von Tim aufgehalten wurde.“ Sie wies auf Raymond. „Den Rest haben wir schon gehört.“

Crystal Stanning betrat den Raum. „Wir haben soeben die alte Dame gefunden, die Edwin den Weg beschrieben hat, als er sich verfahren hatte. Edwin hat die Wahrheit gesagt. Das war genau zum Zeitpunkt des Anschlags auf Sheri Towne. Und die Zeugin hat ihn eindeutig identifiziert.“

Madigan seufzte. „Tja, liebe Leute, da haben wir diesmal danebengelegen. Holen wir Edwin her. Ich jedenfalls werde mich bei ihm entschuldigen.“

Kurz darauf wurde Edwin in das Büro gebracht. Er schien noch etwas benommen zu sein, war aber fasziniert von Rhyme und dessen Rollstuhl.

Gonzalez erklärte, was geschehen war – wozu auch die Mitteilung gehörte, dass die meisten der E-Mails, die Edwin von Kayleigh erhalten hatte, Fälschungen waren. Kathryn sah, wie sein langes Gesicht noch länger wurde.

„Die stammen nicht von ihr?“

Kathryn sagte: „Manche davon schon, aber das waren lediglich Formbriefe, Edwin, wie alle Fans sie erhalten. Es tut mir leid für Sie.“

Er schob die Hände in die Taschen seiner Jeans. „Ich hätte mich ihretwegen nie so … komisch aufgeführt, wenn ich das gewusst hätte.“

„Ich verstehe, Edwin“, meinte Kathryn.

„Mir tut es auch leid, mein Junge“, sagte Madigan.

Edwin blieb einen Moment lang still, dann fragte er: „Ich bin jetzt also kein Verdächtiger mehr?“

„Nein“, erwiderte Harutyun.

Er nickte und sah dann Madigan an. „Nun, dann erhalte ich meine Beschwerde gegen Sie und Deputy Lopez auch nicht länger aufrecht. Wissen Sie, ich habe bloß gedacht, ich müsste mich irgendwie verteidigen.“

„Das kann ich nachvollziehen, und ich danke Ihnen, Edwin.“

„Ich würde jetzt gern gehen. Ist das in Ordnung?“

„Aber sicher, mein Junge. Wir werden morgen noch Ihre Aussage aufnehmen bezüglich Ihrer Entführung. Ich lasse Sie nun nach Hause fahren. Sie sind nicht in der Verfassung, sich selbst ans Steuer zu setzen.“

„Danke, Detective.“ Er ging mit hängenden Schultern und eingesunkener Brust zur Tür hinaus. Obwohl er kinesisch schwer einzuschätzen war, konnte Kathryn an seiner Haltung tiefen Kummer ablesen.

Kurz danach verabschiedeten sich Lincoln Rhyme und seine beiden Begleiter aus New York und vereinbarten, sich am Samstag bei Kathryn in Pacific Grove zu treffen. Sie fuhren jetzt wieder nach San José.

Auch O'Neil verabschiedete sich von den örtlichen Beamten. Er musste nach Monterey zurückkehren. Kathryn Dance begleitete ihn hinaus in die schwüle Abendluft und sah ihm zu, wie er in seinen Wagen stieg.

„Wir sehen uns am Sonntag", verabschiedete er sich von ihr.

„Fahr vorsichtig", sagte sie.

12

DONNERSTAG

Kathryn Dance hatte den Tag nicht als Polizistin, sondern als Toningenieurin verbracht. Sie hatte in einer Garage eine Band aufgenommen, die Musik im traditionellen Stil des nordöstlichen Mexikos machte. Nachdem die letzte Aufnahme beendet war, packte Kathryn die Mikrofone ein. Es war kurz nach siebzehn Uhr, als sie zu ihrem Auto zurückging.

Ihr Telefon summte. Es war eine SMS von Madigan. Er fragte, ob sie vorbeikommen und die Abschrift ihres Berichts zum Fall Peter Simesky und Myra Babbage überprüfen könnte, den sie letzte Nacht noch diktiert hatte.

Beim Blick auf das Display ihres iPhones fiel ihr auf, dass sie außerdem einen Anruf verpasst hatte. Jon Boling.

Ich kann Jon nicht anrufen, riet ihr Verstand, während ihr Finger auf die Rückruftaste drückte.

Das Trillern der Nummer. Dann … die Mailbox. Sie hinterließ keine Nachricht.

Eine halbe Stunde später traf sie im Sheriff's Office ein. Sie war offiziell zum Deputy ehrenhalber ernannt worden und konnte ungehindert den Empfangsschalter und die Sicherheitsschleuse passieren.

Sie betrat Madigans Büro und setzte sich auf die abgenutzte Couch. Die Suspendierung des Chief Detective war in vollem Umfang aufgehoben worden.

„Hier ist der Bericht. Werfen Sie mal einen Blick darauf, und lassen Sie hören, was Sie davon halten." Er schob ihr die Seiten über den Tisch zu. Crystal Stanning hatte von Kathryns Tonband eine Abschrift angefertigt. Alles war so weit in Ordnung.

Kathryn formulierte ein oder zwei Gedanken etwas ausführlicher, als Madigans Telefon klingelte. Er drückte den Lautsprecherknopf. „Ja?"

„Hallo Chief. Miguel Lopez hier. Das war gerade irgendwie komisch. Ich habe auf dem Heimweg den Radiosender KDHT gehört, und da läuft eine Sendung mit Publikumsbeteiligung. Vor ungefähr fünf Minuten hat jemand sich ein Lied gewünscht. Genau genommen einen Teil von einem Lied. Von einem von Kayleighs Liedern."

Kathryn erstarrte. „Und?", rief Madigan.

„Der Wunsch kam per E-Mail, und das Lied war ‚Your Shadow'. Nur die letzte Strophe. Der DJ hielt das für einen Scherz und hat den ganzen Song gespielt. Aber ich habe mir gedacht …"

„O mein Gott!", flüsterte Kathryn. „Niemand hat je die vierte Strophe als Ankündigung für den Mord am Abgeordneten Davis gespielt!"

„Scheiße." Madigan nickte. Er fragte Lopez, ob in der E-Mail noch mehr gestanden habe.

„Nein. Nur das."

Madigan unterbrach die Verbindung. Dann rief er sofort den Radiosender an, ließ sich ins Studio durchstellen, teilte dem DJ mit, dass es um eine Polizeiangelegenheit gehe, und bat ihn, die betreffende E-Mail an das Sheriff's Office weiterzuleiten. Während er und Kathryn warteten, murmelte er: „Sie wissen ja, dass wir immer noch nach einer Verbindung suchen – zwischen Simesky und Mary Babbage einerseits und den Morden an Bobby und dem Filesharer sowie dem Anschlag auf Sheri Towne andererseits. Doch bislang haben wir nichts gefunden."

Gleich darauf traf die E-Mail in seinem Postfach ein. Die Adresse des ursprünglichen Absenders war eine kryptische Mischung aus zufälligen Buchstaben und Ziffern. Madigan verständigte die Abteilung für Computerkriminalität und leitete die E-Mail dorthin weiter. Nach einigen Minuten erfuhren sie, dass es sich um einen anonymen und kostenlosen E-Mail-Account handelte und die Nachricht aus einem Hotel im Tower District verschickt worden war.

„Sehen wir uns mal die aktuelle Gästeliste an", schlug Madigan vor.

Doch Kathryn gab zu bedenken: „Er wird nicht dort wohnen. Wahrscheinlich hat er von der Lobby oder auch nur vom Parkplatz aus das WLAN-Signal angezapft."

„Glauben Sie, dass das Komplott gegen Davis nur zufällig mit alledem zusammentraf und dass es tatsächlich einen Stalker gibt?"

„Nun, wir wissen, es kann nicht Edwin sein. Er hat ein Alibi. Und es braucht sich nicht unbedingt um einen Stalker zu handeln. Es könnte sonst wer sein, der versucht, Edwin die Morde an Bobby und dem Filesharer sowie den Anschlag auf Sheri Towne anzuhängen." Sie schüttelte den Kopf. „Oder diese drei sollten bloß ein Muster etablieren … und es kommt ihm eigentlich nur auf das nächste Opfer an."

„Aber wer ist das nächste Opfer? Wie lautet denn die vierte Strophe?"

Kathryn sagte sie auswendig auf:

You can't keep down smiles; happiness floats.
But trouble can find us in the heart of our homes.
Life never seems to go quite right,
You can't watch your back from morning to night.

(Das Lächeln vergeht dir nicht, es gibt auch glückliche Momente.
Doch sogar in der Geborgenheit unseres Zuhauses können die Sorgen uns einholen.
Das Leben läuft anscheinend nie so richtig rund,
Und du kannst nicht von morgens bis abends auf der Hut sein.)

Madigan seufzte. „Da soll jemand zu Hause getötet werden. Das ist wie mit der anderen Strophe über die Straße – nämlich alles andere als ergiebig."

„Wir müssen das weiter einengen." Kathryn überlegte kurz. „Wissen Sie, wir haben uns mit manchen Spuren, die Charlies Leute gesichert haben, nie näher beschäftigt – weil wir genug herausgefunden hatten, um Simeskys und Myras Plan aufzudecken."

Madigan rief Charlie Shean an und machte sich Notizen. Nachdem er aufgelegt hatte, sagte er: „Was bisher nicht zugeordnet werden konnte, sind das taube Gestein – dieses industrielle Abfallprodukt – und die Marlboros. Dann noch der Stiefelabdruck, von dem nur der vordere, spitz zulaufende Teil scharf erkennbar ist. Und das Klauenöl – das Lederpflegemittel für Baseballhandschuhe. Vielleicht hat der werte Peter Simesky ja in einer faschistischen Softball-Liga mitgespielt."

Kathryn neigte nachdenklich den Kopf. „Das wird auch noch für andere Dinge verwendet."

KAYLEIGH TOWNE war endlich wieder in ihrem eigenen Haus, ihrer Zuflucht. Wenn auch nur für ein paar Stunden. Alicia Sessions hatte sie per E-Mail um ein Treffen gebeten, aber ausdrücklich nicht in Bishops Haus; sie wollte etwas besprechen, das mit dem Konzert zu tun hatte. Kayleigh war bereitwillig auf Alicias Vorschlag eingegangen, sich bei Kayleigh zu Hause zu treffen. Darthur Morgan hatte sie hierher zurückgefahren und sich dann von ihr verabschiedet.

Dann war er weggefahren, und Kayleigh war allein zurückgeblieben. Doch die Erleichterung, die sie darüber empfunden hatte, dass Edwin in Wahrheit gar kein gefährlicher Stalker war, legte sich allmählich und wich einem starken Unbehagen – das nur indirekt mit den Ereignissen der letzten paar Tage zu tun hatte.

Die eigentliche Ursache lag wesentlich näher.

„Hey, sieh es mal von der guten Seite, KT: Die Verbrecher sind tot, und Edwin spielt keine Rolle mehr. Also brauchen wir auch keine Konzerte mehr abzusagen", hatte ihr Vater gestern gesagt, nachdem Kathryn Dance sie besucht und ihnen erzählt hatte, wie Edwin von Simesky und Babbage als Sündenbock benutzt worden war.

Weshalb hatte sie ihrem Vater nicht widersprochen und energisch darauf bestanden, dass sie das Konzert absagten? Es ging ihr nicht nur darum, dass Bobby tot war und Sheri fast gestorben wäre … Sie wollte schlicht und einfach nicht mehr auf der Bühne stehen. Diese ganze Branche war wie ein gewaltiger Bulldozer, der sich immerzu vorwärtswälzte, und falls dabei jemand oder etwas zerstört wurde – Bobbys Leben, Kayleighs Lebensfreude – na und? Man konnte die Maschine nicht anhalten.

Aber solche Gedanken lagen Bishop Towne fern. Er dachte nur daran, was Kayleigh zu tun hatte: Geld verdienen, die unersättlichen Fans bedienen, das Plattenlabel und die Veranstalter bei Laune halten. Der Seelenfrieden seiner Tochter war ihm doch egal.

Kayleigh sah auf die Uhr. Alicia würde erst in einer halben Stunde hier sein. Sie ging nach oben ins Schlafzimmer. Ihr ging eine Strophe aus „Your Shadow" durch den Kopf.

You sit by the river, wondering what you got wrong,
How many chances you've missed all along.
Like your troubles had somehow turned you to stone,
And the water was whispering, Why don't you come home?

(Du sitzt am Fluss und fragst dich, was dir entgangen ist,
Wie viele Gelegenheiten du wohl schon verpasst hast.
Als hätte dein Kummer dich irgendwie versteinern lassen,
Und das Wasser flüsterte: Wieso kommst du nicht heim?)

Oh, was für eine Zeit das damals war! Sie war erst sechzehn Jahre alt gewesen, die Mutter fehlte ihr, ihr Baby fehlte ihr noch mehr, ihr Vater, nach dem Autounfall kaum aus dem Gefängnis entlassen, drängte sie, ihre eigene Karriere in Angriff zu nehmen. Es war ihr alles zu viel geworden. Sie war allein in den Yosemite-Nationalpark gefahren. Dort hatte sie einen klaren Flusslauf gesehen und war einfach ins Wasser gelaufen. Ohne Überlegung, ohne die Absicht, sich ernstlich etwas anzutun – oder vielleicht doch. Eine

Minute später hatte ein Wanderer sie zurück ans Ufer gezogen und sie sofort ins Krankenhaus gebracht. Es hatte ihr nicht wirklich ein Tod durch Ertrinken gedroht, allenfalls eine leichte Unterkühlung. Und sogar die blieb aus.

Nun saß Kayleigh auf ihrem Bett und las ein weiteres Mal Bobbys Brief durch, in dem er seinen Wunsch zum Ausdruck brachte, der größte Teil seiner Habe möge an Mary-Gordon gehen. Sie hatte den Brief von Kathryn bekommen mit der Erklärung, dass sie diesen nach Bobbys Tod zufällig in seinem Wohnwagen gefunden hatte. Kayleigh wusste nicht, ob dieser Brief die gleiche legale Geltung wie ein Testament besaß, aber falls sie damit zu einem Anwalt ging, würde unter Umständen öffentlich bekannt werden, wer Mary-Gordons leibliche Eltern waren.

Bishop würde explodieren. Und die Fans? Würde Kayleigh sie verlieren? In ihrer gegenwärtigen Verfassung war ihr beides ziemlich gleichgültig. Doch es bestand außerdem die Gefahr, dass Mary-Gordon davon Wind bekam. Irgendwann würde sie es natürlich erfahren müssen. Aber noch nicht jetzt. Kayleigh wollte nicht so massiv in das Leben des Mädchens eingreifen. Sie verstaute den Umschlag in ihrer Kommode.

Im Hinblick auf Bobby und Mary-Gordon war es zu spät für Kayleigh. Aber es war noch nicht zu spät für das Leben, von dem sie träumte. Einen Mann finden, heiraten, viele weitere Kinder bekommen, Musik auf der Veranda spielen.

Seit Bobby hatte es keinen mehr gegeben, für den sie wirklich viel empfunden hatte. Oh, Bobby … Kayleigh weinte, wie schon so oft diese Woche.

Dann ging sie ins Badezimmer. Sie füllte die Wanne und zog sich aus. Dann versank sie im tiefen Wasser. Es fühlte sich herrlich an.

SIE HATTEN ihre Antwort.

Kathryn, Dennis Harutyun und Madigan waren in dem winzigen Apartment von Alicia Sessions und betrachteten die Beweise, die sie soeben gefunden hatten. Nadelspitz zulaufende Cowboystiefel wie diejenigen, die die Spuren hinter Edwins Haus hinterlassen hatten. Und in der Küche gab es Klauenöl zur Pflege von Sattel- und Zaumzeug; Kathryn erinnerte sich an den Pferdeaufkleber an der Stoßstange von Alicias Wagen und ihre Vorliebe für das Reiten. Hier lagen mehrere Stangen Marlboro herum. Und die Wohnung befand sich im Tower District, unweit des Hotels, von dem aus die E-Mail an den Radiosender geschickt worden war.

Doch weitaus belastender waren zwei Müllsäcke voll mit Edwin Sharps Abfall, gestohlen hinter seinem Haus in Fresno – um sie bei Kayleigh zu hinterlassen und die Polizei davon zu überzeugen, dass Edwin hinter den bisherigen Anschlägen steckte und auch Kayleigh ermordet hatte. Und verborgen unter Alicias Bett lag Deputy Gabriel Fuentes' Pistolenkoffer – ohne die Waffe –, der ihm in der Nähe des Kinos entwendet worden war, während er Edwin beschattet hatte.

Zunächst war ihnen kein Motiv dafür eingefallen, weshalb die Frau Edwin Sharp etwas anhängen wollte. Doch nun kannte Kathryn die Antwort. Sie zeigte Madigan und Harutyun zwei Dutzend Blätter Papier, die alle sehr ähnlich aussahen. Jemand hatte geübt, Kayleighs Handschrift zu fälschen und eine Nachricht zu verfassen:

> *Ich möchte den Menschen, die mir nahestehen, einige Dinge mitteilen – für den Fall, dass mir unterwegs etwas zustößt … Ich muss immer wieder an Patsy Cline in diesem Flugzeug denken … Nun, falls mir etwas passieren sollte, möchte ich gern, dass Alicia meinen Platz als Sängerin der Band einnimmt. Sie kennt die Songs so gut wie ich und bekommt die hohen Töne sogar besser hin. Wir sehen uns im Himmel, ich hab euch alle lieb!*
> *Kayleigh*

„Herrje!", murmelte Madigan. „Kayleigh ist das vierte Opfer. Die letzte Strophe. ‚Sogar in der Geborgenheit unseres Zuhauses können die Sorgen uns einholen.' Alicia will sie in ihrem Haus umbringen."

Kathryn tippte die Nummer der Sängerin in ihr Telefon ein.

KAYLEIGH genoss es zutiefst, in der Wanne zu liegen, als sie nebenan ihr Telefon klingeln hörte. Kayleigh überlegte. Ach was!

Dann dachte sie an Mary-Gordon. Rief etwa Suellyn an, weil die Kleine krank war? Die Sorge um das Mädchen trieb Kayleigh aus der Wanne. Sie trocknete sich ab und zog schnell Jeans und Bluse an.

Kayleigh nahm das Telefon. Ah, Kathryns Nummer. Sie drückte auf „Rückruf".

Während es klingelte, schaute sie aus dem Fenster. Es war inzwischen dunkel, aber sie sah Alicias blauen Pick-up in der Auffahrt stehen. Kayleigh hatte sie nicht kommen gehört, aber die Assistentin konnte sich selbst hereinlassen. Sie hatte einen Schlüssel.

Kathryn hob ab.

„Hallo, wie …?", setzte Kayleigh an.

Doch Kathryn fiel ihr ins Wort. „Kayleigh, hör gut zu. Alicia ist zu dir unterwegs. Sie will dich töten. Verschwinde aus dem Haus. Sofort!"

„Was?"

„Hau sofort ab!"

Unten öffnete sich die Küchentür, und Alicia rief: „Hallo Kayleigh! Ich bin's! Bist du salonfähig?"

Kathryn Dance hörte, wie Kayleigh der Atem stockte. Dann flüsterte die Sängerin: „Sie ist schon hier. Unten in der Küche!"

Kathryn, Harutyun und Madigan saßen in einem Streifenwagen des FMCSO und entfernten sich mit hoher Geschwindigkeit von Alicias Apartment.

„Kannst du nach draußen? Und in den Wald rennen?", fragte Kathryn.

„Ich … Nein, ich bin oben. Ich glaube nicht, dass ich springen kann. Und falls ich die Treppe nehmen würde, müsste ich an ihr vorbei. Kann ich nicht mit ihr reden? Wieso will sie …?"

„Nein, du musst dich verstecken, bleib weg von ihr. Sie hat eine Pistole. Die Polizei wird in zwanzig Minuten bei dir sein. Kannst du die Zimmertür abschließen?"

„Ja, ich bin in meinem Schlafzimmer. Aber allzu stabil ist das Schloss nicht."

„Verbarrikadiere dich einfach in deinem Zimmer, so gut es geht. Wir sind bald da."

Die Sirene hallte laut durch die heiße, trockene Luft, und die blau-weißen Signallichter wurden von den Autos reflektiert, während sie weiter durch die abendlichen Straßen rasten.

„Kayleigh?", rief Alicia von unten erneut.

Wo ist sie?, überlegte Kayleigh. „Komme gleich! Ich war gerade unter der Dusche! Gib mir fünf Minuten!" Sie schloss und verriegelte die Tür. Doch der Stuhl, den sie unter den Knauf klemmen wollte, war zu niedrig. Ihre Kommode war zu schwer, um sie von der Stelle zu bewegen.

Sie lief zum Fenster. Unten war nicht nur Beton, sondern ein schmiedeeiserner Zaun. Falls sie sich nicht die Wirbelsäule brach, würde sie sich aufspießen.

Dann klingelte ihr Telefon. Sie schaute auf das Display. Die Nummer kam ihr vage bekannt vor. Moment … Das war die von Edwin Sharp!

„Hallo, Edwin?"

„Hallo Kayleigh", sagte er zögernd. „Ich bin fast da. Alicia hat mich gebeten, dich nicht anzurufen, sondern einfach vorbeizukommen. Aber ich weiß nicht, was das alles soll. Ich will keine Entschädigung von dir. Es war nicht deine Schuld, was diese zwei Mitarbeiter des Kongressabgeordneten gemacht haben."

Die Erkenntnis durchzuckte Kayleigh wie ein Stromstoß: Alicia hatte

Edwin hergelockt und wollte es so aussehen lassen, als hätte er sie ermordet.

„Oh, Edwin, bleib weg! Alicia ist hier. Sie will mich umbringen."

Eine Pause. „Das meinst du doch nicht ernst, oder?"

„Sie hat dir eine Falle gestellt. Sie ist schon hier."

„Ich rufe die Polizei."

„Hab ich schon", erwiderte sie. „Die sind unterwegs."

„Ich bin in fünf Minuten da."

„Nein, Edwin, komm nicht her! Dann kann dir niemand die Schuld dafür zuschieben, was auch immer hier passiert."

In diesem Moment roch Kayleigh Rauch.

Edwin sagte etwas. Sie ignorierte ihn und lauschte an der Tür. Ja, von unten war das Prasseln von Flammen zu hören. Genau wie Bobby und den Filesharer und Sheri will sie auch mich verbrennen!

„Kayleigh?, Kayleigh?", rief Edwins Stimme aus dem Telefon.

„Sie hat ein Feuer gelegt, Edwin! Verständige bitte die Feuerwehr! Aber komm nicht her, auf gar keinen Fall!" Sie trennte die Verbindung.

DER QUALM und die Flammen nahmen zu. Draußen warf das Feuer im Erdgeschoss flackernde Schatten auf die Bäume und den Rasen.

Kayleigh überlegte. Wo steckte Alicia? Natürlich nicht unten beim Feuer. Sie war vermutlich schon wieder weg.

Kayleigh lief ins Badezimmer und schnappte sich den Feuerlöscher. Sie entriegelte die Schlafzimmertür und öffnete sie. Das Feuer wütete hauptsächlich auf dem Flur im Erdgeschoss und auf der Treppe. Es war noch nicht außer Kontrolle geraten. Falls Alicia weg war, würde sie die Flammen weit genug zurückdrängen können, um es bis in die Küche zu schaffen, wo es einen größeren Feuerlöscher gab.

Sie wagte sich vor.

In dem Moment ertönte unten ein lauter Knall, und neben Kayleighs Kopf schlug eine Kugel in die Tür ein. Dann noch zwei weitere.

Sie schrie auf, sprang zurück in ihr Zimmer, schlug die Tür zu und schloss sie ab. Ihr wurde klar, dass sie keine andere Wahl hatte, als einen Sprung aus siebeneinhalb Meter Höhe zu riskieren. Sie lief zum Fenster, riss es auf und schaute nach draußen in Richtung der Straße. Noch war weit und breit kein Signallicht zu sehen. Dann blickte sie nach unten, um den Winkel und die Entfernungen einzuschätzen.

Es gab eine Stelle, an der sie landen konnte, unmittelbar hinter dem Zaun. Aber dann sah sie genau dort den Schatten von einer Person, die gemächlich auf und ab schlenderte. Alicia! Sie rechnete vermutlich mit Kayleighs Sprung und zielte genau auf diesen Fleck!

Kayleigh setzte sich auf das Bett, nahm ein Foto von Mary-Gordon und drückte es sich an die Brust.

Das war's also. Mama, Bobby, ich bin bald bei euch.

Sie weinte.

Doch da erklang unten auf einmal ein weiterer Schuss … Dann noch zwei oder drei. Kayleigh keuchte auf. War die Polizei doch schon hier? Sie rannte zum Fenster und sah hinaus. Nein, niemand war hier.

Von unten rief jemand ihren Namen. Eine Männerstimme. „Kayleigh, schnell, beeil dich!"

Sie entriegelte wieder die Tür, öffnete sie vorsichtig und spähte nach unten. Inmitten der Rauchschwaden sah sie Edwin Sharp, wie er die Flammen auf der Treppe mit seiner Jacke ausschlug. Alicia lag unten im Korridor, blickte mit starren Augen zur Decke. Ihre Kleidung hatte Feuer gefangen.

„Schnell!", rief Edwin. „Na los! Ich habe die Feuerwehr gerufen, aber ich weiß nicht, wie lange die brauchen. Du musst hier raus!"

Seine Bemühungen dämmten das Feuer kaum ein, aber es war ihm gelungen, einen schmalen Pfad bis zum Erdgeschoss freizuschlagen.

Kayleigh wagte sich hinunter. Edwin zeigte auf den Nebenraum. „Wir können da raus, durch das Fenster!"

„Geh du", entgegnete sie. „Ich versuche zu löschen." Sie richtete den kleinen Feuerlöscher auf die Flammen.

Edwin zögerte, er musste stark husten. Dann sagte er: „Ich helfe dir."

Sie rief: „In der Küche gibt es noch einen Feuerlöscher!"

Würgend stolperte Edwin durch den gewölbten Durchgang und kehrte gleich darauf mit einem wesentlich größeren Feuerlöscher zurück. Gemeinsam entleerten sie die Geräte in die Flammen.

Dann waren plötzlich Sirenen zu hören, und die ersten Löschfahrzeuge trafen ein. Männer und Frauen in dicker gelber Schutzkleidung eilten mit Schläuchen ins Haus und nahmen den Kampf gegen die Flammen auf. Einer der Feuerwehrleute beugte sich über Alicias Körper und fühlte ihren Puls. Dann blickte er auf und schüttelte den Kopf.

Einer seiner Kollegen schob Kayleigh und Edwin zur Vordertür und nach draußen. Kayleigh torkelte hustend die Stufen hinunter in den Vorgarten und spuckte die ekligen Ruß- und Aschepartikel aus. Als ihr klar wurde, dass Edwin nicht mitgekommen war, wandte sie sich um. Er kniete leicht schwankend auf der Veranda und hielt sich die Kehle. Schließlich nahm er die Hand weg, und da erkannte Kayleigh, dass Edwin aus einer Wunde am Hals blutete.

Alicia hatte ihn angeschossen, bevor er ihr die Waffe entreißen konnte.

Sein Blick richtete sich auf Kayleigh. „Ich glaube … ich glaube, sie …“ Seine Augen schlossen sich, und er kippte nach hinten auf die Planken.

KATHRYN saß neben Kayleigh auf den Stufen des Hauses. Sie wurden in ein Meer aus bunten Lichtern getaucht, Blau, Rot und blitzendes Weiß. Die junge Frau war mit Edwin Sharps Blut beschmiert, weil sie versucht hatte, die Blutung zu stillen.

P. K. Madigan leitete die Spurensicherung des FMCSO bei der Untersuchung des Hauses an.

„Ich begreife nicht, was hier geschehen ist“, flüsterte Kayleigh.

Kathryn schilderte ihr, dass sie in Alicias Wohnung Sachen gefunden hatten, die sie aus Edwins Haus gestohlen hatte. „Ich nehme an, sie wollte sie hier deponieren. In ihrem Apartment gab es außerdem einen Brief. Sie hatte deine Handschrift gefälscht. Falls dir etwas zustoßen sollte, wolltest du angeblich, dass sie die Band übernimmt.“

„Also hat sie Edwin heute Abend hergelockt, damit es so aussehen würde, als hätte er mich umgebracht. Dann wäre er verhaftet worden, und niemand hätte seine Unschuldsbeteuerungen geglaubt.“

„Genau.“

Kayleigh blickte Kathryn traurig an. „Alicia wollte meine Stelle einnehmen. Sie wollte Ruhm und Geld und Einfluss. Das macht diese Branche aus den Menschen. Ich habe zu Edwin gesagt, er soll nicht herkommen. Ich wusste, man würde ihn beschuldigen, falls etwas passiert. Aber er ist trotzdem gekommen.“

Während zwei Rettungssanitäter die Trage mit Edwin in eines der Fahrzeuge schoben, kam ein dritter zu den beiden Frauen. „Agent Dance, Ms Towne … Mr Sharp hat viel Blut verloren. Wir müssen ihn so schnell wie möglich ins Krankenhaus bringen. Er muss operiert werden.“

„Wird er es überleben?“, fragte Kayleigh.

„Das können wir zu diesem Zeitpunkt nicht sagen. Ist er ein Freund von Ihnen?“

„In gewisser Weise“, sagte Kayleigh leise. „Er ist einer meiner Fans.“

ZWEI STUNDEN SPÄTER ging ein müde aussehender Chirurg langsam einen neonbeleuchteten Flur des Fresno Community Hospital entlang in Richtung Wartebereich.

Kathryn sah Kayleigh an, und sie standen beide auf.

Der Arzt teilte ihnen mit, dass Edwin Sharp überleben würde. „Die Kugel hat Halsschlagader und Wirbelsäule verfehlt.“ Der Chirurg fügte noch hinzu, dass Edwin in wenigen Minuten aus der Narkose erwachen würde. Und falls sie wollten, könnten sie ihn kurz sehen.

Kathryn und Kayleigh gingen zum Aufwachraum und traten ein. Edwin starrte benommen an die Decke.

„Hallo“, murmelte er. „Fühlt sich an wie damals, als meine Mandeln entfernt wurden.“ Er sprach leise und ein wenig undeutlich. Und er wirkte total kraftlos.

„In Anbetracht der Dinge siehst du eigentlich ganz gut aus“, meinte Kayleigh.

Obwohl das Einschussloch nicht besonders groß sein konnte, erstreckte der Bluterguss sich noch weit über den dicken Verband hinaus.

„Es, äh, tut nicht so weh.“ Er musterte den Tropf, an dem er hing, vermutlich mit einer Morphiumlösung. „Sie lassen mich morgen früh raus.“ Auf seinem Gesicht lag ein wirres Grinsen, aber dieses eine Mal wirkte es kein bisschen unheimlich.

„Es freut mich, dass es dir besser geht“, sagte Kayleigh. „Ich war ganz schön besorgt.“

Er runzelte die Stirn. „Aber wie ich sehe, hast du mir keine Blumen mitgebracht“, erwiderte er langsam. „Hattest du Angst, ich könnte das falsch verstehen?“ Dann lachte er. „Bloß ein Scherz.“

Kayleigh stutzte im ersten Moment, dann lächelte sie ebenfalls.

Edwins Gesicht wurde ernst. „Alicia … Ist sie denn verrückt geworden? Was hatte das alles zu bedeuten?“

„Sie wollte Kayleigh umbringen und am Tatort einige Dinge aus Ihrem Haus deponieren, damit man Sie für den Täter halten würde“, erklärte Kathryn. „Sie hatte außerdem einen Brief gefälscht, in dem stand, Kayleigh wolle Alicia als neue Sängerin der Band haben, falls ihr etwas zustieße.“

„Das hat sie gemacht? Hat sie auch Bobby Prescott ermordet? Und deine Stiefmutter überfallen?“, fragte Edwin.

Kayleigh nickte. Dann flüsterte sie mit feuchten Augen: „Ich weiß nicht, was ich sagen soll, Edwin. Was für ein furchtbares Durcheinander das doch alles gewesen ist. Du hättest nicht zum Haus zu kommen brauchen, Edwin. Ich hatte dich doch gewarnt, dass es gefährlich war.“

„Was genau ist denn passiert?“, fragte Kathryn.

Er hatte Mühe, ihr zu folgen. „Wie? Oh, bei Kayleigh … Na ja, sie hatte mir von Alicia und dem Feuer erzählt, also hab ich die Feuerwehr gerufen, dann bin ich weiter zu Kayleighs Haus gefahren. Ich habe auf dem Seitenstreifen geparkt, damit Alicia mich nicht bemerkte. Als ich zum Haus kam, stand die Küchentür offen, und ich sah Alicia an der Treppe stehen. Ich habe sie angegriffen. Die Waffe ging los, bevor ich sie ihr wegnehmen konnte. Sie hat mich angesprungen, und ich habe geschossen. Ich hab gar nicht nachgedacht. Ich hab einfach abgedrückt. Mir war nicht mal bewusst, dass ich angeschossen war. Dann weiß ich nur noch, dass wir versucht haben, das Feuer zu löschen … und dann bin ich hier aufgewacht.“ Er schloss kurz die Augen, öffnete sie dann mit großer Mühe und sah Kayleigh an. „Wenn sie mich aus dem Krankenhaus entlassen, fahre ich zurück nach Seattle.“

„Du reist ab?“

„So ist es besser für dich, schätze ich.“ Er lachte. „Und für mich auch, würde ich sagen. Du glaubst, ein berühmter Star mag dich, und als Nächstes wollen irgendwelche Verrückten dich dazu benutzen, einen Politiker umzubringen, und irgendein Psycho klaut deinen Müll, um dir einen Mord anzuhängen. Ich hätte nie gedacht, dass es so gefährlich ist, ein Fan zu sein. Ich schätze, ich … ich schätze, ich … bin in Seattle besser dran.“ Sein Kopf rollte auf die Seite.

Kayleigh lächelte, sagte aber: „Edwin, so kannst du auf keinen Fall Auto fahren. Warte ein paar Tage ab. Bitte. Und falls dir danach ist, komm zum Konzert. Ich besorge dir eine Karte für die erste Reihe Mitte.“

Er war kaum noch da. „Nein … besser … es ist besser, wenn ich …“

Dann schlief er tief und fest.

13

FREITAG

Der Tag des Konzerts. Die Band war um neun Uhr morgens aus Nashville eingetroffen und auf direktem Weg ins Kongresszentrum gekommen, wo Kayleigh und die Crew sie schon erwarteten. Sie machten sich gleich an die Arbeit.

Die Probe verlief ganz locker; sie hatten den größten Teil des Programms schon so oft aufgeführt, dass ein erneutes Proben wahrscheinlich nicht mal nötig war, aber die Reihenfolge der Songs war neu. Zudem hatte Kayleigh zwei neue Lieder geschrieben, die sie der Band am Vorabend gefaxt hatte. Eines davon war Bobby gewidmet.

„Okay“, sagte Kayleigh nach der Probe zur Band. „Ich glaube, das reicht fürs Erste. Wir treffen uns um achtzehn Uhr zum letzten Soundcheck.“

Dann nahm sie ihr Telefon und tat etwas, was sie bis heute für undenkbar gehalten hätte: Kayleigh Towne rief Edwin Sharp an.

„Ja?“ Er klang immer noch ein wenig groggy.

„Hallo, hier ist Kayleigh. Bist du noch im Krankenhaus?“

Er lachte. „Ich hätte nicht gedacht, dass du dich wirklich melden würdest. Nein. Die haben mich rausgelassen.“

„Wie fühlst du dich?“

„Es tut alles weh.“

„Nun, ich hoffe, es geht dir gut genug, um zum Konzert zu kommen“, sagte sie. „Ich habe dir nämlich eine Karte besorgt.“

Es herrschte Stille, und sie fragte sich, ob er ablehnen würde. Doch er antwortete schließlich: „Okay. Danke.“

„Ich hab sie hier. Wollen wir uns zum Mittagessen treffen?“

Sie hätte das Ticket an der Kasse hinterlegen können, aber das kam ihr irgendwie kleinlich vor angesichts all dessen, was er für sie getan hatte.

Er sagte: „Ja, gern.“

Er schlug einen Schnellimbiss vor, den er kannte. Kayleigh war einverstanden und beendete das Gespräch, während sie zum Bühnenausgang ging.

Kayleigh war am Morgen im Haus ihres Vaters aufgewacht und hatte gedacht, das Konzert sei das Letzte, was sie nun wollte. Doch nachdem sie hier eingetroffen war und die Bühne betreten hatte, änderte ihre Einstellung sich völlig. Nun konnte sie das Konzert kaum noch erwarten. Nichts würde sie davon abhalten, dem Publikum die beste Show zu bieten, die es je zu sehen bekommen hatte.

KAYLEIGH traf den sich langsam bewegenden Edwin Sharp vor dem Schnellimbiss, der in einem ruhigen Teil der Stadt lag. Er begrüßte sie und ließ ihr den Vortritt. Das Lokal war fast leer.

Sie setzten sich in eine Nische, bestellten Eistee und für Kayleigh einen Burger. Edwin entschied sich für einen Milchshake; die Wunde an seinem Hals schmerze beim Kauen, erklärte er.

Sie unterhielten sich eine Weile über den Abgeordneten Davis und über Alicia, dann über das Leben in Fresno und Seattle. Die Bestellung wurde serviert, und sie aßen beziehungsweise tranken.

„Was macht dein Haus?“, fragte er.

„Ich werde neue Teppiche brauchen. Und ich muss einen Großteil des Bodens sowie eine Wand erneuern. Das größte Problem ist der Rauchschaden. Der Qualm ist überall reingezogen.“

„Tut mir leid.“

Nach dem Essen gab sie ihm dann seine Konzertkarte. „Erste Reihe Mitte.“

Die Rechnung kam, und Edwin bestand darauf, für beide zu bezahlen.

Sie gingen hinaus auf den Parkplatz und näherten sich Kayleighs SUV. Kayleigh bemerkte seinen alten roten Wagen, der ein Stück weiter geparkt stand.

„Hey, da du ja jetzt weißt, dass ich nicht der Verrückte bin, für den du mich gehalten hast, könnten wir doch mal zusammen zu Abend essen. Vielleicht nach dem Konzert?"

„Da gehe ich normalerweise mit der Band aus."

„Oh, richtig. Nun, dann eben irgendwann mal … Wie wär's mit Sonntag? Du bist doch die nächsten zwei Wochen hier, bis zu der Show in Vancouver."

„Das schon, aber wolltest du nicht zurück nach Seattle?"

Er zeigte auf seinen Hals. „Ich nehme noch Schmerztabletten. Es ist besser, wenn ich vorerst keine langen Strecken fahre. Also bleibe ich noch ein paar Tage hier."

„Oh, sicher, du musst auf dich aufpassen." Sie waren an ihrem SUV angelangt. „Okay, nochmals vielen Dank für alles, was du getan hast, Edwin."

„‚I'd Do It All Again'", erwiderte er lächelnd. Das war der Titel eines ihrer ersten Hits gewesen. Kayleigh lachte. Nach einem Moment fügte er noch hinzu: „Hey, da kommt mir ein Gedanke: Ich könnte ja hoch nach Kanada fahren. Vancouver ist nicht so weit von Seattle entfernt. Komm doch einfach mit. Ich kenne da ein paar schöne Ecken …"

Sie lächelte. „Weißt du, Edwin, es ist wohl besser, wenn wir uns nicht mehr treffen. Einfach, weil … Ich halte es für das Beste."

„Sicher. Nur … na ja, nach allem dachte ich eben …"

„Es ist wohl besser", wiederholte sie. „Mach's gut, Edwin."

„Du … du machst mit mir Schluss?", fragte er.

Sie lachte auf, weil sie glaubte, er mache einen Scherz – so wie letzten Abend im Krankenhaus über die Blumen. Aber sein Blick verengte sich. Und das Lächeln verwandelte sich in jenes, das sie von vorher kannte. Die leicht nach oben gekrümmten Mundwinkel, unecht.

„Okay, pass auf dich auf", sagte sie eilig und entriegelte die Tür.

„Geh nicht", raunte er.

Kayleigh sah sich um. Der Parkplatz war menschenleer. „Edwin …"

„Warte", bat er. „Es tut mir leid. Hör mal, lass uns einfach zusammen ein Stück fahren und reden. Wir können einfach reden."

„Ich glaube, ich sollte jetzt gehen."

Sie drehte sich um, aber Edwin trat flink vor und verstellte ihr den Weg. „Bitte, nur eine kurze Fahrt." Er sah auf die Uhr. „Du musst erst in sechseinhalb Stunden wieder im Kongresszentrum sein."

„Nein, Edwin. Schluss jetzt. Geh mir aus dem Weg!“ Sie versuchte ihn wegzustoßen. Es war, als hätte sie einen Sack Zement beiseiteschieben wollen.

„Dir ist doch klar, dass ich fast getötet worden wäre“, sagte er und zeigte auf seinen Hals. „Und zwar, als ich dir das Leben gerettet habe! Hast du das etwa vergessen?“

O Gott ... ich habe es geahnt. Er hat sich die Schusswunde bestimmt selbst zugefügt. Alicia war unschuldig. Er hat ihr eine Falle gestellt. Edwin hat Bobby ermordet und Alicia auch! Ich weiß nicht, wie, aber er hat es getan, da bin ich mir jetzt sicher.

„Edwin, bitte!“

Plötzlich wirkte er reumütig. „Es tut mir so leid!“

Sie wollte weglaufen. Aber seine riesige Hand legte sich auf ihren Mund und drückte fest zu. Sein anderer Arm umklammerte ihren Oberkörper. Er zerrte sie zum Heck seines Buick und öffnete den Kofferraum. Sie bekam keine Luft mehr. Kurz bevor ihr schwarz vor Augen wurde, hörte sie eine Stimme, die flüsternd sang: „*Always with you, always with you, your shadow.*“

DER FALL war abgeschlossen. Doch Kathryn musste sich nun einem anderen Problem stellen: Jon Boling. Sie sagte sich: Ruf ihn an und bring's hinter dich! Sie wollte ihn unumwunden fragen, weshalb er nach San Diego zog, ohne vorher mit ihr darüber zu sprechen.

Sie starrte auf ihr Mobiltelefon und wählte schließlich seine Nummer.

Jon Bolings Telefon klingelte einmal. Zum zweiten Mal. Zum dritten Mal.

Sie trennte hastig die Verbindung. Nicht weil sie im letzten Moment die Nerven verloren hatte; nein, ihr war ein anderer Gedanke gekommen: Wie hatte Edwin Sharp wissen können, dass Alicia Sessions seinen Müll gestohlen hatte? Denn das hatte er im Krankenhaus erzählt. Allerdings hatte Kathryn diese Tatsache nie zuvor erwähnt. Sie hatte nur erklärt, Alicia habe ein paar Dinge aus seinem Haus bei sich gehabt. Von den Müllsäcken in ihrer Wohnung war nie die Rede gewesen.

Konnte er irgendwie anders davon erfahren haben? Nein, ausgeschlossen. Gestern Abend bei Kayleighs Haus war er die meiste Zeit bewusstlos gewesen, und nur die Sanitäter hatten mit ihm gesprochen.

Konnte er einfach eine logische Schlussfolgerung gezogen haben? Wenn Alicia etwas aus seinem Besitz hatte deponieren wollen, war es dann logisch, dass sie es aus dem Abfall gefischt hatte?

Durchaus möglich. Doch eine andere mögliche Erklärung lautete, dass Edwin selbst die beiden Müllsäcke in Alicias Apartment zurückgelassen hatte, dazu die vermeintlich von ihr gefälschten Briefe, die in Wahrheit von seiner Hand stammten. Und auch die Spuren hinter seinem Haus konnten von ihm selbst gelegt worden sein, sowohl das Klauenöl als auch der Stiefelabdruck, um Alicia als diejenige zu belasten, die ihn angeblich ausspioniert hatte.

Nein, nein, das war absurd. Was war mit den Schüssen in Kayleighs Haus? Das musste doch Alicia gewesen sein.

Wirklich?

Geh das Szenario noch einmal durch, dachte Kathryn. Besteht die Möglichkeit, dass Edwin die Sache eingefädelt hat? Denk nach. Komm schon, du versetzt dich andauernd in irgendwelche Killer hinein. Wie hättest *du* das angestellt?

Und die Ideen nahmen Gestalt an: Er geht zu Alicia und fesselt sie. Dann platziert er seinen eigenen Abfall in der Wohnung, dazu Gabriel Fuentes' Pistolenkoffer und die Fälschungen von Kayleighs angeblichem letzten Wunsch. Mit Alicias Telefon schickt er eine Nachricht an Kayleigh, um ein Treffen bei ihr zu Hause vorzuschlagen. Dann geht er zu dem Hotel in der Nähe von Alicias Apartment, um die E-Mail mit dem Musikwunsch an den Radiosender zu verschicken.

Aber bei Kayleighs Haus hatten zwei Wagen gestanden. Seiner und der von Alicia. Nun, vielleicht bezahlt er einen Teenager dafür, mit dem Buick zu Kayleighs Adresse zu fahren, dort auf dem Seitenstreifen zu parken und dann zu verschwinden. Er selbst fährt mit Alicias Pick-up dorthin, während sie gefesselt auf der Rückbank liegt. Oder womöglich war sie da schon tot.

Aber Kayleigh hatte gehört, wie Alicia im Haus ihren Namen rief.

Ein Rekorder!

Edwin könnte sie in ihrer Wohnung dazu gebracht haben, diverse Sätze in das Mikrofon eines hochwertigen digitalen Rekorders zu sprechen – dasselbe Gerät, mit dem er „Your Shadow" abgespielt hatte, um die Morde anzukündigen.

Mit geschlossenen Augen hätte man nicht unterscheiden können, ob da jemand singt oder ob eine digitale Aufzeichnung abgespielt wird. Nur Profis besitzen Rekorder dieser Güteklasse. Kathryn wusste noch, was sie daraufhin zu Kayleigh gesagt hatte. *Oder ein fanatischer Fan.*

Er hatte sich wahrscheinlich verschiedene Szenarien für die „Rettung" von Kayleigh Towne zurechtgelegt – je nachdem, wo im Haus die Sängerin sich aufhielt, wenn er eintraf. Bei seiner Ankunft hatte er von Weitem feststellen können, dass sie im Schlafzimmer war. Dadurch hatte er die Gelegenheit, ins Haus einzudringen und sich als Alicia auszugeben – und das auch noch dank Kathryns Mitwirkung, die Kayleigh angerufen und aufgefordert hatte, sich im Obergeschoss zu verbarrikadieren.

Und Edwins Verletzung? Tja, da er sich schon wieder so gut bewegen konnte, mochte die Schussverletzung dramatisch gewirkt haben, ohne wirklich kritisch zu sein. Kathryn zog ein Stück Haut von ihrem eigenen Hals weg. Ja, er hätte sich mühelos selbst eine Schusswunde beibringen können, ohne etwas Lebenswichtiges zu treffen.

Es war eine abenteuerliche Theorie. Aber … Mir reicht sie aus, entschied Kathryn Dance und wählte Kayleighs Nummer. Vergeblich. Dann rief sie Bishop Towne an und teilte ihm ihre Vermutung mit.

„Verdammt", knurrte der Mann. „Sie sitzt gerade mit ihm beim Mittagessen! Sheri war wegen der Probe im Kongresszentrum. Kayleigh ist vor einer Stunde aufgebrochen, um sich mit ihm zu treffen."

„Wo?"

„Im ‚San-Joaquin-Imbiss' an der Dritten Straße. Werden Sie …"

Kathryn trennte die Verbindung und wählte die Nummer des Sheriff's Office.

„Madigan", ertönte die Stimme.

„Chief, hier ist Kathryn. Ich erklär's Ihnen später, aber ich glaube, dass Edwin doch unser Täter ist."

„Was? Aber … was ist mit Alicia?"

„Später. Hören Sie, Edwin und Kayleigh sind im San-Joaquin-Imbiss an der Dritten Straße. Schicken Sie unverzüglich einen Streifenwagen hin."

„Verstanden. Ich melde mich gleich wieder."

Kathryn lief in ihrem Zimmer auf und ab, bis P. K. Madigan zurückrief.

Er klang ungewöhnlich konsterniert. „Sie und Edwin haben den Imbiss vor einer halben Stunde verlassen", platzte es aus ihm heraus. „Aber ihr SUV steht immer noch auf dem Parkplatz. Und der Autoschlüssel lag direkt daneben. Jemand hat wohl den Akku ihres Mobiltelefons entfernt. Es gibt kein Signal, das wir anpeilen könnten. Ich habe Lopez zu Edwins Haus geschickt. Der Buick steht vor der Tür, aber im Haus ist nichts mehr. Es sieht aus, als wäre Edwin ausgezogen."

„Er hat einen neuen Wagen."

„Ja. Aber der ist entweder gestohlen oder von privat gekauft. Bei der Zulassungsstelle ist jedenfalls nichts auf seinen Namen registriert, das haben wir schon überprüft. Und auch bei den Autovermietern in unserer Datenbank taucht er nicht auf. Er könnte alles Mögliche fahren. Und überallhin unterwegs sein."

DIE „ALIBIFRAU“ hatte gelogen.

Als Kathryn Dance vor zwanzig Minuten mit ihr telefoniert hatte, hatte die 72-jährige Mrs Rachel Webber erneut – und sehr hastig – bestätigt, Edwin sei am Dienstag zu der genannten Zeit bei ihrem Haus gewesen.

Doch Kathryn musste sie nur drei Minuten verbal in die Mangel nehmen, um zu erfahren, was wirklich geschehen war: Edwin hatte sie früh an jenem Vormittag in ihrem Garten aufgesucht, sie mit vorgehaltener Waffe ins Haus gezwungen und sich die Namen ihrer Kinder und Enkel notiert. Dann hatte er ihr befohlen, der Polizei auf Nachfrage mitzuteilen, er sei um 12.30 Uhr dort gewesen.

Kathryn saß in Madigans Büro und dachte erneut: Wie konnte mir das entgehen? Es war ihr nicht gelungen, seine Lügen zu erkennen; aber sie hatte gewusst, dass die Analyse der Körpersprache von jemandem wie Edwin Sharp schwierig sein würde. Also hatte sie sich die Fakten angesehen, die er erwähnt hatte.

Gab es da noch irgendetwas, das ihnen verraten könnte, wohin Edwin mit seiner Angebeteten fliehen würde?

Irgendwas nagte an ihr, doch sie bekam es nicht zu fassen. Die Fakten, der verbale Inhalt … da passte etwas nicht zusammen. Was war es?

Augenblick mal … Ja! Das war's!

Sie nahm ihr Telefon und rief ihre Kollegin Amy Grabe an, die Leiterin der FBI-Dienststelle in San Francisco, und bat sie um Unterstützung bei der Befragung einer Zeugin im Großraum Seattle.

SIEH SICH DAS EINER AN, dachte Kathryn Dance beim Blick auf den Computermonitor. Die Frau dort, die aus Seattle via Skype mit ihnen verbunden war, hätte Kayleigh Townes Schwester sein können. Glattes blondes Haar, zierliche Statur, hübsches Gesicht.

Sally Docking, Edwins Exfreundin, starrte nervös in die Kamera. „Diese Leute“, sagte sie mit zitternder Stimme. „Ich verstehe das nicht. Ich habe doch nichts Falsches getan.“ Hinter ihr standen zwei FBI-Agenten im Wohnzimmer ihres Apartments in Seattle.

Kathryn lächelte. „Ich habe die Kollegen lediglich gebeten, einen Computer zu Ihnen zu bringen, damit Sie und ich uns noch mal unterhalten können.“

Kathryn war eine Unstimmigkeit aufgefallen. Nachdem Edwin Sharp nun als Täter feststand, erschien sein Verhalten Sally Docking gegenüber nicht mehr glaubwürdig. Ihre Schilderung der Beziehung mit Edwin hatte am Telefon überzeugend geklungen, aber eine Kinesikexpertin muss ihr Gegenüber sehen, nicht nur hören, um einen Täuschungsversuch zu erkennen.

Daher hatte Amy Grabe zwei Agenten zu Sallys Wohnung geschickt. Die beiden hatten einen Laptop mitgebracht, der mit einer hochauflösenden Webcam ausgestattet war.

Kathryn saß in einem Besprechungsraum des Sheriff's Office. Die Deckenbeleuchtung war ausgeschaltet, aber in der Nähe ihres Gesichts brannte eine Schreibtischlampe. Sally sollte ihr Gesicht deutlich erkennen können – und die Beleuchtung sollte bedrohlich wirken.

Kathryn stellte Sally einige harmlose Fragen über ihr Leben, ihre Familie und ihren Job. Bald bekam sie ein Gefühl für die Frau, die auch dann nervös und verunsichert wirkte, wenn man ihr einfache Fragen stellte, auf die sie wahrheitsgemäß antwortete.

Nach zehn Minuten sagte Kathryn: „So, ich würde nun gern ein weiteres Mal über Edwin reden."

„Alles, was ich Ihnen erzählt habe, war die Wahrheit!" Sallys Blick bohrte sich in die Kamera.

Kathryn fuhr ruhig fort: „Wir brauchen Ihre Hilfe, Sally. Ich fürchte, Edwin könnte hier in Fresno jemandem Schaden zufügen. Oder sich selbst."

„Nein!"

„Leider ja." Kathryn hatte dafür gesorgt, dass nach außen hin niemand auch nur eine Silbe über die Entführung verlauten ließ. Sally Docking konnte nichts davon wissen. „Deshalb müssen wir ihn finden. Wir müssen herausfinden, wo er sich aufhalten könnte, welche Orte ihm wichtig sind oder ob er über weitere Wohnungen verfügt."

„Oh, darüber weiß ich aber nichts. Ich habe schon lange nichts mehr von ihm gehört." Ihr Blick richtete sich prompt auf den Bildschirm.

Eine Verhaltensabweichung, die erkennen ließ, dass sie zumindest einen Verdacht hatte.

„Nun, vielleicht wissen Sie ja mehr, als Ihnen bewusst ist, Sally. Es muss sich nicht unbedingt um eine Stadt handeln, in die er umziehen wollte. Aber womöglich hat er ja mal irgendeinen Ort erwähnt, als Sie beide zusammen waren."

Sally überlegte hektisch. „Eigentlich hat er sich in Seattle ganz wohlgefühlt. Er ist nicht viel gereist. Er war eher der häusliche Typ."

„Und er hat wirklich niemals was erwähnt?" Sie sah auf das Blatt, das vor ihr lag.

Sally entging der Blick nicht. „Na ja, er hat hin und wieder über mögliche Urlaubsziele geredet. Er wollte zum Beispiel nach Nashville, um die Grand Ole Opry zu besichtigen. Und dann vielleicht nach New York, um einige Konzerte zu besuchen."

Edwin Sharp hatte wahrscheinlich tatsächlich darüber gesprochen, aber er würde mit Kayleigh Towne nicht nach Nashville oder Manhattan flüchten und einen Hausstand gründen, wie verdreht seine Sicht der Dinge auch sein mochte.

Aber Kathryn sagte: „Gut, Sally. Das ist genau die Art von Information, die wir benötigen. Fallen Ihnen noch andere Orte ein?"

„Nein, ehrlich." Die Augen waren auf die Webcam gerichtet.

Eine Lüge. Kathryn legte die Stirn in Falten. „Dann weiß ich nicht, was wir nun tun sollen. Sie waren wirklich die einzige Person, an die wir uns wenden konnten. Ich meine, Sie haben in einer ganz anderen Art von Beziehung zu Edwin gestanden als andere Leute. Sie werden es nicht glauben, aber er kann sehr dominant und obsessiv sein."

„Nein, echt?"

Kathryns Herzschlag beschleunigte sich. Sie hatte Witterung aufgenommen und näherte sich ihrer Beute. Dennoch klang sie weiterhin völlig ungezwungen. „Ja, absolut. Wenn jemand ihn zurückweist, löst das bei ihm etwas aus. Edwin hat große Verlassensängste. Er klammert sich an andere Menschen. Da *er* sich jedoch von *Ihnen* getrennt hat, sind Sie kein negativer Faktor in seinem Leben. Er hat sogar zu mir gesagt, dass es ihm nicht leichtgefallen ist, sich von Ihnen zu trennen."

„Sie haben mit Edwin über mich geredet? Erst kürzlich?" Die Worte sprudelten nur so aus ihr heraus.

„Ja. Schon komisch, aber es klang so, als würde er Sie vermissen." Kathryn achtete genau auf ihre Formulierungen. Sie würde ihr Gegenüber niemals vorsätzlich in die Irre führen, aber manchmal übernahm der Betreffende das selbst. „Ich wäre nicht überrascht, wenn er gern wissen würde, was Sie jetzt so machen."

„Wonach hat er sich denn erkundigt?", fragte Sally mit etwas höherer Stimme – ein Anzeichen für Stress.

„Ach, nur so im Allgemeinen."

Sally stand ein wenig Schweiß auf der Stirn.

„Also, Ihr Bruder in Spokane und Ihre Mutter in Tacoma …"

„Mein Bruder, meine Mutter?"

„Hat Edwin den beiden nahegestanden?"

„Hat er irgendwas über meine Mutter und meinen Bruder gesagt?", fragte Sally besorgt.

„Was ist denn, Sally? Wären Sie denn beunruhigt, falls Edwin größeres Interesse an Ihrer Familie gezeigt hätte?"

„Was genau hat er gesagt?", flehte sie. „Bitte sagen Sie es mir!"

„Warum machen Sie sich Sorgen?“, fragte Kathryn ruhig. „Sagen Sie es mir.“

„Er wird ihnen was antun! Er wird nicht begreifen, dass ich gemacht habe, was er von mir wollte. Falls er sie Ihnen gegenüber erwähnt hat, bedeutet das, er will den beiden Schaden zufügen, um es mir heimzuzahlen. Bitte, Sie müssen etwas unternehmen!“

„Moment mal.“ Kathryn tat verwirrt. „Ich hoffe, Sie wollen mir nicht erzählen, dass Sie diejenige sind, die die Trennung wollte?“

„Ich …“

„O nein! Das ändert alles.“ Sie warf Sally einen nervösen Blick zu.

„Bitte! Nein! Wo ist er? Ist Edwin nach Tacoma oder Spokane unterwegs? Lassen Sie nicht zu, dass er meiner Mama was antut!“ Sie schluchzte inzwischen. „Bitte! Und mein Bruder hat zwei kleine Kinder!“

Es lief genau so, wie Kathryn Dance es geplant hatte. Sie hatte der Frau indirekt Angst einflößen müssen, um sie zum Reden zu bringen.

Die Tränen flossen in Strömen. „Ich habe gemacht, was er verlangt hat. Warum will er uns wehtun?“

„Wir können Ihnen helfen, Sally“, sagte Kathryn mitfühlend. „Aber wenn Sie nicht aufrichtig sind, können wir weder für Sie noch für Ihre Mutter oder Ihren Bruder etwas tun.“

Sally rang nach Luft. „Es tut mir leid, dass ich gelogen habe. Er hat es mir befohlen. Er hat gesagt, falls jemand sich erkundigt, sollte ich sagen, dass er ein großartiger Kerl war und weder mich noch sonst jemanden je gestalkt hat und dass *er* mit *mir* Schluss gemacht hat, nicht umgekehrt. Es tut mir leid, aber ich hatte solche Angst. Schicken Sie die Polizei zu meiner Mutter und zu meinem Bruder. Er hat zwei kleine Kinder! Bitte! Ich gebe Ihnen die Adressen.“

„Zuerst müssen Sie mir die Wahrheit sagen, Sally. Dann können wir über Polizeischutz reden. Was ist wirklich zwischen Ihnen und Edwin gelaufen?“

„Edwin war letztes Jahr Wachmann in dem Einkaufszentrum, in dem ich arbeite. Er hat mich gesehen und, peng, war sofort total hin und weg von mir. Er hat sich sehr um mich bemüht, und wir haben angefangen, miteinander auszugehen. Allerdings wurde er komisch. Ich durfte dies nicht tun, durfte das nicht tun. Manchmal wollte er nur dasitzen und mich ansehen. Dann starrte er einfach. Das war so gruselig! Er sagte mir, wie schön ich sei. Die Wahrheit ist, er meinte, ich würde wie diese Sängerin aussehen, die er so toll fand. Kayleigh Towne.“ Sally schnaubte verächtlich. „Er hat ständig über sie geredet. Niemand würde sie verstehen, ihr Vater habe das Haus der Familie verkauft, das sie so liebte, ihre Mutter sei gestorben, die Fans würden sie nicht anständig behandeln, die Plattenfirma würde die Aufnahmen ihrer Songs verpfuschen. Das ging in einer Tour so. Ich konnte es nicht mehr ertragen. Eines Abends bin ich einfach gegangen. Etwa einen Monat lang hat er mir hinterherspioniert, aber es war nicht so schlimm. Doch dann ist seine Mutter gestorben, und er ist ausgeflippt."

Die entscheidende emotionale Belastung, die ihn um den Verstand gebracht hatte.

„Er kam zu mir und hat geweint, als wäre sein Leben vorbei. Er tat mir leid – und ich hatte Angst –, also wurden wir wieder ein Paar. Aber er wurde immer merkwürdiger. Er ging überhaupt nicht mehr vor die Tür, ich musste den Kontakt zu all meinen Freunden abbrechen. Ich sollte ständig bei ihm zu Hause sein. Und dann wollte er mich entweder anstarren oder mit mir schlafen. Und dabei hat er dann ihre Musik gespielt. Es war schrecklich! Am Ende ..." Sally zeigte Kathryn eine eindrucksvolle Narbe am Handgelenk. „Nur so konnte ich mich von ihm befreien. Aber er hat mich gefunden und in die Notaufnahme gebracht. Ich glaube, das hat ihn dazu bewegt, mich in Ruhe zu lassen."

„Wann war das?"

„Letzten Dezember."

Die zweite emotionale Belastung – die dazu geführt hatte, dass er anfing, Kayleigh zu stalken.

Kathryn traf eine Entscheidung. „Er hat sie gekidnappt, Sally."

„Wen, Kayleigh Towne?", flüsterte sie.

„Wir werden Sie und Ihre Familie beschützen, Sally. Und wir werden ihn erwischen und für den Rest seines Lebens hinter Gitter bringen – er hat nämlich auch mehrere Morde begangen. Aber das können wir nur, wenn Sie uns helfen. Haben Sie irgendeine Idee, wo er sein könnte?"

„Na ja, er sagte, er hätte so eine Art spirituelles Erlebnis gehabt, als er Kayleigh zum ersten Mal singen sah. Bei einem Open-Air-Konzert vor zwei Jahren, glaube ich. Er sagte, wenn er sich irgendeinen Ort zum Leben aussuchen könnte, dann den. In einer Hütte im Wald, irgendwo bei einer Stadt in Kalifornien, an der Küste. Monterey. Ich weiß nicht genau, wo das liegt."

Kathryn blickte in das tränennasse Gesicht ihrer Gesprächspartnerin. „Schon in Ordnung, Sally. Ich weiß es."

WÄHREND DER FAHRT rief Edwin Sharp nach hinten in den Van: „Wir mussten uns von meinem roten Buick verabschieden. Tut mir leid."

Kayleigh konzentrierte sich darauf, nicht zu weinen. Ihre Nase war nämlich schon bedenklich verstopft, und sie war sich sicher, dass sie ersticken würde, falls sie in Tränen ausbrach. Das Klebeband auf ihrem Mund saß bombenfest. Ihre Arme waren mit Handschellen vor ihrem Leib gefesselt. Sie lag hinten auf dem Boden des fensterlosen Laderaums. Edwin hatte ihr die Stiefel ausgezogen und gierig an dem Leder geschnüffelt. Das war ekelhaft gewesen.

Sie befanden sich nun etwa eine Stunde von Fresno entfernt. Sie tippte auf die Ausläufer des Yosemite, denn die Straße schien leicht anzusteigen. Einmal hatten sie kurz angehalten, nachdem Edwin einen Blick in den Rückspiegel auf sie geworfen und die Stirn gerunzelt hatte. Er war an den Straßenrand gefahren und zu ihr nach hinten gekommen. Eine dicke Strähne ihres Haars hatte unter dem Isolierband geklebt. Edwin hatte die Haare behutsam von dem Klebstoff gelöst. Er hatte abermals erwähnt, wie lange sie es schon nicht mehr abgeschnitten hatte. „Zehn Jahre, vier Monate." Dann hatte er zu ihrem Entsetzen eine Bürste zum Vorschein gebracht und sie sanft und gewissenhaft durch ihr Haar gezogen. „Du bist so wunderschön", hatte er geflüstert. Dann waren sie weitergefahren.

Kayleigh spürte, dass der Van von der Hauptstraße abbog und einer Nebenstrecke in deutlich schlechterem Zustand folgte. Nach einer Weile rollten die Reifen knirschend über Erde und Schotter bergan. Dann ging es wieder eben voran, und schließlich hielt Edwin.

Er stieg aus und öffnete die hintere Tür. Eine große Lichtung wurde sichtbar, umgeben von Kiefernwald. Er half Kayleigh beim Aussteigen und zog das Klebeband von ihrem Mund, ganz sanft. Sie atmete tief ein und erschauerte vor Erleichterung.

Edwin deutete auf einen kleinen Wohnwagen unter einem Tarnnetz, der mitten auf der grasbewachsenen Lichtung stand. „Kommt dir das hier irgendwie bekannt vor?"

„Hör mal, wenn du mich gehen lässt, lasse ich dir einen Vorsprung. Sechs Stunden, zehn Stunden. Und ich kann dir Geld verschaffen. Eine Million Dollar."

„Kommt es dir nicht bekannt vor?", wiederholte er verärgert, weil sie es offensichtlich nicht begriff.

Sie schaute sich um. *Ja, tatsächlich! O mein Gott!*

Kayleigh erkannte verblüfft, dass sie sich auf dem Grundstück befand, auf dem sie aufgewachsen war und wo ihr Großvater das Haus der Familie errichtet hatte. Edwin hatte den Wohnwagen ziemlich genau auf der Fläche des ehemaligen Gebäudes abgestellt. Sie erinnerte sich, dass Edwin gewusst hatte, wie sehr sie den Verkauf des Grundstücks durch Bishop bedauerte. Kayleigh wusste auch, dass die Minengesellschaft vor dem Bankrott alle privaten Liegenschaften hier aufgekauft hatte. Heutzutage gab es im Umkreis von dreißig Kilometern keine Menschenseele mehr.

„Ich wusste, wie viel dir dieses Grundstück bedeutet hat“, sagte Edwin mit aufrichtigem Ernst. „Ich wollte es dir zurückgeben. Du musst mir zeigen, wo du als kleines Mädchen auf deinem Pony geritten und mit den Hunden spazieren gegangen bist.“

Sie wusste, sie sollte lieber mitspielen und Rührung heucheln, um bei passender Gelegenheit einen Stein aufzuheben und Edwin den Schädel einzuschlagen. Aber die Abscheu und die Wut waren zu stark, um so zu tun als ob. „Wie zum Teufel kannst du behaupten, du würdest mich lieben, und mir dann so etwas antun?“

Er grinste und streichelte zärtlich ihr Haar. „Kayleigh, schon als ich deine erste Nummer bei dem Konzert in Monterey hörte, wusste ich, dass wir Seelenverwandte sind. Ich mache dich zur glücklichsten Frau der Welt.“

Er bedeckte auch den Van mit einem Tarnnetz. Dann legte er Kayleigh fest einen Arm um die Schultern und führte sie zu dem Wohnwagen.

„Ich liebe dich nicht!“

Er lachte nur. Aber je näher sie dem Wohnwagen kamen, desto eisiger wurde sein Blick. „Bobby hat dich gevögelt, nicht wahr? Wage nicht, es zu leugnen.“ Er sah sie forschend an.

„Edwin!“

„Ich habe ein Recht, es zu wissen.“

Sie standen nun an der Tür des Wohnwagens.

Edwin beruhigte sich wieder. „Es tut mir leid. Der Gedanke an ihn lässt mich bloß immer wütend werden.“

„Edwin, sieh mal …“

„Ich sollte dich über die Schwelle tragen. Wie vor der Hochzeitsnacht, du weißt schon.“

„Fass mich nicht an!“

Er stieß die Tür auf und nahm Kayleigh auf die Arme, als würde sie nichts wiegen. Er trug sie hinein. Kayleigh wehrte sich nicht; eine seiner riesigen Hände hatte sich um ihre Kehle geschlossen.

„WIR SIND auf dem Weg“, sagte Kathryn Dance zu Michael O’Neil am anderen Ende der Leitung.

Dann keuchte sie auf, weil Dennis Harutyun mit dem rechten Außenspiegel beinahe einen Lastwagen gestreift hatte. Er scherte nach dem Überholen wieder ein und beschleunigte.

„Alles in Ordnung?“, fragte O’Neil. „Hallo, bist du noch da?“

„Ja, bin ich … ja.“ Sie schloss die Augen, weil Harutyun sich den nächsten Sattelschlepper vornahm. Kathryn öffnete kurz die Augen und fragte: „Was habt ihr aufgeboten?“

O’Neil saß in seinem Büro am Schreibtisch. „Zwei Hubschrauber rund um Point Lobos – da hat Edwin sie bei dem Konzert vor zwei Jahren zum ersten Mal gesehen. Die Highway Patrol errichtet Straßensperren rund um Pacific Grove, Pebble Beach und Carmel.“

„Gut.“

„Wann trefft ihr in etwa ein?“, fragte O’Neil.

Sie reichte die Frage an Harutyun weiter.

„In einer halben Stunde“, antwortete er.

Kathryn teilte es O’Neil mit und fügte hinzu: „Lass uns jetzt Schluss machen, Michael. Wir rasen hier gerade mit mehr als dreihundert Kilometern pro Stunde durch die Landschaft.“

Was dem schnauzbärtigen Detective ein seltenes Lächeln entlockte.

„Soll ich langsamer fahren?“, fragte Harutyun.

„Nein, im Gegenteil, machen Sie schneller“, erwiderte Kathryn.

„Na, was hältst du davon?“, fragte Edwin fröhlich und wies mit ausholender Geste auf das Innere des Wohnwagens, das blitzsauber geputzt war. Es war hier drinnen außerdem unglaublich heiß und stickig.

Kayleigh, die in der Kochnische stand und immer noch Handschellen trug, erwiderte nichts.

„Sieh mal, ein hochauflösender Fernseher, und ich habe bestimmt hundert DVDs. Und haufenweise von deinem Lieblingsessen. Und auch deine Lieblingsseife.“

Ja, tatsächlich. Angesichts einer so weitreichenden Vorausplanung verließ sie der Mut. Ihr fiel zudem auf, dass an verschiedenen Stellen des Wohnwagens Ketten an den Wänden befestigt waren. Sie endeten in Fesseln.

Edwins Lächeln verflüchtigte sich wieder. „Wenn du mit mir ausgegangen wärst, wie ich dich gebeten hatte, wäre uns all dies erspart geblieben. Einfach nur zum Abendessen. Was wäre denn schon groß dabei gewesen?“ Seine Stimme wurde wieder frostig. „Ich weiß, dass du keine Jungfrau mehr bist … Ich bin sicher, es ist einfach passiert. Aber du hast Bobby … Nein, ich will es gar nicht wissen.“ Dann hellte seine Miene sich plötzlich auf. „Schon in Ordnung. Du gehörst jetzt zu mir.“

Er zeigte ihr den Wohnwagen etwas eingehender. Das Ding war wie ein Schrein für sie eingerichtet. Poster und Andenken und Fotos. Überall Kayleigh Towne.

Aber keine Waffen. In der Küche gab es keine scharfen Messer, auch nichts aus Glas oder Keramik.

Kayleigh schwitzte stark. Ihre Haut kribbelte. „Das hat doch alles keinen Sinn, Edwin. Meinst du nicht, dass zehntausend Leute nach mir suchen werden?“

„Da wäre ich mir nicht so sicher. Vielleicht glauben die ja, dass du mit jemandem durchgebrannt bist, der dich liebt und für dich sorgt. Und sie gehen weiterhin davon aus, dass Alicia hinter allem gesteckt hat. Doch selbst wenn sie nach uns suchen, werden sie uns nicht finden. Die glauben, wir verstecken uns in Monterey. Die Frau, mit der ich eine Weile ausgegangen bin, hat ihnen davon erzählt. Ich wusste, sie würde mich verraten. Deshalb habe ich ihr schon vor langer Zeit bestimmte Informationen untergeschoben. Wir sind hier ganz für uns allein. Nein, Kayleigh, die werden uns niemals finden.“

„Du hast all das geplant … wozu? Um mich für dich zu gewinnen?“

„Um dich zur Einsicht zu bringen. Wer sonst würde sich so viel Mühe geben? Nur jemand, der dich liebt.“

„Und … was war mit dem Kongressabgeordneten? Ich begreife das nicht.“

Er lachte. „Oh, ja, das war interessant. Dabei habe ich echt was gelernt. Ich habe aufgehört, Sachen online zu posten. Denn so hatte Simesky von dir und mir erfahren. Aber es hatte auch etwas Gutes. Ich habe am Samstagabend tatsächlich jemanden hinter meinem Haus bemerkt. Zu dem Zeitpunkt dachte ich bloß an irgendwelche Halbwüchsigen, aber es muss Simesky oder Babbage gewesen sein. Und das hat mich auf eine Idee gebracht. Ich ließ es so aussehen, als hätte Alicia mich ausspioniert, und habe einige Spuren platziert, die die Polizei zu ihr führen würden.“ Dann wurde Edwin ungeduldig. Er musterte ihr Haar, ihre Brüste, ihre Beine. „Also, los jetzt! Du weißt, dass der Zeitpunkt gekommen ist.“ Er blickte zum Bett.

„Bitte nicht, Edwin. Bitte.“

Er starrte sie an. „Du solltest nicht so reserviert sein. Ich habe dir einen riesigen Gefallen getan. Frederick Blanton hat deine Musik gestohlen. Und Alicia wollte wahrscheinlich wirklich an deine Stelle treten. Und Sheri? Du hast eine bessere Stiefmutter verdient. Sie ist deiner nicht wert, Kayleigh. Die haben es alle verdient zu sterben. Und Bobby? Der wollte dich bloß vögeln.“

„Darf ich mich wenigstens frisch machen?“, fragte sie. „Bitte, nur eine Dusche.“

„Nein, lieber nicht.“

„Was soll das?“, fuhr sie ihn an. „Ich möchte bloß mal kurz unter diese blöde Dusche, und du lässt mich nicht?“

Er runzelte die Stirn. „Na gut. Du kannst duschen. Aber du weißt, dass ich den einzigen Schlüssel habe und dass es hier keine Waffen gibt. Und alle Fenster sind verriegelt.“

„Das habe ich mir schon gedacht. Ich möchte wirklich nur duschen.“

Er nahm ihr die Fesseln ab und lächelte. „Beeil dich, Liebling.“ Und dann ging er zum Bett, um zu warten.

EDWIN stellte die Klimaanlage an – mit dem Tarnnetz auf dem Wohnwagen wurde es hier drinnen teuflisch heiß.

Er lauschte dem fließenden Wasser und stellte sich Kayleigh nackt unter der Dusche vor. Dann schaltete er das Radio ein. Offenbar hielt die Polizei Kayleighs Verschwinden nicht für harmlos. Pike Madigans Stimme sprach ernst von einer Entführung und teilte den Leuten mit, Edwin Sharp und Kayleigh Towne seien vermutlich nach Westen zum Großraum Monterey unterwegs. „Wir wissen nicht, in was für einem Fahrzeug die beiden sitzen, aber auf der Internetseite, die wir eingerichtet haben, finden Sie Sharps Foto.“ Ah, ich wusste doch, dass ich auf dich zählen kann, Sally.

Das Ablenkungsmanöver mit Monterey würde natürlich irgendwann durchschaut werden. Dann müssten sie von hier verschwinden, aber bis dahin blieb etwa ein Monat Zeit.

Das Wasser in der Dusche hörte auf zu fließen. Kayleigh würde sich nun abtrocknen.

„Edwin!“, rief Kayleigh neckisch. „Ich habe mich für dich hübsch gemacht. Komm und sieh selbst.“

Lächelnd ging er hinüber und sah sie vollständig bekleidet vor der Badezimmertür stehen.

Edwin Sharps Augen weiteten sich. Dann schrie er entsetzt auf. „Nein, nein, nein! Was hast du getan?“

Sie hatte in dem Kosmetiktäschchen, das er gekauft hatte, eine kleine Nagelschere mit stumpfer Spitze gefunden. Das Ding entsprach den Vorschriften für den Flugverkehr und galt daher als sicher. Aber es konnte immer noch schneiden. Und genau das hatte sie damit gemacht: Sie hatte sich ihre Haare abgeschnitten.

Er starrte entgeistert den Haufen glänzender blonder Strähnen auf dem Badezimmerboden an. Ihr war eine struppige Ponyfrisur von fünf bis sieben Zentimeter Länge geblieben. Sie hatte überhaupt nicht geduscht; sie hatte die zehn Minuten darauf verwandt, ihr wunderschönes Haar abzuschneiden.

„Was ist denn, Edwin?“, spottete sie in einem herausfordernden Singsang. „Magst du mich nicht mehr? … Aber es spielt doch keine Rolle, oder? Du liebst mich, richtig? Es ist egal, wie ich aussehe.“

„Ja, ja, sicher. Es ist nur …“ Er glaubte, ihm würde schlecht werden. Wie lange dauert es wohl, bis das nachgewachsen ist?, fragte er sich.

Zehn Jahre, vier Monate …

Er trat langsam vor und starrte den Haufen Haare an.

„Hier!“, schrie sie, packte eine Handvoll davon und schleuderte sie ihm entgegen. Edwin kniete sich hin und griff verzweifelt nach den Strähnen.

„Du kennst mich nicht. Du hast nicht die geringste Ahnung, wer ich bin“, murmelte sie verächtlich und wich ins Badezimmer zurück.

Und dann wurde auch er wütend. „Doch, ich kenne dich sehr wohl. Du bist Kayleigh Towne, die ich in etwa einer Minute vögeln werde.“

Er richtete sich auf. Dann sah er etwas in ihrer Hand. Was …? Ach, bloß ein Becher. Der war aus Plastik. Hier drinnen war nichts, das zerbrochen werden konnte oder als Messer hätte zweckentfremdet werden können. Er hatte doch an alles gedacht.

Nur an eines nicht. An das, was jetzt in dem Becher war. Salmiakgeist, der unter dem Waschbecken gestanden hatte. Sie hatte den Becher bis zum Rand damit gefüllt.

Kayleigh schüttete ihm das Putzmittel direkt ins Gesicht. Es drang ihm in Nase und Mund. Seine Augen konnte er gerade noch retten, aber schon die Dämpfe, die sich unter seine Lider schoben, brannten wie glühendes Eisen. Er schrie vor Schmerz, wischte sich panisch über das Gesicht. Er würde alles tun, damit das bloß aufhörte!

Dann erlitt er noch mehr Schmerzen, denn sie schlug ihm fest gegen den Hals, genau auf die Stelle, an der er sich die Schusswunde beigebracht hatte. Er schrie erneut.

Edwin krümmte sich und spürte, wie sie ihm den Schlüssel aus der Tasche riss. Er wollte ihren Arm packen, aber sie war sofort wieder außer Reichweite.

Die bittere, beißende Chemikalie floss ihm noch tiefer in Mund und Nase. Er kämpfte sich vorwärts und hielt sein Gesicht unter den Wasserhahn der Küchenspüle, um das Brennen wegzuspülen.

Aber es kam kein Wasser. Kayleigh hatte den ganzen Vorrat aufgebraucht.

Edwin torkelte zum Kühlschrank, riss ihn auf und tastete nach einer Flasche Wasser. Er fand eine und schüttete sie sich über das Gesicht. Die kalte Flüssigkeit linderte das Stechen. Sein Sehvermögen kehrte zurück, wenn auch nur verschwommen. Er öffnete die Eingangstür und entdeckte Kayleigh, wie sie die Straße zum Highway hinunterlief.

Der Schmerz ließ immer mehr nach. Edwin entspannte sich. Er lächelte sogar.

Die Straße war fünf Kilometer lang. Aus Schotter. Kayleigh war barfuß.

Sie konnte ihm nicht entkommen.

Edwin nahm die Verfolgung auf, zunächst im Laufschritt, dann im Sprint. Er sah sie um eine Wegbiegung verschwinden, nur dreißig Meter vor ihm. Er holte schnell auf. Zwanzig Meter, fünfzehn …

Und dann bog auch er um die Kurve.

Er lief noch zehn Schritte weiter, fünf, drei, langsamer, langsamer. Und dann blieb Edwin stehen.

Kayleigh stand bei zwei Leuten: einem uniformierten Polizeibeamten und einer Frau, die einen Arm um die Sängerin gelegt hatte.

An den Polizisten mit dem dichten schwarzen Schnurrbart erinnerte er sich noch aus Fresno. Und die Frau war Kathryn Dance.

Der Polizist hatte seine Pistole genau auf Edwins Brust gerichtet. „Hinlegen!“, rief er. „Hinlegen, auf den Bauch, die Hände zur Seite ausstrecken!“

Edwin überlegte. Wenn ich noch einen Schritt mache, sterbe ich. Wenn ich mich hinlege, komme ich ins Gefängnis. Im Gefängnis bestünde zumindest die Möglichkeit, dass er mit Kayleigh sprechen könnte. Sie würde ihn besuchen kommen. Sie könnten reden. Er könnte ihr begreiflich machen, wie schlecht alle anderen für sie waren. Und dass er der Richtige für sie war.

Edwin Sharp legte sich hin.

Während Kathryn Dance dem Polizisten mit ihrer Waffe Deckung gab, umrundete er Edwin, legte ihm Handschellen an und zog ihn auf die Beine.

„Aber in den Nachrichten …“, sagte Edwin. „Ich habe im Radio gehört, Sie würden uns in Monterey vermuten. Warum sind Sie hierhergekommen?“

Kathryn antwortete: „Wir haben tatsächlich Teams in Monterey, aber hauptsächlich für die Medien. Damit Sie glauben würden, Sie hätten uns zum Narren gehalten, sobald Sie das Radio einschalten oder online gehen. Für mich ergab Ihre vermeintliche Flucht zur Küste keinen Sinn. Weshalb sollten Sie Sally Docking irgendwas von einem bestimmten Ort erzählen, es sei denn, dass Sie sich ausgerechnet hätten, dass sie es uns letztlich verraten würde? Wissen Sie, das ist nämlich eines Ihrer Muster: Fehlinformationen zu streuen und Zeugen durch Einschüchterung zu Lügen zu verleiten. Und woher wir wussten, dass Sie hier sind? Die Spurensicherung hat hinter Ihrem Haus Partikel gefunden, die bei der Erzgewinnung anfallen. Ich musste an Kayleighs Lied ‚Near the Silver Mine‘ denken. Sie wussten, dass sie unglücklich darüber war, dass Bishop das Grundstück verkauft hatte. Aus Ihrer Sicht erschien es sinnvoll, Kayleigh herzubringen. Wir haben aktuelle Satellitenfotos des Geländes angefordert und den Wohnwagen entdeckt. Tarnnetze funktionieren nicht wirklich."

Edwins Augen richteten sich auf Kayleigh, die trotzig und breitbeinig dastand und seinen Blick kalt erwiderte. Dennoch kam es ihm so vor, als würde sie versuchen, mit ihm zu flirten. Sobald ihr Haar nachgewachsen war, würde sie wieder wunderschön sein.

Mein Gott, wie sehr er sie doch liebte!

14

Um 19.30 Uhr an jenem Abend war Kathryn backstage im Kongresszentrum. Es hatte Überlegungen gegeben, das Konzert abzusagen, aber ausgerechnet Kayleigh hatte energisch darauf bestanden, es stattfinden zu lassen. Der Saal füllte sich zügig.

Die Sängerin hatte sich für das Konzert umgezogen – und kam natürlich als braves Mädchen daher. Mit dem einzigen Unterschied, dass heute Abend eine Mütze ihr kurzes Haar bedeckte.

Sie hatte soeben mit der Band gesprochen. In dem Song, der Bobby gewidmet war, hatte sie eine der Strophen umgeschrieben, sodass sie nun mehrere Zeilen über Alicia enthielt.

In diesem Moment trat ein Mann in Stoffhose und gestärktem Anzughemd, aber ohne Krawatte, auf Kayleigh und Kathryn zu. Er war Mitte dreißig und hatte ein jungenhaftes Grinsen.

„Kayleigh, hallo!" Der Begrüßung folgte ein höfliches Nicken in Kathryns Richtung. „Ich bin Art Francesco."

„Hallo", sagte Kayleigh desinteressiert.

„Mir tut ja so leid, was alles geschehen ist. Ihr Dad hat mir davon erzählt. Nun, ich wollte nur sagen, wie froh ich bin, dass wir zusammenarbeiten werden."

„Aha. Und wer sind Sie noch mal?"

„Art. Art Francesco." Als Kayleigh nicht reagierte, fügte er hinzu: „Ihr Vater hat doch erwähnt, dass ich heute Abend herkommen würde, oder etwa nicht?"

„Leider nein."

Er lachte. „Das sieht Bishop mal wieder ähnlich." Er reichte ihr seine Visitenkarte.

Ein großer Schreck durchzuckte Kayleigh. Kathryn warf einen Blick auf die Karte in der Hand der Sängerin. Darauf stand: JBT GLOBAL ENTERTAINMENT.

„Was soll das heißen, wir werden zusammenarbeiten?"

Francesco sagte: „Ihr Vater … Er hat nicht erwähnt, dass Sie nichts davon wissen."

„Dass ich wovon nichts weiß?", herrschte Kayleigh ihn an.

„Ach, herrje! Er sagte, er würde es Ihnen heute Vormittag mitteilen, nachdem wir alles unterzeichnet hatten. Vielleicht hat er wegen dieses Verrückten nicht mehr daran gedacht."

„*Was* wurde unterzeichnet?"

„Die Verträge. Wir haben Sie unter Vertrag genommen. Entschuldigung, Kayleigh, ich dachte, Sie wüssten davon. Er hat Sie heute bei Global untergebracht. Der Vertrag mit Barry Zeigler und Ihrem bisherigen Label wird nicht verlängert."

„Was?"

„Kann er das tun?", fragte Kathryn.

Kayleigh biss wütend die Zähne zusammen. „Ja, kann er", murmelte sie. „Das wurde damals so eingerichtet, als ich noch minderjährig war. Ich habe es nie geändert. Aber er hat auch nie etwas gemacht, mit dem ich nicht einverstanden war. Bis jetzt."

„Oh, aber es ist ein großartiger Deal, Kayleigh", sagte Francesco. „Sie werden nicht glauben, wie lukrativ die Vereinbarung ist. Und Sie behalten zu hundert Prozent die künstlerische Kontrolle. Wir werden all Ihre Konzerttourneen regeln, Ihre Aufnahmen, die Produktionen, Marketing … Sie kommen ganz groß raus, und zwar international. Wir werden Sie in Amphitheatern platzieren. Sie müssen nie wieder in kleinen Käffern wie diesem hier auftreten."

„Dieses kleine Kaff ist zufällig meine Heimatstadt."

Er hob eine Hand. „So habe ich es nicht gemeint. Ich wollte nur sagen, Ihre Karriere wird einen gewaltigen Auftrieb erfahren. Das Missverständnis tut mir leid, Kayleigh. Lassen Sie uns von vorn anfangen." Er streckte seine Hand aus.

Sie ignorierte sie.

Bishop Towne hatte die Unterredung verfolgt und näherte sich nun den beiden. „Artie."

„Es tut mir leid, Bishop. Ich dachte, Sie hätten es ihr erzählt."

„Schon gut", knurrte er. „Heute war viel los. Ich bin noch nicht dazu gekommen. Entschuldigen Sie uns für eine Minute, Artie."

„Natürlich."

Kayleigh wandte sich ihrem Vater zu. „Wie konntest du nur? Ich habe Barry gesagt, wir würden nicht mit Global verhandeln. Ich habe es ihm versprochen!"

„KT", krächzte er leise. „Barry ist Teil der Vergangenheit. Die Welt der Plattenfirmen existiert nicht mehr."

„Er war immer für mich da, war immer loyal. Ich habe ihm Platin zu verdanken."

„Und in ein paar Jahren gibt es keine Platinplatten mehr. Es geht dann nur noch um Downloads und Fernsehauftritte und Konzerte und Verträge mit Einzelhandelsketten."

Kayleighs Augen verengten sich, und Kathryn nahm in ihrem Blick eine Wut und Aufsässigkeit wahr, die sie ihrem Vater gegenüber noch nie an den Tag gelegt hatte. Sie lachte kalt. „Glaubst du, ich begreife nicht, was hier passiert? Es geht hier nicht um mich, sondern ausschließlich um dich. Du hast deine Karriere versaut. Du hast deine Stimme zum Teufel gehen lassen, und nun kannst du weder singen noch auch nur einen halbwegs anständigen Song zu Papier bringen. Was tust du also? Du wirst der große Impresario. Und was wird aus Barry?"

„Barry?" Es sah so aus, als hätte Bishop keinen Gedanken daran verschwendet. „Er wird sich der neuen Situation anpassen oder sich eine neue Beschäftigung suchen müssen."

„So behandelst du also deine Freunde. Mich hast du auch so behandelt. Du hast mich gezwungen, mein …" Sie stockte. „Du hast mich gezwungen, so unendlich viel aufzugeben, nur damit du in der Branche bleiben konntest!" Sie machte auf dem Absatz kehrt und ging weg.

„KT!", rief Bishop.

Kayleigh drehte sich trotzig wieder um, und Bishop kam zu ihr. „Du willst die Wahrheit hören? Na gut. Ja, ich habe deine Schwester und den Abgeordneten Davis hergebeten, damit du das Konzert nicht absagst. Und, ja, ich habe den Deal mit Global ausgehandelt. Aber es ging mir dabei nicht um mich. Und um dich geht es dabei auch nicht." Bishop zeigte in den sich füllenden Zuschauerraum. „Es geht um sie, KT. Diese Leute sind das Einzige, was wirklich zählt."

„Was willst du damit sagen?"

„Was du hast, kommt nur ein- oder zweimal in einer Generation vor. Deine Stimme, deine Musik, deine Bühnenpräsenz, dein Talent als Komponistin und Texterin. Bist du dir bewusst, wie selten das ist?" Seine Stimme wurde sanfter. „KT, heutzutage finden wir unsere Antworten nicht in der

Religion und nicht in der Politik. Wir bekommen unsere Antworten von der Musik. Wir alle brauchen Leute, die uns die Traurigkeit nehmen, uns zeigen, dass es Hoffnung gibt, und uns zum Lachen bringen. Und dir fliegen diese Dinge so einfach zu. Wie viele Lieder sind dir während der letzten paar Tage eingefallen, ohne dass du dich auch nur ein bisschen anstrengen musstest? Ich würde wetten, mindestens ein Dutzend."

Kayleigh blickte erstaunt drein, und Kathryn wurde bewusst, dass er recht hatte.

„Das ist eine Gabe, Liebes." Ein bekümmertes Lächeln. „Es ging mir nie um mich, wenn ich dich angespornt habe. Ich habe das getan, weil ich wusste, dass du diese Gabe besitzt." Er wies auf das Publikum. „Sie brauchen dich."

„Dann werden sie heute Abend wohl ziemlich enttäuscht sein. Denn das Konzert muss ohne mich stattfinden." Und mit diesen Worten ging sie weg.

Die zwei Dutzend Leute hinter der Bühne starrten alle schweigend den alten Mann an. Es war ein großer Fehler gewesen, Kayleigh nichts von dem Global-Deal zu erzählen, um das Konzert nicht zu gefährden. Doch Kathryn hatte Mitleid mit ihm. Er schien am Boden zerstört zu sein.

Gleich darauf ertönte hinter ihr eine vertraute Stimme. „Hallo, du."

Sie drehte sich um.

Jon Bolings zwanglose Begrüßung entsprach seinem Charakter, war unkompliziert und freundlich. Und mehr als nur ein wenig sexy, hatte Kathryn immer gedacht.

Bis jetzt. Sie starrte ihn verständnislos an.

Er lachte überrascht auf. Offenbar nahm er an, dass sie in Gedanken noch bei dem Drama war, das hier hinter der Bühne stattfand. Er legte seine Arme um sie.

Sie erwiderte die Umarmung halbherzig. Die Erkenntnis, dass er drei Stunden Fahrt auf sich genommen hatte, um ihr mitzuteilen, dass er sie verlassen und nach San Diego ziehen würde, traf sie mit voller Wucht.

„Du siehst ja noch überraschter aus, als ich erwartet hätte", sagte Jon und trat einen Schritt zurück. Er schaute sich um und runzelte übertrieben stark die Stirn. „Dein geheimer Liebhaber muss sich hier irgendwo verstecken. Und verdammt, ich habe mir eine Karte gekauft. Ihn hast du wahrscheinlich kostenlos mit reingenommen."

Kathryn lachte, obwohl sie sich dabei nur noch elender fühlte, weil es sie an die vielen schönen Momente erinnerte, die sie miteinander geteilt hatten. Sie zogen sich ein Stück von den anderen zurück, um ungestört zu sein.

Jon sagte: „Mit unseren Anrufen hatten wir ja wirklich Pech. Ich habe zehn Stunden am Tag gearbeitet. Und du hattest mit diesem Entführungsfall zu tun, hat deine Mutter erzählt. Und Lincoln und Amelia waren hier?"

„Ohne die beiden hätten wir es nicht geschafft. Aber so sind wir ihm auf die Spur gekommen."

Jon beugte sich vor und küsste sie flink. „Ganz schön großer Andrang", meinte er dann und deutete auf den Zuschauerraum. „Ich kann das Konzert kaum noch erwarten."

„Tja … daraus wird vielleicht nichts." Sie berichtete ihm von dem Streit zwischen Vater und Tochter.

Die Crew und Kayleighs Band standen verlegen herum. Kayleigh war keine zickige Künstlerin. Wenn sie hinausstürmte, dann war das kein Abgang einer Diva, die in der Garderobe darauf wartete, dass man sie mit Schmeicheleien zurückholte. Ihre Abwesenheit schien eher der Aussage in einem ihrer frühen Hits zu entsprechen: „Gone For Good (and It's Good to Be Gone)".

Bishop Towne stand allein da und wischte sich die schweißnassen Hände an der Hose ab. Die Show hätte schon vor fünf Minuten anfangen sollen. Das Publikum war noch nicht ungeduldig, aber es würde nicht mehr lange dauern …

Kathryn merkte, dass ihre Schultern schrecklich verkrampft waren. Sie warf einen Blick auf Jons gut aussehendes Gesicht. Sie ermahnte sich: keine Tränen.

„Alles in Ordnung?"

„Es war ein schwieriger Fall", erklärte sie.

„Ich habe mir Sorgen um dich gemacht, weil das mit dem Telefonieren einfach nicht klappen wollte."

Hör auf damit!, protestierte sie stumm. Bring mich dazu, dich zu hassen.

„Übrigens, ich wollte etwas mit dir besprechen", sagte er.

Oh, dieser Tonfall! Gott, wie sehr sie diesen Tonfall hasste!

„Okay, ich weiß, das wird sich merkwürdig anhören, aber … Tut mir leid, ich bin deswegen ein wenig nervös."

„Jon, es ist okay", erwiderte sie, als sie endlich ihre Stimme wiederfand. „Red weiter."

„Ich weiß, dass wir uns gewissermaßen darauf geeinigt hatten, die Kinder nicht mitzunehmen, wenn wir mal für ein Wochenende wegfahren. Aber … Ich möchte gern, dass wir alle zusammen eine Reise unternehmen. Ich muss wegen eines Beraterjobs für zwei Wochen runter nach San Diego. Die Firma hat für mich ein Haus am Strand gemietet. Für einen ganzen Monat. Daher habe ich mir gedacht, wir könnten alle gemeinsam dort Urlaub machen und dann mit den Kindern nach Legoland und Disneyland fahren. Also, was meinst du? Eine Woche in San Diego, wir alle vier zusammen?“

„Eine Woche?“

Er verzog das Gesicht. „Okay, ich weiß, du kannst nicht so einfach freinehmen, vor allem weil du ja gerade erst weg warst. Aber falls es irgendwie möglich ist … Weißt du, das Haus hat vier Schlafzimmer. Wir hätten jeder ein eigenes Zimmer. Aber es wäre trotzdem ein guter Schritt vorwärts, mit den Kindern und so, dachte ich mir.“

„Eine Woche?“ Jetzt stammelte Kathryn ebenfalls. O Gott – der Umzug war nur vorübergehend! Ihre Mutter hatte nur einen Teil der Informationen mitbekommen.

Er stolperte zurück, denn sie schlang die Arme um ihn, sowohl euphorisch als auch zutiefst beschämt wegen ihrer Unterstellung, die auf dem Schlimmsten basiert hatte, das einem Ermittlungsbeamten unterlaufen konnte: voreiligen Schlüssen aufgrund unzureichender Informationen.

Sie küsste ihn leidenschaftlich. „Ja, ja, ja! Wir bekommen das schon irgendwie hin. Ich möchte jedenfalls sehr gern.“

Sie nahm gerade Jons Hand, als die massige Gestalt von Bishop Towne auf die Bühne trat und zu einem der Mikrofone ging. Es brandete ein donnernder Applaus auf, dazu viele begeisterte Rufe; dies war Mr Country persönlich, der sie begrüßte.

Kathryn Dance und Jon Boling begaben sich an die Seite der Bühne, um besser sehen zu können. Als ein Spotlight sich auf Towne richtete, wirkte er auf einmal alt und gebeugt.

„Einen guten Abend euch allen“, krächzte er. „Ich …“ Seine Stimme stockte, und er fing noch mal an. „Ich freue mich sehr, dass ihr heute gekommen seid.“

Wieder Pfiffe und Rufe und Beifall.

„Hört mal her … ich, äh, muss etwas bekannt geben.“

Die Menge wurde schlagartig ruhig. Allgemeine Bestürzung machte sich breit.

„Noch mal, wir danken euch für euer Kommen und wissen zu schätzen, wie sehr ihr Kayleigh in dieser schwierigen Zeit unterstützt.“ Als er nun sagte: „Ich muss euch mitteilen …“, setzte der Applaus wieder ein und wurde lauter und lauter. Innerhalb von zwei oder drei Sekunden stand das gesamte Publikum auf den Beinen.

Bishop war verwirrt. Was hatte das zu bedeuten?

Auch Kathryn konnte es sich nicht erklären, bis sie zum linken Teil der Bühne blickte und Kayleigh Towne vortreten sah, die eine Gitarre in der Hand hielt.

Sie blieb stehen und warf den Leuten eine Kusshand zu.

Kathryn bemerkte, dass auf der anderen Seite der Bühne Suellyn, Mary-Gordon und Sheri standen und dabei zusahen, wie Kayleigh nun zu ihrem Vater ging.

Bishop umarmte seine Tochter. Sie küsste ihn auf die Wange. Kayleigh stellte ein zweites Mikrofon auf ihre Größe ein und wartete, bis die Menge sich beruhigt hatte.

„Danke euch allen! Vielen Dank! … Mein Daddy wollte euch mitteilen, dass wir heute Abend eine große Überraschung für euch haben. Aber ich habe beschlossen, dass ich ihm das Rampenlicht nicht zu lange überlassen darf, sonst quatscht er sich wie üblich fest."

Lautes Gelächter.

„Wir möchten die heutige Show mit einem Vater-Tochter-Duett eröffnen." Sie gab Bishop die Gitarre und sagte: „Mein Daddy spielt besser Gitarre als ich, also lasse ich ihn die ganze Arbeit machen und singe bloß ein bisschen dazu. Also, dieses Lied hat Daddy mir immer vorgesungen, als ich noch klein war. Es heißt ‚I Think You're Going to Be a Lot Like Me' – ich glaube, du wirst mir mal ziemlich ähnlich."

Ein Blick in seine Richtung. Er nickte, und über sein wettergegerbtes Gesicht huschte ein Lächeln.

Während der Applaus abebbte, legte Bishop Towne sich den Riemen der Gitarre über die breiten Schultern und überprüfte mit einigen Akkorden, ob das Instrument richtig gestimmt war. Dann wandte er sich wieder den Tausenden erwartungsvollen Fans zu. Er gab den Takt mit dem Fuß vor, beugte sich zum Mikrofon und zählte an: *„One … two … three … four …"*

Zwei große Leidenschaften: Wörter und Musik

JEFFERY DEAVER

Jeffery Deaver sagte einmal in einem Interview, es sei seine Aufgabe als Thrillerautor, „meinen Lesern mit meinen Thrillern die spannendste Achterbahnfahrt zu bieten, die ich mir nur ausdenken kann." Dies schafft er mit seinen Bestsellern, die in 150 Ländern erscheinen, nun schon seit mehr als 20 Jahren. Seit er seinen Beruf als Rechtsanwalt an den Nagel gehängt hat, lebt der 1950 geborene Deaver abwechselnd in Virginia und Kalifornien und widmet sich dem Schreiben. Viele seiner intelligenten psychologischen Thriller wurden mit renommierten Preisen ausgezeichnet.

Seine Fangemeinde hält er mit falschen Fährten, schaurig-schönem Nervenkitzel und unerwarteten Wendungen bei der Stange. Kein Wunder, dass die Filmbranche auf ihn aufmerksam wurde: Sein 1999 veröffentlichter Roman *Die Assistentin* wurde unter dem Titel „Der Knochenjäger" mit den Schauspielern Angelina Jolie und Denzel Washington verfilmt und ein weltweiter Kino- und DVD-Erfolg. Umgekehrt hat auch Jeffery Deaver sich vom Kino inspirieren lassen: Im Jahr 2011 schrieb er einen James-Bond-Roman, der unter dem Titel *Carte Blanche* erschien.

Die Angebetete ist sein dritter Thriller in der Reihe um die Kinesik-Expertin Kathryn Dance. Etwas ganz Besonderes an diesem Krimi ist, dass es die Lieder seiner Romanheldin Kayleigh Towne tatsächlich gibt: Deaver fand eine Band, die die Songtexte aus *Die Angebetete* vertonte und von der Sängerin Treva Blomquist singen ließ. Damit hat er geschafft, wovon er seit seiner Jugend geträumt hat: die Verbindung seiner beiden – wie er selbst sagt – „großen Leidenschaften: Wörter und Musik".

Herzlichen Glückwunsch, Sie haben gewonnen!

Dora Heldt

Heinz beugte sich verschwörerisch zu Johanna. „Eben habe ich es erst begriffen. Sie sind Johanna Jäger. Ich kenne Sie aus dem Radio. Obwohl ich Sie mir ganz anders vorgestellt hatte, eher älter und breiter, nicht so hübsch. Aber keine Sorge: Meine Lippen sind versiegelt. Ich sag's noch nicht mal Walter. Oder? Könnte ich ihm das vielleicht doch sagen?"

Johanna zögerte. „Aber nur, wenn er ebenfalls dichthält. Versprochen?"

Heinz legte die Hand aufs Herz. „Sie können sich auf uns verlassen, Johanna. So, und jetzt sollten wir zurück zum Tisch."

Lottes Cremeschnittchenfabrik, schönen guten Tag."
Der Anrufer schnappte kurz nach Luft, dann sagte er: „Heinz? Was soll der Blödsinn? Hier ist Walter."

„Ich weiß." Heinz nickte, obwohl sein Schwager es am anderen Ende nicht sehen konnte. „Dein Name steht ja auf dem Display."

„Dann melde dich doch vernünftig und lass diesen pubertären Quatsch."

„Ich brauche mich eigentlich gar nicht zu melden. Ich sehe, wer anruft und du weißt, welche Nummer du gewählt hast. Also." Heinz kratzte sich am Rücken. „Oder hast du schon vergessen, mit wem du sprechen wolltest?"

„Natürlich nicht." Walter machte eine kurze Pause. „Wie um alles in der Welt kommst du auf Cremeschnitten?"

„Die gibt es heute zum Kaffee. So kleine Dinger mit Creme in der Mitte. Hat Charlotte gebacken. Es gibt genug, ihr könnt auch kommen."

„Inge ist in der Sauna. Und ich …"

Während Walter noch überlegte, ging Heinz mit dem Telefon am Ohr in Richtung Küche. Da standen die beiden Platten mit den Cremeschnitten. Sahen hervorragend aus. Walter würde sich das kaum entgehen lassen.

„… ich könnte mich eigentlich aufs Rad setzen und vorbeikommen."

Heinz nickte. Walter kam immer, wenn es Kuchen gab. Dabei war sein Cholesterinspiegel viel zu hoch, das schob er aber auf die Gene.

Heinz war cholesterinmäßig topfit, er hatte hervorragende Werte für sein Alter und war sich sicher, dass Walter das fuchste. Sechs Jahre jünger, aber schlechtere Werte. Nur vom undisziplinierten Essen. Dabei wurde Walter erst in einem Jahr siebzig.

Heinz beobachtete durch das Küchenfenster den Nachbarn, der sich mühte, den Rasenmäher auf den Friesenwall zu bugsieren. Deshalb bekam er den Anfang von Walters nächstem Satz nicht mit.

„… auch erhalten?"

„Was erhalten? Thomsen hat einen neuen Rasenmäher. Viel zu groß. Typisch Angeber. Und jetzt bekommt er ihn nicht den Wall hoch."

„Diese Fahrt an die Schlei. Bist du da auch ausgewählt?"

„Wie? Schlei? Was für eine Fahrt?"

„Du hörst mir nicht zu.“ Walters Stimme klang unwirsch. „Ich erzähle dir bahnbrechende Neuigkeiten, und du interessierst dich nur für Thomsens Rasenmäher.“

Heinz seufzte. Seit Walter vor drei Jahren mit Inge wieder nach Sylt gezogen war, sahen sie sich natürlich öfter als früher, deshalb fielen ihnen ihre Macken auch so auf. Wobei es nicht sehr viele waren. Heinz fand sich und Walter durchaus umgänglich. Versöhnlich fuhr er fort: „Nun sei nicht so, Walter. Erzähl, was ist mit der Schlei?“

„Ich war dort mal als Kind, um aufgepäppelt zu werden. Kurz nach dem Krieg. Es war sehr schön da. Ich habe in letzter Zeit öfter daran gedacht.“

„Willst du wieder aufgepäppelt werden?“ Heinz wusste nicht, worüber Walter redete. „Dann komm doch her. Cremeschnitten päppeln.“

HEINZ sah kopfschüttelnd zu, wie Walter die Fahrradtasche vom Gepäckträger schnallte. „Was hast du denn da alles mit?“

„Unterlagen. Ist Charlotte nicht da?“

„Äh, nein, leider. Die Cremeschnitten waren für den Rotkreuzbasar. Charlotte bringt sie gerade hin. Wir haben aber noch Kekse.“

Ein Anflug von Enttäuschung huschte über Walters Gesicht. „Egal. Ich wäre sowieso vorbeigekommen. Hast du deine Lesebrille parat?“

Am Tisch auf der Terrasse glättete Walter einen Briefbogen und schob ihn seinem Schwager zu. „Guck dir das mal an.“

Heinz setzte bedächtig die Brille auf und begann halblaut vorzulesen:

„Herzlichen Glückwunsch, Sie haben gewonnen!

Sehr geehrter Herr Walter Müller,
Sie haben allen Grund, sich zu freuen, denn Sie gehören zu einem kleinen auserwählten Kreis, dem die Firma Ostseeglück ein Angebot macht, das Sie kaum ausschlagen können. In Zeiten der Unsicherheit auf den Finanzmärkten fragen sich wohlsituierte Senioren, die jahrzehntelang Rücklagen für einen sorgenfreien Lebensabend geschaffen haben: ‚Was passiert mit meinem Geld? Habe ich alles richtig gemacht?‘ Wir können diese Fragen für Sie beantworten.

In einer der malerischsten Gegenden Norddeutschlands zeigen wir Ihnen Kapitalanlagen, die Sie begeistern werden. Zusammen mit Gleichgesinnten verbringen Sie ein zauberhaftes Wochenende am Ostseefjord, wo unsere Reiseleitung kaum einen Ihrer Wünsche unerfüllt lässt. Da dieses exklusive Angebot natürlich nur einem kleinen ausgesuchten Kreis unterbreitet werden kann, füllen Sie am besten sofort das beiliegende Formular aus. Sie können eine Begleitperson Ihrer Wahl mitnehmen, geben Sie auch deren

Daten an. Aus den eingehenden Zuschriften wählen wir dann die Personen aus, die an diesem exklusiven Wochenende teilnehmen werden.

Die Firma Ostseeglück wünscht Ihnen viel Erfolg!

Mit herzlichen Grüßen aus dem herrlichen Feriengebiet der Schlei
Ihr Dr. Theo von Alsterstätten
Geschäftsführer“

Langsam nahm Heinz die Brille ab und schob den Brief zurück zu Walter. „Wie sind die denn auf dich gekommen?“

„Ich passe doch genau in ihr Profil.“ Walter beugte sich vor und tippte mit dem Zeigefinger auf den Brief. „Wohlsituierte Senioren, hier steht es.“

„Ich bin genauso wohlsituiert.“ Mit beleidigtem Gesicht riss Heinz die Kekspackung auf und fummelte ein Waffelröllchen aus dem Zellophan. „Als ob du mehr Pension kriegen würdest. Ich finde es unmöglich, dass du eine Einladung bekommst und ich nicht.“

„Das ist doch egal“, winkte Walter ab. „Eine Einladung reicht völlig. Ich trage dich einfach als meine Begleitperson ein – Inge interessiert sich sowieso nicht für Geldanlagen. Siehst du, hier unten: Heinz Schmidt. So. Und dann fahren wir umsonst an die Schlei. Ich wollte da immer schon mal wieder hin. Das waren damals meine schönsten Ferien: jeden Tag schwimmen und Streuselkuchen. Und schönes Wetter. Das wird ein Superwochenende, für das wir keinen Cent bezahlen müssen. Wir investieren nur das Porto.“

DREI TAGE SPÄTER saßen sie zu viert in der „Strandhalle“, Inges Lieblingsrestaurant, in das Walter eingeladen hatte, nachdem er morgens die Post aus dem Briefkasten gefischt hatte. Eigentlich hatte er gedacht, dass sie hier die gewonnene Reise feiern würden, doch jetzt sah das Ganze etwas anders aus.

„Das ist doch eine Schnapsidee, oder?“ Inge schob den Brief in den Umschlag zurück und sah Charlotte Hilfe suchend an. „Wie findest du das denn?“

Walter hätte sich gewünscht, dass seine Angetraute etwas begeisterter reagierte. Das war trotz des guten Essens leider nicht der Fall. Und Charlotte stimmte ihrer Schwägerin auch noch zu.

„Ostseefjord? Was wollt ihr da? Heinz, du machst doch immer einen mittleren Aufstand, wenn du Sylt mal verlassen sollst, und jetzt willst du mit Walter an die Schlei? Im Bus ab Bremen?“

„Warum nicht?“ Heinz bemühte sich um ein freundliches Gesicht. „Drei Nächte im Hotel, exklusiver Rahmen und ohne einen Cent Zuzahlung, das ist doch toll. Außerdem ist es ein Herzenswunsch von Walter, noch einmal die Schlei zu sehen.“

„Heinz.“ Seine Schwester Inge hob die Augenbrauen. „Du tust, als hätte

Walter nur noch zwei Wochen zu leben. Und von wegen Herzenswunsch. Ich habe ihn in den letzten vierzig Jahren nicht ein Mal von der Schlei reden hören. Walter, sag was!“

Walter sah verträumt in die Runde. „Es waren meine schönsten Ferien. Ich sehe die Landschaft noch vor mir: pure Idylle, viel Wasser, viel Raps und ich als achtjähriger Steppke mittendrin. Ein Traum!“

„Das ist über sechzig Jahre her“, warf Charlotte ein. „Wie auch immer: Habt ihr euch mal erkundigt, was das für ein Veranstalter ist? Ich finde, das klingt nicht seriös. Würde mich nicht wundern, wenn ihr mit Schnellkochtöpfen und Salatschleudern zurückkämt.“

„Ich weiß wirklich nicht, warum ihr so negativ seid.“ Walter stieß Heinz unter dem Tisch an. „Die Firma ist in Ordnung, das habe ich recherchiert. Die Klientel besteht aus gut situierten Senioren, die an Wirtschaftsfragen interessiert sind. Wahrscheinlich gibt es den einen oder anderen Vortrag über Finanzen und Politik, das ist für euch natürlich nicht so spannend. Aber ich finde das alles interessant, und wir bezahlen nichts dafür. Ihr könntet euch einfach mitfreuen.“

„Genau.“ Heinz hatte den Tritt richtig verstanden. „Immerhin wurde Walter ausgewählt. Da kommt nicht jeder Hinz und Kunz mit. Außerdem muss man ab und zu mal über den Tellerrand gucken, sonst rostet man ein.“

„Ach ja?“ Zum Glück kam in diesem Moment die Bedienung mit dem gebratenen Dorsch, sodass Charlottes Kommentar unterbrochen wurde.

Johanna sah ihre Tante sofort, als sie das Restaurant betrat. Finchen saß an einem Tisch am Fenster, ein Glas Sekt und die Speisekarte vor sich.

„Hallo Tante Finchen.“

Mit strahlendem Lächeln hob die alte Dame den Kopf. „Johanna, wie schön, dass es geklappt hat. Setz dich, Kind, du siehst abgespannt aus. Und dünn bist du geworden. Isst du nichts mehr?“

Johanna küsste sie auf die Wange und ließ sich auf den Stuhl sinken. Finchen trug eine knallbunte Tunika über einer weißen Hose. Die roten Haare standen in alle Richtungen ab, bei jeder Bewegung klimperten mindestens zehn Armreifen. „Auffällig“ wäre eine Untertreibung gewesen. Keinesfalls wirkte sie so, wie man sich eine alleinstehende 75-Jährige vorstellt.

„Möchtest du auch ein Glas Sekt vor dem Essen?“

Abwehrend hob Johanna die Hände. „Um Himmels willen, es ist nicht mal ein Uhr, und ich habe noch Sendung.“

„Ach komm, nur ein Glas. Das kriegen die Hörer gar nicht mit. Außerdem haben wir was zu feiern.“ Sie drehte sich nach dem Kellner um.

Finchen hieß eigentlich Josefine Jäger und war die ältere Schwester von Johannas Vater. Der große Name Josefine passte nicht so recht zu der zierlichen Person, die Johanna gerade mal bis zum Kinn ging. Deshalb hatte sich die kurze Version durchgesetzt – allerdings nur in der Familie.

Finchen hatte in den Sechzigerjahren geerbt, genau wie Johannas Vater. Ihre Eltern, die eine Druckerei in Hamburg und zwei Mehrfamilienhäuser besessen hatten, waren früh bei einem Autounfall ums Leben gekommen. Johannas Vater übernahm später die Druckerei, Finchen bekam die Häuser und absolvierte eine Ausbildung zur Schauspielerin. Geld verdienen musste sie nicht, denn sie hatte eines der Häuser verkauft, mit dem Erlös das andere ausgebaut und erfolgreich vermietet. Schauspielerin aber war sie mit ganzer Leidenschaft gewesen. Auch wenn die großen Rollen ausblieben, wurde sie immer wieder für Nebenrollen in Fernsehserien gebucht. In den letzten Jahren war es ruhiger geworden, was Finchen nicht schlecht fand. Sie hatte genug zu tun, ging ins Kino und ins Theater, besuchte ihre verstreut lebenden Freundinnen und war ständig auf der Suche nach Abwechslung.

„Hallo, junger Mann, bringen Sie meiner Nichte bitte eine Speisekarte und ein Glas Sekt?“

Johanna war immer wieder überrascht, wie weit die Stimme einer so kleinen Person tragen konnte. Der Kellner war zusammengezuckt, die anderen Gäste sahen zu ihnen herüber.

Finchen nickte ihnen freundlich zu und sagte leiser: „Da kann man sich ja bewusstlos winken, bis der einen mal anguckt. So, jetzt erzähl mal: Was ist mit Max?“

Seufzend schlug Johanna die langen Beine übereinander. „Tante Finchen, bist du extra aus Bremen nach Hamburg gekommen, um mit mir über Max zu reden?“

„Nein, nein.“ Finchen lächelte sie an. „Ich gehe heute Abend mit Selma in die Oper und übernachte auch bei ihr. Vorher will ich noch in dieses schöne Hutgeschäft. Ist Max wirklich ausgezogen? Wo wohnt er denn jetzt?“

Mit einem Ruck setzte sich Johanna aufrecht hin. „Max wohnt im Moment bei einem Kollegen. Sagt er zumindest. Vielleicht ist er auch bei dieser blassen Ziege eingezogen, das interessiert mich nicht.“

„Johanna, du kannst doch nicht einfach zehn Jahre Ehe wegschmeißen …“

„*Er* hat sie weggeschmissen! Und zwar genau in dem Moment, als er mit Mareike Wolf in die Kiste gestiegen ist.“

Finchen zuckte zusammen. „Du bist brutal. Max sagt, es ist alles ganz anders gewesen. Ich habe ihn letzte Woche angerufen.“

Bevor Johanna ihre spontane Antwort loswerden konnte, kam der Kellner mit dem Sekt. Sie atmete tief durch und wartete, bis er weg war, bevor sie hervorstieß: „Danke, Tante Josefine, für deine uneingeschränkte Loyalität. Da fühle ich mich doch gleich besser."

Finchen schüttelte nur nachsichtig den Kopf. „Johanna, du bist vierzig, keine vierzehn. Du solltest nicht irgendwelchen Gerüchten …"

„Hör zu." Johanna beugte sich vor. „Max Schulze ist nach einer Buchpräsentation der grauenhaften Jungautorin Mareike Wolf erst morgens um acht und sehr derangiert nach Hause gekommen. Er hat bei ihr übernachtet, das haben mir drei Kollegen im Sender erzählt. Sie schreibt ihm ununterbrochen Mails und ruft bei uns an, er kann sich angeblich an nichts erinnern. Für wie blöd hält er mich eigentlich? Und jetzt wechsle bitte das Thema, sonst lass ich dich mit beiden Sektgläsern hier sitzen."

„Tut mir leid", wehrte Finchen ab. „Prost, Kind, auf bessere Zeiten. Wann hast du Sendung?"

„Um drei." Johanna nahm das Friedensangebot an. „‚Radio Nord – das Nachmittagsmagazin'. Ich muss noch meine Moderation schreiben, also lass uns mal bestellen. Du hast gesagt, es gibt einen Grund zum Feiern?"

Mit einem strahlenden Lächeln hob Finchen ihr Glas. „Ja. Wir beide fahren für ein Wochenende zusammen weg. Da kommst du auf andere Gedanken, wir haben mal wieder ein bisschen Zeit für uns, und das in einer zauberhaften Gegend in einem exklusiven Hotel. Was sagst du?" Mit großer Geste zog sie einen Brief aus der Handtasche und glättete das Papier, bevor sie ihrer Nichte den Bogen hinschob. „Ich freue mich so!"

„Herzlichen Glückwunsch, Sie haben gewonnen …", las Johanna erst vor, dann bewegten sich nur noch ihre Lippen. Ihre Stirn krauste sich, als sie den Kopf hob. „Ostseeglück? Kapitalanlagen? Was ist das denn für ein Quatsch? Sag bloß, du hast das Formular ausgefüllt?"

„Ja sicher." Irritiert hielt Finchen Johannas Blick stand. „Und ich wurde ausgewählt, der Bescheid kam letzten Freitag. Ich habe dich als Begleitperson eingesetzt, das ist schon alles angemeldet. Ich dachte, du freust dich." Niemand konnte so enttäuscht aussehen wie Finchen. „Ich weiß, was du jetzt denkst", sagte sie mit sanfter Stimme, „aber das ist falsch. Die Gegend dort an der Schlei ist wunderschön, und man kann sich doch mal finanziell beraten lassen. Ich muss sowieso einen Teil meines Geldes neu anlegen. Es ist eine ganz exklusive Reise, die nehmen da nicht jeden mit."

Johanna schüttelte den Kopf. „Ich …"

„Du hast an dem Wochenende dienstfrei", unterbrach Finchen sie. „Deswegen habe ich nämlich mit Max telefoniert. Weil es doch eine Überraschung für dich sein sollte. Ach bitte, Johanna, tu mir den Gefallen. Ich hab noch nie etwas gewonnen." Jetzt glitzerten sogar Tränen in ihren Augen. „Und ich habe schon allen erzählt, dass du mitkommst. Selma fand das so rührend, sie kennt dich ja nur aus dem Radio, sie hört immer deine Sendung. Und sie hat gesagt, dass sie fast neidisch ist, dass ich ein so gutes Verhältnis zu meiner Patentochter habe. Gerade weil ich doch selbst nie Kinder hatte." Sie tupfte sich mit der Serviette die Augen und seufzte laut.

Die Gäste am Nebentisch sahen mitfühlend herüber, auch der Kellner beobachtete sie. Johanna gab ihm ein Zeichen. „Können wir bestellen, bitte?"

Bevor er den Tisch erreicht hatte, beugte sie sich vor und sagte leise: „Josefine, das ist Erpressung."

Wenn Walter etwas hasste, war es schlechte Planung. Sein Schwager Heinz teilte diese Einstellung voll und ganz. Deshalb waren sie beide auch gute Beamte gewesen, mit einer Reihe von Bestbeurteilungen. Was sie anpackten, hatte Hand und Fuß.

So saß Walter jetzt schon seit zwei Stunden im Büro und kümmerte sich um die Reiseplanung. Das war ganz einfach mit diesem Routenplaner im Computer. Angeblich. Aber aus irgendwelchen Gründen bekam er jedes Mal eine andere Strecke angezeigt. Die letzte war die bislang kürzeste: Niebüll – Bremen 240 Kilometer. Davor waren es 307 gewesen. Walter wusste nicht, was er falsch eingegeben hatte.

Als es an der Tür klopfte, drehte er sich um und rief laut: „Herein!"

Heinz kam mit einer Papiertüte in der Hand ins Zimmer. „Morgen, Walter. Wie weit bist du?"

„Weißt du, warum dieser Routenplaner jetzt 240 Kilometer sagt und vorhin fast siebzig Kilometer mehr?" Walter klopfte mit einem Bleistift auf den Bildschirm.

Heinz beugte sich über seine Schulter. „Das ist zu Fuß. Die andere Strecke ist die mit dem Auto, die kannst du ausdrucken."

„Ach so." Walter kratzte sich am Kopf. „Zu Fuß … Habe ich das eingegeben? Das sind aber auch so kleine Schriften. Also jetzt, drucken."

Sie starrten gebannt auf den Drucker, der leise zischende Geräusche von sich gab. Die grüne Lampe flackerte, dann leuchtete die rote auf.

Walter schlug leicht auf das Gerät. „Wieso druckt der nicht? Wir brauchen doch die Karte."

„Haben wir, mein Lieber." Heinz griff nach der Papiertüte und zog mehrere Straßenkarten heraus. „Norddeutschland, Stadtplan Bremen, alles dabei. Wir benötigen den Routenplaner nur für den Zeitplan."

„Der steht." Walter hielt Heinz eine Klarsichthülle entgegen, die ein eng beschriebenes Blatt enthielt. „Ich habe alles aufgelistet. Hier, bitte."

Heinz hatte Mühe, Walters winzige Handschrift zu lesen.

Mittwoch	
Allgemeines:	Reiseproviant: Schnittchen, Obst (geschnitten), Kaltgetränke, jede Stunde Fahrerwechsel
15.45	Abfahrt zur Autoverladung Westerland
16.30	Abfahrt des Autozugs
ca. 17.00	Ankunft des Autozugs in Niebüll
ca. 17.15	Abfahrt in Richtung Bremen
Laut Routenplaner beträgt die voraussichtliche Fahrzeit bei Feierabendverkehr 3 Stunden 31 Minuten	
ca. 18.30	kleine Pause an der Autobahnraststätte Aalbek
ca. 20.15	kleine Pause an der Autobahnraststätte Ostetal Süd
ca. 21.30	Ankunft im „Hotel Weserblick", Bremen
ca. 22.30	Nachtruhe

Heinz sah kurz hoch und nickte beifällig. „Hervorragend."

„Walter, kommst du Kaffee trinken?" Inge stand plötzlich hinter den beiden. „Ach, Heinz, du bist ja auch da. Lass mal sehen." Sie griff so schnell nach der Routenplanung, dass Heinz losließ. Mit einem Stirnrunzeln überflog sie das Geschriebene und schüttelte den Kopf. „Ihr fahrt mit dem Auto bis Bremen und übernachtet da?"

Walter lächelte seine Frau freundlich an. „Der Bus fährt am Donnerstag schon um elf Uhr los. Das schaffen wir ja wohl nicht ohne Übernachtung."

Entgeistert sah Inge ihren Mann an. „Und dann fahrt ihr exakt dieselbe Strecke mit dem Bus zurück? Und das Auto bleibt in Bremen? Das ist doch total bescheuert."

Walter blieb immer noch freundlich. „Das Auto stellen wir in ein bewachtes Parkhaus. Mach dir mal keine Sorgen um den Wagen."

„Ich mache mir keine Sorgen um den Wagen, ich mache mir Sorgen um euren Verstand." Inges Augen funkelten. „Ihr könntet doch dem Veranstalter sagen, dass er euch in Schleswig aufgabeln soll."

„Die Idee ist nicht gut." Walter sah sie fast mitleidig an. „Alle starten gemeinsam in Bremen und können sich fast vier Stunden lang kennenlernen. Und wir steigen als Einzige kurz vor dem Ziel zu. Wir sind dann Außenseiter, Inge, wir kommen überhaupt nicht mehr in den inneren Kreis."

„Innerer Kreis." Seine Frau tippte sich an die Stirn. „Aber gut, ihr seid alt genug. Beschwer dich nur nicht, wenn wieder alles schiefgeht."

„Was soll denn da schiefgehen?“ Heinz verschränkte entrüstet die Arme vor der Brust. „Du bist ja nur neidisch.“

Inge blickte erst ihren Bruder, dann ihren Mann resigniert an. „Wir werden sehen. Und jetzt kommt, Kaffee trinken.“

Inge und Charlotte sahen dem Autozug nach, bis er endgültig verschwunden war. „So.“ Charlotte drehte sich zu Inge. „Dann hoffen wir mal, dass alles gut geht. Wenn die beiden zusammen sind, befeuern sie sich ja immer gegenseitig mit ihren kruden Ideen.“

Inge lächelte. „Da müssen die anderen exklusiven Gewinner jetzt durch. Vermutlich lauter Landadelige. Walter hat seinen dunkelblauen Blazer eingepackt, zwei Anzüge, drei weiße Oberhemden und schwarze Abendschuhe Die hat er vor fünfzehn Jahren zuletzt getragen.“

„Heinz wollte auch nur ‚gepflegte Garderobe‘. Viermal musste ich den Koffer umpacken, weil der Herr es sich anders überlegt hat.“

Langsam gingen die beiden Richtung Parkplatz, wo Charlottes Auto stand. Walter hatte darauf bestanden, mit seinem Wagen nach Bremen zu fahren. Theoretisch könne es ja passieren, dass man bei der An- oder Abfahrt auf einen anderen Teilnehmer der exklusiven Seniorentour treffe, hatte er gesagt. Da sei man mit einem Mercedes auf der sicheren Seite. Heinz war nur einen kleinen Moment beleidigt gewesen. Dann überwog die Erleichterung darüber, dass sein garagengepflegter Golf nicht drei Tage lang in einem fremden Parkhaus stehen musste, sondern sicher auf der Insel bleiben konnte.

„Wollen wir zur Feier des Tages in der ‚Sturmhaube‘ essen?“, fragte Charlotte, während sie sich anschnallte. „Unsere Männer leisten sich ein Hotel, da können wir uns doch auch was gönnen.“

Inge nickte sofort. „Und ich lade dich ein. Immerhin bin ich die Gattin des Preisträgers.“

Der Autozug ratterte über den Hindenburgdamm, und Walter überzeugte sich zum wiederholten Mal, dass die Handbremse wirklich fest angezogen war. Sie standen hinter einem Porsche. Der Polo seiner Nichte Christine war vor einigen Jahren auf dem Autozug gegen den vor ihr stehenden Wagen gerumst. Auch ein Porsche, über 7000 Euro Schaden. Ihr Vater Heinz hatte sich damals kaum beruhigen können über so viel Unachtsamkeit.

„Ist die Handbremse fest?“, fragte er jetzt. „Christine ist ja mal …“

„Ich weiß“, unterbrach ihn Walter. „Ich habe gerade daran gedacht. Willst du ein Schnittchen? Inge hat genug gemacht.“

„Wir sind doch nicht einmal eine halbe Stunde unterwegs. Ich habe noch keinen Hunger. Aber iss du ruhig …“

Walter wandte sich den Plastikdosen mit den Schnittchen zu. „Dann eben nicht“, sagte er und nahm sich ein Leberwurstbrot. „Guck, jetzt sind wir schon in Klanxbüll. Alles genau im Zeitplan.“

Zu seiner großen Zufriedenheit lagen sie bei der Auffahrt zur A7 weiterhin im Plan. Er beschleunigte und sah auf die Uhr. „Ich will mich nicht selbst loben, aber der Reiseplan zeugt von einer gewissen Genialität.“

Heinz beugte sich vor, um den Tacho besser sehen zu können. „Ein bisschen mehr Gas, Walter. Ich denke, die Karre hat so viel PS.“

„Hat sie auch.“ Walter wandte den Blick nicht von der Fahrbahn. „Spritsparen ist das Stichwort. Wir haben noch eine weite Strecke vor uns, und ich wollte unterwegs nicht tanken.“

„Aber du fährst neunzig“, sagte Heinz. „Uns überholt gerade ein Schulbus. Die A7 ist eine Autobahn. Da darf man nicht nur, da muss man schneller fahren.“

Walter warf einen kurzen Blick durchs Seitenfenster und sah den Busfahrer wild gestikulieren. „Der spinnt ja. Das kostet Geld, dieses Vogelzeigen. Auch noch vor Kindern. Ich könnte mir die Nummer merken und ihn anzeigen, dann ist er seine Busfahrerzulassung los.“

„Du kannst auch einfach Gas geben.“

„Heinz, ich fahre jetzt auf den nächsten Parkplatz, und dann bist du dran. Alles was wir über sieben Liter auf hundert Kilometern verbrauchen, geht auf deine Rechnung. Dafür kannst du dann auch rasen.“

Walter nutzte den Fahrerwechsel für ein paar Kniebeugen und forderte seinen Schwager zum Mitmachen auf. Doch Heinz saß schon auf dem Fahrersitz. Er schnallte sich an, verstellte die Spiegel und rief durchs Fenster: „Steig ein, es geht weiter! Wir machen erst an der Raststätte Aalbek Pause.“

Er startete den Motor. „Wenn wir bei jedem Fahrerwechsel den Affen machen, klappt der Zeitplan nie.“

„Den Affen“, schnaubte Walter. „Wir werden ja sehen, wer …“

„Sag mal“, unterbrach Heinz und reihte sich auf der Autobahn ein, „hast du den Wagen eigentlich noch durchgecheckt?“

Walter schüttelte den Kopf. „Der war erst zur Inspektion.“

Heinz sah seinen Schwager an. „Aber man prüft doch vor jeder Reise das Öl, das Kühlwasser, den Reifendruck …“

„Guck nach vorn und fahr bitte etwas konzentrierter. Mein Wagen ist gewartet, gepflegt, gewaschen, du brauchst dir keine Sorgen zu machen. Und jetzt würde ich gern etwas Radio hören, wenn es dir nichts ausmacht.“

Walter beugte sich vor, um einen Sender zu suchen. Doch egal welche Musik gespielt wurde, nach wenigen Takten drehte er weiter.

Heinz warf ihm einen tadelnden Blick zu. „Suchst du ein bestimmtes Lied oder was?"

„Inge verstellt mir immer den Sender. Hier ist er, Radio Nord. Da moderiert so eine nette junge Frau, Jana Förster oder so." Walter lehnte sich wieder zurück. „Wie lange dauert das denn noch bis Aalbek? Ich könnte eine schöne Tasse Kaffee vertragen."

„Die Moderatorin heißt Johanna Jäger. Die meinst du doch, oder?"

Heinz bekam keine Antwort mehr. Sein Schwager war eingeschlafen und schreckte erst auf, als Heinz den Motor abstellte.

„Was ist jetzt …" Schlaftrunken sah Walter sich um. „Ach, wir sind da? Ich bin wohl einen kleinen Moment eingenickt."

„Du hast fast eine Stunde geschlafen", antwortete Heinz vorwurfsvoll. „Das ist für den Fahrer nicht schön, wenn der Beifahrer die ganze Zeit vor sich hin schnarcht. Kommst du jetzt? Ich habe Hunger."

Mit einem leisen Stöhnen stieg Walter aus dem Wagen und streckte sich. „Was ist denn mit den Schnittchen? Wir haben doch Proviant mit."

„Sind nur noch Schmierkäseschnittchen da. Die kannst du allein essen."

Walter beeilte sich, seinem Schwager in die Raststätte zu folgen, und blickte kurze Zeit später neidisch auf die warme Frikadelle mit Kartoffelsalat, die Heinz vor sich stehen hatte. „Sieben Euro fünfzig für einen Klops, das ist doch Wucher."

Heinz zog den Teller näher, schob sich die volle Gabel in den Mund und kaute. „Fabelhaft."

Walter schluckte und schüttelte den Kopf. Betont desinteressiert ließ er seinen Blick durch den Raum wandern. Am Nebentisch sah er vier ältere Männer in Anzügen, die auf den Monitor eines Laptops starrten. Geschäftsleute, die selbst die kleine Pause nutzten, um zu arbeiten. Das gefiel ihm. Auch er hatte seine Arbeit beim Finanzamt Dortmund Mitte immer äußerst ernst genommen.

Er wandte sich wieder Heinz zu. Der hatte noch nicht einmal die Hälfte der Frikadelle geschafft. „Schmeckt es dir nicht?"

„Doch, doch." Heinz nickte. „Aber ich muss ja nicht so schlingen. Hast du die vier Männer hinter dir gesehen? Die sind auch nicht mehr so jung und müssen noch arbeiten. Sogar in ihrer Pause."

Walter sah noch einmal hin. „Könnte auch sein, dass die vier mit an die Schlei fahren. Vielleicht haben sie sich auf dem Laptop ihre Bankgeschäfte angesehen. Sag mal, isst du die Frikadelle nicht auf?"

Mit einem bedauernden Blick auf den Teller legte Heinz das Besteck zur Seite. „Ich bin satt. Möchtest du?“

Walter hatte den Teller schon zu sich gezogen. „Man muss das Essen doch nicht wegschmeißen. Sieben Euro fünfzig.“

ALS HEINZ UND WALTER von der Toilette kamen, waren die vier Geschäftsleute nicht mehr da. „Schade“, sagte Walter. „Ich hätte sie gern gefragt, ob sie zu unserer Gruppe gehören. Na, das werden wir ja sehen.“

Ohne Zwischenfälle setzten sie die Fahrt fort. Heinz studierte die Straßenkarten, Walter fuhr ruhig, konzentriert und nie schneller als hundert Stundenkilometer. Ab und zu summte er einen Schlager mit.

In dem Moment, als ein Schild die Raststätte Ostetal in fünf Kilometern ankündigte, verhielt sich das Auto seltsam. Walter verlangsamte das Tempo und umklammerte das Lenkrad.

„Was war das?“ Heinz drehte sich hektisch um. „Da war doch ein Geräusch. Hast du das gehört?“

„Nein.“ Walter trat kurz auf die Bremse. „Aber das Auto fährt so komisch. Da vorn ist ein Parkplatz.“

Ohne zu blinken, steuerte er auf den Seitenstreifen und rollte auf die Ausfahrt zu. Auf dem Parkplatz stellte er den Motor aus und atmete tief durch.

„Das war knapp.“ Seine Stimme klang gepresst.

Stirnrunzelnd sah Heinz ihn an, stieg aus und ging um den Wagen herum. Als er zurückkam, starrte Walter unverändert nach vorn.

„Wir haben einen Platten“, teilte Heinz ihm mit, während er wieder ins Auto stieg. „Hinten rechts. Total platt. Hast du einen Wagenheber?“

„Das hätte richtig schiefgehen können.“ Walter schüttelte den Kopf.

„Hallo?“ Heinz schlug seinem Schwager leicht auf die Schulter. „Wir brennen nicht. Und in dem Tempo, in dem du fährst, ist es physikalisch gar nicht möglich, dass sich der Wagen wegen eines platten Reifens überschlägt. Jetzt mach nicht so ein … Was ist das denn für ein Idiot?“

Er meinte den Fahrer eines silberfarbenen BMWs, der mit quietschenden Bremsen neben ihnen stoppte. Was dann folgte, ließ Heinz und Walter den Atem stocken. Zwei Männer in Jeans und dunklen Jacken sprangen aus dem Wagen, montierten mit geübten Handgriffen die Kennzeichen ab und warfen sie in den Kofferraum. Genauso schnell brachten sie zwei neue Schilder an.

Heinz und Walter drückten sich tiefer in ihre Sitze und verriegelten mit unauffälliger Bewegung die Türen. „Das glaube ich nicht.“ Walter versuchte, beim Sprechen die Lippen nicht zu bewegen. „Das sind Autoschieber. Und wir sind Zeugen. Guck da nicht so hin.“

Sie guckten trotzdem, genau in dem Moment, in dem der größere der beiden Männer sich vorbeugte. Seine Jacke rutschte hoch und eine Waffe kam zum Vorschein. Heinz gab ein gurgelndes Geräusch von sich. Mit zusammengepressten Zähnen zischte er: „Wenn wir einen Fehler machen, knallen die uns ab."

Sehr langsam zog er sein Handy aus der Tasche. „Ich rufe Christine an und gebe ihr das Kennzeichen durch. Falls was passiert."

„Bist du wahnsinnig?", flüsterte Walter. „Die denken, wir rufen die Polizei. Hör auf!"

Aber Heinz tippte bereits die Nummer. „Was machen die gerade?"

Walter schielte vorsichtig zur Seite. „Sie sind wieder im Auto. Und sie … sie gucken rüber. Sie sehen uns an!"

„Christine? Oh, gut, hier ist Papa … Hör mal, wir haben ein Problem …"

„Zu spät." Walters Hand krallte sich in Heinz' Oberschenkel. „Einer steigt aus. Er kommt auf uns zu."

Der Kleinere der beiden stand schon am Auto und klopfte an die Seitenscheibe. Entsetzt starrten Heinz und Walter ihn an.

Heinz hatte immer noch das Handy am Ohr. „Frag jetzt nicht, sondern schreib dir folgendes Autokennzeichen auf: HH-NF … Ich ruf gleich noch mal an."

Der Mann hielt einen Polizeiausweis an die Scheibe. Zögernd ließ Walter das Fenster herunter. „Ja?"

„Zivilfahndung. Entschuldigen Sie, aber wir haben gesehen, dass Sie uns beobachtet haben. Wir müssen da wohl etwas aufklären", sagte der Mann freundlich. „Wir wechseln die Kennzeichen aus ermittlungstaktischen Gründen. Nicht dass Sie jetzt die Kollegen anrufen."

Walter räusperte sich. „Wir haben überhaupt nicht auf Sie geachtet, uns beschäftigen ganz andere Probleme. Wissen Sie, wir haben einen Platten, und ich … ich kann keinen Reifen wechseln."

Sein Schwager mischte sich ein. „Ich kann das auch nicht. Ich kenne mich mit Mercedes nicht aus. Wir haben übrigens gar nichts gesehen, keine Sorge. Ist die Waffe da echt?" Er wich einem Stoß von Walters Ellenbogen aus.

Die Beamten sahen einander kurz an, dann sagte einer von ihnen: „Rufen Sie doch den Pannendienst."

„Pannendienst." Heinz stöhnte. „Das dauert ewig. Wir müssen weiter. Wir haben nämlich ein Treffen mit Geschäftsfreunden."

Nach einem weiteren Blickwechsel traten die Beamten zwei Schritte zur Seite. Während einer der beiden sein Handy zückte, ging der andere langsam zu dem silbernen BMW zurück.

„Der Pannendienst ist in zwanzig Minuten hier." Der Beamte hatte sein Telefon noch in der Hand. Er überlegte kurz, dann griff er in die Tasche und zog eine Karte hervor. „Hier, meine Visitenkarte. Falls etwas ist …“ Er nickte ihnen zu und ging mit schnellen Schritten zu seinem Dienstwagen.

Heinz und Walter sahen ihm stumm hinterher. Als der silberne Wagen den Parkplatz verlassen hatte, nahm Heinz seinem Schwager die Karte aus der Hand und verstaute sie umständlich in seiner Brieftasche.

„Ein Glück, dass wir so freundlich waren“, sagte er lächelnd. „Gute Kontakte zur Polizei können nie schaden.“

Das war das Magazin auf Radio Nord, am Mikrofon war Johanna Jäger. Und jetzt hören Sie die Nachrichten mit Anne Schünke. Ich wünsche Ihnen einen schönen Abend.“

Johanna gab ihrer Kollegin ein Zeichen, drückte auf den Knopf und nahm den Kopfhörer ab. Feierabend. Während sie schon Annes Stimme hörte, schob sie ihre Unterlagen zusammen, stand auf und öffnete die schwere Tür. Die Geräuschkulisse der Redaktion empfing sie: Stimmen, Telefonklingeln, das Lachen einer Kollegin. Johanna sehnte sich sofort in ihre schalldichte Kabine zurück. Gut, dass sie jetzt ein paar Tage freihatte.

Daniel, ihr bester Freund und liebster Kollege, saß schon am Schreibtisch und überflog die Texte für seine Moderation.

„Hey.“ Johanna ging um den Tisch und legte ihm dabei kurz die Hand auf die Schulter. „Bist du heute Abend zu Hause? Du musst mir dein Aufnahmegerät leihen. Meins hat eine Macke, es stoppt immer von selbst.“

„Kein Problem.“ Daniel las den Text zu Ende, dann sah er hoch. „Wie war’s mit Max? Wollte er nicht mit an die Schlei?“

Johanna runzelte die Stirn. „Wann wirst du es begreifen? Wir reden nur noch beruflich miteinander. Privat habe ich mich endgültig von ihm verabschiedet. Es ist durch. Restlos. Die Sache ist nicht mehr zu retten.“

„Johanna, du bist so stur. Gib ihm doch …“

„Lass es einfach.“ Sie griff nach Handy und Handtasche. „Ich gehe jetzt zur Redaktionskonferenz und dann nach Hause. Wenn dir ein anderes Thema einfällt, können wir nachher noch ein Bier trinken. Bis später!“

Daniel schüttelte den Kopf. Die Geschichte von Max und Johanna konnte einfach nicht vorbei sein, dazu war sie zu gut. Daniel war sogar Trauzeuge bei den beiden gewesen – und auch mal ein bisschen in Max Schulze verknallt, wie vermutlich jeder im Sender. Max war nicht nur attraktiv, klug und charmant, er war auch ein toller Kollege. Vor drei Jahren war er ihr Chef geworden, sie hatten es ihm alle gegönnt. Nur für Johanna war es im Moment schwierig, weil sie ihm beruflich nicht aus dem Weg gehen konnte.

Daniel stützte sein Kinn in die Hand und sah ihr durchs Fenster nach. Mit wütenden Schritten marschierte sie über den Hof. Sie hatte abgenommen, die Jeans waren zu weit, das erkannte er sogar von hier oben.

SPÄTER drückte Johanna die Türklingel ihres Nachbarn – kurz, lang, kurz, kurz, ganz lang – und wartete auf die Schritte hinter der Tür. Daniel öffnete und trat ein Stück zurück. „Alles klar? Koffer gepackt?"

Johanna nickte. „Hast du ein Bier für mich?"

„Sicher. Komm mit in die Küche."

Sie folgte ihm und schwang sich auf einen der Barhocker vor dem Küchentresen. Daniel war letzte Woche im Urlaub gewesen, sie hatten nur kurz miteinander gesprochen. Er wusste noch gar nicht, auf was für ein Abenteuer sie sich mit ihrer Reise einlassen würde. Routiniert hebelte er den Kronkorken von einer Bierflasche und reichte sie ihr. „Glas?"

„Nein danke." Nach dem ersten Schluck aus der Flasche fragte Johanna: „Willst du nicht wissen, wozu ich dein Aufnahmegerät brauche?"

„Zum Aufnehmen?" Daniel grinste und setzte sich auf den anderen Barhocker. „Vielleicht diktiert dir Finchen an der Schlei ihre Lebensgeschichte, damit du einen Roman daraus machen kannst. Besser als dieses Gewäsch von Mareike Wolf wird der allemal."

„Bitte fang nicht schon wieder mit diesem Thema an." Johanna stellte die Flasche auf den Tisch. „Langsam glaube ich, dass es der reine Schwachsinn ist, mit einem schwulen Mann befreundet zu sein und auch noch mit ihm zusammenzuarbeiten. Dir fehlt jegliche Distanz, mein Lieber."

„Ach komm. Du musst darüber reden, sonst frisst dich der Kummer auf. Ich frage nicht, wie viel du abgenommen hast, aber ich mache mir Sorgen. Wenn du schon nicht mit mir redest, dann wenigstens mit Max."

„Du musst nicht glauben, dass ich das nicht versucht hätte." Sie schloss kurz die Augen. „Beim letzten Mal hat er mit seiner Chefstimme gesagt: ‚Jetzt nicht, Johanna.' Bei ihm braucht man nämlich einen Gesprächstermin. Weil er so wichtig ist."

Daniel zog die Augenbrauen hoch. „Also bitte. Jetzt wirst du albern."

„Ach ja? Seit Max Chef ist, sind ihm alle anderen Dinge wichtiger als ich." Sie merkte selbst, dass sie ungerecht war, aber es fiel ihr leichter, wütend zu sein als traurig. „Lass uns das Thema wechseln, bitte." Sie atmete tief durch. „Habe ich dir erzählt, dass Finchen die Reise gewonnen hat?"

„Hast du nicht." Daniel zögerte kurz. „Aber deine Tante hat mich Anfang der Woche angerufen und es mir erzählt."

Überrascht hob Johanna den Kopf. „Wieso hat sie dich angerufen?"

„Weil …“ Unter Johannas scharfem Blick entschloss sich Daniel zur Wahrheit. „Ob ich mal mit Max reden könnte, wollte sie wissen. Und welche Möglichkeiten sie hätte, dein Problem aus der Welt zu schaffen.“

Johanna schüttelte den Kopf. „Sie lässt nicht locker. Aber egal. Hast du dich nicht gewundert, dass sie die Reise gewonnen hat?“

„Nein, wieso? Meine Schwester hat auch mal eine gewonnen. Drei Tage Wellness auf Juist. Das ist doch nichts Ungewöhnliches.“

Johanna griff in ihre Jackentasche und zog einen gefalteten Briefbogen hervor. „Dann lies mal, was der Herr von Alsterstätten Finchen so schreibt.“

Während Daniel den Brief las, beobachtete Johanna, wie das Mienenspiel ihres Freundes von Belustigung über Skepsis zu Ratlosigkeit wechselte.

„Du lieber Himmel.“ Er faltete den Brief wieder zusammen. „Das ist doch Nepp, oder? Zumindest hört es sich so an.“

„Eben.“ Johanna nickte und wartete.

„Das sieht deine Tante aber ganz anders. Sie hat mir völlig euphorisch erzählt, dass sie noch nie etwas gewonnen hat, und dann so etwas Schönes. Ich habe gar nicht nachgefragt.“

„Aber ich habe mal ein bisschen im Internet recherchiert.“

Sehr viel hatte ihre Recherche nicht ergeben. Ostseeglück veranstaltete Kurzreisen, von denen begeisterte, vermutlich von der Firma selbst eingestellte Kommentare der Reiseteilnehmer zeugten. Es gab nirgends einen Hinweis auf Kosten, keine konkreten Touren, es wurde nur von den traumhaften Gegenden geschwärmt. Und es gab eine Fotogalerie, in der nicht nur schöne Landschaften, sondern auch jede Menge glücklicher Senioren und sehr smarte Reiseleiter zu sehen waren. Je mehr Johanna gelesen hatte, desto mehr war sie davon überzeugt, dass es sich um Verkaufsfahrten handelte.

Daniel hatte ihr mit gerunzelter Stirn zugehört. „Aber Finchen tat so, als ginge es um ein ganz schickes Luxuswochenende.“

„Sie sieht das auch so.“ Johanna schüttelte den Kopf. „Kapitalanlagen für gut situierte Senioren. Und darauf fällt Josefine Jäger rein.“

Daniel nahm ein neues Bier aus dem Kühlschrank. „Ich glaube nicht, dass sie sich eine windige Geldanlage aufschwatzen lässt. Dafür ist sie zu clever.“

„Stimmt. Aber sie wird total enttäuscht sein, wenn sie merkt, was es mit ihrer exklusiven Reise tatsächlich auf sich hat. Stell dir nur mal die anderen Rentner vor, die an solchen Fahrten teilnehmen. Finchen wird wahnsinnig, wenn sie die sieht.“

„Deshalb fährst du ja mit.“ Daniel musste lachen. „Du hast ein großes Herz, Johanna. Ich sehe dich schon in einem Bus voller Rentner deutsche Wanderlieder singen. Da kann man doch was draus machen.“

„Genau. Deshalb brauche ich dein Aufnahmegerät. Zum einen kann ich Finchen trösten, zum anderen werde ich eine Reportage machen."

Irritiert ließ Daniel seine Bierflasche sinken. „Worüber?"

„Über solche Verkaufsfahrten", antwortete Johanna. „Wenn mein Gefühl mich nicht täuscht, dann sollen die gut situierten Senioren über den Tisch gezogen werden. Ich habe auf der Redaktionssitzung mit Max darüber gesprochen, er fand die Idee gut."

Daniel guckte skeptisch. „Wenn das die Reiseleitung mitbekommt, werfen sie dich raus."

„Aber wenn alles klappt, verleiht man mir dafür vielleicht den Radiopreis. Finchen hat natürlich keine Ahnung, also erzähl ihr nichts. Auch nicht aus Versehen. Sonst weiß es gleich der ganze Bus." Ihre Augen glänzten.

Daniel blieb trotzdem skeptisch. „Solche Veranstalter sind ziemlich skrupellos. Da hast du sofort eine Klage am Hals. Was für Mittel und Wege die sonst noch finden könnten, um kritische Berichterstattung zu verhindern, darüber mag ich gar nicht nachdenken."

„Daniel." Johanna lachte. „Wir sind doch nicht in Palermo. Ich kann mich ja jeden Tag bei dir melden. Falls der Kontakt abbrechen sollte, organisierst du sofort einen Kampfeinsatz und rettest mich aus der Seniorenhölle. Aber jetzt geh ich ins Bett. Ich fahre morgen ganz früh mit dem Zug nach Bremen und treffe die wohlsituierte Seniorin am Bahnhof. Danke für das Bier!"

Daniel brachte sie zur Tür und umarmte sie. „Pass auf dich auf", sagte er. „Mach keinen Fehler."

Johanna schloss einen Moment die Augen. Dann schluckte sie und löste sich aus seiner Umarmung. „Falls du mit dem Fehler meine Entscheidung für oder gegen Max meinst, sei beruhigt. Es ist nicht so, dass ich ihn nicht mehr liebe. Ich weiß nur nicht, ob wir unsere Beziehung wieder auf die richtige Bahn bringen können."

Nach einem schnellen Kuss auf die Wange war Johanna verschwunden

So. Fertig." Der freundliche Pannenhelfer wischte seine Hände an einem Lappen ab. „Das ist aber nur ein Notrad. Sie können zwar damit fahren, aber nicht weiter als bis zur nächsten Werkstatt."

Walter schnappte nach Luft. „Wir müssen nach Bremen, da wartet ein reserviertes Hotelzimmer auf uns. Und morgen früh gehen wir auf Geschäftsreise."

Der Mann war kaum erstaunt, sah lediglich zwischen beiden hin und her. „Das wird nicht klappen. Etwa fünf Kilometer von hier gibt es einen Autohof direkt an der A1. Ich kenne die Werkstatt dort, ich ruf gleich mal an."

Walter sah seinen Schwager gequält an. „Warum geht das Ersatzrad denn nicht bis Bremen? Das wurde doch noch nie benutzt. Es ist ganz neu."

„Na ja, du hast den Wagen seit zwölf Jahren." Heinz hatte die Hände in die Taschen geschoben und trat leicht gegen den Reifen. „Der ist auch viel schmaler als die anderen. Warte doch mal, was der Fachmann sagt."

Unterdessen hatte der Pannenhelfer sein Telefonat beendet. „Also", teilte er freundlich mit, „die Werkstatt kann einen passenden Reifen morgen früh montieren. Um acht Uhr ist der Wagen fertig."

„Und was machen wir so lange?" Walter war jetzt richtig verzweifelt.

Der Mann blieb freundlich. „Neben der Werkstatt gibt es ein Motel. Einfach, aber sauber. Mit Restaurant. Sie übernachten da und fahren morgen ausgeschlafen und mit vorschriftsmäßigen Reifen nach Bremen."

„Aber …" Walter konnte sich nicht mit der Situation abfinden, was Heinz sauer werden ließ. Er unterbrach seinen Schwager.

„Das ist doch eine gute Idee. Wir müssen nur noch dem Hotel in Bremen absagen. Vielen Dank für Ihre Bemühungen. Komm, Walter, wir fahren." Er schob den unglücklichen Walter zum Wagen und stieg selbst auf der Fahrerseite ein. Während er sich anschnallte, sagte er mit schmalen Lippen: „Du bist peinlich, Walter. Was soll der nette Pannenhelfer denn von uns denken?"

DAS MOTEL machte von außen einen vertrauenerweckenden Eindruck. Im Hof standen mindestens zwanzig Lkws, laut Walter ein Zeichen für eine gute Küche mit anständigen Portionen. Beladen mit ihrem Gepäck betraten die beiden die Rezeption, wo in voller Lautstärke ein Fernseher lief.

„Hallo!!", brüllte Walter in Richtung Tresen. „Wir brauchen ein Zimmer!"

Sie sahen nur einen Rücken im karierten Hemd und eine wirre Frisur. Der Mann saß einen Meter vom Bildschirm entfernt und trank Bier aus der Flasche. Sehr langsam drehte er sich um. „Moin."

„Haben Sie zwei Zimmer frei?" Heinz beugte sich über den Tresen, damit er nicht ganz so laut schreien musste.

Mühsam hievte der Mann sich hoch. „Meine Lieblingssendung", sagte er mit einem Kopfnicken. „Florian Silbereisen. Und was wollt ihr beiden?"

Heinz schluckte ob des spontanen Duzens, antwortete aber höflich: „Haben Sie vielleicht zwei Einzelzimmer für eine Nacht? Wir haben ein Problem mit unserem Auto und müssen auf die Reparatur warten." Sein Blick fiel auf das Namensschild an dem etwas schmuddligen Hemd: RÜDIGER.

„Nö." Rüdiger kniff die Augen zusammen. Er schien müde zu sein. „Ein Doppelzimmer mit zwei Einzelbetten, mehr geht nicht. Wollt ihr?"

„Ähm, ja." Walter stimmte schnell zu.

Rüdigers glasige Augen bohrten sich in den Gepäckberg neben Heinz. „Sagt mal, wollt ihr hier einziehen?“

Walter erklärte: „Das Gepäck ist für eine andere Reise. Die Anzüge müssen aufgehängt werden, damit sie nicht mehr als nötig knittern. Sind genug Kleiderbügel vorhanden?“

Rüdiger starrte ihn einen Moment an, als wäre Walter irre. Dann wankte er zu einem Regal und nahm ein Holzscheit mit Schlüssel vom Haken.

„Der ist ja sternhagelvoll“, flüsterte Heinz seinem Schwager ins Ohr.

Rüdiger ließ das Holzscheit auf den Tresen knallen. „Zimmer zwanzig – Treppe hoch, zweite Tür links. Essen gibt es hier unten, durch die Glastür Tischbestellung nicht nötig.“

„Können wir gleich bezahlen? Wir müssen morgen ja so früh los.“ Walter fummelte schon seine Brieftasche aus der Hose.

Rüdiger guckte wieder glasig, zog dann aber eine Geldkassette aus der Schublade unter dem Tresen. „Fünfundvierzig“, sagte er, griff schnell nach dem Fünfziger, den Walter in der Hand hielt, und versenkte ihn in der Kassette. „Hab leider kein Wechselgeld. Firma dankt.“

DAS ZIMMER war klein. Eine mickrige Leuchte tauchte den Raum in schwaches Licht. Rechts und links an der Wand standen zwei schmale Betten mit Biberbettwäsche in Regenbogenfarben. Neben dem Fenster mit den orangefarbenen Frotteevorhängen befand sich ein Waschbecken, auf dessen Rand vier ordentlich gefaltete Handtücher lagen. Walter strich mit der Hand über die rot-gelben Kreise an der Wand. „Die gleiche Tapete, die wir damals in der Küche in Dortmund hatten. Da war Pia noch gar nicht geboren.“

Heinz’ Blick senkte sich auf den Teppichboden. „Guck mal, das Muster. So was hat man heute auch nicht mehr.“

„Der liegt bestimmt seit dreißig Jahren.“ Walter schüttelte den Kopf. „Na, wir müssen ja nicht barfuß laufen.“

Heinz atmete tief aus und blickte seinen Schwager an. „Warm ist das hier. Mach doch mal das Fenster auf.“

Walter kippte das Fenster und zuckte zusammen. Es hörte sich an, als würden die Autos durchs Zimmer rasen. Er knallte es sofort wieder zu.

„Großer Gott. Da könnten wir auch auf der Autobahn schlafen.“

„Fünfundvierzig Euro.“ Heinz schüttelte den Kopf. „Für so ein Loch. Hast du eigentlich die Toilette gesehen?“

„Fünfzig“, korrigierte Walter. „Das war doch ein Trick mit dem Wechselgeld. Das Klo ist auf dem Gang, nächste Tür, sind wir dran vorbeigelaufen.“

Während Heinz auf der Toilette war, hängte Walter vorsichtig seine beiden besten Anzüge auf. Er wollte morgen Abend nicht im zerknitterten Jackett beim Begrüßungsessen sitzen, schließlich war der erste Eindruck wichtig. Nach kurzem Überlegen öffnete er den Koffer seines Schwagers und nahm auch dessen Anzüge heraus. Immerhin reisten sie zusammen.

Kurze Zeit später stiegen die beiden die Treppe zum Restaurant hinunter, stießen die Flügel der Tür gleichzeitig auf und blieben irritiert stehen.

Der Saal war sehr groß. Am anderen Ende saßen eng gedrängt zehn oder fünfzehn Männer an einem langen Tresen und unterhielten sich lautstark. Die meisten hatten breite Schultern, einige lange Haare, alle kehrten ihnen den Rücken zu. Hinter dem Tresen stand eine pummelige ältere Frau im weißen Kittel und polierte Gläser. Aus der Musikanlage dröhnte Countrymusic, ein Spielautomat neben dem Eingang gab Klingeltöne von sich, und über allem lag der Geruch von Bier und gebratenem Fleisch.

Sie setzten sich an den ersten Tisch neben der Tür. Sekunden später stand die Frau im Kittel vor ihnen und legte zwei Speisekarten vor sie hin.

„Wollen Sie essen?"

„Ja, natürlich." Walter nahm eine Karte.

Die Frau rief in Richtung Tresen: „Jungs, könnt ihr mal leiser schreien? Man versteht ja sein eigenes Wort nicht!" Sofort wurde es ruhiger, auch an der Musikanlage fand anscheinend jemand den Regler. Die Frau wandte sich wieder den neuen Gästen zu. „Das Stammessen ist Kasseler mit Sauerkraut."

Heinz nickte zustimmend.

„Das nehmen wir zweimal." Walter klappte mit Schwung die Karte zu. „Und zwei Pils." Er sah der Bedienung nach und verschränkte die Arme vor dem Bauch. „Hör mal, wir müssen noch Inge und Charlotte informieren, dass sich unser Plan geändert hat."

„Meinst du?" Heinz sah seinen Schwager zweifelnd an. „Nachher machen die sich Sorgen. Ach Gott, da fällt mir etwas ein." Er suchte sein Handy in der Jackentasche und schaltete es ein. Sofort meldete sich die Mailbox.

„Papa? Hallo? Geh mal ran. Was ist denn mit dem Kennzeichen? Habt ihr jemanden angefahren? Ruf mich zurück!"

Walter beugte sich nach vorn. „Was ist?"

„Ich habe doch Christine angerufen, als wir die Polizisten noch für Autoschmuggler hielten." Zerknirscht drehte Heinz sein Handy auf dem Tisch. „Ich habe vergessen, ihr Bescheid zu geben, wie die Sache ausgegangen ist."

„Dann mach es jetzt. Hoffentlich hat das Kind nicht schon Charlotte und Inge verrückt gemacht."

Heinz drückte langsam die Tasten und hielt das Telefon ans Ohr. Christine meldete sich nach dem dritten Freizeichen, ihre Stimme klang besorgt.

„Hallo Papa. Was war das denn vorhin? Habt ihr was angestellt?"

„Nein, nein. Das war ein Missverständnis. Wir haben da zwei Polizisten beobachtet, also zivile, die haben sich sehr auffällig verhalten. Da wollten wir auf Nummer sicher gehen."

„Aha. Und wo seid ihr jetzt? Das ist ja ein Höllenlärm im Hintergrund."

„Wir, ähm, wir sind beim Abendessen. Du, hör mal, wenn du mit deiner Mutter telefonierst – kannst du ihr sagen, dass alles in Ordnung ist? Mein Handyguthaben ist nämlich fast weg, ich lade das morgen gleich auf. Walter ist aber zu erreichen. Also dann, gute Nacht, Kind."

„Ich wollte Mama aber gar nicht …"

Heinz hörte sie nicht mehr, er hatte bereits aufgelegt.

Christine legte ihr Handy kopfschüttelnd beiseite. Sie hatte immer noch keine Ahnung, warum ihr Vater sie vorhin so panisch angerufen hatte. Dass er mit Onkel Walter auf dem Weg zu einer etwas dubiosen Kurzreise war, hatte ihre Mutter ihr erzählt. Christine hatten sich dabei die Nackenhaare aufgestellt.

Im letzten Jahr hatte sie für die Zeitung, bei der sie arbeitete, über Senioren und ihre Leichtgläubigkeit recherchiert. Worauf sie da gestoßen war, das hätte sie nicht für möglich gehalten. Ihrer Mutter gegenüber hatte sie das jedoch für sich behalten, die würde sich sonst bloß aufregen. Und Christine hatte keine Lust, von Hamburg aus mal kurz an die Schlei zu fahren, um dort nach dem Rechten zu sehen.

Sie stellte sich ans Fenster und verschränkte die Arme vor der Brust. Es war kein gutes Zeichen, dass der erste aufgeregte Anruf schon so früh gekommen war. Heinz und Walter hatten noch das ganze Wochenende vor sich. Und Christine hatte beim bloßen Gedanken daran kein gutes Gefühl.

DER REISEWECKER zeigte 02:07 Uhr. Walter drehte sich auf die andere Seite und stöhnte laut. Er hatte das Gefühl, gleich zu platzen. Außerdem war es stickig in dem kleinen Zimmer. Vor einer halben Stunde hatte er noch einmal versucht, das Fenster zu öffnen. Der Verkehr auf der Autobahn musste sich nachts doch irgendwann beruhigen, hatte er gedacht. Aber nein, es fuhren immer mehr Schwertransporter vorbei, deren Lichter durch die orangefarbenen Vorhänge ins Zimmer leuchteten. Ein Albtraum.

In seinem Innern rumorte es. Das Stammessen hatte ausgesehen wie eine Schlachtplatte: Berge von Fleisch, Berge von Sauerkraut. Trotzdem hatten sie alles aufgegessen. Zur Belohnung hatte die Wirtin, die auch die Köchin war, ihnen einen Schnaps ausgegeben, was dazu geführt hatte, dass plötzlich vier von den Truckern bei ihnen am Tisch saßen. Begeistert boten die Fernfahrer ihnen nach zwei Minuten das Du und eine neue Runde Korn an.

Walter stöhnte wieder und fasste sich an den Kopf.

Zu später Stunde war dann noch Rüdiger an ihren Tisch gewankt, und Heinz hatte ihn auf ein Bier eingeladen. Als die Herren angefangen hatten, ihre Adressen auszutauschen, war Walter einfach aufgestanden und hatte verkündet, dass er schlafen müsse, um morgen für die Geschäftsreise fit zu sein. Wenigstens das hatte die Truppe beeindruckt. Sie hatten volles Verständnis gezeigt und sich bedauernd verabschiedet, wenn auch gegen den Protest von Heinz. Es war ein echtes Stück Arbeit gewesen, den Schwager aufs Zimmer zu bringen. Und jetzt lag Heinz mit offenem Mund auf dem Rücken und schnarchte vor sich hin, während Walter mit Schwindel im Kopf und aufgeblasenem Bauch nicht in den wohlverdienten Schlaf fand. Darüber würden sie morgen auf der Fahrt nach Bremen reden müssen. Ein bisschen mehr Teamgeist und Loyalität konnte man wirklich erwarten.

Johanna klappte ihr Notebook zu, als der Zug in den Bremer Hauptbahnhof einfuhr. Sie hatte sich während der anderthalb Stunden Fahrzeit mit Berichten über Verkaufsfahrten befasst. Die Darstellungen im Internet ähnelten sich sehr. Als sie stattdessen „Schlei“ und „Ostseefjord“ eingegeben hatte, konnte sie schöne Landschaften und kleine Filmchen über Segeltörns betrachten. Bullesby hieß ihr Zielort, der den Bildern nach entzückend war.

Es geht los, dachte sie, als sie aufstand, um ihre Reisetasche von der Gepäckablage zu heben. Verzeih mir, Tante Finchen, aber das wird eine sensationelle Reportage. Und ganz ohne Spesen.

Sie entdeckte ihre Tante schon von Weitem. Josefine Jäger sah wie immer spektakulär aus. Von den Schuhen bis zum Hut war sie in Grün gekleidet. Der Rock war knöchellang, die Jacke hatte einen Fellbesatz.

„Liebes, ich freue mich so.“ Finchen schlang die Arme um ihre Nichte, etwa in Höhe von Johannas Gürtel. Dann trat sie einen Schritt zurück und musterte Johanna. „Sag mal, Liebes …“ Ihr Blick wanderte über den dunkelbraunen Kapuzenpullover und die Jeans, die im Moment etwas schlotterten, bis hin zu den bequemen Sneakers. „Was ist denn das für ein Aufzug? Du siehst aus, als würdest du wandern gehen. Ich hoffe, du hast auch andere Kleidung eingepackt, sonst müssen wir dir noch was kaufen.“

„Hallo Tante Finchen.“ Johanna ging ein bisschen in die Knie, um ihre Tante auf die Wangen zu küssen. „Wir fahren mit dem Bus an die Schlei, nicht nach Monte Carlo ins Kasino. Ich glaube eher, du bist etwas overdressed. Aber du kannst es dir leisten. Geht es dir so gut, wie du aussiehst?“

„Lenk nicht ab.“ Finchen trug sogar grüne Ohrringe, und der rote Nagellack passte zum Lippenstift – wie immer. „Ich habe es dir doch gesagt: Das ist nicht irgendeine Busfahrt, sondern eine Art Geschäftstreffen. Es gibt Vorträge und Besichtigungen, der Kreis der Teilnehmer ist sehr erlesen.“

„Dein Wort in Gottes Ohr.“ Johanna wandte sich zur Treppe. „Wir haben noch zwei Stunden Zeit, bis der Bus fährt. Gehen wir jetzt frühstücken?“ Sie stand schon auf der zweiten Stufe, musste sich aber umdrehen, weil Finchen einfach auf dem Bahnsteig stehen geblieben war. „Was ist denn?“

Josefine Jäger feuerte böse Blicke auf ihre Nichte. „Ich setze mich nicht mit dir in den Bus, wenn du das ganze Wochenende wie eine Dauercamperin aus Klein Kleckersdorf herumläufst. Also, was hast du eingepackt?“

Johanna bemühte sich um einen freundlichen Ton. „Jeans, eine helle Hose, T-Shirts und zwei Strickjacken. Ich bin übrigens vierzig, Finchen.“

„Umso schlimmer.“ Ihre Tante kam in Fahrt. „In der Nähe vom Bahnhof gibt es eine sehr schöne Boutique, da gehen wir beide jetzt hin, und du probierst einen Hosenanzug oder was anderes Schickes an. Und wenn …“

In diesem Moment meldete Johannas Handy eine eingegangene SMS. Ohne den Blick von Finchens entschlossenem Gesicht abzuwenden, zog sie das Gerät aus der Tasche und las die Mitteilung.

> Guten Morgen, Johanna, stell dich besser unter einem anderen Namen vor, nicht dass dich jemand erkennt. Denk dran, dass du nur deine Tante begleitest. Mach am besten, was sie will. Und pass auf dich auf. LG Max.

Johanna schob das Telefon langsam in ihre Jackentasche zurück. Finchen sah sie neugierig an. „Wer war das?“

Mit hochgezogenen Augenbrauen hielt Johanna ihrem Blick stand. „Daniel. Er wünscht uns eine schöne Reise. Wo ist eigentlich dein Gepäck?“

„Im Schließfach am Busbahnhof. Der Taxifahrer war so nett, es für mich einzuschließen. Und jetzt gehen wir in die Boutique.“

Johanna dachte an die Reportage und atmete tief durch. „Eine Stunde, Tante Finchen, hörst du? Höchstens eine Stunde. Wenn wir nichts finden, lässt du mich in Ruhe. Ich will noch frühstücken, bevor ich in den Bus steige, wo mit Sicherheit niemand so aufgetakelt sein wird wie du.“

„Unsinn.“ Mit schräg gelegtem Kopf lächelte Finchen ihre Nichte an. „Du hast doch den Brief von Doktor von Alsterstätten gelesen. Hast du den eigentlich dabei?“ Als Johanna nickte, fuhr die Tante fort: „Dann solltest du ja Bescheid wissen, Liebes. Du wirst mir noch dankbar sein, dass ich dich nicht in diesen Lotterklamotten aufs gesellschaftliche Parkett lasse.“

Mit triumphierender Miene und einer eleganten Tüte am Arm verließ Finchen eine halbe Stunde später den Laden. Johanna folgte ihr langsam.

Sie hatten tatsächlich einen traumhaften braunen Hosenanzug gefunden. Finchen war hoch konzentriert an den Kleiderstangen entlanggeschritten, hatte Bügel hin und her geschoben, Stoffe befühlt, plötzlich diesen Anzug gesehen, ihn Johanna in die Umkleidekabine gebracht und gesagt: „Das ist er. Der passt zu deinem Haar und zu deinen braunen Augen. Über deine Frisur müssen wir nachher übrigens auch noch reden."

Ohne zu antworten, hatte Johanna den Vorhang zugezogen und ihre wirre Frisur im Spiegel betrachtet. Diese Locken gehörten zur jägerschen Erbmasse. Ihre Tante sah doch genauso aus.

An der Kasse hatte Finchen so schnell bezahlt, dass Johanna gar keine Zeit zum Protestieren blieb. Der Anzug war eigentlich viel zu teuer, aber ihre Tante bestand auf dem Geschenk.

Mit schnellen Schritten liefen sie wieder in Richtung Bahnhof. Die Tüte tanzte an Finchens Arm, als sie sich zu Johanna umdrehte. „Jetzt beeil dich! Wir wollen doch noch frühstücken, und es ist gleich zehn."

In diesem Moment schoss ein heller Mercedes um die Kurve. Johannas Herz setzte einen Schlag aus, dann sprang sie nach vorn und riss Finchen von der Straße zurück.

„Idiot!", brüllte sie dem Wagen nach. „Bist du besoffen, oder was?"

Finchen sah Johanna erschrocken an. „Meine Güte, wie redest du denn?"

Johanna rieb sich die Stirn, ihr Puls raste immer noch. „Der hätte dich fast über den Haufen gefahren. Hast du ihn denn nicht gesehen?"

„Ach komm." Finchen hakte sie unter. „Der hätte bestimmt noch gebremst. Du bist so nervös, es ist wirklich gut, dass du mal für ein Wochenende auf andere Gedanken kommst. Und jetzt gehen wir frühstücken, dann zum Schließfach und dann endlich zum Bus. Ich freue mich so."

Die Stimmung im Auto war schon seit der Abfahrt unterkühlt. Walter lagen die Fleischberge und das Sauerkraut noch im Magen, vom Korn hatte er Kopfschmerzen, und Heinz hatte ununterbrochen geschnarcht. Der wiederum verstand Walters Übellaunigkeit gar nicht. Er hätte doch sofort mit dem Schnarchen aufgehört, wenn Walter nur etwas gesagt hätte. Darauf ging sein Schwager jedoch nicht ein, sondern teilte nur knapp mit, dass man das Motel aus Zeitgründen nicht nur ohne Frühstück, sondern auch ohne Kaffee verlassen müsse.

Dafür hatte die Werkstatt ihr Versprechen gehalten. Der Reifen war ausgetauscht, der Reifendruck der anderen Räder geprüft, Öl und Wasserstand kontrolliert. Der Mechaniker wünschte eine gute Weiterfahrt und überreichte Walter die Rechnung, die er in der Tankstelle bezahlen sollte. Als der die Summe sah, wurde er noch blasser.

Zum Glück kannte Heinz seinen Schwager lange genug, um zu wissen, dass es niemandem so elend gehen konnte wie Walter. Also bot er an, die siebzig Kilometer bis Bremen zu fahren, und schwieg anschließend. Auch Walter, der sich umständlich auf dem Beifahrersitz angeschnallt hatte, blieb stumm. Er stöhnte nur von Zeit zu Zeit leise und umklammerte demonstrativ den Seitengriff, sobald Heinz schneller als hundert Stundenkilometer fuhr.

Heinz machte den Mund auf und sofort wieder zu. Er wollte nicht streiten. Also drehte er das Radio lauter, verstellte dabei aber aus Versehen den Sender, sodass nur ein hässliches Rauschen zu hören war.

„Heinz, was machst du denn?“ Walter schnellte nach vorn, um die Lautstärke zu reduzieren. „Wenn du das Autoradio nicht bedienen kannst, dann frag mich doch. Und fahr jetzt mal zügig, sonst ist der Bus weg.“

Nach einem tiefen Atemzug setzte Heinz entschlossen den Blinker, um den nächsten Parkplatz anzusteuern. Er hatte es nicht nötig, sich von seinem Schwager beschimpfen zu lassen, er nicht.

„Was ist denn jetzt schon wieder?“, fragte Walter entnervt.

„Jetzt …“, antwortete Heinz und ließ den Wagen auf dem Parkplatz ausrollen, „jetzt kannst du weiterfahren und das Radio bedienen. Ich werde mich auf den Beifahrersitz setzen und die Augen zumachen.“

Walter sagte überhaupt nichts mehr. Er schmollte. Das merkte Heinz selbst mit geschlossenen Augen. Walters rabiate Art, die Gänge einzulegen, signalisierte ihm: Sein Schwager war beleidigt, aber richtig. Das mit der Gangschaltung würde allerdings nicht lange anhalten, denn Walter würde gleich einfallen, dass er mit seinem heiligen Mercedes fuhr.

Heinz hielt die Augen weiter geschlossen. Als er sie wenig später vorsichtig öffnete, sah Walter immer noch beleidigt aus, also musste Heinz einlenken. Was sollten denn die anderen gut situierten Senioren denken, wenn sie beide völlig zerstritten in den Bus steigen würden?

„Möchtest du etwas trinken?“ Er hielt seinem Schwager eine Wasserflasche hin, deren Deckel er vorsorglich schon abgeschraubt hatte.

„Ich muss meine Hände am Steuer halten.“

Heinz nickte freundlich und sah sich interessiert um. „Oh, sind wir schon in Bremen? Ich bin wohl einen Moment eingenickt.“ Er sah auf die Uhr. „In einer Stunde fährt der Bus, und wir müssen noch einen Parkplatz finden.“

„Dann nimm doch mal den Stadtplan zu Hilfe. Ich weiß auch nicht genau, wo ich langmuss.“ Walter drückte ungeduldig aufs Gaspedal. Genau in diesem

Moment steuerte eine sehr kleine Dame, ganz in Grün gekleidet, mit forschem Schritt auf die Fahrbahn zu.

„Pass auf, Walter!" Heinz rammte die Füße in die Fußmatte, als wollte er bremsen. „Da vorn!" Er starrte seinen Schwager böse an.

„Jaja." Walter gab sich lässig, obwohl er selbst erschrocken war. Er blinkte und brachte den Wagen am Straßenrand zum Stehen. „Ich habe alles im Griff. Entspann dich."

Besorgt drehte Heinz sich um. Die kleine Frau in Grün stand neben einer jüngeren, die offensichtlich sehr wütend war. Zum Glück konnte man nicht verstehen, was sie brüllte. Er setzte sich wieder gerade hin und sah auf den Stadtplan, den er auf dem Schoß hatte. „Das kommt davon, wenn man zu schnell fährt. Du hättest fast eine unschuldige Frau umgebracht."

„Erst geht es dir zu langsam, jetzt fahre ich dir zu schnell. Sag mir lieber, wohin wir müssen."

Heinz sah kurz hoch, um sich zu orientieren, dann blickte er wieder auf den Plan. „Die nächste rechts. Da muss das Parkhaus gleich kommen."

Als Walter auf die Fahrbahn zurücklenkte, hupte ein Auto hinter ihnen durchdringend. „Ich kann es anscheinend heute keinem recht machen." Walter hob kurz den Arm, um sich bei dem anderen Fahrer zu entschuldigen. „Als wenn ich diesen Stadtverkehr gewohnt wäre."

Wenn er so einsichtig war, mochte Heinz seinen Schwager besonders gern. „So schlecht fährst du gar nicht", sagte er versöhnlich. „Die grüne Dame eben ist ja auch rasend schnell auf die Fahrbahn gesprungen."

Walter nickte und fuhr konzentriert weiter.

Der silberne Bus mit der blauen Aufschrift OSTSEEGLÜCK glänzte in der Sonne. Eine Handvoll Menschen hatte sich bereits davor versammelt. Johanna, die bis auf Finchens Handtasche das gesamte Gepäck schleppte, kniff die Augen zusammen, um besser sehen zu können.

„Sind schon viele da?" Finchen japste, weil sie mit ihren kurzen Beinen versuchte, Johanna zu folgen. Die wollte gerade antworten, als sie den Mercedes entdeckte, der ihre Tante vorhin fast über den Haufen gefahren hätte. Sehr umständlich parkte er fünf Meter vor ihnen ein.

Genau in dem Moment, als sie den Wagen passierte, schlug plötzlich die Tür auf und traf Johanna mit Schwung an der Hüfte. Vor Schreck ließ sie das Gepäck fallen, ging in die Knie und blieb einen Moment so hocken. Dann hörte sie eine Stimme: „Auweia. Ist Ihnen etwas passiert?"

Ein Mann beugte sich erschrocken über sie. Er war um die siebzig, gut angezogen und zweifelsfrei der Fahrer des Mercedes. Johanna starrte ihn durchdringend an, rappelte sich hoch und klopfte ihre Jacke ab.

„Ich verklage Sie", sagte sie mit gefährlich ruhiger Stimme. „Sie geben Ihren Führerschein ab. Sie sind ja eine Gefahr für die Menschheit."

„Walter. Was ist?" Ein zweiter Mann stand neben ihr, etwa im selben Alter, aber mit weniger Haaren und sehr blauen Augen. „Guten Tag. Haben Sie sich was getan?"

Wütend schnappte Johanna nach Luft. „Erst fahren Sie meine Tante fast über den Haufen, dann donnern Sie mir die Tür vor den Latz. Leute in Ihrem Alter sollte man gar nicht mehr ans Steuer lassen!" Inzwischen brüllte sie, die ersten Passanten blieben stehen. „Ich rufe jetzt …"

„Johanna!" Finchens energische Stimme brachte ihre Nichte zum Schweigen. „Wir schreien nicht auf der Straße herum. Hast du dir was getan?"

„Nein, aber …"

„Gut. Dann beruhige dich bitte." Sie wandte sich an Heinz und Walter. „Sie sollten besser auf den Straßenverkehr achten, meine Herren. Und jetzt entschuldigen Sie, der Bus dort erwartet uns."

„Ach." Heinz schob Walter zur Seite und baute sich vor Finchen auf. „Das ist ja ein Zufall. Dann gehören wir zur selben Reisegruppe." Er beugte sich etwas hinunter und schüttelte der grünen Dame die Hand. „Ich möchte mich noch einmal in aller Form für den kleinen Zwischenfall entschuldigen. Mein Name ist Schmidt, Heinz Schmidt. Und das ist mein Schwager Walter Müller. Wir kommen von Sylt und haben eine anstrengende Reise hinter uns. Das erklärt, weshalb mein Schwager einen Moment lang nicht hundertprozentig konzentriert war."

„Sylt?" Finchen lächelte. „Wie schön. Da hatte ich mal einen Auftritt …"

„Tante Finchen." Johanna hatte das Gepäck aufgesammelt. „Die Ersten steigen schon ein. Könntest du das Geplänkel hier abkürzen?" Sie war immer noch fassungslos. Zumal der Kamikazefahrer jetzt zwei große Koffer auf die Straße stellte und im Begriff war, das Auto abzuschließen.

„So", sagte er prompt. „Dann können wir gleich gemeinsam zum Bus gehen. Hast du alles aus dem Auto, Heinz? Kann ich zumachen?"

Heinz klopfte seine Jacke ab. „Alles da. Auf ins Abenteuer!"

Beide Männer griffen zu den Koffern, nahmen Finchen in die Mitte und steuerten auf den Bus zu. Johanna blieb einen Moment stehen, dann holte sie Luft und rief: „Moment! Sie können den Wagen hier nicht stehen lassen."

Walter drehte sich um und lächelte. „Doch. Schräg gegenüber ist die Polizei. Da wird sich keiner trauen, das Auto zu stehlen oder zu beschädigen."

Nachdenklich betrachtete Johanna das Halteverbotsschild. Ab welchem Alter galten Autofahrer eigentlich als gefährlich?

Ein schlecht gelaunter Busfahrer nahm ihnen das Gepäck ab und stopfte alles mit Gewalt in den übervollen Stauraum. Beim Anblick der vielen großen Koffer fragte sich Johanna, ob sie sich vielleicht verlesen hatte und diese merkwürdige Reise nicht doch 14 Tage dauern sollte.

Unauffällig musterte sie die anderen Teilnehmer. Es war nicht zu leugnen: Sie selbst war eindeutig die Jüngste der Gruppe – abgesehen von dem Typ in der roten Hose, der ungefähr in ihrem Alter war. Anscheinend der Reiseleiter. Das dunkle Haar hatte er mit viel Wachs nach hinten gekämmt, die Hornbrille sollte ihm wohl einen seriösen Touch verleihen. Grauenhaft.

Der Typ hatte sie irritiert angesehen und gefragt, wessen Begleitung sie sei. Finchen hatte erklärt, dass sie altersbedingt sehr schwach sei und nur mit ihrer Nichte verreise. Jetzt saß Johanna neben der altersbedingt schwachen Josefine Jäger, die den beiden Kamikazefahrern, zwei Reihen hinter ihnen, verschwörerisch zuwinkte.

„Das sind zwei sehr charmante Herren“, flüsterte sie Johanna zu. „Verschwägert sind sie. Warum ihre Frauen wohl nicht dabei sind?“

„Vermutlich sind die nicht lebensmüde.“

„Johanna, bitte!“ Finchen schüttelte den Kopf. „Denkst du, der gut aussehende Mann da vorn ist Doktor von Alsterstätten?“

„Gut aussehend? Meinst du etwa diesen Fatzke in der roten Hose?“

Finchen wurde von einer blonden jungen Frau im dunkelblauen Kostüm abgelenkt. Sie setzte sich mit dem Gesicht zur Reisegruppe auf den vorderen Sitz und reichte dem Mann mit der Wachsfrisur ein Mikrofon. Er tippte zweimal darauf, sagte: „Test, Test“ und „eins, zwei, eins, zwei“, bis es im Bus still wurde. Dann räusperte er sich kurz und knipste ein Lächeln an.

„Meine sehr verehrten Damen und Herren, darf ich einen Moment um Ihre geschätzte Aufmerksamkeit bitten? Mein Name ist Dennis Tacke, ich habe das große Vergnügen, Ihr Reisebegleiter zu sein. Zu meiner Linken sitzt die charmante Lisa Wagner, sie kümmert sich um Ihre persönlichen Belange. Unser Busfahrer, Herr Karsten Kock, wird Sie so sicher ans Ziel bringen, wie es sonst nur eine Mutter mit dem Kinderwagen kann. Haha.“

Johanna unterdrückte ein Stöhnen, aber Finchen hörte interessiert zu.

„Bevor ich Sie mit einigen Details unserer Reise vertraut mache, ist es mir ein großes Bedürfnis, Sie alle recht herzlich von unserem Chef Doktor Theo von Alsterstätten zu grüßen. Er wäre sehr gern mitgefahren, leider ist ihm ein familiärer Termin dazwischengekommen. Aber ich denke, wir werden auch so zu einer verschworenen Gemeinschaft zusammenwachsen.“ Tacke lächelte in die Runde und fuhr fort: „Der Erfolg unserer Firma entspringt der Denke ihres Gründers Doktor von Alsterstätten. Sein großes Talent ist es, besondere Menschen zusammenzubringen. Sie alle waren in Ihrem Leben erfolgreich, haben Karriere gemacht … oder als starke Frau Ihrem Gatten den Rücken für seine Karriere freigehalten."

Da hat er ja gerade noch mal die Kurve gekriegt, dachte Johanna und beobachtete, dass nicht nur Heinz und Walter, sondern auch der Großteil der Anwesenden bestätigend nickten.

„Jeder von Ihnen kennt sicher auch harte Zeiten …" Tacke machte eine bedeutungsschwere Pause. „Die aber sind heute gekrönt von einem finanziellen Polster, das Ihnen einen goldenen Lebensabend garantiert. Deshalb haben wir ein einzigartiges Angebot für Sie, auf das ich am Abend noch ausführlich zu sprechen komme. Doch bevor Herr Kock den Motor anwirft, wollen wir mit Ihnen auf die bevorstehenden schönen Stunden anstoßen."

Unter dem Applaus der Reisegruppe reichte Lisa ihrem Kollegen ein Tablett mit gefüllten Plastiksektgläsern und folgte ihm mit einem zweiten. Dennis Tacke hielt Finchen und Johanna das Tablett hin und wartete, bis beide sich bedient hatten. Dann beugte er sich schnell zu Johanna und sagte leise: „Sehr zum Wohl, Frau …"

„Johanna … ähm, Schulze. Ich bin die Nichte von Frau Jäger."

Und die Frau von Max Schulze, dachte sie und schluckte trocken.

Finchen schaltete sich ein. „Ich bin so froh, dass meine Nichte bei mir ist. Wissen Sie, in meinem Alter will man allein keine Reisen mehr machen. Es ist einfach schade: Da hat man das Geld, aber keinen Mann mehr. So muss man auf die Familie zurückgreifen. Prost, junger Mann!"

Er lächelte sie flüchtig an und ging weiter. Johanna sah ihm nach. Als er weit genug entfernt war, sagte sie leise: „Jetzt denkt er, du bist Witwe."

Zufrieden sah Finchen sie an. „Das soll er auch. Es wirkt seriöser. Ich kann ihm ja schlecht von meinen verflossenen Liebhabern erzählen. Dafür hast du dich mit deinem Ehenamen vorgestellt, Liebes. Das freut mich."

„Ich habe keinen Ehenamen, das weißt du. Ich habe nur keine Lust, alle halbe Stunde den Satz ‚Ach, ich kenne Sie doch aus dem Radio' zu hören."

„Aha. Und da fällt dir als Allererstes Schulze ein? Interessant."

Johanna verzichtete auf eine Antwort, hob das Plastikglas an die Lippen und trank den Sekt in einem Zug aus. Lauwarm und süß. Von wegen erlauchter Kreis. Sie war auf einer guten Spur, davon war sie überzeugt.

ZWEI REIHEN WEITER HINTEN betrachtete Walter das Plastiksektglas. „Das ist nun wirklich an der falschen Stelle gespart. Bei so einer Luxusreise."

Lisa Wagner hob fast unmerklich die Augenbrauen. „Es ist ja nur ein kleiner Begrüßungsdrink." Sie ging weiter.

Walter betrachtete immer noch sein Getränk. „Plastiksektgläser. Außerdem war mir das eben zu wenig Information. Wegen der Informationen sind wir schließlich hier."

„Entschuldigen Sie." Der Mann auf der anderen Seite des Ganges wandte sich ihm zu. „Darf ich mich vorstellen? Hollenkötter, Ewald Hollenkötter aus Castrop-Rauxel. Meine Frau Gisela."

Walter streckte die Hand aus. „Angenehm. Walter Müller aus Wenningstedt auf Sylt. Mein Schwager Heinz."

Alle vier nickten sich zu. Ewald Hollenkötter beugte seinen Oberkörper in den Gang. „Ich habe gehört, was Sie gerade gesagt haben. Da müssen Sie sich keine Gedanken machen, wir werden noch genug Informationen bekommen. Ich habe mich nämlich kundig gemacht. Die Firma Ostseeglück ist ein ganz seriöser Veranstalter. Was dieser Theo von Alsterstätten anfasst, wird zu Geld. Ein ganz großer Finanzjongleur, das können Sie mir glauben."

Walter war noch nicht überzeugt. „Das mag ja sein, aber der Doktor von Anstätten …"

„Alsterstätten", korrigierte Heinz.

Walter warf ihm einen kurzen Blick zu. „Der ist ja gar nicht dabei, also kann er auch keine Vorträge halten. Dabei bin ich doch deswegen hier."

„Und wegen der Schlei", ergänzte Heinz.

Finchen lehnte den Kopf an Johannas Schulter, um ein kleines Nickerchen zu machen. Johanna, die sich kaum traute, ihre Sitzhaltung zu ändern, ließ den Blick, so gut es ging, über die Reihen wandern. Ganz vorn saß der Reiseleiter und meldete sich von Zeit zu Zeit übers Mikrofon. Zunächst hatte er über die Fahrzeit, dann über das Wetter an der Schlei geredet. Johanna hatte das Aufnahmegerät in ihrer Handtasche eingeschaltet und hoffte, dass sie den einen oder anderen seiner blöden Witze draufhatte, sonst würde Daniel ihre Beschreibung womöglich übertrieben finden.

Sie war gespannt, ob der windige Herr Tacke gleich in der ersten Pause zum Thema kommen würde. Aber vermutlich wollte er nicht mit der Tür ins Haus fallen. Man gibt kein Geld aus, wenn man fremdelt. Und es lag ja noch eine lange Busfahrt vor ihnen.

Finchen gab ein schnorchelndes Geräusch von sich und setzte sich plötzlich gerade hin. „Ich bin wohl eingeschlafen. Habe ich geschnarcht?"

„Nein." Johanna bückte sich sofort und kramte die Wasserflasche aus ihrer Tasche. „Sonst hätte ich dich geweckt. Willst du auch was trinken?"

„Doch wohl nicht aus der Flasche. Hast du kein Glas mit?"

Johanna goss Wasser in Finchens Plastiksektglas und ignorierte den skeptischen Blick der Tante.

„Dass die hier keine richtigen Gläser haben … Hast du zugehört, als Herr Tacke über den Ablauf gesprochen hat? Es gibt doch eine Kaffeepause?"

Johanna nickte. „Raststätte Holmmoor. Und jetzt mache ich die Augen zu. Weck mich, wenn es Kaffee gibt."

Richtig schlafen konnte sie nicht, aber sie hielt die Augen geschlossen, denn sie wollte sich nicht unterhalten – vor allem nicht über Max Schulze, ihren Ehemann.

Sie hatten sich im Sender kennengelernt, Max arbeitete als Redakteur im Kulturressort. Sie wurden ein Paar, zogen zusammen, beschlossen zu heiraten, taten das auch, und alle waren begeistert – besonders Finchen, die von Max völlig verzaubert war. Deshalb hatte sie sich auch äußerst großzügig gezeigt, als Max und Johanna die Eigentumswohnung besichtigten, die sehr schön, aber für ihre Verhältnisse viel zu teuer war. Die üppige Finanzspritze, die Finchen ihrer Patentochter verabreichte, hatte sicher auch mit Max Schulzes dunklen Locken und seinem Charme zu tun.

Doch dann, vor vier Wochen, hatte Johanna Max rausgeschmissen. Der Grund war Mareike Wolf, ein blasses, mageres Wesen mit nichtssagendem Gesicht. Sie hatte einen ziemlich langweiligen Roman geschrieben, auf einer Veranstaltung Max kennengelernt und sich anscheinend in ihn verknallt. Zumindest bombardierte sie ihn seither mit elegischen Mails.

Johanna verriss den Roman in ihrer Sendung, und Mareike erhöhte die Schlagzahl bei der Eroberung von Max. Was in der Nacht der Buchpremiere genau passiert war, wollte Johanna gar nicht wissen. Max behauptete, er könne sich nicht erinnern. Das konnten jedoch die Kollegen, die Max und Mareike an dem Abend in enger Umarmung gesehen und Johanna brühwarm davon erzählt hatten. Ein paar Tage später fand sie in Max' Auto einen unglaublich hässlichen Ohrring. Genau so einer baumelte auf dem Autorenfoto an Mareike Wolfs Ohr. Das reichte.

Max beteuerte weiter, dass nichts von Bedeutung passiert sei, doch Johanna glaubte ihm kein Wort. Zu eindeutig waren die Gerüchte im Sender, ganz zu schweigen von Mareikes E-Mails. Ein paar davon hatte Johanna gelesen. Danach wusste sie, warum der Roman so schlecht war …

„Johanna." Finchen stieß ihr den Ellenbogen in die Rippen. „Du stöhnst. Und Herr Tacke hat gerade gesagt, dass wir gleich unsere Pause machen. Wird auch Zeit, ich muss mal. Hast du zufällig Kleingeld?"

Erschrocken rappelte Johanna sich auf. Der Bus ordnete sich bereits auf die Ausfahrt zur Raststätte ein, unter den Reisenden entstand Unruhe. Fahrer

Kock parkte den Bus am Ende des großen Parkplatzes und öffnete die Türen. Sofort drängten die Ersten zum Ausgang. Doch bevor sie den Bus verlassen konnten, griff Dennis Tacke erneut zum Mikrofon.

„Einen Moment, bitte. Sie können sich gern ein wenig die Beine vertreten, wir treffen uns dann vor dem Bus wieder. Frau Wagner und Herr Kock haben einen kleinen Imbiss vorbereitet, zu dem wir Sie herzlich einladen."

Finchen murrte leise, weil sie nicht im Stehen essen wollte, wenn es doch ein Restaurant gab. Dann beeilte sie sich aber, zu den Toiletten zu kommen. Johanna schloss sich ihr nicht an, sondern schlenderte zu einer Bank, von der aus sie die Vorbereitungen der Busbelegschaft beobachten konnte.

Sie war nicht die Einzige, die in der Nähe des Busses blieb. Auch Walter verharrte an der Tür, sah sich kurz um und kam langsam auf sie zu. „Darf ich?" Er deutete auf die Bank. Eigentlich wirkte er ganz sympathisch, auch wenn er ein miserabler Autofahrer war.

„Natürlich." Sie rutschte ein Stück zur Seite, und er setzte sich.

Der Busfahrer, assistiert von Lisa Wagner, baute umständlich einen Tapeziertisch auf. Johanna schaute belustigt zu.

„Sagen Sie mal, Frau … Ach, ich habe Ihren Namen vergessen." Walter sah sie zerknirscht an. „Sie sind doch die Nichte von Frau … Jensen?"

„Jäger, Herr Müller. Meine Tante heißt Josefine Jäger. Und ich heiße Johanna Schulze."

Erleichtert lächelte er. „Das ist einfach zu merken. Darf ich Julia sagen?"

„Johanna." Sie blickte ihn irritiert an. „Ich heiße Johanna, nicht Julia."

„Entschuldigung, natürlich Johanna. Aber was ich fragen wollte: Finden Sie unseren Reiseleiter nicht auch etwas schmierig?"

„Ich habe mir noch nicht so viele Gedanken über ihn gemacht. Da vorn ist Ihr Schwager. Es sieht so aus, als würde er Sie suchen."

Walter hob den Arm und winkte. „Heinz! Hallo!"

Johanna stand auf. „Wir sehen uns gleich beim Imbiss, Herr Müller. Ich fange mal meine Tante ein."

SPÄTER saß sie etwas abseits auf einem der aufgestellten Klappstühle und betrachtete die Menschen, mit denen sie die nächsten Tage verbringen sollte. Finchen hatte sich das dritte Mal in die Schlange gestellt, an deren Ende es belegte Brötchen und Kaffee aus Pappbechern gab. Wenn sie nicht gerade aß, unterhielt sie sich mit den Umstehenden. Nach der Pause würde sie jeden Namen, den Familienstand und die Namen der Enkelkinder kennen.

Johanna musterte zwei alte Damen, die mit einem etwa fünfzigjährigen Mann zusammenstanden. Sieht nicht schlecht aus, dachte sie. Kurzes grau meliertes Haar, gute Figur, schwarzes Hemd und enge Jeans. Genau in dem Moment, als sie ihm auf den Hintern starrte, drehte er sich zu ihr um.

„Sind Sie auch zur Begleitung abkommandiert?" Seine Stimme war dunkel, fast erotisch, nur leider war er überhaupt nicht ihr Typ und außerdem zu alt. Allerdings immer noch jünger als der Durchschnitt der Busreisenden.

„Wie? Nein. Ähm, doch." Sie musste sich konzentrieren. „Ich meine, ja ich begleite meine Tante. Josefine Jäger."

Er grinste. „Mein Name ist Patrick Dengler. Ich begleite meine Mutter und ihre Schwester." Er zögerte kurz, bevor er sie mit seinen sehr blauen Augen fixierte. „Vielleicht können wir beim Essen heute Abend zusammensitzen? Das wäre für mich der erste Lichtblick auf dieser Seniorenfahrt."

„Johanna?" Finchen zog sie am Ärmel. Johanna hatte gar nicht bemerkt, dass ihre Tante hinter ihr stand. „Wir steigen wieder ein, komm."

„Tante Finchen, das ist Herr Dengler. Er ist mit seiner Mutter und ihrer Schwester da."

„So?" Finchen musste den Kopf in den Nacken legen, um ihm ins Gesicht sehen zu können. „Nett. Aber Herr Tacke will einen Vortrag halten."

ALS FINCHEN sich gesetzt hatte, warf sie einen forschenden Blick auf Johanna. „Er wirkt arrogant. Hat er dich angesprochen oder du ihn?"

„Er hat sich nur vorgestellt." Johanna konnte es nicht leiden, wenn Finchen in diesem hochnäsigen Ton sprach. Den bekam sie immer, wenn ihr etwas nicht passte. So wie jetzt.

„Ich habe bemerkt, wie er dich angesehen hat, Johanna. Und du hast genauso zurückgeguckt. Denk daran, dass du verheiratet bist."

„Tante Josefine. Ich lebe getrennt und darf dich zum hundertsten Mal daran erinnern, dass dein verehrter Max mich betrogen hat."

„Du bist so stur wie dein Vater", antwortete Finchen. „Max versteht das alles nicht, das hat er mir gesagt. Er leidet unter der Trennung."

Johanna presste die Lippen aufeinander. Sie hatte es befürchtet: Tante Finchen hatte eine Mission. „Ich habe auch gelitten. Und …"

„Darf ich einen Moment um Ihre Aufmerksamkeit bitten?" Dennis Tacke lächelte gekünstelt, bis das Gemurmel verebbte. „Danke sehr. Ich hoffe, Sie sitzen gestärkt und gut gelaunt wieder auf Ihren Plätzen. Vielleicht kann sich jeder vergewissern, ob sein Sitznachbar anwesend ist."

Vereinzelt waren Rufe wie „Ja" oder „Alles an Bord" zu hören.

Johanna versuchte unauffällig nach ihrer Handtasche zu angeln und fummelte eine Weile darin herum. Sie bemerkte Finchens Seitenblick, ertastete zum Glück den Schalter des Aufnahmegeräts und drückte ihn.

Daneben lag ein Pfefferminz. Sie schob es sich in den Mund und lächelte Finchen an.

„Verehrte Gäste." Dennis Tacke räusperte sich. „Ich habe gesehen, dass es während unserer kleinen Rast bereits die ersten Gespräche unter Ihnen gegeben hat. Das freut uns als Veranstalter, denn genau darum geht es hier. Wir wollen Menschen zusammenbringen und Verbindungen knüpfen."

Tacke machte eine Pause und wartete auf Zustimmung. Johanna unterdrückte ein Stöhnen.

„Gestatten Sie mir jetzt, die Vorfreude auf das vor uns liegende Wochenende zu erhöhen. Warum fahren wir mit Ihnen an die Schlei? Ich sage es Ihnen: weil es sich um ein Paradies handelt. Romantische Buchten, weite Strände, malerische Dörfer und intakte Natur, kurz: eine wunderbare Gegend, die das Herz von Spaziergängern, Radfahrern, Badefreunden, Reitern, Wassersportlern, aber auch Kulturinteressierten höherschlagen lässt." Er senkte die Stimme. „Schon als Kind habe ich hier mit meinen Eltern die Sommerferien verbracht. Noch heute zehre ich von diesen Erinnerungen. Allein die Namen der Orte: Fleckeby, Brodersby, Maasholm, Grödersby, Süderbrarup, Kappeln, Arnis – das klingt doch wie Musik."

Tacke strich sich beiläufig übers Haar, biss sich auf die Lippe und fuhr tapfer fort: „Wir hatten nicht viel Geld, aber meine Eltern hatten viel Liebe. Wir konnten uns nur einen Urlaub auf dem Campingplatz leisten, ein paar Tage im Zelt, in dem meine Mutter auch noch selbst gekocht hat. Aber wir waren im Paradies. An der Schlei. Seit dieser Zeit hatte ich den Wunsch, irgendwann ein kleines Stückchen von diesem Paradies zu besitzen."

Er verstummte, und fast alle im Bus verfielen in andächtiges Schweigen. Frau Hollenkötter putzte sich lautstark die Nase. Johanna betete für die Qualität ihrer Aufnahmen.

Langsam hob Dennis Tacke die Hand und fand seine normale Stimme wieder. „Deshalb freue ich mich, Ihnen das Paradies meiner Kindheit zu zeigen. Vielleicht möchten Sie auch ein Stück davon besitzen? Darüber werden wir dann reden. Und nun auf nach Bullesby!"

„Meine Güte." Walter beugte sich mit angewidertem Gesicht zu seinem Schwager. „Was für ein Waschlappen."

„Wer?" Heinz drehte sich zu ihm. „Ich hatte mein Hörgerät abgeschaltet."

Mit einer Kopfbewegung deutete Walter nach vorn. „Na, der Vogel in der roten Hose. Dieser Detlef Tucke …"

„Dennis Tacke", sagte Heinz.

„Egal. Jedenfalls hat der nur sentimentalen Blödsinn erzählt. Ich dachte, wir hören hier interessante Vorträge."

Von hinten legte sich eine Hand auf seine Schulter. „Aber Herr Müller." Hollenkötters Stimme polterte ihm ins Ohr. „‚Ein Stück vom Paradies besitzen', sagte er. Was meint er wohl damit?"

„Was weiß ich denn?", entgegnete Walter. „Will er den Campingplatz haben? Oder ein Stück vom Strand?"

„Ich vermute, er meint Ferienwohnungen." Hollenkötter lehnte sich zufrieden zurück und tätschelte der Gattin das Knie. „Nicht wahr, Gisela?"

„Ja, Bärchen." Sie erwiderte Walters fragenden Blick mit einem Nicken „Immobilien, Herr Müller. Mein Mann sagt, das ist im Moment die beste Geldanlage. Wissen Sie, wir denken da schon lange drüber nach. Es geht nichts über die eigenen vier Wände im Urlaub. Wir sind gespannt, was uns Herr Tacke heute Abend erzählt."

„Was soll ich denn mit Immobilien an der Schlei? Wir sind doch nicht auf einer Verkaufsfahrt."

Am späten Nachmittag verließ der Bus die Autobahn. Es hatte noch zwei weitere Pausen gegeben – eine, bei der Frau Wagner und Herr Kock heiße Würstchen verteilten, und eine zweite mit Rosinenschnecken und Kaffee. Dazu ließ Dennis Tacke eine kleine historische Abhandlung über die Landesgeschichte Schleswig-Holsteins und die Entwicklung der Urlaubsregion an der Schlei vom Stapel.

Die Stimmung im Bus war gemischt. Die Mehrheit, darunter das Ehepaar Hollenkötter oder die dahintersitzenden Schwestern Hermia und Luzia Meier aus Papenburg, war begeistert. Walter und Finchen dagegen mochten keine Würstchen, keine Mahlzeiten im Stehen, keine Geschichten mehr über die Schlei. Heinz sehnte sich nach einem Weizenbier, das es nicht gab. „Apfelsaft", stöhnte er mit einem Kopfschütteln. „Wir sind doch nicht auf einem Kindergeburtstag."

Heinz und Walter gehörten zu den angenehmen Mitreisenden, das hatte Finchen inzwischen endgültig beschlossen. Das Ehepaar Pieper, das hinter ihr saß, war auch nett. Sie kamen aus Hannover, waren beide pensionierte Lehrer und vor allen Dingen sehr gut angezogen – im Gegensatz zu diesen entsetzlichen Hollenkötters. Gisela und Bärchen, du liebe Güte. Die waren überhaupt nicht so, wie Finchen sich gut situierte Senioren vorstellte.

Auch die beiden Damen aus Papenburg fand sie etwas aufdringlich. Dass es Schwestern waren, hatte Heinz ihr in der Kaffeepause erzählt. Dabei hatte Finchen sich nach Johanna umgesehen. Die war schon wieder mit diesem Schönling im Gespräch. Das gefiel ihr gar nicht.

Heinz war ihrem Blick gefolgt. „Er wirkt etwas überheblich, oder?"

Dankbar hatte Finchen ihm zugenickt. „Sehr arrogant. Und Johanna ist so leicht zu beeinflussen. Dabei hat sie einen wunderbaren Mann. Ich hoffe, sie macht keinen Unsinn."

„Ach, da machen Sie sich mal keine Sorgen." Heinz hatte ihr beruhigend den Arm auf die Schulter gelegt. „Ich werde sie ein bisschen im Auge behalten. Wissen Sie, ich habe auch zwei Töchter, ich kenne mich aus. Egal wie alt die Kinder sind, man will sie nicht in ihr Verderben laufen lassen."

Finchen war froh, dass Heinz und Walter zu diesem mehr oder weniger exklusiven Kreis gehörten.

JOHANNA ignorierte Finchens Seufzer und betrachtete weiterhin die Landschaft. Schleswig lag schon hinter ihnen, die Route führte jetzt an hübschen kleinen Orten, weiten Feldern und Höfen vorbei.

Patrick Dengler war vorhin mit zwei Bechern Kaffee auf sie zugekommen. Johanna fand, dass er nicht ohne Charme und Witz war. Er kam aus Berlin, war Betriebswirt, noch nie an der Schlei gewesen und machte diese Reise mit, weil seine Mutter ihn eindringlich darum gebeten hatte. Als er Johanna nach ihrem Job fragte, hatte sie geantwortet, sie sei Sekretärin an einer Berufsschule. Das sagte sie immer, denn sobald sie sich als Journalistin outete, fingen die Leute an, ihr von ihren Erlebnissen zu erzählen.

Der Bus bog jetzt an einem Schild ab: BULLESBY 4 KM. Johanna war erleichtert, sie konnte kaum noch sitzen. In einiger Entfernung tauchte ein weißes Gebäude auf, das wie ein kleines Schloss wirkte.

„Guck mal, Finchen." Sie deutete in die Richtung. „Unser Hotel."

„Oh, das sieht ja sehr elegant aus." Die Tante beugte sich vor. „Da vorn ist die Einfahrt. Wieso biegt er denn nicht ab?"

Karsten Kock fuhr an der Hoteleinfahrt vorbei. Dabei konnte man den Namen deutlich lesen: SCHLOSSHOTEL BURGSEE.

„Ach, das ist es gar nicht." Finchens Stimme klang bedauernd. „Unser Hotel heißt ‚Zu den drei Linden'. Ich hoffe, es ist genauso schön."

Nur kurze Zeit später war diese Hoffnung zerplatzt. Der Bus hielt vor einem roten Gebäude, vor dem drei kümmerliche Linden standen. Das Schild war verblasst, aber noch lesbar. Die Eingangstür zum Hotel war offen, rechts und links davon standen zwei Plastikkübel, in denen die traurigen Reste von vertrockneten Geranien steckten.

Dennis Tacke hatte zum Mikrofon gegriffen und sich erhoben. „Herzlich willkommen in Bullesby. Wir haben unser Ziel erreicht. Sie haben jetzt Zeit, Ihre Zimmer zu beziehen, sich etwas frisch zu machen und vielleicht ein paar Schritte zu gehen. Gegen achtzehn Uhr treffen wir uns im Restaurant. Bevor wir zusammen essen, können Sie sich noch auf einen sehr interessanten Vortrag freuen, bei dem Ihnen so manche neue Idee kommen wird."

Warum einige Mitreisende daraufhin applaudierten, konnte Johanna sich nicht erklären.

DAS TREPPENHAUS war dunkel, die Stufen knarrten. Johanna bemühte sich, so flach wie möglich zu atmen, während sie nach oben ging. Der Zwiebelgeruch war schlimm genug, konnte aber kaum den Gestank nach Klostein und nassem Hund überlagern. Sie hatte seit Jahren nicht mehr in einer solchen Bruchbude gehaust. Außerdem musste sie sich mit Tante Finchen ein Zimmer teilen, weil nicht genügend Einzelzimmer verfügbar waren.

An der Rezeption hatte es deshalb einen ziemlichen Aufruhr gegeben. Lisa Wagner, Dennis Tacke und die sehr junge Empfangsdame hatten zunächst leise miteinander geredet, bis die junge Dame nervös und Lisa Wagner schnippisch geworden war. Schließlich hatte Tacke das Wort ergriffen und mit allem ihm zur Verfügung stehenden Charme verkündet, dass es leider ein kleines Problem gebe. „Wir hatten wie gewünscht zwölf Einzelzimmer gebucht, das Hotel hat aber nur vier reserviert. Da Sie ja alle in Begleitung unterwegs sind, hoffe ich, dass dieses Missgeschick unsere gute Stimmung nicht beeinträchtigt."

Johanna, die den Blickwechsel zwischen dem verwunderten Heinz und seinem Schwager beobachtete, verbiss sich ein Grinsen. Finchen hakte sich bei ihr unter und sagte: „Das stört dich doch nicht, Liebes, oder?"

Es störte Johanna sogar sehr. Sie schluckte aber jeglichen Kommentar hinunter und fragte sich, ob Patrick Dengler vielleicht auf der Ritze zwischen Mutter und Tante schlafen musste. Zumindest sah er verzweifelt aus, während er mit Lisa Wagner und der Empfangsdame verhandelte. Johanna wartete das Ergebnis nicht ab, sondern ging in den Flur, um in dem Gepäckberg, den Kock dort gestapelt hatte, ihre Taschen und Koffer zu suchen. Sie konnte sich das Zimmer ja erst mal ansehen.

WÄHREND Finchens Blick unglücklich zwischen ihrer eleganten Garderobe und den drei vorhandenen Kleiderbügeln hin- und herging, machte Johanna sich postwendend wieder auf den Weg nach unten. Recherche hin oder her, aber was zu viel war, war zu viel. Das war das hässlichste Zimmer, das sie je betreten hatte. Und dann noch mit Finchen in einem Bett!

An der Rezeption verhandelte jetzt das Ehepaar Pieper mit der Empfangsdame. Während Johanna wartete, betrachtete sie die künstlichen Sonnenblumen in der bemalten Milchkanne, die abgetretenen Teppiche und den Schirmständer, in dem zwei völlig zerfetzte Schirme standen.

„Ist Ihr Zimmer auch nicht in Ordnung? Also, hier ist ja wohl einiges schiefgegangen. Und es gibt keine einzige Ausweichmöglichkeit."

Johanna hatte gar nicht gemerkt, dass Frau Pieper neben ihr stand. „Doch, das Schlosshotel. Wir sind dran vorbeigefahren", antwortete sie. „Bevor meine Tante total enttäuscht in diesem furchtbaren Zimmer bleibt, zahlen wir eben zu und ziehen rüber. Das habe ich soeben beschlossen. Wir können ja trotzdem an den Tagestouren und Vorträgen teilnehmen."

Ein bedauerndes Lächeln huschte über Frau Piepers Gesicht. „Tja, das dachten wir auch. Aber hier in der Gegend findet am Wochenende ein Kunsthandwerkermarkt statt, deshalb ist alles ausgebucht. Wir haben gerade im Schlosshotel anrufen lassen. Es gibt nichts."

„Das ist nicht Ihr Ernst!" Johanna starrte Frau Pieper entsetzt an. „Die *müssen* was frei haben. Ich habe die Nummer einer Hotelvermittlung gespeichert – ich versuche es selbst noch mal."

Sie zog ihr Handy aus der Tasche. Kein Empfang. Anscheinend befand sich dieses schreckliche Hotel auch noch in einem Funkloch.

Herr Pieper gesellte sich zu ihnen. „Kein Hotel, keine Ferienwohnung, nichts", sagte er zu seiner Frau und hob resigniert die Schultern. „Entweder wir bleiben in unserem Zimmer oder wir reisen ab. Ich sage dir, Eva, es ist keine so schlechte Idee, in einer schönen Gegend wie dieser eine Ferienwohnung zu haben. Die machen hier einen richtigen Reibach." Er wandte sich an Johanna. „Und? Was werden Sie jetzt tun?"

Johanna überlegte einen Moment, dann sah sie das Ehepaar Pieper entschlossen an. „Ich gehe in den Supermarkt, an dem wir gerade vorbeigefahren sind, kaufe zwei Flaschen Rotwein und hoffe, dass meine Tante nicht schnarcht. Irgendwie kriegen wir die Zeit schon rum. Also, bis später dann."

„WIR SOLLTEN mal zu Hause anrufen, nicht dass Inge und Charlotte sich Sorgen machen", meinte Walter.

Heinz ging zum Nachttisch, wo sein Handy lag, setzte sich auf den Bettrand und wollte die Nummer eintippen. „Was ist das denn?" Er hielt das Gerät schräg und starrte darauf. „Guck mal, mein Handy ist kaputt."

Walter beugte sich vor. „Kein Netz. Gar nichts. Absolutes Funkloch."

„Meinst du?" Heinz schüttelte das Handy. „Geht deins?"

Walter schlurfte zu seiner Jacke, die er über den einzigen Stuhl geworfen hatte, kramte das Telefon aus der Innentasche, schaltete es ein und wartete. „Nichts. Kein Netz weit und breit. Du musst das Zimmertelefon nehmen."

Heinz rutschte näher an den Nachttisch, auf dem ein altes grünes Telefon stand. Er tippte die Nummer ein, hielt den Hörer mit zwei Fingern etwas vom Ohr entfernt und wartete.

„Charlotte? Ja, hallo, ich bin es. Ich wollte nur sagen, dass wir gut angekommen sind. Es ist alles sehr schön hier – bis auf die Tatsache, dass Walter bei der Buchung wohl einen Fehler gemacht hat. Wir haben nämlich ein Doppelzimmer."

„Das Hotel hat den Fehler gemacht." Walter glättete die Bettdecke, auf die er seine Hemden gelegt hatte. „Aber für drei Nächte geht es auch so."

Heinz winkte ab. „Was hast du gesagt, Charlotte? Walter hat gerade dazwischengeredet. Ich … Walter, hier liegt ein Zettel: siebzig Cent die Einheit. Charlotte, ich muss Schluss machen, ich telefoniere vom Hotelapparat, hier ist ein Funkloch, und die nehmen Wucherpreise. Wir melden uns dann morgen wieder, ja? Grüß Inge, tschüs!"

Er legte sehr schnell auf und starrte das Telefon an, als würde es gleich explodieren. „Siebzig Cent, die spinnen doch."

MIT ZWEI FLASCHEN ROTWEIN und drei Tafeln Schokolade im Rucksack folgte Johanna dem Schild WANDERWEG ZUM STRAND, das sie gerade erst entdeckt hatte. Sie war an der Straße entlang zum Supermarkt gelaufen, auf dem Rückweg wollte sie sich nun ein Stück von Tackes Paradies angucken.

Vor dem Supermarkt hatte sich plötzlich ihre Mailbox gemeldet, offenbar hatte das Handy wieder ein Netz.

„Hallo Johanna, ich bin es. Ich wollte nur hören, ob ihr gut angekommen seid. Daniel sieht dein Unternehmen etwas skeptischer, ich hoffe, du kriegst da keine Schwierigkeiten. Du kannst dich ja mal melden. Pass auf dich auf."

Ihr erster Reflex war, sofort zurückzurufen. Dann hatte sie bis zehn gezählt und das Handy zurück in den Rucksack gesteckt. Sie wollte nicht mit Max reden.

Nach zwei Wegbiegungen stand sie plötzlich am Wasser. Sie hielt die Luft an – hier war es tatsächlich wie im Paradies. Der Sandstrand fiel flach ab, weiter links gab es eine Badeplattform mit Rutsche, daneben eine große Liegewiese. Das Wasser glitzerte in der Sonne, Johanna schirmte ihre Augen mit der Hand ab.

„Hallo!" Die Stimme kam von links. „Johanna!"

Patrick Dengler saß auf einer Bank, die ein paar Meter neben dem Weg stand. Als sie langsam auf ihn zuging, nahm er die Sonnenbrille ab. „Ist es nicht schön hier? Das entschädigt für diese Bruchbude, oder?"

Johanna blieb vor ihm stehen. „Hallo Patrick. Haben Sie wenigstens zwei Zimmer bekommen?"

Er nickte grinsend und deutete auf den Platz neben sich. „Selbst die pampige Rezeptionistin hat eingesehen, dass ich nicht mit zwei alten Damen das Bett teilen kann. Ich habe eines der wenigen Einzelzimmer bekommen."

Johanna ließ sich neben ihn auf die Bank sinken. Als sie den Rucksack hinstellte, stießen klirrend die Flaschen gegeneinander.

„Rotwein", sagte sie entschuldigend. „Falls wir nicht schlafen können."

„Das passt doch gut: Ich habe das Einzelzimmer, Sie den Wein."

Johanna zog die Augenbrauen hoch und musterte ihn erstaunt. Er baggerte sie tatsächlich an. Sie senkte sofort den Blick und biss sich auf die Lippe, um nicht aufzustöhnen. Was dachte der sich eigentlich?

„Mit ‚wir' meinte ich meine Tante und mich. Aber ich kann Ihnen gern eine Flasche abgeben, ich weiß gar nicht, warum ich zwei gekauft habe."

„Vorahnungen?" Er grinste schon wieder. „Vielleicht wird es doch noch ein lustiges Wochenende."

Die Tische im Restaurant waren zum großen Teil besetzt, als Johanna mit Finchen eintrat. Die meisten saßen mit den Mitreisenden zusammen, die sie bereits aus dem Bus kannten. Deshalb überraschte es Johanna nicht, dass die Piepers ihnen winkten, die einen Achtertisch für sich allein hatten.

„Wir haben Ihnen was freigehalten." Eva Pieper lächelte Finchen an. „Sie sehen wunderbar aus, Frau Jäger. Dieses Kostüm ist wirklich apart."

Finchen trug roten Samt; der Rock war knöchellang, die Jacke mit Stickereien und Goldknöpfen verziert. Johanna hatte schon im Zimmer gedacht, dass ihre Tante aussah, als wäre sie eben von der Bühne gesprungen.

Jetzt lächelte Finchen huldvoll, musterte Frau Piepers schwarzes Kleid und nickte zufrieden. „Sie sehen aber auch sehr gut aus. Überhaupt scheinen sich die meisten darauf besonnen zu haben, dass es sich hier um einen eleganteren Rahmen handelt. Das war ja im Bus nicht auszuhalten."

Johannas Blick fiel auf die Hollenkötters, die ihre Windjacken gegen etwas ausgetauscht hatten, was aussah wie die Oberteile von Jogginganzügen. Die beiden waren ihr suspekt, nicht nur wegen der Jacken. Johanna hatte bei ihren Recherchen herausgefunden, dass einige dubiose Reiseveranstalter Lockvögel einsetzten, die mit ihrer Begeisterung die Bedenken anderer Teilnehmer zerstreuen sollten. Sie nahm sich vor, etwas genauer hinzuhören, was Bärchen und Gisela so von sich gaben. Man konnte ja nie wissen.

„Oh, Herr Müller. Hier sind noch Plätze frei." Finchen winkte Walter und Heinz zu, die nebeneinander an der Tür standen und sich suchend umsahen. Lächelnd folgten die beiden der Aufforderung.

„Sehr freundlich." Walter deutete bei Finchen einen Handkuss an, dann reichte er dem Ehepaar Pieper die Hand und stellte sich und seinen Schwager vor. Beide trugen dunkelgraue Anzüge, Walter eine blaue Krawatte, Heinz eine rote, dazu passende Einstecktücher und auf Hochglanz polierte schwarze Schuhe. Johanna fühlte sich an ihren ersten Presseball erinnert.

Etwas zu elegant waren die Schwestern Meier aus Papenburg, die in gerüschten Satinkleidern auftauchten und auf der Suche nach freien Plätzen durch den Saal schritten. Sofort rammte Finchen Johanna den Ellenbogen in die Seite. „Schnell, schieb die beiden Stühle weg. Ich habe keine Lust, den ganzen Abend neben diesen schrecklichen Frauen zu sitzen."

„Aber ..."

„Ist hier noch frei?" Patrick Dengler stand mit Mutter und Tante plötzlich hinter Johanna, die auch schon Eva Piepers Antwort hörte.

„Ja, setzen Sie sich doch. Ach, einen Stuhl brauchen wir noch, hinter Ihnen steht einer."

Bevor Finchen etwas sagen konnte, saß Dengler neben Johanna und lächelte charmant in die Runde. „Mein Name ist Patrick Dengler. Meine Mutter, Elfriede Dengler, und gegenüber ihre Schwester, Hanna Jürgens."

Finchen flüsterte Johanna zu: „Wenigstens sind sie gut angezogen."

Walter sah sich ungeduldig um. „Gibt es hier keine Bedienung? Hallo, Fräulein, hierher bitte!"

Sofort stand ein junges Mädchen mit Bestellblock am Tisch. Zufrieden orderte Walter ein Weizenbier. Die Bedienung nickte und notierte auch die übrigen Bestellungen. „Geht das zusammen oder getrennt?"

Walter hob überrascht den Kopf. „Das ist doch all-inclusive hier."

„Ähm." Die junge Frau guckte ihn unsicher an und errötete leicht. „Davon weiß ich nichts. Also, das Essen ist bezahlt, aber die Getränke gehen extra."

„Nein, nein, junge Frau." Walter blieb äußerlich gelassen. „Da fragen Sie mal Ihren Chef. Oder den Herrn Tocke da vorn. Wir sind eingeladen."

Unsicher stöckelte die Bedienung davon. Heinz kratzte sich ratlos am Kopf und blickte zu Frau Pieper, die wiederum ihren Mann ansah.

„Hast du gelesen, Ulrich, wie das geregelt ist?"

Ihr Mann hob nur die Augenbrauen. Dafür hielt Elfriede Dengler plötzlich den Brief in der Hand und überflog ihn. „Hier steht nur exklusiv, nicht all-inclusive. Anscheinend müssen wir die Getränke selbst zahlen."

„Du hast nicht richtig gelesen." Heinz funkelte seinen Schwager an.

„Jetzt bin ich schuld, oder was?" Wütend wandte Walter sich um. „Du hast doch auch ..."

„Meine Herren, bitte." Beschwichtigend hob Patrick Dengler die Hände. „Darf ich Sie alle zu einer Runde einladen? Auf eine schöne Reise?"

„Tu das“, pflichtete seine Mutter ihm bei. „Im Übrigen können wir es uns doch leisten. Wir gehören schließlich alle in den ausgewählten Kreis gut situierter Senioren. Es sei denn, dass sich jemand eingeschmuggelt hätte.“ Sie kicherte ein bisschen und fixierte dabei Johanna.

Blöde Ziege, dachte die und knipste ein Lächeln an. Sofort drehte Frau Dengler sich weg. Doch dann fiel Johanna ein, dass sie Daniels Aufnahmegerät auf dem hässlichen Tisch im hässlichen Zimmer hatte liegen lassen. Abgesehen davon, dass sie es jederzeit brauchen könnte, fiel ihr auch die SMS wieder ein, die sie vorhin von Daniel bekommen hatte.

> Pass bloß auf, dass dir niemand auf die Schliche kommt. Nicht dass dir dein Presseausweis aus der Tasche fällt. Ich fische dich nicht aus der Schlei.
> LG Daniel.

Daniel war wirklich ein Pessimist, aber es musste ja nicht sein, dass ein Zimmermädchen das Aufnahmegerät fand und das herumerzählte.

Sie beugte sich zu Finchen und flüsterte: „Ich habe etwas im Zimmer vergessen. Bin gleich wieder da.“

HEINZ hatte beschlossen, Walters Geknurre auszuweichen, indem er zur Toilette ging und sich in aller Ruhe die Hände wusch. Er trödelte ein bisschen herum. Mit etwas Glück hatte Walter sich inzwischen wieder beruhigt.

Als er durch den Flur zurückging, hörte er plötzlich eine Frauenstimme und blieb überrascht stehen.

„Es ist mein Ernst, ich gehöre zu dieser geschlossenen Gesellschaft. Ich war nur kurz auf dem Zimmer. Mein Name ist Johanna Jä… Schulze.“

Auf einmal wusste Heinz, warum ihm Johanna so sympathisch war. Die Stimme kannte er. Mit schnellen Schritten ging er um die Ecke. Vor der geschlossenen Saaltür stand eine Kellnerin und hob abwehrend die Hände. Johanna sah sie wütend an.

„Gibt es ein Problem?“ Heinz stellte sich neben Johanna und blickte erst sie, dann die Kellnerin fragend an.

Johanna drehte sich rasch zu ihm um. „Ach, Sie sind das. Gut. Ich werde nicht mehr reingelassen.“ Sie wandte sich wieder an die Bedienung. „Ich habe nicht behauptet, dass ich eine exklusive Seniorin bin, ich *begleite* eine.“

„Die junge Dame gehört tatsächlich zu uns.“ Heinz lächelte die Bedienung verbindlich an. „Lassen Sie uns bitte durch?“

Zögernd gab die Kellnerin den Eingang frei. „Wir haben hier Anweisungen. Ich mache nur meinen Job.“

„Schon klar." Heinz griff nach Johannas Arm, zog sie in eine Saalecke und beugte sich verschwörerisch zu ihr. „Ich muss Sie etwas fragen."

Johanna sah ihn verständnislos an.

„Als ich Sie eben nur hörte, ohne Sie zu sehen, habe ich es erst begriffen." Er strahlte sie an. Johanna guckte zurück und verstand immer noch nichts.

„Was haben Sie begriffen?" Sie drehte sich um und sah kurz an ihren Tisch. Niemand nahm von Heinz und ihr Notiz.

„Sie sind Johanna Jäger!", platzte es aus Heinz heraus. „Ich kenne Sie aus dem Radio. Ich höre Sie so gern."

Johanna packte ihn am Ärmel. „Bitte nicht so laut."

Erschrocken hielt er sich die Hand vor den Mund. „Entschuldigung. Aber es stimmt doch, oder? Sie wollen nur nicht, dass es jeder weiß." Er nickte verständnisvoll. „Eine meiner Töchter schreibt Kolumnen für die Zeitung. Da ist auch immer ein Foto dabei, deshalb wird sie ganz oft angesprochen. Das ist schon anstrengend." Jetzt lächelte er sie wieder an. „Also, das freut mich, dass Sie das sind. Obwohl ich Sie mir ganz anders vorgestellt hatte, eher älter und breiter, nicht so hübsch. Aber keine Sorge: Ab jetzt sind meine Lippen versiegelt. Ich sag's noch nicht mal Walter. Oder? Könnte ich ihm das vielleicht doch sagen?"

Johanna zögerte, dann nickte sie langsam. „Aber nur wenn er ebenfalls dichthält. Versprochen?"

Mit ernstem Gesicht legte Heinz die Hand aufs Herz. „Sie können sich auf uns verlassen, Johanna. So, und jetzt sollten wir zurück zum Tisch. Die werden sich schon wundern, wo wir bleiben."

Johanna ließ kurz den Blick durch den Saal schweifen. In einer Ecke war eine Leinwand aufgestellt, davor ein Tisch mit einem Beamer. Dennis Tacke, der statt der roten Hose jetzt eine schwarze trug, hockte neben Karsten Kock vor einem Kasten und probierte verschiedene Knöpfe aus. Dabei diskutierte er mit dem Busfahrer, der anscheinend auch als Tontechniker fungierte.

Nachdem sie mit Heinz an den Tisch zurückgekehrt war, sah sich Johanna weiter um. Der Raum passte zu dem dunklen, muffigen Hotel. Der alte Holzboden war seit hundert Jahren nicht abgeschliffen worden, an den hohen Fenstern hingen verschlissene Gardinen, die langen Holztische sahen aus, als wären sie klebrig. In einer Ecke entdeckte Johanna leere Getränkekisten neben zusammengeklappten Sonnenschirmen. Sehr exklusiv, das Ganze

Tief ausatmend drehte sie sich zur anderen Seite. Ein Problem von Seniorenreisen schien der Frauenüberschuss zu sein. An einem der Tische saßen acht Frauen zusammen. Eine von ihnen, offensichtlich die jüngste, redete mit Händen und Füßen und zeigte schon die ersten Familienbilder. „Gucken

Sie, das ist meine kleinste Enkelin. Sie heißt Chiara, schöner Name, nicht?" Der Klangfärbung nach kam sie aus dem Rheinland.

Die Dame gegenüber rümpfte die Nase und tuschelte mit ihrer Sitznachbarin. Beide hatten sich viel Mühe mit ihrem Äußeren gegeben: gestärkte Blusen, pastellfarbene Westen, Perlenketten und frisch geföhnte Haare. Johanna hatte vorhin mitbekommen, dass sie aus Hamburg kamen, seit dreißig Jahren Nachbarinnen waren und sich auserwählt wähnten, weil sie als Bahnwitwen gute Renten bezogen.

Am Nebentisch saß ein stilles Paar mit den Hollenkötters zusammen. Die beiden teilten sich eine kleine Flasche Orangensaft und beobachteten Dennis Tacke und Karsten Kock, die immer noch versuchten, die Technik in Gang zu bringen. Die anderen vier Frauen am Tisch lauschten mit großen Augen den Geschichten von Ewald Hollenkötter, die Johanna leider nicht verstehen konnte. Ein schriller Pfeifton ließ alle zusammenzucken.

„Meine sehr verehrten Damen und Herren." Dennis Tacke hatte die Technik überlistet und stand jetzt mit dem Mikrofon in der Hand neben dem Tresen. „Darf ich einen Moment um Ihre Aufmerksamkeit bitten?"

Die Gespräche im Raum verstummten. Karsten Kock rückte die Leinwand gerade, hob dann den Daumen und zog sich zurück.

„Bevor wir uns gemeinsam dem Abendessen zuwenden, werde ich den kleinen, feinen und sehr interessanten Vortrag halten, den ich Ihnen versprochen habe. Lisa, sind Sie so nett? Ja, da ist es schon."

Auf der Leinwand erschien ein Luftbild der Schlei. Das blaue Wasser schlängelte sich durch grüne Wiesen, gelbe Rapsfelder und kleine Dörfer bis zur Ostsee. Zufrieden folgte Tacke mit einem Leuchtstab dem Flusslauf.

„Die Schlei war zu Zeiten der Wikinger ein bedeutender Verkehrs- und Handelsweg. In Haithabu am Haddebyer Noor, nahe dem heutigen Schleswig, lagen der Hafen und der zentrale Warenumschlagplatz. Denn, meine Damen und Herren, die Wikinger waren nicht nur ein raues Volk, sie waren auch Kaufleute. Und hier haben wir die Brücke zu unserer Reisegruppe."

Lisa Wagner projizierte ein Foto aus dem Freilichtmuseum auf die Leinwand: dicke Männer in Wikingerkostümen, die um ein Feuer saßen. Einige der Anwesenden kicherten.

„Etliche von Ihnen waren in ihrem aktiven Berufsleben ebenfalls Kaufleute. Gemeinsam ist Ihnen allen finanzieller Erfolg im Leben. Hätten Sie den nicht gehabt, tja, dann wären Sie nicht hier. Die Firma Ostseeglück ist bekannt dafür, bei der Auswahl ihrer Gäste sehr gründlich zu sein."

Johanna betrachtete die Hollenkötters und die Großmutter von Chiara und biss sich auf die Lippe, um nicht vor Lachen herauszuplatzen. Diese Gruppe war wirklich sensationell gut ausgesucht.

Karsten Kock saß mittlerweile allein an einem Zweiertisch, hatte sich ein Bier bestellt und starrte mit schwer zu deutendem Gesichtsausdruck auf den gestikulierenden Tacke. Walter notierte etwas auf einem Bierdeckel.

„Warum haben wir uns hier versammelt?“ Dennis Tacke machte eine wirkungsvolle Pause und wippte dabei auf den Zehenspitzen. „Ich sage es Ihnen: weil wir nicht länger zusehen wollen, wie die Finanzwelt Kapriolen schlägt und Lebensleistungen zunichtemacht.“

Im Hintergrund wurden neue Motive gezeigt: reetgedeckte Fischerkaten in Maasholm, der Ellenberger Heringszaun, die Schifferkirche von Arnis.

„Sie fragen sich, warum ich über so trockene Dinge rede, während hinter mir das Paradies gezeigt wird? Noch einen kleinen Moment Geduld.“

Kock hob die Hand, Dennis Tacke hielt irritiert inne, sah dann, dass der Busfahrer lediglich ein neues Bier bestellen wollte, und fuhr fort: „Sie alle kennen sich mit Geld aus. Sie wissen: Es gibt keinen Staat in der Welt, der nicht hoch verschuldet ist. Keinen, meine Damen und Herren. Und wie entledigen sich Staaten ihrer Schulden?“

Finchens Magen knurrte, die hanseatischen Nachbarinnen unterhielten sich schon leise, Frau Hollenkötter gähnte. Karsten Kock hatte sein Bier in einem Zug ausgetrunken und hob die Hand für ein neues. Walter ließ nachdenklich seinen Kugelschreiber zwischen Daumen und Zeigefinger federn.

Johanna sah verstohlen auf ihre Armbanduhr: kurz vor sieben. Sie gähnte jetzt auch. Es war einfach nicht zu fassen, was diese Wachsfrisur an Schwachsinn von sich gab. Sie tat so, als würde sie in ihrer Handtasche ein Taschentuch suchen; das grüne Licht signalisierte, dass ihr Aufnahmegerät lief.

Tacke schaute bedeutungsvoll ins Publikum. „Die Staaten entledigen sich ihrer Schulden durch Inflation. Also auf Kosten der Bürger. Und was hilft dagegen? Ich sage es Ihnen: Kluge Menschen geben ihr Geld aus. Nun kann man natürlich alles Mögliche kaufen: Möbel, Kunst, Autos, Gold oder, meine Damen, natürlich auch Schuhe oder schöne Hüte …“ Er lächelte.

„Diese Gegend, in der wir Glücklichen uns gerade aufhalten, gehört zu den aufstrebenden Ferienzielen Deutschlands. Es werden hier in den nächsten Jahren Projekte entwickelt und Pläne realisiert, da müssen sich die übrigen Tourismushochburgen warm anziehen. Das hier, meine verehrten Damen und Herren, ist auf dem besten Weg, das neue Sylt zu werden.“

„Unsinn!“ Der Zwischenruf kam von Walter. Er guckte gar nicht hoch, konnte deshalb auch den bösen Blick nicht sehen, mit dem Dennis Tacke ihn bedachte. „Das ist völliger Unsinn.“

Heinz stieß ihn an und flüsterte: „Lass doch mal. Sonst wird er nie fertig."

Dennis Tacke suchte seinen Anschluss, sah kurz zu Karsten Kock mit dem neuesten Bier, dann zu Lisa Wagner, die sofort auf die Fernbedienung drückte und das nächste Foto auf die Leinwand projizierte, diesmal einen Ausflugsdampfer in der Schleimündung. Tacke räusperte sich ins Mikrofon.

„Ah ja, die Wassersportmöglichkeiten. Dazu kommen wir während unseres Ausflugs morgen. Ich bin fast am Ende, meine Damen und Herren. Sie werden morgen einen Tag erleben, der Ihr Leben verändern kann. Jetzt wünsche ich Ihnen einen guten Appetit, seien Sie unsere Gäste. Bis später."

„Pah!" Walters brummige Stimme war in der Stille deutlich zu hören. „Ich höre immer Gäste, aber die Getränke müssen wir selbst bezahlen."

Als mehrere Bedienungen mit Suppenterrinen durch die Schwingtür kamen, setzte endlich Applaus ein.

„Das ist …" Heinz wedelte sich mit der Hand den Dampf ins Gesicht und schnupperte. „Spargelcremesuppe. Sehr schön."

Walter zeigte sich unbeeindruckt. Er hielt Patrick Dengler den Teller hin. „Füllen Sie doch mal auf, junger Mann, Sie sitzen strategisch günstig." Und zu Johanna sagte er: „Also, was man sich hier alles anhören muss. Gäste! Und dann noch die Nummer mit Sylt. Der träumt doch, der Tucke."

„Nicht so laut, Walter." Heinz sah sich nach Dennis Tacke um, der sich am Nebentisch mit Ewald Hollenkötter unterhielt. „Mach uns keinen Ärger."

„Was denn für Ärger? Ich kann doch wohl Fehlinformationen korrigieren. Vielleicht war Tucke noch nie auf Sylt." Walter griff verärgert zum Löffel und begann hektisch in der Suppe zu rühren. „Aber mein Herr Schwager ist empfindlich, ich sehe schon. Und …"

„Bitte, meine Herren." Eva Pieper hob ihr Glas in Walters Richtung. „Wir wollen nicht streiten. Der Vergleich mit Sylt ist wirklich weit hergeholt."

„Waren Sie denn schon mal auf Sylt?", fragte Heinz.

Sie setzte ihr Glas wieder ab. „Sehr oft sogar. Wir haben uns vor einigen Jahren eine kleine Wohnung gekauft. In Keitum."

„Ach." Heinz griff den Faden begeistert auf. „Dabei sind wir uns auf der Insel noch nie begegnet – obwohl ich als Gästebetreuer die Dorfführung in Keitum mache. Einmal in der Woche."

Ohne den Blick von Ulrich Pieper abzuwenden, hielt Walter seinen Suppenteller erneut vor Patrick Denglers Nase. „Sie wohnen doch in Hannover. Steht denn die Wohnung die ganze Zeit leer? Die muss ja geheizt und belüftet werden." Er balancierte den vollen Teller langsam zurück.

„Nein, nein“, antwortete Eva Pieper lachend, „die Wohnung wird vermietet. Wir haben eine ortsansässige Wohnungsvermittlung beauftragt, dadurch haben wir überhaupt keine Arbeit damit. Die Kinder können natürlich jederzeit blocken, aber ansonsten haben wir fast durchgehend Feriengäste. Das ist für uns ein hübsches Zubrot zu unserer Pension.“

Johanna war auch schon mal in Keitum gewesen. Vor drei Jahren im Mai, mit Max, drei zauberhafte Tage. Damals, als die Welt noch in Ordnung war. Max hatte sie mit einem langen Wochenende überrascht. Er hatte eine entzückende kleine Wohnung in Keitum gemietet, Champagner im Kühlschrank verstaut und ihre Handys abgeschaltet. Die meiste Zeit verbrachten sie im Bett und bei langen Spaziergängen am Strand. Johanna hatte geglaubt, dieses Glück hielte für die Ewigkeit.

Sie versuchte den Gedanken zu verscheuchen. „Möchtest du noch Suppe, Tante Finchen?“

Ihre Tante sah zu ihr hoch. „Ich habe doch noch. Außerdem kommt die aus der Tüte. Schmeckt nur nach Chemie. Widerlich.“

Heinz schüttelte nachsichtig den Kopf. „So schlecht ist sie auch wieder nicht. Und eine Vermietung bringt tatsächlich so viel ein?“ Die letzten Worte waren an die Piepers gerichtet.

„Allerdings.“ Ulrich Pieper schob seinen leeren Teller zur Seite. „So eine Rendite kriegen Sie auf keinem Festgeldkonto. Sagenhaft.“

Die Bedienung erschien, um die Suppenteller abzuräumen. Fast gleichzeitig stellte ihre Kollegin eine Platte mit gemischtem Braten ab.

„Rechts Schwein, links Rind“, sagte sie. „Soße kommt gleich.“

Vor Heinz stand eine Schüssel mit Kartoffeln, daneben die obligatorische Gemüseplatte mit einem ganzen Blumenkohl in der Mitte. Walter stach mit der Gabel hinein. „Das gab es bereits bei Christines Konfirmation.“

Johanna musterte die dicke Béchamelsoße auf dem Blumenkohl. „Davon ist mir als Kind schon schlecht geworden.“

Finchen arrangierte das Gemüse auf ihrem Teller. „Du kannst wenigstens das Fleisch essen. Ist alles bezahlt.“

DIE TANTE genoss die Tischgespräche sichtlich und flirtete abwechselnd mit Heinz, Walter und Ulrich Pieper. Johanna folgte dem Geplauder nur mit einem Ohr. Schließlich fingerte sie in ihrer Tasche nach dem Aufnahmegerät und stellte es aus. Für heute hatte sie genug Albernheiten aufgezeichnet.

Dann wurde ihre Aufmerksamkeit auf den Eingang gelenkt, wo Dennis Tacke lautstark einen Neuankömmling begrüßte. Der Mann war älter als Tacke, trug einen gut sitzenden Anzug und klopfte dem Reiseleiter jovial auf die Schulter. Der wirkte leicht aufgeregt und gab Karsten Kock unermüdlich Zeichen, die aber ignoriert wurden.

Als Tacke den älteren Mann in den Saal zog, blieb er kurz neben Karsten Kock stehen, blaffte ihn an, offensichtlich ohne Erfolg, und ging dann an die Tonanlage. Mit dem Mikro in der Hand drehte er an verschiedenen Knöpfen. Das Ergebnis war ein gellendes Pfeifen, dann ein Rauschen. Die meisten der Anwesenden zuckten zusammen, einige lachten, und Tacke fand schließlich, unterstützt von Lisa Wagner, den richtigen Knopf.

„Hallo, hallo, Test, Test. Meine Damen und Herren", er winkte den neuen Gast lässig zu sich, „wir haben die große Freude, heute Abend Herrn Michael Kruse bei uns begrüßen zu dürfen. Herr Kruse ist der Fremdenverkehrsbeauftragte des Urlaubsgebiets Schlei und wird uns morgen bei unserer exklusiven Rundfahrt begleiten. Kaum jemand kennt die Zukunft dieses Paradieses so gut wie er, kaum jemand kann uns so viele zauberhafte Ziele in dieser Gegend zeigen und davon erzählen."

Johanna beobachtete Lisa Wagner, die hinter Tackes Rücken leise auf den angeschlagen wirkenden Karsten Kock einredete. Der starrte sie wütend an und stand schließlich wankend auf. An den Tisch gelehnt wischte er sich über die Stirn und wartete ab. Tacke hatte ihn nur kurz angesehen und auf den Gast gedeutet. „Herr Kruse, möchten Sie ein paar Worte sagen?"

„Sehr gern." Michael Kruse breitete die Arme aus und verbeugte sich in alle Richtungen. „Auch von mir ein herzliches Hallo, liebe Anwesende. Ich heiße Sie willkommen in der schönsten Gegend des Nordens."

Walter sah hoch und öffnete schon den Mund, um etwas zu sagen. Sein Schwager schüttelte warnend den Kopf, während Finchen leise stöhnte: „Es muss doch nun wirklich nicht jeder hier eine Rede halten. Meine Güte."

Dennis Tacke schoss einen ungeduldigen Blick in ihre Richtung.

„Keine Angst, es kommt jetzt keine lange Rede. Nur so viel: Sie können sich auf den morgigen Tag freuen. Sie werden sich in ein Stück Land verlieben, das mich schon vor Jahren auf den ersten Blick verzaubert hat. Darauf erhebe ich mein Glas und …" Kruse hielt sein Bier in die Luft und wartete offensichtlich auf etwas, was aber nicht kam. Unsicher sah er sich nach Dennis Tacke um, der wiederum Karsten Kock Zeichen gab. Nichts passierte.

„Also dann", setzte Kruse etwas lauter nach. „Lassen Sie uns das Glas erheben auf … Eigentlich sollte jetzt ein Tusch kommen. Herr Kock?"

Der Angesprochene stand unsicher vor der Musikanlage, grinste schief, drehte am Regler, und mit ohrenbetäubender Lautstärke setzte Musik ein. Nach wenigen Takten erkannte Johanna den Schlager „Olé, wir fahr'n in den Puff nach Barcelona".

Karsten Kock wiegte sich im Takt, Tante Finchen rief: „O mein Gott!“ Das Ehepaar Hollenkötter sprang auf und erklärte den Gang zwischen den Tischen zur Tanzfläche. Die Piepers schüttelten im Gleichklang den Kopf, und Dennis Tacke brüllte: „Kock, verdammt, schalten Sie das Ding aus!“

Inzwischen hatten sich drei weitere Paare zu den Hollenkötters auf die improvisierte Tanzfläche gesellt. Tacke rang mit Kock, der seinem Reiseleiter den Zugriff auf die Anlage erstaunlich standhaft verwehrte. Kruse hatte immer noch das Mikrofon in der Hand. „Meine Damen und Herren …“

Walter stieß Heinz an und deutete auf Kock, der die Anlage bis aufs Blut verteidigte. Finchen stellte sich auf ihren Stuhl, um besser sehen zu können, und rief empört: „Tacke schlägt unseren Busfahrer!“

Unvermittelt war der Spuk zu Ende. Lisa Wagner hatte den Stecker gezogen und hockte mit hochrotem Kopf neben dem echauffierten Tacke, der Kock anbrüllte: „Du Idiot, du bist gefeuert!“

Johanna atmete tief durch, lehnte sich zurück und knöpfte ihre Jacke zu. Immer noch hatte sie das Bild vor Augen: Dennis Tacke, der den blöde grinsenden Karsten Kock anbrüllte, während im Gang nach einer Schrecksekunde einfach weitergetanzt wurde. Nach wie vor zum „Puff in Barcelona“, der jetzt von Bärchen Hollenkötter geschmettert wurde.

Heinz und Walter hatten sich drohend vor Tacke aufgebaut und verkündet, dass er Karsten Kock nicht kündigen dürfe. Auch Finchen hatte sich ereifert, Tacke könne froh sein, wenn sie ihn nicht anzeigen würden. Das sei Gewalt am Arbeitsplatz, sie habe alles genau beobachtet.

Letztlich hatte Patrick Dengler die Gemüter besänftigt. Mit leiser Stimme hatte er Busfahrer und Reiseleiter voneinander getrennt. Was er zu ihnen sagte, war nicht zu verstehen, aber es nützte. Dennis Tacke hatte sein Jackett glatt gezogen und war mit Lisa Wagner an seinen Tisch zurückgegangen, an dem schon der konsternierte Michael Kruse saß und Schnaps trank.

Die Schwestern aus Papenburg und Chiaras Großmutter hatten am Tresen lauthals Musik gefordert. Eine der Bedienungen hatte schlecht gelaunt mit den Schultern gezuckt, worauf Patrick Dengler erst mit Tacke, dann mit Kock redete, der sich anschließend erneut an der Anlage zu schaffen machte und unter großem Beifall Roland Kaiser erklingen ließ.

An dieser Stelle war Johanna aufgesprungen, nach draußen gelaufen und hatte minutenlang gelacht. Jetzt saß sie auf einer Gartenbank und rauchte eine Zigarette. Allmählich beruhigte sie sich, obwohl die absurden Bilder immer wieder vor ihr auftauchten.

Plötzlich fiel ihr eine Szene ein, an die sie lange nicht mehr gedacht hatte. Damals hatte sie Max erst wenige Wochen gekannt und war mit ihm auf einem Sommerfest gewesen, wo der Discjockey nach Mitternacht nur noch die größten Partykracher gespielt hatte. Viel später hatten sie lachend auf Johannas Bett gelegen und gemeinsam alte Schlager gesungen.

Johanna schüttelte den Kopf. Es war lange her, seit sie das letzte Mal lachend mit Max auf dem Bett gelegen hatte – einfach weil sie kaum noch Zeit miteinander verbrachten. Und wenn sie zusammen waren, dann redeten sie über den Job, die Steuererklärung oder andere Banalitäten.

Natürlich hatte Johanna sich gefreut, als Max den Sprung in die Chefetage geschafft hatte. Doch dann hatte er immer mehr zu tun, musste ständig auf Geschäftsreisen und Veranstaltungen. Sie hatte immer häufiger schlechte Laune, stritt sich mit ihm über Kleinigkeiten und schlief manchmal sogar im Gästezimmer. Max aber hatte so getan, als wäre nichts – bis die Sache mit Mareike Wolf passierte. Jetzt wusste Johanna überhaupt nicht mehr, wie sie sich verhalten sollte, nur dass sie sehr unglücklich war.

Eine Bewegung neben ihr riss sie aus ihren Gedanken. Patrick Dengler sah auf sie herunter. „Haben Sie mir auch eine Zigarette? Ich rauche eigentlich seit fünf Jahren nicht mehr."

Johanna reichte ihm die Zigarettenschachtel und ihr Feuerzeug.

„Danke." Als die Glut aufleuchtete, fragte er: „Darf ich?", und saß schon, bevor Johanna antworten konnte. Er hustete. „Nichts mehr gewohnt", erklärte er. „Aber besondere Abende erfordern besondere Opfer."

„Dabei haben Sie schon Mord und Totschlag verhindert", antwortete Johanna. „Das war doch Opfer genug. Was haben Sie den beiden Streithähnen eigentlich erzählt, dass die plötzlich friedlich wurden?"

„Nichts Besonderes." Patrick Dengler winkte ab. „Ich habe Herrn Tacke daran erinnert, dass er vermutlich nicht über Nacht einen neuen Busfahrer bekommt, und Herrn Kock habe ich noch ein Bier versprochen, wenn er danach ins Bett geht. Das war's schon. Jetzt tanzen die alle noch eine Runde, und dann wird sich die Party bald auflösen."

Johanna nickte. „Ich gehe wieder rein und kümmere mich um meine Tante."

„Okay." Dengler erhob sich. „Ich muss noch kurz telefonieren."

Viel Glück, ohne Netz, dachte Johanna und ging ins Restaurant zurück.

„SABOTAGE", sagte Heinz, als sie später zu viert an der Bar saßen und alle ein kleines Pils vor sich hatten. „Das hat der Karsten Kock absichtlich gemacht. Er wollte keine Reden und Vorträge mehr hören, sondern einfach in Ruhe bei schöner Musik essen."

„Das war doch keine schöne Musik", protestierte Finchen. „Ich habe anfangs den Text gar nicht verstanden – irgendwas mit ‚tausend nackte Weiber'. Also bitte!"

„Aber es war sofort Stimmung, da kann man nichts sagen." Walter setzte sein Glas ab. „Der Kock ist ein guter Discjockey, auch wenn er ein bisschen betrunken war."

Er wandte sich um, denn jetzt drängten weitere Teilnehmer der Reisegruppe in die Bar und schoben mit viel Lärm drei kleine Tische in der Ecke zusammen. Hollenkötters waren dabei, die Großmutter von Chiara und zu Johannas Verwunderung auch das Ehepaar Pieper.

Walter nickte ihnen kurz zu und sagte leise: „Die Begriffe ‚gut situiert' und ‚exklusiv' bedeuten hier auch alles Mögliche. Na ja, morgen sehe ich wenigstens die Schlei wieder."

Michael Kruse betrat die Bar, sah sich kurz um und schlenderte auf die vier zu. „Entschuldigen Sie, darf ich mich auf ein Bier zu Ihnen setzen?"

Walter guckte ihn unschlüssig an, bevor er die Schultern hob.

Kruse lächelte. „Darf ich Sie vielleicht zu einem Bier einladen?"

Jetzt rutschte Walter freundlich zur Seite. Kruse bestellte die nächste Runde, fragte, woher sie kämen, und zeigte sich beeindruckt, als Walter und Heinz sich als Sylter vorstellten. Er selbst mochte die Insel sehr. „Leider wird es ja immer voller dort. Dadurch geht natürlich Qualität verloren: Man denke nur an die vollen Restaurants, die verspäteten Züge, die Staus …"

Heinz stimmte ihm zu, und Michael Kruse begann zu erzählen, dass er seit vier Jahren für die Erschließung dieser wunderbaren Urlaubsgegend hier verantwortlich sei. Morgen werde er ihnen die schönsten Ecken zeigen. Besonders gespannt sei er, wie sie sein Lieblingsprojekt beurteilen würden. „Aber ich will Ihnen gar nicht so viel erzählen, Sie sehen es morgen selbst."

Johanna fragte sich gähnend, woher Finchen ihre Kondition hatte. Sie selbst war hundemüde, während ihre Tante sich einen Kaffee bestellte und keinerlei Anstalten machte, diesen Abend zu beenden.

„Tante Finchen, ich muss ins Bett. Es ist gleich Mitternacht." Sie stand auf und streckte die Hand aus. „Gib mir mal den Schlüssel, dann …"

„Ich finne ihm", unterbrach sie eine laute Stimme. Der Mann, der schwankend am Türrahmen lehnte – offenbar ein Bauer –, war sternhagelvoll. Erdklumpen lösten sich von seinen Gummistiefeln, Strohhalme hingen an seiner Mütze, sein Gesicht war rot, die Augen verquollen.

Eine der Bedienungen zog ihn am Ärmel. „Sie können hier nicht …"

„Hau ab!" Der Bauer schlug ins Leere und verlor dabei fast das Gleichgewicht. Die Bedienung floh mit entsetztem Blick. „Wo ssind ssie? Ich will …"

In der Bar war es mucksmäuschenstill. Johanna rutschte langsam wieder auf ihren Hocker und hielt die Luft an. Der Abend wurde ja noch richtig spannend. Finchen griff nach ihrer Hand.

„Was ist denn hier los?“ Plötzlich stand Dennis Tacke hinter dem Bauern und legte ihm die Hand auf die Schulter. „Kann ich Ihnen helfen?“

Der Bauer drehte sich langsam um und starrte Tacke mit zusammengekniffenen Augen an. „Du warss dabei. Ich will mein Ge-Geld. Ssofort.“

Tacke trat einen Schritt zurück und musterte den Mann von Kopf bis Fuß. Mit eisiger Stimme sagte er: „Sie sind betrunken und haben sich wohl im Lokal geirrt. Sie gehen jetzt sofort nach Hause, sonst rufe ich die Polizei.“

„Ja, hol die Polissei. Dann sag ich's denen. Das is Betruch.“ Der Bauer stolperte auf Tacke zu, verlor das Gleichgewicht und stürzte mit lautem Krachen in den Gang. Finchen und Frau Pieper stießen einen Schrei aus, während Ulrich Pieper und Michael Kruse aufsprangen, um dem Mann auf die Beine zu helfen. Gemeinsam schleppten sie ihn zum Ausgang.

Dennis Tacke sah dem Betrunkenen, der jetzt seine Retter anpöbelte, ungerührt nach und wandte sich dann an die Gäste in der Bar. „Ich hoffe, er hat Sie nicht belästigt“, sagte er locker. „Es ist fürchterlich, wenn man nicht mit Alkohol umgehen kann. Also dann, schönen Abend noch und bis morgen.“ Er drehte sich auf dem Absatz um.

Heinz sah zu Walter, der auf seinem Bierdeckel eine Notiz hinzufügte.

Daniel verharrte mit der Zahnbürste im Mund und lauschte. Tatsächlich, er hatte sich nicht verhört. Irgendein Vollidiot klingelte um kurz vor Mitternacht Sturm an seiner Wohnungstür. Mit der Zahnbürste in der Hand lief er in den Flur und riss die Tür auf. „Maksch“, stieß er überrascht hervor, „wasch masch du denn hier?“ Er schluckte den Zahnpastaschaum runter und verzog das Gesicht. „Komm rein.“

Während Max im Flur stehen blieb, spülte Daniel sich den Mund aus.

„Hast du was von Johanna gehört? Sie geht nicht ans Handy. Hast du was gehört?“

Daniel kam wieder aus dem Bad. „Möchtest du was trinken? Kaffee? Tee? Bier? Rotwein? Weißwein ist aus.“

„Ich … ach, ein Bier. Ob du was gehört hast? Antworte doch mal!“

„Ich habe nichts gehört.“ Daniel hebelte den Kronkorken weg und reichte Max die Flasche. „Glas dazu?“

Mit leisem Stöhnen schüttelte Max den Kopf, ging ins Wohnzimmer und ließ sich in einen Sessel fallen. Er trank aus der Flasche und stellte sie hart auf den kleinen Tisch. „Ich habe mal ein bisschen über diese Verkaufsfahrten recherchiert. Da gibt's jede Menge schwarzer Schafe. Und einige mit richtig krimineller Energie. Hoffentlich geht das gut."

„Machst du dir plötzlich Sorgen um Johanna?" Daniel hatte sich aufs Sofa gesetzt, ein Wasserglas in der Hand. „Du hast dich drei Wochen lang nicht blicken lassen, da brauchst du jetzt nicht zu glauben, dass du nur hier aufkreuzen musst, um alles wieder in Ordnung zu bringen."

„Daniel." Max ließ den Kopf genervt an die Sessellehne sinken. „Ich habe mich nicht blicken lassen, weil sie mich nicht sehen will, außerhalb des Senders zumindest. Meine Güte, du weißt doch, wie sie ist, wenn sie sich in etwas verrennt. Das mit der Wolf war ganz anders, als ihr alle denkt. Und wenn meine Frau mir mal die Gelegenheit geben würde, ihr alles in Ruhe zu erklären, wäre die Sache rasch vom Tisch. Aber stattdessen knallt sie mir meine Tasche vor die Tür und spielt anschließend toter Käfer."

Daniel musterte ihn skeptisch. „Sie hat dich nicht aus Spaß rausgeschmissen, sie hatte ihre Gründe. Das hat sie zumindest gesagt."

„Ich weiß. Das ist es ja – ich kann noch nicht mal was erklären." Max rutschte ungeduldig im Sessel nach vorn. „Es ist wirklich alles ganz anders."

Loyalität hin oder her, Daniel hatte Mitleid. „Du merkst schon, dass die Geschichte ziemlich schwach klingt, oder? Ein Schnaps, dann komatöser Schlaf und keine einzige Erinnerung? Und die Wolf bombardiert dich mit Mails. Johanna hat einige gelesen."

„Mann, wenn ich wirklich eine Affäre hätte, würde ich garantiert nicht unsere private Mailadresse rausgeben. Mareike Wolf hat mich damit auch nicht bombardiert, es waren genau vier Stück." Max schüttelte den Kopf. „Du glaubst mir auch nicht. Super."

„Darum geht es doch nicht", widersprach Daniel sofort. „Johanna muss dir glauben. Jetzt lass sie mal dieses Wochenende überstehen, das wird sowieso eine schräge Sache. Und dann seht ihr weiter."

„Weitersehen – das höre ich seit Wochen." Müde hob Max den Kopf. „Finchen hat mir vorgeschlagen, dass ich am Samstag wie zufällig dort an der Schlei vorbeikomme. Was meinst du dazu?"

„Wie zufällig?" Daniel lachte. „Das ist genauso überzeugend wie der eine Schnaps, nach dem man nicht mehr denken kann. Fahr hin, um mit ihr zu reden, und gut. Dann wirst du sehen, was passiert." Er fand das Gespräch mittlerweile beinahe unterhaltsam. „Vielleicht ist sie ja sogar froh, dich zu sehen, weil sie die ganze Zeit unter dubiosen Verkäufern und senilen Rentnern hockt. Bei dem Vergleich schneidest du doch gut ab. Oder du rettest sie aus der Finanzhölle, die sich da aufgetan hat. Oder sie hat sich in den flottesten der reichen alten Säcke verliebt, und es ist sowieso endgültig aus. Dann weißt du aber wenigstens Bescheid."

„Sag mal, was trinkst du da eigentlich?"

„Wasser." Daniel sah kurz in sein Glas. „Ich hatte ja schon Zähne geputzt. Und jetzt muss ich ins Bett, sorry. Ich habe morgen früh Dienst."

Max trank das Bier mit einem Zug aus und stand auf. „Daniel, falls du mit Johanna redest, dann sag ihr …"

„Das musst du allein machen", unterbrach Daniel ihn. „Ich sage ihr, dass du hier warst. Um den Rest kümmert euch bitte selbst. Also, gute Nacht."

Er sah Max nach, der langsam an seiner eigenen Wohnung vorbei- und die Treppen hinunterging. „Max?"

„Ja?"

„Wieso schläfst du nicht in eurer Wohnung? Johanna ist doch nicht da."

„Eben. Gute Nacht."

Mit offenen Augen lag Johanna auf dem Rücken und starrte in die Luft. Der Wecker zeigte vier Uhr, und sie war hellwach. Das passierte fast jede Nacht, egal wann sie ins Bett ging. Jede Nacht, seit Max ausgezogen war. Normalerweise stand sie dann auf, kochte sich einen Tee, setzte sich in den alten Sessel im Wohnzimmer und dachte nach. Über sich und das Leben, über Max, ihren Job, die Vergangenheit, die Zukunft. Nach einer Stunde schlief sie meist im Sessel ein und wachte morgens durchgefroren auf.

Jetzt aber lag sie neben Tante Finchen in einem Hotel am Ende der Welt, weit weg von ihrem alten Sessel und ihrem Wasserkocher. Sie seufzte leise, schob einen Arm unter ihren Nacken und winkelte ein Bein an. Vielleicht konnte sie auch im Liegen nachdenken – zum Beispiel darüber, wie sie die Reportage aufziehen würde. Es war zu schade, dass kein Fernsehteam den bunten Abend gefilmt hatte. Obwohl: Kein Mensch würde glauben, dass die Szene tatsächlich so abgelaufen war; jeder würde sie für nachgestellt halten.

Und Tacke würde sie vermutlich auch ohne Fernsehfilm verklagen, falls er sein Gebrüll im Radio wiedererkannte. Aber das musste sie riskieren.

Sie wollte auch darüber berichten, warum die Reiseteilnehmer überhaupt mitfuhren. Die Schwestern aus Papenburg oder Chiaras Oma waren die typische Klientel solcher Kurztrips: Billigreisende, die andere Gegenden und neue Leute kennenlernen wollten, was aber nichts kosten sollte. Irgendwie würde sich die Gelegenheit zu einem kleinen Plausch mit den Papenburger Schwestern schon ergeben. Oder mit Mutter Dengler und ihrer Schwester. Johanna musste unbedingt herausfinden, was Patrick Dengler hier tat. Seine

Mutter machte nicht den Eindruck, als würde sie seine Begleitung genießen. Während des Essens hatte sie kaum mit ihm gesprochen.

Finchen seufzte im Schlaf und bewegte den Kopf zur Seite. „Max …"

Johanna legte sich die Hand über die Augen. Ihre Tante träumte wohl von der großen Versöhnung. Aber das war eben nur ein Traum, da konnte sie sich noch so sehr anstrengen. Gequält stöhnte Johanna auf. Warum war Max bloß auf diese Ziege hereingefallen? Und warum log er die ganze Zeit?

Sie zwang sich zu anderen Bildern: Heinz und Walter, der freundliche Michael Kruse, das Bier in der Bar … Plötzlich fiel ihr der betrunkene Bauer wieder ein. Was hatte er gelallt? Er suche jemanden und wolle Geld?

Als sie kurz darauf die Bar verlassen hatte, war von dem Mann weit und breit nichts mehr zu sehen gewesen. Nur ein einsames verdrecktes Mofa stand im Hof, das Johanna vorher noch nicht aufgefallen war. Hoffentlich lag der arme Bauer mittlerweile heil im Bett.

„Bist du wach?" Finchens verschlafene Stimme holte Johanna aus ihren Gedanken. „Wieso bist du schon wach?"

„Ich bin immer um vier wach." Johanna knipste die Nachttischlampe an, drehte sich auf die Seite und stützte den Kopf in die Hand. „Ich denke eine Stunde nach, dann schlafe ich weiter. Und du?"

„Ich habe schlecht geträumt. Seit wann hast du diese Schlafstörungen? Raubt dir dein Liebeskummer den Schlaf?"

„Tante Finchen, es ist halb fünf. Kann ich das Licht wieder ausmachen?"

„Nein, noch nicht. Du hast Liebeskummer, ich kenne dich. Max geht es auch nicht gut. Ich wollte es dir ja gar nicht sagen, aber ich habe ihn letzte Woche angerufen. Wir haben lange telefoniert." Finchen seufzte. „Du musst doch nur über deinen Schatten springen, Liebes."

„Ja, Tante Finchen. Aber das besprechen wir nicht um halb fünf morgens. In drei Stunden klingelt nämlich der Wecker." Entschlossen knipste Johanna die Lampe aus.

„Johanna?"

„Ja?"

„Ruf ihn an. Ihr seid doch erwachsene Menschen."

„Schlaf gut, Tante Finchen."

ZWEI ZIMMER WEITER knipste Heinz das Licht an. „Walter. Wach auf." Er rüttelte seinen Schwager am Arm.

Verschlafen hob der den Kopf und blinzelte. „Was denn?"

Heinz griff zum Wecker, um die Uhrzeit zu erkennen. „Halb fünf. Der Wecker geht erst in drei Stunden, da kann man ja noch schlafen."

„Dann mach es doch.“ Walters Stimme klang dumpf, er redete ins Kissen.

„Ja, aber mir geht die ganze Zeit was im Kopf herum, deshalb liege ich auch wach. Ich glaube, dass mit dem betrunkenen Bauern etwas nicht stimmt. Ich war doch danach noch auf der Toilette, und da habe ich durchs offene Klofenster gehört, dass Tacke sich mit jemandem unterhalten hat, draußen auf dem Hof.“ Heinz setzte sich auf. „Ich konnte nicht alles hören, aber zum Schluss ist er etwas lauter geworden, da habe ich ihn gut verstanden. Weißt du, was er gesagt hat?“

Walters Antwort war nur ein Knurren, seinen Schwager störte das nicht.

„Jetzt, wo ich darüber nachdenke, begreife ich es erst. Er hat gesagt: ‚Erledigen Sie das, und zwar ein für alle Mal.‘ So, jetzt kommst du.“

Walter rappelte sich hoch und starrte Heinz schlaftrunken an. „Was gibt es da denn zu begreifen?“

„Na hör mal.“ Heinz schüttelte den Kopf über so viel Begriffsstutzigkeit. „So einen Satz habe ich zuletzt von Robert De Niro gehört. *Erledige das.* Das ist so eine Geheimsprache bei der Mafia. Der meinte den besoffenen Bauern. Denk doch mal nach!“

Walter fuhr sich mit beiden Händen durch die verstrubbelten Haare. „Willst du mir erzählen, dass Tucke zur Mafia gehört? Du spinnst.“

„Walter.“ Heinz umklammerte das Handgelenk seines Schwagers. „Da war auch so was Zwingendes in Tackes Stimme. Wir dürfen das nicht auf die leichte Schulter nehmen. Wenn da etwas passiert, werde ich mir mein Leben lang Vorwürfe machen.“

„Du weißt doch gar nicht, ob der den Bauern gemeint hat. Vielleicht hat er auch nur zu dem Busfahrer gesagt, dass er noch tanken fahren soll.“

„Busfahrer.“ Heinz wischte die Idee mit einer Handbewegung weg. „Karsten Kock war doch schon lange im Bett. Nein, nein, ich habe da so ein Gefühl, dass ich tatsächlich Zeuge einer ganz großen Geschichte geworden bin. Walter, wir müssen rausfinden, wie es dem Bauern geht.“

„Wie soll es dem gehen? Verkatert.“ Walter wandte sich ab, stand ächzend auf und schlurfte Richtung Tür.

Heinz sah ihm nach. „Was willst du unternehmen? Um diese Zeit?“

„Ich muss mal. Wenn ich in zwanzig Minuten nicht vom Klo zurück bin, kannst du die Polizei rufen. Dann hat mich die Mafia auf dem Flur erschossen. Mit Schalldämpfer, deshalb wirst du nichts hören.“

„Du musst das ernst nehmen, Walter.“ Heinz wurde jetzt ärgerlich. „Hier stinkt was zum Himmel. Du hast dir doch vorhin Notizen gemacht, also bist du auch nicht sicher, dass das hier alles seine Richtigkeit hat.“

„Ich führe lediglich eine Mängelliste, die ich Theo von Alsterstätten schicken werde. Er soll wissen, wie seine Angestellten mit den Gästen umgehen, das halte ich für wichtig. Aber zwischen einer Mängelliste und dem Verdacht auf Mafiazugehörigkeit besteht ein kleiner Unterschied. Dafür müssten wir erst Beweise sammeln."

„Also glaubst du mir?" Heinz klang erleichtert. „Dann lass uns Augen und Ohren offen halten. Außerdem werde ich mal mit Johanna reden. Sie scheint mir recht vernünftig zu sein. Und sie arbeitet beim Radio, sie hat Kontakte Sie ist nämlich die schöne Stimme, die ich so gern höre."

„Ach ja?" Walter trat schon von einem Bein aufs andere. „Ich weiß nicht, welche Stimme du meinst, Heinz. So, ich muss."

Finchen sprühte eine Haarspraywolke über sich, die bei Johanna einen Hustenanfall auslöste. Sie riss das winzige Badezimmerfenster auf und hielt sich die Hand vor die Nase. „Tante Finchen, du bringst uns um."

Finchen sah sie tadelnd an und zupfte sich ein paar Strähnchen in die Stirn. „Du stellst dich an. Willst du nicht mal unter die Dusche gehen?"

„Sobald diese Giftgaswolke abgezogen ist." Johanna lehnte sich entspannt an den Türrahmen. „Ich frühstücke nicht, ich komme später dazu und trinke einen Kaffee. Wartet einfach nicht auf mich."

Finchen drehte den Lippenstift auf und öffnete den Mund. „Es ist ungesund, mit leerem Magen aus dem Haus zu gehen." Sie rieb mit dem Zeigefinger Lippenstift vom Schneidezahn. „So, ich bin fertig. Du kannst duschen, und ich gehe frühstücken. Willst du wirklich nichts?"

„Nein." Johanna drehte sich zur Seite, um Finchen vorbeizulassen. „Ich mache mich in Ruhe fertig und komme dann nach. Wann fährt der Bus los?"

„Um zehn. Also bis gleich."

Johanna schloss die Tür hinter Finchen und griff zu ihrer Tasche. Sie wollte unbedingt wissen, ob die Aufnahmen von gestern verwertbar waren. Mit viel Glück hatte sie sogar den besoffenen Bauern drauf. Als Nächstes wollte sie sich mit den anderen gut situierten Senioren unterhalten. Mit dem netten Heinz würde sie beginnen. Bei ihm musste sie nicht mal lügen.

Heinz kämmte sich schnell über die Haare und schob den Kamm in die Hosentasche. „Walter? Bist du fertig?"

Sein Schwager kauerte an dem zu kleinen Tisch und schrieb in sein Notizbuch. Seine Lippen bewegten sich lautlos, die Stirn war gerunzelt.

„Was machst du da?" Neugierig beugte sich Heinz über die beschriebenen Seiten, er konnte kein Wort entziffern. Walter schrieb immer winzig klein, um die Bleistiftmine nicht zu schnell aufzubrauchen. „Wir wollten frühstücken gehen. Was schreibst du denn da? Kannst du das eigentlich lesen?“

„Natürlich.“ Walter warf einen prüfenden Blick auf die Seiten und danach auf seinen Schwager. „Ich habe eine ganz klare Handschrift, das haben damals schon alle Kollegen gesagt. Du solltest mal deine Augen testen lassen.“

„Die sind gut. Aber was schreibst du denn überhaupt?“

Walter lehnte sich auf dem Stuhl zurück und ließ den silbernen Drehbleistift zwischen Daumen und Zeigefinger federn. „Zum einen habe ich eine Liste der Kosten erstellt, die uns hier entstehen. Also Getränke, die Telefongebühren, Toilettengeld und so weiter.“ Er hielt ein Blatt Papier hoch. „Anlage K wie Kosten. Und dann habe ich meine Notizen von gestern Abend übertragen. Ich hatte ja nur Bierdeckel zum Schreiben, das wollte ich rasch noch ordnen.“ Er stoppte seinen Redefluss und sah Heinz an. „Du bist ja schon rasiert, dann können wir auch gehen. Ich habe Hunger.“

Zufrieden nahm Johanna die Kopfhörer ab und schaltete das Gerät aus. Das war doch schon mal ein Anfang. Sie schob das Kästchen wieder in ihre Handtasche und steckte das Notizbuch und zwei Kugelschreiber dazu. Natürlich würde sie ihre Interviews ganz unauffällig führen. Zum einen wollte sie keinen Ärger mit Dennis Tacke, zum anderen würde Finchen durchdrehen, wenn sie mitbekäme, dass ihre Nichte hier auf der Pirsch war.

Sie zog die Zimmertür hinter sich ins Schloss und stieg die enge Treppe hinunter. An der Rezeption stand ein pummeliges Mädchen hinter dem Tresen, das sie gestern noch nicht gesehen hatte. „Guten Morgen.“ Johanna blieb vor ihr stehen und lächelte verbindlich. „Ich habe eine Frage.“

Das Telefon klingelte. „Moment bitte.“ Das Mädchen nahm den Hörer ab. „Gasthaus zu den drei Linden, mein Name ist Melanie Ippen.“ Angestrengt sah sie an Johanna vorbei. „Nein, ich kann nicht ins Zimmer durchstellen, tut mir leid. Wenn Sie später noch mal anrufen könnten, dann ist auch mein Chef … Nein, das kann ich wirklich nicht … Ich darf … Hallo? Haallo?“ Verdutzt sah sie Johanna an. „Einfach aufgelegt.“ Sie schüttelte den Kopf. „Ich weiß nicht, ob ich Ihnen helfen kann, ich bin nur die Aushilfe.“

„Was heißt ‚nur‘?“ Johanna lächelte Melanie jetzt fast liebevoll an. „Kann es sein, dass ich hier überhaupt keinen Handyempfang habe?“

Melanie kaute Kaugummi und nickte. „Funkloch. Überall hier.“

„Aha.“ Johanna beugte sich etwas vor und senkte die Stimme. „Sagen Sie mal, kommt Herr Tacke mit seinen Reisegruppen eigentlich öfter hierher?“

„Tacke?“ Wie konnte ein junges Mädchen nur so stumpfsinnig gucken? Johanna lächelte weiter. „Der nette Reiseleiter. Firma Ostseeglück.“

Melanies Kaubewegung stockte kurz, dann setzte sie wieder ein. „Kenne ich nicht."

„Na, der Mann, der gestern Abend …"

„Guten Morgen, Johanna. Gut geschlafen?" Wie vom Himmel gefallen stand plötzlich Patrick Dengler neben ihr. „Gibt es ein Problem?"

„Nein, nein", antwortete Johanna und trat einen Schritt zur Seite, um den Abstand zu ihm zu vergrößern. „Ich wollte gern eine Karte von der Schlei haben. Damit ich sehen kann, welche Strecke der Bus gleich fährt."

„Hier, bitte." Unentwegt kauend schob Melanie eine zusammengefaltete Karte über den Tresen. „Ein Euro fünfzig."

Patrick Dengler holte mit einem Griff ein paar Münzen aus seiner Jackentasche und legte sie hin. „Stimmt so. Nehmen Sie es als Morgengabe, Johanna. Sie können mich ja mal mit draufgucken lassen. Bis später."

Mit einem breiten Grinsen wandte er sich zur Treppe. Johanna musste sich beherrschen, um sich nicht zu schütteln. Melanie sah sie kauend an.

FINCHEN tupfte sich mit der Serviette die Krümel aus den Mundwinkeln. „Johanna wird sich doch nicht wieder hingelegt haben?"

„Meine Tochter frühstückt auch nie." Walter häufte sich Marmelade auf ein Stück Weißbrot. „Die jungen Frauen trinken fünf Tassen Tee nach dem Aufstehen, brauchen zwei Stunden im Badezimmer und hetzen dann zur Arbeit. Kein Wunder, dass ihnen dauernd schwindlig wird."

„Christine und Ines trinken Kaffee", sagte Heinz.

„Noch schlimmer." Walter wandte sich wieder an Finchen. „Seine Töchter", erklärte er. „Gab es auf dem Büfett nicht frischen Obstsalat?"

„Der ist aus der Dose." Finchen verzog das Gesicht. „Die reine Chemie. Ich hoffe sehr, dass unser Mittagessen in Kappeln besser sein wird, sonst verliere ich langsam die Lust."

„Wozu verlierst du die Lust?" Johanna stand hinter Finchen und legte ihr die Hände auf die Schultern. „Guten Morgen, die Herren." Sie zog einen Stuhl zurück und setzte sich neben ihre Tante.

„Guten Morgen, Julia", antwortete Walter.

„Johanna", korrigierte ihn Heinz. „Trinken Sie Kaffee oder Tee?"

„Kaffee."

Heinz lächelte und griff nach der Thermoskanne. „Wie meine Töchter."

„Walter hat eine Mängelliste erstellt." Finchen hielt Heinz ihre Tasse hin. „Was hier alles nicht gut ist. Wenn dir auch noch etwas einfällt, kannst du es ihm sagen."

„Aha." Johanna nahm einen Schluck Kaffee. „Und wozu das?"

„Für ein Feedback." Nachdem Walter sich kurz vergewissert hatte, dass an den Nebentischen niemand zuhörte, sagte er: „So geht's einfach nicht. Der Hollenkötter quatscht alle Leute zu und hat Tischmanieren wie ein Pavian. Unmöglich. Ansonsten sind natürlich die versteckten Kosten ein Thema, die Zimmerbelegung, die ganze Organisation. Das sind doch keine Reiseprofis. So was darf man sich nicht gefallen lassen."

Johanna nickte. „Ich weiß, was Sie meinen. Aber dagegen kann man nicht viel machen. Hat eigentlich schon jemand den Busfahrer gesehen? So voll, wie der gestern Abend war, kann es ihm heute nicht gut gehen."

„Der war doch nicht voll", widersprach Heinz. „Ich glaube, er war bloß sehr erschöpft. Der Mann hat keinen leichten Job. Ich wollte jedenfalls nicht mit einem Typen wie Tacke zusammenarbeiten."

Genau in diesem Moment betrat Karsten Kock den Frühstücksraum. Nach einem kurzen Blick ging er grußlos an allen vorbei zu dem Tisch, an dem Lisa Wagner saß. Er beugte sich zu ihr und sagte etwas, worauf sie sofort aufsprang. Beide verließen hintereinander den Raum.

„Vielleicht ist etwas mit dem Bus", brach Finchen das Schweigen.

„Oder es ist etwas passiert", sagte Heinz düster. „Ich habe nämlich gestern Abend durchs Toilettenfenster gehört, wie Tacke zu jemandem …"

„Heinz, bitte." Walter stieß seinen Schwager an. „Ich gehe noch mal aufs Zimmer. Kommst du mit nach oben?"

„Ich möchte noch zu Ende essen." Heinz klang beleidigt.

„Ich komme mit", sagte Finchen und knüllte ihre Papierserviette zusammen. „Johanna, du kannst in Ruhe austrinken, wir haben noch Zeit."

Walter zögerte einen Moment. Erst als Finchen aufstand, beeilte er sich, ihr zu folgen, und hielt ihr die Tür auf.

Kaum waren die beiden weg, hob Johanna den Kopf. „Und?", fragte sie mit gesenkter Stimme. „Was haben Sie gehört?"

Heinz wartete eine Sekunde, dann beugte er sich vor. „Sie kennen doch bestimmt die Mafiafilme mit Robert De Niro …"

Einen schönen guten Morgen. Alle Mann an Deck? Entschuldigung, die Damen sind natürlich auch gemeint." Dennis Tacke war frisch gewachst und gut gelaunt. „Ja, ich sehe, alle Plätze sind besetzt, das freut mich ungemein. Ich hoffe, Sie freuen sich auch, denn wir haben einen wunderschönen Tag vor uns. Herr Kruse, wollen Sie gleich mal anfangen?"

Das Mikrofon wurde übergeben, und der Fremdenverkehrsbeauftragte fischte einen Zettel aus seiner Jackentasche. „Auch von mir ein herzliches

Willkommen. Wir werden Ihnen zuerst einen Überblick über diesen einzigartigen Landstrich geben und dann einige der bezauberndsten Plätze aufsuchen, unter anderem Sieseby, eines der schönsten Dörfer Schleswig-Holsteins, das Gut Bienebek, das Naturschutzgebiet Schwansener See und die kleinste Stadt Deutschlands, das zauberhafte Arnis."

Mit einem Räuspern übergab er das Mikrofon an Lisa Wagner.

„Danke, Herr Kruse. Natürlich ist auch für Ihr leibliches Wohl gesorgt. Wir werden gegen Mittag im schönen Kappeln eintreffen und dort in einem exklusiven Lokal essen. Falls jemand von Ihnen vorher Hunger oder Durst bekommen sollte: Herr Kock und ich haben kleine Snacks und Getränke dabei. Die Preise entnehmen Sie bitte dem Flyer, der in der Rückenlehne vor Ihnen steckt. Vielen Dank für Ihre Aufmerksamkeit und eine schöne Fahrt."

Walter überflog den Flyer kurz und stopfte ihn in das Netz zurück. „Ich sage jetzt mal nichts dazu. Gar nichts."

Johanna drehte sich um und musste lachen, als sie die erleichterte Miene von Heinz sah. Er bemerkte ihren Blick und beugte sich vor. „Ich mag morgens keinen Streit. Und Walter eigentlich auch nicht."

„Ich streite doch gar nicht." Walter setzte sich bequemer hin und faltete die Hände über dem Bauch. „Ich weigere mich nur, zu völlig überteuerten Preisen alte Brötchen oder warme Getränke zu kaufen."

„Jaja", antwortete Heinz und sah aus dem Fenster. Der Bus fuhr auf einer schmalen Landstraße an einzelnen Höfen, reetgedeckten Häusern und blühenden Bauerngärten vorbei. Heinz waren die Bordpreise egal. Er hatte genügend gefrühstückt, mochte im Moment nichts trinken und fand die Fahrt gerade sehr schön. Ob er mal mit Charlotte in dieser Gegend Urlaub machen sollte? Es gab so viele Radwege hier, ganz gerade und neu geteert. Und Charlotte liebte Stockrosen, die fast an jedem Haus blühten. Sie könnten ja ein anderes Hotel buchen, ein hübscheres, in dem der Obstsalat nicht aus der Dose kam. Heinz beschloss, die Augen offen zu halten und sich schon mal die schönsten Orte zu merken.

Nach etwa einer Stunde hielt der Bus auf einem Parkplatz am Ufer der Schlei. Die Sonne ließ das Wasser glitzern, am gegenüberliegenden Ufer sah man einen kleinen Hafen, Segelboote glitten lautlos vorüber, und selbst Ewald Hollenkötter hielt für einen Moment den Mund.

„Wer einen kleinen Snack oder ein Getränk möchte, wende sich bitte an Frau Wagner." Dennis Tacke zerstörte die Idylle. „Hier rechts ist eine öffentliche Toilette, und wenn Sie sich die Beine vertreten möchten, können Sie bis zum Ufer laufen. In einer halben Stunde geht es weiter. Pünktlich bitte."

Sofort bildete sich vor Lisa Wagner die übliche Schlange. Auch Walter reihte sich ein. Als Johanna ihn verdutzt ansah, sagte er leise: „Ich kaufe nichts, ich will nur das Preis-Leistungs-Verhältnis prüfen. Fürs Feedback."

Finchen wollte ihm dabei Gesellschaft leisten, Heinz musste zur Toilette. Als Chiaras Großmutter langsam in Richtung Ufer ging, beschloss Johanna, ihre Recherche aufzunehmen.

„Hübsch, nicht wahr?" Sie hatte schon bessere Interviewanfänge hinbekommen. Chiaras Großmutter drehte nur kurz den Kopf und nickte, bevor sie ihren Blick wieder auf das andere Schleiufer richtete.

„Ich habe mich noch gar nicht vorgestellt", versuchte Johanna es weiter. „Mein Name ist Johanna Schulze, ich begleite meine Tante. Gehören Sie nicht zu der Damengruppe?"

„Nein." Wenn man dicht neben ihr stand, sah man den grauen Haaransatz unter der hellen Blondierung. „Ich heiße Annegret Töpper, komme aus Krefeld und reise allein. Wir saßen gestern nur beim Essen an dem Frauentisch zusammen. Es gibt ja nicht besonders viele Männer in dieser Truppe. Na ja, hätte ich mir denken können. Entweder Paare oder Bekloppte. Ich hoffe, Sie suchen hier keinen Mann."

„Um Himmels willen, nein." Johanna lachte. „Meine Tante hat die Reise gewonnen und mich dazu verdonnert, sie zu begleiten. War der Gewinn bei Ihnen nur für eine Person?"

Annegret Töpper schüttelte den Kopf. „Meine Freundin Karla ist angeschrieben worden. Die gehört auch zu den Gutsituierten, hatte ein Damenbekleidungsgeschäft in Recklinghausen. Sie hat mich als Begleitung eingetragen. Ich gewinne nämlich nie etwas. Und dann ist sie letzte Woche mit dem Fahrrad in eine Hecke gefahren. Besoffen, wenn Sie mich fragen. Schlüsselbeinbruch, jetzt liegt sie im Krankenhaus. Aber ich habe gesagt, dass ich ja nichts dafür kann und dass es keinen Grund gibt, den Gewinn verfallen zu lassen. Das sah Karla auch so, also bin ich jetzt hier."

Johanna überlegte, warum jemand namens Karla besoffen in eine Hecke radelte, wollte aber nicht fragen. Stattdessen besann sie sich auf ihren Job.

„Machen Sie denn öfter Kurzreisen?"

„Nö." Annegret kramte ein Taschentuch aus ihrer Jackentasche. „Wovon denn? Ich habe vierzig Jahre lang als Schneiderin gearbeitet. Hätte ich gewusst, was ich mal für eine Rente kriege, wäre ich morgens länger im Bett geblieben. Ich war mit meiner Tochter mal auf Borkum, aber seit die ihr Kind hat, unsere Chiara, ist mit ihr auch nichts mehr los. Deshalb wollte ich ja unbedingt mit. Aber Karla hat das alles etwas schicker beschrieben. Ist vielleicht ganz gut, dass sie nicht mitkonnte. Die würde sich bloß aufregen." Sie putzte sich lautstark die Nase. „Allergie“, erklärte sie. „Birke und Haselnuss. Hatte ich früher auch nicht. Es wird nichts besser im Alter. Wie alt sind Sie?“

„Vierzig.“

„Geht ja noch.“ Annegret musterte Johanna von oben bis unten. „Sie gehören auch nicht zu den Gutsituierten, oder? Hat Ihre Tante Geld? Natürlich, sonst hätte sie den Brief nicht erhalten.“

„Wieso glauben Sie, dass nur Leute mit Geld angeschrieben wurden? Es war doch ein ganz normales Preisausschreiben.“

Mit hochgezogenen Augenbrauen sah Annegret sie an. „Unsinn. Ich habe die Einladung nicht bekommen, sondern Karla. Und eine andere Dame, aus Vechta, war früher Apothekerin und hat auch gewonnen. Sie hat ihre Freundin als Begleitperson mitgenommen, die war Haushälterin beim Pastor und kriegt bloß eine kleine Rente. Nein, nein, Frau Schulze, die haben nur die Reichen eingeladen, damit sie denen was verkaufen können.“

„Meinen Sie? Und was sollen die kaufen?“

„Ich tippe auf Wohnungen.“ Annegret reckte ihr Kinn. „Zumindest will dieser furchtbare Hollenkötter eine kaufen. Er redet die ganze Zeit darüber, das geht einem auf die Nerven.“ Sie drehte sich um und sah über Johannas Schulter. „Oh, die anderen winken schon. Wir sollten gehen, sonst fährt der Bus ohne uns weg. Herr Tacke kann Sie sowieso nicht leiden.“

„Was? Wie kommen Sie denn darauf?“

Annegret Töpper blieb stehen und sah sie freundlich an. „Das erkenne ich schon daran, wie er Sie anguckt. Mir macht kein Mann mehr was vor, meine Liebe. Er ist nicht besonders groß, falls Sie das noch nicht bemerkt haben, er geht Ihnen gerade mal bis zur Nase. Das kann ein Typ wie Tacke überhaupt nicht ertragen. Außerdem hat er gestern Abend bei uns am Tisch gefragt, ob wir uns vorstellen könnten, was eine junge Frau wie Sie dazu bringt, an einer Fahrt teilzunehmen, die sich eigentlich an Senioren richtet. Ihre zarte kleine Tante könne Sie doch wohl nicht dazu gezwungen haben.“

Johanna war fassungslos. „Das ist ja eine Unverschämtheit!“

„Genau“, pflichtete Annegret ihr bei. „Ich habe ihm gesagt, dass ihn das überhaupt nichts angeht, und die reiche Frau Meier aus Papenburg hat ihm erklärt, dass sie auch lieber einen hübschen jungen Neffen statt ihrer älteren Schwester mitgenommen hätte. Daraufhin haben sich die Schwestern in die Haare gekriegt, und Tacke ist gegangen. Ich sage Ihnen: Er ist ein Idiot. Aber wir müssen jetzt, sonst fahren die wirklich ohne uns weiter. Ich will doch unbedingt in Kappeln die Praxis vom Landarzt sehen. Das war eine meiner Lieblingsserien, und hier ist das alles gedreht worden. Wussten Sie das?“

Johanna kannte die Serie nicht mal. Außerdem hatte sie Mühe, das, was sie gerade gehört hatte, zu verdauen. Tacke konnte sie also nicht leiden. Nun gut, sie ihn auch nicht. Wenn der Typ Ärger wollte, sollte er ihn kriegen.

Sie beeilte sich, Annegret zu folgen. Als sie wieder auf gleicher Höhe waren, sagte sie: „Das war ein nettes Gespräch, Frau Töpper, das sollten wir beim Mittagessen fortsetzen."

„Gern. Diese alten Weiber reden sowieso immer nur über tote Ehemänner, Sauerbratenrezepte und ihre Krankheiten. Das macht mich ganz bekloppt."

Sie waren die Letzten, die in den Bus stiegen. Johanna fand Dennis Tackes Blick giftig und überlegte, ob ihr das auch ohne das Gespräch mit Annegret Töpper aufgefallen wäre. Vermutlich nicht. Chiaras Großmutter war trotz der scheußlichen Blondierung eine kluge Frau.

Der Bus nahm Kurs auf Kappeln. Michael Kruse wechselte sich mit Dennis Tacke am Mikrofon ab. Während Kruse mit wachsender Begeisterung über die Geschichte des Fischfangs, über Heringszäune und Seefahrer referierte, ergänzte Tacke die wirklich wichtigen Informationen.

„Wenn Sie rechts an der wunderschönen Mühle vorbeisehen, entdecken Sie ein weißes Haus mit blauen Fensterrahmen. Das gehört Ben Bommer."

Ein Raunen ging durch den Bus. Fragend sah Johanna sich um, sie hatte den Namen noch nie gehört. Heinz half. „Ein Schlagersänger", flüsterte er durch die Lücke zwischen den Sitzen. „Sehr beliebt."

Walter machte sich bemerkbar. „Wen interessiert das denn? Solange uns dieser Bammel nicht zum Kaffee einlädt, ist mir völlig egal, wo der wohnt."

„Bommer", korrigierte ihn Heinz. „Ben Bommer."

Dennis Tacke sah kurz in ihre Richtung, bevor er fortfuhr: „Nur die wenigsten von Ihnen werden wissen, dass es eine ganze Reihe von Prominenten gibt, die den Reiz der Gegend für sich entdeckt haben. Dieser Landstrich wird immer mehr zum Treffpunkt der Reichen und Schönen, was natürlich auch die Immobilienpreise klettern lässt."

Johanna zog ihre Handtasche neben sich, um das Aufnahmegerät einzuschalten. Anscheinend kam die Wachsfrisur zum Thema.

Doch dann hörte sie wieder Walter: „Das ist doch alles nur B-Prominenz. Die Reichen und Schönen sind auf Sylt."

„Herr Müller!" Dennis Tacke wurde jetzt ungehalten. „Wenn es Ihnen nicht passt, können Sie den Bus gern verlassen. Es gibt hier auch Teilnehmer, die großes Interesse an unseren Ausführungen haben. Also?"

Nach einem Ellenbogenstoß von seinem Schwager hob Walter die Hände. „Okay, okay. Ich sage nichts mehr."

Michael Kruse rettete die Stimmung, indem er das Mikrofon ergriff und mit begeisterter Stimme von romantischen kleinen Orten schwärmte. Dennis Tacke ließ Walter nicht aus den Augen, und Johanna hoffte, dass ihre Handtasche nicht in den Fokus seines Forscherblicks geriet.

DER BUS rollte langsam auf den Marktplatz des Städtchens. Bevor er zum Stehen kam, gab es noch eine Ansage von Lisa Wagner.

„So, meine Damen und Herren, wir haben unser Zwischenziel erreicht. Unser Bus bleibt für etwa zwei Stunden hier stehen. Sie haben die Möglichkeit, einen Spaziergang zu machen oder einige Kleinigkeiten für die Lieben zu Hause zu erstehen. Ich kann Ihnen die Töpferstube hier rechts wärmstens empfehlen. Um dreizehn Uhr treffen wir uns in der ‚Fischerstube' gegenüber der Kirche. Bitte seien Sie pünktlich, damit wir in Ruhe essen und unsere Rundfahrt wie geplant fortsetzen können. Viel Vergnügen."

Johanna ließ Finchen den Vortritt beim Ausstieg und fing dabei den Blick auf, den Dennis Tacke auf Walter richtete.

„Herr Müller?" Tackes Stimme klang sehr sanft. „Wenn Sie ein Problem mit dieser Rundfahrt haben, dann sagen Sie es mir ruhig. Aber bitte, lassen Sie Ihre Zwischenrufe."

Walter starrte Tacke durchdringend an. „Verschonen Sie mich doch einfach mit sentimentalen Kindheitsgeschichten und Informationen über halbseidene Promis, dann haben wir beide kein Problem. Mahlzeit."

Er ließ ihn stehen und trat draußen neben Finchen und Johanna. „So ein Blödmann. Was machen wir jetzt? Andenken kaufen?"

Johanna betrachtete ihre Tante, die von Heinz und Walter eingerahmt wurde. Sie war in guten Händen. „Ich würde mich gern einen Moment allein hier umsehen. Ist das in Ordnung, Tante Finchen?"

„Natürlich, Kind. Ich habe ja Begleitung. Wir sehen uns beim Essen." Finchen hakte sich lächelnd bei Heinz und Walter ein.

Johanna wandte sich in die andere Richtung und schlenderte in den Ort. Sie kam an kleinen Läden vorüber: Mode, Schmuck, Schuhe, eine Buchhandlung. Als sie an der fast vorbei war, fiel ihr Blick auf ein Plakat. Abrupt blieb sie stehen. Es war nicht zu fassen. Dieses blasse Gesicht mit dem schmalen Mund tauchte jetzt sogar hier auf. Dort stand es: ZU GAST IN UNSERER BUCHHANDLUNG: MAREIKE WOLF. SAMSTAG, 20 UHR, EINTRITT 5 EURO.

Diese eingebildete Ziege würde hier morgen aus ihrem grässlichen Buch lesen. Sofort zog Johanna ihr Telefon aus der Tasche, schaltete es ein und tippte hektisch auf Daniels Namen. Es sprang nur die Mailbox an. Sie unterbrach die Verbindung und tippte auf ANNE, ihre Kollegin.

„Anne Schünke."

„Hallo Anne, hier ist Johanna."

„Hey, wie geht es bei der Recherche? Wir sind alle schon gespannt."

„Ach, geht so. Sag mal … ist Max eigentlich im Sender?"

„Ja. Zumindest war er heute Morgen bei der Redaktionskonferenz. Du, dem geht's gar nicht gut."

„Mir auch nicht." Johanna schluckte. „Na ja, dann werde ich mich mal wieder um meine Senioren kümmern. Mach's gut, Anne."

Sie schob das Handy zurück in die Tasche und sah wieder ins Schaufenster. Dabei nahm sie ihr Spiegelbild wahr und nur wenige Meter entfernt das von Patrick Dengler. Sie hatte keine Ahnung, wie lange er da schon stand.

„IST DIR nicht schlecht?" Johanna unterdrückte ein Aufstoßen und sah Finchen an, die eine bequeme Stellung auf ihrem Sitz suchte.

Die Tante schüttelte den Kopf. „Ich habe dir gesagt, trink einen Schnaps. Aber du wolltest ja keinen."

Das Mittagessen hatte aus Brathering mit viel Zwiebeln und dazu Bratkartoffeln mit noch mehr Zwiebeln bestanden. Johanna hatte Hunger gehabt und den Zwiebelalbtraum zügig in sich hineingeschaufelt. Walter hatte sie zum Schnaps eingeladen, aber sie hasste klare Schnäpse, und etwas anderes gab es nicht. Deshalb hing sie jetzt hier im Bus herum und hoffte, dass sie sich nicht gleich übergeben müsste.

„Möchten Sie eine Tablette gegen Sodbrennen, Johanna?" Heinz beugte sich nach vorn und reichte ihr eine Schachtel. „Die helfen bei mir immer, auch gegen Übelkeit. Versuchen Sie es mal, schaden kann es nicht."

Johanna nahm dankbar zwei Pillen und zerkaute sie. Ihr lag nicht nur der Hering quer im Magen.

Patrick Dengler war zusammengezuckt und hatte ganz überrascht getan, als sie sich vor der Buchhandlung plötzlich in seine Richtung gedreht hatte. „Ach, Johanna, ich habe Sie gar nicht gesehen. Suchen Sie etwas zu lesen? Gehen Ihnen die Vorträge von Tacke und Kruse auch so auf den Geist?"

Johanna hatte ihn harmlos angelächelt. „Ich kann im Bus nicht lesen, dabei wird mir übel. Was haben Sie denn gegen die Vorträge?"

„Na ja, sie sind vielleicht etwas lang. Und ich weiß nicht recht, was uns die Herren damit sagen wollen … was sie mit uns vorhaben."

Sein Gesichtsausdruck war neutral gewesen, trotzdem hatte Johanna auf einmal ein komisches Gefühl. „Was sollen sie mit uns vorhaben? Das ist mir eigentlich völlig egal, Hauptsache meiner Tante gefällt es. So, und nun brauche ich einen vernünftigen Milchkaffee. Diese Hotelbrühe ist grausig."

Er hatte sich ihr angeschlossen, und jetzt spukte er ihr im Kopf herum. Irgendwas war mit ihm, da war sie sich sicher. Er stellte sich oft dazu, hörte mit, sagte aber nichts. Sie musste ihn im Auge behalten.

Allmählich bekam sie ihre Informationen zusammen. Beim Mittagessen hatten sich Annegret Töpper, Heinz, Walter und das Ehepaar Pieper zu ihnen an den Tisch gesetzt. Finchen hatte anfangs etwas skeptisch auf Frau Töpper reagiert, die sich über das Organ von Herrn Hollenkötter ausgelassen hatte und über sein Vorhaben, „in Immobilien zu machen", wie sie es ausdrückte.

Johanna hatte sich den Piepers zugewandt. „Hat Herr Hollenkötter mit Ihnen auch über seine Immobilienpläne gesprochen?"

„Nein." Eva Pieper lachte. „Er hat uns noch nicht in den inneren Kreis berufen. Oder, Ulrich? Hat er dir etwas erzählt?"

Ihr Mann hatte eine abwehrende Handbewegung gemacht. „Der sammelt nur Damen um sich, denen er die Welt erklären kann. Da stört ein weiterer Kerl bloß. Allerdings redet er so laut, dass ich beim Frühstück gezwungen war, ihm zuzuhören. Viel Ahnung hat er nicht vom Immobiliengeschäft."

„Sie müssen wissen, dass mein Mann ein echter Immobilienexperte ist", hatte Eva Pieper hinzugefügt.

Johanna hatte anerkennend genickt und dann beschlossen, ihre Interviews fortzusetzen. Sie war der Bahnwitwe aus Hamburg gefolgt, die langsam zum Ausgang schlenderte. Martha Paulsen hatte es ihr leicht gemacht, indem sie fragte, ob ihr die Tour mit so vielen alten Leuten denn gefalle. Johanna hatte natürlich genickt, und dann hatte Frau Paulsen erzählt, dass sie schon oft solche Reisen gemacht habe.

„Wissen Sie, mein Mann war ja bei der Bahn, deshalb habe ich eine gute Rente. Er ist viel zu früh gestorben, ich bin schon zehn Jahre Witwe. Und meine Töchter leben beide in Süddeutschland, sie kommen nicht so oft nach Hamburg. Ich habe also viel Zeit für solche Ausflüge."

Sie hatte erzählt, dass sie entweder allein oder wie jetzt mit ihrer Nachbarin verreise. An Verkaufsfahrten wolle sie aber nicht mehr teilnehmen, sie habe mal eine aus Versehen gebucht. „Das war ganz furchtbar, Frau Schulze. Wir waren in Holland und sollten Kaschmirdecken kaufen. Das war aber nie im Leben Kaschmir, das habe ich sofort gefühlt. Und den anderen auch gesagt. Wissen Sie, was passiert ist? Ich wurde des Raumes verwiesen, stellen Sie sich das mal vor! Ich habe mich sofort beschwert, das hat gar nichts genützt. Aber die Fahrt hat nur zweiundzwanzig Euro gekostet, und ich war mal in Holland. Trotzdem: Mit Verkaufsfahrten bin ich durch."

„Und warum sind Sie hier mitgefahren?"

Die Antwort hatte ganz unbekümmert geklungen: „Das ist doch etwas völlig anderes. Das ist keine Tour für zweiundzwanzig Euro, sondern hier wurde ein Auswahlverfahren gemacht, und man konnte dann gewinnen. Außerdem waren wir damals auf unserer Hochzeitsreise an der Schlei, und ich habe mir immer gewünscht, noch einmal herzukommen."

In diesem Moment hatte Ewald Hollenkötter sie überholt und Martha Paulsen zugerufen: „Ich habe den Herrn Kruse noch mal gefragt – wir fahren auf dem Rückweg dran vorbei!"

„Woran fahren wir vorbei?", hatte Johanna nachgehakt, während sie Hollenkötter hinterhergesehen hatte.

Frau Paulsen hatte gelächelt. „Herr Kruse wollte uns etwas zeigen, vielleicht …" Ein lautes Hupen vom Busparkplatz hatte sie unterbrochen. Aufgeregt hatte sie Johanna am Arm gepackt. „Wir müssen uns beeilen, sonst fährt der Bus ohne uns!"

Für Johanna stand nun endgültig fest: Tacke und Kruse führten etwas im Schilde. Aber im Gegensatz zu Annegret Töpper konnte sie sich nicht vorstellen, dass hier Immobilien verkauft werden sollten. Die erstand man doch nicht einfach so wie eine Kaschmirdecke.

Finchen stieß sie an. „Guck mal, da kann man das Meer sehen!"

Johanna folgte ihrem Blick. Als sie zuletzt das Meer gesehen hatte, war sie mit Max am Strand gewesen und hatte den Sonnenuntergang beobachtet. Sie konnte sich noch an den salzigen Geruch erinnern und daran, dass sie gedacht hatte, wie schade es war, dass man so einen Moment nicht festhalten konnte. So einen wunderbar zärtlichen Moment.

Sie spürte, dass ihr die Tränen kamen. Gleichzeitig hörte sie von hinten eine Stimme: „Wird die Übelkeit nicht besser?" Heinz tätschelte unbeholfen ihren Oberarm und sah sie mitleidig an.

„Doch, doch", sagte Johanna schnell. „Alles gut."

Als Inge auf Sylt ihre Haustür aufschloss, hörte sie schon das Telefon klingeln. Ehe sie es erreichte, sprang der Anrufbeantworter an.

„Guten Tag, Polizeirevier Innenstadt in Bremen, mein Name ist Fiedler, bitte rufen Sie …"

Inge ließ die Einkaufstasche fallen und riss den Hörer von der Station. „Müller, ich komme gerade zur Tür herein. Um was geht es denn?"

„Mein Name ist Fiedler, Polizeiobermeister Fiedler, Polizeirevier Bremen Innenstadt. Ich wollte Herrn Walter Müller sprechen. Wohnt er bei Ihnen?"

„Natürlich.“ Inge fand die Frage seltsam. „Er ist mein Mann.“

„Ist Ihr Mann Halter des Pkws mit dem Kennzeichen NF-HH 674?“

Schlagartig hatte Inge Bilder von Unfällen vor Augen: Blaulicht, Absperrband, Walter und Heinz mit Blut im Gesicht … Ihre Knie wurden weich. Zitternd ließ sie sich auf den Hocker sinken. „Ja, unser Mercedes hat diese Nummer. Ist mein Mann … und mein Bruder …“

Ihr Herz raste, das Rauschen in ihren Ohren ließ die Antwort von Polizeiobermeister Fiedler sehr leise klingen. „Ich wollte Ihren Mann gern sprechen. Wo kann ich ihn erreichen?“

„Meinen Mann?“ Inge versuchte ihre Fassung wiederzugewinnen. „Der ist gerade an der Schlei. Mit meinem Bruder, also seinem Schwager.“

„Wissen Sie denn, wie Ihr Auto nach Bremen gekommen ist?“

„Bremen?“ Inge musste einen Moment überlegen. „Ach so, Bremen. Von dort aus ist der Bus gestartet, mit dem die beiden jetzt an der Schlei sind. Was ist denn überhaupt passiert?“

„Der Wagen ist abgebrannt. Heute früh, vermutlich gegen fünf Uhr.“

„Abgebrannt? Der Wagen?“ Inge spürte eine Welle der Erleichterung. Der Polizist hatte fünf Uhr gesagt. Gegen acht hatte Walter ganz kurz angerufen. Er hatte gesagt, dass alles gut sei, dass die Telefoneinheit siebzig Cent koste und dass ihr Bruder schnarche. „Also nur das Auto.“ Inges Stimme klang fast fröhlich. „Das ist nicht so schlimm.“

Polizeiobermeister Fiedler war irritiert. „Nicht so schlimm? Der Wagen ist völlig ausgebrannt. Das Wrack steht hier bei uns und wird zurzeit kriminaltechnisch untersucht. Ihr Mann oder ein Bevollmächtigter müssten herkommen und sich um den Wagen kümmern.“

„Alles klar.“ Inge war immer noch erleichtert. „Mein Mann kommt aber erst am Sonntag zurück. Dann haben Sie zu, oder?“

„Natürlich nicht.“ Polizeiobermeister Fiedler wurde ungeduldig. „Wir sind ein Polizeirevier, kein Supermarkt. Aber wir werden die Untersuchung heute abschließen, und dann muss der Wagen hier weg. Können Sie jemanden schicken?“

„Ich weiß nicht …“ Inge stellte sich gerade Walters Reaktion vor, wenn an der Stelle, wo er seinen gepflegten Mercedes geparkt hatte, plötzlich ein verkohlter Schrotthaufen lag. Sie atmete tief durch, dann hatte sie eine Idee. „Kann ich Sie zurückrufen? Ich versuche meine Nichte zu erreichen.“

Sie notierte die Nummer und legte langsam auf. Die arme Christine. Es war nicht das erste Mal, dass sie ihren Vater und ihren Onkel retten musste. Aber sie war die Einzige, die dicht genug dran war und freitags freihatte.

Christine ging schon nach zwei Freizeichen dran. „Schmidt."

„Hallo Christine, hier ist Tante Inge. Ich wollte mal hören, was du bei dem schönen Wetter so machst."

Christine setzte sich wieder auf ihren Balkonstuhl, zog ihre Tasse näher zu sich heran und war gespannt, was Inge wollte.

„Ich sitze auf dem Balkon und lese", antwortete sie.

„Aha." Inges Stimme klang viel zu fröhlich. „Und? Gutes Buch?"

Mit einem Blick auf das Foto der blassen Autorin schob Christine den Roman zur Seite. „Es heißt ‚Sommerliebe und ich' und ist so kitschig wie langweilig. Ich höre gleich damit auf und lese nur noch den Schluss."

„Gut. Und was fängst du dann noch mit dem Tag an? Du hast doch jetzt Wochenende, oder nicht?"

Christine wappnete sich innerlich. Tante Inge würde sie gleich um etwas bitten. Vorsichtig sagte sie: „Ich will noch ein bisschen raus. Warum?"

„Unser Auto ist verbrannt."

„Was?"

Inge machte eine kleine theatralische Pause. Dann sagte sie betont langsam: „Der Mercedes von Walter ist abgebrannt."

„Im Ernst? Wo und wann ist das passiert? Was ist mit Papa und Walter?"

„Heinz und Walter sind an der Schlei, hat Mama dir das nicht erzählt? Das Auto ist heute früh in Bremen abgebrannt, und jetzt muss einer dort zur Polizei und sich darum kümmern."

„Wann?" Christine zupfte verwelkte Blüten aus dem Balkonkasten.

„Na, heute." Inge schien verwundert, dass ihre Nichte so langsam kapierte. „Das Wrack kann ja schlecht tagelang vor der Polizeistation stehen. Und du fährst doch höchstens eine Stunde von Hamburg nach Bremen."

„Anderthalb." Christine seufzte gottergeben. „Wie hat Onkel Walter denn auf die Nachricht reagiert?"

„Er weiß es noch gar nicht", antwortete Inge. „Dein Vater und er haben die ganze Zeit ihre Handys abgestellt. Aber das erfährt er ja dann in Bremen, wenn er zur Polizei geht, um das Auto als gestohlen zu melden."

„Er kriegt einen Herzinfarkt, wenn die Polizisten ihm das sagen."

„Mir ist es lieber, er brüllt die Beamten an als mich. Außerdem bricht er die Reise ab, wenn er es jetzt erfährt. Das nützt doch auch nichts, der Wagen ist sowieso hin."

Nachdenklich zerkrümelte Christine ein Blatt zwischen den Fingern. Sie hatte ihren unglücklichen Vater vor Augen, der neben dem schimpfenden Walter in Bremen stand und nicht wusste, wie er ohne Auto zurück nach Sylt kommen sollte.

Es nützte nichts, sie war unruhig geworden. „Gut, dann fahre ich also an die Schlei und versuche Onkel Walter das Desaster schonend beizubringen. Bei der Gelegenheit gucke ich mir Schleswig an, das wollte ich immer schon mal, übernachte bei Papa und Walter im Hotel und bringe die beiden nach Niebüll zum Zug. Sie müssen ja nicht zurück nach Bremen.“

„Das ist eine gute Lösung.“ Tante Inge war zufrieden. „Und du kommst mal vor die Tür. Charlotte wird auch froh sein. Und wenn Walter schreit, dann nimm es einfach nicht persönlich.“

Unvermittelt hielt der Bus auf einem Parkplatz, von dem ein schmaler Waldweg Richtung Schlei führte. Karsten Kock stellte den Motor aus, und Michael Kruse nahm das Mikrofon. „Meine sehr verehrten Damen und Herren.“ Er stand lächelnd im Gang, umrahmt von Lisa Wagner und Dennis Tacke, die ihm aufmunternd zunickten. „Von diesem Parkplatz führt ein Weg zu einem kleinen Paradies. Ich hatte vorhin beim Mittagessen bereits Gelegenheit, mit einigen von Ihnen über dieses Fleckchen Erde zu sprechen. Dabei stieß ich auf so großes Interesse, dass ich es Ihnen nicht vorenthalten möchte. Wer also Lust hat, den darf ich bitten, mir zu folgen. Es ist nur ein kleiner Spaziergang von vielleicht fünf Minuten.“

Finchen drehte sich zu ihrer Nichte um. „Gehst du da mit?“

„Warum nicht?“ Johanna schob sich den Riemen ihrer Handtasche über die Schulter. „Wenn es da so schön ist. Aber du kannst sicher auch im Bus bleiben, wenn es dich nicht interessiert.“

„Ach kommen Sie …“ Eva Pieper berührte sanft Finchens Arm. „Sie hätten Herrn Kruses Beschreibung hören sollen. Es muss wunderbar sein.“

Bevor Finchen protestieren konnte, hatte Frau Pieper sie schon mitgezogen. Johanna musste sich beeilen, ihnen zu folgen.

Annegret Töpper blieb neben Walters Sitz stehen. „Steigen Sie nicht aus?“

„Nein, vielen Dank. Mein Bedarf an Sehenswürdigkeiten ist gedeckt. Ich bleibe hier schön sitzen und mache einen Moment die Augen zu.“

Heinz guckte etwas irritiert, stand aber auf. „Mir tut schon das Kreuz weh vom Sitzen. Willst du nicht doch mitkommen?“

„Nein.“ Walter schloss die Augen. „Du kannst mich wecken, wenn irgendjemand etwas vorträgt, was wirklich interessant ist.“

Heinz klopfte ihm noch kurz auf die Schulter, bevor er sich der Gruppe anschloss, die schon vor dem Bus stand. „Meinen Schwager interessiert das nicht“, erklärte er Johanna, die plötzlich neben ihm war.

„Macht ja nichts.“ Mit einem Seitenblick hatte sie bemerkt, dass Patrick

Dengler Kurs auf sie nahm. Kurz entschlossen hakte sie sich bei Heinz unter. „Kommen Sie, reden Sie auf mich ein. Ich habe keine Lust, schon wieder angebaggert zu werden."

Geschockt blieb Heinz stehen. „Er baggert …"

„Pst!", zischte sie und zog ihn energisch weiter. „Nicht so laut."

Während sie den Waldweg entlangschlenderten, erzählte Johanna leise von ihrem Zusammentreffen mit Dengler. „Ich stand in Kappeln vor der Buchhandlung und ärgerte mich so über die Lesung, die da angekündigt wurde, dass ich eine Freundin anrufen musste. Deshalb habe ich Dengler gar nicht bemerkt. Ich glaube, er hat einen Teil meines Telefonats mitgehört. Danach hat er mich zum Kaffee eingeladen und mich betont unauffällig ausgefragt. Warum ich an dieser Reise teilnehme, was ich über die anderen Teilnehmer weiß, was ich über Tacke denke – das war alles sehr eigenartig." Sie biss sich auf die Zunge. So viel hatte sie gar nicht erzählen wollen.

Heinz sah sie verwundert an. „Mögen Sie keine Lesungen? Meine Frau und meine Töchter gehen da gern hin. Das ist doch nichts Schlimmes."

Johanna fühlte ein Ziehen in der Magengegend, und weil Heinz sie so treuherzig anguckte, platzte es aus ihr heraus: „Die Autorin, die da heute liest, war mit meinem Mann im Bett. Er kann sich angeblich an nichts erinnern, ich habe ihn rausgeschmissen, und jetzt fehlt er mir. Es ist alles total vertrackt." Sie holte tief Luft. „Entschuldigung."

Heinz nahm vorsichtig ihren Arm und drückte ihre Hand. „Jetzt mal halblang. Wissen Sie, Johanna, ich habe ja auch Töchter. Was ich da schon an Liebeskummer und Tränen erlebt habe, das kann man sich kaum vorstellen. Aber ich sage Ihnen: Es wird nichts so heiß gegessen, wie es gekocht wird."

Noch einmal drückte er ihre Hand, dann räusperte er sich. „Und was ist jetzt mit Dengler? Mit dem stimmt doch was nicht, oder? Die Dame ist jedenfalls nicht seine Mutter. Sie hat ihn nämlich am Frühstücksbüfett aus Versehen gesiezt."

Jetzt blieb Johanna stehen. „Im Ernst? Das gibt's ja nicht."

„Doch, ich habe es genau gehört. Ach, ich glaube, wir sind angekommen."

Hinter einer Kuppe sahen sie am Ende des sanft abfallenden Grundstücks das Meer. So weit das Auge reichte, nichts als Natur. Die ersten Ahs und Ohs ertönten, während Michael Kruse, an einen Baum gelehnt, lächelnd darauf wartete, dass sich die Gruppe um ihn versammelte.

Eva Pieper hatte Finchen noch immer untergehakt und winkte Johanna und Heinz zu. „Kommen Sie, von hier ist der Blick fantastisch!"

Ihr Mann gab ihr recht. „Das ist wirklich ein schönes Fleckchen Erde. Hier möchte man sofort Urlaub machen."

„Guck mal, Bärchen, dat Meer." Frau Hollenkötter zerrte ihren schnaufenden Gatten ungeduldig hinter sich her. „Nein, ist das schön hier. Wir hätten Decken mitnehmen sollen und ein Picknick."

Als die Euphorie langsam abebbte, hob Michael Kruse die Hand. „Ja, meine Damen und Herren, ich habe wohl nicht zu viel versprochen. Das hier ist mein Lieblingsplatz, seit ich Kind war. Mein Leben lang bin ich immer wieder hergekommen, zu Fuß, mit dem Rad, mit dem Auto, ja sogar mit dem Boot – da vorn ist nämlich ein Anleger. Und hätte ich hier ein Grundstück kaufen können, dafür hätte ich mich mit Haut und Haaren verschuldet. Aber es blieb immer ein Traum. Bis heute." Er strahlte. „Man muss seine Träume nur lange genug träumen, dann gehen sie irgendwann in Erfüllung. Wenn wir gleich zum Bus zurückkehren, laufen wir rechtsherum. Von hier aus kann man nämlich nicht sehen, was ich Ihnen zeigen möchte."

Die Gruppe setzte sich in Bewegung, Johanna folgte mit etwas Abstand. Der Weg führte um eine Baumgruppe, und nach ein paar Metern hielten alle wieder an. Mit zurückgelegten Köpfen starrten sie nach oben, auf eine große Holztafel, die auf drei hohen Stelzen stand. Darauf war das Foto einer weißen Wohnanlage zu sehen, und darüber stand in dunkelblauer Schrift:

Hier entsteht das Wohnensemble „Strandglück" – für Naturliebhaber und Kapitalanleger. Zwei- bis Dreizimmerwohnungen, ca. 50–70 Quadratmeter, hochwertig ausgestattet, lichtdurchflutet, barrierefrei. Mit Einbauküche, Balkon oder Terrasse sowie eigenem Pkw-Stellplatz. Aufzug im Haus. Baubeginn Sommer. Nur noch wenige Wohnungen verfügbar.

Heinz sagte zu Johanna: „Die müssen auch jeden schönen Fleck zubauen. Kann man nicht irgendetwas mal so lassen, wie es ist?"

„Soll ich Ihnen was verraten?" Ewald Hollenkötter hieb Heinz jovial auf die Schulter. „Meine Holde und ich wollen hier wohl einsteigen."

„Ernsthaft?" Heinz sah ihn erstaunt an. „Hatten Sie sich vorher schon informiert? So etwas macht man doch nicht aus dem Bauch heraus."

Angespannt fingerte Johanna in ihrer Tasche nach den Tasten des Aufnahmegeräts. Jetzt wurde es spannend. Der Lockvogel genau vor dem Mikrofon. Hoffentlich fragte Heinz weiter, sie selbst wollte nicht auffallen.

Mit gleichgültiger Miene schob sie die Tasche in Hollenkötters Richtung. Auf Heinz war Verlass. Er wartete ab, bis Frau Hollenkötter zu ihnen gestoßen war, bevor er fragte: „Wollen Sie denn an die Schlei ziehen?"

„Hat mein Mann schon wieder alles erzählt?" Sie schüttelte missmutig den Kopf. „Typisch. Er plaudert alles aus, und am Ende kriegen wir keine Wohnung mehr. Komm, Bärchen, wir gehen zurück zum Bus."

Heinz und Johanna sahen sich verwundert an.

„Ein unmögliches Paar." Eva Pieper stand plötzlich hinter ihnen. „Das wird wirklich eine sehr gute Wohnanlage, und Wohnungen sind in Zeiten wie diesen nicht zu unterschätzen. Das sagt zumindest mein Mann, und der ist studierter Volkswirt."

„Oh." Heinz zeigte sich beeindruckt. „Das werde ich meinem Schwager erzählen, der war früher beim Finanzamt. Es wäre nett, wenn er sich nachher beim Essen mal mit Ihrem Mann unterhalten könnte, über Geld und Steuersparen und so. Langsam bekommt er nämlich schlechte Laune, weil er sich diese Reise ganz anders vorgestellt hatte."

Eva Pieper lächelte. „Es wird meinem Mann ein Vergnügen sein."

Finchen wickelte eine Haarsträhne um den Lockenstab und betrachtete ihre Nichte im Spiegel. Johanna saß im Schneidersitz auf dem Bett.

„Willst du dich nicht mal ein bisschen hübsch machen? Ich habe dir extra den schicken Hosenanzug gekauft. Den kannst du doch zum Essen tragen."

„Wozu?", fragte Johanna überrascht. „Für dieses Restaurant reicht wirklich eine Jeans. Ich kann ja eine Bluse anziehen."

„Johanna, bitte." Finchen wickelte die Strähne wieder aus und drehte eine neue ein. „Du weißt, wie ich es hasse, wenn man nachlässig zum Essen erscheint." Ihre Stimme wurde schmeichelnd. „Bitte. Tu es mir zuliebe."

Mit einem langen Blick auf ihre Tante erhob sich Johanna zögernd vom Bett. „Okay, ich gehe jetzt unter die Dusche. Aber komm nicht auf die Idee, mir auch noch mit dem Lockenstab die Haare machen zu wollen."

Freundlich hielt Finchen ihrem Blick stand. „Du würdest bestimmt hübsch aussehen mit ordentlichen Locken. Aber du kannst die Haare auch hochstecken, das geht schneller."

Sie wartete, bis sie hörte, dass Johanna die Dusche angestellt hatte. Dann griff sie zum Telefon auf dem Nachttisch und tippte eine Nummer ein.

„Hallo Max, hier ist Josefine … Hörst du mich nicht?" Offensichtlich funktionierte die Verbindung nicht. Sie legte den Hörer wieder auf.

„Und warum sollte man sich das jetzt angucken?" Walter saß auf dem Bett und beobachtete seinen Schwager beim Schuheputzen. „Für ein blödes Baugrundstück hast du dir so die Schuhe eingesaut."

Unbeeindruckt bürstete Heinz das braune Leder. „Das war sehr hübsch, auch die Zeichnung auf dem Schild. Der Kruse hat uns erzählt, dass er schon immer da wohnen wollte. Jetzt gibt es endlich eine Baugenehmigung, und er hat sich wohl eine Wohnung gekauft. Anscheinend ist er so stolz darauf, dass er die Baustelle jedem zeigen muss. Dir hätte der kleine Spaziergang auch nicht geschadet. Hat Tacke eigentlich noch mal was zu dir gesagt?"

„Was soll der mir denn sagen", knurrte Walter. „Der Wichtigtuer soll bloß kommen, dann hat es sich aber ausgetuckert."

„Getackert." Heinz hob kurz den Kopf. „Es muss ‚ausgetackert' heißen, wenn du schon solche Wortspielchen machst." Konzentriert putzte er weiter. „Johanna ist so unglücklich. Stell dir vor, ihr Mann hatte ein Techtelmechtel mit einer Schriftstellerin. Und die hat heute Abend in Kappeln zufällig eine Lesung. Hat Johanna mir beim Spaziergang erzählt."

Walter rappelte sich umständlich vom Bett hoch und streckte sich. „Du willst mir aber nicht vorschlagen, dass wir heute Abend zu der Lesung gehen und die Sache in Ordnung bringen, oder? Deine Tochter hat kürzlich schon gedroht, dich ins Altersheim zu stecken, wenn du dich noch mal in ihr Leben einmischst. Hast du das vergessen?"

„Das hat Christine nicht so gemeint. Man sagt manchmal etwas Unüberlegtes, wenn man ärgerlich ist. Das ist dir auch schon passiert."

„Mir? Noch nie. Wie lange brauchst du denn noch? Ich habe Hunger."

„Ich bin fertig." Zufrieden betrachtete Heinz seine glänzenden Schuhe. „Es gibt übrigens nach dem Essen interessantere Vorträge als gestern, das hat Herr Kruse mir erzählt. Er hat mitbekommen, dass ich Frau Pieper gesagt habe, dass du dich bestimmt gern mit ihrem Mann unterhalten würdest. Der ist nämlich Volkswirt und hat viel Ahnung von Finanzen."

„Ich denke, der ist Lehrer."

„Pensionierter." Heinz nickte. „Aber auch Volkswirt. Jedenfalls habe ich erzählt, dass du dich gern über solche Themen unterhältst, und darauf sagte Kruse, dann kämst du heute Abend auf deine Kosten."

„Das wird auch mal Zeit." Walter zog eine dunkelblaue Weste über, die er bedächtig zuknöpfte. „Bis jetzt konnte man die Vorträge ja vergessen."

ZUFRIEDEN musterte Finchen die neben ihr sitzende Johanna. Der Hosenanzug saß, als wäre er für sie gemacht. Die Haare hatte sie locker hochgesteckt, und sie war perfekt geschminkt. Max würde Augen machen, wenn er sie hier erleben könnte. So klug und so schön.

Dummerweise machte auch Patrick Dengler Augen. Er saß schon wieder neben Johanna, überhaupt war die Tischordnung unverändert. Für die Küche galt leider dasselbe: Das Essen war genauso schlecht wie gestern. Trotzdem bekam Finchen von Minute zu Minute bessere Laune. Johanna sah sie fragend an. „Ist was?"

„Ich freue mich so.“ Finchen strahlte sie an. „Dass du mit mir hier bist, dass die Schlei so schön ist und dass wir nachher in die Bar gehen.“

Lisa Wagner und Karsten Kock hatten anscheinend geübt, mit der Technik umzugehen. Unbemerkt hatten sie während des Essens alles vorbereitet, sodass das Pfeifen des Mikrofons gänzlich unerwartet ertönte.

„Test, Test, Test, ja, das passt. Einen wunderschönen guten Abend, meine Damen und Herren.“ Dennis Tacke hatte sich in einen dunkelblauen Nadelstreifenanzug geworfen und sah aus wie ein Konfirmand. „Ich hoffe, dass Sie alle diesen Tag als einen ausgesprochen schönen empfunden haben. Sie sind durch wunderbare Landschaften gewandert, haben bezaubernde Plätze gesehen. Ich danke an dieser Stelle Herrn Michael Kruse, der Ihnen die Kostbarkeiten der Schlei mit so viel Charme gezeigt hat.“

„Ph, Kostbarkeiten.“ Walters Kommentar ging im Applaus unter.

„Aber wir sind in dieser homogenen Gruppe ja auch zusammengekommen, um über unsere finanzielle Zukunft zu sprechen.“

Johanna zog ihre Handtasche hoch, um das Aufnahmegerät anzuschalten. Jetzt kamen endlich die Vorträge. Ihre Finger tasteten über Taschentücher, Puderdose, Notizbuch. Verdammt, dachte sie und biss die Zähne zusammen. Sie hatte das Gerät im Zimmer aus der Tasche genommen, um die Speicherkarte zu wechseln – und es danach nicht wieder eingepackt. Bloß die volle Karte hatte sie in ihre Jackentasche gesteckt.

Sie beugte sich zu Finchen. „Kannst du mir mal den Schlüssel …“

„Pst.“ Finchen legte den Finger auf die Lippen. „Gleich.“

Das Licht im Saal wurde gedimmt, und auf der großen Leinwand begann ein Film zu laufen. In Schwarz-Weiß-Bildern sah man einen alten Mann, der in Mülltonnen stöberte, dann eine alte Frau, die mit Anstrengung einen langen Flur wischte. Im Hintergrund lief dramatische Klaviermusik.

Der Film stoppte, das Licht ging wieder an, und Dennis Tacke hob ergriffen das Mikrofon. „Das nimmt einen mit, oder?“, begann er mit gebrochener Stimme. „Altersarmut, dieses Stichwort fällt immer öfter.“

Er machte eine Pause, in der er den Blick über die Zuhörer schweifen ließ. Hinter dem Tresen krachte ein Tablett auf den Boden, Scherben kreiselten auf den Fliesen. Vereinzelt hörte man ein Kichern.

„Noch vor wenigen Jahren waren Sie, meine Damen und Herren, überzeugt, dass Ihr Lebensabend gesichert wäre. Lange genug haben Sie dafür gearbeitet. Doch die aktuelle Finanzkrise hat alles ins Schwanken gebracht. In Zeiten, in denen Banken machen, was sie wollen, und europäische Länder kurz vor der Pleite stehen, in diesen Zeiten müssen viele von uns entsetzt zusehen, wie ihre Vermögen einfach wegschmelzen.“

Er machte wieder eine Pause, diesmal fiel nichts um. Dann stieß er mit erhobenem Zeigefinger ein einziges Wort aus: „Inflation!“

Er legte den Finger an den Mund, ging langsam auf und ab und musterte die Teilnehmer. Plötzlich lächelte er. „Sie werden sich fragen, warum wir uns überhaupt mit diesen Dingen beschäftigen. Das kann ich Ihnen erklären. Unser geschätzter Firmengründer Doktor Theo von Alsterstätten musste vor Jahren erleben, wie seine geliebte Mutter Opfer gewissenloser Anlagespekulanten wurde. Sie hatte das Erbe der Familie einem sogenannten Berater anvertraut. Mit welchem Ergebnis? Sie ahnen es schon, meine Damen und Herren: Gräfin von Alsterstätten hat alles, wirklich alles verloren.“

Walter beugte sich zu Johanna und murmelte: „Ich muss mich gleich übergeben. Was redet der denn da?“

„Herr Müller?“ Dennis Tacke hatte ein unfassbar gutes Gehör. „Haben Sie eine Frage?“

Walter sah ertappt hoch. „Nein – oder doch. Wie hieß denn der Berater?“

Dennis Tacke starrte ihn ratlos an. „Ich denke, das tut hier nichts zur Sache. Kennt man einen, kennt man alle.“

Noch ein kurzer warnender Blick in Walters Richtung, dann war er wieder in der Spur. „Jahrelang wurde in diesem Land gespart, angelegt und in Rentenkassen oder Lebensversicherungen eingezahlt. Man freute sich auf den goldenen Herbst des Lebens, in dem man es sich gut gehen lassen wollte. Eine kleine Reise ab und zu, Geschenke für Kinder und Enkelkinder, hier und da ein Restaurant- oder Theaterbesuch. Dann kamen die Finanzmärkte ins Trudeln, und alle fragen sich nun, wohin das noch führen soll.“

Johanna sah sich um, einige der Zuhörer nickten betroffen.

„Was machen denn da die Fachleute?“ Tacke hatte seine Stimme erhoben. „Die Banker, die Manager, all die, die sich mit Finanzen auskennen?“

Wieder eine Pause. Wieder sehr wirkungsvoll.

„Sie kaufen Edelmetalle wie Gold oder Silber, kaufen Rohstoffe oder investieren in Immobilienfonds. Aber was hat das mit uns zu tun, werden Sie mich fragen. Ich kann es Ihnen sagen: Die Firma Ostseeglück kann Ihnen helfen, der Finanzkrise zu entkommen. Frau Wagner? Das Bild bitte.“

Hinter ihm löste die Zeichnung der weißen Wohnanlage, die sie vorhin auf dem Schild gesehen hatten, das graue Gesicht des alten Herrn ab, der in seinem grauen Mantel vor der grauen Mülltonne stand.

„Wohnensemble Strandglück, ein Stück vom Paradies“, tönte Tacke.

Ein erleichtertes Raunen ging durch den Saal.

„Und er hat es gefunden.“ Dennis Tacke zeigte auf Michael Kruse. „Herr Kruse, bitte, Sie haben das Wort.“

Mit Blick auf ihr Handy hatte Johanna den Parkplatz abgeschritten, hatte es auf der linken Seite versucht, dann rechts, war in Richtung Straße gegangen – es gab hier einfach kein Netz. Dieses Funkloch musste riesig sein.

Entmutigt hatte sie sich auf einen Baumstumpf gesetzt. Sie musste unbedingt Daniel anrufen, brauchte dringend Informationen. Das Telefon in ihrem Zimmer war angeblich kaputt – zumindest hatte die Frau an der Rezeption das behauptet –, und jetzt saß sie hier mit einem Prospekt vom „Wohnensemble Strandglück" in der Hand.

Timesharing – Ferien, wann immer Sie wollen stand in großen roten Buchstaben über dem aufwendigen Faltblatt. Timesharing? Johanna hatte den Begriff schon mal gehört, aber keine Ahnung, was dahintersteckte.

„Alles in Ordnung mit Ihnen?"

Johanna zuckte zusammen. „Patrick. Müssen Sie sich immer so anschleichen? Da kriegt man ja fast einen Herzinfarkt."

„Dafür sind Sie zu jung." Ohne zu fragen, setzte er sich neben sie. „Was halten Sie von dem Projekt? Herr Tacke hat das ja sehr gut verkauft."

Johanna setzte ihr gleichgültiges Gesicht auf. „Ehrlich gesagt habe ich …" Bevor sie den Satz beenden konnte, stand Heinz vor ihr.

„Störe ich?" Seine Stimme war zuckersüß, sein Blick scharf auf Dengler gerichtet. „Ich habe Sie gesucht."

„Mich?" Patrick Dengler sah überrascht hoch.

„Sie doch nicht", antwortete Heinz. „Ich meinte Frau Schulze. Aber Ihre Mutter sitzt ganz allein am Tisch."

Patrick Dengler erhob sich und klopfte seine Hose ab. „Meine … Ach so, ja, ich wollte sowieso wieder rein. Bis später."

Johanna sah ihm lange nach. „Irgendetwas stimmt nicht mit ihm. Na egal. Warum haben Sie mich denn gesucht?"

„Das war gelogen." Heinz lächelte sie an. „Ihre Tante und ich haben gesehen, dass Dengler Ihnen gefolgt ist, und da wollte ich ein Auge drauf haben."

„Danke", sagte Johanna. „Ich habe keine Ahnung, was der von mir will, aber langsam wird er lästig."

„Und ich muss jetzt wieder zum Tisch. Mein Schwager war gerade etwas gereizt. Nicht dass es zwischen ihm und Herrn Tacke doch noch zum Streit kommt." Er drehte sich schon zum Eingang, als Johanna etwas einfiel.

„Ach, Heinz? Haben Sie eigentlich ein Telefon im Zimmer?"

Er nickte. „Das kostet aber siebzig Cent die Einheit. Warum?"

„Dürfte ich gleich mal telefonieren? Unser Apparat ist kaputt."

„Natürlich. Zimmer sechzehn. Ach, mein Schlüssel ist in der Sakkotasche, und das Sakko hängt überm Stuhl. Soll ich den Schlüssel holen?"

„Das wäre nett. Es muss ja keiner sehen, dass Sie ihn mir geben. Sonst kommt noch jemand auf falsche Gedanken."

Heinz sah sie überrascht an, dann kicherte er. „Sie haben aber auch eine Fantasie." Leise lachend ging er zum Eingang.

Als Johanna nach einiger Zeit zum Tisch zurückkehrte, saß Walter mit verschränkten Armen und süffisantem Lächeln auf seinem Platz. „Leute, Leute, ich kaufe doch nicht mit Hunderten fremden Menschen zusammen eine Wohnung. Die machen alles dreckig, und ich ärgere mich dann."

„Sie kaufen nicht die Wohnung, sondern die Nutzungsrechte", erklärte Eva Pieper mit Engelsgeduld. „Das hat Herr Kruse doch gerade erläutert. Sie haben dann das Anrecht, während bestimmter Wochen im Jahr die Wohnung zu nutzen."

„Ja, nachdem wildfremde Menschen vorher alles auf den Kopf gestellt haben." Walter war nicht zu überzeugen. „Ich sehe es vor mir: Haare in der Dusche, Käserinden im Kühlschrank, Krümel im Bett. Vielen Dank auch!"

„Es gibt doch Reinigungspersonal", mischte sich Uli Pieper ein. „Also ich finde die Idee nicht schlecht."

„Und ich gehe im Urlaub ins Hotel. Basta!", entgegnete Walter.

„Wenn Sie ein Zimmer bekommen", sagte Eva Pieper. „Denken Sie mal an gestern. Dieses Hotel hier ist wirklich eine Zumutung, und was war? Alles andere ist ausgebucht. Das ist eben eine sehr begehrte Gegend."

Walter sah erst sie, dann ihren Mann und schließlich seinen Schwager an. „Gibt es in dieser begehrten Gegend die Möglichkeit, noch ein Pils zu bestellen, oder sind alle nur mit diesem Ferienquatsch beschäftigt?"

Heinz hob den Arm und winkte der Bedienung.

So, dann bekomme ich noch eine Unterschrift." Polizeiobermeister Fiedler schob Christine das Protokoll zu. Sie überflog den getippten Text und setzte schwungvoll ihren Namen darunter. Somit hatte sie in Tante Inges Auftrag den Unbekannten angezeigt, der aus Onkel Walters ganzem Stolz einen Haufen verschmortes Blech gemacht hatte.

„Wie hat Ihr Onkel denn reagiert?" Fiedler zog das Blatt zu sich.

Christine lehnte sich zurück. „Er weiß es noch gar nicht. Er ist ja mit meinem Vater an der Schlei, und aus irgendeinem Grund haben sie dort keinen Handyempfang. Ich fahre selbst hin und bringe es ihm schonend bei."

„Aber warum stand das Auto denn in Bremen?"

„Die beiden sind mit einem Bus an die Schlei gefahren. Von Bremen aus.

Eine Gruppe gut situierter Senioren mit Interesse an wirtschaftlichen Fragen, so stand es im Einladungsschreiben. Sagt zumindest meine Mutter."

„Klingt wie eine Verkaufsfahrt." Fiedler grinste, während er das Blatt abheftete. „Hoffentlich blüht Ihnen da nicht der nächste Ärger. Meine Mutter hat letztes Jahr etwas Ähnliches gemacht, anschließend haben wir monatelang geklagt. Sie dachte, sie hätte 2500 Euro und einen Fernseher gewonnen, stattdessen hat sie für 600 Euro Nahrungsergänzungsmittel gekauft."

„Da mache ich mir keine Sorgen. Mein Onkel war beim Finanzamt. Wenn dem das nicht ganz seriös erscheint, jagt er den Veranstaltern die Steuerfahndung auf den Hals. Die beiden lassen sich zu nichts überreden, sie haben eher das Talent, alles durcheinanderzubringen."

Christine verabschiedete sich und ging zum Parkplatz. Als sie wieder im Auto saß und in Richtung Hamburg fuhr, schaltete sie das Radio ein.

„Guten Tag, Sie hören die Nachrichten auf Radio Nord, am Mikrofon ist Anne Schünke. Bremen: erneuter Brandanschlag auf ein Auto …"

Christine verfolgte den Bericht interessiert und nahm sich vor, gleich eine Mail an den Sender zu schreiben und um einen Mitschnitt zu bitten. Walters Wagen war zwar auf dem Weg in die Schrottpresse, aber eine Meldung im Radio müsste ihren Onkel doch über das Schlimmste hinwegtrösten.

WÜTEND starrte Daniel den Telefonhörer an. Er hatte eine Stunde lang im Internet zum Thema Timesharing recherchiert und hätte Johanna genau jetzt die Ergebnisse mitteilen sollen. Und was war? Er bekam keine Verbindung. Wenn er die Nummer wählte, die Johanna ihm gegeben hatte, erklang ein dumpfer Dauerton. Ließ er die beiden letzten Ziffern weg, die für die Zimmernummer standen, hörte er das Besetztzeichen. Und das seit einer Viertelstunde. In was für einer Absteige saß die denn bloß?

„Ich gehe jetzt." Anne stand an seinem Schreibtisch und klopfte leise mit dem Finger aufs Holz. „Was machst du da eigentlich?"

„Johanna hat mich gebeten, über Timesharing-Modelle für Wohnungen zu recherchieren. Hat wohl mit ihrer Reportage zu tun. Aber die Nummer, unter der ich sie anrufen soll, funktioniert nicht." Ärgerlich legte er den Hörer auf.

„Was bedeutet denn dieses Timesharing?"

Daniel sah kurz auf seine Notizen. „Man erwirbt ein Wohnrecht – oder besser: ein Teilzeitwohnrecht. Du zahlst eine gewisse Summe dafür, dass du für eine bestimmte Zeit im Jahr eine voll ausgestattete Wohnung in einer Ferienanlage nutzen kannst. Was Johanna damit will, hat sie nicht gesagt. Ich kann mir nicht vorstellen, dass es so etwas an der Schlei gibt. Na ja, ich fahre jetzt nach Hause und versuche sie von dort zu erreichen. Ist Max eigentlich noch im Büro?"

„Nein, der hat am Wochenende was vor. Sag mal, hast du die E-Mail gesehen, die vorhin kam? Wegen eines Mitschnitts? Da war doch auch was mit der Schlei. Guck mal in deinem Rechner, ich habe sie dir weitergeleitet."

Daniel überflog seinen Posteingang und rief die Mail auf.

Scholl, Daniel
Von: Christine Schmidt
An: Radio Nord
Betreff: Mitschnitt
Werte Nachrichtenredaktion, ich habe eine Bitte. Der Mercedes meines Onkels ist in Bremen abgefackelt worden. Totalschaden. Ich muss die schlechte Nachricht überbringen, bin derzeit auf dem Weg an die Schlei, um meinen Onkel und meinen Vater dort von einer Seniorenreise abzuholen. Habe gerade die Nachrichten Ihres Senders gehört, in denen der abgebrannte Wagen eine Meldung war. Vielleicht ist das ja ein kleiner Trost für meinen Onkel, er hört jeden Tag Radio Nord. Deshalb hätte ich sehr gern einen Mitschnitt.

Mit Dank im Voraus und herzlichen Grüßen, auf dem Weg nach Bullesby,
Christine Schmidt

Von meinem iPhone gesendet

Daniel sah Anne grinsend an. „Das ist ja süß. Vielleicht sind die auf derselben Tour wie Johanna. Die ist doch in einem Kaff, das Bullesby heißt." Er las die Mail ein zweites Mal. „Ich antworte ihr sofort. Dann kann sie Johanna wenigstens grüßen. Und den Mitschnitt kriegt sie sowieso."

Johanna hatte Daniel extra die Durchwahl des Zimmers gegeben und eine feste Uhrzeit für seinen Rückruf vereinbart, damit Walter bei der Abreise nicht wegen einer astronomischen Telefonrechnung kollabierte. Jetzt wartete sie hier seit zehn Minuten, aber Daniel rief nicht an. Unschlüssig hob sie den Hörer ab und hielt ihn ans Ohr. Die Leitung war tot. Der Apparat funktionierte nicht mehr. Dieses Hotel war wirklich die allerletzte Kaschemme.

Wütend stand sie auf und verließ das Zimmer. Als sie die Tür abschloss, hörte sie plötzlich schnelle Schritte, dann eine Stimme: „Oh, Frau Schulze, haben Sie sich im Zimmer geirrt? Sie wohnen doch im ersten Stock, Zimmer 26, oder?" Lisa Wagner stand mit falschem Lächeln vor ihr.

Johanna schob den Schlüssel in aller Ruhe in die Jackentasche. „Das ist toll, dass Sie alle Zimmernummern im Kopf haben, Frau Wagner, Respekt. Herr Schmidt hatte mich gebeten, seine Jacke aufs Zimmer zu bringen. Sie war ihm im Weg." Etwas Blöderes fiel ihr auf die Schnelle nicht ein.

„Aha." Lisa Wagner sah nicht so aus, als würde sie ihr glauben. „Nehmen

Sie denn nicht an den Einzelberatungen teil? Ihre Tante machte den Eindruck, als wäre sie interessiert."

Wenn jemand beratungsresistent war, dann Finchen, aber das konnte Lisa Wagner ja nicht wissen. Also sagte Johanna, dass sie selbstverständlich zusammen mit ihrer Tante an den Einzelgesprächen teilnehmen werde. „Genau dafür sind wir ja hier", schob sie nach. „Damit meine Tante sich mal vernünftig über die Möglichkeiten beraten lassen kann, die sie so hat."

„ICH KANN nicht mehr sitzen." Walter trank sein Bier aus und stand auf. „Und mein Hirn braucht frische Luft. Was ist, Heinz, kommst du mit?"

Sein Schwager unterbrach das Gespräch mit der neben ihm sitzenden Eva Pieper. „Jetzt sofort?" Er sah zu Walter hoch, doch der hatte sich schon abgewandt. Heinz entschuldigte sich bei Frau Pieper und ging hinterher.

Walter stand draußen, den Kopf in den Nacken gelegt, und starrte in den Himmel. Nach einem tiefen Atemzug blickte er Heinz an. „Das ist vielleicht ein Unsinn, die Renditerechnung von Tucke und Krause bei diesen Wohnanteilen. Die nehme ich nachher aber auseinander."

„Walter, bitte. Du bist immer gleich so negativ, dabei hast du dich noch gar nicht mit diesem Modell befasst. Die Herren heißen außerdem Tacke und Kruse, und ich habe keine Lust, aus dem Saal geworfen zu werden, weil du die auseinandernimmst. Was sollen denn die anderen von uns denken?"

Walter schüttelte den Kopf. „Ich nehme die nicht vor allen Leuten auseinander, sondern schön im Einzelgespräch. Die sollen mir ihre feine Renditerechnung mal in aller Ruhe aufdröseln, mir macht da nämlich niemand was vor. Zweiunddreißig Jahre Finanzamt Dortmund, da sollen die beiden Grünschnäbel sich mal warm anziehen. Was ist denn das da vorn?"

Heinz folgte seinem Blick und erkannte den Bauern vom gestrigen Abend wieder, der umständlich sein Moped abschloss. „Ach, da bin ich aber erleichtert. Ich hatte gedacht, dass Tacke ihn …" Er zog Walter mit sich, bis sie vor dem Mann standen. „Guten Abend, können wir Ihnen helfen?"

Sowohl Walter als auch der Bauer sahen Heinz verdutzt an.

„Beim Abschließen vom Moped?" Der Bauer schüttelte den Kopf. „Nee, das kann ich allein." Er zog den Schlüssel ab und wandte sich zum Eingang.

Heinz hielt ihn fest. „Sind Sie oft hier?"

„Kann man so sagen." Eine Alkoholfahne wehte Heinz entgegen.

Der überlegte kurz. „Geschäftlich oder privat?"

„Wie?" Der Bauer starrte Heinz an, als wäre er gerade vom Himmel gefallen. Dann drehte er sich um und stapfte zum Eingang.

„Moment, bitte!", rief Heinz dem Mann hinterher und folgte ihm. „Also, ich will mich ja nicht einmischen, aber wir sind gestern Abend Zeugen von Ihrem Streit mit Herrn Tacke geworden. Sind Sie in Schwierigkeiten?"

Der Bauer musterte ihn von oben bis unten. „Das geht dich überhaupt nichts an, du Klugscheißer. Also dann."

Er ließ den verdatterten Heinz stehen, der sich empört zu Walter umdrehte. „Ich wollte ihm nur helfen. Er hatte doch Streit mit Tacke. Da ging es eindeutig um Geld. Und danach habe ich dieses Gespräch gehört, in dem Tacke zu Kock gesagt hat, dass er etwas erledigen soll."

„Ach, die Mafiageschichte." Walter winkte ab. „Das ist doch Unsinn, das hast du ja jetzt gesehen. Oder hatte der Mann ein Schussloch in der Stirn?"

JOHANNA schloss die Tür zu ihrem Zimmer auf und blieb wie angewurzelt stehen. Jemand hatte den Inhalt ihres Rucksacks und ihrer Reisetasche aufs Bett geleert, die Schranktür stand offen, die Nachttischschublade war aufgezogen. „Das glaube ich nicht. Wo ist dein Schmuck? Und dein Geld?"

„Trage ich am Körper", murmelte Finchen und starrte erschrocken aufs Bett. „Ach herrje. Hattest du Wertsachen in der Tasche?"

Johanna hatte schon ihr Portemonnaie in der Hand. „Papiere, Geld, Karten – alles da", sagte sie erleichtert. „Was haben die denn gesucht?"

Im selben Moment sah sie, was fehlte: „Das Aufnahmegerät." Sie sah sich hektisch um. Kein Zweifel, das Ding war weg. „Es gehört Daniel."

Finchen ließ sich langsam aufs Bett sinken. „Kannst du mir mal erklären, wozu du hier ein Aufnahmegerät brauchst?" Ihre Stimme war sehr ruhig.

Johanna sah sie schuldbewusst an. „Ach Tante Finchen, ich wollte es dir erst erzählen, wenn wir wieder zu Hause sind."

„Du erzählst es mir jetzt." Finchen saß kerzengerade. „Und mach keine Schlenker. Ich will gleich in die Bar."

Gute Nerven hatte sie, das musste Johanna zugeben.

„Ich wollte hier zum Thema Verkaufsfahrten recherchieren, habe ein paar Teilnehmer befragt und einen Teil von Tackes Vorträgen aufgenommen."

„Verkaufsfahrt." Finchen warf ihr einen bösen Blick zu. „Dabei geht es um Heilsteine und Küchengeräte. Hast du hier etwas davon gesehen?"

„Findest du wirklich, dass hier alles ganz sauber ist?"

„Darum geht es doch gar nicht!" Entrüstet stemmte Finchen die Hände in die Hüften. „Es ist mir völlig egal, was Tacke oder Kruse erzählen. Aber was du mit Max machst, das ist mir nicht egal. Deshalb wollte ich, dass du mitkommst – damit du mir mal zuhörst. Stattdessen lässt du dich von diesem Dengler anschmachten und nimmst Gespräche auf. Also ehrlich ..." Johanna hatte ihre Tante selten so wütend gesehen. „Ich sage dir mal was: Max ist sicher kein Heiliger, aber er hat bestimmt keine Affäre mit dieser schrecklichen Frau gehabt. Ich hätte es gemerkt, wenn er mich angelogen hätte."

Johanna blickte sie lange an. „Ich weiß es nicht", sagte sie schließlich. „Ich wünschte, du …"

Ein lautes Klopfen unterbrach sie.

„Ja?" Johanna war mit wenigen Schritten an der Zimmertür.

„Wir sind's. Heinz und Walter." Die beiden schoben sich ins Zimmer und blieben überrascht stehen. Heinz fing sich als Erster.

„Das ist ja hier sehr … kreativ."

Johanna begann die auf dem Bett liegenden Sachen wieder in ihre Tasche zu stopfen. „Das ist nicht kreativ", sagte sie. „Jemand war hier drin und hat alles durchwühlt."

„Was?!" Walter fuhr herum und sah sie entsetzt an. „Dann müssen Sie alles so lassen. Ich rufe die Polizei."

„Hier ist ein Funkloch." Heinz strich unbeholfen die Bettdecke glatt. „Und unser Telefon ist auch tot. Sollen wir zur Rezeption gehen?"

„Nein." Johanna drehte sich zu ihm. „Unsere Wertsachen sind alle noch da. Ich will selbst rauskriegen, welcher Idiot das war."

„Johanna hatte ein Aufnahmegerät dabei", erklärte Finchen etwas schmallippig. „Das ist weg."

„Machen Sie eine Reportage fürs Radio?", fragte Heinz neugierig. „Über die Schlei? Für Ihre Sendung? Josefine, habe ich Ihnen erzählt, dass ich der allergrößte Fan von Johanna Jäger bin?"

„Danke, Heinz, aber meine Tante ist verärgert, weil ich hier recherchiere."

„Du machst nichts über die Schlei", sagte Finchen vorwurfsvoll. „Du hast die Vorträge von Herrn Tacke und Herrn Kruse aufgenommen. Und wahrscheinlich auch die Gespräche bei Tisch."

„Stimmt das?" Walter hielt Johanna am Ellenbogen fest. „Sie haben die ganze Zeit aufgenommen? Und jetzt ist das Gerät weg? Alles umsonst?"

„Zum Glück nicht." Johanna holte eine Karte aus der Innentasche ihrer Jacke. „Die Speicherkarte im Gerät war gerade neu eingelegt. Die bespielte hatte ich eingesteckt."

Ein Lächeln setzte sich in Walters Gesicht fest. „Sehr schön, Julia. Ich kann nämlich meine Notizen auf den Bierdeckeln kaum lesen. Das ist ja so schlechte Pappe, die saugt den Kugelschreiber regelrecht weg."

„Du denkst immer nur an dich, Walter." Heinz war erschüttert. „Johanna ist ausgeraubt worden und du redest über deine Bierdeckel." Er atmete tief ein und aus. „Wir sollten doch die Polizei alarmieren."

„O nein!" Finchen baute sich vor ihm auf und tippte ihm mit dem Zeigefinger an die Brust. „Was sollen wir der Polizei denn erzählen? Dass sich Johanna unter dem Vorwand, ihre alte Tante zu begleiten, in die Reisegruppe eingeschmuggelt hat, um ahnungslose Leute auszuspionieren?“

„Aber sie hat doch nicht die Leute …“ Ungläubig sah Heinz seine Lieblingsmoderatorin an. „Das haben Sie nicht, Johanna, oder?“

„Jetzt ist aber gut“, unterbrach Walter das Gespräch. „Als ob es hier Staatsgeheimnisse auszuplaudern gäbe, das ist doch lächerlich. Ist nun was Wertvolles geklaut worden oder nicht?“

„Nein!“, antworteten Johanna und Finchen im Chor.

Walter wandte sich zur Tür. „Dann gehe ich jetzt zum Einzelgespräch, um mit den Jungs da unten mal Klartext zu reden. Kommt jemand mit?“

Finchen nickte. Johanna blieb auf dem Bett sitzen, auch Heinz rührte sich nicht vom Fleck. „Geht ruhig vor“, sagte er zu Walter. „Ich helfe Johanna noch schnell beim Aufräumen.“

Walter und Finchen sahen ihn erstaunt an. Während Walter langsam die Tür öffnete, drehte Finchen sich zu ihrer Nichte. „Ich möchte, dass du nachher noch in die Bar kommst. Bis später!“

Als sich die Tür schloss, lächelte Heinz Johanna an. „Das war ein Befehl. Wir sollten überlegen, ob wir nicht doch die Polizei rufen. Ich habe einen Bekannten bei der zivilen Fahndung. Und zufällig habe ich seine Visitenkarte dabei.“

Demnächst links abbiegen.“ Die Stimme des Navigators leitete Christine durch die schöne Landschaft. Sie nahm das Gas weg und hielt nach dem Hotel Ausschau. „Jetzt links abbiegen. Sie haben Ihr Ziel erreicht.“

Sie war mittlerweile froh über ihren Entschluss, an die Schlei zu fahren. In den letzten Wochen hatte sie ununterbrochen gearbeitet. Zwei Kolleginnen aus ihrer Redaktion waren krank, der Stapel auf ihrem Schreibtisch wurde und wurde nicht kleiner. Christine hatte außer Büro nichts mehr im Kopf. Da kam ihr ein Wochenende in einem hübschen Hotel an der Schlei gerade recht. Das hatte sie schon beschlossen, bevor die Antwort von Daniel Scholl eingegangen war; die hatte sie nur noch bestärkt. Der Gedanke, dass sie hier diese Johanna Jäger mit der angenehmen Stimme kennenlernen würde, gefiel Christine, auch wenn sie das Thema Verkaufsfahrten nicht besonders aufregend fand. Dass es schwarze Schafe unter den Veranstaltern gab, war ja hinlänglich bekannt. Trotzdem war es interessant, mal zu sehen, wie eine Kollegin vom Radio arbeitete.

Das Hotel hatte Christine von unterwegs über die Auskunft angerufen und ein Zimmer reserviert. Dabei hatte sie ganz vergessen zu fragen, ob Heinz und Walter heute Abend überhaupt im Hotel waren. Auf dem Parkplatz standen ein paar Autos, aber weit und breit kein Bus. Christine lenkte den Wagen in eine Parklücke und holte ihre kleine Reisetasche aus dem Kofferraum. Das Schlosshotel Burgsee war das einzige Hotel in Bullesby, sie würde Heinz und Walter schon finden.

„Guten Tag." Sie stellte ihre Tasche vor der Rezeption ab. „Mein Name ist Christine Schmidt. Ich habe vorhin angerufen."

„Herzlich willkommen. Ich bin Hanna Helms." Die ältere Dame hinter dem Tresen nahm einen Schlüssel vom Haken. „Zimmer 32, im ersten Stock. Brauchen Sie Hilfe mit Ihrem Gepäck?"

„Nein danke." Christine sah sich um. „Mein Vater und mein Onkel sind hier Gäste. Sie gehören zur Reisegruppe Ostseeglück. Wissen Sie vielleicht, ob die heute Abend im Haus sind? Oder wo ich sie finden kann?"

„Ostseeglück?" Hanna Helms guckte fragend. „Wir haben hier keine Reisegruppe, die so heißt. Ich habe den Namen auch noch nie gehört."

Christine spielte mit dem Schlüssel in ihrer Hand. „Seltsam. Mein Onkel hat erzählt, dass sie in einem schicken Hotel in Bullesby wohnen. Das ist doch das einzige Hotel hier im Ort, oder?"

Hanna Helms nickte. „Es gibt natürlich noch Pensionen. Und das Gasthaus ‚Zu den drei Linden', ungefähr drei Kilometer von hier. Aber …" Sie zögerte kurz, dann sprach sie doch weiter. „Es ist ein bisschen … Na ja, ich kann mir nicht vorstellen, dass da eine ganze Reisegruppe bucht. Die haben gar nicht so viele Zimmer. Aber ich kann gern mal anrufen."

Sie nahm eine Liste aus der Schublade, fuhr mit dem Finger von oben nach unten, bis sie die Nummer gefunden hatte, und tippte die Zahlen ein. Während sie auf das Freizeichen wartete, hob sie den Kopf. „Möchten Sie denn lieber drüben wohnen?"

„Nein, nein", wehrte Christine ab. „Ich wollte nur wissen …"

Hanna Helms ließ den Hörer sinken und tippte die Zahlen erneut ein. „Komisch", sagte sie. „Ich bekomme keinen Anschluss." Kopfschüttelnd probierte sie es weiter, schließlich reichte sie Christine das Telefon. Statt des Freizeichens war nur ein dumpfes Schnarren zu hören.

„Das ist wohl eine Störung." Christine gab ihr den Hörer zurück. „Egal. Ich bringe meine Tasche aufs Zimmer und mache einen kleinen Spaziergang zu dem Gasthaus. Ich werde die Männer schon finden."

Sie wollte sich gerade zur Treppe wenden, als ein junger Mann durch die Eingangstür kam.

„Jörg, du kommst genau richtig!", rief Frau Helms. Zu Christine sagte sie: „Jörg ist unser Kochazubi, seine Schwester hilft manchmal im Gasthof."

Der angehende Koch blieb stehen. „Was gibt's, Chefin?"

„Hat Melanie dir vielleicht erzählt, ob die drüben einen Reisebus haben? Ich kann nicht anrufen, das Telefon scheint kaputt zu sein."

„Ja." Jörg guckte freundlich.

„Was ja?"

„Beides ja."

Hanna Helms hob die Augenbrauen. „Geht's auch in ganzen Sätzen?"

„Melli hat gesagt, dass sie kein Telefon haben. Also, sie haben Telefon, aber das ist kaputt. Und sie haben einen Reisebus. Melli ist gestresst."

„Danke." Frau Helms wartete, bis Jörg im Gang verschwunden war, dann sah sie seufzend zu Christine. „Im Service könnte man ihn vergessen, aber in der Küche ist er nicht schlecht. Haben Sie es gehört? Ihr Vater wird wohl dort sein. Ich weiß gar nicht, wie die das machen. Da müssen lauter Doppelzimmer gebucht worden sein."

Heinz und Walter im Doppelzimmer – Christine musste husten. Die Stimmung würde im Keller sein. Und dann kam sie mit der Hiobsbotschaft von dem abgebrannten Auto. Kurz entschlossen drehte sie sich zu Frau Helms. „Kann ich hier noch etwas essen? Es reicht völlig, wenn ich da in einer Stunde hingehe. Die rechnen sowieso nicht mit mir."

Wir machen das." Eva Pieper klappte die Broschüre zu und sah entschlossen in die Runde. „Mein Mann ist so begeistert von dieser Gegend. Er ist überzeugt, dass der Tourismus hier bald richtig boomen wird."

Sie saß mit Heinz, Finchen, Annegret Töpper und Frau Hollenkötter an einem kleinen Tisch im Hinterhof. Es war warm geworden. Im Saal liefen noch weitere Einzelgespräche, die sie gerade hinter sich hatten.

„Ja, aber sechstausend Euro?", wandte Heinz zögernd ein.

„Sie können doch auch einen kleineren Anteil kaufen", sagte Eva Pieper. „Das hat uns Herr Kruse genau erklärt. Es gibt schon Anteile für tausend Euro, da kann man dann eben nur eine Woche hier Urlaub machen."

„Schön werden die Wohnungen ja", räumte Heinz ein. „Meiner Frau würde das bestimmt gefallen. Sie fährt auch so gern Fahrrad. Und sie mag Stockrosen, die findet man hier überall."

„Sehen Sie." Eva Pieper nickte zustimmend. „Außerdem ist es eine ganz sichere Geldanlage, weil ..."

„Sie haben mich rausgeschmissen." Walter stand plötzlich mit hochrotem Kopf am Tisch. „Tucke hat mich am Arm gepackt. Ich glaube, es geht los." Er presste die Hand gegen die Brust. „Ich soll mich nicht aufregen, aber das ist ja wohl der Gipfel. Heinz, ich brauche ein Glas Wasser."

Annegret Töpper war schon aufgesprungen. „Setzen Sie sich, ich hole es."

Schwer atmend ließ Walter sich auf ihren Stuhl fallen. „Die können überhaupt keine Kritik vertragen. Und rechnen können sie auch nicht."

Heinz sah ihn abwartend an. „Weshalb haben sie dich rausgeschmissen?"

Da tauchte Johanna auf. Sie hatte die letzte Frage gehört. „Weil Herr Müller die Herren anbrüllen musste, um ihnen die Rechenfehler zu erklären."

Sie selbst hatte am Eingang des Saals gestanden und sich gerade mit Lisa Wagner gestritten, die frech behauptete, dass für heute Abend alle Informationsgespräche vergeben seien. Johanna hatte nach Luft geschnappt und auf einem Gespräch bestanden. Lisa Wagner hatte abgewehrt und gemurmelt, dass die kostbare Zeit keineswegs für Leute gedacht sei, die den Ernst der Lage gar nicht erfassen würden. Dann hatte Walter angefangen zu brüllen, und Johanna hatte die zickige Lisa Wagner einfach stehen gelassen.

„Du hast sie angeschrien?" Heinz war erschrocken. „Warum?"

„Weil sie mich nicht verstanden haben", sagte Walter. „Ich habe es ihnen dreimal vorgerechnet, aber sie haben wohl gedacht, ich bin blöde. Und dann habe ich es etwas lauter noch mal vorgerechnet."

Annegret Töpper kam mit dem Wasser zurück und stellte das Glas vor Walter ab. „Frau Pieper, Ihr Mann sucht Sie."

„Jaja." Eva Pieper wandte sich Walter zu. „Wie kommen Sie denn …"

„Ihr Mann hat gesagt, es sei dringend." Annegret Töpper ließ nicht locker. „Sehr dringend."

Eva Pieper hob irritiert den Kopf, schluckte den Rest ihres Satzes runter und stand auf. „Dann gehe ich mal zu ihm. Bis gleich."

Als sie weg war, holte Annegret Töpper Luft und sagte leise: „Sie gehört zum Veranstalter und soll uns belauschen."

„DARF ES noch etwas sein?" Die junge Frau war abwartend stehen geblieben. „Kaffee, Espresso?"

Nach einem Blick auf die Uhr schüttelte Christine bedauernd den Kopf. Sie musste es jetzt hinter sich bringen. „Nein danke, ich habe noch etwas vor." Sie nahm ihre Handtasche von der Stuhllehne und kramte nach dem Portemonnaie. „Ich zahle gleich. Und können Sie mir dann erklären, wie ich zum Gasthof ‚Zu den drei Linden' komme?"

Erstaunt hielt die Bedienung inne. „Was gibt es denn da heute? Sie sind schon die Zweite, die mich nach dem Weg fragt."

„Wirklich?" Jetzt war Christine erstaunt.

„Ja, ein anderer Gast, der heute angekommen ist, will da auch hin", antwortete die junge Frau lächelnd. „Am besten gehen Sie zusammen."

Ihrem Gesichtsausdruck nach war der Vorschlag nicht ernst gemeint. Sie begann auch sofort, den Weg auf ihren Bestellblock zu zeichnen.

Während Christine sich bemühte, die Wegbeschreibung zu verstehen, erschien ein gut aussehender Mann in der Tür. „Entschuldigen Sie", sagte er und nickte der Bedienung zu. „Muss ich den Schlüssel mitnehmen?"

„O ja, bitte. Wir schließen nachher die Haustür ab, Herr Schulze, dann kommen Sie nicht mehr rein. Gehen Sie jetzt los?"

„Ja. Schönen Abend." Der Mann wandte sich zum Ausgang.

„Moment." Manchmal redete Christine schneller, als sie denken konnte. „Sind Sie der Herr, der auch zu dem Gasthof will?"

Irritiert hielt Herr Schulze inne und sah sie fragend an.

„Nehmen Sie mich mit?" Christine hatte inzwischen bezahlt und stand neben ihm. Als sie seinen Gesichtsausdruck sah, lachte sie leise. „Ich will mich nicht aufdrängen", sagte sie. „Aber wenn ich hinter Ihnen her gehe, sieht das so nach Verfolgung aus. Mein Name ist Christine Schmidt."

Max fragte sich, was um alles in der Welt mit ihm los war, dass schon wieder eine Frau ihn bat, sie irgendwohin zu begleiten. Aber er war zu höflich, um Nein zu sagen. „Max Schulze", stellte er sich vor und ließ ihr am Ausgang den Vortritt. „Wir könnten auch das Auto nehmen."

„Ich laufe lieber." Christine sah zu ihm hoch und hatte plötzlich das Gefühl, sich doch aufgedrängt zu haben. „Es ist noch so schönes Wetter, und ich habe den ganzen Tag gesessen. Aber Sie können natürlich gern fahren. Sie müssen sich nicht nach mir richten."

„So war das nicht gemeint." Max war zusammengezuckt. „Ich gehe auch gern noch ein paar Schritte."

Als sie den Parkplatz des Hotels überquerten, schauten sie in den Himmel, der sich über der Schlei langsam rot färbte. Das Taxi, das vorfuhr, und die schmale, blasse Person, die ihnen entsetzt hinterhersah, bemerkten sie nicht.

HEINZ, WALTER, FINCHEN UND JOHANNA saßen in der Bar am Tresen und waren in eine Art konspiratives Gespräch vertieft. Finchen lauschte ungläubig den Ausführungen von Heinz, Walter schüttelte ab und zu den Kopf, und Johanna beobachtete Karsten Kock, der wieder einmal allein an einem Tisch saß und nervös einen Bierdeckel in winzige Fetzen zerlegte. Als er zum wiederholten Mal zu ihnen herübersah, stand Johanna auf, bestellte ein Bier und ging damit zu ihm. „Na, Herr Kock", sagte sie betont munter und stellte das Glas vor ihm ab. „Zum Wohl. Sie können sich auch zu uns setzen."

„Vielen Dank, aber das wird nicht gern gesehen – Personal und Gäste." Karsten Kock sah kurz zum Eingang und zog das Glas näher. „Prost."

„Warum nicht?" Johanna lehnte sich an den Tisch.

Kock zögerte einen Moment, dann sagte er: „Sie sollten nicht so viel fragen, Tacke kann giftig werden. Aber … falls Sie was verloren haben, dann gucken Sie doch mal in die Mülltonne am Hintereingang …"

„Herr Kock?" Lisa Wagners Stimme war aus dem Gang zu hören.

Schneller, als Johanna es ihm zugetraut hätte, war Kock auf den Beinen und durch die Tür verschwunden.

„Und?" Heinz beugte sich vor, als Johanna an den Tresen zurückkam. „Wollte er sich nicht zu uns setzen?"

„Darf er nicht", antwortete Johanna knapp. „Aber er hat mir gesagt, dass ich in die Mülltonne am Hintereingang gucken soll. Die werden doch nicht so blöd sein, das Aufnahmegerät einfach wegzuwerfen."

„Am besten sehen wir gleich mal nach." Finchen wollte aufstehen, doch Heinz legte ihr sanft die Hand auf die Schulter.

„Um Himmels willen, das kann eine Falle sein. Er lauert im Hinterhalt, und sobald wir den Mülltonnendeckel öffnen: Wumm!"

„Du bist nicht ganz bei Trost, Heinz", mischte sich Walter ungehalten ein. „Es stimmt, dass man uns auf dieser Fahrt mehr versprochen hat, als wir bekommen. Dass man uns die zusätzlichen Kosten dieser Reise verschwiegen hat, ist auch ärgerlich, und über die Unterbringung müssen wir gar nicht reden. Aber dass du mit Anschlägen rechnest, bloß weil wir einen Mülltonnendeckel hochklappen, das geht dann doch zu weit."

„Und was ist mit dem Bauern? Und mit dem Streit gestern Abend? Nicht zu vergessen das durchwühlte Zimmer und das gestohlene Aufnahmegerät."

Walter hob sein Bierglas. „Der Bauer hat eindeutig ein Alkoholproblem. Das ist schlimm, aber nicht unsere Sache. Und das Aufnahmegerät scheint ja in der Mülltonne zu liegen. Wir holen es raus, gucken uns morgen noch ein bisschen die hübsche Gegend hier an und werden diese Firma nicht weiterempfehlen. Fertig, aus."

„Ich neige dazu, Ihnen zuzustimmen, Walter", sagte Finchen. „Aber dass Frau Pieper uns belauschen sollte …"

„Ach bitte", unterbrach Walter sie. „Das sagte Frau Töpper – heißt sie so? Und selbst wenn es stimmt: Wir haben doch keine Geheimnisse, abgesehen von den Verschwörungstheorien meines Schwagers." Er schlug Heinz versöhnlich auf die Schulter. „Lass uns das Thema wechseln. Diese Runde geht auf mich."

Heinz überlegte, wann Walter zum letzten Mal für mehr als zwei Leute bezahlt hatte. Es fiel ihm nicht ein. Dafür etwas anderes. „Ich habe …", er stockte und fuhr dann, mit einem Blick auf Johanna, langsam fort: „Ich habe doch noch die Telefonnummer vom Autobahnparkplatz. Und vorhin habe ich überlegt, ob man nicht irgendwo draußen an der Schlei doch telefonieren kann. Vielleicht sollte ich …"

„Bitte schön, vier Pils." Der Kellner knallte die Gläser auf den Tisch.

Heinz schluckte den Rest des Satzes runter. Eventuell würde sich später die Gelegenheit ergeben, von seinem Plan zu erzählen.

Christine blieb stehen. „Meine Güte, ist das schön", sagte sie und sah sich um. Rechts von ihnen lag die Schlei, links weite Felder, an deren Rändern die Wildblumen zu explodieren schienen. Am gegenüberliegenden Ufer blitzten Reetdachhäuser durch die Bäume, die letzten Segler kreuzten über das sanft gekräuselte Wasser. „Waren Sie schon mal hier?"

Sie atmete tief durch. Ihr Begleiter hatte ein Tempo vorgelegt, als wäre er auf dem Weg, die Welt zu retten. Er war zwar jünger als sie, aber das war doch kein Grund, so zu rennen.

„Wie?" Max Schulze drehte sich zu ihr um. „Entschuldigung, ich war in Gedanken ganz woanders." Plötzlich wirkte er nervös und unsicher. „Wissen Sie, ich mache mir Sorgen um meinen ältesten Freund."

„Oh. Ist er krank?" Mitfühlend sah Christine ihn an.

„Nein, nein, das zum Glück nicht." Max schüttelte den Kopf. „Er hat eine Ehekrise. Sind Sie verheiratet?"

Christine hob überrascht den Kopf. „Wir lieben ohne Trauschein. Wieso?"

„Was würden Sie sagen, wenn Ihr Partner eine Nacht bei einer Frau verbracht hat, die er nicht besonders gut leiden kann, am nächsten Morgen mit einem dicken Kopf bei ihr aufwacht, überhaupt nicht weiß, wie er in diese Situation gekommen ist, und Ihnen das genau so erzählt?"

Sie sah ihn fest an. „Ich würde ihn fragen, ob er mich für bescheuert hält."

„Tja." Max zog die Schultern hoch und ließ sie wieder sinken. „Genau das hat die Frau meines Freundes ihn auch gefragt." Er fuhr sich mit der Hand durch die Haare. „Ich weiß nicht, ob diese Mareike Wolf ihm irgendwelche Tropfen ins Bier geschüttet hat oder ob sie über Hexenkünste verfügt, aber er sagt, er kann sich an absolut nichts erinnern."

„Mareike Wolf?", fragte Christine überrascht. „Die Autorin?"

Max nickte. „Ich wollte den Namen gar nicht nennen, vergessen Sie ihn bitte sofort wieder. Mein Freund hat eine Veranstaltung mit ihr moderiert. Anschließend hat sie ihn gebeten, sie am Hotel abzusetzen, dort hat sie auf einen Absacker an der Bar bestanden, danach weiß er nichts mehr. Kollegen sahen ihn am nächsten Morgen völlig derangiert aus dem Hotel kommen. Sie haben es seiner Frau erzählt, und die hat ihn rausgeschmissen."

„Das ist hart. Hätte die Autorin die Sache nicht aufklären können?"

Max lachte bitter. „Die hat ihn danach mit wilden Liebeserklärungen terrorisiert, und zwar an die private Mailadresse. Das hat seine Frau natürlich mitgekriegt, und da war der Ofen dann endgültig aus."

„Das grenzt ja an Stalking", sagte Christine. „Dagegen muss man doch etwas tun können. Ich habe übrigens gerade versucht, Mareike Wolfs Buch zu lesen, bin aber gescheitert, weil es so wahnsinnig langweilig ist." Sie dachte einen Moment nach. „Aber ich bin auch zu alt für derart gekünstelte Romantik. Vielleicht ist das Buch ja gar nicht so schlecht."

Resigniert winkte Max ab. „Es ist furchtbar, wir haben es im Sender besprochen. Das heißt, meine Frau hat es besprochen. Es war ein Verriss."

Abrupt blieb Christine stehen. „Ist Ihre Frau Johanna Jäger?"

Überrascht nickte Max. „Wieso? Kennen Sie sie?"

„Nur ihre Stimme. Aber ich weiß, dass sie hier ist, weil ich wegen eines Mitschnitts mit einem ihrer Kollegen im Sender Kontakt hatte, und …"

Es war Max nicht zu verübeln, dass er da nicht folgen konnte. Christine winkte ab. „Ist eine längere Geschichte, nicht weiter wichtig."

In der Bar schob Johanna ihr leeres Bierglas zur Seite und stand auf. „Ich gehe noch mal eine Runde um den Pudding."

Finchen schreckte alarmiert auf. „Wieso das denn? Und wie lange?"

„Mal sehen", antwortete Johanna etwas irritiert. „Warum?"

„Weil …" Finchen zögerte kurz. „Weil ich nachher noch etwas mit dir besprechen will. Also, spätestens in einer Stunde, oder?"

„Alles klar." Johanna drehte sich zur Tür.

Die drei sahen ihr nach, bis sie im Gang verschwunden war, dann wandte Walter sich besorgt an Finchen: „Sie haben doch nicht vor, eine eventuelle Geldanlage in diesem Bauprojekt mit Ihrer Nichte zu besprechen?"

„Nein, nein. Ich will hier kein Geld anlegen." Finchen sah auf die Uhr. „Ich habe diese Reise aus ganz anderen Gründen gemacht. Aber bislang war ich vollkommen erfolglos."

Aufmerksam beugte Walter sich zu ihr. „Erzählen Sie es uns ruhig, vielleicht können wir behilflich sein."

Finchen blickte die beiden nachdenklich an. „Es ist aber mehr privat. Es geht um meine Nichte. Und um Liebeskummer."

„Das ist eine meiner leichtesten Übungen." Jetzt rutschte Heinz näher zu ihr. „Ich habe eine Schwester und zwei Töchter. Wenn sich hier jemand mit solchen Dingen auskennt, dann bin ich das."

Walter räusperte sich. „Inge hat noch nie Liebeskummer gehabt."

Ungeduldig winkte Heinz ab. „Lass doch, Walter. Früher schon. Also, Josefine, Ihre Geschichte ist bei mir in besten Händen."

Da holte Finchen tief Luft und begann ganz von vorn zu erzählen. „Johanna hat Max im Sender kennengelernt. Es war Liebe auf den ersten Blick, beide schön, beide klug, beide nicht mehr zu jung – ein Traumpaar."

Fünf Minuten später war sie endlich auf den Punkt gekommen. „Ich habe vor meiner Abreise ein paarmal mit Max telefoniert, und ich glaube ihm. Er hat nichts mit dieser Frau gehabt. Aber Johanna ist zu stur, um über ihren Schatten zu springen. Deshalb habe ich Max hierherbeordert. Er müsste in der nächsten Stunde kommen."

Walter hatte während der ausführlichen Berichterstattung mehrmals gegähnt. „Und Sie sind sicher, dass Ihre Nichte das überhaupt will?"

Mit einem knappen Blick auf ihn antwortete Finchen: „Natürlich. Max ist wunderbar. Und die beiden haben sich so gut verstanden."

„Aber …" Walters Interesse an Liebesgeschichten hielt sich in Grenzen.

Heinz unterbrach ihn rasch. „Hören Sie nicht auf meinen Schwager, er ist in solchen Dingen ein Klotz."

„Wie auch immer", versuchte Finchen den Faden wieder aufzunehmen. „Johanna weicht jedem Gespräch aus, und ich hatte gehofft, dass wir hier Gelegenheit dazu haben würden. Hätte ich sie einfach so drei Tage eingeladen, dann hätte sie sofort abgelehnt, ich kenne das Kind doch. So aber meinte sie, dass ich langsam senil werde und deswegen an seltsamen Reisen teilnehme. Sie dachte, sie müsste mir helfen, dabei ist es genau umgekehrt."

„Tja, ja", sinnierte Heinz, „es ist überall dasselbe: Kaum werden sie älter, glauben sie, dass sie alles besser wüssten. Meine Tochter hat sich vor ein paar Jahren auf Norderney mal unsterblich verliebt. Weißt du noch, Walter? Ich war gleich nicht so dafür, als Vater hat man ja doch eine Antenne. Das hielt dann auch nur ein Jahr. Aber jetzt hat sie einen netten Freund: David. Der hat wenigstens einen guten Job. Man will die Kinder schließlich irgendwann von der Tasche haben. Was ist denn, Walter?"

Sein Schwager hustete angestrengt. „Christine ist Ende vierzig", antwortete er. „Sie liegt dir seit fast dreißig Jahren nicht mehr auf der Tasche. Du tust immer so, als wäre sie gerade erst ausgezogen."

„Es kommt mir auch so vor", sagte Heinz mit verträumten Augen. „Ich sehe sie noch vor mir, wie sie mit ihrem kleinen roten Fahrrad …"

„Heinz." Walter war wirklich ein Klotz. „Wenn du jetzt von ihrem ersten Schultag anfängst, gehe ich ins Bett."

„Schon gut." Heinz trank einen Schluck Bier und wischte sich den Mund ab. „Also, der Max kommt gleich hierher, als Überraschung, damit die beiden sich vertragen. So ist der Plan, oder?“ Er wartete Finchens Nicken ab und fuhr fort: „Und jetzt befürchten Sie, dass Johanna das gar nicht gut findet. Dass sie sowohl Sie als auch Max zur Schnecke macht und danach abreist. Und dass dann alles noch viel schlimmer ist. Stimmt's?“

„Woher wissen Sie …“

Heinz lächelte. „Genau diese Befürchtungen hätte ich an Ihrer Stelle auch. Das müssen wir sehr behutsam angehen. Ich gucke mir als Erstes diesen Max in Ruhe an. Und dann rede ich mal mit Johanna. Das wäre doch gelacht, wenn wir das junge Glück nicht wieder zusammenkriegen würden.“

JOHANNA schlenderte unauffällig an den Mülltonnen im Hinterhof vorbei. Nachdem sie sich zweimal umgesehen hatte, öffnete sie den ersten Deckel. Kartoffelschalen, Kaffeefilter, Blumenkohlblätter, über allem lag ein fauliger Geruch. In der nächsten Tonne türmten sich leere Konservendosen, in der dritten alte Zeitungen und Papier. Hier wurde der Müll ordentlich getrennt. Sie fragte sich, unter welche Rubrik wohl ein Aufnahmegerät fiel.

„Suchen Sie etwas?“

Erschrocken ließ Johanna den Deckel fallen und fuhr herum. Schon wieder Patrick Dengler mit seinem Schleichschritt. Jetzt reichte es ihr.

„Herr Dengler. Können Sie mir bitte sagen, was genau Sie von mir wollen? Dieses ewige Anschleichen nervt.“

Er kam einen Schritt auf sie zu. „Ich weiß nicht, warum Sie so giftig sind. Ich wollte nur wissen, was Sie hier machen.“

„Das, Herr Dengler, geht Sie überhaupt nichts an. Kümmern Sie sich besser mal um Ihre Frau Mutter. Die lässt sich sonst nämlich für viel Geld irgendwelche Wohnungsanteile andrehen. Schönen Abend noch!“

Sie ließ ihn stehen und marschierte wütend in Richtung Schleiufer. Direkt am Ufer lag ein großer Stein. Johanna setzte sich darauf und schleuderte aufatmend ihre Schuhe von den Füßen. Das Wasser war eiskalt, beruhigte aber in Sekundenschnelle sowohl ihre Füße als auch ihr Gemüt. Sie verstand gar nicht, warum ein Idiot wie Dengler sie so in Wallung bringen konnte. Und nicht nur der, sondern auch diese zickige Lisa Wagner, die es doch tatsächlich geschafft hatte, ihr das Einzelgespräch zu vermasseln.

Überhaupt war ihr Vorhaben bislang eine grandiose Pleite. Es gab keine neuen Erkenntnisse, lediglich die altbekannten Fakten: Senioren, die zu viel Zeit haben, setzen sich in einen Bus, um ihr Geld für unnötige Dinge auszugeben. Ob für Wohnungsanteile oder Bettdecken, war letztlich egal.

Johanna seufzte. Alles kalter Kaffee. Es sei denn, dass Daniel zum Timesharing etwas herausgefunden hätte. Sie zog ihr Handy aus der Tasche und prüfte den Empfang: Sie hatte ein Netz. Aber die Dame vom Band teilte ihr mit, dass der Teilnehmer vorübergehend nicht erreichbar sei.

Das Telefon in der Hand, ließ sie den Blick über die Schlei wandern, über die sich allmählich die Abenddämmerung senkte. Ein einsames Segelschiff glitt an ihr vorbei, auf dem Weg zu dem kleinen Hafen. Eigentlich wollten Max und sie im nächsten Monat einen Segelkurs machen. Zwei Wochen an der Ostsee, sie hatten die Reise schon im Januar gebucht. Damals hätte sie sich nicht träumen lassen, dass nur ein paar Monate später alles ganz anders sein würde.

Johanna stöhnte. Hunderte, ach was, Millionen Paare überstanden Seitensprünge. Jeder Therapeut gab den Rat: reden, reden, reden. Und was tat Max? Er zog zu einem alten Schulfreund, bei dem er nun seit vier Wochen im Gästezimmer wohnte. Ihr Magen rebellierte – aus Trauer und aus Wut darüber, dass sie so sprachlos geworden waren. Und wenn sie ehrlich war musste sie sich eingestehen, dass diese Misere schon vor Mareike Wolf begonnen hatte. Wann hatten sie sich denn das letzte Mal über wirklich wichtige Dinge unterhalten? Wusste Max noch, was sie dachte und was sie sich wünschte? Andererseits musste sie zugeben, dass sie ihn noch nie gefragt hatte, ob er sich seinen Aufstieg im Sender wirklich so vorgestellt hatte und wie es ihm dabei ging. Stattdessen war sie immer nur von seinen vielen Terminen und seinen langen Arbeitstagen genervt.

Sie griff nach einem kleinen flachen Stein und ließ ihn übers Wasser tanzen. Zwei Mal sprang er, dann ging er unter. Sie stand auf und nahm den nächsten. Wenn sie es vier Mal schaffte, würde sie Max anrufen. Er fehlte ihr. Drei Mal. Den nächsten. Zwei Mal. Dann fand sie den perfekten Stein. Rund, flach, nicht zu klein. Sie ging in die Knie und holte Schwung. Der Stein flog über das glitzernde Wasser. Eins, zwei, drei, vier – Johanna starrte auf die immer größer werdenden Kreise und hob die Hand, in der sie noch das Handy hielt. Das Freizeichen ertönte, sie räusperte sich. Er nahm nicht ab. Sie wartete, bis die Mailbox ansprang. Dann griff sie wahllos einen Stein und feuerte ihn über die Wasseroberfläche. Er sprang tatsächlich sieben Mal.

In dem dunklen Flur roch es nach Blumenkohl und altem Fett. Christine sah über die Schulter zu Max und rümpfte die Nase. „Das ist ja furchtbar.“ Sie folgten einem Schild zur Rezeption, hinter dem Tresen saß jedoch niemand. Christine sah sich suchend um. Das Wort BAR über einer Glastür wirkte so deplatziert wie der Strauß künstlicher Sonnenblumen in der bemalten Milchkanne. Während sie noch überlegte, was sie tun sollte, wurde unversehens die Glastür aufgestoßen.

„Max!“ Die kleine rothaarige Dame reichte Max Schulze kaum bis zur Brust. Deshalb konnte man auch nicht davon sprechen, dass sie ihm um den Hals fiel. „Na endlich! Hast du Johanna schon getroffen? Sie ist …“

In diesem Moment entdeckte sie, dass Max nicht allein gekommen war. Mit sehr verhaltener Stimme sagte sie: „Guten Tag. Sie sind …“

Plötzlich stand Heinz hinter der Dame und starrte Christine perplex an. „Wie kommst du denn hierher?“

„Ich …“ Christine wollte nicht gleich mit der Tür ins Haus fallen. „Ich bin zufällig in der Gegend. Also, um ein paar Tage auszuspannen. Und Mama hat mir gestern erzählt, dass ihr hier im Hotel seid.“

„Meine Tochter“, wandte Heinz sich an Finchen. „Die Älteste. Die mit dem Liebeskummer.“ Er sah Christine ratlos an. „Ich bin gar nicht auf Besuch vorbereitet. Und es ist auch schon so spät.“

Christine war es gewohnt, dass ihr Vater sich bei solchen Überraschungen vor Freude nicht gerade überschlug. Aber jetzt hatte er offensichtlich etwas Wichtigeres zu tun, als sie zu begrüßen.

„Du, wenn ich dich störe …“, begann sie, wurde aber von Onkel Walter unterbrochen, der plötzlich auch in der Tür stand.

„Sagt mal, soll ich jetzt allein … Christinekind, was machst du denn hier? Ist was passiert?“

„Ähm, ich …“

„Sie ist sowieso in der Gegend“, erklärte Heinz. „Charlotte hat ihr gesagt, wo wir sind. Sie wollte nur mal gucken.“ Er drehte sich wieder zu ihr. „Dann komm doch morgen früh zum Frühstück. Das ist zwar nicht doll hier, aber im Preis mit drin. Und anschließend zeige ich dir mal was.“

Finchen und Max waren der Unterhaltung verblüfft gefolgt. Jetzt schritt Finchen ein. „Aber sie kann doch noch ein Glas mit uns trinken.“

„Nein, nein.“ Heinz nahm galant Christines Arm. „Das machen wir morgen.“ Er schob seine Tochter, die gerade noch Zeit fand, Max Schulze und seiner angeheirateten Tante kurz zuzuwinken, zum Ausgang.

Als sie draußen standen, ließ Heinz ihren Arm los. Mit gedämpfter Stimme sagte er: „Christine, es ist ja nicht so, dass ich mich nicht freue, dich zu sehen. Aber ich habe im Moment gar keine Zeit für dich. Hier passieren lauter seltsame Sachen. Onkel Walter sieht das zwar nicht so, aber du weißt ja, wie unsensibel er ist. Und dann ist auch noch diese nette Johanna Jäger hier, die Radiomoderatorin. Stell dir vor, die hat einen solchen Liebeskummer, dass ihre Tante mich um Hilfe gebeten hat. Jetzt warte ich auf ihren Mann, also auf Johannas Mann, um mir den mal anzusehen. Er muss nämlich jeden Moment kommen.“

Christine kannte diesen Tonfall und sie kannte auch den Blick, mit dem ihr Vater sie ansah. Offenbar versuchte er mal wieder auf seine eigene Weise, Dinge ins Lot zu bringen. „Papa“, begann sie vorsichtig, „du steigerst dich aber nicht wieder in irgendwas rein, oder?“

Er musterte sie verständnislos. „Was meinst du mit reinsteigern? Wenn man mich um Hilfe bittet, bin ich da. Sag mal, wo wohnst du überhaupt?“

„Im Schlosshotel Burgsee“, antwortete Christine. „Das ist eindeutig schöner als eure Absteige hier.“

„Die sind aber ausgebucht. Übrigens, mit wem bist du da gerade gekommen? Das war doch nicht David.“

Christine setzte sich langsam in Bewegung. „Das war Max Schulze, der Mann von Johanna Jäger und dein Zielobjekt. Und das Hotel ist nicht ausgebucht, die haben jede Menge Zimmer frei. Alles Weitere besprechen wir morgen, vielleicht bist du dann nicht so im Stress. Gute Nacht.“

„Christine?“

Sie drehte sich um und sah ihren Vater mit hängenden Armen und zerknirschtem Gesichtsausdruck dastehen. „Ja?“

„Es ist nett, dass du uns besuchen kommst. Morgen freue ich mich auch darüber, nur heute Abend passt es nicht so gut. Versteh das nicht falsch.“

„Ist schon okay.“ Sie verbiss sich ein Lächeln. „Bis morgen.“

Johanna schlenderte durch die einbrechende Dunkelheit zurück. Kurz vor der Abzweigung zum Parkplatz stand eine Bank, auf der jemand saß. Im Näherkommen erkannte sie eine der beiden Schwestern aus Papenburg. Sie wirkte mitgenommen. Zögernd blieb Johanna stehen. „Alles in Ordnung?“

Erschrocken guckte die Frau hoch. „Ich bin nur … Möchten Sie sich setzen?“ Es klang mehr nach einer Bitte als nach einer Frage.

Johanna nahm Platz. „Ist es Ihnen hier nicht zu kalt?“

„Doch. Aber ich habe mich mit meiner Schwester gestritten und bin einfach losgegangen. Meine Jacke hängt noch über dem Stuhl.“

„Dann gehen Sie eben wieder rein“, schlug Johanna vor. „Bevor Sie sich einen Schnupfen holen, sollten Sie sich mit Ihrer Schwester vertragen.“

Luzia Meier schüttelte den Kopf. „Das sagt sich so leicht. Wissen Sie, Hermia und ich leben in Papenburg zusammen in unserem Elternhaus. Es ist schön, direkt am Kanal, mit viel Garten und viel Platz. Aber es geht immer mehr kaputt. Wir brauchten ein neues Dach, oben neue Fenster, da kommt noch viel auf uns zu. Wir haben Geld angelegt, nächsten Monat können wir darüber verfügen. Und jetzt macht Hermia so etwas. Das können wir uns doch gar nicht leisten.“

Hellhörig geworden rückte Johanna näher. „Was meinen Sie damit?"

„Na, diese Wohnungsanteile." Luzia Meier verschränkte die Arme vor der Brust und schüttelte zornig den Kopf. „Als ob wir jedes Jahr Urlaub an der Schlei machen könnten, das ist doch lachhaft. Hermia hat einen Vorvertrag unterschrieben, gerade eben, da drin, bei Herrn Tacke und Herrn Kruse. Viertausend Euro kostet das. Für drei Wochen in jedem Jahr."

Ungläubig schüttelte Johanna den Kopf. „Wann sollen Sie die bezahlen?"

„Tausend hat Hermia sofort bezahlt. Musste sie. Der Rest soll dann nächsten Monat überwiesen werden, wenn unser Sparvertrag fällig ist."

Johanna glaubte ihren Ohren nicht zu trauen. Das alles lief ohne Notar, ohne Gutachten, nur mit einem Flyer und jeder Menge Vorträgen.

„Wer hat denn noch alles gekauft?", fragte sie.

„Einige", antwortete Luzia Meier. „Die Piepers waren die Ersten. Deshalb war Hermia auch gleich Feuer und Flamme. Sie findet den Herrn Pieper ja so sympathisch. Und die eine der beiden Hamburgerinnen. Die hat sogar einen größeren Anteil gekauft. Und das stille Ehepaar aus Bremerhaven."

„Meine Güte." Johanna war perplex.

Luzia Meier stand auf und schüttelte sich leicht. „Mir wird kalt, ich gehe wieder rein. Entschuldigen Sie, ich wollte Sie nicht volljammern."

Johanna sah zu ihr hoch. „Und Ihre Schwester will jetzt jedes Jahr hier Urlaub machen? An der Schlei?"

„Im Leben nicht. Das können wir gar nicht, wir haben einen großen Garten zu versorgen. Aber Hermia sagt, man kann die Anteile wunderbar wieder verkaufen. Das hat ihr Herr Kruse erklärt. Mit bedeutend mehr Gewinn, als wenn man das Geld auf dem Sparbuch bunkert. Glauben Sie das?"

Johanna hob die Schultern und suchte nach einer Antwort.

„Wie auch immer", sagte Frau Meier. „Hermia hat das unterschrieben, und ich kann nichts mehr dagegen tun. Nur hoffen, dass wir bis zum nächsten Winter trotzdem neue Fenster bekommen. Schönen Abend noch."

Sie ließ eine nachdenkliche Johanna zurück. Viertausend Euro. Das war eine Menge Geld. Johanna nahm sich vor, morgen auf jeden Fall mit Finchen an einem Beratungsgespräch teilzunehmen. Dabei fiel ihr das Aufnahmegerät in der Mülltonne wieder ein. Vielleicht war jetzt eine gute Gelegenheit, danach zu suchen. Dengler konnte ja nicht ständig auf dem Hof stehen.

Kurz bevor sie die Einfahrt erreicht hatte, hörte sie ein Husten. Es kam von den Mülltonnen. Vermutlich leerte jemand vom Personal noch mehr Müll auf das verschüttete Aufnahmegerät. Johanna seufzte leise und blieb hinter der Mauer stehen. Vorsichtig lugte sie um die Ecke, ob sie freie Bahn für ihre Suchaktion hätte – und wich entsetzt zurück.

Das konnte nicht sein, sie sah Gespenster.

Nach einer Schrecksekunde beugte sie sich erneut nach vorn. Das Gespenst blieb. Da stieg eine Welle der Wut in ihr hoch. Sie holte tief Luft und bog mit raschen Schritten in die Einfahrt. Die Person, die auf der Mülltonne stand und durch das Fenster zu sehen versuchte, drehte sich ertappt um. Johanna fixierte sie mit zusammengekniffenen Augen und ging ohne ein Wort an ihr vorbei. Erst als sie an der Tür war, sagte sie honigsüß: „Passen Sie auf, dass Sie nicht im Müll begraben werden. Falls der Deckel bricht."

Mareike Wolf starrte ihr stumm hinterher.

HEINZ war losgezogen, um Johanna zu suchen. Eigentlich hatte Max Schulze das übernehmen wollen, aber Finchen hatte ihn in der Bar zurückgehalten. „Lass mal, Max", hatte sie gesagt. „Johanna weiß ja nicht, dass du hier bist. Ich halte es für besser, wenn Heinz sie sucht." Der ging zunächst in Richtung Schleiufer. Während er nach Johanna Ausschau hielt, legte er sich zurecht, was er ihr sagen wollte. Sensibel und verständnisvoll musste es sein, dann würde sie bestimmt auf ihn hören.

Er bog um die Kurve und blickte unvermittelt über die Schlei. Ruhig und verlassen glitzerte das Wasser im Mondlicht. Über allem lag eine friedliche Stille, die so schön war, dass er den Atem anhielt. Allerdings nur, bis ein knatternder Motor die Stille zerriss. Als Heinz sich umdrehte, sah er ein Moped schlingernd den Weg entlangkommen. Plötzlich beschleunigte es genau auf ihn zu. Erschrocken brüllte er los: „Sind Sie wahnsinnig?!"

Im letzten Moment bremste das Moped ab, der Hinterreifen rutschte über den Schotterweg, der Fahrer verlor das Gleichgewicht und stürzte zur Seite. Nach einer Schrecksekunde rappelte er sich auf und nahm den Helm ab.

Es war schon wieder der Bauer, und er war schon wieder betrunken. Mit glasigen Augen sah er Heinz an und versuchte umständlich das Moped aufzurichten. Heinz fasste mit an, zusammen schafften sie es schließlich.

„Das wäre fast schiefgegangen", sagte Heinz tadelnd. „Haben Sie mich nicht gesehen? Sie hätten mich beinahe umgemäht."

„Sie … sahen aus wie je…mand anders." Der Mann hievte das Moped auf den Ständer. „Sie … gehören doch auch … zu dieser Reise…gruppe, oder?"

Ein heftiger Schluckauf ließ die Frage weniger bedrohlich wirken. Heinz nickte trotzdem nur vorsichtig.

„Dann … sagen Sie … diesem Tacke … wenn er nicht … bezahlt … passiert was. Ich … warte nicht … länger. Ich habe … Bekannte …"

Der Mann schob das Moped schwankend in die Mitte des Weges, ließ den Motor anspringen, bestieg sein Gefährt und fuhr schlingernd davon.

Geschockt sah Heinz ihm nach. Er hatte es gewusst. Der Bauer hatte „Bekannte". Heinz stellte sich einen Trupp maskierter Männer vor, die mit Baseballschlägern den Gasthof oder gar den Bus stürmten. Er hörte schon die Schreie der unschuldigen Reiseteilnehmer. Und das alles, weil dieser gewachste Dennis Tacke illegale Geschäfte machte. Egal ob es um Drogen, Geldwäsche oder sonst was ging – es waren Unschuldige im Spiel, und er, Heinz, hatte die Pflicht, zu handeln.

Er zog sein Handy aus der Jackentasche, gab seine PIN ein und wartete auf die Netzanzeige. Sie kam. Mit zufriedenem Lächeln fischte er die Visitenkarte aus seiner Brusttasche und tippte die Telefonnummer ein. Als die Mailbox ansprang, holte er tief Luft und fing an zu reden.

JOHANNA saß auf dem Klo und betrachtete ihre Fingernägel. Was zum Teufel hatte diese Möchtegernautorin hier zu suchen? Und warum turnte sie auf einer Mülltonne herum? Egal. Sie würde jetzt zu Finchen und ihren neuen Freunden gehen, ein letztes Bier trinken und dann den Abend beenden.

Entschlossen entriegelte sie die Tür, wusch sich Hände und Gesicht mit kaltem Wasser und ging zur Bar. Die Tür stand offen, das Erste, was sie sah, war Finchens strahlendes Gesicht, das sich jemandem zuwandte, der in der Ecke saß. Das Zweite, was sie sah, ließ Johanna abrupt stehen bleiben. In der Ecke saß weder Heinz noch Walter, sondern – Max. Das Nächste, was Johanna merkte, war, dass ihr jemand in die Hacken trat.

„Entschuldigung", brummte Walter und hielt ihr ein von Blumenkohlröschen bedecktes, in Zeitungspapier gewickeltes Päckchen entgegen. „Hier. Ich habe es gefunden. Ich weiß aber nicht, ob das noch funktioniert."

Johanna sah unkonzentriert auf das Päckchen, dann in Walters triumphierendes Gesicht und schließlich zu dem Tisch. Max war aufgestanden und kam mit einem Lächeln auf sie zu.

„Da bist du ja endlich. Ich habe mir schon Sorgen gemacht."

Johanna hob langsam den Kopf. „Du solltest dir lieber Sorgen um deine Autorin machen. Sie knallt anscheinend gerade völlig durch."

„Wie?" Verwirrt hielt Max ihrem Blick stand. „Was meinst du?"

So verächtlich sie konnte, sagte sie: „Es ist eine Frechheit, dass ihr zusammen hier aufkreuzt und du dich auch noch mit Finchen an einen Tisch setzt. Wolltest du ihr deine Neue vorstellen, oder was soll das?"

„Johanna, ich verstehe kein Wort. Ich bin allein hier. Ich habe Mareike Wolf seit Wochen nicht gesehen."

Johanna wich einen Schritt zurück. „Sie steht im Hof auf der Mülltonne, warum auch immer. Ist aber ein schönes Bild."

„Apropos Mülltonne“, mischte Walter sich ein und zog Johanna am Arm. „Haben Sie mich verstanden? Ich habe es gefunden.“ Er senkte die Stimme, als er bemerkte, dass die anderen Gäste mit gespannter Miene die Szene beobachteten. „Ich glaube, wir sollten mal vor die Tür gehen.“

„Das ist eine sehr gute Idee.“ Max gab Finchen ein Zeichen und schob die wütende Johanna zum Ausgang. „Jetzt hör mir mal zu“, begann er, bevor er harsch von Walter unterbrochen wurde.

„Nein. Sie kommen später dran“, sagte der und stellte sich mit grimmigem Gesichtsausdruck zwischen Max und Johanna. „Ich musste mir diese privaten Geschichten schon den ganzen Abend anhören und weiß jetzt mehr, als ich wissen wollte. Entweder vertragen Sie sich wieder oder Sie lassen es, wie auch immer. Ich habe mich jedenfalls um die wesentlichen Dinge gekümmert und deshalb den Müll durchwühlt.“

Verständnislos sah Max ihn an. „Wie …“

„Mit so komischen Gummihandschuhen, die ich auf einem Reinigungswagen vor der Toilette gefunden habe.“ Walter schüttelte unwirsch den Kopf. „Reden Sie nicht dauernd dazwischen.“

Er streckte Johanna das Päckchen entgegen. Die nahm ihm die schmutzige Trophäe ab und wickelte sie vorsichtig aus der klebrigen Zeitung. „Das haben die also tatsächlich in den Müll geschmissen. Unfassbar.“

„Kann mir jemand erklären, warum das Aufnahmegerät in der Mülltonne war? Und wer soll es angeblich reingeschmissen haben?“, fragte Max.

Weder Johanna noch Walter antworteten. Stattdessen wischte sich Walter die Hände mit einem Stofftaschentuch ab und faltete es umständlich zusammen. „Sie sollten ausprobieren, ob das Gerät noch intakt ist. Ich hätte Ihre Aufzeichnungen gern für meinen Bericht. Und jetzt gehe ich meinen Schwager suchen. Der ist nämlich auf der Suche nach Ihnen und …“ Sein Blick ging fragend an Johanna vorbei. „Können wir Ihnen helfen?“

Die Frau, die plötzlich wankend vor ihnen stand, wirkte verwirrt und abgehetzt. „Max. Da bist du ja. Endlich! Ich habe dich überall gesucht. Wer war die andere Frau?“ Mareike Wolf brach in Tränen aus.

Johanna sog hörbar den Atem ein. „Das glaube ich jetzt nicht!“, zischte sie.

Max blieb wie erstarrt stehen, sein Gesichtsausdruck war unergründlich. Walters Blick ging von der weinenden Mareike zu der wütenden Johanna, dann seufzte er tief, und keine Sekunde später war er verschwunden.

„Ich bin euch hinterhergelaufen. Wo ist die Schlampe?“ Mareike Wolf heulte und kreischte, stampfte mit den Füßen auf und raufte sich die Haare. Johanna trat ein paar Schritte zurück. So etwas gab es sonst nur im Film.

Und dann kam Tante Finchen. Sie blickte kurz in die Runde, eilte auf Mareike zu, sah Max entschuldigend an, holte aus und ließ ihre flache Hand klatschend auf Mareikes Wange landen. Sofort herrschte Ruhe.

Max blickte entgeistert Finchen an und rang offensichtlich nach Worten.

„Was ist denn hier los?“ Plötzlich stand Heinz neben Johanna. „Ich habe Sie überall gesucht. Wer schreit denn hier so rum?“

Mareike presste die Lippen zusammen und hielt sich die rote Wange.

Mit offenem Mund starrte Heinz sie an. „Ist das diejenige …“

Johanna nickte. „Finchen hat ihr eine geknallt.“

„Das hat sie verdient. Diese Ehebrecherin.“

Ist er umgekippt?“ Inges Stimme klang eher fröhlich als besorgt, Christine meinte sogar, eine leichte Sensationslust herauszuhören. „Hat er gebrüllt?“

„Ich habe es ihm noch gar nicht gesagt. Es passte gerade nicht.“

Am anderen Ende der Leitung war Stille. Dann hörte Christine ihre Tante rufen: „Charlotte, sie hat es ihnen nicht gesagt! Walter weiß noch nichts.“

„Gib sie mir mal.“ Das war Charlottes Stimme. „Christine?“

„Hallo Mama.“

„Hast du das Hotel nicht gefunden? Oder waren sie nicht da?“

„Doch, ich habe das Hotel gefunden. Das ist übrigens die letzte Absteige – erstaunlich, dass Papa und Walter da schlafen können. Sonst sind sie doch immer so pingelig. Ich habe die beiden auch gesehen, aber sie waren wahnsinnig beschäftigt. Ihre Wiedersehensfreude hielt sich in Grenzen.“

„Womit waren sie beschäftigt?“ Charlotte klang misstrauisch.

Christine trat auf den Balkon hinaus und blickte auf die Schlei, die im Mondlicht vor ihr lag. „Kennst du Johanna Jäger?“

Ihre Mutter überlegte keine Sekunde. „Die Radiomoderatorin?“

„Genau. Sie ist auch hier. Papa löst gerade ihre Ehekrise.“

„Wie bitte?!“ Charlotte japste. „O Gott, Christine, er kann sich doch nicht in fremder Leute Leben einmischen. Hat sie denn überhaupt eine Ehekrise?“

„Das schon. Papa hatte damit so viel zu tun, dass er mich in mein Hotel zurückgeschickt hat. Ich habe nämlich ein anderes gebucht. Aber morgen will er mir was zeigen – was, hat er nicht gesagt“, erzählte Christine. „Da ergibt sich dann hoffentlich auch eine Gelegenheit, Onkel Walter schonend beizubringen, dass er sich einen neuen Wagen kaufen muss.“ Sie ließ den Blick über die nächtlich stille Landschaft wandern. „Du, das ist übrigens entzückend hier. Es würde dir gefallen. Überall Stockrosen.“

Charlotte atmete tief ein und aus. „Christine, ich habe so ein blödes Gefühl. Kannst du nicht noch mal zu Heinz fahren und ihm ganz nachdrücklich sagen, dass ich ihn darum bitte, sich nicht einzumischen? Egal in was. Er soll ins Bett gehen. Und morgen kümmerst du dich ja um die beiden."

Christine hatte so etwas befürchtet. Von wegen, sie sollte nur die Hiobsbotschaft überbringen und die beiden dann nach Hause fahren. Jetzt musste sie doch wieder die Rundumbetreuung übernehmen. „Mama, es ist fast …"

„Bitte. Tu es mir zuliebe. Ich finde sonst die ganze Nacht keinen Schlaf."

Seufzend angelte Christine nach ihren Schuhen. Doch schon als sie das Auto vom Hotelparkplatz lenkte, ärgerte sie sich über sich selbst. Wahrscheinlich saß ihr Vater noch mit Walter in der komischen Hotelbar. Oder er stand bereits im Schlafanzug beim Zähneputzen. Sie würde sich auf jeden Fall zum Affen machen, nur weil ihre Mutter ein blödes Gefühl hatte.

Die Straße war schmal und schlecht beleuchtet. Christine verlangsamte das Tempo. Vor ihr fuhr ein Moped Schlangenlinien, sie überholte es mit dem größtmöglichen Abstand. Wenn der in eine Polizeikontrolle käme, wäre sein Führerschein wohl weg.

An der nächsten Kreuzung folgte sie dem Navi nach links, fuhr langsam durch Bullesby und dachte wieder, dass es Charlotte hier gefallen würde. Kurz hinter dem Ortsausgangsschild kam der Abzweig zum Gasthof. Christine setzte den Blinker, bog in den Parkplatz ein und trat sofort auf die Bremse. Unter einer Laterne am Ende des Parkplatzes stand in lebhaftem Gespräch eine Gruppe. Drei Frauen, drei Männer. Einer davon war ihr Vater.

Stöhnend stellte sie ihr Auto ab. Von wegen Zähneputzen im Schlafanzug.

Mareike Wolf starrte Finchen wutentbrannt an. „Das muss ich mir nicht bieten lassen. Das ist Körperverletzung. Ich werde Sie anzeigen."

„Jetzt reicht es." Max platzte der Kragen. „Ich bin ja ein friedlicher …"

„Sie werden meine Tante nicht anzeigen." Johannas Stimme war eisig. „Ich werde aussagen, dass sie von Ihnen angegriffen worden ist."

„Sie blöde …" Bevor Mareike richtig loslegen konnte, klingelte ihr Handy. Sie zuckte zusammen und nahm das Gespräch an. Mit völlig anderer Stimme säuselte sie: „Christopher, das passt gerade nicht. Ich melde mich später.'

Blitzschnell machte Max einen Schritt nach vorn und entriss ihr das Telefon. Während er mit einem Arm die wütende Frau in Schach hielt, sagte er: „Christopher? Mein Name ist Max Schulze. Hat Sie Ihnen nie von mir erzählt? Seltsam, sonst hat sie doch mit jedem darüber gesprochen …"

„Er lügt." Mareike versuchte verzweifelt das Handy zu erwischen.

Max fixierte sie. „Sind Sie noch dran, Christopher? Ja? Es wäre gut, wenn Sie die Dame hier abholen würden, sie dreht nämlich gerade durch." Er drückte der heulenden Mareike das Telefon in die Hand und wandte sich ab. „Ich gehe jetzt in mein Hotel. Das mit der Anzeige hat sich wohl erledigt."

„Max?" Johanna ging ihm zögernd nach. „Warte mal."

Heinz sah den beiden nach und lächelte zufrieden. Dann drehte er sich um. „Ach, guck mal, meine Tochter." Er winkte ihr entgegen.

Christine warf einen irritierten Blick auf die schluchzende Mareike, die immer noch telefonierte. „Ich hoffe, das hat nichts mit dir zu tun", sagte sie leise zu ihrem Vater. „Und von Mama soll ich dir ausrichten, dass du dich bitte nicht in anderer Leute Angelegenheiten einmischen sollst."

Heinz legte ihr den Arm um die Schulter. „Du kannst Charlotte sagen, sie braucht sich keine Sorgen zu machen."

Finchen zog den roten Samtschal enger um sich und lehnte sich ans offene Fenster. Es war noch nicht einmal sechs, aber sie war schon über eine Stunde wach. Diese Morgenstimmung hatte sie von jeher gemocht.

Sie atmete tief durch. Wenn sie sich auf die Zehenspitzen stellte, konnte sie ganz rechts ein kleines Stück von der Schlei sehen. Es war unbestritten schön hier. Aber was sollte sie an der Schlei? Sie hatte ihren Golfklub, ihre Bridgerunde, ihre Freunde in Bremen. Und wenn sie verreiste, dann flog sie lieber in die Sonne. Aber das musste sie ja nicht laut sagen. Es reichte, wenn Johanna hier schief angeguckt wurde.

Finchen hatte erst spät mitbekommen, dass Lisa Wagner ihre Nichte von einer Beratung abgehalten hatte. Unmöglich fand sie das. Sie hatte sich vorgenommen, heute als Erstes mit Herrn Kruse zu sprechen. Sie würde ihm erzählen, dass sie sich selten so wohlgefühlt habe wie hier an der Schlei. Sie fühle sich ganz beseelt. Und da sie zum Glück über ausreichende Mittel verfüge, hätte sie gern die Möglichkeit, in dieser Gegend von Zeit zu Zeit leben zu können. Sie würde natürlich darauf bestehen, dass ihre Nichte an dem Gespräch teilnähme. Schließlich würde die ja alles erben.

Wenn Johanna hier recherchieren wollte, würde Finchen ihr dabei helfen. Wozu war sie ausgebildete Schauspielerin? Sie würde Herrn Kruse nachher um den Finger wickeln. Johanna würde staunen, wie schnell sie ein Beratungsgespräch hätten. Und vielleicht würde das Kind ja einer großen Geschichte auf die Spur kommen, obwohl Finchen die Verschwörungstheorie von Heinz nicht teilte. Mafia, du liebe Güte.

Ein Geräusch lenkte ihre Aufmerksamkeit auf den Hof. Sie beugte sich nach vorn. Lisa Wagner stand vor einer Mülltonne und warf ein Päckchen hinein. Dann blickte sie sich um und verschwand im Haus. Als kurz danach eine zweite Person auftauchte, die ebenfalls zur Mülltonne ging und den Deckel öffnete, runzelte Finchen die Stirn. Es war Walter. Im Bademantel. Er fischte das Päckchen wieder heraus und verschwand ebenfalls. Finchen sah ihm verblüfft nach. Was war das nun schon wieder?

Gerade als sie sich vom Fenster abwandte, klappte der Mülltonnendeckel ein drittes Mal. Finchen fuhr herum und sah Patrick Dengler. Er hielt den Deckel in der Hand und stocherte mit einem Stock in der Tonne, fand aber nichts. Frustriert klappte er die Tonne zu und ging mit leeren Händen weg.

„Finchen?" Johannas schläfrige Stimme beendete ihre Beobachtungen „Was machst du denn da?"

„Nichts. Ich habe nur geguckt, wie das Wetter wird. Schön, glaube ich. Und jetzt erzähl mal von gestern. Was hat Max gesagt?"

HEINZ betrachtete sein dunkelblaues Jackett mit den goldenen Knöpfen, als Walter ins Zimmer kam. „Ich hätte die Jacke gar nicht einpacken müssen", sagte er wehmütig. „Es gibt hier überhaupt keine Gelegenheit, sie anzuziehen. Wo kommst du eigentlich her, Walter?"

„Vom Klo." Walter knotete den Gürtel seines Bademantels auf. „Es wird ein schöner Tag heute. Der Himmel ist ganz blau."

Heinz sah immer noch sein Jackett an. „Für gemischten Braten im Dorfgasthof ist das natürlich übertrieben. Von wegen exklusive Reise."

„Jetzt ist es aber gut." Unwirsch warf Walter den Bademantel aufs Bett. „Aus dem Schreiben war nun mal nicht zu ersehen, worum es sich handelt. Doch wer weiß, wozu es gut ist, dass wir mitgefahren sind."

„Wieso? Was meinst du damit?"

Walter öffnete den Mund und schloss ihn sofort wieder. Nach einem Moment des Nachdenkens antwortete er: „Im Gegensatz zu dir lasse ich mir viel Zeit bei der Beurteilung von Situationen." Das war Heinz neu, trotzdem unterbrach er Walter nicht. „Ich halte deine Mafiatheorien zwar für Unsinn, bin aber inzwischen auch der Meinung, dass hier manche Dinge nicht ganz legal sind. Wir sollten im Lauf des Tages mal in Ruhe unsere Erkenntnisse vergleichen. Ich muss bloß noch mehr Belege sammeln."

„Aha." Prüfend sah Heinz seinen Schwager an. Er war so furchtbar umständlich. „Was für Belege hast du denn schon?"

„Das sage ich noch nicht. Ich muss mich erst in Ruhe damit beschäftigen. Vielleicht rede ich auch noch mal mit dem einen oder anderen."

„Walter." Heinz wurde allmählich unruhig. „Nun mach doch nicht so ein Brimborium. Sag schon."

„Nein.“ Betont langsam klemmte sich Walter seinen Kulturbeutel unter den Arm und ging zur Tür. „Ich gehe mich jetzt waschen. Bis gleich.“

Die Tür klappte hinter ihm zu. Heinz kratzte sich am Kopf und überlegte, wann Walter die Rolle des Ermittlers in diesem Film übernommen hatte.

„DAVID, das Ganze war so peinlich, dass ich Skrupel hätte, jemals über Mareike Wolf einen Artikel zu schreiben.“ Christine hatte sich ein Kissen in den Rücken gestopft und die Beine unter der Decke ausgestreckt. „Mitten in dieser Schreierei rief nämlich Christopher März an. Der ist nicht nur Cheflektor im Jansen Verlag, wo das Buch der Wolf erschienen ist, sondern auch ihr Lebensgefährte. Das war eine Szene wie aus einem schlechten Film.“

David lachte. „Hört sich nach einem munteren Wochenende an. Was hat dein Onkel denn zu dem abgebrannten Auto gesagt?“

„Er weiß es noch gar nicht. Ich lade die beiden heute zum Mittagessen ein und erzähle es ihnen in Ruhe.“ Christine zog die Beine an. „Das ist hier übrigens eine Traumgegend. Wir sollten mal übers Wochenende herfahren.“

„Machen wir.“ Sie glaubte, David lächeln zu sehen. „So, ich muss los. Fühl dich geküsst, wir telefonieren heute Abend, okay?“

Christine blieb noch einen Moment sitzen und dachte an gestern. Sie hoffte, dass Johanna und Max ihre Probleme inzwischen gelöst hatten. Die beiden gefielen ihr ausgesprochen gut. Und jetzt musste sie unter die Dusche, um pünktlich zum Frühstück in diesem gruseligen Gasthof zu sein. Sie war gespannt, was ihr Vater ihr zeigen wollte.

„GUTEN MORGEN.“ Johanna setzte sich. „Ich darf doch, oder?“

„Aber natürlich.“ Strahlend legte Heinz den Arm auf ihre Stuhllehne. „Christine kommt auch gleich. Dann braucht sie nicht allein mit uns alten Männern zu frühstücken.“

Walter rollte mit den Augen. „Sie hat sich gestern in vollem Bewusstsein mit uns verabredet“, knurrte er. „Auch wenn ich nicht genau verstehe, warum sie überhaupt hier aufgetaucht ist.“

„Sie macht sich ein schönes Wochenende“, entgegnete Heinz freundlich. „Das darf man doch mal. Und sie hat zufällig von Charlotte erfahren, dass wir auch hier sind. Meine Kinder haben eben viel Familiensinn.“ Er wartete nicht auf Walters Antwort, sondern drehte sich wieder zu Johanna. „Haben Sie die Aufregung von gestern Abend gut überstanden? Sie sehen noch ein bisschen müde aus. Wo ist eigentlich Max?“

„Im Schlosshotel“, antwortete Johanna und griff nach der Thermoskanne mit Kaffee. „Es war ja ziemlich spät und …“

„Sie müssen uns keine Details erzählen“, fiel Walter ihr ins Wort. „Kommt Ihre Tante nicht frühstücken?“

„Doch“, antwortete Johanna. „Sie wird gleich hier sein.“

Statt Finchen kam aber erst einmal Christine. Sie gab Johanna lächelnd die Hand und küsste dann Heinz und Walter auf die Wange. „Guten Morgen. Bin ich zu spät?“ Sie setzte sich neben Walter. „Ist da Kaffee drin?“

Johanna schenkte ihr aus der Thermoskanne ein.

„Guten Morgen.“ Finchen kam mit schnellen Schritten in den Raum und setzte sich dazu. „Wie schön, eine große Runde.“ Sie nahm sofort ihre Tasse und hielt sie Johanna hin. „Wir haben um elf ein ausführliches Beratungsgespräch, Liebes. Du bist als meine Erbin dabei. Wie findest du das?“

Verblüfft ließ Johanna die Kanne sinken. „Wie hast du das hinbekommen?“

Finchen lächelte. „Ich habe nur mein ausdrückliches Interesse bekundet. Bei Herrn Kruse.“

Christine blickte irritiert in die Runde. Hier schienen Dinge vorzugehen, deren Zusammenhänge sich ihr nicht erschlossen. Sie beugte sich zu Johanna und sagte leise: „Können wir nachher ein paar Schritte gehen? Ich soll Sie von Herrn Scholl grüßen, er hat einige Informationen für Sie.“

Walter hatte Johanna eigentlich bitten wollen, ihm das Aufnahmegerät zu leihen, damit er ihre Aufzeichnungen mit seinen Notizen abgleichen konnte. Aber Johanna hatte sich sofort nach dem Frühstück mit Christine nach draußen verzogen. Da wollte er nicht stören. Außerdem hätte er sie gern unter vier Augen nach dem Gerät gefragt. Christine und Heinz mussten das nicht mitbekommen, sonst würde Heinz bloß wieder mit seinem Mafiaunsinn anfangen. Walter war es völlig egal, wer sich hier mit wem gestritten hatte und warum. Das Einzige, was ihn interessierte, war das deutsche Steuerrecht. Es gab Hinweise, dass da so einiges nicht beachtet wurde. Aber er brauchte noch mehr Indizien, also machte er sich zu einem kleinen Spaziergang auf. Nach wenigen Minuten hatte seine Suche Erfolg.

Annegret Töpper saß auf einer Bank im Garten und las Zeitung.

„Darf ich?“

„Bitte, Herr Müller.“ Umständlich faltete sie die Zeitung zusammen. „Setzen Sie sich.“

Walter nahm neben ihr Platz und senkte die Stimme. „Sagen Sie mal, Frau Töpper, Sie haben doch gestern ein Beratungsgespräch mitgemacht, oder? Ich musste ja leider etwas früher gehen, deshalb hatte ich keine Gelegenheit, einen Blick auf die Verträge zu werfen. Haben Sie die Unterlagen gesehen?“

„Ja, ich habe alles genau durchgelesen und so getan, als wollte ich etwas kaufen. Danach habe ich gesagt, ich müsse erst meinen Bankberater anrufen, um zu entscheiden, wie groß der Anteil wird. Das haben die geglaubt."

„Schön." Walter nickte. „Aber Sie wollen nichts kaufen, oder?"

„Natürlich nicht."

Walter rückte noch etwas näher. „Was mich interessiert: Stand auf dem Vertrag eine deutsche Bankverbindung drauf?"

„Nein, das war irgendeine englische Insel, glaube ich. Warum?"

Zufrieden streckte Walter die Beine aus. „Steueroase. Dachte ich mir. Und was haben Sie gestern über die Piepers gesagt? Das sind Lockvögel?"

Annegret Töpper nickte. „Ja, da bin ich mir ganz sicher. Die beiden mischen sich in alle Gespräche ein. Und gestern Mittag habe ich zufällig beobachtet, wie Dennis Tacke Frau Pieper einen Umschlag zugesteckt …"

Ein Geräusch in seinem Rücken ließ Walter hochschrecken. Er sprang auf und stand plötzlich Patrick Dengler gegenüber. „Haben Sie uns belauscht?"

„Ja." Auf Denglers Lippen lag ein feines Lächeln. Walter war fassungslos. Das gab der einfach so zu. „Sie kommen doch von Sylt, oder?", fragte Dengler. „Haben Sie Peter Lohmüller angerufen?"

Walters Gesicht war ein einziges Fragezeichen. „Wen?"

„Peter Lohmüller. Von der Polizeidirektion in Kiel. Sie müssen ihn auf der A1 kennengelernt haben." Patrick Dengler reichte Walter mit großer Geste einen Ausweis.

Der hielt das Kärtchen mit ausgestreckten Armen von sich. Dann blickte er Dengler entgeistert an. „Weiß mein Schwager das schon?"

„ALSO WAR DAS ein spontaner Entschluss, hierherzufahren? Und Sie haben trotzdem auf Anhieb ein Zimmer im Schlosshotel bekommen?", fragte Johanna die neben ihr sitzende Christine.

„Ja. Ich habe erst gestern auf dem Weg hierher angerufen. Die hatten noch jede Menge Zimmer frei."

„Seltsam." Johanna versuchte sich an die Szene an der Rezeption zu erinnern. Das Ehepaar Pieper hatte ihr verärgert erzählt, dass es weit und breit keine andere Übernachtungsmöglichkeit gebe. „Das ist hier alles nicht ganz koscher", murmelte sie. „Ich bin gespannt, was gleich bei dem Beratungsgespräch passiert."

„Christine! Wir wollen los." Heinz stand an der Tür und zeigte auf die Uhr. Seine Tochter nickte. Dann drehte sie sich wieder zu Johanna.

„Dass er immer so brüllt, macht mich wahnsinnig. Also, bis später."

Johanna sah ihr nach. Sie fand Christine ausgesprochen sympathisch. Sie selbst hätte vermutlich nicht so gelassen reagiert, wenn ihr Vater sie mit wirrem Zeug vollgequatscht hätte. Aber Christine war gestern Abend trotz Mafiamethoden und Verschwörungstheorien freundlich und entspannt geblieben. Ohne große Umstände hatte sie angeboten, Max und Johanna zum Schlosshotel mitzunehmen.

Max. Johanna hatte die halbe Nacht auf seinem Bett gesessen und mit ihm geredet. Über Mareike Wolf, über die letzten drei Jahre und über das, was sich alles ändern müsste. Es war eine ganze Menge. Sie hatten beide mit den Tränen gekämpft, bis Max gesagt hatte: „Jetzt lass uns einen Punkt machen und einmal durchatmen."

An dieser Stelle hatte Johanna angefangen zu weinen. Vor lauter Gefühl für Max und vor lauter Traurigkeit darüber, dass sie so leichtfertig miteinander umgegangen waren. Er hatte sie in den Arm genommen, das erste Mal nach vier Wochen und mit mehr Inbrunst als in den letzten drei Jahren.

„Ich liebe dich", hatte er gesagt. „Kannst du nicht hierbleiben?"

Johanna hatte in diesem Moment alle gut situierten Senioren und sämtliche Reportagen vergessen. Später hatte sie sich schlaftrunken von Max gelöst, ohne die Augen von ihm zu nehmen. Er war aufgewacht, hatte sie angelächelt und gesagt: „Du denkst an Finchen, oder?"

„Ja", war ihre Antwort gewesen. „Sie weiß doch gar nicht, wo ich bin."

Max hatte gelacht. „Das weiß sie, mein Herz, da sei sicher. Aber vielleicht ist es besser, du behältst ein Auge auf die exklusiven Rentner. Da sind schon einige schräge Vögel dabei." Und er hatte sie in der Morgendämmerung zum Gasthof gefahren.

„Ich mache jetzt diese Reportage", hatte Johanna zum Abschied gesagt. „Und wir sehen uns morgen Abend. Zu Hause."

„Da vorn musst du links abbiegen." Heinz streckte den Arm aus und traf Christine fast am Kinn.

„Papa. Pass doch mal auf." Sie bog von der Bundesstraße in eine schmale Nebenstraße. Rechts erstreckten sich Felder, an deren Ende man die Schlei sah. Auf der linken Seite lagen vereinzelt Bauernhöfe, die Häuser reetgedeckt, die Gärten bunt. „Und was wolltest du mir nun zeigen?"

Sein Arm fuhr wieder nach vorn. „Da rechtsrum. Ist nicht mehr weit."

„Hoffentlich." Christine warf einen Blick auf die Uhr. „Blöd, dass wir Walter nicht gefunden haben. Ich wollte euch eigentlich noch etwas sagen. Ich dachte, wir könnten zusammen Mittag essen."

„Kind, ich habe um halb zwei einen Beratungstermin."

„Wozu das denn, Papa?"

Heinz sah mit mildem Lächeln nach vorn. „Ich sage nur so viel: Hier gehen Dinge vor, die Walter und mir nicht gefallen. Ich muss dir das alles mal in Ruhe erklären, nachher, wenn Walter dabei ist. Der hat sich Notizen gemacht, dann vergessen wir nichts. Was wolltest du uns denn erzählen?"

Christine holte tief Luft. „Eigentlich wollte ich warten, bis Walter dabei ist, aber es ist auch egal. Also, ihr habt doch in Bremen …"

„Halt an!" Heinz krallte sich plötzlich in ihren Arm. „Stopp, stopp!"

Sie machte eine Vollbremsung. „Was ist denn?"

Heinz hatte die Autotür schon geöffnet. „Da liegt ein Moped im Graben. Ich glaube, das kenne ich." Er sprang aus dem Auto, Christine folgte ihm langsam. Das Moped lag im Gras, mit Matsch bespritzt, der Ständer abgebrochen. Es wirkte, als hätte man es einfach hier fallen lassen.

„Das Moped gehört dem Bauern. Der hat Ärger mit Dennis Tacke. Und ich glaube, da steckt mehr dahinter." Heinz drehte sich ratlos um die eigene Achse. „Aber ich sehe ihn nicht. Er trinkt ja auch. Vielleicht hat er gemerkt, dass er zu betrunken ist, um zu fahren, und hat das Moped hiergelassen."

„Vielleicht." Christine dachte an ihre Mission und an die fortgeschrittene Zeit. „Können wir weiterfahren?"

Gedankenverloren starrte Heinz auf das Moped. Dann riss er sich zusammen und sah auf. „Wir müssen nicht mehr fahren, wir sind schon da. Hier, hinter der Kurve ist ein Grundstück, das sollst du dir angucken."

Er lief los, Christine versuchte mit ihm Schritt zu halten. Vor ihnen lag eine große Weide, von Bäumen begrenzt und mit Blick aufs Wasser.

Christine ging langsamer, dann blieb sie abrupt stehen. „Papa, da liegt jemand. Ist das dein Bauer?"

Michael Kruse lächelte Finchen gewinnend an. „Vor der Geschäftsabwicklung muss eine sogenannte Validitätsurkunde ausgestellt werden, eine reine Formsache. Das klingt komplizierter, als es ist."

Johanna ließ den Stift sinken, als Dennis Tacke an den Tisch kam. Er warf einen misstrauischen Blick auf ihren Block. „Was schreiben Sie denn da? Darf ich mal sehen?" Er griff nach den Notizen.

Finchen legte schnell die Hand darauf. „Unterstehen Sie sich." Mit bösem Blick sah sie erst Tacke, dann Michael Kruse an. „Es geht Sie überhaupt nichts an, was meine Nichte oder ich hier mitschreiben."

Michael Kruse legte beschwichtigend seine Hand über ihre. „Sie haben völlig recht, Frau Jäger." Er drehte sich zu Tacke und sagte mit eisiger Stimme: „Dennis, wir sind gleich fertig hier. Nur noch eine Unterschrift."

Tacke machte auf dem Absatz kehrt und ließ die Tür hinter sich zuknallen.

„Sie müssen sein Verhalten entschuldigen. Er steht im Moment sehr unter Druck, beruflich und privat", erklärte Kruse. „So, Frau Jäger, dann wollen wir mal zum Abschluss kommen."

„Nein." Entschlossen stand Finchen auf und schob den Riemen ihrer Handtasche über die Schulter. „Das hat mich jetzt geärgert. Ich will …"

Mit Schwung wurde die Tür aufgerissen. Alle drei drehten sich zum Eingang, wo Walter stand. „Ich suche meinen Schwager. Haben Sie …"

„Herr Müller." Wie aus dem Nichts tauchte Dennis Tacke hinter Walter im Flur auf. „Sie stören hier." Er legte ihm die Hand auf die Schulter.

Unwirsch schob Walter den Reiseleiter beiseite, und in Sekundenschnelle waren die beiden in ein Handgemenge verwickelt. Während Johanna und Michael Kruse wie erstarrt sitzen blieben, war Finchen schon an der Tür. Mit aller Kraft schwang sie ihre Handtasche durch die Luft. Das rote Leder traf Tacke am rechten Ohr. Er taumelte und fiel krachend in die leeren Getränkekisten, die in der Ecke standen.

„Danke, Josefine." Walter zog seine Jacke zurecht. „Aber ich wäre auch allein mit ihm fertig geworden."

Empört drehte Finchen sich um. „Ihr sitzt da und guckt zu, wie Herr Müller bedroht wird. Da muss man doch eingreifen."

Johanna bemühte sich um ein ernstes Gesicht, zumal Patrick Dengler gerade um die Ecke bog. „Was ist denn hier passiert?" Mit einem irritierten Blick auf Finchen beugte er sich vor, um Tacke auf die Beine zu helfen. „Alles in Ordnung?"

Der knurrte nur etwas und hielt sich demonstrativ das Ohr.

„Ich würde Sie und Herrn Kruse gern mal unter sechs Augen sprechen, Herr Tacke." Patrick Dengler blieb ruhig vor ihm stehen.

Tacke wandte sich ab. „Das geht erst nach dem Mittagessen."

„Nein, jetzt." Dengler griff grob nach Tackes Arm. „Kommen Sie bitte?" Er ließ ihm den Vortritt in den Saal, wo Michael Kruse mittlerweile allein am Tisch saß, und schloss die Tür hinter sich.

Finchen sah den beiden verblüfft nach. „Was soll das denn jetzt?"

Walter beugte sich mit blitzenden Augen zu Finchen. „Lassen Sie uns nach draußen gehen, meine Liebe, dann erzähle ich Ihnen was. Und dabei suchen wir gleich meinen Schwager und meine Nichte."

„SCHNELL, gib mir dein Telefon." Heinz war kreidebleich und konnte den Blick nicht von dem im Gras liegenden Bauern lösen. „Hoffentlich funktioniert hier das Handy. O Gott, hast du die Axt da gesehen?"

Die Axt lag direkt neben dem Bauern, nur unweit des Schildes, das aufs Schönste das zukünftige Wohnensemble „Strandglück" zeigte.

Mit einer Hand fingerte Christine das Telefon aus ihrer Jackentasche und gab es Heinz, während sie sich bückte, um den Mann näher anzusehen. Als sie vorsichtig den Puls am Hals fühlte, hörte sie ihren Vater hektisch ins Telefon schreien: „Polizei?! Ich muss einen Mord melden!"

Christine beugte sich weiter hinunter. Der Bauer hatte eindeutig eine Fahne und einen zwar schwachen, aber fühlbaren Puls. „Papa!"

Heinz ließ sich nicht ablenken. „Ja. Hier liegt ein Toter neben einer Axt, wahrscheinlich die Mordwaffe … Wo? Auf der Baustelle ‚Strandglück' … Wie? Das ist ein großes Bauprojekt, das müssen Sie doch kennen."

„Papa!" Christine schob vorsichtig ihre Jacke unter den Kopf des Bauern. „Wir brauchen einen Krankenwagen, schnell."

Heinz redete lauter. „Ich glaube, er ist tot, habe ich doch gesagt. Was? Die Straße? Na, das Wohnensemble ‚Strandglück'. Wieso kennen Sie das nicht? Warten Sie, da ist ein Straßenschild. Uferdamm – kennen Sie den? Gut. Also schnell. Polizei und Krankenwagen. Vielleicht ist doch noch was zu retten." Er drückte auf die Taste und sah besorgt auf den Bauern.

„Er atmet noch. Hoffentlich beeilen die sich." Christine sah ihren Vater an. „Wieso hast du diesen Blödsinn mit der Mordwaffe erzählt?"

„Damit die Polizei kommt. Was nützt mir der Krankenwagen?" Heinz fuchtelte mit den Armen. „Du hast ja keine Ahnung, Christine. Das war ein Mordversuch. Dieser Mann hatte Streit mit dem Reiseleiter, ich habe Gespräche mitgehört, da wurde mir schon als Zeuge angst und bange, und dann liegt da auch noch eine Axt." Er ging in die Knie und betrachtete sie aus gebührendem Abstand. „Schade, es sind keine Blutspuren zu sehen."

DIE TÜREN des Krankenwagens wurden zugeschlagen, dann jagte er mit Blaulicht davon. Der jüngere der beiden Polizisten trat einen Schritt zurück und legte den Kopf in den Nacken. „Wohnensemble Strandglück", las er laut und sah Heinz und Christine fragend an. „Seit wann steht das Schild hier?"

„Ich habe es gestern das erste Mal gesehen", antwortete Heinz förmlich. Vor Uniformen hatte er Respekt. „Wir, also mein Schwager und ich, nehmen gerade an einer Reise teil. Es geht um Finanz- und Wirtschaftstipps für gut situierte Senioren. Hier sollen Ferienwohnungen entstehen, für die man Nutzungsrechte erwerben kann. Der Verkauf läuft derzeit im Gasthof ‚Zu den drei Linden'. Durchaus erfolgreich, würde ich sagen. Aber meinem Schwager und mir sind einige Ungereimtheiten aufgefallen. Mein Schwager hat sich Notizen gemacht, außerdem gibt es Tondokumente."

„Tondokumente?" Christine und der Polizist fragten im Chor.

„Ja. Wir haben eine Radiojournalistin dabei, die hat inkognito ermittelt und jede Menge Gespräche aufgezeichnet. Das Gerät lag zwar zwischenzeitlich in der Mülltonne, aber es war nur Blumenkohl drauf, das konnte es ab."

Der Gesichtsausdruck des Polizisten ließ Christine erahnen, dass nicht nur sie Schwierigkeiten hatte, die Zusammenhänge zu begreifen. Der Beamte trat ein paar Schritte zur Seite, um zu telefonieren. Während des gesamten Gesprächs blieb sein Blick auf die Holztafel gerichtet. Dann ging er zu dem Schild, wo bereits sein älterer Kollege stand. Sie redeten kurz miteinander und kehrten zu Heinz und Christine zurück.

„Wie heißt denn der Reiseleiter?", fragte der Ältere mit neutraler Stimme.

„Dennis Tacke", antwortete Heinz sofort. „Außerdem ist noch der hiesige Fremdenverkehrsbeauftragte dabei. Herr Kruse."

„Kruse?", fragte der Polizist. „Da müssen Sie sich verhört haben. Der hiesige Fremdenverkehrsbeauftragte heißt Jörn Mertens. Seit acht Jahren. Einen Kruse gibt es nicht." Er schüttelte den Kopf. „Dann wollen wir mal zu den ‚Drei Linden'. Wir fahren hinter Ihnen her."

„Da kommt meine Nichte." Walter hob den Kopf und zeigte zur Auffahrt. „Verfolgt von einem Streifenwagen. Es ist nicht zu fassen. Sie fährt anscheinend genauso halsbrecherisch wie ihr Vater."

Der Streifenwagen hielt auf dem Parkplatz, direkt neben Christines Auto. Die beiden Polizisten stiegen aus, setzten ihre Mützen auf, sprachen aber nur kurz mit Heinz und liefen dann zum Hoteleingang. Im Vorbeigehen nickten sie Walter, Finchen und Annegret Töpper zu, und schon waren sie verschwunden. Verblüfft sah Walter ihnen nach.

„Was war das denn?", fragte er. „Wollten sie dich nicht überprüfen, Christine? Führerschein und so? Ich denke, die haben euch verfolgt?"

„Wir haben sie hierhergeleitet." Aus Heinz' Stimme klang Triumph. „Du kannst dir nicht vorstellen, was wir gerade erlebt haben."

„Und wir erst." Walter strahlte übers ganze Gesicht. „Holt euch mal zwei Stühle raus, die stehen in der Rezeption. Dann erzählen wir euch alles."

Christine sah sich zweifelnd um. „Müssen wir hier auf dem Parkplatz sitzen? Geht das nicht irgendwo anders?"

Entschieden schüttelte Walter den Kopf. „Das ist eine strategisch günstige Stelle. Wir bleiben hier, sonst verpassen wir die Hälfte. Holt euch Stühle."

In der Rezeption war niemand. Christine fand die Klappstühle sofort, klemmte sich zwei unter die Arme und ging wieder zurück.

„Du hast mir ja nicht geglaubt", sagte Heinz gerade zu seinem Schwager.

„Wir waren nämlich auf dem Baugrundstück … Danke, Christine. Gab es kein Sitzkissen? Na egal."

„Jetzt komm mal zum Punkt", unterbrach ihn Walter. „Sonst fangen wir an. Josefine hat nämlich Tacke niedergeschlagen, weil …"

Heinz fiel ihm ins Wort. „Wo ist eigentlich Johanna?"

„Im Schlosshotel", antwortete Finchen. „Sie hat dort angerufen und gefragt, ob sie den Internetzugang benutzen kann. Das geht. Der Herr Dengler ist nämlich … Oh, da kommt schon wieder ein Auto."

Heinz drehte sich sofort um und sah einen silberfarbenen BMW über den Parkplatz rollen. „Das ist doch Herr Lohmüller." Aufgeregt wandte er sich an Walter. „Unser Polizist von der Autobahn. Ich habe ihn angerufen, um ihm meinen Verdacht zu schildern. Siehst du, er hat mir geglaubt."

„Ich weiß." Walter brauchte seine ganze Selbstbeherrschung, um so lässig zu bleiben. „Er ist nämlich ein Kollege von Patrick Dengler."

Heinz winkte Peter Lohmüller begeistert zu. „Hallo! Hier!" Plötzlich verharrte er. „Dengler? Wieso Dengler? Das ist doch dummes Zeug."

„So schnell sieht man sich wieder." Peter Lohmüller kam auf Heinz zu und bedachte alle mit einem freundlichen Lächeln. Dann zeigte er mit dem Daumen auf den Streifenwagen. „Die Kollegen sind auch schon hier?"

Annegret Töpper warf einen Blick in die Runde und flüsterte: „Der Herr Dengler ist von der Polizei. So ein Undercover-Beamter. Der ist nicht mit seiner Mutter hier, sondern soll Beweise sammeln. Weil die Firma Ostseeglück vielleicht kriminell ist. Er verhört gerade Tacke und Kruse."

„Und Sie ermitteln jetzt auch?" Heinz drehte sich zu Peter Lohmüller.

Der zuckte mit den Schultern. „Nach Ihrem Anruf habe ich mich vorsichtshalber mal bei den Wirtschaftskriminalern in Kiel erkundigt. Und da bin ich auf Patrick Dengler gestoßen. Wir kennen uns seit der Ausbildung."

Einer der beiden Polizisten kam mit dem Telefon in der Hand aus dem Hotel und blieb bei Christine stehen. „Herr Tetje ist wieder bei Bewusstsein. Es war ein leichter Herzinfarkt. Er hatte Glück, dass Sie ihn rechtzeitig gefunden haben." Er tippte sich kurz an die Mütze und ging wieder hinein.

„Papa, hast du gehört? Dein Bauer ist außer Lebensgefahr."

Heinz nickte zerstreut und sah wieder Peter Lohmüller an. „Und was ist jetzt dabei rausgekommen? Also bei Denglers Recherchen?"

„Das darf ich Ihnen leider nicht erzählen. Aber wir sehen uns ja noch", sagte Lohmüller freundlich und folgte dem Polizisten.

„Wer hatte einen Herzinfarkt?" Wenigstens Finchen hörte noch zu.

„Wir haben auf der Baustelle einen Mann gefunden", erzählte Christine.

„Er lag bewusstlos neben einer Axt. Papa kennt ihn. Es ist ein Bauer, der sich wohl mit eurem Reiseleiter gestritten hat."

„*Der* Bauer?" Walter sah Heinz mit aufgerissenen Augen an.

Sein Schwager nickte. „Ja, Walter, genau der. Du wolltest mir ja nicht glauben, dass er sich in Lebensgefahr befindet."

Annegret Töpper und Finchen starrten sprachlos auf Heinz, bis Finchen stotterte: „Das ist ja … furchtbar. Wer hat denn das … auf dem Gewissen?"

„Niemand", antwortete Christine irritiert. „Der Polizist hat es doch gerade gesagt: Er hatte einen leichten Herzinfarkt. Da war niemand beteiligt."

„Und die Axt?", fragte Walter. „Die lag doch daneben."

„Da war kein Blut dran", sagte Heinz und neigte sich zu seiner Tochter. „Ich wollte das eigentlich selbst erzählen", sagte er leise. „Du hast es so … lieblos geschildert. Dein Onkel hat die Dramatik gar nicht mitbekommen."

„Welche Dramatik?" Walter blieb ungerührt. „Du hast immer von Mafiaverschwörungen geredet, das wäre dramatisch gewesen. Aber ein Herzinfarkt, und dann nur ein leichter? Tragisch, aber so was passiert eben."

„Das war ja noch nicht alles." Heinz hielt es nicht mehr auf seinem Klappstuhl. „Das Stichwort lautet ‚Fremdenverkehrsbeauftragter'. Der ist nämlich auch nicht echt. Der richtige Fremdenverkehrsbeauftragte hier heißt Jörn Mertens. Nicht Kruse. Das haben die Polizisten gesagt. Und …" Er brach ab und drehte sich um. Zwei weitere Polizeiwagen fuhren hintereinander auf den Parkplatz. „Ich glaube, jetzt geht's los." Mit glänzenden Augen setzte er sich wieder und griff nach Christines Hand. „Gut, dass du dabei bist, oder?"

Es dauerte nur ein paar Minuten, bis die Beamten Dennis Tacke, Michael Kruse und Lisa Wagner zu den Autos brachten. Die drei vermieden es, auch nur den Kopf zu heben. Atemlos verfolgte die Gruppe das Geschehen.

„Karsten Kock ist nicht dabei", bemerkte Walter knapp. „Weiß jemand, was mit dem Busfahrer ist?"

„Der Kock ist in Ordnung", entgegnete Heinz. „Für den lege ich meine Hand ins Feuer. Das habe ich im Gefühl."

„Du mit deinem Gefühl. Kann uns nicht langsam mal jemand erklären, was für Fakten es genau gibt?"

„Ich erkundige mich", entschied Heinz und stand auf. „Vielleicht kann ich bei der Aufklärung helfen. Außerdem will ich wissen, was mit Kock ist."

Walter war sofort auf den Füßen, um seinem Schwager zu folgen. „Warte! Du brauchst mich und meine Aufzeichnungen."

„Stopp!" Christine machte einen Satz nach vorn und erwischte Walter noch am Ärmel. „Ihr geht da nicht rein und sprengt die Ermittlungen. Wir werden schon geholt, wenn es Zeit ist. Setzt euch bitte wieder hin."

„Aber du hast ja keine Vorstellung, wie das hier alles abgelaufen ist!", rief Heinz ungeduldig.

„Papa." Christine blieb unerbittlich. „Wir kriegen Streit."

Finchen mischte sich ein. „Keinen Streit, bitte, mein Bedarf an Szenen ist gedeckt. Ich frage mich allerdings, wo Johanna so lange bleibt." Sie erhob sich und strich ihren Rock glatt. „Vielleicht sollten wir doch mal gehen."

Annegret Töpper schloss sich sofort an. „Ich will jetzt auch wissen, was los ist. Wir sind zu fünft, da können wir doch fragen."

Sie mussten gar nicht fragen. Gisela Hollenkötter kam ihnen aufgeregt entgegen. Sie ruderte wie wild mit den Armen, ihr Gesicht glühte. „Schnell!", rief sie. „Es gibt sensationelle Neuigkeiten. Die Polizei hat Tacke und Kruse mitgenommen, und wir sollen jetzt alle ins Restaurant kommen."

„Dann los", sagte Christine zu ihrem Vater. „Es wird Zeit, dass ich erfahre, was hier eigentlich abläuft."

Im Restaurant herrschte wildes Stimmengemurmel. Mit einem kurzen Blick stellte Heinz fest, dass fast alle Reiseteilnehmer versammelt waren. „Siehst du, jetzt sind wir die Letzten", zischte er seiner Tochter zu.

„Nein, deine Lieblingsmoderatorin fehlt auch noch", entgegnete Christine. „Reg dich nicht auf. Da vorn ist ein Tisch frei."

Den Sprachfetzen rechts und links entnahm sie, dass niemand wusste, warum Patrick Dengler dieses Treffen einberufen hatte. Als er sich nun in die Mitte des Raumes stellte, wurde es schlagartig still.

„Meine Damen und Herren, leider muss ich Sie über einige unangenehme Dinge informieren. Mein Name ist Patrick Dengler, ich ermittle im Auftrag der Staatsanwaltschaft Kiel."

Heinz zog Walter aufgeregt am Ärmel. „Guck mal links", wisperte er. „Da sitzt Karsten Kock. Ohne Handschellen. Das ist gut."

Walter nickte und wollte gerade antworten, als die Tür aufging und Johanna eintrat. Nach kurzem suchendem Blick kam sie schnell zu ihnen.

„Hallo", flüsterte sie. „Hat er schon was gesagt?"

Christine schüttelte den Kopf. Ihr Vater beugte sich an ihr vorbei. „Johanna, wenn Sie wüssten, was hier alles …" Christines Ellenbogen brachte ihn zum Schweigen.

Johanna nickte Heinz nur zu, legte den Zeigefinger auf die Lippen und deutete auf Dengler. Der fuhr unterdessen fort: „Aufgrund von Hinweisen einiger Geschädigter haben wir uns entschlossen, ein Verfahren gegen die Firma Ostseeglück einzuleiten. Deshalb habe ich an dieser Reise teilgenommen. Wir müssen Sie nun bitten, sich zu unserer Verfügung zu halten. Es gibt noch einige Ungereimtheiten, die wir mit Ihrer Hilfe aufklären wollen."

Er machte eine kleine Pause, bis das aufgeregte Getuschel abnahm.

„Sie werden sich fragen, was diese Situation für Sie bedeutet. Nun, wir brauchen Ihre Personalien und haben, wie gesagt, noch die eine oder andere Frage an Sie. Aber danach steht Ihrer Abreise nichts mehr im Weg. Herr Kock wird Sie mit dem Bus zurück nach Bremen fahren, die genaue Abfahrtszeit erfahren Sie von den Kollegen. Ich danke Ihnen."

Er ging, und viele ratlose Augenpaare folgten ihm.

„Also ist es schon vorbei?" Heinz betrachtete die Runde an seinem Tisch. „Jetzt müssen wir mit dem Bus die ganze Strecke wieder zurück. Und dann noch nach Sylt."

„Papa", Christine nahm die Flanke auf, „wir können auch von hier aus …"

„Wieso darf Kock überhaupt fahren?" Walter hatte sich aufrecht hingesetzt. „Gehörte der nicht dazu?"

„Anscheinend nicht." Annegret Töpper sah sich im Saal um. „Sonst hätten sie ihn ja auch mitgenommen. Aber ich sehe die Piepers nicht. Sind die abgehauen? Oder werden sie gerade verhört?"

Einer der Polizisten kam mit einer Liste an den Tisch. „Herr Müller und Herr Schmidt? Würden Sie bitte mit mir kommen?"

Sie sprangen sofort auf. „Aber gern, junger Mann", sagte Walter und klopfte dem Beamten kurz auf den Rücken. „Dann wollen wir mal Ihre Fragen klären. Wir haben nämlich ausreichend Beweise gesammelt."

JOHANNA streckte die Beine aus und sah Christine von der Seite an. Nachdem Finchen und Annegret Töpper ebenfalls zur Befragung geholt worden waren, hatten sie zusammen das laute Restaurant verlassen und sich wieder nach draußen gesetzt.

„Als Tacke von meiner Tante niedergeschlagen wurde, hat Dengler sich geoutet und anschließend unter vier Augen mit mir gesprochen. Anfangs hatte ich ja gedacht, dass er mich anbaggern will." Johanna lachte leise. „Er hatte aber schon im Bus mein Aufnahmegerät gesehen und wollte bloß verhindern, dass ich der Staatsanwaltschaft in die Ermittlungen pfusche." Sie holte kurz Luft. „Die Firma Ostseeglück macht nicht nur diese Tour. Sie war wohl zeitgleich in sechs anderen Orten unterwegs. Der Trick dabei ist die Validitätsurkunde, die sie angeblich vor dem Kauf der Nutzungsrechte ausstellen müssen. Die Kosten dafür werden sofort kassiert – tausend bis achttausend Euro. Du glaubst nicht, wie viele Rentner das bezahlen."

Johanna war unbewusst zum Du übergegangen. Christine fand das in Ordnung. „Hat das hier auch jemand bezahlt?"

Johanna nickte. „Einige. Und zwar mit Karte. Frau Wagner hatte natürlich ein Kartenlesegerät dabei. Und jetzt kommt das Beste: Dieses Grundstück ist überhaupt kein Bauland. Das Schild hat die Firma selbst aufgestellt."

„Lass mich raten." Christine fügte die Fäden zusammen. „Das Land gehört einem Bauern namens Tetje."

Johanna stutzte. „Stimmt, der Name fiel. Woher weißt du das?"

„Das ist der Mann, den wir heute Morgen gefunden haben. Er wollte wohl mit der Axt das Schild fällen und hat dabei einen Herzinfarkt erlitten."

Johanna notierte sich etwas auf einen Zettel und steckte ihn ein.

„Das ist eine solche Sauerei", sagte sie leise. „Da werden ältere Menschen um ihre Ersparnisse gebracht, nur weil sie mal etwas erleben wollen."

„Aber damit ist ja jetzt Schluss", antwortete Christine.

Johanna sah sie skeptisch an. „Glaubst du, es gibt keine anderen? Alle Daten der Teilnehmer werden gesammelt und verkauft. Dengler hat mich gefragt, ob mir zufällig solche Listen aufgefallen sind. Er selbst hat Lisa Wagner mit Unterlagen gesehen, die sind jedoch nicht auffindbar."

„Ich suche euch überall." Heinz stand plötzlich vor ihnen. „Wir sind fertig. Walter holt noch was aus unserem Zimmer, danach müssen wir packen und dann nach Bremen, das Auto holen."

„Papa, ihr müsst nicht …" Christine wurde jäh von ihrem Onkel gestoppt.

„Nicht verzagen, Walter fragen." Mit glänzenden Augen kam er auf sie zu. „Man hat sich mit Handschlag bei mir bedankt. Weil ich alter Steuerfuchs eine Nase für beiseitegeschaffte Unterlagen habe. Diese Frau Wegener …"

„Wagner", verbesserte Heinz automatisch.

„Ist doch egal, sie ist sowieso verhaftet. Ich habe gesehen, wie sie einen Umschlag mit Papieren in den Hausmüll geworfen hat. In den Hausmüll, obwohl eine Papiertonne danebensteht! Da hat bei mir sofort eine Alarmglocke geklingelt, und ich habe den Umschlag sichergestellt. Darin waren Listen mit sämtlichen Daten aller Reiseteilnehmer. Unmöglich. Ich habe die Listen gerade der Polizei übergeben. Ihr hättet die Gesichter sehen sollen."

Walter setzte sich neben Christine auf die Bank und dachte einen Moment mit geschlossenen Augen nach, dann sagte er: „Christine, könntest du uns nicht mit deinem Auto nach Bremen fahren? Das geht doch schneller als mit dem Bus. Mir graut sowieso vor der langen Rückfahrt."

Christine erkannte ihre Chance. „Also, das heißt, ich fahre euch nach Bremen, das sind ungefähr drei Stunden, dann fahrt ihr ungefähr fünf Stunden zurück Richtung Sylt. Ganz schön anstrengend, oder?"

Ihr Vater wirkte fast verzweifelt. „Walter, das war eine blöde Idee. Wir hätten mit dem Wagen direkt hierher- und wieder zurückfahren können."

Christine nickte. „Dann wären es keine zwei Stunden bis zum Autozug."

„Und wir könnten zum Kaffeetrinken zu Hause sein." Walter sah erst sie, dann Heinz missmutig an. „Ist das ärgerlich."

„Onkel Walter?" Christine rutschte ein Stück näher und legte die Hand auf sein Bein. „Tante Inge hat mich gebeten, dir etwas zu erklären. Aber so, dass du dich nicht aufregst. Geht das?"

„Kind, ich habe mich bei diesem Krimi hier kaum aufgeregt. Sag schon."

„Es geht um dein Auto."

Jetzt regte er sich doch auf. „Ja, ich weiß. Es steht in Bremen und kostet uns heute noch acht Stunden Lebenszeit. Was hat Inge damit zu tun?"

Christine sagte mit sanfter Stimme: „Sie hat einen Anruf bekommen. Der Wagen steht nicht mehr da. Er ist abgebrannt."

Verständnislos starrte Walter sie an. „Abgebrannt? Warum?"

„Brandstiftung. Ich war schon in Bremen und habe alle Formalitäten erledigt. Das Wrack ist bereits entsorgt. Du musst da nicht mehr hin."

„Nicht?" Ein Lächeln erschien auf Walters Gesicht. „Heinz. Christine kann uns direkt nach Hause fahren. Lass uns schnell packen!"

Als er schon an der Tür war, drehte er sich kurz um. „Mach dir um den Wagen keine Sorgen. Der ist gut versichert."

Epilog

Ich glaube, jetzt kommt sie", flüsterte Finchen, die genau hinter Heinz und Walter mit ihren Ehefrauen saß und sich zu ihnen vorbeugte. Max zog sie unter den amüsierten Blicken von Christine und David wieder zurück.

Die blonde Moderatorin trat ans Mikrofon. „Meine Damen und Herren, wir kommen zur nächsten Kategorie: die beste Reportage. Ich freue mich, Ihnen den Laudator vorzustellen. Begrüßen Sie mit mir Daniel Scholl."

Unter dem Beifall des Publikums betrat Daniel in elegantem Anzug die Bühne, legte seine Notizen auf das Stehpult und wartete, bis Ruhe einkehrte.

„Guten Abend, meine Damen und Herren. Ich freue mich sehr, dass ich den Deutschen Radiopreis in der Kategorie ‚Beste Reportage' verleihen darf. Es geht um dreiste Abzocke, um falsche Versprechungen, um Täter, die ohne Skrupel arglose Menschen betrügen. Die Begründung der Jury lautet: ‚Das Thema ist bekannt, aber diese Reportage geht über bloße Berichterstattung weit hinaus. Sie versetzt den Hörer mitten ins Geschehen und lässt Beteiligte zu Wort kommen, sie rüttelt auf und warnt.‘ Geehrtes Publikum, der diesjährige Deutsche Radiopreis geht an Johanna Jäger für ihre Reportage ‚Herzlichen Glückwunsch, Sie haben gewonnen!‘.“

Unter tosendem Applaus kam Johanna im schwarzen Abendkleid auf die Bühne, umarmte Daniel, der ihr eine kleine Skulptur überreichte, wurde von der Moderatorin beglückwünscht und stellte sich ans Mikrofon.

„Danke.“ Johannas klare Stimme durchdrang den Applaus. „Ganz herzlichen Dank.“ Sie machte eine kleine Pause, bevor sie fortfuhr: „Ich möchte mich an dieser Stelle bei all denen bedanken, ohne die meine Reportage nicht zustande gekommen wäre. An allererster Stelle bei meiner Tante Josefine, die mich, wenn auch aus ganz anderen Gründen, gezwungen hat, an dieser Reise teilzunehmen. Liebes Finchen, danke, es ist alles wunderbar aufgegangen. Weiterhin möchte ich Heinz Schmidt und Walter Müller danken, die mich mit Hinweisen aller Art versorgt haben und deren Schilderungen im Beitrag zu hören sind. Und ich bedanke mich bei meinen Kollegen im Sender und ganz besonders und deshalb zum Schluss bei meinem Mann Max. Ich wünsche Ihnen noch einen schönen Abend.“

Mitten im Applaus standen Walter und Heinz auf und verbeugten sich nach allen Seiten. Finchen brach vor lauter Stolz in Tränen aus.

Der Beifall wollte gar nicht enden.

„Meine Leser sollen viel zu lachen haben. Es gibt im Leben ja genug Debakel.“

DORA HELDT

Als Debakel hätte die „exklusive“ Reise an die Schlei leicht enden können – hätten Heinz und Walter nicht das liebenswerte Talent, jedem Missgeschick noch etwas Positives abzugewinnen: sympathische neue Bekanntschaften, aufregende Erfahrungen oder – ihre ganz besondere Passion – lohnende Aufgaben im zwischenmenschlichen Bereich. *Herzlichen Glückwunsch, Sie haben gewonnen!* ist der vierte Roman von Dora Heldt mit den beiden umtriebigen Rentnern, die sie diesmal ins Zentrum der Handlung stellt. „Ich wollte etwas schreiben, was die beiden Männer betrifft. Nach vierzig Jahren unternehmen die zum ersten Mal etwas ohne ihre Ehefrauen. Das macht mein Vater zum Beispiel nie“, so die gelernte Buchhändlerin, die 1961 als Bärbel Schmidt auf Sylt geboren wurde. Ob es ihren Vater manchmal ärgert, wenn die Leser in ihm das Vorbild für Papa Heinz sehen? „Nein“, sagt Dora Heldt. „Als ich *Urlaub mit Papa* schrieb habe ich ihn gebeten, mitzulesen und zu sagen, wenn ihm etwas nicht behagt. Er hatte keine einzige Änderung.“

Die Idee mit der Busreise kam ihr während ihrer Arbeit als Verlagsvertreterin: „Immer wenn ich unterwegs auf die Toilette muss und auf einen Parkplatz fahre, kommt drei Minuten vorher ein Bus mit einer Menge Frauen, die vor mir an der Sanitäranlage stehen. Da habe ich mir vorgestellt, wie das wäre, wenn Heinz und Walter in so einem Bus sitzen würden – mit so vielen Frauen, die alle aufs Klo müssen …“ Ihre Leser lieben Dora Heldts witzige Alltagsbeobachtungen – die Fernsehzuschauer nicht minder: Auch der neueste Roman wird fürs ZDF verfilmt.

Torstraße 1

Sybil Volks

Der Anblick des riesigen geschwungenen Gebäudes an der Kreuzung zur Prenzlauer Allee löst wie immer ein Hochgefühl in Vicky aus – es ist schon ein kleiner Palast, dieses Kaufhaus Jonass. Und in diesem Palast ist ihre Tochter geboren. Wie hatte der Mann in Zimmermannskluft bei Elsas Geburt gesagt, als die Leuchtkugeln vor dem Fenster herabfielen? „Es muss eine Königin sein."

Willkommen, bienvenue, welcome

Berlin 2009

Elsa geht einen Schritt auf das Tor zu, den Eingang zur Torstraße 1. Hoch ragt das helle Gebäude in den Berliner Himmel, mit einer Reling um das Obergeschoss und geschwungenen Seitenflügeln. Wie immer, wenn sie sich in den achtzig Jahren ihres Lebens dem Haus genähert hat, gerät Elsas Herz aus dem Takt. Mal ist es Neugier gewesen, mal Trauer, Zorn oder Sehnsucht. Jetzt sind es Freude und Furcht. Freude auf diesen Abend, einen warmen, windigen Abend im Juni, an dem die Torstraße 1 nach Jahrzehnten der Besatzung und vielen Jahren Leerstand zu neuem Leben erwacht. Und Furcht, dass man sie heute zur Eröffnung nicht hineinlässt.

Sie hat die Kreuzung gemieden in den letzten Monaten, um sich überraschen zu lassen von diesem Augenblick. Wie würde es aussehen, wenn nach Jahren die Plane abgenommen war, die alle acht Stockwerke verhüllt hatte? Es war immer ein eindrucksvolles Haus, selbst in der Zeit, als die Mauern bröckelten und die Fenster erblindeten. Nun liegt es wie ein Schiff an der Kreuzung zwischen Torstraße und Prenzlauer Allee, bereit zum Ablegen.

Zur Eröffnung drängen sich die Menschen auf dem Platz vor dem Haus. Während Elsa sich Schritt für Schritt auf den Eingang zubewegt, hält sie Ausschau nach einem grauen Haarschopf in der Menge, einem ganz bestimmten, sehr eigenen Kopf. Ob Bernhard irgendwo unter all den Fremden ist? Ob er überhaupt kommen wird? Dann könnten sie hier und heute miteinander anstoßen – auf ihren und seinen Geburtstag und den Geburtstag dieses Hauses, das zur selben Stunde, als sie beide überstürzt zur Welt kamen, als Kaufhaus eröffnet wurde. Darauf, dass sie alle drei diese irrsinnigen acht Jahrzehnte überlebt haben.

Elsa fühlt nach dem Zettel in der Tasche, den sie für alle Fälle eingesteckt hat. Als Eintrittskarte sozusagen. Auf dem vergilbten Papier steht blau gedruckt: PASSIERSCHEIN: GENOSSE/GENOSSIN … IST BERECHTIGT, … PAKET AUS UNSEREM HAUSE ZU NEHMEN. DATUM … UNTERSCHRIFT … STEMPEL. Da hat sie sich selbst als Genossin Elsa Jonass eingetragen, mit dem Datum von heute und dem Stempel ihres vor Jahren geschlossenen Fotostudios.

„Nicht einschlafen“, sagt hinter ihr eine Stimme. Elsa macht einen großen Schritt, verliert fast das Gleichgewicht. Die neuen Schuhe haben Absätze, wie sie seit Jahrzehnten keine getragen hat. Für die letzte Party des Lebens kann man noch einmal Schlange stehen, auch wenn die Füße schmerzen. Den Stock hat sie zu Hause gelassen. Neben ihr steht eine junge Frau. Sie trägt Hosen und darüber eine Art Kleid. „Haben Sie vielleicht noch eine Einladung übrig?“, fragt Elsa. „Für die Einweihungsfeier?“

Einen Moment schaut die Frau sie fragend an. Ein Auge ist halb verdeckt, der Pony verläuft schräg über die Stirn. „Ach, Sie meinen die Club Opening Night?“, sagt sie, und Elsa nickt. „Nein, ich hab leider nur eine Karte.“

Richtig, das Kaufhaus ist jetzt ein Club. Aber man muss es „Klabb“ aussprechen wie die junge Frau. Auch das Haus hat, wie Elsa selbst, oft den Namen gewechselt. Kaufhaus Jonass, Reichsjugendführung, Haus der Einheit, jetzt eben Soho House Berlin. Die Namen kamen und gingen mit den wechselnden Besitzern und Machthabern. Selbst die Straße, in der dieses Haus stand, hieß immer wieder anders. Torstraße, Lothringer Straße, Wilhelm-Pieck-Straße und nun wieder Torstraße.

Soho House Berlin ist in buntem Licht auf die breite Häuserfront projiziert. Elsa gefällt das, es passt zu dem Haus. Man denkt, die Vorstellung ist zu Ende, will die Arena verlassen – und eine Leuchtrakete zischt in den Himmel, das ganze Theater geht von vorne los.

„Stehen Sie auf der Liste?“

„Auf der Liste?“ Elsa schaut auf verschränkte Arme und ein Gesicht, das ihr zu verstehen gibt: bis hierher und nicht weiter.

„Auf der Gästeliste. Einlass nur für Clubmitglieder und geladene Gäste.“ Der Blick des Türstehers wandert über ihre weißen Haare, das faltige Gesicht und ihren alten Mantel.

Elsa umklammert den Passierschein in ihrer Hand. Wenn sie jetzt das Zauberwort wüsste, das Passwort, das ihr Einlass verschafft. „Ich bin …“

„Die Lady ist meine Grandma.“ Eine Stimme in ihrem Rücken, amerikanischer Akzent. „Also seien Sie besser nett zu ihr.“ Elsa wird am Arm gefasst und am Türsteher vorbeigeführt, der sie beide durchlässt und den jungen Amerikaner respektvoll grüßt. Der junge Mann hilft Elsa aus dem Mantel, reicht ihn der Garderobiere, nimmt den Chip entgegen und drückt ihn ihr in die Hand. Er hat graue Augen, ein spöttisches und zugleich herzliches Lächeln, das ihr irgendwie bekannt vorkommt, wie aus ferner, längst vergangener Zeit. Aber woher sollte sie diesen jungen Ami schon kennen?

„Ich bin … hier geboren, das wollte ich sagen.“ Doch der junge Mann ist verschwunden. Elsa spricht in die Luft. „Hier in diesem Haus. Heute vor achtzig Jahren, auf den Tag genau!“

SIE HAT DAS TOR PASSIERT, auch ohne Passierschein. Doch nun, wohin? In der Eingangshalle stehen die Gäste in kleinen Grüppchen beisammen, lauter junge, auf lässige Weise schick gekleidete Menschen. Einige haben es sich in einer Ecke in Clubsesseln bequem gemacht.

Heute will sie ihn endlich finden, den kleinen Raum in diesem riesigen Haus, in dem sie das Licht der Welt erblickt hat. Ihre Mutter hat ihr die Poststelle nie gezeigt, solange sie als Verkäuferin im Jonass arbeitete und Elsa als Kind dort ein und aus gehen und nach Ladenschluss mit Bernhard zwischen Kleiderständern und Möbeln herumtoben und spielen durfte. Bevor die Hitlerjungen und -mädel kamen.

Doch nicht nur sie, auch Bernhard hat etwas zu suchen in diesem Haus, das sein Vater mitgebaut hat. Ein Zeichen hat er hinterlassen, das seinen Sohn betraf, und sein Leben lang ein Geheimnis daraus gemacht. Und Bernhard hat sein halbes Leben lang danach gesucht, immer wieder.

Sie beschließt, im ganzen Gebäude nach Bernhard Ausschau zu halten. Vor den Aufzügen stauen sich die Wartenden, doch im Treppenhaus ist sie allein. Sie fängt ganz unten im Untergeschoss an und schaut in alle Räume. Im Kinosaal laufen Filme über die Clubs in Soho und Manhattan, die dem Soho House Berlin Pate gestanden haben. Das Kino ist schön, rote Samtvorhänge und breite Plüschsessel, in denen die Zuschauer versinken.

Am Eingang zum Wellnessbereich erklärt man ihr, dass der Aufenthalt nur Clubmitgliedern gestattet sei. Also ebenfalls kein Ort für Bernhard. Da erst kommt ihr der Gedanke, und einen Moment knicken ihr die Knie ein, sodass sie sich an der Theke festhalten muss – vielleicht lassen sie Bernhard gar nicht hinein! Offiziell eingeladen war er ja nicht. Vermutlich hatte es Bernhard gekränkt, dass man Leute wie ihn nicht einlud, die jahrzehntelang hier gearbeitet hatten, Zeitzeugen einer Geschichte, die man womöglich lieber vergessen wollte.

Schritt für Schritt und Stufe für Stufe macht sie sich an den langen Aufstieg bis zur Dachterrasse. Im zweiten Stock hält sie einen Moment inne. Es kann doch nicht sein, dass noch ein Geruch von damals in den Räumen hängt, ein Geruch nach Möbelpolitur, Holz, Rasierwasser und Papier? Hier hatten Heinrich Grünberg und seine leitenden Angestellten ihre Kontore, mit wuchtigen, dunklen Tischen, gekrönt von blitzenden Schreibmaschinen.

Später ist in Direktor Grünbergs Büro, den halbrunden Raum mit holzgetäfelter Decke, das Politbüro eingezogen, das sich nun in die Bar „Politbüro" verwandeln soll. In der Mitte des Raums unter dem Stern der Neonleuchten stehen ein paar Leute im Kreis und drehen Sektgläser in den Händen. Zwei junge Männer lehnen lässig an den Einbauschränken, in denen sich früher Akten stapelten, Sitzungsprotokolle des Zentralkomitees der SED.

Wo jetzt die Offices sind, die Lofts und Lounges, waren nach Kaufhauskontoren und Hitlerjugend die Büros von Wilhelm Pieck, Otto Grotewohl und anderen SED-Größen eingezogen. Da war Elsa nicht mehr ins Haus hineingekommen, aber Bernhard umso öfter. Jahrzehntelang ging er hier ein und aus, und heute Abend, wo sie ihn braucht, wo ist er? Sie sehnt sich mit jeder Minute mehr nach Bernhards klugen Augen und seinem dichten grauen Haarschopf.

Auf einmal wird ihr klar, dass es in diesem Trubel nur einen Ort gibt, wo sie ihn finden kann. Wenn er mit seiner Scheu vor Menschenmengen es irgendwo aushielt, dann auf der Dachterrasse, wo man die Augen in die Ferne schweifen lassen kann unter einem freien Himmel. Und womöglich, mit viel Glück, eine rauchen. Sie geht zurück ins Treppenhaus und macht sich an den Aufstieg.

Auch damals, im Juni 1929, hatte das Gebäude schon eine Dachterrasse, mit einem Dachgartenrestaurant, und zur Eröffnung des Kaufhauses Jonass knallten die Sektkorken in den Himmel. Vielleicht hatte sie das Korkenknallen, das Sprudeln der Sektfontänen und das Gelächter missverstanden im Bauch ihrer Mutter. Hatte hinter der Bauchdecke gedacht, der ganze Trubel gelte ihrer Ankunft auf Erden.

DIE LETZTEN METER bis zum Eingang läuft er rückwärts. Wie er es in der Rehaklinik nach dem Herzinfarkt gelernt hat, rückwärtszulaufen. Eine gute Art, sich wegzubewegen, hat er damals gedacht.

Um diese Straßenecke hat er in den vergangenen Monaten meist einen großen Bogen gemacht. Wenn er es richtig bedenkt, schlägt er seit fast zwanzig Jahren Haken, um hier nicht entlangzugehen. Die Torstraße 1 ist mit zu vielen Erinnerungen verbunden. Guten und schlechten. Aber als das Haus nach so vielen Jahren Leerstand eingerüstet worden ist, wollte er plötzlich, dass alles blieb und nichts sich änderte. Es gefiel ihm nicht, dass aus seinem und Elsas Haus jetzt etwas ganz anderes werden sollte.

Vielleicht hat das etwas mit dem Altwerden zu tun. In den vergangenen Wochen hat er oft davon geträumt, wieder in das Institut zu gehen. So wie er es viele Jahre lang getan hatte. Jahre, in denen er zwischen der Redaktion seiner Zeitung und dem Institut hier im Haus gependelt war. Mit einer schweinsledernen Aktentasche in der Hand, in der sich tatsächlich immer Akten befanden. Doch vorgestern Nacht hat er nicht vom Institut, sondern vom Kaufhaus Jonass geträumt. Ist wieder ein kleiner Junge gewesen und mit Elsa durch die Etagen gelaufen, um Verstecken zu spielen. Weiße Wochen waren im Kaufhaus, Lichtgirlanden hingen von der Decke, die ganze Halle ein Glitzern und Funkeln. Elsa und er hockten hinter weißen Wäschebergen oder drapierten sich in meterlange Gardinen. Wie in einer Schneehöhle saß er in seinem Versteck unterm Tisch, hinter dem weißen Stoff, der bis zum Boden reichte.

Dieser Traum hat den Ausschlag gegeben, heute hierherzukommen. Dabei hat er noch vor ein paar Wochen zu Elsa am Telefon gesagt, er werde auf keinen Fall kommen. Er schaffe es einfach nicht. Hat es mit seinem Herzen begründet. „Lass uns zusammen hingehen, Bernhard", hat Elsa gesagt, „es bleibt doch trotzdem unser Haus." Das hat sie sich all die Jahre nicht abgewöhnt, „unser Haus" zu sagen.

Bernhard dreht sich im Gehen um, schaut nun wie alle anderen nach vorne und hebt den Blick. „Soho House Berlin", murmelt er und starrt auf die frisch renovierte Fassade, über die in hektischer Betriebsamkeit Leuchtbuchstaben tanzen. Er reiht sich ein in die Warteschlange vor dem Eingang.

„Ein Restaurant wollen sie hineinbauen", sagt der junge Mann vor ihm zu seiner Begleiterin, „ein italienisches. Da dürfen dann alle rein. Aber der Rest bleibt zum Glück *members only*."

Da ist Bernhard aber froh und erleichtert, dass auch Leute wie er hier zum Italiener dürfen. Denn er mag Pasta, aber es macht ihm keinen großen Spaß, für sich allein zu kochen. Anders war es, als er noch für zwei gekocht hat, für sich und Elisa. Seine Elisa, deren Name so ähnlich klang wie Elsa. Inzwischen ist auch Elisa Geschichte.

Bernhard ist innerlich wieder nach Rückwärtsgang zumute. Doch wenn Elsa kommt, sagt er sich, kann alles noch gut werden. Vielleicht können wir uns zusammen ein bisschen lustig machen über diese Ansammlung von feinem Tuch und Designerturnschuhen. Turnschuhe heißen die natürlich nicht, es turnt ja auch heute niemand mehr. Das neue Wort fällt ihm jetzt nicht ein. Immerhin, er kommt sich nicht unpassend gekleidet vor. Dafür hat Luise gesorgt. „Vater", hat sie gesagt, „wenn ich dir eine Einladung für die Eröffnungsparty beschaffe, gehen wir vorher einkaufen. Du brauchst einen Anzug und Schuhe." Ein Jackett hatte er zuletzt getragen, als sie vor siebzehn Jahren in diesem Gebäude das Institut abgewickelt haben.

Und heute, an seinem achtzigsten Geburtstag, betritt er es also wieder, das Institut, aus dem ein Privatclub geworden ist. War mit seiner Tochter einen neuen Anzug und Schuhe kaufen gegangen, um an die Einladung zu kommen. Er musste zugeben, dass dies der erste Anzug seines Lebens war, der wirklich passte.

Endlich ist Bernhard am Eingang angekommen. Er fischt die Einladung für die Eröffnungsparty aus der Innentasche seines Jacketts – Luise hat Wort gehalten – und wird anstandslos durchgelassen. Drinnen scheint die Party schon in vollem Gange, obwohl draußen noch so viele Menschen stehen. Er dreht sich einmal vorsichtig im Kreis. Rohe Wände, an denen abstrakte Bilder hängen, unverputzte Säulen, der provisorisch wirkende Empfangstresen. Eine lange rote Couch, als wäre es im Sinne der Betreiber, wenn sich hier zehn Leute nebeneinander niederließen, um ein wenig zu plaudern. Sehr schick und modern alles, aber wo war das alte Haus geblieben? Ob es seinem Vater heute hier gefallen würde? Er war immer so stolz darauf gewesen, an diesem Haus mitgebaut zu haben.

Sein Vater Wilhelm war in sein Kaufhaus Jonass verliebt, das seiner Ansicht nach nur zu einem Zweck gebaut war: Im Jonass konnten sich Menschen mit nicht allzu viel Geld ihre kleinen und größeren Wünsche erfüllen. Er hatte gelitten, als die Nazis aus dem Kaufhaus heraus die reichsdeutsche Jugend führten. Auch als das SED-Politbüro einzog und später das Institut für Marxismus-Leninismus, haderte der Vater mit den Dingen. Das sei ein Kaufhaus, hatte er manchmal gesagt. Es wäre doch schön, wenn Jonass ein Kaufhaus geblieben wäre. Seinetwegen ein sozialistisches. Sein Leben lang hatte er später seinem Sohn beschrieben, wie prächtig die Verkaufsräume und Kontore geworden waren, wie herrlich das Dachgartenrestaurant, und wie weit der Blick von der Dachterrasse reichte. Wenn es ums Jonass ging, konnte Wilhelm romantisch werden. Aber er, Bernhard, mochte am meisten den dramatischen Teil der Erzählung. „Jetzt die Geschichte mit dem Unfall, Vater“, hatte er immer gebettelt, wenn der sich zu sehr im Traum vom Fliegen verlor. „Und dann die Geschichte mit der Geburt.“

Himmel auf Pump

Elsa, 1929 bis 1933

HEUTE ERÖFFNUNG!, verkündet ein Plakat unter dem großen Schriftzug JONASS & CO. Auf dem Dach flattern bunte Fähnchen im Wind. In der weiten Eingangshalle hinter dem verschlossenen Tor laufen Lieferanten, Dekorateure, Verkäuferinnen durcheinander. Heinrich Grünberg dirigiert Menschen mit Kisten und Kästen durch den Saal, die Lampen gehören in diese Ecke, nein, nicht zu den Uhren, Herrgottnochmal, und die Lederwaren auf die Tische im Seitenflügel rechts, bitte!

Alice Grünberg umkreist die Tafel in der Mitte der Halle, die sich unter Porzellan und Kristallgläsern zu biegen scheint. Sie nimmt einem Mädchen mit rotfleckigen Wangen die Serviette aus der Hand, faltet sie in Windeseile zu einem Fächer und setzt ihn auf den Teller. So geht das!

Hinter dem Rücken seiner Mutter wirft Harry Grünberg dem Mädchen eine Kusshand zu, worauf dessen Wangen noch röter werden. Pfeifend läuft er durch die Halle und hält bei den Musikern inne, die in einer Ecke ihre Instrumente stimmen. Er streichelt über den glänzenden Hals einer Tuba, schlendert dann weiter zu den eigens zur Eröffnung aufgebauten Kühlschränken und nimmt einer jungen Frau mit Verkäuferinnenhäubchen eine Flasche aus der Hand. „Komm, Elsie“, lächelt er sie an und lässt den Korken knallen, „die sind doch alle völlig meschugge!“ Er gießt zwei Gläser randvoll, zieht Elsie hinter eine Säule und reicht ihr eines. Dann stößt er mit ihr an und fragt mit leichtem Zittern in der Stimme, das freudige Erwartung sein kann oder auch Furcht: „Wird Vicky kommen?“

SCHON VON WEITEM sieht Vicky das riesige Gebäude, als sie sich der Kreuzung zur Lothringer Straße nähert. Heute, an diesem warmen, windigen Tag im Juni, wird dort das Kaufhaus Jonass eröffnet. Dieses Haus wird ihr neuer Arbeitsplatz werden, dieser Weg ihr täglicher Weg ins Büro. Es war anständig von Herrn Grünberg, sie nicht hinauszuwerfen. Eine kleine Stenotypistin, die ein Kind erwartet und keinen Mann dazu hat. Und das bei der heutigen Arbeitslosigkeit.

Seit Wochen freut sie sich auf diesen Tag, an dem das Jonass zum Leben erwacht. An dem sie Harry dort treffen wird. Und sie fürchtet sich auch. Dass man sie zur Eröffnung vielleicht doch nicht hineinlässt. Sie fasst nach ihrem Bauch und stützt sich an die Mauer des Nikolaifriedhofs, der dem Kaufhaus gegenüberliegt. Nur nicht schlappmachen, Mädchen, flüstert sie, du wirst heute noch gebraucht. Sie hat Herrn Grünberg überredet, bei der Eröffnungsfeier mithelfen zu dürfen. Erst wollte er nicht, in ihrem Zustand. „Aber Herr Grünberg“, hat sie gesagt, „ich fühle mich blendend und *muss* bei der Feier dabei sein!“ Dazu hat sie ihn angestrahlt, als ginge es um ihr Leben. Ging es ja auch. Sie muss an diesem Abend bei Harry sein.

Auf der Kreuzung vor dem Kaufhaus Jonass stauen sich Automobile, Fahrräder und Menschen. Zur Eröffnung des ersten Kreditkaufhauses in Berlin strömen die Schaulustigen herbei und bilden eine Schlange vor dem Haupttor. Ein solcher Prachtbau muss Schätze bergen, und diese Schätze will man als Erster zu sehen bekommen. Es soll auch eine Tombola geben. Ein Büfett und Musik, am Abend ein Feuerwerk! Vicky schiebt sich durch die Menge zum Lieferanteneingang. Sie geht zum Aufzug für die Angestellten, um in die Chefetage zu fahren und sich von Herrn Grünberg an ihren Platz dirigieren zu lassen. Vielleicht begegnet sie dort Harry.

Die Gittertür des Aufzugs schließt sich. Die Kabine fährt mit einem Ruck in die Höhe, das Kind in ihrem Bauch hüpft mit und der Magen dazu. Ihr wird übel. Sie muss sich zusammenreißen in Grünbergs Gegenwart, darf sich und Harry nicht verraten. Er ist der Junior in der Firma, sie nur eine kleine Angestellte, mit der er öffentlich per Sie verkehrt. Wenn sie auf dem Gang Harrys Stimme hört, seine Schritte, beginnt ihr Herz schneller zu schlagen. Und wenn er sie ansieht mit seinen grauen Augen, seinem spöttischen und zugleich herzlichen Lächeln, hämmert es so laut, dass es jeder hören muss. Ein Wunder, dass Herr Grünberg keinen Verdacht geschöpft hat. Wahrscheinlich kann er sich einfach nicht denken, dass sein Sohn, selbst noch nicht volljährig, schon Vater werden soll.

Der Aufzug hält, wieder gibt es einen Ruck, die Tür öffnet sich, Abteilungsleiter Helbig stolpert herein. Vicky und Helbig blicken sich an, Gerd Helbig senkt den Kopf. Sein Blick bleibt auf Vickys Bauch haften, ihm treten Schweißperlen auf die Stirn.

„Was schauen Sie so entsetzt, Sie sind ja nicht der Vater", sagt Vicky zu Abteilungsleiter Helbig, der rot anläuft. Der Aufzug ruckt, und die Tür geht auf. Beide stürzen auseinander.

Vor dem Chefzimmer bleibt Vicky stehen und lauscht, ob Harrys Stimme zu hören ist. „Fräulein Springer!", schrillt es in ihrem Rücken. „Sie möchten sofort mit mir in die Küche kommen."

Die Personalleiterin, Frau Kurz, ist dagegen gewesen, dass Grünberg sie im Geschäft behielt. Sie ist auch dagegen gewesen, dass sie beim Fest half. Aber wo sie einmal da ist, soll sie ordentlich anpacken. In der Küche schnappt Vicky ein Tablett mit Kanapees und schiebt sich unter den Augen von Frau Kurz ein mit Ei belegtes in den Mund.

Als Vicky sich der Haupthalle des Kaufhauses nähert, hört sie das Stimmengewirr. Das Tor ist geöffnet und die Meute hereingelassen. Die Menschen bestaunen die Verkaufstische, überquellend von begehrenswerten Dingen. Dort ist eine festliche Tafel gedeckt, Porzellan mit Rosenmuster, böhmisches Kristall und Weintrauben aus Glas. An jeder Ecke steht ein Page in Uniform, der die Schätze bewacht. Arbeiterfamilien und Arbeitslose aus dem Scheunenviertel stauen sich um elektrische Bügeleisen und Eisenbahnen, Glockenhüte und französischen Wein. All diese Dinge, die in den letzten Jahren immer weiter aus ihrer Reichweite gerückt sind, wird es hier ab morgen „auf Pump“ geben. Für ein Viertel des Kaufpreises konnte man sie nach Hause tragen, der Rest war auf Raten zu bezahlen. Das Kreditkaufhaus Jonass würde das Kaufhaus des Ostens werden.

Der Herr über dieses Reich, Heinrich Grünberg, hält eine Ansprache. Neben ihm steht seine Frau Alice. Zerbrechlich sieht sie aus am Arm ihres Mannes und zugleich streng. Ob sie eine wie Vicky jemals als Schwiegertochter akzeptieren würde? Grünbergs letzte Worte gehen im Applaus unter. Schon drängen sich alle um die Tabletts mit den Gläsern und leckeren Häppchen. Winzige Häppchen, vor allem für eine so breite Männerhand, wie sie sich Vicky nun zögernd entgegenstreckt. Eine schwielige Hand, die das Zupacken gewohnt ist. Sie schaut in das verlegene Gesicht des Mannes, der in Zimmermannskluft gekommen ist. Er muss einer der geladenen Bauleute sein. Sein Blick wandert von den Schinkenröllchen und Käsewürfeln mit Trauben zu ihrem gewölbten Bauch unter der Schürze, und er lächelt sie einen Augenblick an, als wüsste er, dass sie jede Ermunterung brauchen kann. Sie hält ihm das Tablett gleich noch einmal hin.

Ein paar Stunden später, es beginnt bereits zu dämmern, ordnet Vicky im Dachgartenrestaurant die Blumen in den Vasen. Die Tische für die geladenen Gäste sind mit weißen Damastdecken und Silberbesteck eingedeckt. Die Glastüren stehen zur Terrasse hin offen. In die Stimmen der Gäste mischt sich Musik, die Tanzkapelle spielt die ersten Takte eines Walzers. Während Vicky die Kerzen anzündet, geht es zu Ragtime über.

Der Abendhimmel hat sich rot gefärbt. Lächelnd reicht Vicky auf der Terrasse den Gästen die Gläser, auch wenn ihr das Tablett schwer wird. Auf einmal schweben die ersten Töne heran – ihr Lied! Vickys Herz setzt aus, stolpert dem Takt hinterher, zu dem sie das erste Mal mit ihm den Shimmy getanzt hat. „Ausgerechnet Bananen, Bananen verlangt sie von mir. Was braucht man beim Küssen von Obst was zu wissen. Da ist doch nicht Zeit dafür!“ Bei diesem Tanz, da wurde man von Kopf bis Fuß durchgeschüttelt. Wo ist Harry? Sie muss jetzt und hier zu diesem Lied mit ihm tanzen!

Eine Hand streckt sich ihr entgegen, es dauert einen Moment, bevor Vicky begreift, dass der Herr im Smoking ein Glas von ihr möchte. Sie hält es ihm lächelnd hin, da schneidet jäher Schmerz in ihren Bauch. Das Glas fällt zwischen ihnen zu Boden. Sie dreht sich um und lässt den verdutzten Herrn stehen. Harry, ich muss ihn finden, weiter kann sie nichts denken, während sie blind durch die Menge steuert. Ich sterbe. Harry. Ich muss dich finden.

Endlich, als sie schon eine Ewigkeit herumgeirrt ist mit dem schneidenden Schmerz im Bauch, entdeckt sie ihn. Neben seinem Vater, der dem Bürgermeister die Hand schüttelt, umringt von Menschen, steht Harry. Voller Furcht und Flehen richtet Vicky ihre Augen auf ihn. Ich sterbe. Harry. Du musst mir helfen. Nur eine Sekunde treffen sich ihre Blicke. Harry sieht sie an und sieht durch sie hindurch wie durch eine Fremde. Da wendet sie sich von ihm ab und flieht ins Innere des Kaufhauses.

Ihr ist übel vom Essensdunst, vom Schweißgeruch, den die Menschen unter ihrer Parfümschicht ausströmen. Immer weiter zieht sie sich zurück. Die unteren Etagen liegen verlassen da. Die Verkaufshallen sind verschlossen. Sie kann nur schemenhaft sehen, tastet sich beim Gehen an der Wand entlang, auf der Suche nach einem Ausweg. Jeder Schritt kostet unendliche Kraft. Die nächste Woge des Schmerzes überrollt sie.

RECHTS UND LINKS ein Klaps gegen ihre Wangen. Eine heisere, fremde Stimme: „Wach auf, Mädchen! Wach auf!" Zigarettenrauch brennt in ihren Augen, und als Vicky sie öffnet, erscheint in der Rauchwolke dicht vor ihr ein hageres Gesicht. „So is es brav, Mädchen!" Die Alte ist hässlich, denkt sie, aber ihre Stimme klingt beruhigend. Sie legt den Kopf auf den rauen Stoff zurück, einen Sack mit Aufdruck. DEUTSCHE REICHSPOST, liest Vicky und will die Augen wieder schließen. Doch die Alte zwingt sie, sich aufzurichten. Wie eine Nussschale auf hoher See wird sie hin und her geworfen. Nur die kühlen Hände und die Stimme der Alten lotsen sie durch den Sturm.

Irgendwann ist noch jemand im Raum, legt sich ein zweites Paar Hände auf ihre Schultern, an ihren Kopf, kräftige Hände, kräftig und warm. Eine tiefe, ruhige Stimme spricht zu ihr. Und als ihr eigenes Wimmern und Stöhnen verstummt ist, erfüllt den Raum ein gellender Schrei. In den Schrei mischt sich ein Prasseln wie von Schüssen. „Was ist das?", fragt Vicky benommen. Vor dem Fenster fallen rot und grün leuchtende Kugeln herab. „Ein Feuerwerk", sagt der Mann, der ihr den Rücken zuwendet und eine Zimmermannskluft trägt. „Das Kind muss eine Königin sein."

„Schere und Bindfaden", weist die Alte ihn an. Der Mann kramt in den Schubladen, überreicht ihr beides, ohne in Vickys Richtung zu schauen. Die Alte durchtrennt die Nabelschnur, verfrachtet das Kind auf die Paketwaage und verkündet: „Zweitausendachthundertfünfzig Gramm."

„Ist ein Mädchen", sagt der Zimmermann, und die Alte legt ihr das feuchtwarme Bündel auf den Bauch.

„Elsa", sagt Vicky, als sie die Arme um das Bündel schließt. „Sie soll Elsa heißen."

Vicky und Elsie beugen sich von beiden Seiten über die Wiege. Vorsichtig streicht Elsie die Decke über der schlummernden Elsa glatt. „Pass mir bloß auf mein Patenkind auf!“ Sie küsst ihre Freundin zum Abschied auf die Wange. „Und auf dich. Sieh zu, dass du wieder zu Kräften kommst!“

„So wie du vorgesorgt hast, kann ich mich ja nun wochenlang mästen. Und die Kleine gleich mit.“ Vicky tätschelt ihren Bauch und Busen, doch ihr Lachen klingt erschöpft. „Weiß nicht, wie wir’s ohne dich geschafft hätten, Elsie. Hoffentlich kann ich mich mal revanchieren.“ In ihre letzten Worte schrillt die Türklingel, sie zuckt zusammen. „Jetzt schon? Aber er …“

Elsie geht zur Tür. „Na, dann gehe ich mal besser.“ Im engen Treppenhaus stößt sie beinahe mit Harry zusammen. Mit dem großen Paket, das Harry vor sich her trägt. So stehen sie im dunklen Gang voreinander, können nicht vor und zurück und sehen sich über das Paket hinweg an. Endlich stellt Harry das Paket auf die Stufen und drückt sich an die Wand. Elsie steigt über das Ding hinweg. „Mistkerl!“

Harry kommt ins Schwitzen, als er sich mit dem Paket durchs Treppenhaus schiebt. Gleich wird er sie zum ersten Mal sehen – seine Tochter! „Meine Tochter“, murmelt er und kann es nicht fassen.

Da steht Vicky vor ihm, in der offenen Tür. Ohne dicken Bauch, sogar dünner als vorher, so kommt es ihm vor. Blass und mit tief liegenden Augen, die angstvoll auf ihn gerichtet sind.

„Vicky – mein Mädchen!“ Harry stellt das Paket ab und nimmt die letzten Stufen mit einem Schritt. Er streckt die Arme nach ihr aus, doch sie weicht zurück. „Komm rein.“

Er holt das Paket vom Treppenabsatz, folgt ihr in die Wohnung und schließt die Tür.

Vicky wartet und schweigt. Jetzt muss er die richtigen Worte sagen. Wo ist sie, muss er sagen – so, als ob er es keine Sekunde länger erwarten könne, sein Kind zu begrüßen.

„Wie geht es dir?“ Er sieht Vicky besorgt und zärtlich an.

„Ach, mir. Gut.“

Er möchte sie in den Arm nehmen, anfassen. Riechen, wie es riecht, wenn man die Nase in ihre Locken vergräbt. So oft hat er es versucht, doch nie ist es ihm gelungen, sich an den Duft zu erinnern. Er konnte sie ja nicht besuchen, in den Wochen nach der zu frühen Geburt, als sie mit dem Säugling im Krankenhaus lag. Jeder hätte ihn für den Vater des Kindes gehalten. Und das ganz zu Recht.

Abrupt dreht sich Vicky von ihm weg, geht in ihre Wohn- und Schlafstube. Harry folgt ihr, sieht neben dem Bett die Wiege und bleibt in der Tür stehen.

Dann hört er ein leises Wimmern und nähert sich langsam. Das Erste, was er von seiner Tochter sieht, ist eine kleine rote Faust, die über dem Rand der himmelblauen Wiege fuchtelt. Er beugt sich über das Bettchen. Das Kind liegt mit geschlossenen Augen da. Harry kniet vor der Wiege nieder, legt die Arme auf den Wiegenrand, das Kinn auf die Arme, und schaut.

Nach einer Weile hockt sich Vicky neben Harry auf den Boden. Da öffnet die Kleine die Augen, sieht ihrem Vater ins Gesicht und stößt einen ohrenbetäubenden Schrei aus. Harry zuckt zurück, doch Vicky lacht. „Mich hat sie genauso begrüßt. Nimm's als Zeichen der Zuneigung."

„Ich nehm es als Zeichen, dass aus dem Würmchen eine dicke, stinkreiche Opernsängerin wird."

Harry beginnt leise zu singen, Elsas Brüllen verstummt. „Fräulein, pardon", singt er, „ich glaub, wir kennen uns schon. Vielleicht erinnern Sie sich auch noch an mich." Elsa gibt glucksende Laute von sich. Harry nimmt sie aus der Wiege auf den Arm und springt auf. „Hurra, das Kind ist musikalisch. Das ist der Beweis – ich bin der Vater!"

Als die Kleine zu weinen beginnt, nimmt Vicky sie ihm ab, setzt sich aufs Bett und wiegt sie sanft hin und her. „Wer denn sonst, Dummkopf? Vielleicht Helbig mit seinen blassblauen Glubschaugen?"

Harry lässt sich neben sie aufs Bett fallen. „Bestimmt nicht, da wär sie mit so 'ner Brille zur Welt gekommen." Mit den Fingern vor den Augen deutet er zentimeterdicke Gläser an. Beide lachen. „Aber sag mal, wen hast du als Vater eintragen lassen?"

„Dich natürlich. Du weißt, dass ich nicht lügen kann." Harry sieht sie entsetzt an, bis in Vickys Augen etwas aufblitzt. „Nein. Tut mir ehrlich leid für die Kleine. Aber Elsas Vater ist ein Herr Unbekannt."

„Elsas Vater?" Harry schaut verständnislos. „Wieso Elsa? Wir wollten ein Mädchen doch Josephine nennen. Nach der Baker."

Vicky schüttelt den Kopf. „Wollten wir?" Sie steht auf und geht mit dem Kind auf dem Arm auf und ab. „Als das Mädchen geboren wurde, war Herr Unbekannt nicht da. Als es im Krankenhaus lag und fast gestorben ist, kam Herr Unbekannt nicht zu Besuch. Er war auch vorher nicht mit der Mutter beim Arzt und hat eine Wiege ins Zimmer gestellt. Das alles hat ein Fräulein Elsie getan. Und so heißt das Mädchen nun Elsa."

„Elsie! Sie hat mich Mistkerl genannt."

„Wenn du der Kerl meiner besten Freundin wärst, würde ich dich auch so nennen", sagt Vicky.

Harrys Miene hellt sich auf. „Ja, nicht wahr, was habe ich doch für ein Glück!" Er gibt Vicky einen Kuss. „Dass ich nicht der Kerl deiner besten

Freundin bin. Nein, ich bin deiner“, flötet Harry und steht kurz darauf mit dem Riesenpaket im Zimmer. Er geht von der Last in die Knie.

„Um Himmels willen, was ist da drin?“ Vicky mustert den Karton, um den eine rosa Schleife gebunden ist.

„Rate!“

„Ein Kinderwagen!“ Kopfschütteln. „Schaukelpferd?“ Kopfschütteln. „Puppenhaus?“

„Du kommst nicht drauf!“, ruft Harry. „Du-kommst-nicht-drauf!“ Er schiebt sie durch die Tür in die Küche. „Nicht gucken!“ Nach einigen Minuten Geraschel und Gepolter ertönt nebenan Musik. „Ausgerechnet Bananen, Bananen verlangt sie von mir. Was braucht man beim Küssen von Obst was zu wissen. Da ist doch nicht Zeit dafür!“

Vicky schießen Tränen in die Augen. Es ist unglaublich, nicht zu fassen. Was für ein verdammter Idiot! Ein Grammofon! Ein ganzer Stapel Schallplatten. Ist das Harrys Vorstellung von einer Grundausstattung für Mutter und Säugling? Sie weiß wirklich nicht, was sie zuerst zerkratzen soll, Harrys grinsendes Gesicht oder die rotierende Platte. Harry zieht sie zu sich in die Stube, wiegt sich mit ihr und der schlummernden Elsa zur Musik. Dreht sich langsam mit ihnen im Kreis und schaut so begeistert, als hätte er alles soeben selbst erfunden und hergestellt: die Frau, das Kind, das Grammofon, Bananen, Gott und die Welt.

Vicky befreit sich aus Harrys Armen, legt das Kind in die Wiege und deckt es zu. Dann geht sie zum Grammofon, stellt es aus und nimmt die Platte vom Teller. Harry schaut enttäuscht.

„Shimmy geht noch nicht wieder“, sagt sie und legt eine neue Platte auf. Ein leises Lied vom kleinen Glück. Irgendwo in der Welt, irgendwann. Langsam tanzen sie, Wange an Wange.

Dann liegen sie in Kleidern auf dem Bett, klammern sich aneinander und wollen sich küssen, doch es kommt nur ein Schluchzen heraus. Endlich trocknet Harry ihre und seine Tränen mit einem Zipfel des Bettlakens. Er beugt sich zu Vicky und nähert sich ihren Lippen, da ertönt aus der Wiege neben dem Bett ein mörderisches Geschrei. Vicky fährt hoch und stößt mit dem Kopf gegen seinen. „Au!“, schreit Harry, doch er wird, im Gegensatz zu dem kleinen Ungeheuer, nicht mit Küssen bedeckt und getröstet.

VICKY packt die kleine Elsa in den Kinderwagen. Die kann schon alles in den Mund nehmen, fast alles wieder ausspucken, mit klebrigen Fingern befingern und mit Gejuchze von sich schleudern. Es wird Zeit, dass sie ihrem Geburtsort, dem Arbeitsplatz ihrer Mutter und ihrem „ungesetzlichen“

Großvater vorgestellt wird. Auf zum Jonass! Vicky zieht Elsa eine Mütze gegen den kühlen Herbstwind über den kahlen Kopf und sieht ihrer Tochter noch einmal prüfend ins Gesicht. Ist da auch wirklich keine Ähnlichkeit mit Harry, die ihn verraten könnte? Nein, auch Elsie hat es ihr versichert: Elsa sieht weder ihrem Vater noch ihrer Mutter ähnlich, Elsa sieht ausschließlich aus wie Elsa.

Auf dem kurzen Weg von der Mendelssohnstraße zur Lothringer kommt sich Vicky vor wie eine Waise, die ein Waisenkind spazieren fährt. Ihr Vater war im Großen Krieg gefallen, als sie noch zur Volksschule ging, und nun haben sich auch ihre Mutter und die Brüder von ihr losgesagt. Schlimm genug, fanden sie, dass sie Lübbenau, die Heimat, verlassen hat, in den Moloch Berlin gezogen ist. Und Elsa, vor ihrer Geburt nur „die Schande" und nachher „der Bastard" genannt, hat zum Abbruch auch der letzten familiären Beziehungen geführt. Vicky wischt sich die Tränen aus den Augen.

Der Anblick des riesigen geschwungenen Gebäudes an der Kreuzung zur Prenzlauer Allee löst wie immer ein Hochgefühl in ihr aus – es ist schon ein kleiner Palast, dieses Kaufhaus Jonass. Und in diesem Palast ist ihre Tochter geboren. Wie hatte der Mann in Zimmermannskluft bei Elsas Geburt gesagt, als die Leuchtkugeln vor dem Fenster herabfielen? „Es muss eine Königin sein." Sie bleibt so abrupt stehen, dass Elsa im Wagen zu weinen beginnt. Was, wenn sie Harry gerufen hat? Wenn der Zimmermann Bescheid weiß, der bei Elsas Geburt dabei war. Was hatte er dort überhaupt zu suchen? Mit aller Kraft versucht sie sich zu erinnern, doch die Zeit zwischen ihrer Flucht ins Innere des Hauses und Elsas erstem Schrei bleibt schemenhaft und voller Lücken. Wenn er die Grünbergs kennt, sich etwas zusammenreimt? Sie muss ihn finden. Herausfinden, was er weiß. Noch während sie mit der Kleinen auf dem Arm ins Jonass spaziert, grübelt Vicky, wie sie den unbekannten Zimmermann finden kann in einer Stadt wie Berlin.

Elsa zappelt auf ihrem Arm. Allen, die in ihre Reichweite kommen, winkt sie begeistert zu. Auch Frau Kurz, der sie im Gang vor den Büros begegnen. Doch die würdigt sie keines Blickes. Vor der Tür zu Grünbergs Kontor bleibt Vicky stehen. Ihr Chef hat sie gebeten, doch mit dem Kind bei ihm vorbeizuschauen. Wenn er wüsste, wessen Kind das ist! Und wo dieses Kind geboren wurde. Sie nimmt allen Mut zusammen und klopft.

Elsa staunt den grauhaarigen Mann im dunklen Anzug an. Dann greift sie, schneller als Vicky es verhindern kann, nach Grünbergs Schnurrbart und zieht. Heinrich Grünberg befreit sich vom Griff der kleinen Faust und lacht.

„Genauso hat es unser Harry früher gemacht. Mein Bart war sein liebstes Spielzeug, bis er seine erste Dampflok bekam."

Nach einigen Minuten Geplauder sieht Heinrich Grünberg auf die Uhr. „Leider muss ich unsere Audienz beenden, Fräulein Springer." Er schüttelt Vicky die Hand. „Nicht vergessen: Spätestens zum Weihnachtsgeschäft möchte Jonass Sie wiederhaben." Mit einem forschenden Blick auf Elsa fügt er hinzu: „Es geht mich ja nicht wirklich etwas an – aber bringen Sie doch diesen Schlendrian von einem Vater dazu, ihr einen ehrlichen Namen zu verschaffen."

Auf der Fahrt hinunter bleibt der Aufzug ruckartig stehen. Durch die geöffnete Tür tritt Gerd Helbig herein. Er starrt das Kind auf ihrem Arm an, als hätte er eine Erscheinung.

Am Abend begrüßt Vicky Harry in der Wohnungstür. „Dein Vater hat gesagt, du sollst mich heiraten."

Harry klammert sich an den Türrahmen. „Wie bitte?!" Selten hat Vicky ihn so bestürzt gesehen. Sie erzählt ihm vom Besuch mit Elsa in Grünbergs Kontor. „Mensch, lass mich wenigstens erst volljährig werden. Oder willst du, dass Vater Grünberg die Urkunde für mich unterzeichnet?"

Vicky tritt zurück und lässt ihn herein. Harry geht in die Stube zum Grammofon und sieht den Stapel Schallplatten durch. „Vater möchte eine wohlhabende Schwiegertochter und Mutter außerdem eine Jüdin. An beidem müssen wir noch arbeiten." Er holt sein Portemonnaie aus der Tasche und reicht Vicky einige Scheine. „Ein Vorschuss vom zukünftigen Schwiegervater." Sie fragt nicht weiter nach und steckt die Scheine ein. Ein Kind kostet Geld.

Die Frage nach dem unbekannten Zimmermann hat Vicky keine Ruhe gelassen. Nun ist sie allein in Grünbergs Kontor, alle anderen sind auf einer Versammlung. Wenn bloß niemand früher zurückkommt! Hastig fliegt ihr Blick über die Rücken der Aktenordner. Die Protokolle zum Bau des Jonass hat sie noch selbst getippt und abgeheftet. Irgendwo müssen doch die Namen der Zimmerleute notiert sein! Endlich findet sie die Liste. Hinter drei Namen steht in Grünbergs Schrift der Vermerk *zur Eröffnung einladen*. Paul Kopinski, Ferdinand Voigt, Wilhelm Glaser.

Wilhelm Glaser ist der dritte und letzte Versuch. Sie hat die Adressen herausgefunden und drei Briefe geschrieben. Sie habe auf der Eröffnung des Kaufhauses Jonass etwas für sie persönlich sehr Wertvolles verloren und Grund zu der Annahme, es sei versehentlich in den Besitz des Adressaten gelangt. Antwort postlagernd, bei Rückgabe Finderlohn. Kopinski hat gar nicht geantwortet; Voigt, er habe nichts gefunden; Glaser hat nur Uhrzeit und Ort für ein Treffen genannt, und nun trifft sie ihn.

Wilhelm Glaser also, denkt sie, noch während sie ihm die Hand schüttelt und zur Begrüßung seine Stimme hört. Warme, kräftige Hände, eine ruhige Stimme. An beides erinnert sie sich nun so greifbar, dass ihr vor Scham das Blut ins Gesicht schießt bei dem Gedanken, in welcher Situation dieser fremde Mann sie gesehen hat. Am liebsten würde sie sich umdrehen und hinausrennen aus dem Café. Doch Wilhelm Glaser, der sie auch gleich erkannt hat, das sieht sie an seinem Blick, nimmt ihr so höflich den Mantel ab, schiebt ihr den Stuhl zurück, als wolle er sagen: So etwas kommt eben vor. Für mich sind Sie trotzdem eine Dame. Im Übrigen habe ich gar nichts gesehen. „Wie kann ich Ihnen weiterhelfen?", fragt er sie über ihre Kaffeetasse hinweg. Sie fängt an zu weinen!

Eine Stunde später sind die Tränen getrocknet. Vicky hat ihm viel mehr erzählt über sich und Elsa, als sie jemals vorhatte. Ohne es direkt auszusprechen, hat sie ihm zu verstehen gegeben, dass der Vater aus guten Gründen unbekannt bleiben müsse, und er hat ihr zu verstehen gegeben, dass er darüber weder etwas wisse noch wissen wolle. Und das Beste, das eigentliche Wunder, davon hat er gesprochen, nachdem ihr Redefluss endlich versiegte. Wie er die Feier verlassen wollte und nach Hause gehen zu seiner Frau und dabei zufällig an der Poststelle vorbeikam – wo die Alte ihn als vermeintlichen Vater kurzerhand zur Hilfshebamme gemacht hat. Und dass er tatsächlich selbst Vater geworden ist am Tag der Eröffnung des Jonass, dass seine Frau zur selben Stunde zu Hause einen Sohn geboren hat!

Da musste Vicky wieder weinen vor lauter Glück und Begeisterung und wollte den kleinen Bernhard mit ihrer Elsa auf der Stelle besuchen. Die Kinder waren ja praktisch Geschwister! Auch Wilhelm schien die Idee zu gefallen, doch er zögerte und meinte, dass seine Frau sich noch nicht wieder gut fühle. Sie würden sich aber bestimmt bald treffen – auch er habe sich oft gefragt, was aus ihr und der Kleinen geworden ist, und sei nun sehr froh zu hören, dass es ihnen gut geht. Ob sie denn das bei der Eröffnung Verlorene wiedergefunden habe? „Etwas tausendmal Besseres!", hat sie gerufen. „Einen Bruder für Elsa und eine Familie für die Kleine und mich!"

Das Kreditkaufhaus Jonass leuchtet. Auch das Jonass beteiligt sich an der Lichtwoche im Oktober, wenn nach Einbruch der Dämmerung viele Fassaden festlich beleuchtet werden. Harry hat für das Spektakel keinen Blick, als er sich dem Büro seines Vaters nähert.

„Mein lieber Sohn", sagt Heinrich Grünberg zur Begrüßung, „es ist mir ein Rätsel, wo du all dein gutes Geld lässt. Mein gutes Geld." Er klopft mit dem Füllfederhalter auf die Schreibunterlage. „Wenn du später diese Firma führen willst, musst du lernen, mit deinem Studentenbudget zu haushalten."

Harry blickt zu Boden. „Ich hatte unvorhergesehene Ausgaben in letzter Zeit. Schreib einfach alles an, du kannst es mir später vom Gehalt abziehen. Oder vom Erbe. Du bekommst jeden Pfennig zurück."

„Vom Erbe wohl kaum, mein Lieber." Heinrich Grünberg holt ein paar Scheine aus der Schublade seines Schreibtischs. „Es ist das letzte Mal, ich meine es ernst."

DEN WEG zum Kino „Babylon" rennt Vicky fast vor Freude, endlich wieder einmal einen Abend mit Harry auszugehen. Doch ob es richtig war, ihre Kleine bei der Nachbarin zu lassen? „Geh, Mejdele, zu dein Jungerman", hat die alte Chaja gesagt und auf die schlafende Elsa gedeutet, „Kindchen schläft wie Engel." Dann mit erhobenem Zeigefinger: „Komm ja vor Mitternacht ahejm!"

Das neue Kino am Bülowplatz ist richtig schick geworden. Vicky nimmt einen Sitz auf der Empore und blickt in den großen Saal, auf die Köpfe Hunderter Zuschauer. Ihr Herz schlägt schneller, als sie Harry vor der Bühne am Klavier sitzen sieht. Der Saal hat sich gefüllt, Harry beginnt zu spielen. Der Vorhang vor der Leinwand öffnet sich. Vicky muss heulen, als die schöne blonde Stascha von Karoff erschossen wird und der arme Henri, der ihretwegen Familie und Reichtum hätte sausen lassen, allein zurückbleibt. Vielleicht heult sie auch, weil sie alleine zum Kino gehen musste, statt Hand in Hand mit Harry, und ihn nach dem Film erst draußen um die Ecke wiedertreffen darf. Wenn er sich erst vom Schreck erholt hat, endlich erwachsen wird – dann wird alles wieder wie früher, oder nicht?

Der Platzanweiser zählt Harry nach der Vorstellung das Geld auf den Tisch. „Jut jespielt, junger Mann. Aber wat machense nu, wo die Stummfilme bald abjeschafft wern? Da stehnse mit den braunen Samtjacken vom Ufa-Palast in der Schlange zum Stempeln, wa?" Er reicht Harry ein Glas Schnaps. „Jeht aufs Haus!"

Ein kühler Wind bläst, es hat zu regnen begonnen. Vicky und Harry flüchten sich in einen Hofdurchgang. Er knöpft ihr langsam, Knopf für Knopf, den Mantel auf. Darunter trägt sie ein knielanges grünes Kleid und Seidenstrümpfe, einen Riss am Oberschenkel hat sie genäht. Die Schuhe mit den halbhohen Absätzen sind dieselben, die sie getragen hat, als sie Harry zum ersten Mal begegnet ist. Vor zwei Jahren, als sie neu in Berlin war und er noch sein letztes Schuljahr vor sich hatte. Das hat er ihr aber erst später verraten. An dem Abend im „Mond über Soho" gab er sich als Musiker aus. Spielte Trompete in der Jazzband, während seine Eltern glaubten, er würde in der Schule für Klavierkonzerte üben. Als die Band zu Ende gespielt hatte, wurden Platten aufgelegt, und während die anderen Musiker zur Bar stürzten, ist Harry durch das Gewühl der Tanzenden geradewegs auf sie zugesteuert. Es gab keinen Fluchtweg, so dicht, wie die Leute die Tanzfläche umringten. In Lübbenau hatte sie Walzer gelernt, ein Gehopse wie dieses im Leben nicht gesehen. Sie hat nur heftig den Kopf geschüttelt, als er sie an sich zog, und dann, weil es nun doch nichts mehr half, mit dem Schütteln einfach weitergemacht, ein Tanz nach dem anderen. Danach war ihr so schwindlig, dass sich Harrys verzerrtes Gesicht vor ihr drehte, als sie an der Wand lehnte und seine Lippen sich näherten.

„Was machen wir jetzt mit dieser angebrochenen Nacht, Darling?" Harry zieht die frierende Vicky an sich.

Sie klopft auf ihre Tasche, in der Harrys Lohn des Abends steckt. „Wir verjubeln unser Geld im Mond."

Im Mond über Soho legt sie Harry die Arme um den Hals, schließt die Augen. Sie drehen sich zur Musik, bald dreht sich der Rest der Welt mit, nicht so ohnmächtig-schwindlig wie beim ersten Mal, sondern bloß wie vor Glück beschwipst. In einer schummrigen Ecke lassen sie sich auf ein Sofa fallen. Harry beginnt ihren Hals mit kleinen Küssen und Bissen zu bedecken. Oh, ihr Hals liebt diese Küsse.

SCHON AUF DER STRASSE hören sie das Geschrei. Vicky macht sich von Harry los und rast die Treppe zu ihrer Wohnung hoch. Chaja öffnet mit rot geränderten Augen und drückt ihr das schreiende Kind in die Arme. „Kind stirbt vor Hunger!", zischt sie und schlägt die Tür hinter sich zu. Und Vicky schlägt sie vor Harry zu.

Harry macht sich auf den Heimweg und geht zu Fuß zum Alexanderplatz. Es ist noch dunkel, viele Arbeiter sind auf dem Weg in ihre Fabriken. Der ganze Alex ist aufgebuddelt, die Eingeweide liegen offen, dort wo die neue Untergrundbahn entsteht. Harry balanciert über Holzbohlen. Auch wenn ihn das Ende dieser Nacht ernüchtert hat, muss er höllisch aufpassen, hier nicht vom Weg abzukommen.

In der S-Bahn nach Lichterfelde schlägt er die druckfrische Morgenzeitung auf. KOLLAPS AN AMERIKAS BÖRSE. PANIK ERREICHT EUROPA.

SEIT DEM BÖRSENSTURZ vor gut anderthalb Jahren sind die Arbeitslosenzahlen stetig gestiegen. Viele kleine Läden mussten schließen, manches Warenhaus ist in Schwierigkeiten geraten. Auch am Kaufhaus Jonass ist die Wirtschaftskrise nicht spurlos vorbeigegangen. Doch nach wie vor kaufen die kleinen Leute der umliegenden Viertel im Jonass auf Pump, und seit dem Schwarzen Freitag kommen selbst wohlhabendere Bürger. Wer gar nichts hat, bekommt auch hier nichts geschenkt. Ein Viertel des Kaufpreises muss angezahlt werden, danach wird in Raten abgestottert.

An den Kassen mit der Kaufscheinausgabe, von Elsie Pumpstation genannt, hat sich eine lange Schlange gebildet. Vicky arbeitet nur aushilfsweise an der Kasse, sonst als Verkäuferin in der Damenmode. Sie selbst hat nach Elsas Geburt um Versetzung gebeten. Als Stenotypistin hätte sie sich das Vorzimmer von Grünbergs Büro mit Frau Kurz teilen müssen, und Gerd Helbig ging dort neuerdings als Verkaufsleiter beim Chef ein und aus. Offenbar hatte er den ersten Schock über das uneheliche Kind seiner Angebeteten überwunden, denn er warf ihr gelegentlich wieder schmachtende Blicke zu. Sofern man das durch seine dicken Brillengläser hindurch erkennen konnte. Dann war da noch Harry, der neben dem Wirtschaftsstudium in die Praxis der Warenhausführung eingewiesen wurde. Wie hätte sie da in Ruhe arbeiten sollen? Zuerst war Heinrich Grünberg skeptisch gewesen, aber sie hatte ihr Talent als Verkäuferin schnell bewiesen.

Ohne die alte Chaja wäre sie vielleicht schon aus der Mendelssohnstraße weggezogen, in ein ruhigeres Viertel. Immerhin hat sie ihr kleines Verkäuferinnengehalt, und Harry steuert monatlich bei, so viel er kann. Aber die Nachbarin passt seit ihrer Geburt auf Elsa auf und ist für sie Oma Chaja geworden. Drei Tage in der Woche nimmt sie die Kleine, wenn Vicky im Jonass arbeitet, und verlangt nicht viel dafür.

Dass Vicky von ihrer Wohnung zu Fuß zur Arbeit gehen kann, ist auch ein Vorteil. Aber die Straßen um den Bülowplatz sind immer mehr zum Kampfgebiet zwischen Kommunisten und SA geworden. Arm sind alle, die in dem Viertel wohnen, nur glauben sie an unterschiedliche Schuldige und Retter. In den Hinterhöfen hängen rote Fahnen aus den Fenstern, viele mit Hammer und Sichel, einige mit Hakenkreuz.

Eines Tages kommt Vicky von der Arbeit, und Chaja hat einen Verband um den Kopf. Man sieht rote Flecken, wo das Blut durchgesickert ist. „Wenn se nu das Mejdele getroffen hätten", sagt Chaja immer wieder und kann sich gar nicht beruhigen. Endlich entlockt Vicky ihr, dass sie zufällig in eine Straßenschlacht geraten ist und einen Stein an den Kopf bekommen hat. Als Vicky später Harry in der kleinen Küche davon berichtet, sagt er: „Du musst hier weg, Liebling. Das ist kein Ort für unser Kind."

Vicky zündet den Gasring an und stellt einen Topf auf den Herd, während sich Elsa an ihre Beine klammert. „Ich wüsste da eine hübsche Villa in Lichterfelde. Da wär bestimmt noch Platz für uns zwei."

Missmutig wirft Harry einen Blick in den Kochtopf. „Fang nicht wieder damit an. Im Gegenteil, es wird höchste Zeit, dass ich dort ausziehe. Hätte ich längst getan, wenn ich nicht diese Bruchbude mit unterhalten müsste."

Vicky rührt im Topf, dass der Löffel ans Metall schlägt. „Ach ja? Dann miete stattdessen eine eigene Bude – für mich und unser Kind gleich mit."

„Lass mich erst mein Studium zu Ende bringen." Er probiert einen Löffel und verzieht das Gesicht. „Gibt es hier zufällig noch irgendetwas anderes als Grießbrei?"

VIER KERZEN sind auf dem Kuchen, zwei für Elsa und zwei für Bernhard. Beide beugen sich so weit über den Tisch, dass ihre Köpfe fast zusammenstoßen. Sie pusten, so fest sie können. Die Flammen erlöschen, Rauch steigt auf, rund um den Tisch wird applaudiert. Bernhard und Elsa glühen vor Stolz. Es ist ihre erste gemeinsame Geburtstagsfeier.

Viel Platz haben die Glasers in der Hinterhofwohnung auch nicht, aber eine große Wohnküche mit einem langen Esstisch. Die Junisonne fällt auf das blitzende Kaffeeservice aus dem Kaufhaus Jonass. Wie gewöhnlich hat Martha sie ein wenig befangen begrüßt. Vicky weiß nicht, ob das noch immer davon herrührt, dass Wilhelm bei Elsas Geburt dabei war. Es hat lange gedauert, bis Martha zu einem Familientreffen mit ihr und Elsa bereit war. Doch dann haben die beiden Kinder ihr keine Wahl gelassen. Nach dem ersten Beschnuppern spielten sie so begeistert miteinander, dass sie nur unter Tränen zu trennen waren. Und natürlich mussten sie sich wiedersehen.

Elsa und Bernhard wissen gar nicht, womit sie anfangen sollen bei all den Herrlichkeiten, die sie geschenkt bekommen haben. Elsa hat eine kleine Puppenfamilie aufgebaut. Die Puppe im Kleid ist Mama, die beiden kleinen sind „Elsa und Belnat". Bernhard zeigt auf eine größere Puppe, die Hosen und Jacke trägt. „Alli", sagt Elsa, ohne zu zögern.

„Alli? Wer ist denn Alli?" Die Erwachsenen horchen auf und wenden Elsa die Köpfe zu.

„Mann", erklärt Elsa. „Alli."

Vicky ist blass geworden. „Ach, sie meint den Kalli", sagt sie und lacht. „Ein Nachbar, der manchmal etwas repariert."

HARRY schwingt sich vor dem Eingang zur Friedrich-Wilhelms-Universität aufs Fahrrad, um zum Jonass zu fahren. Er schiebt die Schirmmütze zurück und tritt pfeifend in die Pedale. Als er an einer Straßenecke warten muss, um eine Gruppe von Kindern vorbeizulassen, hört er mitten im Lied auf zu pfeifen. So geht es nicht weiter, denkt er. Nun habe ich eine zweijährige

Tochter und nicht mal Geburtstag mit ihr gefeiert. Ihre Großeltern wissen noch immer nichts von ihr. Was die Sache nicht einfacher macht. Harry übt im Stillen seine Rede: „Ach, übrigens, liebe Mama, lieber Papa, was ich euch immer schon erzählen wollte … Aber es ist jedes Mal etwas dazwischengekommen …" Es ist einfach lächerlich. Egal wie, heute muss er raus mit der Sprache. Sonst kann er bald nicht mehr in den Spiegel gucken.

Noch in der Tür zu Heinrich Grünbergs Büro schwenkt Harry die eben erstandene *BZ am Mittag*. „Ausgabe von 11.30 Uhr mit Börsenkursen von 11.20 Uhr!" Sonst reißt sein Vater ihm das Blatt aus der Hand, doch heute bleibt er stumm hinter seinem Mahagonischreibtisch sitzen. Harry muss auf dem Besucherstuhl gegenüber Platz nehmen.

Der Rundfunkempfänger läuft, Grünberg legt einen Finger auf die Lippen. „In leeren Geschäften stirbt ein verarmter Mittelstand", dröhnt es in die Stille des Kontors, „aber in den Hauptstraßen schießen die Trutzburgen des Kapitals, die Warenhäuser, hoch."

„Wer ist das denn?", entfährt es Harry. „Die Trutzburgen des Kapitals, du meine Güte."

„Ein gewisser Göring. Aber über den wollte ich nicht mit dir sprechen." Grünberg schaltet das Radio aus. „Wir sind uns einig, was Gerd Helbig angeht?" Harry blickt ihn überrascht an. „Er ist ein Karrierist, ein Deutschnationaler, vermutlich ein Antisemit. Der dennoch für einen Juden arbeitet, solange der ihn gut bezahlt." Grünberg lächelt. „Aber er ist auch ein fähiger Mann, der etwas von Zahlen versteht, nicht?" Harry nickt. „Nun, Helbig hat mich auf Unregelmäßigkeiten in der Kasse aufmerksam gemacht. Keine großen Summen, kleinere Beträge Bargeld, die früher oder später wieder ausgeglichen wurden. Er meint, es kann nur jemand sein, der einen Schlüssel zu einem speziellen Schrank besitzt."

Harry wird bleich, dann rot. Heinrich Grünberg seufzt. „Helbig hat sein Wort gegeben, mit niemandem darüber zu sprechen und die Aufklärung mir zu überlassen. Es ist ja auch immer alles wieder eingezahlt worden. Das heißt", Grünberg blättert in den Papieren, „momentan stehen noch fünfunddreißig Mark und siebzig Pfennige aus." Harry zieht sein Portemonnaie hervor. Grünberg winkt ab. „Lass stecken, Junge. Erklär mir lieber, was das Ganze zu bedeuten hat."

Jetzt wird Harry erst rot, dann bleich. „Was ich dir und Mama schon länger erzählen wollte: Es gibt da eine Frau … Sie ist charmant und schön, klug und entzückend, aber …" Er bricht ab und sieht auf die polierte Tischplatte.

„Aber aus dem falschen Stall und völlig mittellos", ergänzt sein Vater Harry schaut ihn hoffnungsvoll an, doch Grünberg schüttelt den Kopf. „Hör zu, Harry, so genau will ich das alles gar nicht wissen. Wenn du ein Liebchen hast hier oder da … Ich war auch mal jung. Hauptsache, du bringst uns eine anständige Schwiegertochter nach Haus. Enttäusche Mutter nicht!“ Er holt eine Flasche Cognac aus dem Schrank, gießt sich ein Glas ein und reicht ein zweites seinem Sohn. „Weißt du, für Alice ist es sehr schwer. Seit dem Oktober ’29 ist sie in ständiger Sorge. Unsere Reserven sind weg, und nun hängt all unser Wohl und Wehe an diesem Kaufhaus.“

Harry fällt auf, wie erschöpft sein Vater aussieht. Er beugt sich vor. „Aber es läuft doch gut, oder nicht?“

„Noch halten wir den Kopf über Wasser. Aber wenn es so weitergeht in Deutschland – Arbeitslose können auch auf Pump nichts kaufen. Und du weißt ja, wie abergläubisch deine Mutter sein kann.“ Grünberg lächelt müde in sein Cognacglas. „Der Schwarze Freitag so kurz nach der Eröffnung, das ist ein schlechtes Omen, hat sie immer gesagt. Kaum haben wir begonnen – und dann so ein Unglück. Alice kommt aus einer guten Familie, hat nie Not leiden müssen. Wurde immer beschützt und von allem abgeschirmt. Dass sie mich geheiratet hat, obwohl ihre Eltern etwas Besseres für sie wollten, werde ich ihr nie vergessen.“

Harry schaut seinem Vater in die Augen. „Dann denkst du also auch, dass Liebe wichtiger ist als Herkunft und Geld?“

„Das Jonass ist kein Konzern wie Wertheim oder Hermann Tietz mit seinen vielen Filialen. Wir haben alles auf diese eine Karte gesetzt. Und nun setzen wir auf dich, Junge.“

Am Abend sagt Vicky zu Harry: „Du solltest dein Studium zu Ende bringen, bevor Elsa das H und R sprechen lernt.“ Dann erzählt sie ihm vom Kindergeburtstag und Elsas „Alli“ beim Puppenspiel. Gleich darauf wünscht sie, sie hätte es nicht getan.

„Wir können uns nicht mehr treffen, wenn sie dabei ist“, sagt Harry in einem Ton, dass es Vicky kalt den Rücken herabläuft. „Ohne sie – oder ohne mich.“

Ein paar Tage später läuft Vicky, den Blick auf den Boden geheftet, am Bülowplatz Wilhelm beinahe in die Arme. Sie plaudern ein wenig über die Arbeit, das Leben und die Kinder. „Und was macht Kalli?“ Wilhelm zwinkert Vicky zu.

„Kalli?“

„Na, der Nachbar, der manchmal etwas reparieren kommt.“

„Ach, der. Der ist weggezogen.“

Der Platzanweiser vom „Babylon“ hat recht behalten, denkt Harry auf dem Weg zur „Berolina-Bar“ am Alexanderplatz, wo er heute Nacht spielen soll. Die Stummfilme mit Musikbegleitung sind so gut wie abgeschafft. Und nicht jeder ist gut genug für die Philharmonie oder einen Plattenvertrag mit Electrola wie die Comedian Harmonists. Er hat es ja versucht, aber noch einmal auslachen lässt er sich nicht.

In der Berolina gibt es keine Wirtschaftskrise. Hier sitzen fünfhundert Gäste auf Holzbänken, trinken Bier, verspeisen Eisbein für fünfzig Pfennige und bekommen als Beilage Gesang und Geklimper serviert. Die Sängerin, die Harry am Klavier begleiten soll, nennt sich Trixie. Im kurzen Röckchen, blass und mager, sieht sie wie ein durchgebranntes Schulmädchen aus.

Endlich ist es vorbei. Harry klappt den Klavierdeckel zu. Er hat mitgesungen, zweite Stimme, und alles nur, um Trixies Gequietsche abzumildern. Dafür kriegt er natürlich keinen Heller extra. Der Oberkellner überreicht ihm das übliche bisschen Gage, Freibier und einen Teller Erbsensuppe mit Speck, den er zur Seite schiebt. Er hat mittags von Mutters Rinderrouladen auf Vorrat gegessen.

Mitten in der Nacht sind von den fünfhundert Gästen nur die ganz Betrunkenen und Einsamen übrig geblieben. Harry sitzt allein am Tisch in einer dunklen Ecke, den Kopf auf die Arme gelegt. Zu Vicky traut er sich nicht mehr, und nach Hause will er noch nicht. Er hat die kleine Elsa seit Monaten nicht gesehen, nur zweimal, als sie fest schlief. Er hätte es selbst nicht gedacht, aber er vermisst die Göre.

Zwei Mädchen steuern auf Harry zu, die Brünette spricht ihn an. Trotz ihres Silberblicks ist sie ziemlich hübsch. „Spiel noch ma det Lied“, sagt sie.

„Welches Lied?“

Ihre zueinander driftenden Augen leuchten. „Na, det vom Rockefella.“ Während Harry Klavier spielt, sitzt Irma auf seinem Schoß und singt: „Er hat das Gold im Keller, und ich hab keinen Heller. Doch er kann pleitegehen, und mir kann nichts geschehen.“

Harry hält inne. „Irma, du solltest hier singen statt Trixie!“

„Träum weiter. Haste mir ma in die Augen jesehn?“

Später auf ihrem Zimmer erzählt er ihr alles über seinen Freund, der ein echtes Schwein ist und sein Mädchen mit einem Kind hat sitzen lassen.

Mag sein, dass der Film von vorne bis hinten Humbug ist, aber „Das Fräulein von Kasse 12“ müssen Vicky und Elsie zusammen ansehen. Das Kino ist voll mit jungen Frauen – Sekretärinnen, Verkäuferinnen, Telefonistinnen.

„Wie lang ist Oma Chaja gebucht?“, will Elsie nach der Vorstellung wissen. „Noch Zeit, um einen heben zu gehen?“

Vicky knöpft umständlich ihren Mantel zu. „Nein, nein. Ich muss nach Hause. Chaja wartet." Vicky küsst Elsie rechts und links auf die Wange. „Ein andermal." Sie spannt den Schirm auf und schlägt, den Blick der Freundin im Rücken, den Weg in Richtung Wohnung ein. Dann biegt sie um die Ecke und beginnt zu rennen. In der regennassen Nacht ragt das Kaufhaus Jonass düster in den Himmel. Einen Moment wird ihr schwarz vor Augen, als sie den Schlüssel zum Nebeneingang ins Schloss steckt. Wenn nun doch etwas schiefgelaufen ist und gleich der Alarm schrillt, gefolgt von Polizeisirenen?

Alles bleibt still, nur Vickys Herzschlag dröhnt in den Ohren. Den Weg in diesen Raum finde ich blind, hat sie gesagt. Gut, hat er geantwortet, wir dürfen kein Licht machen. Die Tür steht halb offen, und sie weiß, dass er drinnen auf sie wartet. Sie geht einen Schritt in den Raum. Schwarz zeichnet sich seine Silhouette vor dem Fenster ab. Bald ist der ganze Raum von ihrem Atmen erfüllt. Ein seltsames Brautbett ist der lange Tisch in der Mitte des Raums.

Das raue Sackleinen hat ihr den Rücken zerkratzt. Sie legt den Kopf zurück. „Deutsche Reichspost", flüstert Vicky. Zum Lesen ist es zu dunkel, aber die Erinnerung an jene andere Nacht ist taghell und scharf.

Am Morgen scheint eine milde Spätsommersonne, es wird ein warmer Tag werden. Trotzdem bindet Vicky sorgfältig ein Seidentuch um den Hals. Die blauvioletten Flecken erinnern sie daran, dass die vergangene Nacht kein Traum war. Und doch erscheint sie ihr so berauschend, wie nur ein Traum sein kann, und ebenso flüchtig. Etwas ist unwiderruflich vorbei. Von all den Wünschen, die sie einmal an diesen Mann gehabt hat, den sie als Ehemann und Vater ihrer Kinder wollte, als Freund und Weggefährten und Ein und Alles, ist nur das Begehren nach dem Liebhaber übrig geblieben.

Vor dem Jonass rattern Straßenbahnen vorbei. Menschen strömen zum Haupteingang, der dicke Zeitungsverkäufer mit der hohen Stimme schreit wie jeden Morgen „das Neuste vom Neusten" in die Welt hinaus. „Ausschreitungen am Kurfürstendamm!" Vicky will wie gewöhnlich an ihm vorbeigehen. „Jüdische Geschäfte demoliert!" Vicky bleibt stehen. Sie kauft eine Zeitung vom 13. September 1931 und beginnt noch im Gehen zu lesen.

> Gestern Abend, am jüdischen Neujahrsfest, kam es um den Kurfürstendamm zu Ausschreitungen. Hunderte SA-Männer nahmen an einer Demonstration teil. Jüdisch aussehende Passanten wurden angegriffen und Geschäfte jüdischer Inhaber demoliert.

In der Damenkonfektion ist noch nicht viel Betrieb am Morgen. Eine füllige Dame möchte, dass Vicky ihr im Anprobesalon eine Abendrobe absteckt.

Mechanisch nimmt Vicky eine Stecknadel nach der anderen aus dem Mund und versenkt sie im Stoff. Bürger auf offener Straße verprügeln, weil sie jüdisch aussahen? Die Scheiben der teuren Geschäfte einschlagen – und das im vornehmen Westen? Und sie hat sich währenddessen mit Harry im Kaufhaus vergnügt!

„Au! Passen Sie doch auf, Fräulein!“ Schnell zieht Vicky die Nadel aus dem Stoff und entschuldigt sich bei der Dame. „Gibt es hier kein Lichtzimmer wie im Kaufhaus des Westens?“, will die Dame wissen. „Um die Wirkung bei festlicher Beleuchtung zu prüfen!“ Vicky schüttelt bedauernd den Kopf. „Ach ja“, seufzt die Dame, „hier ist eben nicht der Kurfürstendamm, nicht? Haben Sie übrigens gehört … Na, dem Kurfürstendamm hat man einen Denkzettel verpasst!“ Sie lächelt zufrieden. „Scheint ja komplett in jüdischer Hand zu sein. Denken Sie nur an all die Warenhäuser: Wertheim, Kaufhaus des Westens, Landauer!“

„Jonass“, fügt Vicky hinzu.

„Was, die auch?“ Die Dame schaut entsetzt.

„Wollen Sie das jüdische Kleid trotzdem haben?“

Die Dame betrachtet sich wohlgefällig im Spiegel. „Jawohl, aber nur mit Preisnachlass. Schließlich hätten Sie mir fast in den Hals gestochen! Wo finde ich den Geschäftsführer?“ Nirgends, hofft Vicky, so falsch, wie sie der Dame den Weg beschreibt.

Die Grünbergs haben sich an der langen Tafel versammelt. Auch wenn der zweite Tag des jüdischen Neujahrsfests für reformierte Juden wie sie kein Feiertag ist, haben sich heute alle Familienmitglieder zu Hause eingefunden. Der letzte Gang ist abgetragen, zu fünft sitzen sie um den Tisch und schweigen. „Das wird ein böses Jahr!“, sagt Alice in die Stille hinein. „Kein Wunder, wo wir Juden in dieser Stadt ein so gottloses Leben führen!“

„Jetzt sollen wir wohl wieder selbst an allem schuld sein?“ Carola wirft ihrer Mutter einen zornigen Blick zu.

Auf einer großen Platte in der Mitte des Tischs stehen die Süßigkeiten zu Rosch ha-Schana. Niemand rührt sie an außer Gertrud, die einen in Honig gebackenen Apfelschnitz nach dem anderen in den Mund schiebt. Minutenlang ist nur Gertruds Schmatzen zu hören.

„Jetzt hör schon auf damit!“, fährt Harry seine jüngste Schwester an. „Du bist dick genug für dein Alter!“

Ob es am Brand des Reichstags lag, den verkohlten Balken und rußgeschwärzten Mauern, am Feuer, das, längst verloschen, noch immer im Zentrum der Stadt zu lodern schien? An den braunen Uniformen und blutroten

Fahnen, vor denen es kein Entkommen mehr gab in den Straßen? Vielleicht strömten die Menschen aus Sehnsucht nach kühlem, unschuldigem Weiß in Scharen in die Warenhäuser, die zu den Weißen Wochen dekoriert hatten. „Ich glaube eher, es liegt am Rabatt", meint Elsie, die neben Vicky in der Eingangshalle des Jonass steht. „Und an unserer Dekoration." Es ist aber auch zu prächtig geworden! Mit weißem Stoff abgedeckte Tische, auf denen sich weiße Wäscheberge stapeln, Laken, Tischwäsche, Gardinen, Miederwaren. Von der Decke hängen weiße Lichtgirlanden herab, die ganze Halle ist in Glitzern und Funkeln getaucht.

Ein paar Stockwerke höher herrscht düstere Stimmung. Heinrich Grünberg legt den Brief beiseite und denkt an sein Gespräch mit Dr. Haberland von der staatlichen Handelskammer. Der hat ihm vor zwei Wochen mit gesenkter Stimme geraten, man möge bis zum Ende des Monats einen den neuen Verhältnissen entsprechenden Geschäftsführer ernennen, der die Belange der Firma gegenüber Behörden und Öffentlichkeit vertritt. Einen Parteianhänger und Angestellten aus dem Unternehmen, wenn möglich. Er meine es nur gut mit ihm, dem früheren Kommilitonen. Er solle seinen Rat annehmen, sonst könne er leider für nichts garantieren. Die Warenhäuser seien den aufrechten Deutschen seit Langem ein Dorn im Auge.

Das Ende des Monats ist vorübergegangen, ohne dass Heinrich Grünberg sich hat durchringen können, einen Teil der Unternehmensführung aus den Händen zu geben. Es ist schließlich ein Familienunternehmen. Und genau darin liegt das Problem. In seiner Familie ist ein den neuen Verhältnissen entsprechender Kandidat nicht aufzutreiben. „Ihr braucht einen Vorzeigegoj wie wir alle", hat sein Schwager gesagt. „Wir haben seit Jahren einen, er kann nicht viel, aber ist strohblond in Erscheinung und Gesinnung. Ist ja nur für die Außenwirkung, der Boss bleibst doch trotzdem du!" Heinrich war davon nicht überzeugt. Doch das schlagende Argument ist heute als Schreiben von der Bank gekommen: Der Kredit bei der Hausbank, ohne den kein Unternehmen mehr überleben kann, ist bis auf Weiteres gekündigt.

Heinrich Grünberg lässt seinen Verkaufsleiter Gerd Helbig zu sich rufen. Ob er sich vorstellen könne, die Geschäftsführung zu übernehmen? Helbig sagt mit unbewegter Miene zu. Offenbar kann er es sich nicht nur vorstellen, sondern hat seit Langem nichts anderes erwartet.

CHAJA verabschiedet sich von Elsa am Eingang des Jonass, wo Vicky auf sie wartet. Elsa fällt Vicky um den Hals. Mama ist aufgeregt und fröhlich und so wunderschön. Sie trägt einen Rock und eine Bluse mit einem Schild, da steht JONASS drauf, liest Mama ihr vor. Bernhard ist auch gekommen. Sie darf mit Bernhard im Kaufhaus spielen! Sie gehen in Mamas Abteilung, die kennt sie schon gut, überall hängen Kleider und Mäntel an den Ständern.

„Ich muss noch etwas erledigen“, sagt Mama und streicht ihr und Bernhard über den Kopf. „Wenn ihr schön brav hier spielt, dürft ihr nachher bei den Spielwaren etwas aussuchen.“ Mama schaut Bernhard ernst ins Gesicht. „Pass gut auf Elsa auf, du bist doch schon ein großer Junge.“ Dann ist sie verschwunden.

Bernhard und sie stehen schweigend zwischen den Kleiderständern und wissen nicht, was sie anfangen sollen. Dann hat Elsa eine Idee. „Mach die Augen zu“, sagt sie und ist schon verschwunden. Sie huscht durch die Reihen der Kleiderständer und versteckt sich zwischen zwei Mänteln.

Nach einer Weile hört sie Bernhard rufen. „Elsa, wo bist du?“

Dummerweise muss sie kichern, als sie ihn so besorgt nach ihr rufen hört. Da kommt Bernhard angelaufen und zieht die Mäntel auseinander. „Jetzt ich!“, ruft er.

Eine Weile ist das Spielen schön, aber irgendwann ist kein Mensch mehr zu sehen, die Lichter sind fast alle ausgegangen, und es ist so still. Vielleicht hat das Jonass geschlossen. Hat ihre Mama sie vergessen? Sie fängt an zu weinen. Endlich kommt Bernhard hinter einer Säule hervor. Erschrocken schaut er sie an. „Meine Mama ist weg.“ Bernhard nimmt sie bei der Hand. „Wir suchen sie.“ Hand in Hand laufen sie durch die Gänge zwischen den Kleiderstangen, niemand ist da. Auch Bernhard sieht ängstlich aus.

Dann hört sie ein Geräusch aus einer der Kabinen, vor denen ein Vorhang hängt. Ein komisches, unheimliches Geräusch. Als ob jemand etwas schrecklich wehtut – und dann auch wieder nicht. Aber es ist doch Mamas Stimme! „Mama!“, schreit sie, läuft auf die Kabine zu, bleibt stehen. Irgendwas stimmt nicht. Sie darf da jetzt nicht hingehen. Das Geräusch hört auf, und es raschelt in der Kabine. Endlich geht der Vorhang auf, Mama kommt heraus und zieht ihn schnell hinter sich zu. Ihre Haare sehen gar nicht mehr schön aus, sie hat rote Flecken im Gesicht und am Hals.

„Alles in Ordnung, Schatz. Ich hatte nur Bauchweh.“ Dann breitet Mama die Arme aus, aber Elsa will jetzt nicht in die Arme. Warum hat man Flecken am Hals, wenn der Bauch wehtut? Und warum knöpft man die Bluse oben auf? Elsa rast auf die Kabine zu, will hineinsehen. Kurz vor dem Vorhang schnappt Mama sie, hebt sie hoch und hält sie so fest, dass es wehtut.

„Du lügst!“, schreit Elsa und reißt an Mamas Haaren. „Du lügst, du lügst!“ Sie strampelt mit den Beinen und tritt nach ihr. Doch sie kann sich nicht aus Mamas Griff befreien. Irgendwann hört sie auf zu treten und weint.

„Ist ja gut, Süße, ist ja gut." Mama streicht ihr übers Haar. „Jetzt bekommt ihr etwas zum Spielen, Bernhard und du."

Da erst sieht Elsa Bernhard ein paar Meter vor der Kabine stehen. Er hat die Fäuste in den Taschen vergraben und sagt: „Ich will zu meiner Mutter."

In den letzten Wochen macht Vicky auf dem Weg zur Arbeit einen Bogen um den Nikolaifriedhof. Seit der Wessel da begraben liegt, hat es immer wieder SA-Aufmärsche und Gedenkfeiern am Grab gegeben. Seit Anfang des Jahres geben sich die Truppen dort die Fahne in die Hand und singen dabei das Lied. Auch jetzt hört Vicky es wieder bis zur anderen Straßenseite über die Mauer schallen: „Die Straße frei den braunen Bataillonen! ..."

Die Frau, die gerade an der Mauer vorbeiläuft, ist zusammengefahren, als das Lied einsetzte. Nun eilt sie in gebückter Haltung, als könne sie sich unsichtbar machen, bis zur Kreuzung. Etwas an ihr kommt Vicky bekannt vor. Sie trägt einen schäbigen dunklen Wintermantel, obwohl die Märzsonne schon warm ist. Um ihre Schultern flattert ein buntes Tuch, das grell an ihr wirkt. Natürlich – das ist ja das Tuch, das sie selbst für Wilhelm ausgesucht hat, als Geschenk für Martha, kurz nach Elsas und Bernhards Geburt.

„Martha!", ruft Vicky über die Straße. Die Frau fährt wieder zusammen, zögert und bleibt stehen. Fast tut es Vicky leid, dass sie gerufen hat, so verängstigt sieht Martha aus, als sie ihr gegenübersteht. Sie müsse ins Kreditkaufhaus, sagt Martha, sie könne die fällige Rate nicht zahlen, brauche alles für Medizin.

„Oje, Martha, das tut mir leid. Bist du krank?"

„Ach nein", sagt Martha mit wegwerfender Handbewegung. „Nicht ich. Arno. Unser kleiner Arno." Und dann flüstert sie, sodass Vicky es kaum hören kann: „Er ist fast gestorben."

Später in der Mittagspause geht Vicky die Begegnung mit Martha Glaser nicht aus dem Kopf. Sie hat Martha zur Kasse begleitet und dafür gesorgt, dass die fällige Ratenzahlung ausgesetzt wird, sie genötigt, sich auf einen Kaffee und ein Stück Torte einladen zu lassen. Sie hat Martha nicht ziehen lassen, ohne ihr ein Spielzeugauto für Bernhards kleinen Bruder aufzudrängen und ihr das Versprechen abzunehmen, ihr nächstes Mal Bescheid zu geben, wenn wieder so etwas Schlimmes wie das mit Arnos Hirnhautentzündung passieren sollte. Als Mutter könne sie das doch nachfühlen, hat sie gesagt, auch um ihre Elsa habe sie wochenlang gebangt nach der zu frühen Geburt. Da hat Martha sie angesehen, als begreife sie erst jetzt, mit wem sie am Tisch saß und Kuchen aß in winzigen Bissen.

Nach der Arbeit kommt Elsie zu Vicky nach Hause. Elsa schläft in der Stube, die beiden machen es sich in der kleinen Küche gemütlich. Vicky stellt eine Kanne Tee auf den Tisch. „Zu schade, dass wir nicht ein paar Platten auflegen können. Da hat so eine feine Dame wie ich schon mal ein Grammofon, und dann steht's neben dem Bett mit der schlafenden Prinzessin."

„Tu mir mal vom Schnaps in den Tee, dann sing ich dir was", sagt Elsie. Vicky schüttet beiden einen ordentlichen Schuss in die Tassen. Doch statt zu singen, meint Elsie: „Helbig hat sich heute als echter Ritter erwiesen."

„Wie, macht er dir jetzt auch den Hof? Ich tret ihn dir gerne ab."

„Nein danke. Also, Matilde, die neue Sekretärin, hat es mir erzählt. Grünbergs und Helbig und die Kurz wissen nicht, dass Matilde eine Schulfreundin von mir ist, die mir alles brühwarm weitertratscht. Der alte Grünberg hat Harry und Helbig und die Kurz zu einem Gespräch zusammengetrommelt, und Matilde hat stenografiert. Sie ist jetzt meine Spionin." Elsie leert ihren Schnaps mit Tee. Dann gibt sie das Gespräch mit verstellten Stimmen wieder. „Es sind ernste Zeiten für unser Unternehmen." Sie zwirbelt als Heinrich Grünberg den Schnurrbart und räuspert sich. „Gerd Helbig führt auf Verlangen der Bank nun gleichberechtigt mit mir die Geschäfte. Die Bank hat wieder Kredit gewährt, der Konkurs ist abgewendet. Doch die Zinsen sind so hoch, dass wir ohne Einsparungen bald ruiniert sind. Wir müssen Mitarbeiter entlassen. Es tut mir um jeden leid in diesen Zeiten, aber es ist nicht zu ändern." Elsie wechselt in eine schrillere Stimmlage. „Wenn ich als Personalleiterin einen Vorschlag machen darf: Ich würde bei Fräulein Springer beginnen. Eine Verkäuferin mit unehelichem Kind ist für die Belegschaft ein schlechtes Beispiel. Dazu ein Kind unbekannter Herkunft. Sie wird schon wissen, warum sie den Vater verschweigt."

Vicky muss trotz des Schrecks laut lachen, so lebensecht hat Elsie Frau Kurz imitiert. Wie sie bei jedem Wort die Hände ringt. Waschzwang oder Betzwang, haben Elsie und sie oft gerätselt. Elsie fährt fort: „Der alte Grünberg hat gezögert, da ist Helbig für dich in die Bresche gesprungen. ‚Gerade weil sie alleine ein Kind ernähren muss, dürfen wir Fräulein Springer nicht entlassen.' " Sie blickt starr durch eine imaginäre Brille. „ ‚Außerdem ist sie eine unserer besten Verkäuferinnen. In der Damenkonfektion ist sie unersetzlich.' Über den grünen Klee hat er dich gelobt. Der Alte stimmte schließlich zu, damit war die Sache vom Tisch." Elsie überlegt. „Vielleicht muss ich ja jetzt dran glauben, und Matilde hat's mir bloß nicht gesagt."

„Und Harry?"

„Dein lieber Harry hat zu allem geschwiegen." Die Küchenuhr tickt, aus der Stube nebenan hört man leises Seufzen. Elsa wälzt sich im Schlaf. „Aber Vicky! Oh Gott, du weinst ja. Und ich dumme Pute dachte, du wärst darüber … Hör doch auf zu weinen."

Eine Woche später malt Vicky sich vor dem Spiegel die Lippen rot. Dann wischt sie das Rot wieder ab. Heute Abend geht sie mit Gerd Helbig in den „Kaiserhof". Wieder einmal, in hoffnungslosem Ton, hat Helbig sie vor ein paar Tagen gefragt, ob er sie zum Essen einladen dürfe. Als sie Ja gesagt hat, stand er sekundenlang sprachlos da. Sie trägt das Rot wieder auf. Wenn er erwähnt, dass er sich für mich eingesetzt hat bei Grünberg, dass ich ihm dankbar zu sein habe und ihm etwas schuldig bin, schwört sie sich, dann war es das erste und letzte Mal.

Heinrich und Harry Grünberg gehen im Kaufhaus Jonass in ihrem Kontor auf und ab. Sie sind allein in dem achtstöckigen Gebäude. Das Hauptportal ist verriegelt, SA steht davor. Die Mitarbeiter, die morgens am Nebeneingang eingetroffen sind, haben sie nach Hause geschickt. Es sind längst nicht alle zur Arbeit erschienen. Gerd Helbig hat angeboten, mit Grünbergs dazubleiben. Er schien erleichtert, als Heinrich ihm zu verstehen gab, dass dies nicht nötig sei.

Seit Tagen wurde für diesen Samstag, den 1. April, zum Boykott aller jüdischen Geschäfte aufgerufen. Am meisten wurde gegen die Warenhäuser gehetzt, als Inbegriff des Weltjudentums. Die Tietz-Häuser und das KaDeWe haben vorsorglich ihre Pforten verriegelt.

„Wir können von Glück sagen, dass es uns nicht wie Hermann Tietz ergangen ist", sagt Heinrich zu seinem Sohn. „Erst hat man ihm den zugesagten Kredit über vierzehn Millionen gesperrt, dann die drei Geschäftsführer ins ‚Adlon' bestellt, um einen Entschuldungsplan vorzulegen." Heinrich lacht auf. „Zur Begrüßung nahm man ihnen die Pässe ab. Kalte Enteignung nennt man das, und das Reichswirtschaftsministerium hat alles gedeckt. Nun hat dieser Karg das Sagen bei Tietz. Ob sich Hermann Tietz das hat träumen lassen, als er ihn damals als Textilverkäufer eingestellt hat?"

„Helbig hat auch mal klein angefangen", erinnert Harry ihn. Er schaut aus dem Fenster und zieht die Gardine wieder vor. „Tja, leider konnten wir's auch nicht machen wie andere und am Vortag des Boykotts vorsorglich alle jüdischen Mitarbeiter feuern. Wir hätten uns selbst kündigen müssen…"

Vicky holt den Brief zum zehnten oder zwölften Mal aus der Handtasche. Und wenn sich doch jemand einen dummen Scherz mit ihr erlaubt?

> Sehr verehrtes Fräulein Vicky, ich möchte Sie höflichst einladen, am 31. August um 20.30 Uhr ein Souper im „Haus Vaterland" mit mir einzunehmen. Sie würden mir mit Ihrem Kommen größte Freude bereiten. Ich erwarte Sie in der Galerie No. 5 mit Blick auf den Saal. Ein treuer Verehrer.

Der Brief ist vor einer Woche gekommen, mit der Maschine geschrieben und ohne Absender. „Der ist von Helbig", hat Elsie gemeint, als Vicky ihr den Brief zu lesen gab. „Er will dir einen Antrag machen." Sie hofft es nicht, aber wer sollte es sonst sein? Vielleicht ein Millionär oder Filmstar, der sie im Jonass gesehen und sich unsterblich in sie verliebt hat …

„Träum weiter", sagt Elsie, die hinter ihr im Spiegel aufgetaucht ist, während Vicky Puder und Lippenstift aufträgt. „Und falls du nicht zurückkommst, vergiss nicht, mir und Klein-Elsa aus Monte Carlo oder Hollywood Schecks zu schicken."

Vicky wird unter dem hellen Puder noch blasser. „Red keinen Quatsch."

Auf dem Weg zum Potsdamer Platz schnürt sich ihr vor Ärger die Kehle zu. Ja, das denkt er sich vielleicht, der Helbig, dass sie ihn gleich heiratet, nur weil er jetzt Geschäftsführer ist und sie ein paarmal mit ihm essen oder im Konzert war. Gut, er hat sich anständig verhalten, sie nicht spüren lassen, dass er sie wegen der neuen Machthaber und seiner Stellung im Kaufhaus in der Hand hat. Sie haben sich sogar ganz gut unterhalten, wenn es nicht gerade um Politik ging. Aber trotzdem, was bildet er sich ein?

Das pfauenblaue Abendkleid, das sie trägt, ist neueste Kollektion und von Jonass und Co. „geliehen". Aber sie wird es ja morgen als Erstes zurück an seinen Platz hängen. Nur um Himmels willen nicht kleckern! Ihre besten Sachen hat sie zu Hause anprobiert, nichts ist ihr gut genug erschienen fürs elegante „Haus Vaterland". Obwohl dieses prächtige Gebäude im Herzen ihrer Stadt liegt, kennt Vicky sein Inneres nur von Erzählungen anderer und hat noch nie einen Fuß hineingesetzt. Säle, in denen jede Nacht Orchester zum Tanz spielen, riesige Restaurants und intime Cafés, die Rheinterrassen, in denen stündlich Gewitter grollen mit künstlichem Blitz und Donner – nur Märchenhaftes hat Vicky gehört.

Am Potsdamer Platz ragt das hohe Rund des Haus Vaterland schwarz in den Abendhimmel. Wie eine Krone strahlt die angeleuchtete Kuppel. Wer wartet auf sie? Nervös streicht sich Vicky durch die Haare und fasst nach ihren Ohren. Als sie vorhin in dem Pfauenblauen vor dem Spiegel stand, konnte sie nicht widerstehen, die Ohrringe mit den Smaragden anzuziehen, den einzigen Schmuck, den Harry ihr geschenkt hat. Kurz nach jener Nacht in der Poststelle.

Auf dem Heimweg ist für Vicky der Abend zu wenigen Minuten zusammengeschmolzen. Während sie von der Rückbank des Taxis die nächtlichen Straßen Berlins vorübergleiten sieht, verschwimmen die Lichtreklamen und Autoscheinwerfer vor ihren Augen. Sie versucht, sich an den Anfang zu erinnern, an die Stunden vor der Katastrophe. Ihre Bewunderung für den prächtigen Saal, ihren freudigen Schreck, als sie ihn dort sitzen sah. An die unbekannten köstlichen Speisen, den Champagner, den Klang der Geigen. Wie sie langsam beschwipst wurden und sie mit ihm tanzen wollte. Wie er sie zurück auf den Sessel zog und endlich damit herausrückte. Nicht einmal daran, an den Wortlaut seiner Frage, kann sie sich erinnern! Nur die Sätze, die dann folgten, drehen sich endlos in ihrem Kopf.

„Warum jetzt auf einmal?", hat sie Harry gefragt. „Um eine arische Ehefrau zu haben?"

„Warum jetzt auf einmal nicht mehr?", hat er geantwortet. „Um keinen jüdischen Ehemann zu haben?"

Ins Braune hinein

Bernhard, 1929 bis 1934

Wilhelm Glaser staunt sich an seinem Jungen entlang. Er fängt bei den Zehen an und arbeitet sich hoch bis zum kahlen Köpfchen, in dessen Mitte es pulsiert. So lebendig sieht das aus. So gefährlich. „Bernhard", flüstert er und legt seinen Zeigefinger auf die Nase des Jungen, die ihm ein wenig schief und platt gedrückt vorkommt.

Er ist zwei Mal Zeuge eines Anfangs geworden. Erst die Kleine in der Poststelle und nun sein eigener Sohn. Der es nicht abwarten konnte, bis sein Vater am Abend nach Hause kam. Oder war es nicht eher so, dass diese Kleine ihn aufgehalten hat und schuld daran war, dass er zu Bernhards Geburt zu spät gekommen ist? Andererseits ist Martha auch ohne ihn klargekommen, mit Hilfe derselben Hebamme, die schon Charlotte auf die Welt geholt hat. Er kann ihnen nicht böse sein, der Kleinen und ihrer Mutter.

Dass nun Bernhard auf der Welt ist, daran möchte er um keinen Preis etwas ändern. Es wird enger werden, denkt er, aber das schaffen wir schon. Bau ich uns noch einen Schrank in die Ecke neben dem Ofen. Bernhards Wiege stellen wir zu unseren Füßen. Hauptsache, die Arbeit bleibt. Wilhelm ist froh, dass er schon jetzt die nächste Arbeit hat, wo doch gerade erst eine zu Ende gegangen ist.

Auf dem Weg zur neuen Baustelle am nächsten Morgen denkt Wilhelm, dass der Bau des Kaufhauses eine tolle Sache war. Etwas ganz Besonderes, wo man stolz sein kann, dabei gewesen zu sein. Dieses Jonass, das ist für Generationen gebaut. Für Jahrhunderte. Er versteht etwas davon, wie ein gutes Haus zu sein hat. Und das Jonass ist ein gutes Haus. Prächtig und modern. Diese neue Art zu bauen, Stahlskelett, das gefällt ihm. Starke Knochen, darauf kommt es an bei einem Haus. Dann kann es in die Höhe wachsen und auch etwas aushalten, wenn es sein muss. Ihm selbst aber hätte es beinahe die Knochen gebrochen beim Bau. Er erinnert sich nur, dass er ein Geräusch gehört hatte, ein Ächzen und Knacken, und noch einmal umgekehrt war, um nachzusehen. Dann lag er unter den Balken. Dazwischen war alles ausgelöscht. Er konnte kaum atmen, so schwer lag es auf seiner Brust. Schwarz wurde ihm vor Augen, pechschwarz, und alles versank um ihn. Als er wieder Luft bekam, hatte er um Hilfe gerufen, leise, dann lauter. Aber es kam niemand. Niemand. Und langsam dämmerte ihm, dass auch kein Kollege mehr kommen würde. Dass sie alle nach Hause gegangen waren. Befreien konnte er sich nicht, und er wusste, vor dem nächsten Morgen würde niemand hier sein. So lag er da und starrte auf das Gekritzel neben sich auf der rohen Wand, das die Kollegen hinterlassen hatten.

Noch jetzt wacht er manchmal auf in der Nacht, ringt nach Luft, als liege es tonnenschwer auf seiner Brust. Es dauert eine Weile, bis er begreift, dass er nicht eingeklemmt unter Balken liegt, sondern im eigenen Bett. Die Nacht war ihm endlos erschienen. Der eingeklemmte Arm war taub, und mit dem freien allein konnte er nichts ausrichten. Blut sickerte aus einer Wunde am Kopf und lief ihm in die Augen. In den finstersten Stunden hatte er tatsächlich geglaubt, den anbrechenden Morgen nicht zu erleben. Er hatte aufgehört, zu rufen und zu klopfen, aufgehört, sich gegen die schweren Balken zu stemmen. Die Augen geschlossen und versucht, seinen Frieden zu machen. Doch alles in ihm hat sich aufgebäumt bei dem Gedanken, sein Kind, das so bald zur Welt kommen sollte, niemals mit eigenen Augen zu sehen. Seinen Sohn. Er wusste, dass es ein Sohn werden würde. Und in dieser Nacht wusste er auch, wie dieser Sohn heißen sollte. Wie ein Wunder war es ihm erschienen, als es langsam hell zu werden begann. Als die ersten Sonnenstrahlen auf die Wand fielen, neben der er begraben lag, und über die Kritzeleien seiner Kollegen tanzten. Und gerade in dem Augenblick, als ein Lichtfleck über die krummen Buchstaben wanderte, die er mit dem einen freien Arm den Worten der anderen hinzugefügt hatte, hörte er Schritte und Stimmen. Ja, ein Wunder war der Sonnenaufgang nach dieser Nacht. Und manchmal glaubt er, dass er dieses Wunder Bernhard verdankt.

VIELLEICHT trifft man im Jonass diese Vicky, denkt Martha. Sie hat sie bisher erst einmal dort gesehen und sich bedankt für das schöne Tuch, das die Verkäuferin für sie ausgesucht hatte. Weiß der Himmel, wie Wilhelm auf die Idee gekommen ist, ihr so etwas zu schenken. Die sieht ziemlich toll aus.

hat Martha gedacht, als sie Vicky gegenüberstand, und ihre rissigen Hände in den Manteltaschen vergraben. Dazu noch dieser Geruch. All diese Verkäuferinnen duften, als lägen sie dauernd in Rosenwasser. Vicky hat die verlegene Pause überbrückt, indem sie über Elsa redete. Da hat Martha sie dann doch gemocht. Für die Angst um das Kind und dafür, dass so eine Verkäuferin ja immer aufpassen muss, dass kein Kunde etwas mitbekommt von dem unehelichen Kind. Am Ende musste sie Vicky versprechen, beim nächsten Mal Bernhard mitzubringen. „Die sind doch so gut wie Geschwister", hat Vicky gesagt und gelacht. „Zeit, dass sich die beiden kennenlernen!"

Im Kaufhaus ist es voll, und Martha stürzt sich mit den Kindern ins Gedränge. All die aufgetürmten Waren, die Farben, das Gemurmel und die Gerüche stimmen sie fröhlich, als brauchte sie nur das. Viele Menschen und ein Gewusel, dass man nicht mehr zum Grübeln kommt. Bernhard sitzt auf ihrer Hüfte und schaut um sich mit offenem Mund. Charlotte bleibt dicht neben ihr beim Schlendern durch die Etagen.

Dass es auch nach dem Schwarzen Freitag im Kaufhaus so voll ist, das wundert Martha. Als hätten die Leute keine Geldsorgen. Oder sie kamen gerade deshalb, weil man bei Jonass auf Pump kaufen kann. Möbel, Geschirr und Bettwäsche. Sie selbst hat gelernt, keine Schulden zu machen – und was sonst ist schließlich dieses Auf-Pump-Kaufen? Doch ein richtiges Bett für Charlotte wäre gut, sie wächst aus dem Kinderbettchen heraus. Das könnte dann Bernhard bekommen. Und ein gutes Geschirr, wie es sich für eine anständige Arbeiterfamilie gehört. Das sind so Wünsche, ganz vernünftige Wünsche im Grunde, denkt Martha und fasst sich ein Herz. Sie wird auch einen Kaufschein erwerben und damit ein Bett für Charlotte.

Vor dem Kassenhäuschen hat sich eine lange Schlange gebildet. Hier kommen die Kunden her, die auf Pump gekauft haben oder kaufen wollen, um ihre Kaufscheine zu holen oder Raten zu begleichen. Endlich ist Martha an der Reihe. Mit zittrigen Händen überreicht sie dem Herrn am Schalter ein paar Scheine als Anzahlung. Sie hat die Verkaufsnummer für das Bett aufgeschrieben und noch eine fürs Geschirr. Ein heruntergesetztes Service aus weißem Porzellan. Sie muss sich ausweisen und Wilhelms Beruf angeben.

Der Mann hinter dem Schalter schüttelt den Kopf. „Für einen solchen Kauf fehlen Ihnen die Sicherheiten!" Sehr laut sagt er das, sodass es die Umstehenden hören müssen. Martha zieht den Kopf ein und möchte davonlaufen. Da bleibt eine Frau in Verkäuferinnentracht neben der Warteschlange stehen und kommt näher. Aber das ist doch Vicky Springer!

Vicky geht zum Kollegen am Schalter und fragt, ob es ein Problem gebe. Der Kollege erklärt, dass ein Kredit für ein Bett und ein Service auf einmal nur bei gesichertem Einkommen gewährt wird. Und davon könne heutzutage bei einem einfachen Handwerker nicht die Rede sein.

„Was heißt hier einfacher Handwerker?“, weist Vicky ihn zurecht, während Martha mit rotem Kopf daneben steht. „Wilhelm Glaser ist einer der besten Zimmerleute der Stadt. Er hat dieses Haus hier mitgebaut und dabei fast sein Leben verloren. Diese Dame bekommt in unserem Haus jeden Kredit, den sie will. Ohne ihren Mann wäre das Jonass beim Bau zusammengestürzt, wissen Sie das nicht?“

Nein, davon weiß der Kollege nichts. Aber bevor er sich eine Blöße gibt, stellt er die Scheine eben aus, stempelt ab, und bitte sehr.

Martha schiebt die Kaufscheine in ihre Handtasche und zieht Charlotte von der Kasse weg. Vicky umarmt Martha zur Begrüßung, als seien sie tatsächlich Verwandte oder gute Freundinnen. Dann nimmt sie Martha den kleinen Bernhard von der Hüfte und hält ihn hoch über ihren Kopf. Betrachtet ihn, als wolle sie ihn nicht wieder loslassen. „Was für ein Prachtkerl du bist!“ Der Kleine lacht und zeigt zwei weiße Zähnchen. „Und wo ist Wilhelm?“

Martha nimmt ihren Sohn wieder an sich und antwortet: „Auf der Arbeit. Der kommt erst heut Abend nach Hause.“

„Nach Hause“, wiederholt Vicky und sieht plötzlich traurig aus.

Die hat es auch nicht einfach, denkt Martha und erkundigt sich, wo Elsa jetzt ist. Bei der Nachbarin, erklärt Vicky. „Am Samstag will ich sie mit ins Jonass bringen. Vielleicht könnt ihr ja auch kommen, mit dem Wilhelm. Dann kann Bernhard mit Elsa hier spielen.“

„Wenn der Wilhelm nicht arbeiten muss“, antwortet Martha. Jedes Mal, wenn Vicky über Wilhelm spricht, geht es Martha durch den Kopf, dass er dabei war, als sie in den Wehen lag. Und das kommt ihr nicht recht vor, auch wenn sie Vicky keinen Vorwurf machen kann. Aber warum hat sich Vicky so viel Mühe gegeben, Wilhelm in dieser großen Stadt zu finden? Ob es ihr wirklich nur darum ging, einen kleinen Bruder für ihre Elsa zu haben?

„Wir müssen dann“, sagt Martha zu Vicky. „Nach Hause.“

WENN WILHELM ans Jonass denkt, mischen sich in seinen Erbauerstolz Sorge und Missmut. Martha hat einfach eines Tages begonnen, bei Jonass auf Pump zu kaufen. Nun sind sie in ihrem Haus wahrscheinlich die mit dem schönsten Geschirr. So eine Angeberei. Er würde sich schämen, das teure Porzellan zur Schau zu stellen, wenn die Nachbarin zu Besuch da ist, die selbst nur angeschlagene Tassen besitzt. Nur zu besonderen Gelegenheiten kommt es ihm auf den Tisch, wie heute zur Geburtstagsfeier der Kinder.

Vicky hat vorgeschlagen, Elsas und Bernhards zweiten Geburtstag zusammen zu feiern. Martha war dagegen, aber er hat sie umstimmen können. Es ist richtig, dass Bernhard und Elsa gemeinsam Geburtstag feiern. Zwischen den Kindern gibt es eine Verbindung. Davon ist er überzeugt seit dem ersten Tag.

Eine der teuren Tassen ist heute beim Geburtstagskaffee zu Bruch gegangen. Er hat erwartet, dass Martha in Tränen ausbricht, doch sie hat bloß erstaunt ausgesehen, als hätte man sie aus einem Traum aufgeschreckt. Damals, als die auf Raten gekauften Kostbarkeiten aus dem Jonass eintrafen, wollte er Martha auffordern, die Sachen zurückzugeben. Aber da wickelte sie schon Teller und Tassen aus dem Seidenpapier mit glänzenden Augen, wie er sie lange nicht bei ihr gesehen hatte, und er schluckte die Worte hinunter. Und auch heute, wo die Tassen und Untertassen längst abbezahlt in der Vitrine stehen, denkt er, dass es zu selten solch glänzende Augen und Augenblicke bei Martha gab. Zu oft war sie traurig und still, und manchmal in der Nacht, wenn sie neben ihm wimmerte im Schlaf, erschien sie ihm unerreichbar in einer fernen und finsteren Welt. Obwohl sie ihre Kinder so sehr liebte, oder ebendeshalb, kommt es ihm in den Sinn, schienen sie für Martha vor allem Anlass zu immer neuen Ängsten und Sorgen.

Und deshalb kann er, will er nicht glauben, was Martha ihm nun nachts im Bett ins Ohr flüstert. „Nein“, sagt Wilhelm erst leise und dann noch einmal laut, dass es widerzuhallen scheint in der stillen, dunklen Stube. „Kein drittes, Martha, bitte, kein drittes.“

Doch es ist zu spät, obwohl sie immer aufgepasst haben. Und Martha will dieses Kind.

ARNO ist ein schwacher kleiner Kerl, und Martha fällt nach der Entbindung in eine noch tiefere Traurigkeit als je zuvor. Und wenige Wochen nach Arnos Geburt, im März ’32, bekommt Hitler dreißig Prozent bei der Reichspräsidentenwahl. Nun geht Wilhelm manchmal in die Festsäle in der Koppenstraße zu den Versammlungen der Sozialdemokraten. Noch immer hat er Arbeit, aber manchmal denkt Wilhelm, dass ein Sozi, wie er einer ist, sich daran nicht mehr lange freuen wird.

Aber darum kann man sich jetzt nicht kümmern. Das Leben bringt genug Sorgen, und die haben mit Hitler wenig zu tun. Es wird geredet, dass nun bald auch in die Hinterhäuser hier im Grünen Weg elektrisches Licht kommt. Martha freut sich darauf und ist zugleich ängstlich, ob es dann nicht zu teuer wird, das Leben. Noch können sie dem Hauswirt jede Woche die Miete geben, und Gasgroschen für die Gasuhr sind auch da. Wenn Strom kommt, wird noch der „Elektrische“ vor der Tür stehen und kassieren. Eine Anlage für Licht und eine Steckdose in jedem Raum kosten fünf Mark. Martha hat das Geld schon gespart. Es liegt in der blauen Zuckerdose im Küchenbüffet.

Es ist ein heisser Tag im Juni, und die Wiesen und Wege im Volkspark Friedrichshain sind voller Menschen und Hunde und herumkurvender Fahrradfahrer. Martha und Vicky haben Decken auf einer Liegewiese ausgebreitet und packen Schüsseln und Flaschen aus den Körben. Auch dieses Picknick zu Bernhards und Elsas drittem Geburtstag war ein Vorschlag von Vicky, sie nennt die beiden Kinder Wahlgeschwister. Wo sie das wohl herhat, fragt sich Wilhelm. Dabei scheint es ihm immer, als hätte die fröhliche Vicky so ganz für sich einen großen Kummer. Nie redet sie von einem Mann, und Fragen nach Elsas Vater sind weiterhin streng verboten. „Wird schon irgendein feiner Pinkel sein“, sagt Martha, wenn sie darauf zu sprechen kommen. „Oder einer, der im Gefängnis sitzt.“ Solche Sachen hat sie bloß aus den Heftchen, die sie von der Nachbarin zugesteckt bekommt. „Dieses Zeugs“, brummt Wilhelm, wenn er Martha damit am Küchentisch erwischt.

Um die Geburtstagsgesellschaft herum sitzen andere Mütter auf Decken im Gras, und kleine Kinder toben nackt über den Rasen. Direkt neben ihrer Picknickdecke pinkelt ein Junge einen hohen Bogen. Wilhelm nimmt den kleinen Kerl kurzerhand hoch, während der noch pinkelt, und stellt ihn drei Meter weiter wieder ab. Ringsum wird gelacht. Elsa tollt mit Bernhard über die Wiese wie all die anderen Gören auch, ihr weißes Kleid ist übersät mit grüngelben Flecken, und die Hände sind klebrig von Kuchen und Limonade. Aber das scheint Vicky nicht zu stören, stolz schaut sie der kleinen Tochter hinterher. Auch Martha sieht froh aus, wenn Bernhard seinen neuen Ball durch die Luft schießt, dass er in die nächsten Büsche fliegt. Nur der kleine Arno liegt still auf der Decke im Schatten und rührt sich kaum. Immer wieder versucht Martha, dem Jungen bei der Hitze etwas zu trinken einzuflößen, doch der öffnet nicht einmal den Mund.

Arno bekommt immer wieder Fieber und schlimmen Husten, das ganze Geld aus der Zuckerdose braucht Martha für Medizin, die nicht hilft. Der Winter hat die Stadt fest im Griff, und Martha mag kaum aus dem Haus gehen. „Es wird nie wieder hell, Wilhelm“, sagt sie manchmal. „Dieser Winter wird kein Ende haben.“ Tagsüber kümmert sie sich um die Kinder, putzt und kocht, wäscht und bügelt. Bis spät in die Nacht näht und flickt sie die Kleider anderer Leute, damit Geld in der Dose ist. Geld für Arnos Medizin. Wilhelm ist diese neue Emsigkeit unheimlich. Fast sehnt er sich nach der früheren müden Martha zurück. Angst und bange wird ihm manchmal beim Anblick dieser Frau, deren Arme und Hände sich ruhelos bewegen, deren Lippen niemals lächeln und selten sprechen.

Als Wilhelm eines Tages nach Hause kommt, ist Martha außer sich. Der Kleine fiebert sich in schreckliche Höhen, selbst die kalten Wadenwickel helfen nicht. Charlotte und Bernhard stehen in der Küche und halten sich an den Händen. Wilhelm sieht sich den Jungen an, entscheidet, dass er ins Krankenhaus muss. Martha bringt die beiden Großen zur Nachbarin und wickelt den kleinen Arno in eine Decke. Dann laufen sie los, zum Krankenhaus, das jetzt Horst-Wessel-Krankenhaus heißt, wie der ganze Bezirk inzwischen nach diesem Mann benannt ist. Wilhelm geht das nicht über die Lippen. Für ihn bleibt das hier Berlin-Ost, und der Bezirk heißt Friedrichshain. Sie wohnen jetzt im Braunen Weg, der mal der Grüne Weg war, dagegen kann man nichts tun. Aber es ist eine Schande. Daran denkt Wilhelm, obwohl es in diesem Augenblick so unwichtig ist.

Im Krankenhaus sitzen sie drei Stunden zwischen den anderen Menschen, bevor sich jemand um Arno kümmern kann, und das Warten macht die Angst nicht kleiner. Spät in der Nacht erst kommt ein Arzt, um ihnen zu sagen, dass der Junge eine Hirnhautentzündung habe. Man werde ihn im Krankenhaus behalten und sehen, was man tun könne. Der Zustand sei bedenklich.

„Kommen Sie morgen wieder", sagt der Arzt und schaut Martha an. „Hier können Sie jetzt gar nichts tun."

„Auf Wiederseh'n mein Fräulein, auf Wiederseh'n mein Herr"

Elsa, 1935 bis 1939

Auf dem Dach wehen Hakenkreuz-Fahnen im Wind. Die großen Buchstaben über dem Portal, JONASS & CO, sind abmontiert. Verlassen ist das Restaurant auf dem Dach, verstummt das Gelächter der Gäste. Die hellen Markisen über den Schaufenstern im Erdgeschoss sind abgenommen, die Schaufenster nichts als verdunkelte Scheiben. Kleider und Hüte, Lampen, Porzellan und Federbetten werden im neuen Haus am Alexanderplatz verkauft, hier dagegen stellen jetzt die neuen Machthaber von Zeit zu Zeit ihre neue Weltanschauung aus.

Vicky hat sie nicht besucht, diese Ausstellungen. Wo man zuvor die Mode der Saison bewunderte, kann man nun über Schautafeln staunen, die gegen Juden hetzen, gegen „entartete" Kunst und Musik. Und das in einem Haus, das noch immer zu Teilen einer jüdischen Familie gehört und dem Vater ihres Kindes. Allein die Ankündigungsplakate bringen sie zum Weinen. Doch das darf er nicht sehen, der Mann, der nun im Jonass die Geschäfte führt. Ihr Mann.

„Ich muss ins Haus, mein Mann kommt jeden Moment zurück", sagt Vicky über den Gartenzaun zur Nachbarin. „Noch kein Abendessen auf dem Tisch, Sie wissen ja …"

Frau Schmitter lächelt. „Natürlich, die Männer. Wenn Sie etwas brauchen, Mehl, Eier … Sie können jederzeit klingeln."

Vicky bedankt sich und denkt daran, was sie gestern ebendiese Frau Schmitter zu einer anderen Nachbarin hat sagen hören. Die beiden hielten auf dem Bürgersteig einen Tratsch. Als der Name Elsa fiel, ist Vicky unbemerkt hinter ihnen stehen geblieben. „Diese Elsa, was die für Ausdrücke gebraucht. Für unsere Gisela ist das kein Umgang." – „Kein Wunder, Herr Helbig hat ihre Mutter ja in der Gosse aufgelesen, hört man. Das Kind soll sie auch schon gehabt haben. Sieht dem Vater nicht ein bisschen ähnlich."

In der Küche bindet sich Vicky eine Schürze um und klopft das Fleisch für die Schnitzel. Fleisch und Butter mitten in der Woche, eine Küche mit Fenster zum Garten, ein Bad mit Wanne und WC in der Wohnung und nicht auf halber Treppe – wie schnell man sich an diese Dinge gewöhnen kann, die noch vor einem Jahr in weiter Ferne lagen. Beim Gedanken an ihre winzige, dunkle Bude, in der es im Winter durch alle Ritzen zog, schüttelt sie sich. Dahin will sie mit Elsa nicht zurück. Doch offenbar sind sie auch hier noch nicht angekommen, in der gutbürgerlichen Nachbarschaft. „In der Gosse aufgelesen!" Mit ihrem schlechten Ruf kann sie leben, aber es schmerzt, dass Elsa noch immer nicht in Sicherheit ist. Erst wenn jeder glaubt, dass Elsa zu Helbig und seinesgleichen gehört, ist wenigstens sie vor diesen Leuten gerettet.

Elsa muss umerzogen werden. Gehäutet wie die Zwiebel, die sie mit dem scharfen Messer schält. Vicky seufzt. Fünf Jahre Chaja, Scheunenviertel und Bülowplatz sind nicht in einem Jahr auszuradieren. Oma Chaja, wie oft hat Elsa nach ihr gefragt, getobt und gebettelt, sie wolle sie wiedersehen. Schließlich hat sie Elsa erzählt, Oma Chaja sei gestorben. Beim ersten Besuch nach ihrem Auszug, ohne Elsa, hat sie Chaja Geld mitgebracht, aus der Haushaltskasse abgezweigt, für den Verdienstausfall. Davon wollte Chaja nichts wissen. Sie brauche keine Nazialmosen.

Elsa liegt in ihrem Zimmer auf dem Teppich und malt. Einen Buntstift hat sie in der Hand, einen im Mund und einen hinter jedes Ohr geklemmt. Sie kritzelt ein Haus auf das Blatt, mit rauchendem Schornstein. Gisela kann ihr gestohlen bleiben. Nur weil sie „verflucht“ gesagt hat, ist die gleich heulend zu ihrer Mutti gerannt, die zimperliche Schickse. Aber das soll sie auch nicht mehr sagen. Für „Schickse“ hat sie von Mama sogar eine Ohrfeige gekriegt. Seit Mama und sie beim Helbig eingezogen sind, ist Mama nicht mehr so lustig wie früher. „Der Helbig“ soll sie auch nicht sagen, dabei hat Mama das vor ihrer Hochzeit selbst immer gesagt. Aber jetzt „Vati“, sonst setzt es was. Dabei weiß sie genau, dass er nicht ihr richtiger Vater ist. Schließlich kommt sie bald in die Schule. Für wie dumm halten die sie? Wer ihr Vater ist, weiß sie aber leider auch nicht. Ob man das in der Schule lernt, wie man seinen richtigen Vater erkennt? Das Dumme ist, dass sie Mama hoch und heilig versprechen musste, ab jetzt immer dabei zu bleiben, dass ihr Vater ihr Vater sei – also der Helbig.

Von ihr aus kann die Schule morgen anfangen. Da wird es andere Mädchen als Gisela geben und Bücher und Blätter und Stifte. Bloß keinen Bernhard. Das ist eigentlich das Blödeste an ihrem Umzug, dass sie Bernhard kaum noch sieht. Vielleicht ist Steglitz doch eine andere Stadt, und sie haben's ihr nur nicht gesagt. Ihre neue Wohnung ist jedenfalls viel größer und schöner als die alte. Jetzt hat sie ein eigenes Zimmer und einen Schrank voller Kleider und ein Regal mit Spielsachen und so viele Farben und Stifte, wie sie will. Wenn bloß Bernhard nicht so weit weg wohnen würde!

VICKY fährt mit der Bahn in die Stadt, um Elsie zu treffen. Seit Monaten meidet sie die Kreuzung Lothringer Straße und Prenzlauer Allee. Der Anblick des großen, geschwungenen Gebäudes löst kein Hochgefühl mehr in ihr aus. Das Jonass steht so gut wie leer, der Verkauf ist in das neue Alexanderhaus am Alex verlagert. Noch sind Grünbergs die Inhaber, doch ohne ihren Geschäftsführer können sie keinen Finger mehr rühren. Der Geschäftsführer, erinnert sich Vicky, ist jetzt dein Ehemann. Der Vater deines Kindes. Zum Glück ist Elsas Adoption endlich durch. Wie die Beamten sie malträtiert haben. In Gegenwart ihres Mannes musste sie beschwören, dass Elsas leiblicher Vater tatsächlich unbekannt ist. Nein, sie könne sich nicht erinnern, sie habe Kummer gehabt an dem Abend, sei ausgegangen, habe sich betrunken. Mehr wisse sie nicht. Da hieß es, das würde noch Schwierigkeiten geben, heutzutage – ein Kind ohne Stammbaum. Ob es ein Jude war? Nein, bestimmt nicht. Er habe eine SA-Uniform getragen. Warum sie das denn nicht gleich gesagt habe? Da hat Gerd mit der Faust auf den Tisch geschlagen und dem Fragen ein Ende gesetzt. Man möge es unterlassen, die Frau eines verdienten Parteimitglieds zu beleidigen. Bald darauf war die

Urkunde ausgestellt. Und damit eine der beiden Bedingungen erfüllt, an die sie ihr Jawort geknüpft hatte: erstens Elsa adoptieren, zweitens niemals nach Elsas Vater fragen.

Gleich hinter dem Bahnhof liegt das neue Alexanderhaus. Das rechtwinklige Gebäude überragt das schräg gegenüberliegende Warenhaus Hermann Tietz um mehrere Stockwerke. Trotzdem sieht es irgendwie kleiner aus. Rechtwinklig und rechtschaffen langweilig. In großen Buchstaben steht JONASS & CO auf dem flachen Dach. Für Vicky ist es, als ob das Alexanderhaus das Jonass gestohlen hat. Sie ist froh, dass sie nur noch stundenweise hier arbeitet und heute bloß gekommen ist, um Elsie abzuholen. Über den leeren, umgestalteten Alexanderplatz pfeift der Novemberwind. Elsie hakt sich bei Vicky ein und sucht Schutz unter ihrem Schirm. Gemeinsam kämpfen sie sich durch Wind und Regen bis zum Café „Kranzler" Unter den Linden. Die Stümpfe der frisch gefällten Linden sehen traurig aus. Die alten Linden sollen neuen Bäumen weichen.

Im Kranzler hängen sie die feuchten Mäntel an die Garderobe und legen die Hüte auf die Hutablage. Vicky vertieft sich in die Karte, da fragt Elsie, die Augen auf Vickys Schal gerichtet: „Warum legst du nicht ab?"

Als Vicky rot wird und etwas von einer Erkältung murmelt, lacht Elsie. „Süße, deine Halsentzündungen kenn ich. Eher so äußerlicher Natur. Du willst mir doch nicht erzählen, dass du dich in Ausübung deiner ehelichen Pflichten … angesteckt hast?"

Eheliche Pflichten, denkt Vicky. Ja, davor hat ihr in der Tat gegraut. Aber es war halb so schlimm, wenn sie schon vor dem Zubettgehen eine Schlaftablette nahm. Gerd schien es nicht zu wundern, dass seine Frau so lethargisch im Bett war.

Kaum hat die Kellnerin ihnen die bestellte Schokolade serviert und den Rücken gekehrt, fängt Elsie wieder an: „Also Ehebruch. Und da du ja doch eine Treue bist, tippe ich außerdem auf Rassenschande." Elsie schleckt Sahne vom Löffel und behält einen weißen Oberlippenbart. „Nur falls du's noch nicht mitbekommen hast, das ist jetzt kriminell. Gesetz zum Schutz des deutschen Blutes und der deutschen Ehre."

Vicky holt das Portemonnaie aus der Handtasche. „Weißt du, mir reicht's jetzt. Ich möchte zahlen."

Elsie fasst nach Vickys Hand. „Bitte bleib! Entschuldige, das war grob von mir. Wie geht es Harry?"

„Nicht gut." Vicky nimmt das Portemonnaie wieder an sich und gräbt die Fingernägel in das weiche Leder. „Du weißt ja, Grünbergs werden immer weiter aus dem Geschäft gedrängt. Alice soll darüber schon krank geworden sein. Und Harrys Freundin Vicky hat sich auf die Seite des Feindes geschlagen. Nach der Hochzeit mit Gerd wollte er mich gar nicht mehr sehen. Aber gestern …" Sie unterbricht sich und senkt den Kopf.

„Aha", sagt Elsie, „gestern."

Vicky beugt sich zu Elsie und flüstert: „Bisher hat ihn die Musik über Wasser gehalten. Jetzt hat er quasi Auftrittsverbot. Darf nur noch vor Juden spielen."

NIE HÄTTE Elsie für möglich gehalten, dass sie einige Wochen später mit Gerd Helbig am selben Tisch bei Kranzler sitzen würde. Er hat sie im Kaufhaus nach der Arbeit abgefangen, sie erst um ein Treffen gebeten und es ihr, als sie ablehnen wollte, befohlen. Er ist jetzt ebenso ihr Chef wie Grünberg. Während vor dem Fenster des Cafés einzelne nasse Flocken herabtaumeln, sitzen sie sich gegenüber und blicken in die Teetassen.

„Fräulein Janssen, ich weiß, Sie sind seit Langem die beste Freundin meiner Frau. Ihre Vertraute." Gerd Helbig rührt Kandis in den Tee. „Kommen Sie uns doch einmal in Steglitz besuchen. Sie leben allein, soweit ich weiß. Gerade in der Weihnachtszeit …"

„Danke, aber ich sitze nicht zu Hause und blase Trübsal."

„Nein, Sie bestimmt nicht." Helbig schaut traurig in seinen Tee. „Ich will offen zu Ihnen sein. Sie wissen, ich habe alles für Vicky getan. Und sie …" Plötzlich heftet er seinen Blick auf Elsie. „Trifft sie sich mit jemandem?"

„Gelegentlich."

Er starrt sie an. „Wer? Wer ist es?"

„Mit mir trifft sie sich gelegentlich. Das weiß ich, weil ich dabei bin. Wenn ich nicht dabei bin …" Sie zuckt mit den Schultern.

„Lassen Sie die Albernheiten und sagen Sie mir, was Sie wissen. Sie werden es nicht bereuen. Ich weiß, dass Sie das Zeug zu weit mehr haben als zu einer Verkäuferin. Möchten Sie nicht einmal in einer Stellung arbeiten, die Ihren Fähigkeiten entspricht?"

„Sehr gern. Aber nicht als Spitzel."

„Fräulein Janssen, Ihnen ist hoffentlich klar, dass wir bei Jonass nicht auf Sie angewiesen sind." Helbig zupft einzelne Nadeln aus dem Tannengesteck. „Sagen Sie mir, wer Elsas Vater ist."

Elsie schiebt in aller Ruhe die über das weiße Tischtuch verstreuten Nadeln zu einem Häufchen zusammen. „Was bieten Sie mir dafür?"

„Alles." Er räuspert sich. „Eine bessere Stellung, mehr Gehalt. Meinen Schutz, was auch kommen mag." Er legt seine Hand auf Elsies, und sie zieht ihre nicht weg.

„Gut.“ Sie beugt sich nach vorn. „Ich sage Ihnen jetzt alles, was ich weiß. Einmal. Dann will ich nie wieder gefragt werden.“

„Versprochen.“ Die Augen hinter seinen Brillengläsern scheinen sie aufzusaugen.

Elsie lehnt sich zurück. „Er hieß Heinz und kam aus dem Rheinland.“

Vor Verblüffung steht Helbig der Mund offen. Da lacht Elsie aus voller Kehle. Sie steht auf. „Viel Glück beim Suchen!“

WENN NUR alles schon vorbei wäre. Seit Wochen liegt Vicky ganze Tage bei zugezogenen Vorhängen im Bett. Wie gut, dass sie für das Schlafzimmer die dunklen Gardinen aus dickem Stoff genäht hat. Die Hitze und das grelle Licht sind unerträglich. Sie ist froh, dass sie mit dem Wahnsinn da draußen nichts zu tun hat. Gestern haben sie die Olympischen Spiele eröffnet. Die ganze Welt bestaunt das neue Deutschland. Überall Lärm und hupende Autos, Gedränge in Straßen und Geschäften, laute Stimmen und rote Köpfe. Und jetzt noch die Augusthitze, ganz Berlin liegt im Fieber. Olympiafieber.

Wie an allen größeren Gebäuden der Stadt prangen an der Fassade des Jonass riesige Olympiaringe. In den Verkaufshallen ist alles passend dekoriert, in der Damen- und Herrenkonfektion hängen lebensgroße Plakate der deutschen Athletinnen und Athleten. Auch in den Büros der Inhaber und Angestellten fiebert man mit den Sportlern, versammelt um den Rundfunkempfänger, der in Grünbergs Vorzimmer steht. Die Stimme des Rundfunkreporters überschlägt sich vor Begeisterung, als er verkündet, dass Tilly Fleischer mit dem Rekordwurf von 45,18 Metern im Speerwerfen die erste Goldmedaille für Deutschland erringt.

„ES IST EIN JUNGE!“, verkündet die Hebamme. Sie hält den abgenabelten Säugling mit dem Kopf nach unten und gibt ihm einen Klaps auf den Po. Er stößt einen lauten Schrei aus.

Vicky richtet sich auf. „Ich will ihn sehen!“

„Nicht so ungeduldig, junge Frau. Wir wollen den kleinen Mann erst hübsch machen für die Mama und …“

„Zeigen Sie ihn mir!“, schreit Vicky sie an. „Sofort!“

Die Hebamme fährt zusammen und reicht Vicky das Neugeborene. Hier und da hat er noch kleine Flecken von Blut und Schleim im Gesicht. Doch selbst so kann Vicky es erkennen: Der Junge ist Gerd wie aus dem Gesicht geschnitten. Als die Hebamme ihr das Kind wieder aus den Händen reißt, sagt sie, lachend und unter Tränen: „Rufen Sie meinen Mann an.“

Die Olympiaringe an der Kaufhausfassade sind abmontiert, die Schilder Juden unerwünscht hängen in der Stadt an ihren alten Plätzen. Das Spektakel ist vorbei, man ist in Deutschland wieder unter sich.

Heinrich Grünberg ruft den Geschäftsführer zu sich. Gerd Helbig überfliegt den Brief, der von einer Zeitung gekommen ist. „Die also auch", sagt Grünberg zu Helbig. „Wenn das so weitergeht, druckt bald niemand mehr unsere Anzeigen. Wie sollen wir da gegenüber der Konkurrenz bestehen?"

Gerd Helbig dreht einen Bleistift zwischen den Fingern. „Wir können niemanden zwingen, Werbung für etwas zu machen, das der eigenen Überzeugung widerspricht. Sie wissen ja, dass man die Zerschlagung der Warenhäuser nur aufgeschoben hat, solange kein funktionierender Ersatz für sie gefunden ist. Und das gilt für die kapitalistischen Warenhäuser allgemein. Wie steht es da erst um die …" Er stockt, sieht aus dem Fenster.

„… jüdisch-kapitalistischen", hilft Grünberg ihm weiter.

„Nun ja", meint Helbig, „eigentlich dürfen NSDAP-Mitglieder nicht einmal dort einkaufen. Ein Wunder, dass ich überhaupt noch hier arbeiten kann."

Grünberg legt den Brief zu den Akten. „In der Tat, Herr Helbig, das wundert mich auch."

Elsa sitzt auf dem Stuhl in ihrem Zimmer und tut gar nichts. Sagt nichts, rührt sich nicht. Nur die Gedanken kann man nicht anhalten, komisch. Endlich hat sie Bernhard wiedergesehen! Sie sind in einem großen Park spazieren gegangen, ihre Mama hat den kleinen Klaus im Wagen geschoben und Bernhards Mama den Arno auf einer Karre. Sie hat Bernhard gefragt, wie es ist, einen kleinen Bruder zu haben, aber Bernhard wollte nicht raus mit der Sprache. Vielleicht, weil der Arno immer krank ist. Sie hofft ja, dass Kläuschen nicht so viel krank ist, aber zum Spielen ist er für sie sowieso zu klein. Besser wäre, Bernhard als Bruder zu haben.

Vicky zieht dem kleinen Klaus eine frisch gewaschene Windel an. Selbst mit der Maschine ist es fast unmöglich, sie ganz sauber zu bekommen. Sie hat jetzt sogar eine Waschmaschine! Miele 45, das neueste Modell. Gerds Geschenk an sie zur Geburt des Sohnes. Trotzdem kommt ihr alles viel mühsamer vor als bei Elsa, wo sie die Windeln und Hemdchen auf dem Waschbrett schrubben musste. Kläuschen greift in Vickys Haare und versucht, ihren Kopf zu sich herunterzuziehen. Sie befreit sich aus seinem Griff. Ganz so erfreut wie in den ersten Tagen ist sie nicht mehr darüber, dass der Junge seinem Vater so ähnlich sieht. Jetzt hat sie dieses Helbig-Gesicht den ganzen Tag vor Augen, nicht nur abends und am Sonntag.

Gerd ist ganz närrisch nach seinem Sohn. Und sie überhäuft er mit Geschenken und Zärtlichkeiten. Mehr, als ihr lieb ist. Wie gut, dass sie von den ehelichen Pflichten für einige Zeit freigestellt ist. Die Schlaf- und Beruhigungstabletten darf sie nicht mehr nehmen, solange sie stillt. Aber sie ist jetzt sowieso immer müde. Und wenn sie doch mal etwas aufregt, wie neulich das mit den Entlassungen, hat sie ja immer noch die Tabletten. Ihre Friedensbonbons.

Mehrere jüdische Mitarbeiter sollten bei Jonass entlassen werden. Um sich bei der staatlichen Handelskammer ein wenig aus der Schusslinie zu bringen, wie Gerd meinte. Sie hat ihn angeschrien, ob man als Nächstes vielleicht die Besitzer entlassen wolle? Da hat Gerd sie kalt gemustert und gefragt, ob sie persönliche Gründe habe, sich für die Juden in die Bresche zu werfen? Statt einer Antwort ist sie schweigend hinausgegangen, hat im Badezimmer in der Stofftasche mit Binden nach den Tabletten gekramt und mit dem Rücken zum Spiegel zwei auf einmal hinuntergespült. Kurz darauf konnte sie mit Gerd auf dem Sofa sitzen, den Kopf an seine Schulter gelehnt, und auf Harrys Grammofon Beethoven hören. Alles war ihr recht.

„EHER zünde ich das Haus an, als dass es auch noch diesen Nazis in die Hände fällt!“, schreit Carola im Wohnzimmer der alten Villa in Lichterfelde Alice hält sich an der Lehne des hohen Sessels fest und presst ein Taschentuch gegen die Brust. Carolas ganzer Zorn ist auf den Bruder gerichtet, der gemeinsam mit dem Vater dabei ist, ihr Elternhaus ausgerechnet an die Helbigs zu verschachern.

Harry steht einige Meter entfernt im Schatten. „Helbig bekommt das Haus und wird dafür bezahlen. Jemand anders kriegt es, und wir gehen leer aus.“

Alice beginnt zu schluchzen. Harry tritt zu seiner Mutter. „Das Jonass gehört uns nicht mehr, die Versicherungen sind futsch, Mutters Familienschmuck ist verscherbelt. Nun heißt es sparen für die Reichsfluchtsteuer. Umsonst, Schwester, ist nur noch der Tod.“

VICKY steht in Harrys Zuhause, in das sie sich früher so oft gesehnt und nie einen Fuß gesetzt hat. Ein Makler hat ihnen aufgeschlossen und sie durch alle Räume geführt. Dann ist er mit Gerd in den Garten gegangen, um jeden Baum und Strauch zu begutachten. Sie hat Elsa den kleinen Klaus an die Hand gegeben und die beiden Kinder den Männern hinterhergeschickt. Mit dem schlummernden Baby auf dem Arm steigt sie die Treppe zum ersten Stock hoch. Harry hat ihr das Zimmer beschrieben, das sein Schlafzimmer und früher sein Kinderzimmer gewesen ist. Die dritte Tür rechts auf dem

Flur. Gleich daneben liegen die Räume seiner Schwestern. „Ich will, dass ihr in unserem Haus lebt, du und unser Kind“, hat Harry zu ihr gesagt, als sie ihm voller Empörung über Gerds Pläne berichtete. „Zu wissen, dass Elsa in unserem Garten spielt, wird ein Trost sein.“

Vicky tritt in das Zimmer und schließt die Tür hinter sich. Sie legt den schlafenden Kleinen auf das Bett, zieht die Schuhe aus und läuft auf Strümpfen über den Teppich. Sie streicht über die Tischplatte und die Lehne des Stuhls, geht auf die Knie und fährt die Stuhlbeine entlang. Dann öffnet sie eine Schranktür. Als sie Harrys Hosen, Jacken und Hemden auf den Bügeln hängen sieht, kommt ein Ton aus ihrer Kehle wie von einem Tier. Sie schlägt die Tür zu und lehnt sich dagegen. Noch wohnt er hier, noch ist das Haus nicht verkauft. Trotzdem war sie auf diesen Anblick nicht vorbereitet.

Mit aller Kraft rückt sie den Schrank auf einer Seite zentimeterweise von der Wand ab. In der Nische, die ganz von dem Schrank eingenommen wird, hat man sich das Neutapezieren gespart. Dort muss es sein, nicht weit über dem Boden. Ihre Finger tasten über das Muster der Tapete, finden nichts. Sie braucht Licht. Die kleine Leselampe über dem Bett lässt sich drehen, leuchtet hinter den Schrank. Da sind sie, genau wie er es beschrieben hat: feine Buntstiftstriche, ein Haus mit rauchendem Schornstein, die Sonne, ein Baum. Daneben, in krakeliger Schrift *Harry*. Sie sieht den kleinen Jungen vor sich, wie er an die Wand kritzelt und lauscht, ob jemand kommt. Das muss mitten im Großen Krieg gewesen sein. Vicky richtet sich auf, schiebt den Schrank an die Wand zurück. Sie wird Gerd überreden, auch die Möbel mitzukaufen. Elsa wird Harrys Zimmer bekommen. Gleich daneben werden die Räume ihrer Brüder liegen. Hinter dem Schrank wird es auch in Zukunft keine neue Tapete geben.

Elsa sitzt am Schreibtisch in ihrem neuen Zimmer und schreibt einen Brief an Bernhard. Vom Fenster aus kann sie in den Garten sehen. Ein großer Garten mit hohen Bäumen. Eine Schaukel hängt zwischen den alten Eichen, auf der man hoch in die Luft fliegen kann. In ihrem Garten gibt es auch einen Teich mit Goldfischen. Warum denn die alten Besitzer die Fische nicht mitgenommen haben, hat sie gefragt. „Ach, die sind über den großen Teich gefahren“, hat ihr Vater gesagt und gelacht, „da gibt es Fische genug.“ Mama hat ihn böse angesehen und ist aus dem Zimmer gegangen.

In letzter Zeit muss man sich über Mama oft wundern. Sie hat manchmal überhaupt keine Ahnung, zum Beispiel wenn es um den BDM geht. Schon ewig freut Elsa sich darauf, ein Jungmädel zu werden, wenn sie endlich zehn wird. Bald ist es so weit. Und ihre Mutter wollte sie nicht gehen lassen! Es wäre doch viel schöner, hier im Garten zu spielen, auch Bernhard könnte öfter einmal kommen. Aber Bernhard geht ja, wenn er zehn wird, auch zur Hitlerjugend, obwohl sein Vater dagegen ist. Vielleicht hat die Lehrerin recht, dass manche Eltern nicht begreifen, was in der neuen Zeit wichtig ist. Sie leben noch im Gestern und Vorgestern. Die Jugend, hat Frau Reinhard gesagt, ist Deutschlands Zukunft! Zum Glück hat ihr Vater sich durchgesetzt. „Es ist eine Ehre für ein deutsches Mädel, im BDM zu sein“, hat er gesagt, und an Mama gewandt: „Nur die Kommunisten- und Judenkinder bleiben zu Hause.“

Ein bitterer Geschmack liegt Vicky auf der Zunge, die Lider fühlen sich schwer an, zu schwer, um die Augen zu öffnen. Langsam kommt sie zu sich und erschrickt. Es ist mitten am Tag, Elsas zehnter Geburtstag. Es gibt noch so viel vorzubereiten! Sie muss eingeschlafen sein, als sie Werner ins Bettchen gelegt hat. Vielleicht hätte sie auf die Tabletten nicht noch Likör trinken dürfen. Als sie vorhin die Flasche aus dem Schrank geholt hat für die Gäste, wollte sie nur ein Gläschen probieren, ob er auch gut genug ist. Vicky richtet sich auf, ihr wird schwarz vor Augen. Steht die Flasche noch offen herum? Wo ist Klaus? Sie muss sich an der Kommode festhalten.

In der Küche sitzt der kleine Klaus auf dem Steinfußboden und spielt mit den Zutaten für Elsas und Bernhards Geburtstagstorte. Er ist von Kopf bis Fuß mit Mehl bestäubt, Mund und Hände sind mit Schokolade verschmiert, die Geburtstagskerzen geknickt und zerbrochen. Sämtliche Vorbereitungen sind zunichtegemacht. Wo soll Vicky so schnell eine neue Torte auftreiben? Da sitzt der verfressene Bursche mit seinen Patschhänden und grinst. „Guck nicht so!“, schreit sie ihn an. „Ich kann deine Visage nicht mehr sehen!“

Klaus beginnt zu weinen. Vicky schnappt ihn, zieht ihm die Kleider aus, stellt ihn in die Wanne und schrubbt mit einer Bürste über die nackte Haut.

Ein paar Stunden später sind alle Spuren beseitigt. Die Küche ist aufgeräumt, der Konditor hat eine neue Torte geliefert. Elsa und Bernhard, steht da in himmelblauem Zuckerguss, und in der Mitte prangt eine große Zehn. Elsa ist aus der Schule zurück, hat ihr neues Kleid angezogen und sich Schleifen in die geflochtenen Zöpfe binden lassen. Auch die kleinen Brüder sind herausgeputzt. Vicky faltet die weißen Stoffservietten, sodass sie wie kleine Eisberge vor den Tellern stehen. Die Gäste können kommen. Es ist die erste Einladung in ihr neues Zuhause. Sie möchte, dass alle Villa und Garten bewundern. Elsa freut sich am meisten auf Bernhard und Charlotte. An Martha wird man nicht viel Freude haben. Seit der kleine Arno tot ist, sieht man sie nur noch mit Trauermiene. Wilhelm kommt nicht, er wird

Vickys Nazi-Ehemann nicht die Hand reichen wollen. Und wer weiß, vielleicht auch ihr nicht mehr.

Vicky stellt Vasen mit frisch geschnittenen Blumen aus dem Garten auf den Esstisch, zupft sie zurecht und hält inne. Was nützt es, wenn alles schön ist, aber die liebsten Menschen nicht da sind. „Ich setz keinen Fuß in eine gestohlene Judenvilla“, hat Elsie auf ihre Einladung geantwortet. Es konnte Elsie auch nicht umstimmen, dass Harry selbst Vicky gebeten hat, dort einzuziehen, und dass sie Gerd dazu gebracht hat, einen anständigen Preis zu zahlen. Anständig sei in diesem Land gar nichts mehr, hat Elsie gesagt.

Die hat gut reden, denkt Vicky, sie hat auch kein halbjüdisches Kind. Noch einmal streicht sie alle Servietten glatt. Es war richtig, dass sie niemals jemandem verraten hat, wer Elsas Vater ist. Gerd Helbig ist Elsas Schutz. Er wird es bleiben, bis der Spuk vorbei ist.

Vielleicht sollte sie zum Nachmittagskaffee noch etwas Musik heraussuchen? Im Regal neben dem Grammofon steht ein Stapel Schallplatten. In vorderer Reihe die offiziellen: Hans Albers, Zarah Leander, Schubert, Beethoven und natürlich Wagner. Sie weiß bis heute nicht, ob Gerd ihn wirklich gerne hört oder ob er bloß den Vorlieben seiner geistigen Führer folgt. Hinter verschlossenen Türen bewahrt Vicky ihre Jazz- und Swingplatten auf. Gerd weiß, dass sie in seiner Abwesenheit Negermusik hört, aber er gönnt ihr das kleine Geheimnis. Wo ist die Platte, die Harry ihr zum Abschied geschenkt hat? Nein, die darf sie jetzt nicht auflegen. Sie darf sie nicht auflegen. Nur einmal anschauen, das wird noch erlaubt sein. Nur eine Sekunde auf den Plattenteller legen und zur Nadel greifen, davon geht die Welt nicht unter.

Es kratzt ein wenig, dann ertönt das letzte Lied: „Auf Wiederseh’n mein Fräulein, auf Wiederseh’n mein Herr. Es war uns ein Vergnügen, wir danken Ihnen sehr. Dieser Abend war so reizend und so wunder-, wunderschön. Wann kommen Sie wieder? Wann kommen Sie wieder? Damit wir uns wiederseh’n!“

„Siehst du“, hat Harry zum Abschied gesagt und ihre Tränen getrocknet, „die sind auch ausgewandert und singen weiter. Von Comedian zu Comedy Harmonists.“

„Ihr sollt euer Haus heil und schön zurückbekommen“, hat sie geantwortet, „wenn ihr wiederkommt.“

Er hat über sie hinweg in die Ferne geschaut und gelächelt. „Wenn wir wiederkommen.“ Und mit einem flüchtigen Kuss auf die Stirn war er fort. „Auf Wiedersehen, Vicky.“

„Damit, damit, damit wir uns wiederseh’n! Wann kommen Sie, kommen Sie, kommen Sie wieder? Damit wir uns wiederseh’n.“ Mit einem Ruck nimmt Vicky die Nadel von der Platte. Am liebsten würde sie alle Gäste ausladen. Was haben die hier zu suchen, in Harrys Zuhause? Was hat sie hier zu suchen? Sie hätte ihn heiraten sollen, ihm Schutz geben. Aber wovon hätten sie leben sollen, was wäre aus Elsa geworden? Aus Harrys Eltern und Schwestern? Er wäre doch fortgegangen aus Deutschland. Wie kann man in einem Land bleiben, wo Menschen nicht die Bänke im Park und das Wasser im Schwimmbad mit einem teilen. Die Luft zum Atmen.

Sie hätte mitgehen müssen! Auf einmal weiß sie es. Sie hätte Elsa nehmen und mitgehen müssen. Nun sitzt sie fest, in diesem Lager von einem Land, diesem Käfig von einem Haus. Es muss etwas geschehen, irgendetwas, damit der Albtraum ein Ende nimmt. Gäbe es doch Krieg!

Sehnsucht nach Amerika

Bernhard, 1935 bis 1939

Von der Reling um das oberste Geschoss hängen Hakenkreuz-Banner über die Fassade herab und verdecken die darunter liegenden Fenster. Die meisten Räume stehen leer. Doch das soll sich bald ändern, der große Umbau der neuen Hausherren wird vorbereitet, der Hausherren von der NSDAP.

Baulärm dringt über die Kreuzung Lothringer Straße und Prenzlauer Allee, beinahe wie zu den Zeiten, als hier das Kaufhaus des Ostens gebaut wurde.

Wilhelm steht an der Mauer des Nikolaifriedhofs und sieht zu, wie Lastwagen vorfahren, Bauarbeiter mit Leitern, Säcken und Eimern ein und aus gehen, und fragt sich, ob der eine oder andere Kollege darunter ist, der damals mit ihm beim Bau des Jonass dabei war. Der nun die früheren Schaufenster abdichtet und zahllose Wände einzieht für Hunderte kleiner Büros. Nun soll die Reichsjugendführung einziehen in dieses Haus, das er mit eigenen Händen gebaut und für das er sich beinahe die Knochen gebrochen hat. Nichts wird bleiben von den weiten Hallen, dem eleganten Raummaß, alle Proportionen werden zerstört sein, damit am Ende tausend kleinere und größere Reichsjugendführer von hier aus die Jugend führen können. In ihr Verderben. In den nächsten Großen Krieg. Wilhelm denkt an die Parole, die ihm einen Schauder über den Rücken gejagt hat, wendet der Kreuzung und dem annektierten Haus den Rücken. Doch die Parole tönt weiter in seinem Kopf, als er die Schritte beschleunigt. „Was sind wir? Pimpfe! Was wollen wir werden? Soldaten!“

Sie tragen Uniform und Hakenkreuzfahne, schwarze Stiefel, die glänzen, und ein breites Koppel. Wenn man genug von ihnen hat, kann man sie in mehreren Reihen aufstellen und marschieren lassen. Kalle hat solche Figuren, und Bernhard möchte auch welche. Elastolinfiguren. Er hat geübt und kann das schwierige Wort nun aussprechen. Kalle hat sogar Hitler aus Elastolin. Der streckt den Arm schräg nach oben, und seine Haare glänzen wie die schwarzen Stiefel von dem Fahnenträger. Als Wilhelm Anfang Juni wissen möchte, was sich Bernhard zum sechsten Geburtstag wünscht, rückt er heraus mit den Elastolinfiguren. Sein Vater kriegt fast den Blick, wie er ihn bei Onkel Erich bekam, als der eines Tages in einer solchen Uniform hereinspazierte. „Diesmal gibt es nichts zum Spielen", wirft Martha hastig ein. „Eine Schultasche müssen wir kaufen und eine neue Hose. Stifte. Das kostet alles." Damit ist Hitler aus Elastolin gestorben.

Der kleine Arno fängt auf Marthas Schoß an zu weinen, als hätte man ihm und nicht Bernhard soeben sein liebstes Spielzeug verweigert. Bernhard kann das ständige Weinen und Wimmern nicht mehr hören. Seit der Hirnhautentzündung hat Arno das Laufen verlernt, und sein kleiner Kopf kann sich nichts richtig merken. Martha trägt den Jungen, der schon drei ist, so oft es geht auf der Hüfte. Ganz schief ist sie davon geworden. Noch immer näht sie für andere Leute, um Geld zu sparen für jenen Tag, an dem es die Medizin geben wird oder die Behandlung, die Arno heilt. Der kleine kranke Bruder macht das Leben traurig, und manchmal wünscht sich Bernhard, dass er verschwindet. Sobald er das denkt, geht er zur Mutter und nimmt ihr das Kind von der Hüfte. Schleppt Arno durch die Zimmer, singt, pfeift und schneidet Grimassen, um ihn zum Lachen zu bringen. Doch Arno spricht nicht, und Arno lacht nicht. Bernhard kann es kaum abwarten, bald in die Schule zu gehen wie Charlotte. Dann wird er jeden Tag bis zum Mittag von der traurigen Mutter und dem kranken Bruder fort sein.

Wilhelm geht in diesen Wochen jeden Morgen zeitig aus dem Haus. Bald ist Richtfest für die Deutschlandhalle, und er hat versprochen, Bernhard die Baustelle zu zeigen. Die Halle wird ein großes Bauwerk, und der Vater bringt jede Woche Geld nach Hause. Sobald er seinen Lohn abgeliefert hat, zieht die Mutter los, um für Arno Medizin zu kaufen. Pillen und Pflaster, Säfte und Tinkturen. Sie glaubt fest daran, dass irgendein Mittel den Jungen heil machen wird. Wilhelm schweigt dazu, nur einmal hat er ihr die Tüte aus der Hand gerissen und zum offenen Fenster hinausgeworfen. „Dahin geht das Geld, für das ich mir den Rücken krumm schufte", hat er geschrien. Später haben der Vater und Bernhard die im Hof verstreuten Tabletten eingesammelt. Nur die braune Flasche war nicht zu retten, der klebrige rote Saft war voller kleiner Scherben.

In der Stadt ist schon jetzt eine große Aufregung wegen der Olympischen Spiele ausgebrochen. Bernhard übt mit Kalle Diskuswerfen. Dafür laufen sie bis in den Friedrichshain und suchen sich einen flachen Stein. Kalle kann sich ziemlich gut um seine eigene Achse drehen und kriegt den Stein auch ein paar Meter weit geworfen, in welche Richtung, weiß man vorher allerdings nie. Bernhard kommt immer ins Stolpern und Wackeln, vielleicht sollte er lieber Fußballer werden. Noch wichtiger aber ist die Frage, ob er später zusammen mit Kalle zu den Pimpfen kommt. Kalle sagt, das dürfe man sich auf keinen Fall entgehen lassen. Mit den Pimpfen gehe es raus auf Abenteuerfahrt, und eine Uniform bekomme man auch. Bevor Bernhard den Vater fragt, will er bei der Mutter vorfühlen. „Das kannst du Vater nicht antun", sagt sie nur. Hätte er sich ja denken können nach den Elastolinfiguren. Aber immer wird der Vater auch nicht alles zu entscheiden haben.

Mit dem olympischen Ausstellungszug fängt auch die Schule für Bernhard an, und er kann nicht sagen, dass die ersten Tage besonders schön sind. Auch wenn erzählt wird, dass bald Jungen und Mädchen, die besonders sportlich sind, für die Eröffnung der Olympischen Spiele auf dem Reichssportfeld ausgesucht werden. Sie sollen beim Fahnenaufmarsch dabei sein. Bernhard und Kalle wollen zwei von den zweitausend Jungen werden, die auserwählt sein sollen. Der dritte im Bunde ist Robert, der in der Volksschule neben Bernhard sitzt. Robert Weinberg wohnt in der Krautstraße, also eigentlich um die Ecke, aber noch nie sind sie sich begegnet. Nach wenigen Wochen gesteht Robert, dass er Raketenbauer werden will. Dafür bekommt er Bernhards volle Bewunderung, der nun doch nicht Zimmermann werden, sondern mit Robert zusammen Raketen erfinden will.

Es gebe nur ein Problem, sagt Robert eines Tages nach der Schule: „Ich bin Halbjude, da werden sie mich wohl keine Raketen erfinden lassen."

Kalle weiß sofort, wovon hier die Rede ist. „Du bist ein Saujud", entfährt es ihm, und gleichzeitig legt er Robert eine Hand auf die Schulter.

„Wieso darf ein Halbjude keine Raketen bauen?", fragt Bernhard, und Kalle sieht ihn an, als hätte er den Verstand verloren.

„Weil die Juden unser Unglück sind", erklärt er und lässt die Hand auf Roberts Schulter.

Charlotte hat gesagt: „Wenn du erst lesen kannst, wird es schön." Aber da ist sich Bernhard nicht sicher. Gerade die Lehrerin, die ihm das Lesen beibringen soll, ist eine schlimme Zicke. Manchmal holt sie Robert nach vorn und dreht seinen Kopf hin und her. „Seht ihr", sagt sie zu den anderen Schülern. „Das hier ist keine deutsche Rasse, nicht nordisch, nicht ostisch, nicht fälisch, nicht westisch. Das ist jüdisch." Dann schickt sie Robert an den Platz zurück, und der sitzt stumm und starr, sodass Bernhard ihn nicht trösten kann. Einmal flüstert Robert: „Wir gehen sowieso nach Amerika, da kann die Zicke mich mal." Aber das glaubt er seinem Freund nicht. Wie soll der mit seiner Familie nach Amerika kommen? Die haben ja auch nicht mehr Geld als andere hier im Viertel.

Bald geht es mit dem Lesen, und das größte Problem ist nun, genug Nachschub zu organisieren. Irgendwann bekommt Bernhard einen zerfledderten Band Winnetou in die Hände. Von da an ist klar, dass er mit Robert nach Amerika geht. Nicht weil er das müsste wie Robert, sondern weil man da genauso leben kann wie Winnetou. Besser jedenfalls als hier im Braunen Weg. Aber wie soll er es anstellen, dass auch die Eltern mitgehen nach Amerika, die von seinem Entschluss noch gar nichts wissen, und Charlotte und Arno, der immer dünner wird und kleiner, obwohl er doch wachsen sollte? Und was wird mit Elsa? Er sieht sie nur noch selten, seit ihre Mutter den reichen Mann aus dem Kaufhaus geheiratet hat, aber hin und wieder treffen sie sich, wenn Vicky Zeit hat. Beim nächsten Mal muss er Elsa fragen. Ob sie mitkommt.

Endlich ist der Tag gekommen. Vicky und Martha haben verabredet, mit den Kindern im Friedrichshain spazieren zu gehen. Die Mütter schieben beide einen Kinderwagen. Elsa hat jetzt auch einen kleinen Bruder, Halbbruder, sagt sie, und Bernhard fragt, ob ihr Halbbruder auch ein Halbjude ist. Da dreht sich Elsas Mutter zu ihm um, und einen Moment sieht sie aus, als wollte sie ihm eine Ohrfeige verpassen.

Bernhard bleibt hinter den Müttern und Kinderwagen zurück und schießt Kiesel durch die Luft. Das hat er doch bloß so gesagt, ohne nachzudenken! Wegen Robert, und weil es so ähnlich klingt. Und weil es doch komisch ist, dass man ein halber Bruder oder ein halber Jude sein kann. Oder etwa nicht?

Elsa kommt zu ihm. „Mach dir nichts draus", sagt sie und schaut sich nach Vicky um, die bereits ein ganzes Stück mit Martha entfernt ist. „Ich hab auch schon Ohrfeigen gekriegt, wegen Schickse und so was."

„Kommst du mit mir nach Amerika?", platzt es aus Bernhard heraus. Elsa schaut erstaunt, und er erklärt ihr die Sache. Mit Robert und Winnetou und den Indianern. Doch sie weiß nicht recht. Da nimmt er seinen ganzen Mut zusammen und fragt, ob sie auf ihn warten würde, ginge er nach Amerika. Lange läuft sie schweigend neben ihm her. „Versprochen", sagt sie. „Aber nur, wenn du mir aus Amerika jedes Jahr hundert Briefe schreibst."

Kurz nach Weihnachten wird Arno wieder krank, und jetzt erwischt es ihn richtig schlimm. Martha ist außer sich. In den Nächten bleibt sie wach, über das Kinderbettchen gebeugt, um alle paar Minuten nach der heißen Stirn zu fühlen und zu lauschen, ob das Kind noch atmet. Zwei Mal laufen Martha und Wilhelm durch die kalten Straßen in die Notaufnahme des Krankenhauses im Friedrichshain. Beim zweiten Mal behält der Arzt den kleinen Arno da. Von nun an eilt Martha jeden Tag gleich morgens früh ins Krankenhaus.

Charlotte und Bernhard gehen wie jeden Tag zur Schule und machen sich ihr Frühstück selbst. Manchmal kocht die Schwester mittags für sie beide, wäscht ihre Wäsche und putzt. An diesem Nachmittag spielt Bernhard mit Robert am Boxhagener Platz Fußball, sie sind auf der Seite der Sieger. „Komm“, sagt Bernhard zu Robert und schlägt ihm auf die Schulter. „Wir trinken bei uns noch eine Limonade.“ Die Mutter wird bei Arno im Krankenhaus sein, denkt er, springt mit dem Freund die Treppen hoch und reißt die Tür auf.

Seine Mutter sitzt am Küchentisch, ihr Rücken bebt, doch kein Laut ist zu hören. Bernhard glaubt zuerst, den Vater habe es beim Bauen erwischt. Wilhelm redet oft davon, wie gefährlich es sein kann auf den Baustellen, die in diesen Monaten wie Pilze aus dem Boden schießen. Kaum dass man noch hinterherkommt, wo der Führer es so eilig hat.

An all das denkt Bernhard, während er auf den gekrümmten Rücken der Mutter schaut. Noch hat sie sich nicht umgedreht. Noch hat sie nichts gesagt, doch dann kommt die Nachbarin zur Tür herein, und da weiß er es. Dass der Arno nun tot ist. Robert nimmt Bernhards Hand und fängt an, etwas vor sich hin zu murmeln, was keiner verstehen kann. „Für Arno“, sagt er, als er geendet hat. „Ein Gebet für Arno.“

In der Schule machen sie einem wie Robert das Leben immer schwerer. Irgendwann fangen auch die Jungs an, ihn erst zu necken und dann zu ärgern. „Saujud“ wird da nicht mehr so dahingesagt, und wenn irgendetwas schiefläuft, geht die Schuld immer zuerst an Robert. Zum Beispiel als Heinrich den Ball mitten in die Kohlköpfe vom Gemüse-Ede schießt und dort ein kleines Chaos anrichtet. „Das war der Saujud“, brüllt einer von den Jungs, bevor sie alle davonstürmen. Alle bis auf Robert, der vom Grünkramhändler eine Backpfeife kriegt und dazu ein paar saftige Sätze, von wegen, der Führer werde das mit den Juden jetzt bald zu regeln wissen. Danach kommt Robert nicht mehr zum Spielen. Auch Bernhard ist seltener dabei, um seinen Freund nicht zu enttäuschen. Er hat durch Winnetou gelernt, dass eine Freundschaft an so etwas nicht zerbrechen darf. Schon gar nicht eine Männerfreundschaft.

Bernhard schlägt Robert vor, dass sie Blutsbrüder werden. Dazu treffen sie sich an einem Nachmittag im Herbst, kurz bevor es dunkel wird, hinter dem Schlesischen Bahnhof. Bernhard hat ein kleines, scharfes Küchenmesser mitgebracht. Robert und er überlegen, ob es am besten ist, sich in den Arm zu schneiden, um ihr Blut zu vermischen, oder ob ein Finger genügt. Robert ist für den Arm, und Bernhard stimmt zu, obwohl es ihm nicht geheuer ist.

„Das ist Rassenschande, was wir hier machen", flüstert Robert und ritzt sich mit dem Messer einen blutigen Streifen auf den linken Unterarm. „Du darfst nie jemandem erzählen, dass du dein Blut mit meinem vermischt hast."

Das hat Bernhard sowieso nicht vor. Er pikst sich mit dem Messer in den Arm, bis zwei, drei Tropfen Blut kommen. Dann legt er die kleine Wunde auf Roberts größere, und nun ist es doch ein wenig feierlich geworden.

Nur wenige Wochen später schauen sie sich einen ganzen Nachmittag lang an, wie es aussieht, wenn das Einwerfen von Scheiben nicht bestraft wird, sondern erwünscht ist. Robert behauptet, so sei es allen Juden in der Stadt gegangen, die ein Geschäft oder ein Kino oder eine Werkstatt gehabt hätten. Und die Synagogen der Juden habe man auch zerstört. Das glaubt Bernhard nicht. Wahrscheinlicher ist doch, dass nur hier im Bezirk randaliert wurde, aber nicht in ganz Berlin. Am Abend fragt er seinen Vater, der erst nicht antworten will und dann sagt, dass Robert recht habe. „Aber man wird doch bestraft, wenn man die Sachen anderer Leute kaputt macht", ruft Charlotte. „Wieso denn die Nazis nicht?"

„Das waren ja wohl nicht nur Nazis", flüstert Martha und hält sich gleich die Hand vor den Mund, als hätte sie etwas Böses gesagt. „Von unseren Nachbarn waren auch welche dabei. Weil es gegen die Juden geht. Da sind sie sich dann einig." Wilhelm schweigt und nickt.

Als Robert aus der Klasse verschwindet, möchte Bernhard am liebsten auch nicht mehr in den Unterricht. Sein bester Freund, sein Blutsbruder muss nun auf eine jüdische Schule gehen. Manchmal treffen sie sich noch nachmittags, aber nichts ist mehr wie früher.

„Was ist mit Amerika?", will Bernhard wissen, und Robert schüttelt den Kopf. „Ich kann meine Eltern nicht allein lassen. Ich muss sie beschützen, vor Hitler."

Da muss Bernhard laut herauslachen. Wie will sein Freund Robert seine Eltern vor dem Führer schützen? „Der hat doch was Besseres zu tun, als sich mit deiner Mutter und mit deinem Vater zu befassen", sagt er.

Robert wendet sich ab und lässt ihn stehen. Kommt vier Tage nicht auf die Straße, so lange bis Bernhard zu ihm nach Hause geht, um sich zu entschuldigen. Robert nimmt die Entschuldigung an, aber die Blutsbrüderschaft hat einen Riss bekommen.

Zum zehnten Geburtstag gibt es noch einmal eine gemeinsame Feier mit Elsa. Ihr Vater hat zugestimmt, und so bekommen die Glasers eine Einladung in die Villa nach Lichterfelde. Wilhelm sagt, er werde da nicht mitkommen. „Ihr grüßt Vicky von mir und natürlich Elsa. Sagt, dass ich arbeiten muss."

So fährt Martha mit Bernhard und Charlotte allein nach Lichterfelde. Endlich kann er Elsas Zimmer in Augenschein nehmen. Vor dem Fenster bauschen sich Gardinen wie im Märchen, und über dem Bett schwebt ein Himmel aus dünnem Stoff. Es gibt Kuchen und Schokolade in Mengen. So etwas hat er noch nie gesehen auf einem Tisch. Und auch noch nie, dass Leute ein Zimmer haben, das eigens und nur zum Essen gedacht ist. So nennen sie es auch, Esszimmer. Mitten auf dem langen Tisch, der hier Tafel heißt, steht Elsas und seine Geburtstagstorte, mit ihren Namen und einer Zehn in himmelblauem Zuckerguss. Die hat Elsas Mutter extra für sie gebacken, wie sie erzählt. Elsas neuer Vater redet und lacht viel und sieht dabei traurig aus. Und Elsa schaut komisch, wenn sie Vati zu ihm sagt, als müsse sie das Wort aus ihrem Mund pressen.

Als sie endlich in den Garten dürfen, nimmt Bernhard seinen ganzen Mut zusammen und fasst nach Elsas Hand. Er zieht Elsa hinter einen großen Fliederbusch, wo sie nicht zu sehen und nicht zu hören sind. Dann sagt er Elsa, sie möge die Augen zumachen. Die zögert erst und blinzelt, und als sie endlich stillsteht mit geschlossenen Augen, atmet Bernhard tief ein und drückt seine Lippen auf Elsas Lippen, sodass die nur noch einen erschrockenen Japser von sich geben kann, bevor sie die Augen aufreißt und kichert „Jetzt sind wir verlobt", sagt sie dann ernst und nimmt Bernhards Hand „Soll ich uns aus Mamas Schmuckschatulle zwei Ringe stibitzen?"

Das ist ihm zu viel des Guten. „Niemand darf wissen, dass wir verlobt sind. Wir machen ein Geheimnis draus", sagt er, und Elsa ist sofort einverstanden. Der Helbig würde bestimmt Ärger machen, und Mama wäre wahrscheinlich auch nicht begeistert.

Sie läuft schnell ins Haus, in ihr Zimmer, kommt wieder und drückt Bernhard etwas in die verschwitzte Hand. Eine Kette mit einem Kleeblattanhänger. „Weißt du", sagt Elsa und sieht plötzlich sehr erwachsen aus, „ich mach mir nichts draus, dass du arm bist und einen jüdischen Freund hast. Die Liebe ist doch stärker als das alles."

In diesem Sommer geht es Martha immer schlechter. Kaum, dass sie noch die Wohnung verlässt. Sie kocht und wäscht und überlässt Charlotte und Bernhard das Einkaufen und alle Gänge, die zu erledigen sind. Am letzten Sonntag hat er gesehen, wie der Vater sich selbst seine Zimmermannsjacke geflickt hat.

Am ersten September beginnt eine Zeit, die Wilhelm nur noch als Wahnsinn bezeichnet, und in der Schule sind sie fast alle diesem Wahnsinn anheimgefallen. Kalle kriegt sich gar nicht mehr ein. Immer wieder versucht er, Bernhard die Sache mit dem Volk ohne Raum zu erklären, und dass dies nun bald ein Ende haben werde. Bernhard findet es in den Wohnungen im Braunen Weg zwar auch recht beengt, und ihm gefiele es, wären die Straßen etwas breiter. Aber so eng, dass es gleich einen Krieg darum geben müsste, findet er es auch wieder nicht.

Bernhard ist nun bei den Pimpfen. Dagegen kann niemand mehr etwas tun, seit es befohlen ist, dass man als Junge mit zehn in die Hitlerjugend zu gehen hat. Freuen kann er sich nicht darüber, dass er nun doch in die Uniform steigen darf. Man muss sehen, wie man durch diese Zeiten kommt, hat der Vater gesagt, und die Mutter möchte von gar nichts mehr etwas wissen, seit Krieg ist. Jede Woche fährt sie jetzt den weiten Weg zum Friedhof nach Gollwitz, wo ihre Eltern liegen.

An einem Nachmittag im November muss er hinaus zum Geländespiel. Einen halben Tag rennen sie durch den Wald und kriechen durchs Unterholz. Bernhard stolpert über eine Wurzel und fällt in ein Dornengestrüpp. Auf dem Heimweg beschließt er, der Mutter zu sagen, dass er nicht mehr zum Jungvolk gehen will. Lieber stellt er sich krank oder tot, als weiter diese langweiligen Spiele mitzumachen und sich Vorträge über Zucht und Ordnung anzuhören. Als Bernhard nach Hause kommt, ist es ungewöhnlich still in der Wohnung. Vielleicht ist die Mutter ja doch einmal nach draußen gegangen, hat sich erholt von ihrer Traurigkeit, hat den Kummer um den kleinen toten Arno und die Angst vor Hitler und dem Krieg vergessen. Aber so recht kann er nicht daran glauben.

Er schaut in die Küche, in das kleine Schlafzimmer der Eltern. Manchmal hat die Mutter seit Arnos Tod auch bei zugezogenen Vorhängen im Bett gelegen, wenn er von der Schule nach Hause kam, und gesagt, dass sie krank sei. Heute ist das Bett gemacht, die Decke über den Federbetten glatt gezogen. Er öffnet die Tür zu Charlottes und seinem Zimmer, doch auch Charlotte ist nicht zu Hause. Also geht er noch einmal in die Küche, denn es muss ein Abendbrot gemacht werden, wenn der Vater nach Hause kommt.

Die Küche ist so blank und aufgeräumt, als stünde Weihnachten oder hoher Besuch ins Haus. Bernhard nimmt sich Brot aus dem Kasten, schneidet eine dicke Scheibe ab und holt Wurst aus der Kammer. Wenn niemand da ist, wird er eben alleine essen. Er hat einen Riesenhunger nach dem Gerenne durchs Unterholz. Eben will er in seine Stulle beißen, da sieht er das gefaltete Blatt Papier auf dem Tisch. Diese Schrift kommt ihm gar nicht bekannt vor, die Sätze sehen aus, als habe jemand bei jedem Wort absetzen und überlegen müssen.

Verzeiht mir, dass ich fortmuss. Sucht mich nicht. Das Leben wird ohne mich leichter. Ich liebe Euch, Martha.

Bernhard wirft das Blatt von sich und springt vom Stuhl auf. Was soll das bedeuten? Fortmuss – wohin denn fort? Er läuft ins Schlafzimmer und reißt den Kleiderschrank der Eltern auf. Gott sei Dank, es ist alles noch da. Da kann sie ja nicht für lange fort sein, ohne ihre Kleider. Auch der einzige Koffer liegt oben auf dem Schrank. Er hört, wie jemand zur Tür hereinkommt. Das wird sie sein, die Mutter, sicher ist sie nur einkaufen gewesen. Oder bei der Nachbarin. Er läuft in die Diele und steht Charlotte gegenüber.

„Was ist passiert?“, fragt sie, noch bevor er etwas gesagt hat. Er zieht die Schwester in die Küche und hält ihr das Blatt Papier unter die Nase. Charlotte liest und wird grau im Gesicht. Erst weiß und dann grau wie ein Pappkarton. Sie fasst nach der Tischkante, umklammert sie mit beiden Händen, und einen Augenblick sieht sie aus, als würde sie umfallen. Dann läuft sie ins Schlafzimmer, genau wie er es gemacht hat. Gleich wird sie sehen, dass die Mutter nicht weit fort sein kann. Wird sich beruhigen und ihm erklären, was die Sätze auf dem Küchentisch bedeuten. Doch Charlotte bricht beim Anblick der Kleider im Schrank ihrer Mutter in Tränen aus. Geht zur Kommode neben dem Bett, zieht eine Lade heraus und öffnet ein Kästchen. In der Schmuckschatulle liegt Marthas Ehering, den sie sonst immer trägt. Doch etwas anderes fehlt, Charlotte zeigt auf den leeren Platz auf dem blauen Samt, Bernhard weiß es nicht. „Arnos Zähnchen“, stößt sie hervor und bricht in ein unmenschliches Geheul aus.

„Hör auf!“, schreit er, packt die große Schwester bei den Armen und schüttelt sie. „Mutti kommt gleich. Sie kommt gleich!“

Es ist lange schon dunkel, als endlich der Vater nach Hause kommt. Sie hören wie er die Wohnungstür öffnet, im Flur poltert, nach Martha ruft, in die Küche geht. Dann ist es eine Weile ganz still. Er tritt ins Schlafzimmer, macht Licht, geht zum Bett und nimmt Charlotte in die Arme. Schaut in den Kleiderschrank, zieht Bernhard zwischen Jacken und Röcken heraus, drückt ihn an sich. „Ich hol die Nachbarin“, sagt er und wendet sich zur Tür. „Sie bleibt heute bei euch.“

Bernhard will ihn aufhalten, stellt sich ihm in den Weg, schreit: „Wohin gehst du?“

Doch der Vater schiebt ihn sanft beiseite und gibt keine Antwort. Die Tür fällt hinter ihm ins Schloss.

„Zur Polizei“, sagt Charlotte, und ihre Stimme klingt nun ganz ruhig. „Er geht zur Polizei.“

Luftbrücken

Winter 1949

Auf dem Dach flattern rote Fahnen im Wind. FRIEDEN SICHERN! verkündet ein Plakat über dem Portal, und auf einem roten Banner steht in großen Buchstaben ES LEBE DIE SOZIALISTISCHE EINHEITSPARTEI DEUTSCHLANDS. Nur ganz selten fährt ein Auto über die Kreuzung zur Lothringer Straße. Kein Laut dringt aus dem Inneren des riesigen Gebäudes. Alle Fenster sind geschlossen.

Das mächtige Haus mit seinen Seitenflügeln überragt die umstehenden Gebäude mit ihren durchlöcherten Fassaden, abgestützten Dächern und maroden Mauern, von denen manche noch immer aussehen, als könnten sie jeden Augenblick zusammenbrechen. Gleich nachdem in der Zeitung stand, dass das Viertel nördlich des Alexanderplatzes schwere Bombenschäden erlitten hatte, war ihre Mutter mit ihr hergefahren, um nach dem Haus zu sehen. Lange hatten sie schweigend vor dem rußgeschwärzten, doch nahezu unversehrten Gebäude gestanden. Das Jonass hatte die Bomben und Granaten überlebt.

Und doch ist es nicht mehr das Jonass. In ganzer Breite um den Vorsprung zwischen erstem und zweitem Stock trägt das Haus der Einheit ein rotes Banner, als hätte man ihm eine Schleife umgebunden. Darüber das Bild mit den Konterfeis von Marx, Engels, Lenin und Stalin – wie eine rote Pappnase kommt es Elsa vor, die man dem wehrlosen Haus angeklebt hat. Wo Grünbergs ihre Kontore hatten, sind Wilhelm Pieck und Otto Grotewohl eingezogen. Das Kaufhaus, „Jeder Preis ein Schlager“, ist nun eine Schaltzentrale der Macht, das Haus der Einheit.

„DIE AMIS kommen!“ Klaus und Werner Helbig stehen auf dem Trümmerberg zwei Straßen hinter ihrem Haus und beobachten die einfliegende Douglas Skymaster. „Hierher, hierher!“, schreit Werner und wedelt mit dem Taschentuch. „Schokolade und Schuing Gumm zu mir!“

„Tschuing Gamm“, verbessert Klaus. „Das heißt Tschuing Gamm. Und außerdem“, er tritt gegen einen zerbrochenen Ziegelstein, „brauchen wir keine Almosen. Erst werfen sie uns Bomben auf den Kopf und dann Schokolade.“

Doch Werner stellt sich einige Meter von Klaus entfernt zu den anderen Jungen, die das Flugzeug begrüßen, indem sie winken und ihre Mützen in der Luft schwenken. Jeder will auf dem höchsten Punkt des Trümmerbergs stehen und wippt dort oben auf den Zehenspitzen. „Hey, das ist eine Douglas Dakota!“, schreit der Junge aus dem Nachbarhaus, der Werner schon öfter auf dem Schulweg verprügelt hat. Das Flugzeug über ihnen wackelt mit den Flügeln. Kurz darauf segeln kleine schwarze Gebilde herab. Da bricht Jubel aus. „Ein Candy-Bomber! Ein Candy-Bomber!“, kreischen die Jungen und hüpfen in ihren durchlöcherten Schuhen in die Luft. „Schocklett, Schocklett!“

Klaus steht einige Schritte weiter unten mit verschränkten Armen abseits. Er hebt einen Stein auf und zielt damit nach dem Flugzeug. Der Stein fliegt hoch in die Luft und fällt dicht neben den Jungen zu Boden.

Das Flugzeug zieht in einer weiten Kurve davon, doch die kleinen Fallschirme taumeln langsam zur Erde. Zwei landen auf einem Hausdach, ein anderer verfängt sich in einer Stromleitung. Doch ein paar steuern genau ihren Trümmerberg an! Die Jungen breiten die Arme aus. Als die Fallschirme in Reichweite geraten, stürzen sie durcheinander und boxen sich gegenseitig aus dem Weg. Einer stellt Werner ein Bein, er fällt auf den Schotter. Als er sich wieder aufrappelt, um den anderen hinterherzurennen, schwebt genau vor seiner Nase das größte Wunder von allen herab. Ein Ballon mit aufgemaltem Gesicht, an dem ein Brief baumelt: ein leibhaftiger Shmoo! Davon hat er bisher nur erzählen und flüstern hören. Blitzschnell stopft Werner den Ballon unter die Jacke und klettert den Trümmerberg hinab. Sein Bruder ist verschwunden. Werner sieht zu, dass er seinen Schatz so schnell wie möglich heil nach Hause bringt. Ein Shmoo bedeutet ein CARE-Paket!

Mit zitternden Fingern öffnet Werner in der Wohnungstür seine Jacke. Er holt den Ballon hervor und küsst das Gummiwesen auf den grinsenden schwarzen Mund. Ein Shmoo – das ist der Hauptgewinn! Das muss auch sein Bruder anerkennen. Und wie Mama und Elsa sich erst freuen werden! Klaus stochert im engen Zimmer der beiden Jungen im Ofen. Er dreht Werner den Rücken zu, während der mit lauter Stimme vorliest, was auf dem Briefchen steht. „Hallo – ich bin ein Shmoo! Vielleicht habt ihr noch nie von mir gehört. In Amerika bin ich ziemlich berühmt als ein Fabeltier, das allen Menschen Gutes tut. Zum Beweis dafür bringt mich zum CARE-Büro, wo ich mich in ein CARE-Paket verwandeln werde.“

Klaus schließt die Ofenklappe und dreht sich langsam um. „Wie siehst du denn aus? Blutflecken an den Knien, die ganzen Sachen versaut. Das wird Mama aber gar nicht gefallen."

„Na und? Wenn sie erst mal sieht, was ich …"

„Geh dich waschen!"

Werner legt Shmoo und Brief auf den Tisch und geht in die Küche zum Waschtisch. Dort zieht er Hose und Pullover aus. Erst jetzt, während er Gesicht und Hände schrubbt, spürt er, wie die Schrammen brennen.

„Klaus, kannst du mal …" Da keine Antwort kommt, geht er zurück in ihr Zimmer. Einen Augenblick später stürzt er zum Tisch. „Wo ist er?!"

Nach Gummi stinkender Qualm steigt aus dem Ofen. Werner reißt die Ofentür auf und blickt auf ein verschmortes Etwas. Klaus packt ihn, zieht ihn vom Ofen fort und drückt ihn zu Boden. Während er rittlings auf ihm sitzt und Werners Arme über dem Kopf festhält, zischt er: „Diese Gummipuppe hat der Feind abgeworfen. Dieselben Yankees haben unseren Vater getötet! Und du schämst dich nicht, ihre Schokolade zu fressen!"

Es klappert an der Wohnungstür, Vicky steht im Zimmer, beladen mit einer Tasche und einem Rucksack, aus dem Reisigzweige ragen. „Was ist denn hier los? Hört sofort auf! Eure Mutter steht sich die Füße wund, schleppt für euch das Futter herbei, und ihr …"

Da jault Werner auf. „Mama, ein Kehrpaket! Ich hatte ein Kehrpaket für dich! Klaus hat den Gutschein verbrannt!"

Klaus lässt Werner los und steht auf. „Ja, mit Liebesgrüßen von den Juden und Negern aus Amerika!"

Vicky packt Klaus, der nur noch einen Kopf kleiner ist als sie, am Kragen und schüttelt ihn. „Weißt du überhaupt, Bürschchen, was ein CARE-Paket bedeutet? Vierzigtausend Kalorien! Siebentausend Westmark! Tausend Zigaretten! Und du willst dich als deutscher Held aufspielen?"

Sie verpasst ihm eine Ohrfeige. Im selben Moment schlägt Klaus zurück. Vicky taumelt und fasst sich an die Wange. Beide schauen einander fassungslos an. Dann rennt Klaus in die Diele und poltert das Treppenhaus hinunter.

„Und eins, und zwei, und drei, und vier!" Elsa nimmt den Karton von ihrer Vorderfrau entgegen und reicht ihn dem Mann, der hinter ihr steht. Eiskalter Nieselregen glänzt im Licht der Scheinwerfer, die das Rollfeld erleuchten. Bei jedem Wetter, zu jeder Tageszeit wird hier gearbeitet, in drei rotierenden Schichten. Wenn die Flugzeuge bereit zum Entladen sind, kommt es auf Minuten, Sekunden an. Keine halbe Stunde nach der Landung soll die Maschine wieder starten, zurück nach Westdeutschland. „Es liegt in euren Händen“, hat der Schichtführer gesagt, „dass Berlin nicht verhungert!“ Elsas Schicht lädt Lebensmittelpakete aus. Trockennahrung. Aus dem Flieger links von ihnen wirft eine Gruppe junger Männer über eine Rampe Kohlensäcke auf den bereitstehenden Lastwagen, rechts sind es Papierrollen für den Zeitungsdruck. „Und eins, und zwei, und drei, und vier!“ Noch ein Karton und noch ein Karton. Die Arme bewegen sich im Takt, die Finger greifen, lassen los, greifen. Die Kette der Hände, durch die die Fracht wandert, darf nicht unterbrochen werden.

Es ist sechs Uhr abends, stockfinster. Ihre letzte Maschine für heute. Elsa spürt Arme und Hände nicht mehr, alles von Kopf bis Fuß taub. Immer war sie Teil so einer Kette gewesen, denkt Elsa, während sie den letzten Karton dieser Schicht entgegennimmt. Beim BDM, als sie im Akkord Päckchen für die Helden an der Front packten. Später, als Schutt und Asche ihrer Stadt durch die Hände wanderten. Lauter Frauenhände. Auch damals hat man gar nichts gespürt, erst nachts auf der Matratze schmerzten die Knochen.

Elsa hängt ihren von Schweiß und Nieselregen feuchten Kittel an den Haken. Einen Moment noch aufwärmen in der Halle, bevor sie zu Fuß den Heimweg antritt. Ein Glück, dass sie die Wohnung in Tempelhof bekommen haben. Wer weiter weg wohnt, muss abends zusehen, wie er nach Hause kommt. Wegen der Stromsperren ist um sechs Uhr abends Schicht im U-Bahn-Schacht und für die Straßenbahnen. Ingrid, die einen kriegsversehrten Mann und zwei kleine Kinder zu Hause hat, läuft über eine Stunde quer durch die dunkle Stadt. Von Ingrid hat sie letzte Woche in der Pause heimlich Skizzen gemacht. Die fahle Haut und die tiefen Falten um ihre Augen, obwohl sie noch keine dreißig ist – und die Augen selbst, blank und blau wie ein Julihimmel. Als gehörten sie in ein ganz anderes Gesicht, das einer Vorkriegs-Ingrid. „Was machst du da?“, wollte Ingrid wissen, und Elsa hat ihren Skizzenblock schnell in die Kitteltasche geschoben.

Heute ist sie zu müde, um in den wenigen ruhigen Minuten, bevor die nächste Schicht anrückt, Skizzen zu machen. Ganze Blöcke hat sie schon gefüllt. Dabei träumt sie Tag und Nacht davon, eine eigene Kamera zu besitzen. Träum weiter, sagt sie sich. Der Fotograf konnte sie nach ihrer Lehre nicht übernehmen, kann kaum selbst überleben. Neben ihr auf der Bank liegt eine Zeitung, die will sie für zu Hause einstecken. Ihr Blick fällt auf die Titelseite: „*Neues Deutschland*“, liest sie, „*Organ des Zentralkomitees der Sozialistischen Einheitspartei Deutschlands*“. Diese Zeitung hat sie noch nie gelesen, und sie beginnt, darin zu blättern. Da bleibt ihr Blick am Namen unter einem Artikel hängen. Bernhard Glaser. Der Bernhard Glaser?! Ihr Freund aus Kindertagen, den sie seit drei Jahren aus den Augen verloren hat? Und der schreibt jetzt fürs *Neue Deutschland*? Vorsichtig rollt sie die Zeitung zusammen und steckt sie in ihre Tasche. Die drei Jahre ohne ihn kommen ihr wie verloren vor.

Sie zieht den Mantel über und tritt durch das Tor der Flughafenhalle in den stärker werdenden Regen hinaus. Das ohrenbetäubende Gedröhn der Flugzeugmotoren hört sie schon gar nicht mehr. Vicky stopft sich nachts Watte in die Ohren, weil sie sonst kein Auge zutun könnte, sagt sie. Für Vicky bedeuten die Flugzeuge nach wie vor Bomben. Für Klaus bedeuten sie Feind, für Werner Schokolade. Und für sie selbst? Arbeit, etwas Geld und einen unangreifbaren Vorwand, jeden Tag fortzukommen von zu Hause.

Auch wenn sie langsam nass wird, hat Elsa es nicht eilig. Der Flughafen liegt an einem alliierten Glücksstrang, wie sie die Stromleitungen nennen, durch die Tag und Nacht jener Saft fließt, der alles am Leben hält. Doch je weiter sich Elsa vom Flughafengelände entfernt, desto dichter und schwerer liegt die Dunkelheit in den Straßen. Die gewöhnlichen Häuser und Einwohner von Tempelhof sind heute erst um Mitternacht an der Reihe, ihre tägliche Zweistundenration Strom zu empfangen. Keine Autoscheinwerfer, keine Straßenlaternen, durch die Fenster der Wohnungen dringt hier und da das Flackern von Kerzen oder der schummrige Schein einer Petroleumlampe. Kein Radio. Nur das Dröhnen und die Lichter der Flugzeuge durchbrechen die Decke der Ruhe und Finsternis über der Stadt. Fast wie im Krieg, denkt Elsa. Vor vier, fünf Jahren, als ich noch ein Kind war. Ein junges Mädchen, alt genug für den Bund Deutscher Mädel. Alt genug für den Dienst an der Heimatfront. Alt genug für die Bomben und die Toten. Trotzdem, ein Kind.

ZU HAUSE: der Gestank nach Kohl und Branda. Also sind mal wieder die Kohlen ausgegangen, denkt Elsa in der dämmrigen Diele, denn nur dann war dieser stinkende Ersatz aus Sägespänen und Teer an der Reihe. Kein Strom, kein Licht, kein Radio. Alles dunkel und still. Was machen Klaus und Werner? Die werden doch nicht schon schlafen gegangen sein! Die Tür zum Zimmer ihrer Brüder ist geschlossen.

Elsa schaut in die Küche. Eine vermummte Gestalt sitzt am Küchentisch. „Mama?“ Eiskalt ist es in der Küche, kalter Branda-Rauch hängt in der Luft. Die Kerze auf dem Küchentisch ist verloschen. Die vermummte Gestalt wendet nicht einmal den Kopf. „Was ist passiert?“

Im Dunkeln und in mehrere Schichten Kleidung gehüllt, mit einem Wollschal um den Kopf gewickelt, sieht Vicky wie eine alte Frau aus. Dabei haben sie erst letzten April ihren vierzigsten Geburtstag gefeiert. Elsie hat Marmorkuchen gebacken. Damals, als es noch frische Eier und Milch gab.

„Dein Essen steht auf dem Herd“, sagt Vicky schleppend. „Du kannst zwei Portionen haben. Klaus braucht nichts mehr.“

„Mama! Was ist mit ihm? Sag mir endlich, was hier los ist!“

Statt einer Antwort schlägt Vicky mit der Faust auf den Tisch. „Der Gauner! Ein Dieb an der eigenen Familie.“ Nach und nach rückt sie mit der Geschichte heraus, während Elsa die aufgewärmte Kohlsuppe löffelt. „Stell dir vor, Elsa, neunhundert Gramm Fett, zweihundertfünfzig Gramm Trockenei, Corned Beef …“ Sie bewegt beim Sprechen den Oberkörper vor und zurück. „Tee, Schokolade. Käse. Dreizehn Kilo, vierzigtausend Kalorien.“ Sie hält inne und schaut ihrer Tochter in die Augen. „Siebentausend Mark auf dem Schwarzmarkt, tausend Zigaretten …“

Elsa tunkt ein Bröckchen hartes Brot in die Schüssel. „Tausend Zigaretten!“, seufzt sie. „Der kleine Scheißkerl!“

ELSA öffnet die Augen und schließt sie wieder. Sie tastet nach dem Schalter und knipst die 100-Watt-Birne aus, die auf ihr Gesicht gerichtet ist. Sie ist hellwach, die Birne hat ihren Zweck erfüllt. „Unseren täglichen Strom gib uns heute!“, sagt Elsa und setzt sich im Bett auf.

In der Küche brennt Licht, Vicky steht am Bügelbrett. Sie trägt dicke Socken und Pantoffeln, lange Hosen, darüber ein Wollkleid und eine Strickjacke. Wie lange hat ihre Mutter im Dunkeln am Bügelbrett gestanden, um genau in der Sekunde des Einschaltens loszubügeln?

„Kannst du für morgen vorkochen?“, fragt sie Elsa. „Die Sachen stehen auf dem Tisch.“

Schlaftrunken schüttet Elsa die vorgeweichten Kartoffel- und Gemüsewürfel in den Topf. Das Radio läuft. Immer wieder werden die RIAS-Nachrichten vom Fluglärm übertönt. Dem täglichen Insulaner-Lied geht es nicht besser, doch den Refrain kennen sie auswendig.

„Der Insulaner verliert die Ruhe nicht“, singen Vicky und Elsa, „der Insulaner liebt keen Jetue nicht. Und brummen des Nachts auch die viermotorjen Schwärme, det is Musik für unser Ohr, wer red’t vom Lärme?“

Werner kommt in die Küche, in Schlafanzug und Wollpullover steht er im Türrahmen und stimmt ein. „Der Insulaner träumt lächelnd wunderschön, dass wieder Licht ist und alle Züge gehn. Der Insulaner hofft unbeirrt, dass seine Insel wieder ’n schönes Festland wird. Gibt’s Kakao?“, fragt er und nimmt gähnend den Becher entgegen. Sein Gesicht hellt sich auf. „Sogar heiß!“ Dann setzt er sich an den Tisch und schlägt ein Heft auf. „Muss noch Mathe machen für die erste Stunde.“ Im Schein der Lampe fällt Elsa sein verschwollenes Gesicht auf.

„Sagt mal, was ist mit Klaus? Verschläft der neuerdings die Elektrizität?" Sie bekommt keine Antwort. Als hätte es in diesen Räumen nie einen Jungen namens Klaus gegeben. Gibt auch keinen, stellt Elsa fest, als sie das Zimmer ihrer Brüder betritt. Klaus' Bettdecke liegt unberührt da.

MIT IHREM SCHÄRFSTEN KÜCHENMESSER und der selbst gebastelten Taschenlampe mit Dynamo hat Elsa sich auf den Weg gemacht. Tausend Zigaretten hin oder her, Klaus ist doch noch ein Kind! Zwölf Jahre alt und unausgegoren, wie man in diesem Alter eben ist. Und da liegen sie seelenruhig in ihren Betten, während der Junge in Dunkelheit und Kälte herumirrt? Hauptsache, die Wäsche ist gebügelt und die Hausaufgaben sind gemacht? Nun gut, sie kann Klaus auch nicht leiden. Gibt es überhaupt jemanden, der Klaus leiden kann? Aber ein paarmal hat er damit geprahlt, dass er zu einer geheimen Bande gehört. Irgendwas mit Wölfen, die in den Ruinen hausen. Hätte sie ihm bloß besser zugehört! Jedenfalls waren diese „Wolfshöhlen" nicht weit vom Alexanderplatz, das hat sie sich gemerkt. Sie hat das Gefühl, dass sie dort in der Gegend ihren Bruder finden könnte. Ob man sie mitten in der Nacht, allein und zu Fuß, über die russische Sektorengrenze lässt?

Noch immer stürzen ausgebombte Häuser ein, werden Menschen in Kellern verschüttet, Frauen und Männer auf der Suche nach Kohle und Bauholz, spielende Kinder. Sie muss vorsichtig sein. Wo würde sich eine Kinderbande verstecken? Sicher in einer Ruine, in der sie so wenig wie möglich gestört wurden. In irgendeiner Seitenstraße, einem Hinterhof. Obwohl ihr die Knie schlottern, steigt sie in leer stehende, zerbombte Häuser, leuchtet mit der Taschenlampe in die Ecken. Einmal fällt sie beinahe über zwei in Decken gewickelte Gestalten, die sich in einer Ecke schlafen gelegt haben.

Kurz darauf lehnt Elsa im U-Bahn-Schacht an der Wand. Sie kann sich kaum noch auf den Beinen halten, doch die Holzbänke auf den Stationen sind längst in die Öfen gewandert. Sie wird warten, bis die erste Bahn fährt, um sie nach Hause zu bringen. Ohne den Bruder.

BRUDER – das ist für sie immer Bernhard gewesen, denkt Elsa, als sie in ihrem kalten Bett liegt, todmüde und halb erfroren. Klaus und Werner gehörten zu einem anderen Vater, einer anderen Zeit. Der Zeit, als Helbig und die Nazis an die Macht kamen – Gerd Helbig zu Hause und im Kaufhaus Jonass, die Nazis in der Schule, in der Mädelgruppe, in den Straßen, im Radio und überall sonst.

Bernhard ist bis zu jenem Weihnachtsfest ihr Bruder gewesen, trotz der kindischen Verlobung mit Kuss hinterm Fliederstrauch. Gelobt haben sie sich doch nur, dass sie zusammenbleiben oder sich, wenn eine Trennung unvermeidlich war, wiederfinden wollten. Und als endlich der Krieg vorbei war, da war es auch mit dem Bruder vorbei. Da war Bernhards Mutter fort oder tot und der Vater vermisst, auch ihr Stiefvater Helbig war tot, im Krieg gefallen, wie man das nannte. Berlin war im Krieg gefallen und mehr tot als lebendig, und ebenso war es Elsie.

Nach der Nachricht vom Tod ihres Mannes trug Vicky schwarz. Dabei war es Elsa nie so vorgekommen, als ob ihre Mutter Gerd Helbig besonders geliebt oder vermisst hätte, als er noch am Leben war. Wenn jemand in diesem Haus Anlass gehabt hätte, in Schwarz zu gehen, wäre es Klaus gewesen. Klaus hatte seinen Vater und sonst niemanden geliebt, Klaus war von seinem Vater und sonst niemandem geliebt worden. Und dieser Vater war tot.

Vicky war sofort einverstanden, dass Bernhard mit ihnen Weihnachten feierte, das erste Weihnachten nach dem Krieg. Der arme Waisenjunge, hatte sie gemurmelt, und Elsa erinnerte sie daran, dass Wilhelm Glaser vermisst, aber deswegen noch lange nicht tot war. Und für Bernhards Mutter fehlte der Totenschein. Martha wurde niemals gefunden, weder tot noch lebendig.

Weihnachten '45 waren ihre Tage in der einsturzgefährdeten Villa gezählt gewesen. Kurz vor Kriegsende hatte das Haus eine Bombe abbekommen. Da lebten Vicky, sie und ihre Brüder schon im Dachgeschoss. In die untere Etage war eine ausgebombte Familie einquartiert worden. Einmal schrie Vicky, als die Einquartierten wieder auf die Juden schimpften, denen sie das alles zu verdanken hätten, auch dieses Dach über dem Kopf hätten sie Juden zu verdanken. Sprachlos starrten die Einquartierten auf die Naziwitwe. Kurz darauf wurde ihr Haus getroffen. Sie saßen im Luftschutzkeller, hörten es heulen und knallen, da sprang Vicky auf. „Das Haus!", schrie sie und wollte nach draußen rennen. Zwei Nachbarn hielten sie an beiden Armen fest, bis Entwarnung gegeben wurde. Das Haus brannte, aber es brannte nicht ab, es hatte ein Loch im Dach, aber noch immer ein Dach und dreieinhalb Wände. Als die Flammen gelöscht waren, stürzte Vicky die Treppe hoch in Elsas altes Kinderzimmer. In der Decke klaffte ein riesiges Loch, man konnte die gebrochenen Rippen der Dachbalken sehen, das halbe Zimmer war mit Schutt bedeckt. Hinter dem Kleiderschrank, wo die Wand mit der uralten Tapete gewesen war, gab es weder Wand noch Tapete. Der Schrank aber war stehen geblieben, man konnte nun an ihm vorbei ins Freie spazieren und einige Meter tiefer im Garten landen. Beim Anblick der fehlenden Wand war Vicky zusammengebrochen. Dabei hatte man weiß Gott Schlimmeres gesehen in diesen Wochen und sah es jeden Tag.

Das Dachgeschoss wurde notdürftig abgestützt, aber das Haus musste geräumt werden. Risse zogen sich bis zum Fundament hinunter, die ganze Statik war im Eimer. Einsturzgefährdet, hieß es, und das war das Todesurteil für ihr Haus. Einige Monate widersetzte sich Vicky der Anordnung, mit den Kindern das Haus zu räumen. Himmel und Hölle hatte sie bei den Behörden in Bewegung gesetzt, um in der Villa bleiben zu dürfen, doch vergeblich. Elsa hatte sehr gestaunt über ihre Mutter. Was machte es schon, wo sie wohnten, nach allem, was passiert war? Kurz nach Weihnachten '45 wurden sie mehr oder weniger gewaltsam evakuiert. Das Haus wurde abgerissen, und Vicky kam nie mehr auch nur in die Nähe von Lichterfelde.

Bis in die Knochen friert sie jetzt. Wie an dem Weihnachtsabend, als Bernhard vor der Tür stand. Mit seinen paar Habseligkeiten in einem geflickten Rucksack, die er stundenlang durch die Stadt geschleppt hatte, in einem umgenähten Uniformmantel, sah er zerlumpt und verwirrt aus wie einer der jungen Soldaten von der Front, die noch immer in Berlin eintrafen. Schweigend musterte er Elsa von Kopf bis Fuß. „Du bist ja noch mehr gewachsen!", rief er mit seiner neuen tiefen Stimme. „Und ganz heil geblieben!" Dabei sah er so erleichtert aus, dass Elsa ihm um den Hals fiel und einen Kuss auf die Wange drückte. Bernhard lief von den Haarwurzeln bis zum Hemdkragen rot an, bevor er sie von sich schob.

Der Baum hatte genadelt, daran erinnert sie sich jetzt, eine Nadelspur führte zu ihrem Haus und ihrer Wohnungstür. Bernhard, Klaus und Werner trugen einen Tannenbaum durch die Tür. Es war das erste Mal seit dem Tod des Vaters, dass Klaus mit leuchtenden Augen bei der Sache war, als er mit Bernhard den Baum in der Wohnstube aufstellte. Elsa hatte Bernhard aus den Augenwinkeln beobachtet. Wie er die jüngeren Brüder dirigierte, mit kräftigen Armen den Baum aufrichtete – es war ein anderer Bernhard als der unfreiwillige Hitlerjunge, den sie zuletzt gesehen hatte.

Dann erschien auch Elsie, stand blass und dünn in der Tür. Ein halbes Jahr hatten sie einander nicht gesehen vor diesem Weihnachtsabend. Vicky schossen Tränen in die Augen. Elsa gab ihr die Hand und konnte ihr nicht in die Augen sehen. „Bernhard, hol den Wein", sagte Vicky in die Stille, „du bist heute Abend der Herr des Hauses." Linkisch goss Bernhard den beiden Frauen Wein in die Gläser.

Zum Abendessen saßen sie in dem Raum, der noch alle vier Wände besaß und den sie leidlich warm bekommen hatten, um eine improvisierte Tafel. Ein Bettlaken diente als Tischdecke, Kerzen brannten, es gab Würstchen und Kartoffelsalat, genug zum Sattwerden, ein Festessen. Jede Familie hatte auf die Lebensmittelkarte zu Weihnachten eine Sonderzuteilung bekommen, für die Kinder bis zwölf gab es Schokolade. Elsa maulte, als Klaus und Werner sich nach dem Essen über ihre Schokokugeln hermachten. „Ach was, ihr beiden seid jetzt erwachsen." Vicky stand vom Tisch auf und holte eine zweite Flasche Wein. Sie goss Bernhard und Elsa die Gläser voll. „Lass das!", sagte Elsie, die schweigend am Tisch gesessen hatte, mit so scharfer Stimme, dass Vickys Hand zitterte und ein Schwall Rotwein sich auf Laken und Tischplatte ergoss. „Der schöne Tisch!", jammerte Vicky. „Eiche! Das geht nie wieder raus!"

„Wenn's weiter nichts ist." Elsie sah sich um. „Hauptsache, deine Möbel bleiben heil. Der ganze Krempel, auf dem du all die Jahre hockst, während andere …" Ein schriller Laut, sie schlug die Hände vor den Mund.

„Elsie, bitte!" Vicky sah die Freundin flehend an. „Es sind doch nicht meine Sachen. Du weißt, wem ich sie zurückgeben will." Dann begann sie zu weinen. Bernhard und Elsa tauschten fragende Blicke. Beide griffen gleichzeitig nach ihren Gläsern und leerten sie, während niemand hinsah, mit einem Zug.

Mitten in der Nacht war Elsa damals aufgewacht. Obwohl sie an dem Abend so viel gegessen hatte wie lange nicht, fühlte sie sich hungrig. Es hatten noch Reste auf dem Tisch gestanden, nach einer hastigen Bescherung waren alle bedrückt zu Bett gegangen. Sie schlich in die Stube, in der es nach Weihnachten roch. Essensdüfte und Kerzenwachs und Wein … Auf dem Sofa lag Bernhard und schlief. Sie tastete im Dunkeln auf dem Tisch, fand die Schüssel und kratzte mit dem Löffel darin. „Erwischt!", kam eine Stimme vom Sofa. Eine heisere, tiefe, ungewohnte Stimme. Elsa fuhr zusammen. „Selber erwischt!", sagte sie. „Vorhin war noch Kartoffelsalat drin, das schwör ich. Warum schläfst du nicht?"

Sie sprachen im Halbdunkel miteinander, Bernhard auf dem Sofa, die Decke unters Kinn gezogen, Elsa hinter dem Tisch. Nach einer Weile war es ganz selbstverständlich, sich neben den Freund aufs Sofa zu setzen. „Ich vermisse meinen Vater", hatte Bernhard gesagt und so traurig geklungen, dass Elsa ihm eine Hand auf den Arm legte. Er war zusammengezuckt, und sie nahm die Hand wieder fort. Nach einer Weile fragte Bernhard: „Wem gehören denn die Sachen, wenn nicht euch?" Elsa zuckte mit den Achseln. Beide schwiegen.

Da hatte Bernhard sie angesehen und die Decke angehoben. Erst neben ihm, mit der Decke über den Beinen, wurde ihr bewusst, wie sehr sie gefroren hatte in ihrem dünnen Nachthemd. Es war schön, Bernhards Wärme an ihrer Seite zu spüren. Aber sie passte auf, dass ihre nackten Beine nicht seine Schlafanzughose berührten. Und schlang die Arme um ihre Brust, diese neuen Rundungen unter dem Nachthemd. „Sag mal, fühlst du das auch?", fragte Bernhard in die Dunkelheit. „Was denn?“, flüsterte sie. „Die Sprungfedern stechen im Hintern!“ Beide prusteten los und konnten sich kaum beruhigen. „Hast du den Rest Wein auch ausgesoffen?“ – „Quatsch!“ – „Na, dann tun wir's doch jetzt!“ Sie tappte im Dunkeln durch das Zimmer, schlüpfte wieder zu Bernhard unter die Decke und hielt die halb volle Flasche in der Hand. „Auf unseren sechzehnten Geburtstag, den wir nicht zusammen gefeiert haben!“ Sie nahm einen Schluck, reichte ihm die Flasche. „Und auf unseren fünfzehnten! Und vierzehnten!“, prostete Bernhard ihr zu. „Auf unsere letzte Begegnung in unserem Haus!“, sagte sie.

Dann war ihr nacktes Bein doch an Bernhards Bein gerutscht. Sie ließ es dort liegen, obwohl ihr gar nicht mehr kalt war. Eher ziemlich heiß. Sie reichte Bernhard die fast leere Flasche: „Auf unsere Verlobung!“ Er kippte den letzten Schluck herunter. „Die müssen wir dringend erneuern, sonst läuft sie ab!“ Seine Stimme überschlug sich. Er zog sie an sich und drückte ihr einen feuchten Kuss auf die Lippen. Sie schnappte nach Luft und wischte sich über den Mund. „Tut … tut mir leid“, stammelte Bernhard und verstummte, als sie seinen Kuss erwiderte. Mit geschlossenen Lippen, die sie ein wenig öffnete, bevor sie mit der Zungenspitze zwischen seine Lippen tauchte. Beide stöhnten auf. Bernhard zog sie an sich, ihre Herzen hämmerten gegeneinander. Plötzlich stieß sie ihn weg. Er gab einen Laut von sich wie ein junger Hund, dem man aus dem Hinterhalt einen Tritt versetzt hat. Sie stolperte aus dem Zimmer, kroch in ihr Bett. Lag zitternd unter der Decke, zitternd vor Sehnsucht nach Bernhard oder zitternd aus Angst vor ihm.

Und dann, denkt Elsa nun, während sie in einen fiebrigen Schlaf gleitet, hab ich Bernhard vor dem Frühstück den silbernen Tannenzapfen auf seinen Teller gelegt. Bevor ich wieder ins Bett geschlüpft bin, wo ich den ganzen Tag krank gespielt hab. Bis Bernhard endlich weg war. Und Elsie. Vielleicht war ich auch krank. Kein Wort zum Abschied, nur einen Tannenzapfen, um ihm zu sagen, ich hab dir verziehen oder so was. Der arme Junge, er hatte doch bloß … Sie sucht nach dem Wort aus der Zeitschrift, die Elsie ihr geliehen und die sie tief unter ihrer Wäsche versteckt hat. Und murmelt, bevor sie wegdämmert, „eine Erektion“.

„Hello Frollein!“ Elsa dreht sich nicht um. Der GI auf dem Fahrrad holt sie ein und klopft auf den Gepäckträger. „Spazierenfahrt?“ Er kurvt noch einmal um sie herum und ist verschwunden. Eigentlich sah er nett aus. Aber Elsa mag keine Uniformen mehr. Weder braune noch graue noch blaue.

Vor der U-Bahn-Station hat sich eine Menschentraube um den ockerfarbenen RIAS-Rundfunkwagen gebildet. Wenn man schon im Mittelpunkt des Weltgeschehens steht, will man trotz Stromsperre und stummer Radioapparate auch etwas davon mitbekommen. Alte Frauen und Männer umlagern den Wagen, Mütter mit Kindern an der Hand. Alle lauschen dem RIAS-Sprecher, der auf dem Wagen sitzt und übers Mikrofon die Nachrichten verliest. Er spricht Deutsch mit amerikanischem Akzent. Einem umwerfenden amerikanischen Akzent. Elsa drängelt sich durch die Menschen bis in die erste Reihe, um den Mann zu sehen. Er trägt einen hellen Trenchcoat und eine Baskenmütze. Elsa hofft, dass heute unendlich viel Berichtenswertes auf der Welt geschehen ist. Aber irgendwann hört der zauberhafte Singsang auf. Die Menge der Zuhörer zerstreut sich. Nur Elsa bleibt stehen und schaut zu, wie der Mann Manuskript und Mikrofon verstaut. Gleich wird er weiterfahren. Sie geht zu dem Wagen und klopft gegen die Tür. „Hello Mister", sagt sie, „Spazierenfahrt?"

OB DAS SCHON drei Kilo sind? Vicky hat die Knochen auf dem Küchentisch auf einer alten Zeitung ausgebreitet. Seit Monaten sammelt sie Knochen, ein Tipp der Nachbarin, die beim Krämer um die Ecke das Schild entdeckt hat: GEGEN ABGABE VON 3 KG KNOCHEN 1 GUTSCHEIN FÜR EIN STÜCK KERNSEIFE. Kernseife braucht sie jetzt dringend. Ständig kommen die Jungen mit schmutzigen Sachen nach Hause, weil sie auf den Schuttbergen herumklettern. Wenigstens bringen sie manchmal Metall oder Glas mit, das man eintauschen kann. Oder von den Lastwagen herabgefallene Kohlenstückchen, die sie aufsammeln. Vielleicht auch selbst herunterholen. Besser, man weiß manches nicht so genau. Vicky wiegt einen der Knochen in den Händen und seufzt. Am liebsten hätte sie die Jungen mit der Kinderluftbrücke ausfliegen lassen über den Winter, aber sie hat keine Verwandten in Westdeutschland. Werner will unbedingt Pilot werden. Meistens lungert er nach der Schule mit den Nachbarsjungen am Flughafengelände herum. Einen Shmoo für ein CARE-Paket hat er nicht noch einmal erwischt, aber den Jungen kann man auch mit einem Riegel Schokolade tagelang in Glück versetzen. Beneidenswert, so ein sonniges Gemüt. Ganz im Gegensatz zu Klaus, der immer verschlossener wird. Von ihr lässt er sich schon gar nichts mehr sagen. Elsa bekommt sie auch kaum noch zu Gesicht. Ob das stimmt mit ihren ständigen Sonderschichten am Flughafen? Blass und müde genug sieht sie aus. Sie isst zu wenig und raucht zu viel. Gleich nach Kriegsende hat sie angefangen mit der Qualmerei, als halbes Kind. Aber mehr noch als die Zigaretten besorgt sie Elsas neues Lächeln – wie von innen angeleuchtet. Wenn sie sich beobachtet fühlt, knipst sie es sofort wieder aus.

Sie muss Elsa unbedingt fragen, wie der junge Mann heißt.

VICKY hat die Knochen gegen Kernseife getauscht und die alte Zeitung wieder mit nach Hause genommen. Sie will sie auf den Stapel Altpapier legen, da bleibt ihr Blick an einer Überschrift hängen. AUSSTELLUNGSERÖFFNUNG, liest sie.

> Carola Greenberg, die bekannte Fotografin aus Amerika, zeigt zum ersten Mal ihre Aufnahmen aus dem Nachkriegsberlin … Auch frühe Aufnahmen der damaligen Studentin aus dem Berlin der Hitlerzeit …

Carola Greenberg aus Amerika. Vicky streicht mit dem Finger über den Namen, das raue Zeitungspapier. Etwas später ist der Artikel aufgequollen und kaum noch lesbar. Noch etwas später liegt er zerknüllt in der Kiste vorm Ofen.

Es klopft an der Wohnungstür. Elsie hat es tatsächlich geschafft, von Charlottenburg bis nach Tempelhof zu kommen – auf Vickys Einladung zu zwei Stunden Strom zu menschenfreundlichen Zeiten, abends von acht bis zehn. Tagelang hat sie Briketts gespart, um heute die Bude warm zu kriegen. Elsie friert doch so leicht. Die Schürze hat Vicky gegen ein geblümtes Kleid getauscht, das einmal eine Gardine war, aber die Strickjacken müssen die beiden anbehalten. Vicky brüht eine Kanne Ersatzkaffee auf.

Elsie raschelt geheimnisvoll mit einer Tüte, hält Vicky von hinten die Augen zu und lässt sie an der Tüte schnuppern. Gott, riecht das gut! „Butter-kek-se!“, ruft Elsie.

„Woher kriegt man denn so was?“, will Vicky wissen. „Oder eher gesagt: wofür?“

Elsie tänzelt durch die Küche und singt: „Lebst du etwa nur auf Karte drei, Baby, oder hast du noch was nebenbei, Baby? Einen Jack, einen Jim aus Übersee, mit Schokolade und Kaffee und einem großen Portemonnaie.“ Sie greift nach Vickys Hand und fasst sie um die Taille, lachend stolpern sie in Pantoffeln über die Küchenfliesen. Elsie lässt sich auf den Stuhl fallen und zieht ihre Strickjacke aus. „Das Gute ist, durchs Tanzen spart man Briketts.“

Vicky geht zum Küchenschrank und holt Lebensmittelkarten aus der Lade. „Und das Schlechte ist, man verbraucht Kalorien.“ Sie stellt ein Fläschchen Tusche auf den Tisch und legt zwei Rasiermesser daneben. „An die Arbeit!“

Elsie hat Vicky das Kartenfälschen beigebracht. Mengenangaben auf Lebensmittelkarten zu fälschen ist hohe Kunst. Schweigend beugen sich die beiden über die Pappkarten. Nur das leise Kratzen der Rasiermesser erfüllt den Raum. Auf einmal fragt Elsie in die Stille hinein: „Warum gibst du nicht offiziell an, dass deine Tochter eine Halbjüdin ist? Dass du ihretwegen den arischen Parteigänger geheiratet hast." Sie legt ihr Messer aus der Hand und schaut auf. „Wie lange willst du noch die Märtyrerin spielen?"

Vicky beugt sich weiter über die Karten. Zum ersten Mal entdeckt Elsie ein paar Silbersträhnen in den dunklen Locken. „Wer würde mir denn Glauben schenken? Jeder wird sagen, dass ich im Nachhinein den Juden aus dem Hut zaubere, jetzt wo es mir Vorteile bringen könnte." Das Messer kratzt auf der Pappe. „Auf dem Amt hab ich vor der Adoption geschworen, dass ich den Vater meines Kindes nicht kenne. Dass er SA-Uniform getragen hat." Sie lacht bitter. „Das ist alles schwarz auf weiß notiert. Ich hab die Spuren zu gut verwischt. Du bist der einzige Mensch außer Harry und mir, der es weiß, Elsie. Es ist zu spät."

Elsie fasst nach Vickys Hand und versucht, sie am Weiterkratzen zu hindern. „Aber es ist nicht zu spät, deiner Tochter die Wahrheit zu sagen! Elsa hat ein Recht darauf, zu erfahren, wer ihr Vater ist. Es ist vorbei. Die Nazis sind weg! Wir sind jetzt frei!"

Vicky schüttelt Elsies Hand ab. „Für mich wird es niemals vorbei sein."

VICKY schlägt den Mantelkragen hoch. Die Leute stehen so gedrängt, dass sie nur einen Platz vor einem offenen Fenster bekommen hat, durch das eisiger Fahrtwind weht. In diesem S-Bahn-Wagen fehlen noch besonders viele Scheiben, trotzdem riecht es muffig. Die meisten tragen noch ihre Wintermäntel, tagein, tagaus dieselben Kleider. Seit ein paar Tagen gibt es wieder Waren in den Läden, Kleidung, Seife, Küchengeräte. Die Ladeninhaber ernten böse Blicke, weil sie die Sachen gehortet haben. Wegen mangelnden Vertrauens in die Währung, wie sie sagen. Jetzt nach der neuen Währungsreform im Westen haben sie das Zeug aus den Lagerräumen geholt. Werner braucht einen Ranzen und Klaus neue Schuhe, die alten sind völlig durchlöchert. Vicky würde auch gerne einmal etwas anderes tragen als umgearbeitete Gardinen und Kittelschürzen. Doch auch wenn viele Dinge wieder zu haben sind, umsonst sind sie nicht.

Eine Frau klopft gegen die Zeitung ihres Nachbarn. „Stecken Se die man lieber weg, gleich sind wir beim Russen." Schnell faltet der Mann den *Tagesspiegel* zusammen, rollt ihn ein und verstaut ihn tief in der Aktentasche Die Frau erzählt, dass ihre Schwägerin kürzlich eine Nacht auf dem Revier verbracht hat, weil sie in der Ringbahn bei einer Polizeikontrolle mit einer Westzeitung erwischt worden ist. „Schmuggelware", schimpft die Frau, „det ick nich lache!"

Vicky presst die leere Einkaufstasche an die Brust und versucht, nicht an den Inhalt ihrer Strümpfe zu denken.

Sie steigt aus und läuft zum Dreiländereck um den Potsdamer Platz, das Areal der Schmuggler und Grenzpolizisten. Zwar sind die Zeiten vorbei, in denen rund um das Columbushaus der Schwarzmarkt blühte, doch auch heute noch hat jeder etwas zu handeln und zu tauschen.

Die Mitte des Platzes ist leer, ein Nichts, umkreist von Grenzpolizisten. Wo einst Verkehr rauschte, Menschen flanierten und in den Straßencafés saßen, fegt Wind über den leeren Platz, durch Straßen ohne Häuser, Häuser ohne Wände und Dächer. Die Trümmerhaufen sind fortgeräumt, Türen und Fenster der Ruinen in den unteren Stockwerken zugemauert. Quer über den Platz sieht Vicky die Überbleibsel des Hauses Vaterland. Ein Gerippe ist das Vaterland seit dem Krieg, sechs ausgebrannte Stockwerke, überspannt von den verbogenen Metallträgern der Kuppel, hoch oben der Schriftzug. Das HAUS noch komplett, das VATERLAND ausgedünnt, inzwischen hat man die fehlenden Lettern ergänzt.

Vicky bückt sich und tastet nach der kleinen Delle in ihrem Strumpf. Wie hatte das Vaterland geleuchtet an jenem Abend, am 31. August um halb neun, als sie den Platz überquerte, mit Gänsehaut im Nacken, auf dem Weg zum Rendezvous mit dem Unbekannten. Wie eine Krone strahlte die Kuppel, in warmem Gelb leuchteten die Fenster, hinter denen, so hatte sie es sich damals gedacht, lauter glückliche, reiche Menschen saßen. Die Ohrringe mit den Smaragden hat sie getragen, die Harry ihr geschenkt hatte, und sich wie eine Verräterin gefühlt, auf dem Weg zum Treffen mit dem anderen, wie sie dachte. Auch jetzt kommt sie sich wie eine Verräterin vor, während sie seine Ohrringe in den Strümpfen zu Markte trägt.

„VICKY! Vicky, bist du das?“ Sie fährt zusammen und muss zweimal hinsehen im dunklen Hausflur, bis sie den Mann erkennt, mit dem sie beinahe zusammengestoßen wäre.

„Wilhelm!“ Einen Moment lang nehmen sie sich in die Arme, lassen los, schauen sich um und treten ein Stück auseinander.

„Was machst du denn hier?“, fragen beide zugleich. Was soll man schon machen, hier in diesem Haus, dessen Haupteingang nach Osten und dessen Hintereingang nach Westen geht.

„Ach, ich wollte nur mal nach dem Rechten sehen“, sagt Wilhelm. „Und du?“

„Ich nach dem Linken.“

Wilhelm schmunzelt. „Hast du es schon gefunden?“

Vicky schüttelt den Kopf. Die Ohrringe zu versetzen hat sie nicht übers Herz gebracht. Sie piksen weiterhin an ihrem Fußknöchel. Auch die Medikamente ist sie nicht losgeworden, weil das Verfallsdatum überschritten ist und man sie deshalb angeblich nicht weiterverkaufen kann. Die paar Wochen! Jetzt geht sie mit leeren Händen nach Hause. Schritte nähern sich. Andere Schmuggler oder Polizisten?

„Lass uns hier verschwinden, Vicky“, sagt Wilhelm. „Ich lad dich auf einen Kaffee ein. Einen echten.“

Diesen Geschmack hat sie fast vergessen. Echter Kaffee verursacht ihr neuerdings Herzklopfen. Oder ist es die Freude, Wilhelm wiederzusehen? Einen Freund aus glücklichen Zeiten. Alles, was vor dem Krieg war, zählt zu den guten Zeiten, und vor ’33, da lebten sie in goldenem Glück, oder nicht? Vicky und Wilhelm stoßen mit den Kaffeetassen an, als wäre es Champagner. Er hat tiefe Furchen im Gesicht. Graues Haar. Ziemlich alt sieht er aus für seine siebenundvierzig Jahre, denkt sie. Kein Wunder, er hat viel mitgemacht im Krieg. Immerhin war er so klug, am Ende zu den Russen überzulaufen, statt sich im totalen Krieg für den Führer erschießen zu lassen. Sie war froh, als er ihr beim ersten Wiedersehen nach Kriegsende erzählte, dass er wegen einer Verwundung im Lazarett war und erst ’46 heimgekehrt ist.

„Hattest du mehr Glück bei deinen … Geschäften?“

Wilhelm schaut aus dem Fenster, während er erklärt, er brauche eben Westmark, seit die Ostmark in den westlichen Sektoren außer Kurs gesetzt sei. Und davon bekomme man erstaunlich viel für Butter, Kartoffeln und ein paar frische Eier. Vicky läuft das Wasser im Mund zusammen. Ob er denn weiter Arbeit habe, fragt sie. Ja, er arbeite am Wiederaufbau kriegsbeschädigter Häuser in der Rietzestraße mit. Das sei gar nicht weit von ihrer Wohnung, seiner und Bernhards.

„Immer noch die alte“, will Vicky wissen, „wo wir mit den Kindern Geburtstag gefeiert haben?“

Wilhelm nickt. Sie schauen sich in die Augen und senken die Köpfe. Sicher hat er jetzt wie sie an Martha gedacht. Martha und Arno. Es ist schwer, über vergangene Zeiten zu reden, ohne über Tote zu sprechen.

„Tja, und wir sind in Tempelhof gelandet“, sagt Vicky, „wo uns jetzt die Rosinenbomber über die Köpfe donnern. Hättest du das gedacht, als du am Tempelhofer Flughafen mitgebaut hast, dass du damit später zur Feindversorgung beitragen würdest?“

Wilhelm schüttelt den Kopf. „Mein Feind war Hitler. Die ganze Nazibande. Nicht die Amis oder Westberlin.“

„Nie daran gedacht, in den Westen zu ziehen?“, fragt Vicky. Gleich bereut sie die Frage. Wilhelm schaut wieder ganz ernst. Sorgenfalten zerfurchen seine Stirn. Was sollte er als alter Sozi und Russenüberläufer auch im Westen? Bernhard arbeitet für die Parteizeitung, Charlotte ist im Ostberliner

Magistrat und er selbst auch Mitglied der SED. Das hat er ihr ja erzählt, dass er in die Partei eingetreten ist, nicht ohne innere Kämpfe, doch ohne Alternative. Jetzt hält er ihr sicher einen Vortrag über die alten Nazis, die überall im Westen noch am Ruder sind.

„Ich wollte bei meinen Kindern bleiben“, sagt Wilhelm.

Elsa ist gestern nach der Schicht nicht nach Hause gekommen, denkt Vicky. Die ganze Nacht nicht. Eine schlaflose Nacht. Deshalb die blödsinnige Idee mit den Ohrringen. Dann muss Elsa nicht mehr so viel schuften und hat keine Ausrede mehr mit ihren Überstunden. Wenn sie nur nicht mit einem Soldaten ankommt. Womöglich einem Neger wie die Jüngste von Krämers. Nicht mal über die Kinder kann man mehr sprechen. Ruinen und Einsturzgefahr. Sie schaut Wilhelm an. „Warst du noch mal bei unserem Haus?“

Wilhelm rührt in der Kaffeetasse. Rührt und rührt. „Ich gehe oft dorthin“, sagt er endlich. „Einfach davorzustehen und es anzuschauen tut gut. Ein Wunder, dass es fast heil geblieben ist.“

„Umso schlimmer, dass ihr es gestohlen habt.“

Wilhelm sieht sie fassungslos an. „Wie bitte? Hätte man es den Nachfolgern der NSDAP zurückgeben sollen? Oder dir als Witwe von Helbig? Der hat’s doch erst an die Nazis verschachert!“

„Es gehört Grünbergs, schon vergessen? Mein Mann hat’s ihnen gestohlen, und jetzt stehlt ihr es noch einmal. Verstaatlicht, so nennt man das heute bei euch, aber gestohlen bleibt’s doch. Und überhaupt, Haus der Einheit! So zerschnitten war Berlin noch nie. Grenzen quer durch die Straßen, fremde Armeen, getrennte Währung.“ Rote Flecken wandern über Vickys Wangen. „Man bekommt ja schon Ärger, wenn man in eurer S-Bahn eine Westzeitung dabeihat. Selbst wenn nur Kartoffeln drin eingewickelt sind. Ohne die Amerikaner wären wir alle schon tot.“

„Wir ohne die Russen auch.“

„Wenn das so weitergeht“, sagt Vicky und will aufstehen, „haben wir bald wieder Krieg.“

„Warte“, sagt Wilhelm und drückt sie sanft auf den Stuhl zurück. „Ich hab noch ein paar Sachen übrig.“

„Ich hab nichts zum Tauschen.“

„Es wird andere Zeiten geben.“ Wilhelm kramt ein Päckchen aus seiner Tasche hervor. „Außerdem bleibt’s doch in der Familie.“

Ob es zwischen ihr und Vicky jemals wieder gut wird? Wenn Elsa sich an den Abend in der Küche in Tempelhof erinnert, hat sie sofort wieder den Geschmack von POM auf der Zunge, dem farblosen Brei aus Kartoffelpulver, den Vicky gekocht hat. Der einem zuerst den Gaumen verkleistert, dann Kehle und Hals beim Schlucken und Stunden später als schwerer Klumpen den Magen. Noch in der Erinnerung wird ihr ganz übel.

Sehr langsam ist sie an dem Abend nach Hause gegangen, zögerlicher mit jedem Schritt, der sie dem unvermeidlichen Gespräch näher brachte. Sie traf ihre Mutter am Küchentisch an, über eine Zeitung gebeugt. Statt einer Begrüßung las sie laut vor, was es am nächsten Tag auf welchen Abschnitt der Karten geben würde. „Vierhundertfünfundsiebzig Gramm Weißbrot auf Abschnitt 500-W der Brotkarte, in Verbindung mit Sonderabschnitt B der Fleischkarte. Ein Pfund Salzgemüse und 62,5 Gramm Trockengemüse auf Abschnitt K-2.“

„Mama, ich möchte mit dir reden.“

„Wie hat es in der Rundfunkansprache an die Berliner geheißen? Wir leben jetzt alle von moralischen Kalorien.“ Vicky lachte. „Zu schade, dass man die nicht gegen unmoralische zum Essen tauschen kann, nicht?“

„Ich möchte heiraten und brauche deine Einwilligung.“

„Du solltest mehr essen.“ Vicky stellte einen Teller voll POM vor sie hin. „Und weniger arbeiten. Schau mal in den Spiegel, wie ein Gespenst siehst du aus! Ich hab noch Reserven, weißt du, ich kann noch was lockermachen. Morgen bleibst du zu Hause!“

„Hast du gehört, was ich gesagt habe, Mama?“

Nach so langem Schweigen, dass sie mit keiner Antwort mehr gerechnet hat, schrie Vicky sie an: „Niemals bekommst du von mir eine Unterschrift!“

„Dann kriege ich eben ein uneheliches Balg wie du!“ Die Worte waren raus. Starr saß sie da und wartete auf eine Antwort. Eine schallende Ohrfeige. Türenschlagen. Einen Weinkrampf.

Doch Vicky sprach nur ganz leise, wie zu sich selbst. „Du solltest es doch besser machen. Besser als ich.“

„Mama!“ Sie griff nach ihrer Hand.

Vicky entzog sie ihr, als ob sie sich verbrannt hätte. „Ich war wenigstens schon großjährig!“

„Und ich weiß wenigstens, wer der Vater ist! Mich will der Vater meines Kindes sogar heiraten! Und du wirst das nicht verhindern.“ Nun war sie es, die türenschlagend aus der Küche und ins Schlafzimmer stürzte.

Erst Stunden später, sie musste erschöpft vom Weinen eingeschlafen sein, kam Vicky hereingeschlichen und legte sich, ohne Licht zu machen, in ihr Bett an der gegenüberliegenden Wand. Sag etwas, hat sie im Stillen gefleht, irgendetwas. Leises Atmen kam von der anderen Seite. Regelmäßiges Atmen. Das kann doch nicht wahr sein, hat sie gedacht, da legt sie sich einfach hin und schläft. Als ob nichts gewesen wäre.

Laut sagte sie in die Stille hinein: „Sag mir, wer mein Vater ist!“ Der Satz fiel in die Dunkelheit zwischen ihren Betten wie in einen Graben. Noch einmal erhob sie die Stimme. Wenn die Wahrheit nicht half, dann vielleicht die Lüge. „Mein Kind wird übrigens kariert. Ein Negerbaby.“ Da wurde auf der anderen Seite des Grabens die Luft angehalten. Plötzlich war da diese Idee. Ein Gedanke, der ihr noch nie zuvor gekommen war. „Und ich könnte wetten, dass mein Vater Jude war!“

STEPHEN UND SIE wollen so bald wie möglich heiraten. Bevor ihr Bauch rund wird. Doch jeder ausgefüllte Fragebogen scheint einen weiteren nach sich zu ziehen. Über die Untersuchungen auf Tuberkulose und Geschlechtskrankheiten macht sie sich keine Sorgen, auch das polizeiliche Führungszeugnis und die Einverständniserklärung ihrer Mutter liegen nun vor. Aber der unbekannte Vater hat ihr einigen Ärger bereitet und der braune Stiefvater erst recht. Um ein Haar wäre alles daran gescheitert, dass sie im BDM war, die Amis mögen es gar nicht, wenn ihre Staatsbürger ehemalige Nazissen ehelichen. Ihr Glück, dass sie dort ohne Funktion war und nur bis fünfzehn. Sicher hat ihr auch das Porträt des befragenden Officers geholfen. Aus lauter Nervosität hatte sie angefangen, während des Interviews das Gesicht ihres Gegenübers auf ein Formular zu kritzeln. Als der Officer sich über die Karikatur beugte, dachte sie schon, nun ist alles aus. Doch er lachte nur und bat sie darum, die Skizze behalten zu dürfen.

Letzte Woche hat sie Bernhard geschrieben, den sie seit dem verkorksten Weihnachten ’45 nicht mehr gesehen hat. Ob sie ihn zu ihrer Hochzeit einladen dürfe, die, wenn alles gut ginge, Mitte Mai wäre. Heute Morgen ist seine Antwort gekommen, dass er ihr herzlich gratuliere, gerne käme – und ob er Marianne mitbringen dürfe. Hmm, hat sie gedacht, Marianne also. Und ihr Bernhard, der schreibt jetzt wirklich fürs *Neue Deutschland*. Proletarier aller Länder, vereinigt euch, geht es Elsa durch den Kopf.

Geteilte Welten

Weihnachten 1959

Dunkel poliert sind die Schränke neben den hohen Fenstern. Die mögen dem Präsidenten der DDR, Wilhelm Pieck, gefallen haben. Als dieser Raum noch sein Raum war und dieses Haus das höchste Haus der Sozialistischen Einheitspartei Deutschlands. Eine gute Tischlerarbeit, hat er vielleicht hin und wieder gedacht. Solide und haltbar.

Jetzt beherbergt das Gebäude ein Institut. Hier werden Marxismus und Leninismus erforscht und die Geschichte der Arbeiterbewegung. Geblieben ist das Zimmer, in dem Wilhelm Pieck bis vor Kurzem arbeitete. Geblieben auch das Werkzeug in einer Schublade seines Schreibtisches: Hammer, Zollstock, Bohrer, Zange. Das Rüstzeug eines Mannes, der Tischler war, bevor er Präsident wurde, wie es sich für einen Arbeiterführer gehört.

In allen anderen Räumen auf allen anderen Etagen wird gearbeitet. Hier wird gehuldigt. Einem Tischler, der Präsident geworden ist. Selbst die Straße trägt seit ein paar Jahren seinen Namen, aus der Lothringer Straße ist die Wilhelm-Pieck-Straße geworden.

BERNHARD heizt ein. Wenn es nach ihm geht, nicht mehr lange. Inzwischen sind in Berlin so viele neue Wohnungen gebaut worden, mit und ohne Wilhelms Zutun, da sollte doch auch für ihn, Karla und Luise eine übrig sein. Hier unten im Keller denkt Bernhard solche Gedanken. Fängt Karla aber oben in der Altbauwohnung an zu jammern, wie kalt und unbequem es sei, mit den hohen Zimmern und undichten Fenstern, gibt er Widerwort. Der Staat könne nicht gleichzeitig allen alle Wünsche erfüllen, sagt er dann, als wäre es zu viel verlangt, eine warme Wohnung mit praktischer Küche und Innentoilette zu haben. Zehn Jahre nachdem sich dieses Land, das er so verteidigt, gegründet hat. Hier unten im Keller kann man dem Land auch mal böse sein. Bernhard füllt eine Kiste mit Briketts und einen Eimer mit Bruch und Kohlenstaub zum Anheizen. Es soll für den ganzen Tag reichen und für morgen noch. Vielleicht schaffen wir es sogar über alle Weihnachtstage.

Ganz hinten im Keller, neben einem kleinen Regal mit Einweckgläsern von '57, '58 und den zuletzt hinzugekommenen mit der säuberlichen Aufschrift *'59*, liegt die Bernhardkiste. Karla geht niemals in den Keller, in dem es Ratten und Spinnen gibt, deshalb kann der Karton ruhig hier stehen. Und darauf warten, dass es in einer größeren Wohnung auch einen kleinen geheimen Platz für ihn geben wird. Heute, mag sein, weil Weihnachten ist, kann Bernhard nicht widerstehen. Er stellt die Kohlenkiste und den Eimer in den Kellergang und geht noch einmal zurück zum Karton. Lüpft den Deckel, um zu sehen, was obenauf liegt, und kommt sich kindisch vor. Mit dreißig sollte man ein wenig abgeklärter sein.

Obenauf im Karton liegen Briefe von Marianne. *Ach Liebster*, so beginnen sie alle. *Ach Liebster, wieso sind die Zeiten so, dass wir nicht zusammen sein können?* Die kleine quicklebendige Marianne mit den roten Haaren, mit losem Mundwerk und Zauberhänden hatte ihm völlig den Kopf verdreht. Da war er noch neu in der Redaktion, nicht mehr als ein Botenjunge, der den

Redakteuren ein bisschen über die Schulter schauen durfte, wenn es nichts anderes zu tun gab. Und manchmal hat ihm einer was in die Hand gedrückt und gesagt: „Geh da hin, hör dir das an und mach zwanzig Zeilen draus.“ Dann ist er los und hat sich gefühlt wie der rasende Reporter.

Was für ein seltsames Paar wir waren, denkt Bernhard und faltet noch einen Mariannebrief auseinander. Der Botenjunge und die Sekretärin. Bei der Zeitung sah man die Verbindung erst mit Wohlwollen und dann mit Unmut. Als aus dem Botenjungen, der immer öfter loszog, um Zeilen zu schreiben, ein Redakteur werden sollte. Marianne war und blieb die Tochter eines Nationalsozialisten, der die schwarze Uniform getragen und wer weiß was getan hatte. Und Bernhard sollte nach dem Willen der Parteileitung zum Journalistikstudium nach Leipzig geschickt werden. Als Sohn eines sozialdemokratischen Arbeiters, der Mitglied der SED geworden war, schien er ideal für diese Aufgabe, die ihm zugleich als Auszeichnung, Ehre und Verpflichtung verkauft wurde. Sein Vater, der Zimmermann Wilhelm Glaser, stand für alles, was die Partei wollte und was ihr gefiel. Übergelaufen zu den Russen in den letzten Kriegstagen und heimgekehrt mit der Roten Armee. Bernhard konnte nach dem Glauben und Willen der Genossen nicht weit vom Stamm gefallen sein.

Bernhard dreht und wendet den Mariannebrief und faltet ihn wieder ordentlich zusammen. Marianne hätte das Studium mit links und vierzig Fieber gemacht, sie war viel klüger als er, aber sie hatte ihren schwarz-braunen Vater. Ihm ist es nicht leichtgefallen. Das Studium in Leipzig nicht und auch nicht der Verzicht auf Marianne. Er wollte studieren. Er wollte schreiben. Mein erstes Opfer für die Partei war Marianne, denkt Bernhard, und es tut nicht einmal mehr weh, das zu denken. Inzwischen ist es selbstverständlich geworden, Opfer für die Partei zu bringen. Da fragt keiner mehr nach einer Rothaarigen, die mit ihren kleinen Fäusten einen Trommelwirbel auf seiner Brust schlug, wenn sie kam.

Unter Mariannes Briefen, die Bernhard sorgfältig zurück in die Kuverts packt, liegt ein dicker, fest verschnürter Stapel Briefe von Elsa. Und das wenige, was er sonst von ihr besitzt. Eine billige Kette mit einem Kleeblattanhänger, die sie ihm als kleines Mädchen mit ernstem Gesicht geschenkt hatte, als sie sich verlobten, Elsa und er, hinter dem Fliederbusch. Ein Foto von ihrer Hochzeit, Elsa an Stephens Arm, mit wehendem Schleier unter einem Regenschirm, und im Hintergrund, in der Gruppe der Gäste, er mit Marianne. Ein Bild von Elsa mit ihrer Tochter Stephanie und eines mit ihren beiden Kindern, nachdem der Junge geboren war, das alles gehört auch noch zu Elsa.

Er legt die Fotos zurück in den Karton. Da fällt ihm ein versilberter Tannenzapfen in die Hände, und der führt geradewegs zu einem Weihnachtsfest, an das er nicht gern zurückdenkt. Ein wahres Elsadesaster war das Fest ’45. Nie wird er vergessen, wie peinlich und beglückend der Moment war, da alles Blut in eine Richtung zu fließen schien und ein Begehren sichtbar machte, von dem er bis dahin gar nicht gewusst hatte, dass es mit Elsa verbunden war. Und dann hatte sie ihn zurückgestoßen. Erst viele Jahre später, ausgerechnet in diesem denkwürdigen Sommer, hat sich das Desaster in ein flüchtiges Glück gewandelt, einmalig, unwiederholbar und vielleicht ein großer Fehler. Aber wer mag das sagen. Am Ende ist es womöglich so, dass diese gestohlene Stunde ihm zu einer der glücklichsten seines Lebens gerät.

„Bist du noch unten?“, ruft Karla vom oberen Ende der Kellertreppe. „Es ist kalt, und dein Vater kommt jeden Augenblick.“

„Bin gleich fertig“, ruft Bernhard die Treppe hinauf.

Er stellt die gefüllte Kohlenkiste neben den Kachelofen im Wohnzimmer und den Eimer dazu. Karla schmückt den Weihnachtsbaum. „Für Luise“, hat sie gesagt, als hinge davon alles Glück der Welt ab, „brauchen wir einen Baum.“ Also ist er losgezogen und hat sich angestellt und einen Baum gekauft, der ganz leidlich aussah. Die Baumkugeln allerdings sehen wirklich schön aus, stellt Bernhard fest und hat auf einmal das Gefühl, dies wird ein gutes Weihnachtsfest. Wilhelm wird da sein, und Tante Marie will kommen, auch Charlotte hat versprochen, Bescherung und Essen mitzumachen.

„Ich komme allein, Bruderherz“, hat sie gesagt, als wäre ihm etwas anderes im Sinn gewesen. Charlotte kam immer allein. Weiß der Teufel, wo sie ihre Lust und Liebe hinpackte. Manchmal schien es ihm, als verhelfe ihr die Partei sogar in dieser Hinsicht zu allem Notwendigen. Ein blöder Gedanke, ruft er sich zur Ordnung, es ist doch bewundernswert, wie seine Schwester sich einer Sache verschrieben hat. Nicht so halbherzig wie er, der in der Partei war, aber jede Versammlung mied, fürs *Neue Deutschland* schrieb, doch wenn irgend möglich über abseitige Themen. Der Ehemann und Vater war und gleichzeitig … Er baut im Kachelofen einen kleinen Scheiterhaufen aus Holzscheiten und stopft ein zerknülltes *Neues Deutschland* unter das Holz. Er sieht wieder vor sich, wie hysterisch Charlotte sich gebärdet hat, als Stalin gestorben ist. So benehmen sich nur Verrückte oder ganz Fanatische, hat er gedacht, aber doch nicht seine sonst so kluge große Schwester, die in den letzten Kriegstagen in der Stadt geblieben war und Widerstand geleistet hatte. Als die Russen in Berlin einmarschierten, sprach sie deren Sprache, gelernt von den kommunistischen Genossen. Manchmal lässt er sich von Charlottes Begeisterung anstecken, nur um sich im nächsten Augenblick für diesen Überschwang zu schämen. Am 7. Oktober hat er sich überreden lassen und ist mit ihr zum Fackelumzug gegangen. „Zehn Jahre Republik“, hat die Schwester gesagt, „das muss man feiern.“ Ihm ging es nicht gut dabei. Die Fackeln erinnerten ihn an andere Fackeln und die Reden an andere Reden.

„Luise hat ein wenig Fieber“, sagt Karla, gerade als der kleine Scheiterhaufen perfekt geschichtet ist.

Erschrocken reißt Bernhard das Mädchen vom Fußboden hoch, wo es selbstvergessen mit ein paar Bauklötzen gespielt hat. Luise fängt an zu weinen und will sich losmachen. Er hält sie fest, schaut ihr in die Augen und legt ihr eine Hand auf die Stirn. Die ist warm, aber nicht heiß. „Kannst du mit dem Kopf nicken?“, fragt er Luise, die mit dem Kopf nickt. Er murmelt etwas von Hirnhautentzündung und dass man dann den Kopf nicht mehr bewegen könne, weil das Genick steif werde.

Karla nimmt ihm Luise aus dem Arm und drückt ihm einen Kuss auf die Wange. „Ich glaube, es ist nur die Aufregung. Lass uns abwarten.“

Karla hat recht, das hier hat mit dem kleinen Arno nichts zu tun. Er küsst Karla auf den Mund, und es schmerzt ihn, wie sie ihn anschaut. So froh und zugleich – überrascht.

Gerade als Bernhard das Streichholz in den Kachelofen hält und das Beste hofft, klingelt es. Wilhelm bringt einen Sack Kartoffeln, eine Flasche süßen Wein und feuchte Kälte mit. „Aber jetzt reißt der Himmel auf“, sagt er und schiebt Bernhard vom Ofen weg. Trotz der kleinen Flammen, die da schon züngeln, schichtet er das Holz noch einmal um, und sie schlagen höher, sodass man schon zwei, drei Briketts drauflegen kann. Er greift in die Flammen, als gäbe es keine Brandblasen auf der Welt. Karla lacht und fragt, warum Wilhelm Bernhard nicht auch ein paar nützliche Dinge vererbt hat. Wilhelm zwinkert ihr zu. „Lass uns eine Runde laufen, Junge“, sagt er zu Bernhard.

Bernhard weiß genau, von welcher Runde hier die Rede ist. Wilhelm setzt sich die Schirmmütze auf, mit der er immer ein bisschen verwegen aussieht. Mein Vater wird bald sechzig, denkt Bernhard plötzlich. Er ist schon fast ein alter Mann. Als spürte er diesen Gedanken, strafft Wilhelm die Schultern, drückt die Knie durch und reißt schwungvoll die Wohnungstür auf.

Fünf Minuten sind es bis vor zur Stalinallee. Wilhelms liebste Straße, wie er immer sagt, auch wenn sie Stalin gehört. Am Strausberger Platz redet er von den Acht- und Zehngeschossern, die hier bald stehen werden. Und dann wird man bauen bis runter zum Alexanderplatz. Daran hätte Wilhelm gern mitgearbeitet, aber nun ist er im Heinrich-Heine-Viertel und baut die Q-3-Wohnungen: Einbauküche, Bad und WC. „Wenn die stehen“, sagt er, „müsst ihr euch bewerben.“

Bernhard weiß, wohin es Wilhelm zieht. Inzwischen kennt er das Haus an der Wilhelm-Pieck-Straße, die sein Vater noch immer Lothringer nennt, auch von innen ziemlich gut. Das neue Haus der Einheit und nicht mehr das Jonass aus Kindertagen. Monatelang hat er da gesessen und sich mit der Arbeiterpresse in der Weimarer Republik beschäftigt. In dieser Zeit ist ihm der Vater gründlich auf die Nerven gegangen, mit all seinen Fragen, wie es drinnen aussieht, in welchen Räumen wer und was untergebracht und ob noch zu erkennen sei, wie schön einmal das Kaufhaus ausgesehen habe. „Eigentlich nicht", hat Bernhard gesagt und konnte sehen, wie enttäuschend Wilhelm das fand. Als hätte das Jonass einmal ihm gehört und nicht fremden Menschen. Und als Bernhard und Karla sich ein Radio und einen Küchenschrank auf Teilzahlung kauften, geriet der Vater ganz aus dem Häuschen. Wieder und wieder erzählte er, wie Martha bei Jonass auf Pump gekauft hatte und wie sie regelmäßig ihre Raten zu Vicky brachten. „Heute ist das ja kein Problem", hat Wilhelm sich ereifert. „Der Staat lässt solche wie uns nicht verhungern. Aber damals, in den Dreißigern. Es hätte doch jederzeit wieder eine Krise geben können."

Bernhard wirft einen Seitenblick auf seinen Vater, der zielstrebig und mit erwartungsvollem Gesicht Richtung Wilhelm-Pieck-Straße läuft. Er hat sich schon oft gefragt, ob Wilhelm damals ein bisschen verliebt in Vicky gewesen ist. Manchmal kommt er richtig ins Schwärmen, wie schick und apart sie immer aussah, obwohl doch das Geld lange Zeit mehr als knapp war. Und mehr noch darüber, dass sie eine Frau war, die sich nicht unterkriegen ließ. „Egal wie schlimm die Zeiten waren, Vicky blieb eine Kämpferin."

Endlich stehen sie auf der gegenüberliegenden Straßenseite, mit dem Rücken zum Nikolaifriedhof, und schauen aufs Jonass, das jetzt eine Kaderschmiede ist und das Institut für Marxismus-Leninismus.

„Wie geht es Elsa?", fragt Wilhelm, und Bernhard erschrickt, weil er für einen Moment glaubt, der Vater wüsste um den einen Abend, den er drüben im Institut mit Elsa verbracht hat. Und weil er jetzt und überhaupt mit Wilhelm darüber nicht reden will, auch wenn es ihn drängt, wenigstens einen Menschen zu haben, der weiß, was war, erzählt er eine ganz andere Geschichte. Wie sie ihn beim Studium in Leipzig gefragt haben, ob er sich nicht öfter mal mit seiner Freundin Elsa treffen möchte. Da sei man auch gar nicht dagegen, schließlich rede man hier von einer engen und langjährigen Beziehung. Und es sei, im Dienste der Sache natürlich, auch nichts Schlimmes dabei, mit dieser Elsa ein wenig über die Lage in Westberlin zu reden, darüber, wie die Stimmung ist bei den Menschen. Die Mutter sei doch früher mit einem Nazi verheiratet gewesen. Und Elsa selbst lebe mit einem Amerikaner, der beim Feindsender arbeitet, dem schlimmsten von allen. Ob er den denn schon kennengelernt habe, diesen Amerikaner? So haben sie mit ihm geredet in Leipzig, in einem Seminarraum, in den er bestellt worden war.

„Was waren das denn für Jungs?", fragt Wilhelm.

„Na, was wohl für welche?" Bernhard lacht leise.

„Und wie hast du dich aus der Affäre gezogen?"

Bernhard wundert sich, dass der Vater so selbstverständlich annimmt, er habe sich den Wünschen der Genossen vom Staatssicherheitsdienst entgegengestellt. Als ob das so einfach gewesen und klar wäre, dass ihm deren Anliegen nicht auch verständlich vorkamen. Schließlich lebte man mitten im Kalten Krieg, und die Amerikaner waren auch nicht zimperlich darin, ihre Schlachten zu schlagen. Wenn es nicht um Elsa gegangen wäre, wer weiß.

„Ich habe taktiert und hingehalten", sagt Bernhard, „und gehofft, dass sie es langsam müde werden, mich zu fragen. Und Kompromisse habe ich gemacht. Über die können wir irgendwann einmal reden, aber nicht jetzt."

TATSÄCHLICH kommen Wilhelm und er noch hinein ins Institut. Bernhard kennt den Mann am Einlass, der ihn durchwinkt und nicht nach Ausweis und Anliegen fragt. Sie laufen treppauf und treppab, und Wilhelm versucht in jeder Etage zu erklären, was hier früher war und verkauft wurde. Wie es ausgesehen hat in seinen guten Tagen, dieses Haus, bevor sich das braune Gesocks mit seinem Reichsjugendführer hier breitmachte.

„Warst du jemals hier, als von Schirach drin hauste?", will Bernhard wissen, und Wilhelm schüttelt den Kopf. Wozu sollte er hier gewesen sein, nachdem sie Grünberg verjagt hatten, aus dem Geschäft und aus dem Land?

Sein Vater ist jetzt auf der Suche nach dem Raum, in dem Elsa geboren wurde. Wo ist der Raum, in dem der Packtisch damals stand?

„Vielleicht im Erdgeschoss", sagt Bernhard und schiebt den Vater vor sich her. Jetzt will er langsam nach Hause zu Karla und Luise, damit ihm nicht ganz schwummrig wird von den Erinnerungen an jene Sommernacht in der Bibliothek.

Wilhelm ist sich nicht sicher. Es könnte schon sein, aber alles sieht anders aus als in der Erinnerung. „Zeig mir doch mal die Bibliothek", sagt er plötzlich, „in der du so viele Stunden und Überstunden verbracht hast."

Ausgerechnet, denkt Bernhard und sucht nach einem Ausweg. Vielleicht sollte er behaupten, die wäre schon geschlossen, überlegt er, verwirft den Gedanken und führt den Vater resigniert in die Bibliothek. Das hätte er gern vermieden, hier heute zu stehen und dann doch daran denken zu müssen, wie es mit Elsa war. Zum Glück nimmt sich der Vater einen Zeitungsband aus dem Regal, in dem auch Artikel von ihm gedruckt sind, und setzt sich an einen der Tische, um darin zu schmökern. Bernhard lässt den Vater sitzen und schleicht in den Katalograum, betrachtet Wände und Tische, als müssten da noch Spuren zu finden sein.

Er hatte den halben Tag hier im Institut in der Arbeitsgruppe gesessen, die für die neue Zeitschrift zuständig war, in der man sich auf allen Seiten ausschließlich und ausführlich mit der Geschichte der Arbeiterbewegung beschäftigte. Darüber schreibt er ja auch oft im *Neuen Deutschland*, was ihm ausreichend Grund gibt, immer wieder hierherzukommen, in die Bibliothek, ins Haus. Um zu recherchieren und mit den Genossen über Artikel zu reden, die er schreiben will.

An diesem Tag waren sie verabredet, er und Elsa, seit Langem wieder. Es war ausgemacht, dass Elsa ihn am Jonass abholte. Sie stand vor dem Institut in einem Sommerkleid, weiß mit fliederfarbenen Blumen. Die Schuhe flach, aber Elsa sieht auch mit flachen Sohlen immer aus, als ginge sie auf hohen Absätzen. Die dünne Strickjacke hatte sie ausgezogen und in die Tasche gestopft. Da konnte man ihre gebräunten Arme sehen, die runden, weichen Schultern. Und ein bisschen geschminkt hatte sie sich, das machte ihre Augen noch größer. Der Pförtner sah wohl das Gleiche wie Bernhard an jenem Nachmittag, und es gefiel ihm ebenso. Er zwinkerte ihm zu und sagte: „Na, willste deiner Schwester mal das Haus zeigen? Dann drück ich ein Auge zu." Bernhard wollte nicht, aber Elsa zappelte aufgeregt mit den Händen, um ihm zu signalisieren, dass sie sehr wohl wollte, oh ja. Darauf hatte sie von Anfang an gedrängt, dass er sie endlich mit in ihr Haus nähme. Und sein Einwand, er könne sie schlecht in der Tasche am Pförtner vorbeischmuggeln, war dahin.

Elsa mochte sie nicht, die engen Büros, wo früher weite Hallen waren, die Bilder von Pieck und Marx und Lenin an den Wänden, die Neonleuchten und Blümchentapeten. Sogar den Geruch monierte sie, als verströmten die Kämpfer für Frieden und Sozialismus einen besonders abstoßenden Odem. Irgendwann wurde es ihm zu viel mit dem Gestichel, und er gab ihr zu verstehen, dass es ihr Wunsch gewesen war, hierherzukommen, an diesen Ort, der nun sein Arbeitsplatz war, und dass sie aufhören solle, sich über alles und jedes zu erheben. Richtig wütend ist er geworden. Zumindest so lange, bis sie sagte: „Du hast recht, das bleibt unser Haus, und ich bin froh, dass du hier sein kannst." Ihm einen Kuss auf den Mund drückte – das hatte sie seit jenem Weihnachtsabend nicht getan – und hinzufügte: „Für mich wird das Jonass immer wundervoll sein, genau wie du."

Da wandte er ihr den Rücken zu, damit sie seine Verlegenheit nicht sah, und ging voraus in die Bibliothek. Die Bibliothekarin packte schon ihre Tasche und war ungehalten, dass noch jemand kam, nur für ein Besichtigungsprogramm. Ihn allerdings mochte sie, die Bibliothekarin, und sie konnte ihm nur selten etwas abschlagen. Er setzte sein gewinnendstes Lächeln auf, und man einigte sich darauf, dass Bernhard ausnahmsweise und nur, weil sie ihm voll vertraue, die Bibliothek später selbst abschließen und den Schlüssel abgeben könne. Das wäre wohl möglich.

So blieben sie allein zurück, er und Elsa, in der plötzlich stillen und leeren Bibliothek. In diesem Augenblick wurde auch Elsa ganz still. Betrachtete die Tische mit den Karteikästen und besonders lange eine Schreibmaschine mit kyrillischen Buchstaben. Ging an den Regalen entlang, als interessierte sie sich nun wirklich für die Schriften der kommunistischen Arbeiterführer. Fuhr mit dem Zeigefinger über Buchrücken, pustete hier und da ein bisschen Staub vom Finger. Und er folgte ihr still auf ihrem Weg, blieb immer zwei, drei Schritte hinter Elsa, schaute auf ihren Nacken, auf die runden, leicht gebräunten Schultern, den geraden Rücken und den Po, der sich unter dem Kleiderstoff abzeichnete.

„Möchtest du den Katalograum sehen?“, fragte er, und Elsa nahm den Zeigefinger von den Buchreihen, um mit ihm eine gerade Linie vom Kinn hinab in den Ausschnitt des Kleides zu malen. Im engen Katalograum waren die Jalousien heruntergelassen, die Abendsonne warf goldene Streifen an die Wand und auf den Tisch, der davor stand. Auch Elsa war golden gestreift, als sie sich an die Wand lehnte, und der Tisch wackelte, als sie sich daraufsetzte, sodass sie einen kleinen Juchzer ausstieß, der den Ausschlag gab. Was sollte sie jetzt und hier davon abhalten, sich aufeinanderzustürzen und aneinander festzuhalten, egal wie die Dinge draußen lagen und das Leben sich für beide sortiert und eingerichtet hatte?

Wilhelm Glaser klappt mit lautem Knall den Zeitungsband zu und steht vom Stuhl auf.

„Da wollen wir mal“, sagt er zu Bernhard, und der nickt, ohne den Vater anzuschauen. Nun ist ihm doch die Erinnerung gekommen, und das am Weihnachtsabend, wo sich alles um die richtige Familie drehen sollte und nicht um halbschattige Geschichten, von denen keiner etwas wissen darf. Etwas verlegen, als hätten beide Männer, der Vater und der Sohn, von verbotenen Früchten genascht, machen sie sich auf den Weg nach draußen in die Kälte.

„Kann sein“, brummelt Wilhelm, „dass ich mal ein bisschen in Vicky verliebt war. Nur aus der Ferne natürlich.“ Er schielt bei diesem Satz zum Sohn, dem eine seltsame Röte in die Wangen steigt und der nickt, als verstehe er alles und nichts.

KARLA wartet schon auf die Männer und läuft zwischen Küche und Weihnachtsbaum hin und her. Bernhard geht zu Luise, die in der Küche auf dem Fußboden mit einem hölzernen Kochlöffel, einem Geschirrtuch und einem angeschlagenen Teller spielt.

„Was machst du da?", fragt er Luise.

„Duppe", sagt Luise und lächelt verklärt.

„Sie kocht eine Suppe", übersetzt Karla.

Dabei versteht Bernhard seine Tochter sehr gut, auch wenn er nicht so viel Zeit zu Hause verbringen kann wie Karla, die stundenweise in einer Schule ganz in der Nähe unterrichtet. So lange bis Luise groß genug für ganze Kindergartentage ist.

Dann klopft es an der Tür, und Weihnachten fängt endgültig an. Marie ist bepackt wie ein Lastesel, lässt alles fallen und umarmt Karla, Luise und ihn auf einmal. Bernhard nimmt sich vor, an diesem Abend alles daranzusetzen, dass Marie und Wilhelm sich nicht streiten wie sonst immer, nachdem die Freude über das Wiedersehen zwischen Bruder und Schwester verebbt ist und die Diskussion aufs Politische kommt. Und weiß zugleich, dass er es wohl nicht wird verhindern können. Er selbst hat ja auch seine Mühen damit, dass Marie im Westteil der Stadt wohnt und jedes Mal aufs Neue erklärt, dass es ihr lieber ist, nicht in der Esbezett zu leben.

Marie bindet sich, sobald sie den Mantel abgelegt hat, eine Schürze um und zeigt auf eine ihrer gefüllten Taschen. „Ich hab uns einen Braten gemacht, und dazu wird es Semmelknödel geben", sagt sie. „Keine Widerrede, jetzt bestimme ich."

Ja, das kennt Bernhard noch aus der Zeit, als Tante Marie bei ihnen lebte nachdem die Mutter fort war. Tot, verbessert er sich in Gedanken. Nachdem die Mutter tot war. Oder fort, fügt er dann doch noch einmal hinzu. Ein ganz anderer Ton war da eingezogen in ihren stillen Haushalt, energisch und herzlich. Als Junge hatte er oft rebelliert gegen die Ersatzmutter, doch letzten Endes hat Marie sie alle gerettet. Den Vater, Charlotte und ihn.

„Mehl und Eier sind auch in der Tasche", sagt Marie, „ich brauche eine Schüssel und ein bisschen Milch, wenn ihr habt."

Karla öffnet den Kühlschrank. „Wo denkst du hin, Milch ist doch immer da. Schon wegen dem Kind."

„Des Kindes", murmelt Bernhard und grinst. Soll Karla heute reden, wie sie will. Es ist Weihnachten.

Karla holt vom Haken am Küchenschrank eine funkelnagelneue Dederonschürze und hält sie Marie hin. „DeDeRon", skandiert sie, „DeDeRon, Marie, pflegeleicht und hübsch dazu."

Marie schürzt sich nun nicht mit der mitgebrachten, sondern mit der Dederonschürze, Karla zuliebe, und geht an die Arbeit. Kurz darauf steht Charlotte in der Tür, auch sie möchte bei den Vorbereitungen zum Festmahl helfen. Bernhard lässt die Frauen in der Küche allein und spielt im Wohnzimmer mit Luise.

Charlotte gerät ins Schwärmen über ihre Arbeitsstelle, ist sie doch frischgebackene Leiterin einer Kaufhalle für Waren des täglichen Bedarfs geworden. Und es gibt auch erst drei Stück, wie Charlotte erzählt, von diesen wunderbaren Einrichtungen, die den Frauen das Leben erleichtern und moderne Einkaufskultur verkörpern. Über derartigen Eifer muss sogar Marie lächeln. Was gibt es da zu diskutieren, das kennt sie von ihrem Bruder Wilhelm. Diese Entschlossenheit, ein Bild so lange schönzumalen, bis es nichts Störendes mehr zu sehen gibt. Doch als Charlotte insistiert, dass der Sozialismus dem Kapitalismus auch in solchen Alltagsdingen mehr und mehr überlegen sei, wird es Marie zu viel, und sie erwähnt, nur um abzulenken, dass sie kürzlich Elsa getroffen habe. Viel zu spät kriegt sie mit, wie es Karla das Lächeln von den Lippen wischt.

„Was habt ihr nur immer mit Elsa", entfährt es Karla, und gleich möchte sie es zurücknehmen, das sieht man ihr an. Aber Marie will wissen, warum sie es leid ist. Manchmal könne sie halt die ganzen alten Geschichten nicht mehr hören, winkt Karla ab. Elsa sei nun mal aus dem Leben von Bernhard verschwunden, und eine Freundschaft sei nur lebendig, wenn man sich regelmäßig sehe und das eine oder andere im Alltag teile. Aber davon könne ja nicht die Rede sein bei den beiden.

Charlotte wischt schon seit drei Minuten, solange dieser kleine Disput dauert, den Küchentisch ab. Sie denkt an den Sommerabend, als sie zufällig am Institut vorbeigelaufen ist und gesehen hat, wie Bernhard und Elsa das Gebäude verließen. Die Uhrzeit schien ihr ungewöhnlich, lange nach Dienstschluss muss es gewesen sein. Sie fragt sich, warum Karla von diesem Treffen nichts weiß und ob es nicht ihr gutes Recht wäre, es zu erfahren. Und ihre, Charlottes, Pflicht demnach, es ihr mitzuteilen.

SPÄTER, als Marie mit Bernhard im Wohnzimmer den Kaffeetisch deckt, nimmt sie ihn zur Seite und nestelt an der Tasche ihrer Strickjacke. „Ich habe einen Brief für dich", sagt sie und hält ihm das Kuvert entgegen. „Von Elsa."

Es ist das erste Mal, dass Elsa diese Schmuggelroute von West- nach Ostberlin gewählt hat. Er versucht mit aller Macht, die aufsteigende Röte aufzuhalten und möglichst beiläufig zu klingen. „Ach ja, danke."

Einen Augenblick lang schaut Marie ihn an, als ob sie erwarte, dass er den

Brief in ihrer Gegenwart öffnen würde. Doch den Gefallen tut er ihr nicht, sondern schlendert mit dem Kuvert in der Hand aus dem Raum und hofft, nicht geradewegs in Karla hineinzulaufen. Den Brief wird er wohl erst lesen können, wenn die ganze Feierei vorbei ist. Er steckt den zusammengefalteten Brief in die Hosentasche, achtet darauf, dass nichts Weißes hervorlugt. Und hofft, dass auch in seinem Gesicht nichts zu lesen ist, wenn Karla ins Wohnzimmer kommt.

Beim Kaffee reden alle gleichzeitig, so viel gibt es zu erzählen. Nur Wilhelm schweigt meist und versucht hin und wieder, dem ganzen Schwatzen eine Struktur zu geben, wie er sagt. Das bringt die Frauen in Hochform, die meinen, es müsse auszuhalten sein, wenn hier alle durcheinanderreden, und er könne ja versuchen, sie mit einem Likör zum Schweigen zu bringen. Doch der Likör bringt die Frauen keineswegs zum Schweigen, stellt Wilhelm nach dem zweiten Gläschen fest, und kündigt an, nach unten zu gehen, um eine zu rauchen.

„Nimmst du Luise mit?“, fragt Karla und zwinkert ihm zu. „Ihr wolltet doch nachsehen, ob der Weihnachtsmann schon auf dem Weg ist.“

Auch Marie möchte mit, und so ziehen sie erst das Kind warm an und schlüpfen dann selbst in die Mäntel.

Ein feiner Nieselregen stäubt vom Himmel. Luise darf auf Wilhelms Schultern sitzen und hält Ausschau nach dem Weihnachtsmann. Zuerst gehen Wilhelm und die Schwester schweigend durch die Straßen, dann reden sie über Bernhard und darüber, wie toll sich der Junge macht. Als sei er kein erwachsener Mann, denkt Wilhelm, sondern noch immer ein halbwüchsiger Bengel, dem mal etwas richtig gut gelungen ist.

Marie wird aufgeschreckt, als das Mädchen auf Wilhelms Schultern plötzlich ruft und mit den Armen rudert, weil tatsächlich ein Weihnachtsmann vor ihren Augen über die Straße stiefelt. Und der winkt dem aufgeregten Kind auch noch zu. „Na, dann können wir ja nach Hause gehen“, sagt Wilhelm. „Und den anderen erzählen, dass der Weihnachtsmann unterwegs ist.“

„Vielleicht war er schon bei uns“, baut Marie vor für den Fall, dass die Geschenke schon unter dem Baum liegen, wenn sie nach Hause kommen. Auf dem Rückweg begegnet ihnen nur ein einziges Auto, ein Trabant, wie es ihn erst seit Kurzem gibt. Aber für wen der zu haben ist, das hat Wilhelm noch nicht herausgefunden.

Zu Hause liegen die Päckchen tatsächlich schon unter dem Baum. Karla hat sich große Mühe gegeben, selbst das kleinste Geschenk prachtvoll zu verpacken, sodass es aussieht, als seien sie hier bei reichen Leuten. Luise staunt und staunt und kann gar nicht aufhören, die kleinen Hände zusammenzuschlagen.

Bernhard will jetzt keine Geschenke. Er verspürt den großen Wunsch, auf der Stelle Elsas Brief zu lesen. Und hat das Gefühl, Verrat an Karla zu begehen, obwohl doch gar nichts mehr ist zwischen ihm und Elsa und auch nie wieder etwas sein wird. Ja, das eine Mal, im flirrenden Staub der Bibliothek, ist etwas gewesen, und als es vorbei war, hielten sie sich eine Weile aneinander fest, vielleicht nur, um dem anderen nicht in die Augen zu sehen, vielleicht auch, weil es so schön war, dass es nicht falsch sein konnte. Als sie einander die Gesichter wieder zuwandten, sahen sie beinahe aus wie zuvor.

KURZ VOR MITTERNACHT wird der Heilige Abend für beendet erklärt. Marie bekommt auf dem Sofa ein Bett gebaut, Wilhelm und Charlotte machen sich auf den Heimweg, und Bernhard begleitet die beiden ein Stück, um frische Luft zu schnappen. An der Ecke Stalinallee drückt Bernhard den Vater und küsst die Schwester auf die Wange, bevor er sich umdreht und auf den Heimweg macht. Unter der ersten Laterne, die noch Licht spendet, holt er den Brief aus der Hosentasche, reißt ihn auf und liest.

> Bernhard. Ich finde es traurig, dass wir beide so nah beieinander leben und uns doch so selten sehen. Meinst Du, das kann wieder anders werden? Du fehlst mir. Und manchmal habe ich Angst, unsere Freundschaft könnte durch den Abend in Deinem Institut in die Brüche gehen. Wenn diese Gefahr besteht, lass uns lieber den einen Abend vergessen und uns an all die Jahre erinnern, die wir uns kennen und vertraut sind.
>
> Manchmal wünschte ich, aus dem Institut könnte wieder ein Kaufhaus werden. Und wir beide könnten da drin sein und alles wäre noch einmal so, wie es mal war. Das geht nicht, ich weiß. Ich träume nur, Bernhard. Träumst Du auch hin und wieder? Ich umarme Dich. Deine Elsa.

Unergründliches Obdach für Reisende

Sommer 1969

Blätter, eine ganze Wand voller Ranken und Blätter. Dunkle Kreuze und helle Vierecke, zarte Muster, die sich als Blumen entpuppen, Stuhlbeine, um einen Tisch gruppiert. Augenblick für Augenblick tauchen sie auf in ihrem Westberliner Badezimmer, in der Schüssel mit Entwicklerbad: Tapeten, Fensterrahmen, Gardinen, Tische und Stühle aus der anderen Stadt, dem anderen Land, der anderen Welt. Aus der Wilhelm-Pieck-Straße 1. Seinem Institut. Ihrem Jonass.

Schwarz, weiß und grau sind die Bilder aus dem Beratungsraum, und doch sieht sie alles farbig vor sich: auf grünem Teppichboden eine mahagonifarbene Schrankwand, darin bemalte Matrioschkapuppen, braune Keramik aus Bulgarien, ein Kupferteller aus Ungarn, ein handgewebter Tischläufer aus Polen – Gastgeschenke von Nutzern des Instituts aus befreundeten sozialistischen Ländern.

So kommt es ans Licht auf den Fotografien, die sie noch tropfend aus der Wanne gezogen hat, und so kommt es zur Sprache in dem Brief, den Bernhard ihr zum Geburtstag hat herüberschmuggeln lassen. Und als sie schon gedacht hat, dass es kein schöneres Geburtstagsgeschenk für sie geben könnte als einen Brief, einen Brief von Bernhard, einen Brief von Bernhard über ihr Haus, war bald darauf eine Filmdose bei ihr eingetrudelt. Eine kleine schwarze Dose voller unermesslicher Schätze. Nun konnte sie die Dinge und ihre Beschreibungen, das Puzzle der Bilder und Wörter, Stück für Stück zusammensetzen.

GENAUER, hat Elsa Bernhard gebeten, sollst du es beschreiben, jedes Detail und jede Ecke. Auch das, was dir unwichtig erscheint, was du nicht mehr siehst, weil du es jeden Tag sehen kannst. Alles will ich wissen. Das ist ihr Wunsch an ihn zum vierzigsten Geburtstag gewesen, seinem und ihrem Geburtstag: Beschreib mir unser Haus, Bernhard. Unser Haus, das ich nicht mehr sehen darf. Von unten bis oben, ich will alles wissen. Nicht nur das Kaufhaus von damals, die Kleiderständer mit den langen Mänteln, zwischen denen wir uns unsichtbar machten. Ich will wissen, wie das Haus jetzt ist, Bernhard, was aus ihm geworden ist, wie es sich entwickelt.

Tatsächlich hat Bernhard ihr zum Geburtstag den gewünschten Brief herüberschmuggeln lassen, mit knappen Glückwünschen und einer ausführlichen Beschreibung vom Haus der Einheit, in dem er täglich ein und aus geht, für sie unerreichbar hinter Mauer und Stacheldraht. Auch das Briefpapier war zu ihrer Freude aus dem Institut. Der blaue Briefkopf besagt: INSTITUT FÜR MARXISMUS-LENINISMUS, BEIM ZENTRALKOMITEE DER SED, TRÄGER DES KARL-MARX-ORDENS, und rechts steht: WILHELM-PIECK-STRASSE 1, BERLIN, 1054, FERNRUF 202, BETRIEBSNUMMER 100 00 2019.

Was es ihr heute helfen sollte, Bernhards Brief bei sich zu tragen, kann sie nicht sagen. Sie hat ihn in der Handtasche verschwinden lassen, kurz bevor sie sich auf den Weg zum Gericht gemacht hat. Nun verlassen Stephen und sie nebeneinander das Gerichtsgebäude. Es ging alles ganz schnell. Am Ende der Stufen angekommen, drücken sie sich einen Kuss auf die Wangen und gehen ihrer Wege. Bis zur nächsten Ecke. Vor der roten Ampel wendet Elsa noch einmal den Kopf. Nein, festhalten kann sie ihn nicht, will sie ihn nicht, ihren Mann, nur diesen letzten Blick auf seinen kleiner werdenden Rücken. Sie zieht die Kamera aus der Tasche, knipst, steckt sie wieder ein. Im selben Moment dreht er sich um und blickt in ihre Richtung. Stephen hebt den Arm und winkt ihr zu, sie hebt den Arm und winkt zurück. So stehen sie einander gegenüber und winken, als würden nicht zwanzig Meter Bürgersteig sie trennen, sondern ein unsichtbarer Graben oder der Atlantik, den Stephen vor zwei Tagen überquert hat, um sich nach Jahren der Trennung von ihr scheiden zu lassen. Stephen winkt und winkt, schwenkt den Arm, als stehe er an der Reling eines auslaufenden Schiffes. Fehlt nur das Taschentuch, denkt Elsa, lässt den Arm sinken und bricht in Lachen aus. Da hält auch Stephen endlich inne, grinst so breit, dass sie seine Zähne aufblitzen sieht, und setzt sich in Bewegung. In der Mitte treffen sie sich und klopfen sich gegenseitig auf die Schultern. „Du hast recht", sagt Elsa, obwohl Stephen kein Wort gesagt hat, „das müssen wir feiern."

Es ist spät geworden, und es kann schon sein, dass sie ein bisschen beschwipst ist, aber in so einer Sommernacht, da muss man zu Fuß nach Hause gehen. Gehen und nachdenken. Schließlich wird man nicht jeden Tag geschieden. Stephens Angebot, sie nach Hause zu begleiten, hat sie abgelehnt. Immerhin läuft sie Tag und Nacht allein durch die Straßen, seit er nach New Jersey zurückgekehrt ist und bei der Gelegenheit gleich noch Werner mitgenommen hat, der sich seine Begeisterung für die Yankees aus den Tagen der Shmoos und Candys bewahrt hatte und nun als Techniker bei Stephens Sender arbeitet. Nein, sie wollte lieber alleine gehen.

Elsa lehnt sich für einen Augenblick an eine Hauswand. Die Steine sind noch immer warm. Ja, ein strahlender Julitag ist das heute gewesen, ihr Scheidungstag, ganz im Gegensatz zu ihrer Hochzeit vor zwanzig Jahren im Mai. Ununterbrochen hatte es gegossen, in der Nacht vor der Hochzeit. Auf den Kirchenstufen warf eine Windböe unter dem aufgespannten Schirm hindurch Schauer in ihre Gesichter. Sie war im dritten Monat, auch wenn man zum Glück noch nichts sah unter dem Brautkleid.

War es falsch, so früh zu heiraten und gleich zu dritt anzufangen? Sie hat es nie bereut und kann es auch heute nicht bereuen, mit der als gescheitert gestempelten Ehe in der Tasche. Über das Hereinplatzen der kleinen Stephanie in ihr Leben hatten Stephen und sie sich damals gefreut.

Selbst Vicky, die auf der Hochzeit noch „gute Miene zum bösen Spiel“ gemacht hatte, konnte dem Charme von „little Steph“ nicht lange widerstehen. Und es war Vickys Idee gewesen, drei Jahre später den kleinen Bruder nach dem Haus zu nennen: Jonas. Als er davon zum ersten Mal erfuhr, war Jonas gekränkt. „Ich bin nach Daddy benannt“, hatte ihm seine Schwester, den Mund voll Cornflakes, beim Frühstück verkündet, „und du nach einem Kaufhaus!“ Erst als sie selbst ihrem Sohn versicherte, dass er nach dem wundervollsten Haus der Welt benannt sei, in dem Mama geboren wurde und Oma Vicky und Tante Elsie gearbeitet hatten, breitete sich ein Lächeln auf Jonas’ tränenverschmiertem Gesicht aus. Dafür war jetzt Steph beleidigt. „Und ich bloß nach Daddy?“ Nun war es an Daddy, beleidigt zu sein. Am Ende hatte Elsa vor halb vollen Tassen und Cornflakesschalen alleine am Tisch gesessen.

Sie biegt in ihre Straße und nähert sich der Wohnung, in der sie inzwischen nur noch mit Jonas lebt. Wo kommt dieser Krach her, fragt sie sich und schaut unter der nächsten Laterne auf die Uhr: schon zwei! Die ohrenbetäubende Musik kommt nicht nur aus ihrer Straße, sondern aus ihrem Haus. Mit zitternden Fingern schließt sie die Haustür auf, hastet die Stufen hoch. Im zweiten Stock prallt sie beinahe gegen eine Tür, die vor ihrer Nase aufgerissen wird.

„Hab schon die Polizei gerufen!“ Frau Römer knallt die Tür wieder zu.

Elsa läuft weiter und macht einen Schritt zurück, als sie ihre Wohnung betritt, so laut schlägt ihr die Musik entgegen. Dann rennt sie durch den Flur in das Zimmer ihres Sohnes und stolpert über die im Weg stehenden Kartons. „Verdammt noch mal, Jonas!“, brüllt sie gegen den Krach an. „Stell das sofort aus!“

Jonas liegt im Halbdunkel auf seiner Matratze und rührt sich nicht. Ihm wird doch nichts passiert sein? Sie stürzt zu ihm. Da rappelt er sich hoch nimmt die Kopfhörer ab und zuckt zusammen.

„Oh, fuck!“ Jonas schaut sie mit glasigen Augen an, wankt zum Plattenspieler und legt einen Schalter um. Jetzt kommt der Krach nicht mehr aus den Boxen, nur noch aus den extra isolierten Kopfhörern, die er sich wieder aufsetzen will.

Elsa reißt ihm die Hörer aus der Hand und stellt die Anlage ganz aus. Eine ohrenbetäubende Stille. „Bist du völlig übergeschnappt? Was soll das sein?“

„Das?“ Jonas fährt sich durch die langen Haare und gähnt. „Jefferson Airplane.“ Und setzt hinzu, als sie ihn fassungslos anschaut: „‚Surrealistic Pillow‘. Eins ihrer besten Alben.“

Es klingelt Sturm. Die Polizei!

„Weißt du was“, sagt Elsa und schiebt ihren Sohn, der sie um einen Kopf überragt, bis zur Wohnungstür vor sich her. „Das kannst du denen erklären.“

Sie traut ihren Ohren nicht, als sie ihn kurz darauf zu den Beamten sagen hört: „Finden Sie nicht auch, dass ‚White Rabbit‘ überschätzt wird?“

IST UNSERE FAMILIE zerrüttet, fragt sich Elsa vor dem Badezimmerspiegel, während sie in der Schublade nach einer Kopfschmerztablette kramt. Sind die Kinder unseretwegen verstört? In der Küche lässt sie die Tablette in ein Glas Wasser fallen. Ihr Blick gleitet über die offenen Pappkartons, die an einer Wand gestapelt stehen. Manche sind halb voll mit Töpfen und Geschirr, andere noch leer. Wohnungsauflösung – das wird nun ganz allein an ihr hängen bleiben. Stephen ist seit zwei Jahren fort, Jonas wird in den nächsten Tagen mit seinem Vater in die Staaten fliegen, dort die zwölfte Klasse besuchen. Wenn er zurückkommt, sehen wir weiter. Und Stephanie wird nicht wieder bei dir einziehen. Sie wischt sich die Tränen von der Wange. Dass deine Tochter statt bei dir lieber in einer Kommune lebt, heißt doch nicht, dass sie unter die Räder kommen muss. Dass sie vor dir geflüchtet ist. Dass sie dich nicht mehr liebt.

Als sie an Jonas’ Zimmer vorbeikommt, hört sie lautes Schnarchen. Am liebsten würde sie ins Zimmer stürmen, ihn aus dem Bett zerren. Hilf mir! Ich weiß nicht, wo ich anfangen soll mit dem Einpacken und Aussortieren. Wie sollen vier Zimmer Leben zukünftig in eines passen? Aber das sollen sie ja gar nicht. Jonas muss seine Koffer für die USA packen und ein paar Kartons einlagern mit dem, was er behalten will – Stapel von Platten und seine Anlage. „Der Rest kann weg“, hat er gesagt. Als sie Stephanie vor ein paar Wochen mitgeteilt hat, dass sie bald in eine kleine Wohnung für sich allein ziehen würde, und sie bat, vorher ihre Sachen abzuholen, bekam sie die gleiche Antwort: „Der Rest kann weg.“ In Stephs Fall mit dem Zusatz: „Wir brauchen hier keinen Konsumterror.“

Bin ich auch so ein Rest, der nun wegkann, fragt sich Elsa vor dem Küchenbüfett, vor offenen Türen und Schubladen.

Ein paar Stunden später stehen die Kartons noch immer halb leer an den Wänden und im Flur. Elsa kniet im Schlafzimmer auf dem Teppichboden, umgeben von Fotos und Briefen. Ein Hochzeitsalbum, in das sie sich jetzt nicht vertiefen wird, zwei Alben, auf denen *Stephanie* und *Jonas* steht, ein rotes, ein blaues. In beiden vorne eingeklebt eine seidenweiche Locke, eine hellbraune, eine blonde. Sie klappt die Alben zu. Dann sind da die Schuhkartons mit Bildern. Bilder, die sie alle selbst aufgenommen, aber niemals sortiert hat. Stephen mit Baskenmütze auf dem RIAS-Wagen. Vicky und

Elsie in Verkäuferinnentracht vor dem neu eröffneten KaDeWe. Elsie hat Vicky die Arme um die Schultern gelegt, beide strahlen. Sie muss Elsie morgen im Krankenhaus besuchen. Wann wird sie operiert? Meine Güte, es gibt wirklich Schlimmeres als eine Wohnungsauflösung. Familienauflösung. Elsie weiß nicht mal, ob sie diesen Sommer überlebt.

Was haben wir da? Vickys Hochzeit mit Leo – wie kommt das dazwischen, das war doch viel später.

Auf dem nächsten Foto ein Hinterhof, in dem eine alte Frau zwischen Mülltonnen in der Sonne sitzt und schläft, und dort ein Brückengeländer, zu dem ihr die Brücke fehlt. Nichts ist datiert, nichts beschriftet. Sie hat ja all diese Bilder zum Privatvergnügen gemacht, oder nicht? Als Lehrling im Fotoatelier, gleich nach dem Krieg, hatte sie davon geträumt, Geld und Anerkennung damit zu verdienen wie ihr Chef. Er hatte sie sogar ermutigt, zuerst. Und dann entlassen, als das Geld nicht mal für eine Assistentin reichte. Bald darauf hat Stephen vom RIAS-Wagen dazwischengefunkt … Elsa betrachtet die Fotos und seufzt. Dieses Durcheinander!

Sie stapelt die Fotos zurück in die Kartons, schließt die Deckel und streift Gummibänder darüber.

DER MOND ist weiß, von der Erde aus gesehen, und in einer Sommernacht wie dieser rötlich gelb. Doch welche Farbe hat die Erde, vom Mond aus betrachtet? Und wie sieht der Mond auf dem Mond aus? Diese Fragen haben Elsa hierher getrieben, in eine Traube von Menschen vor einem Schaufenster des KaDeWe, in dem große Bildschirme stehen – Farbfernseher. Alle wollen möglichst nah und live dabei sein, fünfhundert Millionen weltweit, hieß es in den Nachrichten, verfolgen das Spektakel vor den Fernsehern. Obwohl man auf den flimmerigen Bildern nicht allzu viel erkennen kann, harren die meisten seit Stunden aus, um den Augenblick zu erleben, in dem die Menschheit den Mond erobert. Es ist Montagmorgen, wird schon bald wieder hell, die Büros werden am Vormittag leer sein. Noch immer weht eine laue Luft.

Blau. Die Erde ist vom Weltall aus gesehen blau. Doch das Meer der Ruhe, in dem Apollo 11 gelandet ist, sieht braun und grau, zerklüftet und staubig aus. In einem Meer der Ruhe zu landen stellt Elsa sich schön vor. Sie denkt an die gestapelten Kisten in ihrer Wohnung, die ausgeräumten Schränke, die zerstreute Familie. Hier steht sie allein inmitten von Fremden. Vicky und Leo wollten zu Hause bleiben, Schwarz-Weiß tut es auch, fanden sie. Ob Elsie jetzt im Fernsehraum der Klinik sitzt und mit anderen Patienten, deren Tage auf Erden gezählt sind, den Männern im Mond zusieht? Vielleicht schläft sie auch den traumlosen Schlaf der Schmerzmittel. Jonas feiert Abschied mit seinen Freunden, und Stephanie – nun, Stephanie hat gesagt, sie würde diese Hysterie bestimmt nicht mitmachen, es sei doch reine Propaganda, um von Vietnam abzulenken.

Auf einmal kommt Bewegung in die Menge, die noch näher an die Schaufenster drängt. Am 21. Juli um 3.56 Uhr mitteleuropäischer Zeit betritt Neil Armstrong von der Leiter der Raumfähre aus als erster Mensch den Mond. Elsa schaut in die Gesichter der Umstehenden. Alle Augen sind gebannt auf die Bildschirme gerichtet, auf Mattscheiben hinter Schaufensterscheiben. Sie tritt aus der Menge heraus, die Lücke schließt sich augenblicklich. Ein paar Meter vor den Schaulustigen, neben dem Schaufenster, holt Elsa die Kamera aus der Tasche. Sie fotografiert die dicht gedrängten Körper, die hypnotisierten Gesichter. Da fällt ihr ein Mann auf, der dem Bildschirm den Rücken zuwendet. Sie will sehen, was er sieht, folgt seinem Blick nach oben. Doch da ist nichts, außer … dem Mond. Dem echten und in dieser Nacht dottergelben Mond.

Elsa geht an der Menge vorbei und stellt sich auf eine Bank, macht ein Foto von dem Mann, der den Kopf in den Nacken gelegt hat, seinem mondbeschienenen Gesicht zwischen den Hinterköpfen der anderen – im Hintergrund das Schaufenster mit dem Bildschirm, über den die Mondlandung flimmert. Ein Astronaut im weißen Anzug in Großaufnahme, Kabel und Apparate vor der Brust wie nach außen gekehrte Eingeweide. Ein Helm mit riesigem Kunststofffenster, ein Insektenauge, das er auf die Zuschauer richtet. Inzwischen sind zwei Männer auf dem Mond, die US-Flagge wird gehisst. Elsa wendet den Blick vom Bildschirm und sucht nach dem Mann, der es vorzieht, den wirklichen Mond zu betrachten. Er ist fort.

JONAS liest die neben der Klingel auf ein Stück Pappe gekritzelten Namen: *Penny Lane, Ruby Tuesday, Bobby McGee … Bobby* ist durchgestrichen, darüber hat jemand *Arschloch* geschrieben. Die Klingel funktioniert nicht, Musik schallt durch die Tür, Jonas hämmert dagegen. Nach einer Weile nähern sich Schritte, ein Mann reißt die Tür auf. „Hi, bist du der Typ aus der Wrangel, der für ’n paar Tage bei uns pennen will?“ Er mustert Jonas durch die runde Brille. „Na ja, an sich sind wir hier mehr so für Studis und kein Kinderladen …“ Jonas ist sicher, dass dieser Typ Bobby sein muss.

Stephanie taucht hinter ihm auf und schiebt ihn beiseite. „Bist du bescheuert, Mann, das ist mein Bruder.“ Steph trägt trotz der Hitze ihre ewige blaue Postlerjacke und ein Piratentuch um den Kopf.

Jonas windet sich aus ihrer Umarmung. „Will nur meine Platte abholen, ‚Beggars Banquet‘, du weißt schon … und tschüss sagen natürlich.“

Seine Schwester geht in die WG-Küche voran und setzt Teewasser auf. „Wir haben voll viel zu tun, du weißt ja, die Demo morgen und so."

„Welche Demo? Du, es ist zu heiß für Tee. Habt ihr Cola?"

„Cola?!" Der angeekelte Ausruf kommt aus dem Mund eines Mädchens mit hennaroten Locken.

„Penny oder Ruby?", will Jonas von ihr wissen.

Das Mädchen stutzt, dann lächelt es. „Such's dir aus." Streng setzt sie hinzu: „Cola gibt's trotzdem nicht."

„Okay, Ruby." Jonas schlägt die Hacken zusammen und nimmt Habachtstellung ein. Da taucht der Typ mit der runden Brille in der Küche auf.

„Sagt mal, was geht denn hier ab? Da sitzen Typen in Moabit, weil sie aus der Scheißarmee wollen, weil sie keine Kinder mit Napalm bewerfen wollen, und diese Charaktermaske hier macht einen auf Scheißsoldat."

Ruby unterbricht ihn und öffnet den Kühlschrank. „War zufällig heute schon jemand einklauen?" Sie wirft die Tür wieder zu. „Ihr denkt wohl, das ist Frauensache, was? Wir dürfen das Futter ranschleppen, euer dreckiges Geschirr waschen …" Sie fegt einen schmutzverkrusteten Teller von der Spüle, der auf den Küchenfliesen zerbricht.

„Leute, wir haben jetzt Wichtigeres zu tun." Steph steigt über die Scherben hinweg, und die anderen folgen ihr ins Berliner Zimmer. Zwischen mit Papieren übersäten Schreibtischen und Regalen voller Aktenordner sitzen junge Frauen und Männer auf dem Boden. Sie schneiden und falten Papiere, ein Geruch nach Klebstoff und Spiritus liegt in der Luft. Steph lässt sich auf ein freies Sitzkissen fallen und klopft auf das Kissen neben sich.

Jonas bleibt stehen. „Du, ich wollte wirklich nur … Kannst du mir die Platte geben?"

Steph schaut in die Runde. „Hat jemand von euch ‚Beggars Banquet'?" Niemand reagiert.

„Du hast es mir versprochen", Jonas' Stimme kippt in die helle Jungenstimme zurück, „hey, da ist ein Autogramm von Brian Jones drauf. Weißt du, was die jetzt wert ist?"

Plötzlich steht Bobby hinter ihm. „Mach dir mal nicht ins Hemd wegen 'ner blöden Platte, okay?!" Er drückt Jonas einen Stapel Flugblätter in die Hand. „Hilfst du morgen beim Verteilen?"

Jonas schüttelt den Kopf und reicht die Flugblätter an Steph weiter. „Ich fliege morgen. Deshalb wollte ich ja …"

„Was? Wohin denn?", will Ruby wissen, die im Schneidersitz neben Steph Platz genommen und sich ein Beedie zwischen die Zähne geschoben hat. Jonas steigt der süßliche Rauch in die Nase, vermischt mit Patschuliduft.

„In die Staaten", sagt er, „da mach ich die zwölfte Klasse."

Ruby schaut entgeistert zu ihm auf. „In die Staaten? Du meinst bei den Yankees? Den Imperialisten?"

Alle Blicke richten sich auf Jonas. „Genau da. Mein Dad ist zufällig auch ein Yankee. Bei dem werde ich wohnen."

„Moment mal, dein Dad, sagst du?" Bobby wirft einen Blick auf Steph. „Ich denk, ihr seid Geschwister." Stephanie läuft rot an und nickt. Bobby schlägt sich an die Stirn und zeigt mit dem Finger auf sie. „Dein Vater ein Ami? Ich glaub's ja nicht."

Jonas macht einen Schritt Richtung Flur. „Ich muss jetzt los. Muss noch packen. Bringst du mich zur Tür?"

Stephanie rappelt sich auf. „Klar." Dann sagt sie in die Runde: „Jonas fährt nach Woodstock."

„Was für 'n Stock?", fragt Bobby.

Ruby springt auf. „Wow, nimmst du mich mit!?"

JONAS ist weg, Stephanie ist weg. Wie oft war es Elsa zu eng in der Wohnung, als sie noch zu viert darin wohnten. Wie oft hat sie sich, umstellt von Schränken, Regalen, Bücherstapeln und Plattensammlungen, nach mehr Raum gesehnt. Nun hat sie so viel Freiraum, den sie füllen kann, und manchmal auch nicht. Im fensterlosen Bad, wo vor Kurzem noch Jonas' ungewaschene Wäsche herumflog, die verschiedenen Sorten Männerdeo, die er neuerdings ausprobierte, vor einer Weile Stephanies Kajalstifte und Hennapackungen, vor längerer Zeit Stephens Rasierwasser und -pinsel, hat sie eine Ecke ganz für sich alleine eingerichtet. Anstelle von Deos, Henna und Rasierzeug lagern in dieser dunklen Ecke Thermometer, Pipette, Eieruhr, Trichter, Plastikschüsseln und Chemikalienflaschen. Im Augenblick hängen dort, an einer aufgespannten Leine, Filme zum Trocknen. Auf den Bildern steigt Stephen als noch verheirateter Mann vor der Verhandlung aus dem Taxi und kehrt ihr als soeben geschiedener Mann den Rücken. Dann Jonas vor dem Abflug, mit einem Gesicht, als ob er gleichzeitig lachte und weinte.

Was nicht dort hängt, noch immer gut verschlossen in der Filmdose schlummert, sind die Bilder der hypnotisierten Gesichter, die alle in eine Richtung schauen, und des einen Gesichts, das allein nach oben schaut, beschienen vom dottergelben Mond. Sie schafft es einfach nicht, sie aus dem Filmdosenschlaf zu wecken. Wenn diese Bilder nichts geworden sind, nicht so geworden sind, wie sie sie im Kopf hat seit jener Nacht – ja, was dann? Der Einsendeschluss rückt jeden Tag näher.

Morgen kommt das Paar, das ihr den viel zu großen Kleiderschrank abkauft. Ganz hinten hängen lange nicht mehr getragene Kleider. Brave Blusen und Röcke wandern in den Altkleidersack. Die Jeans kommt in den Koffer zu den engen Pullis und T-Shirts, alles praktische Sachen, die man nicht bügeln muss. Der neue Minirock kommt auch mit. Als sie ihn das erste Mal getragen hat, bei einem ihrer seltenen Besuche in Stephanies WG, hat ihre Tochter sie angesehen, als wären Miniröcke an Frauen über dreißig im Allgemeinen und Müttern im Besonderen unpassend und peinlich. Aber ihre WG-Genossin fand ihn steil und hat ihr geraten, dazu Plateaustiefel zu tragen. Hohe Absätze, im Ernst, und das bei ihrer Größe? Doch das Mädchen hat recht gehabt. Als sie mit Minirock und Plateaustiefeln nach Hause stiefelte, wurde ihr seit langer Zeit wieder einmal hinterhergepfiffen.

VICKY schaut auf die Armbanduhr, Richtung Rolltreppe und wieder auf die Uhr. Sie macht heute schon mittags Feierabend im KaDeWe. Elsa hat versprochen, sie abzuholen und mit ihr ins Krankenhaus zu Elsie zu fahren. Aber ihre Tochter ist noch immer nicht in Sicht. Einige Kunden schleichen zwischen den Kleiderständern herum, sie hat den Verdacht, dass die Herrschaften vor allem wegen der Klimaanlage hier sind. Wunderbar kühl ist es in den hohen Kaufhaushallen, während sich in den Straßen die Hitze staut. Seit Tagen sehnt man sich nach einem Gewitter. Aufgeregt kommt eine Kollegin aus der Herrenkonfektion auf Vicky zugelaufen.

„Schon wieder eine Demonstration! Der Ku'damm ist voll mit Polizei, hab ich eben gehört." Sie fährt sich durch die dauergewellten Haare. „O Gott, hoffentlich werfen sie uns nicht wieder die Scheiben ein!"

„Worum geht's denn diesmal?", fragt Vicky, während sich in ihrem Inneren Unruhe ausbreitet. Wenn Elsa mitten auf dem Ku'damm zwischen die Fronten geraten ist!

„Ach, diese Deserteure aus Westdeutschland, die in Moabit sitzen", sagt die Verkäuferin. „Sollen sie die doch zurückbringen, wo sie hingehören! Oder gleich nach drüben. Jeder meint, er kann nach Westberlin kommen und hier auf Staatskosten gammeln."

Im engen Büro sitzt Vicky nach vorn gebeugt auf der Stuhlkante, das Ohr nah am Radio. Sie wagt es nicht, den Sender laut zu stellen. Die Rundfunknachrichten sind nicht gerade beruhigend. Mehr als zweitausend Demonstranten vor dem Moabiter Gefängnis, ein Großteil von ihnen ist spontan Richtung Kurfürstendamm gezogen. Hunderte von Polizisten zwischen Ku'damm und Wittenbergplatz postiert, berittene Staffeln, Wasserwerfer. Schwere Ausschreitungen werden erwartet … Vicky krampft die Hände im Schoß zusammen. Elsa wird doch vernünftig sein und sich fernhalten? Und unbeteiligten Passanten passiert nichts, oder? Obwohl, der Ohnesorg soll ja auch ... und Elsie, die neulich auf dem Heimweg vom Kaufhaus in Tränengas geraten ist. Stephanie, die schon mehrmals ärztlich versorgt werden musste. Aber die war auch nicht unbeteiligt, lief immer vorneweg bei diesen Anti-Vietnamkriegs-Demos und Anti-Springer-Demos und was nicht alles. Und das, obwohl ihr Vater ein Ami ist und ihre Großmutter eine geborene Springer. Na, den Namen ist sie zum Glück los. Dann erstarrt das Lächeln auf Vickys Lippen. Was, wenn Stephanie auch heute in vorderster Front mitläuft? Diesmal nicht mit einem blauen Auge davonkommt? Wasserwerfer, Reiterstaffeln ... Oder wenn Stephanie selbst einen Stein in ein Schaufenster wirft, in eine Scheibe dieses Hauses, in dem ihre Großmutter arbeitet? So, wie sie es schon einmal getan hat.

Vicky hört nicht mehr, was der Rundfunksprecher erzählt, sie sieht wieder die im Schneematsch glitzernden Glassplitter, die gähnende Leere der Schaufenster, als sie im Januar morgens zur Arbeit kam. In der schwarzen Fensterfront war ihr jählings ein anderes Bild erschienen, Männer in Uniformen und Stiefeln, in geschlossener Reihe unter dem Plakat vor dem Tor.

Mehr als zwanzig Scheiben wurden mit Steinen eingeworfen, allein im KaDeWe, nach einem Protestmarsch gegen das griechische Militärregime. Was das KaDeWe mit Griechenland zu tun hat, wollte Vicky von Stephanie wissen, als sie erfuhr, dass ihre Enkelin mitmarschiert war. „Besser ein Kaufhaus anzuzünden als eines zu besitzen“, hat diese statt einer Antwort zitiert. Sie zitierte viel in letzter Zeit. Und setzte noch etwas von Konsumtempeln und Großkapitalisten hinzu. „Deutsche, wehrt euch“, hat Vicky zu ihr gesagt, „kauft nicht bei Juden!“ Und hinzugefügt, als Stephanie sie sprachlos ansah: „Schaufenster einwerfen, schwarz-rot-goldene Fahnen verbrennen, das habt nicht ihr erfunden, ihr Schlaumeier und Weltverbesserer.“ Bevor Stephanie ihr wieder mit einem Marx- oder Mao-Zitat kam, hat sie die Enkelin zum Abendessen eingeladen. Sie wollte ihr vom Jonass erzählen, vom April ’33, als sie mit der strampelnden Elsa auf dem Arm vor den SA-Männern stand, vor dem geschlossenen Kaufhaustor, dem Plakat WERTHEIM – TIETZ – JONASS: FETT VON DEUTSCHEM BLUT. Von den zersplitterten Scheiben wollte sie erzählen, fünfeinhalb Jahre später, der gähnenden Leere der Schaufensterfront, den Scherben, die Grünbergs eigenhändig fortkehren mussten am Morgen danach. Von Gerd Helbig wollte sie sprechen, vom kleinen Klaus, den sie nie lieben konnte, und Werner, mit dem sie damals schwanger war. Von Heinrich und Alice Grünberg, von Carola, Gertrud und Harry. Ja, selbst von Harry wollte sie Stephanie erzählen, so aufgewühlt haben sie die klirrenden Scheiben. Vielleicht ist es einfacher mit Stephanie als mit Elsa, hat sie gedacht, vielleicht ist es einfach an der Zeit. Aber dann ist nichts geworden aus der Geschichtsstunde. Stephanie hat abgesagt. Irgendein Sit-in vor dem Amerikahaus.

„… die Sicherheitskräfte gehen mit aller Entschiedenheit gegen die Demonstranten und Krawallmacher vor. Die Polizei hat Anweisung, die Demonstration aufzulösen. Passanten und Schaulustige werden aufgefordert, den Kurfürstendamm zwischen Tauentzienstraße und Wittenbergplatz unverzüglich zu verlassen!“

Vicky springt auf, lässt das Radio laufen, eilt an der Kollegin vorbei, der sie Berichterstattung versprochen hat. Sie kann nicht länger hier sitzen, während vor der Tür ihre Tochter und ihre Enkelin in Gefahr sind! Beim ersten Schritt aus der kühlen Kaufhaushalle schlägt ihr die Hitze entgegen. Die Straße vor dem Kaufhaus ist abgesperrt und auf der einen Seite menschenleer. Knapp hundert Meter weiter auf der anderen Seite spielen sich zwischen Polizeisirenen, Lautsprecherdurchsagen und Geschrei tumultartige Szenen ab. Die Sorge um Elsa und Stephanie treibt Vicky weiter auf das Getümmel zu. Je näher sie kommt, desto stärker mengen sich in die stechende Mittagshitze Schwaden aus Hass, Wut und Lust, Angstschweiß und Adrenalin. Nicht die gleiche Mischung wie während der Barrikadenkämpfe in den letzten Wochen des Krieges, und doch ist die Erinnerung plötzlich so nah, dass sie sich zitternd in einen Hauseingang flüchtet. Sie hatte gehofft, diesen Brodem nie mehr zu riechen in den Straßen Berlins.

Zwei Mädchen und ein Junge flüchten sich in ihren Hauseingang. Zuerst schauen sie verblüfft, als sie der Oma in Rock und Bluse gegenüberstehen, dann lachen sie und legen die Zeigefinger an die Lippen.

„Pssst! Wir wollten bloß ’ne Abkühlung!“ Alle drei sind von Kopf bis Fuß triefnass, das Wasser läuft ihnen aus den Haaren. Eines der Mädchen trägt eine grasgrüne Badekappe, der Junge nur Shorts und Sandalen. Wie Terroristen sehen sie nicht aus. Die mit der Badekappe schüttelt sich, sodass Vicky einige Tropfen abbekommt. Der junge Mann schaut Vicky ernst an. „Sie sind doch auch gegen den Krieg, oder? Ich meine, in Ihrem Alter, Sie haben doch bestimmt …“

„Absolut“, sagt Vicky, „in jeder Beziehung. Aber ich bin auch gegen Krieg auf der Straße. Gegen Steinewerfen.“

Gerade, als der Junge zu einer Entgegnung ansetzt, ertönt wieder Geschrei, die Front scheint näher gerückt. Gruppen flüchtender Demonstranten rennen die Straße entlang, direkt vor ihrem Eingang schleppen zwei Menschen eine Frau in ihrer Mitte mit sich, der Blut übers Gesicht strömt.

„Kein Stein“, sagt das Mädchen mit der Badekappe sachlich. „Schlagstock.“

Im ersten Moment hat Vicky gedacht, die Frau, der das Blut in die Augen lief, sei Elsa, und ihr Herz hat einen Schlag ausgesetzt. Jetzt stürzt sie auf die Straße und läuft entgegen der Fluchtrichtung auf die Polizeikette zu.

„Ihr habt wohl alle miteinander den Verstand verloren!" Fassungslos steht Elsa im Krankenzimmer vor dem Bett ihrer Mutter. In der gleichen Klinik, in der eine Etage höher Elsie liegt.

„Wir waren doch heute Nachmittag hier verabredet", murmelt Vicky. Der Verband über ihrem Ohr ist vom Jod orange verfärbt. „Wenn du nicht zu spät gekommen wärst …"

Elsa lässt sich auf den Stuhl neben Vickys Bett fallen. „Wie bitte? Wärst du einfach an deinem Platz geblieben im KaDeWe, dann wäre überhaupt nichts passiert! Schlimm genug, dass Stephie bei diesem Irrsinn mitlaufen muss, aber was hattest du da zu suchen?"

„Dich", sagt Vicky. „Ich hab dich gesucht. Wärst du zu mir gekommen wie verabredet, statt dich ins Getümmel zu stürzen …"

Elsa springt auf. „Ich hab Stephie gesucht! Und nach der muss ich jetzt schauen. Die hat's noch viel schlimmer erwischt als dich."

Elsa geht im Gang der chirurgischen Abteilung auf und ab. Stephanie wird noch verarztet, eine Platzwunde am Kopf muss genäht werden, es besteht der Verdacht auf eine Gehirnerschütterung, so viel hat sie herausgefunden, als sie endlich eine Schwester auf dem Gang zu fassen bekam. Die Ärzte in der Chirurgischen haben heute wieder alle Hände voll zu tun. Hunderte verletzte Demonstranten und ein paar Dutzend Polizisten sind mit Platz- und Schürfwunden, Kreislaufzusammenbrüchen und Schleimhautreizungen vom Tränengas in die Berliner Kliniken eingeliefert worden.

Vicky ist jetzt beinahe glücklich über ihre erste Verwundung bei einer Demonstration. Sie darf die Nacht über bei Elsie im Zimmer liegen – obwohl die bei den Krebspatienten liegt. Auf der Station ist es still bis auf das Summen der Nachtbeleuchtung.

Elsies Bett steht zwei Meter von Vickys entfernt, sie hat einen Schlauch im Arm und muss auf dem Rücken liegen, obwohl sie nie auf dem Rücken schlafen konnte. „Erzähl mir vom Kaufhaus", sagt Elsie.

„Welches jetzt", will Vicky wissen, „das alte oder das neue? Kaufhaus Ost oder West?"

„Wann lebst du endlich in der Gegenwart? Wo arbeiten wir beide denn seit ungefähr zwanzig Jahren?"

Elsie hat recht, so alt ist sie noch gar nicht, aber in der Erinnerung läuft schon alles ineinander. Die Wiedereröffnung des zerstörten KaDeWe am Ku'damm, das war auch ein heißer Sommertag, muss 1950 gewesen sein. Zu Hunderttausenden waren die Kauflustigen herbeigestürmt, als ob sie jahrelang auf diesen Tag gewartet hätten. Als ob es sonst in der Stadt nichts zu kaufen gäbe. Tatsächlich war immer noch vieles knapp, die Blockade lag noch nicht lange zurück. Aber damals waren Perlonstrümpfe und Ananas eine Sensation, Modenschauen und Künstlerauftritte, spanische Wochen in der Lebensmittelabteilung.

„Zu dumm", sagt Vicky in Richtung des Nachbarbettes, „dass die Angestellten nicht mehr im Liegestuhl auf der Dachterrasse Pause machen wie früher. Darum hast du sie bei Jonass immer beneidet, weißt du noch?"

„Aber das Beste", entgegnet Elsie, „war der Tag, als Josephine Baker kam."

Das KaDeWe brummte – bis zum 14. August '61. An diesem Montagmorgen fehlte die Hälfte der Belegschaft, die meisten sahen sie niemals wieder. Viele Stammkunden blieben fort, erst im Nachhinein wusste man, dass sie aus dem Ostteil der Stadt gekommen waren. Am Anfang fehlten die Kunden aus dem Osten, doch dafür kamen immer mehr Touristen, Japaner und wer nicht alles. Ku'damm und Tauentzien wurden immer schicker. Auch Frau Roth, die Abteilungsleiterin der Herrenkonfektion, war von einem auf den anderen Tag verschwunden. Elsie trat Frau Roths Stelle an und holte Vicky als Einkäuferin in die Abteilung.

„Wer weiß, vielleicht wären wir ohne Mauer noch immer Verkäuferinnen", sagt Vicky. „Nein, du bestimmt nicht. Dir müsste der Laden längst gehören, wenn's nach Fähigkeiten ginge auf der Welt."

„Und wenn *du* nicht gut wärst, hätte ich dich nicht behalten", sagt Elsie. „Deine Kollektionen sind immer ein Renner. Das weißt du doch, oder? Dass du den Job hast, weil du gut darin bist?"

Vicky antwortet nicht, braucht nicht zu antworten. Das ist das Schöne, wenn man so im Dunkeln daliegt, dass man weiß, wann eine Antwort gefragt ist und wann nicht. Warum musste Elsie erst Krebs kriegen und sie selbst bei einer Demonstration zu Boden gehen, bevor sie wieder einmal in der Dunkelheit Worte und Schweigen tauschen konnten?

„Elsie", flüstert Vicky, „ich werde es dir niemals vergessen, was du für Elsa getan hast."

ZU HAUSE nimmt Elsa Tassen und Gläser aus dem Küchenschrank und schlägt sie in Zeitungspapier ein. Langweilig ist das, und sie beginnt in der Zeitung zu lesen, die oben auf dem Stapel liegt.

> Werktätige, darunter viele junge Menschen und Frauen, reichen Neuerervorschläge ein. Sie wollen mit ihren Ideen die Produktivität in den Betrieben steigern, die Selbstkosten senken, dafür sorgen, dass wertvolle Rohstoffe kostensparend eingesetzt werden und die Arbeitszeit voll ausgenutzt wird. Sie alle sind Teil der Bewegung „Sozialistisch arbeiten, lernen und leben".

Eine Ausgabe des *Neuen Deutschland*, die bei Vicky auf dem Tisch gelegen hat, nach einem Besuch von Wilhelm. Der darf ja rüber, seitdem er kein junger Werktätiger mehr ist und kein Neuerer, sondern als Rentner zum alten Eisen gehört, dessen Lagerung Kosten erzeugt. Die folgenden Zeilen überfliegt sie, „Neuererbewegung", „Neuererkollektive", „Schrittmacherkonferenz", es geht immer so weiter in diesem Ton, der ihr, obschon Deutsch, wie eine Fremdsprache erscheint.

Elsa knüllt die Zeitung zusammen und stopft sie in ein Glas. Ob er glaubt, was er da schreibt, ihr Bernhard, mit dem sie als Kind eine Indianergeheimsprache gesprochen hat? Damals haben sie sich noch verstanden, heute muss Elsa seine Worte erst übersetzen. Nicht nur seine Zeitungsartikel, auch so kostbare und seltene Dinge wie einen von Wilhelm herübergeschmuggelten Bernhardbrief. Der ist nicht in einem Altpapierstapel gelandet, sondern in ihrer Schatzkiste. Und in ihrem Kopf.

„Karla nimmt vieles schwerer, als sie müsste", hat Bernhard geschrieben; seine Frau ist depressiv, hat sie übersetzt, wie seine Mutter depressiv war. „Die Arbeit fürs ND und das Institut nimmt meine Tage und Kräfte ganz in Anspruch", hat er geschrieben, „vor allem seit ich an einer mehrbändigen Ausgabe zur Geschichte der Arbeiterbewegung mitwirke und an einer Zeitschrift, die vom Institut herausgegeben wird." Bernhard vergräbt sich in Arbeit, hat sie übersetzt, sucht in der Geschichte Zuflucht vor der Gegenwart in seinem Land, seiner geteilten Stadt und seinem Zuhause. „Luise kümmert sich um den Haushalt und ihre Mutter, wie man es sich besser von einer Zwölfjährigen nicht wünschen könnte" – und wie man es einer Zwölfjährigen auch nicht wünschen möchte, hat sie gedacht, und dass Luise zu früh erwachsen sein muss, so wie Bernhard und seine Schwester Charlotte viel zu früh ohne Martha erwachsen sein mussten.

Heute Morgen ist Elsa durch die Straßen gegangen, am Bäcker vorbei zum Supermarkt, denselben Weg wie schon tausend Mal, und plötzlich hatte sie das Gefühl, sie könne unmöglich weggehen. Müsse die Kündigung rückgängig machen und den neuen Mietvertrag, allein in der viel zu großen Wohnung bleiben, die sie weder ausfüllen noch bezahlen kann. Alles erschien ihr auf einmal einfacher, als wegzugehen. Als hätte ihr Leben sich in den vergangenen fünfzehn Jahren mit so vielen Fasern an Straßenecken und Häuser geheftet, im Vorbeigehen um so viele Bäume und Bänke und Ampeln gewickelt, dass es zerreißen würde beim Versuch, all das zu verlassen.

VICKY tritt auf den Balkon vor ihrer Küche und schaut in den tiefblauen Augusthimmel. Keine einzige Wolke in Sicht. Und damit kein einziger Regentropfen. Was gäbe man nicht um ein paar Tropfen bei dieser Hitze, die seit Wochen anhält. Anders kann sich Vicky Leos Ausbruch nicht erklären. Dabei hat sie ihn bloß gebeten, seine Schuhe aus dem Flur zu räumen, damit heute Abend der Besuch nicht darüber stolpert. Wenn alles, was in dieser Wohnung von ihm sei, im Weg stehe, bitte, er könne sich auch gleich selbst aus dem Weg räumen, dann hätten sie es bestimmt viel gemütlicher, drei Frauen unter sich, aber die Flaschen dürfe er vorher sicher noch herbeischleppen. Tür zugeworfen und aus dem Haus, ohne Mütze, hoffentlich holt er sich keinen Sonnenstich. Sie hat nichts erwidert vor Schreck, weil Leo doch sonst nie mit ihr streitet. Und das kurz vor ihrem Hochzeitstag!

Alle waren überrascht, als sie angekündigt hat, ein zweites Mal zu heiraten. Sie selbst auch. Jahrelang ist Leo mit seiner Frau in die Herrenkonfektion des KaDeWe gekommen, jahrelang hat sie versucht, dem unsäglichen Geschmack der Gattin entgegenzusteuern. Aber das durfte sie sich nicht anmerken lassen, die Ehefrauen der Stammkunden, hat sie die Erfahrung gelehrt, sind ebenso wichtig wie die Stammkunden selbst. Also hat sie sich bemüht, der Ehefrau in Kleinigkeiten recht zu geben, um sie in wesentlichen Fragen umzustimmen. Von Mal zu Mal lag ihr mehr daran, diesen ebenso gut aussehenden wie sympathischen Herrn vor Verunstaltung zu bewahren. Dann war er längere Zeit weggeblieben, und eines Tages stand er wieder in ihrer Abteilung, allein, ohne Ehefrau. Er trug einen schwarzen Anzug und wollte einen weiteren schwarzen Anzug. Mitten in der Anprobe sagte er: „Wollen Sie nicht wissen, wann meine Frau gestorben ist?" Da hat sie ihm in die Augen gesehen und gesagt: „Sie sollten kein Schwarz tragen. Es steht Ihnen überhaupt nicht. Sie sind nicht der Typ für Schwarz." Schon erstaunlich, dass man nach einer solchen Bemerkung einen Heiratsantrag erhielt.

Als Vicky später die Flaschen aus dem Keller holen will, stehen sie aufgereiht vor der Tür. Leo selbst ist noch nicht wieder aufgetaucht. Sie schüttet eine in das Bowlegefäß. Spätestens heute Abend ist er wieder hier, da ist sie sicher. Er wird doch seine geliebte Hitparade nicht verpassen. Und sie freut sich seit Tagen auf Elsie, die Elsa heute aus dem Krankenhaus abholen und zu ihnen bringen wird. Vicky hält den Waldmeister und die Zitronenmelisse unter den dünnen Wasserstrahl und wäscht die Blättchen vorsichtig ab. Als letzte Zutat nimmt sie die Walderdbeerblätter, die geben dem Ganzen das krönende Aroma, aber sind schwer zu bekommen und aufzubewahren. Den halben Vormittag ist sie auf der Suche danach von einem Marktstand zum anderen gelaufen bei der Affenhitze. Vicky probiert einen Schluck der Bowle. So übel schmeckt sie gar nicht. Und wenn erst mal die Kräuter ihr Aroma entfaltet haben … Warum jetzt ausgerechnet die Walderdbeerblätter sie an Harry erinnern, Harry und seine Küsse?

Nach einem Blick auf die Küchenuhr holt Vicky das Bowlegefäß aus dem Kühlschrank. Die Kräuter sollen höchstens drei Stunden ziehen, nicht länger. Als Letztes gießt sie das Mineralwasser in den Krug.

VICKY, ELSIE UND ELSA sitzen auf dem Sofa vor dem Fernsehapparat, jede hat ein Glas Bowle in der Hand. Vickys ist fast leer, Elsas halb und Elsies noch voll. Elsie sieht so abgemagert und blass aus. „Nimm“, sagt Vicky und hält Elsie den Käseigel unter die Nase. Geistesabwesend nimmt Elsie einen Holzspieß mit Weintrauben und Käsewürfeln und dreht ihn zwischen den Fingern. Auch Elsa scheint in Gedanken woanders. Und Leo nicht nur in Gedanken. So hat Vicky sich den gemeinsamen Abend nicht vorgestellt.

Die Anfangsmelodie der Hitparade ertönt, wie auf ein Signal dreht sich ein Schlüssel im Schloss. Gerade als Dieter Thomas Heck verkündet: „Hier ist Berlin! Das Zweite Deutsche Fernsehen präsentiert Ihnen Ausgabe Nummer sieben der Hitparade!“, tritt Leo herein. Setzt sich, als wäre nichts gewesen, in seinen Ohrensessel, gießt ein Glas Bowle ein, kaut mehrere Käsespieße weg und starrt auf den Bildschirm. Auf einer Liste notiert er die Namen der Schlagerstars, und wie jedes Mal, darauf würde Vicky wetten, wird er nach der Sendung eine Postkarte ans ZDF schicken, um sich an der Publikumsabstimmung zu beteiligen.

„Wärst du böse, wenn ich mich hinlege? Die Medikamente … Ich bin so müde“, sagt Elsie. Während Vicky sie in ihr Zimmer begleitet, bleibt Elsa mit Leo allein vor dem Fernseher zurück. Sie rutscht unruhig auf dem Sofa hin und her, schiebt auch ihren Teller in Leos Richtung und springt auf. „Ich muss telefonieren.“

Warum geht in dieser verdammten WG keiner ans Telefon? Steph muss doch zu Hause sein. Vielleicht liegt sie im Bett und schläft. Hoffentlich. Sie soll viel schlafen, haben die Ärzte bei ihrer Entlassung betont. Vor allem liegen und nochmals liegen. Elsa zuckt zusammen, als nach minutenlangem Freizeichen eine Stimme aus dem Hörer kommt. „Stephanie““, sagt ein junger Mann schleppend auf ihre Frage. „Keine Ahnung.“ Außer ihm sei keiner zu Hause, alle ins „Obdach“ gegangen. Welches Obdach? Na, das

„Unergründliche Obdach für Reisende", am Fasanenplatz. Und plötzlich, er klingt erschrocken, wer sie denn sei.

„Ich muss los", sagt Elsa zu Leo, „nach Stephanie sehen." Laut fällt hinter ihr die Tür ins Schloss, während Udo Jürgens in weißem Anzug und offenem Hemd in die Tasten haut. „Es wird Nacht, Señorita, und ich hab kein Quartier …"

NOCH IN DER TÜR hört Elsa das Lachen. Stephanies klares Lachen im Stimmengewirr, das ihr auf der Schwelle zum Unergründlichen Obdach für Reisende entgegenschallt. Auch das Lachen ihrer Tochter wird sie immer heraushören aus allen anderen. Mit weichen Knien geht Elsa zu einem freien Platz in einer Nische, fort aus dem Blickfeld der Gruppe, mit der Stephanie um einen runden Tisch sitzt. Ganz entgegen ihrem Vorsatz, ihr Kind auf der Stelle nach Hause zu verfrachten und dort, wenn nötig, am Bett zu bewachen, bis es auskuriert ist. Doch im selben Augenblick, als sie Stephanies Lachen gehört und einen Blick auf sie erhascht hat, ihren Rücken und den nackten Arm um die Schultern ihres Nebenmanns gelegt, da hat sie gewusst, dass sie jetzt unter keinen Umständen in Stephanies Welt hineinplatzen darf.

Nun sitzt sie in der Falle. Wenn sie das Lokal verlassen will, muss sie an Stephanies Tisch vorbei. Wenn die sich in dem Moment umdreht, zum Ausgang schaut oder einer ihrer Mitbewohner sie erkennt? Niemand wird ihr glauben, dass sie zufällig in diese Szenekneipe geraten ist, in der die Wände mit Plakaten und Postern gepflastert sind, mit Aufrufen zu Demos und Soli-Aktionen, Forderungen nach Freiheit für Ulli, Tommy und Tina. Zum Glück ist dieses Obdach für Reisende wirklich unergründlich mit seinen dunklen Ecken. Niemand kommt, um eine Bestellung aufzunehmen, die Theke ist verlassen. Auf dem Nebentisch steht ein Stammtischschild aus Messing: ZENTRALRAT DER UMHERSCHWEIFENDEN HASCHREBELLEN. Ein einzelner Haschrebell, des Umherschweifens müde, hat sein lockiges Haupt auf die Tischplatte gebettet. Vom runden Tisch am Fenster, aus Stephanies Gruppe, dringen Fetzen ihrer Diskussionen herüber. Deutlich hört Vicky die Stimme ihrer Tochter heraus.

„Leute, wir dürfen das Ding mit den sogenannten Deserteuren nicht isoliert betrachten. Wir müssen die strukturellen Zusammenhänge sehen, die Klasseninstitutionen, die Nazirichter …"

Mitten in ihren Satz schlägt jemand mit der Faust auf den Tisch. „Yeah! Zerschlagt die Justiz mit dem Joint in der Hand!"

In das Gelächter mischt sich eine Frauenstimme: „Ich hab die Schnauze voll von eurem Bürgerkriegsgetue und Schweinesystem. Wie wär's stattdessen mit 'nem fetten Schweineschnitzel?"

Bei der Erwähnung des Schnitzels fällt Elsa ein, dass sie ihrer Mutter gar nicht Bescheid gesagt hat, bevor sie überstürzt aufgebrochen ist. Dabei hat die sich so auf den Samstagabend gefreut, im Kreis von Ehemann Nummer zwei, Tochter und liebster Freundin, die zumindest fürs Erste gerettet scheint. Und um die sich Vicky, seit der Krebsdiagnose und in den Monaten der Chemotherapie und der Klinik, rührend gesorgt hat, nach den vielen Jahren, in denen sie meist selbst das Sorgenkind der Familie war. Ob sie zu Vicky und Leo zurückfahren soll? Aber wie kommt sie hier raus, ohne entdeckt zu werden? Da fällt ihr auf, dass die Diskussionen am Tisch ihrer Tochter abgeebbt sind. Süßlich-herber Rauch zieht durch die Räume und legt sich wie ein Schleier über Gäste, Theke und Tische. Und Elsa findet durch die Küche des Lokals endlich einen Ausgang.

Auf dem Heimweg in der Bahn schlägt sie die Abendzeitung auf. In den Nachrichten vor der Hitparade gab es einen kurzen Bericht über Woodstock, das Musikfestival, zu dem auch Jonas gefahren ist. Verstörende Bilder von Hunderttausenden, die in Staus steckten, in Schlamm und Regen kampierten. Betörende Bilder von fremden Menschen, die Decken und Essen teilten, mit ihren Kindern nackt in den See sprangen und mit glücklichem Lächeln im Wolkenbruch tanzten. Komische Bilder von Männern, nackt bis auf die Blätterkränze auf ihren Köpfen, wie eine Persiflage getarnter Soldaten. Frauen mit dunklen Sonnenbrillen und nackten Brüsten, die sich mit einem Baby auf der Hüfte zur Musik wanden. Diese Musiker und Festivalbesucher sahen anders aus als die Schlagerstars der Hitparade und das Publikum im Saal bei Dieter Thomas Heck. Und inmitten dieser halben Million Menschen ihr Sohn. Das Herz hat ihr bis zum Hals geschlagen, als die Fernsehbilder von Woodstock kamen und sie Jonas in ihnen suchte. Auch jetzt fahndet sie auf den Fotos in der Zeitung nach ihm, aber Jonas winkt ihr nicht, nickt ihr nicht zu: Alles in Ordnung, Mama. Auch er scheint so unendlich fern, auf einem anderen Planeten. Sie hat ihn fliegen lassen und kann nichts tun, nur hoffen, dass er ein Jahr später wieder heil bei ihr landet.

Zu Hause in ihrer leeren Wohnung stößt Elsa sämtliche Fenster auf, um die stickige Luft hinauszulassen, doch auch draußen steht die Wärme wie eine Mauer um das Haus. Um die ganze Stadt. Sie nimmt eine kalte Dusche und tritt nackt auf den Balkon vor dem Schlafzimmer. Wasser tropft aus ihren Haaren und rinnt kühl über die Haut. Sie zündet eine Zigarette an und denkt an den Geruch im Unergründlichen Obdach für Reisende. Süßlicher Rauch und hitzige Diskussionen, das ist bestimmt nicht heilsam für ein noch immer erschüttertes Hirn. Aber der Name der Kneipe gefällt ihr. Vielleicht muss sie sich gar nicht so sehr um Stephanie sorgen. Vielleicht hat sie ja dort ihre Familie und ihr Zuhause gefunden. Fragt sich nur, ob es auch für Reisende wie sie selbst irgendwo Obdach gibt.

Nebenan erscheint ihr Nachbar auf dem Balkon. Schaut kurz zu ihr herüber, verschwindet nach drinnen und schließt laut die Tür. Der soll sich mal nicht so haben, zwar trägt sie keine Kleider, aber immerhin auch keinen Blätterkranz auf dem Kopf. Elsa seufzt. So eine kleine Sintflut wie in Bethel, das wär jetzt genau das, was Berlin braucht.

VICKY ist als Erste im „Kranzler-Eck". Sie hat einen Tisch für zwei reserviert, oben in der Rotunde, mit Blick auf den Ku'damm. Lange hat sie Wilhelm nicht gesehen. Wann war sie zuletzt in Ostberlin? Schneematsch und dunkle Häuserfronten, der Geruch nach Kohleöfen – natürlich, Weihnachten '65 war das, sie hatte kaum noch mit einem Passierschein gerechnet, schließlich war sie mit den Glasers nicht verwandt. Wilhelm hat sie umarmt und Karla und die kleine Luise, die schon damals zu ernst war. Als sie einen Moment mit Bernhard allein war, hat sie ihm einen Brief von Elsa überreicht. Wegen der Zensur und so, hatte die gemeint, wolle sie ihn nicht schicken, und sie solle ihn Bernhard unter vier Augen geben. Da hat sie sich doch gewundert, um welche Zensur es hier eigentlich ging. Bernhard hat den Brief schnell eingesackt und ihr ein Kuvert für Elsa zugesteckt, das sie zurückschmuggeln sollte. „Du bist jetzt unsere Doppelagentin", hat er gesagt, und obwohl ihr das Anliegen zweifelhaft vorgekommen ist, hat ihr die Sache mit der Doppelagentin gefallen. Noch am Abend desselben Tages musste sie zurück, und das war es dann mit den Passierscheinen. Seitdem ging gar nichts mehr, nicht mal für Verwandte. Die Mauer war in beide Richtungen dicht, außer für die Alten aus dem Osten.

„Darf ich?"

Vicky hat Wilhelm nicht kommen sehen. Wie schön das ist, sich wieder in die Arme zu nehmen, kurz durch seinen grauen Haarschopf zu wuscheln. „Hast dich gar nicht verändert."

„Schon. Bin neuerdings Rentner. Ganz schön alt fühlt man sich da." Wie zum Beweis nimmt er umständlich Platz und schaut lange angestrengt in die Getränkekarte.

„Zum Glück bist du Rentner, sonst wärst du nicht hier!" Sie lächelt ihn an, er vertieft sich weiter in die Karte. Wilhelms Vorrat an Westgeld dürfte knapp sein, fällt Vicky ein. Eilig setzt sie hinzu: „Ich lad dich ein zu Kaffee und Kuchen, ja? Bohnenkaffee."

„Haben wir auch, stell dir vor", sagt Wilhelm, dann spielt ein Lächeln um seine Lippen. „Weißt schon, Marke Goldstaub. Teuer wie Gold und schmackhaft wie Staub.“

Vicky erzählt von Elsas Scheidung, Elsies Krebs und Stephanies Kommunenleben, von Jonas in den Staaten und den verrückten Kunden im KaDeWe. Wilhelm hört aufmerksam zu. „Und, wie geht es euch?“, will sie endlich wissen.

Er kaut an seinem zweiten Stück Kuchen, dabei hat er es doch gar nicht so mit Süßem. Womöglich hat er es nur bestellt, um keine Worte machen zu müssen mit vollem Mund. Es ist so still an ihrem Tisch, dass sie sein Kauen und Schlucken wahrnimmt. Dann hört auch das auf. „Karla und Martha, das klingt so ähnlich, nicht?“

Sie zuckt zusammen, schüttelt den Kopf, aber ja, natürlich klingt es ähnlich. So weit ist sie nie gegangen, ist in Gedanken immer vorher abgebogen, doch sie versteht sofort, was er meint. Dass er eine Todesangst hat bis heute, wenn er an den Tag denkt, als sie Marthas Brief auf dem Küchentisch fanden, eine Todesangst, wenn nun Karla am hellen Tag sich im abgedunkelten Zimmer die Decke über den Kopf zieht. Leise erzählt er, dass er sich oft um Luise kümmert, wenn es Karla schlecht geht. Hin und wieder bei ihnen schläft, wenn Bernhard Spätdienst hat oder auf Dienstreise ist.

„Karla vergeht, und Bernhard geht aus dem Haus“, sagt Wilhelm mit so viel Bitterkeit in der Stimme, wie Vicky es bei ihm noch nie gehört hat. Auch er war damals immer länger aus dem Haus gegangen …

„Achtung, Achtung, hier spricht die Polizei!“, tönt es durch die Straße in ihre Gedanken hinein. „Die Demonstration ist nicht genehmigt! Verlassen Sie unverzüglich Kurfürstendamm und Joachimsthaler Straße!“

Die Cafébesucher an den umstehenden Tischen springen auf und drängen sich an die Balustrade, um das Schauspiel zu verfolgen. Polizeisirenen, Lautsprecher, das anschwellende Getöse eines sich nähernden Demonstrationszuges – unwillkürlich fühlt Vicky nach der Narbe an ihrer Schläfe.

„Was hast du da?“, will Wilhelm wissen. Nachdem sie die Geschichte erzählt hat, meint er: „Ja, eure so demokratische Polizei …“

Vicky unterbricht ihn: „Wir leben auch nicht im Paradies.“

Während um sie herum die Schaulustigen versuchen, die besten Plätze zu ergattern, bleiben Wilhelm und Vicky abseits an ihrem Tisch.

„Besuchst du unser Haus noch?“, fragt sie. „Euer Haus, sollte man wohl sagen. Wer weiß, ob ich’s zu meinen Lebzeiten noch zu sehen kriege.“

„Nach deinen Lebzeiten mit Sicherheit nicht. Es sei denn, dort befindet sich irgendwo das Tor zum Paradies.“ Wilhelm lächelt. „Und man würde dich reinlassen …“

Die Parolen skandierenden Demonstranten, übertönt von Lautsprecherdurchsagen der Polizei, scheinen nahe gerückt zu sein.

Vicky beugt sich zu Wilhelm. „Ich dachte, ihr wollt das Paradies hier auf Erden schaffen. Aber nach dem Sieg des Sozialismus zieht ihr auch noch um den Himmel einen antifaschistischen Schutzwall. Baut eine Mauer durch die Milchstraße, ganz wie hier in Berlin. Nun sind wir sogar Bürger verschiedener Staaten."

Wilhelm zieht etwas aus der Tasche und schiebt es ihr unter der Tischplatte zu. „Übrigens: neuer Auftrag für die Doppelagentin."

Vicky weiß nicht, ob die Heimlichtuerei ernst gemeint ist, ohnehin sind alle Augen der anderen Gäste auf die Straße gerichtet. Sie ertastet einen Briefumschlag und lässt ihn in die Handtasche gleiten.

Da sie danach lange schweigend vor leeren Tellern und Tassen sitzen, kommt nach einer Weile die Kellnerin an ihren Tisch. Sie stellt das Tellerchen mit der Rechnung, auf der sich einiges angesammelt hat, vor Wilhelm hin. Der schaut ein wenig erschrocken, und noch bevor er protestieren kann, legt Vicky einen Schein auf den Teller und schiebt ihn zur Seite.

„Es wird andere Zeiten geben", sagt Vicky. „Außerdem bleibt's doch in der Familie."

JETZT, da Wände und Böden kahl und die Räume beinahe leer sind, hallen Elsas Schritte durch die Wohnung. Sie schraubt das Schild von der Wohnungstür, FAMILIE MITCHELL gibt es nicht mehr.

Sie setzt sich auf den Karton in der Mitte des Zimmers, wo früher der meterlange Esstisch stand. Das wenige, das nicht verkauft und verschenkt ist, wartet mit ihr darauf, morgen früh abgeholt und verfrachtet zu werden. Das ist jetzt ihr Zuhause, ein Wartesaal voller Zugluft und Gerümpel. Helle Flecken an den Wänden, wo Bilder hingen, umrahmt von Trauerrändern. Die Bretter des abgebauten Regals erinnern sie an einen Sarg.

Vielleicht hat sie das von Vicky, dieses Festhalten an einem Heim, selbst wenn es keine Heimat mehr ist. Wie hatte Vicky darum gekämpft, in der Villa bleiben zu dürfen, dem viel zu großen Haus, in dem sie mit Gerd Helbig unglücklich gelebt hatte und ebenso unglücklich ohne ihn, als er tot war. Nachdem der Kampf um das obere Stockwerk verloren war, hatte sie ihn mit derselben Erbitterung um das Erdgeschoss fortgesetzt. Als sie auch dieses räumen mussten, kämpfte sie um die letzten verbliebenen Möbel, die sowieso nicht in die neue Wohnung passten. Der alte Kleiderschrank und das angekokelte Bett aus Elsas Kinderzimmer stehen noch heute in der engen Tempelhofer Wohnung, in der Einflugschneise des Flughafens. Leo hat keine Chance gehabt, Vicky in sein Haus zu locken. Ja, so ist ihre Mutter, klammert sich an bestimmte Menschen und Dinge und lässt andere achtlos ziehen. Klaus zum Beispiel, der mit seiner Frau und dem kleinen Roland in Westdeutschland lebt und den Vicky kein einziges Mal besucht hat. Wenn Vicky „Westdeutschland“ sagt, klingt das wie ein anderer Kontinent.

Draußen schwindet das Abendlicht, Elsa zündet im Wohnzimmer Kerzen an. Besser als die nackte Glühbirne, die von der Decke baumelt. Im Dämmerlicht denkt sie an die seltsame Eröffnung ihrer Mutter, die in ihrem ganzen Leben nie im Ausland gewesen und selbst aus Berlin kaum herausgekommen ist. Sie will in die USA fliegen, sobald Elsie über den Damm ist. Was sie denn da wolle? Na, ihren Sohn und ihren Enkel sehen, gab Vicky zur Antwort, obwohl es ihr in den vergangenen beiden Jahren nie in den Sinn gekommen ist, Werner in Amerika einen Besuch abzustatten. Im Gegenteil, man hatte fast den Eindruck, dass sie sein Fortgehen als Verrat empfunden hat und er seitdem für sie gestorben ist. Niemand hat ihr diese plötzliche Familiensehnsucht und Reiselust abgenommen, und später, wie zu sich selbst, hat sie etwas von Walderdbeeren gemurmelt, der Geschmack von Walderdbeeren, die gebe es hier nicht mehr, nicht so wie früher. Sie wird doch nicht schon senil? Unmöglich kann man Vicky allein um die halbe Welt reisen lassen. Doch genau das ist der Plan. Erst hat sie, zögerlich, Elsies Begleitung abgelehnt, anschließend, sehr entschieden, Leos. Dann solle sie bis zu Stephanies Semesterferien warten. Sie habe lange genug gewartet. Was für ein Unsinn, hat Elsa gedacht, und dass sie sich, wenn ihre Mutter nun auch noch fortging, von aller Welt verlassen fühlen wird.

Die Kerzen sind erloschen, der Raum liegt im Dunkeln. Ab und zu erhellen Scheinwerfer vorbeifahrender Autos die Wände. Wie spät es wohl ist? Sie sollte ins Bett gehen, morgen früh gegen acht werden die Umzugshelfer klingeln. Elsa wandert, ohne Licht zu machen, noch einmal durch alle Zimmer. Vom Wohnzimmer in die Küche, in der es sehr still ist, seit kein Kühlschrank mehr summt. In die leeren Zimmer, die bis zum Schluss für sie Kinderzimmer heißen. Ins Bad, das nackt aussieht ohne Plastikschüsseln und Chemikalienflaschen. Eine einzelne Zahnbürste steht im Becher, ein einzelner Film trocknet an der Leine. Den darf sie morgen früh nicht vergessen. Vom Bad ins Schlafzimmer, in dem anstelle des Ehebetts eine Matratze auf dem Boden liegt. Das wird ihr Nachtlager bleiben, bis sie sich entscheiden kann, ob das neue Bett schmal oder breit sein soll.

Auf ihrer Matratze, unter dem weißen Laken, ist sie von Dunkelheit umhüllt. Andere, denkt sie, werden in unseren Räumen wohnen, sich dort lieben, streiten, essen, schlafen. Andere, die nichts von uns wissen, so wie wir nichts von denen wussten, die vor uns da waren. Die Jahre sind vergangen, bleiben für immer so, wie sie waren. Die Zukunft ist unsichtbar, aber du glaubst daran, musst daran glauben. Du wirst ein anderes Dach über dem Kopf haben in einem anderen Haus in einem anderen Leben. Noch ist alles leer, aber bald wird Farbe einsickern in das weiße Bild.

SIE SCHALTET den Radiowecker aus, springt von der Matratze. Die Umzugshelfer können jeden Moment klingeln!

In Jeans und T-Shirt, den letzten noch nicht weggepackten Sachen, die sie für diesen Tag herausgelegt hat, läuft sie die Treppen hinunter zum Briefkasten. Wie jeden Morgen seit ein paar Wochen befiehlt sie ihrem Herz, mit dem Hämmern beim Anblick des Blechkastens aufzuhören, doch heute ist es seit dem Erwachen in Aufruhr. Sie wirft einen Blick auf das Kuvert, es fällt ihr aus den Händen. Die Zeitschrift … der Wettbewerb! Es kann nur eine Absage sein. Eine Einladung zur Ausstellung mit den preisgekrönten Fotos der anderen. Sie setzt sich auf die Stufe und reißt das Kuvert auf.

Da blickt er sie an, der Mann mit dem in den Nacken gelegten Kopf zwischen den Hinterköpfen und Rücken der anderen, sein vom Mond beschienenes Gesicht – im Hintergrund das Schaufenster mit dem Bildschirm, über den die Mondlandung flimmert. Benommen sitzt sie da, fassungslos und durchströmt von Freude. Es ist das erste Mal, dass sie für ein Foto Geld bekommen und dass es öffentlich zu sehen sein wird. Lächelnd liest sie den Titel der Ausstellung: „Ein kleiner Schritt für einen Menschen, aber ein großer Sprung für die Menschheit“.

Und manches, denkt sie, während sie hört, wie der Umzugswagen vorfährt, ist ein winziger Schritt für die Menschheit, aber ein großer Sprung für einen Menschen. Zum Beispiel für Elsa, geschiedene Mitchell, adoptierte Helbig, geborene Springer.

Dinge, die sich nicht ändern lassen

Herbst 1979

Die Rückseite des Instituts ist unsichtbar von der Kreuzung Wilhelm-Pieck-Straße und Prenzlauer Allee, über die Trabis knattern und Trams rattern. Die Bürokammern mit Blick zum Hof wenden der Stadt den Rücken, und die Sonne dringt nicht vor bis in die unteren Etagen des Innenhofs. In diese stets dunklen und kühlen Kammern wurden die Lesegeräte verbannt. „Verbannte“ nannte man auch die Leser vor den Geräten, „nach

Sibirien" den Gang in die rückwärtsgewandten Räume. Wer dort saß, wurde vergessen und vergaß – sich selbst und die Zeit und darüber nicht selten auch den Grund seines Aufenthalts und das Ziel seiner Suche. Denn um etwas zu suchen und zu finden, saß man ja dort, vor den großen, knarzenden Lesegeräten. Starrte und starrte, drehte den Knopf, sah Seite für Seite alter Zeitungen vorüberziehen. Dafür brauchte man kein Licht, nur Geduld.

Bernhard ist jetzt oft in Sibirien, sooft er kann, sooft man ihn lässt. Sitzt Stunden um Stunden am Lesegerät, lässt Jahrgang für Jahrgang der *Roten Fahne* vorüberziehen. Von Zeit zu Zeit hebt er den Kopf, sein Blick bleibt gedankenverloren am Porträt eines Menschen hängen, der sich verdient gemacht hat um Partei und Arbeiterklasse.

BERNHARD ist einer der letzten in der Zeitungsredaktion. Der Regen prasselt gegen die großen Fensterscheiben des *ND*-Gebäudes. Vielleicht sollte er einfach hierbleiben und die Nacht durchschreiben. Nachts allein mit dem Regen lässt es sich aushalten in der Redaktion, und von seinem Beitrag für die erste Ausgabe der neu gestalteten Zeitung sind erst wenige Zeilen verfasst. Wahrscheinlich wird er am Ende gar nicht gedruckt, wen interessieren schon die revolutionären Traditionen der Arbeiterpresse? Niemanden vermutlich, außer ein paar Institutskollegen. Trotzdem wird er in den nächsten Tagen noch einmal ins Institut gehen, in die Wilhelm-Pieck-Straße 1, um sich einige Jahrgänge der *Gleichheit* anzuschauen.

Er hält es nicht längere Zeit aus, ohne wenigstens ein paar Stunden dort zu sein. Im Jonass, Elsas und seinem alten Spielplatz, der nun schon so lange ein Arbeitsplatz für ihn ist. Immer öfter ertappt er sich bei dem Wunsch, es wäre sein einziger Arbeitsplatz. Immer schwerer fällt es ihm, für das *Neue Deutschland* zu schreiben. Aber schreiben will er. Schreiben muss er. Also nutzt er jede Gelegenheit, jeden Grund, jeden Vorwand, von der Redaktion ins Institut zu wechseln, dort in Archiven zu graben und über die Geschichte zu schreiben. Die Geschichte vor '45, wenn irgend möglich.

Die Kollegin aus der Wissenschaftsabteilung hat sich in einer der letzten Redaktionssitzungen beschwert, dass die Geschichte der Arbeiterbewegung hier im Blatt nur als Männergeschichte aufgeschrieben würde. „Olle Kamellen", hat ein Wirtschaftsredakteur gemurmelt, „Weiber von damals", und sich dafür einen Rüffel vom Chefredakteur eingehandelt, verbunden mit einem verschwörerischen Grinsen. Aber Rüffel ist Rüffel und hat Folgen zu zeitigen, und im Ergebnis ist ihm, dem zuständigen Schreiber für olle Kamellen, der Auftrag erteilt worden, in seinen nächsten Texten mehr auf die Gleichberechtigung zu achten und zu diesem Zwecke Clara Zetkins *Gleich-*

heit zu durchforsten. Könnt ihr haben, denkt Bernhard, und freut sich darauf, wieder ein paar Tage im Institut sitzen zu können und nicht in die Redaktion zu müssen. Und auch nicht früher als nötig nach Hause.

Bernhard beschließt, draußen auf dem Gang eine Zigarette zu rauchen. Vor dem Paternoster stellt er fest, dass er doch nicht der Letzte im Haus ist, aber für einen Rückzug ist es zu spät, der Kollege winkt ihn zu sich. Ausgerechnet einer aus der Abteilung Parteileben. „Soll ich dich ein bisschen agitieren?“, fragt er und grinst ihn an. „Dass man nicht mit Heißluftballons durch die Luft fliegt, weil das staatsfeindliches Handeln und zudem eine Gefahr für Leib und Leben darstellt? Und nicht nur das. Der Diebstahl heißer sozialistischer Luft führt zur Schwächung unseres Landes und dient dem Feind.“

Bernhard weiß, wovon der Kollege spricht. Vor vier Tagen haben zwei Familien aus Thüringen mit einem Heißluftballon die Reise nach Bayern angetreten – und sind durchgekommen. Ein verdammtes Glück müssen die gehabt haben, denkt er und schweigt lieber. Auch wenn der Kollege einen lockeren Ton anschlägt, es kann eine Falle sein.

„Habt ihr schon die Argumente zusammen, mit denen wir alles wieder gerade rücken können?“, fragt Bernhard, zündet sich die Zigarette an und versucht sich wieder auf das Schwatzen seines Kollegen zu konzentrieren.

„Bestarbeiterkonferenz“, sagt der und sieht ihn fragend an. Bernhard rätselt, wie der Satz davor gelautet haben mag. Der Kollege guckt weiter, aufmunternd, auffordernd. „Ja“, sagt Bernhard und nickt. Der Kollege lächelt. „Gut, dann wirst du uns bei der Berichterstattung unterstützen. Bei der Bestarbeiterkonferenz.“

Kaum möglich, jetzt noch zurückzurudern. Obwohl es schon drei Jahre zurückliegt, denkt er noch immer mit Grausen an den Parteitag. Da hatte er die Aufgabe, die schriftlich vorliegenden Reden mit dem gesprochenen Wort zu vergleichen. Irgendwie war ihm nie zuvor so deutlich geworden, wie eintönig und rhetorisch haltlos diese ganzen Reden waren. „Für jedermann treten die Vorzüge des Sozialismus deutlich hervor. Das Vertrauen der Werktätigen in die Partei der Arbeiterklasse wächst.“ Durch Bernhards Kopf ziehen wie auf Spruchbändern die Sätze, die er damals gelesen und mit dem gesprochenen Wort verglichen hat. „Für einen Tag kannst du mich einteilen“, hört er sich sagen und macht auf dem Absatz kehrt.

Zurück im Zimmer beschließt er, doch nach Hause zu gehen, solange hier noch Bestarbeiterkonferenzbeauftragte die Gänge unsicher machen. In zehn Minuten fährt der nächste Bus, das Auto hat er stehen lassen, weil ihm das Geräusch verdächtig vorkam, das es gestern Abend beim Fahren produziert hat. Klingt nach Vorschalldämpfer, also nach ernsten Sorgen. Als Redakteur beim Zentralorgan fehlen ihm an dieser Stelle die entsprechenden Beziehungen, er hat nichts zu bieten, wofür ihm jemand unter der Hand einen Vorschalldämpfer besorgen würde. Er könnte zwar Charlotte fragen und die ihren Mann. Aber lieber lässt er die Karre erst mal stehen, als sich ein Autoersatzteil von der Firma besorgen zu lassen.

Zum Glück hat der Regen nachgelassen, und der Bus kommt pünktlich. Am Leninplatz steigt Bernhard aus, so springen wenigstens ein paar Meter heraus, die es zu laufen gilt.

Zu Hause geht Bernhard sofort ins Bad, lässt Wasser in die Wanne laufen und nimmt sich ein Bier aus dem Kühlschrank. Auf dem Küchentisch liegt ein Brief von Elisa. Jedes Mal, wenn er daran denkt, dass es nun schon zwei Frauen mit so ähnlichem Namen in seinem Leben gegeben hat oder gibt, wird ihm seltsam zumute. Manchmal findet er es geradezu frevelhaft, dass er sich – zwei Jahre nach Karlas Tod – auf ein Liebesverhältnis eingelassen hat und dieses Liebesverhältnis ausgerechnet Elisa heißt. Karla würde sich im Grabe umdrehen, hat er gedacht, als er die erste Nacht mit der zehn Jahre jüngeren Frau in der Wohnung verbrachte. Derselben Wohnung, in der er so viele Jahre mit Karla gelebt und seitdem nur wenig verändert hatte. Und noch schlimmer fand er, dass Elisa ihn, als er sie kennenlernte, tatsächlich an Elsa erinnerte.

Bernhard schmeißt die Klamotten in den Wäschekorb und stellt sich vor den Spiegel, der vom heißen Badewasser beschlagen ist. So kann er sich nur verschwommen erkennen und sieht plötzlich Wilhelm vor sich stehen. Nie ist ihm die Ähnlichkeit, die andere immer und immer wieder bescheinigt haben, dermaßen aufgefallen wie in diesem Augenblick. Als müsse er erst unscharf werden, um den Vater in sich sehen zu können. Nicht ganz so kantig sein Gesicht und auch die Nase ein bisschen gefälliger. Aber Haare, Augenbrauen und Augen, Kinn und Mund, das alles ist Wilhelm, wie er leibt und lebt. Leibte und lebte. Inzwischen ist er ja nur noch ein Schatten des einstigen Zimmermanns, der mit seinen zwei rechten Händen alles richten konnte, was defekt war, und fast alles bauen, was gebraucht wurde. Er nimmt das Handtuch vom Haken, wischt den Wasserdampf vom Spiegel, und da erscheint er wieder, Bernhard und nicht Wilhelm Glaser. Mit schmaleren Schultern, weicherem Mund und vollerem Haar.

Bernhard lässt sich tief ins Wasser sinken, bis nur noch der Kopf aus dem Schaum herausragt, und denkt an Elisa aus Merseburg und daran, dass er beim Pressefest für einen kurzen Moment geglaubt hatte, da stünde seine Elsa. Mit dem Rücken zu ihm, in dem ärmellosen Kleid, so groß wie Elsa und mit halblangem hellbraunem Haar stand sie da, die Frau, und redete mit jemandem aus der Berlinabteilung. Und er dachte, Elsa, wie kommst du denn hierher, pirschte sich heran und sah, dass es nicht mehr als ein kleiner Irrtum oder ein großer Wunsch gewesen war. Von der Seite gesehen, hörte es schnell auf mit der Ähnlichkeit. Trotzdem musste sie bemerkt haben, dass da irgendetwas war bei ihm, ein Wiedererkennen oder eine Sehnsucht, denn sie schickte ein kleines Lächeln herüber und zwinkerte ihm zu. Das war ihm in seinem Leben noch nicht passiert, dass ihm eine Frau zuzwinkert, und brachte ihn schön aus der Fassung. Er starrte die Frau an, nicht mit offenem Mund, aber wahrscheinlich nicht weniger dümmlich, und als er weiterziehen wollte, um seine Ehre halbwegs zu retten, schlenderte sie geradewegs auf ihn zu und sagte: „Haben wir uns nicht schon mal irgendwo gesehen?“ Da musste er laut lachen und sagte: „Leider nicht, aber Sie sehen einer Frau ähnlich, die ich sehr gut kenne“, und dachte im gleichen Moment, was bist du für ein Vollidiot, jetzt wird sie dich in festen Händen vermuten und einen Rückzieher machen. Aber dem war nicht so. „Und ist die Frau auch hier, damit ich sie kennenlernen kann?“, fragte sie und sah sich um, als könnte Elsa ganz in der Nähe stehen. „Die wohnt in Westberlin und war sozusagen meine ... Kaufhausfreundin.“ Die Frau nickte, als hätte das alles seine Logik, streckte die Hand aus und stellte sich vor. „Ich bin Elisa Wiedemann, aus Merseburg.“ Und er hörte, was er vielleicht hören wollte: Elsa Wiedemann aus Merseburg. Das haute ihn um. Und dann stammelte er, dass sie tatsächlich genauso heiße wie seine Kaufhausfreundin aus Kindertagen. Nur der Vorname sei natürlich derselbe, aber auch das komme doch schon einem großen Zufall gleich, dass er erst gedacht habe, hier stünde Elsa und dann stehe da eine Elsa. „Darauf müssen wir was trinken“, sagte sie und hakte sich bei ihm unter, als seien sie nun alte Bekannte. „Obwohl das Pünktchen auf dem i fehlt. Ich heiße nämlich Elisa.“

Und diese Elisa hatte weit mehr als ein Pünktchen auf dem i zu bieten, und alles nahm rasant seinen Lauf. Er konnte sich nur noch wundern über sich selbst, wo er doch immer gedacht hatte, nach Karlas Tod wäre ihm die Sache mit den Frauen ein für alle Mal vergangen.

Bernhard steigt aus der Wanne, obwohl das Wasser noch immer eine angenehme Temperatur hat. Aber die Badewanne ist auch der Ort, wo er am meisten und am schlimmsten ins Grübeln kommt, wo ihm immer wieder die gleichen Bilder in den Kopf kommen. Wie er nach Hause fährt, nachdem Luise ihn in der Redaktion angerufen hat, um zu sagen, dass sie nicht in die Wohnung kam, weil die Mutter die Tür nicht öffnete. Und sie wissen wollte, ob Karla angekündigt hatte, irgendwohin zu gehen. Hatte sie nicht, sie war krank, seit Tagen schon. Eine Krankheit, die mehr mit Schwermut als mit allem anderen zu tun hatte, aber immer auch mit Schmerzen in der Brust und im Rücken verbunden war. Gerade deswegen hatte er ja mit Luise besprochen, dass sie einen Überraschungsbesuch machen sollte. Um Karla aufzuheitern oder vielleicht sogar herauszuholen aus ihrem Zustand. Luise schaffte das manchmal. Sie hatte sich einen halben Tag freigenommen bei der Bezirksredaktion des ADN in Potsdam und mitten in der Woche in den Zug gesetzt. Eigentlich lag ihr die Arbeit bei der Nachrichtenagentur nicht so, sie hätte lieber bei einer Zeitschrift gearbeitet. Aber das Volontariat beim ADN war ein Anfang, und er hatte Luise zugeraten.

So kam sie also aus Potsdam angereist, stand vor der verschlossenen Tür und hatte den Einfall, bei der Nachbarin zu klingeln und deren Telefon zu benutzen. Heute glaubt er ja, dass ihm schon bei diesem kurzen Telefonat klar geworden ist: Etwas Schlimmes musste passiert sein. Karla verließ die Wohnung nicht, wenn sie in diesem Zustand war. Sie ließ sich in der Schule krankmelden, was immer öfter vorkam, die Kolleginnen und Kollegen mussten sie vertreten und nahmen es ihr übel. Sobald er zur Arbeit gegangen war, zog sie die Vorhänge zu und legte sich ins Bett. Wenn er heimkam, kochte er und besorgte den Haushalt. So lief das, und immer lief es gleich ab. Nie hat er begriffen, welchen Auslöser es brauchte, damit Karla sich wieder fing. Was dafür verantwortlich war, dass er eines Abends nach Hause kam und die Hausarbeiten der Schüler waren korrigiert, die Stunden für den nächsten Tag vorbereitet, die Wohnung war geputzt, der Tisch gedeckt und die Frau selbst gebadet und gecremt und fröhlich dazu.

Nach Luises Anruf ist er, so schnell es ging, nach Hause geeilt, die Treppen hoch und in die Wohnung gestürmt. Im Flur hat ihn der Mut verlassen, er stand einfach da und wollte das Leben, die Welt, die Zeit anhalten, während Luise an ihm vorbei ins Schlafzimmer lief. Erst bei dem Schrei seines Kindes ist er zu sich gekommen und hinterhergerannt in das Zimmer, wo Karla auf dem Bett lag. So verzweifelt und allein muss sie gewesen sein, dass ihr nicht einmal eingefallen war, in die Badewanne zu steigen.

Bernhard steht wieder nackt vor dem Spiegel. Aber jetzt ist hier kein Wilhelm mehr zu sehen, nur er in seinem kleinen Elend. Und wie ist er da gelandet? Durch einen ungelesenen Brief auf dem Küchentisch. Der ihn zurückführt zu einem anderen Küchentisch und einem gefalteten Blatt Papier. *Verzeiht mir, dass ich fortmuss. Sucht mich nicht. Das Leben wird ohne mich leichter. Ich liebe Euch, Martha.* Karla hat keinen Satz hinterlassen, keine Bitte um Verzeihung, keinen Rat. Keinen Grund, keinen Gruß. Nur ihren Körper, unübersehbar tot. Dieses Bild hat sie ihnen für immer vermacht, Luise und ihm.

Elisas Brief ist voller Wehmut. Irgendwann ist ihm der Mut abhandengekommen für diese Beziehung und eine Entscheidung. Nun haben sie sich wochenlang nicht gesehen, er hat Dienste vorgeschoben, Termine, eine schwere Erkältung. Und ist sich jedes Mal wie ein Arschloch vorgekommen. Was ich ja auch bin, denkt er. Das hat Elisa nun wirklich nicht verdient. Und so steht es auch im Brief.

> Das habe ich nicht verdient, Bernhard, dass Du mich abspeist, als sei ich eine Nervensäge, der man zu viel versprochen hat. Schreib mir einfach, wenn Du es ganz zu Ende bringen willst. Dann lassen wir es. Und finden unsere Ruhe. Vielleicht. Aber lass mich nicht so im Ungewissen, hörst Du?

Das ist der erste Teil des Briefes, und eigentlich müsste er jetzt Schluss machen mit dem Lesen, sich hinsetzen und Elisa schreiben, was Sache ist. Aber genau das geht ja nicht. Er kann sich nicht entscheiden.

Bernhard hört die Uhr in der Küche ticken, Mitternacht wird es sein, denkt er, ich sollte mich hinlegen und schlafen. Er geht zum Schreibtisch und holt einen Stift und den karierten Block, der da immer liegt. Setzt sich hin und schreibt einen Brief an Elisa. Viel ist nicht zu sagen.

> Verlass mich nicht, ich bin ein Feigling, aber ich will nicht, dass Du gehst. In zwei Wochen sind wir mit der neuen Zeitung durch. Richtig neu wird sie natürlich nicht, sieben Spalten auf jeder Seite und kein Orden mehr, der uns schmückt. Du wirst es ja sehen. Ich komme dann nach Merseburg. Und wir reden, Elisa.

Nun kann er sich endlich hinlegen und schlafen. Zumindest den Versuch unternehmen, denn es fällt ihm immer schwerer, zur Ruhe zu kommen. Seit Wilhelm im Altenheim ist, gehen ihm Abend für Abend die gleichen Dinge durch den Kopf. Dass er bald nicht mehr wird reden können mit dem Vater, dass es noch so viel zu sagen gäbe. Über ihrer beider Schicksal, die Frau verloren zu haben. Wie man damit umgeht und klarkommt und weiterlebt. Oder auch, ohne damit klarzukommen, weiterlebt. Zuerst konnte und wollte er Wilhelm nicht fragen, und nun ist es zu spät dafür. Gerade, dass Wilhelm sich noch an Martha erinnert. Wenn es ihm gut geht. Morgen gehe ich ihn besuchen. Gleich nach der Arbeit. Das ist der letzte Gedanke des Abends, und der tröstet Bernhard in den Schlaf.

Wilhelm hat einen guten Tag. Als Bernhard ins Zimmer kommt, steht er zur Begrüßung auf und umarmt ihn. Sein Zimmergenosse liegt reglos im Bett und sagt kein Wort. Er könnte ebenso gut tot sein. Wilhelm zieht Bernhard aus dem Zimmer, runter in die Rabatten, wie er sagt.

Bernhard will wissen, wie es dem Vater geht, und der gibt erstaunlich bereitwillig Auskunft. Redet über das Essen, während die beiden auf der Bank eine paffen, über die anderen Alten und die Langeweile der Tage, die nicht vergehen.

„Kannst du mich nicht zu dir nehmen?“, fragt Wilhelm auf einmal.

Bernhard ist völlig sprachlos. Wenn Wilhelm ihn um so etwas bittet und seinen Stolz überwindet, dann muss es hier schrecklich sein. Er legt dem Vater die Hand auf die Schulter. „Wir könnten es versuchen. Zur Probe für ein Wochenende. Und wenn es gut läuft, ziehst du bei mir ein.“

Im Grunde seines Herzens ist ihm elend bei dem Gedanken. Er hat sich so mühevoll an das Alleinsein gewöhnt, und es wäre sicher nicht einfach mit dem Vater in der Wohnung. Wenn Elisa zu Besuch kommt zum Beispiel. Aber nun ist es gesagt, und Wilhelm sieht so froh aus. Vielleicht klappt es ja auch gar nicht, denkt Bernhard. Aber einen Versuch bin ich ihm schuldig. Mindestens das. Beim Abschied lehnt Wilhelm seinen Kopf an Bernhards Schulter.

Am nächsten Tag ist der Himmel blau. Bernhard steigt ins Auto und schreckt auf, als ihm ein fürchterliches Knattern ins Ohr dringt. Verdammt, der Vorschalldämpfer. Oder Nachschalldämpfer, wie soll er das wissen. Wilhelm hätte das gute Stück nur einmal anfassen müssen, um herauszubekommen, was Sache ist. Aber jetzt hatte es keinen Sinn mehr, ihn in solchen Dingen um Rat zu fragen.

Im Büro trifft er als Erstes auf den Abteilungsleiter, der ihm die Hand gibt wie an jedem der ungezählten Tage, die sie nun schon dicht beieinanderhocken und miteinander arbeiten. Der Reflex des Händeschüttelns ist ihm so in Fleisch und Blut übergegangen, dass er dem Chef beinahe die Hand entgegengestreckt hätte, als er ihn eines Morgens zuerst auf der Toilette antraf. Noch bevor er sich die Hände gewaschen hatte.

„Wir müssen noch mal über die Planung zum Jahrestag reden“, sagt der Abteilungsleiter. „Da gab es Ärger mit dem Hohen Haus. Ich muss mich erst schlaumachen, was unser Ex da will und meint.“

„Unser Ex war hier mal Chefredakteur und sollte auf unserer Seite stehen“, sagt Bernhard und ist sich der Unsinnigkeit dieses Satzes bewusst. Ausgerechnet der, denkt er, jetzt da er im Politbüro sitzt, will er sich wahrscheinlich gar nicht mehr erinnern.

Das Gespräch über die Planung zum Jahrestag ist so unerquicklich, dass es die Sau graust. Bernhard fasst einen Beschluss, während er dasitzt und Unsinn faselt wie alle anderen auch. Der Brief von Elisa, der Vater im Heim – die Gedanken spuken im Kopf und drehen sich im Kreis. Er braucht jemanden zum Reden, also wird er heute Abend, auch wenn es spät wird, zu Luise nach Potsdam fahren.

„... wird uns dabei unterstützen", hört er das Ende eines Satzes, dessen Anfang ihm fehlt. Alle schauen ihn an, und er nickt sicherheitshalber. Und hofft, dass es hier um die gestern verabredete Hilfe bei der Bestarbeiterkonferenz geht und er nicht durch sein Nicken jetzt noch irgendwo eingeteilt ist, ohne es selbst zu wissen.

„Jetzt brauchen wir noch was für ‚Machmit' ", sagt der Parteilebenkollege, auch wenn es nicht seine Aufgabe ist. „Fünfhundert Millionen Eigenleistungen zur Erhaltung des Wohnraums, da lässt sich doch was stricken."

Bernhard kann nicht mehr zuhören, nicht mehr mitmachen, allenfalls noch nicken und abnicken, und wenn er nachher hundert Bestarbeiterkonferenzen am Hals hat.

AM ABEND ruft der Kraftfahrer bei Bernhard an und sagt, er habe es noch mal so hinbasteln können, aber der Vorschalldämpfer würde es nicht mehr lange machen. Bernhard verspricht, sich um ein Ersatzteil zu kümmern und dass man demnächst mal einen zischen geht, als Dankeschön für die Hilfe und überhaupt. Er ist froh, mit dem Trabi nach Potsdam fahren zu können und nicht in den Sputnik steigen zu müssen. Obwohl er diese Doppelstockzüge mag, aber erst nach Schönefeld rauszujokeln, um von dort den Westen weiträumig zu umfahren, ist wirklich kein Spaß am Abend.

Luise ist zu Hause. Als Bernhard das Auto parkt, sieht er, dass in ihrem Zimmer Licht brennt. Doch nicht Luise, sondern Uwe öffnet die Tür, stutzt einen Moment und ruft in die Wohnung: „Besuch für dich. Dein Vater." Er zieht Bernhard am Jackenärmel in die Wohnung.

„Ich komme unangekündigt, stör ich euch nicht?" Bernhard will nicht aus der Jacke, bevor das geklärt ist. Uwe stellt eine Flasche Wein auf den Tisch.

„Ich muss fahren", winkt Bernhard ab und gießt sich dann doch ein halbes Glas ein. Er erzählt, um keine Verlegenheit aufkommen zu lassen, von der Redaktion und dem neuen Aussehen der Zeitung, das man ab Oktober wird bewundern können. Redet über den Vorschalldämpfer und das Institut, in dem er nun bald wieder ein paar Tage verbringen wird. Redet so lange, bis Uwe aufsteht und sagt, er müsse schon mal ins Bett, denn morgen früh gehe zeitig sein Zug nach Luckenwalde. Was er da wolle, fragt Bernhard.

Uwe murmelt etwas von einem Treffen mit Freunden, die er noch vom Studium kenne. Bernhard fragt nicht nach, bei der letzten Begegnung mit den beiden war man sich in die Haare geraten. Uwe hatte durchblicken lassen, dass er in einem Gesprächskreis mitredet, in dem es um Menschenrechte geht, Frieden schaffen ohne Waffen und solche Sachen. Bernhard hat das Gefühl, dass jetzt ein gewisses Einvernehmen in diesem Nichtfragen liegt. Jedenfalls klopft Uwe ihm unbeholfen auf die Schulter, bevor er ins andere Zimmer geht.

„Trink noch ein Glas Wein", sagt Luise und schenkt nach. „Du kannst doch hier schlafen und morgen früh nach Berlin zurückfahren."

Bernhard nickt. Dies ist der Tag der schnellen Entschlüsse, stellt er fest und sagt: „Ich werde Wilhelm aus dem Altenheim nehmen und zu mir holen." Luise sieht erschrocken und zugleich gerührt aus und will wissen, wie er sich das vorstellt, wenn er den ganzen Tag arbeiten geht. „Ich weiß es nicht", muss er gestehen. „Aber Wilhelm sah so unglücklich aus, als ich ihn besucht habe. Vielleicht sortiert sich alles wieder im Kopf, wenn er erst bei mir ist. Ich weiß es nicht." Nun will er hören, wie das Volontariat beim ADN läuft.

„Sie haben mir jetzt den Sport aufgedrückt. Davon verstehe ich ja eine Menge." Luise grinst. „Und letzte Woche habe ich vier Tage in Berlin in der Zentrale gearbeitet. War delegiert sozusagen." Das Lächeln verschwindet aus ihrem Gesicht. „Abends war ich deprimiert, die ganzen Tage." Sie steht auf und geht ans Fenster, kehrt ihm den Rücken. „Eine zweitägige Beratung des Zentralkomitees der SED und des Ministerrates der DDR mit den Vorsitzenden der Räte der Kreise, den Oberbürgermeistern der Städte und den Stadtbezirksbürgermeistern zur Vorbereitung der Kommunalwahlen begann am Mittwoch im Hause der Volkskammer in Berlin. Im Mittelpunkt der Beratung stehen die Aufgaben und Erfahrungen bei der weiteren Verwirklichung der Parteitagsbeschlüsse auf kommunalpolitischem Gebiet." Luise wird lauter und lauter, und zum Schluss des Satzungetüms schreit sie fast. Dann dreht sie sich zu ihm um und flüstert: „Wie halten wir das bloß aus, Vater? Kannst du mir das sagen? Das ist doch gequirlte Scheiße, was wir da aufschreiben."

So drastisch hat er seine Tochter noch nie reden hören. Das muss an Uwe liegen. Der Junge verdreht ihr noch völlig den Kopf. Er fühlt eine Enge in der Brust bei dem Gedanken, dass sie sich die Zukunft verbaut. Aber noch mehr fürchtet er, sie könnte die gleiche Krankheit wie Martha und Karla haben. „Deprimiert", sie hat doch „deprimiert" gesagt.

Seltsamerweise denkt er nun an Elsa. Daran, was sie ihm von ihrer Tochter geschrieben hat vor einigen Jahren.

> Stephanie ist eine Revolutionärin geworden. Das würde Dir bestimmt gefallen. Sie will die Nazirichter auf die Strafbank bringen und die ganze Welt befreien von Armut und Unterdrückung. Ihr hättet die Mauer gar nicht gebraucht, sondern einfach nur auf solche wie Stephanie setzen müssen.

Darüber hätte er gern mit Elsa geredet damals. Wie groß die Unterschiede trotzdem sind zwischen hier und da. Stephanie und Luise würden sich wahrscheinlich gut verstehen, denkt er.

Er hat Elsa selten gesehen in den vergangenen Jahren und immer allein. Ihre Kinder kennt er nur als kleine Kinder und später von Fotos. Und auch wenn Elsa seit ein paar Jahren wieder über die Grenze konnte, waren die Treffen mit ihr in so vieler Hinsicht kompliziert geworden. Sie brauchte die Einreisepapiere, und er musste einen neutralen Treffpunkt finden. Vor ihrem Tod war auch die eifersüchtige Karla ein Problem gewesen, und danach die tote Karla. So hatte jedes der seltenen Wiedersehen ungewollt den Charakter eines konspirativen Treffens angenommen.

Luise fragt, ob er Hunger habe. Zu seiner Überraschung hat er, und sie gehen zusammen in die Küche, um ein spätes Mahl zuzubereiten. Viel ist nicht da, Brot, Margarine, ein wenig Leberwurst und Harzer Käse.

„Wer isst bei euch denn Harzer Käse?"

Luise lacht. „Uwe mag ihn. Aber er putzt sich immer die Zähne hinterher."

Nun getraut Bernhard sich doch zu fragen, was der Freund seiner Tochter am nächsten Tag in Luckenwalde will. Luise druckst herum und weicht aus. Sagt, dass sie froh sei, das Volontariat bald hinter sich zu haben, und überlege, ob sie wirklich weiter in Leipzig studieren möchte. Darüber ist Bernhard so erschrocken, dass er vergisst, welche Frage er gestellt hat.

„Das hat er dir doch bestimmt eingeredet, das Studium nicht zu beenden! Weißt du eigentlich, wie viele sich jedes Jahr um so einen Studienplatz bewerben? Und du willst einfach hinschmeißen, nur weil ein Theologiestudent dir das einflüstert?"

„Lass Uwe aus dem Spiel, es geht hier nur um dich und mich. Ich liebe Uwe, und du wirst mir da nicht reinreden. Er ist morgen unterwegs, um ein Konzert in einer Kirche mitvorzubereiten. Da singt die Wegner. In Neuruppin, wenn du es genau wissen willst. Kannst du ja deinen Genossen erzählen, das ist der kürzeste Weg, ihn nach Bautzen zu bringen."

Bernhard kann nicht glauben, dass sie das wirklich gesagt hat. Seine Tochter. Zu ihm. Da stehen sie sich gegenüber, in Luises Wohnzimmer. Zwei Meter, die sich nie wieder überbrücken lassen. Luise ist so laut geworden, dass Uwe verschlafen in der Tür erscheint. Bernhard sagt, dass er losmüsse.

„Warum schläfst du nicht hier auf der Couch?", will Uwe wissen und bietet an, schnell Bettzeug zu holen.

Luise schüttelt den Kopf. „Lass ihn fahren", sagt sie und kämpft mit den Tränen. Ohne Abschied fällt die Tür hinter ihm ins Schloss.

Dieselbe Tür, an die er ein paar Minuten später klopft. Luise öffnet so schnell, als habe sie die ganze Zeit dahinter gestanden. „Hab den Autoschlüssel vergessen“, murmelt Bernhard mit gesenktem Kopf und bleibt vor der Tür stehen. Dann schaut er Luise an. Ihr Gesicht ist verschwollen vom Weinen. „Ich bin ein sturer alter Knacker“, sagt er. „Und ich habe Angst um dich.“

Luise zieht ihn in den Flur, und er nimmt sie in den Arm. Erst steht sie ganz steif, wird langsam weicher und legt den Kopf an seine Brust. „So ist es hier“, sagt sie, „da reißt es am Ende noch die auseinander, die zusammengehören. Ich bin unglücklich in Leipzig. Ich quäle mich jeden Sonntagabend hin, Montag ist der schlimmste Tag von allen. Der beginnt morgens mit dem Seminar dialektischer und historischer Materialismus, und danach haben wir APA. Kennst du das noch?“

Bernhard nickt und schweigt. Aktuellpolitisches Argumentieren. Ob es schon damals APA hieß, weiß er nicht mehr, aber es ging auch bei ihnen nur darum, das Richtige zu sagen und keine Zweifel aufkommen zu lassen an dem, was im Zentralorgan stand, für das er nun schon so lange schreibt.

Luise zieht ihn noch einmal ins Wohnzimmer, gießt Wein in die Gläser und schaut ihm nicht in die Augen, während sie versucht zu erklären, was sie quält. Bernhard sieht erst jetzt, dass in dem wackligen Regal, das hier die obligatorische Schrankwand ersetzt, nur Bücher stehen. Kein Nippes, kein Radio, kein Fernseher, nur Bücher.

„Vor zwei Wochen ist ein Kommilitone aus meiner Seminargruppe relegiert worden. Hieß das bei euch auch so?“ Luise wartet seine Antwort nicht ab. „Wir haben alle, bis auf eine, die Hand gehoben, als darüber abgestimmt wurde. Eine hat nicht mitgespielt und dagegen gestimmt. Eine. Es ging um Plagiat, aber eigentlich um Angst. Der Kommilitone hatte eine Arbeit abgeschrieben, zu großen Teilen zumindest. Man hat uns gesagt, das sei parteischädigendes Verhalten und eines FDJlers unwürdig. Jetzt ist er weg, der Stephan. Ich hab auch für den Ausschluss gestimmt. Stell dir das mal vor. Ich habe über die ganze weitere Zukunft von jemandem entschieden, weil die Partei und die FDJ es so wollten. Dabei wusste ich, was der Grund für sein Handeln war. Die Angst eben. Der Druck.“

„Luise“, sagt er, „es sind nur vier Jahre. Davon hast du die Hälfte schon hinter dich gebracht. Bitte, gib nicht auf. Beende das Studium, mach den Abschluss. Du musst doch nicht als Journalistin arbeiten.“

„Du weißt, dass ich nach dem Studium drei Jahre lang meine Dankbarkeit beweisen muss“, sagt sie. „Die zentrale Einsatzkommission wird mich in irgendeine Redaktion stecken, wo ich diese Sätze schreiben werde, die vorn und hinten nicht stimmen.“

„Dann bekommst du eben Kinder mit deinem Uwe. Kümmerst dich erst einmal darum“, versucht er es.

Luise schüttelt den Kopf. Das ist kein Ausweg, signalisiert sie und sagt: „Ich bau dir jetzt ein Bett. Du hast zu viel getrunken, und es ist spät.“

Sie steht auf, und er lässt sie ziehen. Das können sie hier und heute nicht klären. Und morgen auch nicht.

Als er schon einige Minuten im dunklen Wohnzimmer auf der Couch liegt, klopft es noch einmal zaghaft an die Tür. Luise setzt sich zu ihm auf die Couch. Sie hat eine dicke Strickjacke über ihr Nachthemd gezogen, die er noch von Karla kennt. Er fühlt, wie ihm die Augen brennen, als müsse es nun gleich aus ihm herausweinen, und schluckt und schluckt, bis das Gefühl verschwunden ist.

„Ich habe mich mit Jonas getroffen“, flüstert Luise, und im ersten Moment weiß Bernhard nicht, von wem die Rede ist. Er schaut seine Tochter fragend an. „Jonas, du weißt schon. Elsas Sohn. Er sieht Elsa unglaublich ähnlich, finde ich. Hat ein kleines Mädchen, ein paar Monate erst, und ist Musiker geworden.“ Luise macht eine Pause, als sei sie sich nicht sicher, ob es gut ist, das alles ihrem Vater zu erzählen. Aber dann redet sie weiter, als sei es nun auch egal. „Jonas ist ein toller Typ. Wenn ich Uwe nicht hätte, wirklich, der könnte mir gefallen.“ Bernhard sieht Luise an und staunt, aber er schweigt und lässt sie erzählen. „Jonas trifft sich hier mit Musikern, Bands. Solche, die nicht vom FDJ-Zentralrat auf Tournee geschickt werden. Die im Prenzlberg in den Hinterhöfen spielen. Stephan Krawczyk. Solche eben.“

Luise fängt an zu stammeln. Es ist ungewohnt für sie, denkt er, über diese Dinge mit mir zu reden.

„Jedenfalls habe ich mich mit Jonas getroffen, vor zwei Wochen. Er hat mir Fotos gezeigt. Von Elsas Hochzeit. Ich wusste gar nicht, dass sie noch mal geheiratet hat.“ Luise schaut ihn fragend an. Als er schweigt, fährt sie fort: „Sieht nett aus, ihr neuer Mann, wirklich. Jonas hat mir erzählt, er ist Restaurator, repariert Holzfiguren oder so. Und auf den Fotos von der Hochzeit, da war auch Opa Wilhelm drauf.“

Sie schaut ihn wieder fragend an und schweigt, deshalb muss er nun wohl oder übel doch etwas dazu sagen. Er will nicht. Ihm liegt sowieso im Magen, dass Elsa noch einmal geheiratet hat. Als habe er irgendeinen Anspruch auf die Frau, als sei es ihr verboten, sich neu zu binden. Er weiß, wie ungerecht das ist, so zu denken, wie abwegig. Aber das ändert nichts daran, es kommt ihm falsch vor, dass Elsa wieder geheiratet hat.

Bernhard streicht Luise übers Haar. „Pass auf, Mädchen“, sagt er. „Du weißt, ich kann das nicht gutheißen. Jonas mag ja ein netter Kerl sein, aber er kommt von drüben. Die denken anders, leben anders und wollen etwas ganz anderes als wir. Vergiss das nicht." Luise nickt, und Bernhard kann sehen, dass sie enttäuscht ist. Aber daran ist nichts zu ändern.

Am nächsten Morgen ist keine Zeit mehr, um über wichtige Dinge zu reden. Bernhard trinkt mit Luise im Stehen einen Kaffee und drückt sie zum Abschied noch einmal an sich. Wenigstens das haben sie an diesem Abend gelernt: sich wieder zu umarmen.

AM FREITAG ist es so weit. Er fährt nach der Arbeit ins Altenheim und holt Wilhelm zu sich. Als er ins Heim kommt, will die Leiterin mit ihm sprechen und erklärt, es könne ihrer Meinung nach sehr wohl passieren, dass Wilhelm Glaser sich wieder besser fühlt, wenn er bei seinem Sohn ist. Eine Garantie gebe es dafür nicht, aber sie findet es gut, dass Bernhard es probieren will. Endlich mal eine, die mich unterstützt, denkt er und ist der Frau, die noch sehr jung aussieht, dankbar.

Er geht in das Zimmer des Vaters und scheut wie jedes Mal vor dem Geruch zurück, obwohl er ihn inzwischen kennen sollte. Den Geruch nach alten Männern, Exkrementen und Reinigungsmitteln. Als er Wilhelm umarmt, atmet er tief ein, um herauszubekommen, ob auch sein Vater so riecht oder ob nur der Zimmergenosse die unangenehmen Düfte verströmt. Wilhelm riecht auch nach altem Mann, aber nach Wilhelm, Seife und Rasierwasser. Das erleichtert ihn, wenigstens darum wird er sich nicht kümmern müssen zu Hause, dass der Vater sich wäscht und rasiert. Er packt mit Wilhelm zusammen eine Wochenendtasche.

„Nur das Nötigste", sagt Wilhelm. „Wir wollen ja erst üben, ob es geht."

Zu Hause zeigt Bernhard ihm das Zimmer, das er provisorisch für ihn hergerichtet hat. Eigentlich sein Arbeitszimmer, aber das tut erst mal nichts zur Sache. Ein wenig gebeugt und grauhaarig steht Wilhelm neben ihm am Fenster, nichts deutet darauf hin, dass er verwirrt ist. Aber krank wirkt er trotzdem. Bernhard fragt, ob er einen Kaffee oder lieber ein Bier möchte.

„Na, wenn du mich so fragst, ein Bier. Gehen wir nachher ein bisschen laufen?"

Bernhard weiß, worauf dieses Laufen hinausläuft. Wilhelm will mit ihm zum Haus, zum Institut. Soll er haben, sie müssen die Zeit überlisten. Er kann den Vater ja nicht den ganzen Tag hier im Zimmer sitzen lassen. Im Grunde seines Herzens ist er jedes Mal froh, wenn Wilhelm mit ihm zum Haus laufen will. Dann wird aus dem Institut wieder das Jonass, das Kaufhaus, an dem sein Vater mitgebaut hat und in dem er fast umgekommen wäre. Aber nur fast.

Als Bernhard aus der Küche mit zwei Flaschen Bier zurückkommt, hat Wilhelm einige Zeitungen vom bedrohlich hohen Stapel genommen, der neben dem Schreibtisch gewachsen ist.

„Du solltest die Zeitungen einem Fischladen geben. Die packen doch ihren Aal gern ins *Neue Deutschland*“, sagt Wilhelm. Darüber müssen sie beide lachen.

„Der Stapel reicht für die Aalproduktion der nächsten zehn Jahre“, grinst Bernhard und überlegt, ob er in den vergangenen Jahren je ein Stück von dem begehrten Fisch gesehen und gegessen hat. Wahrscheinlich nicht, ihm fehlen die Beziehungen für Aale und Vorschalldämpfer. „Makrele schmeckt doch fast so gut wie Aal“, sagt er und bringt Wilhelm damit noch einmal zum Lachen. Plötzlich ist er sicher, dass es ein gutes Wochenende wird mit dem Vater. Sie werden reden, Bier trinken, gegen die Verwirrung kämpfen, die im Heim so oft von Wilhelm Besitz ergriffen hat.

Bernhard trinkt den letzten Schluck Bier aus der Flasche und macht sich mit Wilhelm auf den Weg zum Institut. Zum Jonass. Wilhelm will nur von außen schauen, eine Runde ums Haus drehen, wie er es nennt, was so natürlich gar nicht geht, weil man eben nur davorstehen kann. Da stehen sie also wieder davor, wo sie immer stehen: vor dem Nikolaifriedhof, an die Mauer gelehnt.

Zu Hause sagt Bernhard, Wilhelm solle sich hinlegen, während er etwas kocht. „Ich habe Szegediner Gulasch vorbereitet, das magst du doch.“

Wilhelm nickt und lächelt. „Das mag ich sehr. Martha konnte es so wunderbar machen. Da ging nichts drüber.“

„Na, koste nachher erst mal mein Gulasch“, sagt Bernhard. „Dann wirst du schon sehen.“ Nach fünf Minuten in der Küche schaut er noch einmal, ob Wilhelm sich wirklich hingelegt hat, und macht sich beruhigt an die Arbeit. Summt beim Kartoffelschälen vor sich hin und überlegt, dass er gleich morgen an Elisa schreiben und sie einladen wird. Man kann auch gemeinsam darüber sprechen, wie das mit den Wohnungen am besten geregelt wäre. Vielleicht will sie ja mit ihm zusammenziehen, hier in Berlin. Er ist etwas erschrocken über diesen kühnen Gedanken, aber im Moment scheint ihm vieles möglich. Das Leben ist gut, man kann etwas draus machen. Noch einmal geht er auf Zehenspitzen ins Arbeitszimmer und sieht, dass Wilhelm tief schläft, auf der Seite, mit dem Gesicht zum Fenster.

Bernhard deckt im Wohnzimmer den Tisch, immer noch leise, damit Wilhelm nicht wach wird. Stellt einen Kerzenständer auf den Tisch, zwei Untersetzer für die Töpfe, Biergläser aus der Schrankwand. Die guten mit dem

Goldrand. Karla hatte einmal ein Vermögen für Gläser mit Goldrand ausgegeben, weil sie die so edel fand, wie sie es ausdrückte. Er trank das Bier trotzdem am liebsten aus der Flasche.

Nun ist alles bereit, und Bernhard geht, um Wilhelm zu wecken. Ruft erst leise von der Tür aus: „Vater, aufwachen, das Essen ist fertig." Wilhelm rührt sich nicht, so tief schläft er. Bernhard überlegt, ob er versuchen soll, das Gulasch und die Kartoffeln warm zu halten. Aber es ist schon ziemlich spät, und man soll ja deftiges Essen nicht kurz vor dem Schlafengehen zu sich nehmen. Da wälzt man sich die halbe Nacht mit vollem Magen. Also macht er ein paar leise Schritte zur Couch, auf der Wilhelm liegt. Geht in die Knie und fasst den Vater sanft an der Schulter. Rüttelt leicht. „Aufstehen, Vater", sagt er.

Wilhelm reagiert nicht. Wilhelm ist tot. Das wird ihm in dem Moment bewusst, als sein Arm unter der Decke hervorrutscht und schlaff liegen bleibt.

„Vater?", sagt Bernhard trotzdem noch einmal. „Vater?"

Dann geht er ins Wohnzimmer, setzt sich an den Tisch, füllt zwei Teller mit dem Essen, das er gekocht hat, und zwei Gläser mit Bier bis zum Goldrand. Bleibt dort sitzen, bis es draußen dämmert und der nächste Tag beginnt.

Ein letztes Band

Frühling 1989

In der regennassen Nacht ragt das Gebäude düster in den Himmel. Kein Auto fährt über den löchrigen Asphalt der Prenzlauer Allee, die Straßenlaternen flackern in müdem Gelb. Reihen um Reihen dunkler Fenster, das Haus liegt in tiefem Schlaf. Mitten in der Nacht, so kann sie nur hoffen, wird niemand mehr arbeiten im Institut. Sie ist über die Grenze gegangen, im Dunkeln, im Regen, zu Fuß, von West nach Ost. Auf einmal hat sie gewusst, dass sie jetzt oder nie noch einmal ins Haus gelangen kann. Dann hat sie lange den Schlüssel gesucht und endlich im Kästchen gefunden. Den Schlüssel zum Nebeneingang des Jonass, den er ihr damals gegeben hat. Den Eingang gibt es noch, das Jonass nicht mehr.

Der Schlüssel passt, nach all den Jahrzehnten öffnet sich die Tür. Sie kann es nicht glauben. Jede Nacht hätte sie hier hineinspazieren können in beinahe sechzig Jahren. Alles bleibt still, nur ihr Herzschlag dröhnt in den Ohren. Sie wagt es nicht, Licht zu machen. Doch den Weg in diesen Raum findet sie blind. Eine Poststelle wird es nicht mehr sein. Die Tür steht halb offen, sie geht einen Schritt hinein. Es ist so still, dass sie den eigenen Atem hört. Sie legt sich auf den langen Tisch in der Mitte des Raums. Seltsam, dass dieser Tisch noch immer hier steht. Aber kein Postsack liegt darauf, nur ein weißes Leintuch.

Helles Licht fällt ihr ins Gesicht. Ist schon Morgen? Eingeschlafen muss sie sein in der Poststelle, auf der Liege! Sie hört Schritte im Haus. Gleich kommen sie zur Arbeit, die Verkäuferinnen, die Mitarbeiter des Instituts. Jeden Augenblick wird man sie entdecken! Heinrich Grünberg wird in der Tür stehen, oder war es Pieck oder Ulbricht? Nein, Honecker. Es muss jetzt Honecker sein. Aufstehen, befiehlt sie sich. Aufstehen! Alle Knochen schmerzen. Ihre Haut fühlt sich faltig und rau an. Wie ein altes Reptil. Sie ist alt, uralt! Wie lange hat sie hier gelegen und geschlafen?

Mit einem Ruck richtet Vicky sich auf und öffnet die Augen. Sie schaut auf die Wand ihres Schlafzimmers. Das Kalenderblatt zeigt Mittwoch, den 22. März 1989.

Elsa öffnet die Tür zum Fotostudio Jonass. Wie jeden Morgen geht sie zuerst durch den Laden ins Labor und atmet kräftig durch. Andere finden vielleicht, dass es hier ungesund nach Chemikalien riecht, aber für sie bedeutet dieser Geruch noch immer gespannte Erwartung. Sind die Bilder so geworden, wie sie sie im Kopf hatte, oder doch anders – und wenn anders, sind sie weniger gelungen oder besser geworden als die, die ihr bei der Aufnahme vor Augen standen?

„Guten Morgen!“, begrüßt sie ihren jungen Angestellten im Studio. „War die Post schon da?“

Torsten lacht. „Da hätte ich den Boten doch aufgehalten, bis Sie da sind.“

Er kann es nicht lassen, sie mit ihrer Begeisterung für Postboten aufzuziehen. Was sie denn für Wunder erwarte, wollte er wissen. Den Millionenauftrag? Einen Lottogewinn? Verbotene Liebesbriefe? „Das ist eine geburtsbedingte Prägung“, hat sie geantwortet.

Die Türglocke klingelt, eine Kundin kommt herein. „Sind die Bilder fertig, die wir vor Ostern gemacht haben?“

Während Elsa die Abzüge heraussucht, wandert die Frau durchs Studio. Sie bleibt vor dem Bild eines Mannes stehen und betrachtet sein in Mondlicht getauchtes Gesicht – im Hintergrund das Schaufenster mit dem Bildschirm, über den die Mondlandung flimmert. „Wer hat das aufgenommen?“

Elsa schaut kurz auf. „Das? Eine Frau Mitchell.“

Schon öfter ist es vorgekommen, dass Kunden sie nach dem Foto gefragt haben, und bisher haben sich alle mit ihrer Antwort zufrieden gegeben. Stimmt ja auch, so hat sie geheißen – damals, vor zwanzig Jahren. Dass sie jetzt Matthis heißt, hat sie Hanns zu verdanken. Aber schon nach der Scheidung von Stephen ist sie die Namenswechselei leid gewesen und hat sich als Fotografin Elsa Jonass genannt.

Am Mittag schaut Elsa in den Terminkalender und ins Auftragsbuch, ob noch etwas Dringendes ansteht. Nachher muss Torsten den Laden alleine schmeißen, sie will am Wochenende Hanns in Lübars beim Frühjahrsputz in „der Hütte" helfen. Sie freut sich auf ein paar ruhige Tage mit ihm, ohne Kunden und Telefon, draußen auf dem Land – so weit man eben aufs Land kommt, ohne mit dem Kopf gegen die Mauer zu stoßen.

ELSA schaut aus dem Fenster in den Garten, in dem Hanns Petersilie für das Abendessen schneidet. So sorgfältig, wie er jedes einzelne Pflänzchen unter die Lupe nimmt, wird er damit noch eine Weile beschäftigt sein.

Aus der großen Wiese hinter ihrem Grundstück steigt Abendnebel auf und hüllt Baumstümpfe und Sträucher in eigenartige Gewänder. Elsa läuft ins Schlafzimmer und holt ihre Kamera aus dem Koffer. „Muss noch schnell was erjagen!", ruft sie Hanns durchs Küchenfenster zu und ist aus dem Haus.

„Mir scheint, du hast ein paar fette Mäuse gefangen", begrüßt Hanns sie etwas später am gedeckten Tisch. „Möchtest du trotzdem noch etwas vom Auflauf?"

Angeblich hat sie so ein sattes Katerlächeln um die Lippen, wenn ihr ein paar Schnappschüsse gelungen sind. Behauptet Hanns. Im Spiegel hat sie es noch nie gesehen. Sie gibt ihm einen Kuss und häuft sich den Teller voll. Anfangs hat Hanns gemeckert, dass sie ihre Kamera nach Lübars mitnimmt und die Arbeit nicht mal ruhen lassen kann. Aber er verschwindet ja auch stundenlang in seiner Holzwerkstatt, obwohl er längst Rentner ist. Und im Grunde versteht er, dass die Bilder, die sie hier macht, für sie die reine Erholung sind. Er versteht überhaupt eine Menge. Nur deshalb hat sie noch einmal geheiratet. Manchmal hat sie die Auftragsarbeiten und Porträts für Bewerbungsmappen und Kinderbilder für die Großeltern so satt, dass sie tagelang menschenleere Bilder macht. Das geht in Lübars sehr gut. Die alte Dorfkirche. Das Tegeler Fließ mit der Grenze mitten durch Wald und Bach. Aber irgendwann findet sie doch die alten Frauen interessant, die über den Gartenzaun tratschen, die Wochenenddörfler aus Berlin, die sonntags auf ihren Pferden ausreiten – und natürlich die Moped fahrende Postbotin. Dann macht sie mit dem Teleobjektiv Schnappschüsse.

„Und nach dem Essen eine leckere … ", sagt Elsa, als ein Wagen vor dem

Eingangstor hält. Hanns und sie sehen sich fragend an. Etwas spät für Besuch hier draußen. Elsa sieht Jonas mit den Kindern aussteigen und auf das Haus zukommen. Noch halb in der Tür stehend, die Kinder im Schlepptau, stößt Jonas atemlos hervor: „Luise ist verhaftet.“ Dann setzt er hinzu: „Bernhards Tochter.“

Mein Gott, als ob sie nicht wüsste, wer Luise ist. Aber wieso verhaftet?

Später, als die Kinder im Wohnzimmer vor dem Fernseher sitzen und sie am Küchentisch, erzählt Jonas die ganze Geschichte. Wie er in Ostberlin war, seine Band im Prenzlauer Berg ein Konzert gegeben hat, auch Ostgruppen aufgetreten sind und das Ganze irgendwie in eine Protestkundgebung übergegangen ist. Es wurde zum Boykott der Kommunalwahlen aufgerufen, ein paar Typen verließen den Saal, und kurz darauf kamen Vopos in die Kneipe, haben Ausweise verlangt und erst mal alle mitgenommen, die zu lange oder bunte Haare oder sonst was Unsozialistisches an sich hatten. Als sie ein noch sehr junges Mädchen drangsalierten, das nur den Behelfsausweis PM 12 vorweisen konnte und Berlinverbot hatte, ist Luise ausgerastet. So hat er sie noch nie gehört und gesehen, sie hat die Vopos angebrüllt, irgendwie muss bei ihr eine Sicherung durchgebrannt sein. Und als die Vopos dann Luise drangsalierten, ist Uwe ausgerastet, da haben sie gleich beide eingesackt. Kannten die beiden ja auch schon.

„Und dich?“, unterbricht Elsa Jonas’ Redefluss.

Er schaut zu Boden. „Mich und die Band haben sie auch mitgenommen und versucht, uns einzuschüchtern. Wir haben jetzt offiziell Auftrittsverbot in Ostberlin. Nach ein paar Stunden haben sie uns laufen lassen.“

Das klingt fast enttäuscht, findet Elsa, und will ihn daran erinnern, dass er zwei Kinder hat, im Moment sogar alleine, solange Sabine in Urlaub ist.

„Vielleicht kann Stephanie etwas für Luise und Uwe tun?“, schlägt sie vor. „Die haben doch Kontakt zu Ostanwälten in ihrer Kanzlei.“

„Vielleicht.“ Jonas kramt Zigaretten aus der Hemdtasche.

„Hier drinnen leider nicht“, sagt Hanns.

„Okay“, sagt Jonas und steht auf, „ich sollte sowieso zurück nach Berlin.“

Elsa schaut auf die Uhr. „Heute noch?“

Er geht in der Küche auf und ab. „Ich kann Luise und die anderen jetzt nicht im Stich lassen. Muss sie da raushauen. Irgendwie. Können die Kinder ein paar Tage hierbleiben, jetzt in den Ferien?“

Elsa schüttelt den Kopf. „Ich muss morgen früh zurück nach Berlin“, erinnert sie ihn. „Ich hab keine Ferien.“

„Ein paar Tage können sie bleiben“, schaltet Hanns sich ein. „Wenn sie mit dem angeheirateten Opa vorliebnehmen.“

Jonas umarmt ihn. „Für sie bist du Opa Lübars, das weißt du. Und der ist ihnen nun mal näher als Opa Amerika."

Elsa will wissen, was Sabine dazu sagt. Jonas schaut an ihr vorbei aus dem Fenster. „Ich fürchte, ich werde sie nicht um Erlaubnis fragen. Sie hat mich auch nicht um Erlaubnis gefragt, als sie zwei Wochen Mallorca mit der Freundin gebucht hat."

Sabine ist Elsa in all den Jahren fremd geblieben, dennoch gefällt ihr nicht, wie ihr Sohn über seine Frau spricht. „Das ist das erste Mal, seit die Kinder da sind, dass sie alleine wegfährt", wendet sie ein. „Seit zehn Jahren. Nun gönn ihr doch …"

„Ich gönn es ihr ja. Nur dass sie mir von Palma aus am Telefon mitgeteilt hat, sie will sich scheiden lassen. Am liebsten wäre ihr, ich bin ausgezogen und mit Sack und Pack verschwunden, wenn sie wiederkommt."

Elsa sieht ihn erschrocken an. „Das meint sie bestimmt nicht so!"

„Jetzt sind erst die Freunde dran. Die sitzen im Knast, das hat Vorrang." In der Tür dreht er sich noch einmal um. „Die Kinder wissen noch nichts. Finde nicht, dass es jetzt meine Aufgabe ist, ihnen das beizubringen."

„Meine auch nicht", sagt Elsa zur Tür, die hinter Jonas ins Schloss fällt. Als sich das Motorengeräusch entfernt, schlägt sie die Hände vors Gesicht. „Wir haben wenigstens gewartet, bis die Kinder groß waren", schluchzt sie. „Auch nicht groß genug, aber doch nicht mehr … so klein." Der Rest geht in Tränen unter. Hanns nimmt sie nur fest in den Arm. „Und Luise im Gefängnis! Der arme Bernhard …", sagt sie, da wird die Umarmung etwas lockerer. Hanns hat es nicht so gern, wenn sie von Bernhard spricht.

Elsa parkt im Halteverbot, springt aus dem Auto und läuft durch den kalten Aprilschauer zum Blumenladen. Sie schaut sich im Laden um, überall Frühlingssträuße, Osterglocken und bunte Tulpen. Ob sie auch Ranunkeln haben? Vickys Lieblingsblumen, Ranunkeln in zart leuchtenden Farben. In einer Ecke entdeckt sie ein paar, goldgelbe, rosafarbene und purpurrote, die kosten fünfmal so viel wie die Tulpen, und bis sie mit denen einen Strauß zusammenhat, der halbwegs nach etwas aussieht … Sie zeigt auf einen Strauß bunter Tulpen.

„Kommt noch etwas dazu?", fragt die Verkäuferin. Elsa schaut durchs Fenster nach ihrem Auto und schüttelt den Kopf.

Direkt vom Blumenladen fährt sie zu Vickys Geburtstagsfeier. Warum muss ihre Mutter ausgerechnet dieses Jahr groß feiern, es ist nicht mal ein runder Geburtstag wie ihr Achtzigster. Und den hat sie im vergangenen Jahr trotz aller Proteste ausfallen lassen. Das einzig Gute im Moment ist, dass sich Jonas' Kinder bei Hanns in Lübars wohlfühlen und er mit ihnen. Aber weder mit Jonas noch mit Bernhard kann sie sprechen. Seit sie Jonas nicht mehr nach Ostberlin einreisen lassen, rennt er in Westberlin von Verein zu Behörde. Wenn sie doch einfach zum Telefon greifen und Bernhard anrufen könnte! Da lebt man in derselben Stadt, und der eine kann überhaupt nicht herüber, und die andere muss vorher ein Visum beantragen. Schreiben kann sie ihm in dieser Sache nicht. Und bestimmt hat Bernhard ohnehin genug Ärger, mit einer Tochter und einem Schwiegersohn bei den Staatsfeinden und einem Schwager bei der Stasi – und er selbst laviert sich so durch zwischen Parteizeitung und Geschichtsarchiv. Das Einzige, worum sie ihn beneidet, ist sein alltäglicher Zugang zu ihrem Haus.

„Meine Liebe!" Ihre Mutter schaut sie freudestrahlend an. Am Tulpenstrauß kann es nicht liegen, der kommt ihr auf einmal schäbig vor. Vicky zieht sie fest an sich, und ihr steigt ein verwirrender Duft in die Nase, vergessen und vertraut, ein Aroma aus Kindertagen. Elsa macht sich los und fragt nach einer Vase. Da kommt Elsie um die Ecke gebogen, auch sie verströmt diesen Duft, auch sie hat sich wie Vicky in Schale geworfen, beide tragen Kleider im Charlestonstil und lange Perlenketten. Seit Elsie auch ihre zweite Brust an den Krebs verloren hat, trägt sie die gerade geschnittenen Kleider, die sie schon als junge Frau gemocht hat und die für schmale, kurvenlose Körper gedacht waren. Elsie hatte es gehasst, nur eine Brust zu haben, und sich geweigert, das leere Körbchen mit Watte auszustopfen. Niemand hatte damals geglaubt, dass sie eine zweite Operation überstehen würde. Niemand außer Vicky, für die etwas anderes gar nicht infrage kam.

„Warum hat mir keiner gesagt, dass das heute ein Galaabend wird?", fragt Elsa und sieht an sich herab. Auch ihre graue Hose und der weinrote Pullover kommen ihr nun schäbig vor. Und dann biegt noch ein weißhaariger Herr im Smoking um die Ecke. Das wird wohl Elsies Ferdinand sein. Offenbar musste Elsie die Fünfundsiebzig überschreiten, bis sie sich alt genug für einen festen Freund fühlte. Bis dahin gab es wechselnde Bekannte, die, wenn überhaupt, nur Vicky zu Gesicht bekam. Auf Diskretion bedachte Ehemänner oder Junggesellen fortgeschrittenen Alters, die unter allen Umständen Junggesellen bleiben wollten. Und Elsie war selbst so eine Junggesellin gewesen. Auch mit Ferdinand ist sie nicht zusammengezogen.

Während Vicky und Elsie in der Küche verschwinden und Ferdinand auf dem Balkon eine Zigarre raucht, trudeln Stephanie und ihre Freundin Nick ein. Elsa ist froh, dass sie sich einen Moment alleine mit den beiden unterhalten kann. „Habt ihr schon etwas erreicht?"

„Jetzt fängst du auch noch damit an!", regt sich Stephanie auf. „Jonas hat schon zwei Vormittage unsere Kanzlei belagert. Wir tun, was wir können, für Luise und Uwe. Aber in solchen Fällen braucht es Diplomatie und Geduld. Fremdworte für meinen Bruder."

Elsa schaut ihre Tochter an. Sie wirkt oft überarbeitet, aber heute sieht sie besonders blass aus. „Na, du weißt ja", versucht sie zu vermitteln, „er ist gerade in einer besonderen Situation."

„Steph ist auch in einer besonderen Situation", sagt Nick, und Elsa wundert sich, dass Stephanie zusammenzuckt. „Die Verteidigung der Hausbesetzer, die in Kreuzberg abgeräumt wurden, mit Zustimmung ihrer Parteifreundinnen von der AL. Das ist ein ganz heikler Fall." Nick legt Stephanie einen Arm um die Schulter. Gleich wirkt sie entspannter.

Wieder klingelt es. Ob das schon Jonas ist? Er hat versprochen, später vorbeizukommen. Vicky läuft zur Tür, begrüßt den Gast und verschwindet wieder in der Küche. Einen Moment muss Elsa überlegen, wer der Mann ist, der verlegen im Türrahmen des Wohnzimmers steht. In die Runde blinzelt, als sei er soeben von sonst wo gelandet und müsse sich erst orientieren. Die schütter gewordenen blonden Haare, die Brille mit Metallrand, der Schnurrbart über dem kleinen Mund …

„Klaus!" Sie springt auf, um ihn zu begrüßen. Er streckt ihr erst die Hand entgegen, klopft ihr dann auf die Schulter. Steht wieder reglos im Raum, während die anderen ihn mustern.

„Mutter hat darauf bestanden, dass ich komme", sagt Klaus in die schweigende Runde. „Keine Ahnung, warum ausgerechnet dieses Jahr."

„Das ist Klaus", sagt Elsa zu Stephanie und Nick. Und während sie ihrer fast vierzigjährigen Tochter ihren eigenen Bruder vorstellt, den diese zuletzt als kleines Mädchen gesehen hat, fühlt sie eine Welle der Scham aufsteigen.

Vicky kommt mit einer Schüssel Bowle hereinspaziert und schenkt allen ein. Sie hebt ihr Glas. „Auf Leo!", sagt sie, und alle trinken auf Leo, ob sie ihn kennengelernt haben oder nicht. „Auf Wilhelm!" Einen Moment hat Elsa den Eindruck, in den Augen ihrer Mutter Tränen glitzern zu sehen. Sie füllt ihr Glas ein zweites Mal, während Stephanie ihres unangerührt an Nick übergibt. Die beiden sind doch nicht mit dem Auto da? „Auf Werner in Amerika. Und auf Bernhard", ruft Vicky, „den ich auch eingeladen habe. Aber das werde ich nicht mehr erleben, dass sie uns zusammen feiern lassen. Erich hat neulich erst gesagt, die Mauer bleibt noch fünfzig oder hundert Jahre stehen."

„Seit wann glaubst du an die Orakel von Onkel Erich?", will Elsie wissen.

Da schaltet sich Klaus ein. „Erst kürzlich haben sie wieder Flüchtlinge an der Mauer erschossen!"

„Das ist wahr", sagt Elsie. „Aber heute, ausnahmsweise, reden wir nicht über Politik."

Ein Knirschen dringt durch das Wohnzimmer, eine Stimme wie unter Wasser, tief vom Meeresgrund. Sie wird lauter und klarer, bis man sich umschauen möchte, ob noch jemand im Raum ist. „Ich küsse Ihre Hand Madame …" Vicky hat das alte Grammofon hervorgeholt, das Elsa seit Kindertagen nicht mehr zu Gesicht bekommen hat. Es funktioniert noch Ein Stapel alter Platten liegt daneben. Wo hat ihre Mutter die bloß aufbewahrt in all den Jahren?

Ferdinand, der Elsie mit einer Verbeugung aufgefordert hat, sieht beim Tanzen auf einmal fünfzig Jahre jünger aus, auch wenn der Rücken krumm ist und die Beine mit dem Tempo der Musik nicht Schritt halten. Beim nächsten Lied bittet Elsie Vicky zum Tanz. Sie kann ebenso gut führen wie folgen, stellt Elsa fest. Nun tanzen die beiden alten Frauen zusammen durch den Raum und durch wer weiß welche Zeiten. Stephanie tanzt mit Nick, man sieht, dass es nicht ihre Musik ist, aber dass sie es genießen, sich zu berühren und sich miteinander zu bewegen. Klaus sitzt mit verschränkten Armen im Sessel und beobachtet die beiden mit einer Mischung aus Faszination und Abscheu. Elsa gefällt dieser Blick nicht, aber es gefällt ihr auch nicht, dass er genau wie früher allein und verloren dasitzt. „Wollen wir?", fragt sie ihren Bruder. Einen Augenblick sieht er verblüfft aus, dann erhebt er sich und tanzt einen flotten Fox mit ihr. So viel Schwung hätte sie Klaus gar nicht zugetraut. Aber was wusste sie schon von Klaus?

Vicky schaut immer wieder auf die Uhr. Elsa weiß, dass sie auf Jonas wartet. Er war und ist nun mal ihr Liebling, der Musiker der Familie.

Als es endlich um kurz vor zehn klingelt, steht Jonas mit zwei Freunden und Instrumentenkoffern vor der Tür. Die drei stellen sich im Wohnzimmer auf und spielen Tanzmusik der Zwanziger und Dreißiger. Den schönen Song vom Lenz, der da ist, haben sie auf das Geburtstagskind umgedichtet. „Vik-to-ria, die Welt ist grün …", stimmen alle ein. Ob es das ist, was ihre Mutter immer aufgekratzter werden lässt? Oder der Alkohol? Elsa hat aufgehört, die Gläser zu zählen. Vicky wirkt auch nicht betrunken, eher irgendwie … fiebrig. Immer wieder will sie tanzen, zieht Ferdinand und Elsie und Klaus aus dem Sessel, obwohl ihre Beine zittrig sind und die Wangen unnatürlich gerötet. Erschöpft und überdreht kommt sie Elsa vor wie ein Kind, das sich mit letzter Kraft gegen das Einschlafen aufbäumt.

In einer Pause zwischen zwei Stücken geht Elsa zu Jonas und flüstert ihm zu, er solle bald Schluss machen. Doch während die Musiker ihre Instrumente einpacken, schenkt Vicky sich und den anderen neuen Wein ein und denkt nicht daran, die Feier für beendet zu erklären. Immer wieder schaut sie ihre Gäste, wenn sie sich unbeobachtet glaubt, lange an, als wollte sie jeden ihrer Gesichtszüge auswendig lernen. Sie beschwören, verhexen.

Elsa ist erleichtert, als Ferdinand nach Mitternacht ein Taxi ruft und damit das Signal zum Aufbruch gibt. Es war ein langer Abend für einen einundachtzigsten Geburtstag. Ein ungewöhnlicher Geburtstag. Wie in einem Schnelldurchlauf sieht Elsa eine Reihe von Vickygeburtstagen vor sich, melancholische und schweigsame, theatralische und betrunkene, aber keinen so heiteren und ausgelassenen wie den heutigen – vielleicht in ferner, versunkener Zeit, als sie selbst noch ein kleines Kind war.

An der Tür verabschiedet sich Vicky einzeln von ihren Gästen. Sie schließt Klaus fest in die Arme, flüstert ihm etwas ins Ohr, bis er sich abwendet und ins Taschentuch schnäuzt. Auch Stephanie, mit der Vicky so manche politische Auseinandersetzung geführt hat, wird innig gedrückt.

„Die einen kommen, die anderen gehen", sagt Vicky leise zu Stephanie. Elsa hat es gehört und fragt sich, wer wohl um diese Uhrzeit noch kommen sollte, als sie von ihrer Mutter umarmt und mit einem Kuss bedacht wird. Einem Kuss auf die Nasenspitze, wie sie es als Kind geliebt hat. Danach macht Vicky sich sanft von ihr los. Sie hält sie ein wenig von sich weg und schaut ihr ins Gesicht, als wolle sie sich jede Einzelheit einprägen. Dann tritt sie in ihre Wohnung zurück und legt einen Arm um Elsie.

„Jetzt schwelgen wir noch ein bisschen in alten Zeiten", sagt Elsie. Sie und Vicky schauen einander an, dann auf die im Treppenhaus versammelte Familie. Um die Lippen der beiden alten Frauen spielt das gleiche seltsame Lächeln. Sie winken von oben herab, als stünden sie an der Reling eines Ozeandampfers, der jeden Augenblick auslaufen wird.

Die Koffer sind gepackt, die Ferien zu Ende, die Kinder fahren zurück nach Berlin. Stephanie ist nach Lübars gekommen, um Katia und Tobi abzuholen. Sie sollen bei ihr und Nick wohnen, bis Jonas und Sabine sich ausgesprochen haben. Oder ausgeschrien, wie alle befürchten, das will man den Kindern ersparen. Dennoch wundert sich Elsa über das Angebot ihrer Tochter, die bisher kein allzu großes Interesse an Neffe und Nichte oder Kindern im Allgemeinen gezeigt hat. Eher schienen gelegentliche Ausflüge und Treffen von Nick auszugehen. Doch Katia und Tobi waren sofort einverstanden, als Stephanie erzählt hat, dass es bei ihnen im Gemeinschaftsgarten Kaninchen gibt, mit denen sie spielen dürften.

„Wenn Jonas so weitermacht, buchten sie ihn auch noch ein", sagt Stephanie nun zu Elsa, während sie vor der Abfahrt einen letzten Gang durch das

Dorf machen. In den Vorgärten blühen Osterglocken, an manchen Sträuchern baumeln noch ausgeblasene, bemalte Eier. „Er will jetzt ohne Visum rüber, Luise und Uwe treffen. Irgendwas aushecken zum Boykott der Kommunalwahl. Ich hab ihn gefragt, ob er sich in einen Kofferraum legen oder in umgekehrter Richtung über die Mauer klettern möchte. Und stell dir vor, da fängt er ernsthaft an, darüber nachzudenken."

Elsa denkt an die Kinder, die immer noch nicht wissen, dass ihre Eltern sich trennen wollen. „Es gibt wirklich anderes, über das er sich Gedanken machen sollte!" Sie schluckt die aufsteigenden Tränen hinunter und fragt ihre Tochter: „Bist du sicher, dass ihr mit den Kindern klarkommt? Oder sollen wir sie nehmen? Ich meine, mit eurer Arbeit und allem …"

„Da können wir schon mal üben."

„Üben?"

Stephanie lacht. Gleich hinter dem Dorf fängt das Tegeler Fließ an. Die Wiesen sind im Frühjahr noch feuchter als sonst, überall ziehen sich Rinnsale durchs Gras. „Wir bekommen ein Kind", sagt Stephanie.

„Wir?"

„Nick und ich", sagt Stephanie.

„Du und – Nicole?"

Elsa bleibt stehen, sofort beginnt sie im matschigen Boden einzusinken. „Nein", schreit sie, „das geht nicht! Ihr könnt nicht!"

„Offenbar können wir", sagt Stephanie und zieht die Hand zurück, die sie ihrer Mutter entgegengestreckt hat, um ihr wieder auf trockenen Boden zu helfen. „Bei mir ging's ruckzuck."

Schweigend marschieren sie hintereinander her, immer weiter über den nassen Grund. „Freust du dich gar nicht, Mama? Du bekommst ein Enkelkind."

„Wer ist der Vater?"

„Ist das alles, was dich interessiert? Ich bin die Mutter, das ist die Hauptsache."

Elsa bleibt stehen und hält Ausschau. Sie sind fast bis an die Grenze gekommen. „Du hast einen Vater. Ich nicht."

„Du hattest einen Stiefvater. Einige Jahre …"

„Helbig war nicht mein Vater, und ich war nicht seine Tochter. Er hat mich gehasst. Ich war froh, als er tot war."

„So hast du das nie erzählt."

„Ihr müsst dem Kind sagen, wer der Vater ist. Egal wer. Ich hab mir so lange den Kopf über meinen zerbrochen. Zerbreche ihn mir bis heute. Selbst wenn's ein alter Nazi gewesen wäre, ein richtiger Hauptnazi, nicht nur ein

Mitläufer und Emporkömmling wie Helbig. Selbst das wär besser zu ertragen … Ihr müsst es dem Kind sagen."

Zurück im Dorf, wenige Meter vor ihrem Haus, sagt Stephanie: „Es tut mir leid, Mama, deinetwegen. Aber wir wissen es nicht. Nick wollte es so. Wenn das Kind erwachsen ist und es will, kann es den Namen erfahren."

VICKY fühlt sich erschöpft, erschöpft bis in die Knochen, aber diese Sache muss sie noch zu Ende bringen. Alles andere ist, soweit sie es überblickt und sofern es sich regeln lässt, geregelt. Alles andere scheint ihr auch nur halb so wichtig: Wer was von ihren paar Habseligkeiten erhält und wo genau sie unter die Erde kommt, wie lange sie dort liegen darf und wer die Blumen über ihrer bald nicht mehr vorhandenen Nase gießt. Nur Berliner Erde muss es sein, da gibt es jetzt nichts mehr zu verpflanzen.

Auf dem Dreifaltigkeitskirchhof hat sie mit Elsie ein Grab ausgesucht und einen Stein. Leo liegt dort ebenfalls begraben, einige Reihen entfernt bei seiner ersten Ehefrau. Das gemeinsame Grab der beiden war schon gekauft, als Vicky in Leos Leben noch keine größere Rolle spielte als die seiner Beraterin in Kleidungsfragen im Kaufhaus des Westens. Sie hat nichts dagegen gehabt, dass es bei diesem Arrangement blieb, immerhin war die erste Ehefrau fast dreimal so lange mit Leo verheiratet gewesen wie sie.

Elsie will später neben ihr liegen und hat auch schon einen Platz reserviert. Vor dem Grab, auf dem einmal ein Stein mit ihren beiden Namen stehen wird, hat Vicky Elsies Hand genommen. „Du brauchst dich nicht zu beeilen", hat sie gesagt, „auch wenn du hundert wirst, werd ich dich nicht vergessen." Und Elsie hat ihre Hand gedrückt und geantwortet: „Du musst es auch nicht überstürzen. Werd doch mit mir hundert." Selbst wenn es in diesem Moment verlockend schien, war sie nicht sicher, ob sie das gewollt hätte. Aber sie war sicher, es würde nicht so sein. „Die Uhr ist abgelaufen", hat sie gesagt. Als ob der Sand immer schneller durch sie hindurchrieselte, so fühlte es sich an.

Jetzt in dieser Nacht, allein in ihrer Wohnung, denkt sie, dass es gar nicht anders sein kann. Vielleicht gibt es ein Leben nach dem Tod, aber nicht als Mensch. Nicht mit Musik, die in Bauch und Beine fährt, einem Schwips, der den Kopf verdreht, mit Küssen, die die Knie erweichen, und Freundschaften, die den ganzen Irrsinn überdauern. Nicht mit Elsie und Elsa, nicht mit Berlin und bestimmt nicht mit Harry. Was nützt es ihr da, dass keine Energie verloren geht, wie manche sagen, und sie mit etwas Glück als Kugelblitz durchs All schwirrt?

Ihre Wohnung ist schon ein wenig leerer geworden, das eine oder andere hat sie unauffällig verschenkt. Zum Beispiel den Fernseher. Sie würde lieber wie früher Radio und Schallplatten hören, hat sie behauptet, und manchmal tut sie das auch.

Vielleicht ist es besser, man schläft plötzlich und unerwartet ein, so wie Wilhelm. Alle wurden von seinem Tod überrascht, auch er selbst. So hat es jedenfalls Bernhard erzählt, der dabei war. Bernhard konnte es lange nicht fassen. Immer wieder musste er es erzählen, vor und während der Beerdigung, obwohl er sonst eher ruhig und verschlossen war. Wie er im Wohnzimmer den Tisch gedeckt hat, leise, damit Wilhelm nicht wach würde.

Kurz vor seinem Tod war Wilhelm noch einmal mit Bernhard zum Haus gegangen. Ob er doch etwas geahnt hat und ebenfalls eine Sache zu Ende bringen wollte? Ob er endlich seinem Jungen erzählt hat, was er im Haus hinterließ, als er dort unter Trümmern begraben lag? Als nur der Gedanke an seinen Sohn ihn am Leben hielt, den ungeborenen Sohn, der einmal Bernhard heißen sollte? Auch ihr hat Wilhelm nie verraten, was genau bei dem Unfall beim Bau des Kaufhauses passiert war. So wie sie ihm nie verraten hat, wer der Vater des Kindes war, das er mit auf die Welt geholt hat. Beide hatten sie ihr Geheimnis um das Haus und die Kinder bewahrt. Es genügte zu wissen, dass auch der andere eines hatte. Das war ein Band zwischen ihnen, bis zuletzt.

Wenn man nicht überraschend, nicht plötzlich aus dem Leben genommen wird wie Wilhelm, hat man die Angst und die Stunden allein, die nicht mitteilbar sind. Aber man hat auch die Gelegenheit, seine letzten Dinge zu regeln. Die Dinge, von denen man weiß, dass man sie tun muss, um Ruhe zu finden. Wo und wie auch immer.

Extra zu diesem Zweck hat sie den Kassettenrekorder gekauft. Natürlich hat sie noch immer ihren alten Plattenspieler und das Grammofon. Was sind diese eckigen Plastikdinger mit ihren groben Tasten gegen einen Arm mit feiner Diamantnadel und schwarz glänzende Scheiben, die Musik in schmalste Rillen eingraviert. Wie die Lebensringe eines Baumes, hat sie gedacht, und die Kratzer auf den Scheiben sind die Spuren der Jahreszeiten. Der Kratzer auf der Platte, die nun ganz oben auf dem Stapel neben dem Grammofon liegt, ist nicht nur die Spur einer Zeit. Für sie ist er wie ein Schriftzug, den sie entziffern kann.

So, jetzt drückt sie die Taste: Aufnahme. Sie räuspert sich. „Diese Platte, auf der das alberne Bananenlied drauf ist – ja, Harry, es ist nun mal albern, machen wir uns nichts vor. Schau hier, der lange Kratzer, den ich so oft mit dem Finger nachgefahren bin – da hast du mich beim Tanzen in meiner Dachbude geküsst. Man braucht doch beim Küssen vom Obst nichts zu wissen, heißt es, aber deine Lippen auf meinen Lippen, deine Lippen an meinem Hals, da ist es passiert, erinnerst du dich? Ich ging in die Knie, da gingst auch du in die Knie, und während wir beide zu Fall kamen, machte die Nadel einen Sprung. Was wäre schon bei einer Kassette passiert, Harry? Bestenfalls Bandsalat." Aus. Was redet sie da? Das war doch weiß Gott nicht das, was sie erzählen wollte. Diese Sache, die sie noch zu Ende bringen muss.

Nein, nein, da muss sie ganz von vorne anfangen. Sie hat es schon ein paarmal versucht, sie muss sich zusammenreißen. Sie muss das zu Ende bringen, das schuldet sie Elsa. Keine Zeit mehr, die gleichen Fehler zu machen. Sie hätte damals mit Harry gehen sollen, das wusste sie, als es zu spät war. Sie muss ihrer Tochter die Wahrheit sagen, spät, unverzeihlich spät vielleicht für Elsa. Aber nicht für immer zu spät. Noch nicht.

Sie nimmt die Kassette heraus und legt eine neue ein. Nicht einmal Elsie weiß von diesem Plan, dem letzten Band für Elsa. Sie hat nichts aufgeschrieben, nicht überlegt, was sie sagen soll. Sie darf auch jetzt nicht lange überlegen, sonst schafft sie es nie. Wenn sie es von vorne nicht schafft, vielleicht bekommt sie den Faden am Ende zu fassen. „Dieser heiße Tag im Juli 1970, das war das letzte Mal, dass ich ihn gesehen habe. Ich ihn, er mich nicht." Sie hat einen Kloß im Hals, ihre Stimme klingt brüchig. Weitersprechen, einfach weitersprechen. Bis das Band voll ist.

HEUTE geht Elsa seit langer Zeit wieder über die Grenze. In das andere Land, in dem Bernhard lebt. Er weiß nicht, dass sie kommt; sie weiß nicht, ob sie ihn finden wird. Aber sie muss es versuchen.

Am Grenzübergang Friedrichstraße reiht sie sich in die Warteschlange ein, hält die Papiere bereit und setzt einen neutralen Gesichtsausdruck auf. Es ist nicht mehr wie früher, die Furcht vor dem Zurückgeschicktwerden, vor Gepäckkontrollen und Schikanen. Ihre Einreisepapiere werden begutachtet und abgenickt, sie steckt das Besuchervisum ein.

Als Elsa auf die Friedrichstraße hinaustritt, die in mildes Frühjahrslicht getaucht ist, atmet sie auf. Sie wird zu Fuß gehen bis zum Haus der Einheit und dort, so hofft sie, Bernhard finden. Wo sonst? Sie nimmt einen kleinen Umweg und spaziert die Linden entlang Richtung Osten, vorbei an der Humboldt-Universität und dem Museum für Deutsche Geschichte.

In der bronzefarbenen Glasfassade des Palastes der Republik spiegelt sich der Berliner Dom. Egal aus welcher Perspektive, ihr gefällt der Republikpalast besser als der Dompalast. Von diesem Dom-im-Republikpalast-Spiegelbild muss sie jetzt eine Aufnahme machen, die gehören ja beide nicht zu den Verkehrsbauten. Mit den Regeln und Verboten des Fotografierens kennt sie sich aus, seit sie wegen eines Brückenbildes einen ganzen Film an einen Volkspolizisten verloren hat – keine Grenzsicherungsanlagen Bahnanlagen, Brücken, Verkehrsbauten.

Auf dem Marx-Engels-Forum setzt sich Elsa auf eine Bank mit Blick auf die Bronzestatuen von Karl Marx und Friedrich Engels und holt den Stadtplan aus der Tasche. Wenn sie Bernhard nach Dienstschluss vor dem Eingang abfangen will, ist sie vermutlich zu früh dran. Vielleicht ist er auch gar nicht im Institut, sondern in der Redaktion. So nannte Bernhard seine Arbeitsplätze, seit sie sich erinnern kann: das Institut, die Redaktion. Aber das Gebäude hieß nicht Institut, sondern Haus. Das Haus, unser Haus. Manchmal auch das Jonass. Wenn er heute Nachmittag beim *Neuen Deutschland* ist, wird sie ihn vor dem Haus der Einheit nicht treffen. Aber sie ist fast sicher, dass er heute in ihrem Haus ist. Vielleicht bloß Wunschdenken, sagt sie sich und schlägt den Stadtplan auf, um nach einem Schlenker zu sehen, einem Umweg rechts oder links der breiten Karl-Liebknecht-Straße, an deren Ende das Haus wartet.

ELSA erkennt das Haus, noch bevor es auftaucht, an ihrem schneller schlagenden Herzen. Noch nie hat sie sich dem Haus ohne Herzklopfen nähern können. Wenn es ausbleibt, denkt sie, bin ich wahrscheinlich tot.

Es ist erst kurz vor halb fünf, als sie die Kreuzung zur Wilhelm-Pieck-Straße überquert. Bernhard wird sicher noch nicht herauskommen. Sie stellt sich auf die Straßenseite, die dem Haupteingang des Gebäudes gegenüberliegt, mit dem Rücken zum Nikolaifriedhof. Seit Jahren ist sie nicht hier gewesen, die wenigen Male, die sie Bernhard gesehen hat, haben sie sich auf seinen Wunsch an anderen Orten getroffen. Als ob er es vermeiden wollte, seit ihrer Nacht im Haus, wieder mit ihr dort zu sein.

Und sie möchte jetzt nicht hineingehen und nach ihm fragen. Sie möchte, dass er herauskommt, sie hier stehen sieht und überrascht ist, auf die für ihn typische, leicht alarmierte Weise, und dass sich mit jedem Schritt, den er auf sie zu macht, seine Überraschung in Freude verwandelt. Während sie sich diese Szene ausmalt, wächst eine gespannte Erwartung in ihr, eine frohe und ganz unpassende Erwartung. Schließlich ist sie gekommen, um mit Bernhard eine Art Krisengespräch zu führen. Ein Gespräch, das sich um ihre Kinder und nicht um sie dreht. Eines, in dem sie beide einen kühlen Kopf brauchen und kein immer höher schlagendes Herz.

Vielleicht lag es nicht nur an Bernhard, dass sie sich seit jener Nacht nicht mehr im Haus der Einheit getroffen haben. Vielleicht wollte sie sich den Anblick des Hauses ersparen. Das, was im Inneren daraus geworden war, aus dem Palast ihrer Kindheit, dem zur großen Fahrt bereiten Schiff ihrer Jugend. Eine kleinteilige Welt enger Büroräume mit abgehängten Decken, holzverkleideten Einbauschränken, Efeutapeten und Neonleuchten, Glasbausteinen und Spitzengardinen. Wo im Kaufhaus Jonass weite Hallen voller Schätze waren und die oberen Etagen wie Labyrinthe, hatte man Wände eingezogen, ganze Fluchten einander gleichender Büros, endlose Flure, in denen sich Tür an Tür reihte. Haus der Kleinheit, hat sie das umgebaute Haus einmal genannt. Sie denkt an den Brief, den sie Bernhard geschrieben hat, als es für einige Jahre unmöglich war, ihr Haus zu besuchen: Beschreib mir unser Haus, Bernhard. Von unten bis oben, von außen und innen, im Großen und im Kleinen. Auch das, was du nicht mehr siehst, weil du es jeden Tag sehen kannst. Alles, ich will alles wissen.

Aber vielleicht ist auch das nur eine Frage der Perspektive. Elsa schließt die Augen, öffnet sie wieder und zoomt das Haus in die Zukunft. Dann wird Honecker tot sein, und sie selbst wird tot sein, aber nicht nur die Mauer, auch das Haus wird noch stehen. Es hat das Tausendjährige Reich überstanden, die Bomben überstanden. Da wird es auch die Mauer überstehen, bis sie einst fällt. Noch einmal schließt und öffnet sie die Augen und holt das Haus wieder näher heran. Wenn sie es von hier aus betrachtet, nicht zu weit entfernt, doch mit Abstand, hat es trotz allem seine Kraft und Würde bewahrt. Wie ein Mensch mit starken, wohlgeformten Knochen, dem weder Krankheit noch Alter die Schönheit stehlen.

Plötzlich tritt Bernhard aus dem Gebäude. Und an seiner Seite sie selbst. Elsa fasst nach der Mauer in ihrem Rücken. Nein, es ist bloß eine Frau, die ihr auf den ersten Blick ähnlich sieht. Oder vielmehr der Frau, die sie vor zehn, fünfzehn Jahren gewesen ist. Das muss Elisa sein, von der Bernhard ihr geschrieben hat. Getroffen hat sie diese Frau noch nie, die einen Buchstaben und einen Bernhard mehr besaß als sie und einige Lebensjahre weniger. Es wird höchste Zeit. Sie sollte hingehen und ihr die Hand schütteln. Mit den beiden einen Kaffee trinken und plaudern. Das, was sie mit Bernhard besprechen wollte, wegen Luise und Uwe und Jonas, das wird kein Geheimnis sein vor Elisa.

Sie sieht die beiden über den Bürgersteig gehen und bleibt auf ihrem Platz, sieht sie um die Ecke biegen und bewegt sich keinen Schritt. Erst als sie verschwunden sind, löst sie sich von der Mauer des Friedhofs und läuft in entgegengesetzter Richtung die Prenzlauer Allee entlang. Immer schneller Richtung Norden, ohne sich umzudrehen. Er hätte nicht mit der anderen Frau aus dem Haus kommen dürfen. Aus ihrem Haus.

KLACK. Ihr Band ist abgelaufen. Mitten im Satz ist Schluss. Sie war fast fertig, aber jetzt weiß sie nicht mehr, wie sie es zu Ende bringen wollte. So wird es auch mit meinem ganzen Leben sein, denkt sie. Bei irgendetwas wird mich der Tod unterbrechen, klack, und das war's dann, Verlängerung gibt's nicht. Und seltsam, auf einmal erscheint ihr das gar nicht mehr schlimm.

Für manche Dinge wird die Zeit nicht mehr reichen, zum Beispiel um eine neue Leerkassette zu besorgen. Dann ist die Geschichte eben hier zu Ende, genau in dem Moment, als ihr auf der Dachterrasse des Jonass das Glas aus der Hand fiel. Da endet die rückwärts erzählte Geschichte, die sie nur vom Ende abgewickelt bekommen hat, kurz nach Elsas Geburt. Das ist ja auch die Hauptsache für Elsa.

Ihre Kehle ist rau und trocken wie Schmirgelpapier. Wie lange hat sie hier gesessen und erzählt und erzählt, ohne Pause, aus Angst, den Mut nicht noch einmal aufzubringen, den Faden nicht wiederzufinden? Waren es Minuten, Stunden, Tage? Sie geht ans Fenster, zieht den Vorhang zur Seite, am Horizont zeichnet sich ein schmaler roter Streif ab. Die ganze Nacht ist sie kein einziges Mal aufgestanden, nicht zur Toilette gegangen, hat nichts gegessen, nichts getrunken; sie musste nichts und wollte nichts. Wie oft hat Frau Dr. Sachs sie ermahnt, genug zu trinken, auf gar keinen Fall zu dehydrieren, verdicktes Blut, das sei Gift für ihr Herz. Ebenso Alkohol. Wasser, Wasser und nochmals Wasser, hat sie wiederholt und ihr dabei eindringlich in die Augen gesehen. Sie trinkt sowieso nur noch Wasser, wenn sie etwas trinkt. Seit dem Geburtstag hat sie keinen Wein oder Sekt mehr angerührt. Es war schön, diesen einen Abend, es war berauschend, und es war vorbei.

Nicht nur Alkohol ist berauschend und Gift für ihr Herz, auch ein Lied kann diese Wirkung haben, ein Lied voll hochprozentiger Erinnerung. Wie die Platte, die Harry ihr zum Abschied geschenkt hat. Sie streicht über den Trichter des Grammofons, das nach Jahrzehnten im Schrank nun seit ihrem Geburtstag offen auf der Truhe steht. Ein letztes Mal darf sie am Ende dieser Nacht zur Nadel greifen, ihre Welt geht ohnehin unter. Behutsam setzt sie die Nadel auf, es kratzt und knirscht ein wenig, dann ertönt das letzte Lied: „Auf Wiederseh'n mein Fräulein, auf Wiederseh'n mein Herr. Es war uns ein Vergnügen, wir danken Ihnen sehr. Dieser Abend war so reizend und so wunder-, wunderschön. Wann kommen Sie wieder? Wann kommen Sie wieder? Damit wir uns wiederseh'n!"

Er, der seine Heimat, sein ganzes Leben hinter sich ließ, hat zum Abschied ihre Tränen getrocknet. Hat sich ihr Versprechen angehört, dass er sein Elternhaus heil zurückbekommen werde – „wenn ihr wiederkommt". Er hat gewusst, dass ihr Versprechen ein leeres Versprechen war. Und er ist nie zurückgekommen, zu ihr nicht und nicht in die alte Welt. Mit einem flüchtigen Kuss auf die Stirn war er fort. „Auf Wiedersehen, Vicky."

„Auf Wiedersehen, Harry." Sie packt die alte Platte wieder in ihre Hülle, stellt sie zwischen die anderen.

Es ist ein ungewöhnlich warmer Tag für April. Blauer, makelloser Himmel. Bäume, Blumenkränze, die schwarzen Kleider im flimmernden Sonnenlicht, alles plastisch und überdeutlich wie durch ein Vergrößerungsglas. Die Sargträger haben verschwitzte Haare unter den Zylindern. Sie bewegen sich in Zeitlupe. Dabei ist Vicky so leicht gewesen am Ende.

Die tote Mutter auf einem weißen Leintuch. In einem langen weißen Hemd. Eingefallene Wangen, tiefe Augenhöhlen. Jetzt wird Elsa immer dieses Bild vor Augen haben, doch sie wollte ihre Mutter ein letztes Mal sehen. Um sich von ihr zu verabschieden. Damit sie es glauben konnte. Oder beides. Denn trotz allem war es für sie überraschend gekommen. Auch wenn Vicky über achtzig war, mit den üblichen Blessuren des Alters, in letzter Zeit kurzatmig und schnell erschöpft, war sie ihr bis zuletzt zäh erschienen an Leib und Seele. Wäre da nicht jener Geburtstag gewesen. „Die einen kommen, die anderen gehen." Dieser Satz geht ihr nicht aus dem Kopf. Der letzte Satz, den sie aus dem Mund ihrer Mutter gehört hat.

Der Weg bis zum Grab scheint kein Ende zu nehmen. Es ist ein großer Friedhof mit alten Bäumen und monumentalen Grabstätten ganzer Familien, von gusseisernen Gittern umgeben. Schweigend trotten sie den Sargträgern hinterher, und in die Stille hinein schmettern die Vögel dem Frühling und ihrer Brut entgegen. In erster Reihe hinter dem Sarg gehen neben ihr Klaus und Werner. Beide Brüder tragen dunkle Sonnenbrillen, sie kann nicht sehen, ob einer von ihnen geweint hat. Werner, der die ganze Nacht durchgeflogen ist von New York nach Berlin, sieht aus, als schwebe er noch immer weit über den Wolken. „Wenn ich das gewusst hätte", hat er am Telefon gestammelt, „wäre ich doch zu ihrem Geburtstag gekommen."

Auch Klaus kann von diesem Geburtstag nicht lassen. „‚Verzeih mir'", flüstert er neben ihr, und nun fließt doch eine Träne unter der dunklen Brille hervor, „‚verzeih mir', hat sie gesagt, und ich wusste doch gar nicht, wofür."

Dafür, dass sie dich nie geliebt hat, denkt Elsa, doch das kann sie ihrem Bruder nicht sagen. So fern ihr beide Brüder ein Leben lang gewesen sind, so richtig fühlt es sich an, nun die beiden und niemand anderen an ihrer

Seite zu haben. Bernhard vielleicht. Auch Bernhard wäre hier richtig an ihrer Seite, denkt Elsa und spürt, wie sehr er ihr in diesen Tagen fehlt. Hinter ihr und den Brüdern gehen Elsie, Ferdinand und Hanns, gefolgt von Stephanie und Nick, Jonas, Sabine und den Kindern.

Die Träger bleiben plötzlich stehen vor einer offenen Grube, die sie nicht hat kommen sehen. Vorsichtig stellen sie den Sarg auf die Erde. Im Halbkreis stehen die Trauernden vor dem Grab, der Pfarrer beginnt zu sprechen. Sie kann den Blick nicht von dem Eimer mit Sand und Schaufel wenden. Eine Schaufel Sand für jeden von ihnen, für diese kleine, unvollständige Familie. Die Wurzeln zu Vickys Heimat waren gekappt, es hatte nie eine Versöhnung mit der Mutter und den Geschwistern gegeben. Und der Anlass für dieses Zerwürfnis war sie selbst gewesen, das uneheliche Balg, die Schande.

Die Rede ist zu Ende, der Sand geworfen. Elsa tritt noch einmal an Vickys Grab, im Arm einen dicken Strauß Ranunkeln in zart leuchtenden Farben. Langsam wirft sie eine nach der anderen hinab, und die goldgelben, rosafarbenen und purpurroten Blumen fallen lautlos auf den Sarg.

Elsa dreht den Schlüssel im Schloss und schiebt langsam die Tür auf. Die Wohnung sieht so anders aus als beim letzten Mal, als sie hier war. Leer und verlassen, obwohl sie noch gar nichts ausgeräumt haben. An Vickys Geburtstag waren die Räume gefüllt mit Menschen und Leben, Schüsseln und Flaschen, Blumen und Musik. Vielleicht ist es deshalb nicht aufgefallen, dass auch da schon einige Sachen fehlten. Aber jetzt, wenn sie sich an den Abend erinnert, sieht sie die leeren Ecken und Flecken vor sich, wo zuvor ein Tischchen gestanden hatte, eine Lampe oder ein Topf mit einer Zimmerpflanze.

Sie geht durch die Räume der kleinen Wohnung, in der sie nach dem Krieg ein paar Jahre mit der Mutter und den Brüdern gewohnt, in der Vicky lange allein gelebt hat, dann mit Leo, dann wieder allein. Flur, Wohnzimmer, Bad, Schlafzimmer – inzwischen haben sie sich weiter ausgebreitet, die leeren Ecken und Flecken. Jetzt sieht die Wohnung aus wie das Zuhause von jemandem, der mitten im Umzug steckt. Die Dinge, die man weder mitnehmen noch verschenken will, sind fortgeschafft, der persönliche Kleinkram auch. Geblieben sind Sofa, Sessel und Schränke und die wenigen Besitztümer, von denen Vicky geglaubt haben muss, dass jemand von ihnen sie behalten möchte. So wie die Schmuckschatulle, die im Schlafzimmer auf der Kommode neben dem Bett steht, während sie vorher immer weggeschlossen war.

Elsa öffnet die Schatulle, eine Uhr liegt darin, drei Ketten, eine Brosche, zwei Eheringe. Und ein kleines Kästchen, auf dem in der Handschrift ihrer Mutter, der man das abtrainierte Sütterlin noch ansieht, *für Elsa* steht. Im Kästchen, auf Samt gebettet, ein Paar goldene Ohrringe mit Smaragden. Sie legt die Ohrringe vorsichtig auf die Handfläche, schön sind sie und vermutlich kostbarer als alles, was Vicky sonst besessen hat. Trotzdem ist sie enttäuscht, weil sie sich nicht erinnern kann, die Ohrringe je an ihrer Mutter gesehen zu haben. Prächtig stellt sie sich die Smaragde vor zu Vickys grünen Augen. Wer hat sie ihr geschenkt? Gerd Helbig traut sie dieses Geschenk ebenso wenig zu wie Leo. Zu oft hatten die beiden Geschenke ausgesucht, die zwar schön und manchmal auch teuer waren, aber nicht zu Vicky passten. Diese Ohrringe passten perfekt, wie für Vicky gemacht sehen sie aus. Warum hat sie sie nie getragen? Elsa legt die Schmuckstücke behutsam zurück in die Schatulle. Offenbar lag ihrer Mutter daran, dass sie diese Ohrringe bekam und niemand anders. Sie enthalten eine Botschaft, doch den Schlüssel hat Vicky nicht mitgeliefert. Wie so oft.

Elsa steht vor dem Bett ihrer Mutter, streicht über die Tagesdecke, die faltenlos über Oberbett und Kissen gebreitet ist. Vicky ist nicht im Schlaf gestorben, und sie ist in der Nacht vor ihrem Tod nicht ins Bett gegangen. Niemand wird je wissen, was sie frühmorgens am Küchentisch gemacht hat, unter dem sie lag, als Elsie sie am Abend fand. Die Küche. Als Elsa vor der verschlossenen Tür steht, die Klinke in der Hand, weiß sie, dass sie es nicht schafft, diesen Raum allein zu betreten, in dem ihre Mutter allein gestorben ist.

„DANKE, dass du gekommen bist.“ Sie umarmt Elsie. „Macht es dir wirklich nichts aus, mir alles zu erzählen … von diesem Tag?“

Elsie geht voran in die Küche. „Doch, es macht mir etwas aus. Aber es tut auch gut. Setz dich“, sagt sie und weist auf einen der Stühle am Küchentisch.

Elsa zögert, bevor sie Platz nimmt. Elsie kocht Kaffee, dann setzt sie sich ihr gegenüber.

„Von diesem Stuhl ist sie gekippt“, sagt Elsie, deutet auf den freien Stuhl am Kopfende und fügt nach einem Blick in Elsas Gesicht hinzu: „Aber es hat ihr nicht wehgetan, da war sie schon tot. Sie ist ganz plötzlich gestorben, wie man es sich in unserem Alter nur wünschen kann. Herzversagen.“

Elsa schenkt sich aus der Kaffeekanne ein. Seltsam ist das, hier in Vickys Küche ohne Vicky Kaffee zu trinken. „Aber hatte sie denn etwas am Herzen? Ich wusste gar nicht …“

Elsie nimmt ihre Hand. „Sie wollte nicht, dass ihr euch Sorgen macht.

Großer Unsinn, wenn du mich fragst, aber so war sie nun mal. Ja, sie war schon länger herzkrank."

Elsa denkt an den Geburtstag. Im Nachhinein erscheint ihr alles so offensichtlich. Vickys Benehmen, der Alkohol, die Sache mit Klaus, ihr Orakel zum Abschied. Ganz dumm kommt sie sich vor, dass sie es nicht kapiert hat. Dass sie zu beschäftigt war mit anderen Sorgen, um der Beunruhigung, die sie bei dieser letzten Begegnung mit ihrer Mutter fühlte, auf den Grund zu gehen. Sie senkt den Kopf und fragt leise: „Wusstest du, dass sie stirbt?"

„Nein, ich wusste es nicht. Aber sie selbst hat es gefühlt, schon einige Zeit, dass sie nicht mehr lange zu leben hat. Zuerst wollte ich nichts davon wissen, aber spätestens an ihrem Geburtstag habe ich ihr geglaubt." Elsie fährt sich durch die weißen Haare. „Nein, schon vor dem Geburtstag. Als wir beide vor dem Grab standen, Vicky und ich."

Beim Gedanken an das vorbestellte Grab, die halb ausgeräumte Wohnung, die vorsortierten Gegenstände schnürt es Elsa die Kehle zu. Wieder einmal hat ihre Mutter sie ausgeschlossen, wie immer, wenn es um Leben und Tod ging. Sie schaut Elsie in die Augen. „Klar, du hast es natürlich gewusst. Ihre Kinder dagegen …"

„Es tut mir wahrhaftig sehr, sehr leid, Elsa. Ich weiß nicht, ob du's mir verzeihen kannst. Doch ich musste ihr versprechen zu schweigen. Hab es nicht verstanden – anfangs ja, aber später nicht mehr. Wir haben uns beinahe darüber zerstritten, mehr als einmal."

Ihre Blicke begegnen sich, beide haben Tränen in den Augen. Eine Weile ist nichts zu hören als das Ticken der Küchenuhr, bis Elsa das Schweigen bricht: „Dann kannst du's mir jetzt sagen. Vicky ist tot. Ich lebe."

Elsie legt einen Arm auf die Lehne des leeren Stuhls am Kopfende. „Ich bin sicher, sie hat es dir selbst gesagt. Irgendwie. Irgendwo", sagt sie und lässt ihren Blick durch den Raum schweifen.

Das Ticken der Küchenuhr kommt Elsa laut vor, unnatürlich laut und unregelmäßig. Wie ein aus dem Rhythmus geratenes Herz. Ihre Stimme dagegen ist kaum hörbar, als sie fragt: „In der Nacht, als sie gestorben ist – hat sie das geplant? Hat sie etwas eingenommen oder so?"

Elsie schüttelt den Kopf. „Das glaube ich nicht. Als ich sie gefunden habe … Ich hab sofort den Notarzt gerufen. Im Grunde wusste ich, dass sie tot war, aber … Sie war stark dehydriert, haben die Ärzte gesagt. Das war natürlich Gift für ihr Herz. Sie haben sie sofort zugedeckt, in den Krankenwagen verfrachtet." Elsie schluckt. „Wäre Dr. Sachs gekommen, hätte sie vielleicht erlaubt, dass Vicky zu Hause bleibt, in ihrem Bett. Wir hätten uns in Ruhe von ihr verabschieden können."

Eine über achtzigjährige Frau mit Herzproblemen, die starb eben früher oder später. Aber seit einiger Zeit schon und besonders, seit sie hier in der Wohnung ist, kann Elsa das Gefühl nicht loswerden, dass etwas nicht stimmt. Ganz und gar nicht stimmt. Und heute wird sie ihr nachgehen, der Beunruhigung, nachgehen durch die Zimmer.

Als Elsie wieder fort ist, wandert sie durch die Räume. Im Wohnzimmer bleibt sie vor dem Kassettenrekorder stehen.

Der vertraute Geruch nach Chemikalien tut gut. Es fällt Elsa schwer, sich auf die Bilder zu konzentrieren, die freudige Erwartung auf das, was zum Vorschein kommen mag, stellt sich nicht ein. Doch die eingespielten Handbewegungen beruhigen. Sie hätte nicht mit verweinten Augen ins Studio kommen müssen, Torsten hat ihr angeboten, den Laden alleine zu führen, bis sie sich besser fühlt. Sie ist gleich nach hinten durch ins Labor gegangen. Kunden möchte sie heute nicht bedienen. Alle würden glauben, ihr Beileid bekunden zu müssen, glauben, sie habe aus Trauer um ihre Mutter geweint. Wenn es doch so einfach wäre.

Im Kopf hört sie wieder die ersten Sätze vom Band, Vickys Stimme, die das dunkle Wohnzimmer erfüllte wie ein Geist. „Dieser heiße Tag im Juli 1970, das war das letzte Mal, dass ich ihn gesehen habe. Ich ihn, er mich nicht. Fast wäre ich vor Angst gestorben auf der Reise, allein in Amerika. Aber ich musste das tun. Alleine tun. Er war doppelt so alt wie damals, als er Deutschland verlassen hat, seine dunklen Haare waren grau geworden, doch ich hab ihn sofort erkannt. Hab sein Lachen gehört, bevor ich ihn sah, hinter der Hecke des Grundstücks versteckt. Er spielte Federball mit einer jungen Frau, die ihm sehr ähnlich sah, und auf der Terrasse des Hauses stand eine Frau, die mir ein bisschen ähnlich sah, nur jünger. Ich war so glücklich hinter meiner grünen Hecke, dass er noch lebte, sein Lachen noch lebte. Dann drehte ich mich um und machte mich auf den Heimweg."

Zuerst hat sie gar nicht verstanden, von wem und wovon die Rede war. Erst nach und nach, während sie auf dem Teppich vor dem Rekorder kniete, hat sie begriffen, was für eine Geschichte ihre Mutter erzählte, vom Ende bis zum Anfang.

Nun weiß sie es also. Wenn man es erst einmal weiß, erscheint es so sonnenklar. Und sie hatte Jahrzehnte im Nebel gestochert, so ziemlich alle in Betracht gezogen außer Harry. Selbst seinen Vater hatte sie verdächtigt, Heinrich Grünberg, den Kaufhausbesitzer. Wie oft kam so etwas vor, die junge Angestellte, der verheiratete Chef. Der Standesunterschied, Ehebruch,

Skandal … Grund genug für Geheimniskrämerei. Aber keine Sekunde hatte sie an Harry gedacht. Das war doch noch ein Junge, ein lustiger großer Junge, der manchmal ihre Mama besuchte, als sie selbst noch ganz klein war. Onkel Alli, der pfeifend die Treppe hochkam, mit Süßigkeiten in den Jackentaschen und Schallplatten unter dem Arm. Onkel Alli, der sie zur Musik durchs Zimmer schwenkte, bis er sie plötzlich irgendwo absetzte und mit Mama im Arm weitertanzte. Seine Besuche waren kurz und lustig, und wenn er gegangen war, ging etwas später meist auch die Mama. Mein Gott, war sie blind und blöd gewesen. So blind, wie nur ein Kind sein kann, für das die Mama eine Heilige ist und ein Vater ein Mann mit Bart, Brille und Beruf – ein Kind, das sich genau so einen Vater wünscht, einen richtigen, einen erwachsenen Vater.

Und sie wusste auch nicht, warum Onkel Alli irgendwann nicht mehr zu Besuch kam und später für immer verschwand. Nun ist auch Vicky für immer verschwunden.

Am Abend verschließt Elsa ihr Studio und fährt nach Lübars. In der letzten Nacht hat sie in Vickys Wohnung geschlafen, in Vickys Bett. Sie wollte, nachdem sie das Band gehört hat, allein sein mit dieser Geschichte, mit Vickys Stimme im Ohr, Vickys Geist. Jetzt freut sie sich auf Hanns und auf Jonas, Sabine und die Kinder, die gemeinsam das Wochenende in Lübars verbringen. Jonas und Sabine wollen es noch einmal miteinander versuchen. Schon auf der Beerdigung ist ihr aufgefallen, wie die beiden Hand in Hand gingen. Vielleicht hat der Tod ein paar Dinge zurechtgerückt.

Jonas schiebt in der Küche ein Blech in den Ofen. Er hat mit Katia und Tobias Pizza gemacht, streift die mehlbestäubten Hände an der Jeans ab, bevor er sie ihr entgegenstreckt. „Luise und Uwe sind wieder frei“, sagt er, „das Verfahren ist eingestellt.“

Elsa nickt. „Gott sei Dank.“

„Ja“, sagt Jonas, „die wollten sich’s wohl nicht zu sehr mit der Kirche verderben, die beiden sind sehr beliebt in der Gemeinde. Dann unsere Intervention aus dem Westen, die Unterschriftenaktion, Stephanies Pressekontakte. Und ich denk mal, Bernhard hat sich auch für sie eingesetzt.“

Sabine unterbricht ihn. „Deine Mutter hat jetzt andere Sorgen. Lass sie doch mal in Ruhe mit der Politik.“

Jonas wirft ihr einen Blick zu. „Du meinst wohl, lass mich in Ruhe.“

Elsa lässt die beiden stehen, und es kommt ihr gerade recht, dass Hanns im Nebenzimmer den Fernseher einschaltet. Dort wird über den Aufruf zum

Wahlboykott in der DDR berichtet. Darüber, dass bekannte Oppositionelle und Nichtwähler vorangegangener Wahlen aus den Wählerlisten gestrichen werden. Und darüber, dass bereits seit Januar Ausreisewillige in die Bundesrepublik entlassen wurden, von denen man annahm, sie könnten öffentlich gegen die Wahlen mobilisieren.

„So kommt man auch auf seine neunundneunzig Prozent", murmelt Jonas. Dann atmet er plötzlich tief ein und springt auf. „Verdammt, die Pizza!"

DAS GEFÜHL hat sie nicht getrogen, dass die Kassette nicht alles war, was es zu entdecken gab in dieser Wohnung. Vom Kassettenrekorder war es nur ein folgerichtiger Schritt zum Grammofon. Mehrmals hat sie die alte Platte gehört, die noch darauflag. Doch auch wenn das letzte Lied sie zum Weinen brachte, konnte sie seine Botschaft nicht enthüllen. „Auf Wiederseh'n mein Fräulein, auf Wiederseh'n mein Herr". So ist sie von der Platte zu deren leerer Hülle gekommen. Tief in der Plattenhülle stoßen ihre Finger auf Papier. Ein Brief! Endlich wieder einmal ein Brief, der es wert ist, mit zitternden Fingern entfaltet, mit zitternder Stimme gelesen zu werden.

Franklin, 11. Januar 1989

Liebe Vicky,

ich erlaube mir, Sie in diesem Brief bei dem Namen zu nennen, bei dem mein Bruder Harry Sie genannt hat.

Kaum wahrscheinlich, dass Sie sich an mich erinnern. Ich war das kleine, dicke Mädchen, das manchmal in Papa Heinrichs Büro kam, um die Schubladen nach Süßigkeiten zu durchwühlen. Ich erinnere mich sehr wohl an Sie. Bei der Eröffnungsfeier unseres Jonass hatten Sie einen kugelrunden Bauch, und zwar einen verbotenen, so viel hatte ich mit meinen zehn Jahren schon mitbekommen. Auch wenn ich damals nicht wusste, wie man an so einen verbotenen Bauch kommt, fand ich das und damit auch Sie schrecklich aufregend. Außerdem hat Frau Kurz (der Drache vom Vorzimmer, Sie erinnern sich?) Sie wegen dieses Bauches verabscheut, und alles, was die Kurz verabscheute, fand ich erstrebenswert. Vielleicht war es auch die Solidarität der dicken Bäuche, die mich mit Ihnen verband, wenn auch nur für kurze Zeit. Denn bald schon war Ihr verbotener Bauch einem verbotenen Baby gewichen, mit dem Sie ins Kontor von Papa Heinrich hereinspazierten, weshalb die Kurz fast einen Herzschlag bekam. Ich dagegen fand das Baby so süß, dass ich für eine Weile sogar die Schokolade in meiner Hand vergaß. Doch dass in diesem süßen Baby, das Papa Heinrich am Schnurrbart zog, verwandtes Blut floss, ahnten weder Papa noch ich.

Mein Bruder Harry war ein Dickschädel vor dem Herrn. Gott oder Jahwe, das macht hier keinen Unterschied. Stellen Sie sich vor, er hat uns diese Tochter, dieses süße Baby, das jetzt schon lange eine Frau sein muss, bis an sein Lebensende verschwiegen. Harry ist vor einem halben Jahr gestorben, vier Jahre nach seiner Frau Lorraine und ein Jahr nach unserer Schwester Carola. Die ist übrigens eine in den Staaten (unter dem Namen Greenberg, wie wir hier heißen) bekannte Fotografin geworden.

Kurz nach dem Krieg hatte sie eine Ausstellung in Berlin. Danach wollte sie nie wieder nach Deutschland. Überall kommen die alten Nazis wieder an die Macht, hat sie gesagt. Sie war sogar froh, dass unser Jonass im sowjetischen Sektor stand, obwohl wir weiß Gott keine Kommunisten waren. Ich erinnerte sie daran, dass wir es so ganz bestimmt nicht zurückbekommen würden, aber sie sagte nur, Hauptsache, die Nazis sind raus. Und zu meinem Erstaunen stimmte Harry ihr zu.

Beide waren ziemlich verbittert, seit unser Vater kurz nach der Ankunft in Amerika gestorben ist. Kein Arzt konnte sagen, woran. Unsere Mutter hat in den Staaten nie Fuß gefasst. Als Papa gestorben ist, wollte sie mit uns zurück nach Berlin. 1939! So hat sie an der alten Heimat gehangen. Erst später, nachdem sie erfahren hat, dass diese Heimat all ihre Geschwister und Cousinen ins Gas geschickt hat, nahm sie das Wort Deutschland nie wieder in den Mund. Und auch kein deutsches Wort mehr, obwohl ihr Englisch eine Katastrophe war.

Carola hat immer gesagt, Helbig und Co. haben unsere Eltern umgebracht, als sie Papa das Jonass genommen haben und Mama die Heimat und das Haus. Auch Ihnen hat sie nie verziehen, dass Sie Helbig geheiratet haben und in unser Haus gezogen sind. Da ist Harry immer sehr wütend geworden und hat erwidert, dass er es so wollte und froh darüber ist. Wir wussten ja nicht, dass er froh war, weil sein Kind in unserem Haus leben und im Jonass spielen konnte, wenn wir schon fortmussten. Es tut mir leid, dass Carola nicht mehr erfahren hat, dass Elsa Harrys Tochter ist. Vielleicht hätte sie die Sache dann in etwas anderem Licht gesehen. Und ich denke, Lorraine hätte die Geschichte auch verkraftet, obwohl sie, was Harry betraf, ziemlich eifersüchtig sein konnte. Ich weiß nicht, warum, aber ich habe Ihnen gegenüber nie Verbitterung empfunden. Vielleicht war ich dazu damals zu kindisch, und vermutlich ist das auch heute noch so.

Lizzie und Suzanne, seine Töchter, sind so untröstlich über Harrys Tod, dass sie mich baten, das Ausräumen seiner Sachen zu übernehmen. Dabei fand ich, auf dem Speicher ganz hinten in einer Kiste, Liebesbriefe und Fotos aus einer versunkenen Zeit. Sie waren eine Schönheit, Vicky, und Elsa ein reizendes Kind. Ich bilde mir ein, in Elsas Lächeln das Lächeln meines Bruders zu erkennen, als er selbst noch ein Junge war.

Ich muss sagen, ich nehme es Harry doch übel, dass er uns Elsa vorenthalten hat. Hat sie eigentlich nie versucht, ihren Vater zu finden? Ich hoffe jedenfalls von Herzen, dass Sie und Elsa am Leben und froh sind. Und ich hoffe, Sie haben in Ihrem Leben noch andere Menschen gefunden, die Sie lieben konnten. Harry war ja nicht der einzige Mann auf der Welt, will ich meinen.

Ihre Gertrud Grünberg

PS: Bei Harrys Beerdigung wurde natürlich eine Menge Musik gespielt. Auf seinen ausdrücklichen Wunsch auch ein Lied, das uns zu diesem Anlass ein wenig erstaunte. Es heißt: „Ausgerechnet Bananen, Bananen verlangt sie von mir …“

PPS: Ganz unten auf dem Grund von Harrys Kiste lag ein karierter Zettel mit seiner Handschrift. Nicht der Handschrift eines jungen Mannes, sondern der eines alten! Vielleicht war es doch ganz gut, dass Lorraine nichts von Ihnen wusste. Ich lege Ihnen diesen Zettel bei, damit Sie es, wenn auch ein wenig spät im Leben, schwarz auf weiß haben.

An dieser Stelle ist die Schrift so verwischt und das Blatt so wellig, dass man es glatt streichen muss, um zu lesen. Noch welliger ist nur der karierte Zettel, auf dem Elsa nun entziffert: *Trotz allem: Vicky bleibt meine große Liebe.*

Sie schiebt den Brief zurück in die Plattenhülle und hört wieder Vickys Stimme. „Und wenn jemals, Erichs Prophezeiung zum Trotz, diese Mauer fällt, hab ich persönlich nur einen Wunsch. Sorgt dafür, dass das Jonass den Grünbergs zurückgegeben wird. Denen, die dann noch leben.“

Das ist jetzt ihr Erbe. Vickys letztes Band. Wird es zwischen ihrer Mutter und ihr ein neues Band knüpfen oder das letzte zerschneiden? Soll sie sich auf die Suche machen nach Harrys Familie? Noch sind ihre Gefühle zu widersprüchlich, um das zu entscheiden. Wenn sie doch Bernhard anrufen, ihm sagen könnte: „Bitte komm.“ Sie würde mit ihm Vickys Geschichte hören, in die eingerollt ihre eigene liegt und der Anfang von Bernhards Geschichte. Und um sie alle herumgewickelt ist die Geschichte des Jonass, die Geschichte ihres Hauses.

Während Elsa auf der Heimfahrt überlegt, wie sie Bernhard endlich erreichen kann, ob sie noch einmal ein Visum beantragen oder einen Brief hinüberschmuggeln lassen soll, hört sie mit halbem Ohr, was der Nachrichtensprecher im Autoradio soeben verkündet: In Ungarn haben sie ein Loch in den Grenzzaun geschnitten.

Am Ende ein Anfang

Herbst 1989

An der Essensausgabe der Kantine des Instituts wird am 6. November geklappert und gelärmt wie an allen Tagen. Die Menschen drängen sich um die Tische, trotzdem liegt eine seltsame Stille im Saal. Das ganze Haus scheint die Luft anzuhalten. Nur Erich Honecker lächelt von der Wand freundlich auf die Essenden und Schweigenden herab.

Draußen regnet es. „Bei dem Wetter“, sagt jemand, „bleiben die Leute vielleicht zu Hause heute Abend.“ Das wüssten die hier gern an diesem Montag, denkt Bernhard. Ob heute wieder demonstriert wird? Ob sie besser zeitig das Institut verlassen, um nicht hineinzugeraten in den Schlamassel? In Leipzig wird heute garantiert wieder demonstriert. Mit oder ohne Regen.

„Eine Million Menschen sollen es am 4. November gewesen sein“, murmelt jemand, während er den halb vollen Teller von sich schiebt. Und der Nachbar sagt: „Haben wir überhaupt noch so viele Einwohner in der Stadt?“

BERNHARD hat sich bereit erklärt, in der Redaktion bei den Leserbriefen auszuhelfen. Die Kollegen der Abteilung haben eine Notrufmeldung ausgegeben. Gestern sind sechshundert Briefe gekommen. Früher, wenn man die Zeit, die gerade mal vier Wochen zurücklag, so bezeichnen konnte, waren es zwischen fünfzehn und zwanzig Briefe am Tag. Da musste man sich die Leserpost im Zweifelsfall selbst organisieren. Und jetzt sechshundert!

Als Bernhard sich am 7. November morgens in der Abteilung hingesetzt und die ersten Briefe durchgesehen hat, macht die Nachricht vom Rücktritt der DDR-Regierung die Runde in der Redaktion. Also wird auch er in der Innenpolitik gebraucht, um das Blatt umzukrempeln.

Bernhard sehnt sich zurück. Jetzt schon sehnt er sich zurück. Säße am liebsten im Institut in einem kleinen Kabuff vor einem knarrenden Lesegerät und läse olle Kamellen. Er spürt, wie ihm die Brust eng wird. Reibt mit der Hand über die Stelle, wo das Herz eingeklemmt ist.

Er nimmt den Telefonhörer und versucht, Luise zu erreichen. Gestern haben sie kurz telefoniert. „Warst du am Sonnabend auch auf dem Alex?“, hat die Tochter begeistert gefragt. „Was soll ich dort, Luise, kannst du mir das sagen? Die demonstrieren doch gegen solche wie mich. Und du hast wahrscheinlich mitgemacht.“ Danach haben sie sich angeschwiegen. Bernhard überlegt, wer von ihnen beiden zuerst den Telefonhörer aufgelegt hat. Er hätte seiner Tochter auch erzählen können, dass einige seiner Kollegen ihm vorgeschlagen haben, am 2. November mit zur Demonstration auf dem

Alexanderplatz zu gehen. Ihr könnt mich mal; soll ich vielleicht so tun, als wär ich auch immer schon dagegen gewesen?

Luise ist nicht da, bekundet ihm der Pförtner am anderen Ende der Leitung. Es ist viel zu früh, stellt auch Bernhard fest. Luise fängt immer erst am Nachmittag an zu arbeiten und hat sich, seit sie in der Theaterkantine schuftet, einen anderen Schlafrhythmus angewöhnt. Kommt ja auch nie vor ein Uhr in der Nacht nach Hause. Bernhard kann es bis heute nicht fassen. Da arbeitet seine kluge Tochter in einer Kantine. Hat das Studium abgeschlossen – ihm zuliebe, wie er weiß – und gerade mal drei Jahre als Journalistin gearbeitet. Genau so lange, wie der Staat es abverlangte. Wie viele Nächte sie damit zugebracht haben, darüber zu diskutieren, ob die Arbeit bei der Betriebszeitung sinnvoll oder einfach nur verlogen ist. Luise hat sich anders entschieden, gegen den Beruf, gegen seinen Rat und letztlich gegen den Staat. Der sie dafür bestraft und am Ende sogar eingesperrt hat. Über beides – Luises Unvernunft und die Verbohrtheit der Staatsmacht – könnte er heute noch wütend werden, obwohl ringsum alles zusammenbricht und nichts von alldem mehr wichtig scheint.

Bernhard kramt die Telefonnummer heraus, unter der er seine Tochter ganz bestimmt erreichen kann, die Nummer vom Pfarrhaus, in dem Uwe und Luise bei den Eltern des Jungen leben. Des Jungen, aus dem ein Pfaffe geworden ist, wie er in seinen wütenden Momenten sagt. „Meine Tochter ist mit einem Pfaffen zusammen." Da fragt dann keiner mehr weiter, wenn er es so sagt. Zwischendurch war es ja auch immer mal wieder gut. Aber nachdem Luise nach drei Jahren Betriebszeitung angekündigt hatte, keine Zeile mehr schreiben zu wollen für irgendein Blatt, sei es das Zentralorgan oder eine Lokalzeitung, war es richtig schwierig geworden zwischen ihnen. Und noch schlimmer nach der Geschichte mit der Verhaftung. Seine Tochter im Gefängnis, da hat er lange gebraucht, um das erst in den Kopf und dann auch wieder aus dem Kopf zu kriegen. Dass ausgerechnet seine Tochter sich diesem Staat dermaßen verweigerte, in den er doch, trotz allem, noch immer Hoffnung setzte. Dann hatte Luise die Arbeit in der Theaterkantine angenommen, fand Verbündete, was ihre politischen Ansichten betraf, fühlte sich wohl mit all den Künstlern und schrägen Gestalten. Blühte auf, obwohl sie sich so unter Wert verkaufte: Bier zapfen, Brötchen schmieren, Kaffee kochen, betrunkene Schauspieler bedienen, nachts den Dreck der anderen wegmachen. Und dann wollte sie, dass er sie in der Kantine besuchte, alles dort toll fand und die Theaterleute bewunderte wie sie. Einmal hatte er ihr den Gefallen getan, stundenlang auf einem wackligen Barhocker gesessen, ein Bier nach dem anderen getrunken und versucht, seinen Unmut zu verbergen, was ihm gründlich misslungen sein muss. Irgendwann war Luise zu ihm gekommen und meinte, wenn er es so unerfreulich bei ihr finde, solle er doch besser nach Hause gehen. Bei ihr, hatte sie gesagt, als sei die Kantine ihr neues Zuhause.

Am Nachmittag wird er ins Rote Rathaus abkommandiert, wo zum ersten Mal die zeitweilige Untersuchungskommission zur Aufklärung der Übergriffe am 7. Oktober tagen soll. Er übersteht den Dienst irgendwie und kommt am Abend todmüde nach Hause. Elisa ist schon da. Sie sitzt vor dem Fernseher und klopft mit der Hand neben sich aufs Sofa. „Setz dich zu mir", sagt sie, „und schau dir das an."

„Du sollst doch kein Westfernsehen gucken." Bernhard grinst. Ihm ist nach Blödeleien zumute und nach Bier.

„Bier steht auf dem Balkon", sagt Elisa. „Bring mir auch eins mit." Dann sitzen sie beide auf der Couch und schauen Westfernsehen. Das heißt, Elisa schaut Westfernsehen, und er betrinkt sich.

„Du hättest am Sonnabend mit auf den Alexanderplatz kommen sollen", sagt Elisa.

Und dieser Satz, dieser harmlose kleine Satz von der Frau, mit der er seit fast zehn Jahren zusammenlebt, so überwiegend glücklich, wie es ihm vor ihr noch mit keiner gelungen ist, ist ein Satz zu viel. Die Bierflasche fliegt aus seiner Hand in Richtung Fernseher, verfehlt das gute Stück, das sie sich erst vor zwei Jahren für eine Menge Geld geleistet haben, nur um Zentimeter und zertrümmert die Glasscheibe der Schrankwand. Die dunkelgrüne ungarische Keramik, die noch nie zu irgendetwas nütze war, geht gleich mit drauf. Gut so.

„Was wollt ihr eigentlich alle?!", brüllt er und sieht, wie Elisa aufspringt und erschrocken zur Tür eilt. Das kann ihn jetzt nicht mehr stoppen. „Vierzig Jahre Arbeit und Hoffnung, und ihr wollt alles zunichtemachen. Den Bach soll es runtergehen, das Land. Das wollt ihr. Abschaffen, vernichten, zerstören. Ich hab mich krumm gemacht all die Jahre für dieses Land, eine bessere Zukunft. Das war es mir wert, verstehst du? Ich hab nicht immer nur rumgemeckert über den Staat und die Genossen und die Partei und die Versorgung. Was hast du denn schon gelitten hier? Was hast du denn zu schimpfen? Und was habe ich auf dem Alexanderplatz zu suchen? Ihr könnt mich alle am Arsch lecken. Alle."

Elisa steht in der Wohnzimmertür, immer noch fluchtbereit. Sie schweigt. All die Jahre hat sie geredet, denkt Bernhard, all die Jahre hat sie kritisiert, mich, meine Arbeit, meine Kollegen, das Institut, die Zeitung, alles. Jetzt steht sie da und hält die Klappe. Ohne Liebe schaut er in diesem Moment auf die Frau, mit der er Tisch und Bett und Leben teilt. Fassungslos schaut er auf sich selbst, wie er mit den Händen in den Hosentaschen dasteht, einen Scherbenhaufen in seinem Rücken. Sie hat ihn verraten. Sie verrät ihn gerade. Steht ihm nicht zur Seite, macht sich mit den anderen gemein. Am liebsten wäre ihm, sie verschwände.

„Soll ich gehen?“, fragt Elisa, und Bernhard nickt. Nickt und sieht zu, wie sie eine große Tasche aus der Kammer holt, Hosen, Pullover und Wäsche hineinpackt. Bleibt stumm, als sie ins Bad geht und ihre Kosmetik in einen Beutel stopft, verharrt auf der Stelle, während sie sich ihren Mantel überzieht, einen Schal umbindet und eine Mütze aufsetzt, den Schlüssel vom Haken nimmt und geht. Die Wohnungstür, die, lässt man sie nur zwei Sekunden zu früh los, laut zuknallt, schließt sie ganz leise.

Elisa ist gegangen, und wie er sie kennt, gilt das für immer. Sie ist keine, die sich zwei Mal sagen lässt, dass sie gehen soll. Sie hat ihren Stolz. Deshalb liebt er sie ja. Weil sie ihren Stolz hat. Oder liebt sie nicht mehr, weil sie ihren Stolz hat. Was weiß er denn. Elisa ist fort. Und vielleicht ist es auch richtig so. Vielleicht passt es zu allem anderen um ihn herum. Zu all den anderen, die in den letzten Monaten gegangen sind und die Länder und Seiten gewechselt haben. Den letzten Monaten des Zerfalls, in denen auch Elisa und er sich immer häufiger gestritten haben. Nun sitzt er hier auf der Couch, hat randaliert, eine Scheibe zerschmissen, Porzellan zerdeppert und seine Liebe dazu.

DIE TAGE in der Redaktion vergehen quälend langsam und doch schnell. Bernhard hastet von einem Termin zum anderen, schreibt seine Zeilen über all die unbeholfenen Versuche, das Land zu retten, interviewt Soldaten, die aus dem Wehrdienst wegbeordert werden, um die Lücken zu füllen, die all die Ausreisenden in der Wirtschaft gerissen haben. Diejenigen, die vom Ministerium für Staatssicherheit kommen, um das Gleiche zu tun, befragt er nicht. Über die dürfte er nichts schreiben. Als sie am 9. November in der Zeitung den Appell von Christa Wolf und anderen Künstlern und Oppositionellen veröffentlichen, hält er das für vergebliche Liebesmüh. „Fassen Sie zu sich selbst und zu uns, die wir hierbleiben wollen, Vertrauen.“ Davon wird sich niemand halten lassen. Sie hatten vierzig Jahre Zeit, die Leute zum Hierbleiben zu bewegen und ihr Vertrauen zu gewinnen.

Ins Pressezentrum in der Mohrenstraße gehen sie zu zweit. Sicherheitshalber. Bernhard ist froh, dass ein Kollege dabei ist, auch wenn zuerst nicht viel Neues gesagt wird. Bis kurz vor sieben ein italienischer Korrespondent nach dem Reisegesetz fragt. Und Schabowski, der mal ihr Chefredakteur war, zuständig für alle Jubelmeldungen und nun für jede Scheißnachricht, wühlt in seinen Zetteln und stottert, das Gremium habe heute beschlossen, „eine Regelung zu treffen, die es jedem Bürger der DDR möglich macht, äh, über Grenzübergangspunkte der DDR, äh, auszureisen“. Dann fragt jemand, ab wann das gelten soll, und Schabowski kratzt sich am Kopf, wühlt in seinen Unterlagen, setzt die Brille auf und sagt: „Also, Genossen, mir ist das hier also mitgeteilt worden.“ Noch einmal fragt jemand nach, wann es denn nun in Kraft treten soll. „Das tritt nach meiner Kenntnis, ist das sofort, unverzüglich“, antwortet Schabowksi, und alles Weitere geht im Tumult unter.

„Das ist jetzt nicht wahr“, flüstert Bernhard und sieht seinen Kollegen entgeistert an. „Das hat der jetzt nicht gesagt.“ Aber er hat es gesagt.

BERNHARD läuft die halbe Nacht durch die Stadt, immer gegen den Strom, als wollte es die Ironie der Geschichte, dass er ausgerechnet jetzt gegen den Strom läuft, wo alles den Bach runtergeht. Als er kurz vor Mitternacht von der Invalidenstraße in die Chausseestraße einbiegt, weil er sich in den Kopf gesetzt hat, bis zum S-Bahnhof Friedrichstraße zu laufen und von da zum Alexanderplatz zu fahren, kommt er kaum durch, so viele Menschen sind unterwegs. Hin und wieder versucht jemand, ihn zu umarmen und mitzuziehen in die andere Richtung, und Bernhard denkt, dass er bald zuschlagen wird, wenn noch einer versucht, ihn umzudrehen.

Kaum hat er die Wohnungstür hinter sich zugeknallt, klingelt das Telefon. Er schafft es zum Telefon, bevor das Klingeln endet.

„Elisa“, ruft er, „bist du das?“ Aber es ist Luise. Die ihn als Erstes fragt, ob denn Elisa nicht bei ihm sei.

„Wir haben uns getrennt“, sagt Bernhard. Luise schweigt. So lange, dass er glaubt, sie hätte schon aufgelegt. Aber dann fragt sie, ob sie kommen soll. Jetzt gleich. Und er sagt Ja. Ich könnte auch Charlotte anrufen, denkt er kurz, die ist bestimmt genauso schlecht drauf wie ich. Aber er will, dass Luise kommt. „Wo bist du?“

„In Berlin, gerade über die Bornholmer Brücke zurück aus dem Westen. Stehe in einer Telefonzelle, die sogar funktioniert. Ich werde eine Stunde brauchen, denke ich, bei den Massen hier. Bist du dann noch wach?“

„Ich bleibe wach.“ Er legt den Hörer auf und setzt sich im Wohnzimmer auf die riesige Couch, die er zusammen mit Elisa gekauft hat, im Möbelhaus am Alexanderplatz. Sie ist wirklich viel zu groß. Elisa kann die Couchgarnitur haben, denkt er. Und in diesem Augenblick, da er das denkt, kommt ihm eine andere Vorstellung in den Sinn. Wenn er will, kann er morgen Elsa sehen. Er kann aufstehen, sich anziehen und über einen der Grenzübergänge laufen. Und hinter der Grenze Elsa treffen.

Bernhard nimmt den Wohnungsschlüssel vom Haken und geht in den Keller. Holt die Elsakiste unter Zeitungsstapeln und Bücherkisten hervor. Denkt an einen längst vergangenen Tag, an dem er im kalten Keller gestanden und in der Elsakiste gekramt hat. Weihnachten war das, Luise war ein kleines Kind und Karla eine lebendige Frau. Seine Frau. Jetzt nimmt er die Kiste mit ins Wohnzimmer. Heimlichkeiten sind nicht mehr nötig. Er nimmt Fotos von Elsa heraus, fährt mit dem Zeigefinger einmal um Elsa herum, malt ihren Körper nach. Betrachtet ein Porträt von sich, das sie einmal aus dem Gedächtnis gezeichnet hat. Er kann alles auf dem Tisch ausbreiten und muss sich nicht verstecken. Er ist frei, frei in jeder Beziehung. Das ist der Tag, an dem ihm alles um die Ohren fliegt, was er getan und aufgebaut hat. Das, woran er geglaubt hat, genauso wie die Lügen. Nichts wird bleiben. Ganz leicht fühlt er sich auf einmal.

Der letzte Brief von Elsa war eine Trauerkarte. *Ich weiß*, hat sie handschriftlich auf die gedruckte Karte an ihn und Luise geschrieben, *dass ihr in Gedanken bei uns seid an diesem Tag*. An diesem Tag, bei Vickys Beerdigung im Frühjahr, war Luise noch inhaftiert, und an eine Besuchsgenehmigung war auch für ihn nicht zu denken. „Ist das nicht fürchterlich?“, hat Luise gesagt. „Da wird nur ein paar Kilometer entfernt ein Mensch begraben, der dir wichtig ist, und du kannst nicht zur Beerdigung fahren.“ Ja, das war fürchterlich. Er wäre gern bei Elsa gewesen an diesem Tag, hätte sie getröstet und Vicky die letzte Ehre erwiesen. Plötzlich hat er das Gefühl, sich schnell auf den Weg machen zu müssen, um Elsa wiederzusehen. Und während er noch überlegt, schreckt ihn ein Klingeln auf.

Luise steht vor ihm, ganz außer Atem, lacht und umarmt ihn. Geht voran ins Wohnzimmer, zieht ihn ans Fenster und deutet in großem Bogen auf die umliegenden Häuser, von denen noch viele erleuchtet sind tief in der Nacht. „Es wird alles gut! Jetzt können wir wirklich anfangen, etwas aus diesem Land zu machen. Die Leute sind glücklich. Glaub mir. Jetzt fängt ein ganz neues Leben an.“

Bernhard hält seine Tochter fest und schweigt. Wenn sie daran glaubt, ist es gut. Er wird nicht noch einmal anfangen, ein Land aufzubauen. Für ein zweites Mal ist kein Mut mehr übrig. So denkt er und lächelt und hört sich an, was Luise von ihrer ersten Westreise zu erzählen hat.

Am Sonntagmorgen in der Straßenbahn nach Pankow fragt sich Bernhard, in welcher Verfassung er seine Schwester antreffen wird. Es war schon vorher schwierig mit ihnen beiden, bevor die Montagsdemos angefangen haben und alles ins Rutschen und Taumeln geriet. Kurz nach dem 7. Oktober ist er das letzte Mal bei Charlotte zu Hause gewesen. Ihr Mann war nicht da. „Im Einsatz“, hat Charlotte kurz angebunden gesagt und ihn angesehen, als sei er schuld daran, dass die Leute auf die Straße gingen und solche wie Martin Dienst schieben mussten. Vielleicht, weil er eine Tochter in die Welt gesetzt hatte, die in ihren Augen eine Staatsfeindin sein muss. Jetzt wird Martin wohl nicht mehr im Einsatz sein, denkt Bernhard, die Grenzen sind offen, der Klassenfeind kann begutachtet werden, Westflucht ist nicht mehr nötig.

Charlotte baut sich in der Tür auf und schaut ihn an, als sei er ein Fremder. Bernhard versucht eine unbeholfene Umarmung, die nicht erwidert wird. „Ist Martin da?“ Charlotte schüttelt den Kopf.

Im Wohnzimmer ist es kalt, sie sitzen sich in zwei Sesseln gegenüber. Bernhard noch immer im Mantel. „Ich weiß nicht, wo Martin ist“, sagt Charlotte. „Er hat sich seit dem Neunten nicht gemeldet.“

„Das ist ja nicht möglich“, entfährt es ihm. „Die werden ihn doch nicht daran hindern, zu Hause Bescheid zu sagen, wenn er im Einsatz ist.“

Da stimmt ihm Charlotte zu. „Er wird sich nicht melden wollen.“

Charlotte hat ihm noch immer nichts angeboten, aber sie sieht nicht mehr feindselig aus, eher abwesend und leer. Bernhard dreht die Heizkörper auf, geht in die Küche und kocht Kaffee, während Charlotte weiter im Sessel sitzt. Er reicht ihr eine dampfende Tasse, fängt an, von Luise zu sprechen, und sieht, dass Charlottes Gesichtszüge weicher werden. Nein, sie sieht keine Staatsfeindin in Luise, denkt Bernhard, sie hat ihre Nichte immer geliebt, auch wenn sie in so vielerlei Hinsicht in anderen Welten leben. Vielleicht hielt seine Schwester auch an Luise fest, weil sie selbst keine Kinder bekommen hatte. Charlotte, die schon als junges Mädchen davon geredet hatte, einmal ganz viele Kinder zu haben, war kinderlos geblieben.

Er fragt noch einmal nach, warum Martin sich nicht zu Hause meldet. Charlotte fängt an zu weinen. Bernhard erstarrt. Nie wieder hat er die Schwester weinen sehen seit jenem Tag, als die Mutter verschwand. Wochenlang, nächtelang hat sie geweint in ihrem Bett auf der anderen Seite des Kinderzimmers. Und er konnte es nicht ertragen, dass sie um die Mutter weinte wie um eine Tote. Angefleht hat er sie, still zu sein, und schließlich beschimpft. Die Pantoffeln nach ihr geworfen. Da war das Weinen zum Schluchzen geworden und endlich verstummt, für immer, so schien es.

Auch jetzt versiegen die Tränen genauso abrupt, wie sie herabzurollen begannen.

„Er war am 9. November abends hier“, sagt Charlotte mit klarer Stimme. „Wir haben zusammen ferngesehen, Martins erster freier Abend seit Ewigkeiten war das. Wir haben uns angeschaut, wie dieser Schlappschwanz bei der Pressekonferenz herumstottert. Peinlich, so das Ende eines Landes zu verkünden, für das wir vierzig Jahre geschuftet haben. Für das so viele ihr Bestes gegeben haben. Martin hat gesagt, sie werden ihn sowieso in die Dienststelle beordern, also kann er auch gleich gehen. Jetzt sei eh alles vorbei, aber man müsse ja wohl noch aufräumen, bevor die anderen kommen."

Bernhard kann sich gut vorstellen, dass seine disziplinierte Schwester tatsächlich all die Tage nicht versucht hat, ihren Mann zu erreichen. Sie hatte ihm immer Vorträge über Parteidisziplin und revolutionäre Härte gehalten. Manchmal fand er es schon verwunderlich, wie unterschiedlich sie beide waren, dass sie so gar kein Mitgefühl zeigen konnte, wenn Menschen zweifelten und an ihren Zweifeln auch verzweifelten. Martin war genauso. Hart und unnachgiebig.

„Soll ich Martin mal anrufen?", fragt Bernhard, und Charlotte würdigt ihn keiner Antwort.

„Hast du gesehen, wie sie sich klein machen und zu Kreuze kriechen für die einhundert Mark? Begrüßungsgeld!" Charlotte spuckt das Wort aus, als läge ihr Gift auf der Zunge. „Ist das nicht widerlich, wie unsere Landsleute in jeden Westarsch kriechen für ein paar Kröten? Wie sie sich mit Bananen und Keksen bestechen lassen wie eine Horde Affen? Weißt du", sagt Charlotte und beugt sich ein wenig zu Bernhard, „da können die reden, wie sie wollen. Das ist eine Konterrevolution. Und eine Konterrevolution lässt sich nur mit Gewalt niederschlagen. Aber dafür ist es zu spät."

Bernhard ist plötzlich sehr froh, dass seine Schwester nicht zu denen gehört, die das Sagen haben.

Beim ersten Schnee in diesem Jahr läuft Bernhard in den Westen. So hat er es sich vorgenommen für diesen Mittwoch, der sein freier Tag ist. Die ganzen letzten Wochen und Wochenenden hat er durchgearbeitet, wenn möglich im Institut. Das war besser, als zu Hause zu sein, ohne Elisa. Am Rosenthaler Platz überlegt er kurz, ob er umkehren soll. Sein Herz fängt wieder an zu holpern und zu bocken. Er bleibt stehen und versucht, langsam zu atmen. Dreht sich um hundertachtzig Grad und schaut in die Richtung, aus der er gekommen ist. Ich könnte einfach ins Institut gehen, denkt er. Mich in die Bibliothek setzen. Dann wendet er sich um und marschiert weiter in die andere Richtung, wie das ganze Land es tut. Da kann er sich nicht auf immer und ewig ausnehmen. Und außerdem ist er verabredet. Mit Elsa.

In einer Stunde wird er sie sehen. Vorausgesetzt, er findet das Café im Wedding und damit im Westen. „Wird Zeit, dass du mal auf meine Seite kommst“, hat Elsa gemeint, als sie endlich miteinander telefonierten. Aber das Erste, was sie sagte, nach knisterndem Schweigen und einem Ausruf der Freude, war: „Wir müssen uns treffen, Bernhard, unbedingt. Und du musst Fotos vom Haus mitbringen. Ich hab mich noch nicht hingetraut.“

Jetzt biegt er in die Chausseestraße ein, und von da aus geht es immer geradeaus in den Westen. Er nimmt seine Aktentasche von der rechten in die linke Hand. Dass er die mitschleppen muss, er wird aussehen, als wollte er Begrüßungsgeld holen und gleich ausgeben. Dabei ist die Aktentasche einfach voll mit lauter Sachen, die er Elsa zeigen oder geben will. Am meisten wird sie sich über die Filme mit den Bildern freuen, die er in den letzten Tagen im Institut geknipst hat.

Die Filme in der Aktentasche wiegen leicht. Das war nicht immer so. Er hatte vor vielen Jahren schon einmal für Elsa heimlich das Haus fotografiert und Wilhelm gebeten, die Filme nach Westberlin zu bringen. Sie dort einfach in den Briefkasten zu stecken. Wilhelm hatte nicht groß gefragt, sondern die drei Filmrollen eingesteckt. Und dann haben sie ihn kontrolliert, als er an der Friedrichstraße ausreisen wollte, die Filme konfisziert und Personalien aufgenommen. Und nun bringt er selbst ganz offiziell Filme nach Westberlin. Es ist so seltsam, nach all diesen Jahren Elsa einfach treffen zu können. Ohne Visum und lange Planung und konspiratives Versteckspiel. Vielleicht das einzig Gute an all diesem Chaos ringsum. Das ganze Land implodierte. In Leipzig hatten sie am Montag schon die Wiedervereinigung gefordert.

VOR DEM CAFÉ, das ihm Elsa genannt hat, überlegt Bernhard, ob er hineingehen oder draußen warten soll. Er ist zehn Minuten zu früh, doch da ist sie ja! An einem kleinen Tisch am Fenster sitzt Elsa und hält Ausschau. Er bleibt gleich hinter der Tür stehen und betrachtet sie, die ihm halb den Rücken, halb das Profil zuwendet, ohne sich ihr weiter zu nähern. Schlank ist sie immer noch, schön ist sie immer noch, und schick sieht sie aus, in ihrem schwarzen Rollkragenpullover und mit der langen Kette. Nur ihre Augen kann er nicht sehen, und plötzlich wünscht er nichts mehr, als dass sie aufschaut und ihn entdeckt. Nun sieh doch endlich her, denkt Bernhard, aber sie schaut weiter aus dem Fenster, in die falsche Richtung. Endlich setzt er sich mit weichen Knien in Bewegung und erreicht ihren Tisch.

„Elsa“, sagt er, und sie springt von ihrem Stuhl auf.

„Bernhard!“ Das Lächeln huscht über ihr Gesicht, und im nächsten Augenblick sieht sie aus, als würde sie gleich weinen.

Sie vergräbt ihr Gesicht in seinem Jackenkragen, der feucht vom Schnee ist, und Bernhard streicht ihr über die Schultern und atmet tief ein. Kann

Elsa riechen und findet, dass sie auch mitten im Winter so riecht, wie sie schon immer gerochen hat. Bernhard atmet den Elsaduft ein und aus und ist froh, dass er den Weg hierher gefunden hat. Löst sich sanft aus ihrer Umarmung, schält sich aus der Jacke und setzt sich ihr gegenüber.

Er kramt in der Aktentasche, holt die Filmrollen hervor und schiebt sie über den Tisch. „Ich habe das Haus fotografiert. Von innen und außen. Von oben bis unten. Wie es jetzt aussieht. Für deine Sammlung."

Elsa strahlt, presst die Filmrollen ans Herz und küsst Bernhard auf den Mund. Das verschlägt ihm erst mal die Sprache, aber Elsa scheint ihre wiedergefunden zu haben. Sie spricht von Jonas und von Stephanie, die letzte Woche ein kleines Mädchen bekommen hat, grüßt von Elsie, der sie erzählt hat, dass man sich heute trifft, auch von ihrem Hanns redet sie, nur nicht von Vicky. So lange bis Bernhard fragt, wie es ihr ohne sie gehe. Elsa wird stumm. „Da können wir ja jetzt beide mal hingehen, wenn du möchtest", sagt sie. „Auf den Friedhof. Vicky liegt auf einem kleinen Hügel, hat sich den Platz vorher ausgesucht. Hat lange gewusst, dass es zu Ende geht. Und Elsie auch. Aber mit mir hat sie nicht geredet. Ich wusste nichts von Vickys krankem Herzen."

Elsa fängt an zu weinen. Nun ist es an ihm, zu reden und zu reden, bis Elsas Tränen versiegen und sie ihn lächelnd ansieht.

„Ich muss dir auch noch was erzählen", sagt Elsa plötzlich. Bernhard braucht eine Weile, bis er begreift, dass es hier um eine alte Geschichte geht. Harry Grünberg ist Elsas Vater, so viel hat er kapiert. War, denn auch der ist gestorben inzwischen. Manche Dinge rücken an ihren Platz, wenn man das nun weiß.

„Dann habt ihr ja in der Villa deines Vaters gelebt", entfährt es Bernhard, und damit bringt er Elsa beinahe wieder zum Weinen.

Die große Wiedersehensfreude ist einer großen Ratlosigkeit gewichen. Dann sagt Elsa etwas ganz Unerwartetes. „Weißt du, Bernhard, ich habe gerade eine Bürgerinitiative gegründet, zur Rettung unseres Hauses."

Damit kann Bernhard nichts anfangen. Wieso sollte das Haus gerettet werden müssen, es steht doch, und er geht fast jeden Tag zur Arbeit dort ein und aus.

„Wir wollen, dass es ein Museum wird", sagt Elsa. „So lange bis man die Erben gefunden und sich mit ihnen geeinigt hat. Ein öffentliches Museum, in dem man sich über das Kaufhaus informieren kann, über das Jonass, die Grünbergs, die Nazis und was sie mit dem Haus gemacht haben. Und darüber, was die SED dann damit gemacht hat. Das sollten doch alle wissen, wie das war. Nun, wo ein Neubeginn möglich ist."

Das will er jetzt nicht glauben. Doch er sieht, wie ernst es Elsa meint. Sie schaut ihn mit glänzenden Augen an und wartet darauf, dass er die Idee toll findet. Unglaublich. „Du willst aus meinem Arbeitsplatz ein Museum machen?“, fährt er sie an. „Für dich sind wir also schon tot und vorbei, ja? Gründest in Westberlin eine Bürgerinitiative“, er spuckt das Wort aus, als sei es ein Brechmittel, „um aus meinem Arbeitsplatz ein Museum zu machen. Willst du mich auch ausstellen, oder soll ich den Pförtner geben?“

Elsa rückt mit ihrem Stuhl ein winziges Stückchen zurück. Gerade so viel, dass Bernhard sieht, wie sehr er ihr Angst macht in diesem Moment. Aber noch bevor er den zerstörenden Satz sagen kann, legt Elsa ihm eine Hand auf den Arm: „Es tut mir leid. Vergiss es. Ich hab nicht daran gedacht, wie schwer das gerade alles für dich sein muss.“

VIELLEICHT wird alles gut, summt Bernhard am nächsten Morgen auf dem Weg zur Arbeit vor sich hin. Denn der gestrige Tag war mit dem Einschlafen während der Nachrichten für ihn noch nicht zu Ende. Ein langer, verrückter Tag ist dieser einzige freie Tag geworden. Nach dem Wegdösen während der Meldungen aus aller Welt und der sich auflösenden Heimat hat er beschlossen, vor dem Zubettgehen ein heißes Bad zu nehmen. Kaum lag er im Schaum, klingelte das Telefon. Bestimmt wäre er nicht triefend aus der Wanne gesprungen und tropfend durch die Diele gelaufen, wenn er nicht plötzlich die Idee gehabt hätte, Elsa könnte am Telefon sein. Vielleicht hatte sie etwas Wichtiges vergessen. „Bernhard“, hat die Stimme am anderen Ende der Leitung gesagt, „können wir noch mal reden?“ Und als ihm klar wurde, dass diese Stimme nicht zu Elsa, sondern Elisa gehörte, ist er nur einen winzigen Moment enttäuscht gewesen und dann froh und erleichtert.

Sie haben miteinander geredet. Sie haben miteinander geschlafen. Aber erst, nachdem er sich entschuldigt hat. Für die Bierflasche Richtung Schrankwand und die von ihm verursachten Scherben. Für das Nicken auf die Frage „Soll ich gehen?“. Sie kam von Herzen, seine Bitte um Verzeihung.

Als er heute Morgen aufgewacht ist und die warme, duftende Elisa neben ihm lag, konnte er sein Glück kaum fassen. „Komm wieder nach Hause“, hat er der schlafenden Frau ins Ohr geflüstert. Elisa hat die Augen aufgeschlagen, ihn angelächelt und gemurmelt: „Vielleicht.“ Vielleicht wird alles gut, summt er auf dem Weg zur Arbeit vor sich hin.

AM SONNTAG kommt Elisa tatsächlich zurück nach Hause. Bevor Bernhard zum Dienst muss, schließt sie die Wohnungstür auf und steht mit ihren beiden großen Taschen im Flur. Die Tage werden durch Elisas Anwesenheit ruhiger und weniger angstvoll. Es ist gut, nach Hause zu kommen und jemanden zum Reden zu haben. Es ist gut, nicht allein zu sein. Und bald ist Weihnachten. Trotz aller Wirrnisse und Unsicherheiten fangen die Leute an, sich in Stimmung zu bringen. Der Weihnachtsmarkt ist voll wie jedes Jahr, die Hatz nach Geschenken hat pünktlich begonnen, die Tage sind kurz und dunkel, fast könnte man meinen, es sei ein Jahr wie jedes andere. Elisa fängt an, Pläne zu schmieden für den Heiligen Abend. Sie möchte, dass dieses Jahr Luise und Uwe kommen, Bernhard kann sich nicht vorstellen, dass die es so wollen, aber er überlässt alles Elisa. Soll sie Wunder vollbringen, er kann es gebrauchen.

An den Wochenenden geht sie in ein nahe gelegenes Krankenhaus, um dort auszuhelfen. Sie putzt Krankenzimmer, teilt Essen aus und leert Bettpfannen. Es fehlen Krankenschwestern, Ärzte, Pfleger, und Elisa ist nicht die Einzige, die unentgeltlich ein paar Dienste schiebt. Sie erzählt Bernhard, dass im Krankenhaus auf einer gesonderten Station Menschen liegen, die AIDS haben. Das will er zuerst nicht glauben, aber es stimmt. Die haben wir also auch versteckt, denkt er, wie Waffen zum Exportieren und zehn Kühlschränke für die Jagdgesellschaften des Politbüros. Nur dass wir die AIDS-Kranken nicht nach Rumänien verschwinden lassen können wie belastende Akten.

Manchmal scheint es ihm, dass er sich nur aufrecht hält, weil Elisa fast alles Lebenspraktische in die Hand genommen hat. Dass die Frau an seiner Seite Entscheidungen trifft, die er auf die lange Bank geschoben hat, ist er nicht gewohnt. Nur über eine Entscheidung zerbricht er sich heimlich und allein den Kopf. Ob er die beiden Frauen, Elsa und Elisa, miteinander bekannt machen soll. Und, wenn ja, wo und wie.

EINES ABENDS, es ist nasskalt und ungemütlich, macht er sich auf den langen kurzen Weg in die Theaterkantine, wo Luise immer noch arbeitet. Noch schwerer ist es ihm gefallen, vorher Uwe anzurufen und ihn zu fragen, ob er nicht Lust hätte, dass man sich zu dritt mal abends auf ein Bier trifft. Uwe hat vorgeschlagen, Luise heute um neun nach der Schicht in der Kantine abzuholen, am Eingang in der Linienstraße. Uwe steht vor dem Kantineneingang und sieht verfroren aus. Müssen die alle Vollbärte tragen, denkt Bernhard, als er auf seinen Schwiegersohn zugeht. Er weiß selbst, dass das ein blöder Gedanke ist, aber er kann nichts dagegen tun, der Jünger-Jesu-Look geht ihm auf die Nerven. Verheiratet sind die beiden nicht, aber schon so lange zusammen, dass es auch nicht mehr wichtig ist und man den Jungen ruhig als Schwiegersohn betrachten kann. Uwe umarmt ihn herzlich. Das gehört auch zu all den Rätseln, die er Bernhard immer wieder aufgibt. Dass er nie die Herzlichkeit verliert, selbst wenn man sich noch so schlimm gestritten hat.

„Ich hab Luise nur gesagt, dass ich sie abhole. Sie wird sich freuen, wenn sie uns beide hier stehen sieht." Uwe grinst und sieht trotz Vollbart wie ein kleiner Junge aus. Da öffnet sich die Tür, und ein paar Leute strömen aus der Theaterkantine, eine von ihnen ist Luise, die erst überrascht und dann froh aussieht, als sie die beiden Männer entdeckt.

„Lasst uns die Schönhauser hochlaufen und gucken, wo wir Platz finden", schlägt Uwe vor. Zwanzig Minuten später sitzen sie in der Nähe vom Kollwitzplatz in einer Kneipe. Am Tresen wird laut und heftig über Politik geredet, hinten am Tisch in der Ecke aber kann man das ignorieren. Bernhard bestellt Bier für sich und Uwe und einen Rotwein für Luise. „Wollt ihr eigentlich irgendwann mal heiraten?", platzt er heraus und möchte sich im gleichen Augenblick am liebsten dafür ohrfeigen. Geht ihn nichts an.

Aber Luise antwortet ganz ruhig. „Wir haben darüber nachgedacht, sind ja schon lange zusammen. Und Kinder soll es nun auch bald geben."

Uwe lächelt Luise an und nimmt ihre Hand. „Luise möchte unbedingt, dass wir eine kleine Karla in die Welt setzen", verrät er und lächelt weiter, um den Satz ein wenig abzumildern. „Fändest du doch auch schön, oder?"

Bernhard nickt und muss schlucken. Eine kleine Karla wäre wunderbar.

Obwohl er das überhaupt nicht vorhatte, erzählt er nun Luise und Uwe, dass er überlegt, ein Treffen zu organisieren. So eine Art Familientreffen. Zuerst einmal mit Elisa und Elsa, die in seinem Leben so eine wichtige Rolle gespielt haben und spielen, und dann vielleicht mit den Kindern. „Elsa, Jonas, Stephanie, Elisa, Luise und ich. Erst mal." Bernhard schaut Uwe entschuldigend an. „Die Partner der Kinder könnten dann beim zweiten Mal dazukommen."

Uwe nickt, er ist gar nicht beleidigt. Und Luise umarmt ihn begeistert. „Ich würde mich so freuen, Elsa wiederzusehen."

Bernhard erzählt den beiden von seinem Treffen mit Elsa. Wie er das erste Mal einen Fuß auf Westberliner Boden gesetzt und sich dabei gefühlt hat. Davon, dass Elsa Harry Grünbergs Tochter ist und es bis zu Vickys Tod nicht gewusst hat. „Sie will eine Bürgerinitiative gründen, um aus dem Institut ein Museum zu machen. Geschichte des Kaufhauses Jonass, Hitlerjugend, Sozialistische Arbeiterführer und so. Fast hätten wir uns darüber zerstritten. Als ob wir alle schon Geschichte wären. Wenn sie dabeibleibt, wird das nichts mit Friede, Freude und Eierkuchen."

„Es ist zu früh für solche Ideen", stimmt Uwe ihm zu. „Man kann nicht so tun, als sei hier alles schon zu Ende und begraben. Vielleicht schaffen wir ihn ja noch, den Sozialismus mit menschlichem Antlitz."

Bernhard denkt an seinen Schwager, der vielleicht in diesem Augenblick in seinem Büro Papier durch den Reißwolf jagt.

AM NACHMITTAG wird Elsa kommen, um ihn und Elisa zu besuchen. Ohne ihren Hanns. Sie hat nicht vorgeschlagen, ihn mitzubringen, und er hat es dabei belassen. Nun steht er morgens früh im Wohnzimmer am Fenster und starrt auf die dunkle Straße. In der Nacht ist er drei Mal aufgewacht, und in dieser Nacht ist es ihm plötzlich nicht mehr klug erschienen, Elsa und Elisa an einen Kaffeetisch zu setzen. Irgendwie brachte die Vorstellung in seinem Kopf alles durcheinander. Es schien ihm, als könne es auf keinen Fall gut gehen mit den beiden. Vor allem aber mit ihm.

Er geht wieder ins Bett und legt den rechten Arm um Elisa, die sich halb unwillig, halb erfreut zu ihm umdreht. „Wie spät ist es?"

„Gleich sieben. Aber es ist Sonntag. Schlaf noch ein bisschen. Ich pass so lange auf dich auf."

Vielleicht wird alles gut, summt er beim Zähneputzen. Er backt Brötchen auf, macht Kaffee, deckt im Wohnzimmer den Tisch. Um acht schon sitzen sie am Frühstückstisch, Elisa und er, reden über Unverfängliches und tun, als sei dies ein Sonntag wie jeder andere. Aber dann stellt Elisa doch die Frage aller Fragen.

„Hast du Elsa eigentlich einmal richtig geliebt?", fragt sie. „Wäre sie deine Frau geworden, wenn ihr die Möglichkeit gehabt hättet? Hättet ihr zusammen Kinder und würdet glücklich leben bis an das Ende eurer Tage?" Sie lächelt bei all diesen Fragen, als wollte sie sagen, es ist nicht so wichtig, Bernhard, ich wüsste es nur gern.

Aber Bernhard weiß schon, dass die Fragen sehr ernst gemeint sind. Er hat die ganzen Tage damit gerechnet, dass sie dieses Gespräch führen werden. Nun also an diesem Morgen. Und obwohl er sicher war, dass Elisa die Fragen stellen wird, hat er sich keine Antworten zurechtgelegt. Es ging einfach nicht. Denn eigentlich weiß er auch nicht, welche Antworten der Wahrheit am nächsten kommen.

„Ich habe Elsa sehr geliebt", sagt er dann zu seiner eigenen Überraschung. „Und es wäre gut möglich, dass wir … aus uns hätte schon ein Paar werden können."

Er macht eine Pause und sieht Elisa an, die still dasitzt und nichts sagt. Sie lächelt, als wollte sie ihn ermuntern, sich alles von der Seele zu reden.

„Unsere Geschichte, die Geschichte unserer Eltern, hat uns sehr geprägt", tastet er sich voran. „Es schien eine Zeit lang fast logisch, dass wir beide zusammenkommen und zusammenbleiben. Irgendwann war es dann nicht mehr so. Es war anders. Dann wieder habe ich gedacht, dass uns vor allem das Haus verbindet, diese ganze Geschichte."

Elisa nickt und schweigt weiter.

„Und schließlich und vor allem ist dann eine Elisa in mein Leben gekommen", sagt Bernhard und lächelt sie an. „Und ich hoffe, dass sie mir bleibt."

Zwischenzeiten

1999

Ergraut und abgelebt steht das Haus in der Torstraße 1. Ringsum glänzen frisch sanierte, helle Fassaden. In den umliegenden Straßen sprießen Internetcafés, Galerien und Clubs aus dem Boden. Autos, Busse und Fahrräder stauen sich auf der breiten Kreuzung zur Torstraße, die ihren ursprünglichen Namen zurückerhalten hat. Der Verkehrslärm mischt sich mit dem der Baustellen. Das ganze Viertel ist im Auf- und Umbruch, nur das riesige Gebäude an der Kreuzung verharrt in Zeiten, die sich gewendet haben und nicht wiederkehren. Acht Stockwerke graubraune Fassade, blinde, gesprungene Fensterscheiben, bröckelnder Putz. Kein Kaufhaus Jonass mehr, keine Reichsjugendführung, kein Haus der Einheit und nicht mal mehr ein Institut. Namenlos, zwecklos und leer steht das Haus da.

Ein Mädchen und drei Jungen sind nachts eingestiegen und schleichen durchs Treppenhaus, Spraydosen im Gepäck. Sie leuchten mit Taschenlampen in die Räume, steigen über Bretter und Balken. Etagen, Seitenflügel, Zimmer – wie in einem Labyrinth fühlt man sich hier im dunklen und leeren Innern, doch ganz ohne roten Faden.

Von mancher abgehängten Decke sind nur die Kunststoffrippen geblieben. Der Dielenboden schlägt Wellen wie nach einer Überschwemmung, von den Wänden blättert der moosgrüne Anstrich in dicken Placken, die den Raum überwuchern. Von der Decke baumelt ein braungrüner Kabelstrang.

Endlich sind die vier oben angekommen. Das oberste Stockwerk ist zurückgesetzt, rundherum verläuft eine Reling. „Pass auf, Katia!", ruft einer der Jungen, als das Mädchen als Erste den Ausstieg aus dem Fenster wagt. Dann stehen sie alle nebeneinander, schauen hoch aufs Dach, auf dem ein Schornstein und kleine Birken wachsen.

„In diesem Haus", sagt das Mädchen, während sie ihre Spraydose schüttelt, „ist unsere Oma geboren."

Auf Wiedersehen, au revoir, goodbye

Berlin 2009

Endlich hat Elsa das Ende des langen Weges erreicht. Sie nimmt die letzte Stufe in Richtung Dachterrasse und Himmel, öffnet die Tür und tritt ins Freie.

An diesem Abend, zur Eröffnung des Soho House Berlin, stehen die Glastüren der Bar zur Terrasse hin offen. Warmer Wind weht ihr entgegen, ein Gemisch aus Parfüm und Essensgerüchen, ein Gewirr aus Stimmen, Gelächter und Musik. An Bistrotischen und in Loungesesseln sitzen Clubmitglieder und geladene Gäste. Vielleicht auch ein paar ungeladene wie sie selbst, denkt Elsa und schüttelt den Kopf. Nein, die sehen alle so geladen aus. Wie sie auf Barhockern sitzen und Cocktails schlürfen, sich auf bettähnlichen Sofas räkeln, auf dem weißen Stoff, ohne die Schuhe auszuziehen. Sie sucht noch immer nach Bernhard, aber da liegt er bestimmt nicht herum. Auch für Hanns wäre das nichts gewesen. In seinen letzten Jahren war er immer mehr zum Waldschrat geworden und schließlich ganz in seine Kate nach Lübars gezogen. Sie ist froh, dass sie ihm zuliebe mitgegangen ist, bevor er plötzlich den Schlaganfall hatte. In seiner Werkstatt beim Tischlern, am nächsten Tag war er tot.

Elsa geht zwischen den unbekannten Menschen hindurch weiter hinaus auf die Dachterrasse. Rechts und links neben dem Pool stehen Sonnenschirme und Liegestühle, den Pool selbst kann sie nur erahnen, in der Richtung, aus der Platschen und Kreischen dringen. Vom Hochhaus gegenüber lächelt von einer Werbeplane eine riesige Bikinifrau auf sie herab. Und sie hat doch glatt vergessen, ihren Bikini einzustecken. Nicht, dass sie noch einen besäße. Ein Pool auf dem Dach und Liegestühle – so etwas hatte es damals zur Eröffnung des Kaufhauses Jonass noch nicht gegeben. Vicky und Elsie hätte das sicher gefallen, sie wären die Ersten gewesen, wenn es darum gegangen wäre, sich im Wasser zu tummeln. Na ja, Vicky wohl nicht mit ihrem dicken Bauch, aus dem sie, Elsa, noch am selben Abend herauswollte. Die ehemalige Poststelle hat sie nicht gefunden, aber das ist vielleicht besser so.

Als sie um die Ecke biegen will, erklärt ihr jemand, sie könne hier leider im Moment nicht weiter. Ein paar Meter entfernt schüttelt eine elegant gekleidete ältere Frau dem Bürgermeister die Hand, neben ihr steht ein junger Mann, dessen spöttisches und zugleich herzliches Lächeln ihr irgendwie bekannt vorkommt. Aber das ist doch der höfliche junge Ami, dem sie es verdankt, überhaupt hier zu sein! Der sie am Einlass als seine Grandma durchgeschmuggelt hat. Nun lacht er, während um ihn herum die Kameras klicken. Scheint tatsächlich irgendwie wichtig zu sein, dieser junge Mann, der kaum älter sein dürfte als ihre jüngste Enkelin, um die zwanzig vielleicht. Ob er irgendetwas mit diesem Haus zu tun hat? Vielleicht sollte sie ihn fragen. Aber unter welchem Vorwand? Soll sie ihm verraten, dass ihr ganzes Leben mit diesem Haus verbunden ist, und die lange verwickelte Geschichte vor ihm aufrollen? Oder einfach auf ihn losgehen und sagen: „Hey, Sie sind doch ein Ami, kennen Sie vielleicht einen Harry Grünberg? Sie könnten sein Enkel sein!"

So oder so, da muss sie sich erst mal Mut anrauchen. Und während sie sich unter einem Sonnenschirm auf einen Liegestuhl niederlässt, neben dem ein Aschenbecher steht, und nach gefühlten achtzig Jahren endlich eine ansteckt, denkt sie, dass es sie auch eine Menge Mut gekostet hatte, ein Jahr nach Vickys Tod den Brief an Gertrud Grünberg zu schreiben. Ein Jahr hatte sie allein gebraucht, um Gertruds Adresse herauszufinden, denn ein Kuvert zum Brief war nicht in Vickys Plattenhülle gewesen. Greenberg war ein erstaunlich häufiger Name in den Staaten und Franklin der häufigste aller Ortsnamen. Es war ihr beinahe vorgekommen, als hätte sich jemand auf ihre Kosten einen Scherz erlaubt. Nachdem sie es endlich geschafft hatte, Gertrud Greenberg zu finden, nach unzähligen Stunden Recherche mit Stephanies Hilfe, war kurz darauf ein Antwortbrief aus den USA gekommen – einer dieser ganz besonderen Briefe in ihrem Leben, bei deren Öffnen ihr das Herz bis zum Hals schlug.

Der Brief kam nicht von Gertrud, und er bestand aus wenigen Sätzen. Harrys älteste Tochter Suzanne teilte ihr mit, dass ihre Familie keinen Kontakt nach Deutschland wünsche und nicht daran interessiert sei, in der Vergangenheit zu graben. Ihre Schwester brauche vom Fehltritt ihres Vaters nichts zu erfahren, und ihre Tante Gertrud sei vor zwei Wochen gestorben. Vor zwei Wochen – das hieß, ziemlich genau an dem Tag, an dem sie ihren Brief aus Berlin losgeschickt hatte. Mehr noch als die Reaktion ihrer Halbschwester, für die sie ein Fehltritt war und keine Verwandte, hatte ihr dieser unglückliche Zufall den Rest gegeben. Seltsamerweise hatte sie wochenlang um Gertrud getrauert, eine Frau, der sie nur als kleines Kind begegnet war und an die sie sich nicht erinnerte. Die ihr dennoch angesichts der Geschichte, ihrer persönlichen und der großen Geschichte, die über die Einzelnen hinwegging, unendlich liebenswürdig erschien. Eine Frau, die sie für ihr Leben gern kennengelernt hätte. Stattdessen hatte sie nach jenem Brief beschlossen, einen Schlussstrich unter diese Geschichte zu ziehen. Oder es zumindest zu versuchen.

Mehrere Musiker ziehen an Elsa vorbei und bauen auf einem Podest ihre Instrumente auf. Auch zur Jonass-Eröffnung, hatte Vicky mit Tränen in der Stimme erzählt, spielte eine Tanzkapelle Walzer und Ragtime. Seltsam war diese Stelle auf dem Band, die Elsa selbst bis heute nicht anhören kann, ohne zu weinen. Dabei gab es sehr viel traurigere Stellen. Sie nimmt ein Glas Prosecco vom Tablett, das eine junge Frau ihr mit einem Lächeln entgegenhält. Für einen Augenblick glaubt sie, unter der hellen Bluse der Frau einen gewölbten Bauch zu erkennen.

Was hätte Vicky wohl zu alldem hier gesagt? Vielleicht wäre sie glücklicher gewesen, wenn die Torstraße 1 wieder ein Kaufhaus geworden wäre. Andererseits gingen die Kaufhäuser gerade reihenweise pleite, wenn sie es nicht schafften, sich als „Erlebniswelten" zu verkaufen. Ein Kaufhaus war heute nichts Schickes und Modernes mehr wie das Jonass vor achtzig Jahren, und Vicky war doch sehr für das Modische und Moderne gewesen. Da hätte ihr das Soho House Berlin vielleicht gefallen. Auch die Hotelzimmer hätte Vicky gemocht, die Sessel und Beistelltische im Stil der Dreißiger und Vierziger, die breiten Polsterbetten mit Kopflehnen in Muschelform, die Stehlampen mit Stoffschirmen, die altmodischen Telefone. Wie einer von Vickys und Elsies geliebten Hollywoodstars konnte man sich in den Zimmern fühlen, wie Greta Garbo oder Lauren Bacall. In einer frei stehenden Badewanne auf Löwenfüßen liegen und alte Platten hören. Die würden auch ihren Jonas entzücken, original alte Plattenspieler und Vinyl-LPs. Und damit es nicht zu altmodisch ausfiel, standen die Plüschsessel und Polsterbetten vor unverputzten Wänden und Säulen oder unter hypermodernen Lampen. Ein cooler Retro-Modern-Mix, so würde es Stephanies und Nicks Tochter Livia sagen, die zum Erstaunen ihrer beiden Mütter ein richtiges Girlie geworden ist. Die Clubgebühren dagegen, über die hätten Vicky und Elsie sich mokiert. Gebühren, die dafür sorgten, dass Leute wie sie oder Wilhelm, Verkäuferinnen und Handwerker, nicht zum Club gehörten.

Elsie hätte die Eröffnung fast noch erlebt. Neunundneunzig war sie im letzten Jahr geworden, dann hatte sie gemeint, man müsse es nicht übertreiben. Nun liegt sie, wie es seit beinahe zwanzig Jahren verabredet war, auf dem Friedhof gleich neben Vicky. Vielleicht wäre das auch etwas für Bernhard und sie, denkt Elsa – ein gemeinsames Grab auf einem wiedervereinigten Friedhof. Einer von denen, durch deren Mitte die Mauer verlaufen war und die Toten getrennt hatte. Aber da all ihre Lieben im Westteil Berlins begraben liegen und Bernhards im Osten, wird die Mauer sie wohl über den Tod hinaus scheiden.

Elsa versucht, vom Liegestuhl hochzukommen, und schafft es erst beim zweiten Anlauf. Ohne einen Stock als Stütze ist das gar nicht einfach. Altersgerecht sind die Möbel hier nicht, aber außer ihr scheint auch niemand von den ganz Alten da zu sein. Von denen, die sich noch an das Kaufhaus Jonass erinnern könnten. War nun Vickys letzter Wunsch in Erfüllung gegangen? Ihr Vermächtnis. Vickys letztes Band. Klar und deutlich hat sie inmitten all dieser Fremden die Stimme ihrer Mutter im Ohr. „Und wenn jemals, Erichs Prophezeiung zum Trotz, diese Mauer fällt, hab ich persönlich nur einen Wunsch. Sorgt dafür, dass das Jonass den Grünbergs zurückgegeben wird. Denen, die dann noch leben."

Was für ein unzuverlässiger Prophet Erich doch gewesen war! Nicht mal ein Dreivierteljahr hatte es gedauert, nach seiner Steht-noch-in-hundert-Jahren-Ansage, bis die Mauer gefallen war. Immerhin war das Haus nach all den Jahrzehnten an die Erben von Heinrich und Harry Grünberg zurückgegeben worden. Und auch wenn Vicky es sicher bedauert hätte, war es ihr gutes Recht, es weiterzuverkaufen. Niemand von ihnen hatte je in Deutschland gelebt oder verspürte den Wunsch, dies zu tun, nach allem, was hier geschehen war. Das Kaufhaus Jonass kannten sie, wenn überhaupt, nur von Erzählungen und alten Fotos. Und sicher wäre Vicky froh gewesen, dass es wenigstens dieses Quäntchen Gerechtigkeit gab, die Rückgabe an die rechtmäßigen Besitzer. Froh, dass dieses Haus, nach fünfzehn Jahren Leerstand, zu neuem Leben erwacht.

Auch Elsa ist froh darüber, obwohl sie sich gewünscht hat, dass die Torstraße 1 ein für alle zugänglicher Ort würde, nachdem zuerst die Nazis und später die Kommunisten das Gebäude okkupiert hatten. Ihre Bürgerinitiative für ein Haus der Geschichte, mit Ausstellungen, Führungen und Diskussionen, hatte nie eine Chance. Die Stadt Berlin konnte oder wollte, wer wusste das schon genau, das Gebäude nicht kaufen. Und die Mitglieder der Bürgerinitiative erst recht nicht. Auch Stephanie und Jonas waren ihr beigetreten und später, das würde sie ihm niemals vergessen, beinahe sogar Bernhard. Dabei hätten sie sich darüber um ein Haar zerstritten, ausgerechnet bei ihrem ersten Wiedersehen nach Öffnung der Mauer. Doch nachdem auch das Parteiarchiv und mit ihm die letzten Mitarbeiter aus der Torstraße ausgezogen waren, hatte Bernhard seine Meinung in der Sache geändert. Solange die Geschichte des Hauses in ihrer Komplexität dargestellt würde, hatte er gemeint, und man Sozialisten und Nazis nicht als das Böse schlechthin in einen Topf warf – da wäre es vielleicht nicht verkehrt, auch Leute wie ihn dabeizuhaben. Aber das sahen ihre Mitstreiter anders. Leute wie Bernhard, fanden sie, hätten lange genug am Hebel gesessen und bei ihnen nun nichts mehr zu sagen und zu suchen. Da war auch sie wieder ausgetreten.

Und während sie an all das zurückdenkt, wird ihr klar, dass es in diesem Trubel nur einen Ort gibt, wo sie ihn finden wird. Wenn Bernhard mit seiner Scheu vor Menschenmengen es hier irgendwo aushält, dann an der Brüstung der Terrasse, wo man den Blick in die Ferne schweifen lassen kann. So bahnt sie sich einen Weg durch die Gäste, die in Paaren und Gruppen beisammenstehen.

Endlich hat sie die Brüstung erreicht, hält sich am Geländer fest und atmet tief ein. Die halbe Stadt liegt einem hier oben zu Füßen. Das Licht der Abendsonne fällt auf die Kuppel des Doms, spiegelt sich kupferfarben in den Fensterfronten am Alexanderplatz, beleuchtet Glasfassaden und Ziegeldächer, Werbeplanen, Baukräne und Kirchtürme. So prächtig ist der Ausblick auf diese hässliche, herrliche Stadt, dass es wehtut, ihn mit niemandem zu teilen.

Da setzt über das Gewirr der Stimmen hinweg die Band ein, und Elsa hält es nicht mehr aus, zwischen all diesen Menschen allein zu sein. Sie muss ihn finden! Bernhard. Wo ist er? Sie muss jetzt und hier zu diesem Lied mit ihm weinen.

ENDLICH hat er sie gefunden. Elsa steht an der Brüstung der Dachterrasse und schaut in die Ferne. Erst will er rufen, die letzten Meter zu ihr laufen, doch dann bleibt er stehen und betrachtet sie. Ein großes Tuch hat sie um die Schultern gelegt, sich darin eingewickelt, als sei es Schutz und Trost zugleich. Ein wenig kleiner scheint sie geworden zu sein seit ihrer letzten Begegnung, ein bisschen rundlicher. Das Haar trägt sie kurz geschnitten, ein paar hellbraune Strähnen zwischen den weißen, noch vor wenigen Jahren war es umgekehrt. Nur ihre Augen kann er nicht sehen, und plötzlich wünscht er nichts mehr, als dass sie aufschaut und ihn entdeckt. Wünscht sich, dass sie zuerst überrascht ist und dann das schöne Elsalächeln über ihr Gesicht huscht, und in dem Moment schaut Elsa ihn an. Gar nicht überrascht schaut sie, und das schöne Elsalächeln huscht nicht, sondern breitet sich in ihrem ganzen Gesicht aus und bleibt.

Im nächsten Augenblick ist er bei ihr an der Brüstung. „Herzlichen Glückwunsch zum Geburtstag!“, rufen beide zugleich und fallen sich in die Arme. „Wünschen“, sagt Elsa. „Wir dürfen uns was wünschen.“ Dann sagen sie eine Weile nichts mehr.

„Ich bin so froh, dass du hier bist“, murmelt Bernhard und streicht der Frau, die zur selben Stunde geboren wurde wie er, über den Rücken. Wie weich Elsa sich anfühlt. Wie sonderbar, dass wir uns über all die Jahrzehnte hinweg nie ganz aus den Augen verloren haben, denkt er. Als sei der Umstand unserer Geburt immer festes Band genug gewesen. Und weil das Band nie gerissen ist, stehen sie heute hier. Bernhard und Elsa. Die beiden ältesten Zeitgenossen weit und breit.

„Schau nur“, sagt sie. Mit der einen Hand hält sie das Tuch um die Schultern, mit der anderen zeigt sie in einem weiten Bogen auf die Dächer der Stadt. „Von hier hat man so einen Blick, Bernhard. Unendlich weit.“

Bernhard fühlt Traurigkeit in sich wachsen. Als könne man mit achtzig noch seinem toten Vater nachtrauern, der immer die gleiche Armbewegung gemacht hatte, um zu zeigen, wie man sich oben auf dem Dach des Kaufhauses Jonass fühlte.

„Bist du früher oft hier oben gewesen?“, fragt Elsa. „Als du hier gearbeitet hast?“

„Nie“, sagt Bernhard und lächelt. „Ich habe hier immer nur in der Vergangenheit gegraben. Und nicht in die Zukunft geschaut.“ Er sieht sich um. Ringsum wird Sekt getrunken. Oder Prosecco, wie der Sekt heute wohl heißt. Und er stünde hier gern mit einem Bier. „Komm, wir werden jetzt Geburtstag feiern, wir beide. Wer hat dir eigentlich eine Einladung besorgt für diese Sause?“

„Ein junger Ami“, sagt Elsa, „den ich noch nie im Leben gesehen habe. Obwohl, ich hatte das Gefühl, ihn irgendwoher zu kennen, aber woher nur? Er hat mich am Türsteher vorbeigeschmuggelt und behauptet, ich sei seine Grandma.“

„Wie sah er denn aus, dein Enkel? Vielleicht finden wir ihn, vielleicht kennst du ihn wirklich. Oder er dich.“

Da wird Bernhard bewusst, dass er bisher keinen einzigen Bekannten oder früheren Kollegen hier gesichtet hat. Keine zwanzig Jahre später scheinen alle Verbindungen gerissen, das Personal des Stücks komplett ausgetauscht. Was hielten die wohl davon, kommt es ihm in den Sinn, wenn wir Ehemaligen und Unverbesserlichen uns hier im Soho House zum Jubiläum träfen? Er stellt sich vor, wie sie hier stehen, mit Sektgläsern in der Hand am Pool, und gelernte Parolen verkünden. Alte Knacker und Knackerinnen sie alle. Wie sie reden über damals und früher, mit dicken, faltigen Bäuchen über den Badehosen, und sich mehr oder weniger verbittert über die Vergangenheit auslassen.

„Grauenvoll“, entfährt es ihm, und Elsa schaut verwundert. „Hast du gesehen, dass die hier eine Bar Politbüro einrichten?“

Elsa nickt. „Zum Glück gibt es keine Lounge Jonass“, meint sie. „Aber trotzdem, Bernhard, vielleicht sollten wir Clubmitglieder werden.“ Sie kichert. „Dann könnten wir uns hin und wieder hier ein Zimmer nehmen.“

Bernhard spürt, wie er rot wird, und wendet sich ab. Das schafft sie noch immer, selbst mit achtzig, ihn so verlegen zu machen.

„Warte einen Moment“, sagt er und kommt kurz darauf mit einer Flasche Prosecco und zwei Gläsern zurück. Mit einer Bierflasche auf ihren Geburtstag und die ganze Chose hier anzustoßen, das wäre doch ein wenig schäbig. Er stellt Flasche und Gläser auf einem Bistrotisch ab, greift in die Jacketttasche und holt ein kleines Päckchen hervor.

„Ich hab was für dich, zum Geburtstag“, murmelt er und freut sich, dass jetzt Elsa ein bisschen verlegen aussieht.

Sie nestelt an dem Päckchen und öffnet das Holzkästchen. „Bernhard“, sagt sie, „gleich fall ich tot um.“

„Wenn du das machst, bin ich dir bis an mein Lebensende böse.“ Er nimmt Elsa die Kette aus der Hand und legt sie ihr um den Hals. Braucht eine Ewigkeit, bis er den winzigen Verschluss geschlossen hat, und dreht Elsa zu sich. Der goldene Anhänger in Form einer Kamera liegt in ihrer Halskuhle und pulsiert ein wenig mit, wenn ihr Herz schlägt. Neben ihnen applaudiert eine junge Frau und beglückwünscht sie.

„Die denkt bestimmt, du hast mir einen Heiratsantrag gemacht“, flüstert Elsa. „Aber das hast du ja wohl nicht, oder?“

„Vielleicht“, sagt Bernhard und legt einen Arm um ihre Schultern, „hätte ich das tun sollen. Vor Langem schon. Doch wann wäre dafür der richtige Zeitpunkt gewesen?“

Elsa lehnt ihren Kopf an seinen. Beide schweigen. Sie hätte es nicht sagen können. Es gab ja fast immer Männer in ihrem Leben. Und in Bernhards Leben Frauen. Frauen und Männer und die Mauer.

„Auf uns!“, sagt sie und hebt ihr Glas. „Auf unseren achtzigsten Geburtstag, und darauf, dass wir hier zusammen feiern!“

Bernhard stößt mit ihr an. „Und auf unseren neunzigsten! Und hundertsten!“, prostet er ihr zu.

„Einverstanden.“ Sie lacht und deutet noch einmal über die Dächer der Stadt im Licht der sinkenden Sonne. „Auf Vicky und Elsie“, sagt sie und nimmt einen Schluck. Dann dreht sie das Glas zwischen den Fingern. „Und Harry.“

Bernhard betrachtet das Gewirr der Dächer und Türme, Schneisen und Straßen. Bis zum Horizont Häuser, von Menschen bewohnt und gebaut. „Auf Wilhelm“, sagt er und leert das Glas. „Und auf Martha.“

„Hast du?“, fragen beide zugleich und schütteln beide die Köpfe.

„Gefunden, was ich gesucht hab?“, sagt Elsa. „Nein. Zum Glück nicht. So schön und magisch wie die Poststelle meiner Träume kann der Raum gar nicht sein. Vermutlich ist es jetzt eine Besenkammer. Und du?“

Bernhard sieht plötzlich ängstlich aus. „Ich würd’s schon gern wissen. Was Wilhelm geschrieben hat, als er die Nacht hier unter dem Balken lag und nicht wusste, ob er lebend herauskommt. Aber bisher hab ich nichts entdeckt, war in allen Räumen. Bis auf den ganz hier oben.“ Er nickt in Richtung des überdachten Barbereichs.

„Gut“, sagt Elsa, „dann suchen wir jetzt zusammen.“ Sie zieht ihn mit sich und spürt einen leichten Widerstand.

„Ich weiß nicht“, sagt Bernhard. „Wenn er nun wirklich bloß Unsinn gekritzelt hat?“

„Hat er nicht“, sagt Elsa, hängt sich bei Bernhard ein und lotst ihn über die Terrasse, durch die Glasschiebetür in die Bar. Sie nehmen die weißen Tische in Augenschein, die Sessel und die lange Bar mit den Barhockern in der Mitte des Raums. Die Wände an den Längsseiten des Raums sind aus Glas, kommen also für Wilhelms Inschrift nicht infrage. Bernhard sieht enttäuscht und erleichtert aus. Aber so schnell will Elsa nicht aufgeben. Wie manchmal beim Fotografieren, muss man vielleicht auch hier eine andere Perspektive einnehmen, um die Dinge richtig zu sehen. Also treten beide auf der anderen Seite wieder aus der Bar hinaus, auf eine weitere Terrasse, die im Schatten liegt, mit Blick auf den Innenhof. Plötzlich sind sie ganz allein.

Bernhard betrachtet die Wand. Das Stück Außenwand auf dieser Seite, das nicht aus Glas, sondern aus Stein gebaut ist. Er geht langsam darauf zu. Tatsächlich haben sie diesen Teil der wieder freigelegten Wand im Originalzustand belassen. Unverputzt und mit den eingeritzten Inschriften. Bernhard versucht, die mal mehr und mal weniger lesbaren Schriftzüge zu entziffern. Sprüche, Frauennamen, *Brüder, zur Sonne, zur Freiheit*. Immer tiefer muss er sich bücken und schließlich auf die Knie gehen, bis er ganz unten auf einige kaum noch lesbare Worte stößt.

Er wendet sich Elsa zu, die mit ein wenig Abstand hinter ihm steht, und winkt sie herbei. Auch Elsa geht nun neben ihm auf die Knie, und er zeigt auf die Inschrift und sieht sie erwartungsvoll an. Doch sie sitzt ausdruckslos da. Endlich wühlt sie in ihrer Handtasche, die sie auf dem Schoß hält, holt die Lesebrille heraus, setzt sie auf und beugt sich weit vor. „Bernhard! Ich will mit dir leben“, murmelt sie.

Da knien sie nebeneinander und schauen und schweigen. Bernhard denkt, dass er ruhig heulen könnte. In seinem Alter ist alles erlaubt. Stattdessen kramt er sein Taschenmesser hervor und sagt zu Elsa: „Kannst du mal Schmiere stehen?“

Elsa fragt nicht weiter nach, schaut sich um und stellt sich vor den hockenden Bernhard. Zum Glück sind sie noch immer allein, hierher scheint sich niemand zu verirren. Nach einer Weile, die Elsa sehr lang erscheint, will Bernhard sich aufrichten und sackt wieder zusammen. Er schafft es erst beim zweiten Anlauf, ächzend, wie alte Männer es tun, als sei es leichter, die Beine zu strecken, wenn man dabei stöhnt.

Nun geht Elsa noch einmal in die Knie, um lesen zu können, was Bernhard über Wilhelms Worte in die Wand geritzt hat. Die Brille hat sie diesmal gleich aufgelassen, und als sie wieder aufsteht, geben ihre Knie ein gefährliches Knacken von sich. Sie schaut Bernhard an.

„Das muss reichen für eine lange Geschichte“, sagt Bernhard und küsst Elsa auf den Mund. „Und jetzt gehen wir.“

„Ja“, sagt Elsa und führt ihn noch einmal mit sich, aber nicht zum Ausgang, sondern auf die Seite der Dachterrasse, wo die untergehende Sonne den Horizont dunkelrot färbt. „Wenn’s am schönsten ist, soll man gehen, nicht?“ Sie beugt sich weit über die Brüstung. „Oder fliegen.“

Bernhard zieht sie zurück, zitternd und bleich im Gesicht. Sie lächelt ihn entschuldigend an, fischt einen Zettel aus der Tasche und faltet einen kleinen Papierflieger.

„Den brauch ich nicht mehr“, sagt sie und wirft ihn hoch in die Luft. Im nächsten Augenblick wird er von einem Windstoß erfasst, und der Passierschein für Genossin Elsa Jonass segelt in den Himmel über Berlin.

„Ich hatte den Wunsch, dieses bemerkenswerte Haus für viele lebendig werden zu lassen.“

Sybil Volks

„Wenn Häuser Geschichten erzählen könnten, dann hätte dieses Stoff für einen ganzen Roman“, hieß es im Frühjahr 2007 in einem Artikel der *Berliner Zeitung* über das Gebäude an der Torstraße 1. Der Bericht elektrisierte die 1965 geborene Autorin und Redakteurin Sybil Volks derart, dass sie beschloss, der wechselhaften Geschichte dieses Hauses einen Roman zu widmen. Volks, die Erzählungen und Gedichte veröffentlicht hatte und deren historischer Berlin-Krimi *Café Größenwahn* für zwei Preise nominiert worden war, forschte in Bibliotheken, Archiven und im Internet, sah alte Filme an und sprach mit Freundinnen, die in der DDR „sowohl innerhalb als auch am Rande des Systems Erfahrungen gesammelt haben“. Zum ehemaligen Kaufhaus Jonass, das heute als „Soho House Berlin“ nobler Privatklub und Hotel ist, gewährten ihr die neuen Eigentümer zweimal Zugang – vor dem Innenumbau und vor der Wiedereröffnung 2010.

„Mit der eigenen Lebenserfahrung wäre ich hier nicht weit gekommen“, erklärt Volks. „Und wie die große Geschichte die vielen kleinen Leben beeinflusst – und umgekehrt –, ist eine zentrale Frage des Romans. Ich habe in jedem Kapitel versucht, für das jeweilige Jahrzehnt eine typische Stimmung einzufangen, Motive, Musik, Gerüche, Bilder. So puzzelt sich durch all diese Teilchen ein Hintergrund zusammen, eine Bühne, auf der die Figuren loslegen können.“ Hat die Autorin sich durch Menschen aus ihrem persönlichen Umfeld inspirieren lassen? „Ich denke mir die Figuren weitgehend aus. Meine Familie und Freunde und Freundinnen lasse ich lieber raus, ich will ja weiterhin mit ihnen befreundet bleiben.“

Jessica Kremser

Mit einem Ruck fuhr Frau Maier im Bett hoch. Alle ihre Sinne schalteten auf Alarm. Im Garten war jemand. Es ist bestimmt die Katze, sagte sich Frau Maier. Wieder und immer wieder wiederholte sie diesen Satz wie eine Beschwörungsformel. Nach ein paar Minuten wurde sie ruhiger. Als sie sich gerade wieder auf ihr Kopfkissen sinken lassen wollte, fiel ihr Blick auf den Schaukelstuhl. Darauf lag die Katze und schlief tief und fest.

Erstes Kapitel

MONTAG

Auf den ersten Blick hätte man denken können, der weiße Fleck im Wasser wäre ein Fisch. Fast jeder hätte das gedacht. Frau Maier nicht. Denn Frau Maier kannte sich aus mit den Fischen im See. Der weiße Fleck schimmerte fast silbrig unter der leicht gekräuselten Wasseroberfläche zwischen ein paar dunklen Schilfhalmen. Es war schwer zu sagen, ob sich nur das Wasser bewegte oder ob es die Hand selbst war, die unter Wasser leise winkte. Dass es eine Hand war, daran bestand für Frau Maier gar kein Zweifel. Die Frage war: Handelte es sich nur um eine Hand oder um eine Hand, die noch mit einem Körper verbunden war?

Die Katze hatte sich längst verzogen. Als sie mit der Pfote nach dem silbrigen Fisch hatte angeln wollen, da hatte sie plötzlich die Erkenntnis gepackt, dass er vielleicht doch kein so guter Fang war. Ihr Fell am Rücken hatte heftig gezuckt, so als hätte sie Flöhe, und dann war sie in Sekundenschnelle fauchend im Gebüsch am Ufer verschwunden.

Frau Maier war allein. Wie immer. Seufzend beugte sie sich nach vorne. Angst hatte sie keine – höchstens davor, wieder einen Hexenschuss zu bekommen, so wie im letzten Winter. Da hatte sie sich auch nur gebückt, um einen Kiesel aufzuheben. Einen roten, ganz glatt gewaschen vom See. Danach war das Leben fünf Wochen lang sehr beschwerlich gewesen.

Die Hand bewegte sich nicht. Sie lag still und blass im Wasser. In ihrer Todesstarre schien sie etwas zu umklammern. Es sah aus wie ein Stück Papier. Und von der Hand führte ein Arm ins Schilf.

Frau Maier hatte kein Telefon. Das war manchmal lästig, unter Umständen auch einmal sehr lästig, aber so richtig unangenehm war es noch nie gewesen. Bis zu diesem Augenblick. Denn wenn man im Wasser im Schilf am See gerade eine Hand gefunden hat, von der aus ein Arm zu einer Frau führt, und diese Frau nackt und tot ist, dann wäre ein Telefon von Vorteil. Das dachte Frau Maier, als sie schnaufend an ihrem Küchentisch saß.

Frau Maier wurde selten nervös. Ihre Gelassenheit hatte ihr in ihrem Leben schon sehr oft geholfen. Ohne sie wäre das Leben, das sie führte, als alleinstehende, vermutlich sogar einsame Frau ohne Geld, sehr viel schwieriger gewesen.

Den kurzen Weg vom Fundort der Leiche bis zu ihrem kleinen Haus war Frau Maier nicht gerannt, sondern sie hatte ihn in ihrem ganz normalen, bedächtigen Schritt zurückgelegt. Trotzdem standen ihr jetzt, als sie am Küchentisch saß, kleine Schweißperlen auf der Stirn. Frau Maiers Atem ging schneller als sonst. Und flacher. Wieso?

Sicher, sie hatte gerade eine Leiche entdeckt. Das reichte normalerweise, um nervös zu werden. Bei Frau Maier nicht.

Sicher, sie hatte kein Telefon und konnte die Polizei nicht sofort verständigen. Aber dafür würde sich eine Lösung finden.

Nein, die Schweißperlen hatten andere Gründe. Nach kurzem, aber gründlichem Grübeln hatte Frau Maier diese Gründe ausgemacht. Erstens: Sie hatte die tote Frau erkannt. Zweitens: Sie war am Fundort nicht allein gewesen. Jemand hatte sie beobachtet.

JETZT KONNTE nur Elfriede Gruber helfen. Sie war die Leiterin der örtlichen Sparkasse und eine von drei Personen, auf die Frau Maier sich verlassen konnte. Die anderen beiden waren der Seppi, Lehrling im Supermarkt, und der Fischer-Karli. Seppi konnte sie nicht allzu oft behelligen, weil er sonst Ärger mit dem Supermarktleiter bekam. Aber Elfriede Gruber war selbst Filialleiterin und konnte mit niemandem Ärger bekommen. Und nur deshalb war es möglich, dass sie Frau Maier immer mit Respekt begegnete, obwohl die kein dickes Konto bei der Sparkasse hatte und auch sonst kein nennenswertes Ansehen im Dorf besaß. Die Gründe, warum sie immer und zu jeder Zeit zum Fischer-Karli laufen konnte, waren persönlich. Und vielschichtig. Und vor allem taten sie weh, auch nach über vierzig Jahren noch.

An alle diese Dinge dachte Frau Maier, als sie sich auf den Weg zur Sparkasse machte, dann kehrten ihre Gedanken zur Frau im Wasser zurück. Ihr Gesicht war nur wenige Zentimeter unter der Wasseroberfläche ganz deutlich zu sehen gewesen. Ihre blauen Augen waren weit offen und hatten einen erstaunten Ausdruck. Um ihren Kopf wehten blonde Haare, sodass der Gesamteindruck Frau Maier an eine Nixe erinnerte. Als Kind, als sie mit ihren Eltern in das kleine Dorf am großen See gezogen war, da hatte sie lange Zeit geglaubt, im See würden Nixen leben. Damals war sie noch nicht Frau Maier gewesen, sondern ein kleines Mädchen, das an viele Dinge glaubte. Frau

Maier glaubte nur an das, was sie sehen, schmecken, riechen, hören oder fühlen konnte. Nixen gehörten nicht dazu.

Die Frau im Wasser war Anita Graf, die Schwester von Inge Graf. Anita war nach Übersee ausgewandert, mit neunzehn. Sie hatte einen US-Soldaten geheiratet und war nie mehr zurückgekommen in das Dorf am See. Bis jetzt. Schon seit zwei Wochen war sie bei Inge zu Besuch, und Frau Maier hatte die beiden mehrmals an ihrem Häuschen vorbeispazieren sehen. Wie Inge wohl mit diesem schrecklichen Ende eines lange ersehnten Besuches fertig werden würde?

Da waren sie wieder, die kleinen Schweißperlen. Und gleichzeitig war auch das Gefühl wieder da, dass dort unten am Ufer noch jemand gewesen war. Frau Maier war nicht mehr jung, ihr sechzigster Geburtstag war schon eine ganze Weile her. Aber wenn etwas perfekt funktionierte, dann waren das ihre Sinne. Und zwar alle. Sie sah, hörte, roch, fühlte und schmeckte, was andere gar nicht wahrnahmen.

Zügiger, als es sonst ihre Art war, ging Frau Maier den Uferweg entlang. Von ihrem Häuschen aus führte zunächst ein Stück Kiesweg durch einen kleinen Wald, danach wurde er zu einer geteerten Straße, die aber trotzdem nur für Fußgänger und Radfahrer benutzbar war. Autos gab es hier nicht. Bis ins Dorf brauchte Frau Maier zu Fuß knappe fünfzehn Minuten.

Der See lag zu ihrer Rechten. Selbst an einem Tag wie diesem, an dem sie es eilig hatte und ihr Kopf voller Gedanken war, schenkte Frau Maier dem See ihre Beachtung. Heute, an einem kalten Tag im Februar, sah er dunkel und trüb aus. Die Berge im Hintergrund waren ganz deutlich sichtbar und mit Schnee bedeckt. Vom ersten Tag an hatte der See Frau Maier in seinen Bann gezogen. Jeden Tag sieht er anders aus, hatte sie im ersten Jahr am See gedacht. Nach einigen Jahren hatte sie bemerkt, dass er fast jede Stunde anders aussah. Und mittlerweile wusste sie: In jedem Moment veränderte der große See seinen Ausdruck und sie konnte inzwischen jedes seiner vielen Gesichter lesen. Sie wusste, wann ein Sturm aufzog und ob die Sicht am nächsten Tag klar sein würde.

Frau Maier bog kurz vor dem Dampfersteg nach links ab und befand sich zwei Minuten später auf der Hauptstraße des Dorfes und eine Minute später am Eingang der Sparkasse. Elfriede Gruber war da. Sie warf gerade einen Blick über die Schulter ihres Lehrlings, der Probleme beim Ausfüllen eines Antrages hatte. Als sich die Schiebetüren der Sparkasse öffneten, schaute sie auf. Ihr Blick begegnete dem von Frau Maier. Sofort erkannte sie den Ernst der Lage und bat Frau Maier ins Besprechungszimmer.

SEIT FAST ZEHN JAHREN schon hätte Frau Maier Elfriede Gruber jederzeit um Hilfe bitten können. Denn damals hatte sie Elfriedes Mann im Bett mit Nicole Weidner, der jungen Gemeindeangestellten, angetroffen. Frau Maier verdiente sich zu ihrer bescheidenen Rente als Putzfrau etwas dazu, und das Haus der Grubers war eine ihrer festen Stellen. Jeden Dienstag, von acht bis elf. An jenem Dienstag hatte Frau Maier ihre Jacke im Haus der Grubers vergessen. Das hatte sie bemerkt, als sie mit dem Putzen der Arztpraxis (von zwölf bis zwei) fertig war und leicht verschwitzt den Heimweg antreten wollte. Plötzlich fröstelte sie, und da fiel ihr eben das Fehlen der Strickjacke auf. Kurz hatte sie gezögert, aber sie konnte keine Erkältung riskieren. Eine Woche ohne Putzen bedeutete eine Woche ohne Geld.

Also ging sie zurück zum Haus der Grubers, holte den Schlüssel aus dem zweiten Blumenkasten am Fenster und sperrte auf. Es war 14.22 Uhr.

Sofort nahmen ihre feinen Ohren die Geräusche wahr, sofort wusste sie: Ich bin nicht allein im Haus. Und da Frau Maier niemals Angst hatte, ging sie energisch die Treppe hinauf. Sie hatte einen Einbrecher erwartet oder Nachbars Katze, aber ganz bestimmt nicht Herrn Grubers nackten Hintern. Das Entsetzen im Gesicht von Nicole Weidner war fast lustig anzuschauen. Aber die Reaktion von Herrn Gruber war traurig. Hastig hüllte er sich in eine Decke, stolperte zu seiner Hose auf dem Boden, nahm sein Portemonnaie heraus, kramte hektisch hundert Euro heraus und hielt sie Frau Maier hin: „Für Ihre Loyalität, Sie verstehen schon, gell?“, sagte er.

Was Frau Maier daran am allermeisten erboste, war, dass er ganz selbstverständlich davon ausging, dass sie das Geld nehmen würde und das Problem damit beseitigt wäre. Mit eisiger Miene nahm sie das Geld, ging die Treppe herunter, holte sich ihre Strickjacke, legte die hundert Euro auf den Küchentisch und ging zur Sparkasse. Dort wartete sie geduldig, bis Elfriede Gruber um exakt 17.33 Uhr die Filiale absperrte. Sofort ging sie auf sie zu: „Ich muss mit Ihnen über etwas Persönliches sprechen. Ungestört.“

Nach einem kurzen Zögern bat Elfriede Gruber Frau Maier, sich mit ihr ins Auto zu setzen. Dort sah Frau Maier sie an. „Ich war gerade noch einmal in Ihrem Haus, weil ich meine Strickjacke vergessen habe. Die Jacke war da. Aber auch die Nicole Weidner. Und sie lag mit Ihrem Mann im Bett.“ Elfriede sagte nichts. Gerne hätte sie empört ihren Mann verteidigt und die unverschämte Putzfrau entlassen. Aber Frau Maiers Blick schloss diese Reaktion aus: Elfriede wusste, dass Frau Maier die Wahrheit sagte. Nicole Weidner. Zwanzig Jahre jünger als sie. Elfriedes Augen brannten und sie schämte sich plötzlich. Aber Frau Maier legte ihr einfach die Hand auf den Arm. Sanft, aber ohne zu zögern. So saßen die beiden Frauen, die

Filialleiterin und ihre Putzfrau, mindestens zehn Minuten lang zusammen im Auto.

„Sie wissen, wo ich wohne“, sagte Frau Maier dann. Sie stieg aus und schloss die Autotür hinter sich. Seit diesem Tag wusste sie, dass sie Elfriede Gruber jederzeit um Hilfe bitten konnte.

DAS BLAULICHT der beiden Polizeiautos warf tanzende Punkte auf das Wasser. Dem besonderen Anlass entsprechend (eine Leiche gab es im Landkreis nicht alle Tage, eine nackte Leiche so gut wie nie) waren gleich zwei Streifenwagen gekommen. Frau Maier hatte ihnen den Weg gewiesen, dann war sie in ihr Haus gegangen. Eigentlich hätte sie erleichtert sein müssen: Jetzt hatten Profis die Sache in die Hand genommen.

Frau Maier saß am Küchentisch und trank Kaffee. Sie war nicht erleichtert. Sie war immer noch unruhig. Das leise Rascheln im Gebüsch hinter ihr, dieses unbestimmte Gefühl von bohrenden Blicken in ihrem Rücken. Wer war da mit ihr am Fundort gewesen?

Seufzend griff sich Frau Maier ein Kochbuch vom Regal. Wenn ihr etwas gegen innere Unruhe helfen konnte, dann war es das Blättern in einem Kochbuch. Es bereitete ihr Vergnügen und beruhigte sie, denn die Welt des Kochens war ihr vertraut. Besonders Fischgerichte. „Saibling in Zitronensoße …“, murmelte Frau Maier leise und versuchte, sich wie sonst jedes einzelne Wort auf der Zunge zergehen zu lassen.

In diesem Moment klingelte es an der Haustür. Draußen standen ein Mann und eine Frau in Polizeiuniform.

„Grüß Gott, Brandner Franz ist mein Name, ich bin der ermittelnde Kommissar, und das ist meine Kollegin, die Klauser Cornelia, Polizeiobermeisterin. Dürfen wir kurz reinkommen?“

„Freilich“, sagte Frau Maier und bemerkte, dass er sehr ernst aussah.

„Bitte setzen Sie sich, Frau Maier. Wir würden Sie gerne noch einmal über den genauen Ablauf des Fundes befragen.“

Frau Maier nickte.

„Um wie viel Uhr haben Sie die Leiche entdeckt?“

„Um Viertel nach zehn.“

„Warum waren Sie am See?“

„Warum nicht?“

„Bitte beantworten Sie meine Fragen, es ist wichtig.“

Frau Maier seufzte. „Ich gehe jeden Tag an den See. Ich mag die frische Luft. Und heute Morgen war ich im Garten, und meine Katze ist zum See gelaufen. Da bin ich ihr nachgegangen.“

„Sie leben allein hier? Sind Sie viel allein?"

„Ich wohne allein hier. Mit meiner Katze."

Der Polizist schien darüber kurz nachzudenken, dann wechselte er einen bedeutsamen Blick mit seiner Kollegin, woraufhin die eilfertig etwas in ihr Notizbuch kritzelte. Was war hier los?

„Ähm, ja. Hm. Zurück zur Leiche. Beschreiben Sie doch bitte noch einmal, wie Sie sie gefunden haben."

Obwohl Frau Maier all das schon am Telefon und dann noch einmal bei der Ankunft der Polizisten erzählt hatte, sagte sie geduldig: „Zuerst habe ich nur eine Hand gesehen. Dann den Arm. Dann habe ich das Schilf beiseitegeschoben … und da lag sie. Sie hatte nichts an. Ihre Augen waren offen."

„Irgendwelche sichtbaren Wunden?", unterbrach der Kommissar.

Frau Maier schüttelte den Kopf. „Sie hielt aber irgendetwas mit der Hand umklammert. Ein Stück Papier, glaube ich." Dieses Detail schien die Polizei nicht zu interessieren, denn der Kommissar ging nicht weiter darauf ein. Er setzte eine besonders wichtige Miene auf, bevor er seine nächste Frage stellte: „Und Sie sind der Ansicht, dass es sich bei der Frau um eine gewisse …" Er blätterte in seinen Notizen.

„Anita Graf", warf die Polizeiobermeisterin beflissen ein.

Der Kommissar schien solche Einmischungen nicht zu schätzen, denn er warf seiner jungen Kollegin einen mürrischen Blick zu und setzte seine Frage ohne ein Wort des Dankes fort. „… Anita Graf handelt?"

„Nein." Frau Maier schüttelte den Kopf.

„Nein?", wiederholte der Kommissar erstaunt.

„Nein. Ich bin nicht der Ansicht. Ich bin mir sicher", sagte Frau Maier.

Daraufhin veränderte sich der Gesichtsausdruck des Polizisten. Von Erstaunen wechselte er einen kurzen Moment lang zu Mitleid und wurde dann zu … Ärger. „Das ist ja alles gut und schön, Frau Maier", sagte der Kommissar, und seine Stimme klang jetzt eindeutig kalt. „Aber wie erklären Sie uns, dass an dem von Ihnen so genau beschriebenen Fundort zwar Wasser ist und Schilf – aber keine Leiche?"

Frau Maier glaubte, nicht richtig zu hören. Viele hätten an ihrer Stelle jetzt die Fassung verloren. Nicht Frau Maier, die Ruhe in Person.

„Natürlich ist dort eine Leiche", sagte sie mit fester Stimme. „Zumindest war sie um Viertel nach zehn da."

„Aha", erwiderte Kommissar Brandner, und jetzt schlich sich leiser Spott in seine Stimme. „Und wie erklären Sie mir dann, dass keiner unserer Beamten auch nur den geringsten Hinweis auf die tote Frau dort entdecken konnte? Meine Leute haben jedes verdammte Schilfrohr einzeln umgedreht,

Herrschaftszeiten! Und ein Stück Papier haben wir auch nicht gefunden!" Der Kommissar wurde laut.

Frau Maier sah ihn einige Sekunden lang wortlos an, dann erwiderte sie ohne die kleinste Unsicherheit in ihrer Stimme: „Wenn die Leiche nicht mehr da war, dann wurde sie entfernt. Von der Strömung, von Menschen … vom Mörder vielleicht. Was weiß ich. Sie war jedenfalls da und es war die Anita Graf, das ist alles, was ich weiß."

Von ihrem Gefühl, dass noch jemand am Tatort gewesen war, sagte sie nichts. Der Kommissar hatte bei ihr jedes Vertrauen verspielt. Endgültig und in dem Moment, in dem er den Spott hatte aufblitzen lassen. Spott war ein rotes Tuch für Frau Maier. „Eene mene muu, du blöde Preißn-Kuh!", klang es in ihrem Kopf. Aufgeregte, sich im Eifer des Gemeinseins fast überschlagende Kinderstimmen. Gelächter. „Zuagroaste müssen leider draußen bleiben!" Spott und Häme, so dicht wie eine Wand. Und sie, das kleine Mädchen, das gerade in das Dorf am großen See gezogen war, stand immer vor dieser Wand. Davor. Aber nie dahinter.

Frau Maier war nur ein paar Sekunden lang in die Vergangenheit eingetaucht, aber ihr Schweigen machte den Kommissar immer wütender. „Wissen Sie, was ich glaube? Sie sind einfach zu viel allein, haben eine lebhafte Fantasie und wollten endlich einmal Aufmerksamkeit bekommen! Aber so nicht, gute Frau, das wird ein Nachspiel haben!" Und mit diesen gewichtigen Worten hievte er seinen nicht weniger gewichtigen Bauch vom Küchenstuhl und verließ ohne Gruß das Haus.

Die Polizeiobermeisterin sprang ebenfalls auf und eilte ihrem Chef nach. Doch an der Tür zögerte sie kurz, dann drehte sie sich um: „Ich werde dafür sorgen, dass jemand vorbeikommt … dass Ihnen jemand … hilft. Unser Polizeipsychologe, der kennt sich aus mit so was. Der weiß bestimmt jemanden!", flüsterte sie und drückte kurz Frau Maiers Hand. Frau Maier zuckte zurück. Dort, wo die Polizistin ihre Hand berührt hatte, schien ihre Haut zu brennen. Mitleid war für Frau Maier noch schlimmer als der ärgste Spott.

Zweites Kapitel
DIENSTAG

Am nächsten Tag wachte Frau Maier sehr früh auf. Wie spät es wohl war? Es war Ende Februar, draußen war es stockdunkel. Ohne Licht und ohne Vogelgezwitscher konnte Frau Maier nur anhand ihrer inneren Uhr die Zeit schätzen. „Fünf Uhr zwanzig", murmelte sie – nein! Sie horchte noch einmal genauer auf das innere Ticken – „Fünf Uhr fünfundzwanzig", korrigierte sie dann. Ein Blick auf den altmodischen Wecker auf dem Nachttisch zeigte: 5.27 Uhr. Frau Maier seufzte zufrieden, dann stand sie auf und schlüpfte in ihre Hausschuhe.

Jeden Tag begann Frau Maier auf dieselbe Art und Weise: Sie zog sich ihren alten Frotteebademantel an und machte sich eine Tasse Kaffee. Den Kaffee trank sie dann am Küchentisch. Heiß, schwarz, genüsslich, mit halb geschlossenen Augen. Und dabei dachte Frau Maier nach. Über die Träume der Nacht, über Beobachtungen des vergangenen Tages, manchmal auch über die Vergangenheit. Heute dachte sie darüber nach, dass der Bademantel zu schrumpfen schien, denn er wurde immer enger. Er hatte ihrer Mutter gehört. Früher, als sie noch nicht Frau Maier gewesen war, sondern das kleine Mädchen am großen See, da hatte ihre Mutter sie manchmal mit diesem Bademantel zugedeckt. Damals war er ihr riesig vorgekommen.

Frau Maier nahm noch einen Schluck Kaffee. Heute Nacht würde sie es vielleicht wieder bereuen. Denn häufig fand sie keinen ruhigen und tiefen Schlaf. Eigentlich seltsam, wo sie doch tagsüber die Ruhe in Person war … Wenn sie dann wach lag und schwitzte, dann schwor sie sich jedes Mal: Ab morgen trinke ich Pfefferminztee. Und schon in diesem Moment wusste sie, dass sie am nächsten Morgen wieder zur Kaffeedose greifen würde. Und sie würde auch wieder, wie jeden Morgen, warten, bis die kleine Kaffeemaschine gurgelnd und schnaufend den letzten Tropfen Kaffee herausgepresst hatte. Mit jeder Minute breitete sich der Kaffeegeruch mehr in der kleinen Küche aus, und mit jeder Minute wuchs Frau Maiers Vorfreude auf den ersten heißen, belebenden Schluck. Nein, der Pfefferminztee würde wohl noch ein Weilchen warten müssen.

Frau Maiers Gedanken schlugen eine neue Richtung ein. Was hatte sie aufgeweckt, so früh am Morgen, in völliger Dunkelheit und in der Stille ihres einsamen Häuschens? War es ein Geräusch gewesen, das auch im Schlaf an ihre stets gespitzten Ohren gedrungen war? Oder vielleicht eine andere Wahrnehmung, die ihre allzeit bereiten Sinne, die auch nachts keine Pause einlegten, empfangen hatten? Ein Geruch vielleicht? Unwillkürlich legte Frau Maier den Kopf leicht in den Nacken und schnupperte in die Luft. Aber da war nichts. Außer … Vielleicht war da wieder dieses Gefühl, dieses Unbehagen, diese Härchen, die sich an den Armen aufrichteten. War sie wieder nicht allein? War da nicht doch ein leises Geräusch vor dem Haus zu hören? Langsam stand Frau Maier auf und ging zur Tür. Kurz ließ sie den Blick zum Schürhaken am Kamin schweifen, rief sich aber sofort zur Ordnung: „Jetzt spinnst aber a bissl!", schimpfte sie sich leise und machte beherzt die Tür auf.

Der Garten war leer. Rechts auf der kleinen Veranda aus Holz saß die Katze.

Natürlich! Wie hatte sie so dumm sein können, das leise Geräusch nicht als Katzentatzen zu erkennen! Frau Maier schüttelte den Kopf. Die Leiche hatte ihr wohl mehr zugesetzt, als sie sich hatte eingestehen wollen. Sie ging zurück zur Tür und warf einen letzten beruhigten Blick in den Garten. Und erstarrte.

Das Gartentor, das zum kleinen Weg hinaus führte, stand nicht nur offen. Nein, es war aus seinen Angeln gehoben und fein säuberlich gegen den Gartenzaun gelehnt worden. So etwas kann nur ein Mensch, war Frau Maiers erster Gedanke. Das muss nichts bedeuten, war der zweite. Es bedeutet aber auf jeden Fall etwas: Jemand war mitten in der Nacht in meinem Garten. Und er wollte, dass ich es weiß. Und dieser dritte Gedanke blieb für den Rest des Tages wie eine dunkle Wolke, die sich einfach nicht vertreiben lassen wollte, über ihr hängen.

Es war acht nach elf, als es klingelte. Vor der Tür stand ein junger Mann. Blondes, etwas dünnes und zu langes Haar. Keine Zeit für den Friseur, nein, kein Interesse. Unmodische Brille, blaue Augen, harmloser Blick. Jeans, Jeansjacke, Verlegenheit aus jeder Pore.

All das erfasste Frau Maier in einer Sekunde, bevor sie freundlich sagte: „Grüß Gott. Wollen Sie zu mir?"

„Frau Maier? Ja, genau. Ja. Guten Morgen!"

Spätaufsteher, dachte Frau Maier. Jemand, für den es um elf Uhr noch am Morgen ist, der steht nicht gerne früh auf.

„Ich … äh … darf ich reinkommen?", fragte der Fremde vor der Tür.

„Sie dürfen natürlich hereinkommen, ich wüsste nur gerne zuerst, wer Sie eigentlich sind", erwiderte Frau Maier, immer noch sehr freundlich.

Sie bemühte sich Fremden gegenüber immer um Freundlichkeit, denn was Unfreundlichkeit Fremden gegenüber bedeutete, das wusste sie ganz genau. Dass sie den jungen Mann fragte, wer er war, das hatte auch nichts mit Vorsicht zu tun. Vor diesem harmlosen Burschen musste sich keine Fliege in Acht nehmen. Sie hatte ihn lediglich aus Prinzip gefragt, denn sie fand, dass man sich vorstellen musste.

Auch der junge Mann bemerkte, dass er sich unhöflich verhalten hatte. „Entschuldigung, ja natürlich. Also ich bin … äh … also ich heiße Frank Schön und ich bin …" Er fasste sich ein Herz. „Ich bin Psychologe. Die Polizei schickt mich."

Weil so selten jemand außer ihr das kleine Haus am See betrat, sah Frau Maier es jetzt plötzlich mit den Augen ihres Besuchers. Was sah Frank Schön? Von außen wirkte das Haus gemütlich mit der Holzvertäfelung, den grünen Fensterläden und der kleinen Veranda. Sein Ziegeldach hatte sich das Haus wie eine rote Mütze bis tief in die Stirn gezogen. Es bot Schutz vor der Kälte und dem Wind, der manchmal vom See heraufbrauste.

Das Haus war klein. Unten gab es eine schmale Diele, die Küche, das Wohnzimmer, die Vorratskammer. Oben, hinter einem Gaubenfenster, lag das Schlafzimmer, daneben das Badezimmer, die Toilette. Darüber kam schon das Dach mit einem Speicherraum, in dem sich im Schutz der roten Ziegelmütze die Erinnerungen an ihre Kindheit und Jugend unter einer Staubschicht zu verstecken versuchten. Kein Keller: zu nah am See. Jedes Mal wenn der Wasserpegel stieg, würde ein Keller sofort überflutet werden.

Innen war Frau Maiers Haus vor allem eines: ordentlich. Langsam ging Frank Schön durch den schmalen Flur, vorbei an einem Schuhregal mit nur vier Paar Schuhen und einem Kleiderständer.

„Rechts geht es ins Wohnzimmer“, sagte Frau Maier.

Frank Schön schaute sich um: ein Sofa mit einer großen Patchworküberdecke, ein alter grüner Cordsessel, eine Vitrine mit Porzellangeschirr, ein Bücherregal, ein Kamin, in dem sauber gestapeltes Holz lag, ein großes Fenster. Auf dem Fensterbrett saß eine schwarze Katze. Sie leckte hoch konzentriert ihre rechte Vorderpfote. Da die Pfote weiß war, sah es so aus, als hätte sich die Katze gerade die schwarze Farbe abgeleckt. Die Konzentration war übrigens nur vorgetäuscht, denn natürlich hatte die Katze den Fremden sofort bemerkt. Sie warf ihm einen skeptischen Blick zu und verschwand unter dem Sofa.

„Setzen Sie sich doch“, sagte Frau Maier. „Kaffee?“

„Ja gerne!“, antwortete der Psychologe.

Während Frau Maier den Kaffee holte, ließ er sich vorsichtig aufs Sofa sinken. Katzen waren ihm nicht geheuer. Er versuchte, die Beine möglichst außer Krallenweite vom Sofa weg zu strecken, und sah sich weiter um. Ein uralter und winziger Röhrenfernseher stand da. Ein Radio, das so aussah, als hätte es noch Beatles-Konzerte live übertragen, thronte auf dem Tischchen neben dem Regal. Ein Blumentopf zierte den Sofatisch. Alles sehr gemütlich, alles sehr ordentlich. Frau Maier kam wieder. Sie goss Kaffee ein und setzte sich neben ihn. Dann sah sie ihn aus ihren freundlichen grünen Augen fragend an.

„Frau Maier … äh … wie geht es Ihnen?“, fragte Frank Schön und rutschte einen Zentimeter zur Seite.

Aha, dachte Frau Maier. So ist das also: Einer, der sich beim Stellen der banalsten Frage schon unwohl fühlt, der ist Psychologe.

„Gut, danke, und Ihnen?“, erwiderte sie höflich. Das schien ihren Gesprächspartner vollends aus der Bahn zu werfen.

„Mir? Ja. Mir. Gut, denke ich. Ja. Danke.“

Oho, dachte Frau Maier. Eine Gegenfrage kann ein Psychologe erst recht nicht verkraften.

Ein paar Sekunden lang herrschte Stille. Dann seufzte Frau Maier und beschloss, dem armen, harmlosen jungen Mann zu helfen. Gerade als sie den Mund aufmachen und das Gespräch irgendwie fortsetzen wollte, bemerkte sie eine Veränderung auf dem Gesicht des Psychologen. Kleine Lachfalten breiteten sich um seine Augen herum aus, sein Gesicht entspannte sich, seine Mundwinkel zuckten leicht.

„Sie mögen Elvis?“, fragte er dann.

Frau Maiers Blick folgte seinem zum Bücherregal. Dort stand in einem Extrafach ein großes gerahmtes Elvis-Porträt (1950er Jahre, in Soldatenuniform), geschmückt mit einem Hawaii-Blumenkranz.

„Ich liebe ihn!“, sagte sie ernst. Und das war keine Übertreibung. Elvis war in Frau Maiers Leben die größte Liebe. Nein, die zweitgrößte … aber daran durfte sie jetzt nicht denken.

„Ich auch“, sagte Frank Schön, ebenfalls ernst. Dann fügte er schnell hinzu, so als würde er die unangenehme Frage in Elvis-Watte verpackt auf den Weg schicken wollen: „Frau Maier, erinnern Sie sich an die letzten Tage?“

Frau Maier legte den Kopf leicht schief und sah den Psychologen an. „Natürlich erinnere ich mich“, erwiderte sie gelassen. „Mein Gedächtnis ist sehr gut, wissen Sie.“

Frank Schön sagte: „Tja, wissen Sie, Sie haben da wohl für ein wenig Unruhe gesorgt, als Sie erzählt haben, Sie hätten eine Leiche gesehen … Der Brandner ist sauer.“

Frau Maier seufzte. „Die Leiche war da. Und ich habe sie sogar erkannt. Mehr kann ich nicht dazu sagen.“ Sie hatte resigniert. Gab es denn nur Nieten unter Polizisten und Psychologen? Alle, die mit P anfangen, vielleicht, überlegte sie. Polizisten, Psychologen … Politiker, Pfarrer! Die Theorie schien tatsächlich zu stimmen.

„Ich glaube Ihnen“, drang da Frank Schöns ruhige Stimme durch ihre Gedanken in ihr Gehirn vor. Frau Maier erschrak fast, so erstaunt war sie.

„Wie bitte?“

„Ich glaube Ihnen“, wiederholte der Psychologe. „Sie reden keinen Blödsinn, das merkt man. Ich glaube Ihnen, und ich werden Ihnen helfen.“

Vor lauter Überraschung verschlug es Frau Maier fast die Sprache. Das passierte so gut wie nie. Nur wenn Elvis *Are you Lonesome Tonight?* sang, konnte es vorkommen.

„Wie wollen Sie mir denn helfen?“

„Naja“, sagte Frank Schön und stand auf. „Erst einmal, indem ich den

Brandner und die Polizei beruhige und denen versichere, dass Sie bei klarem Verstand sind und man vielleicht doch noch weiter nach der Leiche suchen sollte. Ich weiß nicht, ob es etwas bringt – aber es schadet Ihnen bestimmt auch nichts, mich auf Ihrer Seite zu haben. Und wir können eine Anzeige wegen Vortäuschens einer Straftat verhindern."

Er streckte ihr seine Visitenkarte hin. „Sie können mich anrufen, wenn Sie mich brauchen." DR. FRANK SCHÖN, LEITER DER KLINISCHEN PSYCHOLOGIE IM KREISKRANKENHAUS, SACHVERSTÄNDIGER DER POLIZEI stand darauf. Und eine Telefonnummer.

„Mein Handy. Da erreichen Sie mich immer. Danke für den Kaffee, alles Gute", sagte er im Hinausgehen. Frau Maier war von der plötzlichen Wende des Gesprächs immer noch so erstaunt, dass sie kaum einen Gruß zustande brachte. Sie sagte Dr. Frank Schön auch nicht, dass sie ihn nicht immer erreichen konnte, weil sie kein Telefon hatte.

In der Tür drehte sich der Psychologe plötzlich noch einmal um: „Ein bisschen Menschenkenntnis habe ich nämlich schon, auch wenn Sie's mir nicht zutrauen." Und er grinste – ein Grinsen, so frech und fröhlich, wie sie es ihm nicht zugetraut hätte. Langsam und verdattert machte Frau Maier die Tür zu. Dann schämte sie sich ein bisschen. Aber nicht allzu lange.

UM ZWANZIG NACH DREI klingelte es wieder. Vor der Tür stand Elfriede Gruber. Darüber wunderte sich Frau Maier, denn Elfriede Gruber hatte sie noch nie privat besucht. Vor fast zehn Jahren hatte Frau Maier im Auto zu ihr gesagt: „Sie wissen, wo ich wohne." Seitdem hatte Elfriede Gruber aber noch nie Gebrauch von diesem Wissen gemacht. Bis heute. Es konnte kein geschäftlicher Besuch sein, denn Frau Maier putzte schon lange nicht mehr für sie. Nach der leidigen Geschichte mit der Weidner Nicole war Elfriede aus dem Haus ihres Mannes ausgezogen und bewohnte jetzt eine Zweizimmerwohnung. Die putzte sie selbst.

„Ich habe uns Kuchen mitgebracht", sagte Elfriede und versuchte, fröhlich zu klingen, aber es gelang ihr nicht. Sie klang angespannt und besorgt.

Frau Maier führte sie in die Küche und packte den Bienenstich auf zwei Teller. Dann setzte sie in aller Ruhe einen Kaffee auf. Erst, als alles fertig war, setzte sie sich gegenüber von Elfriede an den Tisch und fragte: „Was ist los?"

Elfriede griff in ihre Handtasche und holte wortlos die Zeitung heraus. Die große Titelzeile lautete: VERWIRRTE OMA NARRT DIE POLIZEI.

„Ich habe mir einfach Sorgen gemacht", sagte sie.

„Dass ich verwirrt bin?", fragte Frau Maier und es gelang ihr nicht, die Schärfe aus der Frage herauszuhalten.

„Nein, natürlich nicht. Dass Sie Ärger bekommen oder dass Sie sich diese dummen Schlagzeilen zu Herzen nehmen. Ehrlich. Ich habe keine Sekunde daran gezweifelt, dass Sie die Wahrheit sagen." Sie legte Frau Maier die Hand auf den Arm. So wie damals im Auto, nur umgekehrt. Und Frau Maier wusste, dass sie die Wahrheit sagte.

„Danke", sagte sie und legte ganz kurz ihre Hand auf die von Elfriede, die noch immer auf ihrem Arm lag.

„Und es gibt noch etwas, was ich Ihnen sagen wollte", fuhr Elfriede fort. „Es ist tatsächlich so, dass die Anita seit vorgestern verschwunden ist."

„Das überrascht mich nicht", erwiderte Frau Maier lakonisch. Dann seufzte sie. „Ich wüsste nicht, wie die Anita von dort, wo sie jetzt ist, noch einmal heimkommen sollte."

„Ja, ich weiß. Aber die Inge ist jetzt ganz aufgelöst. Sie war erst wütend auf Sie, dass Sie ihr so einen Schrecken eingejagt haben. Aber mittlerweile hat sie große Angst, dass Sie recht haben. Vorgestern wollte die Anita einen ehemaligen Klassenkameraden treffen. Als sie gestern früh nicht zurück war, hat die Inge sich gewundert, aber sie hat sich noch keine großen Sorgen gemacht. Aber die Anita ist seitdem nicht aufgetaucht, und ihr Handy ist aus."

„Und die Polizei?", fragte Frau Maier ohne viel Hoffnung.

„Die waren genervt, dass schon wieder jemand wegen der Anita anfängt."

Frau Maier schnaubte verächtlich. „Mir haben sie gleich einen Psychologen vorbeigeschickt. So einen jungen Burschen, der im Krankenhaus in der Psychiatrie arbeitet. Wahrscheinlich soll der mich einweisen."

„Wie bitte?" Elfriede war ehrlich entsetzt. „Meinen Sie das im Ernst?"

„Nein, nein, keine Sorge", beeilte sich Frau Maier, sie zu beruhigen. „Das scheint ein ganz harmloser Kerl zu sein." Sie zögerte. „Also im Großen und Ganzen harmlos. Und wenn nicht harmlos, dann zumindest … ganz in Ordnung."

Elfriede sah immer noch besorgt aus. „Ich werde mich mal bei meiner Freundin Margit erkundigen, was das für einer ist. Die arbeitet doch schon seit fast zwanzig Jahren im Kreiskrankenhaus und kennt da so gut wie jeden. Wie heißt er denn?"

Frau Maier kramte das Kärtchen hervor. „Dr. Frank Schön", las sie vor.

„Gut." Elfriede nickte. „Ich frage die Margit."

Eine Weile sagten beide Frauen nichts. Sie hörten dem Ticken der Küchenuhr zu und fragten sich beide, wie es jetzt weitergehen würde. Schließlich räusperte sich Elfriede und sagte leise: „Aber jetzt ist die Anita immerhin seit bald 48 Stunden vermisst, jetzt müssen die allmählich mal anfangen zu suchen." Frau Maier nickte. Sie hätte zu gerne gewusst, wer wohl dieser Schulfreund gewesen war, den Anita zuletzt hatte treffen wollen.

Drittes Kapitel

MITTWOCH

Am Montag hatte Frau Maier die tote Anita Graf im See gefunden. Heute war Mittwoch. Ihr Putztag bei Inge Graf, Anitas Schwester. Jede Woche um acht Uhr dreißig morgens, seit sechs Jahren. Inge Graf wohnte in einem Haus im Oberdorf, jenem Teil von Kauzing, der auf dem kleinen Hügel lag. Sie lebte allein, ihr Mann war schon vor vielen Jahren an Krebs gestorben.

Inge machte die Tür auf. Sie war blass. Leichenblass, dachte Frau Maier und erschrak. Sie beschloss, den Stier bei den Hörnern zu packen. Das war immer ihr Weg im Leben gewesen. „Es tut mir so leid", sagte sie mit fester Stimme und sah Inge direkt in die Augen. „Ich weiß nicht, ob Sie mir glauben. Aber ich würde etwas so Schreckliches niemals erfinden."

Inge nickte und schien alle ihre Energie darauf zu verwenden, nicht in Tränen auszubrechen. „Heute müssten Sie bitte die Bäder putzen …" Sie schluckte. „Ins Gästezimmer gehen Sie bitte nicht, alles soll so bleiben. Falls Anita … falls sie doch …" Inge drehte sich um. Dann fragte sie leise, mit dem Rücken zu Frau Maier: „Sind Sie sicher?"

„Ja", sagte Frau Maier. Dann holte sie ihr Putzzeug aus der Kammer und machte sich an die Arbeit.

Im oberen Stockwerk trat sie wie immer kurz auf den Balkon. Von hier aus hatte man eine grandiose Aussicht über das Dorf hinweg bis zum See und den Bergen. Sie waren mit Schnee bedeckt und heute tiefblau und gestochen scharf zu sehen. Das Wasser war wieder grau.

Frau Maier ging zurück ins Haus. Als sie am Gästezimmer vorbei wollte, zögerte sie. Die Gästezimmertür stand einen Spalt offen. Inge war unten und schien zu telefonieren. Sollte sie es wagen? Was suchte sie eigentlich? Sie wusste es nicht. Sie wusste nur, dass das Bild von Anitas Leiche sie nicht losließ und dass sie irgendwie herausfinden musste, was passiert war. Schnell stieß sie die Tür ein wenig weiter auf und schlüpfte ins Zimmer.

Sie musste schlucken. Inge hatte das Bett ihrer Schwester fein säuberlich gemacht. Auf dem Nachttisch stand eine Vase mit frischen Blumen. Anitas Kleider hingen an einem Kleiderständer. Alles war sehr sauber aufgeräumt, und trotzdem wirkte der Raum nicht unbelebt. Frau Maier drehte sich um – und sah den einzigen Fleck im kleinen Gästezimmer, der nicht perfekt aufgeräumt war. Im Eck stand ein kleiner Schreibtisch und darauf lagen wild durcheinander Umschläge, Briefe, Fotos und Dokumente. Wieder siegte die Neugier. Frau Maier griff sich das erstbeste Foto, das ganz obenauf lag. Es war ein Klassenfoto. Es stand kein Datum dabei, aber es musste aus den

Sechzigerjahren stammen. Es war ein Schwarz-Weiß-Bild. Zwei Köpfe waren mit einem roten Stift in Herzform eingekreist – zwei blonde Mädchen, die nebeneinander saßen, direkt bei der Lehrerin. Eine davon im für damalige Zeit gewagten Minikleidchen, mit einem Pony und Pferdeschwanz und einem strahlenden Lächeln. Anita Graf. Das andere Mädchen hatte einen langen Rock und eine Strickjacke an. Ihre Haare waren zu Zöpfen geflochten. Auch sie lächelte. Wer war sie gewesen? Frau Maier war einige Jahre älter als Anita Graf, und als ältere Schülerin kannte man nicht alle Kleinen beim Namen, auch wenn sie alle dieselbe Dorfschule besucht hatten. Der Name von Anitas Freundin wollte ihr einfach nicht einfallen.

Über den roten Herzen stand „Für immer“.

Frau Maier griff zum nächsten Foto. Wieder ein Klassenfoto, dieses Mal in Farbe. Es musste ein paar Jahre später gemacht worden sein, weil aus den Kindern auf dem ersten Bild junge Leute geworden waren. Frau Maier schätzte, dass Anita auf dem ersten Bild zwölf gewesen war, auf diesem hier wohl sechzehn. Also musste es sich um das Abschlussklassenfoto handeln. Auf diesem Bild war neben jeden Kopf eine kleine Zahl geschrieben, und unter dem Bild war zu jeder Nummer der Name der entsprechenden Person in mädchenhafter Schönschrift notiert.

Sofort suchte Frau Maier nach dem Namen von Anitas Freundin: Evi Amberger. Richtig! Die Evi. Evi und Anita. Anita und Evi. Wie hatte sie das nur vergessen können? Die beiden waren unzertrennlich gewesen. Unzertrennlich, bis die Evi nach Amerika ausgewandert war. Frau Maier hatte das nicht wirklich mitbekommen, weil sie zu dieser Zeit nicht in Kauzing gewohnt hatte. Die Eltern hatten ihre kargen Ersparnisse zusammengekratzt, um sie zu einem Hauswirtschafterinnenkurs zu schicken. Ein Jahr hatte der gedauert. Als sie zurück ins Dorf kam, war Evi schon weg gewesen, und irgendwie hatte niemand mehr von ihr gesprochen. Nur Anita hatte still gelitten und die erstbeste Chance in Gestalt des Ami-Soldaten ergriffen, um ihr zu folgen.

Frau Maier sah sich das Foto an. Natürlich saßen Evi und Anita wieder nebeneinander. Beide blond, beide hübsch. Anita hatte eine moderne Kurzhaarfrisur, Evi immer noch die langen Haare, jetzt aber zu nur einem Zopf im Nacken geflochten. Auf diesem Bild waren beide brav und unauffällig gekleidet. Was aber der offensichtlichste Unterschied zum ersten Foto war: Keine von beiden lächelte. Beide sahen ernst und blass aus, fast ängstlich. Evi saß rechts neben Anita und links saß ein fescher junger Mann. Er blickte als Einziger nicht in die Kamera. Sein Blick hing an Anitas Gesicht. Er sah sie von der Seite an und lächelte. Anita schien es nicht zu bemerken. Sie sah ernst nach vorne. Ihre Hand umklammerte die von Evi. In der Mitte stand stolz der Schuldirektor Dr. Häuser und schien mit seinem Lächeln alle seine Schäfchen in einem Ring aus Wohlwollen einschließen zu wollen.

Richtig, dachte Frau Maier. Die Abschlussklassen hatte der Herr Direktor gerne selbst unterrichtet. Die Schüler waren stets vor Ehrfurcht fast erstarrt. Ein Schuldirektor mit Doktortitel. So jemand hatte zu dieser Zeit in Kauzing fast noch über dem Herrn Pfarrer und dem Dorfarzt gestanden.

Frau Maier fuhr zusammen. Vor lauter Gedanken hatte sie nicht gehört, dass Inge die Treppe heraufgekommen war. Wenn sie etwas hasste, dann war es, vor ihren Arbeitgebern schlecht dazustehen. Und was konnte peinlicher sein, als dass sie in der aktuellen Lage Inges Bitte, das Zimmer ihrer Schwester nicht zu betreten, missachtet hatte? Verdammte Neugier, fluchte sie innerlich. Die Zeiten, zu denen sie sich nach jedem Fluch dreimal bekreuzigt und schon Angst vor der nächsten Beichte gehabt hatte, waren zum Glück vorbei.

Inge hatte jetzt den oberen Stock erreicht und schaute ins Schlafzimmer. „Frau Maier?“, rief sie.

Frau Maiers Gedanken überschlugen sich. Was sollte sie sagen? Jetzt stand Inge vor Anitas Zimmertür. Was sollte sie nur denken, wenn sie Frau Maier hier stehen sah? Schnell legte sie wenigstens das Foto zurück auf den Tisch. Sie brauchte einen Grund, eine Erklärung …

Es klingelte. Inge zögerte kurz, dann ging sie zur Treppe. Frau Maier schloss die Augen und atmete aus. Der nächtliche Besucher und das ausgehängte Gartentürchen hatten sie jedenfalls weniger nervös gemacht als das hier. Jetzt öffnete Inge unten die Tür.

„Guten Morgen, Frau Graf, ich habe ein Packerl für Sie“, hörte sie die fröhliche Stimme vom Postboten. Frau Maier entspannte sich. Ganz schnell noch warf sie einen letzten Blick auf das Foto, um zu schauen, wer der junge Mann war, der so von Anitas Gesicht gefesselt war. Nummer elf, Klaus Kecht. Als sie das Foto schon hingelegt hatte, stutzte sie. Oben auf dem Bild war noch ein roter Kringel hingemalt, aber darin stand keine Zahl, sondern ein dickes Ausrufezeichen.

In diesem Moment ertönte aus dem Erdgeschoss ein schrecklicher Schrei.

Erstaunlich behände trotz ihrer Körperfülle rannte Frau Maier die Treppe herunter und stürzte ins Wohnzimmer im Erdgeschoss. Inge war auf den Boden gesunken und kauerte jetzt wie ein Häufchen Elend auf dem Perserteppich. In den Händen hielt sie ein zerknülltes Papier. Einen Brief, den der Postbote zusammen mit dem Päckchen abgegeben haben musste. Inge hob den Kopf und hielt Frau Maier wortlos das zerknüllte Papier hin. Frau Maier ließ sich neben sie auf den Teppich sinken und strich das Papier glatt.

Inge, such mich nicht. Es hat keinen Sinn. Ich möchte nicht mehr leben, und ich möchte, dass der See, den ich so viele Jahre vermisst habe, mein Grab wird. Es ist besser so. Anita stand darauf.

„So ein Blödsinn!“, entfuhr es Frau Maier. Am liebsten hätte sie sich auf die Zunge gebissen. Das war bestimmt nicht der Kommentar, den Inge jetzt hören wollte. Doch Frau Maier hielt ihr den Brief hin. „Frau Graf. Jemand möchte, dass Sie das für einen Abschiedsbrief von Ihrer Schwester halten. Aber wieso bitte hätte denn die Anita so einen Brief an Sie schicken sollen – und nicht einfach einen mit der Hand oder meinetwegen dem Computer geschriebenen?“

Angestrengt starrte Inge Graf auf den Brief. Ganz langsam erst schien ihr zu dämmern, dass damit ganz offensichtlich etwas nicht stimmte: Die einzelnen Buchstaben waren aus Zeitungen und Prospekten ausgeschnitten, sodass der Brief wie ein altmodischer Erpresserbrief aussah, aber keinesfalls wie ein Abschiedsbrief von Schwester zu Schwester.

Es wollte einfach nicht hell werden an diesem Tag. Ein kalter Wind wehte vom See herauf: Ostwind, stellte Frau Maier fest. Am Ufer auf den kalten Steinen lagen noch einzelne Flecken Schnee, und der Weg, den Frau Maier gerade leicht schnaufend entlangstapfte, war aufgeweicht vom nassen Schneematsch. Der Himmel war grau und schien jedes Licht sofort zu schlucken. Links lag der See. Durch die jetzt kahlen Äste der Bäume konnte man ihn aufblitzen sehen. Das Wasser war heute ebenfalls grau, eine Stufe dunkler noch als der Himmel.

Frau Maier hatte jetzt die kleine Anhöhe erreicht, auf der ein seit Jahren unbewohntes Haus stand. Das kleine Wäldchen, in dem ihr Haus lag, war dort zu Ende und gab den Blick frei auf den See. Frau Maier atmete tief ein. An jedem Tag ihres Lebens, den sie am großen See verbringen würde, würde sie ihn lieben. Auch heute, so grau und so kalt.

Frau Maier war vor fünf Minuten aus ihrem Gartentor getreten und nicht nach links in Richtung Dorf gegangen, sondern nach rechts. Sie wollte über Inge und Anita und das Klassenfoto und den Brief nachdenken, und der beste Ort dafür war das Kilianskircherl. Es lag außerhalb des Dorfes, weil früher dort die Pestopfer begraben worden waren. Von der Anhöhe aus waren es noch zehn Minuten, die wieder durch Wald führten, dann konnte man schon den kleinen Zwiebelturm sehen.

Das Kircherl lag in einer kleinen Senkung, einer Lichtung, vielleicht zweihundert Meter vom See entfernt. Heute war kein Mensch hier unterwegs. Frau Maier schnaufte, sie war wohl etwas außer Form. Man musste den Tatsachen ins Auge sehen: Vielleicht war es doch nicht der Bademantel, der schrumpfte.

Sie hatte jetzt das Tor zum Friedhof erreicht. Der Pestfriedhof. Was so schaurig klang, sah überhaupt nicht schaurig aus, im Gegenteil. Der Friedhof war ein Ort des Friedens, der Stille, der Einsamkeit. Wenn Frau Maier einen Gedankenknoten in ihrem Kopf hatte, dann kam sie gerne hierher. Langsam wanderte sie an den Gräbern vorbei. Sie kannte jedes einzelne. Besonders gerne verweilte sie vor dem Grabstein mit der Inschrift: „Die Stille des Waldes, das Gezwitscher der Vögel und das Rauschen des Sees machen mir diesen Ort auch im Tode noch angenehm."

Drei Gräber weiter stutzte Frau Maier. Lag hier frische Erde? Es war das Grab, auf dessen Gedenktafel nur Initialen standen – E. H. – und darunter in goldenen Lettern: „Unvergesslich. Unvergessen". Frau Maier sah jetzt, dass auf dem Grab frische Sträucher gepflanzt waren. Deshalb war also die frische Erde aufgeschüttet worden. Außerdem brannte ein neues rotes Grablicht. Brennt noch keine zehn Minuten, dachte Frau Maier.

Unvergessen, in der Tat. Hinter der Friedhofsmauer raschelte es. War da vielleicht ein Igel zu früh aufgewacht?

Die Tür der kleinen Kirche öffnete sich mit einem leisen Quietschen. Draußen war es jetzt fast dunkel, der Innenraum wurde von den wenigen Kerzen, die man gegen eine Gabe in den Opferstock anzünden konnte, erleuchtet. Schatten flackerten an der Wand. Die Mutter Gottes, die aus Holz geschnitzt am Altar wachte, warf einen riesigen Schatten hinter sich. Frau Maier ließ sich etwas schwerfällig auf eine der harten Holzbänke sinken. Vielleicht sollte sie einmal zum Lauftreff gehen, der jeden Dienstag im Dorf angeboten wurde? Aber nein: Mit dem Lauftreff war es genauso wie mit dem Pfefferminztee. Keine Chance.

Es war vollkommen still. Aber es war nicht friedlich. Schon wieder fühlte sich Frau Maier seltsam unbehaglich, seltsam beobachtet. Vielleicht war da doch kein Igel gewesen, hinter der Friedhofsmauer? Zusammenreißen, schalt sich Frau Maier.

Zusammenreißen! Wie oft hatte sie sich das in ihrem Leben wohl schon befohlen? Plötzlich fror sie. Sie stand auf, und da fiel ihr in der Kirchenbank vor ihr eine tiefe Furche ins Auge. Sie sah ganz neu aus, es waren Splitter und Holzstaub zu sehen, die frisch wirkten und – Frau Maier beugte sich vor – auf dem Boden lag ein Taschenmesser. War hier jemand gesessen, als sie den Friedhof betreten hatte, und dann schnell verschwunden, um ihr nicht zu begegnen? So schnell, dass er sein Messer verloren hatte? Frau Maier kämpfte gegen den starken Impuls an, das Messer einzustecken. Sie drehte sich rasch um und verließ die Kirche, den Friedhof und die Lichtung, ohne sich noch einmal umzudrehen. Dabei musste sie dauernd daran denken, dass die neu geritzte Kerbe etwas Aggressives gehabt hatte: so roh, so tief. Und daran, dass im Februar eigentlich niemand sein Grab neu bepflanzt.

„Ich heirate die Maria, es tut mir leid!", sagte der Fischer-Karli. Sein Gesicht war so nah vor ihrem, dass sie es nur verschwommen sehen konnte. Oder weinte sie?

„Es muss sein, ich heirate sie", sagte er wieder und flehte mit seinem Blick um ihre Absolution. Sie machte die Augen zu. Und da passierte es: Der Fischer-Karli fing an zu lachen. Erst nur leise, dann immer lauter. Während ihr Leben, ihre Zukunft, ihre ganze Welt gerade in Trümmern um sie herum auf den Boden krachte, lachte er.

Mit einem Ruck fuhr Frau Maier im Bett hoch. Sie war in Schweiß gebadet, ihr Herz raste wie verrückt.

„Nur ein Traum", murmelte sie leise und versuchte, ihren Atem wieder unter Kontrolle zu bekommen. Es gelang ihr nur sehr langsam. Gerade als sie sich ein bisschen beruhigt hatte, schalteten alle ihre Sinne plötzlich wieder auf Alarm. Im Garten war jemand. Es ist bestimmt wieder die Katze, sagte sich Frau Maier. Wieder und immer wieder wiederholte sie diesen Satz wie eine Beschwörungsformel. Nach ein paar Minuten wurde sie ruhiger. Als sie sich gerade wieder auf ihr Kopfkissen sinken lassen wollte, fiel ihr Blick auf den Schaukelstuhl. Darauf lag die Katze und schlief tief und fest.

Viertes Kapitel

DONNERSTAG

Gegen Morgengrauen schlief Frau Maier noch einmal ein. Sie hatte noch lange schwitzend im Bett gelegen und in die Dunkelheit gelauscht, aber nichts mehr gehört. Ihre größte Angst war dabei nicht das unbekannte Wesen im Garten gewesen, sondern vielmehr, dass dort niemand gewesen sein könnte. Denn das würde bedeuten, dass ihre Sinne ihr einen Streich gespielt hatten. Und das war ihre schlimmste Sorge: Was würde einmal werden, wenn ihre Sinne nachließen? Ihre scharfen Sinne verschafften Frau Maier ein Gefühl der Sicherheit. Genaue Wahrnehmung, die Witterung jeder Gefahr – überlebenswichtig für eine Einzelkämpferin wie sie.

Als sie aus ihrem unruhigen Schlaf aufwachte, zog sie sich sofort den Bademantel über, ging die Treppen herunter und machte die Haustür auf. Dieses Mal musste sie nicht lange nach einem Beweis für den nächtlichen Besuch suchen. Mitten im Garten stand ihr Fahrrad, das gestern definitiv noch an der Wand hinter dem Haus gelehnt hatte. Frau Maier benutzte das Fahrrad nie, obwohl es für sie eigentlich sehr praktisch gewesen wäre. Aber sie mochte es nicht. Sie fand, es war eine zu wackelige Angelegenheit. Nur wenn sie mit beiden Beinen fest auf dem Boden stand, fühlte sie sich gut. Und deshalb rostete das Rad hinter dem Haus vor sich hin. Normalerweise. Wenn nicht gerade jemand nachts um ihr Haus schlich und es nach vorne in den Garten stellte.

Obwohl jeder sie für verrückt erklärt hätte, spürte Frau Maier im ersten Moment vor allem Erleichterung. Ihre Sinne hatten sie nicht im Stich gelassen. Langsam ging sie ins Haus zurück. Das Fahrrad würde sie später wegräumen. Zuerst musste sie kurz über die eindeutige Botschaft nachdenken, die man ihr übermittelt hatte: *Erst das Gartentor, jetzt der Garten. Ich komme näher.*

ER SAH, wie die alte Frau aus dem Haus kam. Ganz ruhig harrte er hinter einem Baumstamm aus und hoffte, dass die kleinen Wolken, die er beim Atmen in die kalte Luft blies, vom Haus aus nicht sichtbar waren. Die Frau blieb stehen und betrachtete ruhig das Fahrrad. Sie sah überhaupt nicht ängstlich aus, sogar eher ziemlich zufrieden.

Da! Täuschte er sich, oder stahl sich da tatsächlich ein kleines Lächeln über ihr Gesicht? Er wurde wütend. Was gab es da zu lachen? War sie so dumm, seine Warnungen nicht zu verstehen? Oder war sie so arrogant, darüber zu lachen? Na warte, du dicke Alte. Ich bin etwas Besseres. Etwas Besonderes. Ich lasse mich nicht auslachen.

Offensichtlich musste er noch deutlicher werden.

SCHWITZEND stapfte Frau Maier den Weg am See entlang. Sie schleppte ihren Einkaufskorb und war schlecht gelaunt. Sie war ein Mensch, der nur sehr selten schlechte Laune hatte. „Froh erfülle deine Pflicht, jemand anders macht es nicht!“, hatte ihre Mutter immer mit einem Augenzwinkern gemahnt. Und meistens hielt Frau Maier sich auch daran – wenn es nicht ums Schleppen von schweren Taschen ging. Denn Schleppen fand sie anstrengend.

Endlich hatte Frau Maier den Kiesweg erreicht und legte die letzten Schritte bis zu ihrem kleinen Haus zurück. Sie wurde langsamer. Das Gartentor stand offen. Sie war sich aber sicher, dass sie es ordentlich zugemacht hatte. Kam der nächtliche Besucher jetzt auch schon tagsüber? Sie sah zum Haus hinüber. Auf der Treppe zur Veranda saß eine Gestalt, die sie sofort erkannte: Frank Schön in einem etwas zu großen Trenchcoat.

„Frau Maier!“, rief er ihr zu. „Ich bin es nur.“

„Das sehe ich. Grüß Gott!"

„Ja, äh, hallo. Darf ich reinkommen?"

„Wenn es Sie nicht stört, dass ich nebenbei koche. Ich habe nämlich Hunger."

Ein köstlicher Duft zog durch das kleine Haus am See. Frau Maier hatte Lachslasagne in eine Auflaufform geschichtet und dabei mit Frank über Elvis geredet. Sie wusste jetzt, welches Lied er am liebsten mochte (*Jailhouse Rock*) und welche Filme mit Elvis er gesehen hatte (alle). Frau Maier konnte nicht umhin, den jungen Psychologen mit wachsendem Wohlwollen zu betrachten. Irgendwie doch ein netter Kerl. Der ist keinesfalls so doof, wie er aussieht, dachte sie und besaß immerhin den Anstand, sich ein bisschen für diesen Gedanken zu schämen.

Als die Lasagne im Ofen war, setzte sie sich zu Frank an den Küchentisch.

„Wieso sind Sie hier?", fragte sie.

„Es hat einige Aufregung bei der Polizei gegeben", antwortete Frank. „Gestern ist Inge Graf mit einem angeblichen Abschiedsbrief ihrer Schwester aufgetaucht."

Ach was, dachte Frau Maier. Und was gibt's Neues? Laut sagte sie: „Aha."

„Ja, und es kann eigentlich kein Abschiedsbrief sein, denn er wurde stümperhaft aus ausgeschnittenen Buchstaben zusammengeklebt. Nur der Umschlag war von Hand beschriftet – in Druckbuchstaben, mit Kugelschreiber. Abgeschickt wurde der Brief in Rosenheim, das konnte man anhand der Nummer des Briefzentrums auf dem Stempel ermitteln. Dieser Brief wirft natürlich ein neues Licht auf die ganze Sache. Die Polizei glaubt nicht, dass der Brief von Anita ist. Sie geht jetzt davon aus, dass er von jemandem ist, der vielleicht etwas mit ihrem Verschwinden zu tun hat."

„Und wieso erzählen Sie mir das alles?"

„Naja … ich finde, Sie haben irgendwie ein Recht darauf, zu erfahren, dass an der ganzen Sache mit Anita wirklich etwas faul ist und dass das mittlerweile sogar die Polizei glaubt. Schließlich hat man Sie beschuldigt, gelogen zu haben."

„Schickt Sie der Brandner? Ist das seine Art, sich zu entschuldigen?"

Frank lächelte kurz. „Nein, nein, der Brandner entschuldigt sich nicht. Und noch hat man die Leiche ja nicht gefunden, und es wird folglich auch noch nicht in einem Mordfall ermittelt. Nein, er wollte, dass man noch einmal zu Ihnen fährt und Sie befragt, und da habe ich mich freiwillig angeboten. Ich bin schließlich Psychologe und kann sehr feinfühlig sein, habe ich gesagt." Wieder das freche Grinsen.

„Soso“, sagte Frau Maier und musste lachen. „Und was ist die Meinung vom Herrn Psychologen zu diesem Brief? Wieso schnipselt jemand so etwas zusammen und glaubt, irgendeiner kauft ihm das ab?“

„Ich denke, dieser Jemand steht stark unter Druck. Er will, dass man in Sachen Anita Graf nicht weiter nachforscht und davon ausgeht, dass sie Selbstmord begangen hat. *Such mich nicht*, steht ja im Brief. Leider scheint dieser Jemand aber auch geistig nicht ganz auf der Höhe zu sein. Das Ganze kommt mir vor wie die naive Tat von jemandem, der unrealistische Krimis im Fernsehen sieht. Und nicht kapiert hat, dass der Absender eines Abschiedsbriefes eigentlich keinen Grund hat, seine Schrift unkenntlich zu machen.“

„Und wieso hat er den Umschlag selbst beschriftet?“

„Weil er nicht wollte, dass der Brief bei der Post auffällt, würde ich sagen. Wahrscheinlich dachte er, dass er für die paar Buchstaben der Adresse seine Schrift ausreichend verstellen kann. Für den ganzen Brief war ihm das wohl zu riskant.“

„Wie dumm muss man sein …“, murmelte Frau Maier. Dann durchzuckte sie ein Gedanke: „Fingerabdrücke?“

„Nein, nichts. Hat wohl Handschuhe getragen.“

„Hm, also doch nicht ganz dumm“, folgerte Frau Maier.

„Ich sage doch, der schaut Krimis im Fernsehen an. Und das mit den Handschuhen, um keine Spuren zu hinterlassen, das kommt doch in jedem Krimi vor.“ Eine Weile schwiegen beide. Dann sagte Frank: „Was ich nur überhaupt nicht verstehe: Wozu der Abschiedsbrief – wenn wir davon ausgehen, dass ihn Anitas Mörder geschickt hat? Ich meine, es gab keine Leiche. Sie wurden als verrückt dargestellt. Perfekt. Er hätte nur warten müssen. Es wurde ja noch nicht einmal ermittelt. Und wenn er keine Zeitung gelesen hat, dann wusste er noch nicht einmal, dass überhaupt jemand die Leiche gesehen hat.“

„Ja, aber erstens ist Anita ja tatsächlich verschwunden und vielleicht hatte er doch Angst, dass man Ermittlungen aufnehmen würde. Und zweitens …“ Frau Maier unterbrach sich.

„Ja?“

„Zweitens hat mich der Mörder dabei gesehen, wie ich die Leiche entdeckt habe.“

„Woher wissen Sie das?“

„Ich habe nichts gesehen … aber gespürt. Da war jemand.“

„Aber das muss doch nicht der Mörder gewesen sein!“

„Muss nicht – aber da die Leiche eine Stunde später entfernt war, gehe ich davon aus.“

„Und der Polizei haben Sie davon natürlich nichts erzählt.“

Frau Maier schüttelte den Kopf und gab sich Mühe, ein bisschen zerknirscht auszusehen. Es misslang gründlich. Sie sah ziemlich zufrieden aus. „Also, noch einmal: Selbst wenn er in der Zeitung das Zeug von der verwirrten Alten nicht gelesen hat, wusste er von Anfang an, dass es eine Zeugin gibt. Kann doch sein, dass er den Brief noch am Dienstag zusammengeschnipselt hat, bevor er wissen konnte, dass die Polizei mir nicht glaubt. Oder er hat einfach Angst, dass man mir früher oder später doch glaubt. Der See wird mein Grab. Falls man mich in Zukunft einmal doch nicht mehr für verrückt halten sollte, liefert er vorab schon einmal die Erklärung: Anita hat sich im See ertränkt, und die Leiche wurde von einer Strömung hinausgetragen. Im See gibt es viele Leichen, die auf Nimmerwiedersehen im tiefen Wasser verschwunden sind."

Frank überlegte. „Könnte es denn so gewesen sein?"

Frau Maier sah ihn mitleidig an. „Welche Frau begeht denn bitte schön Selbstmord im See und zieht sich vorher nackt aus?", fragte sie.

FRANK saß vor seiner mehr als großzügigen Portion Lasagne und freute sich. Er nahm einen riesigen Bissen und strahlte. „Köstlich!"

Frau Maier strahlte auch. Es war schon schön, für jemanden zu kochen, dem es dann auch noch so gut schmeckte. Wer weiß, vielleicht hätte sie um ein Haar jeden Tag für jemanden kochen können, wenn …

„Wohnen Sie schon lange hier im Haus?", drang Franks Stimme zu ihr durch.

„Wie bitte?"

„Ob Sie schon lange hier wohnen?"

Frau Maier zögerte. Sie erzählte nicht gerne von sich. Aufmerksam sah Frank Schön sie aus seinen harmlosen blauen Augen an. Er ist Psychologe, erinnerte sich Frau Maier. Und er ist weniger doof, als er auss… – als ich zunächst dachte. Wenn der erst einmal merkt, dass ich nicht gerne auf Fragen antworte, dann kann er gar nicht mehr aufhören zu fragen.

„Seit fast dreißig Jahren schon", antwortete sie freundlich und lächelte Frank entspannt an. „Eine lange Zeit!"

„Ja, das stimmt, eine lange Zeit. Es ist … wirklich gemütlich und … ideal für eine Person?", sagte Frank und sah sie erwartungsvoll an.

„Ideal!", bestätigte Frau Maier und häufte eine neue dampfende Portion Lasagne auf seinen Teller. Sie ignorierte die Frage, die er in seiner Feststellung verpackt hatte, geflissentlich. So leicht wollte sie es ihm auch wieder nicht machen! Ob sie immer allein hier gelebt hatte, wollte er also wissen, der Herr Psychologe. Er ging ja ganz schön ran. Dann besann sie sich. Angriff ist die beste Verteidigung, hieß es doch immer. Wenn sie ihm freiwillig etwas erzählte, dann würde er nicht merken, dass sie eigentlich gar nichts erzählen wollte.

„Meine Eltern sind früh gestorben", sagte sie. „Reich waren sie nicht, aber sie haben jeden Pfennig für mich gespart, und deshalb konnte ich mir dieses Häuschen kaufen. Es ist eine Art Versicherung für mich. Ich bekomme nur eine kleine Rente, ich hatte immer nur kurzfristig Arbeit. Küchenhilfe, Verkäuferin, Hauswirtschafterin. Sie wissen ja, Frauen auf dem Land zu meiner Zeit … Wir hatten nicht so viele Möglichkeiten wie die jungen Menschen heute."

Frank Schön wurde hellhörig. Irgendetwas stimmte hier doch nicht. Er kannte Frau Maier kaum, aber diese Art zu reden … irgendwie unnatürlich und gestelzt … das passte nicht zu ihr. Er musterte sie. Diese Frau faszinierte ihn. Was war es wohl, das sie ihm nicht erzählen wollte?

„Sind Sie denn in Kauzing geboren?", fragte er.

Frau Maier stand auf und fing an, den Tisch abzuräumen. Sie sah auf die altmodische Küchenuhr. „Oh, es ist ja schon fast drei Uhr", sagte sie dann. „Ich muss jetzt noch etwas erledigen. Danke für Ihren Besuch." Ihre Stimme klang freundlich, aber bestimmt.

Frank Schön gehorchte sofort. „Vielen Dank für das tolle Essen und das, äh, interessante Gespräch", sagte er und verschwand durch die Haustür.

„Das interessante Gespräch?", murmelte Frau Maier. Hm. So ganz schlau wurde sie nicht aus diesem jungen Kerl. Wer genau hatte denn jetzt wen ausgetrickst?

Es war stockdunkel, denn die Beleuchtung endete dort, wo auch der Asphalt endete und der Kiesweg durch den Wald begann. Er fluchte, als er bis zum Knöchel im Schneematsch versank. Zum Glück waren es bis zum Gartentor nur noch wenige Meter. Er rieb sich die Hände, um ein wenig Wärme unter die Haut zu bekommen, und stutzte, als er das Gartentor erreichte. Im Haus brannte noch Licht. Das war ungewöhnlich um diese Zeit, kurz vor elf. Er näherte sich dem hellsten Fenster, es war das Wohnzimmer. Durch die offenen Vorhänge konnte er sich in Ruhe den Raum ansehen.

Die alte Frau saß in ihrem Sessel und hatte den Kopf zurückgelegt. Ihre Augen waren geschlossen, und ihr ganzer Körper bewegte sich leicht. Sie wippte im Takt irgendeines Gedudels, das er durch das geschlossene Fenster nicht hören konnte. Er sah sie an, wie sie in ihrer friedlichen kleinen Welt saß und Musik hörte, und konnte kaum gegen den Impuls ankämpfen, sofort ins Haus zu stürmen und dem Ganzen ein für allemal ein Ende zu bereiten.

Ruhig bleiben, abwarten, redete er sich gut zu. Nicht zu viel Aufmerksamkeit erregen. Nur die Alte in Schach halten. Er fuhr zusammen, als direkt neben ihm mit einem gewaltigen Satz eine Katze auf das Fensterbrett sprang. Ihr Gesicht war nur wenige Zentimeter von seinem entfernt, und sie fauchte ihn böse an. Verdammtes Mistvieh! Er hasste Katzen. Und wenn er schon die Alte zunächst noch am Leben lassen musste, dann sollte jetzt wenigstens die Dreckskatze dran glauben. Er streckte die Hände nach ihr aus – doch in diesem Moment stand die Alte auf und ging auf das Fenster zu.

Schnell zog er sich einige Schritte weiter in den Schutz der Dunkelheit zurück. Keine Sekunde zu früh, denn schon öffnete die Alte das Fenster und begrüßte das hässliche Tier mit einem erfreuten: „Hallo Maunzilein!"

Jetzt, wo das Fenster offen stand, konnte er auch das Gedudel besser hören. Elvis Presley war es, das erkannte sogar er, obwohl seine Mutter ihn nie solche Musik hatte hören lassen. Er war schließlich etwas Besonderes, etwas Besseres. Und Musik dieser Art passte nicht zu besonderen, besseren Leuten.

Die Alte schloss das Fenster und zog die Vorhänge zu. Na warte. Eines schönen Tages in naher Zukunft mache ich euch beide kalt, dich und die beschissene Katze. Und das Beste ist: Hier draußen wird uns niemand stören.

Fünftes Kapitel
FREITAG

Na so etwas. War sie etwa tatsächlich im Wohnzimmer in dem Sessel eingeschlafen? Das war ihr seit Ewigkeiten nicht passiert. Dabei hatte sie doch gar keinen Wein getrunken gestern Abend. Nur Musik gehört …

Sie fühlte sich wie gerädert nach der Nacht im Sessel. *Jetzt erst einmal eine Tasse Kaffee* war alles, was sie denken konnte.

Sie ging zur Haustür, um einen Blick auf den See zu werfen. Sofort fiel es ihr ins Auge: Jemand hatte ihren Fußabstreifer umgedreht. Sie wusste es ganz genau, denn auf der Bastmatte war in roten Buchstaben WELCOME! aufgedruckt. Und dieses Wort stand jetzt eindeutig auf dem Kopf. Sie hatte den Fußabstreifer einmal auf dem Flohmarkt gekauft und war ziemlich stolz darauf. Englisch war schließlich die Sprache von Elvis Presley. Und außerdem war es irgendwie … modern. Sie legte die Matte immer so hin, dass das Wort WELCOME! sie begrüßte, wenn sie nach Hause kam. Und jetzt lag sie falsch herum da.

Erst das Gartentor, dann der Garten, dann die Haustür. „Was kommt als Nächstes?", fragte sie sich leise. Doch da gab es nicht viel zu überlegen.

Nach drei Tassen Kaffee stand ihr Entschluss fest. Sie musste endlich etwas unternehmen. Und ihr einziger Anhaltspunkt war nun einmal das Klassenfoto. Offensichtlich hatte Anita sich kurz vor ihrem Tod damit beschäftigt. Vermutlich hatte sie sich am letzten Abend ihres Lebens mit jemandem auf diesem Foto getroffen. Mit einem ehemaligen Klassenkameraden – so hatte es Elfriede ihr jedenfalls erzählt. Sie musste das Foto unbedingt noch einmal in Ruhe studieren und alle Namen durchgehen, das stand jedenfalls fest. Sie dachte an das rote Ausrufezeichen auf dem zweiten Foto und war sich plötzlich ganz sicher, dass es etwas Wichtiges zu bedeuten hatte. Ihr erster Weg führte sie in die Bank zu Elfriede. Sie wurde gleich ins Besprechungszimmer gewinkt.

„Haben Sie einen Farbkopierer?“, fragte sie.

Elfriede sah erstaunt aus. „Ja, unser Farbdrucker ist gleichzeitig ein Farbkopierer.“

„Kann ich in etwa einer halben Stunde vorbeikommen und eine Kopie machen? Etwas … Persönliches.“

Elfriede zog fragend die Augenbrauen hoch, nickte aber. „Ja, natürlich.“

Den Weg zu Inge Grafs Haus legte Frau Maier im Laufschritt zurück und verfluchte dabei einmal mehr ihre überflüssigen Pfunde. Sie war sich relativ sicher, dass Inge bei der Arbeit war. Inge Graf arbeitete als Verkäuferin in einer Boutique am anderen Seeufer. Als Frau Maier auf dem Grundstück ankam, spähte sie als Erstes in die Garage. Leer. Dann klingelte sie. Sie wartete. Nichts rührte sich im Haus. Vorsichtshalber klingelte sie noch einmal. Nichts.

Frau Maier fischte den Ersatzschlüssel aus dem Blumenkasten und sperrte auf. Das Versteck hatte Inge ihr vor Jahren schon verraten.

Im Haus war es ganz still. Schnell ging Frau Maier hinauf ins Gästezimmer. Ein Stein fiel ihr vom Herzen: Auf dem kleinen Schreibtisch lagen alle Papiere und Unterlagen unverändert da, die Klassenfotos ganz oben. Sie griff sich das mit den Namen und Nummern und dem Ausrufezeichen. Sie zögerte kurz, dann steckte sie auch das ältere Schwarz-Weiß-Foto ein. Man konnte nie wissen. Dann machte sie, dass sie zurück zur Sparkasse kam.

Dort lief alles reibungslos. Elfriede stellte den Kopierer für Frau Maier ein, zeigte ihr, wie sie die Fotos auflegen musste, und verzog sich dann diskret aus dem Büro, während Frau Maier die beiden Kopien machte. Anschließend überreichte Elfriede ihr einen großen braunen Sparkassenumschlag, in dem sie alles sicher verstauen konnte.

Was mochte sie wohl gedacht haben, überlegte Frau Maier auf dem Weg zurück zu Inges Haus. Egal: Elfriede hatte sich nichts anmerken lassen und ihr einfach geholfen. Frau Maier lächelte.

ALS SIE in die Einfahrt vor Inges Haus einbog, blieb sie wie angewurzelt stehen. Mitten im Hof parkte Inge Grafs dunkelblauer Golf. Komisch, dass sie schon von der Arbeit zurück war – und dass sie nicht in die Garage gefahren war. Und – Frau Maier runzelte die Stirn. Die Fahrertür stand sperrangelweit offen! Aber wo war Inge? Sie sah plötzlich, dass auch das Tor zum Garten leicht offen stand. Und da! Oder täuschte sie sich? Nein, sie hörte es wieder: Ein Röcheln? Ein Wimmern?

Frau Maier ließ Umschlag und Tasche fallen und stürzte durch das offene Gartentor. Sofort fiel ihr Blick auf Inge Graf. Sie kniete auf dem Boden und bemühte sich verzweifelt, die beiden Hände zu lockern, die sich wie Schraubstöcke von hinten um ihren Hals schlossen. Ihr Gesicht war grotesk verzerrt, der Mund weit offen und die Augen verdreht.

Gefühlte Minuten stand Frau Maier wie erstarrt da. Die Gestalt hinter Inge war dunkel gekleidet und trug eine schwarze Skimaske. Sie sah Frau Maier direkt in die Augen. Frau Maier erschrak. Kannte sie diese Augen nicht von irgendwo her? Dann drangen Stimmen von der Straße in den Garten: Der Nachbar war zum Mittagessen nach Hause gekommen und wurde im Hof von seiner Frau begrüßt. Der Bann war gebrochen.

Frau Maier stürzte zu Inge, die schwarze Gestalt zögerte kurz und rannte dann durch den Garten davon, kletterte über den Zaun und war verschwunden. Frau Maier nahm Inge in die Arme. Die zitterte am ganzen Körper und rang zwischendurch nach Luft.

„Kommen Sie“, sagte Frau Maier sanft, „ich bringe Sie ins Haus.“

Als sie Inge Graf auf das Sofa gebettet, sie zugedeckt und ihr ein paar Schlucke Wasser eingeflößt hatte, normalisierte sich deren Atem allmählich. Dafür begann sich am Hals ein hässliches rotes Würgemal abzuzeichnen

„Was genau ist denn passiert?“, fragte Frau Maier.

„Ein Anruf … in der Arbeit. Jemand hat angerufen … ein Mann.“

„Kam Ihnen die Stimme bekannt vor?“

„Nein. Der Mann sagte, er wüsste etwas über die Anita. Ich solle … nach Hause fahren. Dort würde er mich treffen.“ Sie schluckte. „Sobald ich geparkt hatte und ausgestiegen war, war er schon da. Er kam von hinten. Er hat mich in den Garten gezerrt, damit man mich nicht sehen konnte, von der Straße. Und dann hat er angefangen … er hat angefangen … und dann standen plötzlich Sie da.“ Plötzlich war die Ahnung eines Lächelns auf ihrem Gesicht zu sehen: „Wieso sind Sie eigentlich immer da, wenn etwas passiert?“

Genau das fragte sich Frau Maier allmählich auch. Zum Glück war Inge so beschäftigt mit der Situation, dass sie nicht nachfragte, wieso Frau Maier denn tatsächlich da gewesen war. Sie würde sich noch irgendeine Ausrede einfallen lassen, falls Inge später irgendwann einmal fragen sollte. Jetzt gab es Wichtigeres zu bedenken.

„Hören Sie zu!“, sagte sie entschlossen. „Sie müssen sich einige Zeit Urlaub nehmen. Keiner wird sich wundern, wenn Sie das machen – unter den gegebenen Umständen. Und dann fahren Sie zu Ihrer Kusine. Zu der in München, zu der Sie manchmal im Urlaub fahren. Und hier in Kauzing sagen Sie niemandem, wo Sie hinfahren. Oder noch besser: Sie erzählen beim Metzger, dass Sie in ein Wellnesshotel nach Österreich fahren.“

„Ja, aber die Polizei … die wollen, dass ich mich zu ihrer Verfügung halte. Die suchen die Anita doch jetzt offiziell.“

„Der Polizei können Sie's meinetwegen schon sagen, wo Sie sind. Denen werden Sie ja auch den Vorfall hier melden müssen, schätze ich.“

Inge Graf schien allmählich zu dämmern, was gerade passiert war. „Wer sollte es denn auf mich abgesehen haben?“, flüsterte sie.

„Ich weiß es nicht. Aber vielleicht jemand, der etwas mit Anitas Verschwinden zu tun hat. Vielleicht hat er Angst, dass Sie irgendetwas wissen. Hat sie Ihnen denn etwas Besonderes erzählt, oder wollte Sie etwas mit Ihnen besprechen?“

„Nein, wir haben nichts besprochen. Aber die Anita … die wollte unbedingt mit mir über etwas sprechen. Sie hatte mir das schon vor ihrem Besuch angekündigt. Aber ich …“ Inge wischte sich eine Träne weg. „Ich war so froh, dass sie endlich da war. Ich habe gespürt, dass sie mir etwas Schlimmes erzählen will. Und ich war zu feige. Morgen, habe ich immer gesagt, erzähle es mir morgen, es ist grad so schön, mit dir zu plaudern.“ Inge machte sich jetzt keine Mühe mehr, die Tränen wegzuwischen. „Ich blöde Kuh!“, schluchzte sie.

Dann nahm sie sich zusammen und schnäuzte sich. „Ich fahre zu meiner Kusine“, sagte sie. „Schauen Sie vielleicht ab und zu hier nach dem Rechten, Frau Maier? Sie wissen ja, wo der Schlüssel liegt.“

Frau Maier nickte und fühlte sich etwas unbehaglich, weil Inge Graf ihr so viel Vertrauen entgegenbrachte. Vertrauen, das sie streng genommen nicht verdiente.

„Ach ja, und noch etwas, Frau Maier … Das Zimmer von der Anita … Bitte lassen Sie dort alles, wie es ist.“

Frau Maier nahm Inges Hand fest in ihre. „Das mache ich, Frau Graf.“

Beide Frauen schwiegen, beide dachten das Gleiche. Frau Maier nahm ihren Mut zusammen und sprach es aus, ganz leise: „Aber zurückkommen tut die Anita trotzdem nicht mehr.“

DAHEIM in ihrem kleinen Haus machte Frau Maier sich erst einmal einen Kaffee und eine riesige Portion Bratkartoffeln und zwei Spiegeleier. Dazu holte sie sich noch eine der saftigen Essiggurken, die sie im Herbst selbst einlegt hatte, aus einem großen Glas. Diese Stärkung brauchte sie nach den bisherigen Ereignissen des Tages ganz dringend.

Sie räumte den Küchentisch ab, wusch sich sorgfältig die Hände, nahm vorsichtig die beiden Fotokopien aus dem braunen Sparkassenumschlag und legte sich eine Lupe und einen Notizblock parat. Die beiden Originale der Klassenfotos hatte sie unauffällig in Anitas Zimmer zurückbringen können, während Inge mit ihrer Kusine in München telefoniert hatte.

Frau Maier nahm einen großen Schluck Kaffee und überlegte. Dann schrieb sie auf den Notizblock:

Anita, tot. Das stand fest. Darunter schrieb sie: *Mord sehr wahrscheinlich. Gründe: Leiche nackt, Beobachter am Fundort – Leiche verschwunden, gefälschter Abschiedsbrief.* Nach kurzem Nachdenken schrieb sie in Klammern dahinter: *Extrem ungeschicktes Ablenkungsmanöver!!!*

Sie nickte zufrieden.

Plötzlich fiel ihr noch etwas ein, was sie in den letzten Tagen komplett vergessen hatte! Anita hatte doch etwas mit ihrer Hand umklammert gehalten, als sie da unter Wasser gelegen hatte. Einen Zettel? Ein Taschentuch? Sie hätte sofort danach suchen sollen im Schilf, jetzt war es dafür viel zu spät. Frau Maier verfluchte sich innerlich, aber sie konnte jetzt nichts mehr ändern. *Was hielt Anita im Moment ihres Todes umklammert?* notierte sie langsam. In diesem Moment kamen ihr wieder die Augen von Inges maskiertem Angreifer in den Sinn. Blaue Augen, kalte Augen. Hatte sie sie tatsächlich vorher schon einmal gesehen? Frau Maier fröstelte. Sie legte wieder beide Bilder vor sich hin. Im direkten Vergleich traf es sie mit voller Wucht, wie sehr sich Anita und Evi vom ersten zum zweiten Foto verändert hatten. Diese ernsten, blassen Gesichter, diese erschrockenen Augen auf dem Farbfoto …

„Was ist nur mit euch beiden passiert?“, murmelte Frau Maier. Dann fiel ihr Blick wieder auf Klaus Kecht. Wie er die Anita ansah! Waren die beiden ein Paar gewesen?

Frau Maier seufzte. Im Prinzip wusste sie nichts. Und das hieß: Sie musste irgendwie mehr herausfinden. Auf ihren Block notierte sie:

Nächste Fragen:

1. Wie war Anitas Verhältnis zu Klaus Kecht?

2. Wen hat Anita am Abend vor ihrem Tod getroffen?

Frau Maier überlegte. Dann zog sie sich ihre Schuhe an und machte sich auf den Weg zur Glaserei Kecht.

Über der Ladentür war eine Glocke befestigt, die klingelte, als Frau Maier den Laden betrat. Sie fuhr zusammen. Frau Maier war eigentlich keine schüchterne Person. Aber mit der Kauzinger Geschäftswelt war sie nicht auf Du und Du, weil sie einfach keine zahlungskräftige potenzielle Kundin war. Und keine Einheimische.

Natürlich kannte Frau Maier die Glaserei Kecht am Kirchberg, aber nur von außen. Sie wusste, dass die Brüder Klaus und Franz Kecht sie führten, und kannte beide vom Sehen. Sie wusste nur nicht genau, wer der Franz und wer der Klaus war. Und was sie irritierte: Keiner von beiden hatte – so weit sie es hatte erkennen können – eine Ähnlichkeit mit der Nummer elf auf dem Klassenfoto, dem feschen jungen Mann, der nur im Profil zu sehen war.

Es war ganz ruhig im Laden. Freitagnachmittag, eine Stunde vor Feierabend. Im Lager hinter dem Verkaufsraum regte sich jetzt etwas. Ein Mann betrat den Raum, er war Mitte bis Ende fünfzig, mittelgroß und behäbig, hatte kaum noch Haare und war sehr blass. Frau Maier rief sich das Foto ins Gedächtnis. Nein, keinerlei Ähnlichkeit. „Grüß Gott“, sagte der Mann und musterte sie kurz. Bestimmt kannte auch er sie vom Sehen.

„Grüß Gott, Herr Kecht …“, fing Frau Maier an und räusperte sich verlegen. „Sie sind doch der Herr Kecht, stimmt’s? Ich weiß nur nie, ob der Klaus oder der Franz …?“ Sie lächelte.

Er sah sie genauer an. „Der Klaus bin ich … Kennen wir uns vielleicht von früher?“ Es klang leicht misstrauisch.

Sie antwortete: „Vom Sehen her bestimmt, wir waren ja alle auf der selben Schule hier. Ich bin die Frau Maier vom kleinen Haus am See. Da, wo der Spazierweg aufhört und das Wäldchen anfängt.“

Klaus runzelte die Stirn. „Dann sind Sie doch die, die die Anita gefunden hat? Angeblich?“, fragte er scharf. Oh je, dachte Frau Maier. Das Gespräch verlief irgendwie anders als geplant. Aber immerhin: Sie wusste jetzt schon, dass er der Klaus Kecht, die Nummer elf, war – und sie waren unerwartet schnell beim Thema Anita angelangt. „Ja, das stimmt“, sagte sie leise. „Ich habe sie gefunden.“

Klaus schwieg längere Zeit. Er sah aschfahl aus.

„Geht es Ihnen nicht gut?“, fragte sie sanft.

Klaus sah auf. „Doch, doch, passt schon. Und wie kann ich Ihnen helfen?“ Er war jetzt zum Geschäftston übergegangen.

„Ich … äh … Ich wollte mich erkundigen, wie viel es wohl kosten würde, die Fenster an meinem Haus austauschen zu lassen?“

„Das kann ich so natürlich nicht sagen. Da müsste ein Mitarbeiter vorbeikommen und sich das alles vor Ort anschauen. Anzahl der Fenster, Größe und so weiter." Er spulte seinen Text ab, weil er ihn schon Tausende von Malen aufgesagt hatte, aber es war offensichtlich, dass er überhaupt nicht bei der Sache war. Er sah aus dem Fenster auf die Straße. Nein, dachte Frau Maier. Er sieht nicht die Straße, er sieht etwas, was weit, weit weg ist.

Klaus Kecht sah unendlich traurig aus, und sie bemerkte jetzt die tiefen Furchen, die sich um seinen Mund herum eingegraben hatten. Ganz leise murmelte er: „Dabei war ich doch am Sonntagabend noch mit ihr zusammen …"

Frau Maier setzte alles auf eine Karte und fragte: „Ach, wirklich, Sie kannten sich?"

„Ja, aus der Schule … das ist lange her. Wir waren sehr eng befreundet, die Anita und die Evi und der Josef und ich. Und dann ist ja das mit der Evi passiert … So eine Sauerei das alles!"

„Sauerei?", wiederholte Frau Maier.

„Ja, da sollten Sie mal den alten Pfarrer Huber fragen, wie der den Mädchen und uns allen das Leben zur Hölle gemacht hat mit seiner Bigotterie. Bis nach Amerika hat er sie getrieben, die Evi." Seine Stimme hatte sich kontinuierlich gesteigert, und den letzten Satz hatte Klaus Kecht herausgeschrien und dazu seine Hand auf den Tisch gedonnert. Dann ließ er sie einfach stehen und ging zurück ins Lager. Er wollte wohl nicht mehr wissen, wann ein Mitarbeiter zum Begutachten der Fenster kommen sollte. Umso besser, dachte Frau Maier. Ihre Ersparnisse hätten nicht einmal ausgereicht, um eine einzige Scheibe auszutauschen.

MITTLERWEILE war es dunkel geworden. Langsamer als sonst ging Frau Maier den Weg durchs Dorf und am See entlang zu ihrem Haus zurück. Sie war todmüde. Dieser Tag mit den Kopien und dem Überfall und dem Besuch in der Glaserei erschien ihr so lang wie eine ganze Woche.

Endlich zurück in ihrem kleinen Haus bemerkte sie, dass sie nicht nur todmüde, sondern auch völlig durchgefroren war. Es war wieder viel kälter geworden. Der Winter wollte wohl noch einmal seine Krallen ausfahren und das Feld nicht kampflos dem Frühling überlassen.

Frau Maier kochte sich einen Kaffee und machte sich Käsebrote mit Essiggurken. Dann zog sie sich eine riesige Strickjacke und Pantoffeln über und setzte sich in ihren abgewetzten grünen Cordsessel. Sie schloss die Augen. Endlich Ruhe, endlich Stille. Sie atmete ein, aus, ein, aus …

Nein! Es wollte nicht klappen mit der Ruhe, denn ihre Gedanken fuhren Karussell. Anitas blaue Augen unter Wasser, das tanzende Blaulicht auf dem See. Die blauen Augen im Gesicht mit der Strumpfmaske. Die nächtlichen Geräusche, das Fahrrad, die Fußmatte. Inge, Anita, Klaus. Und Evi.

Mit einem Ruck setzte sich Frau Maier gerade hin und riss die Augen auf. Wieso war ihr das nicht früher aufgefallen? Als Klaus so aschfahl und traurig ausgesehen hatte, da hatte er zwar auch von der Anita gesprochen, aber hauptsächlich von der Evi. *Bis nach Amerika hat er sie getrieben, die Evi,* hallte es in ihrem Kopf wider. *Und dann ist ja das mit der Evi passiert …*

Sie sprang auf und lief in die Küche. Mit der Lupe sah sie sich das Klassenfoto noch einmal an. Ja, es stimmte: Klaus schaute zur Seite, in Anitas Richtung, die neben ihm saß. Neben ihr aber wiederum, leicht nach vorne gebeugt, saß die Evi. Und der Klaus – ja, natürlich! Wenn man genau hinsah, dann erkannte man es: Er schaute mit diesem versonnenen Blick an der Anita vorbei und direkt die Evi an.

Frau Maier ließ sich auf den Küchenstuhl sinken. Der Klaus war in die Evi verliebt gewesen, da war sich Frau Maier plötzlich sicher. Bis dann „die Sache“ passiert war. Damit hatte er wohl gemeint, dass die Evi so plötzlich nach Amerika ausgewandert war.

Aber wie brachte sie das jetzt im Fall Anita weiter?

„Gar nicht“, seufzte sie. Sie nahm sich noch einmal das Bild vor. Es war ihr einziger Anhaltspunkt. Frau Maier starrte jede einzelne Person auf dem Foto an. Vierzehn Schüler waren es, sechs Mädchen und acht Buben. Frau Maier konzentrierte sich auf die Buben. Ihr Gefühl sagte ihr, dass die ganze Sache irgendetwas mit einem Mann zu tun hatte. Und weil sie davon ausging, dass der nächtliche Besucher auch der Mörder war, musste es ein Mann sein. Logisch.

Klaus Kecht hakte sie ab. Seit sie begriffen hatte, dass er in die Evi verliebt gewesen war, verdächtigte sie ihn nicht mehr. Sie schaute weiter. Maxi Gmeinwieser, den kannte sie. Der war aber vor drei Jahren gestorben. Haken. Endlich einmal ein Haken, der absolut sicher ist, dachte sie und fragte sich gleich darauf, ob dieser Gedanke wohl sehr pietätlos war.

Franz Bleihammer war der nächste auf dem Klassenfoto. Der Franz! „Ich hab ja gar nicht gewusst, dass der um einige Jahre jünger ist als ich“, murmelte Frau Maier erstaunt. Sie sah den rundlichen Mann mit der Glatze und dem gutmütigen Gesicht vor sich. Die Bleihammers waren Nachbarn vom Fischer-Karli, und die beiden Familien waren seit Jahrzehnten eng befreundet. Würde der dicke Franz nachts mit einer Skimaske um die Häuser schleichen? Und würde er so fix über Gartenzäune klettern, wie es Inge Grafs unheimlicher Angreifer getan hatte? Frau Maier schüttelte langsam den Kopf und wandte sich wieder dem Klassenfoto zu. Albert und Erwin Meyr, die Zwillinge. Sie lächelte. Die waren in ganz Kauzing bekannt gewesen wie die bunten Hunde. Eineiige Zwillinge und noch dazu beide Topskifahrer. Der Erwin war weggezogen, irgendwo nach Österreich. Das musste aber noch nichts heißen. Er konnte ja trotzdem in Kauzing sein. Sie musste sich erkundigen, ob er vielleicht gerade zu Besuch bei seinem Bruder war, der noch im Dorf wohnte. Albert saß nach einem schweren Skiunfall allerdings im Rollstuhl. Er konnte also zumindest nicht der maskierte Mann sein, der Inge überfallen hatte. Blieb noch Fred Kirchner, den sie nicht kannte. Fragezeichen, notierte sich Frau Maier im Geiste. Und wen gab es noch? Josef Neuhauser und Kurt Huber. Das waren alle Buben der Klasse. Frau Maier wollte das Bild schon weglegen, da durchzuckte sie eine Erinnerung: *Wir waren sehr eng befreundet, die Anita und die Evi und der Josef und ich.* Natürlich! Der Josef – das konnte vielleicht Josef Neuhauser sein. Die Nummer fünf auf dem Foto, ein strahlender Bursche mit blonden Locken. Vielleicht waren ja die Evi und der Klaus verliebt gewesen und die Anita und der Josef?

Es war nur ein dünner Strohhalm, aber es war besser als nichts. Sie musste versuchen, den Josef Neuhauser zu finden. „Aber heute nimmer", sagte sie sich und gähnte. Sie war todmüde. Nach einer Katzenwäsche, die für jede echte Katze eine Beleidigung gewesen wäre, kroch sie in ihr weiches Bett mit der Daunendecke, und nach zehn Sekunden war sie eingeschlafen.

Im Kircherl war es düster. Eine einzige Kerze brannte. Er kauerte auf der Holzbank. So ein verdammter Mist! Er zog sein Taschenmesser heraus und begann, eine zweite Kerbe zu ritzen. Direkt neben die erste. Obwohl er es eigentlich nicht durfte, denn er hatte die Sache ja nicht zu Ende gebracht. Und einen Strich macht man nur auf die Liste, wenn eine Sache wirklich erledigt ist, das war ihm klar. „Ordnung ist das halbe Leben", murmelte er. Verfluchte Alte! Er konnte sich beim besten Willen nicht erklären, wieso sie ihm ständig in die Quere kam. Der Drang, sie zu töten, wurde immer mächtiger. „Aber Vorsicht", flüsterte er ins Halbdunkel hinein. Wenn er sie töten würde, würde er vielleicht doch noch jemanden auf sich aufmerksam machen. Diese verbiesterte Schwester der blonden Nutte hätte er umbringen müssen. Sie war definitiv eine Gefahr für ihn. Aber die dicke Alte, die nervte nur. Die wusste ja nichts. Und das mit der Leiche, das glaubte ihr ja anscheinend auch niemand. „Du kannst dich auf mich verlassen!", flüsterte er in die leere Kirche hinein.

Nach Einbruch der Dunkelheit war er noch einmal am Haus der Schwester vorbeigegangen. Er hatte auf eine Gelegenheit warten wollen, die Sache zu einem sauberen Abschluss zu bringen. Aber alles war dunkel gewesen, das Haus wirkte verlassen und die Garage war leer. Verfluchter Mist.

Doch er musste jetzt ruhig bleiben. Aber die dicke Alte, die würde er weiterhin wenigstens quälen. „Das musst du mir erlauben, wenigstens das, bitte!", flehte er und lauschte im Dämmerlicht der Kirche auf eine Antwort.

IN DIESER NACHT wachte Frau Maier auf und war irritiert von der absoluten Stille um sich herum. Normalerweise hätte sie das natürlich nicht irritiert, sie wohnte schließlich in einem einsamen Haus am See. Aber in den letzten Nächten war der unbekannte Besucher mehrmals da gewesen – und ihre Sinne warteten auf ihn.

Sie stand auf und zog sich ihren Bademantel an. Sie ging zum Fenster. Alles war dunkel und still, im Mondlicht konnte sie durch die kahlen Bäume das Wasser schimmern sehen. Frau Maier nahm sich die Taschenlampe vom Nachtkästchen und ging langsam die Treppe herunter und ins Wohnzimmer.

Stille. Nicht einmal die Katze war da. Ohne Licht zu machen, ging Frau Maier zum Regal und holte das gerahmte Bild aus der Schachtel. Lange sah sie im Schein der Taschenlampe den jungen Mann auf dem Foto an. Er hatte eine kurze Lederhose an und ein Hemd mit hochgekrempelten Ärmeln. Seine Arme waren muskulös, und er hielt einen großen Fisch in den Händen, den er stolz in Richtung des Fotografen streckte. Die Haare des jungen Mannes waren dunkel und standen wild zu Berge. Er lachte. Nein, er lachte nicht nur: Sein ganzes Gesicht war ein einziges Lachen. Die Augen, die Nase, der Mund – selbst die Ohren schienen mit zu lachen. Sanft streichelte Frau Maier durch das Glas sein Gesicht. „Warum?“, flüsterte sie. „Warum nur?“

Sechstes Kapitel

SAMSTAG

Am Samstag wachte Frau Maier mit dem Gefühl der unbestimmten Unruhe auf, das wohl beschlossen hatte, ihr neuer, ungebetener Begleiter zu werden. Langsam zog sie sich ihren Bademantel an und ging ans Fenster. Der Garten lag friedlich da – kein Fahrrad in der Mitte, das Gartentor war genau da, wo es hingehörte. Durch die kahlen Bäume blinzelte der See ihr einen bläulichen Morgengruß zu. Trotzdem fühlte sich Frau Maier unbehaglich. „So ein Schmarrn!“, brummte sie. Es wurde Zeit, dass sie sich anzog und etwas Nützliches tat, dann würde sie auch nicht mehr auf dumme Gedanken kommen.

Etwa eine Stunde und drei große Käsebrote später machte sich Frau Maier auf den Weg zum Supermarkt. Sie brauchte ein paar neue Vorräte – und sie wollte sich ein bisschen mit dem Seppi unterhalten, denn der kannte nun wirklich Gott und die Welt. Vielleicht konnte sie noch etwas über Anitas Klassenkameraden herausfinden.

Wieder eine gute Stunde später trug sie ihren Einkaufskorb am Ufer entlang und freute sich über das leise Plätschern des Sees. Zusätzlich war sie sehr zufrieden mit sich und ihren Ermittlungen, denn ihr Besuch im Supermarkt war erstaunlich erfolgreich gewesen.

Erstens hatte sie frische geräucherte Forelle zum halben Preis bekommen, weil sie vor dem Wochenende noch weg musste. Zweitens hatte sie dem Seppi ganz einfach die Namen der Klassenkameraden genannt, über die sie noch etwas in Erfahrung bringen musste, und siehe da! Der Fred Kirchner war irgendein entfernter Verwandter seiner Nachbarn. Genau hatte Frau Maier die Zusammenhänge nicht verstanden, aber fest stand, dass er dem Seppi ein Begriff war. Er war nämlich nach Australien ausgewandert, und per Computer erreichten die Familie in Kauzing – und damit auch sämtliche Nachbarn – die tollsten Geschichten aus der großen weiten Welt. Erst gestern hatte die Nachbarstochter dem Seppi erzählt, dass der Fred sich gemeldet und vom Sommer geschwärmt hatte, der jetzt dort in Australien herrschte. Irgendwo am anderen Ende der Welt. Frau Maier hatte höflich genickt, obwohl ihr Australien ziemlich egal war. Alles, was sie interessierte, war: Sie konnte wieder einen Namen von der Liste streichen.

Der dritte und vielleicht größte, weil so unerwartete Erfolg hatte sich aber am Regal mit dem Klopapier ereignet. Ein Herr im Rollstuhl hatte sie um Hilfe gebeten, und als Frau Maier ihm das Papier vom Regal geangelt hatte, da hatte sie ihn plötzlich erkannt. Es war der Albert, der eine Teil der Meyr-Zwillinge! Das konnte kein Zufall sein, diese Chance musste sie ergreifen.

„Ich kenne Sie noch von früher“, sagte sie freundlich, „Sie und Ihr Bruder waren ja direkt berühmt.“

Der Mann im Rollstuhl sah sie an, und sie erschrak wegen der Bitterkeit in seinen Augen. „Ja, und während mein Bruder seit einer Woche in der Schweiz die Skitour seines Lebens geht, hocke ich hier und kann nicht mal das Klopapier aus dem Regal holen. Auf Wiederschaun.“

Mit diesen Worten war er weggerollt, und Frau Maier hatte sich ein bisschen geschämt, ohne wirklich zu wissen, warum.

„Jedenfalls ist er nicht zu Besuch in Kauzing, der Erwin“, murmelte sie, als sie die letzten Meter zu ihrem Haus zurücklegte. „Dann bleibt noch der Kurt Huber. Und der Josef Neuhauser, aber der ist ein Sonderfall.“ Denn immerhin war er vielleicht Anitas Jugendliebe gewesen. Um den Josef Neuhauser musste sie sich besonders bemühen.

DIE UNRUHE war hartnäckig. Frau Maier auch. Erstere waberte durch das sonst so friedliche Haus am See wie ein schwacher, aber doch sehr unangenehmer Geruch, der sich in allen Zimmern festsetzte. Zweitere hielt sich mit großer Disziplin den ganzen Tag über beschäftigt, um der Unruhe nicht nachgeben zu müssen. Als sie eingekauft, gekocht, gegessen, abgespült, Schuhe geputzt, mit der Katze gespielt und das Kreuzworträtsel gelöst hatte, war es Abend geworden. Die Dunkelheit kroch vom See her auf das Haus zu und hatte es bald vollständig umschlossen.

Da nahm sich Frau Maier ihr Archiv vor. Das Archiv bestand aus mehreren Schuhschachteln, in denen Frau Maier im Laufe der Jahre und Jahrzehnte alles gesammelt hatte, was ihr für das Kauzinger Leben bedeutsam erschien. Zeitungsausschnitte über Gemeinderatswahlen, Interviews mit den letzten drei Bürgermeistern, Berichte über gemeinnützige Vereine und Kunstausstellungen, Heirats-, Tauf- und Todesanzeigen. Es machte ihr Spaß, Dinge zu sammeln, und wegen ihrer großen Neu- und Wissbegier boten sich Informationen als Sammelobjekte geradezu an.

Und sie hatte Zeit. Viel Zeit. Zu viel Zeit vielleicht?

Beim Kramen in ihrem Archiv vergaß Frau Maier normalerweise alles um sich herum. Erinnerungen stiegen hoch, sie konnte sich auch nach vielen Jahren noch für Artikel über Streitereien im Gemeinderat oder die Renovierung der Kauzinger Kirche interessieren. Nie sah sie sich alles an. Sie zog hier ein Foto und da ein Stück Papier vor; las manche Artikel ausführlich und andere gar nicht.

Das Archiv erwies sich als gute Waffe gegen die Unruhe. Aber nicht als perfekte. Immer wieder hob Frau Maier den Kopf, spitzte die Ohren, spähte aus dem Fenster in die Dunkelheit. Es war schon spät, als Regentropfen anfingen, gegen das Fenster zu pochen. Frau Maier ging zum Fenster und spähte in den dunklen Garten. Die Tropfen verwandelten sich auf dem Weg zur Erde in Schneematsch, der in großen weißen Flecken laut auf die Scheiben klatschte. Sie machte die Vorhänge fest zu, ging zurück zu ihrem Archiv, das sie auf dem Wohnzimmerboden ausgebreitet hatte, und seufzte. „Todesanzeigen, Todesanzeigen, Todesanzeigen. Oh mei, oh mei." Sie schüttelte den Kopf. Es war ihr noch nie so sehr aufgefallen wie heute, dass sie so unendlich viele Todesanzeigen aufgehoben hatte. Oder fiel es ihr heute nur auf, weil der Tod sie momentan so beschäftigte? Oder hatte er sie vielleicht schon immer beschäftigt? Mehr als andere Menschen? Mehr als andere Menschen, die ein ausgefülltes Leben hatten?

Wissen Sie, was ich glaube? Sie sind einfach zu viel allein, haben eine lebhafte Phantasie und wollten endlich einmal Aufmerksamkeit bekommen! Die Worte vom Kommissar Brandner schossen ihr durch den Kopf.

Und wenn er doch recht hatte? Wenn sie so viel allein war, dass sie überhaupt kein eigenes Leben mehr lebte, sondern sich nur mit den Todesfällen irgendwelcher Leute beschäftigen konnte, die sie kaum kannte?

Eilig wollte Frau Maier die Anzeigen wegpacken, da stutzte sie plötzlich. Sie hatte gerade etwas Wichtiges übersehen, da war sie sich sicher! Irgendetwas war da gewesen, irgendeine Information hatte in ihrem Gehirn Alarm geschlagen.

Fieberhaft ging Frau Maier die Anzeigen noch einmal durch. Was war es nur gewesen? Was hatte sie gesehen? Sie entdeckte nichts, was ihr irgendwie wichtig erschien, und wollte schon fast aufgeben, da hielt sie plötzlich die Todesanzeige eines Herrn Kurt Huber in der Hand. Sie warf einen schnellen Blick auf das Geburtsdatum. Natürlich, das konnte hinkommen. Das musste der aus Anitas Klasse sein. Wieso nur hatte sie seine Todesanzeige vor fünf Jahren ausgeschnitten und ins Archiv gelegt? Weil sie ihn entfernt von der Schule her gekannt hatte?

SPÄTER, als sie mit Elvis und der Katze auf dem Sofa lag und versuchte, einen Krimi zu lesen, konnte sie sich kaum auf einen Satz konzentrieren. Sie war immer noch unruhig. Vor allem aber hatte sie immer noch das Gefühl, etwas Wichtiges übersehen zu haben. Etwas viel Wichtigeres noch als die Todesanzeige vom Kurt Huber. Einen verborgenen Hinweis, eine Ahnung … Was war es nur gewesen? Doch sosehr sie sich auch bemühte, das fehlende Puzzleteil wollte nicht in ihren Kopf zurückkehren.

Siebtes Kapitel

SONNTAG

Es war Sonntag, und nach einer starken Tasse Kaffee und einem Brot mit Speck beschloss Frau Maier, in die Kirche zu gehen. Sie ging gerne in die Kirche, normalerweise allerdings nicht am Sonntag. Lieber am Samstagabend. Am Sonntag waren alle echten Kauzinger da – und sie war ja keine. Dass sie im Dorf am See wohnte, seit sie vier Jahre alt war, spielte keine Rolle. Ihre Eltern waren Fremde gewesen, also war und blieb sie es auch. Aber heute war ihr nach Gesellschaft und nach Singen zumute, und beides konnte der Gottesdienst ihr bieten. Je näher sie der Kirche kam, desto mehr Menschen sah sie auf der Straße. Auch wenn die Kirche bei Weitem nicht mehr so gut besucht war wie zu ihrer Jugendzeit, so gab es doch immer noch viele alt eingesessene Dorfbewohner, für die der Kirchgang in Tracht am Sonntag ein festes Ritual war. „Grüß Gott!“, grüßte Frau Maier jeden freundlich, der ihr begegnete. Seltsam, in solchen Situationen fühlte sie sich wieder unsicher und schüchtern – so wie vor sechzig Jahren. Und das, obwohl sie doch längst gelernt hatte, als Außenseiterin zurechtzukommen.

Von der Messe bekam sie nicht viel mit, weil sie ständig an Anita und Evi denken musste. Aber es war beruhigend, die Worte und Gebete an sich vorbeiplätschern zu lassen und die Anwesenheit der anderen Menschen zu spüren. Die Lieder allerdings sang Frau Maier aus Leibeskräften mit. In den Kirchenchor hatte sie als Jugendliche leider nicht gedurft, weil angeblich kein Platz im Alt mehr frei gewesen war. Sie hatte damals aber zufällig mitbekommen, wie die Metzgerstochter aus der Parallelklasse eine Woche später eingetreten war. Sie sang Alt.

Durch die hohen Kirchfenster fiel blasses, kaltes Winterlicht herein. Ein paar Sonnenstrahlen hatten ihren Weg durch die Wolkendecke gefunden und waren genau auf Frau Maiers Lieblingsbild gerichtet, eine der Votivtafeln im Kirchenschiff. Darauf konnte man den vom Sturm gepeitschten See sehen, voller dunkler, fast schwarzer und wütender Wellen. Oben auf den Wellen tanzte wie eine Nussschale ein kleines Fischerboot und alle vier Mann waren über Bord gegangen. Rechts im Bild war Kauzing gemalt, das damals offensichtlich nur aus der Kirche im alten Pfarrhof und ein paar wenigen Häusern bestanden hatte. Frauen und Kinder standen verzweifelt am Seeufer und mussten hilflos zusehen, wie ihre Männer, Väter oder Brüder ertranken. Eine Frau war auf die Knie gesunken und schickte ein Stoßgebet zum Himmel. Und das Gebet würde erhört werden. Das wusste der Betrachter des Gemäldes bereits, denn über allem, auf einer Wolke, schwebte die Heilige Jungfrau Maria. Sie hatte schützend ihre Hände ausgebreitet, aus denen goldene Strahlen direkt zu den Ertrinkenden führten. Die Rettung war nah. „Maria sei Dank für die wunderbare Rettung" stand unten auf dem Bilderrahmen. Zu allen Zeiten waren die Fischer in Kauzing auf Schutz und Hilfe angewiesen gewesen. Die Fischer … die Fischer.

Frau Maier sah sich um: Die Kirche war fast leer, der Gottesdienst längst vorbei. Sie wartete, bis die letzten Gläubigen gegangen waren, dann kramte sie aus ihrem spärlich gefüllten Geldbeutel fünfzig Cent hervor. Sie warf die Münze in den Opferstock und zündete eine Kerze an. „Bitte beschütze mich!", flüsterte sie und schloss die Augen. „Beschütze mich vor dem nächtlichen Unbekannten und führe mich auf die richtige Spur zu Anita."

Draußen nahm sie plötzlich aus dem Augenwinkel eine Bewegung wahr. Jemand näherte sich ihr, und zwar sehr schnell und sehr zielstrebig. Sie fuhr herum. Da stand er schon neben ihr, direkt neben ihr. Ihr Herz klopfte wie wild.

„Wie geht's dir denn?", fragte er sie mit seiner rauen Stimme und sah verlegen aus.

„Danke, Karli, mir geht es gut. Und dir?"

Wie sie es hasste, mit ihm höfliche Konversation zu machen. Er offensichtlich auch, denn er sah sie jetzt forschend an. „Nein, irgendwas stimmt doch nicht, das merke ich doch. Du warst die ganze Woche nicht da und hast keinen Räucherfisch geholt und …"

„Und?"

„Und dann habe ich das mit der Leiche von der Anita gehört und außerdem schaust du müde aus." Er streckte ihr ein in Papier gewickeltes Päckchen hin. „Ist frisch geräuchert", sagte er ein bisschen verlegen. „Die Hechte beißen zurzeit ganz gut."

„Bist du extra hergekommen zur Kirche, um mich zu treffen?", fragte sie leise.

„Ja natürlich, was glaubst denn du?", antwortete er und seine Stimme klang noch rauer als sonst. „Ich bin das nicht gewohnt … eine ganze Woche ohne dich."

Ach, Karli, dachte Frau Maier. Das hättest du so viel einfacher haben können. Laut sagte sie: „Das ist lieb, dass du dir Gedanken machst, aber ich pass schon auf mich auf. Mache ich ja schon so lange, weißt du." Und sie lächelte, aber ihre Stimme klang traurig, und das ging dem Fischer-Karli durch Mark und Bein.

Frau Maier ging den Kirchberg hinunter, an der Schule vorbei, am kleinen Supermarkt vorbei, am Wirtshaus vorbei. Die Straßen waren jetzt beinahe wie leer gefegt: Sonntagmittag, Bratenzeit. Nur eine Mutter zerrte auf der anderen Straßenseite an jeder Hand ein Kind hinter sich her und ermahnte zur Eile: „Herrschaftszeiten, jetzt geht's amoi weida!" Bestimmt wartete in irgendeinem Haus hier im Dorf schon die Oma mit dem Braten.

Das wäre schon schön, einmal jemandem ein Sonntagsessen zu servieren … Jetzt kam ihr noch ein junger Mann entgegen, der etwas verloren und ziellos die Straße entlangging. Frau Maier fühlte sich direkt solidarisch mit ihm: Bestimmt hatte auch er niemanden, mit dem er einen Braten essen konnte. So wie sie. Obwohl, das stimme ja gar nicht, sie hatte ja immerhin die Katze! Frau Maier lächelte beim Gedanken daran, wie die Zunge der Katze in einem schier unmöglich scheinenden Radius über das ganze Maul und Gesicht fuhr, wenn es ihr geschmeckt hatte. Sie lächelte den jungen Mann an, aber der reagierte gar nicht. Ob er wohl traurig war, einsam? Oder einfach nur in Gedanken versunken?

Frau Maier setzte ihren Weg durchs Dorf beschwingt fort. Heute ging ihr die Begegnung mit dem Fischer-Karli nicht so nahe wie sonst. Es gab momentan eben Dinge, die sie mehr oder zumindest genauso sehr interessierten.

Zum Beispiel der Neuhauser Josef. Als sie an der Post vorbeikam, fiel ihr Blick auf die letzte Telefonzelle im Dorf, die noch eine richtige Kabine war, mit Telefonbuch. So wie früher eben. Sie überlegte. Sie ging zur Telefonzelle. K, L, M. Neuberger, Neudorfer, Neuhauser. Sieben gab es nur in Kauzing, da hatte sie mit mehr gerechnet. Ein Josef war nicht dabei, aber probieren musste sie es trotzdem. Sie holte Münzen aus ihrer Geldbörse und atmete tief durch. Neuhauser, Alois war der Erste. Es klingelte, und sofort wurde der Hörer abgenommen. Ob sie wohl gerade beim Braten störte? „Ja, Grüß Gott, ich hätte gerne den Neuhauser Josef gesprochen“, sagte sie und bemühte sich, dabei ganz selbstverständlich zu klingen. Es schien zu funktionieren, denn der Neuhauser, Alois, fragte nicht nach, wer sie denn überhaupt wäre und was sie das anginge.

„Den gibt's bei uns ned“, brummte er und legte auf.

Neuhauser, Barbara, war die Nächste. Konnte das vielleicht die Frau vom Josef sein? Unwahrscheinlich, entschied Frau Maier. Hier in Kauzing stand üblicherweise noch der Mann im Telefonbuch. Sie probierte es trotzdem. Die Neuhauser, Barbara, meldete sich mit einem leisen „Ja?“ und schien über den Anruf so erschrocken, dass sie nur murmelte: „Den kenne ich nicht!“ und auflegte.

Neuhauser, Hans, ging erst nach dem zehnten Klingeln ans Telefon und schien über die Störung am Sonntagstisch sehr verärgert zu sein. „Wenn Sie einen Josef suchen, haben Sie sich wohl verwählt!“, blaffte er und knallte den Hörer auf die Gabel.

Neuhauser, Irene, war da schon höflicher: „Das tut mir leid, aber hier wohnt kein Josef!“

Vier von sieben geschafft. Die Münzen wurden allmählich knapp. Beim Neuhauser, Konrad, war belegt. Sie probierte es bei Neuhauser, M. und erwischte einen gelangweilten Teenager. „Bei uns heißt niemand Josef“, sagte er genervt.

Frau Maier konnte ihr Glück kaum fassen. Alle schienen an diesem Sonntag zu Hause zu sein. Wahrscheinlich war ein Sonntag mit ungemütlichem Wetter wie heute auch der ideale Zeitpunkt für eine solche Telefonaktion. Oder die Kerze und das Gebet taten schon ihre Wirkung. Frau Maier musste über sich selbst lächeln. Sie wusste nicht, ob sie an solche Dinge glaubte oder nicht. Aber schaden konnte es wohl nicht.

Sie schaute wieder ins Telefonbuch. Neuhauser, Peter und Margit, waren die Letzten auf der Liste. Es klingelte. Nach einer ewig langen Zeit meldete sich eine verschlafene Stimme, die eher jung klang.

„Mein Großonkel Josef?“, sagte die verschlafene Stimme. „Wollen Sie mich verarschen?“ Jetzt klang die Stimme nicht mehr verschlafen, sondern misstrauisch. „Wer sind Sie überhaupt?“

Frau Maier beschloss, dass das ein guter Zeitpunkt war, um die Regeln der Höflichkeit ausnahmsweise zu ignorieren, und legte einfach auf. Der Ordnung halber versuchte sie es noch einmal bei Neuhauser, Konrad. Freizeichen.

„Ja?“

„Könnte ich bitte den Josef sprechen?“

„Welchen Josef?“

Aufgelegt. Gut, dann wäre der auch abgehakt. In Gedanken war Frau Maier sowieso noch bei der erst verschlafenen und dann misstrauischen Stimme.

Großonkel Josef? Konnte das der Josef sein, den sie suchte? Vom Alter her könnte es passen. Aber wieso hatte der Großneffe so verärgert reagiert?

Langsam ging Frau Maier nach Hause. Sie schmiedete einen Plan. Und dieser Plan hatte mit dem Neuhauser Josef zu tun. Und mit der Weidner Nicole. Frau Maier lächelte zufrieden vor sich hin und bemerkte den Schatten, der ihr in einiger Entfernung folgte, nicht.

ER FOLGTE der dicken alten Frau am Seeufer entlang. Er hatte sie zufällig durchs Dorf laufen sehen und er konnte sich nicht beherrschen. Es war Sonntag, ihm war langweilig und die lästige Kuh beherrschte seine Gedanken sowieso. Aber leider war die Antwort im Kircherl negativ ausgefallen: Nein, er durfte sie nicht umbringen. Noch nicht. Aber bald vielleicht, wenn alles vorbei war.

Die Alte schien in Gedanken versunken. Und es war relativ leicht, ihr auf den Fersen zu bleiben. Obwohl es natürlich eine blöde Idee war, das tagsüber zu machen, das wusste er schon. Aber er konnte nicht anders. Jetzt blieb sie stehen. Schnell schlüpfte er hinter einen Baum. Aber nein, sie drehte sich nicht um. Nur noch wenige Meter bis zu ihrem Gartentor. Er ging schneller. Die Gelegenheit war einfach zu einladend. So leicht konnte er jetzt von hinten die Hände um ihren Hals legen und …

Aber nein! Er durfte sich nicht über seine Anweisungen hinwegsetzen. Alles musste nach Plan laufen, er hatte es versprochen. *Ordnung ist das halbe Leben!* Und deshalb durfte es jetzt keine weitere Leiche geben, die die Aufmerksamkeit der Polizei wieder auf Kauzing ziehen würde. Vorerst.

ALS FRAU MAIER das Gartentor hinter sich zumachte, stutzte sie. Da war es wieder! Das Gefühl, nicht allein zu sein. Das Gefühl, dass sie jemand beobachtete, der es nicht gut mit ihr meinte. Gar nicht gut. Sie legte den

Kopf in den Nacken und konzentrierte sich. Von der Hecke her hörte sie ein leises Rascheln. Langsam ging sie in die Richtung, aus der das Geräusch kam. Hielt sich da jemand versteckt? Aber als sie näher kam, sah sie, dass eine Amsel unter der Hecke herumhüpfte. „Tja, wenn jeder Besucher so friedlich wäre“, seufzte Frau Maier und drehte sich zum Haus um. Beinahe blieb ihr das Herz stehen. Direkt hinter ihr war jemand, sie hatte ihn nicht gehört, weil sie zu beschäftigt mit der Amsel gewesen war. Jetzt war er schon direkt bei ihr, ganz nah. Die Figur verschwamm vor ihren Augen …

„Frau Maier, alles in Ordnung?“, sagte da eine Stimme, die ihr bekannt vorkam. Plötzlich konnten ihre Augen wieder fokussieren, ihr Herzschlag normalisierte sich und sie erkannte Frank Schön.

„Ja, da schau her, der Herr Psychologe!“, sagte Frau Maier und zwang sich zu lächeln. Sie war nicht nur erleichtert. Sie merkte, dass sie sich wirklich freute, Frank Schön zu sehen. Und auch er grinste über das ganze Gesicht.

„Ja, wissen Sie, Frau Maier, ich hatte Hunger.“

„Das trifft sich ganz ausgezeichnet“, erwiderte Frau Maier, „denn ich habe rein zufällig einen frischen Räucherfisch in der Tasche. Dazu würde ein Kartoffelsalat ganz gut passen, was meinen Sie?“

„Danke für die Einladung!“, sagte Frank und setzte seinen frechen Blick auf, den Frau Maier so mochte.

Nachdem Frank drei Portionen Kartoffelsalat gegessen hatte und während der Kaffee langsam durch die Maschine blubberte, fragte sie: „Und wieso sind Sie da? Nur weil Sie Hunger haben?“

Frank sah ein bisschen betreten aus. „Nein, ich wollte Sie nur … warnen.“

„Mich warnen, wovor denn?“, fragte Frau Maier und dachte: Von meinem nächtlichen Besucher weißt du doch gar nichts!

„Die Polizei sucht ja jetzt nach Anita“, erklärte Frank. „Aber das mit der Leiche glauben die immer noch nicht so recht. Sie kontrollieren gerade an den Flughäfen in München und Salzburg, ob Anita vielleicht einfach in die USA zurückgeflogen ist.“

„Ja, und was hat das mit mir zu tun?“

„Naja, eigentlich nichts, aber der Brandner findet es seltsam, dass Sie beim Überfall auf Inge Graf gerade wieder zufällig in der Nähe waren.“

„Das weiß er?“

„Ja, sicher. Frau Graf hat den Vorfall der Polizei gemeldet, und da musste sie ja auch sagen, wie sie dem Angreifer entkommen konnte. Und da hat sie dann auch gesagt, dass sie auf Ihren Rat hin gleich nach München fährt.“

„Und das hat dem Brandner natürlich nicht gepasst", stellte Frau Maier fest.

„Natürlich nicht", sagte Frank und zuckte die Achseln. „Es ist halt sein Revier, im wahrsten Sinne des Wortes. Ich wollte nur, dass Sie das wissen. Für den Fall, dass …"

„Ja?"

„Dass Sie auf eigene Faust Nachforschungen anstellen wollen", sagte Frank und sah sie aus seinen blauen Augen streng an. Der Junge ist definitiv nicht so dumm, wie er aussieht, dachte Frau Maier und lächelte ihn unschuldig an.

AM ABEND verfasste Frau Maier einen Brief. Sie holte ihre uralte Schreibmaschine heraus und schrieb:

> Kauzing, im Februar
> Liebe ehemalige Schulkameradinnen und Schulkameraden!
> Anlässlich des hundertjährigen Bestehens unserer alten Volksschule, später Grund- und Hauptschule, in Kauzing wird es im nächsten Frühjahr ein großes Ehemaligentreffen geben. Damit es ein Erfolg wird, brauchen wir, die Organisatoren, eure Hilfe. Bitte schreibt uns so schnell wie möglich, ob ihr am 10. Mai des kommenden Jahres in Kauzing sein könnt. Wir wollen in den alten Klassenzimmern unserer Dorfschule, der heutigen Musikschule, feiern.
> Antworten bitte an:
> Frau Maier, Am Seeweg 1, Kauzing
> Wir bitten um Angabe der Telefonnummer für eventuelle Rückfragen, die Organisation betreffend.

Frau Maier rümpfte die Nase. Nicht sehr einfallsreich! Aber es war immerhin eine Möglichkeit, mit Josef Neuhauser in Kontakt zu kommen, seine Telefonnummer zu erfahren und eventuell auch einen Grund zu haben, ihn anzurufen. Und wer weiß? Vielleicht konnte sie ihn dann unschuldig fragen, ob er vielleicht mit der Anita Graf noch in Kontakt stünde und ob er ihre aktuelle Adresse in Amerika wüsste. Und vielleicht wäre seine Reaktion auf diese Frage irgendwie aufschlussreich. Frau Maier rümpfte die Nase noch mehr. Wirklich ein dünner Strohhalm, an den sie sich da klammerte. Aber der einzige, den sie hatte.

Sie steckte den Brief in einen Umschlag und kramte in einer leeren Zigarilloschachtel ihres Vaters nach einer Briefmarke. Jetzt fehlte nur noch die Adresse, aber Frau Maier wusste ja zum Glück, wen sie danach fragen konnte.

Achtes Kapitel

MONTAG

Das Gespräch mit der nicht mehr ganz so jungen Gemeindeangestellten Nicole Weidner am nächsten Morgen um neun Uhr verlief erwartungsgemäß kurz. Als Frau Maier das Bürgerbüro betrat, stellte sich in deren Augen sofort das gleiche Entsetzen ein wie damals vor zehn Jahren, als Frau Maier sie mit dem Herrn Gruber im Bett überrascht hatte. Jedes Mal war das seitdem so. Egal ob sie sich im Supermarkt über den Weg liefen, am See oder sonst wo. Frau Maier fand es jedes Mal amüsant.

„Guten Morgen, Frau Maier", sagte Nicole Weidner, und es war beinahe spürbar, dass nur noch ein Gedanke sie beherrschte: Sie wollte Frau Maier möglichst schnell wieder loswerden. Nur keine Diskussionen, nur keine Probleme. „Wie kann ich helfen?", fragte sie bemüht fröhlich.

„Ja, wissen Sie, Fräulein Weidner", schnurrte Frau Maier, „ich bin auf der Suche nach einem alten Schulkameraden, dem Neuhauser Josef. Er ist weggezogen aus Kauzing und hat sich doch sicher hier abgemeldet und seine neue Adresse hinterlassen?"

Nicole räusperte sich. „Ich darf Ihnen da leider keine Auskunft …"

„Ich bin sicher, Sie können mal eine Ausnahme machen", unterbrach Frau Maier freundlich, aber bestimmt. „Ich habe ein altes Klassenfoto gefunden, das ich ihm so gerne schicken möchte", fuhr sie mit ihrer süßesten Stimme fort.

Nicole wollte Frau Maier lieber jetzt als gleich aus dem Zimmer haben. Sie holte einen Ordner vom Regal und blätterte hektisch. Dann räusperte sie sich. „Ja, der Herr Neuhauser ist vor zehn Jahren nach Regensburg gezogen. Aber die neue Anschrift, die darf ich Ihnen nicht …"

„Aber Fräulein Weidner", warf Frau Maier sanft ein. „Wer wüsste denn besser als Sie, dass ein kleines Geheimnis bei mir gut aufgehoben ist?"

Nicole kapitulierte. Sie schrieb die Adresse ab und reichte Frau Maier das Papier, ohne ihr in die Augen zu sehen.

Draußen schrieb Frau Maier die Adresse auf den Umschlag und warf den Brief ein. Erledigt. Jetzt musste sie nur noch warten, aber das machte nichts. Sie konnte gut warten, sie wartete eigentlich schon ein Leben lang. Meistens wusste sie nicht, worauf. Dieses Mal schon: auf Post vom Neuhauser Josef.

Frau Maier machte es sich so richtig gemütlich. Denn wenn sie eines gelernt hatte, dann, dass man sich Wartezeiten unbedingt mit Gemütlichkeit versüßen muss. Sie legte eine Elvis-Platte auf. Sie machte sich einen großen Stapel belegter Brote und eine Kanne Kaffee und stellte beides auf einer

Seite ihres Cordsessels auf den Boden. Auf die andere Seite legte sie sich eine Auswahl ihrer liebsten Kochbücher bereit und fing an zu schmökern.

Aber es war nicht richtig gemütlich. Was fehlte?

Frau Maier holte sich eine Wärmflasche. Sie versuchte sich in *Mediterrane Fischgerichte* zu vertiefen. Es klappte nicht. Was fehlte?

Frau Maier stand auf und ging zur Tür. Sie rief die Katze, die sofort maunzend angelaufen kam. Gemeinsam setzten sie sich hin und schauten zu, wie es lautlos anfing zu schneien. Frau Maier lauschte auf das leise Schnurren der Katze und betrachtete die zu Boden taumelnden Flocken. Gemütlich fand sie es nicht.

„So ein Schmarrn!", grummelte sie und stand auf. Die Katze maunzte empört. „Es tut mir leid", sagte Frau Maier. „Ich muss raus." Die Katze kehrte ihr den Rücken zu und rollte sich zusammen. Frau Maier zog ihre Stiefel und ihren Anorak an und machte sich auf den Weg zum Kilianskirchen.

Oben auf der Anhöhe verschnaufte sie und ließ den Blick über den See schweifen. Wo war nur ihre Ruhe hin, die alte Gelassenheit? So eine Leiche war anscheinend selbst für ihr Gemüt zu viel. Genau heute vor einer Woche habe ich sie gefunden, überlegte Frau Maier und sah wieder Anitas weit aufgerissene Augen unter der Wasseroberfläche vor sich …

Wieso konnte sie die Sache nicht auf sich beruhen lassen? Wegen Inge. Und aus Neugier. Und aus Prinzip! Jemand hatte einen Mord begangen und die Leiche verschwinden lassen – das konnte man doch nicht einfach so auf sich beruhen lassen. „Wo kommen wir denn da hin?", fragte Frau Maier empört den See. Der gab aber keine Antwort, sondern lag dunkel und unergründlich und still vor ihr. Frau Maier fröstelte und ging flott weiter. Es schneite immer noch. Die Flocken legten sich sanft auf ihren Anorak.

Da lag auch schon das Kircherl vor ihr. Die Wiese rundherum war bereits von einer makellosen Schneedecke überzogen. Am Eingang zum Friedhof sah sie Fußspuren. Sie schienen von der Wiese her zu kommen. War da jemand aus dem Wald querfeldein zum Kircherl gegangen? Frau Maier kniff die Augen zusammen, aber sie konnte die Spur nicht so weit zurückverfolgen. Die Flocken flirrten vor ihren Augen, und der Hintergrund verschwamm zu einer weißen Fläche. Langsam wurden ihre Zehen kalt.

Auf dem Friedhof sah sie, dass auf jeden Fall kürzlich jemand da gewesen war: Die Spuren führten zum Grab mit den Initialen hin, und es brannte wieder eine neue Kerze darauf. Sie lächelte. Wie schön, wenn auch nach dem Tod noch jemand so an einen denkt, dachte sie. Sie ging in die Kirche und setzte sich im Halbdunkel auf eine Bank. Sie schloss die Augen und dachte noch einmal über alles nach, was sie wusste.

Was war der Stand der Dinge? Sie wollte herausfinden, ob die Anita einen Freund gehabt hatte. Den Josef vielleicht? Eifersucht war ja immer ein gutes Mordmotiv. Oder verschmähte Liebe. Oder Liebe, die in Hass umgeschlagen war. Immerhin war die Anita mit einem Soldaten nach Amerika gegangen. Vielleicht nahm ihr Freund von damals ihr das heute immer noch übel?

Frau Maier stand von der harten Kirchenbank auf und streckte sich. Plötzlich fiel ihr Blick auf die Bank, in die neulich die frische Kerbe eingeritzt gewesen war. Direkt daneben war eine neue Kerbe, allerdings viel schwächer als die erste. Eine halbherzige Kerbe. Vielleicht ist der, der das gemacht hat, erwischt worden und musste aufhören mit der Schnitzerei, überlegte sie und machte sich auf den Heimweg.

MIT EINEM SCHLAG war sie hellwach. Er war an der Tür – und dieses Mal versuchte er, hereinzukommen. Sie hörte die kratzenden, schabenden Geräusche am Schloss. Was machte er? Hatte er einen Draht dabei, ein Messer, einen Dietrich?

Sie setzte sich im Bett auf und lauschte angestrengt in die Nacht. Das Ticken ihres Weckers auf dem Nachttisch erschien ihr plötzlich unangemessen laut, so als würde es das ganze Haus erfüllen und in ihm schlagen wie ein unbeirrbares Herz. Ihr eigenes Herz klopfte auch, aber sie war sich nicht sicher, wie lange noch. In meinem Alter kann man schon leicht einmal einen Herzkasperl bekommen, dachte sie. Und dann: Was denke ich eigentlich für blöde Sachen? Jemand versucht in diesem Moment, in mein Haus einzubrechen! Und ich bin meilenweit von jeder Hilfe entfernt. Hätte sie doch nur ein Telefon. Dann würde sie den Frank anrufen. Zu spät! Die Haustür öffnete sich mit dem gewohnten leisen Quietschen. Er war da.

Die Zeit schien still zu stehen. Frau Maier konnte sich nicht bewegen, nicht einmal, wenn sie ihre ganze Kraft zusammennahm. Schweißperlen standen auf ihrer Stirn. Die Sekunden verstrichen, und sie hörte nichts. Wo war er? Schlich er schon die Treppe nach oben? Aber nein, unmöglich. Dann müsste sie doch das Knarzen der dritten Stufe hören. Oder hatte er die dritte Stufe übersprungen?

Da fiel die Tür wieder ins Schloss, und im frischen Schnee unter ihrem Fenster knirschten Schritte. Plötzlich war die Blockade gelöst, Frau Maier stürzte ans Fenster. Auf dem weißen, vom Mond beschienenen Schnee konnte sie deutlich eine schwarze Gestalt sehen, die durch den Garten lief und durch das Tor verschwand. Er war wieder gegangen, einfach so.

Langsam ging Frau Maier zur Schlafzimmertür hinaus ins Treppenhaus.

Ganz unten am Treppenabsatz lag ein toter Fisch. Sein Bauch war aufgeschlitzt, und er war ausgenommen worden. Seine leblosen Augen starrten Frau Maier an, und sie starrte zurück.

Neuntes Kapitel

DIENSTAG

Frau Maier stand auf ihrer Veranda, und aus ihrer Kaffeetasse dampfte es in großen Wolken direkt in ihr Gesicht. Sie wärmte sich die Hände an der Tasse, schaute zum See hinüber und dachte nach. Dienstag. Wenn alles gut ging, dann kam ihr Brief heute beim Josef Neuhauser an. Aber wann er ihr dann antworten würde, das stand in den Sternen. Falls er überhaupt antworten würde.

Vereinzelt hörte sie Möwen kreischen. Wahrscheinlich stürzten sie sich gerade auf den Fisch, den Frau Maier über den Weg ans Seeufer getragen und ins Wasser geworfen hatte. Sie konnte seinen Blick aus den toten Augen nur schwer aushalten. Was wollte ihr der Fisch mit diesen Augen sagen? Dass man sie genauso umbringen und aufschlitzen wollte? Frau Maier kniff die Augen zusammen und ließ den Blick über die kahlen Bäume schweifen. Nein, sie konnte nicht hier sitzen bleiben und warten. Worauf auch?

Sie würde zu Inge Graf gehen, immerhin sollte sie dort nach dem Rechten sehen. Mit Schrecken fiel ihr ein, dass Inge sich bestimmt auch darauf verließ, dass sie die Blumen gießen und den Briefkasten ausleeren würde. Dann wurde es ja höchste Zeit.

INGES HAUS lag still und verlassen da. Allerdings war es wohl nicht die ganze Zeit so verlassen gewesen: Fußspuren im Schnee führten auf das Haus zu und zum Gartentor. Frau Maier ging in den Garten. Die Spuren liefen ums Haus herum, am Wohnzimmerfenster verdichteten sich die Abdrücke – hier hatte wohl jemand gestanden. Sie war sich ziemlich sicher, dass es ihr nächtlicher Besucher gewesen war. Inges Angreifer. Anitas Mörder. Sie fröstelte ein bisschen. „So ein Schmarrn!“, sagte sie sich energisch und ging ins Haus. Dort war alles wie immer. Sie nahm die Post aus dem Briefkasten und sortierte alles ordentlich auf dem Küchentisch. Dort lag auch ein Umschlag. *Frau Maier* stand in Inges Schrift drauf. Im Umschlag waren fünfzig Euro und ein Zettel, auf dem ein einziges Wort stand. *Danke*.

Frau Maier ging durchs ganze Haus und goss sorgfältig die Blumen. Gleichzeitig überprüfte sie, ob alle Fenster fest geschlossen waren, und ließ im Erdgeschoss die Rollladen herunter. So, fertig. Sie hätte eigentlich gehen können, aber wieder zog es sie unwiderstehlich in Anitas Zimmer.

Alle Unterlagen lagen noch auf dem kleinen Schreibtisch. Frau Maier legte die beiden Klassenfotos zur Seite und sah sich an, was darunter lag. Ein Umschlag mit Dokumenten; soweit sie sehen konnte Versicherungsunterlagen und Anitas Geburtsurkunde, ein altes Familienfoto der Grafs sowie eine Mappe mit Anitas Reisepass und den Flugtickets. „So viel zur These der Polizei, dass sie zurück in die USA geflogen sein könnte!", brummte sie. „Ohne Reisepass." Und was war das? Ein dicker Briefumschlag. Luftpostbriefpapier und adressiert an … Inge Graf! Absender: Anita. Der Brief war verschlossen und die Briefmarke zwar aufgeklebt, aber nicht abgestempelt.

Frau Maier war verwundert. Das war offenbar ein Brief von Anita an Inge, den sie nicht abgeschickt und den Inge auch nie gelesen hatte. Wieso hatte Anita den wohl aus Amerika nach Kauzing mitgenommen? Frau Maier legte ihn zurück und fischte ein kleines Heiligenbild aus dem Stapel. Die Heilige Irmingard war darauf zu sehen, die Schutzheilige des Sees. Sie schwebte auf einer Wolke über dem Frauenkloster auf der Insel. Auf dem Bildchen stand in Kinderschrift: *Möge Gott Dich immer behüten. Deine Freundin Evi.*

Frau Maier lächelte traurig. Recht lange hat er sie schon beschützt, der liebe Gott, dachte sie. Aber am letzten Sonntag oder Montag, da war er wohl verhindert gewesen.

Plötzlich schoss ihr Klaus Kecht durch den Kopf. *Ja, da sollten Sie mal den alten Pfarrer Huber fragen, wie der den Mädchen und uns allen das Leben zur Hölle gemacht hat mit seiner Bigotterie. Bis nach Amerika hat er sie getrieben, die Evi.*

Der alte Herr Pfarrer! Den konnte sie doch eigentlich einmal besuchen, solange sie auf Post wartete. Das Problem war nur: Wo wohnte der jetzt? Er war ja schon seit sicher zwanzig Jahren in Pension. „Mist!", murmelte Frau Maier. Sie wusste, wen sie fragen musste.

Im kleinen Fischerladen beim Dampfersteg stand natürlich die Maria hinter der Theke. „Grüß Gott", sagte sie verkniffen und lächelte nicht.

„Grüß Gott", sagte Frau Maier und lächelte.

„Der Karli ist draußen auf dem See", sagte die Maria leicht schnippisch.

„Wie schade", antwortete Frau Maier. „Dann warte ich draußen, ich muss ihn etwas fragen." Sie drehte sich um und verließ den Laden. Sie trug die Ruhe der Verliererin in sich. Sie hatte den Kampf um den Karli verloren. Obwohl sie genau genommen nie wirklich die Chance bekommen hatte, um ihn zu kämpfen. Stolz, Selbstachtung, Liebe, Glück – alles war weg gewesen. Was sollte sie jetzt noch verlieren?

Die Maria auf der anderen Seite, die hatte die Angst, alles zu verlieren, noch im Nacken. Und das hatte ihr Verhalten Frau Maier gegenüber in den letzten vierzig Jahren geprägt: immer misstrauisch, immer wachsam, immer giftig. Auch nicht schön, dachte Frau Maier. Die Maria war zwar die Frau vom Karli geworden, aber geliebt hatte er sie nie, und das wusste die Maria. Eine Vernunftehe, fast schon eine Zwangsheirat, weil der hoch verschuldete Vater vom Karli das Geld vom reichen Vater von der Maria gebraucht hatte.

Frau Maier setzte sich auf die kleine Bank vor dem Laden und schaute aufs Wasser. Weit draußen sah sie drei Fischerboote. Eines davon gehörte dem Karli.

Vierzig Jahre lang überlegte sie jetzt schon, wie das Leben wohl gewesen wäre, wenn er sie geheiratet hätte. Sie, seine große Liebe, die im Dorf nicht Anerkannte, die Fremde, die Zuagroaste. Sie schüttelte langsam den Kopf. Wenn sie überlegte, wie unglücklich die Maria immer aussah. So blass, so verkniffen. Nein, auch nicht schön. Da hatte sie es letztendlich vielleicht sogar besser erwischt. Frau Maier erschrak über diesen Gedanken, der für sie nicht nur neu, sondern absolut revolutionär war. Wie war der nur in ihr Gehirn gelangt?

Als der Karli vom See kam und sie auf der Bank sitzen sah, erhellte ein Lächeln sein Gesicht. Sie fand ihn auch heute noch wunderschön. Dann blieb er aber stehen und runzelte die Stirn. Es dämmerte ihm, dass es einen Grund für ihr Kommen geben musste. Mit wenigen großen Schritten war er bei ihr: „Ist alles in Ordnung, was ist los?“, fragte er besorgt.

Frau Maier lächelte ihn an. „Was soll denn los sein, Karli? Ich brauche nur eine Auskunft von dir.“

„Eine Auskunft?“ Karl sah sie forschend an. Irgendetwas war anders an ihr in letzter Zeit. Sie war immer ruhig gewesen und vernünftig und selbstständig. Aber jetzt wirkte sie irgendwie noch selbstständiger und sicherer. Unabhängig vielleicht.

„Ja, ich will wissen, wo der alte Pfarrer Huber jetzt wohnt. Du warst doch damals in der Pfarrjugend so aktiv, und du kennst doch immer alle Leute!“

„Der wohnt schon seit Jahren im Seniorenstift in Grubstädt drüben. Aber was willst du denn plötzlich vom alten Huber?“, fragte der Karl misstrauisch.

„Ach, ich habe daheim ein altes Gebetsbuch von meinem Vater gefunden, und da ist ein Lied angestrichen. Und ich wollte den Pfarrer Huber fragen, ob mein Vater mit ihm einmal über dieses Lied gesprochen hat.“

Sie musste fast selbst lachen, weil die Ausrede so blöd war. Sie stand auf und wollte gehen, doch der Karli packte sie fest am Arm und sah sie an. „So einen Schmarrn glaubst du doch selbst nicht“, zischte er. „Was machst du denn dauernd in letzter Zeit? Hat das was mit der Anita zu tun?“

Frau Maier zog ihren Arm weg und sah dem Karli in die Augen. „Das geht dich nichts an“, sagte sie und ging.

An der Pforte des „Seniorenstift Seeblick“ saß eine mürrische Empfangsdame. Sie war aber glücklicherweise mürrisch und dazu noch desinteressiert, sodass sie überhaupt nicht nachfragte, wer Frau Maier war und wieso sie zum alten Herrn Pfarrer wollte. Umso besser! Frau Maier ging den Gang im ersten Stock entlang und sah sich nach dem Aufenthaltsraum um, wo sie laut Empfangsdame den Pfarrer finden würde. Der Linoleumboden quietschte unter ihren Sohlen, und sie fröstelte leicht. Da waren die alten Leute (alt? Was war sie selbst eigentlich?) versammelt und waren doch jeder für sich ganz allein. Zwei Frauen saßen am Tisch und hatten Zeitschriften vor sich liegen, in die sie kaum einen Blick warfen. Ein alter Herr ging mit zittrigen Schritten und seinem Rollator durchs Zimmer, und drei Bewohner saßen vor dem Fernseher, in dem irgendwelche Menschen fröhliche Lieder sangen. Eine Schwester kam herein. Sie hatte eine Ausstrahlung irgendwo zwischen Effizienz und Erschöpfung.

„Kann ich helfen?“, fragte sie Frau Maier.

„Ja, ich möchte gerne den Herrn Pfarrer Huber besuchen.“

„Sind Sie eine Verwandte? Sie waren noch nie da, oder?“

„Nein, nein, keine Verwandte. Nur eine ehemalige … Ministrantin.“

Zum Glück schien die Pflegerin nicht weiter darüber nachzudenken, dass es zu den Zeiten, als die rundliche Besucherin vor ihr jung gewesen war, hier in der Gegend mit Sicherheit keine weiblichen Kirchendiener in der heiligen katholischen Kirche gegeben hatte. „Ach so“, sagte sie. „Ja, der Herr Pfarrer sitzt immer oben im dritten Stock im Gang am Fenster. Von da aus sieht man den See am besten.“

Frau Maier bedankte sich und ging nach oben.

Der alte Pfarrer saß in einem Rollstuhl und in eine Wolldecke eingewickelt am Fenster. Er schaute auf den See hinaus und schien weit, weit weg zu sein.

Sie räusperte sich. Keine Reaktion.

„Herr Pfarrer?“

Keine Reaktion. Sie zögerte und legte sanft die Hand auf seine Schulter. Die Schulter fühlte sich klein an, und sie konnte seine Knochen spüren.

Pfarrer Huber schien weder überrascht noch erschrocken zu sein und wandte nur kurz den Kopf, um ihr zuzunicken. Gütig oder herablassend? Schwer zu sagen.

„Grüß Gott, Herr Pfarrer! Erinnern Sie sich noch an mich? Ich war mal Ministrantin und wollte Sie gerne besuchen."

Der Pfarrer schien nicht interessiert zu sein.

Frau Maier überlegte. Wenn Sie irgendetwas erreichen wollte, dann musste sie ihn direkt auf Anita und Evi ansprechen. Es konnte ja nichts passieren. Entweder er würde gar nichts sagen oder sie wegschicken. Oder aber er würde ihr etwas erzählen.

„Ich war eine Freundin von der Evi damals. Der Evi Amberger."

Sie wartete. Und tatsächlich.

Langsam drehte sich der alte Pfarrer um und sah sie an. Er sah auf einmal streng und unnahbar aus. Frau Maier konnte sich plötzlich wieder daran erinnern, wie viel Respekt sie alle vor ihm gehabt hatten und wie aber niemand ihn wirklich gemocht hatte.

„Denn der Herr wird durchs Feuer richten und durch sein Schwert alles Fleisch; und der Getöteten des Herrn wird viel sein", flüsterte er. Seine Augen verengten sich zu Schlitzen. „Denn die Hure ist eine tiefe Grube, und die fremde Frau ist ein enger Brunnen. Auch lauert sie wie ein Räuber und mehrt die Treulosen unter den Menschen", zischte er dann.

Frau Maier wich unwillkürlich ein paar Zentimeter zurück. Der Alte kam ihr plötzlich vor wie eine Schlange.

„Was meinen Sie denn damit?", fragte sie.

„Pfannkuchen mit Gemüse. Pfui Teufel. Was soll das?", erwiderte er.

Frau Maier seufzte. Er war offensichtlich verwirrt. Die Bibelzitate hatten wahrscheinlich rein gar nichts zu bedeuten. Vermutlich wusste er überhaupt nicht, von wem sie gesprochen hatte.

„Die Evi Amberger …", flüsterte er da. „Und die Graf Anita, diese freche Göre. So tötet nun die Unzucht, Unreinheit, schändliche Leidenschaft, böse Begierde. Gott hat sie gerichtet, alle beide."

„Was haben die beiden Mädchen denn angestellt?", fragte Frau Maier.

Aber der Pfarrer Huber schaute wieder auf den See hinaus und schien völlig in sich zusammengesunken. „Und das Hemd war auch wieder nicht richtig gebügelt", murmelte er. „Überlasse nichts einer Frau, was auch nur die geringste Bedeutung hat, das sage ich immer wieder."

Oh je, dachte Frau Maier. Was der Zölibat alles anrichtet!

Sie wandte sich zum Gehen, als der Pfarrer sich plötzlich noch einmal umdrehte. „Man richtet sich nicht gegen den Herren. Nicht gegen den im Himmel, aber auch nicht gegen den auf Erden." Dann schloss er die Augen. Das Gespräch war beendet.

Frau Maier ging langsam zur Bushaltestelle. Sie dachte über die Worte des alten Pfarrers nach. Voller Zorn waren sie gewesen und voller Geringschätzung. *Unzucht, Fleisch, Hurerei* – die Worte hallten in ihrem Kopf nach. Aber auch das Wort *töten* war mehrmals gefallen. Frau Maier konnte sich keinen Reim darauf machen.

Are you lonesome tonight, do you miss me tonight … Frau Maier lag auf ihrem Sofa und versuchte, sich auf jeden einzelnen Ton, jede Note, jedes Wort ihres Lieblingsliedes zu konzentrieren. „Bist du einsam, vermisst du mich?“, flüsterte sie. In mühevollen Stunden hatte sie sich schon vor Jahren mithilfe des englischen Wörterbuches Wort für Wort des Liedtextes übersetzt. Und mit jedem Satz war sie sich sicherer gewesen: *Are you lonesome tonight*, schon immer ihr Lieblingslied, erzählte ihre eigene Geschichte. *Is your heart filled with pain, shall I come back again?* Tut dein Herz dir weh, soll ich zu dir zurückkommen? Wenn sie jemals auf die Idee gekommen wäre, dem Karli ein Lied zu schreiben – worauf sie natürlich nie gekommen wäre, weil sie nicht wusste, wie man so etwas machte –, dann wäre es genau dieses Lied gewesen.

Frau Maier lauschte gebannt Elvis, der von der Leere um sich herum sang. Sie seufzte und schaute sich in ihrem eigenen leeren kleinen Wohnzimmer um. Und als Elvis die Frage aller Fragen stellte – Tut es dir leid, dass wir uns getrennt haben? –, murmelte sie ganz leise: „Hoffentlich. Hoffentlich.“

Draußen war es längst dunkel geworden. Der Plattenspieler kam mit einem leichten Knarzen zum Stehen, und Stille breitete sich im kleinen Haus am See aus. Angestrengt lauschte Frau Maier in die Dunkelheit. Sicher, sie war selbstständig, unerschrocken und immer gelassen. Aber irgendwann stieß auch sie an ihre Grenzen. Und der tote Fisch am Treppenabsatz war eindeutig so eine Grenze. Aber was sollte sie machen? Es gab keinen anderen Ort, an dem sie hätte übernachten können. Sicher, sie konnte die Polizei rufen. Aber würden die ihr Glauben schenken? Frank? Elfriede? Frau Maier schüttelte den Kopf. Nein, das traute sie sich nicht. Sie konnte ja nicht einfach anrufen und fragen: „Darf ich bei Ihnen übernachten?“ Noch dazu müsste sie dafür erst einmal bis zur Telefonzelle gehen … allein und im Dunkeln. Karli? Ja, das wäre vielleicht möglich. Da konnte die Maria noch so sauertöpfisch schauen, der Karli würde sie nicht wegschicken, das wusste sie. Aber trotzdem wäre es natürlich unangenehm. Und irgendwie wollte sie auch nicht, dass der Karli über die ganze Sache Bescheid wusste. Weil er sich dann nur große Sorgen um sie machen würde? Vielleicht. Oder weil sie die Sache allein zu Ende bringen wollte? Ohne immer auf den Karli zu warten und zu hoffen, so wie sonst?

Frau Maier stand auf und legte die karierte Wolldecke ordentlich zusammen. Dann stellte sie den Plattenspieler aus und überprüfte, ob die Fenster im Wohnzimmer fest geschlossen waren. Sie rief nach der Katze, die zum Glück gleich angetrabt kam. Gott sei Dank. Ganz allein wollte sie heute Nacht nicht bleiben. Sie sperrte die Tür zu und versuchte den Gedanken zu verdrängen, dass der nächtliche Besucher offenbar kein Problem mit dem Türschloss hatte. Frau Maier überlegte. Sie holte einen Stuhl aus der Küche und schob ihn unter die Türklinke.

Sie ging nach oben und legte sich angezogen auf das Bett, die Taschenlampe und ihr Pfefferspray griffbereit neben sich, die Katze auf ihrem Bauch. Einmal mehr konnte sie nichts tun, außer zu warten.

Zehntes Kapitel
MITTWOCH

Frau Maier machte die Augen auf und stöhnte. Sie war irgendwann doch vor Erschöpfung eingeschlafen, aber in einer verkrampften, halb sitzenden Position. Jetzt tat ihr jeder einzelne Knochen weh. Nach drei Tassen Kaffee und einer heißen Dusche fühlte sie sich schon besser. Immerhin war die Nacht ruhig gewesen. Sie lebte noch. Das war doch schon einmal etwas.

Sie ging vor die Haustür und schaute auf den See. Die Katze flitzte an ihr vorbei in den Garten. Die ganze Nacht hatte sie sich nicht beschwert. Sie hatte gewusst, dass sie Frau Maier nicht allein lassen durfte. Aber jetzt war die Nacht vorbei, und es warteten der Garten mit den spätwinterlichen Gerüchen und der kleine Wald mit den Tieren, die sich im Laub verkrochen hatten, und der dunkelblaue See mit den kleinen silbernen Fischen, die doch irgendwo unter der dünnen Eisschicht stecken mussten.

Mittwochmorgen. Frau Maier hatte nichts zu tun. Putzen bei Inge fiel aus. Sie konnte niemanden mehr zu Anita und Evi befragen. Da half nur eines: das eigene Haus putzen. Sie fing im Bad an und schrubbte es, bis alles glänzte. Sie lüftete ihr Bett und wusch die Bettwäsche. Dann ging sie in die Küche. Sie hatte Hunger. Aber sie hatte keine Lust zum Einkaufen. Also machte sie sich aus dem, was noch da war, eine sehr große Portion Schinkennudeln. Danach wusste sie wieder nicht, was sie machen sollte. Diese Geschichte bringt meine ganze Routine durcheinander, dachte sie. Sollte sie einen Spaziergang machen? Draußen hingen graue Wolken tief über dem See. Kein Spaziergang, beschloss sie. Zumal sie auch ihr übliches Ziel, das Kilianskircherl, überhaupt nicht lockte. Irgendwie war ihr nicht wohl beim Gedanken an diesen Ort, den sie eigentlich so liebte. Sie konnte nicht festmachen, woran es lag

Ein Nachmittagsschläfchen, beschloss sie. Das war ein Luxus, über den sie sich normalerweise immer freuen konnte. Und nach der Nacht, die sie halb sitzend verbracht hatte, konnte sie ihn auch sehr gut brauchen. Tatsächlich driftete Frau Maier sofort in einen unruhigen Schlaf, sobald sie es sich mit der karierten Wolldecke auf dem Sofa bequem gemacht hatte. Verzerrte Gedankenfetzen zogen durch ihren Geist. Nach und nach verdichteten sich die einzelnen Fetzen zu Bildern und schließlich zu einem Traum: Frau Maier fuhr auf ihrem Fahrrad am See entlang. Frau Maier wunderte sich: Wieso war sie nur auf dieses verflixte Fahrrad gestiegen? Sie mochte es doch gar nicht. Wackelig und unsicher fühlte sie sich, und sie musste mit aller Kraft in die Pedale treten, um irgendwie vorwärts zu kommen. Trotzdem mühte sie sich ab und fuhr immer weiter, bog vom Seeufer ab und befand sich plötzlich auf einem verlassenen Waldweg. Wieso durfte sie nicht anhalten? Sie wusste es nicht mehr. Da hörte sie Gelächter vor sich. Ganz weit vorn waren zwei blonde Mädchen zu sehen. Sie fuhren auch auf Fahrrädern. Jetzt fiel es Frau Maier wieder ein: Sie musste radeln, weil sie die Anita und die Evi unbedingt einholen musste! Sie musste die beiden warnen. Verzweifelt trat sie in die Pedale, aber die beiden Mädchen waren schon wieder außer Sichtweite. Plötzlich zerriss ein Schrei den Sommertag. Ein schrecklicher Schrei voller Angst und Verzweiflung. Da bog plötzlich eines der blonden Mädchen um die Ecke. In ihrem Gesicht stand blankes Entsetzen. Bei Frau Maier blieb sie stehen. „Sie ist weg!“, jammerte sie. „Die Evi! Bitte helfen Sie mir! Die Evi! Er hat sie mitgenommen …“ Und da fiel sie langsam zur Seite, die Anita, und blieb starr liegen und sah Frau Maier aus ihren blauen, leblosen Augen fragend an. Frau Maier wollte zu ihr stürzen und ihr helfen, aber sie konnte sich nicht bewegen. „Der Herr hat sie gerichtet!“, sagte da eine leise, böse Stimme neben ihr. Der alte Pfarrer Huber stand direkt neben ihr und sah sie aus kalten Augen an. „Beide müssen gerichtet werden, denn sie haben sich gegen den Herrn aufgelehnt!“, zischte er, und plötzlich schnellte aus seinem Mund eine lange, dünne Zunge mit gespaltenem Ende direkt auf das Gesicht von Frau Maier zu. Starr vor Entsetzen sah sie die Zunge an, und sie konnte nicht schreien und sie konnte nichts tun, außer mit ihrer Hand, die am Fahrradlenker lag, die Klingel zu betätigen. Ringringringring! schrillte es über den verlassenen Waldweg. Ringringring!

Mit einem Ruck war sie wieder wach. Das Herz schlug ihr bis zum Hals. Draußen war es längst dunkel geworden, und Frau Maier brauchte einige Sekunden, bis sie ihre Orientierung wieder gefunden hatte. Und da bemerkte sie, dass sie das Klingeln nicht nur geträumt hatte. Es klingelte tatsächlich. An ihrer Tür.

LANGSAM stand Frau Maier vom Sofa auf. Die Angst kroch unaufhaltsam in ihr hoch, und sie fühlte sich wehrlos, gegen sie anzukämpfen. Das liegt nur an diesem Traum, versuchte sie sich einzureden.

Frau Maier ging zur Tür. Sie wollte, sie durfte nicht klein beigeben. Was sollte aus ihr werden, aus ihrem einsamen Leben im Haus am See? Wie sollte sie dieses Leben weiterführen, wenn sie der Angst erst einmal erlaubt hatte, sich darin einzunisten? Es klingelte noch ein Mal. Entschlossen rückte Frau Maier den Stuhl beiseite und riss die Tür mit Schwung auf. Sie schaute direkt in Elfriedes erstauntes Gesicht.

„Frau Gruber!“, sagte sie verblüfft und spürte, wie die Erleichterung sie bis in jede Zelle ihres Körpers durchflutete. Verflucht, die Angst hatte sie wohl schon ziemlich im Griff gehabt.

„Frau Maier! Ich dachte schon, Sie sind gar nicht da. Ich war die Woche schon mal da, und es hat niemand aufgemacht.“

„Doch, doch, ich bin da.“ Frau Maier lächelte und hoffte, dass sie ruhiger aussah, als sie sich fühlte. „Wenn ich mal nicht da bin, dann bin ich höchstens beim Einkaufen oder beim Putzen. Oder beim Kilianskircherl, da gehe ich immer hin, wenn ich nachdenken muss.“ Aus Verlegenheit redete Frau Maier einfach drauf los. Sie wusste nun einmal nicht, wie man mit Besuch umging.

Aber auch Elfriede wirkte ein bisschen unsicher. „Es ist so …“, fing sie an. „Ich habe noch Äpfel im Keller gehabt, die mussten weg. Ich habe Apfelmus gekocht.“ Und sie hielt Frau Maier ein großes Einweckglas hin, das mit einer rot-weiß karierten Schleife liebevoll dekoriert war.

„Kommen Sie doch erst einmal herein!“, lud Frau Maier sie ein. Sie wusste nicht so richtig, was sie sagen sollte. Sie bekam ja nie etwas geschenkt.

„Nein, danke!“ Elfriede schüttelte den Kopf. „Ich habe gleich vorn mein Auto stehen, ich muss nämlich noch in die Stadt. Ich gehe mit einer Freundin zum Griechen. Ich wollte Ihnen das nur bringen und …“

„Ja?“

„Also meine Freundin, die Margit, die kennt gar keinen Dr. Schön.“

Frau Maier winkte ab. „Keine Sorge, ich habe den Doktor mittlerweile schon ein paar Mal getroffen, und der weist mich sicher nicht ein. Aber danke fürs Fragen!“

Elfriede hatte sich schon zum Gehen gewandt und winkte zum Abschied noch einmal kurz. „Vielen Dank!“, rief Frau Maier ihr nach.

„Vielen Dank“, wiederholte sie leise, als sie die Tür schloss, den Stuhl wieder unter die Klinke schob und sich auf die Treppe sinken ließ. Sie strich über das kühle, glatte Einweckglas. Sie stellte sich vor, wie wohl ein Leben wäre, in dem man sich abends mit einer Freundin beim Griechen traf. Und sie stellte sich vor, wie schön es gewesen wäre, wenn Elfriede Gruber Zeit gehabt hätte, zum Abendessen zu bleiben. Sie fühlte sich plötzlich unendlich einsam. Einsamer, als wenn die Elfriede nicht vorbeigekommen wäre. Sie stand auf und ging in die Küche. Aber sie hatte keine Lust, allein zu essen. Im Wohnzimmer ließ sie sich in ihren abgewetzten Cordsessel sinken.

Eine komische Sache, die Gesellschaft. Hatte man keine, arrangierte man sich irgendwie damit. Kam man aber irgendwie auch nur ein bisschen auf den Geschmack, dann wollte man immer mehr. Saublöd, dachte sie. Sie legte den Kopf zurück und machte die Augen zu. Sie würde einfach bis zum Morgen hier sitzen bleiben. Bis es endlich wieder hell werden würde.

Elftes Kapitel
DONNERSTAG

Im Morgengrauen wurde sie ruhiger. Sie hatte nichts gehört die ganze Nacht über, und sie wusste, dass die ersten Hundebesitzer unterwegs waren, sobald es hell wurde: schnell noch eine Gassirunde vor dem Büro. Und wenn Spaziergänger unterwegs waren, dann war es für den Unbekannten nicht mehr sicher genug, bei ihr einzubrechen, davon ging sie aus. Sie legte sich aufs Sofa, deckte sich mit der Wolldecke zu und schlief ein.

Von einem Geräusch vor der Haustür wurde sie ruckartig wieder wach. Sie hatte das Gefühl, dass höchstens ein paar Minuten vergangen sein konnten, aber ein Blick auf die Uhr zeigte ihr, dass es gleich zehn war. Sie griff sich das Pfefferspray und schlich in die Küche, um aus dem Fenster zu schauen. Wieder falscher Alarm: Der Briefträger verließ gerade das Grundstück und machte sorgfältig das Gartentor hinter sich zu.

Frau Maier rannte zur Tür und stürzte an den Briefkasten. Post! Das konnte doch nur bedeuten, dass der Neuhauser Josef … Sie stutzte. *Sabine Kratzer*, lautete der Absender. Ungeduldig riss sie den Brief auf.

> Regensburg, im Februar
> Sehr geehrte Frau Maier, liebes Organisationsteam!
> Ich habe mich sehr über Ihren Brief gefreut, und deshalb möchte ich Ihnen auch gleich antworten. Ich habe mich so gefreut, weil ich weiß, wie viel meinem Vater ein solches Schultreffen bedeutet hätte. Leider muss ich Ihnen mitteilen, dass er vor einem halben Jahr verstorben ist. Ich wünsche ein gutes Gelingen der Veranstaltung und verbleibe mit besten Grüßen,
> Sabine Kratzer, geb. Neuhauser

Frau Maier ließ den Brief sinken und schaute zum See hinüber. Leise kräuselte sich die Wasseroberfläche im Wind. Josef Neuhauser war tot. Sie konnte ihn nichts mehr fragen. Jetzt verstand sie auch die Reaktion seines Neffen am Telefon. „Wollen Sie mich verarschen?“, hatte er gefragt. Natürlich, denn sie, die angebliche Klassenkameradin, hatte mit einem Toten sprechen wollen.

UM ZEHN NACH ELF traf Frau Maier fast der Schlag. Sie hatte den Termin bei den Zieglers vergessen! Das war ihr in all den Jahren noch nie passiert. „Mei o mei“, seufzte sie. „Jetzt werd ich auch noch vergesslich.“

Alle zwei Wochen am Donnerstag ging sie normalerweise zu den Zieglers. Sie hatte diesen Job schon seit fünf Jahren und stand ihm sehr zwiespältig gegenüber. Einerseits machte sie ihn äußerst ungern, weil sie die meiste Zeit damit verbrachte, die Böden der Kinderzimmer leer zu räumen, um überhaupt dort staubsaugen zu können. Andererseits stellte Frau Ziegler, die gestresste Mutter der beiden unordentlichen Kinder, ihr jedes Mal eine Wurstsemmel und eine Thermoskanne mit Kaffee auf den Küchentisch. Frau Maier warf einen Blick auf ihre Küchenuhr. Viertel nach elf. Um halb eins würden die Kinder aus der Schule kommen. Es lohnte sich nicht mehr, jetzt noch mit dem Putzen anzufangen.

Sie zog sich ihren Anorak an und machte sich sofort auf den Weg zu den Zieglers. Sie hatte einen Brief vorbereitet:

> Liebe Familie Ziegler,
> es tut mir schrecklich leid, aber ich kann heute nicht putzen. Ich habe furchtbare Kopfschmerzen und schaffe es einfach nicht. Natürlich hole ich den Termin nach. Ich komme in den nächsten Tagen am Nachmittag vorbei, damit wir ausmachen können, wann ich putzen soll.
> Hochachtungsvoll!
> Frau Maier

Bei „Hochachtungsvoll“ war sie sich zwar nicht sicher, ob man das so formulierte, aber sie schrieb ja fast nie offizielle Briefe, und das hatte sie irgendwo gelesen. Egal, Hauptsache, die Zieglers kamen nicht darauf, dass sie den Termin schlicht und einfach vergessen hatte. Denn dann würden sie sie vielleicht für vergesslich halten – für zu alt! – und sich eine jüngere Putzfrau suchen.

Der Schnee hatte sich in den letzten beiden Tagen komplett in Matsch verwandelt und war an vielen Stellen geschmolzen. Es war heute viel wärmer. Frau Maier legte den Kopf in den Nacken und schnupperte. Lag da etwa ein Hauch von Frühling in der Luft? Nein, noch nicht ganz. „Aber bald", flüsterte sie vor sich hin.

Frau Maier warf den Brief bei den Zieglers ein und ging weiter zu Inge Graf. Sie war sowieso schon in der Nähe und hatte nichts zu tun. Jetzt, wo sie wusste, dass der Neuhauser Josef tot war, und wo sie aus dem alten Herrn Pfarrer keinen vernünftigen Satz herausgebracht hatte, da waren ihre Ermittlungen an einem toten Punkt angelangt. Genauso tot wie Anita, dachte sie.

Inges Grundstück lag verlassen da, und im Schneematsch konnte sie keine neuen Fußspuren erkennen. Sie nahm die Post aus dem Briefkasten und setzte sich an den Küchentisch, um alles zu sortieren. Zeitschriften, Prospekte, Briefe. Aus dem Stapel fiel ein loses Papier heraus und flatterte zu Boden. Es war ein normaler weißer Briefbogen ohne Umschlag und in der Mitte nur einmal gefaltet. Als Frau Maier ihn aufhob, klaffte das Papier auseinander, und sie erkannte eine altmodische Handschrift. Sie zögerte kurz, dann faltete sie das Blatt auf. Heute ist es eh schon wurscht, dachte sie. Erst die Notlüge bei den Zieglers, dann kann ich hier gleich auch noch schnüffeln.

Sehr geehrte Frau Graf, stand da in einer sehr ordentlichen Schrift, der man auf den ersten Blick ansah, dass sie zu einem alten Menschen gehörte.

> Leider treffe ich Sie nicht an. Deshalb schreibe ich Ihnen, denn ich möchte Sie sehr gerne sprechen. Ich bin Antonia Richter, die Haushälterin vom verstorbenen Herrn Schuldirektor Häuser. Ich bin schon sehr lange bei ihm gewesen. Seit er damals so plötzlich eine Haushälterin gesucht hat. Ich weiß nicht, ob Sie mich kennen. Ich kenne Sie vom Sehen, aus der Zeit, als ich noch besser zu Fuß war und selbst einkaufen gehen konnte. Ich wohne immer noch im Haus vom Herrn Direktor, denn er hat mir in seinem Testament großzügigerweise lebenslanges Wohnrecht eingeräumt. Für sehr lange wird es wohl nicht mehr sein. Jedenfalls habe ich beim Aussortieren von den Sachen vom Herrn Direktor etwas gefunden, was mit Ihrer Schwester zu tun hat, mit Anita Graf. Ich habe das schon letztes Jahr gefunden, aber ich wollte mich nicht einmischen. Aber jetzt, wo man im Dorf sagt, dass die Anita verschwunden oder vielleicht sogar – Verzeihung! – verstorben ist, da ist es mir doch ein Anliegen, mit Ihnen zu sprechen.
>
> Bitte kommen Sie zu mir, wenn Sie diese Nachricht erhalten. Wie gesagt, ich bin nicht mehr gut zu Fuß. Aber ich bin fast immer daheim. Sie finden mich im Haus vom Herrn Direktor, Grasweg 6.
>
> Es verbleibt freundlichst
> Antonia Richter

Frau Maier spürte, wie wieder eine große Unruhe in ihr aufkam. Es war eine neue Spur, ja. Die alte Dame hatte irgendeine Information über Anita. Aber das allein war es nicht, nein.

Frau Maier schloss die Augen und plötzlich hatte sie wieder das Klassenfoto vor sich. Ganz deutlich konnte sie es sehen: Anita und Evi, so ernst und blass, wie sie sich an den Händen hielten. Der Neuhauser Josef, fröhlich lachend – jetzt war er tot. Der Kecht Klaus, der die Evi anschaute. Und in der Mitte, im Zentrum von allem, der Herr Schuldirektor.

Frau Maier öffnete ihre Augen. Wie hatte sie nur so blind sein können? Alle Jungs auf dem Foto hatte sie durchgeschaut und überlegt, wer verdächtig sein könnte. Und dabei hatte sie übersehen, dass der Direktor auch ein Mann war! Wieso hatte sie noch nie in diese Richtung gedacht? Der Pfarrer … der Herr Direktor … vielleicht ging es gar nicht um die Klassenkameraden. Aber nach kurzem Überlegen schüttelte sie den Kopf. Diese Theorie hatte einen entscheidenden Haken: Der Direktor war ja längst tot, das stand doch im Brief der Haushälterin. Abgesehen davon wusste das wohl jeder in Kauzing, denn er hatte fast so etwas wie ein Staatsbegräbnis bekommen – falls man in einem Dorf wie Kauzing von so etwas sprechen konnte. Tagelang war im Supermarkt und beim Bäcker und beim Metzger und beim Fischer-Karli von nichts anderem die Rede gewesen. War das schon wieder zwei Jahre her? Oder war das erst letztes Jahr gewesen? Egal, selbst wenn der Direktor noch am Leben gewesen wäre – ein über Neunzigjähriger würde kaum nachts um ihr Haus schleichen, die Inge überfallen und dann fix über den Gartenzaun springen. „So ein Schmarrn!“, murmelte Frau Maier.

Und trotzdem war da wieder diese nagende Gewissheit irgendwo in ihrem Hinterkopf, dass sie etwas übersehen hatte. Dieses Gefühl vom Samstag. Sie hatte etwas entdeckt. Aber was, um Himmels willen, was nur?

Plötzlich glaubte sie ein Geräusch im Hof zu hören. Sie ging zum Fenster und spähte vorsichtig hinaus. Aber nein, da war niemand. Auf der Straße vor dem Haus schob eine junge Mutter einen Kinderwagen vorbei. Sie sah müde aus. Und ein junger Mann in einem schwarzen Anorak ging auch vorbei – oder gehörte er zur jungen Frau? Nein, sie sahen sich nicht an, und der junge Mann überholte sie wortlos.

Frau Maier atmete hörbar aus. Überall hörte sie jetzt schon Geräusche und fühlte sich verfolgt. Sie musste das dringend wieder loswerden! Um sich abzulenken, überlegte sie laut vor sich hin: „Ob ich die Frau Graf wohl anrufen und ihr von der Nachricht von Antonia Richter erzählen sollte? Sie hat mir die Telefonnummer von ihrer Kusine ja hingelegt. Aber nein, sie braucht jetzt Abstand und sie würde nur sofort nach Kauzing zurückkommen. Nein. Da habe ich eine bessere Idee.“ Ihre eigene Stimme in Inges leerem Haus beruhigte sie nicht.

Wieder drifteten Frau Maiers Gedanken ab, als sie das Haus zusperrte und den Schlüssel einsteckte. Das Versteck im Blumenkasten erschien ihr plötzlich nicht mehr sicher genug. Sie wickelte sich ihren Schal fester um den Hals, als könnte das etwas gegen ihr inneres Frösteln ausrichten, und machte sich auf in Richtung Grasweg.

Auf ihrem Weg durch das Dorf war sie immer noch völlig in Gedanken versunken und erschrak fürchterlich, als mit quietschenden Bremsen ein Fahrrad neben ihr anhielt.

„Grüß Gott, Frau Maier!“, sagte eine fröhliche Stimme. Es war der Seppi, der Lehrling vom Supermarkt und ihr besonderer Liebling. Sie mochte ihn, weil er lustig und schlagfertig war und ihr manchmal auf dem Fahrrad die Einkäufe nach Hause brachte. Er mochte sie, weil sie, wie er ihr einmal treuherzig anvertraut hatte, „ausschauen wie meine Oma und die ist schon tot“.

„Wie geht's, wie steht's?“, fragte er. „Wir haben grad reduzierten Lachs da, der hat ein falsches Verfallsdatum aufgedruckt. Soll ich einen für Sie zurücklegen?“

„Ja gerne, Seppi, danke“, sagte Frau Maier und lächelte ihn an. Seppi lächelte zurück. „Ich muss weiter! Der Boss wartet.“ Seppi rollte die Augen, und Frau Maier lachte. Der Boss war der Filialleiter, eine schreckliche Nervensäge. „Kommen Sie am besten morgen gegen Mittag vorbei, dann fahre ich in der Mittagspause schnell bei Ihnen vorbei und bringe Ihnen die Einkäufe.“

„Danke!“, rief sie ihm nach, da drehte er noch einmal um. „Wollen Sie eigentlich in den Grasweg rein?“, fragte er und nickte in Richtung der kleinen Straße. „Da werden Sie, glaube ich, nicht durchkommen. Da stehen überall Polizei und Krankenwagen und so.“ Mit diesen Worten flitzte er davon und Frau Maier fühlte sich fast gelähmt von der Kälte, die erneut in ihr aufstieg.

Schon von Weitem sah sie Blaulicht, einen Krankenwagen und viele Menschen. Beim Näherkommen registrierte sie auch noch einen Notarztwagen. Und – ihr Herz machte einen heftigen Stolperer – einen Leichenwagen. Sie wusste bereits, vor welchem Haus sich dieser Großeinsatz abspielte, noch bevor sie dort angekommen war. Hausnummer 6, das Haus vom Direktor Häuser. Sie blieb stehen. Die Tür ging gerade auf und zwei Männer trugen eine Bahre heraus. Und auf der lag eine zugedeckte Leiche.

Frau Maier schloss die Augen. Was war nur los hier in Kauzing? Wer ging hier herum und brachte Menschen zum Schweigen? Und warum?

Ein Sanitäter, der am Krankenwagen lehnte, wurde auf sie aufmerksam. „Wollten Sie zur Frau Richter?“, fragte er.

Frau Maier nickte. Aber sie sah anscheinend so schockiert aus, dass der nette junge Mann Mitleid hatte. „Sie ist im Schlaf gestorben, ganz friedlich. Die Frau von der Sozialstation hat sie heute früh in ihrem Sessel gefunden.“

Frau Maier verstand überhaupt nichts mehr. Wieso war Frau Richter ausgerechnet jetzt zufällig im Schlaf gestorben? Jetzt, wo sie ihr vielleicht eine wichtige Information über Anita Graf hätte liefern können?

Wie benommen ging Frau Maier einen Schritt auf das Haus zu – und drehte sich sofort wieder auf dem Absatz um. Denn kein anderer als der Kommissar Brandner kam just in dem Moment aus dem Haus heraus. Zu spät. Er hatte sie gesehen. „Halt, Sie sind doch Frau Maier, oder?“, rief er, und Frau Maier musste sich wohl oder übel wieder umdrehen.

„Richtig, die bin ich“, antwortete sie freundlich.

Der Polizist sah sie ungläubig an. „Ja, sagen sie mal, sind Sie denn immer da, wo es gerade eine Leiche gibt?“ Seine Lautstärke ging verdächtig in Richtung Schreien.

Alter Choleriker, dachte Frau Maier verächtlich. „Auf Wiedersehen“, flötete sie und ging mit raschen Schritten davon.

Der Kommissar war ein paar Sekunden lang sprachlos, aber es fiel ihm auch kein triftiger Grund ein, die komische Alte zurückzuholen. Er schrie einen jungen Beamten an: „Schau nicht so blöd, sondern gib lieber durch, dass keine Obduktion nötig ist!“

Manchmal ist so ein Choleriker auch ganz praktisch, dachte Frau Maier. Wenigstens redet er immer so laut, dass man alle wichtigen Informationen auch ganz sicher mitbekommt.

FRAU MAIER SCHNAUFTE. Und schwitzte. Eine ganz neue Mode ist das mit dem ständigen Schwitzen, dachte sie verächtlich. Ihre Füße waren auch feucht, aber leider nicht warm. Der völlig aufgeweichte Schneematsch sickerte langsam durch die Ritzen ihrer alten Stiefel. Daheim würde sie sich eine Wärmflasche und eine schöne Tasse Kaffee machen, tröstete sie sich. Aber nicht jetzt. Jetzt musste sie dringend zum Kilianskircherl und nachdenken. Der See schimmerte in einem milchigen Blau, die Konturen zu den Inseln und den Bergen verschwammen mit dem farblosen Himmel.

Der Friedhof lag vollkommen verlassen da. Wie meistens. Denn er war einfach zu weit außerhalb des Dorfes, als dass dort ständig Angehörige zur

Grabpflege oder zu Besuch bei ihren Toten vorbeikämen. Nur beim Grab mit den Initialen war das wie immer anders. Dort lag heute eine frische Rose und bildete einen roten Farbfleck im Schneematsch ringsum. Frau Maier stutzte. Jetzt, wo der Schnee fast weggetaut war, sah man wieder deutlich die frisch aufgeschüttete Erde. Und es war eine ganze Menge Erde, wirklich viel mehr als zum Anpflanzen nötig gewesen wäre. Und außerdem pflanzte man im Winter nun einmal nicht an. Frau Maier schüttelte den Kopf. Da ist wohl jemand etwas übereifrig, dachte sie und stapfte zum Kircherl.

Schwaches Licht fiel durch die Fenster und erhellte den kleinen Raum nur wenig. Die Steinmauern der Kirche atmeten noch immer die in ihnen gespeicherte eisige Winterluft aus, und es war drinnen um einige Grade kälter als im Freien. Frau Maier setzte sich hin und ließ ihren angestauten Gedanken freien Lauf. Sie konnte nicht glauben, dass die alte Frau Richter einfach so gestorben war – gerade jetzt, wo sie über Anita hatte reden wollen. Nein. Daran glaubte sie genauso wenig wie an einen zufälligen Überfall auf Inge. Zu dumm, dass der Brandner keine weiterführende Untersuchung angeordnet hatte.

Was hatte Frau Richter nur gewusst? Und wie hatte ihr Mörder davon erfahren? Frau Maier erschrak. Konnte es sein, dass er noch immer um Inges Haus schlich, dass er irgendwie ins Haus gelangt war und den Brief gelesen hatte? „So ein Schmarrn!", sagte sie dann laut, um sich zu beruhigen. „Dann hätte er den Brief doch verschwinden lassen!"

Ihre Worte klangen in der stillen Kirche seltsam hohl und unnatürlich. Plötzlich wurde Frau Maier bewusst, wie einsam das Kircherl und der Friedhof waren. Niemand würde sie hier hören, wenn … Ja, wenn was eigentlich? „So ein Schmarrn!", sagte sie noch einmal extra laut und stand auf. Im Gehen warf sie noch einen Blick auf die Kerben in der Bank. Neben der ersten und der zweiten halbherzigen Kerbe prangte eine dritte, frische, tiefe, rohe Kerbe.

Er sass ganz still oben im Chor neben der kleinen Orgel. Die fette Alte durfte ihn nicht sehen. Noch nicht. Er fühlte sich seltsam ruhig. Alles bewegte sich auf ein Ende zu, das spürte er. Eine Gefahr nach der anderen räumte er aus dem Weg, und die Alte, das würde sein persönlicher Triumph werden. Der Höhepunkt. Und der Endpunkt.

Frau Maier verlangsamte ihre Schritte erst, als sie wieder in der Nähe von Häusern war. Sie ging dieses Mal auch nicht am See entlang zurück nach Kauzing, sondern lieber an der Hauptstraße. Sie ärgerte sich über ihre Angst, aber sie konnte sie nicht mehr im Zaum halten. Wo soll das enden? Was soll ich tun? Die beiden Fragen kreisten in ihrem Kopf.

In diesem Moment sah sie die Telefonzelle. Sie griff in ihre Manteltasche und fühlte die inzwischen leicht zerknitterte Karte zwischen ihren Fingern. Entschlossen betrat sie die Zelle und wählte Franks Handynummer.

„Frank? Sind Sie es? Hier ist …“ – „Oh, Sie haben mich gleich erkannt. Gut. Hören Sie … störe ich?“ – „Nein, nein, es ist nichts passiert. Aber ich habe eine Bitte.“ – „Jaja, ich habe das mit dem Todesfall in Kauzing mitbekommen – genau darum geht es doch! Frank, Sie müssen irgendwie dafür sorgen, dass die alte Dame noch einmal … angeschaut wird. Glauben Sie mir. Da stimmt etwas nicht. Ich bin mir ganz sicher!“ – „Ich weiß nicht, wie Sie das machen sollen. Aber Sie wissen doch sicher, wo die Frau Richter jetzt ist. Und kennen Sie nicht einen Arzt, der so was normalerweise macht? Der sich auskennt mit … toten Menschen.“ – „Ach kommen Sie Frank, Sie und ich wissen doch beide, dass Sie nicht so harmlos sind, wie Sie aussehen.“ – „Bitte versuchen Sie es wenigstens. Ich koche für Sie dann auch wieder eine schöne große Lachslasagne.“ – „Na gut, und Kartoffelsalat auch noch.“ – „Sie können mich nicht anrufen, wenn es etwas Neues gibt. Sie müssen vorbeikommen. Ich habe nämlich kein Telefon.“ – „Wieso hätte ich Ihnen das denn früher sagen sollen?“ –„Na gut, wenn Sie meinen. Bis bald, Frank. Auf Wiederhören.“

Frau Maier trat ein wenig erleichtert aus der Telefonzelle. Zumindest hatte sie irgendetwas versucht. Und außerdem hatte es gut getan, Franks vertraute Stimme zu hören, und wenn es nur für zwei Minuten gewesen war. *Was war sie nur für eine einsame alte Schachtel.* Sie schnaubte, wickelte ihren Schal fester um sich und ging weiter.

Aus dem Schatten einer Hecke, ein paar Meter von der Telefonzelle entfernt, löste sich eine Gestalt und schaute ihr nach.

Das kleine Haus am See sah so gemütlich aus mit seinen grünen Fensterläden und der Holzveranda. Und es war immer ihr sicherer Hafen gewesen. Dort hatte sie sich wohl und geborgen gefühlt, egal was das Leben gebracht hatte. Traurig stand Frau Maier am Gartentor und sah es sich an. Jetzt musste sie bei seinem Anblick daran denken, wie oft ihr nächtlicher Besucher es wohl schon beobachtet hatte – und ob er heute Nacht wieder kommen würde. Hinter der Hecke raschelte es leise. Frau Maier zuckte zusammen. Da kam auch schon die Katze angetrabt. Frau Maier hob sie hoch und rieb die Nase an ihrem warmen, weichen Bauch. „Ich bin so froh, dass ich dich habe“, flüsterte sie.

Im Haus ging sie unruhig durch alle Zimmer. Die Fenster waren geschlossen, alles war ordentlich und aufgeräumt, alles war wie immer. Langsam nahm sich Frau Maier ein Kochbuch aus dem Regal. *Das große Kochbuch der Fische*, einer ihrer Klassiker. Sie fing an zu blättern, aber ihr Blick wollte einfach an keinem Bild hängenbleiben. Und ihre Gedanken spielten erst recht nicht mit. Wo sich sonst knusprige Fische, schmackhafte Gewürze und feine Saucen einfanden, war der Raum heute schon besetzt. Mit Anita. Und Evi. Und dem Pfarrer. Und Frau Richter. Ein einziger Fisch war auch da. Aber er war nicht knusprig, er war kalt und tot und starrte sie an.

Frau Maier schüttelte sich. Wenn es mit dem Lesen der Kochbücher nicht funktionierte, dann könnte sie ja vielleicht etwas kochen? Doch als sie den Vorratsschrank aufmachte, sah sie nichts außer ein paar Kartoffeln, zwei Karotten, einer Stange Lauch und zwei Zucchini mit verdächtig welliger Haut. Na gut. Eintopf. Da konnte sie wenigstens zuerst viel schälen und schnipseln und dabei hoffentlich auf andere Gedanken kommen. Doch schon als die ersten Kartoffelschalen auf die Wachstuchdecke auf dem Küchentisch fielen, war Frau Maier wieder bei Anita, bei Antonia Richter und beim toten Fisch. *Stopp!* Das musste aufhören.

Sie stand auf und ging zum Fenster. Die Vorhänge waren fest geschlossen, wie immer in letzter Zeit. Durch einen kleinen Spalt lugte sie in den mittlerweile dunklen Garten hinaus. Wie gern würde sie jetzt warm eingepackt hinausgehen, bis hinunter an den See. Und dort beobachten, wie weit oben die Sterne funkelten, und schauen, ob man die Silhouette der Berge erahnen konnte. Aber sie traute sich nicht. Sie traute sich noch nicht einmal, das Fenster aufzumachen. Als könnte sie ihre Gedanken lesen – ach was, sie *konnte* ihre Gedanken lesen, davon war Frau Maier überzeugt – hüpfte die Katze auf die Fensterbank und sah sie forschend an. „Ja", flüsterte Frau Maier und kraulte sie sanft hinter dem Ohr. „Ja, ich weiß, ich bin dumm." Die Katze schnurrte. Aber sie war unerbittlich. „Jaja", seufzte Frau Maier, „ich mach's ja." Sie ging zur Haustür, die Katze blieb dicht an ihrer Seite.

Vor der Tür blieben sie stehen. Die Katze wartete geduldig, bis Frau Maier das Zittern in ihren Knien unter Kontrolle hatte. Sie schloss die Augen kurz, holte tief Luft und öffnete die Tür so entschlossen, wie es ihr irgendwie möglich war.

Kalte Luft und Dunkelheit und Stille warteten draußen. Frau Maier warf einen Blick in den Garten und versuchte, ein paar Mal ruhig ein- und auszuatmen, während die Katze an ihr vorbeiflitzte, zielstrebig zum Gartentor lief und in der Dunkelheit verschwand. Frau Maier machte einen etwas zu hastigen Schritt zurück und schloss die Tür etwas schneller und fester, als unbedingt nötig gewesen wäre. Sie musste sich einen Moment anlehnen.

Er war da draußen, das wusste sie jetzt. Hinter dem Gartenzaun hatte er gelauert und zu ihr herübergeschaut. Sie wusste es einfach.

DIE ZWEI SCHWARZEN HÄNDE näherten sich langsam und beinahe geräuschlos. Nicht schlecht für einen Menschen! Die Katze wusste sicher, dass es ein Mensch war. So sahen Menschenhände aus. Allerdings waren sie normalerweise nicht schwarz.

Handschuhe. Ein Mensch mit Handschuhen. Die Katze blinzelte. Sie war wohl einen Moment lang nicht aufmerksam gewesen. Nur so konnte sie es sich erklären, dass die Hände schon so nahe waren. Ihre Schnurrhaare zitterten und sie witterte die Gefahr so eindeutig, als würde ein Rudel Bluthunde vor ihr stehen. Sie blieb ruhig, aber sie spannte die Muskeln an. Hinter ihr war die Hauswand, vor ihr die Hände … Sie brauchte gar nicht erst mit ihren scharfen Krallen nach ihnen zu schlagen, denn da waren ja noch die Handschuhe. Sie saß tatsächlich in der Falle. Die Katze spannte jeden Muskel und jede Sehne ihres Körpers an. Die Hände mit den schwarzen Handschuhen waren jetzt ganz, ganz nah. Und der Geruch des Menschen, der zu diesen Handschuhen gehörte, wehte in der Nachtluft in ihre Nase … Sie hatte ihn schon einmal gerochen.

FRAU MAIER konzentrierte sich voll und ganz auf ihren Atem. Wenigstens versuchte sie das. Es ärgerte sie, dass die Angst die Kontrolle übernommen hatte und sie sehnte sich nach ihrem alten Gleichmut. Sie war sich sicher, dass der da draußen ihre Angst bemerkt hatte – ihr zögerliches Öffnen der Tür, die verstohlenen Blicke in Richtung Gartenzaun, ihr zu schneller Rückzug ins Haus. Es ärgerte sie, dass er jetzt vermutlich triumphierte. Denn das hatte er ja von Anfang an gewollt: sie einschüchtern, ihr Angst machen.

Warum er das wollte, das war eine andere Frage. Zuerst hatte sie gedacht, er wolle sie zum Schweigen bringen. Aber war es nicht viel wahrscheinlicher, dass sie gerade aus Angst jemandem von den nächtlichen Besuchen erzählen würde? Wer weiß, wie schlau der Kerl war. Vielleicht reichte seine Logik nicht so weit. Oder vielmehr: seine Einschätzung menschlichen Handelns. Vielleicht kannte er sich mit normalen menschlichen Regungen nicht besonders gut aus? Vielleicht war er ein Irrer, dem es einfach nur Spaß machte, sie zu ängstigen? Dieser Gedanke war Frau Maier noch gar nicht gekommen! Dass es vielleicht gar kein Motiv, gar keinen richtigen Grund gab für alles, was passiert war. Außer dem, dass ein Irrer da draußen herumlief im beschaulichen Kauzing. Und blöderweise lief er bevorzugt um ihr Haus herum.

Draußen raschelte es leise. Frau Maier hatte sich ins Schlafzimmer zurückgezogen. Allerdings nicht ins Bett, denn allein der Gedanke an Schlaf erschien ihr absurd. Sie hatte sich in den Schaukelstuhl gesetzt, mit dem Gesicht zur Tür. Sie wollte ihrem nächtlichen Besucher wenigstens direkt in die Augen schauen. Sehr lange hatte sie überlegt, im ganzen Haus das Licht brennen zu lassen. Am Ende hatte sie sich dagegen entschieden, und zwar wegen der Katze. Denn die Katze war den ganzen Abend nicht wieder aufgetaucht. Und Frau Maier hatte sich nicht getraut, so wie sonst in den Garten und ums Haus zu gehen und nach ihr zu rufen. Deshalb lauschte sie nicht nur auf jedes Geräusch, das ihren nächtlichen Besucher ankündigen würde, sondern auch auf ein leises Rascheln oder Maunzen der Katze. Wenn sie dann im Dunkeln ans Fenster ging, würde sie die Katze vielleicht unten vor dem Haus erkennen können.

Und so beobachtete sie in regelmäßigen Abständen den Garten und wartete. Es war ihr unangenehm, allein zu sein. Mit der Katze hätte sie sich viel besser gefühlt. Und außerdem nagte irgendwo ganz weit hinten in ihrem Gehirn eine kleine Sorge – oder gar eine Ahnung? Sie hoffte, dass es keine war. Auch wenn die Katze manchmal die ganze Nacht wegblieb … dieses Mal hatte sie ein ungutes Gefühl dabei.

Frau Maier ging zurück zum Schaukelstuhl. Sie hatte nichts erkennen können, und das Rascheln war auch nicht mehr zu hören. Sie seufzte. Sie hatte sich nie genauere Gedanken über das Ende ihres Lebens gemacht, aber so hätte sie es sich bestimmt nie vorgestellt. So gruselig, so ausweglos, so … spektakulär. „Ermordet von einem Unbekannten“, sagte sie leise.

Vielleicht hätte sie doch zum Karli gehen sollen? Oder zur Elfriede? Und dann? Dann hätte es trotzdem noch eine nächste Nacht gegeben und noch eine und noch eine … Nein, irgendetwas musste passieren, so oder so. Entweder die Sache wurde beendet oder sie würde überleben und dann endlich wieder weiterleben. Ohne Angst und mit ihrer alten Ruhe.

Das Gartentor knirschte kaum hörbar. Frau Maier spitzte die Ohren und ging langsam zum Fenster. Er war da. Er war wieder schwarz gekleidet und hatte die Skimaske übergezogen. Er ging zielstrebig auf das Haus zu.

Frau Maier setzte sich wieder in ihren Schaukelstuhl und wippte sanft vor und zurück. Er war jetzt an der Tür. Sie hörte ein kratzendes Geräusch am Schloss, dann ein Rütteln. Stille. Jetzt hatte er bemerkt, dass sie den Stuhl wieder unter die Klinke geschoben hatte. Blödsinnig, das wusste sie. Aber sie hatte es trotzdem gemacht.

Jetzt hörte sie nichts. Das war am schrecklichsten – nichts zu hören. Im nächsten Moment zerschnitt ein Klirren die Stille, das nach der Ruhe umso ohrenbetäubender klang. Er hatte ein Fenster eingeschlagen, um ins Haus zu kommen. Er war wütend, das spürte sie jetzt. Wütend, dass sie ihm diese Umstände bereitet hatte.

Das Klirren war wie ein Weckruf für Frau Maier. Bis zu diesem Moment hatte sie vorgehabt, sich nicht zu wehren. Denn wozu sich verausgaben, wenn sie doch sowieso keine Chance hatte? War es dann nicht würdevoller, einfach das Schicksal anzunehmen? Nein, das war es nicht! Sie würde sich wehren, auch wenn sie vielleicht keine Chance hatte.

Frau Maiers Überlebenswille war geweckt und sie stand hastig, aber leise auf. Sie war vollkommen bekleidet, sogar mit Mantel und Stiefeln. Sie hatte keine Lust, als Leiche im Bademantel zu enden und dann vom Brandner beglotzt zu werden. Sie nahm sich das Pfefferspray vom Nachttisch und steckte sich die Taschenlampe in die Manteltasche. Dann setzte sie sich auf den Bettrand. Von dort konnte sie schneller aufstehen als aus dem tiefen Schaukelstuhl.

Die dritte Treppenstufe von unten knarzte. Frau Maier umklammerte das Pfefferspray fester. Ihre Hand, in der sie es hielt, war mit ihrem Schal bedeckt. Nur noch wenige Sekunden. Einatmen, ausatmen. Er war da.

Er stand in der Tür und sah aufmerksam ins dunkle Zimmer hinein. Sein Blick fiel auf Frau Maier. Sie bildete sich ein, dass er unter der schwarzen Skimaske grinste. In seinen Augen konnte sie nichts lesen, es war zu dunkel.

„Da sind Sie ja“, sagte sie und wunderte sich selbst darüber, wie freundlich ihre Stimme klang. Sie hoffte, ihn in ein Gespräch verwickeln zu können, ihn abzulenken, Zeit zu gewinnen. Doch der Unbekannte machte nicht mit. Er sagte kein Wort, er ließ ihr keine Zeit. Er ging auf sie zu.

Als er nur noch zwei Schritte von ihr entfernt war, schnellte Frau Maier hoch, riss ihren Arm nach vorne und feuerte das Pfefferspray ab. Ihr Angreifer war völlig überrumpelt. Der Unbekannte grunzte laut und hielt sich die Hände reflexartig vor die Augen. Er geriet ins Taumeln, als er unwillkürlich einige Schritte zurückwich in die Richtung der offen stehenden Schlafzimmertür. Er ging vor Schmerzen leicht in die Knie. Frau Maier holte aus und rammte ihm mit voller Wucht ihren Ellbogen in den Schritt. Normalerweise machte man das mit dem Fuß oder dem Knie, das wusste sie aus dem Fernsehen, aber sie war zu klein und zu ungelenkig, um das hinzubekommen.

Der Mann stolperte nach hinten durch die Tür hinaus, knallte mit dem Hinterkopf gegen das Treppengeländer und blieb reglos liegen. Für den

Bruchteil einer Sekunde überlegte Frau Maier, ob sie nachschauen sollte, ob er noch atmete. Dann drehte sie sich um, rannte die Treppe herunter, zerrte den Stuhl von der Tür weg und lief aus dem Haus.

SIE HATTE DAS GEFÜHL zu fliegen, als sie den Garten durchquerte und durch das Tor auf den dunklen Weg hinaus gelangte. Instinktiv wollte sie nach links laufen – in Richtung Dorf, zu den Häusern, zu den Menschen, zum Licht. Aber sie wandte sich nach rechts. Ihr Angreifer würde bestimmt davon ausgehen, dass sie nach Kauzing laufen würde. Doch der Weg bis dahin zog sich und er führte am Seeufer entlang, da gab es kaum eine Möglichkeit, sich zu verstecken. Frau Maier wusste, dass sie – sollte der Angreifer in den nächsten Minuten zu sich kommen und loslaufen – keine Chance hätte, ihren Vorsprung auf der langen Strecke bis zu den ersten Häusern zu halten.

Sie lief in der Dunkelheit und war froh, den Weg so genau zu kennen. Sie hörte nichts außer ihrem eigenen Atem, sie spürte nichts außer ihrem Herzschlag. Wo sollte sie hin? Sollte sie sich irgendwo in den Büschen verstecken? Nein. Zu kalt, zu ungeschützt.

Weiter, weiter, nur nicht langsamer werden. Sie hatte jetzt schon fast die Anhöhe mit dem verlassenen Haus erreicht. Sie musste sich verstecken, das wusste sie. Lange konnte sie nicht mehr weiter. Und außerdem: Wenn sie erst einmal komplett durchgeschwitzt wäre, würde sie sich danach in der Kälte den Tod holen – wenn ihr den nicht vorher der Mann mit der Maske bringen würde.

Das Gartentor war nicht zugesperrt. Ohne weiter nachzudenken, betrat Frau Maier das Grundstück. Sie spitzte ihre Ohren und hörte nichts außer einem leichten Wind und Wellenrauschen vom See. Es war stockdunkel, und sie kannte diesen Ort nicht. Es blieb ihr nichts anderes übrig, als kurz ihre Taschenlampe anzumachen. Im schwachen Lichtkegel sah sie, dass neben dem Haus ein kleiner Schuppen stand. Sie lief hin und bekam vor Erleichterung beinahe zittrige Knie, als sich das Vorhängeschloss einfach öffnen ließ. Sie schlüpfte in den Schuppen und machte die Tür hinter sich zu.

Drinnen war es stockfinster. Sie leuchtete noch einmal: ein winziger Raum, in einer Ecke ein Stapel Holz, auf dem Boden eine Teppichrolle und ein paar Plastikplanen. Der Fußboden war ordentlich verputzt, und der ganze Raum schien ziemlich trocken zu sein.

Frau Maier machte die Taschenlampe schnell wieder aus. Sie setzte sich auf die Teppichrolle und versuchte, ihren Atem wieder unter Kontrolle zu bekommen. Sie schloss die Augen und holte einige Male tief Luft. Sie musste ruhiger werden. So lange sie so laut schnaufte, konnte sie die Geräusche draußen nicht wahrnehmen. Nach einer Weile hatte sie sich wieder im Griff. Sie versuchte, alle Sinne auf die Dunkelheit da draußen zu fokussieren. Konnte sie etwas hören oder spüren? Nein, alles war ruhig.

Frau Maier rechnete aus, dass es mittlerweile etwa zwanzig nach vier sein musste. Um eins hatte sie sich in den Schaukelstuhl im Schlafzimmer gesetzt, dann hatte sie gewartet. Um genau 3.36 Uhr hatte sie den Mann durch ihren Garten auf das Haus zugehen sehen, sie hatte auf dem Wecker auf dem Nachtkästchen die Uhrzeit überprüft. Etwa zehn Minuten später war sie losgelaufen. Sie schätzte, dass sie noch etwa drei Stunden hier ausharren musste. Die schlimmste Gefahr wäre schon ab sechs Uhr vorbei, denn da wurde es hell und die ersten Hundespaziergänger waren unterwegs. Richtig belebt wurde es aber erst etwa ab halb acht. Dann wäre es wirklich fast unmöglich, hier am See jemanden unbeobachtet anzugreifen.

Frau Maier lauschte in die Nacht hinaus. Sie hatte das Gefühl, als ob das kleine Wäldchen am Seeufer leise flüstern würde. Frau Maier spürte die kleinen Schweißperlen auf ihrer Stirn. Plötzlich war sie nicht mehr die Frau, deren sechzigster Geburtstag schon eine ganze Weile zurücklag, sondern wieder das kleine Mädchen am großen See. Sie saß in einem dunklen Schuppen und hielt sich die Augen zu. Das war völlig überflüssig, denn sie konnte in der Dunkelheit ja sowieso nichts sehen. Aber sie wollte auf gar keinen Fall schummeln, das machte man nicht. Das wusste sie von ihrem Vater. Sie zählte langsam und konzentriert bis dreißig und sprang auf. Jetzt durfte sie die anderen Kinder suchen, die sie endlich einmal hatten mitspielen lassen, obwohl sie nicht aus dem Dorf stammte. Vielleicht würde sie endlich Freunde finden, wenn sie ihre Sache besonders gut machte. Voller Eifer und Vorfreude rannte sie zur Tür und wollte sie weit aufreißen. Sie prallte fast zurück vor lauter Schreck: Die Tür ließ sich nicht öffnen. Sosehr sie auch zog und zerrte, die Tür war ganz fest zu. Langsam setzte sie sich zurück auf den Boden. Die Tür musste plötzlich kaputt gegangen sein. Sie klammerte sich an diesen Gedanken, obwohl sie wusste, dass die anderen Kinder sie eingesperrt hatten.

Frau Maier schreckte hoch. Sie war völlig in diese andere Zeit versunken gewesen und spürte, wie Tränen in ihren Augen brannten.

Plötzlich musste sie an den Kuhstall vom Anger-Bauer aus dem Oberdorf denken. Als Kind hatte sie sich manchmal dort versteckt, wenn sie weinen wollte. Damit niemand ihre Tränen sehen konnte. Das wollten die anderen ja nur, dass sie, die Außenseiterin, weinen und betteln würde, dass sie auch mitspielen dürfte. Aber den Gefallen wollte ihnen Frau Maier, die damals noch das kleine Mädchen am großen See gewesen war, auf keinen Fall tun.

Die Kühe verströmten Wärme und ihren ganz eigenen beißenden Geruch, der mit der Zeit zu einem milden Duft wurde, wenn die Nase sich erst einmal daran gewöhnt hatte. Das leise Mahlen und Knirschen der wiederkäuenden Zähne war zu hören, ein Schnauben, ab und zu ein Muhen. Frau Maier hatte die Kühe geliebt. Und auch den Anger-Bauer. Denn einmal, da hatte er sie erwischt, beim Weinen im Kuhstall. Sie war aufgesprungen, voller Angst. Die Eltern hatten ihr doch eingeschärft, dass sie den Einheimischen nicht lästig werden durfte! Der Bauer hatte sie gemustert, genickt, „Griasdi" gesagt und angefangen, die Kühe zu füttern. Frau Maier war reglos stehen geblieben. Als der Bauer mit dem Füttern fertig war, hatte er sie gemustert, genickt, „Pfiadi" gesagt und war wieder gegangen.

Der Anger-Bauer war lange tot. Den Kuhstall gab es nicht mehr. In ganz Kauzing gab es nur noch wenige Kühe.

Frau Maiers Knie tat weh. Sie stand ganz vorsichtig auf und musste sich auf die Lippen beißen, um nicht aufzustöhnen. Ein Fuß war eingeschlafen. Ganz langsam und leise ging sie durch den Schuppen. Sie musste wieder ein bisschen warm und beweglich werden, sonst hätte sie überhaupt keine Chance und müsste einfach wie ein hilfloser Klotz auf dem Boden sitzen bleiben und sich umbringen lassen. Lautlos drehte Frau Maier in dem dunklen Schuppen neben dem verlassenen Haus ihre Runden.

Zwölftes Kapitel
FREITAG

Kurz vor dem Morgengrauen hörte sie das Quietschen des Gartentürchens und die Schritte. Dann rief eine helle Frauenstimme: „Ludwig! Ludwig! Herrschaft, wo läufst du denn hin? Lass die Eichhörnchen in Ruhe, bei Fuß!" Ein kurzes Bellen, die Schritte entfernten sich wieder. Frau Maier zitterte so sehr, dass sie sich hinsetzen musste. Dann schoss ihr durch den Kopf: Ich hätte mit der Frau mitgehen sollen! Dann wäre ich in Sicherheit gewesen … Aber wie hätte sie der Frau die Situation erklären sollen? Es war besser, da niemanden mit hineinzuziehen.

Es musste jetzt etwa sechs Uhr morgens sein. „Eine Stunde noch", flüsterte Frau Maier sich selbst Mut zu. „Eine Stunde noch." Was dann passieren würde, was sie in ihrem Haus vorfinden und wie sie die nächsten Tage überleben sollte, daran versuchte sie nicht zu denken.

Mit jedem Schritt wurde sie langsamer. Ihre Beine wurden immer schwerer. Zum ersten Mal in ihrem Leben hatte sie nicht einmal einen einzigen Blick für den See übrig. Es war taghell, und etliche Hundebesitzer waren unterwegs. Sie hatte überlebt. Aber es war noch nicht vorbei. Der Gedanke an ihr Haus machte ihr so große Angst, dass sie kurz in Erwägung zog, einfach nicht dorthin zurückzugehen. Aber wohin dann?

Würde er dort sitzen und auf sie warten? Sich irgendwo versteckt halten – unter dem Bett, hinter dem Vorhang, in der Badewanne – und im geeigneten Moment zuschlagen? Oder – und der Gedanke beängstigte sie fast noch mehr – würde sie ihn tot oben auf dem Treppenabsatz finden?

Niemand konnte ihr helfen. Wieder einmal war sie ganz allein. Sie wusste: Sollte der Mann tot vor ihrem Schlafzimmer liegen, dann würde ihr der Brandner das Leben zur Hölle machen und sie säße so gut wie im Gefängnis. Oder im Irrenhaus.

Jetzt hatte sie das Gartentor erreicht. Sie sah eine Gestalt um das Haus laufen und erschrak bis ins Mark. Doch die Gestalt trug weder schwarze Kleidung noch eine Skimaske. Sie trug einen etwas zu großen Trenchcoat und etwas zu lange Haare, die heute wirr unter einer Kappe hervorhingen.

„Frau Maier!“ Frank Schön stürzte auf sie zu. „Was ist denn passiert? Die Haustür steht offen und ein Fenster ist eingeschlagen worden. Und Sie waren nicht da!“

„Haben Sie die Katze gesehen?“, fragte Frau Maier.

„Wie bitte?“, antwortete Frank verwirrt. „Die Katze?“

„Ja, die Katze. Meine Katze. Die schwarz-weiße. Haben Sie sie gesehen?“

„Nein, ich …“

Frau Maier spürte, wie die Angst eiskalt ihr Herz umklammert hielt und immer fester zudrückte. Endlich schien auch Frank zu bemerken, dass Frau Maier nicht so ruhig war wie sonst.

„Was ist los?“, fragte er und legte seine Hände auf ihre Arme.

Frau Maier sah ihn an und erzählte ihm von dem Einbrecher in der Nacht und von ihrer Flucht. Und von ihrer größten Angst: „Er ist vermutlich noch da drin. Entweder lebendig … oder tot. Ich weiß nicht, was schlimmer ist.“ Die letzten Worte hatte sie geflüstert, und Frank erschrak. Plötzlich sah sie so alt aus, so verletzlich, so einsam. Sie war in diesem Moment nicht mehr die Frau, die er in den letzten Tagen kennengelernt hatte: gelassen, eigenständig, scharfsinnig, weitsichtig, mutig, optimistisch, unbeugsam.

„Frau Maier“, sagte er beruhigend. „Ich war schon im Haus und …“

„Was?“ Frau Maier sah ihn scharf an. „Sie waren im Haus?“

„Ja, aber nur unten. Die Tür stand offen, ich bin einfach hineingegangen. Als ich dann das eingeschlagene Fenster im Wohnzimmer gesehen habe, bin ich wieder rausgelaufen … und da waren Sie dann. Unten war niemand im Haus.“

„Nein, wenn dann liegt er oben …“

„Wir schauen jetzt gemeinsam nach“, sagte Frank mit fester Stimme. Zielstrebig und ohne zu zögern, ging er ins Haus und nahm die Schneeschaufel mit, die neben der Haustür lehnte. Frau Maier wunderte sich einmal mehr über ihn. Sie kam kaum nach, weil sie sich seltsam steif und … alt fühlte. Nicht darüber nachdenken, einfach ins Haus gehen.

Frank war bereits die Treppe hinauf geschlichen. Oben drehte er sich zu ihr um und schüttelte den Kopf. Frau Maier ließ sich auf die Treppe sinken. Zwei Minuten später war Frank wieder bei ihr. „Da ist niemand“, sagte er. „Ich habe im Schrank, hinter dem Vorhang und unter dem Bett geschaut. Und neben der Treppe liegt auch niemand. Da … da ist nur ein Blutfleck.“

Frau Maier schloss die Augen. Frank legte sanft den Arm um sie, und sie ließ den Kopf an seine Schulter sinken. „Ich vermute, er hat sich den Kopf aufgeschlagen und war eine Weile ohnmächtig. Dann hat er sich wohl verzogen“, sagte Frank leise. „Aber Sie müssen mir jetzt sagen, wer das war und was Sie über ihn wissen.“

„Später“, sagte Frau Maier.

Sie fing an zu zittern. Frank stellte keine weiteren Fragen, sondern half ihr ins Bett und deckte sie mit allem zu, was er finden konnte. Dann machte er einen Tee und setzte sich schweigend zu ihr ans Bett, während sie den Tee in kleinen Schlucken trank. Sie war müde. So müde, dass sie es nicht einmal fertigbrachte, gegen den Tee zu protestieren und einen Kaffee zu verlangen. Bevor ihr die Augen zu fielen, fragte sie noch: „Wieso waren Sie eigentlich hier, Frank?“

„Später“, antwortete Frank und legte ihr beruhigend die Hand auf den Arm, während sie einschlief.

Frau Maier saß in ihrem gemütlichen grünen Cordsessel und löffelte einen kräftigen Eintopf aus Kartoffeln und Gemüse. Sie spürte, wie langsam Leben und Wärme in ihren Körper zurückkehrten. Um die Füße hatte sie sich eine Wolldecke gewickelt, weil ihr die Stunden im kalten Schuppen noch in den Knochen steckten, aber sie fühlte sich wieder viel besser. Sie schaute auf das Fenster, das Frank mit Plastiktüten und Klebeband notdürftig repariert hatte. Wind und Nässe wurden einigermaßen abgehalten, die Kälte aber kaum – und Eindringlinge schon gar nicht. Doch darüber wollte sie jetzt nicht nachdenken. Sie war mit zwei Gedanken beschäftigt. Mit der Sorge um die Katze und mit dem, was Frank ihr erzählt hatte. Als sie nach etwa drei Stunden aus einem unruhigen Schlaf aufgewacht war, hatte Frank immer noch an ihrem Bett gesessen. Frau Maiers erste Frage war gewesen:

„Ist die Katze da?“ Frank hatte den Kopf geschüttelt. Und die zweite: „Wieso waren Sie heute früh da, Frank?“

„Ich wollte unbedingt noch vor meinem ersten Termin mit Ihnen sprechen. Mein Kollege hat sich Antonia Richter ein bisschen genauer angesehen … ganz inoffiziell, Sie verstehen.“

Frau Maier war mit einem Schlag hellwach gewesen und hatte sich im Bett aufgerichtet. „Ja?“

„Sie hatten recht. Wie immer, scheint mir so langsam.“ Und da war es wieder gewesen, Franks verschmitztes Lächeln.

„Frank, jetzt sagen Sie mir sofort, was Ihr Bekannter entdeckt hat!“

„Ein winzig kleines Loch im Halsbereich … etwas unter dem Ohr und verdeckt von den Haaren. Aber doch gut erkennbar, wenn man etwas genauer hinschaut.“

„Ein Loch? Was heißt das?“

„Naja, vermutlich der Einstich von einer Nadel.“

„Eine Giftspritze?“

Frank hatte langsam genickt. „Ja, Gift. Medikamente in zu hoher Dosis vielleicht.“

„Welche Medikamente?“

„Das kann man vom Anschauen nicht sagen. Dazu bräuchte man wirklich eine Obduktion mit allem Drum und Dran.“

„Vermutungen?“

„Ein Schlafmittel könnte es sein. Oder ein Schmerzmittel. Morphium vielleicht. Bei so einer alten Frau braucht man nicht viel …“ Frank hatte gestockt.

„Na, vielen herzlichen Dank!“, hatte Frau Maier gebrummt und versucht, ihre Beine möglichst jugendlich aus dem Bett zu schwingen. Dabei hatte sie sich leicht das Kreuz verrissen, sich aber nichts anmerken lassen.

Unten in der Küche hatten sie dann noch einen Kaffee zusammen getrunken. Plötzlich hatte Frau Maier auf die Uhr geschaut. „Es ist gleich elf, Frank! Hatten Sie nicht gesagt, Sie haben Termine?“

„Die waren doch nicht so wichtig“, hatte Frank grinsend geantwortet.

„Und warum nehmen Sie eigentlich nicht Ihre Kappe ab? Wir sind im Haus!“ Frau Maier hatte ihn mit einem großmütterlich-strengen Blick bedacht.

„Das lohnt sich jetzt nicht mehr, ich muss sowieso los“, hatte Frank gemurmelt und ein bisschen verlegen dabei gewirkt. Und weil sie ihn anscheinend so forschend gemustert hatte, hatte er doch noch mit einem ergebenen Seufzer hinzugefügt: „Ich hatte die letzten Tage keine Zeit, mir die Haare zu waschen." Dann war er aufgestanden und zur Tür gegangen. Frau Maier hatte sich ein Grinsen nicht verkneifen können. Der Herr Psychologe! Zu wenig eitel, ab und zu zum Friseur zu gehen oder sich wenigstens die Haare zu waschen. Aber zu eitel, um ihr seine ungewaschenen Haare zu zeigen.

„Frau Maier", hatte Frank dann an der Tür zum Abschied noch eindringlich gesagt. „Ich kann und will nicht über Sie bestimmen. Aber Sie müssen mir versprechen, dass Sie für ein paar Tage zu einer Freundin oder Bekannten ziehen. Haben Sie da jemanden?"

„Jaja!", hatte Frau Maier etwas zu schnell gesagt und sich bemüht, Franks forschendem Blick möglichst gelassen zu begegnen. Es war schwer gewesen.

„Und dann melden Sie den Vorfall bei der Polizei, versprochen?", hatte Frank noch einmal insistiert.

„Jaja!", hatte Frau Maier gebrummt und die Tür schnell hinter ihm zugemacht.

Die Polizei anzurufen kam natürlich nicht infrage. Was sollten die schon tun? Es war unwahrscheinlich, dass sie einer alten Frau, die sie sowieso schon für verrückt hielten, Personenschutz anbieten würden. Dann schon eher: ab ins Irrenhaus!

Frau Maier hob den Kopf. Da war ein Geräusch im Garten. Die Katze? War sie endlich zurück? Mit klopfendem Herzen lief sie zur Tür und riss sie auf. Vor Schreck stolperte sie zurück. Es war nicht die Katze. Es war ein Mensch. Ein Mann. Ihr Herz raste, und für einen Moment sah sie eine dunkle Gestalt mit schwarzer Maske vor sich … Sie schloss die Augen.

„Was ist denn los, um Gottes willen?"

Es war die vertraute, raue Stimme vom Fischer-Karli. Er packte sie mit beiden Händen und schüttelte sie, fast grob. „Du sagst mir jetzt sofort, was los ist mit dir in letzter Zeit. Du kommst nie vorbei. Du bist nie am Steg, du bist … abweisend …"

„Karl!" Frau Maier erschrak selbst über ihren schneidenden Tonfall. „Jetzt hörst du mir mal zu. Ich bin dir keinerlei Rechenschaft schuldig. Du hast vor fast vierzig Jahren die Maria geheiratet und nicht mich, wenn ich dich daran erinnern darf. Und nur weil es dir nicht passt, dass ich mal nicht alle paar Tage gelaufen komme, um dich für fünf Minuten zu sehen, machst du hier einen auf besorgten Liebhaber. Du bist so was von … egoistisch!"

Der Fischer Karl taumelte ein paar Schritte zurück, so als hätte sie ihm eine deftige Watschen verpasst. Noch nie hatte sie diesen Gesichtsausdruck bei ihm gesehen. Erschrocken, ungläubig, wütend und traurig sah er aus. Frau Maier spürte einen Stich im Herzen, aber sie wollte trotzdem nichts von dem, was sie gesagt hatte, zurücknehmen. Weil es die Wahrheit gewesen war. Endlich die Wahrheit.

Der Karli stand noch ein paar Sekunden da wie ein begossener Pudel, dann drehte er sich um und ging. Frau Maier war hin und her gerissen. Sie fühlte sich furchtbar. Denn sie hatte den Karli verletzt. Und sie fühlte sich frei. Denn sie hatte den Karli verletzt.

DIE MÖWEN kreischten aufgeregt und zogen weite Bögen über dem Wasser. Auf den grünen Wellen tanzten weiße Schaumkronen, und über den Bergen lagen graue Schleier. Einzelne große Regentropfen fielen auf Frau Maiers Gesicht. Sie stand am Ufer und starrte auf das Schilf, das sich im Wind bewegte. Es war genau die Stelle, an der sie Anita entdeckt hatte. Sie hatte sich gezwungen hierherzukommen. Sie wollte die Angst besiegen, und sie wollte sich noch einmal deutlich vor Augen führen, wieso sie jetzt nicht aufgeben konnte. Die aufgerissenen blauen Augen, die einmal einem frechen, fröhlichen Mädchen gehört hatten. Der Graf Anita. Die blonden Haare, wie Seetang. Frau Maier kniff die Augen zusammen, der Wind blies ihr ins Gesicht. Die Dinge liefen auf ein Ende zu, das wusste sie. Jedes Härchen an ihren Armen verriet es ihr, das Kribbeln auf der Kopfhaut, die gespitzten Ohren und leicht geblähten Nasenlöcher. Wie würde dieses Ende aussehen? Für den unbekannten Maskenmann, für Inge, für Evi und Anita, für sie selbst? Langsam ging sie zurück zu ihrem Haus, das nur einen Steinwurf vom Leichenfundort entfernt lag. Sie durchquerte den Garten. Von der Katze immer noch keine Spur. Das Futter, das sie ihr vorsorglich vor die Tür auf die Terrasse gestellt hatte, war unberührt. Frau Maier ging ins Haus und setzte sich auf den Treppenabsatz. Dann weinte sie, wie sie schon seit Jahren nicht mehr geweint hatte. Sie weinte um ihre Katze wie damals um den Karli.

UM PUNKT FÜNF UHR NACHMITTAGS verließ sie das Haus wieder. Sie war gut eingepackt in ihren Regenmantel und mit Gummistiefeln gegen die Nässe gerüstet. Langsam und sorgfältig sperrte sie die Haustür zu. Auf der Terrasse blieb sie kurz stehen und ließ den Blick zum See schweifen. Giftgrüne Wellen. Sie ging durch den Garten auf den Weg und bemühte sich um ein ganz gemächliches Tempo. Wer auch immer sie beobachtete, sollte Zeit haben, zu bemerken, dass sie das Haus verlassen hatte.

Langsam schlug sie den Gehweg nach Kauzing ein. Einzelne tapfere Spaziergänger trotzten Wind und Wetter. Kurz vor dem Dorf kam ihr ein junger Mann entgegen, der sie nicht weiter beachtete. Er kam ihr irgendwie bekannt vor. Wo hatte sie ihn schon einmal gesehen? Sie grübelte eine Weile darüber nach, aber es fiel ihr nicht ein. Mein Gehirn lässt nach, dachte Frau Maier und fühlte sich plötzlich sehr alt. Sie bog in Richtung Dorf ab und ging die Hauptstraße entlang. Es war jetzt zwanzig vor sechs, und es wurde langsam dunkel. Frau Maier ging in die Kirche, zündete eine Kerze an, setzte sich in eine Bank und sah der Kerze dabei zu, wie sie abbrannte.

Eine Stunde später verließ sie die Kirche und machte sich wieder auf in Richtung See. Dieses Mal mied sie allerdings die hell beleuchtete Hauptstraße und benutzte stattdessen die kleineren, dunklen Straßen von Kauzing. Sie drehte sich immer wieder um, um zu überprüfen, ob ihr jemand folgte, und streckte ihre Antennen nach möglichen Beobachtern aus.

Nichts. Sie war allein. Die Menschen saßen jetzt beim Abendessen. Sie verließ Kauzing und ging die Straße entlang, die ins nächste Dorf führte. Nach etwa einem halben Kilometer stapfte sie querfeldein über einen Acker in Richtung See. Sie schnaufte und fluchte. Was hatte sie sich da nur eingebrockt. Aber sie wäre nicht Frau Maier gewesen, hätte sie jetzt klein beigegeben. Endlich hatte sie auch die nächste Wiese überquert. Sie quetschte sich durch eine Hecke und stand hinter ihrem kleinen Haus. Sie stellte den Stuhl, den sie dort deponiert hatte, unter das kleine Fenster in der Rückwand des Hauses, das in den Flur führte. Sie wuchtete sich auf den Stuhl, drückte das nur angelehnte Fenster geräuschlos auf und kletterte ins Haus. Dann schloss sie das Fenster sorgfältig und ging so leise wie möglich in die Küche. Sie setzte sich an den Küchentisch, wo eine vorbereitete Thermoskanne mit Kaffee und Käsebrote mit Essiggurken warteten. Frau Maier setzte sich hin. Bis jetzt hatte alles geklappt. Der nächtliche Besucher musste davon ausgehen, dass sie nicht zu Hause war, wenn alles dunkel und ruhig blieb. Selbst wenn er nicht beobachtet hätte, wie sie das Haus verlassen hatte. Aber er hatte es beobachtet, da war sie ganz sicher. Und wenn sie nicht zu Hause war, dann brauchte er ihr auch keinen Besuch abzustatten. So einfach war das.

Frau Maier nahm einen großen Schluck heißen Kaffee. Nein, noch einmal stundenlanges Ausharren in der Kälte in einem fremden Schuppen, darauf hatte sie keine Lust mehr. Da versteckte sie sich doch lieber in ihrem eigenen Haus. Sie legte die Beine auf einen Stuhl und biss in ein Brot. Es war kurz nach halb acht. Sie musste mindestens noch drei Stunden warten.

FRAU MAIER wartete sogar noch länger. Erst um zwanzig vor zwölf verließ sie das Haus wieder. Da sie den beschwerlichen Weg durch das Fenster, durch die Hecke und über die Wiesen und Äcker nehmen musste, wäre es sicher schon nach Mitternacht, bis sie an ihrem Ziel angelangt wäre, überlegte sie. Schritt für Schritt kämpfte sie sich durch Regen und Wind und versuchte, nichts zu hinterfragen. Einfach weiter, immer weiter. Sie hatte jetzt die Felder hinter sich und war auf der Straße angelangt, die nach Kauzing führte. Sie atmete tief durch. Sie sah die beleuchtete gelbe Kirche von Kauzing mit ihrem spitzen Turm auf dem Hügel stehen und das Dorf bewachen wie ein Schäfer im gelben Mantel. Die Häuser scharten sich wie eine diffuse Anzahl von dunklen Schafen um die Kirche. Die Kauzinger Kirche mit ihrem spitzen Turm … Kein Zwiebelturm, so wie beim Kilianskircherl. Plötzlich blieb Frau Maier wie angewurzelt stehen. Das Kilianskircherl! Die Kerben in der Bank … Ganz plötzlich erkannte sie ein Muster, das ihr vorher nicht aufgefallen war. Die erste Kerbe hatte sie nach Anitas Tod gefunden. Die zweite nach Frau Richters Tod. Und die eine unvollständige, halbherzige … Natürlich! Nach dem Überfall auf Inge. Nach dem nicht vollendeten Mord … Frau Maier spürte, wie eine Gänsehaut auf ihrem ganzen Körper kribbelte. Konnte das Zufall sein? Sie überlegte eine Weile. Ja, beschloss sie dann. Es konnte ein Zufall sein. Sie atmete noch einmal tief durch und machte sich wieder auf den Weg.

Über eine halbe Stunde war vergangen, als sie endlich in den Grasweg einbog. Sie war eben doch ein bisschen müde. Und vielleicht auch ein bisschen alt. Kurz bevor sie das Haus des Direktors erreicht hatte, blieb sie stehen und sah sich aufmerksam um. Alles blieb still. Sie kletterte über den Zaun, so schnell sie konnte. Sie kam ungeschickt auf dem Boden auf, stolperte und landete auf ihrem Hintern. „Zum Glück gut gepolstert“, murmelte sie und rappelte sich wieder hoch.

Die Eingangstür zum Haus war mit Absperrband der Polizei versiegelt. Frau Maier schlich um das Haus herum und in den Garten. Das Nachbarhaus auf der rechten Seite war kaum zu sehen, weil vor der Hecke zwei hohe und dicht gewachsene Tannenbäume standen. Sehr gut. Der Nachbar auf der linken Seite allerdings schien noch wach zu sein, denn in einem Zimmer im ersten Stock brannte Licht. Die beiden Grundstücke waren nur durch einen niedrigen Zaun voneinander getrennt. Sie musste aufpassen.

Langsam ging sie zur Terrassentür. Durch die musste sie ins Haus, eine andere Möglichkeit hatte sie nicht. Frau Maier sah zum beleuchteten Kauzinger Kirchturm hinüber. Es war zwanzig nach zwölf. In genau zehn Minuten, um halb eins, würde die Uhr zweimal schlagen. Einen dieser Schläge musste sie nutzen. Sie holte das Handtuch, das sie mitgebracht hatte, aus ihrer Tasche und wickelte es fest um ihre klobige Taschenlampe. Plötzlich musste sie trotz der gefährlichen Lage, in der sie sich befand, beinahe lachen. Sie konnte kaum glauben, was sie hier machte. Aber sie musste die Sache jetzt endlich abschließen.

Noch zwei Minuten. Frau Maier stellte sich dicht an das Fenster. Ihr ganzer Körper war angespannt, und die Sekunden schienen ihr unendlich langsam zu vergehen. Einmal zuckte ihre Hand schon, aber es war noch kein Schlag der Kirchturmuhr zu hören.

Aber jetzt! Ein Glockenschlag. Frau Maier holte aus und schlug mit aller Kraft zu. Das Glas zerbrach und Scherben klirrten auf den Boden. Schnell duckte sie sich hinter einen der Stühle auf der Terrasse und schaute gespannt zum Fenster des Nachbarn hoch. Sie hatte keine Ahnung, ob sie genau beim Glockenschlag getroffen hatte. Mist! Sie duckte sich. Hinter dem erleuchteten Fenster im Nachbarhaus war ein Schatten erschienen. Er hielt das Gesicht nah an die Scheibe und spähte in die Dunkelheit hinaus. Frau Maier hielt die Luft an. Herrschaftszeiten! Sollte sie gleich weglaufen? Oder noch warten? Der Schatten entfernte sich wieder. Frau Maier wartete einige quälende Minuten, aber niemand kam aus dem Haus heraus.

Jetzt oder nie. Sie richtete sich etwas mühsam auf und ging zur Tür. Respekt! Sie hatte ganze Arbeit geleistet. In der Scheibe klaffte ein großes Loch, durch das sie den Arm stecken und den Türgriff drehen konnte. Sie hatte sich vorsorglich ihre alten, aber robusten Lederhandschuhe angezogen, sodass sie keine Angst haben musste, sich zu schneiden. Sie schlüpfte ins Wohnzimmer und wunderte sich darüber, dass ihr dieser Einbruch irgendwie ein wenig Spaß machte. Schlummerte da etwa eine gewisse kriminelle Energie in ihr? Sie grinste und knipste kurz die Taschenlampe an, um sich zu orientieren. Sie stand wohl im Wohnzimmer von Antonia Richter, denn die geblümten Vorhänge und der weiße Sekretär sahen nicht nach dem Einrichtungsstil des Herrn Direktor aus. Im Eck stand ein wuchtiger, altmodischer Sessel – vermutlich der, in dem Frau Richter gestorben war. Frau Maier schlich weiter in den Flur, von dort aus gingen ein kleines Schlafzimmer, ein Bad und eine Küche ab. Das waren alle Zimmer im Erdgeschoss, eine Treppe führte in den ersten Stock. Aber dort war vermutlich der Wohnbereich des Herrn Direktor. Frau Maier überlegte. Das, was sie suchte, war ziemlich sicher in den Räumen der alten Haushälterin versteckt. Denn sie hatte Inge Graf etwas zeigen wollen, etwas Wichtiges. Und etwas Wichtiges bewahrt man in Reichweite auf.

Im Schlafzimmer durchsuchte sie das Nachtkästchen. Ein Gebetbuch, Taschentücher, ein Rosenkranz, Nasentropfen. Und dann noch – Frau Maier stutzte. Eine leere Schachtel … *Morphin* stand darauf. Morphin? Wieso hatte es Morphium in diesem Haushalt gegeben?

Sie würde später darüber nachdenken, jetzt war keine Zeit. Sie musste weitersuchen. Aber wo? Kurz ließ sie den Lichtkegel der Taschenlampe zur

Küchentür schweifen, über der ein gesticktes Bild mit dem Schriftzug *Ordnung ist das halbe Leben* hing. Aus irgendeinem Grund fröstelte Frau Maier plötzlich. Nein, beschloss sie dann, und wandte sich von der Küche ab. Unwahrscheinlich.

Im Wohnzimmer ging sie zum Sekretär. Hier musste sie mit der Taschenlampe vorsichtig sein, denn der Nachbar konnte den Raum von seinem Fenster aus sehen. Ihre scharfen Augen hatten sich mittlerweile an die Dunkelheit gewöhnt, und sie zog die zierliche Schublade auf. Ein enttäuschter Seufzer entfuhr ihr. Die Schublade war leer. So ein Mist! Ein Esstisch stand noch in dem Zimmer, darauf lagen ein paar Rätselhefte, die sie schnell durchblätterte. Nichts. „Etwas Wichtiges bewahrt man in Reichweite auf", flüsterte sie. Und wenn man alt und gebrechlich war, dann war die Reichweite sehr begrenzt … Sie zog das Kissen auf dem Sessel weg. Nichts. Aber jetzt sah sie, dass das Sitzpolster und die Rückenlehne aus zwei Teilen bestanden. Und das Sitzpolster konnte man hochheben …

„Na also", flüsterte Frau Maier zufrieden. Ein brauner Umschlag lag vor ihr, als sie das Polster zur Seite schob. Schnell überprüfte sie seinen Inhalt. Ein offiziell aussehendes Dokument fiel ihr entgegen. Es trug den Stempel der Kauzinger Gemeinde … Es war eine Geburtsurkunde. Sie bezeugte die Geburt eines gewissen Michael Robert Gradler. Gradler? Den Namen hatte sie noch nie gehört. Sie las weiter. Geburtsdatum: 26.7.1974. Name der Mutter: Gabriele Gradler. Name des Vaters: unbekannt. Aber über dem mit der Schreibmaschine in die Urkunde getippten Wort „unbekannt" hatte jemand in Schönschrift einen Namen geschrieben: Dr. Erwin Häuser. Potzblitz. Der Herr Direktor! Hatte er etwa einen Sohn? Davon war im Dorf nichts bekannt, soweit Frau Maier wusste. Und wer um alles in der Welt war diese Gabriele Gradler?

Frau Maiers Herz klopfte wie wild, als sie aus dem braunen Umschlag noch einen Brief herausfischte. Er war auf blauem Luftpostpapier geschrieben, und der Absender lautete: Anita Graf! Sie faltete den Brief auf, vergaß alle Vorsicht und knipste die Taschenlampe an. Er war im letzten Jahr geschrieben worden – vor etwa acht Monaten. Der Brief war nur kurz:

> Sehr geehrter Herr Direktor,
> genießen Sie diese Anrede, denn wenn ich mit Ihnen fertig bin, wird niemand mehr Sie so ansprechen, das können Sie mir glauben. Es war ein Fehler, so lange zu warten, das weiß ich jetzt. Ich habe gerade einen Flug gebucht. Anfang nächsten Jahres komme ich endlich zurück. Zurück nach Kauzing. Und dann erfahren alle, was damals passiert ist. Sie werden dafür bezahlen, das schwöre ich!
> Anita Graf

Die Gedanken ratterten nur so in Frau Maiers Kopf. Was genau hatte die Anita mit dem Herrn Direktor zu tun gehabt? Und wieso hatte sie ihm diesen Brief geschrieben? Hatte sie nicht daran gedacht, dass sie sich dadurch womöglich in Gefahr bringen würde? Oder war ihr das ganz einfach egal gewesen? Hatte sie dem Direktor einfach nur Angst einjagen wollen? *Dann erfahren alle, was damals passiert ist.*

„Was, Anita?", flüsterte Frau Maier, „was ist damals passiert?"

Fast zu spät hörte sie die Schritte, die sich der Haustür näherten. Sie fluchte leise. Die Schritte stoppten. Sie durfte jetzt keine Sekunde mehr verlieren. Sie stopfte die Papiere in ihre Tasche und lief leise zur Terrassentür heraus in den Garten. Sie konnte sich gerade noch hinter einen Busch kauern, da kam schon eine dunkle Gestalt um die Ecke. Frau Maier musste mit aller Kraft gegen die aufsteigende Panik ankämpfen, denn diese Gestalt war ihr inzwischen nur allzu vertraut. Es war der Mann mit der Maske.

Frau Maier schloss die Augen. Nichts passierte. Dem Himmel sei Dank für den schwarzen Mantel und die schwarze Mütze, dachte sie. Vorsichtig machte sie ein Auge wieder auf und sah gerade noch, wie die dunkle Gestalt im Wohnzimmer von Frau Richter verschwand. Sie überlegte nicht lange, sondern schlich zum Gartenzaun. Sie kletterte über den Zaun auf das Nachbargrundstück. Das Adrenalin schien sie zu beflügeln, denn das Klettern machte ihr keine Probleme. Auch den nächsten Zaun überkletterte sie ohne Mühe. Sie blieb stehen und lauschte. Täuschte sie sich oder hörte sie Schritte auf der Straße? Schnelle Schritte? Wenn sie Glück hatte, dann war der Maskenmann auf die Straße gestürmt, um sie dort einzuholen. Sie kauerte sich hinter einen Holzstapel und wartete. Die Schritte wurden leiser. Im Garten um sie herum war es still. Die Kirchturmuhr schlug dreimal. Drei viertel eins. Eine viertel Stunde war nur vergangen, seit sie die Terrassentür bei Antonia Richter eingeschlagen hatte. Es kam ihr vor, als wären es Stunden gewesen. Was sollte sie jetzt machen? Nach Hause konnte sie nicht. Vermutlich würde der Maskenmann dort schon auf sie warten. Oder war er noch irgendwo hier, ganz in ihrer Nähe? Sie wusste es nicht. Aber sie konnte jetzt auch nichts dagegen tun. Frau Maier stand auf und trat auf die Straße hinaus. Niemand war zu sehen. Sie lief los.

Er war vor Wut wie von Sinnen. Es musste diese verdammte Alte gewesen sein. Wer sonst? Das Polster des Sessels war hochgehoben worden, das sah er auf den ersten Blick. Schließlich kannte er diesen Raum nur zu gut. Verdammt! Hatte die Vettel irgendetwas gefunden? Er hatte doch auch gesucht! Kannte sie jetzt sein Geheimnis? Alles, alles würde er aushalten. Gefängnis, wenn es sein musste, aber niemals würde er sich die Ehre nehmen lassen. Die Familienehre. „Wir sind etwas Besseres!“, flüsterte er. „Etwas viel Besseres!“ Er musste sie jetzt endgültig aufhalten. Er hätte es gleich tun sollen, aber er hatte ja keine Erlaubnis bekommen. Und dann war alles schiefgegangen. Es war nicht seine Schuld. Auf keinen Fall war es seine Schuld!

Dreizehntes Kapitel

SAMSTAG

Gott sei Dank hatte sie noch den Schlüssel in der Jackentasche. Sie umklammerte ihn ganz fest, er war ihr Rettungsanker in dieser Nacht. Sie hatte ihn in der Jacke gespürt und sofort gewusst, dass das die einzige Möglichkeit war. Frau Maier drehte sich noch einmal um, aber es war niemand zu sehen. Schnell schlüpfte sie ins Haus und sperrte zweimal hinter sich zu.

Im Dunkeln schlich sie in Inge Grafs Wohnzimmer und ließ sich aufs Sofa sinken. Sie zitterte, und sie war außer Atem. Mit geschlossenen Augen versuchte sie, tief ein- und auszuatmen. Sie wurde ruhiger und öffnete die Augen. Sie konnte nur hoffen, dass der Maskenmann nicht auf die gleiche Idee kam wie sie. Aber selbst wenn sie mehr Zeit zum Überlegen gehabt hätte – Inges Haus war die beste Option, die sie hatte. Besser als der kalte Schuppen neben dem verlassenen Haus und besser als ihr eigenes Haus mit dem fehlenden Fenster. Hier hatte sie Fenster mit schweren Rollos, eine massive Eingangstür und … Frau Maier stand schnell auf und holte sich das tragbare Telefon zum Sofa. Sie legte es griffbereit neben sich. 110, der direkte Draht zum Brandner.

Sie seufzte und machte die Augen wieder zu. Sie hatte noch keine Sekunde übrig gehabt, um über die neuen Informationen nachzudenken. Erstens, der Herr Direktor hatte vermutlich einen Sohn. Zweitens, die Anita hatte etwas gewusst, was den Ruf des Herrn Direktor ruiniert hätte. Drittens, es war Morphium im Haus am Grasweg zugänglich gewesen. Frau Maier versuchte, aus all diesen Fakten einen Schluss zu ziehen. Aber sie war zu erschöpft. Trotz ihrer inneren Anspannung schlief sie im Sitzen und mit Mantel und Gummistiefeln auf Inges Sofa ein.

Stunden später wachte sie wieder auf. Es dämmerte bereits, und ihr tat jeder Knochen weh. „Herrschaftszeiten!“, murmelte sie und rieb sich die Augen. Sie stand auf, zog sich die Gummistiefel und den Mantel aus und versuchte, durch kräftiges Recken und Strecken wieder wach zu werden. Sie konnte die Dämmerung durch die Ritzen der Rollos sehen und war erleichtert. Bald wären Zeitungsausträger, Hundebesitzer, Postboten und Berufstätige unterwegs. Wieder einmal hatte sie eine Nacht überstanden. Und was für eine! Sie machte das Licht an und fing an, im ganzen Haus die Blumen zu gießen. Sorgfältig zupfte sie braune Blätter und abgestorbene Blüten weg, wischte hier und da Staub fort, leerte den Briefkasten aus und sortierte die Post auf dem Küchentisch. Durch diese Arbeit fühlte sie sich so entspannt und sicher wie schon seit Tagen nicht mehr. Sie atmete wieder tief und gleichmäßig, so wie es normalerweise ihre Art war. Die Uhr im Gang zeigte kurz vor sieben an. Bald würde sie sich auf den Weg zu ihrem Haus machen. Beim Gedanken daran verließ die gerade mühsam zurückeroberte Ruhe sie auf einen Schlag wieder. Sie hatte Angst vor ihrem eigenen Zuhause. Sie wollte nicht allein dorthin gehen. Frau Maier überlegte. Wenn sie noch ein wenig länger wartete, dann könnte sie in den Supermarkt gehen, einkaufen und den Seppi bitten, ihre Sachen mit ihr zusammen heimzubringen. Vielleicht konnte sie ja den Filialleiter direkt fragen, ob das möglich wäre, damit der Seppi keinen Ärger bekäme. Je länger sie darüber nachdachte, desto besser gefiel ihr der Plan. Auf dem Küchentisch lagen zum Glück noch die fünfzig Euro, die sie das letzte Mal nicht mitgenommen hatte. Sie würde schon einen Großeinkauf machen müssen, damit sie einen Grund hätte, die Begleitung vom Seppi anzufordern. Frau Maier fühlte sich wieder ein wenig wohler in ihrer Haut mit diesem Plan. Aber jetzt musste sie noch über eine Stunde warten.

Sie ging in den ersten Stock zu Anitas Zimmer und zögerte. „Bitte gehen Sie nicht in Anitas Zimmer!“, sagte Inges Stimme in ihrem Kopf. Aber Frau Maier wollte den Raum noch einmal sehen.

Alles war wie immer. Das ordentlich gemachte Bett, der Koffer. Nur die Blumen auf dem Nachttisch waren inzwischen verwelkt und verbreiteten einen muffigen Geruch, aber Frau Maier wagte es nicht, sie wegzuschmeißen. Beim Anblick der Papiere auf dem kleinen Schreibtisch zuckte sie zusammen, als hätte sie einen Stromschlag abbekommen. Wie hatte sie das vergessen können? Sie begriff plötzlich, dass das größte noch fehlende Puzzleteil vermutlich direkt hier vor ihrer Nase lag.

Anitas Brief. Der dicke blaue Luftpostbrief, den sie vor so vielen Jahren geschrieben und offensichtlich nie abgeschickt hatte. Warum hatte sie ihn wohl mitgebracht? Wahrscheinlich hatte sie ihn ihrer Schwester doch noch geben wollen. Aber welches Geheimnis verbarg sich darin?

Frau Maier streckte ihre Hand vorsichtig nach dem Brief aus. Sie schämte sich. Aber sie wusste auch, dass es kein Zurück gab. Sie öffnete den Brief und begann zu lesen.

Anita Brent
Massachusetts, USA
9. September 1992

Meine liebe Inge! Liebe Schwester!
Ich sitze hier in unserem Haus, und es ist ganz still. Joe ist nicht da – er hat seit einigen Jahren eine Freundin und kommt deshalb fast jeden Tag sehr spät heim. Ich habe ihn nie darauf angesprochen. Wenn ich das tue, dann muss ich ja irgendetwas dazu sagen. Und ich weiß nicht was.

Seltsam, wie leicht es ist, solche Dinge auf ein Blatt Papier zu schreiben. Dinge, die man nicht gerne aussprechen möchte, die schluckt das weiße Papier kommentarlos. Dann kann ich es in einen Umschlag stecken und auf den weiten Weg schicken zu Dir. Bis nach Kauzing, an den See. Wie viele Jahre war ich nicht da? Fast dreißig? Ich bin nicht dabei, wenn der Brief ankommt, und ich sehe Dein Gesicht nicht, wenn Du ihn liest. Vielleicht ist es deswegen leichter, gewisse Dinge aufzuschreiben, als sie zu sagen.

Und ich meine nicht die Sache mit Joes Freundin. Das ist mir egal.

Nein, was ich Dir schreiben will, ist so viel wichtiger. Und so viel schlimmer. Es hat mein Leben bestimmt, von jenen Tagen an bis heute. Und es ist der Grund, Inge, wieso ich nie nach Kauzing zurückgekommen bin. Nicht einmal, als unsere Eltern gestorben sind.

Es hat angefangen, als wir in der Abschlussklasse den Herrn Direktor als Lehrer bekommen haben. Die Evi und ich. Wie er uns manchmal angeschaut hat, wenn wir etwas ins Heft abgeschrieben haben aus dem Buch. Er hat gedacht, wir bemerken das nicht. Aber ich habe es gesehen.

Dann hat er angefangen, uns nach der Schule nachsitzen zu lassen. Die Evi und mich gemeinsam. Die Gründe waren Nichtigkeiten: Wir hätten gekichert im Unterricht, nicht aufgepasst, wären zu spät aus der Pause zurückgekommen. Beim Nachsitzen hat er uns angefasst. Er hat uns erst nur über die Haare gestreichelt, dann über die Wangen, hat die Hände auf unsere Schultern gelegt und dann hat er sie wie zufällig tiefer rutschen lassen. Er hat sich so sicher gefühlt! Er hat natürlich gewusst, dass wir nichts sagen werden. Und er hat ja auch recht gehabt.

Ja, Inge, Deine kleine freche Schwester – die war auf einmal ganz still. Die Evi und ich, wir waren wie die Kaninchen vor der Schlange. Es ist mir heute irgendwie unbegreiflich, aber innerhalb von wenigen Wochen war unser Leben nur noch von Angst bestimmt. Auf dem Weg zur Schule haben wir Herzklopfen gehabt, und die Evi hat sich manchmal übergeben müssen. Was wird er heute sagen? Wird er uns dabehalten? Die Evi war ja so sensibel.

Zu Hause haben wir nichts erzählt. Die Eltern hätten nur gedacht, dass wir frech oder faul oder beides gewesen sind und deswegen so oft nachsitzen müssen. Wir haben erzählt, dass wir länger Schule gehabt haben oder dass wir gemeinsam gelernt haben. Was hätten wir tun sollen? In Kauzing, in den Sechzigerjahren? Wem hätten wir erzählen sollen, dass etwas mit dem Herrn

Schuldirektor nicht stimmt? Zu dieser Zeit ist der Herr Direktor auch in den Gemeinderat gekommen. Achtzig Prozent haben ihn gewählt, das weiß ich noch.

Eines Tages hat er nur die Evi zum Nachsitzen dabehalten. Ich habe im Gang gewartet und mich in der Nische versteckt, wo immer dieser hässliche Gummibaum gestanden hat. Als die Evi herausgekommen ist, hat sie nichts gesagt. Wir haben lange am See gesessen, auf dem Dampfersteg. Irgendwann hat sie gesagt: „Ich muss jetzt heim. Wir gehen in die Abendmesse."

Weißt Du noch, wie streng katholisch die Familie von der Evi war? Ständig musste sie in die Kirche und zum Beichten und den Rosenkranz beten. Unsere Eltern waren dagegen fast schon liberal.

Die Woche danach hat er dann mich allein dabehalten. Natürlich habe ich schreckliche Angst gehabt, aber ich glaube, dass ich trotzdem weniger von ihm zu befürchten hatte. Die Evi war das bessere Opfer. So brav, so schüchtern, so zart. Ich habe mich wenigstens getraut, ihm in die Augen zu schauen, und ich habe versucht, all meine Verachtung in diesen Blick zu legen. Er hat mich Texte abschreiben lassen und mich dabei beobachtet. Er hat mich angelächelt und mich seine Überlegenheit spüren lassen. Bevor er mich hat gehen lassen, ist er mit seinem Gesicht ganz nah an meines gekommen. Ich konnte seinen Atem spüren, er hatte Mundgeruch. Er hat geflüstert: „Denk daran, immer brav zu sein, Anita. Nicht dass die Evi wieder etwas für Dich ausbaden muss!" Ich habe vor Wut und vor Angst gezittert. Ich hatte verstanden. Wenn ich nicht spuren würde, dann würde er es an der Evi auslassen.

Ich habe gewusst, dass ich etwas machen muss. Wen sollten wir um Hilfe bitten? Uns ist nur eine Person eingefallen: der alte Pfarrer Huber. Zum Herrn Pfarrer hatte sie wenigstens ein bisschen Vertrauen. Er hat uns streng gefragt, was wir wollen. Ich glaube, ich habe so etwas gesagt wie „Der Herr Schuldirektor, der berührt uns unsittlich …" – weiter bin ich nicht gekommen. Er hat mir eine Ohrfeige gegeben und gesagt, dass ich am nächsten Tag sofort beichten solle und dass es eine große Sünde sei, so über den Herrn Direktor zu sprechen. Das war alles.

Es waren schreckliche Monate. Wir haben gemeinsam weglaufen wollen, nach der Schule. Wie sind wir nur erzogen worden, dass wir so etwas mit uns geschehen lassen haben und nichts, rein gar nichts unternommen haben? Dass wir zuerst die Schule beenden und dann erst weglaufen wollten?

Wir haben das Jahr irgendwie überstanden und die Abschlussprüfung auch. Das Ende des Alptraums schien uns zum Greifen nah. Mir zumindest, die Evi wurde immer stiller und schwächer. Am Tag nach der Prüfung hat der Herr Direktor der Dreistigkeit dann die Krone aufgesetzt. Er hat die Mutter von der Evi angesprochen, dass sie die Evi am Nachmittag zu ihm in die Schule schicken soll, er wolle ihr noch etwas zu ihrer Abschlussprüfung erklären.

Ich bin mit ihr zur Schule gegangen, aber in das Zimmer habe ich sie allein gehen lassen. Ich bin im Flur gesessen, aber nach einer viertel Stunde habe ich es nicht mehr ausgehalten. Ich bin zur Tür geschlichen. Ich konnte nicht anders, ich musste leise, ganz leise die Türe öffnen. Die Evi lag auf einer Schulbank. Wie eine Puppe, reglos. Der Herr Direktor machte sich gerade die Hose zu. Er hat sein Hemd in die Hose gesteckt, ganz ordentlich, und dann noch unsichtbaren Staub vom Hemd gewischt. Ich habe versucht, die Evi zu sehen, aber er stand ja vor ihr. Nie vorher und nie mehr danach in meinem Leben war mir so kalt. Da hat der Herr Direktor zur Seite geschaut, sodass ich sein Profil sehen konnte. Er hat gelächelt, Inge. Gelächelt. Dann hat er sich plötzlich umgedreht zu mir, aber ich war schnell genug. Ich habe mich im Gang versteckt, in der Nische. Ich habe fieberhaft überlegt, was ich machen soll. Aber ich habe keinen einzigen Gedanken zu fassen bekommen.

Dann sind die beiden aus dem Zimmer gekommen. Die Evi war apathisch und irgendwie leblos. Ich bin ihnen nachgeschlichen und habe durch das Fenster im Flur gesehen, wie er sie in sein Auto gesetzt hat. Dann ist er mit ihr weggefahren. Das war das letzte Mal, dass ich die Evi gesehen habe.

Bei ihren Eltern ist ja dann der Brief angekommen, wo drinstand, dass sie Schande über sich gebracht hat und dass sie schwanger ist und dass sie nach Amerika geht. Alle haben es geglaubt. Die Eltern von der Evi sind zum Pfarrer gegangen, um ihn um Rat zu fragen. Der hat natürlich gesagt, dass er schon länger den Verdacht gehabt hat, dass die Evi nicht so brav und gläubig sei wie ihre Eltern, leider. Und er hat dann gleich am Sonntag über die Liederlichkeit gepredigt, und damit war in Kauzing klar, wie die allgemeine Meinung zum Fall Evi zu sein hatte.

Der Bruder von der Evi, der Helmut, hat die Polizei verständigt. Die haben die Eltern befragt, aber die haben gleich bestätigt, dass die Evi ausgewandert ist. Man hat sich erzählt, dass der Helmut vom Vater dafür verdroschen worden ist, dass er die Polizei gerufen hat. Der Kecht Klaus ist einmal fast ausgerastet und wollte auf den Herrn Pfarrer losgehen. Er hat gedacht, dass er die Evi fortgetrieben hat, weil er ihr vorgeworfen hat, unzüchtig zu sein. Du weißt ja, der Klaus hätte alles für die Evi getan, und er wollte sie direkt nach dem Schulabschluss heiraten. Die Evi war kein einziges Mal auch nur ansatzweise unzüchtig, sie hat sich nicht mal getraut, mit dem Klaus Händchen zu halten! Aber der alte Pfarrer hat ihren Eltern eingeredet, dass sie Schande über sich und die ganze Familie gebracht hat und dass das Kind bestimmt vom Klaus ist. An den Herrn Direktor hat niemand gedacht. Und der Klaus ist daran fast zugrunde gegangen.

So leicht war es für den Herrn Direktor, so leicht. Ich frage mich seitdem so oft, ob er das auch mit anderen Mädchen gemacht hat. Vielleicht das mit dem Nachsitzen und Anfassen, aber verschwinden lassen hat er wohl nur die Evi. So etwas kann man doch bestimmt nicht mehrmals machen, ohne erwischt zu werden?

Ich habe mich zwar irgendwo an die Hoffnung geklammert, dass die Evi in Amerika ist. Aber woher hätte sie denn plötzlich die Energie nehmen sollen? Und wie hätte sie das ganz allein schaffen sollen, ohne Geld? Keiner hat sich das überlegt. „Mit irgendeinem Ami wird sie gegangen sein", das haben alle geglaubt.

Und so habe ich es ja dann tatsächlich gemacht, drei Jahre später. Ich habe die Ausbildung zur Kindergärtnerin gemacht und versucht weiterzuleben, aber ich konnte keine Sekunde vergessen, dass ich die Evi auf dem Gewissen hatte. Genau so hat es sich angefühlt. Das hat mich nie mehr losgelassen. Ich sehe sie da liegen, und ich will zurückspulen und schreien oder Hilfe holen. Alles – nur nicht den Direktor einfach mit ihr wegfahren lassen.

Ich habe mir wirklich den erstbesten Ami gegriffen, den ich kriegen konnte. Den Joe. Ich habe gedacht, dass ich besser nach Evi suchen kann, wenn ich erst einmal da bin, in Amerika. Was wusste ich schon, ich aus Kauzing, über dieses riesige Land? Ich habe gesucht und alle großen Städte und ihre Einwanderungsbehörden und German Clubs angeschrieben. Aber ich wusste doch eigentlich die ganze Zeit, dass die Evi tot ist. Das hat mich zerfressen.

Ich wollte die Evi suchen, aber am Ende war ich auch gezwungen, aus Kauzing wegzugehen. Einmal nämlich, ungefähr zwei Jahre nachdem die Evi weg war, bin ich abends am Dampfersteg gesessen. So wie mit ihr immer. Ich habe geweint und nichts gehört. Plötzlich stand er hinter mir, der Herr Direktor. Ich bin aufgesprungen und muss ihn angeschaut haben wie ein Gespenst. „Habe ich Dich erschreckt?", hat er gesagt, und er hat gelächelt. Und bei diesem Lächeln habe ich dann endlich rotgesehen. „Ich weiß es …", habe ich gestottert. Und dann konnte ich schreien: „Ich habe Sie mit der Evi im Auto wegfahren sehen!" Er hat sich perfekt unter Kontrolle gehabt. Er hat mir nur einfach die Hände um den Hals gelegt und zugedrückt. Es ging ganz schnell – aber dann waren da Stimmen vom Fischerhaus her. Jemand hat „Hallo?" gerufen, und der Herr Direktor hat seinen Griff gelockert. Und da habe ich weglaufen können. Aber ich habe gewusst, dass ich weg muss. Verstehst Du jetzt, dass ich nie mehr nach Kauzing kommen kann, solange er lebt?

Ich vermisse Dich. Ich vermisse den See. Die Berge. Aber ich kann nicht zurück. Verstehst Du jetzt, wieso ich so lange warten musste, diesen Brief zu schreiben, Inge?

Jetzt weißt Du alles. Nur eines fragst Du Dich vielleicht noch. Wieso ich Dich damals nicht um Hilfe gebeten habe. Die Antwort ist, so glaube ich: Du warst nicht da. Du hast zu der Zeit in München gewohnt und im Betrieb vom Onkel und der Tante gearbeitet. Du warst ja schon Anfang zwanzig. Ich sage *glaube ich*, weil ich ganz ehrlich nicht weiß, ob ich etwas zu Dir gesagt hätte. Aber ich glaube es. Ganz ehrlich. Denn Du warst die Einzige, zu der ich Vertrauen gehabt habe in der Familie. Mit dem Vater oder der Mutter hätte ich nie im Leben darüber gesprochen.

Es ist so still hier in meiner Wohnsiedlung. Es ist schon nach zwei Uhr nachts jetzt. Über dem See in Kauzing scheint jetzt wahrscheinlich die Morgensonne. Irgendwann komme ich wieder, Inge, irgendwann.

In Liebe,
Deine Schwester

Der Brief war zu Ende, aber Frau Maier starrte weiter auf den Briefbogen. Sie starrte darauf, bis die Buchstaben vor ihren Augen verschwammen und begannen, über das Papier zu tanzen. Dann legte sie den Brief zurück auf den kleinen Schreibtisch.

DER SEPPI hatte ihr die Einkäufe nach Hause gebracht und sie bis in die Küche begleitet. Unter einem Vorwand war sie schnell nach oben gegangen, um ins Schlafzimmer und ins Bad zu spähen, während der Seppi noch im Haus war. Aber der Mann mit der Maske war nicht im Haus.

„Heute waren Sie aber nicht sehr gesprächig", bemerkte der Seppi zum Abschied. „Aber meine Oma war auch manchmal so, das passt schon." Er schwang sich auf sein Fahrrad und düste zurück in Richtung Dorf.

Frau Maier sperrte die Tür hinter sich zu und legte sich aufs Sofa. Sie deckte sich mit ihrer Patchworkdecke zu und schloss die Augen.

Alles, was sie in den letzten vierundzwanzig Stunden erfahren hatte, spülte in Wellen durch ihren Kopf, so wie die Wellen, die unaufhörlich ans Seeufer rollten, wenn Ostwind war. Frau Maier dachte daran, wie leicht es für einen Mann vom Rang und Ansehen des Herrn Direktor zu jener Zeit gewesen war, zu tun und zu lassen, was er wollte. Keiner hätte sich gegen ihn gestellt und schon gar nicht, weil ja auch noch der Herr Pfarrer auf seiner Seite war und im Dorf für die richtige Meinung sorgte. Frau Maier spürte eine kalte Wut. Eine Schande war das, diese Bigotterie und Vetternwirtschaft. Sie überlegte, wie der Fall heute aussehen würde, mehr als vierzig Jahre später, im gleichen Dorf. Und sie war erleichtert. Denn auch wenn es bestimmt immer noch viele Seilschaften gab und Personen, die quasi unantastbar waren – es würde heute keine Eltern geben, die den Verlust einer Tochter einfach so hinnehmen würden, ohne ihn zu hinterfragen. Nein, diese Zeiten waren vorbei. Aber der armen Evi nützte das jetzt auch nichts mehr. Sie hatte die Hölle durchgemacht. Vergewaltigt, ermordet, und die Eltern hatten nichts davon wissen wollen. Frau Maier setzte die Puzzleteile in ihrem Kopf nach und nach zusammen. Ein Bild entstand, in dem endlich alle Fakten ihren Platz in der richtigen Reihenfolge eingenommen hatten und einen Sinn ergaben. Einen schrecklichen Sinn. Sie wusste, dass ihr nur noch ein winziges Puzzleteil fehlte. Aber sie wusste auch, wo sie danach suchen musste.

GENAU DAS war es gewesen. Den ganzen letzten Samstag, als sie im Wohnzimmer herumgekramt hatte, hatte sie gewusst, dass sie etwas gefunden hatte, ohne es zu bemerken. Dass sie einen wichtigen Hinweis übersehen hatte. Doch sosehr sie sich bemüht hatte, es war ihr nicht eingefallen. Und jetzt, eine Woche später, wusste sie ganz plötzlich, was es gewesen war. „So ein Hirn ist schon eine komische Angelegenheit“, brummte sie vor sich hin, während sie den Schuhkarton mit den Zeitungsausschnitten aus dem Wohnzimmerregal holte. Sie hatte einfach nicht wirklich gründlich nachgeschaut. Aber irgendein Hinterstübchen ihres Gehirns hatte den Ausschnitt trotzdem wahrgenommen. Jetzt hatte sie ihn gefunden. Es war die Todesanzeige des Herrn Direktor aus dem *Kauzinger Tagblatt*. Sie wusste nicht, warum sie ihn in ihr persönliches Archiv aufgenommen hatte, aber vermutlich war er ihr als einigermaßen wichtiges Ereignis in der Kauzinger Geschichte erschienen. Tagelang war ja im Dorf von nichts anderem die Rede gewesen. Sie schaute aufs Datum. Er war etwa drei Monate nachdem Anita ihm geschrieben hatte, gestorben. Mit Sicherheit hatte er ihren Brief noch erhalten. Und da war sie, die Information, die sie gesucht hatte, das letzte Puzzleteil: *Der Verstorbene wird auf eigenen Wunsch auf dem Friedhof am Kilianskircherl beigesetzt.*

SOBALD die Dämmerung zur Dunkelheit wurde, musste sie losgehen. Nicht dass der Maskenmann am Ende doch noch einmal zu ihrem kleinen Haus am See käme …

Frau Maier betrachtete das mit den Plastiktüten zugeklebte Fenster und die heil gebliebene Scheibe daneben. Hinter der Glasscheibe dämmerte es.

Plötzlich hörte sie ein leises Knirschen und zuckte zusammen. Ihr Herz begann schneller zu schlagen, als Schritte sich langsam vom Garten her näherten. Die vertrauten Schweißperlen erschienen auf ihrer Stirn. Sie hielt die Luft an. Im nächsten Augenblick klingelte es. Sie beschloss, einfach sitzen zu bleiben und zu warten. Der Mensch vor der Tür zögerte. Klingelte zaghaft noch einmal.

Frau Maier war sich plötzlich ganz sicher, dass es nicht der Maskenmann war. Aber ganz egal, wer es sonst war: Sie hatte jetzt keine Zeit.

Hinter der Glasscheibe war es dunkel geworden.

ELFRIEDE GRUBER machte sich Sorgen. Mit schnellen Schritten ging sie den Weg am See entlang. Es war dunkel, aber sie hörte, wie ganz leise Wellen ans Ufer rollten. *Jetzt red Dir nichts ein, was soll denn passiert sein?* Wieder und wieder sagte sie sich diesen Satz im Geiste vor, aber er überzeugte sie kein bisschen. Nein, das war nicht normal! Wie die Frau Maier am Nachmittag ausgesehen hatte. Beim Einkaufen hatte sie sie gesehen und ihr zugewinkt, aber Frau Maier hatte gar nicht reagiert. Ganz abwesend hatte sie ausgesehen. Und jetzt war sie nicht zu Hause gewesen. Und hinten im Wohnzimmer, da war ein Fenster kaputt und nur notdürftig mit Plastik verklebt. War da etwa jemand eingebrochen? Kein einziges Licht im ganzen Haus … Wo sollte sie denn abends ganz allein hingegangen sein? Frau Maier ging abends nie aus, das wusste sie sicher. *Ach, ich war nur beim Kilianskircherl. Da bin ich so gerne, wenn ich nachdenken muss.* Wieso erinnerte sie sich gerade jetzt an diese Worte?

Elfriede zögerte. Sollte sie umkehren? Aber zum Kilianskircherl war es ein ganzes Stück zu Fuß … im Dunkeln.

AUF DEM WEG war es stockdunkel. Aber dieses Mal konnte Frau Maier ja ihre Taschenlampe benutzen. Sie leuchtete in die Nacht und sah, wie sich im Lichtkegel die kahlen Äste der Bäume rechts und links des Weges abzeichneten. Frau Maier versuchte, sich auf keinen Gedankenwirrwarr mehr einzulassen. Das war vorbei. Jetzt war alles klar. Erwin Häuser, E. H. Das Grab mit den Initialen. Da hätte ich auch früher drauf kommen können, dachte sie. Frau Maier bog auf den Waldweg ein und um die Ecke. Vor ihr in seiner heimeligen Mulde lag das Kilianskircherl. Und als hätte der Regisseur eines Gruselfilmes das Ganze inszeniert, stieg um das Kircherl herum ein bisschen Nebel von der nassen Wiese auf. Frau Maier fröstelte. Aber sie durfte jetzt nicht daran denken, was dort unten auf sie wartete. Oder vielmehr wer dort auf sie wartete. Nicht an die Kerben denken, die mit roher Gewalt in die Kirchenbank geritzt worden waren. Nicht an das Messer denken, mit dem die Kerben geritzt worden waren.

Plötzlich blieb Frau Maier stehen. Sie starrte zum Kircherl, und ihr Herz schlug Purzelbäume. Gerade war eine Gestalt in einem hellen Mantel durch das Tor zum Friedhof gehuscht. Eine vertraute Gestalt. Oder sah sie jetzt schon Gespenster? Nein, auf ihre Augen war Verlass. Ein Mann im Trenchcoat war es gewesen, das hätte sie schwören können. Sie schloss kurz die Augen, aber sie konnte die Bilder und Gedanken nicht aufhalten, die jetzt in ihr aufstiegen. Frank. Frank war immer da gewesen. An jenem Tag, als sie sich beobachtet gefühlt hatte und es in ihrem Garten so verdächtig geraschelt hatte. An jenem Morgen, als sie sich nach dem Überfall im Schuppen versteckt hatte. Und hatte sie nicht immer überlegt, ob sie die blauen Augen hinter dieser Maske nicht schon einmal gesehen hatte? Und war ihr die Gestalt des nächtlichen Besuchers nicht irgendwie vage bekannt vorgekommen?

Aber nein! Was war nur mit ihr los? Wie konnte sie an Frank zweifeln, den sie so in ihr Herz geschlossen hatte? Auf ihre Menschenkenntnis war schließlich Verlass. *Der Junge ist nicht so harmlos, wie er aussieht.* Wie ein Hohn, wie ein ironischer Witz erschien ihr der Gedanke an den Satz, den sie sich selbst so oft vorgesagt hatte. Vielleicht war er noch viel weniger harmlos, als sie jemals geahnt hätte. *Meine Freundin, die Margit, kennt gar keinen Dr. Frank Schön.* Elfriede. Hatte sie vielleicht schon früher Verdacht geschöpft? Nein, nein, nein, sie durfte solche Dinge nicht denken!

Frau Maier schüttelte sich wie die Katze nach einem Regenschauer. *Die Katze.* Frank und die Katze waren sich von Anfang an nicht grün gewesen. Und sie hatte sich auf die Menschenkenntnis der Katze immer noch mehr verlassen können als auf ihre eigene. Und die Katze war jetzt weg. Tränen der Verzweiflung stiegen in Frau Maier hoch. Gerade jetzt, wo sie sich so sicher gewesen war, dass sie die Sache irgendwie zu Ende bringen konnte. Aber wenn Frank … Das würde sie nicht aushalten. Langsam ging sie weiter. Schritt für Schritt immer weiter auf das Kircherl zu. Und plötzlich durchzuckte sie noch eine Erinnerung wie ein stechender Schmerz: An dem Morgen nach dem Überfall hatte Frank dauernd eine Mütze getragen. Er hatte sie nicht abnehmen wollen … Dumm war sie gewesen. Blind und dumm. Vor lauter Sentimentalität. Weil sie endlich einmal wieder jemanden in ihr Herz schließen wollte. Aber eine Mütze konnte auch einen Verband am Kopf verdecken. Einen Verband auf einer Wunde, die man sich bei einem Sturz im Treppenhaus zuziehen konnte.

Frau Maier hatte jetzt das Tor zum Friedhof erreicht. Sie merkte, wie laut sie schnaufte. Auf dem Grab lagen frische Blumen, eine Kerze brannte. Frau Maier zwang sich, ruhiger zu atmen, und ging in die Kirche.

Der Raum lag fast völlig im Dunkeln. Nur die Opferkerzen brannten und flackerten jetzt durch die Zugluft, die durch das Öffnen der Tür entstanden war. Frau Maiers scharfe Augen suchten das Kirchenschiff und den Altarraum ab. Niemand war zu sehen – zumindest auf den ersten Blick nicht. Langsam ging sie nach vorne zum Altar und spähte dabei schnell rechts und links in jede Reihe. Nichts. Die Stille in der Kirche und auf dem Friedhof wurde mit jeder Sekunde lauter. Ruhig bleiben. Nicht an Frank denken. Bald wäre es vorbei. So oder so.

Die Kerzen warfen unruhige Schatten auf das Gesicht der Madonna hinter dem Altar, sodass es so aussah, als hätte die Heilige Mutter Gottes nervöse Zuckungen. „Ich weiß genau, wie du dich fühlst, meine Gute!", murmelte Frau Maier. Ihre Stimme klang eigenartig in die Stille des Kircherls hinein. Sie lauschte dem Klang ihrer Worte nach und bemerkte zu spät, dass sich ein anderes Geräusch in den Nachhall mischte. Ein leises Rascheln, ein schneller Schritt – Frau Maier fuhr herum.

Und plötzlich war er da. Ihr blieb fast das Herz stehen, denn er hatte wieder die schwarze Skimaske auf. Damit hatte sie nicht gerechnet, sie hatte wenigstens einem menschlichen Gesicht gegenübertreten wollen. Gegen dieses Maskengesicht war sie noch wehrloser. Es hatte ihr in den letzten beiden Wochen solche Angst eingejagt, dass ihr jetzt jede Faser in ihrem Körper nahelegte, das Weite zu suchen. Und zwar schnell.

Aber dafür war es zu spät. Er stand direkt vor ihr. Sie musste bei ihrem ursprünglichen Plan bleiben. Psychologie, Frau Maier, sagte sie sich im Inneren. Psychologie! Laut sagte sie: „Da sind Sie ja." Der Maskenmann sagte nichts, sondern musterte sie nur aus eigenartig trüben, starren Augen. Jessas, Maria und Josef, er ist wirklich verrückt, dachte Frau Maier. Der Maskenmann sagte immer noch nichts, sondern hob langsam die Hand.

Frau Maiers Gehirn war in diesen ersten Sekunden wie erstarrt gewesen, doch plötzlich drängte sich mit aller Macht ein Gedanke hinein: Dieser Maskenmann trug keinen Trenchcoat! Na gut, er hätte sich auch umziehen können … Aber diese Augen? Sie waren blau, so wie die von Frank. Aber der Ausdruck darin war ihr völlig fremd. Sie spürte, wie Erleichterung in ihr hochstieg. Wie absurd, schaffte sie es in diesen wenigen Sekunden zu denken. Ich stehe hier mit einem Mann, der mich umbringen will, und bin erleichtert!

Plötzlich fokussierte sich ihr Gehirn wieder auf das Hier und Jetzt – und sie sah, dass der Maskenmann seine Hand nach ihr ausgestreckt hatte und dass sie ihrem Hals schon unangenehm nahegekommen war.

So hatte sich Frau Maier das eigentlich nicht vorgestellt, dass er sie auf der Stelle umbringen würde. Sie hatte fest vorgehabt, wenigstens mit ihm zu reden und alles, was sie sich zusammengereimt hatte, noch einmal aus seinem Mund bestätigt zu hören. Das war das Mindeste nach all der Mühe, fand sie. Vorher wollte sie nicht sterben.

„Ich habe Sie gar nicht ins Kircherl hereinkommen sehen! Wie kommt es, dass Sie mir immer einen Schritt voraus sind?"

Die Hand stockte. Und änderte die Richtung. Anstatt auf Frau Maiers Hals bewegte sie sich jetzt auf den Hals des Maskenmannes zu. Die Hand griff sich die Strumpfmaske und zog sie mit einem Ruck über den Kopf. Hinter der Maske kam ein triumphierendes Lächeln zum Vorschein.

Und Frau Maier erkannte ihn sofort wieder, den jungen Mann, den sie schon mehrmals gesehen hatte, ohne ihn richtig wahrzunehmen: von Inge Grafs Fenster aus, im Dorf, als sie ihn am Sonntag gegrüßt hatte, auf dem Gehweg am See.

Der junge Mann starrte sie an, die Andeutung eines geschmeichelten Lächelns umspielte seine Lippen. „Ich habe im Beichtstuhl auf Sie gewartet. Damit haben Sie nicht gerechnet, oder?“, sagte er stolz. Frau Maier spürte wieder eine kleine Welle der Erleichterung. Sie hatte Zeit gewonnen. Sie hatte den richtigen Weg gewählt.

„Michael?“, fragte Frau Maier leise.

„Michael Robert!“, antwortete der Mann. „Meine Mutter hat darauf bestanden, dass ich mit beiden Namen gerufen werde. Das gehört sich so bei besseren Familien.“

Frau Maier sah ihn aufmerksam an. „Natürlich, immerhin sind Sie der Sohn vom Herrn Direktor“, erwiderte sie zustimmend.

Ein Lächeln huschte jetzt über sein Gesicht, aber es war kein nettes Lächeln. Frau Maier schüttelte sich innerlich. Wenn er lächelte, sah er wirklich irre aus.

„Das ist es, was die Leute ja nicht verstehen“, sagte er und seine Stimme wurde lauter. „Sie kapieren nicht, dass ich etwas Besseres bin!“

Er wurde wütend. Das war schlecht. Sie musste ihn besänftigen.

„Ach, wissen Sie, die Leute, die verstehen so vieles nicht. Aber die Hauptsache ist doch, dass Ihr Vater sicher sehr stolz auf Sie war!“

Sie hatte das Falsche gesagt. Neben der Wut standen ihm jetzt Verwirrung und Enttäuschung ins Gesicht geschrieben.

„Ja“, sagte er unsicher. „Mein Vater war natürlich stolz auf mich! Aber weil die Leute … weil die ja so dumm sind, durfte das niemand wissen, das musste ich ihm schwören! Niemand durfte wissen, dass er mein Vater ist und dass ich etwas ganz Besonderes bin.“

Frau Maier wurde blitzartig klar, dass der Herr Direktor sich seinen Bastard schön hatte vom Leib halten wollen, aber dass das für den Sohn ein unerträglicher Gedanke war. Und dass der sich deshalb immer mehr in einen Wahn vom besseren und geliebten Sohn hineingesteigert hatte.

„Haben Sie Ihren Vater dann heimlich besucht?“, fragte sie sanft.

„Anfangs schon. Aber dann ist ihm ein großartiger Trick eingefallen. Mein Vater war schlauer als alle anderen. Als er Krebs hatte, hat er mich als seinen Pfleger eingestellt, ich bin nämlich Krankenpfleger von Beruf. Und da konnte ich Tag und Nacht bei ihm sein, ohne dass sich irgendjemand von den Dorftrotteln etwas dabei gedacht hat!“

Von den Dorftrotteln … Das war sicher ein wörtliches Zitat des Herrn Direktor, dachte Frau Maier. Ihr wurde fast schlecht beim Gedanken daran, was für ein arroganter, widerwärtiger Mensch er gewesen war. Am Ende hatte er seinen Sohn, den er nie anerkannt hatte, als Pflegekraft missbraucht und sich so noch Geld gespart! Schlauer als alle anderen, der Herr Direktor.

Auf seinen Sohn traf das jedoch nicht zu. Frau Maier hatte ja bereits vermutet, dass Anitas Mord und der gefälschte Erpresserbrief von niemand besonders Schlauem erdacht worden waren, und jetzt hatte sie die Bestätigung. Der trübe Blick, die beschränkten Gedankengänge … Sie wusste nur nicht, ob Michael Robert bloß nicht besonders intelligent oder wirklich krank war. Sie wollte noch mehr erfahren.

„Haben Sie denn schon immer in Kauzing gelebt?“, fragte sie.

„Nein, meine Mutter ist ja mit mir weg, da war ich noch gar nicht auf der Welt. Wir waren nur zu zweit. Niemand wollte etwas mit uns zu tun haben. Aber das war egal. Das war sogar besser so, hat meine Mutter gesagt. Ich sollte mich gar nicht mit normalen Kindern abgeben. Ich war ja etwas Besseres, weil mein Vater war ein Herr Doktor und ein Herr Direktor. Beides!“

Er sah sie nicht an, sondern redete in die Leere des Kirchenschiffes hinein. Die Gelegenheit war günstig, noch mehr zu fragen. „Und Ihre Mutter …?“

Sie musste die Frage gar nicht aussprechen, er setzte sofort mit monotoner Stimme ein. „Meine Mutter war die Haushälterin vom Herrn Direktor. Er hat sie dann zu Bekannten nach Rosenheim geschickt, da konnte sie als Putzfrau arbeiten. Er wollte nicht, dass schlecht über sie geredet wird.“

Verdammtes Schwein, dachte Frau Maier und schickte sofort eine gedankliche Entschuldigung an die Mutter Gottes hinterher, die hinter ihr stand. Denn obwohl sie sich ja eigentlich nicht mehr für Flüche entschuldigte, so war es doch etwas anderes, wenn die Heilige Maria direkt hinter einem stand. Anstand blieb eben doch Anstand.

Dann kehrten ihre Gedanken zurück zum sauberen Herrn Direktor. Soso, er hatte also nicht gewollt, dass über seine Haushälterin geredet wird! Dann hätte er sie halt heiraten müssen! Aber nein, er hatte sie einfach entsorgt und in Kauzing weiterhin den Unantastbaren gespielt. *Seit er damals so plötzlich eine Haushälterin gesucht hat …* Die Worte aus dem Brief von Antonia Richter fielen ihr plötzlich wieder ein. Jetzt kannte sie den Grund, warum Frau Richters Vorgängerin so plötzlich gegangen war. Gabriele Gradler. Sie hatte brav alles gemacht, was der Herr Direktor von ihr verlangt hatte. Hatte niemandem verraten, wer der Vater ihres Sohnes war. War nach Rosenheim gegangen, hatte sich wegen des unehelichen Kindes ächten lassen, hatte ihr Dasein als Putzfrau gefristet. Und hatte sogar auf der Geburtsurkunde *Vater unbekannt* angegeben. Und bestimmt keine müde Mark vom Herrn Direktor bekommen. Dessen verwirrter Sohn, mit dem sie hier jetzt mutterseelenallein im Kilianskircherl stand, war zwar auf der einen Seite vielleicht zu bemitleiden, auf der anderen Seite aber bestimmt keine Spur weniger gefährlich als sein grausamer Vater. Er redete jetzt einfach weiter und schien ganz weit weg zu sein.

„Es gab dann halt nur die Mutter und mich. Aber uns hat es geholfen, dass wir immer gewusst haben, dass wir etwas so viel Besseres sind als die anderen. Jeden Tag beim Einschlafen, nach dem Beten, hat die Mutter mir das erzählt. Hat mir vom Vater erzählt, der ein Doktor und ein Direktor war. Und dass ich so etwas auch eines Tages sein würde!“

Naja, dachte Frau Maier, daraus ist wohl nichts geworden. Krankenpfleger – das war dem Herrn Direktor bestimmt nicht gut genug gewesen. Aber sie würde sich hüten, diesen Gedanken auszusprechen. Sie fröstelte, als sie den entschlossenen Zug um den Mund des Sohnes sah, und sie begriff, dass das Aufrechterhalten der Illusion, etwas „Besseres“ zu sein, für ihn zum Lebensinhalt geworden war. Und drei weitere Puzzleteile fügten sich ins Bild: der labile Sohn mit der fixen Idee, die ablehnende Haltung des Vaters und das Geheimnis der Frau aus Amerika, die auf einen Schlag Ruhm und Ehre des Vaters für immer zunichtemachen würde.

„Aber dann ist die Mutter gestorben“, redete die monotone Stimme weiter. „Und da bin ich nach Kauzing gezogen, um endlich in seiner Nähe zu sein. Er wollte mich zuerst ja nur heimlich treffen, aber dann am Schluss, da war ich Tag und Nacht bei ihm. Ich habe ihn versorgt, ihm das Morphium gegeben, als die Schmerzen unerträglich wurden, ihn gewaschen, ihn gefüttert …“ Die Stimme verstummte.

Frau Maier wagte die nächste Frage: „Und was war mit Anita Graf?“

Michael Robert starrte sie an. Plötzlich glitzerten die Augen wieder so kalt und gefährlich wie hinter der Maske. Als er sprach, klang auch seine Stimme plötzlich aggressiver. Und er verwendete ganz andere Worte. Als gäbe es ihn zweimal. Einmal als schwachen, einsamen, beschränkten jungen Mann und einmal als aggressiven, verrückten Mörder.

„Die blonde Schlampe aus Amerika?“ Er lachte. „Die hat doch direkt darum gebettelt, dass ich sie kaltmache. Erst schmeißt sie sich als Schülerin mit ihrer Freundin an meinen Vater ran, und dann will sie ihn fast vierzig Jahre später fertigmachen. Aber nicht mit mir! Ich habe meinem Vater versprochen, die Drecksnutte kaltzumachen, sobald sie hier in Kauzing auftaucht. Er war so durcheinander, als dieser Brief aus Amerika ankam! Ich habe ihm versprochen, dass ich mich um die Sache kümmere, auch wenn er bis dahin schon nicht mehr leben sollte. So kam es ja dann auch.“

„Aber wie haben Sie das denn geschafft, sie allein abzupassen?“, fragte Frau Maier.

„Das war ganz leicht“, sagte er verächtlich. „Sie hat sich mit dem Typen von der Glaserei getroffen, beim Oberwirt. Ich bin ihr nachgegangen. Als der Typ aufs Klo ist, bin ich an ihren Tisch, habe ihr unauffällig einen Zettel gegeben und bin gegangen. Mein Vater hatte mir das alles noch gesagt, wie ich es machen soll. Auf den Zettel sollte ich schreiben: *Es gibt Nachricht von Evi. Um 23 Uhr an der Aussichtsplattform am See.* Mein Vater hat mir garantiert, dass sie sich dann mit mir trifft, und so war es auch.“

Frau Maier hielt das nächste Puzzleteil in den Händen. Das war also der Zettel gewesen, den sie in der Hand von Anita gesehen hatte.

Anitas Mörder redete weiter: „Sie kam daher, war ganz aufgeregt. Dumme Kuh. Ich habe gar nicht erst mit ihr geredet, ich habe sie gleich kaltgemacht. Habe ihr einfach den Mund und die Nase zugehalten, bis sie nicht mehr gezappelt hat.“ Er stockte. Frau Maier hielt die Luft an. Und zum Glück sprach er weiter. „Dann ist was schiefgegangen. Ein Auto kam daher, wahrscheinlich irgendein blödes Liebespaar, das nachts zur Aussichtsplattform wollte. Jedenfalls musste ich sofort verschwinden, habe die blöde Schlampe geschultert und bin am See entlang in die Dunkelheit gelaufen. Da habe ich sie dann erst einmal am Ufer versteckt, und am nächsten Tag wollte ich sie dann wegschaffen. Aber kaum hatte ich sie aus dem Schilf geschleift, da mussten Sie ja auftauchen. Ich musste sie dort liegen lassen und konnte mich gerade noch im Gebüsch verstecken.“

Frau Maier erinnerte sich wieder an das beunruhigende Gefühl, mit der Leiche nicht allein gewesen zu sein. Sie hatte sich nicht getäuscht. Beim Gedanken daran, wie dieser unberechenbare Mann, der jetzt vor ihr stand, sie vom Schilf aus beobachtet hatte, lief es ihr eiskalt den Rücken herunter.

Er redete weiter. „Zum Glück sind Sie dann gleich abgehauen, und ich konnte die Schlampe wie geplant in einen Sack stopfen, in einen Schubkarren packen und wegbringen. Oben drauf habe ich ein paar Holzscheite gelegt, da war ja nichts Verdächtiges.“

Ganz schön einfach, so einen Mord zu begehen, dachte Frau Maier. Plötzlich fiel ihr noch etwas ein. „Wieso war die Anita denn nackt?“

Der Sohn grinste bösartig. „Wieso denn nicht? Sie war doch eine Schlampe, da konnte sie doch nichts dagegen haben, dass ich sie mir mal genauer anschaue!“

Frau Maier spürte Übelkeit in sich hochsteigen. Irgendwie hatte der Vater es trotz seiner sehr lückenhaften Anwesenheit im Leben seines Sohnes geschafft, ihm seine ganze frauenverachtende Haltung mitzugeben. Aber beim Sohn kam noch ein Wahn dazu, da war sich Frau Maier sicher. Und das machte ihn umso gefährlicher.

Plötzlich spürte Frau Maier wieder die Stille um sich herum. Michael Robert Gradler hatte aufgehört zu sprechen. Hass und kalte Wut standen in seinen Augen, er atmete schwer. Frau Maier wollte in ihre Manteltasche greifen, um nach dem Pfefferspray zu tasten, aber dieses Mal hatte sie keine Chance. Mit einem schnellen Schritt war er bei ihr und hielt ihre Arme mit seinen Händen fest, die sie wie eiserne Schraubstöcke umklammerten.

„Du bist mir ständig in die Quere gekommen, das wirst du mir jetzt büßen", raunte er ihr ins Ohr, und eine Stelle aus Anitas Brief schoss Frau Maier durch den Kopf. *Ich konnte seinen Atem spüren, er hatte Mundgeruch.* „Ich hätte dich schon viel früher kaltgemacht, aber mein Vater hat es mir nicht erlaubt. Ich frage ihn immer erst um Erlaubnis!" Frau Maier hätte gerne gefragt, wie er das anstellte, aber sie brachte nur ein Krächzen heraus. Michael Robert Gradler hatte ihr die Arme auf den Rücken gedreht und hielt sie mit seinem Arm umklammert. Der Arm lag schwer und fest auf ihrem Hals und drückte ihr auf die Kehle. „Meine Mutter hat mir so viel beigebracht über meinen Vater …", sagte er leise. „*Ordnung ist das halbe Leben*, zum Beispiel. Daran habe ich mich immer gehalten. Hier, da ist meine Liste!" Er stieß sie in Richtung der Holzbänke und zeigte ihr die Kerben. „Bei jeder, die ich erledigt habe, habe ich mir das ordentlich notiert." Er zog ein Klappmesser aus der Tasche und ließ die Klinge im Halbdunkel der Kirche aufblitzen. „Wenn ich dich erledigt habe, mache ich den letzten Strich. Und dann muss ich nur noch den halben hier fertig machen. Den haben Sie mir ja vermiest. Aber irgendwann muss die hässliche Schwester ja wieder zurückkommen. Danach ist mein Vater wieder in Sicherheit." Frau Maier spürte, wie ihr die Luft wegblieb, als sich der Druck des Armes auf ihrem Hals verstärkte. Ihr wurde schwindelig, und sie kniff die Augen zusammen. Sie versuchte, nach Luft zu schnappen. Sie schielte auf das Messer. Sie hasste Klingen. Fast wäre es ihr lieber, er würde ihr auch nur die Nase und den Mund zuhalten, so wie der Anita.

In einem letzten verzweifelten Versuch bäumte sie sich auf, wollte ihn abschütteln. Sie hörte sein wütendes Grunzen, ihr wurde schwarz vor Augen. Sie wartete auf den schneidenden Schmerz der Klinge, aber stattdessen entstand um sie herum ein Tumult. Michael Robert lockerte seinen Griff und schrie auf wie ein wütendes Tier. Jemand zerrte ihn weg, und sie hörte eine Frauenstimme: „Lassen Sie die Waffe fallen!" Frau Maier spürte nicht wirklich, wie sie zu Boden sank, sie spürte nur, dass sie wieder Luft bekam und atmete dankbar ein.

DAS NÄCHSTE, was Frau Maier sah, war Frank Schöns Gesicht. Es sah besorgt aus, aber dann machte sich das bekannte Grinsen darauf breit. „Dass ich das noch mal erlebe, dass Sie schwach werden, Frau Maier!", sagte er. Frau Maier richtete sich auf und spürte plötzlich, wie kalt der Steinboden der Kirche unter ihr war. Sie kehrte zurück ins Leben. Im Mittelgang der Kirche stand die Polizeiobermeisterin Cornelia Klauser und hatte eine Dienstwaffe in der Hand. Direkt neben ihr in der Bank saß Michael Robert Gradler und war kalkweiß im Gesicht. Hatte er nicht gerade noch wie ein Tier gebrüllt? Jetzt sagte er nichts mehr. Er saß nur apathisch da.

„Er hat Handschellen um", sagte Frank, als er Frau Maiers Blick sah.

Frau Maier sah ihn zweifelnd an.

„Und wir haben die Waffe", fügte Frank hinzu.

Frau Maier sah ihn zweifelnd an.

„Und wir haben ihm die Füße gefesselt", sagte Frank.

„Wie bitte?" Frau Maier fand ihre Stimme wieder. „Wie haben Sie das denn geschafft?"

„Dass Sie mir immer noch so wenig zutrauen", seufzte Frank. „Ich habe mich natürlich mit vollem Körpereinsatz auf ihn geworfen!"

Frau Maier zog eine Augenbraue hoch.

„Ja, und die Frau Polizeiobermeisterin hat mir geholfen."

„Ach so, darum", sagte Frau Maier. Dann lächelte sie Frank an.

Vierzehntes Kapitel

SONNTAG

Als sehr früh am nächsten Morgen die Polizeiobermeisterin Cornelia Klauser höchstpersönlich Frau Maier bis vor die Tür des kleinen Hauses am See begleitete, da war die Sonne bereits aufgegangen und das Versprechen von Frühling drang aus jeder Pore der Erde. Der See und der Himmel lieferten sich einen Wettstreit, wer denn der Blaueste im ganzen Land sei, und die Sonne ließ die hellbraunen Schilfhalme am Ufer golden leuchten.

Das kleine Haus sah so aus, als hätte es wieder seinen Frieden mit sich gemacht und die Angst vor nächtlichen Besuchern abgeschüttelt. Die rote Haube des Ziegeldachs sah fein herausgeputzt aus und mit den blitzenden Fenstern, in denen sich das Sonnenlicht spiegelte, schien es Frau Maier fröhlich zuzublinzeln. Frau Maier aber wusste den Willkommensgruß in dem Moment nicht zu würdigen, denn ihre Augen sahen wie durch ein Vergrößerungsglas nur eines: den kleinen schwarzen Fleck, der vor der Tür saß, den Kopf leicht vorwurfsvoll zur Seite legte und durchdringend miaute. Sie stürzte zur Katze und riss sie in ihre Arme, und auf einmal zitterten ihre Knie so stark, dass sie sich auf die Treppenstufen, die zur Haustür führten, setzen musste.

Arme Frau, dachte die Polizeiobermeisterin mitleidig, das alles war viel zu viel für sie. Und sie betrachtete die alte, mollige Frau, die zitternd ihren Kopf im Fell einer schwarzen Katze mit weißer Pfote vergrub. Und sie hatte nicht die leiseste Ahnung, wie glücklich Frau Maier gerade war.

FRAU MAIER legte sich sofort ins Bett und setzte die Katze dicht neben sich. Und tatsächlich rollte die sich sofort schnurrend zusammen und blieb genau da liegen, wo Frau Maier sie hingebettet hatte. Nach den Ereignissen am Kilianskircherl hatte Frau Maier den Rest der Nacht auf der Polizeistation in der Kreisstadt verbracht. Sie war in einen Raum gesetzt worden, hatte scheußlichen Kaffee zu trinken bekommen und ohne Unterlass waren irgendwelche Leute im Raum erschienen, die immer wieder dasselbe wissen wollten: wie sie auf den Sohn vom Herrn Direktor gekommen war, wie sie an die Informationen gelangt war, warum in Herrgottsnamen sie sich nicht eher bei der Polizei gemeldet hatte. Nur den Brandner hatte sie nicht zu Gesicht bekommen. Sie hatte ihn nur einmal mit hochrotem Gesicht auf dem Flur vorbeistürmen sehen.

Erst sehr spät war Frau Maier auf einmal eine Frage in den Sinn gekommen. Eine wichtige Frage. *Warum um alles in der Welt waren Frank und die Polizistin eigentlich am Kircherl gewesen?* Und dann hatte sie erfahren, wem sie es verdankte, dass sie jetzt nicht als kalte Leiche auf dem Steinboden des Kircherls lag: Elfriede Gruber. Sie hatte sich Sorgen gemacht, hatte Frau Maier nicht zu Hause angetroffen. Und hatte auf gut Glück im Krankenhaus angerufen und sich zu Dr. Frank Schön durchgefragt. Er war da gewesen und hatte sofort den Ernst der Lage erkannt. Warum auch immer. Ein Psychologe halt, hatte Frau Maier gedacht. Die wissen eben doch alles. Nur ein Gefühl war es gewesen, eine Art Eingebung, die die Elfriede plötzlich gehabt hatte. Sie hatte irgendwie geahnt, dass die Frau Maier zum Kilianskircherl gegangen war.

Auf dem Heimweg nach Kauzing hatte die Polizeiobermeisterin ihr gesagt, dass Michael Robert Gradler den Mord an Anita Graf schon gestanden hatte. „Er wollte erst nicht reden, kein Wort hat er gesagt, wie so ein Stockfisch ist er da gesessen. Aber dann ist der Herr Doktor Schön zu ihm rein und hat ihn bearbeitet. Und plötzlich hatten wir das erste Geständnis!“ In ihrer Stimme schwang Bewunderung mit, und Frau Maier sah sie prüfend von der Seite an. Bewunderte sie nur Franks psychologisches Geschick – oder etwa mehr? Aber die junge Polizistin hatte danach nur noch konzentriert auf die Straße geschaut. Frau Maier hatte auf die am Autofenster vorbeiziehenden Felder geschaut und sich einmal mehr gewundert, dass sie immer noch am Leben war. Und sich ziemlich darüber gefreut.

Beim Einschlafen dachte Frau Maier an Inge Graf, die von der Polizei bei ihrer Kusine verständigt worden war, dass der Mord an ihrer Schwester aufgeklärt war. Bestimmt war sie schon auf dem Heimweg. Und bald würde sie die Anita auch anständig beerdigen können. Denn Frau Maier hatte den Beamten gesagt, dass sie sich sicher war, dass sie unter der neu aufgeschütteten Erdschicht auf dem Grab mit den Initialen E. H. die Leiche von Anita Graf finden würden.

Mit diesem Gedanken schlief Frau Maier ein und wachte den ganzen Tag nicht mehr auf. Ihre sonst so feine Luchsohren reagierten nicht einmal, als es unten an der Haustür mehrmals klopfte. Der Fischer-Karli stand vor der Tür. Als Frau Maier nicht auf sein Klopfen reagierte, hängte er die Plastiktüte, in der eine frisch geräucherte Renke in sauberes Papier eingewickelt lag, an die Klinke der Haustür.

GEGEN ABEND ging sie zum See. Aus dem Haus, durchs Gartentor, über den Fußweg, die kleine Böschung herunter. So wie früher. Früher? Genau zwei Wochen war das alles ja erst her. Aber zum ersten Mal konnte sie wieder an diesem Ort stehen und sich frei fühlen.

Die Sonne stand blutrot am Himmel und tauchte die Wolken ringsum in zartes Rosarot. Die Berge hatten messerscharfe Konturen und rahmten den See ein, der im untergehenden Licht hellblau leuchtete. Ein grandioser Sonnenuntergang. Der erste seit Langem, so kam es Frau Maier vor. Plötzlich hörte sie hinter sich ein Rascheln und erschrak im ersten Moment. Aber der Mann mit der Maske konnte ihr ja nichts mehr tun. Sie entspannte sich wieder und drehte sich um.

Inge Graf kam wortlos näher. Sie nickte Frau Maier zu und ging zum Ufer. Frau Maier sagte nichts, während Inge eine kleine Schwimmkerze anzündete und sie genau da sanft ins Wasser setzte, wo Anita gelegen hatte. Sie stellte sich neben Frau Maier, und die beiden sahen schweigend zu, wie die Kerze, von einer leichten Abendbrise getrieben, aufs offene Wasser hinausglitt. Inge kam einen Schritt näher, sodass die Schultern der beiden Frauen sich berührten. Frau Maier konnte Inges Körperwärme durch ihre Strickjacke spüren, als die sich ganz leicht an sie anlehnte. Langsam wurde es dunkel, und irgendwann war die kleine Flamme der Kerze nicht mehr zu sehen.

Fünfzehntes Kapitel

MONTAG

Der Duft von Lachslasagne hing in der kleinen Küche wie ein zartrosafarbener Schleier. Neben der Lasagne stand auf dem Tisch noch eine riesige Schüssel Kartoffelsalat. Frank rieb sich die Hände. „Gut zu wissen, Frau Maier, dass Sie Ihre Versprechen halten!“, sagte er grinsend.

„Ich bitte Sie, Herr Doktor“, erwiderte Frau Maier lächelnd. „Das wussten Sie doch hoffentlich schon vorher. Sie mit Ihrer umwerfenden Menschenkenntnis!“

Frank lachte und schaufelte sich eine große Portion Lasagne auf den Teller. Seine Augen leuchteten, und Frau Maier fragte sich, wie sie ihn für einen verrückten Mörder hatte halten können. Sie schloss kurz die Augen und atmete durch. Diesen Gedanken wollte sie am liebsten für immer vergessen. Und sie würde nie jemandem davon erzählen.

Elfriede Gruber saß ebenfalls am Küchentisch und langte kräftig zu. Sie schien sich über das leckere Essen zu freuen. Noch mehr aber – das hatte sie beteuert! – freute sie sich, dass Frau Maier noch lebte. Frank hatte ihr noch in der Nacht Bescheid gegeben, dass Frau Maier in Sicherheit war. Und Elfriede war mittags zum kleinen Haus am See gekommen, um kurz zu sehen, wie es Frau Maier jetzt ging. Doch dann hatte sie sich überreden lassen, zum Essen zu bleiben. Frau Maier brachte kaum einen Bissen herunter, so sehr war sie damit beschäftigt, das Gefühl zu genießen, gleich zwei Gäste auf einmal zu haben. Sie wollte versuchen, es sich irgendwo in ihrem Herz oder Hirn oder sonst einem passenden Eckchen abzuspeichern, um in Zukunft davon zehren zu können, wenn sie wieder allein aß.

Frank konnte sich nicht so recht entscheiden, ob er zuerst essen oder zuerst erzählen sollte, und entschloss sich für beides gleichzeitig. „Die Cornelia Klauser hat die ganze Sache wirklich gut im Griff gehabt. Sie hat an alles gedacht! Wir haben ein Stück weit weg vom Kircherl geparkt und uns von hinten zum Friedhof geschlichen. Und da war der irre Typ, in voller Montur mit Maske. Tja, und die Cornelia, also die Frau Klauser, hat dann entschieden, dass wir uns verstecken und warten sollen. Quasi, um ihn in flagranti zu schnappen.“

„Ein bisschen weniger in flagranti hätte auch gereicht!“, schnaubte Frau Maier.

„Frau Maier?“ Elfriede Gruber mischte sich ins Gespräch ein. „Stimmt es denn jetzt eigentlich, dass die alte Frau Richter auch ermordet wurde?“

„Das weiß man noch nicht.“ Frank antwortete an Frau Maiers Stelle und mit vollem Mund. „Aber die Polizei hat bereits eine Exhumierung und anschließende Obduktion angekündigt, dann wird man sehen."

Elfriede schauderte sichtbar beim Gedanken an das Ausgraben einer Leiche, aber Frank kaute seelenruhig weiter.

Frau Maier schaute zum Küchenfenster hinüber, hinter dem der See blau schimmerte. Sie dachte an die andere tote Frau, die man bald ausgraben würde und die sich jetzt noch das Grab mit dem Mann teilen musste, den sie wohl am meisten gehasst hatte.

Frank Schön räusperte sich, und Frau Maier schaute ihn an. Er hatte den Kopf leicht schief gelegt (Wie die Katze!, dachte Frau Maier) und momentan sogar das Kauen vergessen. Und als hätte er tatsächlich durchschaut, bei wem Frau Maier gerade in Gedanken gewesen war, sagte er: „Inge Graf war übrigens schon bei der Polizei. Sie hat darum gebeten, dass die Geschichte von früher nicht an die Öffentlichkeit gezerrt wird. Man wird sagen, dass Anita Graf einem Irren zum Opfer gefallen ist. Das stimmt ja auch. Für die alte Frau Richter wird sich leicht eine Erklärung finden, falls es denn auch ein Mord war. Immerhin ist er als Krankenpfleger im Haushalt beschäftigt gewesen, hatte Zugang zum Haus und zum Morphium. Und was so einem Irren dann nicht alles einfällt …"

Frau Maier hätte es dem Herrn Direktor gegönnt, dass alle endlich erfuhren, was für ein Mensch er gewesen war. Und es widerstrebte ihr, dass sein Sohn im Endeffekt dann doch genau das erreicht hatte, was er wollte: Das Geheimnis würde nicht gelüftet werden und der Ruf seines Vaters unbeschadet bleiben. Ihr Blick fiel auf das Holzkreuz, das über der Küchentür hing. Schon gut, schon gut, seufzte sie innerlich. Sie verstand ja auch, dass Inge Graf nicht wollte, dass die Geschichte von Anita und Evi breitgetreten wurde, wenn keine der beiden mehr da war, um sich dazu zu äußern.

Die Evi … Frau Maier dachte an das ernste Gesicht auf dem Klassenfoto, an die Angst der Mädchen und daran, dass man nie herausfinden würde, wo die Evi jetzt war. Sie stand schnell auf und ging zur Kaffeemaschine. Als die anfing zu blubbern und zu gurgeln, fühlte sie sich wieder besser.

„Und jetzt lege ich Musik auf", sagte sie zu Frank und Elfriede. „Zur Feier des Tages!"

„Elvis?", fragte Frank.

„Was sonst?", antwortete sie und ging ins Wohnzimmer.

Trotz des kaputten Fensters sah auch das Wohnzimmer wieder ruhig und friedlich aus. Es lag im Sonnenschein da, mit seinem grünen Cordsessel und dem Sofa mit der Patchworkdecke, und war wieder der sichere Hafen, der es immer gewesen war. In den einfallenden Lichtstrahlen flirrte der Staub. „Zeit, mal wieder gründlich zu putzen", brummte Frau Maier und lächelte plötzlich. Die Putzfrau in ihr kehrte zurück, der Alltag würde nicht mehr lange auf sich warten lassen. Ihr altes Leben: einsam, aber sicher. Und gelassen. Sanft wischte sie mit dem Finger den Staub vom Rahmen ihres Elvis-Fotos. Und dabei wurde ihr bewusst, dass sie doch nicht mehr ganz die Alte war. Sie zögerte kurz, dann nahm sie die Schachtel aus dem Regal, in der sie seit so vielen Jahren das Bild des jungen Mannes mit dem strahlenden Lächeln und der kurzen Lederhose aufbewahrte. Sie packte die Schachtel samt Bild in die Schublade mit den Tischdecken. *Unter* die Tischdecken. Dann atmete sie tief durch, machte die Schublade zu, ging zum Plattenspieler und legte Elvis auf. Kein *Are You Lonesome Tonight* dieses Mal. *Jailhouse Rock.*

Frau Maier ging zur Wohnzimmertür. Sie wollte wieder zurück in die Küche, zurück zu ihren Gästen. Das Gefühl noch auskosten. An der Tür warf sie noch einmal einen Blick in ihr Wohnzimmer, und ihr Blick blieb an dem zerbrochenen Fenster hängen, das Frank mit den Plastiktüten verklebt hatte. Morgen würde sie ihr Sparschwein, in dem sie seit Jahren auf den ersten Urlaub ihres Lebens sparte, schlachten und zur Glaserei Kecht gehen. Sie würde dort ein neues Fenster bestellen. Und später dann würde der Klaus Kecht einen Brief auf der Ladentheke finden. Darin würde sich die Kopie von Anitas Brief befinden. Inge Graf hatte ihr versprochen, sie ihr heute noch zu bringen. Denn wenn schon sonst keiner die ganze Wahrheit erfahren sollte: Der Klaus sollte endlich wissen, dass er keinerlei Schuld am Verschwinden von der Evi gehabt hatte. Und sollte er in seiner Verzweiflung jemals geglaubt haben, dass an den bösartigen Gerüchten um die Schwangerschaft etwas Wahres gewesen war, dass seine große Jugendliebe ihn vielleicht doch betrogen hatte, damals … dann sollte er spätestens jetzt wissen, dass die Evi genau der Mensch gewesen war, für den er sie gehalten hatte.

„FRAU MAIER!" Elfriede lächelte ihr unsicher entgegen. Es war interessant, dass die Filialleiterin, die Frau Maier immer so selbstbewusst vorgekommen war, privat ein wenig schüchtern wirkte. War sie vielleicht auch nicht so oft in Gesellschaft? Aber sie hatte doch die Freundin, mit der sie zum Griechen essen gehen konnte … Frau Maier merkte, dass sie heute ständig in ihren Gedanken abdriftete und riss sich zusammen.

„Ja, Frau Gruber?", sagte sie mit ihrem freundlichen Lächeln.

„Ich habe gerade dem Herrn Schön … also dem Herrn Doktor …" Elfriede stockte und wurde rot. „Also, ich würde Sie beide gerne demnächst zu mir zum Essen einladen.“ Sie fügte hastig hinzu: „Also, wenn Sie mögen! Ich koche zwar nicht so gut wie Sie …“ Wieder lächelte sie ein wenig schüchtern. Und Frau Maier musste sich schnell nach unten bücken und der Katze den Kopf kraulen, damit es nicht allzu deutlich sichtbar war, wie verwirrt, verlegen, erfreut und gerührt sie selbst war.

SPÄTER brachte sie Frank zur Haustür. Elfriede Gruber hatte sich bereits vorher hastig, aber satt und zufrieden verabschiedet, weil sie beinahe einen wichtigen Termin in der Sparkasse vergessen hätte. Schon im Gehen zog Frank beiläufig ein Kuvert aus der Manteltasche und gab es Frau Maier. „Das ist für Sie“, sagte er. „Fünfhundert Euro, von der Polizei. Sie wissen schon, Belohnung wegen Ergreifung des Täters.“

Frau Maier starrte ihn durchdringend an. Sie glaubte ihm die Geschichte keine Sekunde. Von der Polizei! So ein Schmarrn. Der Frank wollte ihr helfen, das war alles.

„Nein, Herr Schön, das kann ich nicht annehmen“, sagte sie und streckte ihm das Kuvert wieder hin. Aber Frank hatte seine Hände schon in den Taschen des Trenchcoats vergraben und spazierte aus dem Haus.

„Frank!“, sagte Frau Maier streng und hoffte, dass es mehr Eindruck auf ihn machte, wenn Sie ihn beim Vornamen rief. Frank drehte sich um und grinste sein freches Grinsen. „Oh, wie schön, bieten Sie mir das Du an, Frau Maier? Dann müssen Sie mir aber auch Ihren Vornamen endlich verraten. Sie haben doch einen?“

Lachend schlenderte er in Richtung Gartentor und drehte sich noch einmal um. Frau Maier war sprachlos, was selten vorkam. Frank bemerkte es und lachte zufrieden. Dann wurde er ernst: „Verschenken Sie das Geld, wenn Sie es nicht wollen, Frau Maier. Oder bringen Sie es der Polizei zurück. Dem Brandner höchstpersönlich, wenn Sie meinen. Mir gehört es jedenfalls nicht. Aber ich dachte, Sie könnten es vielleicht ganz gut brauchen, für die Fensterscheibe?“ Er drehte sich zum Gartentor um und öffnete es.

Frau Maier fand ihre Sprache wieder. Sie merkte, dass Sie mit Frank über die Sache mit dem Geld nicht zu diskutieren brauchte, aber er sollte sich bloß nicht zu überlegen fühlen. „Apropos Polizei!“, rief sie seinem Rücken durch den Garten hinterher. „Haben Sie schon bemerkt, dass Sie eine Verehrerin bei der Polizei haben?“

„Eine Verehrerin?“ Frank sah ehrlich verblüfft aus.

Frau Maier schüttelte den Kopf. Diese Mannsbilder! Da konnten sie noch so sehr Psychologe sein, irgendwelchen Irren Geständnisse entlocken und die Nöte alter, alleinstehender Damen verstehen: Wenn es um die eigenen Angelegenheiten ging, kapierten sie gar nichts. Vor allem wenn es dabei um Frauen ging. „Na, jetzt denken Sie mal scharf nach, Herr Psychologe. Mit wem haben Sie in der Nacht von Samstag auf Sonntag vertraute, zweisame Stunden auf dem Friedhof verbracht?“

„Ach, Frau Maier“, winkte Frank nach einer Sekunde verblüfften Schweigens ab. „Sie hören schon wieder das Gras wachsen!“

Und er winkte ihr noch einmal zu. Frau Maier aber lächelte zufrieden. Es war ihren Adleraugen nicht entgangen, dass Frank kurz rot geworden war.

FRAU MAIER saß am Seeufer, genau da, wo sie Anitas Leiche gefunden hatte. Nichts erinnerte mehr daran. Das Wasser lag glatt und dunkelblau vor ihr, das Schilf ragte ruhig und gerade in den Abendhimmel.

Frau Maier sah zu, wie das Wasser durch das verschwindende Licht immer dunkler wurde. Als würde jemand nach und nach schwarze Tinte in das klare Wasser rühren. Doch das Wasser war nicht trübe, das wusste sie. Es war ganz klar.

Plötzlich raschelte es neben ihr. Die Katze hatte sich angeschlichen und setzte sich dicht neben sie. Dann starrte sie aus ihren grünen Augen genauso gebannt auf den See hinaus wie Frau Maier.